評伝 森鷗外

山﨑國紀

大修館書店

明治 45 年の森鷗外（五十歳）〈文京区立本郷図書館鷗外記念室所蔵〉

明治 30 年、観潮楼庭にて（左より、潤三郎・峰子・於菟・清子・鷗外）
〈文京区立本郷図書館鷗外記念室所蔵〉

『評伝　森鷗外』目　次

第四部　明治三十年代（一八九七―一九〇六）

第五部　明治四十年代（一九〇七―一九一二）

［函表］十九世紀末のブランデンブルク門
［函裏］ケーニヒ通りから見たアレクサンダー広場
〈写真提供／平田達治〉

・使用漢字は、原則として常用漢字については新字体を用い、引用の原文もこれに倣った。
・振り仮名は、現代仮名遣いによった。もともとの原文に付されている振り仮名は、（　）を付して区別した。
・鷗外の作品（翻訳作品を含む）・論文などは、『　』を付して区別した。
・鷗外の作品の引用は、『鷗外全集』全三十八巻（昭46〜50、岩波書店発行）、及び、『鷗外歴史文学集』全十三巻（平13〜14、岩波書店発行）を原典とした。
・鷗外訳による翻訳作品には、その梗概を飾り罫（|||）を付して掲げた。
・現代における人権意識にてらして、ふさわしくないと思われる語句や表現については、歴史的なものであることを考慮して、敢えて原文のままとした。読者の方々のご賢察を賜りたい。

序　森鷗外とその時代

1

森鷗外の生きた時代は、まさに幕末からの日本の近代化が、ほぼ定着した期間の約六十年間であった。また、目を外に転じると、アジアの中で唯一近代化した国、極東の弱小国であった日本が、第一次世界大戦終結後（大正七、八年ごろ）五大国の一つになり、明治維新の目標は一応達成されていた。それにともない、鷗外の晩年からその死までの日本国内の変化をみると、急速に都市化が進んだ時でもあった。明治四十年（一九〇七）代から大正十年（一九二一）代にかけて、東京、大阪の大都市では郊外の開発が進み、それまでほとんどいなかった会社員や銀行員を中心とする、いわゆるサラリーマン層が増加し、これらが、新中間層とでも称べる基層を形成し、都市文化を創造し、それらを支え、さらに進展させることにかかわってきた。この状況は、明治三十年（一八九七）代にはないことであった。鷗外の亡くなった大正十一年（一九二二）をみると、全国の電灯普及率は七十パーセントを超え、ライフラインは著しく向上していた。鷗外が死ぬ七日前には、ライトが設計した帝国ホテルの新館が営業を始めている。また十一月十七日、すでにノーベル賞の授賞が決定していた、アインシュタイン博士がエルザ夫人と来日、四十二日間滞在し、熱狂的な歓迎を受けた。鷗外が子供とよく散歩した小石川植物園で帝国学士院主催の招待会が催されている。鷗外死して四カ月後であった。アインシュタインは、明治三十八年（一九〇五）、特殊相対性理論、ブラウン運動、光電効果の三つの論文を同時に出し、この年は「奇蹟の年」と言われた。平成十七年（二〇〇五）は、その「理論」を発表して百年目である。恐らく鷗外が元気で生存していたら人類の発展に寄与したアインシュタイン博士にドイツ語で歓迎の意を述べ、敬意をもって手を握り合ったのではあるまいか。

世界に対し、単に日清、日露を戦い勝利した強国というイメージだけでなく、アインシュタイン博士を招き、また博士がその招待を受けるといった程度の文化が、日本にも定着しつつあったと言ってよかろう。十歳で津和野を出て五十年、みずからも、その一翼を大きく担った祖国の文化発展が顕在化しつつあることを識って、鷗外は永遠の眠りについたのではなかったか。

2

さて、この日本の進展の中で、鷗外は何を成したのか。鷗外の生涯を考えることは、このことを考えることでもあった。本書は、鷗外の、この軌跡をたどることを主題としている。

鷗外は幕末に生まれた。幕府による長州征伐が起こり、長州軍が津和野領を通過し、東に向ったとき、鷗外は五歳、津和野城下にいた。以後、この山陰の小藩から上京、東京大学医学部を卒《お》えて陸軍省に入り、四年のドイツ留学、日清、日露の二つの戦争に出征、四十五歳で陸軍軍医総監に昇任、日本陸軍の兵食問題で、脚気病に対しては、細菌説を変えないという「負」の見解を崩さない面もあったが、他は多く、日本陸軍の医療、衛生学の近代化に尽した。

一方、文化面においては、文学を中心に、芸術分野の広い領域にわたって、特に、当時先進文化を誇っていた西洋の文化を、日本の先端に立って移入し、啓蒙活動につとめた。みずからも創作や翻訳においては、独自な世界を拓き、後に続く人達に大きな影響を与えてきた。福沢諭吉の言う「半開国」（『文明論之概略』明8・8）が、世界の舞台に登場していく、その過程の中で、文学の側の人間でもあった鷗外は、「知」の分野で、その中核を担った一人であったと断じてよかろう。

「先駆者」という言葉がある。また「先覚者」という言葉もある。辞書によれば、この二つの語の意味を、ほとんど同じように書いているのもあるが、それは明らかに間違っている。たまたま『辞林21』（三省堂）で、この二つの言葉の意味を求めてみると、「先駆者」は「人よりも先に行う人」とある。また「先覚者」は「人より先にそのことの必要性を知り、研究、実践を行う人」とある。成程、この辞書は、この二つの言葉に、多少の違いを認めている。「先駆者」は「先に」という言葉にポイントがあることが解る。これを基準に考えるならば、明治二、三十年代の一級の知識人は何らかの意味で、「先駆者」ということが出来るだろう。各分野において「最初」に拓いたという意味において、例えば、日本近代文学史でみれば、鷗外、漱石、藤村、龍之介等々、その表現において、また心理描写において、人間を捉える切り口において、これら一級の文人たちは、己の独自性をもって、新しい文学を拓いてきた。確かに、それぞれ「先駆者」の名に価するだろう。しかし、「先覚者」では、さきの辞書で「そのことの必要性を知り」とある、少し曖昧な表現ではあるが「先駆者」の「先に」立つということよりも、その国なり、民衆なりに対して何が〝必要か〟という深い判断と実践が求められているように思える。その結果、民衆の多くに浸透するような影響を与えた人でなければなるまい。その点で言えば、福沢諭吉は『学問のすゝめ』（明5・2〜明9・11、十七篇刊）や『文明論之概略』で、日本が世界に追いつくためには「実学」をしなければならないと、政治、経済の進展を説き、日本人に一種の意識革命を迫った。この福沢諭吉は、やはり「先覚者」と称ばれてしかるべきだろう。

鷗外はどうか。「先駆者」であることは間違いない。しかし、それだけにとどまらない国民全体に与えた啓蒙性は認められねばなるまい。昭和十一年（一九三六）六月、岩波書店刊行の『鷗外全集』の「刊行の辞」は次のように述べている。「其目指す所は我国民への魂を醒まし、之を広め、之を高め、之を明（あきらか）にし、之を美しくする事に在った」と。この言を単に宣伝文句としてだけでとってはなるまい。挙げるに幾多の事象があるが、まずその一つの例として、従来から軽視されてきた鷗外の「翻訳」を挙げておきたい。鷗外は明治二、三十年代において、西洋から「審美学」、つまり「美学」を移入することにより、未知の日本人に芸術評価の基準を与え、芸術のもつ高度な意義を認識させることに大きく貢献した。また、膨大な西洋作品（小説・戯曲・韻文）の翻訳によって、西洋先進諸国の文化一般、とりわけ小説の形や表現性をはじめ、西洋人の生活全般、当時全く未知であった白人種一般の倫理観、あるいは人間の内奥に潜む微妙な心理の動き等を、大正期にかけて約四十年余の期間、日本の知識人を啓蒙し、その内面に浸透させる、他の文人には出来ない役割を果たしている。その上、勿論、鷗外自身の創作作品がある。ただし、明治四十年代の「現代小説」については、正直なところ、毀誉褒貶が、喧しかったことは否定出来ない事実である。特に同時代評の厳しかったことも認めねばならない。だが、「歴史小説」については評価は高く、大正、昭和の「歴史小説」の源流として、多くの若い作家に影響を与え続け、いわゆる「時代小説」の枠を破り、新しい「歴史小説」としてのジャンルの形成に貢献している。漱石には「国民文学」という評価がある。それ自体にも啓蒙性があることは否定しない。しかし、漱石の場合、ほぼ小説に限定されている。鷗外の啓蒙の性格は、当時、世界をリードしていた欧州の先進的「知」を、広く深く初期日本近代に与え続けたという点である。その巨きさを考えたとき、日本近代文学の中で「先覚者」と称んでしかるべき人物は、森鷗外だけに言えるのではないかと考える。本書は、それを証明したい願いが、重要なモチーフとなっていることを敢えて申し述べておきたい。

3

作家の池澤夏樹氏は、鷗外の成したことについて次のように述べている。

「鷗外の事業はまずもって新しい文学の型を世間に提供し、それを利用しての創作の用意をすることにあった。一国の文学の設計である」と。「一国の文学の設計」とは、まことに適切な言葉ではないか。池澤氏は、このことをさらに解り易く次のように説明している。

「鷗外の影響は文体と文学の型と文学の思想の提供という面において、ずいぶんと深く、広く、厚い。後世は不知不識のうちに彼が用意した文体によって、考え、彼が作ったり紹介したりした小説の型によって創作し、彼が自我や精神のありかたを語るに用いた言葉を踏襲して自分を語った。」（「森鷗外」―平4・5『群像日本の作家2』小学館）

この池澤氏が捉える鷗外の文学的営為は、鷗外を「先覚者」と称ぶにふさわしい内容であり、本稿の主旨と極めて通じていると言ってよかろう。

むろん、鷗外は「一国の文学の設計」者であっただけでなく、近代国家を成すに必要な複数の分野において貢献を成した。大正十一年、鷗外が没した年は、明治元年から数えて五十四年目、日本は東アジアの強国として世界が認めるところまできていた。鷗外はそれを認識して、この世を去ったとみる。そこまでの過程の中で鷗外は、「医務」と「文学」という「二生」だけのリーダーとして生きたわけではない。ここで「テーベス百門の大都」（木下杢太郎）を出すまでもなく、鷗外は「五生」も「六生」も国家の発展の先頭に立ち、国家と自己を一体化させて生きてきたことを、やはりここで確認しておかねばなるまい。

これほど日本の文化（文学）の進展に大きな功績を残した鷗外であるが、鷗外死して八十五年、今や鷗外への関心は寥々たるものである。勿論、鷗外にも責任はある。彼の作品にみられる劇性の乏しさ、それに、鷗外の現代小説には寓意的なもの、また知識人の心境が綴られたものも多く、若い人には少しとっつきにくい面があり、敬遠されることも無理からぬものはある。しかし、如上の鷗外作品の特質を事実として認めるとしても、この、とっつきにくい作品を読ませることも大切なことなのではないか。現代の大人の知識人たちの怠慢も、目に余るものがありはしないか。「読書は忍耐である」、気軽に読めるものだけを読んでいて何の進展があろう。読み辛くともその重く、深い書を、耐えて読み超えていくとき成長がある。やはり、ここで言っておかねばならないことは、鷗外作品のすべてが難解であるわけがない。興味深い作品も随分あるし、感銘もある。己の内面を深めたい人は、やはり鷗外の文学作品を読んで欲しいと思う。鷗外を「先覚者」と捉えるのは、むろん本書が初めてではない。鷗外が死去して一年数カ月後に刊行された鷗外初の『鷗外全集』(大正13、鷗外全集刊行会)の予約募集の小冊子の「出版に就いて」に次の文言がある。「随処に一代の予言者、先覚者を以て自ら任じ、事毎に、改革啓蒙の端と示されざるは無く」と書いている。さきに述べた『全集』(昭11)の「刊行の辞」で「其目指す所は我国民の魂を醒まし、之を広め、之を高め、之を明にし、之を美しくする事に在つた」ことを含め、いずれにしても「国民の魂」に多大な影響を与え続けた事実を再確認しなければならない。これらの文言は、鷗外の業績が、文学だけに限定されるものではないことを強調している。もとより、これらの文言に、宣伝的意図が皆無とは言わない。しかし、この鷗外賛美が、当時、決して大袈裟でなく、同時代者たちにそのまま受容されていたという事実があったということである。

二十一世紀の多くの日本人に敬遠されている、鷗外の広範な啓蒙的業績が、当時の同時代人たちには、抵抗なく、むしろ必読の書として求められていたのである。つまり、当時の知識人たちには、ほとんど漢文の素養もあり、厳格な文章にも精通していたという実態があった。しかし現在は、不幸にして、この鷗外の貴重な「宝庫」が凍結に等しい状態に置かれているといっても過言ではない。このことは、まことに残念なことである。鷗外の復権は急がれなければならない。モノを観ての認識力、判断力、そこから醸される深い思索と見識、この鷗外の知的遺産を、われわれ日本人は放擲していていいのだろうか。凶々しく疲弊し荒廃した二十一世紀当初の日本社会、また日本人の精神に鷗外の知的遺産は、きっと人間として生きている意義を自覚させてくれるに違いない。

4

本書を執筆するに際し考えたことは、鷗外の「文学」と「医務」、そしてその人間の全体像を捉えることにあった。

創作作品は、小説、韻文、戯曲、評論、随筆、その他小文（取り上げるに意義が認められないものは除外）に至るまで、ほぼ全作品を対象としている。その創作作品と対等の重さを感じ、注目したのは、「翻訳作品」である。

従来から、鷗外の翻訳作品が百二十余作品（ハウプトマンの戯曲十七篇〈梗概〉及びハルトマンらの「審美学」の翻訳は含まない）あり、その各作品を対象化することが、極めて重要であるにもかかわらず、その研究、乃至は、その研究書上梓に際し、拙著の幾多をも含め、鷗外研究者のほとんどが無視してきた。換言すれば、鷗外が、どんな西洋作品を翻訳したか、ということは『即興詩人』とか『ファウスト』等の大作以外は、ほとんど知られていないのが現状である。それには、やはり事情があった。本来、鷗外の研究は、漱石、藤村、龍之介等の各研究と同じように、多くは国文学畑の研究者によって検討されてきた。その二、三の翻訳作品を取り上げる人はいても、多くの翻訳作品にまで、目が届かなかった。それはまた研究者の目的意識の問題でもあった。このことは、鷗外没後八十五年の今日（平成十九年）まで続いていると言ってよかろう。国文学者の意識には、翻訳作品は、あくまでも当事者の「作品」ではなく、翻訳者は、仲介者であるという認識がありはしないか。このことが、鷗外の翻訳作品が無視された主原因であろうかと思われる。もし、この考えが主因であったとすれば、これもまた私を含め、極めて認識不足であったと言わざるを得まい。

「翻訳」は、単なる「通訳」ではないということである。先ず翻訳者は、他からその作品を依頼されない限り、自分で、対象たる作家、作品を選択しなければならない。そこに、当然、翻訳者の選択への意識や創意をみることが出来る。このことは、続いて翻訳者の文学意識、及び文学的傾向、あるいは翻訳者の思想の一端から、その表現性を識ることである。これらのメカニズムは、その作家を研究するに不可欠の問題ではなかったか。従来、鷗外の翻訳作品について最も力を入れてきた人は、小堀桂一郎氏である。小堀氏は、比較文学者として、鷗外の翻訳の紹介や評価につとめてきた。古くは、島田謹二氏、最近では、長島要一氏らが、一部の翻訳作品研究に取り組んでいる。ただし、いずれにしても、鷗外翻訳の作品の影は薄い。本書は、その弊を認識し、鷗外の翻訳全作品について「梗概」を付し、その史的意味や、私の見解をつけた。その他、ハルトマン、ラウプ、フォルケット、リープマンらの「審美学」の翻訳も精細にとり上げた。本書は、このことを初めて成したものと自負している。

また本書では、従来、鷗外研究史の中で定説化した幾多の問題に対し、再検討を加え、私なりの新しい見解を提示した。この「序」で、それを、いちいち挙げることはしないが、これらの問題を考えるに、あくまでも「反対のための反対」という不合理な意図を排除し、一貫して根拠の上に立って私見を提示したつもりである。

5

この「序」で、もう一つ述べておきたいことは、従来からある、鷗外の「人格者」論の修正である。あの軍服姿、カイゼル髭、そして、作品のもつ格調の高さと倫理性。この風貌と作品から、多くの人たちがまさに謹厳実直な人柄を、鷗外観として持ち続けてきた。明治、大正、昭和三十年代までの鷗外信奉者たちは、このイメージが崩れることに反撥、抵抗してきたと言ってよかろう。

例えば、次のような話がある。

巌谷大四が座談会（「日本文壇九十年の過去帳」、昭47・8　出席者、平野謙、奥野健男、巌谷大四、『日本新評』―「作家の死」）で、「これもぼくがどこかで調べたのですが、鷗外というのは七月八日《ママ》朝、鷗外は息を引き取ったが、死ぬまで袴をはいたままで――ほんとかなあ（笑）死ぬまでわき腹のところを袴ごと帯をにぎっていた。古武士の最期をみるようであった」と述べている。この巌谷大四の話は、言うまでもなく実相ではない。しかし、まことしやかに、こんな話が出るというところに、従来からの誇張された謹厳な鷗外像がある。

本書は、森鷗外と、その人間像を、偏見や特殊な眼でみることなく、同じ地平から観ることを心掛けた。いま、鷗外の人間像を考えるとき、ドイツ留学から小倉転勤までを「前半」とし、以後、大正期までを「後半」として考えてみたい。そして、「前半」「後半」の中にも、微妙な変化のあることに気が付いたことも述べておきたい。従来の鷗外像は単一的に捉えられてきたきらいがある。年齢、体験を経て、その人物像は、微妙に変化してきている点が見逃されてきていた。この視点は修正されなければならない。その視点で鷗外の「前半」を考えるに、「人格者」という形容句は、まず当て嵌まらないと言ってよかろう。ドイツ留学中に白人娘と恋に落ち、その愛を祖国にまで延長したために、両親及び近親者、また陸軍関係者に多大な迷惑を掛けている。若き鷗外は、他人の忠告も聞かず、躊躇なく、それを実行した。また初婚の赤松登志子に長男が生まれたにもかかわらず、数十日後に登志子を棄てて家を出ている。その時、鷗外は、登志子の哀しみをどれだけ考えたであろうか。また母峰子のすすめとは言え、児玉せきと親密になっている。その上、容赦なく挑発的な論戦を張り、石橋忍月などを徹底的に追い詰めている。こうした若いときの一連の鷗外の姿勢をみたとき、エネルギッシュで、挑発的、自己中心的であり、「性」に対しても「生理」と割り切り、別に明治の青年によくあった「性」の悩みといったものを感じることはなかった。しかし、そうは言っても、鷗外は決して反社会的であったわけではない。ただ人格性からみた場合、特別扱いをする程、倫理的、道徳的であったとは言えまい。通常の青年の一人に過ぎなかったと言ってよいのではないか。

しかし、その能力、才能は、百年に一人出るか出ないかの偉材であったことは間違いない。従来からこの偉材イコール人格者という短絡的な発想が、鷗外には常に付きまとっていたと言ってよい。ところがこの「前半」の中でも、明治二十七年の日清戦争体験は、微妙に鷗外の人間性に影響を与えたものと思われる。過酷な戦場での苦闘、それに一律な団体生活、そして数多くの死、戦争のもつ残虐性、これらの体験は、鷗外の若さに衝撃を与えたであろう。こうした体験の結果、おのずから自己中心的な性向も薄まり、人間の「生」を凝視する眼も変ってきたとみる。戦争から帰ってから、挑発的、拘執的な論が、ほとんどなくなっていったのも、そこにも大きな因があったと思われる。「左遷」とみずから受けとめた小倉転勤においても、中央を離れ、東京人と一味違う九州人に接したこと、特に禅僧玉水俊虠《しゅんこ》との出遇いなど、鷗外に精神的成長を促すものがあった。「後半」でも、やはり、日露戦争参戦が、鷗外の世界観に大きな影響を与えたと思われる。凱旋後、念願の陸軍軍医総監に昇任、陸軍全体の医務政策を見ることを必要とされた。この立場からの自覚、特に、四十年代末になると、己の文学作品への卑少感と、文学者としての成功を克ち取ろうとする意志、この葛藤。また家庭における母と妻との心理戦争への苦悩等で鷗外は段々と内面化していく。特に元勲山県有朋の近傍にいて、「為政者」のあり方という問題が鷗外を捉え、「民衆」への意識も生じてくる。

これは歴史小説初期の一貫した主題となった。晩年になり、己の先がみえてくると己の達成観と現実との差で、また新たなる葛藤が生じ、「知足の精神」や禅的な「無」の精神をもって、己の精神の調整が計られようとした。

要するに鷗外の人格性は、当然のことながら、六十年という生涯の中で、晩年になるほど、精神的な向上が求められるようになっていった。巌谷大四の述べた「古武士」のイメージは、晩年のものであったとみてよい。

6

かように、鷗外の人格性は一様ではないにもかかわらず、従来の研究では、鷗外の人間像を単一的に捉えてきたきらいがある。若年期も晩年期も、一様に「知足の精神」に志向する鷗外像として捉えられてきた。これは修正されなければならない。若年期の鷗外は、晩年期の鷗外と明らかに違う。そこに立てば、エリーゼ事件もその真相がみえてくるはずである。

大体、高潔で謹厳実直な人格者に優れた創造活動が出来るわけはない。漱石、龍之介、潤一郎、太宰治と、挙げていくとキリがない。これら一級の文人たちにいわゆる「人格者」は一人もいない。みなそれぞれ胸の中に一種の〝魔性〟を抱え込んでいて、その〝魔性〟と闘うエネルギーが創作活動の原動力になったのである。自負と卑少感との葛藤で苦悩をした鷗外にも、十分、その〝魔性〟をみることが出来る。そのことを基本認識として、鷗外の全体像を、本書で考えたつもりである。

7

最後に申し述べておきたいことで重要なことが、もう一つある。それは、従来からの〈鷗外史〉の枠組である。従来からの枠組は、鷗外の弟子を任じていた木下杢太郎、また、この杢太郎の〈鷗外史〉を、ほぼ基本的に参考とした、弟森潤三郎らによって形成され、爾来、七十余年、この〈鷗外史〉の枠組は変らず、私自身を含め、ほとんどの鷗外研究者はこの枠組を踏襲してきた。この枠組は、ある事象ごとに括るものであった。例えば、「ドイツ留学」「小倉左遷」などである。この中で、明治四十二年（一九〇九）からの「再活躍の時代」がある。これを木下杢太郎は、鷗外の活発な多作活動に対し、「豊熟の時代」と称び、このネーミングが根強く定着してきた。このタイトルに私自身、何ら疑問を持たず受け入れてきたが、十年位前から、その内実とタイトルとの違和に疑問をもつようになった。それに連動して、従来の〈鷗外史〉にいくつかの疑問が出てきた。私は、今回、この評伝を書くにあたり、杢太郎や潤三郎らの〈鷗外史〉形成の前にたち返り、いわゆる白紙の状態で〈鷗外史〉を考えてみることにした。「反対のための反対」になることを戒め、客視することに徹しようと思った。本書で、〈鷗外史〉を「十年」のサイクルで捉えているのも、その試みの一つである。本書の試みが、妥当かどうか解らぬ。他者のご判断を仰ぐ以外にはない。

8

膨大な鷗外作品のページを、一枚々々読み、そして、考えることの「労」と、何かが紡ぎ出されてくる楽しみの中で、六年余の歳月が過ぎた。多くの問題が残っていることも知っている。しかし、一人の人間の成し得ることには、どう仕様もない限界がある。本書が十分に全鷗外を捉え得たとは到底思えないが、ただ、今は、素直な気持で、鷗外の全像に真向うことが出来たことを幸せに思っている次第である。

第一部　津和野時代（一八六二―一八七六）

1　津和野藩の地政学的特性

海はどこからも見えない。

距離的には日本海に近い。それなのに、ただ見えるのは、重層した小高い山々、それに段段畑と叢林である。その中でも特に際立って高く悠然としているのは、海抜九百メートルの白山系火山脈の青野山である。その対角線に在るのが、長い石壁が連なる津和野城趾で、摺り鉢の底のような小さな町を見下ろしている。

一見、のどかな、日本の何処にでもありそうな山間の町であるが、今から、百三十五年前まで、この城下町を治めていたのは、四万三千石の津和野藩であった。当時、人口は城下町を主体に、六万八千余人もいた。ほとんど農民であるが、家臣は五千七十人もいて、この狭隘な谷間の町は、殷賑を極めていたと想像される。

東隣は、同じ石見で三代将軍家光に縁のある親藩、松平家の浜田藩、この藩は、六万一千石で、主に漁の旺んな藩であった。問題は西側である。津和野城下から西方を見上げると遥か向こうに薄墨色をした小高い山が重なってみえる。これが、三十七万石の長州藩との国境である。昭和二年（一九二七）七月末、島崎藤村は、息子鶏二と山陰を旅行し、益田を経て、津和野に小時間立ち寄り、やがて山陽・小郡に出る汽車に乗った。その時、藤村は鶏二に、「山一つ越すともう長門の国ださうだ。トンネルの内が石見の境ださうだよ」と述べたことを書いている（「山陰土産」昭2・10『大阪朝日新聞』）。津和野駅を出ると、すぐトンネルだ。そのトンネルの中は「石見」で、出ると「もう長門の国（長州）、この藤村の記述は、津和野と長州との地政学的特性を極めてよく伝えている。実はこの長州藩との地域的構造が、津和野藩の特質を作るに重要な原因であったことに、今まで余り気付かれていない。このことは後で論じなければならない。

森鷗外は、この津和野藩の典医の家系に生まれ、初等教育を受け、十歳まで、この田舎町で生活をしている。あの西周も、この津和野藩の出身で、鷗外の母は「いとこ」であった。西周は、最後の将軍慶喜に重用されたが、幕府が崩壊後、明治新政府でも重要な役割を果し、後に福沢諭吉などと、明六社を作り、新知識の移入につとめた。

ここで考えてしまう。それにしても、かように辺鄙の地、山間の小藩から、近代日本を代表する西周、森鷗外などの知的先覚者がなぜ輩出したのか。

このことは、普通に考えても不思議なことではないか。例えば同じ石見でも東隣の浜田藩からは、明治時代、少なくとも日本近代文化史に記述されるべき一級の文化人は一人も出ていない。

こうした事実は、偶然ではない。明らかに根拠がある。ここで、津和野出身で、明治維新前後から活躍した文化的先人たちを列記しておこう。

・大国隆正（国学者、内国事務局権判事）
・福羽美静（子爵、貴族院議員）
・小藤文次郎（東京大学理学部地質学初代教授、理学博士）
・高岡直吉（宮崎、島根、鹿児島各知事、初代札幌市長）
・高岡熊雄（北海道帝国大学第三代総長）
・山辺丈夫（大阪紡績会社創立。東洋紡績会社初代社長）
・中村吉蔵（西欧にて演劇、戯曲を学び、日本に帰り幾多の戯曲を書き、演出を成した。早稲田大学講師、文学博士）

島村抱月は、浜田の近傍で生まれているが、実はその地は津和野藩の飛び地であった。その他、八杉利雄（熊本衛戍病院院長、三十七歳で死去）、利雄の子息、八杉貞利（東京外国語学校教授、『岩波ロシア語辞典』刊、名辞典と賞賛された）、伊沢蘭奢（明治の大女優）。ざっと並べても、これだけの人材が出た僻地の小藩は珍しいことである。西の強国長州藩は軍人のメッカであったが、津和野藩から「軍人」と言われる人は、森鷗外一人であり、他はご覧の通り、学者、文化人ばかりであるところに、最大の特徴がある。

西隣に長州という強国が位置していたことは、一種の宿命である。このことは、まぎれもなく地政学的特性を強いることになる。この強国に対するには軍事力では抗しようがない。そのためには、どんな危機状況でも、適切に、合理的に判断の出来得る「人材」の育成が必然である。

つまり、学問の奨励、教育の徹底以外にはあるまい。

その証拠は歴然としている。津和野藩は、歴代、尚学の藩であったということ、そして、特に維新時最後の藩主であった亀井茲監《これみ》が名君であり、もう一人著名な国学者、大国隆正が津和野藩出身であったということである。

これもまた「人材」である。津和野藩は、逸材を輩出しただけでなく、後で述べるが、明治新政府の基本精神、その中枢精神を考えるとき、津和野藩の亀井茲監や大国隆正が、決定的な役割を果していることは意外に知られていない。長州や薩摩が、明治維新時、政治の分野を担ったのに対し、弱小の津和野藩は、「王政復古」の中枢の精神の創出を担ったのである。それは、この時期、特異な尚学の藩であったから出来たということである。こうした尚学の土壌と西周や森鷗外の出現は不可分であったと断じてよかろう。

さらに強調しておきたいことは、維新前後、津和野藩学からこれほど偉材を輩出したことは、当時の養老館のカリキュラムや各担当教師の名前を羅列するだけでは、この藩学の特異性を解明することは出来ない。この藩学の特異性を解明するためには、津和野藩のおかれた地政学的要因、そしてその博大で強固な思想的背景を探ることが不可欠ではないかと確信している。

2 津和野藩と亀井茲監

鎌倉末期、幕府の命により、石見の西、津和野地方を治めたのは、能登半島から派遣された吉見頼行であった。主なる任務は、元寇警備にあった。爾来、吉見氏十代正頼は、毛利元就と組み、その麾下に入り、十三代まで続いたが、関ヶ原の戦で西軍に就き、吉見広行は慶長五年（一六〇〇）、長門に移された。その後、津和野に入ったのは、わずか十六年の在城で、千姫事件を起し、悲劇に堕ちた坂崎出羽守であった。津和野城下は、このとき基本的な整備がなされた。亀井家は、この坂崎の後、慶長十七年（一六一二）、因幡、鹿野から亀井政矩が入封、以後、維新時の第十一代茲監まで、亀井家は、この津和野藩を約三百年治めたのである。

ちなみに、その系譜は次のようになる。

①政矩―②茲政―③茲親―④茲満―⑤茲延―⑥茲胤―⑦矩貞―⑧矩賢―⑨茲尚―⑩茲方―⑪茲監

最後の藩主茲監は、久留米藩から亀井家に養子に入った人である。尚学の気風の強い津和野藩に、当時としては、文化的水準の高かった久留米藩から俊才と言われた茲監が養子に迎えられたことは、まことに時と場に適合した人事であり、津和野藩にとって極めて幸運なことであった。

茲監は、二十一万石、久留米藩の藩主有馬頼徳の二男として、文政五年（一八二二）に、久留米城にて出生した。この久留米藩は、元和六年（一六二〇）、丹波福知山から入封、幕末まで続いた。この久留米藩の七代目頼徸《よりゆき》は数学者として著名、八代頼貴は、天明五年（一七八五）に、城下に学問所を設立、後、修学館、明善堂と改名され、学問を重視してきた。九代目の頼徳が茲監の父になる。この頼徳は、陶芸、能楽など芸術的志向が高い藩主であった。この久留米藩も尚学の気風が強い藩であったことが幸いし、時代の動向を見る判断を誤らず、戊辰戦争のとき、臆せず勤王派に就き、東征軍に参加している。

さて、茲監であるが、九歳のとき、つまり天保元年（一八三〇）に初めて江戸に出て三田藩邸に入り頼徳の嗣子となる。天保十年（一八三九）二月、茲監は十五歳で元服、同年四月二十七日に、能登守亀井茲方の養嗣子となり、同年六月二十一日、茲方、病気のため隠居、そのため、茲監は、八月五日、初めて津和野城下に着き、藩主として藩政に携わることになった。久留米時代から、茲監は、兄義源とともに、文武に励み、その知見は特筆すべきものがあった。この茲監が藩主になったことで、それまでに蓄積されてきた津和野藩の尚学の精神が、さらなる飛躍を遂げることになる。

鷗外は、晩年の日記（大4・3・23）に次のように書いている。「内閣書記官長江木翼を総理大臣官第に訪ひて、亀井茲監卿に贈位せられむことを請ひ、おどろが中一巻を贈る。申請書は既に内務省に達しあり」と。文中「おどろが中」とは、正式には『於杼呂我中　亀井勤斎伝』（明37・8）のことである。

3　藩校「養老館」と茲監

津和野藩は、八代目矩賢によって天明五年、藩校創設の構想をもち、その翌六年四月、城下堀内に校舎を完成し、養老館と命名された。この「天明六年」であるが、偶然ながら二十一万石の久留米藩が学問所を設立したのはその前年であり、四万石クラスの津和野藩としては、藩校創設は他の相応の藩に比し、格別早い方であった。この年、前野良沢がオランダ語入門書『和蘭訳筌《やくせん》』を八月に完成、翌年五月には、林子平が『海国兵談』十六巻を脱稿している。この一七〇〇年代の後半は、日本も一種のルネッサンスの傾向がみられ始めた時期でもあった。津和野藩は、世情を鋭く睨み、いち早く、そうした傾向に乗ったと言えよう。

嘉永二年（一八四九）、茲監が二十七歳のとき、養老館に新機軸を発想、そのカリキュラムに大きな変革を加えた。それは、新たに「国学」と「蘭医学」を入れたことである。これまで、養老館の思想的中枢は、儒学にあった。これは徳川時代の諸藩が行っていた常識である。そんな中で、茲監は、「国学」を重視したのである。なぜか、これは当時すでに、京都や江戸で名が知られ始めていた津和野藩家臣、大国隆正の、その国学思想の影響があったと思われる。

茲監は、初代国学の教授に、領内木部村の元宮司、岡熊臣を迎え、そして養老館の「学則」を撰文させた。熊臣は、このとき六十六歳の老齢であった。熊臣は、十八歳頃から本居宣長の著作を筆写し、二十五歳で江戸に遊学、本居宣長の門弟、村田春門に国学を学んだ。約一年で津和野に帰ったが、以後自宅で研鑽、弘化元年（一八四四）に大著『日本書紀私伝』を完成している。文化十三年（一八一六）には大国隆正の紹介によって平田篤胤の門人となっている。文政三年（一八二〇）、家業の神職を継いだが、天保十年（一八三九）、五十六歳で隠居し、以後、著作に専念していた。岡熊臣が撰した養老館の「学則」は次のごとくである。

道者

天皇の天下を治め給ふ、大道にして、開闢以来地に墜ちず。人物の、因て立つところにして、今日万機、即ち其道なり。

（略）

天皇は、古道に順考して、政を為給ふと、夫学者は、道を知るもの、道を行ふことは其人にあり、但し、其学に志すや、本を探りて隠れたるを顕し、紊《みだ》れたるを釐《おさ》めてこれを正しきに返し、用ひて以つて、鴻業を賛輔し、然して人心、世道の古に復して治平の弥久しきを希ふもの、道を学ふものゝ志のみ。

右一則

学者、まさに名分を正し、大儀をしるを以て要とす、一日片時も、臣子の職をわするへからず。嗚呼恐るへし。

天朝、幕府、国君上にまします。臣子たるもの、平生豈仮にも、外夷に服従し、藩《(蕃)》主に阿諛して、君父の国を外視せんや、造次にも、顚沛にも、国体を貶さず、よろしく、尊内、卑外の大義を推して、もつて忠孝の真理を守るへし。

(略)

この「学則」にある「天皇は、古道に順考して、政を為給ふ」は、大国隆正の影響を多分に受けており、後に出てくる「王政復古」の精神と一致していることに注目しておきたい。熊臣は江戸に遊学の折、若い大国隆正と知り、在るべき基本的な国家観の影響を受けたと思われる。熊臣が藩の国学を担ったとき、田舎の元宮司で高齢、その上、それまで主体であった儒学に携っていた連中が、藩内で、熊臣の国学を異端視し、排斥しようとする者もあった。それを伝え聞いた隆正は、熊臣に激励の書簡を送っている。文面は〈国学の解らぬ無知なる者を相手にすることはない、いずれ国学の正しさが解るはずだ〉と、九歳若い隆正が熊臣に声援を送ったわけである。そして、いずれ、津和野藩学は、大国隆正の言う通りになっていくのである。

右の「学則」で重視すべきは、「其学に志すや、本を探りて、隠れたるを顕し、紊れたるを釐めて、これを正しきに反」すという文言である。すでに、世の先端に前野良沢や林子平などの科学的成果がみられていたが、大半の日本人が科学的発想に疎く、観念主義に捉らわれていた。しかし、この津和野藩の「学則」にみる文言は、まぎれもない「合理主義」であり、明治十年代に、森鷗外がヨーロッパで本物に出会う「分析する精神」の基本が、ここにあることに驚きを禁じ得ない。熊臣が江戸にいるとき学んだのか、「蘭学」担当となった吉木蘭斉の示唆を受けたのか、それは解らぬ。いずれにしても、こうした合理主義を主唱する文を書く人間が津和野藩にいたことが重要なのである。「本を探」る、観念でなく、モノを確認する、「隠れたるを顕し、紊れたるを釐め」る、平面にみえないモノを抽出し、根拠を押えて立言する、まさにこれこそ、「科学する精神」以外にあるまい。

西周や鷗外たちは、この「学則」のもとに、早くから合理主義を学んでいたと考えるべきであろう。

4 養老館と大国隆正

茲監が、養老館改革にのり出した翌年、嘉永三年（一八五〇）十一月、脱藩中の身ながら、大国隆正は、藩主茲監に対し、

「学事意見書」を提出した。

この主旨は、津和野藩学の強化と己が国学の根本思想をすすめ、この思想を「津和野本学」として津和野藩学の核心とすべき、という主張にあった。

この「意見書」の述べるところは、『古事記』『日本書紀』は、「天皇之御系譜」であると断じ、本居宣長、平田篤胤の国学を「宇宙第一之宝典」と規定する。そして、「儒学」は、「支那より渡り申候」とし、これは「外来物」であって、「日本之古道」を「大道」にしなければならないこと、この「大道」を「小道」とみている分子のいることは、「残念至極」であると述べる。そして、岡熊臣の「御取立」に「感悦」したことも述べ、この「日本之古道」を「本学」として、「大道」にし、「儒学」を「小道」と位置づけるべきことを願っている。大国隆正が、こうした「意見書」を藩主に提出したということは、当時、津和野藩内では、まだ「国学」が、決定的位置を得ていなかったことをあらわしている。残念ながら、老齢の熊臣では力不足の感はまぬがれなかったようである。

隆正が、この「意見書」を提出した翌年、つまり嘉永四年（一八五一）、岡熊臣は六十八歳で生涯を閉じている。

藩主茲監は、大国隆正の国学者としての名声に鑑み、その脱藩を許し、その籍を津和野藩に復し、この「意見書」も容認し、熊臣の後任として、養老館の国学教授に任じた。隆正は五十九歳であり、茲監は、二十六歳の若さであった。

しかし、隆正は、京や江戸でも、国学者として著名で、多くの弟子もいた。茲監は、これを考慮して、基本的には、隆正は、京都にいることが許された。しかし、毎年百日、隔年に津和野及び江戸藩邸に赴き、本学の教授に従事することになった。

六十四歳（安政二年〈一八五五〉）のとき、隆正は主著たる『本学挙要』二巻を著し、続いて『尊皇攘夷異説弁』『尊皇攘夷神策論』『球上一覧』などを書いて、さらにその存在感を強めた。

慶応四年（一八六八）一月、戊辰戦争が始ったとき、藩主亀井茲監は、神祇事務局補に任命され、四月には事務局副知事に昇任、明治新政府の宗教政策の最高責任者の一人になっている。

その翌明治元年（一八六八）七十七歳のとき、大国隆正は内国事務局権判事に任じられる。しかし老齢のため翌年辞職、八十歳で死去している。

大国隆正の思想を考える前に、ここで強調しておきたいのは、明治新政府における、津和野藩主亀井茲監の扱いである。明治元年二月、太政官は、総裁、議定、参与の三職と八科制を設置した。このとき茲監は、参与にまず就き、すぐに議定に上り、四月に神祇局副知事に任じられている。この議定は、高い地位で、親王、公卿、諸侯から選ばれ、行政各局の長官であった。

ここで他の諸侯をみてみると、茲監の異常な抜擢に注目せざるを得ない。メンバーは、徳川慶勝（六十一万九千石）、島津忠義（七十二万八千石）、浅野長勲（四十二万六千石）、細川護久（五十四万石）、毛利元徳（三十六万九千石）等、みな大大名である。津和野藩の四万三千石は余りにも低い。異例中の異例と言わざるを得ない。

なぜ、こうなったのか、一概には言えないが、一つには、大国隆正の高官たちへの影響である。それに、第二次長州征伐のときの、津和野藩の怜悧な動きである。極めて合理的判断に終始した、この藩の優れた判断性である。

こうした藩の動きと、西周や森鷗外の出現と、どこかで繋がっていることは言うまでもない。

鷗外像を考えるとき、こうした大局的な見方が必要なのではあるまいか。

大国隆正の思想

大国隆正は、寛政四年（一七九二）十一月二十九日、江戸、桜田の津和野藩邸で出生している。父親、今井秀馨は、藩の奥祐筆であった。隆正は十四歳で平田篤胤の門に入り国学を学んでいる。

二十六歳で、父隠居のため今井氏を嗣ぎ、翌年、長崎に遊学、白人種の優越感と野心に脅威を感じ、後に『尊皇攘夷異説弁』を著している。三十七歳のとき、藩の大納戸武具役となるが、大志を抱き、脱藩、姓を野之口と改める。二年後に父の死に遭う。四十四歳のときは、大阪で国学の教授となり、門人たちも日増しに多くなり、大体、この時期に、隆正の国学思想の根幹が決定したようである。以後、播磨藩、小野藩などで国学を講じていたが、五十歳のとき京都に出て、「報本学舎」を設けるが、七年後、姫路藩侯に聘せられ、国学を好古堂で講じる。また福山藩にも招かれ、老臣以下藩子弟に「皇学」を講じた。

そして、脱藩中でありながら、「学事意見書」を津和野藩主茲監に提出ということになる。以下については省略する。

以上のことを考えると、隆正は脱藩して、天下のために国学を研鑽し、その指導的な存在者となったが、やはり郷里である津和野藩学のために、晩年は、津和野藩のために尽力することを考えていたことが理解される。

隆正の国学思想の中枢にある皇国観、神道観の神髄は、主著『本学挙要』にあると言ってよい。いわば、『本学挙要』は津和野本学の思想の基幹を述べたものと解していいのではないか。平成五年に刊行された『鷗外津和野への回想』（津和野町郷土館）の中で、この『本学挙要』に触れ「養老館の蔵書と対応させると、野之口（大国）隆正の『本学挙要』〈上・下〉は必読書であった」と書かれている。隆正が『本学挙要』を著したのは安政二年（一八五五）、隆正が六十四歳の時の著作で、鷗外が生まれる七年前のことである。しかし、鷗外が明治二年（一八六九）、養老館に入ったとき、この『本学挙要』は「必読の書」となっていた。

隆正は、「外国の教法」、つまり「儒仏の書」をまず否定し、「本教」、すなわちわが国の「神代の古事」にある「深き旨をひきいだ」さなければならぬ、と述べる。隆正は具体的に、「外国の教法」が入ってきた応神天皇までは、わが日本は、「上下和合」し、よくおさまっていたと言う。要は、価値観の基本についてそれ以前に還せということである。

『本学挙要』にある「総天皇論」は、隆正固有のもので、やや過激である。「日本国を地球の本とし、わが天皇を国王どもの本とし、天・地・人の三本をこゝにたてゝ、天地をつくりなしたまへるにより、わが天皇の御統は万々世かはりたまはぬなり」と述べる。「天皇」と他国の「国王」とを分け、「天皇」を「国王」どもの「本」とするという発想、こうなると一種の信仰である。現在では全く通用しない。しかし当時の弱肉強食の世界の動きの中で考えると、この時代の人には、そう荒唐無稽にもみえなかったと考えてもよいのではないか。

しかし、隆正の思想の主眼は、道義日本を盟主とする道義世界の建設にあった。「天皇」と「国王ども」は、隆正によれば当然違うわけである。例えば「支那」などは、「尭・舜・湯・武その端をなしてよりこのかた、乱臣・賊子、代々たえず。十世の間、殺逆にあはざる国王はなはだまれなり」と、「支那」における「国王」の不安定を言う。それに対し、わが日本は、「忠・孝・貞」の三大徳目を挙げ、これを「人界最第一の実徳」とし、「わが日本は、この三つの正しきにより、いにしへより、宝位ゆるぎたまはず」と述べる。永遠に続く日本の「天皇」こそ、真の指導者であり、「国王どもの本」とならなければならない、と主張する。そして、「西洋の不貞の国多しときく」と西洋を批判し、時代の変革期に対処するための、日本各層にわたる役割に警告を発している。

特に注目すべきは、師の篤胤と違い、隆正の国学は現実主義に貫かれていることである。

「いま外国のふね、しばしばわが国にきよるをりなり」と、当時の日本の置かれていた不安定な危機感に触れている。前年、安政元年（一八五四）一月には、米のペリーが、軍艦七隻を率いて浦賀に再来。三月には、強いられて、幕府は、日米和親条約を結ぶ。十二月には、ロシアとも、日露和親条約を結んでおり、大国隆正も苦慮するところであった。天皇、将軍家、諸大名、それに下民が、それぞれの役割を果たすことを訴え、「忠・孝・貞」を「わが日本国のもと」として、「たがはぬやうにすべきなり」と説く。隆正の国学は、現実にいかに生きるか、いかに処するかを説くが故に、かような危機的状況の中で、説得力をもったと思われる。

大攘夷の精神

大国隆正の国学は、決して排他的ではない。現実に「西洋」を拒否出来ない時代に入ったことを隆正は痛切に感じていた。一時的に攘夷を唱えても、必ず「西洋」は入ってくる。隆正は、若いとき、長崎遊学で、西洋の野望も認識していた。三カ月、長崎に滞在していたとき、吉尾権之助という西洋通が隆正に語った話が伝えられている。

> 西洋にてこのころはやく、支那・日本をうちしたがへんとする計策あり。賢者はかりごとをさだ《定》めていはく、支那は十年にしてうち《伐》したが《従》へつくべく、日本は十年二十年にてはかりがた《難》きくになり。三十年こゝろをつくしたらんには、うち《伐》したがへつべし。それもとり《取》得ることはならぬくに《国》になり。倭人をことごとくころ《殺》しつく《尽》し、草木をもうゑかふるほどにせざれば、西洋のものにはならぬなり。たゞおどしてしたがはしめ、貢金をいださしむべしといへりとなん。（『尊皇攘夷異説弁』）

隆正の尊皇攘夷の思想は、この吉尾の言で昂り、『尊皇攘夷異説弁』執筆に大きな影響を与えたことは言をまたない。『尊皇攘夷異説弁』は文久二年（一八六二）に執筆されている。隆正は七十一歳になっていた。若いときのようにやみくもに、「夷」を「攘」つというほど狭少ではない。隆正は、そうした「小攘夷」では駄目だと思っている。「夷狄」を「禽獣」と思い「道路をたちき」るのではなく、「万国をひきよせ、わが天皇につかしめたまはんみこゝろなれば、今の叡慮もそれにひとしく、一切の通路をたちきりたまふにあらざるべし」と述べている。

夷狄を跼蹐として排撃してしまうのが「小攘夷」なら、むしろ「万国をひきよせ、わが天皇につかしめたまはん」ためには「一切の通路をたちき」ってはならない。夷狄を拒否するのではなく、腹中に包みこむことにおいて、やがては「天皇につかしめ」んとする、いわゆるこれが、大国隆正の「大攘夷」の精神なのである。やはり基本には『本学挙要』で言う「天皇」と「国王ども」の立場、役割の違いを意識したものであろう。

もとより「尚学」が、隆正の根本精神であるが、「夷狄」（外国）の学問にどう対処するか。隆正の「大攘夷」の精神からすれば、その答は、おのずから出てくる。

それは「おほく見あつめて、そのよきを択ぶべし」である。そして、「国のために外国の学文をもすべし」また「ひろく学ぶべし」である。この「ひろく学」び、「おほく見あつめて、そのよきを択ぶべし」ということの学問に処する姿勢が、津和野藩学の基本方針になっていくのである。この姿勢は、当然、広い見識と「本物」をみる精神を養っていった。明治二年（一八六九）に鷗外林太郎は、養老館に入るが、当然、この隆正の思想に真向うことになったはずだ。養老館は、この隆正の国学思想を学問の核に据えたために厭でも嫌いでも振り払っても、この隆正の思想は、養老館で学ぶ生徒を追いかけたであろう。鷗外林太郎の個人としての対応は不詳であるが、藩校が、よしとした思想として、生徒に函養させようとした事実だけは残っている。知識というものは、記憶と不可分であるが、よしとして、ある一定期間、教育された思想は肉体化されるものではないか。鷗外が成長し、外国留学を希求し、それを成し遂げ極めて広い領域に亘って関心を持ち、多くを学び、「国恩の本」を忘れず広く啓蒙活動をしたこと、そして、白人国家に留学し、白人の恋人まで持ったにもかかわらず、「白人」という種に、警戒心を持ち続けたことを、ここで想起せざるを得ない。それは『黄禍論梗概』（明36・11）で「吾人は嫌でも白人と反対に立つ運命を持つて居る」と言い放った言葉とともに、いつまでも生き続けている。

さらに、大国隆正の発言の中で重要なことは、当時の日本を「大国」と位置づけていることである。

『尊皇攘夷異説弁』の中で次のように述べている。

> 隆正はいふ、所謂小攘夷は策の得たるものではない。まして大国たる日本は、大攘夷でなければならぬ。大攘夷は万邦をして各〻その所を得しめる。日本を総国として推尊するものでなければならないのである。
>
> 日本国を小国とをもふこと、わが古来よりのおもひあやまりなり。日本国は五大洲のうちにて、大国・中国・小国とわくるとき、大国の中にかぞへらるる国なり。

当時、極東の小国とみられ、日本人でさえそう思うことが普通であったとき、隆正は、大国日本は「大攘夷でなければならぬ」と自信を持って主張する。これは津和野藩士、否、日本人全体に対し、隆正は衿持と希望を与えるために述べているとみてよい。「衿持」は自信となり努力に繋がるものである。特に日夜、隆正の「本学」に接していた津和野藩士たちに、この大国日本の意識は大きな影響を与えたと思われる。

幼少年期に教示された思想や精神は、本人も知らぬ間に肉体化する。ドイツ留学の際、ナウマンに劣等国民呼ばわりされたときに、白人種たるドイツ人ばかりの中で、一人、東洋人たる鷗外が立って、自信をもって日本を擁護できたのも、心の基底に津和野藩学で培われた日本人としての「衿持」があったからではなかったか。

「大国たる日本は、大攘夷でなければならぬ」と、当時でみれば夢のような話であったろうが、隆正が、この文を綴って四十三年目に、大国ロシアを倒し、小国日本もとりあえず「大国」になったことを想起せざるを得ない。

鷗外と大国隆正

大国隆正個人について、鷗外は養老館に通っていたので、当然知っていた。影響も受けたであろう、とただ推測しているだけではない。鷗外は、己のあの膨大な作品群の中で、二度ほど大国隆正の名前を書いている。

その一は、『伊沢蘭軒』（大5・6）の「その百六十八」である。ここでは、「菱斉詩集」にある「送森嶋敦卿還福山」の七絶一首にある森嶋樸中《ぼくちゅう》について書いている。この樸中は福山阿部家に仕えていた。そこで鷗外は、この「樸中は我郷の大国隆正、福羽美静《よししず》と相識つてゐたと云ふ」と記している。大国隆正は一時、福山藩で、国学を講じていたからである。福羽美静について、ここまで触れずにきたが、福羽は、大国隆正の国学を学び、その素質の優秀さ故に、隆正から自立し、京都に出て四年間修学、帰藩して養老館の国学の教授となった。しかし、再び京に出て、七卿落ちに関係し、長州に近づき、明治に入ると、中央の政治に藩主茲監とかかわり、天皇に「御進講」をするまでになった。明治十二年（一八七九）には東京学士会院の会員になり、その後、子爵となり貴族院議員に選ばれたりした。やはり津和野藩学から出た英傑の一人であった。ただ幼少時、事故により腰を痛め、身体的に大人の成長をせず、極めて短軀であった。この福羽美静に、鷗外は、明治十三年（十八歳）、東大の学生のとき、本郷竜岡町から美静の許を訪ね、「和歌」を学んでいる。大国隆正と美静との関係からすれば、鷗外は美静から、隆正及び己が「国学」について聞かされることが当然あったと考えるのが自然であろう。美静は、明治四十年八月、七十七歳で死去している。

その二は、鷗外の『盛儀私記』（大4・11）の中に、藩主茲監と隆正が「贈位」を受けたとして福羽とともに出てくる。

夜官報号外に贈位の人名を載せたるを見れば、亀井茲監卿、大国隆正あり。卿は殆ど一身に先帝即位の典儀を引き受けし人なれば、理より推せば、固より今回の寵贈に漏るべきならねど、猶心もとなくて、前《さき》に相識れる当路の人を訪ひて請ふ所ありき。その追賁《ついひ》の数に入れるを見て、喜に勝へず。大国隆正も亦旧藩皇国学《みくにまなび》の祖とも云ふべき人にして、維新の政《まつりごと》を神武の古《いにしえ》に復せむとせし高遠なる理想は、此人の首唱に係る。先帝の大礼に寿詞を奏せし福羽《ふくは》子《し》美静《よししず》は、此人の門人なり。今此光栄を荷ふも宜なりと謂ふべし。

『盛儀私記』は、大正天皇の即位式が京都御所で行われたとき、出席し、その見聞をつぶさに記録したものである。大国隆正のことを「旧藩皇国学の祖」と書き「維新の政を神武の古に復せむとせし高遠なる理想は、此人の首唱に係る」と、「維新の政」にかかわった大国隆正のことを実に正確に書いている。この口吻からみても、隆正を敬愛していた鷗外の精神を読みとることが出来る。そして、さらに付加すると、思想は空気のようなものである。その影響下にいると無意識に吸い込み、肉体化してしまうものである。

大国隆正の碑（湯島神社）

さて、ここでどうしても付記しておきたいことがある。たまたま、明治四十年（一九〇七）刊の『東京案内』（下）（東京市役所市史編纂係）を散見していて「湯島神社」の項をみたとき、ハッと驚いた。境内に、菅原道真の「遺戒」（古人の戒め）を大国隆正の書で、福羽美静が、明治二十六年（一八九三）に建立した石碑があると記されている。なぜ、石見・津和野藩の国学者二人が関わる石碑が、東京の湯島神社に在るのか。私は過日（平成十八年十一月二十九日）、上京し、湯島神社に赴いた。百十三年前に建立されたもの、もうないだろうと思いながら、境内を探したところ、神殿に向かって左側の小さい木立の中に約二メートル余りの自然石の石碑をみつけた。一見したところでは、一体何の碑か誰も気付かないであろう。私は些細に観た。石は意外にきれい。六十七字、五行で、堂々たる隆正の字体。書の末の左下に「右菅家遺戒二則野之口隆正筆書」とあり、裏に廻ると、「福羽美静、明治の廿六年是建」とある。このとき美静は六十二歳、子爵、貴族院議員であった。「遺戒」の文面には「国学」、それに「神国一世無窮」、特に注目すべきは「和魂漢才」の文字がある。この「遺戒」は、隆正が藩主茲監に提出した「学事意見書」の主旨に酷似していることに気付いた。

それにしても、東京の、アカデミックゾーンに在る学問の祖、菅家の神社に、この石碑を建立したということは、津和野藩出身の福羽美静の、大国隆正への尊崇の念と、自信あふるる矜持の思いを新たにしたのであった。湯島神社の最も目立つ所に建っているこの石碑のことを鷗外は知っていたのであろうか。晩年の美静に親近していた鷗外は、間違いなく知っていたと推察される。

5　津和野藩と長州征伐

津和野藩の尚学政策が、実際にその成果をあらわしたのは、幕府の長州征伐のときである。このとき津和野藩は、幕府と約三十七万石の強力な長州軍の間に挟まれて、この激動をいかに生き残るかという難題に直面した。それだけではない、「生残り」だけではなく、数年先どうなるか、つまり幕府は、その勢力を保ち得るかどうか、津和野藩は情報を得るために京都に藩士を次々と送り込み、持ち帰ったその情報を分析し、将来の政治構造を占っていたと思われる。

津和野藩は、藩主茲監、福羽美静などが中心となり、検討を重ねていた。津和野藩の幹部たちの世情を見る洞察力は冴えわたっていた。その結果、藩をこの激動の中で保持することは勿論、さらに幕府と長州の戦いの結果までを分析

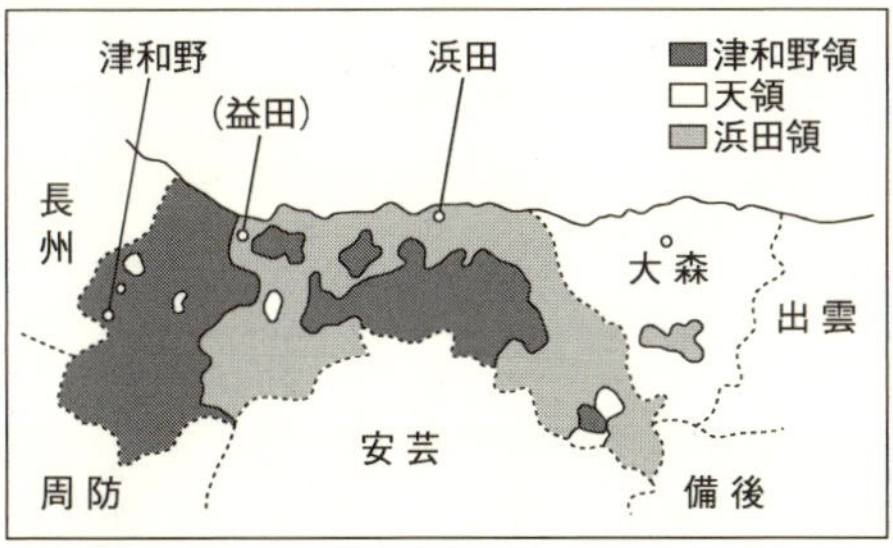

していたと考えてよい。その結果、幕府は必ず瓦解し、その後、長州が権力の中枢に入り実権を握るという確信を得ていたと思われる。

第一次長州征伐（文久4・元治1　一八六四）のときの『於杼《おど》呂《ろ》我中《がなか》』（復刻版『亀井茲監伝』加部厳夫編　昭57・2　マツノ書店）の年譜をみると、次のように書いている。

四月六日、藩士を召集し、諭示する所あり。幕府は（略）長防を征討せんとす。（略）使者を派して隣藩に謀り、事宜に由りては、急に上京して、公式の斡旋せんとするなり。

征長のことを識ると、すぐに「隣藩」に使者を送って「謀」っている。津和野藩の対応を長州に相談しているのである。また上京して「斡旋」も考えている。実に長州藩に留意していることが解る。幕府から長州征伐の先陣を津和野藩が受けたとき、「仮に営所を、高崎邸に設く」（十月二十二日）と書く。まさに幕府へのごまかしに腐心しただけである。

第一次は、長州の恭順で収まったが、問題は第二次である。第二次長州征伐（慶応2〈一八六六〉6・7）は、高杉晋作らの積極派の突き上げで、長州藩も強硬であった。幕府は、いわゆる四境から攻めた。周防大島、芸州口、小倉口、石州口である。津和野藩は、幕府から、この石州口の先頭隊を命じられた。そこで津和野藩は、どう動いたか。津和野藩は、長州藩の力と徳川幕府の運命を読んでいる。藩自体は、「幕兵」でありながら、一切動かなかった。六月に入り、二十二日、二十七日と、二回にわたり幕府征討軍は、津和野藩に「石見国征討第二陣」を命じてきたが、これを辞退、やはり動かなかった。津和野藩が、長州藩との間で最も苦渋したのは、すでに津和野城下に入っていた幕府軍目付長谷川久三郎を渡せと要求されたときであった。長州藩隊長杉山七郎らが藩境にきて、次のように執拗に要求した。

幕府ノ軍目付、入テ貴藩ノ城内ニ在リト聞ク。我士民、之ガ為ニ激昂シ、彼ヲ獲ンコトヲ希フ。貴藩此情ヲ了察シ、宜ク我藩ニ致スベシ。倘シ、聴カレザラバ、勢、干戈ニ訴ヘザルコトヲ得ズ。若シ然ラバ、多年ノ隣交モ、一朝ニシテ空シカラント。（『於杼呂我中』）

右の文言をみると、もはや脅迫である。津和野藩の使者たちは、「温言、百方慰諭に力メ、我藩情ノ苦境ヲ披瀝シ」、いったん藩に戻った。「侯、焦心苦慮」する。藩主が恐れたのは、幕府の怒りをかったとき、京や江戸に居る家臣たちのことであった。最後の使者に任じられたのが福羽文三郎（美静）だった。幕府軍目付を必ず津和野藩に返すことを「締約」させ、目付をも説得し、この問題は解決した。津和野藩は何ら傷つかなかった。この福羽美静らの対処のあり方である。直線的ではなく、熟考して最善の道を探る、この思考性、これを育てた津和野藩学の土壌の中から西周や鷗外らが生じていることを重視しなければならない。結局、両藩は戦わないという約束をし、長州軍は秘かに津和野藩領内を通り、浜田藩領の益田に向かうことになった。

長州軍は津和野城下を避け、六月十六日、黒谷村から横田に出て津和野藩と浜田藩の国境、扇原関門に達した。隊長は大村益次郎で長州軍は約一千名であった。このとき浜田藩の国境を守備していたのは、兵六名を従えた岸静江という若い武士であった。大村益次郎は、浜田藩と戦う意志なし、われわれは京に向かう、ただ通してくれれば有難い、と再三使者を送るが、岸静江は厳として肯えない。長州軍は、しびれを切らし、一発の弾丸で岸静江を斃し、なだれを打って、益田に入った。益田では福山藩兵と浜田藩兵が防戦したが、長州軍の勢には抗せず、どんどん後退、浜田藩は城に火をつけ、病身の四代藩主松平武聡は、用人らに背負われ、海上から船で松江に逃がれた。武聡、二十五歳だった。福山藩も敗走し、国許に帰ってしまった。長州軍は勢いづき、東へと進撃したのである。益田の戦場に残された兵士の遺体をみると、弾丸で死んでいるのは幕府側で、数少ない長州軍の死者は刀で斬られていたそうである。軍装備がまるで違った。長州軍は、服装からして軽快な洋装であったのに反し、浜田兵は、鎧甲が多かった。浜田藩は、戦国時代からどれほどの近代化もなかったといってよい。

それにしても津和野藩の、この戦いへの処し方である。幕府側からの再三の出陣要請に対し、津和野藩は動かなかった。しかし、それで済むことではない。津和野藩主亀井茲監は、幕軍の応援に出兵し得なかった理由を、在広島の征討総督徳川慶勝に、多分に自己弁解めいた「申報」を送っている。その中の一部を紹介しておこう。「弊藩処置之儀、御軍目付へ相伺候所、敵地至近城下故、領内へ人数分配之儀は差止、城下専務と致守護候様、御指図御座候」。敵長州軍は「至近」故に、兵を分散させず、「城下専務」とした、それも徳川軍の「目付」に相談した結果だと述べている。巧い言訳をしたものである。戦争の後のことを考えても、津和野藩は、長州軍と一切戦う意思はなかった。勿論、藩主茲監だけに洞察力があったわけではない。要するに、津和野藩幹部家臣たちの「合理主義」である。津和野藩は、そういう教育をしてきたということである。

6　隣国、浜田藩の悲劇

浜田藩は、幕府との関係で、ことわれない家譜にあったとしても全く「無策」であった。当時の藩主は松平武聰。徳川斉昭の十男で十五代将軍慶喜の弟にあたる人であった。悲運と言えばそうであるが、尚学の伝統があれば、ここまで壊滅しなくても済んだはずである。『浜田市誌』（昭48・11）で、浜田藩の教学の実体をみると、次のようにある。

毎月五回御城講釈が開かれ、藩士はこれを聴聞するに過ぎず家臣の大部分は武技の鍛錬に精励し学問に対しては医師または手習師匠について往来物や論語、孟子等の素読を受ける程度で藩令にも見るべきものはなかった。

これは、公式の浜田市の史誌である。隣の津和野藩の本格的な尚学政策と、全く比べようがない。浜田藩には専門の教師がいないので、家臣の大部分は「医師」や「手習師匠」に「論語、孟子」の「素読」を「受ける程度」で、藩としては恐らく学問の奨励はしたであろうが、「見るべきものはなかった」と断じている。「武技の鍛錬」も、今でいうスポーツ的意味しかなかったのではないか。

これでは、一千名の長州軍に、十名前後の兵士で立ち向った浜田藩国境警備隊長岸静江の猪突行動が出ても何ら不思議ではない。合理的思考が全く働いてない。

学問の習得を重視しなかった浜田藩に比し、尚学を藩の政策として、藩主が先頭に立って日々研鑽を怠らなかった津和野藩、その違いが、この長州戦争で、如実に示されたのである。津和野藩は、長州藩に敵対せず、幕府の命令を蹴った成果は、いち早くやってきた。津和野藩主、亀井茲監は、戊辰戦争の最中に、すでに明治新政府の中枢部に入ることが出来たのである。勿論、これだけではなく、大国隆正、玉松操、岩倉具視の一連の「国学」の関係が新政府の政策を左右したことも考えておかねばなるまい。栄典も、後に、浜田藩主が六万一千石で子爵なのに対し、四万三千石の津和野藩主は、一階級上の伯爵を受けている。

津和野藩は、終始徹底して尚学の藩として生きたことにより、大激動の維新時に大きな結果を得ることが出来たのである。そして、西周も森鷗外も、この藩で生育したことは偶然ではなかったことを、このことが証していることは言うまでもない。

7　明治新政府と津和野藩学

「王政復古」の「大号令」案

慶応三年（一八六七）一月、孝明天皇の急死にともない、わずか十六歳の祐宮睦仁親王が践祚し、明治天皇が位に就かれた。

この年、十月十四日、徳川慶喜は、朝廷に大政奉還をし、政局は動きはじめた。このとき、朝廷側の神祇局に津和野藩主亀井茲監がいた。その背後には大国隆正が隠然として存在していた。慶喜側には、皮肉にも津和野藩出身の西周がいて徳川家に有利になる「議題草案」を慶喜に提出、慶喜は、この「草案」をもって諸侯会議に臨んだ。しかし、薩摩、長州などの倒幕派は、慶喜を信頼せず、王政復古のクーデターを画策する。興味深いのは、新国家としての重要な岐路を模索しているとき、慶喜側にも、朝廷側（倒幕派）にも津和野藩学を学び唱導した人間がいたということである。ここに、津和野藩の、特異性と当時のレベルの高さを、いやでもみせつけられるのである。

結局、西郷隆盛、大久保利道、岩倉具視らによって西周の「議題草案」は葬られた。

そして、この年十二月九日、諸侯会議が終了、佐幕派の公家や諸侯が退出した後、今度は、倒幕派の公家、諸侯の参内が命じられ、学問所で十六歳の明治天皇に拝謁、国家のために尽力せよとの勅語があり、続いて倒幕派による「王政復古」の大号令が発せられたのである。

鷗外が大国隆正について『盛儀私記』で「旧藩皇国学の祖とも云ふべき人にして、維新の政《まつりごと》を神武の古《いにしえ》に復せむとせし高遠なる理想は、此人の首唱に係る」と書いたのは、この「大号令」文案に、大国隆正がかかわり、首唱したことを述べているのである。「大号令」の文で、最も核となる言葉に「諸事神武創業ノ始ニ原ヅキ」という文がある。これからの新日本の依る所の精神の基準である。これについては、倒幕派の諸侯会議で相当な激論がかわされ、その結果、岩倉具視の提言により、「神武創業」に決定された。このときの経緯について『於杼呂我中』の中で次のように書いている。

> 福羽文三郎（美静）ヲ京師ニ遣リ、野之口仲に就キテ古典、及ビ律・令・格・式ヲ兼ネ学バシムル等、是皆王政復古ヲ迎フルノ準備ナラザルハ無カリキ

藩主茲監は、「王政復古」については早くから準備し、福羽美静を京都に送り、野之口仲、すなわち大国隆正に「古典」、「令・格・式」などを調べさせていたことが解る。「大号令」に銘記される依るべき基準について「建武ノ中興」とか「大化の改新」とか種々出たが、岩倉の一言で決った。この岩倉に教えたのは、国学者玉松操であった。そして、この玉松操に「神武創業」を起点とすべきと教示したのは、亀井茲監を介して大国隆正であった。鷗外は『津下四郎左衛門』（大4・4）の中で、維新時「開国の必要」が「群集心理」に「滲徹」しなかったのは「智慧の秘密」がよく保たれたからと書き、その「消息」を伝えるものとして井上毅の『梧陰存稿』に「岩倉具視と玉松操との物語」があると書いている。横井小楠を暗殺した津下の息子の「語り」で綴られる作品であるので、ここで大国隆正は登場しないが、鷗外は、隆正と岩倉、玉松の関係についてはむろん識っていたと思われる。

まさに、新日本の精神の根幹が、津和野藩学の主唱者によって決定されたという事実は、余り知られていない。しかし、鷗外は、隆正が「維新の政を神武の古に復せむとせし高遠なる理想」を持った先学者であったことをよく知っていた。さすがであるが、それと同時に「高遠な理想」と高く評価していることも、ほとんど知られていないことである。

鷗外は、「旧藩皇国学《みくにまなび》の祖」として、大国隆正を敬愛していたとみてよい。

「五箇条の御誓文」

茲監は、慶応四年四月に神祇局副知事に任じられ、明治新政府の宗教政策における事実上の責任者になっている。その立場にいることで、「神武創業」の理念を、具体的に国の内外に示すことを託された。そこで「五箇条の御誓文」が発布されることになる。この「御誓文」にも隆正の思想が反映された。「公平」「平等」「一体」という民主的概念がうたわれており、世界に対しては開国和親にあった。「一、広く会議を興し万機公論に決すべし、二、上下心を一にして盛に経綸を行うべし、(「経綸」とは、「制度、または計画を立てて天下国家を治めること」である)。五、智識を世界に求め大いに皇基を振起すべし、」以上三条だけ挙げてみたが、どれも隆正の思想が押えられていることが理解出来る。

さらに、この「御誓文」の発布に際し、茲監は、このとき神祇局判事になっていた福羽美静とともに、従来にない朝廷の祭祀の改革を考えていた。その結果、従来は神に対して、公家など代理人がかかわった祭祀を今回は、天皇が直接行う形にしたのである。つまり、天皇が、天神地祇を祭り、天地神明に誓うという形式である。この儀礼は『日本書紀』にある神武天皇の故事に対応させようとしたと思われる。これによって、天皇が祭事の実行者であることと、政治的君主であること、つまり「神事」と「政治」の一体化であり、これが「祭政一致」である。政府側で、これを決めるのは総裁職顧問たる長州の木戸孝允であった。長年、隣の長州藩と誼みを続けてきた津和野藩主茲監としては、宮廷における祭祀の変更を提言することは容易であった。木戸孝允は、亀井茲監の意見を問題なく受け入れた。まさに大国隆正の「祭政一致」の国体観が現実のものになったのである。

即位の大礼

「神武創業」という新国家の基本精神が定ったことにより、明治天皇の「即位の大礼」の形式も改革されることになる。

この祭祀の最高責任者である岩倉具視は、従来の大礼儀式が「唐制」に準拠していることを懸念し、亀井茲監に調査及び新儀式の創定を依頼した。もとより茲監も、「唐制」を廃することを考えていたので、福羽美静とともに熟考する。明治元年(一八六八)八月十二日に「御即位新式取調係」が設置され、亀井茲監、福羽美静が御用係を正式に拝命する。そして、「即位の大礼」の新方式は次のようになった。

式典は従来、庭上に火爐を置き、告天の焼香を行っていたが、茲監らはこれを廃止し、奉幣案を設置し、天皇が幣を捧げることにした。服装も、すべて「唐制」のものは廃止され、黄櫨色の束帯を召されることになった。庭上では、「唐制」は、やはり廃止にされ、小幡、鉾等を用いることにした。この即位の大礼の祭祀が、外国の「唐制」を廃し、すべて純粋な日本国家の文化に添うものに改革されたことは、いかにも維新の大業を象徴するものであった。最も注目すべきことは、紫宸殿の南庭中央に据えられた奉幣案（台）の上に「大地球儀」を設置したことである。この地球儀は嘉永五年（一八五二）六月、水戸中納言水戸斉昭が、関白鷹司政通を介して朝廷に献上されたものであった。

この即位の大礼に置かれた「大地球儀」は、大国隆正の「万国総帝観」を象徴していることは言うまでもない。隆正は『球上一覧』（文久二年〈一八六二〉）で、「仏道」「儒道」が「王位」を軽々とするのに対し、「神道」は「宝祚無窮」であると述べている。隆正は、この「大地球儀」をすでにみており、茲監に進言したことは容易に想像出来る。

明治維新という未曾有な国家の大変革に際し、その重要な施策に大きな役割を果した津和野藩の主従を考えたとき、この津和野藩学は、当時の日本の先端の知識を代表していたことが解る。

いかに、津和野藩は進んでいたか、その藩学のもとで生育した福羽美静、そして西周、森鷗外らが、将来にみせた先進性は、この幼少年期にほぼ基盤が出来ていたことを、容易に察することが出来よう。

廃仏毀釈とキリシタン迫害

津和野藩主亀井茲監が、新政府の宗教政策を担う神祇局副知事に抜擢されたことは、名誉とともに「負」を背負わされることにもなる。

「王政復古」の「大号令」で「神武創業ノ始ニ原ヅキ」と嘔い、新政府の基本が決定された以上、「儒仏」と「神道」を習合させてはならない。神祇局が原案を粘り、新政府は「神仏分離令」を出した。慶応四年三月、「五箇条の御誓文」が発布され、まもなく廃仏毀釈運動が全国的に波及していくことになる。

しかし、この廃仏毀釈問題は、新国家の基本方針であり、亀井茲監個人だけの責任の問題ではあるまい。

津和野藩の、藩主が神祇局の責任者の一人であるという立場から受け入れざるを得なかったことは、長崎浦上のキリシタンの問題であった。

明治新政府は、その国家観にもとづいて、キリシタン禁制を徳川幕府と同様にとらざるを得なかった。慶応三年六月十三日に「浦上四番崩れ」と称されるキリシタン総捕縛が行われた。その六十八名は、浦上キリシタンの中心人物たちであった。翌年四月二十五日、大阪行在所で御前会議があり、浦上キリシタンの扱いについて話し合われ、木戸孝允の意見が採択された。それは、名古屋以西の十万石以上の諸藩に、キリシタンを配分監禁し、「藩主に生殺与奪の権を与えて懇々教諭を加えさせる」という内容であった。亀井茲監は、「見込言上書草案」を作成し、そこに「耶蘇宗門」は「神国之大害」と書いた。津和野藩学からすれば、当然の言である。そこで、キリシタンを配分される藩は、「十万石」という基準があるにもかかわらず、四万三千石でしかない津和野藩は、このキリシタンたちを受け入れざるを得なかった。

神祇局副知事という立場が、「負」に働いたのである。慶応四年四月十七日、第一次移送者二十八名が長崎から津和野城下に運び込まれた。第二次移送者は百二十五名で、ほとんど第一次のときの家族で、女、子供、老人が多かった。津和野藩は、藩主が「草案」で取扱いについて「正路(道)ヲ以、論方専要」と書き、専ら「説諭」をもって「改心」を行おうとした。乙女山という小高い丘の上に在る古い寺を利用し、そこに竹矢来を組み、キリシタンたちを収容した。尚学の藩を任じる津和野藩であるだけに、最初は冷静にやろうとした。まず、僧侶が「改心」の説得に出てきたが、次は「神主」に交替、最後は「役人」が出ざるを得なかった。津和野に移送されたキリシタンたちの信仰は強靱だった。

この異宗徒取締役の藩士に、金森一峰がいた。

実は、この金森一峰と、鷗外の家は縁戚であった。この事実を、私は津和野の郷土史家であった故森澄泰文氏によって知られ驚嘆、さらに私自身の調査を加えて初めて発表したのは昭和五十四年(一九七九)であった。(昭54・10・2『朝日新聞』夕刊)。鷗外は、慶応四年、六歳のとき、米原綱善に師事し、「孟子」を学んだ。金森一峰は、この米原綱善の実兄である。綱善は、鷗外の祖母清子の妹千代が嫁いだ米原台道の養子として金森家から米原家に入ったといういきさつがある。その上、綱善の一人娘静子は、後に鷗外の弟森潤三郎と結婚している。この金森家、米原家ともに、森家とは相当深い関係があることが解る。鷗外が六歳から米原綱善の家に通うとき、その近くにキリシタンの取調所も在った。鷗外は、異宗徒取締役人、金森一峰を終生意識外に置くことは、出来なかったはずである。

鷗外が、後に信仰の自由、思想の自由に、非常に敏感であったことは、『独逸日記』の一挿話(後述)から知ることが出来るが、その淵源は、この自藩たる津和野藩のキリシタン問題があったと思って間違いないだろう。

結局、このキリシタン問題は、明治四年(一八七一)五月、事実上の終止符が打たれたが、拷問などによる死者は、三十一名を数えた。津和野藩の近代日本国家草創期、その核心の精神を担うという、その耀かしい「陽」の部分に対し、廃仏毀釈はともかく、このキリシタン問題は、津和野藩の「陰」の部分として藩史に刻まれることになった。

これは、そのまま鷗外の精神史の問題でもあった。津和野藩出身という矜持とともに、このキリシタン問題は、鷗外の暗部で生き続けたものと思われる。あの膨大な『鷗外全集』の中に、一言もこの問題が書かれなかったことは、逆に、鷗外の心の創痍となっていたことを証しているとみてよかろう。娘の杏奴は、このキリシタン迫害について、「おそろしく狭い」津和野の町で、迫害の「光景を父が眼にする機会がなかったとは、常識として考えられない」(『現代日本文学アルバム　森鷗外』昭54　学習研究社)と述べている。後世の大逆事件に対する『沈黙の塔』(明43・11)、または一連の歴史小説にみせる「為政者」への注目、特に『最後の一句』で、〝お上(為政者)の事には間違はございますまいから〟と毅然と述べたいちの言葉などに、この幼少年期に体験したキリシタン迫害史が、細く、長く繋っていたとみるべきではあるまいか。

8　森家の家譜

森家は、慶安年間(一六〇〇年代)まで遡ることが出来る。二代目玄徳から八代秀菴まで、みな津和野藩の典医であった。藩主亀井家は、二百五十五年続いたが、森家は慶安年間から明治二年(版籍奉還)まで数えても二百五十年続いている。ほぼ、森家は典医として津和野藩とともに生きたといってよい。森家の家譜は左の通りである。(〇数字は「代」を数える。)

①玄佐—②玄篤(二世)—③玄叔(三世)—④周菴(四代)—⑤玄佐(五世)—⑥玄叔(六世)—⑦玄碩(七世)／周菴(八世)—⑧秀菴(九世)—立本(十世)／秀菴(十一世)—⑨白仙(十二世)—⑩静泰(十三世)—⑪林太郎(十四世)

右の家譜をみると、八代目周菴(高亮)の後の「代」と「世」とが複雑になっている。この周菴の長子立本は夭逝したので、三男秀菴を嗣子としたが、故あって山口に出奔した。また二男覚馬(時義)は、同じ津和野藩の典医、西時雍の養子に入ったため、森家は断絶の危機を迎えた。そこで、同じ津和野藩士の佐佐田家綱浄の次男、白仙を養子に迎え、森家の第九代として再興された。八代目秀菴(高亮)の二男覚馬(時義)が西家に入り、カネと婚姻、その結果、西周が出生した。従って、森白仙の一人娘、峰子と西周は、従兄同士ということになる。

西周の家系であるが、出身はもともと遠江相良である。故あって、肥後、肥前と居を遷し、やがて長崎に出て瘍科を学び、西氏は大阪に出る。このとき、元禄十三年(一七〇〇)、津和野藩第三代藩主茲親に聘せられ、津和野藩の典医となった。

父静泰と母峰子

森家の断絶を救うために養子に入った白仙は、玄仙と号していたが、後に改めた。津和野藩では、養父と同じ「奥付」を命じられた。「資性剛直」(森潤三郎)との評があるが、妻は長州、地福の大庄屋木嶋又右衛門正信の娘、清子を迎え、二人の間に、まず男児貞吉が生まれたが夭逝、次に弘化三年（一八四六）九月十三日に一人娘峰子が出生した。鷗外の母である。峰子は大切に育てられた。本好きで、女児のする人形遊びは余り好まなかったという。

この峰子は、成長して十五歳のとき、父白仙の許に弟子入りしていた吉次泰造を婿養子として迎える。

泰造は、防府華城の、小松原大庄屋吉次家六代の与左衛門の五男として、天保七年（一八三六）七月二十日に生まれる。峰子と泰造は十一歳も離れていたが、文久元年（一八六一）に結婚している。泰造は、森家に入ると静泰と改め、長崎に出て和・蘭両医学を修めて津和野に帰った。性格は穏やかで、茶道を好んだ。峰子は利発で、父白仙に似ていたと言われている。

白仙は、娘を結婚させると、参勤交替で江戸に出た。恐らく結婚は一月頃と推定している。白仙の上京は、一月末か二月の初めであったと思われる。藩主は、七月初め、津和野に帰ることになったが、白仙は重い脚気に冒され、病に伏した。十月頃少康を得て、江戸を発ち津和野に向ったが、近江の土山宿に達したとき、脚気衝心が悪化、十一月十七日に土山宿の井筒屋で亡くなった。遺骸は、すぐ近くに在る、臨済宗東福寺派の常明寺に葬られた。従者は、遺髪をもち、十二月に入って峰子の許に着き白仙の死を報告した。小金井喜美子は、このときのことを「祖母君（清子）は涙を払ひ、神棚にお燈明を上げて伏し拝みて後、泣き沈む母君（峰子）を折しも外より帰れる父君（静泰）に助けて奥に伴はせ（略）」（『森鷗外の系族』昭18・12　大岡山書店）と書いている。このとき、喜美子はまだこの世に生を享けていず、祖母か、両親の誰かに聞いたのであろう。この哀しみの年末、峰子は、大きな腹をかかえて正月を迎えることになる。

鷗外の生誕

文久二年（一八六二）は明けた。石見地方では、正月には百人一首のカルタ取りが習慣であったが、「今年は手にだも触れず、唯父の思ひに沈み伏してのみ過ぐし給へり」と小金井喜美子は、母の伝聞を書いている。

しかし、この正月十九日、峰子は待望の男子を出生した。森鷗外の生誕である。祖母は神棚に燈明をあげ、祖父白仙の生れ代りだと言って喜んだ。続いて慶応三年（一八六七）、次男篤次郎、明治三年（一八七〇）、長女喜美子、明治十二年（一八七〇）、三男潤三郎が生まれている。

静泰は、白仙の死後、藩のはからいで、藩医としての立場はそのまま継承していた。明治に入って静泰は静男と改めた。静男は、藩命で蘭医学を学ぶため江戸に出て松本良順、佐倉の佐藤尚中らに学んだ。そのため、鷗外の幼少年期は父静男は不在のため、母峰子が全面的に教育に携った。

慶応三年十一月、鷗外五歳のとき、養老館教授村田美実に「論語」の素読を習う。翌年、米原綱善に師事、「孟学」を学ぶ。明治二年（一八六九）、七歳で藩校養老館に入学、二、七の日に通学、四書復読を修学した。八歳になると、「孝経」「大学」「中庸」「孟子」「易経」「詩経」「書経」「礼記」「春秋左伝」「史記」等を白文をもって修学。勿論、大国隆正の『本学挙要』は必読の書であり、「国学」とともに「蘭医学」も必修であった。養老館では、春、秋に試験があり、鷗外は、明治二年、三年と二回、最優秀賞を受けている。

蘭医学を長崎、江戸などで学んできた父静男が随分本腰を入れて「和蘭《オランダ》語」を林太郎鷗外に指導した。明治元年の段階で、母の峰子は二十二歳になっていた。白仙は、峰子に文字書きの勉強をさせなかったので、峰子は、息子林太郎の養老館学習の把握が出来ない。長州から嫁に来た峰子の母、清子は読み書きも出来、なかなか見識の持主であった。峰子はこの母から「伊呂波」を密かに習い、だんだんレベルを上げ、潤三郎に言わせると、林太郎が米原綱善の塾に通う頃には、峰子は、「仮名付きの四書」が読めるようになっていたと書いている（『鷗外森林太郎』）。

この峰子の努力は並大抵ではない。すべて林太郎鷗外のためであった。

9　鷗外の出郷

明治五年（一八七二）、藩主茲監の上京に父は医者として随行することになった。そこで、西周の東京で勉強をしなさい、という強い勧めもあり、鷗外は父とともに、六月二十六日、津和野を出た。他の家族は、米原綱善の家に同居となり、一年後に上京して来ることになっていた。鷗外らと一緒にこの時上京したのは、東洋紡績の初代社長になった山辺丈夫と、その養母喜勢であった。

山辺丈夫は、西周の提言で藩で制度化された貢進生の一人であった。貢進生とは、津和野藩内の優秀な青少年を東京に留学させる制度で、最終的には藩主茲監が決定して作ったものであった。山辺は、すでに二年前に上京していたが、事情があり帰郷、この度は再出発であった。鷗外は十歳、山辺は二十歳であり、少年鷗外は、山辺から長い旅の中でいろいろ有意義な話を聞き、希望に胸を燃したのではなかったか。

鷗外と父らは、横堀の家を出て野坂峠から長州に向かい、地福の祖母、清子の生家木嶋家に立ち寄り、大原で一泊し、翌日、三田尻に出た。三田尻は、父静男の実家、吉次家があり、父子はここに一週間滞在している。三田尻からは船で大阪に至ったものと推測される。東京には八月上旬に着き、向島須崎村小梅の亀井家下邸に入ったが、しばらくの後、向島小梅村八十七番地に落着いた。祖母、母など家族は翌六年に上京、同居した。しかし、借家であったので、小梅村二百三十七番地に家を購入して移り住んだ。明治八年（一八七五）四月、鷗外十三歳のときである。

それより先、東京に着いた鷗外は、明治五年（一八七二）十月に、ドイツ語を学ぶため本郷壱岐殿坂の進文学社に入ったが、家から離れているため、神田小川町の西周邸に下宿することになった。

この時期、父静男の経済は苦しかった。それでも月給の三分の一は、息子鷗外の書籍費にさいていたと、鷗外は『本家分家』（大4・8）で書いている。西周は、鷗外が下宿した翌年、福沢諭吉らとともに「明六社」を設立、若い日本の知的啓蒙に活躍していた。この母の従兄の活躍に、少年鷗外の向学心はいやでも燃えたのではあるまいか。西周は、オランダに留学していたこともあり、西家の生活は、それまで鷗外が経験したことのない、すべて西洋式であった。料理も西洋式、それにビスケット。コーヒーも、西邸で鷗外は初めて飲んだと思われる。

当時、西周は明治新政府に迎えられ、陸軍大丞の地位にいた。年齢は四十四歳の働き盛り。今までは静かな山間での就学、父も名の通り穏やかな人であったが、西周は、明治新政府のバリバリの官僚で、しかも洋行帰りで、知識は博学、鷗外は圧倒される思いであったろう。当時としては、初めて本物の知識人に出会ったわけで、学問する事の意義も、この西周の存在自体に教えられたことが多かったと推察される。

第二部　明治十年代（一八七七―一八八六）

1　東京大学医学部本科生

鷗外は一年足らずで進文学舎を退学した。その理由は、明治六年（一八七三）九月に第一大学区医学校（翌年東京医学校と改める）に入るためであった。しかし、この学校は、「十四歳以上十七歳以下」という入学制限があった。このときの鷗外の満年齢は十一歳八カ月で、入学資格がない。どうしてもこの年に入りたかったのは本人なのか、あるいは親だったのか、それは明確ではないが、万延元年（一八六〇）生まれとして書類を提出した。満でいけばそれでも足りないはずであるが、幸いに、当時は数え年で計算したので、鷗外は無事入ることが出来た。

明治九年（一八七六）十二月に、東京医学校が本郷に移ったので、寄宿舎の官費生にもなった。明治十年四月、東京医学校と東京開成学校が合併、東京大学医学部となり、その本科生となった。このとき、賀古鶴所《かこつると》、菊池常三郎、小池正直、谷口謙、中浜東一郎らと同期になる。

明治十二年（一八七九）、父静男は南足立郡の郡医となり、六月十八日、足立郡千住北組十四番地に橘井堂《きっせい》医院を開業した。この翌十三年に鷗外は、大学寄宿舎を出て、本郷竜岡町の下宿屋、上条に移転。東大の鉄門にも、後に『雁』の舞台となる無縁坂にも近かった。このときの体験が『雁』の素材となっている。

鷗外の部屋は、「八畳」で、窓から東大の校舎が見える距離に在った。卒業試験の最中に下宿が火事になり、ノート類を焼き、そのために卒業の席次が八番になったということは周知の通りである。また成績不振の理由に、ドイツからきた外科学のウィルヘルム・シュルツ教授が、鷗外の外科学の講義ノートに漢文の書き込みがあったのをみつけ、反感を買ったためとも言われている。

ともあれ、大学時代の鷗外は、やはりなかなか優秀であった。同期生中首席だった三浦守治が、門下生佐多愛彦に語った言が残っている。「先生又嘗テ曰ク「余ガ大学ニ在ルヤ同級生ニ森林太郎ノ俊才アリ、高橋順太郎ノ勉強アリ。共に畏敬セル競争者ナリキ」ト」（「恩師三浦守治先生ノ追想」、『三浦守治論文全集』大7・4　日本病理学会）。

また、学生当時、寄宿舎に、鷗外より七歳も年長の小池正直もいた。小池は二十歳を越える年齢であったので、実際のところ十四歳の鷗外は子供じみてみえる面もあったろう。「尊大」というより、年長者として忠告することもあったようだ。後に「小倉転勤」のとき、鷗外は小池から「左遷」されたと恨む時期もあったのだが、後述するように、実際は策士ではもとよりなく、「沈黙謹厳の性格」であったようだ。漢文は小池が上であったが、鷗外は国学、和歌、ドイツ語が目立っていたらしい。特に、東大医学部の時代、「国学」に精通していて当時の学生としては珍しかった。やはり津和野藩学の影響をみる。小池の「漢学」に負けたくないと思ったのか、この寄宿時代によく勉強して上達したものと思われる。もはや、この頃から「強記は実に天才」と、緒方収二郎は、小池の「評伝」で鷗外を絶賛している。卒業のとき、異例の十九歳であった。

「家長」たり得たか

少し遡るが、明治十二年（一八七二）春、父が橘井堂医院を開業した年、鷗外は十七歳になっていた。次男篤次郎《とくじろう》は十二歳であった。この年、篤次郎が学んでいた儒者佐善元立が仲介となって、佐善と同じ因州出身の川田佐久馬から養子として篤次郎が欲しいという申し出があった。川田は元老院議官の地位にあり、西周とも親交があった。西周の口添えもあり、父静男は納得し、急速に話が進んでいたが、養子に行った場合、篤次郎が将来取得するべき財産の件が、最初の申し出のときから変わってきた。そのことを、川田本人ではなく佐善が伝えに来たことに鷗外は憤然とした。小金井喜美子の文によると、鷗外が一番怒ったことは、財産の額の問題ではなく、相手側の誠意のなさであったとのこと。大学寄宿舎から帰ってきた日、仲介役の佐善と会い、「いつになくお兄い様の高い声」が聞こえ、佐善は、その直後に帰り、それで篤次郎の養子の話は立ち消えになった。後で静男は「己は破談にして不服はない」（小金井喜美子）と鷗外に伝えたとのことである。この鷗外の態度に対し、山崎正和氏は「実質的な家長の地位」についた事件と位置づけ、さらに「鷗外の精神史に決定的な意味を持」ったと述べている。（『鷗外　闘う家長』昭47・11　河出書房新社）それまでの鷗外研究史の中で、この養子問題に目を付け、重要な鷗外の精神的意味をみたのは山崎正和氏であり、しかも森家の「家長」を確立したという視点が注目され、鷗外研究に、この新説が大きな刺激を与えることにもなった。しかし、鷗外はドイツ留学帰国後、エリーゼ問題を抱え込み、森家に多大な迷惑を掛け、西周が仲人となった赤松登志子との結婚を一方的に破棄し、西周と断絶した。そして、母が生きている間、妻志げと母との嫁姑問題でも解決点を見出し得なかった。こんなことを考えたとき、とても強い誠実な「家長」とは言えまい。みずから森家に不安と杞憂を与え続けた鷗外を、果たして「家長」の「確立」と言えるのだろうか。形の上では紛れもなく鷗外が「家長」であったが、実は森家の実質的な「家長」は母の峰子であった。この篤次郎の養子問題に、あの利発な峰子が登場していないのは、陰にあって、鷗外に拒否を伝えさせていたとみるべきであろう。『舞姫』（明23・1）をみても解るように、鷗外は母ある限り、母に全く頭が上がらなかったのは、その軌跡をみれば解ることである。

賀古鶴所の存在

このとき、終生の親友となる賀古鶴所が同級生にいた。卒業時、賀古の成績は二十一番である。

賀古鶴所（安政二年〈一八五五〉―昭和六年〈一九三一〉）は、鷗外より七歳年長。静岡浜松藩医の家に生まれた。賀古は鷗外と違い、前年から陸軍省の依託学生になっていた。従って、卒業とともに、陸軍省医務局に採用された。小池正直も一緒であった。

賀古は明治二十一年（一八八八）十二月二日から二十二年十月九日まで、黒田清隆内閣の内務大臣であった山県有朋中将に随行して欧米に出張している。『舞姫』の中で、天方大臣と親友相沢謙吉が太田豊太郎のいるベルリンにやってくる筋書きは、このときの山県と賀古を使ったものと思える。賀古は帰朝後、公務の傍ら耳鼻咽喉科を開業している。日露戦争では、遼東守備軍兵站軍医部長として出征、功績を挙げ、戦後は、軍医監（少将相当官）となる。明治三十九年（一九〇六）九月、山県有朋、鷗外らとともに歌の会、常磐会を興し、大正十一年（一九二二）二月まで続けた。

鷗外が、一生親友として心を許した人で、日露戦後、将官の別荘造りが流行ったとき、鷗外の母峰子が苦心して決定した千葉県大原、日在に、鷗外は賀古にも声を掛け、両人は至近距離に別荘を建てたぐらいである。鷗外が死ぬとき、例の「遺書」を筆録したのが賀古鶴所であったことは余りにも知られたことである。

2　卒業後の志望

卒業後の鷗外の志望は、文部省から派遣されてドイツに留学することであった。〝初めに留学ありき〟、鷗外の気持はここにあったのではなかろうか。感受性が敏感な幼少年期、津和野藩学の精神、とりわけ養老館生必読の書であった大国隆正の『本学挙要』にある、「国のために外国の学文をもすべし」「ひろく学ぶべし」、この精神は、確固たるものとして、鷗外の内面に根を据えていたに違いない。後に「テーベス百門の大都」と、鷗外の博学に対して形容した木下杢太郎の言を待つまでもなく、東大時代、すでに緒方収二郎は鷗外のことを、「強記は実に天才」と看破していた。当時、世界の先進国のトップはドイツであった。このドイツに是非とも行きたい、この志の源流の中に、幼年期、津和野藩学の中で生き、父に「オランダ文典」を学び、西洋への関心を育て、上京後、進文学舎でドイツ語修得を開始したこと、それに西洋文化の中に生活していた西周の邸に、二年近く寄宿したことなどが大きい要因になったであろう。その上、東大に来ているドイツ人の教授たちの言動も、また刺激になったと思われるが、しかし、何よりも大事なことは、西洋留学の資格が、当時出世するには不可欠であったことである。鷗外の最後の史伝となった『北条霞亭』（大6・10・30

〜12・26）が、志摩半島の僻村から出て、福山藩江戸在勤の儒者になっていく過程を、その「書牘」を通して書いていくとき、己の東大卒業前後を思い出していたかも知れない。僻村から世に出ようとする者への共感である。

鷗外の第一志望は、大学に残り研究生活をすることであった。しかし、卒業席次が八番では、とうてい不可能である。二番までにいなければ資格がなかった。鷗外は、しばらく浪人して機会をまつことになる。この時期、鷗外は陸軍省に入る意思はなく、東大に残れることをまだ楽観していたようだ。この浪人の期間、つまり十四年（一八八一）七月から十二月頃まで、父の橘井堂医院で手伝いをしている。生涯、臨床医としての一回限りの体験であった。このときのことは『カズイスチカ』（明44・1）に書いている。富士川英郎氏は、『鷗外雑志』（昭58・7　小沢書店）で、この浪人中、山口、熊本、長崎の各県から医学校教官の招聘があったが固辞したと書いている。心はヨーロッパにあるのに、日本国内、しかも地方の教官には、このとき鷗外は全く関心がなかったであろう。しかし、鷗外にもだんだん焦りが出てくる。

小池正直の推薦状

この鷗外の進路未定の状況を見兼ね、東大同期の小池正直が、陸軍軍医本部次長、軍医監石黒忠悳《ただのり》に、鷗外を陸軍省医務局に採用してもらえるよう熱い推薦状を提出している。後年、石黒が小池の漢文体の推薦状を「あれは得意の漢文でネ、なかなかの名文だったヨ」（『男爵小池正直伝』昭15・8　陸軍軍医団）と述べている。確かに、この推薦状は格調ある名文であった。小池正直は、鷗外を「一良友」と位置づけ、その能力を「博聞強記」「英才」「此人蓋し千里之才なり」と、若き鷗外を評するに常套語を挙げている。緒方収二郎が、「神童」「天才」と述べたのと同じ鷗外観が、ここにある。鷗外は、学生時、同級生からみても、余程傑出していたことが解る。特に、鷗外の生涯を通して言える博大な智識は、小池の言う「博聞強記」、緒方の書く「強記は実に天才」と、学生時代からすでに目立っていたことである。

右の推薦文に戻ると、小池は、「本課」（医学）は勿論であるが、「和歌詩文」に優れていること、また、卒業試験に不幸があったこと、特に「朱氏」（シュルツ教授）と合わなかったこと、等種々挙げ、この成績の点数だけで森を評することは「国の不幸なり」と断じている。この小池の推薦状は、人間の好悪を越えた、一人の俊才を惜しむ心から一同級生を推薦する文となっている。学生時代、身辺で見ていた緒方収二郎が、小池のことを「沈黙謹厳」と書いたが、この推薦状を読むと、この緒方の小池評を疑う者はあるまい。鷗外は、ぎりぎりまで文部省の件を諦めていなかった。この年十月には、鷗外は医師の開業免許状を申請し、生活も考えねばならなかった。

十一月二十日付で鷗外は賀古に苦渋の手紙を出している。

「今朝三宅秀ヲ訪ヒ相談ニ及ヒ候」。しかし、その結果は芳しいものではなかった。

賀古は、前年からすでに陸軍省に入っていたので、鷗外が賀古に向って書いている「御忠告之件」「貴君ノ誠意」等の言句で、賀古が、鷗外に陸軍省に入ることを懸命に慫慂していたことが解る。そんな中でも鷗外は、文部省留学生の希望を捨て切れなかった。さて、賀古への手紙をさらに見てみよう。「今朝」東京大学医学部長の三宅秀（秀民の誤り）を訪ね、文部省留学生のことを鷗外が聞いていることが解る。三宅は、まだ未定だが、三人以内を示唆、このうち一人は去年の卒業生かも解らず、いずれにしても「試検成績」を主とするので、「所詮卿ノ番ニナル可ラズ断念シテ然ル可シ」と、冷厳に告げたようである。ここで鷗外は遂に決心、両親の「意ニ遵ヒ陸軍省ニ出仕ノ外ハ無御坐候」と決断するに至ったのである。

陸軍省に入ることを決定

さらにこの手紙を読むと、文部省留学生のことで「種々聞合候事陸軍ノ諸官員ニ知レ候テハ（略）自然首鼠西端ノ様ニ心得候モ難計候」と書いている。陸軍省に、留学について色々動いたことを察知されたら陸軍省入りさえも「消滅ニ帰」することになるかも知れない、鷗外は、三宅秀民に問い合わせたことも、この「書」も、すべて無にして欲しいと賀古に要請している。このときは、すでに鷗外の陸軍省入りは決まっていたようである。以上のことを考えてみると、余程鷗外は、文部省留学生になることに拘っていたことが解る。通常卒業席次が二番までとなっていることを、鷗外は慣例として知っていたはず、八番である鷗外が、不可能であることは誰にも解ること、なぜ、それでも鷗外は諦めなかったのか。「神童」「天才」扱いされると、あるいは、という楽観的な気分があったのであろうか。

陸軍省入りについては、両親は喜んだ。士族出身の森家としては国家の重要機関たる陸軍省に入ることは名誉なことと思ったであろう。親孝行者の鷗外も、親が喜び、やがて陸軍省から西洋留学の可能性ありとした場合、決して悲観的になることではなかった。妹の小金井喜美子は、「其年の末頃からお兄様は陸軍へお勤めになりました。其為手車が二台になる、人の出入りはふえる、あたりの人が羨む様でした」（『森鷗外の系族』）と、その当時の家庭の内外を伝えている。

しかし、賀古が慫慂し、小池が推薦状を提出しても、あるいは東大医学部出身といっても、そう簡単に本省のキャリアで入れるわけではない。鷗外の陸軍省入りについては西周の助力が相当働いたようである。西は当時の軍医総監であった林紀と昵懇であり、この西の存在も無視出来なかった。同期生の中で初の「軍医本部付」となったのもその恩恵であるとみられる。入省は十二月十六日、陸軍軍医副に任じられ、当初は、東京陸軍病院課僚を仰せつかった。

3　新聞への投書時代

陸軍省に入った当時、鷗外は、小金井喜美子が書いているように千住から通っていた。この時期から、すでに文章を書き、何かに発表することに関心を持ち始め、仮名でしきりに『読売新聞』に投書している。つまり陸軍省に入った時期は鷗外の、いわゆる「投書時代」でもあったわけである。

『ヰタ・セクスアリス』（明42・7）に、千住時代、三輪崎霽波に原稿を求められたことを書いているが、その真偽は解らぬ。霽波というのは、宮崎宣政、号は晴瀾のことである。

鷗外は、明治十四年九月十七日付『読売新聞』に『河津金線君に質す』という小文を寄稿している。「河津金線」とは、饗庭篁村のことで、この小文が、新聞に出た最初のものとなった。

森潤三郎は、さきの『ヰタ・セクスアリス』の文に着目し、東大明治新聞雑誌文庫に行き、宮武外骨に請うて『自由新聞』をみせてもらったが、「兄の書いたものは見出されなかった」（『鷗外森林太郎』）と書き、『読売新聞』の方は、帝国図書館の分を「十五年、十六年に亘つて調べたが、他には何もなかつた」と書いている。何もないのは当然であろう。鷗外の文が載っていたとしても、必ず「匿名」のはずである。潤三郎に解るわけはあるまい。

『ヰタ・セクスアリス』に次のような気になる文がある。

万一僕の書いたものが旨かつたら、あれは誰だといふことになるだらう。その時になつて、君の社で僕を紹介してくれたつて好いではないか。そこで新聞社に具眼の人があつて、僕を発見したとなれば、社の名誉ではないか。

これは三輪崎霽波に対して「僕」が語っているところである。鷗外が二十歳の頃のこと。小説だからどこまで真実か解らないが、医務官僚だけでなく、文をもって世に出たいという意欲は、後の鷗外の生き方をみれば、この時期、すでに十分あったように思える。

如上の鷗外の文などを根拠として、宗像和重氏は、当時の『読売新聞』を根気よく検索し、鷗外の文とみて、十篇の「匿名」文を発見、指摘している。（「投書家時代の森鷗外」(上)(下)、「「読売新聞」投書欄の再検討」昭61・10・11『文学』岩波書店）。

宗像氏は、慎重に検討を重ねられた結果、今回『投書家時代の森鷗外―草創期活字メデアを舞台に』（平16・7　岩波書店）という表題で一著にまとめられ、刊行された。

宗像氏は、鷗外の『河津金線君に質す』から約半月後、つまり十月一日付の「投書家の為めにいふ」なる投書文に注目、この文章体が、さきの『河津金線君に質す』に強く類似しているとし、「署名の「無丁老農」こそ森林太郎が「寄書」欄再登場にあたって選びとった戯号であると確信する」(前掲書)と述べる。

以下、宗像氏が、森林太郎の投書文として挙げる十篇を左に示しておこう。

(1)千住無丁老農「投書家の為めにいふ」
明治十四年十月一日付(第二千九号)

(2)千住無丁翁「光陰の貴きを忘れたる者は誰ぞや」
明治十四年十月十五日付(第二千二十号)

(3)千住無丁「言語は程よきを善しとす」
明治十四年十月二十三日付(第二千二十七号)

(4)無丁子「浣華翁に呈す」
明治十四年十一月十八日付(第二千四十八号)

(5)無丁子「曲直の間」
明治十四年十一月二十七日付(第二千五十五号)

(6)無丁子「岡本大人を弔す」
明治十四年十一月二十九日付(第二千五十六号)

(7)千住無丁子「初摺の祝詞」
明治十五年一月四日付(第二千八十三号)

(8)千住無丁子「鷸林の陋俗」
明治十五年八月二十七日付(第二千二百八十三号)

十四年七月四日に、東京大学医学部を卒業し、すでに述べた如く、陸軍省に入る十二月十六日まで、いわゆる「浪人期間」があった。鷗外は、千住の父親の医療の手伝いをしながら、右の八篇の投書をしていたとみられる((7)(8)は陸軍省にすでに入省していたが)。

さらに宗像氏は次の二篇も、森林太郎の投書文とみている。

(9)千住不識个庵主「業平文治」
明治十五年一月二十八日付(第二千百三号)

(10)千住不識个庵主「断食の得失」
明治十五年二月五日付(第二千百十号)

この(9)(10)が投書された時期、鷗外は、第一軍管区徴兵副医官となり、二月七日から三月末まで、関東、北陸、信州に出張していた。これは『北游日乗』に録されている。しかし、宗像氏は、この二篇とも、〈北游〉に出る直前のものと考え、鷗外のものである可能性はきわめて高い、と述べながらも「確証を得るに至らなかった」(前掲書)と述べている。宗像氏の認識は理解出来るが、「戯号」からみても、鷗外のものであることは、ほぼ間違いないのではないか。

この投書文発見の意義は大きい。

鷗外は、自分の身分が安定したら何か書こう、という「書くこと」への意欲は、早くからあったとみてよい。それは十代の頃といっておこう。そして、さきの『キタ・セクスアリス』の文からも、うかがわれるのであるが、自分の書いた文が、公的な雑誌か新聞で通用するのか試してみたいという気持もあった。そして三輪崎に言っているように、「具眼の人」に「発見」して欲しいという気持も十分あったと思ってよい。この十篇の匿名文は、それを示しているとみる。

4　陸軍省に入っての仕事

『医政全書稿本』十二巻

明治十五年五月、鷗外は軍医本部庶務課への転属を命じられた。さきにも述べたように、この転属は一般社会で言えば、本社勤務であり、同期生の中で初の軍医本部勤務であった。鷗外は、ここで大変な仕事をしている。プロイセンの陸軍衛生制度の調査に従事し、翌年三月、プラーゲルの陸軍衛生制度書をもとに編述した『医政全書稿本』十二巻を官に納めている。この「大業」は鷗外の辛苦の結果であった。

上巻は、陸軍衛生制度が中心だが、その上に、軍隊における「儀礼」「法制」「経理」「給与」「設営」等もとり上げており、下巻は、「軍陣衛生の各論」にわたっている。この書の膨大なことにも驚くが、これを十カ月で編しているというスピードである。このことが、いかに当時の鷗外が意欲的で、若いエネルギーに充ちていたかということ、それもあるが、やはり業績を挙げて認められたい、そのことによって早く、西洋留学に結びつけたいという意思を感じてしまうのである。鷗外にとって大事なことは、この仕事で、「その後の彼の専攻学問を決定した」（小堀桂一郎）ということである。とにかく、陸軍省医務局の上級幹部たちに、鷗外の才能を認めさせたことは否定出来まい。そして、鷗外としても、大きな自信となったであろう。

『北游日乗』

『自紀材料』の明治十五年（一八八二）の項をみると、「二十一歳。二月七日、第一軍管徴兵副医官を命ぜられる。八日、徴兵に北国に出立つ。」とある。鷗外はこの年、徴兵検査の「副医官」に任命され、二月に「北越」に赴いている。この出張の日記が、『北游日乗』である。ところが『自紀材料』と『北游日乗』とを比べてみると、東京出発の日が、前者は「八日」になっているが、後者は「二月十三日官事にて北越へ往かむとて」と書かれている。「八日」と「十三日」の違い、帰京の日は、前者は「三十日、東京に還る」とあるが、後者は「二十九日高崎を立ちて、都に帰りぬ」とある。これも「三十日」と「二十九日」の違いである。理由は解らぬ。この北越での徴兵検査への出張は、栃木、群馬、長野、新潟と廻っている。同行者に、賀古鶴所、緒方収二郎ら同期生が居り、鷗外も気楽な出張であったと思われる。千住を出発のときは、鷗外が漢方医学や漢詩文を学んだ佐藤応渠や家族一行の見送りを受けている。鷗外にとって陸軍に入り初めての長期出張であり、いささかの感傷もあったのではないか。この『北游日乗』をみてみると漢詩が多く出てくるが、そうでない日は「十六日雨ふる」のように実に簡単である。鷗外は十歳のとき、津和野から東京へ、三十日余の旅の経験はあるが、二月という極寒の時期に、東から北に向い、四十二日間旅をしたのも、新鮮な経験になったであろう。

『後北游日乗』

『後北游日乗』という日記もある。この『日乗』に「東部の閲兵あれば随行して医務を埋めよとの官命を受けしは七月二十七日の事」とある。早くから命令は受けていたが、横浜港を兵庫丸で出発したのは九月二十七日であった。三十日に函館の港に入っている。十月二日に五稜郭を見たり、博物館を見たりしている。しかし、仕事のことは記述がない。三日午前九時に浪花丸で函館を発ち、午後四時、青森に着く。以下西に移動しながら、九日には「渋民なる立花屋に午餐す」とある。明治十九年（一八八六）生まれの啄木はまだこの世にいなかった。明治四十年代に啄木と昵懇になったとき、啄木の古里「渋民村」に寄った話をしたかも知れぬ。鷗外は「右手に岩手山を望み」と書いているが、この「岩手山」は渋民村の正面に堂々と立っている。一度見ると忘れられない山である。十日には花巻を通っている。「花巻」と言えば、宮沢賢治であるが、賢治は啄木よりさらに下り、明治二十九年（一八九六）生まれ、鷗外が知るよしもない。それから中尊寺を経て、十九日には仙台に達している。鷗外たちは、車、馬に乗ったり大川は舟に乗り新発田を経て、長岡、十一月一日には三国峠に登り、六日に高崎を発ち午後三時、東京に帰着している。しかし、旅は終っていなかった。いったん家に立ち寄って、七日「晴れたり家をたち出で」、草加に向かい、汽船や漁舟に乗ったりしながら十二日に佐倉、十六日、寒川に至る。そして「十七日晴れたり富津本牧に行く」。これが最後の日付であり、これからどうして東京に帰ったのかは不明である。

しかし、日記の末尾に「癸未の歳二月七日閲兵の事全く終りぬる祝にとて三好中将以下の将校三十余人後楽園に会すこの日雪ふる」とある。

この日記は、冒頭に「壬午の歳」とあるので『北游日乗』と同じ明治十五年の九月二十七日から十一月十七日までの記録で、計算すると五十一日間ということになる。仕事の内容は「東部の閲兵」の「随行」ということであったらしい。しかし『後北游日乗』には、「閲兵」の事は一切書かれていない。移動した場所、風景、乗物、それに所々に漢詩がある。

しかし、右に書いた、この日記の末尾にある文は「癸未の歳二月七日閲兵の事全く終りぬる」とある。「癸未の歳」とは『後北游日乗』に書かれた明治十五年と違い、その翌年十六年のことである。とすれば、この末尾に付された「癸未の歳」云々なる一文は、明治十六年、二月七日以降に付されたことになる。このへんのカラクリもまた不明である。明治十五、六年頃の日本陸軍の制度、規律、軍人たちの自覚もまだ未成熟であったような気がする。鷗外個人のことではなく、日本の軍組織そのものの問題ではなかったか。

ドイツ留学に拘泥

鷗外は、東北、北海道地方に陸軍省医務局の下級将校として出張したり、また十六年（一八八三）には『医政全書稿本』を編したりしながら、西洋留学を決して忘れていなかった。

明治十六年の『自紀材料』に次の記述がある。

三月「二十六日橋本綱常氏を訪ひて欧州に随行せんと乞ふ。聴かれず。」と。橋本綱常は三代目の陸軍軍医総監になっているが、当時、大山巌陸軍卿が、ヨーロッパの軍事視察をするのに、橋本軍医監が随行することが決まっていた。実際、明治十七年二月十六日に大山、橋本らはヨーロッパに旅立っている。

津和野藩学、または大国隆正の「大攘夷」の精神が、鷗外の底から駆りたてるのか、どうしても早くヨーロッパに留学したい、その切望は、ある意味では常軌を逸していたとも言えよう。外祖父に橋本綱常をもった奥野信太郎は、鷗外が「出勤直前の祖父」を訪ねたが、綱常は鷗外のことをすっかり忘れたために、「十数時間待ちつづけた」、やっと帰宅した綱常に、他の随行員の内定を聞かされ、鷗外は「悄然」と去ったと書いている。（「鷗外先生と祖父」昭28『鷗外全集』月報26号　岩波書店）

この奥野の文はなんとも痛ましいものではないか。いかに、鷗外が西洋留学に執着していたか。この一文で明瞭である。最高の上司たる高官の家で、昼、夜とご馳走になって、ひたすら橋本を待ち続け、否であった。その失望は計り知れないものがあっただろう。「悄然」と去る後姿が目にみえるようである。

次の文書が残っている。「明治十七年五月七日陸軍二等軍医森林太郎独逸国留学ニ付上申文書」。これは陸軍軍医部が、本省に出した「上申文書」である。軍医部から一名のドイツ留学が必要として、この段階で、森林太郎という実名を出して「上申文書」が書かれていく。この鷗外が具体的に選ばれるまでに、鷗外を第一候補として、内部で粛々として話が進められていたことを、鷗外に知らせる人がいなかったのか、知っていて焦ったのか、そのへんは不詳である。プラーゲルの『医政全書稿本』全十二巻を鷗外が編述したことは、鷗外が逸材であることを知る絶対の根拠であり、軍医部の幹部は十分知っていた。鷗外は、何ら焦る必要はなかった。

『自紀材料』の、明治十七年の項をみると、「二十三歳。六月七日欧州行を命ぜられる。十日、本職を免ぜらる。総務局管轄に移さる。七月二十八日聖上に拝謁し、賢所に参拝す。八月二十三日東京を発す。十月七日馬耳塞に着く。十一日午後八時三十分伯林に着く。」とある。

5　ドイツ留学

メンザレエ号で出発

明治十七年（一八八四）八月二十三日の『航西日記』に鷗外は次のように書く。

午後六時汽車発東京。抵横浜。投於林家。

東京を出発したのは八月二十三日であるが、この日、鷗外は横浜の旅亭「林家」に一泊している。そして翌二十四日、午前七時三十分、フランス船メンザレエ号に乗船、九時に出航している。

八月三十一日の夜、香港に到着、此処で、フランス船ヤンツー号に乗り替えている。以後、ヤンツー号は、サイゴン、シンガポール、コロンボ、アデン、スエズ運河を経て、十月七日に、フランスのマルセイユに到着。あれだけ執心した西洋に着いた。マルセイユの地に降り立った若き鷗外は昂揚したに違いない。この日、マルセイユに一泊。八日の午後、汽車でマルセイユを発ち、翌日の午前十時にパリに到着。十日の午後八時にパリを発って、ベルリンには十一日の夜に着いた。鷗外の今回の留学には、他に九人の俊才たちが同行していた。鷗外は、横浜港を出発の日から十月十一日「（略）午後八時三十分。至伯林府。投於徳帝客館。（略）」までの旅を『航西日記』として「漢文体」で記録した。

同行者九人

鷗外は、「与余倶此行者凡九人」と書いている。この『日記』で西洋に旅立つ同行者九人を紹介している。人名とともにそれぞれ、研修の専門をも書いている。

穂積八束（行政学）、宮崎道三郎（法律学）、田中正平（物理学）、片山国嘉（裁判医学）、丹波敬三（裁判化学）、飯盛挺造（物理学）、隈川宗雄（小児科）、萩原三圭（普通医学）、長与称吉（普通医学）。言うまでもなく、皆俊才である。二十九日の日記には、自分を含め、「作日東十客歌」と記し「日東十客歌」を詠んでいる。「快談」の田中、「痛飲」の飯盛、「処女」の如き穂積、「沈思」の宮崎、「法国語」を操る片山、隈川、「豪気」の丹波、「子夜歌」を歌う萩原、独「閑無事」の森、端的によくその特徴を摑んでいる。鷗外自身は「閑」としているが、むろん、この俊秀たちと大いに交遊したであろうが、実は、読書に余念なかったのではあるまいか。この漢詩の最後に「帰来面目果如何」と書いているが、この九人全部ではなかったと思うが、ほとんど鷗外が、執念を燃した「文部省留学生」であったようである。鷗外の複雑な気分が想像される。最後の一句にそれが少しあらわれているようにも思える。帰朝後の九人の結果であるが、萩原三圭（侍医）、長与称吉（胃腸病院長）、この二人以外、すなわち田中正平、飯盛挺造、穂積八束、宮崎道三郎、片山国嘉、隈川宗雄、丹波敬三の七人は、東京帝国大学教授となっている。

十月十一日、ベルリンの駅頭に鷗外が降り立ったとき、先に到着していた萩原三圭が迎えてくれた。萩原は年長で、今回二回目の遊学であった。当時、ベルリンには、鷗外が随行を求めて一日中、橋本綱常軍医監の家で待った、例の団長、大山巌陸軍卿や当の橋本も滞在していた。この視察団は、半年前からベルリンにいた。鷗外は、ベルリンに到着した翌日、つまり十月十二日から、いわゆる『独逸日記』（以下、日記）をつけ始めている。その日記をみると、鷗外は、この十二日に早速、橋本軍医監を訪ね、留学目的の重要な変更を伝達されたことを書いている。

留学の目的―ドレスデンは予定になかった

鷗外の留学の目的は二つあった。一は衛生学を修めること。二は、ドイツの陸軍衛生部の事を調べることであった。この二つのテーマを研修してくることを軍医部から申し渡されていた。ところが、後者の「制度上の事を詢《と》はんは、既に隻眼を具ふるものならでは、えなさぬ事なり。（略）詳に独逸のみの事を調べしめんためには、別に本国より派出すべき人あり」と、橋本は鷗外に告げた。「制度上の事を詢はんは」には「隻眼（すぐれた見識）を具ふるもの」でないと駄目という橋本の意見である。ということは、森、君は「隻眼」の士ではないと言われたことになる。任務上のことと言うより、鷗外のプライドは著しく傷ついたと思われる。「神童」「天才」と言われて学生時代を過ごした鷗外の矜持は激しく破砕された。橋本は「君は唯心を専にし、衛生学を修めよ」と告げた。橋本はかつて、一日中随行を願って待っていた鷗外に、好感をもっていなかったのか、「衛生学」だけを修めよ、ということは、一学究扱いで、将来の、本省の行政に携わる道を鎖すことでもある。鷗外に屈辱と不安がよぎった。この気持を書簡に託して十一月二十日に、父静男や石黒忠悳に送り、弟篤次郎にも訴えている。

篤次郎は、一カ月後鷗外に手紙（明17・12・20）を送り、力付けている。

篤次郎は、鷗外が、ドイツ陸軍の衛生部の「事務」を学んで帰国したとき、鷗外が「軍医部の総務」に携わることを、橋本は「恐る」とみていた。しかし、篤次郎は、兄鷗外に「決して失望す可からず」と元気づけ、「一日独逸に在らば、（略）、必ず実験見聞に大いに富み大いに後来得る所有りて発明すと信ず」と激励している。

橋本軍医監の判断や処置は、とりようによっては鷗外らの言う通りであろう。しかし、鷗外には特に人事に関しては、敏感に反応するところがあった。そう決定的にマイナスにならない場合でも、被害者意識が働き、過敏に対応することになる。「小倉左遷」は、その典型であった。この被害者意識は、鷗外の基底にある臆病な心性と繋って作用していた（この臆病については後述する）。鷗外の部下として長年一緒に仕事をし、後に陸軍軍医総監にもなった山田弘倫（陸軍軍医中将）は『軍医森鷗外』（昭18　文松堂書店）で、鷗外のむしろ「考え過ぎだつた」と書いている。

そして橋本の衛生学に専念せよとの言葉に対し、「学問上誠に有益なる忠告」と捉え、「属僚事務は先生の柄にない」とし「西欧の学粋を摂取する事は先生年来の主義であり且つ大いに欣快とする所であつた」と。この山田弘倫の見解は、鷗外の資質を熟視した正鵠の言である。鷗外は、敏感に反応したけれど、衛生学のみに専念せよと上司に命じられた鷗外は、むしろ好都合なことであり、他を学ぶ余裕も出来てきたはずである。

橋本軍医監は、十月十八日にベルリンを離れた。十九日に、鷗外はベルリンに滞留していた三浦信意中将をホテルに訪ねている。鷗外は日記に「われ橋本氏の語を告げて、制度の事を知る機会或は少からむといひしに、眼だにあらば、いかなる地位にありても、見らるゝものぞといはれぬ。（略）」。三浦中将の言は、まことに達見である。部署の問題ではなく、その観る「目」を問題にしている。鷗外はどうやら、納得できたようである。

遡ること十四日に、鷗外は橋本軍医監から「衛生学」研修の順序を聞いていた。一は、ライプチヒのホフマン博士、二は、ミュンヘンのペッテンコオフェル博士、三にベルリンのコッホ博士であった。しかし、このベルリンでの橋本の言に、鷗外がライプチヒの次に約五カ月も居た「ドレスデン」が、研修地区として入っていない。ならば、ドレスデンは、いつ決まったのか。日記を検索してみると、鷗外は、ライプチヒに着任して約八カ月後にベルリンに赴き（明治18・5・26）、公使と「学課の順序を議せん」と書いている。この「順序」である。事前に橋本軍医総監の命令を得ていて、この日、公使に挨拶と事務的指示を受けに行ったようである。ドレスデン留学は、後で追加されたことだけは間違いないようだ。鷗外がドレスデンに着いた三日目、つまり十八年十月十四日の日記に、次のような文言がある。「（略）酒間ロオトの曰く。曩日松本、橋本の手簡を読みて大に惑へりと。（略）松本は軍医総監に非ずや。橋本は一軍医監にして恣に其命令を変更す。是れ奇中の奇なりと。余の曰く。（略）橋本の帰るや、松本は致仕し、橋本はこれに代りぬと。ロオトの曰く。嗚呼然る歟」。つまり、松本順と橋本綱常の手紙を受けとったロオト軍医監が驚いたのは、何らかの「命令」を一軍医監たる橋本が「変更」することが出来るのか、橋本は軍医総監ではないだろうと鷗外に聞いている。鷗外は、日本に帰った橋本は、松本が「致仕」（引退）したので、代わって軍医総監に就任したと答えている。とすると、ロオトの言う「恣に其命令を変更」したとは何を指しているのか。これは、橋本が、鷗外の当初の留学目的を「衛生学研修」一本に絞ったこと、その目的の実行として、ドレスデン研修が追加されたとみるのが適切だろう。鷗外がドレスデンに着いて五日目、十月十五日の日記に「軍医正ベッケル Becker の講説始まる」とあり、「此日ロオトの軍陣衛生学講義も亦た始まる」とある。翌十六日の日記に「講説常日の如し。以下、必ずしも記せず」と書き、このロオトの「軍陣衛生学」を学ぶことが、ドレスデンを追加した主要な目的であったことが解る。

上司の石黒忠悳は、明治初年から脚気問題にかかわりあっており、鷗外には、この脚気対策を中心にした衛生学を研修してきて欲しいという考えを持っていた。しかし、「衛生学」だけでは、陸軍省部内で、留学許可が下りない。そこで「陸軍衛生の事を詢ふ」ことも目的に付加したとみるのが順当だろう。

事実、当時日本は国としての近代化を最優先していた時期であり、政府各部門もそれを推進しなければならなかった。陸軍省医務局も同じこと。特に早くから深刻であったのは、脚気の問題であった。この問題に対処するためには、西洋並のレベルを持った食品衛生学の専門家が切に必要視されていた。幾ら、日本陸軍、及び医務機関において、機構整備を行ったとしても、その構成員に実力のある医学面でのエキスパートがいなかったら、医務局は弱体化するしかない。橋本も石黒も陸軍医務官僚初期の幹部として同じ考えにあったと思う。その期待を受けた一人が鷗外であった。

6　ライプチヒ

鷗外は十一月二十二日、午後二時三十分の汽車でベルリンを発ち、午後五時二十五分に、最初の研修地、ライプチヒに到着した。駅には、また、あの萩原三圭が出迎えてくれた。この男の親切さは、来た当初だけに鷗外の身に沁みたであろう。

この日はホテルに一泊、翌日、早速ホフマン博士を訪ねて、修学の方針を聞く。下宿は市の東北部、この日に移った。

二十四日は、ライプチヒ大学の衛生部に赴く。そして、日記に「これより日課に就くことゝなりぬ」と書いたが、翌日より、記述がほとんどなくなる。十一月も十日間ぐらいしか記述がなく、十二月は十五、十七、二十五、二十八日しか記述がない。鷗外は、最初の研修地ライプチヒで何をしていたのか、一向に分からないが、恐らく大学に赴き衛生学の基本知識を学んでいたのではないか。やはり初めのことではあり、疲れが激しく、日記を書く気がしなかったのかも知れぬ。

『盗俠行』

少し戻るが、十一月十二日の日記に「ハイデルベルヒ Heidelberg なる宮崎道三郎の書到りぬ。封中わが盗俠行（水沫集六〇九面）を改刪し、評語を加へたるあり。井上と相識るやうになりたるをば、嬉き事におもひぬ」と書いている。この中に出てくる『盗俠行』は、七言の漢詩で長大なもの。砂漠に横行する盗俠の物語である。一緒にドイツ留学をした宮崎道三郎の手紙の中にこの鷗外作の『盗俠行』に、当時、『新体詩抄』で有名になっていた井上巽軒《そんけん》（哲次郎）が「改刪」（文字、語句を改めなおすこと）、「評語」を加えたということが知らされた。井上哲次郎は『巽軒詩鈔』などで、特に漢詩に優れた実力者とみられていたので、自分の漢詩に関心を示し、「改刪」「評語」してくれたことを喜んでいる。

『盗俠行』は、明治十八年（一八八五）一月二十五日発行『東洋学雑誌』第四十号所収、明治二十五年七月二日、単行本『水沫集』の「於母影《付録》」に収められた。

話を元に戻そう。ライプチヒに来て二カ月、日記の記述が少なく、その活躍の実体が解らなかったが、明治十八年午前零時の元旦を水晶宮の舞踏会で迎えたと日記に記している。これをみると、ドイツ滞在二カ月で、そこまできていたかと鷗外の隠れた努力を知るわけである。これからのライプチヒでの日記は、やや行動的になっていく。あれだけ待望したヨーロッパに来た喜びで、連日のように邦人は勿論、ドイツ人にも会い、下宿にいることは稀であった。「土」と「木」の文化圏からやってきた鷗外には、重厚な石で出来ている古い文化にまず瞠目しただろう。『舞姫』の「何等の光彩ぞ我目を射むとするは、何等の色沢ぞ、我心を迷はさむとするは」の心境であったと思われる。

十八年一月七日の日記に、「七日。日本茶の分析に着手す」とある。突如として「日本茶」の分析が出てくるのは奇妙な話。当初、何から研究を始めるか、鷗外もとまどっていたことを、この「日本茶の分析」は示している。この研究は何ら継続性もなく、以後その成果の報告もないことをみると、単なる思いつきであったとみられても仕方あるまい。あの「留学目的変更」の影響もあったのかも知れぬ。

二月十七日の日記に「ショイベ Scheube を訪ひ、其蔵書を借る。余近ろ日本兵食論及日本家屋論の著述に従事す。（略）」と書く。やっと、テーマに腰を据えたようである。

十月十日の日記に「日本兵食論大意を作り、石黒軍医監の許に寄す」と書いている。この「兵食論」については、石黒との早くからの約束であった。ショイベから蔵書を借りて、約八カ月をかけて、石黒との約束を果している。とすると、ライプチヒに着いた初めの、「日本茶」の分析は何であったのか。一向に解らぬことである。さて「日本兵食論」であるが、ショイベの蔵書といっても、恐らく「米」の栄養価等を分析したレポート類であったようで、鷗外の論文は、これを、ほとんど引き写した「概要」であったと思われる。ショイベからレポート類を借りて六日目に、次の日記文が記されている。「二十三日至二十五日。自身に就いて栄養上の試験をなす。（Selbstversuch）その成績完全ならざるがために世に公にせざりき」とある。モノの分析には実験が必ずなければならぬ。鷗外も承知の上で実験を重ねたようだが、成果が上がらなかった。どうも、これが、「日本兵食論」の真相のようである。異国に到着して、直ちに本格的な研究は出来まい。石黒との約束を果すことが先決、ここにショイベのレポートを借りなければならなかった理由があった。

『日本兵食論大意』

『日本兵食論大意』について考えてみよう。

鷗外は、この年、八月二十七日、「独乙第十二軍団（薩索尼軍団）」の秋季演習に参加するため、ライプチヒを発っている。この演習参加については後で述べるが、極めてドラマチックな体験をしてライプチヒに帰ってきたのは九月十二日であった。約十六日間である。以後、一カ月の間に、『日本兵食論大意』（以下、『大意』）を書いたものと思われる。『大意』の中で「野営演習ノ間、兵士ト其糧ヲ分テリ」で、演習体験の後ということが解る。

鷗外は冒頭から西洋食を非とする論を展開、しかも「余ハ東西洋人民ノ食ヲ知ル者ナリ」とまず強気に出て、ホフマン氏、「他ノ欧州諸大家」の論説が「米ヲ主トシタル日本食」は「毫モ西洋食ト異ナルヿナシト公言スルヿヲ得ルナリ」と主張する。鷗外は、この主張の根拠として「来責《ライプチヒ》大学ノ試験場ニテハ食物ニ関スル種々ノ試験ヲ為シタリ」と述べているが、この実験が十分であったとは思われない。しかも「米食ト脚気ノ関係有無ハ余敢テ説カズ」と書いているが、この言は無責任と言われても仕方あるまい。とすると鷗外のやったことは、パン食と米食との栄養論だけということであり、当然、その結論も「毫モ西洋食ト異ナルヿナシ」となるだろう。どちらにもプラス、マイナスはある。鷗外が腰を据えてやらなければならなかったことは、「米食と脚気」の問題ではなかったか。ショイベから資料を借り、ホフマンや「欧州諸大家」と抽象的な権威をかりて、この『大意』をまとめようとしたことは明白である。

さらに鷗外は、日本人の体力の「薄弱」説を否定し、特にベルツの説を援用して、日本人労働者の体力の「偉大ナルハ米食ノ鴻益ニ基ク」と主張する。

鷗外の『大意』は、観念論であり、己の実験による成果ではない。鷗外自身「予て日本で調べて置いた、日本陸兵の食物に関した事」（「森林太郎氏が履歴の概略」）と書いているが、鷗外は、留学前から、米食論者であった。

牽強付会という、そしりを受けるかも知れぬが、津和野藩校、養老館で学ぶ者の、必読書であった大国隆正の『本学挙要』の中で「稲神聖論」があることは知られていない。この論を、鷗外が少年期に読んでいたとみても不自然ではあるまい。

この中で隆正は大変なことを述べている。「稲（米）を常のくひものとする国は、わが日本国これなり」と前提し、この「稲」すなわち「米」を食することにより、「忠孝貞のまこと」に優れ、「天皇」家が不変なのも、それによると、米食というものを日本人の本質に結びつける、まさに「米食絶対論」と言うべき論を展開しているのである。この隆正の「米食論」が、鷗外の精神の根底にあったと断言はできないが、また全く無縁であったとも言えまい。一応、参考として挙げておく。

石黒忠悳は、鷗外に、ただ、西洋食と米食の比較の研究を命じたのではない。あくまでも目的は、「米食と脚気」の研究にあったはず。鷗外は、己の勉強不足で、あえてそれを無視したのである。

鷗外は、このライプチヒで、「米食と脚気」の問題に、是が非でも取り組むべきであった。大袈裟でなく、鷗外がこの研究を怠ったことが、以後、陸軍将兵の損失に大きな影響を与えることになったと言っても過言ではない。

鷗外と脚気

日清戦争の後、日本は台湾に征討軍を派遣したが、兵士に与えられたのは白米であった。その結果、兵士の中で、十人のうち二人が脚気に罹ることになる。そこで、陸軍首脳部でも根本的改革の声が挙がったが、陸軍省医務局は、米食を主食とすることを換えなかった。この医務局首脳部の考えは、鷗外の『大意』によるところが大きかったのである。

日露戦争では、陸軍の戦死者は、約四七、〇〇〇人であったが、このうち、脚気症で死亡した者は、二七、八〇〇人であったという。この数字は恐しいことである。鷗外は『大意』で、「米食ト脚気ノ関係有無ハ余敢テ説カズ」と、軽く付加したが、結果からみると、この、『大意』の言葉が、不変のまま続いたといってもよい。鷗外の「米」至上主義に、隆正の「稲（米）絶対論」が、どこまで影響を与えていたか、これは不詳なことであるが、いずれにしても、鷗外の一種のこの信念と、ドイツで学んだ「細菌学」をもって、日本の「兵食論」の主張は一生不変のままであった。明治四十一年、やっと臨時脚気調査会が出来たが、不幸なことに、軍医総監、森林太郎が会長に就任した。そして、退官後も脚気調査会の臨時委員となり、海軍の栄養学説を主張する高木兼寛らと対峙した。

鷗外死後、大正十三年（一九二四）四月、やっとこの調査会は、第二十九回総会で、脚気の原因は「ビタミンB」欠乏によると結論を出したのである。このことは、鷗外の汚点として残ることになった。

第十二軍団・秋季演習

ライプチヒでの留学生活は、解き放たれた鳥のように、若さを謳歌するものであった。多くの人たちに会い、近傍に小旅行もした。第十二軍団・秋季演習は、鷗外に多くの異文化体験をもたらした。

その一例として、マツヘルンのパウル、スネットゲル城で体験したことを日記（明18・8・27）に書いている。ライプチヒを発し、まずマツヘルンで大隊に合流。ドイツの村落は初めてで「いと珍らかなる心地せり」と書く。日本の山間部津和野で育った鷗外からすれば、西洋は、見るもの聞くものすべてが奇異にみえたであろう。宿舎は、スネットゲル城、「白木槿」の花盛、白亜の城、石獅子がある。城の中は「粧飾多く戦国の余風あり」、鷗外はこれらを観て、やっと西洋に来たと思ったであろう。二階の食堂で「醇醸佳殽」を口にして満足する。主人夫妻、三人の乙女、若き鷗外の心臓の鼓動が聞こえてきそうだ。庭には、エジプト風の塔あり。登ってみると「四顧平野」。登覧者は己が名を書く。晩餐は、各将校が集い、シャンペンで乾杯、午後十時半に眠りに就く。極東の木と紙の国から来た黄色人にとってそこには別世界があった。このときの体験は、初期三部作の『文づかひ』に多く使われている。鷗外の留学体験を述べるに、このドイツ村落マツヘルンの古城での一齣を伝えることで十分だろう。

架上の洋書、百七十余巻

ドイツに着して十カ月余の鷗外が、すでに、自室の本棚に「洋書」を百七十余冊蒐めている。さすが読書への意欲は旺盛である。ギリシアの伝記、フランスの「情史」、それにダンテの神曲、ゲーテ全集も手にし、「宏壮にして偉大なり」と感銘している。（明18・8・13 日記）この書架をみる限り、決して体系的な読書ではなく、とにかく西洋の書を水を得た魚の如く、多読しているといった感じである。

また、ライプチヒ時代に、特筆すべきは、パウル・ハイゼ、ヘルマン・クルツ共編の『ドイツ短篇小説宝函』全二十四巻を読んでいるということである。これは、帰国後、刊行した『水沫集』の構想に大きな影響を与えたことは言うまでもない。『舞姫』に、「大学にては法科の講筵を余所にして、歴史文学に心を寄せ、漸く蔗《しょ》を嚼《か》む境に入りぬ」とある。この文は、別にライプチヒの生活だけをモデルにしたとは思わないが、鷗外の留学中の基本姿勢は、どちらかというと、この『舞姫』の豊太郎の姿勢に近かったのではなかったか。鷗外が死力を尽くして「米食と脚気」の研究を、もしライプチヒでやったとしたら、これだけの洋書を蒐め、読破することは出来なかったはずである。命じられたテーマを「余所」にして、文学を中心に、他の多くの分野に眼を凝らしたことが、後に、「テーベス百門の大都」（木下杢太郎）と称ばれることにもなっていったのではないか。

「鷗外」という号

ライプチヒで、触れておきたいことは、「鷗外」という号のことである。中井義幸氏（『鷗外留学始末』平11　岩波書店）は、鷗外は、ライプチヒ滞在初期は、「牽舟」という筆名を使っていることを、次の独訳小説の末尾の記述文で確認している。

明治十八年三月十五日夜読了　独逸国来責府谿街
賃舍灯下　牽舟居士

しかし、約一カ月後に読んだ本には次のように書いている。

明治十八年四月十七日　鷗外生漫抄。

この一カ月の間に筆名を「牽舟」から「鷗外」に換えた理由は何なのか。中井氏にも、これを解読する資料がないようである。「舟」「鷗」と並べてみると、いずれにしても「水」に関係しているが、それ以外は解らない。いずれにしても「鷗外」が、ライプチヒで使われたことを知っておくことは大事なことである。

「鷗外」と言えば、小堀桂一郎氏が、明治十七年十月二十四日の鷗外の日記の一文に注目している。

「〈夜は独逸詩人の集を渉猟することを定めぬ〉といふ文字が見過難い重みを以つて書き記される。これはドイツ文学者鷗外漁史の開始を意味する象徴的な文字である」（『若き日の森鷗外』昭44　東京大学出版会）と。むろん、この後でも筆名は「牽舟」を使う場合もあったわけであるが、鷗外の「ドイツ文学者」としての「開始」をみることは十分可能であろう。いずれにしても、このライプチヒで鷗外が、ドイツ留学の第一歩を踏み出したことは、脚気研究には不満が残るとしても、博学に一歩踏み出したという意味においては、意義のあることであった。

7　ドレスデン

居室に「ファウスト」の銅板

明治十八年十月十一日、午後六時十五分の汽車でライプチヒを発ち、八時三十分にドレスデンに到着。ホテル「四季客館」に入っている。このドレスデンでは、すでに書いたように「軍医学講習会」に参加することが、主目的であり、到着の翌日、軍医監ロオトを訪ねている。ドレスデンでは、衛生学研究の予定はなかった。十三日から講習が始まっている。「教授ネエルゼン Neelsen 剖観法を教ふ。（略）午後四時僦屋に遷る。（略）未亡人バルトネル氏 Frau Dr. Baltner の所有なり。（略）潤き居室と小臥房とあり。居室には銅板フアウスト、マルガレエタの図を掲ぐ。（略）」。これは講習の始った十三日の鷗外の日記である。

講習会の最初の講義は「剖観法」、すなわち「解剖学」であったようだ。東大ですでに学んだことであり、別に珍しいことではなかったと思われる。そして未亡人バルトネルの「僦屋」に入宿している。居室と寝室の二部屋。ここで注目されるのは、居室に掲げてある銅板画である。『ファウスト』の「マルガレエタの図」であることが興味深い。

さきの、ライプチヒで、ゲーテ全集を手に入れている。日記（8・13）に「全集は宏壮にして偉大なり」と感銘を書いている。ところが、ドレスデンで下宿した部屋に、このゲーテの大作『ファウスト』の「マルガレエタ」の銅板画が掲げてあったのである。鷗外の悦に入った顔が浮ぶようである。

このとき、鷗外は、ゲーテ全集を瞥見はしたとしても、まだ精読はしていなかったと思われる。しかし、『ファウスト』の概要や、登場人物、マルガレエタのことは識っていたであろう。だから、この銅板画をみて「マルガレエタの図」と解ったわけである。『ファウスト』の第一部「魔女の厨」に登場してくる純潔なる美少女マルガレエタ。ファウストが、「わたしは命をお前に遣る。そして永遠でなくてはならない喜を感じる」とまで熱愛したマルガレエタ。ドレスデンに約五カ月滞在、毎日、このマルガレエタの銅板画をみているうち、是非、精読したくなったであろう。レクラム版のゲーテ全集の『ファウスト』の第一部、第二部、全巻に、通読した証拠が残っている。鷗外の所有していた『ファウスト』の扉に「明治十九年一月、於徳停府鷗外漁史校閲」とあるのがそれである。鷗外は『ファウスト』を読み、日常マルガレエタの銅板画を見ながら、『ファウスト』は忘れられない作品になっていったものと思われる。

この時、『ファウスト』をいつか、翻訳したいと思ったのではないか。忙しい鷗外には、作品が余りにも長大過ぎて、なかなか着手出来なかったようである。

明治四十四年（一九一一）七月、文芸委員会から、『ファウスト』を訳すことを「嘱託」せられた鷗外は、直ちに受諾。同年十月三日「Faust 第一部訳稿を校し畢る」と日記に書いている。このドレスデンの下宿で『ファウスト』の「マルガレエタ」の銅板画を観てから、約二十六年後であった。

王宮の舞踏会

軍医学講習会には、なるべく出席し真面目に義務を果した。

以後、ドレスデンでは、軍や市の施設の見学に時間を費やしている。「水道の源」を観たり、囚獄、麪包《パン》製造所に至るまで連日、見学に廻っている。この施設見学で、極東の島国の特性と、西洋のそれ、つまり、異文化性を強く感じ、将来の博学者たる知識を培かったのではないか。

十月三十日は、後で因縁の場所となる「地学協会」を訪ね、ロオト軍医監の「麻拉利亜地方論」を聴いている。これは純然たる衛生学の分野である。ライプチヒに比べ、ドレスデンには余り日本人はいなかったようで、むしろそれが幸いし、ドイツ陸軍の軍医たちを中心としたドイツ人との交流が、さらに豊富であったようだ。従来、日本にいたときから社交性が余りなかった鷗外であるが、このドレスデンでは、この環境が鷗外を孤独にしなかった。特に、観劇や集会への出席が頻繁であった。上流社会への出席も少なくなかった。

　例えば明治十九年（一八八六）一月十一日の日記を見てみると、鷗外は、ファブリイス伯及び夫人の招待で、大臣官邸の「夜会」に出席している。伯爵は鷗外が、過日、衛生将校会でドイツ語で演説したことを知っていた。それで招待されたとも考えられる。この夜の来客七百人余。各大臣五、六名。オーストリアやアメリカの外交官、それに内務省、陸軍省、警視庁など数え切れない政府要人が来ている。

　もっと鷗外が驚いたのは、一月十三日の夜、王宮の舞踏会に招待され出席したときであろう。来賓六百人。「貴人甚衆し」と書く以外になかったようである。「楽手楽」を奏する中、国王と紅衣のマイニンゲン公子と黄衣の「国母」の登場。極東の「貴公子」は何を思ったであろうか。二月十日にも、宮中の舞踏会に出席し、ここで『文づかひ』（明24・1）のモデルとなったフォン・ビュロオ伯の姫イイダと再会している。昨年の九月三十一日、第十二軍団秋季演習のとき、このビュロオ伯の城に宿泊し、イイダと会っていたのである。

ヨーロッパ、初の元旦

　明治十九年（一八八六）一月元旦、鷗外は大僧院街の「旗亭」アウセンドルフにいた。零時、ボオル酒の杯を挙げ、Prosit Neujahr!（賀正）と鷗外は叫ぶ。周りには尉官ショオンブロイトら、主婦や少女もいる。一時を過ぎて帰宅。「午前九時起ちて咖啡を喫す。遥かに家人の雑煮饌の箸を挙ぐるを想ふなり」と日記に書いている。母の作る「雑煮」を想い出し、この後、正月の挨拶に王宮に赴いている。

　一月二十九日、夜、鷗外は地学協会の招待で出席し、「日本家屋論」を講演。新聞の広告を見た人たちで聴衆は「堂に満つ」と日記に書いている。「軍陣衛生学講習会」は、断続的に行われていたが、二月二十七日に終了。この日、鷗外は、三等軍医ヘッセルバハと「酒亭」に行くが、此処でヘッセルバハに、「耶蘇宗に転ぜざるを罵」られている。宗教を押しつけられることの不当性は鷗外、肝に銘じていたと思う。少年期、見聞した津和野藩のキリシタン弾圧は、逆に「耶蘇宗」を強制的に捨てさせることであった。鷗外は「性激怒し易き人物」であるヘッセルバハに「耶蘇宗」を押しつけられ、怒りとともに複雑な気分になっていたと察せられる。

不快なナウマンの講演

　三月六日、今度は、鷗外は日本人として屈辱を味わうことになる。夜、地学協会の招きに応じ、その「年祭」に赴く。この日の講演はエドムント・ナウマン博士で演題は「日本」であった。ナウマンは明治初期、東大のお雇い教授として地質学を担当し、帰国したところであった。ナウマンは、日本人が欧州人に劣っていることを言い「進取の気象」の乏しいことを述べた。

最後に、日本人は、「輪船」を買い求め、新しい航海術を学んだつもりで海外に航し、数カ月の後、故郷の岸に近づき停船しようとしたとき、この日本人の機関士は停めることを知らず、近海を逍遥して、機関がみずから停まるのを待ったと述べた。聴衆三百人余、鷗外は「式場演説」は「論駁」を許さないことを知っており、この日の日記に「余は懊悩を極めたり」と書いている。

この日のナウマン講演は、後にミュンヘンで闘わされる、いわゆる「ナウマン論争」の発火点であった。ロオトは、日本の実情を知らぬ故に、鷗外が傷ついていることも知らずに、ナウマンを賞し、「遠来の客」として、鷗外を紹介した。ナウマンはロオトの賞詞に、もう一度立ち、仏教は「女子に心なし」と説いていると述べた。鷗外は遂にたまらず許可を得て立ち、「余は聊か仏教信者の為に寃を雪ぎ」たいとして、仏教が「貴婦人方を尊敬すること」は、「決して耶蘇教徒に劣らざる」こと、そして「女人成仏の例多し」と力説した。その会にいたロシア人ワアルベルヒと下宿に帰ったが、鷗外は先に寝た。この後、このロシア人が日本の留学生仲間に、森は、「故国の為に寃を雪ぎ讐を報じたり」と告げたことを、鷗外は日記に書いている。鷗外は、明治三十六年（一九〇三）に『黄禍論梗概』で、日露戦を意識して、「吾人は嫌でも白人と反対に立つ運命を持つて居る」と断言しているが、このナウマンとの応酬は鷗外にとって「白人」との最初の闘いとなったと言えよう。この応酬を一部始終見ていたのが、ロシア人ワアルベルヒで、鷗外の反論を賞しているのも皮肉なことである。日露開戦、十八年前のことであった。

鷗外は、このナウマンに論駁した翌日、三月七日夜、午後九時の汽車で寒いドレスデンを発ち、南のミュンヘンを目指している。ドレスデンは短い滞在であったが、極東の小国の貴公子として、多くの華やかな場に出入りし、先進的異文化を吸収する喜びを最も感じた地ではなかったか。

8　ミュンヘン

ペッテンコオフェルとロオト

ドレスデンを発った翌日午前十一時前にミュンヘンに到着。

この三月八日は、カーニバルの日で、ミュンヘンはにぎわっていた。鷗外は、日記に次のように書いている。「此日街上を見るに、仮面を戴き、奇恠なる装を為したる男女、絡繹織るが如し。蓋し一月七日より今月九日 Aschermitwoch に至る間は所謂謝肉祭 Carneval なり。」と。夜になると「余も亦大鼻の仮面を購ひ、被りて場に臨む」。鷗外は初めて見る別世界に浮かれている。みずからも仮面を被り街に出ていった。ドレスデンで、社交的に鍛えられた鷗外は、楽しむ喜びを身につけてきていたようである。

翌九日、衛戍司令部に行き、軍医総監フォン、ロッツベックに会う。その前に大学衛生部に赴き、ミュンヘンの師、ペッテンコオフェルに、着任報告をしている。ペッテンコオフェルは、「広面大耳の白頭翁」で「弊衣を纏ひて書籍を推積したる机の畔に坐」していた。ドイツに来て、初めて真摯な研究者に会った気分を鷗外は持ったかも知れない。十一日に、大学衛生部に相対する住居に入った。十八日には岩佐新（父は純、一等侍医）に会い、二十五日には絵画の留学生、原田直次郎を訪ねている。原田は、元老院議官原田一道少将の次男で、ミュンヘンの美術学校で研鑽していた。この原田直次郎は『うたかたの記』（明23・8）のモデルになった人物であるが、その他、美術学校の画学生など、このミュンヘンの見聞が、多く『うたかたの記』に使われていることは周知の通りである。ドレスデンとミュンヘンの鷗外の生活で大いに違う点は、交流の相手である。ドレスデンは、日本人が少なく、ほとんどドイツ人らとの交際が多かったが、ミュンヘンでは、日本人との交流が主であった。五月二十八日には、「伯霊《ベルリン》」より、加藤照磨がやってきた。加藤照麿の父親は、東大初代綜理、さらに十三年後に東大総長、貴族院議員、帝国学士院院長、枢密顧問官まで昇りつめ、啓蒙思想家としても当時著名であった加藤弘之であった。照麿は、のちに昭和天皇の東宮時代の侍医を勤めた。この照麿の息子が、意外にも昭和二十年代に活躍した喜劇俳優の古川緑波である。二十九日の日記に、「原田、加藤、及岩佐とアマリイ街 Amalienstrasse なる伊太利酒店 Joseph Wisinteiner に至り」と書いている。これは一例に過ぎぬが、ミュンヘンにおける邦人との交際は楽しかったようである。ほとんどが、日本での知名士の息たちであり、しかも鷗外は、ドレスデンでは、王宮や貴族の夜会などに出入りした体験を持ち、此処で邦人たちには、その点、ドイツ体験の先輩として、やや余裕をもって接したのではないか。

『麦酒の利尿作用に就いて』

研究面でも、ドレスデンよりは雰囲気が違っていた。ドレスデンのロオトは軍医監という官僚であり、その点ペッテンコオフェルは、純粋な研究者である。接する鷗外の側にも、自然、研鑽する意欲が違ってきていたと思われる。ミュンヘンでは『麦酒の利尿作用に就いて』という論文を書き上げる。加藤照磨を被験者にして、ビールと尿の関係を分析した長文の論文である。ビールの街、ミュンヘンで、ビールと尿の関係を調べるということ自体は、別に新しいテーマではあるまい。ペッテンコオフェルからみれば、ミュンヘンではすでに終了した問題であったと思われる。しかし、極東の若い人が、絞ったテーマで分析する姿をみて、余計なことを言わずに、黙してみていたとも考えられる。その外『アグロステンヌ・ギタゴの有毒性とその解毒について』（麪包料中の毒実を論じて其毒を滅する法に及ぶ）という論文を書いている。

また『壁湿説』（壁土の乾き加減についての研究）など、ユニークなものもある。確かに、ミュンヘンに来て、鷗外は、研究的意欲をもったことは間違いない。ライプチヒで書いた例の『日本兵食論』と、右の論文、『壁湿説』以外の二本、計三本が、ミュンヘンの専門誌『Archiv für Hygiene』に掲載されたことは、鷗外が留学して、初めての研究分野における成果であった。

ルートヴィヒ二世の溺死

六月十三日、ミュンヘンで大事件が起った。バイエルン王国のルートヴィヒ二世が、ウルム湖で、グッデン老侍医とともに溺死したのである。

ルートヴィヒ二世は、この事件以来、世界的に有名になった。鷗外も、この事件を横糸として用い、『うたかたの記』を書いている。鷗外は「ルウドキヒ Ludwig 第二世」と呼び、「精神病」と書いている。当時、このルートヴィヒ二世は、バイエルン王国では廃人扱いになっていた。鷗外も「近ごろ多く土木を起し、国庫の疲弊を来しゝが為めに、其病を披露して位を避けしめき」と書いているが、これは事実である。ただ「精神病」であったか、どうかということは今日でも謎である。死後五十年経って「日記」の一部が公刊され、王は、カイツという男優と「男色」であったことが解っている。このことは鷗外は知らなかったはずである。「男色」ということになると『うたかたの記』のマリーの母への王（ルートヴィヒ二世がモデルとなっている）の横恋慕は、不自然ということにもなろう。

一八七一年、ビスマルクによってドイツ帝国が誕生、バイエルン王国は、ドイツ帝国に吸収されることになる。そのため、ルートヴィヒ二世は、膨大な保障金を入手し、幾多の城を造ったが、その保障金だけでは足りず、王国の公金に手をつけるようになる。鷗外が「国庫の疲弊」と書いているが、王国の関係者は困り、ルートヴィヒ二世を廃人としてベルヒ城に軟禁した。監禁されたという説もあるが、その二日目、雨中散歩に出た王と医師グッデンは、ともに湖に落ち死亡する。実際は原因不明である。このグッデンの存在も謎になっている。グッデンは、周囲の噂だけで、一度も診察をせず、パラノイアと診断書に書き、それにもとづき、バイエルン政府は、王の退位を決定したと言われている。

死因については自殺説もあるが、他殺説が今日では有力になっている。王は当時、すでに二百五十億マルクも城の建築費を使い、親族、政府関係者はみな困っていた。しかも、王は第四の城を計画していた。鷗外の日記では、王とグッデンとの主従関係は、通常のように書かれているが、これは真相ではない。

近衛篤麿とウルム湖へ行く

鷗外は、異国のことではあるが、この謎の多い、ドラマチックな事件に相当関心を持ったようである。二十七日の日記に「加藤岩佐とウルム湖（スタルンベルヒ湖の別名）に遊び、国王及びグッデンの遺跡を弔す。舟中ペッテンコオフェル師と其令孫とに逢ふ」と書いている。国王悲劇の舞台を見たい、この思いであったろうが、それは、ペッテンコオフェルも同じであったろう。二十八日に、ミュンヘンに来た近衛篤麿公爵らと、三十日、加藤、岩佐、とともに、再びウルム湖を訪ねている。当時、ミュンヘンには、日本から名士及びその家族が続々とやってきた。近衛篤麿は公家筆頭たる近衛家の若き当主であった。後に、文麿の父になる篤麿は、貴族院議長など政治の枢要な位置を占めたが、日露開戦の直前四十一歳の若さで亡くなっている。篤麿は、後の人に余り知られていないが、ロシアを警戒し、東アジアの保全を考え、上海に東亜同文書院を創設したりした。その政治的手腕は近代史に残るべき逸材であり、息文麿の遠く及ぶところではなかった。ドイツ留学中に面識を得た鷗外は、その後、記録に残らないところで、この実力のあった近衛篤麿と、会う機会もあったのではあるまいか。鷗外は日記に、篤麿のことを「近衛公身体豊実、語気活発、華族の中とは思はれぬ程なり」と書いている。

ナウマン論争

「宿命」というものは、逃げられない運命である。ドレスデンからミュンヘンに遷った鷗外を、あのエドムント・ナウマンが、鷗外を追いかけるような形で、ミュンヘン大学の講師となってやってきた。鷗外とナウマンは、「日本論」をテーマに、雌雄を決しなければならない運命にあったようだ。

ミュンヘン大学にきたナウマンは、早速、ミュンヘンの一流紙『アルゲマイネ・ツァイトゥング』紙に「日本列島の地と民」という題で、六月二十六日、二十九日、三十日と三日間にわたって連載した。内容は、ドレスデン地学協会で、鷗外が聞いた日本論とほぼ同じであった。メディアに敏い鷗外のこと、このナウマンの「日本論」を読まないはずはないが、十九年の六月の日記は六日、七日、十三日、二十七日と四日間しか記述がなく、ナウマンが発表した六月二十六日、二十九日、三十日の、記述文はない。この十九年の六月に記述した日記、四日間のうち「十三日」こそが、ルートヴィヒ二世溺死について書かれたものである。つまり、ナウマンの「日本論」は、バイエルンの元国王が謎の死を遂げ、国内が騒然としている時期に発表されたということである。ドイツ人として、この騒ぎが沈静化するまで待って発表した方が効果の面から考えても適切のように思えるが、何か急いでいる感じがしないわけではない。

鷗外は当然読んでいて、反論を決意し、ペッテンコオフェル師に頼み、ナウマンが載せた『アルゲマイネ・ツァイトゥング』紙に、ドイツ語をもって反論を発表することになる。

ここで、簡単に、エドムント・ナウマンについて説明しておきたい。

ナウマンは明治八年（一八七五）八月、当時、ドイツ公使であった青木周蔵の推薦で、東京開成学校（後の東京大学）の「金石学地質学採鉱教師」として日本に赴任し、明治十八年に帰国している。その間、明治十一年に内務省地理局区内の地質課に移り、明治十五年（一八八二）にはその地質課が、農商務省地質調査所となり、ここで帰国まで、ほぼ全国的規模にわたり地質調査（探査）に携った。この論争の後、ナウマンは、まだ日本にいたかったのに一方的に解雇され、そのことにナウマンは不満をもっていたと言うむきもあったが、真相は解っていない。

九月十四日の日記に「加藤帰府の報あり。駁拏烏蔄《ナウマン》論を起す」と鷗外は書き、反論を開始する。

いわゆる「ナウマン論争」なるものは、次の日程で行われている。（「ナウマン論争」の訳文は、小堀桂一郎『若き日の森鷗外』に掲載された文を使用させていただいた。）

(1)「日本列島の地と民」　エドムント・ナウマン
（『アルゲイネ・ツァイトゥング』一七五号及び一七八号・一八八六年六月二十六日及び二十九日）

(2)「日本及び日本人」　エドムント・ナウマン
（『アルゲマイネ・ツァイトゥング』一七九号・一八八六年六月三十日）

(3)『日本の実情』　森林太郎
（『アルゲマイネ・ツァイトゥング』三六〇号・一八八六年十二月二十九日）

(4)「森林太郎の『日本の実情』」　エドムント・ナウマン
（『アルゲマイネ・ツァイトゥング』一〇号及び一一号・一八八七年一月十日及び十一日）

(5)『日本の実情・再論』　森林太郎
（『アルゲマイネ・ツァイトゥング』三二号・一八八七年二月一日号付録）

右の日程をみると、鷗外の反論(3)が載ったのは、明治十九年（一八八六）十二月である。鷗外は、九月十四日の日記に「駁拏烏蔄論を起す」と書いていることを考えると、筆をおろして、相当時間がかかっている。これは、ペッテンコオフェル師によって新聞社に推薦してもらわなければならないこと、またドイツ語をもって、ミュンヘン一流紙に載せるためには、ドイツ語に誤りがあってはならない。やはりペッテンコオフェル師にみてもらわなければならない、時間がかかったのはこのためである。ペッテンコオフェル師の強い推薦で、新聞社が諾したのは、十二月に入ってからと思われる。

鷗外は(1)の「日本列島の地と民」なる日本論をドレスデンの地学協会で講演した内容と「大同小異」とし、「妄言」と断じた。

日露戦争は、白人国家と黄人国家の争いであったが、この「ナウマン論争」は、鷗外個人が、白人の黄人に対する蔑視(少なくとも鷗外はかように思っていたと思われる)と闘うのは、生涯最初のものであった。次に(1)から(5)までの各論文について簡単に説明しておく。

(1)(2)はナウマンが鷗外を意識せず己が日本論を展開したものである。ただし、(2)はナウマンの講演が記者によってまとめられた「抄録」である。(3)は(1)(2)のナウマン論に対し、鷗外が反論したものであり、(4)はその(3)の鷗外反論に対し、ナウマンが反論したもの。(5)は、その(4)に対し鷗外が再反論をしたものである。

(1)の「日本列島の地と民」は、ナウマンの滞日十年による日本素描であると言ってよい。まず冒頭から日本列島の「すばらしく美しい国土」の紹介から始まっている。そして日本列島の地形の特質、北海道、アイヌへの言及、「帝(Mikado)」と「将軍(Shogun)」についても述べている。さらに、西洋文明摂取に対する日本人の態度を批判的に述べているが、本論の主旨は、日本列島を地質学者の眼を通して観察したもので、明治初期の日本印象記としては貴重なものである。少しの偏見は認められるとしても、この(1)は、地質学者として日本列島を踏査した者の記録であり、ナウマンの日本蔑視を強く感じるものではない。問題は(2)である。(2)はナウマン自身が書いたものではない。

(2)は、ナウマンが人類学協会で「日本及び日本人」と題して講演したものを記者がまとめた「抄録」である。(1)が関東、東海地区から四国にわたる精細な、ときには日本の風光描写など抒情的に感じられる内容に比し、(2)の内容はきわめて即物的である。まず講演の冒頭、ナウマンが日本の「事情にさほど詳しいわけではない識者たちによって弘められている多くの誤伝に対して抗議を提出」したことを紹介する。例えば日本の人口数や丘陵古墳やアイヌの居住状況についてなどである。次に日本女性の例えば「上半身は多くは美しく、また良く発達している」など述べ、以下(1)でも指摘したお歯黒の件、日本の母親の授乳期、日本におけるアイヌの位相、日本人の体力と食餌、伝染病や寄生虫の発生、盲人の問題、日本文化の将来性について等が「抄録」だけに端的に項目を追ってまとめられている。内容は大体(1)と同じ方向性にあるが、問題は他者の聴き取りによる「抄録」だけに、その書き取った記者の関心、または偏見の方向で言句が拡大されている部分もある。これが結局鷗外を大きく刺激することになる。

このナウマン論争の大きな論点は、むしろこの(2)「抄録」の言辞をめぐっての論争であったと言ってよい。

つまり、鷗外は(1)よりもこの(2)の「抄録」をほとんど前面の対象に置いて反論を加えているところにこの論争の特質がある。

鷗外は(3)『日本の実情』で反論する。(2)で、日本でアイヌは軽蔑され、捕虜の如き境遇にある、とナウマンが述べていることに対し、鷗外はアイヌは「狩と漁で生活を立て、日本政府は温情をもって遇し、種族の発展を助成している。捕虜状態などあり得ない」と。これに対しナウマンは(4)で、自己が主張した「軽蔑される地位」という言に対し、鷗外は「とくに高い尊敬をうけているわけではない」と反論したが、同じことではないかと、批判している。

他に、ナウマンが(2)で指摘したお歯黒のこと、日本では盲人が多いこと、栄養状態がよくないこと、また奥地では裸で歩いている人が多いことなどに、鷗外は、一つ一つ答えて反論した。

例えば盲人に関しては、日本では、盲人がマッサージを営むケースが多く、街頭でしばしばみかけるのは、そのためである。鷗外も、それなりの根拠をもって反論したけれども、例えば、お歯黒のこと、裸のこと、これらを鷗外は法律で禁止されていると反論したが、法律が必要ということ自体、未開性を証明していることであり、実態としても、お歯黒は、昭和初期まで日本の地方によっては残存していた記録がある。(『日本風俗史辞典』昭54　弘文堂)

裸の件も、農夫や労働者が昭和初期頃までは、夏に、裸で働くことは、日常的な光景であった。

ただ、ナウマンにも、日本の西洋受容に対する基本的な誤りがあった。「西洋文明の成果が日本に取り入れられたとしても、それを以て同時に西洋文明の継承が自ら緒についたということにはならないし、そんなことは可能でもない」とする、このナウマンの認識は、明治以後、今日までの日本をみたとき、ナウマンが誤りを犯していることは日本の実体が示している。鷗外は、このナウマンの説に対し、仮にそこに「いくらかの不手際やへま」があったとしても、「少年とは成長するものである」と反論する。この鷗外の言は妥当である。さらに、鷗外はナウマンの論(1)(2)を評して、「かかる誤りを冒し、かかる妄断を下したものと難じた。しかし、このナウマンの論を総括的に述べるならば、幾分の誤解や偏見が認められるにしても、まずその見解は常識的なものであり、「妄断」に価するものではなかったと言えるのではないか。ナウマンは、地質学者として日本に十年間滞在、北海道から四国まで探査のため歩いている。津和野から東京へ出て、一時徴兵係で東北、関東、信州あたりを見聞したとしても、むしろ、外国人のナウマンの方が、当時の日本の実態をよく観察していたとも言える。

ナウマンが具体的に挙げた、お歯黒、裸、盲人、等々は、明治十八年頃までの日本では、否定出来ない実態でもあった。特にナウマンが、精力的に日本各地を探査したのは、明治十年前後で、鷗外は東大の学生であった。

この「ナウマン論争」の性格を考えてみると、ナウマンは、比較的事実にもとづいて日本の実情を報告しているのに対し、鷗外は、やはり津和野藩学以来の白人不信が根にあり、西洋文明国において、祖国を「野蛮」「未開」と受けとめられることへの反撥がまずあった。その上、個別に撃破出来ないだけに、益々、感情論で対することになったと思われる。

ナウマンは(4)の反論で次のように述べている。

真理に奉仕しようとするものは心の昂ぶりを警戒しなくてはならない。誇りを傷つけられたり、憤懣や増悪を抱く場合えてして誤謬に陥るものだ。

このナウマンの言は、鷗外のこの論争における特質を見事に衝いていると言わねばならぬ。この「ナウマン論争」に処する鷗外の反論のエネルギーは、この「心の昂ぶり」にあった。

この「心の昂ぶり」とは、ナウマンという一個人に反撥したというより、「白人」の日本に対する蔑みと、優越意識をいち早く実感した、鷗外の根にある反「白人」への血が昂揚したといった方がよかろう。そのため、実証的反論を成し得なかった。「真理に奉仕するものは心の昂ぶりを警戒しなくてはならない」、このナウマンの言葉は、科学者を任じて留学してきた鷗外にとって、まことに痛いものであったろう。「祖国擁護」は、どうしても「心の昂ぶり」を煽り、冷静、緻密さを欠くことになる。

さらにナウマンは、鷗外の論法を次のように分析している。

氏は錯綜した誤謬と矛盾の中に捲きこまれ、私の思考の連鎖をたちきり、彼の眼に私の意見であると「映った」ものを批判し、そして私がついぞ用いたこともない論理を私に押しつけている。総じて森氏は氏の祖国をただ表面的にしか判断していないこと、また氏が私の論文を理解していないことを露呈している。

残念ながら、ナウマンは、よく観察している。ドイツ語という制約があったとしても、鷗外の論争術の稚さを指摘されたとみてよかろう。この論争の性格は、明治二十年代に展開された、鷗外の論争の中に、部分的に引き継がれていると思われる。

しかし、鷗外は白人の偏見・蔑視の中で、よく戦ったと言える。昭和三十年代（一九六〇年代）からドイツに住み、ドイツ語で原著を刊した松原久子氏は、『驕れる白人と闘うための日本近代史』（平17　田中敏訳　文藝春秋）の中で、明治期の、欧米人の日本人観について次のように書いている。「当時の欧米人は、日本人がどんな人間なのか、ほとんど知らなかった。たとえ知っていたとしても、つり上がった細い目で、小柄で、黄色い肌をしていて、キリスト教徒ではないことぐらいで、人類学者が研究対象にしたに過ぎない」と。こうした状況の中で、日本人として初の〝祖国擁護論〟を展開したことは、何はともあれ、特大に評価されるべきであろう。

ミュンヘンでの観劇

ミュンヘンでは、鷗外は、よく観劇に通っている。その一例として、十一月七日、スイスからの帰りに、井上巽軒は鷗外を訪ね、一緒に劇場に行っている。

十五日の日記には、いわゆる「日本劇」というのを観たとも書いている。「御門《みかど》」という劇。日記を読むと、どうやら日本と「支那」が混同されているようだ。これは西洋人の勉強不足なのだが、この弊は、現在に至るまで、解決されたとは言えまい。だが維新時の「宮さん〳〵」の唄などをとり入れているところなどは、いささか、調べているという感じはする。戊辰戦争における官軍の行進歌が出てくるのは、「御門」、すなわち「天皇《みかど》」に関連しているからである。鷗外の苦笑が目にみえるようだ。

さて、鷗外は帰国して、初めて戯曲を翻訳したのは、スペインのカルデロンの作品であったが、このミュンヘンで、カルデロンに強い関心をもち、レクラム版のドイツ本を六冊購入している。また、当時ミュンヘンに居住していた、ドイツ短篇小説の巨匠ハイゼが、ライストナーと共編した『新ドイツ短篇集』を熟読したようである。しかし、この読書も、ミュンヘン滞在の後年になって、「ナウマン論争」に、鷗外のエネルギーが費やされ、少し読書量は落ちた。

十九年が押し迫って、十二月二十九日に、鷗外のナウマンへの反論「日本の実情」が『アルゲマイネ・ツァイトゥング』三六〇号に掲載された。鷗外は日記に「惜む可し冒頭に校合の行き届かぬ所あり。されど議論の主する所にあらねば、只ゞ書状もて編集局まで言ひやりしのみ。（略）」と書いている。ミュンヘンの一流紙に、ドイツ語で掲載された己が論文への喜びはあったはずだが、鷗外らしく抑制している。

第三部　明治二十年代（一八八七—一八九六）

1　続・ドイツ留学（ミュンヘン）

「明治二十年一月一日。午前零時加藤、岩佐、中浜及浜田の四氏と英骨喜店 Café l'Anglais の舞踊会に在りて、「プンシュ」酒 Punsch の盃を挙げ、新年を祝す。二時家に帰りて眠に就く。（略）」と、鷗外は静かに明けた二十年の元旦を書いている。後、四カ月先に、ベルリンが待っている。嵐の前の静けさといった感じがしないでもない。

ミュンヘンでの鷗外は、ドレスデンに比し、ペッテンコオフェル師のような真摯で親切な研究者に出遇ったことにより、衛生学の勉強も、十分ではないが、ある程度出来た。それに、不完全燃焼であったと思われる「ナウマン論争」は、決して鷗外に負の意識を与えるものではなく、衛生学等の研鑽も含め、いささか、アカデミックな面で成果あり、という気分を持ったのではなかったかと考える。

鷗外がミュンヘンを去る日が近づいた。明治二十年（一八八七）四月十一日に鷗外は、あのルートヴィヒ二世の溺死したウルム湖（スタルンベルヒ湖）を再び訪ねている。同行者は中浜、浜田、岩佐であった。

十五日、中浜に会って別れを告げ、次の詩を与えている。

「万里離家一笈軽　郷人相遇若為情　今朝告別僧都酒　泣向春風落羽城」。「僧都酒」は、ミュンヘンの有名なビール。これを飲みながら「郷人」中浜と別れを惜しんだ。「泣向春風」の句に、別れに際しての一抹の哀しみもみられるが、次は、最後の留学地ベルリン、むしろ鷗外の緊張感のあらわれともとれないことはない。

2　ベルリン

ロオベルト・コッホと乃木希典

中浜と別れ、この日の午後六時五十五分、汽車でミュンヘンを発つ。ベルリンでは、「ロオベルト、コッホ Robert Koch に従ひて細有機物学を修めんと欲するなり」と、鷗外は日記に書いた。汽車の旅は「窮困比なし」、その原因は「室内立錐の地なし。終夜眠らず」の辛苦な旅だった。十六日の昼頃、ベルリンに到着、トヨップフェル客館に入った。午後、公使館に赴く。翌十七日、東大同期の谷口謙を訪ねる。十八日には、谷口謙をともない、乃木希典、川上操六両少将を「客館」に訪ねている。乃木のことを「長身巨頭沈黙厳格の人」と日記に書き、川上のことは「形体枯瘠、能く談ず」と書いている。長州・長府の出身の乃木希典と、鷗外は初対面であったかは解らぬ。祖母が長州人であり、隣国津和野藩出身の鷗外は、乃木を知っていたとすれば、好感を持っていたであろうことが想像される。この十八日の日記で感じることは、この乃木らと二時間余談じているが、この乃木らが「軍医部の事情」に詳しいことに鷗外が驚いていることと、注目すべきは、次の台詞である。「若し赤十字同盟国開戦の布告あるときは、日本軍医も亦其力を竭《けつ》さゞる可らず」。これは乃木、川上のどちらが述べたのか不詳であるが、この言は、石黒軍医監の通訳として参加したカルルスルーエの、国際赤十字会議で、オランダ代表の発言に対し、憤然として立ち、述べた、鷗外の発言とほぼ同主旨であることに気付く。これは、一つの発見であった。あの初の国際会議での発言は、鷗外独自の発想ではなかったのである。鷗外は、日本陸軍が、フランス方式より、ドイツ方式に切り換えていくため、その研修に来た一少将の言を日記に書きとめ、それを国際会議で使ったのである。鷗外の敏なることを、ここでもみる。この十八日に「此日僑居をトす」と書き、ベルリン最初の下宿（Berlin N. W；Marienstrasse 32 I bei Frau Stern）に入った。二十日に、ロオベルト・コッホ博士に会いに行き「従学の約を結」んでいる。コッホは、なんといっても細菌学の大家である。鷗外はライプチヒ、ドレスデン、ミュンヘンと研修を経てきたが、肝腎の衛生学には余り熱心ではなく、むしろ細菌学の方に関心があったようだ。コッホに出会い、期するところがあったのではなかろうか。五月二日、「菌学月会」が始まる。いわゆる細菌学の入門講座である。講師は、フレンケルとフランク。この「菌学月会」は、五月二十七日に約四週間で終了した。鷗外は真面目に通ったようだ。この日「コッホ師の衛生試験所に入る」と日記に記している。入門篇から、やっと専門課程に進んだということか。三十一日にコッホから実験の題目を受けた。ところが、これがベルリンの下水道の中の細菌検査であった。これは鷗外にとって失望であったが、やむを得ないことであった。

石黒忠悳来たるの密報

講習会の最中、五月十二日に、鷗外は石黒忠悳《ただのり》が、ベルリンに来るという「密報」を得ている。

石黒忠悳は、当時四十三歳。松本順、林紀、橋本綱常の三代の医務局長のもと、十年の次長としての実績を持つ、いわば陸軍省医務局の最大の実力者であった。年齢的にも、最も壮んなときであったが、ドイツ語は全く解せず、鷗外を頼りとしていた。今回、カルルスルーエの国際赤十字会議の首席代表として来独することになった。

鷗外は、早くから留学期間の一年延長を石黒に申し出ていた。石黒は、国際会議に出席し、鷗外を通訳に使うことを考えていたので、鷗外の一年延長の件は橋本軍医総監に伝えてあった。この国際会議の首席代表は、はじめは橋本が務めることを考えており、石黒と綱引きとなり、結局、策士でもある石黒に橋本が負けたのである。それはともかく、橋本は、実力者の石黒の言う鷗外の留学期間の延長に対し、受け入れざるを得なかったが、ただ条件をつけた。それは、「隊付勤務」を鷗外に納得させることであった。石黒は、これを呑まざるを得なかった。鷗外は、この「隊付勤務」について憤激した。橋本綱常の二心に激怒したのである。鷗外が最初にドイツに着いた十七年十月十二日に、橋本は鷗外に何と言ったのか。「君は唯心を専にして衛生学を修めよ」と、「制度上の事」には、目を向けるな、これが橋本の言であったのだ。それをここにきて、「衛生学」以外の「隊付勤務」を押しつけてくるとは、全く矛盾しているではないか。鷗外は怒った。この件を知らせた森家も怒った。しかし、時の軍医総監に勝てるわけはない。鷗外は、歯ぎしりしながらも受けざるを得なかった。

国際赤十字会議に石黒らと出席

石黒忠悳軍医監は、七月十七日にベルリンに到着した。

この石黒の来独は鷗外を多忙にした。日記をみると、「十九日。石氏の為めに語学の師を雇ふ。」「二十一日。石氏の為めに日本政府の赤十字同盟に入る報告を作る。」「二十二日。石氏余等を帝国食店（略）に招き、午餐を供す。」とある。「石氏」はむろん石黒のこと。本来石黒の成すべきことも、鷗外や谷口が代ってやっていたようである。シャイベ一等軍医が、ドイツ陸軍省の命で石黒の属官となった。これは、石黒が、乃木、川上と同じく、将官待遇を要求したため、独軍の将校が石黒に付くことになったのである。石黒の強い名誉欲と押しの強さを顕していよう。

九月十六日、石黒、鷗外らは、カルルスルーエに向って汽車で出発。谷口謙も通訳で随行した。夕方ヴュルツブルクに着いた。此処で、橋本軍医総監の子息、春と会っている（このことは後述する）。同じ国民客館に宿泊した。春は、他の数人の邦人と一緒であった。春とは初対面であるが、以前から文通をしていたようである。鷗外は、春のことを「倜儻《てきとう》愛可し」と日記に書いている。「倜儻」とは、才気が衆人にかけはなれてすぐれていることを言うわけで、父綱常には反撥心あれども、息子の春には随分好感をもっていたことが解る。実は、橋本綱常は、安政の大獄で刑死した逸材、橋本左内の末弟である。石黒はそのことを勿論知っており、春は親父より左内に似ていると述べたことを、鷗外は日記にとどめている。十八日に、カルルスルーエに到着。二十二日に第四回国際赤十字会議が始った。

午後三時、石黒、鷗外、谷口らは開会式に臨む。ストルベルヒ議長が、開会演説をなし、特に日本のことを紹介した。日本側は起立して謝意を呈した。第一日目は開会式だけで終り、夜は一同、大臣ツルバン邸に招待された。二十三日は、「防腐療法」を軍隊で用いることを勧めるという議題が提出されたが、鷗外は日本委員一同に代り、日本陸軍はすでに此法を用いる法則を設け、其材料を備えていることを報告した。後で、カルルスルーエでの各国委員会の席で、大侯夫人レナアルが、石黒に対し、日本陸軍の防腐療法を普施することの速やかなことを賞讃している。石黒は、「軍医会」で、初めて日本語で演説した。通訳は鷗外であった。

鷗外が大活躍をしたのは、二十六日と二十七日であった。

鷗外の大活躍

二十六日。この日「和蘭中央社」の出した「欧州外の戦あるに臨みて傷病者の救助を為すべきや否や」という問いに対し、鷗外は、「眼中唯ゞ欧州人の植民地あるを見て発したる倉卒の問なり」と発言。このオランダ代表の発想を聴いて、鷗外が、ミュンヘンから最後の留学地ベルリンに着いて三日目、二十年四月十八日に乃木、川上両少将を訪ねたときの言葉を想起したことは間違いない。あの「若し赤十字同盟国開戦の布告あるときは、日本軍医も亦其力を竭さゞる可らず」という言である。この発想の精神は、「同盟国」という限定はあるが、一国のエゴイズムに堕ちてはならないという、開けた精神である。このとき鷗外は、この精神に共感したとみる。「和蘭中央社」の、欧州エゴイズムに対し、〝自国だけの利益に立たず、他国にも協力するという精神〟である。鷗外は、日本陸軍の一将官が確信もって言った、その言葉、その精神を想起し、一通訳官に過ぎないのに、満場の中に立つ勇気を得たのではないか。初対面の乃木ら二人の将官の風貌に関する記述については、従来から知られていたが、どちらかの将官の発したこの言は、見過ごされてきていたのである。

二十七日。この日はさらに、感激的であった。鷗外は「亜細亜外の諸邦に戦あるときは、日本諸社は救助に力を尽すこと必然ならんと思考す」と演説した。これも日本の将官の言った、その精神のエッセンスを応用したのである。今まで、このカルルスルーエでの発言は、この会場で突如、鷗外が立ってなしたものと考えられてきたが、さきの少将の発言と照し合わせてみると、鷗外の国際赤十字会議での発言には〝原典〟があったことになる。二十七日の発言は、前日を受けてさらに強い発言となった。日記文は極めてリアルである。

鷗外の発言で、会場は騒然となり、「全会壮哉（Bravo!）」と叫ぶ人あり、であった。会場を出るとき、石黒が、「雙手もて我手を摻りて曰く。感謝々々」と述べた。

この国際会議で発言するということは、相当勇気が必要だろう。このカルルスルーエでの鷗外を衝き動かしたエネルギーは、一つや二つではないとは思われるが、一将官の言葉を想起したことも背中を押すエネルギーになったことは否定出来ない。しかし、鷗外のもっと奥深いところにあるものは、「ナウマン論争」にみた「白人」に対する「心の昂ぶり」であったのではないか。

ウィーンの秋

大活躍を成した翌二十八日朝、カルルスルーエを発ち、夕方ウィーンに着いた。石黒忠悳が「万国衛生会」に日本政府を代表して出席するためである。鷗外は、「余と谷口とは私人の格を以て会に臨む。故に維納に滞する間は公務なし」(日記)と書いている。石黒の来る前に、すでに内務省官僚の北里柴三郎、中浜東一郎は、公式随員としてウィーンに到着していた。この会には、ロオトも、ペッテンコオフェルも来ていた。鷗外は自著『日本食論拾遺』二百部を国際会議記者室に送り、会員に頒布することを依頼している。なかなか抜け目はない。十月に入ってもまだ鷗外はウィーンにいて、四日に軍医総監エンチェルボオルを訪ねている。カルルスルーエで面識を得ていたのである。ウィーンの秋は美しい。公務なしの鷗外は、久し振りに休日を楽しんだであろう。八日、マグデブルクで日本女性と見合をする谷口とも別れ、ウィーンを発し、九日にベルリンに帰着している。

鷗外は、ベルリン到着時入った下宿以後、二回遷っている。当初の下宿には不都合があったことを日記に書いている。下宿を代えた主因は、その下宿の十七歳の娘である。「夜我室を訪ひ、臥床に踞して談話する抔《など》、面白からず」と書く。それだけではなく、下宿の主人が「寡婦」で年齢四十許り。それが「浮薄」「饒舌」、「遊行を好み、常に家裡に安居する程ならば、寧ろ死なんと云へり」と、その嫌悪の気持を書いている。そこで鷗外は、二十年六月十五日に、衛生部の傍に在る僧房街(Klosterstrasse, -№97 Ibei A. Kaeding ; Berlin C.)に遷った。右の日記文は、この十五日のものである。このクロスター街を選んだのは、衛生部に近いということが大きな原因らしい。

三つ目の下宿に遷ったのは、二十一年四月一日である。場所は、ハアケ市場(Haacke'scher Markt)の角、大首座街(Grosse Praesidenten-Strasse)の第十号の「第三層屋」であった。この下宿は、室内装飾が美しく書架には新たに獲た「奇書」をも入れ「無聊を医するに至る」と、鷗外ご満悦の様子である。この下宿は、「隊付勤務」を命じられたために、それに処する転居であった。七時三十分に鉄道馬車に乗れば、「普魯士《プロシア》国近衛歩兵第二連隊第一及第二大隊」の兵営に、早く到着するということが主因のようである。

「隊付勤務」となる

橋本軍医総監は、鷗外に隊付勤務を命じていたのに、石黒が、鷗外をカルルスルーエに同行したことにひどく立腹し、陸軍省内でも当り散らしていたらしい。そうした中、十一月十四日の鷗外の日記に次の記述がある。「(略)夜石君を訪ふ。小池正直の書を得たり。石君曰く。足立軍医正の書来る。橋本軍医総監の意を承くる者なり。謂ふ。森林太郎の洋行は、事務取調を兼ぬ。其帰朝の前必ず一たび隊付医官の務を取らしむべし。然らずは陸軍省に対して体面悪しからんと。余対へて曰く。林太郎は唯ゞ命令を聞くのみ。意見を陳ず可きに非ず。謹みて諾す。（略）」。帰国する日もそう遠くないとき、軍医総監を怒らせることの不利を鷗外は自覚している。「謹みて諾す」以外にあるまい。この日記文の後に、下宿に帰って小池正直の手紙を読んでいるくだりがある。小池は、「谷口の要求にあらずや。例の陰険家ゆゑ万事注意せられよ」と書いていた。橋本総監のいら立ちに、谷口謙の動きを小池はみているのである。谷口のことを「陰険家」とみていることも、ここで確認しておきたい。

とまれ、鷗外が命じられていた隊付勤務は、二十一年一月一日から六月三十日までの半年間である。しかし、三月十日までの七十日間は、待機させられていた。その間、鷗外は、とりあえずコッホの研究所で、細菌学の研修を再開している。その間、市の下水施設、ベルリン消毒所等の見学、また大和会で「日本人は大和魂是なり」のテーマで演説もしている。

しかし、この待機期間で、大事なことは、ベルリンに来ていた早川（後に田村）怡与造大尉に、クラウゼヴィッツの『戦争論』を講読していることである。一月十八日の日記に「夜早川来る。余為めにクラウゼヰツツ Clausewitz の兵書を講ず。（略）独逸留学の日本将校等能く之を解すること莫し。是れより早川の為めに講筵を開くこと毎週二回」と書いている。クラウゼヴィッツの『戦争論』は極めて難解である。従ってドイツに来ている各将校連では手が出せない。このへんにも鷗外の存在価値があろう。後年、小倉時代に、鷗外は再びクラウゼヴィッツを紐解くが、その淵源は、ベルリンにすでにあったのである。

三月十日、鷗外はやっと隊付勤務に就いた。

ベルリン留学終る

第三の下宿は、すでに任務に就いて一カ月が経っていたことになる。普魯士国近衛歩兵第二連隊に入隊。四月十日の日記に「班務は我邦軍隊の朝診断と称へ来れる者に匹当す」とある。朝出勤して、病気の兵を午前中診る、これが仕事であったようだ。この隊付勤務を鷗外は『隊務日記』に記録している。

この日記の一日目、つまり三月十日の記述の中に、連隊から「帰家」、「正装、以徳帝維廉第一世殂之翌日、佩喪章、至兵部省医務局、記名」とある。鷗外は『舞姫』で、エリスとの同棲生活に入った豊太郎が「我学問は荒みぬ」という情況の中で新聞の原稿書きのアルバイトをしていることを書いている。日本に送った原稿の中に「維廉一世と仏得力三世との崩殂ありて、新帝の即位、ビスマルク侯の進退如何などの事に就いて」という事実を挿入していることを想起する。『舞姫』のエリスが妊娠するのは丁度この頃である。この『隊務日記』は七月二日、「（略）告別。於是乎隊務全終」でしめ括られている。留学の最後となった、このベルリンでは、ドレスデンやミュンヘンと違い、「公」的な生活が多かった。国際会議での活躍もあったが、帰国前の隊付勤務は着実に行われ地味なものだった。

3　帰国の途に就く

エリーゼ来る

「隊務全終」と書いた三日後、二十一年七月五日、鷗外は、石黒忠悳軍医監とともにベルリンを発ち帰国の途に就いた。その夜、汽車がオランダ国境にさし掛ったとき、二人は、鷗外の恋人エリーゼの話をしたようである。

『石黒日記』に次のように書いている。

車中森ト其情人ノ事ヲ語リ為ニ愴然タリ後互ニ語ナクシテ仮眠ニ入ル

「森ト其情人」とは、エリーゼのこと。何故、二人は「愴然」となったのか。ベルリンから汽車で数時間でオランダ国境に近づく。夜汽車に乗った二人は、まもなくエリーゼのことを話題にしたのである。それだけ、これは深刻な問題であった。後に、東京での結果が示すように、鷗外とエリーゼは破局に終っている。鷗外とエリーゼとの関係が成就しないことは、石黒だけではなく、鷗外にも予想されていたのではないか。まだ憲法も国会もない、むろん個人主義も脆弱な「半開国」(福沢諭吉『文明論之概略』)である日本で、軍人と異人との恋、また結婚が許されるはずはない。まず口火を切ったのは石黒であろう。「エリーゼは後から来るのか」、この質問に鷗外は肯いた。石黒は、陸軍軍医部を将来背負って立つべき俊秀森林太郎に傷をつけたくないという思いがあったのは当然である。石黒は、ベルリン滞留中、フランス女性と交際していたが、ちゃんとカタをつけて帰国している。「君はなぜ、手を切らなかったのか」、石黒は鷗外の甘さ、軽率さを難詰したに違いない。恐らくベルリンを発つ前に、石黒は慎重に注意していたと思われる。当時のベルリンでは、邦人間の「情事」は、かなりオープンであったと言ってよい(このことは後で述べる)。石黒には谷口という情報通がいたので、そのへんは熟知していたとみえる。しかし、鷗外は、エリーゼとの愛を切ることが出来なかった。東京に着いたときの鷗外の悲劇をまざまざと想像した石黒と鷗外は、「愴然」とならざるを得なかった。「愴然」とは「悲しみいたむ」こと。石黒は確実にこの言葉を使っているわけで、悲劇を予感したことは間違いない。

悩む鷗外

出発前、六月三十日、「大和会」の会員たちは「三冠亭」で送別会を開いてくれた。席上、鷗外は、ドイツ語で告別の辞を述べている。この内容について小堀桂一郎氏は「この華々しい留学生活の最後を飾るべき彼の帰朝送別会に、何故に彼は功なり名遂げた満足感と帰朝後の将来に対する洋々たる希望とを抱いて臨むことができなかったのだろうか」(『若き日の森鷗外』)と述べている。六月三十日というと鷗外がベルリンを発つ六日前である。エリーゼと話し合いの最中であったかも知れないし、後から来日することが決っていたかも知れない。しかし、いずれにしても、このエリーゼ問題に処する陸軍や、森家の出す結論は、鷗外を安心させるものではなかったはずである。不安一杯であったと言ってよかろう。鷗外を通常人より、過剰に評価してはならない。能力は抜群であったとしても、若さと言い、精神的未成熟と言い、鷗外も普通の青年であったのだ。このエリーゼ問題は、ベルリンを離れるに至って、大きく鷗外を悩ませる問題になった。当然、車中での石黒との会話は鷗外を悲しみに追いやることになる。石黒の書く「愴然タリ」は、総てを語っている。以後、この帰国の旅は暗鬱なものになっていった。

八月九日、紅海を過ぎて印度洋に入った。

この印度洋で、鷗外は「涙門」という詩を作っている。

負笈三年歎鈍根　　笈を負ひて三年鈍根を歎く
還東何以報天恩　　東に還るも何を以てか天恩に報ぜん
関心不独秋風恨　　心に関るは独り秋風の恨ならず
一夜帰舟過涙門　　一夜帰舟涙門を過ぐ

「還東何以報天恩」、この詩句に、小堀氏は「自己韜晦」をみているが、それも否定出来ない。ただ極めて悲観的になっていることを示していることも事実である。この詩の本音は「秋風の恨」だとか「涙門」とか何か暗く哀しい心情の動きである。

尾崎行雄に会う（ロンドン）

少し戻るが、七月七日、アムステルダムを発し、フリッシンゲンに至り、この日、十時に乗船、翌日、イギリスに到着、午前九時、ロンドンに至る。十八日までロンドンに滞在、その間七月十日に、保安条令で追放されロンドンに来ていた尾崎行雄に会っている。十八日にロンドンを発ち、翌日、パリに着いて、その夜、尾崎行雄に四首の詩を贈っている。その詩の最後に「逐客相遇ふて杞憂を話す」と詠んでいる。「逐客」とは「遊説者を追放する」という意である。従来の解釈では、「相遇」は、「逐客」同士がともに、その不遇をかこち合うとの意に考えられていたが、小島憲之氏は、「相遇」の「相」は、「無意味の助字」で「単に逢う」ことを意味していると述べている（『ことばの重み—鷗外謎を解く漢語』昭59・1　新潮選書）。時期的には追放を受けた尾崎と、後を追って来るエリーゼのことで不安を抱える鷗外、この二人が具体的な内容は語らないにしても、人生のもつ苦渋なるものを話し合ったと捉えるのが適っているように思えるが、これは漢字学の専門家に従うほかはない。

パリに一週間滞在

パリには約一週間滞在した。この間、田中公使邸に招待されたり、二十三日には観劇もしている。他は、陸軍省、陸軍病院なども真面目に訪ねている。二十六日には、軍医学校等訪ねた帰途、パリで客死した、元軍医総監林紀の墓を拝しにモンマルトルの墓地に赴いている。林紀は幕末の蘭方医として著名であった林洞海の長男として出生した。若き日、オランダに医学研修のため留学、この時一緒であったのが、西周、榎本武揚、赤松則良（鷗外の最初の妻、登志子の父）ら錚錚たるメンバーであった。林紀は明治十二年（一八七二）、陸軍軍医本部長となったが、三年後、十五年有栖川宮熾仁親王の訪露に随行、渡欧したとき、尿毒病に罹り、パリで客死。三十七歳であった。日記に石黒の名前は出ていないが、林紀は年齢的にも石黒に近く、恐らく石黒の意向で陸軍医務局の大先輩の墓に詣ることになったのであろう。翌日、鷗外らはパリを発ち、二十八日、マルセイユに着、オテル・ジュネーブに入った。「壁頭懸大写真幅」、と鷗外は日記に記したが、四年前、洋行の折日本からマルセイユに着し、このホテルに宿した。そのとき、鷗外ら十人の俊秀たちが撮った写真が大きく引き延ばされて、ホテルの壁に掲げられていたのである。「余等堂々七尺軀」、十人の懐しい写真を観て、久し振りに顔がほころんだのではなかろうか。

二十九日の午後、フランス船アヴァ号は静かに岸壁を離れた。さまざまな想いが残る、このヨーロッパよ、という感慨が鷗外の胸のうちをよぎったであろう。日本に帰る同行者は、石黒、鷗外のほか、徳大寺公弘、前田利武ら五人であった。

日本に帰着――エリーゼも着く

九月八日、鷗外たちは、四十一日間の長旅を終えて朝の横浜港に帰着した。午後、懐かしい東京に入ったが、鷗外は複雑であったことが察せられる。

九月十二日、ドイツ船ゲネラル・ヴェテル号でエリーゼ・ヴァイゲルトが横浜に着いた。鷗外の帰国、四日後のことである。エリーゼは、ドイツ船ブラウンシュヴァイク号で、七月二十五日にブレーメン港を発っていた。この日は、鷗外が、パリで林紀の墓を訪ねた前日にあたるわけで、エリーゼの余りにも早い旅立ちに驚かざるを得ない。

香港でエリーゼは、日本行きのヴェテル号に乗り換えている。このエリーゼは、東京築地の精養軒に三十五日間滞在したが、初めから予想した通りの大反対にあい、哀しく、寂しくドイツに帰って行った。明治二十一年（一八八八）十月十七日であった。

このエリーゼについては、鷗外は、一生沈黙を守った。高級官僚であった鷗外の立場を考えれば、一応の理解は出来るが、それでも、いかにも鷗外らしいと思われる。

本人の鷗外が沈黙を守った代りに、妹の小金井喜美子が、二人の関係を『森鷗外の系族』に書いた。この本が刊行されたのは、昭和十八年（一九四三）、太平洋戦争のさ中であった。それまでは、家族は勿論、メディア、評論家、研究者たちも、ほとんど沈黙したままであった。一つは、それだけ巧く森家は、この件を処理していたということである。

喜美子は、この本で、エリス（当時の通称）は、ドイツの留学生仲間に、鷗外の家は「生活が豊か」だと「唆かす者」があって、「根が正直の婦人だから真に受」けたということ、そしてエリスに対する喜美子の認識を「路頭の花」と位置づけた。いわゆる、鷗外にとって〈行きずりの女〉であったということである。そして、喜美子の本音は「誰も誰も大切に思って居るお兄い様にさしたる障りもなく済んだのは家内中の喜びでした」に示されたのである。この喜美子の言を当時、誰も疑わなかった。

昭和五十六年（一九八一）五月二十六日付『朝日新聞』（夕刊）で、エリスの実名が、エリーゼ・ヴァイゲルトであることが判明と、報じられた。そのいきさつは、中川浩一、沢護両氏が、明治二十一年の週刊英字紙『ザ・ジャパン・ウィークリー・メイル』に掲載されていた横浜港出入港者名簿から、この名前を発見したということである。これは、まさに快挙であった。

さて、このエリーゼに関し、「誰も誰も大切に思って居るお兄い様」に「障り」があってはならない、この一心で、森家は真実を隠蔽することに懸命に終始した。また謹厳実直と思われていた鷗外が、そんな「路頭の花」たるドイツ娘を相手にするはずがない、という先入観をもって、ほとんどの研究者は何の疑いも持たず、この喜美子の「路頭の花」説をとっていた。

4　エリーゼ事件

最初に述べておきたい。このエリーゼ事件は、鷗外にとって単なるゴシップの類として軽視したり、放置していい問題では全くないということである。エリーゼの来日は、言うまでもなく事実である。これを直視しなければならない。この悲劇が、繊細な若き鷗外の人格形成及び文学活動、その他の「根幹」に計り知れない影響を与え続けてきたことを無視してはならない。

このエリーゼ事件への検討を欠いた鷗外論は、鷗外の翻訳作品を視野に入れない研究営為と同じく、大きな欠落を蔵したものと受けとめざるを得ない。

「路頭の花」説に一石を投ず

この堅固な定説となっていた「路頭の花」説に一石を投じたのは成瀬正勝氏である。

小金井喜美子の『森鷗外の系族』から、約三十年経った昭和四十七年（一九七二）である。この年、四月の『国語と国文学』に「舞姫論異説―鷗外は実在のエリスとの結婚を希望してゐたといふ推理を含む」という論文を発表した。ある意味では鷗外研究のタブーに挑戦したのである。内容は、まさに表題通りのもの。成瀬氏は、この小金井喜美子の定説に反論を唱え、鷗外はエリスに愛情をもち、東京で結婚まで考えていたのではないか、という大胆な説を打ち出した。この説に対し、多くの鷗外研究者は沈黙を守っていたが、小金井喜美子説を支持している有力な鷗外研究者であった長谷川泉氏は、この成瀬説を一蹴したのである。池に放り込まれた一石は波紋を広げつつも、やがて静かになった。私は早くから小金井喜美子説に疑問を持ち続けていた。それは、あくまでも小説『舞姫』と無縁でないと思っていたからである。それに、二人の間に約束なくして、一方的にドイツの少女一人が四十日間もかけて、未知の極東までやってくるだろうか、という平凡な疑問である。そして、私は、鷗外が特別に謹厳実直な性格の持ち主とは思っていなかった。

私は、成瀬正勝氏の論文を読んで体が熱くなるのを感じていた。しかし、成瀬氏の言う「結婚を希望してゐた」という説には反対であった。成瀬氏と私の考えが同じであったのは、あくまでも鷗外は、エリスを愛していた、という一点である。私の場合は、「結婚」を約束していたとは思われず、通常、石黒のように、金を渡して別れるということが、鷗外とエリスには出来なかった。鷗外は、東京での厳しい対応を予想して、エリス来日に反対したかも知れないが、いかんせん、結果が示すように、二人は別れることが出来ず、エリスの来日を許してしまったということではないか。この事情を知った石黒忠悳が、帰途オランダ国境で、「愴然タリ」と書かざるを得なかったのである。このとき鷗外が、石黒に対し「自分は別に「エリス」を愛していない、「エリス」は一方的に追いかけてくるようです」と告げていたとすれば、絶対に「愴然タリ」と書くことはない。石黒はむしろ余裕をもって「よし任せよ」と、ドイツへの追い返しに自信をみせたはずである。「愴然タリ」は、鷗外が〝我に愛情あり〟と告げたことを明らかに示している重要な言辞なのだ。

相愛説強まる

成瀬説は、鷗外文学とのかかわりまでゆかず、ただ、かような事実があったのではないか、という大胆な仮説の提示で終った。論戦はこれから、というとき、発表された翌年、つまり、昭和四十八年に他界されたのである。残念なことであった。

ただ歴史的事実は覆いようもなく、その後、いくつかの重要な傍証が出てきた。その一は、星新一『祖父小金井良精の記』(昭和49 河出書房)、二は、『石黒忠悳日記』を解読した竹盛天雄氏の「鷗外全集月報」(昭和50・1〜6)である。私は、成瀬正勝氏のエリス説を引き継ぐかたちで、このエリス問題を検討していたが、昭和五十一年(一九七六)十二月、『森鷗外〈恨〉に生きる』(講談社現代新書)を刊行した。私は、星新一、竹盛天雄氏らの傍証をとり入れ、「エリス」は鷗外にとって「路頭の花」ではない、相愛の相手であると長谷川泉氏らの説を批判した。しかし、学界では無視が続いた。私の説はいわゆる大学の教員ではない、民間の鷗外研究者である、吉野俊彦氏、浅井卓夫氏らによってとり上げられた。

浅井卓夫氏は、「小金井喜美子の「エリス路頭の花」説に対し、近頃では反対意見の方が多くなっている。代表的な成書としては、山﨑國紀の『森鷗外―〈恨〉に生きる』がある」（『軍医鷗外森林太郎の生涯』昭61・7　教育出版センター）と書いている。

拙著の刊行が、昭和五十一年である。丁度十年の時間を経て、「路頭の花」説が弱化し、二人の相愛説がだんだん受け入れられてきたことになる。一つには、メディアの先行も手助けをした。映画やテレビで、鷗外の悲劇的愛として捉り上げられたことも大きな影響があった。

二〇〇〇年代に入って、このエリーゼ問題は、疑いようもない事実となっていく。

エリーゼ帰独に関する鷗外の手紙

エリーゼの東京滞在中の詳細についてはさきの拙著、それに、さらに手を入れた拙著『鷗外森林太郎』（平4・12　人文書院）に書いているので、ここで再びくり返さない。

さて、エリーゼについて、如上のことまでは解ってきているが、そのエリーゼなる人物、また鷗外との出遇い、その出自、そして生涯の全貌等の真相は全く解っていない。平成元年（一九八九）五月七日、「テレビ朝日」が、ドイツに取材し、エリーゼについて一つの可能性を放映したが、真実を解明することは出来なかった。この番組（「〝舞姫の謎〟黄金髪ゆらぎし少女に迫る鷗外幻想」）のプロデューサー田中利一氏は、旧東ドイツ社会主義共和国機関紙『Wochenpost《ヴォッヘンポスト》』を通じ、かなり広範な地域に、エリーゼ・ヴァイゲルトについて呼びかけたが決定的な収穫はなかった。

第二次世界大戦で、ドイツ、特にベルリンは徹底的に破壊された。エリーゼ不明の原因は、この徹底破壊にあることは解っている。しかし、東京でも、広島でも、徹底的に破壊されているが、これら都市に居住していた人を探すことは、このエリーゼ探索ほど困難ではあるまい。エリーゼの場合、やはり特殊と言わざるを得ない。

そこで、エリーゼの出自、そして鷗外との出遇いについて考えてみよう。この問題を検討しようと思えば、鷗外が、エリーゼが帰独する三日前に賀古鶴所に出した「手紙」をまず重視し、これを大切に検討することが一番大事なことと思う。なぜなら、これは、鷗外がエリーゼ帰独の迫まる中、親友賀古だけに、と思って書かれた、エリーゼに関する唯一の手紙であるからである。二十代の、まだ無名の鷗外には、親友に出した手紙が残り、将来公開されるというような予感は全くなかったはず。従って、鷗外は、真実を書いたと断じてよい。

鷗外は別に謹厳実直ではなかった

この手紙を検討する前に、まず前提として、二十代の人間鷗外を考えておきたい。すでに書いたことであるが、ともすれば、鷗外の風貌や職掌上、いかにも勤厳実直、自己抑制的人格者とみてきた風がありはしないか。研究者の中にもそれが、かなりあることも事実である。しかし、少なくとも青年時代の鷗外は、決して謹厳実直でもなく、特に他に比して倫理的であったとは思わない。エリーゼ問題も結果的にそうであるが、最初の妻登志子に対しても、まことに酷い仕打ちをしている。於菟を産んだ登志子を日ならずして捨て、家を出ている。三十代の己が「性」の処理のため、母の主導のもとに児玉せきを近所に囲ったことも周知のことである。小池正直が、鷗外を陸軍省に入れようとして、石黒忠悳に推薦の書を送ったことも、すでに触れた。小池はこの中で鷗外を褒めるわけであるが、決して人格性を賞揚していない、というより触れていない。小池が褒めるのは、鷗外の能力である。小池は「同窓なること十年」と述べ、鷗外を「博覧強記にして英才」とか「千里之才なり」と、その能力については賞揚するが、その人格性には、全く触れていない。なんでも褒めなければならない推薦書なのになぜ、人格性にもプラス評価を与えなかったのか。一見すると不思議であるが、これが正直なところである。若い頃の鷗外は、英才意識、上昇意識が強く、そのくせ臆病者で、猜疑心が強かったと思われる。後で述べるが、平成十六年六月、高橋陽一氏によって発見された小池正直の書簡（明22・4・16）に、当時二十七歳の鷗外について「天狗之鼻ヲ折々挫キ不申候」とか「増長候」とかと、石黒忠悳に訴えているが、こうした言は、当時、小池の鷗外に対する真情であったとみてよかろう。ただ、才能は比類のないものであった。これには誰も異論をはさむ者はいないだろう。しかし、人格的には何ら通常人と変らなかったのである。それをなぜか、従来の鷗外観は「そんな事を鷗外がするはずがない」と勝手に決めてしまい、かえって鷗外観を狭めていたと思われる。しかし、鷗外の一生がそうであったとは思わない。大正期、つまり晩年に至ると、鷗外は、かなり精神的な向上を意識するようになる。しかし、今ここでは、その晩年には触れない。あくまでも、二十代の鷗外を対象としていることを確認しておきたい。「性」に対しても、すでに述べた如く、決して一般人に比してストイックとは思わない。

「性欲」は生理学の問題

長男の於菟が書いている。「父と池の端を歩いていると卒然「Trieb（性欲）の処理をどうしているか。」という。さすがに返事しかねている私に父は「やはり一つの対象に集注するのはいかん」といった。無論未婚者の場合で止むを得なければ、性欲解決の道をそのおりおりのすさびにして置けと忠告してくれたので、父の自らの経験にある過ちを私にさせまいとしたのではないかと思う。」(『父親としての森鷗外』)

この於菟の文に、鷗外の「性」に対する基本的な考えが顕れている。人間にとって、特に若い男性にとって「性」は必要なものとする認識である。医学者の鷗外には、この人間の「生理」はよく解っていた。健康な「性欲」をもつことの大切さ、そしてその処理することも、決して汚いとか不潔とかいう問題ではなく、「生理」の問題なのである。普通の父親がまず言えないことを自分の年頃の息子に、普通の会話の如く言っているところに、鷗外の「性」に対する正常な意識がある。鷗外は〝健康な性欲の処理は必要〟という立場にあるが、「一つの対象に集注するのはいかん」は、何を示しているか。「父の自らの経験にある過ち」とは、何をさすか。「一つの対象」で考えられるのは、まずエリーゼのこと、それに児玉せきのこと、この二人が浮かぶが、確定は出来ない。

さて、如上の鷗外の性欲観をみた上で、あの賀古への手紙を検討したいと思う。

「其源ノ清カラサル〻」考

日付は十月十四日。猿楽町三丁目二番地、賀古一等軍医宛。

御配慮恐入候明旦ハ麻布兵営え参候明後日御話ハ承候而モ宜敷候又彼件ハ左顧右眄ニ遑ナク断行仕候御書面ノ様子等ニテ貴兄ニモ無論賛成被下候儀ト相考候勿論其源ノ清カラサル〻故ドチラニモ満足致候様ニハ収マリ難ク其間軽重スル所ハ明白ニテ人ニ議スル迄モ無御坐候　十月十四日　林太郎　賀古賢兄侍史

重ねて言えば、この賀古鶴所に出した鷗外の手紙は、エリーゼ問題を考えるに最重要資料である。この手紙を軽視することによって、鷗外の人格性を守ろうとする研究者や、また無視することで鷗外の「真実」にフタをしていることに気付かぬ研究者が多いことを残念に思う。この資料に正面から真摯に取り組むことが重要であることを再度強調しておきたい。

右の手紙の冒頭にある「御配慮」とは、当然エリーゼの件で賀古に多大な心配をかけたことを示している。そして鷗外は、この件に対する自分の決断を書く。「彼件ハ左顧右眄ニ遑ナク断行仕候」と。もはや、エリーゼの帰独の日も十七日と決まっている。後三日しかない、「断行」以外にはない。「御書面之様子等ニテ貴兄ニモ無論賛成被下候儀ト相考候」、この「御書面」は、賀古の鷗外への説得文であることは言うまでもない。次のことが大事である。この賀古の「御書面」(説得文)を鷗外は、「勿論」と受けている。この副詞は重要な意味を持っている。「勿論」を切り離してみよう。この「勿論」を受けて「其源ノ清カラサル〻故」とくる。この「勿論」と「其源」との関係を考えてみると、「其源の清カラサル〻」という言辞は、賀古の「御書面」で使われたものであると言える。この「勿論」を言い換えれば、「君の言う如く」ともとれるわけで「其源ノ清カラサルヿ」なる賀古の主旨を受けた鷗外が、それを率直に認めて文句なく応じた言葉ではなかったか。

かようにみてくると、「其源ノ清カラサルヿ」というエリーゼとの恋愛の原点については、鷗外と賀古の認識は寸分違わず一致していたということである。われわれは、この資料たる手紙の示す意味を率直素直に受けとめなければなるまい。いらぬ理屈をつけて、鷗外を変に擁護する必要は全くない。

賀古鶴所は『舞姫』の相沢謙吉のモデルと言われて久しい。この相沢が、豊太郎が不遇のままベルリンに滞留していたとき、天方大臣とともにベルリンにやってくる。これは、明治二十一年二月から翌二十二年十月まで地方自治制度視察に渡欧する山県有朋の医官として随行した賀古をモデルにしていることも知られている。ベルリンで、エリスとともに暮しながらも失意にあった豊太郎に相沢謙吉は、次のように切々と説得する。

> 又彼少女との関係は、縦令彼に誠ありとも、縦令情交は深くなりぬとも、人材を知りてのこひにあらず、慣習といふ一種の惰性より生じたる交なり。意を決して断てと。是れその言のおほむねなりき。

相沢（『舞姫』）の「言」は賀古の言

この十月十四日の賀古鶴所の「御書面」の主旨は、この『舞姫』における相沢謙吉の説得の主旨とほぼ一致していることに気付く。

右の相沢の言辞で、最も重視すべきは、「又彼少女との関係は、縦令彼に誠ありとも、縦令情交は深くなりぬとも、人材を知りてのこひにあらず、慣習といふ一種の惰性より生じたる交なり。」という文である。この中でも、さらに重要なのは「人材を知りてのこひにあらず」と「慣習といふ一種の惰性より生じたる交なり」というこの二つの言辞である。

この二つとも、本来あるべき通常の恋愛を否定した言葉である。「人材」云々は、十分相手を見極め、愛情がだんだん深まっていく関係を指していよう。また、後者の「慣習」であるが、これは、鷗外留学時にベルリンでみられた通常化した男女関係を示している。つまり、邦人男性がベルリンに長期滞在する場合、現地のしかるべき女性と契約し、帰国のときは金銭で解決し、何事もなく帰国するという、例の石黒忠悳の用いた手である。

いずれにしても、この相沢謙吉の言った主旨は、賀古鶴所が鷗外説得のために出した「御書面」のそれと、ほぼ同じものであったのではないかということである。鷗外は、『舞姫』の相沢謙吉の説得という重要な場面に、エリーゼ帰独三日前の賀古の「御書面」の主旨を使ったという考え方は十分可能ではないかと思う。

十月十五日の賀古に出した手紙の中で、われわれが何の偏見も先入観もなく受け入れなければならない言句は、「其源ノ清カラサルㇾ」である。鷗外とエリーゼに即して言えば、「初め二人が知り合ったときの情況」ということになるか。または「二人が交き合い始めたときのきっかけ」ということにもなろう。とすると、この「源」が「清カラサル」をどう考えるか。普通に考えて「清くない」ということ、つまり「愛」を第一義とすれば、「愛のない結びつき」ということである。これを相沢謙吉の言句で言えば「人材を知りてのこひ」ではないということであり、「慣習といふ一種の惰性より生じたる交」ということになる。従って、鷗外は手紙で「勿論」と賀古の言句を受け、賀古が使ったと思われる「源ノ清カラサルㇾ」をなぞって書いたと推察する。賀古鶴所と相沢謙吉の、鷗外を説得する主旨は、ほぼ一体であるとみるべきであろう。

鷗外とエリーゼとの出会い

さて、鷗外とエリーゼとの出会いは尋常ではなかった、「清カラサルㇾ」であったと、書いても後に他者に絶対知られることはないと、親友賀古だけにうち明けたわけであるが、とすれば、具体的にはどんな事が考えられるか。

まず、エリーゼと知り合った場所であるが、これはベルリン以外は考えられない。日本まで鷗外を追いかけてやってくるということは、二人の愛には、かなり持続性と熱意がなければなるまい。この考えにたって考えると、最初の留学地ライプチヒ、次のドレスデンでは、帰国時までは「時間」がかかり過ぎ、愛の持続は不可能である。第三のミュンヘンは、ベルリンまで遠隔過ぎる。一晩汽車で寝て翌日の昼頃到着する程、時間がかかるということは、二人が逢うことは、これも不可能である。以上みてくると、最後の留学地となったベルリン以外にない。此処で知り合ったとすれば、毎日逢えるわけで、日本へもエリーゼは鷗外の通ったコースで来れることになる。

ベルリンであるとするならば、鷗外のベルリン生活を日記で検討しなければならない。まず二人の出会いである。そこで、その二人の出会いを検討するに資料たり得る「ベルリン滞留時の日記」文を書き出してみたい。

〈明治二十年〉

［四月］

①十六日。午時伯林《ベルリン》府に達す。（略）

②十七日。谷口謙の居を訪ふ。

［五月］

③二十八日。午後加地とクレップス氏珈琲店 Café Krebs (Neue Wilhelmstrasse) に至る。美人多し。云う売笑婦なりと。一少女ありて魯人ツルゲネエフ Turgenieff の説部を識る。奇と可し。

［六月］

④十五日。居を衛生部の傍なる僧房街（略）に転ず。（略）こ

れに遷るには様々の故あり。（略）戸主ステルンSternは寡婦なり。年四十許。其女姪トルウデルTrudel（Gertrudの略称）と同じく居る。単に浮薄比なく、饒舌にして遊行を好み、（略）十七歳のトルウデルの夜我室を訪ひ、臥床に踞して談話する抔、面白からず。（略）今の居は府の東隅所謂古伯林Alt-Berlinに近く、或は悪漢淫婦の巣窟なりといふものあれど、交を比鄰に求むる意なければ、屑とするに足らず。（略）

⑤二十六日。夜谷口を訪ふ。谷口の曰く。僕は留学生取締と交際親密なり。既に渠《かれ》の為めに一美人を媒す。

⑥三十日。（略）武島務帰朝の命を受く。（略）島田輩の説く所に依れば、福島の谷口の讒を容れて此命を下しゝ者の若し。（略）

［七月］

⑦十七日。（略）此日石君の来るをば谷口にのみ報じて同じく迎へたり。他人は告ぐるに暇あらざりしなり。

［八月］

⑧五日。石氏と陸軍省医務局に至る。コオレル、シャイベと公事を談ず。谷口も亦与る。（略）

⑨九日。石氏と慈恵院（略）を巡視す。（略）余と谷口舌人たり。

⑩二十七日。石氏と同居する所の仏国婦人某氏と倶にベルカモ総視画館（略）を観る。（略）

［九月］

⑪二十七日。（略）谷口酔中余に謂て曰く。今回の会君の尽力多きに居る。僕力の君に及ばざるを知る。然れども僕微りせば誰が能く石黒の為めに衽席の周旋を為さんと。（略）

［十月］

⑫二十二日。福島の新居を訪ふ。聞く陰疾ありと。谷口の選豈其人を得ざる耶。

［十一月］

⑬十四日。（略）小池の書を披く。曰く。老兄は軍隊に付け、谷口は専ら石君の補助とし、事務上の事同君と同じく取調べさせたき局長の心中なり。或は谷口の要求にはあらずや。例の陰険家ゆゑ万事注意せられよ。（略）

⑭明治二十一年一月一日。石君及谷口と車を傭ひ、賀正の礼に諸家に赴く。

谷口謙の役割

十四項目だけ抜き出してみたが、この中で目立つ名前は谷口である。⑬で、小池正直が、手紙で谷口のことを「例の陰険家」と書いているが、谷口謙とは、いかなる人物であるか。簡単に触れておこう。谷口謙は、鷗外とは東大医学部同期で、卒業時の成績は、二十八人中、二十位、ちなみに賀古鶴所は二十一位であった。谷口は、鷗外より六歳上である。谷口は、美作勝山藩士の長男として出生、幼少年期は漢学を修学、武芸にも励んでいる。十四歳のとき、渡米を企図し、資金を得るための商売を志したが失敗。以後、ドイツ語を二年間学び、医科を目指し、明治六年（一八七三）大学東校（下谷和泉橋通）、第二予科に編入。後に東大医学部となる。学生時に陸軍軍医生となり、卒業と同時に、陸軍軍医副に任官する。日清戦争時、金州半島兵站軍医部長、第二師団軍医部長、日露戦争時には、第一軍軍医部長として出征、凱旋後、第五師団軍医部長となるが、明治四十年十一月に予備役となる。昭和四年（一九二九）に死去。

谷口謙は、それなりに功名を遂げた人であったと言える。日露戦争の時は、谷口は第一軍、鷗外は第二軍の、それぞれ軍医部長に就いている。当時、谷口謙もやはりエリートの一人であった。

しかし、この谷口謙には、公式の略歴に出て来ない「特技」があった。「女性問題」である。鷗外は『ヰタ・セクスアリス』で、谷口謙をモデルにして書いている。この中で鷗外は、谷口のことを「女色の事は何でも心得てゐる」とか、「女は彼の為めに、只性欲に満足を与へる器械に過ぎない」と書いている。この作品を発表したとき、谷口は予備役となり陸軍を去っていたが、生存していた。これは少し酷ではないか。

鷗外が、ベルリン滞留時、谷口は『ヰタ・セクスアリス』に書かれた如く「女色の事」で、なくてはならない存在となっていた。ところで鷗外居住の環境③④をみると、「売笑婦」がいたるところにいた様で、最初入った下宿では、当主の未亡人と十七歳の姪の媚に辟易しているし、下宿の近くに「悪漢淫婦の巣窟」があったりもしている。当時の東京の情況とは、かなり違っているのに鷗外も驚いたようである。ベルリン全体が勿論そうではないが、若い男性は、そうした連中のいる場所に無関心ではあり得ない。

多くの若い邦人が、留学生としてベルリンに来た場合、性欲の処理をどうしていたのか、これも隠蔽されてきたが、重要な問題であったと思われる。

そこで、谷口謙の存在が際立ってくる。鷗外が、日記に明確に書いているのは、ベルリンにやってくる邦人男性に、しかるべき女性を「周旋」していたという事実である。⑤に、谷口が「僕は留学生取締と交際親密なり。既に渠の為めに一美人を媒す」とある。ところが⑫では「福島の新居を訪ふ。聞く陰疾ありと。谷口の選豈其人を得ざる耶」と書いている。⑥では、自費留学の武島務に厳しい帰朝命令を出した「留学生取締」の福島大尉が、谷口から世話をしてもらった女性から「陰疾」（性病）をうつされたらしい。鷗外は〈谷口の女性を選ぶのに誤りがあったのではないか〉と書いている。ベルリンにおける留学生の性の処理が、ここに象徴的に示されている。「留学生取締」の福島大尉でさえ、堂々と谷口から、しかるべき女性の周旋を受けている。これは『舞姫』で、相沢謙吉の言う「慣習」以外の何ものでもない。国際赤十字会議出席のためベルリンに来た石黒忠悳軍医部次長たる高官まで、平然と「仏国婦人某」を周旋してもらい「同居」している。それが⑩である。このことを裏書きしているのが⑪である。鷗外が、カルルスルーエで大活躍をした後、同じ通訳で同行した谷口は、鷗外の働きを褒める風をして、自己の存在をアピールしている。「僕微りせば誰か能く石黒の為に衽席の周旋を為さんと」。谷口は胸を張っている。ここに、現代と明治二十年前後のベルリンの邦人世界との大きな隔りをみなければならない。

われわれは、現代の常識や倫理観だけで、百二十年余前を考えてはならない。そして、このような「慣習」が、歴然として生き、女性の周旋を受けることも常識化していた社会に、最後の一年余を生活した鷗外のことを考えなければならない。

明治二十年のことを谷口謙は『備忘録』に書いている。

この『備忘録』で名を挙げているのは、石黒軍医監、北川乙治郎、川上操六、乃木希典、西郷従道海軍大臣、小松宮、等錚々たるメンバーだが、谷口は「外邦視察を名として欧米を逍遥する官吏等夥し」と書き、「多くは語学に通ぜず」そのため「失策の多くは婦女に関してゞあるとは醜穢事と云ふべし」と書いている。谷口が「醜穢事」と書くと何かそぐわない感じがするが、右に挙げた錚々たるメンバーを挙げ、「失策の多くは婦女に関して」となると、乃木希典や小松宮まで疑ってしまう。この『備忘録』は、他者に見せない谷口のメモ帳であり、嘘を書く必要は全くない。若い時の乃木は、相当遊んだという証言も残っている。いずれにしても、「明治二十年」のベルリンに於ける日本の高官たちの様子を伝えていることに注目したい。

さて、こうした情況の中で、森鷗外独りが聖人君子を貫ぬいていたのか。もしそう思っている人がいたら、モノの真実をみることの出来ない人ではないか。ベルリンに入った鷗外は、当然、この邦人たちがなしたことをなしたと思うのが自然ではあるまいか。それで鷗外に傷がつくのか、それが鷗外の汚点になるのか、全く違う。この際、確実な証拠がないので、乃木希典らまで言及しないが、石黒忠悳は周知のごとく、谷口謙が、仏国の女性との「衽席の周旋」をしたと鷗外が書いている。帰国後、このことが汚点となったか、それどころか陸軍軍医総監にまで昇り、男爵になっている。なぜ汚点にならないのか、それは、当時の平然たる「慣習」になっていたからである。

鷗外が「其源ノ清カラサルㇾ」と書いたのは、相沢の言う「人材を知りての恋」ではなく、「愛」の前に「慣習」があったということである。端的に言って、エリーゼは鷗外にとって「契約女性」であったと考える。鷗外もベルリンにやってくる高級軍人、高級官僚、またエリート留学生たちと同じように、男性たる宿命に支配されて、女性を求めたに過ぎない。しかも、自分のすぐ傍に、あの谷口謙がいたのだ。鷗外は、谷口のことを、自分には無関係な「女性周旋屋」のごとく書いているが、これはフェアではない。

鷗外は、二十年四月十六日にベルリンに着し、②の翌日、十七日に谷口を訪ねている。このときは、同期生の谷口をまず訪ねたということであったろう。鷗外は、すでにミュンヘンまでの間に、谷口の女性問題は聞いて知っていたと思われる。ベルリンに来て数日間か数十日間の間に、例の「慣習」の話が、両人の間に出たとも想像される。

日記文の欠落

鷗外のベルリン滞在の日記をみると一つの特色に気付く。

四月十六日に到着し、この四月は三十日までの間に一日だけ記述がない。ところが「五月」は、合計十一日間が欠け、「六月」は二十日間、「七月」も二十日間欠け、「八月」は十日間が欠けている。以後「九月」は八日間、「十月」は五日間、「十一月」は一日欠というように少なくなっていくが、「十二月」は十二日間が欠けている。翌二十一年は、「一月」は十二日間、「二月」は二十一日間、「三月」は八、九、十の三日間だけの記述、「四月」は一日だけの記述、「五月」は十四日だけの記述で『独逸日記』は終っている。後半は、三月十日から「隊付勤務」となり、七月二日まで『隊務日記』をつけているから、納得出来る。

鷗外がベルリンに着し、約一カ月くらい経ってからの日記が欠け始め、二カ月目、三カ月目が、ともに「二十日間」欠けている。このことはエリーゼとの問題を考えるに重要な資料になるとも考えられる。ベルリンに来て、毎日のように谷口と行動をともにしていた鷗外が「慣習」に無関心ではおれなかったと思うのが自然ではないか。四月十六日に着した鷗外は、五月中旬か六月に入って、谷口謙から一人の女性を紹介されたと「仮定」する。削除されたとみる本来の日記には、このエリーゼのことが書いてあったのではないか。二人が知り合った可能性が最も高いのは五月中旬頃、あと二カ月、つまり六月、七月の日記が欠けているのは、熱烈になっていった二人の関係を、鷗外は縷々と書いていたと思われる。

エリーゼ――その女性像

エリーゼはどんな女性であったのか。衛生思想の徹底していた鷗外は、売春婦は避けたと思われる。日記文⑫に、福島の「陰疾」が記されているが、鷗外は衛生学者でもあり、このことは十分留意していたとみられる。

中井義幸氏は、鷗外の恋人について次のように書いている。

「ベルリンの林太郎に恋の相手がいたとすれば、その忘れ難い一人の女性、「カフェ・クレップスの女」以外にはなかろう。彼女こそ「エリス」なのだ」（『鷗外留学始末』）と。日記文③をもう一度よくみてみよう。クレップス珈琲店に入った鷗外の観察である。「美人多し。云ふ売笑婦なりと。一少女ありて」とくる。この文脈でみると、この「一少女」が売笑婦でない、という根拠は全くない。むしろ、文脈の流れからいくと「売笑婦なりと。一少女ありて」は、「売笑婦」と「一少女」とが完全に切れていない。十代の「売笑婦」はむしろ当時、普通のことであった。如上のことから、この「一少女」は鷗外の恋人とは考えられない。美人の売笑婦の多い中でも、この「一少女」は特にツルゲエネフの小説を識っていたことに鷗外は驚き印象に残ったのであろう。

とすれば、鷗外が交き合い始めたドイツ女性は、やはり谷口謙の周旋によるものとみる。家が貧しく、家計を助けるために、特定の男性の世話を受ける。これはいわゆる売春婦ではない。恐らく貧窮地区から出てきた少女で、歳は十七、八ぐらいか。性格も素朴で健康。これが「慣習」によって鷗外が出会ったエリーゼであったのではないか。中流以上であれば、谷口の出番ではない。中流以上とすれば、コッホの衛生所か、下宿の娘などが考えられるが、どうやらそれは無理。中流以上の家庭なら、戦後全くエリーゼの子孫がみつからないということはあり得まい。

「源ノ清カラサル「」とは、結局「性」を対象として契約し、交際を始めたことを示していると察する。高官石黒忠悳や、留学生取締の福島大尉など、みな谷口の周旋で、女性との交際を得ているのに、鷗外一人が聖人君子を気取らなければならない理由は全くない。

「例に依つて森最も多罪」

ベルリン時代、鷗外が、性的に強かった証言が残っている。カルルスルーエの国際会議を終り、ウィーンに石黒、鷗外、谷口らが移動したことはすでに述べた。石黒は、ウィーンでの日程を終了し、汽車でベルリンに帰るとき、鷗外らと歓談したことを『石黒日記』に遺している。

　車中三人ノ懺悔話アリ。奇極ル。依例森最も多罪、石黒次之、谷口割合少なり

この『石黒日記』の一文は、意外にも重要な資料である。石黒らはカルルスルーエ、ウィーンと、二つの重要な国際会議を無事終え、開放気分で遠慮のない雑談をしていたようだ。「懺悔話」とは何か、これは女と遊んだ話のこと、しかも石黒は「例に依つて森最も多罪」と書いた。ウィーンでは「余と谷口とは新人の格」であるから、「維納に滞る間は公務なし」と鷗外は日記に書いているが、石黒、谷口、鷗外のウィーンでの「懺悔話」になったとき閑にまかせて鷗外が、女と遊んだ数が最も多かったと石黒が書いているのである。石黒は何の抵抗もなく、通常のこととして書いているところに意味の重大さがある。鷗外は独身時代、児玉せきを囲った。また、息子於菟に向

って淡々と、「性欲」の処理は巧いことやれとも言った。これらは、みな鷗外が性的に強壮だったことを示していよう。あれだけの大業を成すエネルギー量は同じ人間の中で一体化している。

愛し合った二人

さて、元に戻って、エリーゼとの交き合いは「慣習」から始まったが、二人は「愛」にめざめてしまった。谷口や石黒に言わせれば〝馬鹿なことをしたなあ〟と慨嘆することであった。

ともあれ、二人の間柄は『舞姫』の豊太郎とエリスに似ていたと思う。貧家の出身であるエリーゼには学問はない。しかし、性格は極めてよい。向学心もある。そして、何より鷗外好みの美形であったと思われる。

いよいよ鷗外帰国の明治二十一年が明けた。二人の別離が現実感を帯びてきた。鷗外の日記も、二十一年に入ってまた欠けはじめている。二月には通算九日しか記述がない。別離の哀しみが切々と綴られていたのか、そのため後に削除されたのか、今では知ることは出来ない。

石黒忠悳は、同居していたフランス女性に手切金を渡し、さっぱりと別れた。森林太郎もそうしたに違いない、ベルリンを発ちオランダ国境を疾駆する汽車の中で、石黒は気楽に鷗外に尋ねた。しかし、鷗外とエリーゼとは、石黒が一番心配していた状況になっていたのである。「愴然」として、後一言もなかったのは当然であろう。帰国の船中での鷗外の「苦悩」を、鷗外の認知しないエリーゼの予想外の来日を原因とする人もある。その収拾を想定することも、鷗外に多少の困苦を与えることは否定しないが、しかし、もし予想外の来日であるなら、あの深刻な「苦悩」は不自然ではないか。なぜなら鷗外は、この件は女が一方的に追いかけてきたもので、ドイツに帰ってもらいます、と森家、陸軍関係に言えばよいことで、鷗外の「負」になることではない。ところが、鷗外は、日本に近づくにつれ深刻の度を増していったということは、鷗外側にも責任があったからである。つまり、二人は愛し合っていた。それに対し、石黒は、絶対に添えないというメッセージを与えたこと、そして、東京で待つ関係者たちの拒絶の意思が伝わってきたからではないか。

東京でのエリーゼ

エリーゼは築地の精養軒に三十五日滞留した。その間、鷗外は何回もエリーゼを訪ねている。周囲の厳しさの中で、もはや二人が話し合う余地はなかった。初めはエリーゼも強硬に鷗外に詰め寄った場面もあったかも知れないが、だんだん現実が解ってきたとき諦めるほかなかった。この期間は鷗外の生涯で、最も精神的痛苦が与えられた時間であったに違いない。この時の苦しみが、『舞姫』の冒頭で使われたのではなかったか。これから四十日余をかけ、哀しみを抱いてヨーロッパに帰ってゆくエリーゼの心痛を想ったとき、鷗外は「罪」の意識さえ持ったかも知れぬ。『舞姫』の「世を厭ひ、身をはかなみて、腸日ごとに九廻すともいふべき惨痛をわれに負はせ」という表現は、エリーゼを追い帰すかたちになった、この時の鷗外の自己呵責そのものであった。

ともかく、ベルリンで二人の愛は、二人の縁を断つことが出来ず、結婚は別として、とりあえず東京にまで愛を継続しようとした。これは事実として残ったことである。しかし、二人の願いは達せられなかった。

いよいよ、エリーゼの帰国が決った。十月十六日、エリーゼは東京を発つことになった。この日、午後二時に鷗外は精養軒に赴く。永遠の別れを前にして二人は何を語ったのか。『普請中』(明43・6)をここで想い出す。昔、ヨーロッパでの恋人が官吏の渡辺を訪ねてくる。場は、築地精養軒。この日、渡辺らが逢うことは、また別れでもあった。渡辺は、シャンパニエの杯を挙げた。このときの女の表情を鷗外は描いている。「凝り固まつたやうな微笑を顔に見せて、黙つてシャンパニエの杯を上げた女の手は、人には知れぬ程顫つてゐた」と。永遠の別れにみせる女の表情を描いたものとしては、名文であろう。痛い哀しみを強く抑制しながら、健気にシャンパニエの杯を挙げる女、これこそ、あのエリーゼの表情であったのかも知れぬ。女の究極の悲しみを表現するに、「凝り固まつたやうな微笑」は至言である。鷗外は、別離の表現に、この〝凝固〟の表情をもう一度使っている。『雁』での岡田を見送るお玉の表情である。「女の顔は石のやうに凝つてゐた。そして美しく睜つた目の底には、無限の残惜しさが含まれてゐるやうであつた。」と。この『普請中』の「凝り固まつたやうな」、『雁』の「石のやうに凝つてゐた」は、女が別離に際し、痛い悲しみを抑制した究極の表現である。これこそ鷗外の心の底に沈潜してやまなかった、エリーゼの痛酷の表情であったのではないか。

永遠の別れ

そのうち小金井良精もやってきた。二時四十五分、汽車は東京を離れ、横浜に向った。横浜では糸屋という旅館に一泊している。弟の篤次郎は、すでに横浜に来ていた。

翌十七日、午前七時半、ゼネラルヴェーダー号にエリーゼは乗船、鷗外も同行、二人はまたしばらく船で過ごした。船が港を離れたのは、午前九時であった。

この鷗外とエリーゼとの悲劇は、今日では誰も疑う者はあるまい。しかし、研究者は、この件に対してほとんど興味を示さない。これは不可解なことである。人が、人を熱愛しながら悲劇の別離をしなければならない、という過酷な運命を生きたとき、その人の心裡に何が残るのか。冷酷無比の人間ならば別である。しかし、通常の人間であるならば、必ず、トラウマとなってその人の生涯の節目節目に、作用するに違いない。心の芸術である文学創造に、その人の心的体験が作用しないはずはない。鷗外研究において、鷗外とエリーゼの悲劇は、もっと重視されなければなるまい。

5　発見された小池正直の書簡

「4エリーゼ事件」で、鷗外とエリーゼとの出会い、そして愛の性格について、大胆な仮説を提示した。ところが、この「4」を書いてから後に、石黒忠悳にあてた小池正直の書簡が私の許に送られてきたのである。日付は明治二十二年四月十六日、ミュンヘン（推定）からのものであった。

この小池の新書簡を私に送って下さったのは、従来、面識のなかった高橋陽一氏（当時、山田赤十字病院院長）である。平成十七年一月二十八日であった。高橋氏が勤めておられる病院の初代院長が鷗外と同期の江口譲であり、高橋氏は、江口を調べるため、石黒忠悳に関する資料を管理している不円文庫を訪ねられ、たまたまこの小池書簡を発見された。小池の独得の筆蹟で苦労された高橋氏は、皇学館大学の上野秀治氏の助けを借りて解読に成功、『日本医事新報』四一八一号（平16・6）に、三ページの説明文をつけて、この新書簡を紹介された。しかし、医事関係の雑誌であったために、特段この書簡に注目する人もなかった。高橋氏は、他者の薦めにより、この小池書簡が、鷗外研究の中で占める意義について知りたく、私にこの書簡を送られたのである。高橋氏が医事雑誌に発表され、すでに八カ月が経っていた。

すでに書いたが、小池正直は、東大在学中、「陸軍軍医生」として陸軍省に仮採用されていたが、鷗外は、東大に残ることを考えていたので、陸軍省に入ったのも、小池らとは約八カ月遅れている。そのため小池は、鷗外の陸軍省医務局入省の推薦状を書いたりして、鷗外のため尽力した友人でもあった。だがドイツ留学は鷗外が早かった。小池は、明治二十一年四月十一日に横浜を発ち、明治二十三年十二月六日に帰国している。小池はミュンヘンに赴き、ペッテンコオフェルから衛生学を学んだわけであるが、五月に着いたとして、同年七月にベルリンを発った鷗外とは、約二カ月、ドイツに共に居たことになる。その間一度、ベルリンにきた小池と鷗外は会っている。二十一年五月二十一日の『隊務日記』に、「至両営。（略）此日小池一等軍医至」とあるのがそれである。「両営」とは、鷗外は、最後の研修地ベルリンでは、大学での研修とドイツ連隊勤務という二つの職務が命じられていたことを意味している。

時間的には、この後、ほどなくして鷗外とエリーゼは相次いでドイツを発ち、日本に向かっている。そしてこの年、十一月初旬頃、エリーゼが傷心の帰独をしたとき、小池は、まだミュンヘンに居たわけである。

今度新たに発見された小池書簡の日付をみると「二十二年四月十六日」であり、エリーゼが「帰独」して六カ月目であることが解り注目されるところである。

この小池正直の書簡の全文は次の如くである。

益御健勝奉賀上候軍医雑誌ハ正ニロッツベッギ君へ相渡申候
去十一日菊池軍医当地へ参り拙寓ニ一泊翌日チュービンゲン
へ帰リ申候○当地留学生中帰朝ノ者ヤラ転学ノ者又目下休業
中ニ付他ヨリ遊ニ参シ者モ有之日々押掛ラレ候テハ当惑ニ御
座候橋本春君モ烏城ヨリ被参十四五日間逗留之積ニ御座候兼
而小生ヨリヤカマシク申遣候伯林賤女之一件ハ能ク吾言ヲ容
レ今回愈手切ニ被致度候是ニテ一安心御座候右ニ就テハ近日
総監閣下へ一書可さし出候○別紙森へノ書ハ御一読之上御貼
付被下同人へ御転送被下候様希上候同人ト争フ気ハ少モ無之
候得とも天狗之鼻ヲ折々挫キ不申候而ハ増長候歟之恐も有之
朋友 責《ママ》善之道ニも有之候ニ付斯ク認候者ニ御座候不悪思召
可被成下候尚後日細報可仕候草々如此御座候也

廿二年四月十六日　　小池正直

石黒公閣下

いずれにしても、発見されたこの「小池書簡」は、鷗外の名前が出てくるだけに重要なものである。特に、書簡の中ほどにある「伯林《ベルリン》賤女」なる形容句は、あるいは、という期待感を抱かせるものであり、衝撃性は隠しえない。また、「賤女」なる概念は、拙著『鷗外森林太郎』（平3　人文書院）以来十余年、私が述べていたエリーゼ像に近いものであり、さらに、本書の「4エリーゼ事件」で述べている「契約女性」「性の契約者」と捉えた私の考えに、極めて近いものであることに自らも驚いている。この「賤女」の意味を二つの辞典で引いてみると、『大辞典』（平凡社）で「身分のいやしき女」とあり、『大字典』（講談社）では「いやしき女」とある。要するに同じ意味である。この言葉は、いまは差別語であるが、一八八〇年代では普通に使われていたものである。辞書では、特別に「いやしい」職業を述べているわけではない。しかし、そうした職業の女性も含まれているとみても無理ではあるまい。辞書の意味を素直に考えても、「普通の一般家庭の子女」には決して使われない言葉であることは明確である。小池は、別に誰かを貶めるために意図的に使ったとは思われない。その女性の実体を客観的に述べたものと察せられる。

さて、ならば、この「伯林賤女」は、やはり鷗外の「恋人」エリーゼか、ということになる。しかし、コトはそう簡単ではない。

まず、ここで述べておきたいことがある。それは、本稿においては、前提として、この「伯林賤女」をエリーゼと即断し、その方向で論を進める気は毛頭ないということである。やるべきことは、この「小池書簡」の文脈を客観的に読解し、整理、分析して、この書簡の真実に迫ることである。この書簡の内容区分をどうみるか、いくつかの考え方があろう。

私は、四つに区分することが適切だと思っている。しかし、○印をもって段落の「初め」と主張する人もいる。そこで、まず小稿もその方向で考えてみたい。書簡の冒頭部は挨拶語。続いて「ロッツベッギ君」へ「軍医雑誌」を渡したこと、「菊池軍医」が「拙寓」に一泊してチュービンゲンへ帰ったことが書かれている。これを一段とする。「ロッツベッギ君」は、『独逸日記』に「拝焉《バイエルン》国軍医総監ロッツベック」と出てくる独人で、石黒と懇意であったことが知られている。「菊池軍医」は、鷗外や小池と東大同期の菊池常三郎のこと。菊池は後年、第四師団軍医部長になっている。

次に、最初の○印以下を考えよう。この二段目の「冒頭」に、この段落のテーマが書かれていることに留意すべきである。それは「当地留学生」である。「当地」とは、ドイツ全体を指しているとみるべきだろう。この〝ドイツ留学生の中〟で「拙寓」に「日々押掛」けてきた連中のことを書き、「当惑ニ御座候」と、小池は己の果たしている役割を上司石黒に伝えている。その「押掛」けてくる連中とは、「帰朝ノ者」（日本に帰る挨拶にきたのか）、「転学ノ者」、「目下休業中ニ付他ヨリ遊ニ参シ者」と、三種類の連中を書き、その終わりに「橋本春君モ鳥城ヨリ被参十四五日間逗留ノ積ニ御座候」と付加されているのである。この「橋本春君モ」の「モ」の役割が大事。要するに、この「モ」は、ミュンヘンの小池の「拙寓」に「押掛」けてきた「目下休業中」の「当地留学生」の一人として捉えられている。従って「十四五日間逗留之積」という長期間となっているのではないか。この「橋本春」は、橋本綱常軍医総監の息子、春規のことである。以上、文脈的にみると、この「橋本春」の記述は、○印の直後にある「当地留学生」の動向というテーマにとり込まれているとみなされないか、ということである。

もし、「橋本春」が「伯林賤女」に対する「主語」であれば、しかも○印を重視するならば、「橋本春君モ」という付記的な中途半端な書き方をせず、「橋本春」の頭部に○印を置き、「当地留学生」の話題と切り離して「伯林賤女」との一件について書いたのではないか。少なくとも「橋本春君モ」というような書き方にならず、「橋本春君」につく助詞は「が」か「は」にならなければなるまい。

この見方をとるならば、「兼而小生ヨリヤカマシク申遣候伯林賤女之一件ハ能ク吾言ヲ容レ今回愈手切ニ被致度候是ニテ一安心御座候右ニ就テハ近日総監閣下へ一書可さし出候」という文章は、明らかに、「伯林賤女之一件」が「今回愈手切」になったという報告文であることが解る。ならば、「兼而」の頭部に○印を入れるか、改行にするべきところを小池が、石黒の熟知している問題であり、それを省略したとも考えられる。○印の「別紙森へノ書」以下は、当然四段目になる。この部分で軽視できないのは、「別紙森へノ書」である。これは一体何なのか。もし、「伯林賤女」と「橋本春」を結びつけるとすれば、この「別紙森へノ書」は浮いてしまうことに留意すべきである。しかもこの鷗外への小池の別紙は、封をせず、まず石黒に読ませ、その後、石黒に「御一読之上御貼」「同人へ御転送被下候様希上候」となっている。石黒忠悳は、エリーゼ問題の核になる人物である。この「別紙森へノ書」は、「伯林賤女」との「手切」に関する具体的な経緯、または条件が書いてあったとみるのが常識ではないか。しかも、小池の鷗外への憤りは何なのか。これも謎である。「同人ト争フ気ハ少モ無之候得とも天狗之鼻ヲ折々挫キ不申候而ハ増長候歟之恐も有之」とある。小池は、この書簡を書いたとき、相当に憤っている。明治二十一年五月に、小池は鷗外と一度会っているが、それから日も経っている。この書簡のとき鷗外は日本に居たわけで、小池が、「天狗之鼻ヲ折々挫キ」とか「増長候」とか、上司の石黒に鷗外を痛烈に批判する原因が、この「伯林賤女之一件」以外にはどうしても浮かばない。鷗外と小池の間にこの時期、仕事のことで衝突するような問題はまず出てこないのである。この小池の鷗外への憤りはこの書簡中にある、「兼而小生ヨリヤカマシク申遣候伯林賤女」なる言句と繫がっているとみるのが自然であろう。陸軍省に入るときも、小池は長文の鷗外推薦の書を陸軍省に提出したことはすでに書いた。小池は、鷗外の為に「ヤカマシク」動いたという自負がある。それに対する鷗外の対応は、余り誠意のないものであったのではないか。

ここで「橋本春」に置き換えてみよう。まず気付くのは、さきの「兼而小生ヨリヤカマシク申遣候」という文である。「橋本春」と小池正直とは、それほど「ヤカマシク」申し遣るほどの関係では、ほとんどなかったはずであり、もし「春」ととれば、当然、四段目の鷗外への小池の憤りが浮き上り、不自然なものになりはしないか。

それでも、もう少し「橋本春」にこだわり、「春」と「伯林賤女」の関係を検証してみよう。

一番に考えたいのは、「春」の住んでいる「場所」、そしてその場所から「賤女」の住んでいる「伯林」までの「時間」のことである。書簡で小池は、「春」は「烏城ヨリ被参」と書いている。「烏城」とは、ヴュルツブルグのことである。明治二十年九月、ドイツの南部のカルルスルーエで、国際赤十字会議があったとき、全権石黒忠悳の通訳官として鷗外は随行したが、この日本代表一行は、カルルスルーエの近傍に在るヴュルツブルグで降り此処に一泊、滞留していた「春」らと会っている。翌九月十七日、鷗外は日記に「橋本君の居を訪ふ。総監も亦曾て此家に住みきと云ふ」と書いている。橋本父子のドイツでの滞在地は、ヴュルツブルグであったことが解る。ともあれ、「橋本春」は、二十年九月段階では、ヴュルツブルグに居住していたことは間違いない。そして小池書簡（明22・4・16）には「烏　城」《ヴュルツブルグ》から「春」がきたことが明記されている。鷗外が会ってからでも、「春」はヴュルツブルグに、一年七カ月は住んでいたことが解る。

次に「時間」である。カルルスルーエに赴くとき、鷗外の日記をみると、九月十六日、ベルリン「アンハルト」停車場を「午前八時」に発ち、ヴュルツブルグに「夕八時」に着いている。その間約「十二時間」を費やしている。両地は相当、距離があることが解る。つまり、ヴュルツブルグは、ドイツの北方に在るベルリンに対し、フランスに近い南方に在り、ミュンヘンに近い場所に在る。この「場所」と「時間」を考えたとき、「春」と「伯林賤女」との関係は相当無理がありはしないか。「手切（金）」云々まで考える関係ならば、たとえば「春」が「伯林」に最低でも三カ月ぐらいは住み、日々逢瀬を重ねたぐらいの「時間」があったとみなければなるまいが、その証拠は全くない。しかも「春」は民間人である。小池はなぜ、「春」の女の始末を次長の石黒に報告しなければならないのか。

疑問はいくらも出てくるが、ただ、次のようなことも考えられないことはない。つまり、石黒が上司橋本総監に恩を売るか、またその逆の弱点を握るか、そのことによって総監を弱体化させる策である。そのために小池に命じ、密かに総監の息子の秘事にかかわらせ、報告させていた。この考えは、もっともらしいが、石黒は橋本を含め三人の総監に仕え、医務局最大の実力者であった。この後、すぐ石黒は軍医総監に昇任している。橋本総監に何ら工作の必要はなかったとみてよい。

私がこの「伯林賤女」の件について『文藝春秋』（平17・6）に発表したところ、その翌月号の同誌、読書欄に、「伯林賤女」の相手は「橋本春」とする投書が掲載された。それを読むと、宮岡謙二著『異国遍路旅芸人始末書』（昭53・5　中公文庫）の一文が挙げられていた。宮岡著を参照してみると、「春」は「ミュンヘンに留学」とある。「春」はミュンヘンに留学したことはない。全くの誤りである。そして次のような文がある。「ささいな青春行状記を日本に密告され、明治二十三年二月とうとう気が狂ってしまい、生ける屍となり帰国している」と。この「青春行状記」が、もし「小池書簡」にある「伯林賤女」なら、明治二十二年四月段階、つまり、ミュンヘンの小池の「拙寓」を訪ねた頃は全く正常であり、約八カ月後に発狂、「生ける屍」になったことになる。余りにも不自然ではないか。それに「密告」とは、ただならぬ言葉、小池は努力して「伯林賤女」の件は解決しているではないか。鷗外は二十年九月、カルルスルーエに行くとき、「春」に会っていることはすでに書いた。このときの「春」の印象を、鷗外は「倜儻愛可し」と日記に書いている。「倜儻」とは、「才気が衆人にかけはなれてすぐれている」という意味である。その上「愛可し」とも添える。これでみると、「春」は聡明で真面目な感じが強い。鷗外は好感をもったようである。どうみても、「青春行状記」のために発狂し、「生ける屍」になったイメージと重ならない。小池も「拙寓」に「十四五日間逗留」させるぐらいである。小池も好感をもっていたことが想像される。

宮岡謙二『異国遍路旅芸人始末書』をもって「春」と「伯林賤女」を結びつけるのは、この本に誤りが多い以上、信用出来ない。

慎重を期するために、橋本綱常と、その「春君」との関係をさらに調べてみた。橋本家の出身地、越前福井市の「郷土歴史館」で綱常の係累を確認すると、綱常には以下五人の子供があることが解った。括弧内は出生年月。長勝(慶3・11)、長俊(明15・3)、多歌子(明19・2)、綱規(明20・4)、小菊(明22・9)(『華族家系大成』下巻　吉川弘文館)。さて、これでみると、明治二十年段階で、成人に達していたのは長男長勝だけである。つまり二十歳になっており、次男長俊は五歳であったことを思えば、「春君」は、長勝以外に考えられない。しかも、長勝は幼名が「春」とよばれており、ドイツでは、その呼び名が踏襲されていたようである。ところが、ここに問題が一つある。さきの『大成』でみると、長男長勝は、明治三十年に廃嫡になり、次男長俊が橋本家を嗣いでいることである。「小池書簡」から八年目ということ、そして綱常の伝記では、その原因を脳炎としているが、福井市の「郷土歴史館」では、全く不明とのこと。いずれにしても、明治二十三年当時の「春」は正常であったということは間違いなく、帰国しても、八年間は橋本家の当主であったことが解る。

ともあれ、小稿において「橋本春」と「伯林賤女」の可能性を探ってみたが、不自然な点がやはり多い。そうすると、やはり鷗外と「伯林賤女」の可能性が強く残ることになる。しかし、今回、本書においては、強いて「伯林賤女」はエリーゼであると、固執も断定もしない。もう少し決定的な資料が出てくるまでは慎重でありたいと思う。ただ、情報として入手した新「小池書簡」を紹介することの意義を感じている。

6　赤松登志子との結婚

西周が主導

エリーゼが来日したのは、九月十二日であった。ところが、十八日には、鷗外の祖母清子は、西周邸を訪ね、婚姻を諾する返事をしている。ということは、この赤松登志子との結婚話は、鷗外の留学帰国前から、西周の主導のもとに進められていたことになる。登志子は、海軍中将、男爵赤松則良の娘であった。

十七日、エリーゼが帰独すると、母峰子は、弟篤次郎を連れて、西周邸を訪ね、再び結婚を受諾する旨を伝えている。このときは、むしろ結婚を早めてもらいたいという催促の意が強かったようだ。鷗外の憔悴の姿をみたとき、家族の胸も痛んだ。早く日本の女性が伴侶となることにより癒されるのではないかと判断したであろう。登志子の母は、西家の嗣子紳六郎の姉であり、その叔母は榎本武揚の夫人であった。すでに書いたが、赤松則良、榎本武揚、西周らは、最初のオランダ留学生と行を共にした友人同士であり、しかも、西洋医学の開祖とも言うべき林洞海の二人の娘が、赤松則良、榎本武揚の夫人となっていた。田舎から出てきた森家にとって、こんな栄誉なことはない。この結婚は鷗外の将来にとっても、栄進が約束されたことになる。エリーゼ来日で、森家は悲嘆に暮れているときではない、鷗外にほとんど相談もなく、祖母や母、弟は動き始めていた。

二十一日に再び篤次郎は、西周を訪ね、兄の結婚を急いで欲しいと願いに行っている。

そして登志子との結婚式は、翌二十二年三月九日（六日、七日という説もある）に挙行された。鷗外にとって、全く愛のない結婚であり、それこそ『舞姫』で相沢謙吉の言った「人材を知りての」結婚ではなかった。森家も無責任なら鷗外自身も無責任、一番の被害者は赤松登志子である。

憔悴の中での結婚

鷗外は、エリーゼのことで憔悴し苦しんでいたとき、なぜ登志子との結婚を拒まなかったのか。心身喪失状態であったのか。自分にとって最も大切で、権威的な母の願いをことわり切れなかったのか。西周と母の間に入って、どうにもならなかったのか。ここに鷗外の一面があることを忘れてはならない。鷗外は、母の徹底した管理の中で育ったため、青年期に至る鷗外は決して強くなかった。『舞姫』の豊太郎は、まさに二十代の鷗外の性格でもあった。臆病であり、強い母に主体的に向っていくことが出来なかった。青年期の鷗外には、己の性格の弱性に対する自覚があったように思える。帰朝してからの鷗外の執拗な啓蒙活動は、むしろ、弱い自分を鞭打つため、逆に打って出たようなところがあったことは否めない。だから、あのいくつかの論争は不自然さがつきまとい、後世、批判される面も残されたのではなかったか。

エリーゼの件でも、この登志子との結婚でも、鷗外は「家長」としての役割は全く果していない。「家長」はあくまでも母峰子であり、鷗外は、周囲から守られていた感じが強い。

7　帰国後の文学活動

『小説論』の発表

鷗外がドイツ留学から帰国して行なった事実上最初の啓蒙活動は、十一月二十四日に行なった、大日本私立衛生会での『非日本食論は将に其根拠を失はんとす』という講演である。これはライプチヒで起稿した『日本兵食論』を要約したものであった。

しかし、己が人生を陸軍官僚と二分した文人としての初仕事は、明けて明治二十二年一月三日の『読売新聞』の付録に発表した『小説論』であった。署名は森林太郎である。

これは、ゴットシャルが、エミール・ゾラの「実験小説論」を紹介、批判した説の主旨を踏えたもので、特筆すべきは、ゾラの自然主義が日本で影響が出始めたのは、明治三十年代であったことを思うと、鷗外の『小説論』は、ゾラの文学的傾向の実体を日本で最初に紹介するものとなった。些少な紹介だけなら、ユージェン・ヴェロン、中江兆民訳の『維氏美学』下巻(明17・3)があるが、鷗外の『小説論』からみれば論外である。この『小説論』の骨子は、クロード・ベルナールの『実験医学序説』にみる「観察」と「実験」それに「分析」と「解剖」という新しい方法をとり入れた「実験医学」の発想に注目したゾラの『実験小説論』の紹介にあった。鷗外はそのゾラの方法を紹介すると同時に、ベルナールの「実験医学」を直ちに文学に用いることの弊害を批判した。「ゾラの直に分析、解剖の成績を以て小説となすは諸家の妥当ならずとする所なり蓋し実験の成績は事実なり余輩医人は事実を求むるを以て足れりとすれども小説家は果して此の如くにて可なるや」と述べた。これは文学の本質にかかわる問題である。鷗外は文学には「天来の奇想」「幻生の妙思」を用いなければならないとした。つまり、文学における「想像力」の絶対を説き、「分析、解剖の成績は作家の良材なり之を運転使用するの活法は独り覚悟(「イントュイション」)に依て得べきのみ」として、医学と文学の截然たる区別を主張した。

この小説論には、後の鷗外の美学にみる「事実」に対し「理想」(空想)及び「直観」と対峙的にみる鷗外の基本理念があるとみてよい。

この『小説論』は、二回書き換え発表されている。その一は、明治二十五年(一八九二)一月発行の『しがらみ草紙』第二八号「山房論其九」の「付録」で、題名は「医にして小説を論ず」とし、無署名となっている。これは最初の『小説論』からみて、かなり修訂されている。

その二は、明治二十九年(一八九六)十二月に刊行した『月草』に掲載された。題名は「医学の説より出でたる小説論」になっている。これにもかなりの修訂がみられる。この二回、いずれも、修飾的、剰余的部分が大幅に削除され、主張されるべき部分が中心に残された。昭和四十年代に出た現行の全集には『月草』に発表された論考が採用されたが、基本的な主旨は変っていない。

クロード・ベルナールの学問の方法は、宇宙間をよく「視察」し、モノに変化あれば「実験」をする。後者の論では、ベルナールの学は「観察」と「試験」であると、語句は前者の論と変っているが、内容は同じこと。そして前者は、小説家は「天来の奇想」「幻生の妙思」を施すこと、それは「覚悟」(イントユイション)に依って得るという。

後者では「天来の妙想」「空想の力」によって倣し得ることを主張する。いずれにしても論旨は変らない。ただ前者は、帰朝以来、文学について初の論文ということで、小文ながら力が入り饒舌になっている。後者は、己のはしゃぎ過ぎを感じたか、極めて淡白、前者の饒舌をとり、解り易く整理しているが、いずれも具体性を欠き、観念的であることだけは変りはない。しかし、鷗外の最も早い段階の「文学観」を知る小論であり貴重である。

【音調高洋箏一曲】

『小説論』が載った同じ一月三日の『読売新聞』に、鷗外は弟三木竹二(篤次郎)とともに、スペインの作家カルデロン・デ・ラ・パルカの戯曲「サラメヤ村長」を共訳して発表している。表題を「音調高洋箏一曲」と改めている。ミュンヘンに留学中、すでにこのカルデロンに強い関心を寄せていたことが日記で解っていた。レクラム版のドイツ語本を六冊購入している。このカルデロンの戯曲を『読売新聞』に掲載することになったのは、当時『読売新聞』の記者であった饗庭篁村の紹介である。鷗外は篁村とは以前から知り合いであった。

この「サラメヤ村長」の翻訳は、帰国後の最初の文学営為として早くから翻訳を進めていたことが察せられる。前年の秋から暮にかけては、エリーゼ問題や結婚話などで懊悩を窮めていたであろう鷗外からすると、すでにミュンヘンからベルリン時代に、少しずつ翻訳していたとも考えられる。

さて、明治二十年前後と言えば、日本の文学界は相当遅れており、福沢諭吉の「実学」重視の影響で文学は軽視され、やっと坪内逍遥の『小説神髄』、二葉亭四迷の『浮雲』が出てきた程度であった。従って、やや近代的な雰囲気を味うには翻訳文学以外になかった。

明治十一年十一月に、リットンの作を翻訳した丹羽(織田)純一郎の『花柳春話』があった。片仮名交り、漢文読み下し体の文章であったが、西欧が舞台ということで歓迎された。鷗外は恐らく帰朝後、日本の文学界のこうした現況を把握し、翻訳文学の意義を感じとっていたはずである。

したがって鷗外の翻訳小説は、新鮮なものとして迎えられた。

新聞に発表されたときの題名は『音調高洋箏一曲《しらべはたかしぎたるらのひとふし》』であった。三日号には「まえがき」と「登場人物」の紹介が載り、五日から本文で、二月十四日まで断続十二回にわたって連載された。

しかし、一月に通算八回連載された段階で「中断」となる。これに関し一月二十九日の紙上、「寄書」欄に「洋箏断絃並に余韻」を載せたが、これについて二月一日の「寄書」欄に「鷗外漁史と三木竹二両位」の題で美妙斎主人と濛怪子の文が載り、再び『音調高洋箏一曲』の題、それに副題に「一名洋箏続絃」を付して、二月二、七、十四日の三回掲載された。

饗庭篁村は、『音調高洋箏一曲』の再掲について次のように述べている。


鷗外竹二の気儘者何か心に協はぬ事があツたと見え高い調子は耳に入らぬ日本人にはギタルラの妙曲は聞せられぬ己《おら》ア否《いや》だとダ、を捏《こ》ねて短気にも斧《アヒス》を揮《ふる》ツて絃を絶ちたり篁村此に於て大きに弱り美妙斎濛怪子《もうかいし》の中裁を楯としてドウモ困るね此様《こん》な評判の宜いものを途中で止めてはとブツ〳〵云ながら漸やく断れたる糸を繋ぎ二人を和めて再び妙音を奏する事となしたり御客様方に願ひ奉つる耳馴れぬ楽器とてよく聞きもせずに座をお立ちなさらず御神妙にお聴取りの上成程高尚な妙曲と御高評を賜はらん事をデないと最う変ツた面白い音色を聴かせませんよ（明22・2・2『読売新聞』）

内容は、スペイン王がリスボンで即位の儀式を行うため、多数の軍勢をつれてリスボンを目指す。長い行軍の結果、サラメヤ村に宿泊する。中隊長は村一番の豪農クレスポの家に泊るが、この家の娘で美人のイサベラをめぐって事件が起きる。

まさに典型的な勧善懲悪の劇である。全篇、ほとんど会話文、それも現代風で読み易い。逆境に立ったときの父クレスポと兄ホアンの家族愛と勇気、見識が際立っている。南欧の土の臭いも漂い、読後感はすがすがしい。

初翻訳に、鷗外は、なぜカルデロンの「サラメヤ村長」を選んだのか。カルデロンの精神に共感したのだろうか。イサベラが貞操を陵辱されたとき、家族三人が団結し、多勢なスペイン軍に立ち向かう、その毅然たる態度と家族愛に、若い鷗外が共感を持ったのではないか。

断続十二回連載されたが、鷗外・竹二はなぜ中断したのか。このとき鷗外は、新人、全く実績もない。従って先の引用文で篁村は遠慮なく鷗外兄弟を疲肉っている。「気儘者何か心に協《かな》はぬ事があッたと見え」「己ア否《いや》だとダ、を捏《こ》ねて短気にも斧《アヒス》を揮《ふる》ッて絃を絶ちたり」と。何か新聞社の方から気に喰わぬことを言ってきたかどうか、その詳細は解らぬが、いかにも鷗外らしい。初翻訳を大新聞連載という絶好の機会であるのに「中断」という行為に出た。新聞社に紹介の労をとった篁村のことも考えていない。「気儘者」「短気」と篁村は書かざるを得なかったであろう。エリーゼ事件の直後のことで、精神的にも平静さを失っていたかも知れぬが、やはり西欧帰りという過大な自信が強気にさせた面もあったかも知れぬ。しかし、この『音調高洋箏一曲』は、篁村に言わせれば「此様な評判の宜いもの」と人気があったようである。舞台が、日本人には珍しい南欧、それに勧善懲悪の劇、読み易さ、この作品は、日本人に初めて翻訳の面白さを知らせてくれたものとみてよいだろう。

『於母影』

訳詩集『於母影』が発表されたのは、明治二十二年八月『国民之友』第五巻第五十八号の夏期文芸付録であった。署名は「S・S・S」である。『国民之友』は言うまでもなく、徳富蘇峰が主筆を勤める民友社の雑誌。蘇峰は、二十一年八月の『国民之友』に「新日本の詩人」という論文を発表、この中で『新体詩抄』を強く批判していた。その表現体が古く、詩歌の改良の必要を説いたのである。そういう中で、年が明け、早々に『読売新聞』で鷗外の翻訳戯曲『音調高洋箏一曲』に接し、これを高く評価した。そのことにより、今回、鷗外と『国民之友』との接点が出来たのである。「S・S・S」は、新声社の略記。この新声社の同人は、落合直文、市村瓚次郎、井上通泰、三木竹二、小金井喜美子ら、鷗外を入れて六人。早くから、時折会合を重ね、新しい文学や詩歌を論じてきた。その成果の一つがこの『於母影』である。この『於母影』は後に、『青邱子』『盗俠行』などと一緒に、『水沫集』に収められた。『於母影』には十七篇の詩が収められている。この詩集をみた限りでは、個別の詩に対しての訳者は不明である。

その点、森潤三郎（『鷗外森林太郎』）が、姉小金井喜美子の言として次のように伝えている。詩集の最初にある「いねよかし」「笛の音」は落合直文、「花薔薇」「わかれかね」井上通泰、「鬼界ケ島」が市村瓚次郎、「わが星」「あしの曲」「あるとき」が小金井喜美子、森鷗外は「月光」（漢詩体）「ミニヨンの歌」「思郷」（漢詩体）「あまをとめ」「オフエリアの歌」「マンフレット一節」「戯曲「曼弗列度」一節」（漢詩体）「野梅」「別離」（漢詩体）以上、九篇であることを明らかにしている。「ミニヨンの歌」の柔らかく甘い文体は知られているが、シェイクスピアの「オフエリアの歌」のもの哀しい文調も印象に残る。「かれは死にけり我ひめよ／渠はよみちへ立ちにけり／かしらの方の苔を見よ／あしの方には石たてり」。またドイツのScheffelの「別離」にある「一朝苦別離」の言句は、身につまされる思いもする。市村の「鬼界ケ島」は、材を『平家物語』から採ったもので、堂々たる漢文体の長篇詩である。ドイツ文学から、レナウ、ゲーテ、ハイネ等十一篇、イギリス文学からシェイクスピア、バイロン等計四篇、明の詩人高青邱の一篇、等で構成されている。同人で訳詩がないのは三木竹二だけである。なお、小堀桂一郎氏（『森鷗外―文業解題―翻訳篇』）は、この「オフエリアの歌」の鷗外訳に比し後世に発表された訳で「見事な成功を収めた例は少ない」と賞揚している。いずれにしても、この『於母影』の果した役割は大きい。のびのびとした詩文で原詩の心を無理なく伝えている。後の文学青年に大きな影響を与え続けたことは周知の事実である。島崎藤村の「春」(明41・10)に出てくる青木(透谷がモデル)が、朗々と「オフェリアの歌」を歌う場面も、また知られたことである。

「幻の論文」の発見

この『於母影』が発表される前、明治二十二年(一八八九)三月に『日本文学の新趨勢』という論文が鷗外によって発表されたという事実は知られていたが、奇妙なことに、その論文は行方不明となっており、このことを知っている研究者達は「幻の論文」と称んで痛惜していた。この論文が掲載された雑誌は「独逸文雑誌会」が刊行した『Von West Nach Ost』という名称で、勿論、この雑誌も不明であった。ところが、この雑誌が平成七年(一九九五)九月に発見されたのである。この雑誌は、国立国会図書館の未整理雑誌の中に埋もれていたのである。このことは、平成七年九月二十日の『朝日新聞』(夕刊)に「鷗外〝幻の論文〟を発掘」と大きく報じられた。報道の内容は、慶応義塾大学教授の井戸田総一郎氏が、五月、国会図書館で、ドイツ語雑誌の第一号から三号までを発見したということである。この発見が貴重であることは言うまでもない。新聞社から連絡を受けた小堀桂一郎氏は、この雑誌に載る「幻の論文」を検討し、平成八年三月、明星大学日本文化学部発行の『明星大学研究紀要』第四号に発表された。このドイツ語で書かれた論文は小堀氏により訳され、注釈、解説の労もとられた。この鷗外の知られざる論文についてさらに検討を重ねられた小堀氏は、平成十年十一月刊行された『森鷗外―批評と研究』(岩波書店)に「独文「日本文学の新趨勢」について―発見された「東海雑誌」より―」というタイトルで論文を発表された。この小堀桂一郎氏の論文は、まことに貴重なものであり、小堀氏の翻訳により、ドイツ留学から帰朝直後の日本文学に対する鷗外の見解を知ることが出来たのである。

鷗外は、『日本文学の新趨勢』(明治二十二年三月)において「健全な政治の平静な展開は、日本の近代文学が発展するに必要な土台を形成しつつある」と、まず、日本における文学発展の「土台」が「形成」されつつあることを認識している。そして坪内逍遥の『小説神髄』を「画期的役割」とし、逍遥の小説は「従来の日本の小説作家達に殆ど全的に欠けてゐたもの」と賞揚する。

この逍遥に対照的な傾向の作家として山田美妙を出し、「独特の文体を案出」したと述べ、「簡潔な短篇小説の形式の中に主要人物の形姿が鮮明に、具体的に造型されてゐる」と褒めている。

これら散文体に比し、我国では「抒情詩及び叙事詩」が「夙に生命を喪失して再び復活することなど決してあり得ない」と、厳しく悲観的に述べる。『於母影』を出す気になったのも、このへんの認識が働いたことは間違いあるまい。そして、概して過去の日本文学に関しては悲観的である。また、「日本に於ける近代ジャーナリズムの成立」に触れ「現代の日本語が文学的使用に堪へるものでありそれ故に価値あるものであることを初めて感得させた最初の日刊紙は読売新聞であつた」と述べている。最後に、再び逍遥と美妙に触れ、特に山田美妙に関しては、美妙の方法をもって前進し、有能な作家たちを新方向に糾合することに成功したら、そして純正な国民文学を誕生させ得るならば、その時、美妙は、詩人の才能に許される「最高の栄誉」が与えられるであろうと予言している。

この論文を読むと鷗外は帰朝後、四年間の留学期間を埋めるべく、日本文学の現状をよく調べている。丁度、明治二十一、二年は、坪内逍遥の『小説神髄』による写実主義、山田美妙の活躍によるロマン主義の対照的な傾向が存在していた。この論文が書かれたとき、北村透谷の「楚囚之詩」(明22・4)、尾崎紅葉の「二人比丘尼色懺悔」(明22・4)などが出る直前であり、山田美妙はこうした中で目立っていた。鷗外としては、ゾラ批判をやった後でもあり、写実主義の逍遥よりも、ロマン主義的な美妙に高い評価を与えるのは当然と言えよう。

しかし、この『日本文学の新趨勢』は、帰朝直後の鷗外の、日本文学の現状に対する認識を知ること、また逍遥を認めた点はフェアであるが、美妙に対しては評価が過大ではないか。またジャーナリズムの成立においても、投稿時代から、そして文学界に向って初の論文を載せたのも『読売新聞』であることを考えると、少し褒め過ぎの感は否めない。

『於母影』全体の稿料は五十円であった。複数の人の稿料ということで、分割せず、その稿料で雑誌を出すことになる。それが、評論専門誌の『柵草紙』である。創刊は明治二十二年十月。わが国最初の評論中心の専門誌であった。評論専門誌の創刊は、写実主義を掲げて活躍していた坪内逍遥への対抗意識もあったとみる。あの「幻の論文」、『日本文学の新趨勢』で、『小説神髄』を「画期的役割」と評価はしたものの、本来己が立つロマン主義的傾向と明らかに違っている。己の文学論を展開する雑誌が必要となってきたのは当然のことである。

『柵草紙』創刊

鷗外は、『柵草紙』第一号で『しがらみ草紙の本領を論ず』を発表した。この難解な文の冒頭にある創刊の目的を意訳的にとらえてみると、

「西学の東漸」は、「物」を伝え、「学問」は「格物窮理」「技術」は「方技兵法」を伝え、これを一途に受容してきた。これからは一転して「心」を学び「徳義」「風雅」を学ばなければ

ならない。「利」とか「財」の追求だけでなく、「深邃なる哲理」をもって「瓦釜雷鳴」（無学なる人が誇大な説を吐くこと）の有様を「澄清」しなければならぬ。それが出来るのは、「批評の一道あるのみ」と、今までにないわが国に、この批評の重要性を訴えている。

その方法として次のように述べる。「瓦釜雷鳴」を「澄清」にするということは、「真贋を較明し、工窳《ゆがみ》を披剥」することである。しかし、鷗外は、逍遥に異和を感じながらも、本論で「逍遥子の小説神髄、半峯居士の美辞学」が、「文学上の標準」となっている点を評価する。今迄、価値観が混合していて「瓦釜雷鳴」の有様になっていたわけであるから、逍遥らが評価の「標準」を作ったということは必要なことであり、価値あることである。鷗外は認めざるを得なかった。

しかし、これからは「私」がいる、これもまた大きな「本心」であった。鷗外には、西洋帰朝者としての強い自負がある。これからは、評論、批評の先頭に立つという宣言でもあった。

この『柵草紙』は、日清戦争に鷗外が出征するため、明治二十七年（一八九四）八月、五十九号で廃刊になっている。

『女歌舞伎操一舞』の未熟さ

さて、この時期、弟の三木竹二と組んで『女歌舞伎操一舞《おんなかぶきみさおのひとさし》』という創作戯曲を書いているが、未完に終っており、このことはほとんど知られていない。とりあえず、ここでその片鱗を紹介しておこう。

『女歌舞伎操一舞』（明22・11『読売新聞』三木竹二との「同稿」となっている。）

《北畠家奥方部屋の場。奥方お照が、白綸子の重ねを着て、錦の褥の上に横坐り、髪を結び終ったとき、茶道の珍斉が後より合せ鏡をしている。お照が珍斉に世間に何か珍しいことはないかと聞く。珍斉、別にありませぬと。そちの役目は、世間の珍しい話を持ってくること、何か隠しているのではないか、とお照はたたみかける。珍斉は驚き、今晩、城下でお夏とお艶の芝居がある、お夏は見物惣体が贔屓する。お艶の方は大旦那衆、奥様方、特に当家の奥様がおひいきとか、それを世間は笑っていますと。お照、何笑っているのはなぜか、と気色ばむ。珍斉は御台所が、なぜお艶風情に、と口惜しがる。お照は、それを認め、ご前は、先代の将軍の真似ばかりして庭、茶室、とうとうお艶まで囲うようになった。ところが、お艶は私の味方。御前のすることをすべて私に知らせる故、ひいきにしているのじゃ、お前は始終、私を懼れ、私の疑念を心配している。そのため、私の云う通りに何でもお聞き遊ばすのじゃと得意気に言う。珍斉は、成程、恐れ入りました。ほかに何か、とお照。まだ一つ私の身に関わることで、あなたはご存知ないことで、と珍斉。　（未完）》

ある地方大名の奥方の、やや程度の低い生活意識、つまり大名の形ばかりの教養に生きようとしながら結局、女遊び、それに負けない奥方の低さが、始ったところで幕、というまことにお粗末な創作戯曲になっている。恐らく三木竹二の作ではないかと思われる。明治二十年代には、創作戯曲は鷗外になかったと断じてよいだろう。

この時期は、愛のない結婚生活に入り、痛く精神的に不安定な中にあり、こんな駄作を、しかも中途半端な形で残すとは、たとえ弟の三木竹二の作品であったとしても、一回を発表したまま、後を放置することは、後の鷗外を考えてみても考えられないことである。

『現代諸家の小説論を読みて』

この時期、見逃せない鷗外の文学論として『柵草紙』第二号に掲載された『現代諸家の小説論を読みて』がある。（後に『今の諸家の小説論を読みて』に改題されて『月草』に収められた。）鷗外はこの論考の中で、「小説の主脳は人情なり。世態風俗これに次ぐと。（小説神髄上巻一九丁裏）ゴットシャルの云く。小説の境地は即ち是れ人生の境地なりと。故に小説家の駆使すべきは人間の活現象なり。」と書いている。この時期、相当、逍遥の『小説神髄』を意識していたことが解る。自分が西洋から帰って、日本で初の文芸理論を発表すべく意気込んで帰国したが、すでに善し悪しは別にして、逍遥という先行者がいたということ。鷗外の先駆者意識が、いささか傷ついたことは否定できまい。と同時に、逍遥が主としてイギリスの文献をもって、そう破綻のない理論を展開していたことに、一抹の安堵があったことも事実であったろう。鷗外は複雑ながら、自分なりの文学論を発していくことを心掛けねばならなかった。この時期は、ハイゼ、ゴットシャルに負うところが多く、ここに基本理論をおこうとしている。

この論文の冒頭にある「余等は既に心理小説を是認せり」は、明らかに逍遥の「稗官者流は心理学者の如し」を言っている。しかし、それは「方便」であって「目的」ではない、と逍遥の論を牽制する。そして、「美術の境」を守るには、「想化作用」または「空」に「憑りて結構せざるべからず」と、逍遥の写実的方法との違いを明示し、やはり「ゾラの自然派」を出してくる。「水」と言えば「濁流」、「情」と言えば「婬欲」と考える、この単一性を、「私心」を加えない「絹素」にゆだねる方法だと批判する。逍遥の「心理学者の如し」も論の前の方で、彼等は「純白なる道念」「純高なる思想」のみを見るべきか、とし「余等は決して然らざるを知るなり」と、画一的な心理主義と思い込み、やはり批判している。逍遥の文学理論の先駆性を認めながらも、批判は十分させてもらうというのが、当時の鷗外の立場であろう。

この鷗外の論考で最も主張していることは次のことである。

鷗外は、「小説の目的は美に在り」と基本的認識を提示しながらも、「善」のみを「美」とすることを否定し、「所謂小説は人間生活の小説なり」と断ずる。そして、「心理」や「性質」の「細叙」は「手段」であって「目的」ではないと述べる。鷗外の言う小説は「人間生活」を書くとすれば、これも当然のことである。従って、この論を進めれば、小説の「材」は「人情と世態」ということになろう。その「叙法」として、次の「二種」を挙げている。

それは、ハイゼによる「単稗」「複稗」という二つの概念である。

「単稗」については、「一人若くは数人の事を叙して、当時の国運世態の如きは、多くこれを省略し、従令之を言ふも、僅に其依稀たる影象を見はすに過ぎず」、と説明する。

「複稗」とは、「夥多の人生の圏線交酷層畳して、許多の縈結との分解を写し、此に於いては人生の単圏中にて生ずる一縈結、一分解を写す。此縈結に風俗に依り、運命に依り、又一個人の性質に依るものあるべし」と説明する。

「複稗」の例として『源氏物語』『南総里見八犬伝』らを挙げ、「単稗」には『竹取物語』や京伝、馬琴の小著述などを挙げている。『竹取物語』がなぜ「単稗」なのか。「夥多の人生の圏線交酷層畳」がなく、案外、筋は単線的ということであろうか。鷗外はさらに「心理的観察は固より単複両稗の斉しく要する所なり」と述べ、「今の日本小説界には唯だ単稗を見て複稗を見ることなし」と断じている。これは間違いあるまい。例えば、ツルゲーニェフの小説を読むと「喜怒哀楽紛藉撩乱」に至りてわれわれの精神に「無数長短粗細の絃索」があって、「これに応じて鳴ることにあることあるにあらずや」とも述べている。ツルゲエネフやドストエフスキーなどの長大小説は言うまでもなく「複稗」ということで、このハイゼの言う「複稗」なる小説は、我国ではほとんど生まれ得なかったと言える。

また、鷗外は、「文章と詩の真の定義」として、山田美妙の言を挙げている。「文章は節奏に因らずして物あるひは事を述ぶるもの、詩は節奏に因りて物あるひは事を述ぶる者と定め、これを標準として馬琴生涯の文体の何れか真を得たると問はゞ、前期の文却りて後期のに優る」と述べ、その理由として「前期のは文章らしき流麗」だが、「後期のは歌らしき流麗なり」と、この美妙の意見に鷗外は「洵に然り」と賛成し、「今の小説家」は「能くこの窠臼を脱したり」とし、さらに、「勧善懲悪の陋小説」を変じ芸術としただけでなく、「能く結語の小説を変じて散文となしたり」と評価している。

留学から帰り、日本の「今の小説家」を厳しく批判するかと思ったが、むしろ讃を与えている。しかし、この論文が出た明治二十二年（一八八九）十一月というと、坪内逍遥の『当世書生気質』、二葉亭四迷の『浮雲』、山田美妙の『武蔵野』『蝴蝶』、尾崎紅葉の『二人比丘尼色懺悔』ぐらいで、硯友社の若手が、紅葉に続いて出てくるのは、後、半歳は必要であった。鷗外は、例の『日本文学の新趨勢』で、美妙の「独特の文体を以て文学に一種の新趨勢を打ち出した」と述べ、『蝴蝶』にも触れている。「独特の文体」とは、斬り合いで血の出る場面を、「草は貰った、赤絵具を」（『武蔵野』）というような、サイケ調をさしているのだろう。このへんの鷗外の基準は不鮮明である。いずれにしても、「今の小説家」と捉えているのは、逍遥、四迷、美妙あたりが、ほぼ対象になっているとみてよい。

また、小説の基準について北邙《ほくぼう》散士の説を挙げている。つまり、北邙は、「小説家の責任」として「真理の発揮」「人生の説明」「社会の批評」の三つを挙げ、この三責任を果し得る者は「上」の小説家、一を欠き、二を果し得る者は「中」、二を欠いて一を果し得る者は下と、それぞれ小説家を位置づける。三つとも欠いている者は小説家ではなく、「話家」という。「余の如きは実に話家の一人なり」と鷗外は書く。このとき、鷗外は、まだ小説を書いていないのであるから、小説家でないのは当然。ただ鷗外は、この時期に、すでに小説を書くことを考えていたと思われる。この小説への拘りは、それを示している証である。鷗外は「無形の真理を有形に現はしてこそ小説ともいふべけれ。然らざる間は決して小説といふべからざればなり」と、この論文で述べる。北邙散士の一に挙げる「真理の発揮」を認めているわけであるが、この北邙散士にしても、鷗外にしても、この明治二十二年段階では、この小説なるものへの考えが、まだ未成熟であることはまぬがれ得まい。

8　帰国後の官僚生活

この時期における鷗外の軍医官僚及び私生活等を見ておこう。

明治二十一年九月八日、横浜港に帰国した日、早速陸軍軍医学舎教官に補せられ、十一月二十二日には、陸軍大学校教官兼補を命じられている。十二月二十八日には、さらに、陸軍衛生会議事務官の兼任を命じられた。明けて二十二年二月二十四日、陸軍軍医学会指名幹事編輯主任となる。この頃、エリーゼ追い返しの悔恨の意識に苦しみ、憔悴していた。それだけではない、一方、鷗外は「愛」のない結婚を強いられつつあった。於菟が次のように書いている。「私はまたある時祖母が私にいうのを聞いた。あの時自分達は気強く女を帰らせお前の母を娶らせたが父の気に入らず離縁になった。お前を母のない子にした責任は私達にある」（『父親としての森鷗外』）と。鷗外は、帰朝から矢継ぎ早に与えられる公務を、砂を嚙むような気分の中で、黙々と勤めていたようである。

三月七日、鷗外は登志子と結婚した。このことは、すでに書いたことであるが、少し補足しておこう。媒酌人は西周夫妻であった。式は神田錦町の赤松邸で挙行された。参列者は、エリーゼの件などを考慮してか、両家の家族だけであった。披露宴は、両国橋際の中村楼で盛大に行われた。結婚して最初に入居した家は、上野の花園町ではなく、篤次郎が見つけてきた下谷根岸金杉の借家であった。『自紀材料』で、鷗外は「下谷区根岸」と書き、「町」と「番地」は空白になっている。妹の喜美子は「谷中の墓地」を通って「金杉村の新宅」を訪ねたことを書いている。（前掲書）五月末日、鷗外夫婦は弟篤次郎、潤三郎を連れて上野花園町の赤松家の持家に移っている。愛情のない結婚を強いられた鷗外の結婚生活は安穏ではなかった。それにしてもなぜ、夫婦二人の生活に弟二人を連れて同居するのか。考えてみると尋常ではない。被害者は、あくまで妻登志子である。この居宅は、東照宮の裏を下った突当りで、奥座敷は二階建、階下二間が居間であった。背後は藪で、その向こうに不忍池が眺められた。

当時、主人の食膳は他と違う一、二品が付くのは常識であった。現在でも、そんな家はいくらでもある。それを特別なこととして、弟たちと同じにするように老女に文句をいったという話は知られたことである。この鷗外の言動は、この生活自体に大きな不満をもっていたからとも言えよう。夫婦が愛し合っていれば、弟たちは邪魔になるはずである。こんな結婚生活は続くはずはない。

七月五日、兵食試験委員を仰せつけられ、七月二十四日には、東京美術学校専修科美術解剖講師となり、八月二十六日、日本演芸協会文芸委員となる。十月五日、本職及び兼職を免じられ、軍医学校陸軍二等陸軍正教官心得を仰せつけられる。

鷗外は、このとき精神の暗雲を吹き払うべく、次々に言ってくる仕事は全部受け、それに精進したようである。また陸軍省はもとより、この洋行帰りの俊秀を活用しなければと、美術、演劇方面でも、いち早く鷗外に目をつけはじめていた。

9　初期三部作

『舞姫』

この作品は、明治二十三年（一八九〇）一月三日発行の『国民之友』第六巻第六十九号の付録に発表された。署名は、鷗外森林太郎。同年十月には民友社発行の『国民小説』に再録されたが、二十五年七月発行の『水沫集』に収められた。さらに『改訂水沫集』を経て、大正四年（一九一五）十二月『塵泥』（千章館）に収められた。現行全集の『舞姫』は『塵泥』を底本としている。

この『舞姫』の執筆は、恐らく前年の十一月から十二月の間になされたものと推定される。

内容は、冒頭部分の序的部分が「現在」で、この「現在」で

「人知らぬ恨」に身を苛む豊太郎の精神苦は何か、この原因を綴る部分が全体の約九十パーセント以上を占める「過去」である。そして、最終末の一行が、冒頭の「現在」に戻るという構造になっている。

要するに、日本の留学生太田豊太郎が、ベルリンでドイツ娘エリスと出会うが、そのことにより免官になる。そして母の死という二重苦に堕ち、豊太郎は心神喪失状態になる。豊太郎を助けたのはエリスで、二人は同棲生活に入るが、日本から天方大臣に随行してきた豊太郎の親友、相沢謙吉に日本に帰ることを説得され、豊太郎はそれを諾す。そのためエリスは、豊太郎の子を孕んだまま発狂する。豊太郎は、罪の意識を持ちながらも祖国に向って旅立つことになる。

「石炭をば早や積み果てつ」、この有名な冒頭文は、サイゴン港での様子である。豊太郎の乗った船は、やっと東洋のサイゴンに着いた。他の乗客は全員下船し、今宵は地上のホテルに宿泊する。豊太郎は、ただ一人船室に籠って、「人知らぬ恨」に死ぬ程の精神的苦悶に襲われている。

この「苦悶」は何か。「その概略を文に綴りて見む」で以下が展開されている。鷗外の『舞姫』を書こうとした動機の核心は、この冒頭部に縷々と展開される豊太郎の精神的苦悶の内実と様相にある。なぜならば、この豊太郎の苦しみは、エリーゼを地獄の外洋に追い返した鷗外そのものであるからである。

しかし、ここでは、あえて、エリーゼにこれ以上触れない。一つの文芸作品として見ることが大事であるからである。

この『舞姫』の真実を考えるとき、最も重要な言句は次の文ではないか。

我脳中には唯々我は免ずべからぬ罪人なりと思ふ心のみ満ち〳〵たりき。

この「罪人《つみ》」意識は、生涯、豊太郎のトラウマとなって、節目節目にあらわれ、豊太郎に苦悩を与えたに違いない。

この右の「罪人」意識は、『舞姫』の後半部に出てくる言句であるが、この厳しい自責の念は、冒頭文の「腸日ごとに九廻すともいふべき惨痛をわれに負はせ」の、苦悶の意識と直結している。従来『舞姫』研究の多くは、「過去」の「物語」、すなわち「その概略」に向けられてきたが、「過去」の部分は、結局、冒頭部の「現在」の〝心の惨痛〟の由来を説明する役割を担っているわけで、『舞姫』の核心は、やはり、純白な心をもって支え続けたエリスを妊娠・発狂にまで堕し、それを捨てて祖国に帰る一青年の自責と贖罪の精神にあると言ってよかろう。

なぜ、かような悲劇を招来することになったのか。

それは、豊太郎の「愛の性格」に起因しているのではないか。少し、二人の「愛の性格」について考えてみる。

二人は、ベルリンの夕暮、下町の古寺の前で出会った。エリスは父の死に会い、葬式代がなく、ただ泣いて立つばかりであった。異人である豊太郎は、時計をはずして助けた。それから、豊太郎が、免官と母の死という二重苦で、心神喪失状態になるまで、「癡騃」（子供じみた）、「清白」（プラトニック）な関係が続いた。母の死で豊太郎は己を喪った。「その美しき、いぢらしき姿は、余が悲痛感慨の刺激によりて常ならずなりたる脳髄を射て、恍惚の間にここに及びしを奈何にせむ」という状態に堕ち入った。「ここに及びし」とは、二人が同棲生活に入ったことを指している。この言句は、まことに重要である。特に豊太郎の、エリスに対する「愛の性格」を考えるとき、決して無視してはいけない〝鍵〟になるものである。母の死に衝撃を受け、「常ならずなりたる脳髄」になるまで、二人には性的交渉は全くなく、精神的な交流が続いていた。それなのに、常でなくなった精神状態、しかも「恍惚」の間に、気がついてみると二人は同棲生活に入っていたという、この状況を見逃してはならない。ここを、鷗外はきわめて、意識的に書いている。後で、ベルリンに来た親友相沢謙吉が豊太郎に言う「人材を知りての恋にあらず」という言は、この状況を見事に言い当てていると言ってよい。精神的な衝撃は、時間とともに軽くなり癒されていく。豊太郎が、やや精神的に立ち直った段階でエリスは、豊太郎に妊娠を告げる。このとき豊太郎は、「嗚呼、さらぬだに覚束なきは我身の行末なるに、若し真なりせばいかにせまし」と苦悩する。エリスを真に愛していたら、豊太郎は、ここで喜ばなければなるまい。「覚束なきは我身の行末」、豊太郎はエリスに祝福を贈るどころか、まず己の行末に「不安」を感じている。「常ならずなりたる脳髄」で結びついた豊太郎の愛は決して本物ではなく、精神が健康に復したとき、豊太郎の心は、すでにエリスから離れ始めていた。鷗外は、この妊娠の場面で、豊太郎の〝変心〟をさりげなく書いていることに注目しなければならない。

以後、豊太郎の心は、祖国とエリスの間をダッチロールの如くゆれ動く。天方大臣、相沢謙吉が、ベルリンにやってくる。豊太郎は、相沢に帰国を説得され簡単に諾してしまう。大臣に従ってロシアに赴いたときも、エリスの切なる愛の手紙を受けとり、「我心はこの時まで定まらず、故郷を憶ふ念と栄達を求むる心とは時として愛情を圧せんとせしが」と苦悩を続ける。しかし、豊太郎は、すでにエリスに対する愛情は、同棲に入ったときより、かなり変質していることに、まだ気付いていない。もとより愛情問題を論ずるのは難しい。しっかりした根拠を持たなかったら水掛論となり、不毛状態になる。夏目漱石は「こゝろ」（大3・10）で、「愛」について次のように書いている。

もし愛といふ不可思議なものに両端があつて、其高い端には神聖な感じが働いて、低い端には性欲が動いてゐるとすれば、私の愛はたしかに其高い極点を捕まへたものです。

漱石は、愛というもののあり様を非常に巧く捉えている。愛は、頭のないナマコのようなもので、愛の深浅を計るのは至難なことである。従って、その愛の「高い端」から「低い端」までのどのへんかを割り出すには、その愛の表徴をみる以外にあるまい。

豊太郎のエリスへの愛が、「高い端」にあったとき、それは「常ならずなりたる脳髄」という「恍惚」の状態にあったことを厳正に認めなければなるまい。しかし、心の健康が復したとき、エリスの妊娠を負担に感じ始めている。これがエリスへの愛が「低い端」に低下をはじめていた最初の表徴である。以後、豊太郎の愛は「高い端」から、徐々に低下していった。

相沢にも、大臣にも、日本に帰ることを承諾していく。その結果、エリスは発狂に至ることになる。

鷗外は、この豊太郎の「愛の性格」を、極めて意図的に計算して書いている。「罪人」意識は加害者意識であり、漱石の言う「高い端」にある愛を持っていれば、この帰国に際し、むしろ哀惜の念と被害者意識が生ずるはずである。結局豊太郎は、真に愛し得ず発狂までさせ、捨てた、その「罪」の意識に苛む青年の悲劇がこの『舞姫』の主題ではないか。

鷗外は、豊太郎が、エリスを愛し得なかったことは、『舞姫』発表直後に認めている。『舞姫』が発表された明治二十三年一月の『柵草紙』第四号に謫天情仙が『舞姫』について書き（「舞姫を読みて」）「真正の恋情悟入せぬ豊太郎」と看破した。謫天情仙とは、後に漢詩人として有名になり、乃木希典らも指導を受けた野口寧斎のことである。

鷗外は、愛し得ない豊太郎を構想段階から考えていたとみえ、この情仙の「真正の恋情悟入せぬ豊太郎」なる言句に注目し、「謫天情仙は嘗て此記を評して云く。太田は其の愛を知らぬものなりと。僕は此言を以て舞姫評中の雋語となす。舞姫をよみてここに思到らざるものは猶情を解すること浅き人なり。太田生は真の愛を知らず然れども猶真に愛すべき人に逢はん日には真に之を愛すべき人物なり」（「気取半之丞に与ふる書」明23・4『柵草紙』七号）と石橋忍月への反論の中で述べている。鷗外は、情仙の言句を言い換えて、「太田は真の愛を知らぬものなり」「太田生は真の愛を知らず」と二回もくり返して強調している。この鷗外の言を直視しないで、これを鷗外の嘘言なりとして平然としている研究者が多いことである。例の「源ノ清カラサルヿ」と同じである。当の鷗外が二回もくり返して、豊太郎には、エリスに愛がなかったと言っている、この言を、われわれは、いい加減に放置すべきではない。

この『舞姫』の材に、エリーゼと鷗外の関係が取り入れられていることはすぐ解ることであるが、勿論、エリーゼは、妊娠もしていない、発狂もしていない、エリーゼとエリスは別人間であることは特別に強調する必要もない。しかし、鷗外の執筆意識の中では、かなり密接な関係にあることも事実である。すでに述べたが、冒頭部の激しい苛烈な精神苦は、エリーゼを結果的に裏切った鷗外の苦悶の意識と一体であることはどうしても譲れない。なぜ、小説の豊太郎の愛を、「真正」な愛にしなかったかということ、これは豊太郎の「罪人」意識をさらに強めるためである。現実の鷗外とエリーゼは、相愛のまま永遠に別れたが、約束違反をした鷗外の「罪の意識」は豊太郎と違わなかったはずである。執筆者の鷗外としては、愛し得ず結果的に利用し、発狂した女性を捨てた、こんな豊太郎を形象することにより鷗外の贖罪は高まると考えたのではないか。そこで、二回にもわたって、「太田は真の愛を知らぬものなり」と強調せざるを得なかったのである。従来の研究者は、自分の思いえがく『舞姫』論を書くために、この鷗外自身の言葉を無視し、歪めてしまっている。この弊は改められなければならない。

『舞姫』発表直後の批評

『舞姫』が発表されると、すぐ次の人々が批評している。撫象子「批評」(『国民之友』新年付録)、山口虎太郎「舞姫細評」(『柵草紙』第四号、一月)、謫天情仙「舞姫を読みて」(『柵草紙』第四号、一月)、気取半之丞(石橋忍月)「舞姫」(『国民之友』第七十二号、二月三日)以上、四人である。山口虎太郎は、鷗外の『現代諸家の小説論を読みて』の中で紹介されたハイゼの小説論を早速応用、『舞姫』は「単稗ナリ」とし「其方嚮ハ心理観察ヲ用ヰテ理想ノ美趣ヲ損ゼサルモノ」と褒めているが平凡である。鷗外の『柵草紙』に謫天情仙と一緒に載せたものであり、鷗外の作品は批判は出来ないだろう。それより、気取半之丞、つまり石橋忍月の『舞姫』論には少しの注目が必要である。当時、忍月は、ドイツ文学に精通した評論家として活躍していた。忍月は、最初の『舞姫』論では、冒頭部と、終末部でまず褒めている。『舞姫』は、『国民之友』新年付録中では、「第一の傑作」とし、論文の末尾では「本篇は稀有の好著」と賞讃する。そして、明治二十一年以前は「春のや支配の時代」、二十二年は「北邙、美妙、紅葉支配の時代」、二十三年は「鷗外、露伴二氏の支配の時代」と述べ、本年の文壇の「覇権」を握るものは、この「二氏に在る」とも書いたのである。初めて書いた小説を、かように位置づけられた鷗外であるが、手放しで喜んではおられなかった。忍月は、むろん賞讃だけに終らなかったからである。忍月は『舞姫』の「瑕瑾」を幾つか挙げた。

忍月は、豊太郎を「小心的臆病的人物」、「謹直慈悲の傾向」をもち、「恩愛の情に切なる者」とその性格を規定し、それなのに、「無辜の舞姫に残忍苛刻を加え、彼を玩弄し彼を狂乱せしめ、終に彼をして精神的に殺し」てしまった、このことは「人物と境遇と行為との関係支離滅裂なるものと謂はざる可からず」と、その矛盾を衝く。これに対し、鷗外は、忍月が、ペンネームを自著『露子姫』に登場する「気取半之丞」としたのに応じたか、相沢謙吉をペンネームに使い、「舞姫に就きて気取半之丞に与ふる書」（『柵草紙』第七号、四月）をもって反論する。忍月が、豊太郎の性格を「支離滅裂」と批判したことに対し、鷗外は「処女を敬する心と、不治の精神病に係りし女を其母に委託し」云々は「両立」するものと反論する。しかし鷗外は忍月の指摘に、まともに答えていない感じは残る。ただ、忍月の豊太郎把握も大雑把ではないか。表層にみせる人間の挙措は、その内面性と必ずしも一致しない。複雑きわまるものであることは今更言うまでもない。人間には必ず二面性がある。表面の挙措と裏面にある情動とは、全く逆の場合も、また多い。殺人を犯す者が、外観から解る場合は、むしろ少ない。日頃、温和な者が突如として変身するケースも多々あることは周知の通りである。忍月の言う「小心的、臆病的、謹直、慈悲」の性格をもつが故に、『舞姫』の核心たる、冒頭部で豊太郎は「人知らぬ恨」に煩悶するのである。エリスが最後に発狂することで、豊太郎は「残忍苛刻」と、忍月は捉えるが、豊太郎の生きざまは、むしろ「小心、臆病」故に、主体的解決を成し得ず、エリスを悲劇に堕すことになったのである。

しかし、鷗外の反論は総体的に弱い。ただ反論の中で納得出来るのは「是れ弱性の人の境遇に駆らるゝ状を解せざる言のみ。太田は弱し」である。エリスを発狂させるほど「太田は弱し」なのである。石橋忍月の『舞姫』評も納得出来ない。小説において、登場人物の描写は、最も重要な生命である。忍月は、その形象性において「支離滅裂」と批判しながら「第一の傑作」とか、「稀有の好著」とか述べ、『舞姫』を激賞していることこそ、矛盾ではあるまいか。その他忍月は、『舞姫』に書かれた、豊太郎の幼少年期、母のことなどは「無用」であると指摘、また表題の『舞姫』は不可とも言う。舞姫は、この作品では「陪賓」であると批判する。鷗外は、西洋小説を例に出し、ドオデエの「戦僧」、ハルムの「マルチバン・リイゼ」も、主人公の名を表題としていない、そんな「法則」はないと突ぱねる。エリスが、豊太郎の運命を左右したことを考えれば、別に、「舞姫」でもおかしくない。鷗外が西洋小説を例に出すまでもあるまい。

石橋忍月は、二十三年、『国民之友』、四月二十七日、二十九日と「「舞姫」細評」、三十日「舞姫三評」（『江湖新聞』）を発表している。鷗外は『再び気取半之丞に与ふる書』を二十三年四月二十八日から五月六日まで、六回にわたって『国民新聞』に相沢謙吉の署名で掲載し、反論している。

この鷗外、忍月論争は、余り実りのあるものではなかった。

当時、忍月は、東京大学法科の学生であり、すでに、レッシング、ゲーテ、シルレルなどは読んでいたようであるが、西洋文学に関しては鷗外の敵ではなかった。したがって忍月の、新しく台頭してきた「ノベル」なるものへの理解不足は否めないものがある。一方、鷗外の反論は、ペダンチックで西洋小説を背負っての論、それにスリ換えもあり、いずれにしても、二人の論争は嚙み合っていない印象がある。しかし、日本文学においてはほぼ初めての論争であり刺激的であった面は認められてよいと思われる。

『うたかたの記』

この作品は、明治二十三年八月二十五日発行の『柵草紙』第十一号に鷗外の署名で発表、後に『水沫集』に収められ、さらに『改訂水沫集』を経て『塵泥』に再録された。

『うたかたの記』は、上・中・下によって構成されている。

(上)ドレスデンからミュンヘンを再訪した日本人画学生巨勢は、「カッフェエ・ミネルワ」で、六年前に救けた「すみれ売り」の少女に再会する。この少女マリーは、エキセントリックな挙動をみせながらも美しく逞しく成長していた。

(中)巨勢は、六年前に会って以来、この少女が忘れられず、この少女の姿を描き続けていたが、この絵を完成するため、アトリエを借りる。そこに少女マリーが訪ねて来て、自分の過去を語る。父は元宮廷画家、母は王に横恋慕され、それが禍となり、父は不慮の死を遂げ、そのうち母も亡くなる。マリーは孤児となりいろいろ苦労をし、結局、湖畔の漁師夫婦に育てられ、今は美術学校のモデルになっていると語った。

(下)話し終ると、マリーの発意で、スタルンベルヒ湖に二人は行くことになる。着いた頃は夕暮近くなっていた。二人はボートで湖面に出る。そのとき、汀に大男が現われ、マリーと叫んだ。マリーは驚き、湖水に落ち意識不明となる。大男は、湖畔の城に軟禁中の王で、マリーを母親と間違えたのである。このとき、王は侍医とともに不可解な溺死をする。マリーは、育てられた漁師の家に運ばれるが、遂に蘇生しなかった。巨勢は、苦しみに、うちひしがれてしまう。

この作品は、『舞姫』と違い、単一的な構造ではない。「巨勢とマリーの哀話」が縦軸となり、「ルウトヴィヒ二世の悲劇死」が、横軸となっている。「偶然」による「邂逅」と「偶然」の悲劇による「別離」という「偶然」性の重層化は、ハイゼの「単稗」概念を意識したものと考えられる。

この作品で注目すべきは、鷗外の当時の、人生に対する空虚感が、強く反映している点である。レオニに向かう馬車の中で、マリーが「されど人生いくばくもあらず、うれしとおもふ一弾指の間に、口張りあけて笑はずば、後にくやしくおもふ日あらむ」とつぶやく。喜び、楽しみは一瞬にして消える、今を喜び、今を楽しまなければならないという、この刹那主義、この意識をさらに強く打ち出したのが、マリーが叫ぶ「けふなり。けふなり。きのふありて何かせん。あすも、あさても空しき名のみ、あだなる声のみと」、というセリフである。この「生」への不信は、『舞姫』の世界と直結している。豊太郎、巨勢、エリス、マリーらの「生」の歓びが、一瞬にして暗黒になる、この人生の過酷さ、マリーは今から起こる己の死を予感しているが如く、「生」の空しさを叫びまくる。この『うたかたの記』を書いていた時期、鷗外の心象を覆っていたのは、エリーゼとの悲劇、そして、愛のない結婚への切なる不満、第二作目の『うたかたの記』が悲劇小説になったのも当然のことである。

この『うたかたの記』で、極めて印象に残るのは二人が馬車に乗り、林の中を駆け抜ける場面である。そのとき雨と雷。母衣を下ろした馬車の中で、二人の心は初めて一体となる。この欧文脈のリズムが醸す迫真の描写。白昼なのに、「ほの暗く」「鳴神」が轟く。絶好の舞台装置、馬車に乗るまで、どこか他人行儀であった二人が、この舞台装置の中で一気に一体化する。車中に漂う「湿ひたるかをり」を「渇したる人の水飲むやうに、二人」が吸う描写、これは単に二人の生理的渇きの問題でなく、互いが、心の中で切実に求め合っていたものが堰を切って奔出、一体化していく〈心の姿〉を顕わしている。〝没我〟の両人の姿が愛の最高潮を示している。悲劇に突走る直前の高揚は、いやが上にも悲劇性を高めている。この描写は見事である。そして、この描写は「演劇」的であるということである。留学中の頻繁な観劇が、ここにも生かされている。この雨と雷の林を疾駆する馬車の中で、二人は確実に恋人になっていく。多くの説明を経ず、省筆、引き緊った文体の中で、巨勢とマリーが、恋に燃えていくという描写は、当時の日本の作家には成し得ないことであった。こうした描写は、いち早く西洋文学を読んできた鷗外固有の成果といってよい。

馬車に乗るときは、まさに他人であったものが、レオニで馬車を降り、湖に向うとき「巨勢が腕にもろ手からみて、縋るやうにして歩みし少女」と鷗外は書く。しかし、運命の過酷さを、鷗外は凝視している。その直後に悲劇は起った。一瞬の間にマリーは帰らぬ人となった。「少女は蘇らず。巨勢は老女と屍の傍に夜をとほして消えて迹なきうたかたのうたてき世を喞ちあかしつ」。ルートヴィッヒ第二世と老医グッテン、この二人の死、この重層した哀傷感が、マリーの事故死と交響し、人の世の〝うたかた〟の運命を、いやが上にも哀しく謳いあげている。〝うたかた〟、水の上に浮かぶ泡。この一瞬にしか生き得ない泡のような運命、それを悲嘆する巨勢、「三日が程に相貌変りて、著るしく痩せた」巨勢の、この苦悶こそ、この作品の主題であったのである。

巨勢のモデルは、原田直次郎であることは周知のことである。鷗外は、ミュンヘンに着してから十七日目、三月二十五日に原田に初めて会っている。その日記に「二十五日。画工原田直二郎を其芸術学校街 Akademie-strasse の居に訪ふ。直二郎は原田少将の子なり。油画を善くす。」とある。「直二郎」は「直次郎」の誤りである。

原田直次郎は文久三年（一八六三）生まれ、鷗外より一歳下である。東京外国語学校を卒業し、絵を志し、高橋由一に師事している。ミュンヘン・アカデミーに留学し、G・マックスに学び、ミュンヘンにいるとき、代表作「靴屋の阿爺《おやじ》」を制作している。帰国後「騎竜観音」「素尊斬蛇」などの問題作を発表する。「騎竜観音」については、鷗外は、外山正一と画題論争をしていることは知られている。しかし原田は三十六歳という若さで亡くなった。

鷗外は、ミュンヘンにおける原田直次郎をモデルとし、それに美術学校、画学生、その周辺等を『うたかたの記』に多く使っている。作品の冒頭に出てくる「カッフェエ・ミネルワ」は実在したし、マリーという名も周辺にいた人の名をとっている。八月十五日の日記に「十五日。原田直二郎其妾宅をランドヱエルストラアセ Landwehr strasse にトす。妾名はマリイ Mari（略）。曾て「ミネルワ」骨董店 Cafe Minerva の婢容貌甚だ揚らず。面蒼くして軀痩す。又才気なし。（略）」とある。

巨勢の恋人マリーは、原田の妾マリイの名からとっている。面白いことに、小説のマリーと正反対「容貌甚だ揚らず」には、おかしさを圧え切れない。自分の周辺にある名を適当に利用したのである。原田は独身であり「妾」というのは解せない。

石橋忍月の批評

石橋忍月はこの作への批評（「うたかたの記」明23・10『国民之友』）で「本篇は主として三種の狂を書き別けしものなり」と述べ、「三狂とは何ぞや、曰く偽狂、曰く真狂、曰く学問狂是れなり。而して作者は此の三狂を写すに三個特異の人物を使用したり」として、偽狂をマリー、真狂を国王ルートヴィヒ、学問狂を巨勢としている。忍月の技巧を弄した無理な発想と言わざるを得ない。真実なる「狂」はルートヴィヒだけ、他は、マリーが当初、いささかエキセントリックであったことは事実、しかし、（中）以下は、落着いた静かな少女として描かれているし、巨勢だって、マリー像の完成を心に期していることは事実であるが、「狂」にまでは、とうていゆくまい。忍月のこの捉え方は、いささかペダンチックである。そんな事よりも、この作品の主題である、哀しい、〝うたかた〟の恋が、いかに描かれたかに注目しなければならなかったのではないか。やはり、忍月の小説読みは、稚かったと言わざるを得ない。

鷗外は、この「三狂」に対しては、一片の反論も成していない。とまれ、潤三郎は、『舞姫』『うたかたの記』について「兎に角この二作の発表が、兄の文壇に於ける位地《ママ》を確固たらしめたものであった」（『鷗外森林太郎』）と述べている。

『文づかひ』

この作品は明治二十四年（一八九一）一月、吉岡書籍店発売の叢書『新著百種』第十二号に、鷗外漁史の署名で発表された。後に『水沫集』『改訂水沫集』、そして『塵泥』へと収録されたものである。

梗概は次の如くである。

洋行帰りの小林士官（大尉）は、「それがしの宮」の主催する「独逸会」で話をすることになる。小林は次のように語った。

ザクセン軍団の秋の演習に参加したとき、対抗戦もやや終った段階で、幾人かの貴婦人を乗せた馬車と、その傍に二頭の白馬に乗った翁と少女を遠望した。今宵の宿泊は、ビュロオ伯のデュペン城である。夕方、城に到着、夕食の宴のとき、ビュロオ伯夫妻と五人の姫達に会った。なんと、昼の馬車の一族ではないか。白馬に乗っていた姫は黒髪でイイダ姫といい、小林士官同行のメエルハイム中尉の許嫁であった。翌日、城内にある塔に小林が登ったとき同行を願ったイイダ姫は、一通の手紙を託した。ドレスデンにいる姫の伯母、大臣夫人に渡して欲しいということであった。

秋の演習も終りドレスデンに帰った小林士官は、大臣の夜会に招かれ、首尾よく、イイダ姫の手紙を大臣夫人に渡す。

時は過ぎ、翌年一月国王の「おん目見え」を許され王宮に赴いたとき、小林は女官の中に、イイダ姫を見る。姫は別室に誘い、〝文づかひ〟の事情を語る。真相は、メエルハイムに愛情がもてず、門閥に抵抗して王宮に入ることを伯母に依頼したとのことであった。

この作品を穿鑿する前に、鷗外と登志子の離婚のことを述べなければならない。『文づかひ』は、この離婚と大きな関係を有していることは周知の通りである。もともと、無責任な愛情のない結婚をした鷗外。まさに『舞姫』『うたかたの記』に漂う悔恨と哀傷感を、その心の基底に潜ませた結婚生活であったと思われる。弟との同居も、登志子へのあてつけ以外に考えられない。

そんな中、九月十三日に長男於菟が生まれた。それから間もなく、赤児の於菟と登志子を置いて、弟と冷然と家を出た。以後、登志子の許には永遠に帰ることはなかった。しばらくして、於菟は、鷗外の母が受け取って育てることになる。鷗外と登志子の結婚生活は、およそ一年七カ月である。

鷗外らが遷った家は、本郷駒込千駄木町五十七番地（千朶山房）である。戸籍上、正式に離婚が決定したのは十一月二十七日であった。登志子は、三年後、つまり明治二十七年一月、宮下道三郎の妻となっている。

『文づかひ』は、離婚後、二十二年の十一月から十二月にかけて執筆されたものと推定される。

『舞姫』の豊太郎と『うたかたの記』の巨勢が、劇《ドラマ》の当事者であったことに比し、小林士官は「語り部」の役を担わされた人物である。つまり、小林は、ドイツ留学中に体験したことを、「それがしの宮」が主催する「独逸会」で語る「伝達者」なのである。田中実氏が、小林のことを「彼女自身の言葉は通過地点でしかない小林士官」(「『文づかひ』の決着―テクストと作者の通路」昭60・4『文学』岩波書店)と捉えているが、この捉え方には異論がある。小林が語ることについては、小林自身の主体的な選択権があった。どんな話題であろうが、その選択は自由であった。小林は、体験の中から検討の結果、ドイツ貴族の「門閥」に抗し、「避婚」を断行し、王宮に入ったイイダ姫の果敢な行為を選択したのである。小林士官は、このイイダ姫の行為に感銘し、場所は、西洋と日本と違っていても、同じような「門閥」に生きる「それがしの宮」に、このイイダの件を語ることにしたのである。この西洋での「避婚」という事実が、日本人士官を通して、日本の封建的階級制度のしがらみに生きる「それがしの宮」に伝えられたとき、この西洋の避婚劇が、日本において現実性を帯びることになる。この構造において、この作品は、リアリティを獲得するのである。


次に、小林が、イイダ姫を愛していたという説がある。田中実氏は「『文づかひ』の読者は今日まで多くそこにある種の〈恋〉を読んできた」(前掲文)と述べる。これもまた異論がある。鷗外は、小林とイイダ姫の関係を次のように書く。「遥に初対面せしときより、怪しくもこころ引かれて、いやしき物好にもあらず、いろなる心にもあらねど、夢に見、現におもふ少女と差向ひになりぬ」と。鷗外は、明らかに「いろなる心にもあらねど」と釘をさしている。しかし夢現《うつつ》に想うという情念は何か。これは、最初、夕食の宴で会ったとき、イイダだけ黒づくめ、独特の「翳り」をみて、関心をもったということである。冒頭部にある「白き駒控へたる少女、わが目がねはしばしばこれに留まりぬ」という描写は、強い好奇心である。小林が好感を持ったことは否定出来ない。しかし、それは愛とは違う。イイダ姫が、黒衣で寡黙、憂愁を帯びた謎の翳り、これは後で解ることであるが、愛のない結婚を強いられ、これを拒否して家を出る決心を秘め、耐えていたイイダ姫の姿であったわけだ。

イイダ姫は、小林にとって、恋の対象者ではなく、何かを訴え続けてやまなかった一種の発光体的存在であったと言えよう。

厳しい「門閥」に抗して己の意思を貫くイイダは、極めて自立性のある女性として形象されなければならなかった。「あまりに馴れて、身に縈はるものをば、イ、ダいたく嫌へば」、または「われ性として人とともに嘆き、人とともに笑ひ、愛憎二つ目にて久しく見らるゝを嫌へば」とも書いている。このイイダの性格は、貴族の血に生きる両親とやがて訣別して、行動に奔しるイイダの伏線であったわけである。イイダには昔、助けてやった孤児の欠唇少年がいて、イイダを慕っていた。しかし、イイダは「馴れて、身に縈はるもの」は拒否してはばからなかった。許嫁のメエルハイムも例外ではなかった。イイダには、やさしさと強さが同時に内在していたと言えよう。

鷗外が、この物語の中に嵌め込んで置きたかったのは、結婚に対するイイダの言葉である。

つまり、ドイツ人の旅人が、最近日本に行き、その風俗について書いた中に、「おん国にては親の結ぶ縁ありて、まことの愛知らぬ夫婦多し」と、卑しむように書いているが、ヨーロッパ「にもなからずやは」、とイイダは述べる。鷗外が、出産直後の登志子を捨てて出たのは二十三年の十月早々であった。『文づかひ』を発表したのはそれから二カ月余経ってからと思われる。余りにも、なまなましい話ではないか。〝親の強いる愛のない結婚〟とは、まさに己と登志子の結婚と離婚を念頭においていることは間違いない。イイダは結婚の前提として「恋ふるも恋ふるゆゑに恋ふる」と、「愛」絶対を断言する。これもまた、最近、鷗外自身のエリーゼまで含めた己の異性関係の余りにも哀しい体験が吐かせた言葉である。そして当時、個人の愛が素直に結婚に結びつかなかった未成熟な日本社会に対する苦言でもあった。登志子に対しては、鷗外は主体性に乏しく無責任であった。むしろ加害者であったが、ここでは被害者の意識しか働いていなかったとみられる。不幸な結婚の被害者として日本国の「それがしの宮」に伝達する小林士官と、執筆する鷗外は一体であったとみる。しかし、鷗外だけに責任を負わすわけにいかぬ。明治二十年代という日本は、社会としても未成熟な構造にあり、その中に在る森家の犠牲者でもあった。鷗外は、登志子との結婚に対し、加害者と被害者という両面をもつ複合体でもあったわけである。この『文づかひ』は、己の不幸な結婚だけがモチーフではない。ヨーロッパで体験した貴族社会での体験を小説の舞台とすることで、日本文学にない、そして、他の誰も真似の出来ない異文化の華麗さと先進性をも描こうとしたとみる。この小説で使われた舞台や人物などは、やはり『うたかたの記』と同じように自らの体験を数多く使っている。

ザクセン軍団に付けられて秋の演習に参加した小林だが、日記をみると、明治十八年八月「二十三日。(略) 独乙第十二軍団(薩索尼軍団)の秋季演習は今二十七日に始まり、九月中旬に終る」と書かれており、この鷗外の体験が、そのまま使われているとみてよい。

さて、イイダは主体的に己の「生」を選びとったが果して人間の歓びを得たのか。これには疑問が残る。

鷗外は、小林が王宮でイイダに再会する直前、「王妃殿下」に従う「女官数人」の様子を描いている。

この「女官」達の姿は何なのか。「みにくし」「いづれも顔立よからぬに、人の世の春さへはや過ぎたるが多く」「おい皺みて肋一つ〳〵に数ふべき胸」等、これらの描写は、閉塞的な王宮に生活する、女官たちの決して幸せでない生活を示唆し、イイダの将来を垣間みせてくれる描写ではないか。鷗外は、忍月への反論の中で「姫は実にメエルハイムならぬ男に添ふべき縁を断たれたり」(『再び忍月居士に与ふる書』明24・2・18『国民新聞』)と述べている。イイダには、もはや普通の人間としての幸せのないことを鷗外自身が述べていることが重要である。忍月が尾崎紅葉や川上眉山などの「浮世の果敢なきを嘆じ終に厭世の念を生じ薙髪して尼となる」風の、いわゆる「尼小説」と『文づかひ』を同じように断じた(「新著百種第十二号文つかひ」明24・2『国会』)のに対し、鷗外は全く反論で触れていない。反論の仕様がなかったのかも知れぬ。小林が王宮でみたイイダは黒衣ではなく水色の衣であった。「水色」は冷静であるが、薄幸のイメージもある。イイダの今後の生涯を表象している色ともとれる。

鷗外自身が「家」(登志子)を拒否しながらも、結局「家」からの桎梏を拒否し得ず、むしろ一方的離婚という責を負いながらなお「家」と官僚社会という桎梏の中で生き続けなければならなかった。イイダは、西洋においても、そうであったが、鷗外も、真に自由なる主体性の獲得はあり得なかった。非主体的に生きた『舞姫』の豊太郎に対し、自我を貫いたイイダという図式は成立しても、ともに自由を得ることはなかった。(イイダは西洋人であるが、貴族の門閥性は東西を問わず厳しいものがあった。)

石橋忍月の批評

石橋忍月は『文づかひ』に対し、次のように四回にわたって批評し、反論している。

①「新著百種第十二号文つかひ」(明24・2・17『国会』)、②「鷗外漁史に答ふ」(明24・2・19『国会』)、③「再び鷗外漁史に答ふ」(明24・2・21『国会』)、④「三たび鷗外漁史に答ふ」(明24・2・27『国会』)。

鷗外も忍月に対し、次のように四回、反論している。

⑤『文使に就きて忍月居士に与ふる書』(明24・2・16『国民新聞』)、⑥『再び忍月居士に与ふる書』(明24・2・18『国民新聞』)、⑦『三たび忍月居士に与ふる書』(明24・2・20『国民新聞』)、⑧『四たび忍月居士に与ふる書』(明24・2・23『国民新聞』)。

石橋忍月は、①で、『文づかひ』の素材の特殊性にまず触れている。つまり、「舞台」「人物」を鷗外がなぜ「西洋」にとるか、また、このことに「長ずる」こと、これが鷗外における「一個の長所」であることも述べている。西洋の貴族社会を舞台として小説を書くということは、当時、他の日本人には出来ないことであった。この忍月の言は、当時の文学関係者を等しく瞠目させたことであり羨しがったことである。それにしても、忍月の疑問は単純ではないか。なぜ「素材」を「西洋」にとるか、誰しもすぐ解ることは鷗外には西洋留学体験があることである。当時の人たちには解るはずもないことであるが、鷗外の『独逸日記』を読むと、いかに、この三部作に実際の「見聞」体験からとっているかが解るわけで、その点、忍月には解るよしもなかったであろう。

また忍月は、イイダが、なぜ「男嫌ひの人」となったのか、「作者が此等の原因を看過したるは一大失策なり」と批判する。

これも忍月の読みの不正確からきている言である。鷗外は⑤で反論「全篇数十面、姫がメエルハイムを嫌ひて宮仕したるを種々の方角より写して疑なからしめたることは、今までの諸評言（略）皆認めたり」と述べる。これは鷗外の言う通り。決定的なのは、「況んやメエルハイムの如く心浅々しき人に、イイダ姫嫌ひて避けむとす。」という一文である。イイダは、男嫌いなのではなく強いられしメエルハイムの人間性をどうにも嫌悪してやまない、もし「門閥」に従ったなら、己が喪心者になる、そのためには、総てを犠牲にしても、王宮に入る以外にないと決心したわけで、人嫌いでも厭世主義者でもない。そのへんが、忍月には全く解っていない。鷗外も、この忍月の言には相当憤慨したようで「他人の文を誤解して、これに依りて其技術家の技倆なきを断言し、（略）故もなく大失錯を罵り」と、かなり感情的になって反論している。忍月は②で「コンナ善い著作が貴様の目には分らぬかと言ツたやうな御小言、御自惚程亦恐れ入り候」と皮肉たっぷりの反論。鷗外は⑥「イイダ姫は生理的に一般の男子を嫌ふ人にもあらず、其心は両者の中間」と言い、「おのみを嫌ふ人にもあらず、単にメエルハイムが愛することを得つべき人に逢むよしなき理は、其父に妨げらるゝ処にあり」と述べている。これによると、イイダの一番の障害は、「門閥」を守ろうとする厳父の存在にあるということになる。この鷗外の考え方は至当のようで違っている。イイダが愛している人間であれば、「門閥」であろうが「血の権」であろうが、対象者としてイイダに不満はあるまい。これにはやはり段階がある。個人としてのイイダが、人間的に信頼出来ない、愛せない男性が、まず目の前にいて、これに常に嫌悪を感じている。それを結婚の対象者として強制されたとき、それを敢然と拒否する、この主体的に生きるということが、イイダにとって一番大切なことなのである。鷗外の言う「単にメエルハイムのみを嫌ふ人にもあらず」は、真実から脱れている。そして「其心は両者の中間」、この言は、自ら、ぼかしてしまっている。イイダにとって「門閥」も厳父も次の問題なのである。また忍月は、③で「当時の貴族一般と相反したる人物となせし所以のものを、文づかひが看過せしを一大失策と云ふのみ」と述べる。貴族でありながら貴族らしからぬイイダを描くことは「一大失策」ということか。また他の貴族の子弟と結婚する自由があったのではないかと言う忍月に対し、鷗外は⑦で「これ将に奇怪なり」と一蹴する。

どう仕様もない、この運命に立たされてしまったイイダへの理解が完全に忍月には不足しているようである。忍月は④で、いか姫のような、当時の社会、習慣に反したるような人物は、いかに養成されたのか、それを、この作品は「看過」していると衝く。鷗外は⑧で「かやうなる我儘の判断を見ては最早多言することを要せずといふ一言を吐くべきは、失敬ながら我方にこそあれ」と、遂に終止符を打つことになった。

この両人の論争は、やはり嚙み合わなかった。しかし、両者の論をみてみると、忍月は、小説の核心部の把握が弱く、些少部分に拘泥する、それを一番感じることは、二十四、五歳という年齢の若さからくる人間把握の浅薄さである。それに対し、鷗外であるが、年齢的には三十近い経験がある、西洋小説に対する知識は忍月より上だろう。鷗外にも時折、奇妙な言説があるが、この論争を通じて、むしろ未成熟さを露呈したのは石橋忍月の方ではなかったか。

石橋忍月は、鷗外が出てくるまでは、ドイツ学派の鋭利な批評家として、ひとり舞台の感じがあった。しかし、同じドイツ畑である鷗外の実力の前に、忍月の地盤は大きくゆらぐことになる。明治二十四年九月二十五日発行の『柵草紙』第二十四号で、鷗外は『逍遥子の諸評語』を発表、この中で「忍月居士の評漸く零言瑣語の姿となりゆき」と書き、忍月の衰退を事実として述べている。

10　本格的論争始まる

論争の拘執性

鷗外が『『柵草紙』のころ』（大3・4・24『読売新聞』）で次のように回想している。

「柵草紙のあの坪内さんの没理想論をしたがあんな仕事は若い時分でなければ出来ない。少々気狂染みないとやれないね」と。坪内逍遥との没理想論争を展開した「若い時分」とは、言うまでもなく明治二十年代をさしている。この時期の評論、論争の場は、大きく分ければ「医事関係」と「文学関係」であった。この明治二十年代を、さらに絞って言えば、明治二十一年（一八八八）末から日清戦争時の二十七年（一八九四）十月ぐらいまでが想定できる。

唐木順三は、この時期を「戦闘的啓蒙時代」（昭24・9『森鷗外』世界評論社）と称んだ。また磯貝英夫氏は、この時期を「森鷗外の批評精神運動の総体」と称び、さらに「積極的というよりは、むしろ拘執的な戦闘性、また、徹底した論理癖」（昭54・12『森鷗外―明治二十年代を中心に』明治書院）と述べている。坂内正氏も「とにかく相手を屈服させずにはすまない闘争性とそのための拘執性が際立つ」（平13・5『鷗外最大の悲劇』新潮社）と述べている。このことは「少々気狂染みないとやれないね」と語った鷗外自身にもよく解っていたようである。磯貝、坂内両氏とも「拘執的（性）」という言葉を使っている。

これらを考えると、若き日の鷗外は、懐が狭く、論難されると、それに耐える力が弱く、すぐに反撃しないと収まらない性格であったことが解る。論難されたとき、まずは柔軟な心で受けとめて、あるときは無視もするといった寛宥な性格ではなかったことを示していよう。本書ですでに述べたように、鷗外は、幼少年期から青年期にかけては『舞姫』の豊太郎の性格に近かったといってよい。つまり、やや「臆病」で、モノに耐える力に弱かったと思われる。相手から批判、攻撃を受けた場合、それを放って置くと、社会的存在者として致命傷になるのではないかと痛く拘泥する。だから一刻の猶予もない。すぐに反論に打って出て相手が屈服するまで執着する。忍月との論争は、その典型である。この論争時代の鷗外を全生涯的に捉えてはならない。この時期、むしろ「被害者意識」からくる返転行為ではなかったか。鷗外はみずからの性格を熟知していた。『舞姫』で豊太郎の性格を書いている。「耐忍勉強の力と見えしも（略）唯外物に恐れて自らわが手足を縛せしのみ」と。これは『舞姫』を書いたときの、二十七歳の自己分析である。つまり、この「弱さ」「臆病」故に、「外物」に対しては、むしろ敵対視し、「拘執的」になり、「攻撃的」になっていくのである。ただ、この性格だけで、論争の時代を論じるつもりはない。「少々気狂染み」たと本人に言わせた、この論争の時代のエネルギーの一つに、例のエリーゼ事件の鬱積もあったと思われる。何もかも思うようにゆかない。その上、愛のない結婚まで強いられ、離婚せざるを得なかった。この鬱積は、被害者意識を増進させたに違いない。

しかし、そうした負の心情だけで、この論争の時代が華々しく行われたのではない。やはり西洋から沢山の新知識を持ち帰った新帰朝者としての気負の意識もあった。否、気負いだけではない。時には新帰朝者としての責任感、使命感に衝き動かされたことも、度々あったに違いない。磯貝氏の言う、まさに鷗外の、この時期の「精神運動の総体」のエネルギーの発散は誰も真似の出来るものではなかった。

日清戦争までのおよそ五年間、この鷗外のエネルギーは燃えつきることはなかったのである。

11　医事評論

鷗外が欧州より帰朝し、医事関係で最初に発言したのは、明治二十一年十一月二十四日に、大日本私立衛生会主催で行われた講演である。会場は厚生館であった。このときの主題は「非日本食論ハ将ニ其根拠ヲ失ハントス」である。鷗外は講演の後、この講演の内容を直ちに漢文体にし、後輩の呉秀三の序文を付して橘井堂から刊行している。

鷗外は、この講演の中で「一食物ノ能ク人ヲ養フモノニ非ザル」と一食主義を排し、「多クノ食物ヲ調和シテ一ノ食ト為シタル」ものに「滋養」がある、まさに複数の食材との調和を説いている。これは、『兵食論大意』と同主旨ではない。

また「一食ヲ調和スルニ多ク資ヲ植物世界ニ仰グモノアリ之レヲ素食」とし「主トシテ動物世界ノ食物ヲ採ルモノアリ之ヲ肉食」とし、この両者は対立した性質ではなく、「調和の両極」であると主張する。そして「近時独逸ニ一派ノ論者興リテ一種ノ検査法ヲ唱ヘ漸ク将ニ「フオイト」ノ原則ヲ修正セントス」と、日本食を非とするフオイトの原則に、ドイツでも反対者が出ていることを述べ、さらに「嗚呼我日本ノ学者ハ何故ニ自ラ奮テ我勇壮ナル兵士我ガ強悍ナル防火丁其他ノ職人ニ就テ実験ヲ施シ我日本ノ健康人ニ適応セル食ノ標準ヲ立テントセザルヤ」と、日本人みずから日本人の健康に適した「標準」を立てることの必要性を主張している。一食主義を排し、植物中心と肉食中心の食物との調和を考えるという発想は現代の食生活にも適っており、鷗外のこの判断は、近代の食生活の先駆けであったとも言えよう。

『日本家屋説自抄』　同年十二月五日、六日にわたって『読売新聞』に『日本家屋説自抄』なる論文を発表しているが、この前日、つまり十二月四日付で、饗庭篁村宛に次のような書簡を送っている。「別封日本家屋説自抄と題せる文はもと医の為めにしたる者にあらず公衆に示し度存候若し余り堅過ぎるとの嫌なくば貴社の新聞の余白に御掲載相願度候」と。この『日本家屋説自抄』は、この鷗外の書簡にあるように「公衆」の啓蒙を意図せるものであることが解る。

鷗外は、この『日本家屋説自抄』の冒頭部に「日本家屋説は原《も》と独逸文にて録し日本の家屋の民学的及び衛生学的考案と題し独逸国伯林府の大学教授ルードルフ・ヴヰルヒョウに介し之を伯林人類学会に呈出したるもの」であることを明らかにしている。

ドイツ語で書き、かつてベルリンで発表した『日本家屋説』の要点を日本の「公衆」を意識して整理したものであることが解る。鷗外は、まず「家屋改良」は「現時の日本にて一大問題」と述べている。そして、「建家《たてや》学士ゴットゲトロイ」の著書で木材の「利」、特に「温度の調節其宜きを得る」と述べ、木材の「二弊」として「腐敗と火災」をあげている。また日本家屋における「タ、ミ」の利点を挙げながらも、ベルツらの測定したる「日本人下肢の尺度の比較的に短き事実は、恐くは跪坐」の「為ならん」とし、「椅子の使用は日本将来の裔孫の為に已むべからざるものなり」という説を挙げている。その他「火鉢、胡燵の利害」「人工照室法」「給水法」などに触れ、最後に、都会における死亡率に触れている。つまりこの死亡率は「大に家屋の制と相関す」ると述べ、東京はロンドンよりも劣るが、ベルリンやミュンヘンよりも優れていると書く。「家屋の制」とは、具体的に言えば「日本の家には一軒に平均四人の割合」であることをさしている。一体に日本家屋の優位性を主張したものと解してよかろう。〔妄想〕で述べたごとく、ここにも、日本における鷗外の現状重視の視点がうかがわれるのである。

『東京医事新誌』主筆

鷗外は、明治二十二年一月、『東京医事新誌』の主筆となった。

『東京医事新誌』は、当時多くの読者をもち、医事関係ではいわゆる体制側の権威ある雑誌であり、この主筆となったということは名誉なことであった。鷗外は主筆となると、早速雑誌の内容に新たな構想を加え、多くの特色ある次のような欄を設けた。緒論、原著、抄録、漫録、批評、史伝などの欄である。鷗外は冒頭の緒論を拠点として多くの論陣を張ることになる。

まず鷗外は、「市区改正ハ果シテ衛生上ノ問題ニ非サルカ」という題目で、同年一月五日から二月九日まで、六回にわたって『東京医事新誌』の「緒論」欄に掲載した。

鷗外は、この中で、東京の市区改正は、主要な大問題であり、ことは、衛生上の問題である、と主張する。そして、都市整備で大切なのは採光であり換気であり、上下水道への考慮であると説く。そして注目すべきは「苟モ真成ニ公衆ノ衛生ヲ計ラント欲セバ宜ク貧人ヲ先ニシテ富人ヲ後にスベシ」という主張である。公衆衛生上、この貧民対策を最優先しようとするところに鷗外の市区改正の眼目があることは余り知られていない。この日本で、最も早い時期の都市改良論の前提に、当然のことではあるが衛生学的視点を置いたことは、まことに画期的なことであった。

同年一月十九日の『東京医事新誌』第五百六十五号の「漫録」欄に鷗外は「小池学士の中外医事新報社員ニ与フルノ書ヲ読ム」という文を掲載した。これは、いまミュンヘンに留学中の小池正直が『中外医事新報』の原田貞吉に送った書簡が掲載されたものに対する鷗外の反論であった。

小池書簡は、研究論文のあり方について述べている。つまり国益のためには「其仕事ヲ日本人ニ知ラセズシテ直ニ独逸国ニ送リ日本人ハ再タビ之ヲ翻訳シテ初メテ之ヲ知ル様」なことは承知出来ない。「日本人ハ日本文ヲ以テ書クヲ正則トシ日本人に知ラスルヲ以テ目的トスヘシ」と主張したものである。鷗外を当てこすって書いたとも思えないが、この小池の意見に対しては、鷗外は異論があった。

鷗外は、日本文で「論著」が「印行」されたとき、「未ダ遽ニ国際ノ学問社会ノ注意ヲ惹クヿ能ハズ之ヲ欧文ニ翻訳スルノ間ニハ早ク奸点ノ欧米人アリテ之ヲ奪ヒ欧米ノ新誌ニ掲載シ着先ノ功ヲ占略シタリ」と述べる。日本人の書いた論文が「国際ノ学問社会」に認められるためには、日本文で書いていては時間的に損をする、ということ、もう一つは、「欧文ニ翻訳スルノ間」に、論文の主旨を欧米人に奪われる危険があり、これは「着先《アプリオリティ》」（先取権）の問題である。誰が先に着想したかの問題である。鷗外は自分の『兵飼論』（「兵食論」）を例に挙げ、「「ペッテンコーフェル」ノ記録ニ出デシヲ以テ少ク世人ノ注意ヲ惹クヿヲ得タ」と述べ、さらに、「日本語ハ未ダ英独仏伊ノ語ト同等ニ学問社会ノ認可ヲ得ザルモノ」であるから、やはり「国際語」で書くことが大事ということを主張した。ドイツ語に飛び抜けた力を持ち、四年間もドイツの学界をみてきた鷗外と、一年足らずの滞欧生活の中にある小池との、「国際性」への意識のズレが、ここにあるように思える。

この問題は、二十一世紀の今日でも、なお解決されているとは言えまい。

医学統計論争

鷗外の書いた『医学統計論題言』は、呉秀三が、エステルレンの著書「Handbuch der Medicimische Statistik」の第二版を訳し、『医学統計論』（明22・4　スタチスチック社）として刊行したとき、その序文として掲げられたものである。

さらにこの論は、これより先、二月二十三日発行の『東京医事新誌』第五百六十九号の「緒論」に『医学統計論ノ題言』として発表された。

エステルレンの著書は「統計ノ学理ヲ医学上ニ応用スルノ必要ヲ説」くことを主題としたものであるが、鷗外は「題言」で「吾人ハ今日ノ医学世界ニ於テハ一辺ニ実験的医学研究ヲ置キ一辺ニ計数的医学研究ヲ置カザルヲ得ズ」と、「実験的医学研究」と「計数的医学研究」の両分野の協調を説いている。計らずも、この「題言」を端初としてスタチスチック社との間に論争が起こった。

つまり、鷗外が「題言」で「スタチスチック」を「統計」と訳したことに対し、「東京医事新誌」に匿名の反論が寄せられたのである。

鷗外はただちに『東京医事新誌』第五百七十三号（明22・3・23）の「緒論」に「統計ニ就テ」を書き反論した。事実上、スタチスチックの支持者今井武夫との論争であった。今井は、「統計」というと、単に「かぞえる」「統べる」になってしまい、その本意を失う、だから原語である「スタチスチック」でいいのであって「統計」と訳すのは余計なことと反論した。

　鷗外は次のように述べる。

　余ガ統計ト云ヒシハ必シモ「スタチスチツク」ト云フヲ欲セザルガ故ニ然カ云ヘルニアラズ芳渓呉君ガ医学統計論ノ首ニ数語ヲ題シテヨト需メラレシヨリ同君ノ使ハレタル訳ヲ使ヒシマデナリ

　鷗外は、是が非でも「統計」と訳すべきだとは言っていない、たまたま「芳渓君」の訳を使ったまでと述べてはいるが、「スタチスチック」を「統計」と訳して「不可」ではないと述べている。

　もう一つの争点は、「統計」の本質論にわたるものであった。今井武夫は、「凡テノ科学ニ法則ナキハナシ」と述べ、「スタチスチック」は、法則（天法）をうちたてることの出来る科学であると主張、それに対し、鷗外は、「スタチスチック」は学問のための方法論に過ぎない、それ自体で法則を確立出来ないと反論した。

　鷗外は「統計」は「所謂物的帰納の一理法」であって「顕象ノ原因ヲ捜ラントスルハ猶、木ニ縁テ魚ヲ求ムルガゴトシ」と主張した。

　伊達一男氏は、この論争を一覧表（『医師としての森鷗外』昭56・2　績文堂出版）にしていて参考になるが、この論争は十カ月に及ぶものであった。

『衛生新誌』創刊

　鷗外は『東京医事新誌』の主筆（一月）となったその二カ月後（三月）『衛生新誌』を創刊、その巻頭に特に「朱」インクで『衛生新誌の真面目』なる文を発表している。

　この文の中に、この期における、鷗外の昂揚した精神が示されている。単に「拘執性」だけで片付けられない、先進的知識を得た者のプライドと使命観が感じられる。今、日本は「新天地」であり「国民の春」である。故に「斯時にして鳴かずんば、否斯時にして声絶えず鳴かずんば更に何れの時をか期すべき」と。

　いま「鳴かずんば」、つまり、発言して国民は声を上げなければならないという強い主張がある。この主張は、ひとりこの雑誌だけの問題ではなく、この明治二十年代の鷗外の精神を象徴的に示しているといってよい。

　そして、この論文の特に主張することは、衛生意識に対し、政府と国民の両方に反省と心構えを訴えかけるものであった。

　それは次のような言葉にあらわされている。

「官は何故に虎列刺流行の時に、果物の売買を禁じたるや」と政府に問い、これ「取越苦労に外ならず、是れ寔に慈母の児子に於けるか若き注意なり」と批判する。そして「今や我日本の人民は既に充分に発育したり、宜しく脱然として慈母の懐を離れ、今迄も親の保護を得て、心閑《のどか》に養ふたる力量を表はして、世に示すべきなり」と、政府の過保護を叱り政府に健康面で頼り過ぎる国民に反省を求めている。そして「自己の身上に注ぎ見よ、夫れ万業の源は健康なり」と述べる。健康は自己で管理せよ、ということであろうか。そして最後に、『衛生新誌』の発行の意味を次のように述べている。

> 彼の健康を官衙に求むるの依頼心を鋤去し、衛生事業を以て、羈絆を脱却するの第一着歩とせざる、是れ吾們が斯未曾有の盛運に際して、衛生新誌を発行する所以なり、（原文のまま）

つまり、雑誌発行の目的を、国民が健康の自己管理をする手助けとなること、そして政府の衛生事業と人民の衛生事業とを「限画して、互に相犯すこと」のないようにみていきたいということであろうか。

『衛生新篇』

鷗外は、またこの時期に、衛生学の教科書作成に意を尽くしている。明治二十二年三月、陸軍軍医学校から刊行された『陸軍衛生学教程』が、まず最初のものであり、これは、陸軍の軍人を対象としたものであった。次に鷗外や小池正直、中浜東一郎らによって執筆されたのは、『衛生新論』であり、これは明治二十二年十一月十五日発行の『衛生新誌』第九号から始まり、明治二十七年七月十六日発行の『衛生療病志』第五十五号まで、約五年間にわたって連載されている。ただし、『衛生新論』のほとんどは鷗外と小池の執筆であった。

この『衛生新論』は、後に刊行された『衛生新篇』の基本資料とされたものである。

『衛生新篇』は以下のごとく刊行されている。

第一版　明治三十年六月十八日発行
第二版　明治三十二年五月十八日発行
第三版　明治三十七年十月三日発行
第四版　明治四十一年三月二十一日発行
第五版　大正三年九月十五日発行

各表紙には「小池正直　森林太郎」と併記されている。第五版のみ、小池の死去により「故小池正直」となっている。

この『衛生新篇』は主に、医師を対象としたものであった。

また、鷗外には、口述筆記による衛生学の教科書『衛生学大意』がある。これは、女学通信会「女学講義録・第一」に明治二十四年七月十三日から、二十五年十月十七日発行の第十五号まで分載されたものである。

この『衛生学大意』は、後に明治四十年、博文館から単行本として刊行されている。『衛生学教程』は陸軍軍人を対象とした教科書としての意義をもっていたが、『衛生新論』、『衛生新篇』または『衛生学大意』は、『衛生新誌の真面目』の主旨でもあった国民の健康への「自立した意識」をもたせる意味においても、貢献するところは大であった。

「日本医学会」批判

明治十八年（一八八五）に、当時、日本医学界のリーダーたちによって乙酉《おつゆう》会なる会が結成された。乙酉会は、帝国大学医科大学、宮内省、内務省、陸軍省、海軍省を含む官学界及び民間の指導的医師によって構成されていた。その乙酉会が主催者となり、日本全国の医師に呼び掛け、日本医学会が結成されることになり、その第一回日本医学会創立の広告が、乙酉会の縁の深い、『東京医事新誌』第五八五号（明22・6・15）に数回にわたって掲載された。

この広告をみると、橋本綱常、石黒忠悳など陸軍医務官僚、つまり鷗外の直属の上司、それに脚気論争で対立していた海軍の高木兼寛も発起人に入っていることが解る。明治二十三年の国会開設に合わせて、この会を東京で開き「学術上ノ知識ヲ交換スル」ことを目的としていた。別項の主意書の中には第三項、「会員ハ医術開業免許ヲ有スル者ニ限ル」とある。このことに対し、田代義徳が、「日本医学会に就て卑見を述ぶ」（明22・6『医事新聞』三〇五号）なる文を発表し、会員は「開業の免許状の保有者」だけではいけない、医科学生も入れなければならないと噛みついた。また天随子が「黄金と日本医学会」（明22・8『医事新聞』三一一号）を発表、会員が「各百円ツ、ヲ醸出シ」に噛みつき、医学会が、「金」に支配される危険性を説いた。

これに対し、鷗外は『医事新聞ニ就テ』（明22・9・14『東京医事新誌』第五九八号）で、「内国同業ノ有志者ヲ東京ニ集会シ互ニ医学上ノ知識ヲ交換スト是レ斯道ノ為メニ頗ル嘉賞スベキ運動ヲ試ムルモノニ非ズシテ何ゾヤ。余等ハ既ニ其旨趣ヲ是認ス」とまず賛同の意を呈している。従って、会員の資格を「是認」しながらも、「創立者ハ諸生ノ団結ヨリ成ルヲ可ナリ」と田代の意見に別に異をとなえてはいない。そして、「醸出金」については「百金の醸出、決シテ無用ニ属セズ余等ハ之ヲ測ルニ創会者ガ此金ヲ醸シテ医学ヲ助クルハ譬ヘバ猶ホ大檀那が金銀財宝ヲ棄施シテ仏法ヲ護持スルガゴトシ」と述べる。

ただ鷗外は、釘も刺している。「若シ夫レ万々一創会ノ医老諸氏ニシテ学問ノ進歩を妨ゲ学者ノ弊風ヲ助長シ自ラ其創会ノ旨趣ニ乖クガ如キヿアラバ余等ハ起テ之ヲ觝排スルヲ辞セザルベキノミ」と。

『東京医事新誌』の主筆という立場上、この会の創立に賛成しないわけにゆかないが、百パーセント賛成でもない、複雑な立場に置かれていた。しかし鷗外は、この発起人のメンバーをみたとき、本能的に、最初から異和を感じていたに違いない。いつか批判に転じるときがある、と鷗外は想定していたのではないか。そして、その日が、やはりやってきたのである。

鷗外は明治二十二年（一八八九）九月二十八日発行の『東京医事新誌』第六百号、十一月十二日発行第六百二号の「緒論」欄に『日本医学会論』なる論文を発表した。この論文の内容は、第一名称、第二目的、第三会員、第四事業、第五規則で構成されている。

鷗外は「第一名称」で、「会名ヲ第一回日本医学会ト称ス＝ト然ラバ則乙酉会ト云ル一団体ハ往年来、存立シテ此団体ハ私ニ謀ル所アリシナリ」と述べ、「「日本医学会第一回」又ハ広告ノ題ニ云ヘルガ如ク「第一回日本医学会」トハ乙酉会ト云ル一団体ガ催セル一集合ナリ久存ノ性質ヲ備フル一会ノ名称ニ非ザルナリ」

鷗外は、まず「日本医学会」を「私ニ謀」る団体であり「乙酉会ト云ル一団体ガ催セル」ものであり「久存」の「名称」ではないと批判している。そして「第五規則」で、「其性命」は開会から懇親会まで「七日間ナリ」と述べ、「嗚呼余等ハ日本医学会ノ創立ヲ祝スルト同時ニ此ノ一時ノ集合ノ蜉蝣ニ似タル生涯ヲ痛惜ス」と。「創立ヲ祝スル」と述べながらその「集合」は「蜉蝣ニ似タル生涯」、つまり、はかなく消えていく会だと遠慮もなく将来を示唆している。ここでは、権威に挑戦しようとしている鷗外の意地が、まざまざとみえる。

そして「余等ハ此会ノ他年、我邦ニ起ルベキ彼独逸ノ自然学者及ビ医家ノ会ニ匹敵スル学会ノ為メニ其端ヲ闢ケルヲ疑ハズ」とも述べる。つまり、いずれは「独逸ノ自然学者及ビ医家ノ会」に「匹敵」するようになるための「端」を開いたものであるということ。いまはまだその域に達していないということである。

鷗外は最後に次のように書く。「嗚呼、「日本ノ自然学者及ビ医家ノ会」ハ果シテ何レノ日ニカ成ル此時ニ当テヤ日本ノ医界ハ多ク正確ナル実験績ヲ出シ日本ノ医家ハ自ラ起テ団体ヲ組織スベシ此時ニ当テヤ彼、慷慨激昂の士、捫蝨居士ノ如キモノモ亦タ敢テ尚早ノ語ヲ吐カザルベシ」と。この鷗外の「日本医学会論」は微妙にして複雑である。会の創立を「祝ス」「其端ヲ闢ケルヲ疑ハズ」と述べながらも、結局「独逸の自然学者及ビ医家ノ会」に遠く及ばない「乙酉会という一団体」の催せるものであり、会の創立は、時期「尚早」であると主張せざるを得なかった。

『東京医事新誌』主筆を追放される

鷗外は、二十四年（一八九一）九月五日発行の『東京医事新誌』第七百一号の「史伝」欄に『○森林太郎氏履歴の概略』というエッセイを発表、その中で、「第一回日本医学会」を批判した。

鷗外は、この文で、「日本医学会」結成について「其会の組立目的などが、真の学問の趣意に背いて居る」と真っ向から批判した。鷗外が、日本医学会創立に際し、反対を鮮明にしたことは、発起人、特に会の推進者の一人でもあった上司石黒忠悳を刺激したのは当然なことである。さきの統計論争のこともあり、それに医学に関係のない文学や政治などについての論を多く掲載したことも、この際、その責を問われ、『東京医事新誌』の主筆を追放されることになった。鷗外は『悪声』（『医事新論』第三号、明23・2・9）の中で、「余が局（注・『東京医事新誌』編集部）と関係絶ちたりしとき初め余を此局に紹介せし松本良順翁に与へたる書にも唯だ俯仰愧づることなき事情ありて、これを絶つと云ひしのみ（松本良順翁は余の隻語も聞かず局の某が訴ふる所に依つて余を譴責したれども）（略）」と書いている。松本良順とは、初代の軍医本部長（陸軍本病院長）であり、日本医界の実力者であった。『東京医事新誌』に鷗外を紹介したのも、罷めさせたのも松本良順であったことが、右の文で解る。鷗外は、「真の学問の趣意に背いて居る」と、まさに稚い、正論を吐いたのであるから「俯仰愧づることなき」と胸を張ったであろうが、やはり、先進国ドイツで研鑽したという自信と矜持が先に立ち、正論を吐くことが第一と考えていたようである。石黒忠悳や松本良順など、自己の今迄にも、これからにもかかわる人たちへの配慮が全くみられない。ここで少し自重して、という思慮がない。やはり「稚い」としか言いようがない。

『東京医事新誌』第六〇六号が、その最後となった。考えてみると、丁度『舞姫』の構想期と重なっている。鷗外の権威ある医学雑誌の主筆追放という無念な気持と、豊太郎の「恨」の意識とが、二重に複合し、鷗外の、この時期を苛ら立たせていたようにも思える。

主筆を解任された翌日、つまり十二月に、鷗外は『医事新論』を創刊した。この素速い自前の雑誌の創刊は『東京医事新誌』を追われても、あの『衛生新誌の真面目』で述べる「斯時にし鳴かずんば」の気持であったろう。この『医事新論』は、主として医師向けを意図していた。第一号で『敢テ天下ノ医士ニ告グ』という巻頭論文を掲載した。

この中で、「余の医林に於けるや現に敗軍の一将たり伶仃孤立」と書き、自前の雑誌をもったことの自由を「数行を初号の首に題することを許さる余が喜び其れ何如ぞや」と、「孤立」と書きながらも意気軒高たるところをみせている。そしてこの雑誌で一番に主張したことは「実験医学」の普及にあった。まず冒頭に「『医事新論』とは何ぞや実験的医学をして我邦に普及せしめんの目的にて興れる一雑誌なり」と書いている。また次のようにも書く。「我実験的医学の前途に白蛇の横れる限り、彼刀筆斗筲の材が堂々たる学問の官殿に住める限り彼摸稜の手段が天下医事の重機を滞らしむる限りは余は我志を貫き我道を行はんと欲す吾舌は尚ほ在り、未だ嘗て爛れざるなり我筆は猶ほ在り、未だ嘗て禿せざるなり、況や諸名士の鼓吹振作を得て今将に心丹を吐き犬馬の労を效さんとす」と。

この鷗外の言は、乙酉会に対する宣戦布告とみられても仕方あるまい。鷗外は『日本医学会論』の中でも「医学トハ純然タル実験的ノ学ナリ故ニ之ガ一歩ヲ進メント欲スルニハ一実験ヲ要ス」と述べている。要するに乙酉会の主催する日本医学会の目的は、全国の医師の「有志者ヲ集会シ」て「知識ヲ交換」するところにあった。鷗外が考える医学は、まさに「実験医学」でなければならなかった。だから、もし「日本医学会」を創るのであれば、学問として自立し観察と実験を目的とした機関でなければならない、「日本医学会」を創るに、時期尚早と判断した鷗外は、乙酉会には「実験医学」という認識がほとんど欠如していると考えたであろう。「日本医学会」で先に立つのは、権威主義と金で、日本の医界を支配しようとしていることに鷗外は反撥した。鷗外は「余は我志を貫き我道を行はんと欲す吾舌は尚ほ在り」と述べ、権威者たちに向って強気を続行した。この鷗外の意識は、後に「傍観機関」においてさらに熾烈なる言を吐くことになる。

『衛生療病志』創刊

鷗外は、明治二十三年九月、『衛生新誌』と『医事新論』を合併し、『衛生療病志』を創刊した。これが、鷗外の医学界に向っての新たなる戦いの場となっていった。この九月には於菟が生まれたが、鷗外は、十月早々、登志子の許を去った。丁度この時期のことである。鷗外は『棒喝』（『衛生療病志』第十七号、明24・5・9）の中で、「我衛生療病志を以て「文章にのみ惑溺して本業なる医学に鈍し」となすものあり。渠は我衛生療病志を以て文学雑誌なりといひ、ラルレルの崇拝者なりといへり」と書いている。本職の医学を忘れ、「文章」に「惑溺」する、とこの時期の鷗外は、痛いところを突かれている。このとき、すでに『舞姫』と『うたかたの記』二作を発表し、旺んに忍月と文学論争をやっていた時期でもあり、この批判は、鷗外にとってやむをえないものでもあった。また、この『衛生療病志』においても、コラム欄で、文学的話題をとり上げていたので、この医学雑誌自体への批判でもあった。

鷗外は、この『衛生療病志』に向けられた批判に対し、同じ『棒喝』の中で、反論している。

鷗外は、この中で、『衛生療病志』の果たしている大きな成果を挙げている。例えば、コッホの「第一の治労報告」、これは第十回国際医学会で発表されたもの。このコッホの全文を掲げたのは『衛生療病志』だけだと胸を張る。コッホは、最後のベルリンでの師であり、ドイツ語に精通した鷗外にしてはじめて出来たことかも知れぬ。以下省略するが、『棒喝』の末尾で「今上に列挙したる証拠は皆衛生療病志といふ巨鐘の吼音なり」と高唱する。「巨鐘」という表現を使うことにより『衛生療病志』の権威を自ら高めようとしている。

『衛生療病志』で注目すべきは、鷗外が、この雑誌を通じて、日本医学界の実力者、また、鷗外の言葉で言えば「反動者」「老策士」、こうした医学界の権威者たちに継続的に厳しい論戦を張ったことである。特に、この雑誌の中に、「傍観機関」という欄を設け執拗に論を挑んだ。

「傍観機関」を設ける

この「傍観機関」には全部で二十七篇の論文が発表された。第一回目は、『反動者及傍観者』なる論文である。

鷗外がまず指弾するのは「二三老策士」である。これを「医略家」と呼ぶ。「学問権」を妨げる、要するに「学者」とは言えない連中のことである。そして、鷗外が、この文で強調するのは、「学問上のアルバイト（業）のある学者」でなければならないということ、しかし、この学者にも「真贋」がある。これが「識別」出来るのは「国際的学問界」である。ここで承認された者こそ、「真業」、つまり「アルバイトのある学者」ということになる。要は、この真のアルバイトある学者を日本の医学界は養成しなければならない。しかし、今の医学界の上に立つ連中は、「医略家」であり、真の学問養成が出来るわけがない。この時期の鷗外の医界攻撃の主旨は、この「傍観機関」の第一号に示された文に尽きるのではないか。

この「傍観機関」の第一回は、明治二十六年五月九日の『衛生療病志』第四十一号に発表された。最後の二十七番目の論は『寄居子に諭す』で、明治二十七年八月十六日刊、第五十六号で終了した。年数にすると一年三カ月にわたって「傍観機関」は連載されたのである。

この時期、エリーゼ事件、登志子との愛のない結婚、そして離婚、『東京医事新誌』主筆追放という、公私に鬱積した心情を吐き出すような形で、医学面、そして次に書く文学面にわたって「拘執性」とまで言われるエネルギーを燃やしたのである。確かに青っぽさは否定できない。しかし、鷗外の根底には、やはり先進国ドイツで研鑽した近代医学の学徒としての自負があったことも事実であろう。

鷗外は「傍観機関」の署名を「観潮楼主人」としていた。

観潮楼の新築

鷗外は明治二十五年一月三十一日に、すでに本郷駒込千駄木町二十一番地に居を移していた。一般的には「二十一番地」と言われているが、実際は「十九番地」及「二十、二十一番地」の各一部であり合計すると、三百十八坪余あった。父静男も開業医をやめ祖母清子も含め、一族が、この新住居に遷ってきた。八月には、書斎を増築、これが「観潮楼」である。鷗外住居の全体は、「賓和閣」と称ばれていたが、「観潮楼」が、一般には通用していた。三十三年頃に、団子坂から大観音前に通じる道路に近い平屋が長い廊下で観潮楼に通じるように建てられた。その設計は、総て母の峰子がやった。大工も峰子お気入りの北千住に住む山岸音次郎に依頼した。庭は、団子坂に住んでいた千樹園にまかせた。観潮楼は、団子坂がもと潮見坂と称ばれていたことからとったと言われている。（昭和十二年の夏、下宿していた製薬業の息子の失火で焼失した）

観潮楼は、いわゆる「藪下通」に面していた。この「藪下通」りを、石川啄木、永井荷風、芥川龍之介など、多くの文人が通ったのである。現在も残っており、此道を歩くと、鷗外をより身近に感じるように思える。

この「藪下通」に面した「小家」に先に目をつけたのは鷗外の父静男であった。鷗外も見に行き知ったことは、後に書く史伝小説『細木香以』の「縁故のある家」であったということ、父が見に行ったとき、窓の裡に「綺麗な比丘尼」がいたと父は鷗外に告げている。この「香以」と関係のある媼は高木ぎんと言ったらしい。例の千樹園の世話で、森家はこの家を買ったのである。

再び「傍観機関」を考える

「傍観機関」の第三回目で『政客たる老策士』（明26・9　第四十一号）を発表する。

鷗外は、この文で、当時の自分の弱い立場を露わにしている。「実相界」と「学問界」に分け、前者は、「位階」「官等」「勲記」が強い。しかし学問界では、「アルバイトある真学者」だけが強い。この「真学者」に対し、いわゆる地位や肩書でこられるとどう仕様もない。「実相の服従のみ」「其理想は依然として尋常拝跪の外」と、学問を神聖視する。この時期の鷗外の陸軍医務局の命で任じられていたのは、明治二十五年（一八九二）五月、陸軍病院建築案審査員であった。明らかに閑職であったが、二十六年七月に本職を免じられ、軍医学校長心得になり、陸軍一等軍医正に任じられている。いかにも中堅官僚で一番難しいところにさしかかっており、「実相の沈黙のみ」と書かざるを得なかったはずである。

鷗外の医学者としての自負が強く打ち出されたのは、「傍観機関」第四回『学者の価値と名望と』（明26・6・9　四十二号）であった。

この文章は強烈な自負に貫かれている。「真の学問権ある者」と「世上に学者の聞えある者」を明確に区別している。そして、「学者たる価値」の「源」は「立言」の「性」と「量」を挙げる。文章の「量」には鷗外は相当の自信を持っている。ナウマン論争まで、ひっぱり出している。「文章」の「性」については、自分の専門の衛生学の成果が「ルブネル・ウッフェルマン」の教科書に採録されていると胸を張る。この時期の鷗外の自信のほどを伺うことが出来る。

鷗外が医事批判の対象を明確に絞ったのは、第八回目「反動機関」（明26・7〜9　四三号）であった。ここで「余們医海時報を以て反動機関なりとす。医界時報の主筆山谷氏之を妄なりとして弁ずるところあり。余們はこゝに傍観機関の一隅を塞ぎて、時報の反動機関たる所以を明にし、山谷氏の妄とする所の妄に非ざることを示さんとす」と述べる。「山谷氏」がフルネーム、「山谷楽堂」で登場するのは、第十一回目、『再び反動機関を論ず』（明26・9・9　四五号）であった。

以後、もっぱら医界の「老策士」を擁護し、「傍観機関」を批判する『医界時報』の主筆、山谷楽堂が、鷗外の正面の論敵となっていく。

鷗外は、「傍観機関」の中で、しきりに「老策士」という言辞を使って攻撃している。例えば第八回目の「反動機関」で「老策士は不正なる人物なり。医界時報は不正なる雑誌なり、自家は不正なる記者なり。扨山谷氏が、間接には此許多の不正なることを承認せざるべからざる地位に在りながら、猶不正なる意嚮を守りて、不正なる議論を著すを何故ぞと問はんに、是れ真学者の勢力猶微々として、老策士の権力比較的に大なるがためなりといふ」と。

東京大学医科大学学長への返り咲きを狙う「一老策士」と出てくる場合は、これは前学長三宅秀を示しているやにみえるが、単なる「老策士」と表記されている場合、鷗外も第十七回『七たび反動機関を論ず』（明26・12・9　四十八号）で「その老策士の非を斥すや、嘗て一人を指名せず」と述べているように、個別の人名を指していないことが解る。いわゆる「乙酉会」の連中を指していたとみてよかろう。

この「傍観機関」で、鷗外の文で気になる点もいくつかある。

北里柴三郎への批判

当時「アルバイト」のある細菌学者に北里柴三郎がいた。鷗外は、六回目の『一学者の遭遇』（明治26・6・9　四二号）で北里柴三郎をとりあげ、「或る政治家及新聞記者にして、口を開くごとに日本未曾有の学者と云ひ、又日本のコッホと云ふ。北里氏は真に学者たりと雖、その未曾有なるは、恐らく未曾有の「アルバイト」あるにはあらずして、其「アルバイト」が未曾有の認識を得たるなるべし」と書いている。鷗外は、北里の業績を「未曾有の「アルバイト」」ではなく、その「アルバイト」が「未曾有の認識」を得たものとひどく面倒な言い廻しをしている。要するに鷗外は、同じコッホに学んだ北里柴三郎は、過大評価されていると言いたいのであろうか。確かに「アルバイト」はある。それはあくまでも、一、二の研究の成果であって、それをもって「未曾有」のアルバイト、または、日本のコッホ扱いするのはおかしいと苦言を提する。対象を正確に把握せよ、これが表面での理由だろうが、裏では、やはり北里は近い人だけに気分的に受け入れ難いものがあったであろう。

それにしても、この時期における鷗外の熱い精神は何なのか。磯貝英夫氏は、「若い正義感というよりは、むしろ、なにか巨大な鬱情のようなものの存在を感じさせられるのである」（『森鷗外―明治二十年代を中心に』）と述べている。しかしこの「鬱情」が、一つのエネルギーであったことは確かである。

鷗外は報復を受けず

医学界の長老、権威者たちに向ってしばしば非礼な言辞を弄した鷗外に対して、以後の官界を生きるのに、報復があったのか、という問題に関しては、関心のあるところである。明治二十四年は、陸軍兵衣試験委員、二十五年は、陸軍病院建築案審査嘱託、この二年間、閑職におかれたことはこの事実をみれば解る。しかし、二十六年に入ると、七月、軍医学校長心得、十一月には一等軍医正、軍医学校長兼衛生会議議員に補せられ、十二月には正六位、二十六日には中央衛生会委員を命じられている。二十六年以後は、順当な人事になっていることが歴然としていることが解る。鷗外も、この二年間の閑職に在るとき、「実相の沈黙のみ」と書いたが、官僚の分野においては、黙々として精励したことが、当局に受けとめられていたとも考えられる。

石黒忠悳は、鷗外とは、ベルリン以来の親密な間柄でもあり、また鷗外の性格も知っており、憤激するほどのことでもなかったように思える。磯貝英夫氏は「このときの鷗外が、共同体的良識で言えばまったく非常識な言論活動をしながら、すぐさま返報を受けなかったのは、むしろ、この時期の官の、なお健康な、ある度量を示すものと言ってよいのではないかと私は思っている」（前掲書）と述べている。まさに、明治の開花期から発展へという途上にある稚い国家の中で、若い専門家、あるいは知識人の発言が、少々刺激的でも、神経質に反応しないという明治固有の社会風土があったことが察せられる。

明治維新の後、それをひき継ぎ、国をリードしていかなければならない、上層部に在る人間たちの心意気であったのかも知れぬ。日本が世界の強国に早くのし上がっていった因が、そこらあたりにもあったのではないか。

12　文学・美術評論

『浮城物語』と鷗外の小説観

『経国美談』（前編、明16・3、後編、明17・2、報知社）を著わした矢野龍溪が、明治二十三年一月十六日から三月十九日まで、冒険小説「報知異聞」を『郵便報知新聞』に連載した。連載終了後、四月、『報知異聞浮城物語』と題して報知社から刊行した。この著作に鷗外は〖報知異聞に題す〗という「序文」を寄せている。

この『浮城物語』の梗概は次の如くである。「作良《さくら》義文、立花勝武の名で文（桜）、武（橘）を寓し、この二人の指揮下に一群の志士が海王丸で南進、途中で海賊船を奪って浮城艦と名づけ、インドネシア方面で活躍するありさまを、一青年の自己のスタイルで描いている。外遊中に想を得たといわれ、「快濶壮大なる娯楽」の是非をめぐる文学論争を引起こした」（『日本近代文学大事典』第三巻　日本近代文学館編　昭52・11）

鷗外はこの序文の中で、ハルトマンという名を、鷗外全作品の中で、初めて援用している。

この序文は、最も早い時期の、鷗外の「小説観」の一つである。「小説は詩なり」と述べ「叙情詩の分子は小説に入りぬ」とも述べる。そこで、ハルトマンの説として「叙事と叙情と演劇との分子を融合したる「レエゼポエジイ」なるものを紹介する。このハルトマンの〝小説美学〟が、「悉く審美学上に存立の権を占むる者」と絶対視して、さらにこのハルトマンの言う「レエゼポエジイ」は「単複の稗史を総括」するものと位置づけている。要するに従来「単稗」に戯曲は入らなかった。従って、ハルトマンの言う小説は、叙事、叙情、演劇を融合し、単複を総括したものであることを強調する。

小説を「狭隘」なものにしてはならぬという観点から、この矢野龍溪の『浮城物語』がインドネシアにまで及ぶ「快濶壮大」な舞台に期待をかけているのである。

このとき、『舞姫』を発表し、数カ月後、ハルトマン美学に強く傾倒していったときである。『うたかたの記』の発表は八月であり、まだ『舞姫』しか世に問うてない鷗外に、すでに大家でもあった矢野龍溪の著作に「序文」を頼んでくるとは、いかに『舞姫』が、当時の文学界に、大きなインパクトを与えていたかの証左にもなろう。勿論それだけではない。『於母影』の刊行、『柵草紙』の創刊、忍月との論争、また医事論争などの活躍等でこの西洋帰りの俊才鷗外の存在は、その筋の人間たちには際立つものと映じていたと思われる。

『外山正一氏の画論を駁す』

ハルトマン美学を本格的に援用して健筆を振ったのは、『外山正一氏の画論を駁す』（『柵草紙』　明23・5・25）であった。

「日本医学会論争」『衛生療病志』創刊という、医事方向にエネルギーが向いているとき、これらと平行して鷗外は、東京帝国大学教授外山正一に挑戦したのである。外山は五十一歳、鷗外は二十八歳であった。

明治二十三年四月二十七日、明治美術会、第二回大会が小石川植物園内に在る帝国大学会議所で開かれた。このとき外山正一は「日本絵画ノ未来」という題で「講演」をした。この講演は、三時間に及び、その内容は、『東京新報』に四月二十九日から五月八日まで連載された。鷗外が、この講演内容を読み、反論を書き発表したのが、さきの題目である。鷗外の反論は「第一　五里霧中」から始まり「第十二　余波」までの、かなり長文にわたるものであった。

この外山への反論の契機となったのは、知友原田直次郎の絵画「騎竜観音」を外山が講演で批判したことにあった。

外山は次のように「講演」の中で述べている。

「竜ヲ信ゼズ観音ヲ信ゼズシテ、観音ノ竜ニ乗ルノ画ヲ画カンカ、其画ク所ハ見ル人ヲシテ観音ノ竜ニ乗ルノ画トハ思ハシムル能ハズシテ、松明ノアカリニテチャリネノ女ガ綱渡ヲスルノ画ナルヤト疑ハシムルナリ」と。鷗外は、「外山氏は又美術家の空想と宗教家の信仰若しくは妄信とを混同」していると し、「古は信仰即美術」であったが、今は、「宗教の美術は宗教の信仰を離れて独立したり」と述べ「仏を画きて之を民の実感に訴へず、之を民の審美感に訴へんとす」と主張した。

芸術と信仰を混同している外山の批評に鷗外は強く反撥している。

さらに鷗外が関心をもった外山の論をみてみよう。

「第一 五里霧中」ではどうか。外山は「方今吾邦絵画の事を談ずるものは、大約二流派に属す」と言う。その一派の「活美術」は「日本にのみ存在するなりと盲信する族なり」と述べる。もう一派は、「渾て文明国の事物に及ば」ないとする考え方である。そして、外山は日本画が西洋画に優れている点は、「西洋画は真物に似するを旨とすれども、日本画に至りては、物の精神を写すを旨」としていると言う。一方、西洋画が、日本画に優れている点は、「西洋画は濃淡自在なり。遠近の写法完全」である。そして、外山は、どんな美術品も「真物に由らざるもの」はないし、どんな「絵画」でも「濃淡写景」だけで「尽」せるものではない。まことに「五里霧中」であると述べたのである。

鷗外は反論する。外山正一が、西洋画と日本画を比して絵画論を展開していることに対し、一番の基本になる問題を鷗外は衝いている。つまり、当時、日本にはまだ油絵は存在しない。だから日本画は、「墨画と水彩画」である。それに対し、西洋画は「油画」のこと。だから「油画」をもって日本画と比較してはならない。東西の絵を比較するならば、「其類の相近きものを以て相対せしめざるべからず」と。若い鷗外に、まず絵画論の基本知識に属する点を痛撃された外山も、反論の仕様がなかったであろう。

また外山は、第二として「画題」が「東派西派の別なく」乏しいことを挙げている。これに対し鷗外は反論する。

「画材の富を認むれども其貧を認めること能はず」と、真っ向から反論。さらに「何処の国の画堂を尋ねても、これに過ぎたる繁富に遇ふことは、いとも難かるべし」と述べる。例えば、「マドンナ」なる画材でラファエルも描き、ガブリエル、マックスも描く、また「観音」の画材で「巨勢氏」も「原田氏」も画いているではないかと反論する。画材は単一でも、複数の人間を対象とする、要は、その画家の「技倆」であると。これはもっともな説であろう。鷗外は次のようにも言う。「畢竟絵画の巧拙の別は、画題其物に在らずして、画家の空想と技倆との、奈何に一画材を使得るかに在り」と。まことにしかりである。

「第三　想像画の模型」では、外山が、今の西洋画でも日本画でも「形を見て思想を見」ない、「故に之を歎く」と言う。これに対し鷗外は「余を以て之を見れば、彼の殿堂に過ぎざる殿堂にも、殿堂といふ思想は必ず存じたり。彼軍人なるに過ぎざる軍人にも軍人といふ思想は必ず存じたり。余は外山氏が示したる例に依りて、外山氏の意の在るべき所と推測するに、外山氏の所謂思想は則ち個想のみ。個想とは類想に対していふ思想なり」と述べる。

ハルトマン美学

「個想」「類想」は鷗外が実質的に初めて援用したハルトマン美学の概念である。外山の言う「思想」とは、いわゆるハルトマンの言う特殊性を備えた「個想」のみで狭い。鷗外が、ハルトマン美学で絶対視していたのは、芸術の高度な結晶性を前提とする小天地主義にあり、外山の「思想」には、それが想定されていないということが言いたげである。

「第五　信仰と美術」では、鷗外は、「世の美術家には信仰と美術との分裂を是認せざるものあり」と述べ、外山がそれだと批判する。つまり、外山は信仰心のない画家の宗教画は認めない、これに対し鷗外は、仏教的信仰心のない世の中に「観音画中に怎麼の想髄」があるではないかと反論、さらに次のように言う。「美術品たるを得るかを怪む人あらむ。余は其疑を解くに小天地主義を以てせむ。観音の人形は画中に入りて個想なかるべからず。故に画観音は個想上より見て一人なり。而れども観音の人形は画中に入りて又小天地主義を懐かざるべからず。故に画観音は小天地主義上より見て一人に非ざるなり。蓋し人形中に仏性あり、人性あり、此小天地主義上より見れば人々皆観音なり」と。描かれた観音から「仏性」「人性」みなみえる立場、これが形と内容を一体化し、小宇宙の差を問題としない小天地主義の考え方である。鷗外は、この反論の中で、この小天地主義を絶対の価値基準として、自信満々でハルトマンを援用している。この美学は、ハルトマンの『美の哲学』下巻「美の所在」の第七章と第八章を参考にしていることが解る。

鷗外の『外山正一氏の画論を駁す』は、まことに長大な論文である。あの内外に忙しい時期に、よくぞ書いたと言いたくもなる程のボリュームである。

外山正一は、この鷗外の「反駁文」に全く沈黙を守った。年齢も立場も違う、それにこれ程長大な論文にかかわりあうと、蟻地獄のようになる恐れがある。外山はそう考えたか、どうかは解らぬが、誰でもこれにいちいち反論するのは不可能であろう。外山は鷗外と忍月との論争を、当然読んでいたであろう。外山は、沈黙を選択したのである。ところが、鷗外の「反駁文」が出た直後に『女学雑誌』（明23・5）に、外山擁護の小文が掲載された。

この小文は無記名であるが、まず、鷗外の「反駁文」に対し「外山氏所論の妙所を亡ぼすに足らず」と批判する。鷗外が、あれだけ批判したにもかかわらず、「外山氏の論」は「極めて普通」と書く。そして、「吾人あく迄も外山氏の所論」に「同意」すると書いている。この小文、一見冷静な文にみえるが、鷗外のいささか肩を張った長大な「反駁文」に感情的になっているようである。沈黙を守る外山に同情したのかも知れない。鷗外は『女学雑誌』は、恐らく読んでいたと思われるが、こんな根拠も挙げない小文などものともせず、外山正一批判を、なぜか決してゆるめていない。

鷗外は『東京新報』六月五日付で、「美術論場の争闘は未だ其勝敗を決せざる乎」を、縁外樵夫の署名で発表。

鷗外は、名前を隠し、「縁外樵夫」と署名し、自らの「反駁文」に対し、「余は未だ外山博士がこれに対して自ら弁ずる所ありしを知らず。知らずや」と書いた。しかも、巧妙に「再論を求むるものは、独り鷗外と東京新報社、」それに「国民新聞社」もあると急きたてる。そして、もし再論がなかったならば「幾多の画家」を失望させ、画業に意欲を喪失させるのではないか、それは外山の本意ではあるまい、少し意訳的に書いたが、要するに、かようなことを書いて、鷗外は、藪をつついている。また、鷗外は「抑も博士は果して、ラスキン・テェンの旧説と大和錦の記事とを剽竊して、併せて其道を謬りし乎」と、痛烈に外山を挑発する。前者の文は、一種の強迫に近いし、後者では「剽竊」まで出して攻め続ける。学者の致命傷にもなる「剽竊」まで持ち出すとは、どういうことであろうか。これは単に不遜だとか、傲りとか、自己顕示欲とか、拘執性とかだけで片付かない問題ではあるまいか。

神経症的期間

そこで私はここで重大な推論を試みたい。

この執拗な他者攻撃は何を意味しているのか。鷗外は、ようやく少年期を脱した段階で、ベルリンで熱烈な恋に落ち、それを東京まで延長したが悲劇に終った。若いとき、鷗外は決して強い性格ではなかった。母から強い管理教育を受けると、性格は弱性、臆病になるという心理学的説は、すでに本稿で挙げている。『舞姫』の豊太郎は、自らの性格を「わが心はかの合歓といふ木の葉に似て、物触れば縮みて避けんとす。我心は処女に似たり」と述べている。この外物への抵抗力が薄弱故に、幾ら肉親として、たった一人の母であったとしても、その母の死により、「常ならずなりたる脳髄」になる程の喪心状態に堕ち入ったわけである。鷗外には、その豊太郎の薄弱性がよく解っていた。それは、もっとも、若き日の己に似ているからである。

鷗外は、ドイツに送り帰したエリーゼに対し哀傷感と罪の意識に苛まれ続けていた。その上に強いられた「愛」のない結婚、鷗外はなぜ、イイダのように拒否しなかったのか。なぜその主体性が守れなかったのか。それは、若いときの本来的な弱性、管理された母に抵抗出来ない、という信じられない心性、これは『半日』のときも、まだ、完全に母の呪縛から脱していない鷗外をみることが出来る。そして、当然道筋は決っていた。離婚。この時期の鷗外の精神状況について、従来、余り関心を持たれていないが、鷗外史の上では、大変重要な時期なのである。

若い故に真摯に受けとめてしまう。この悲恋、罪の意識、強いられし愛のない結婚、そして離婚。こうした傷だらけの精神の傷痍は、鷗外の中で、発酵し、鷗外から平衡な意識を奪ったと考える。外観ではすぐに解らないが、深い心の傷は、鷗外を、今でいう神経症的にしていたと考える。これ程の、鷗外の「心」にかかわる事件が続き、若い鷗外に何も与えないはずもなかろう。素人診断ながら、あの鷗外の拘執性は、一種の神経症から来ていたのではないか。神経症にも色々あるが、鷗外の場合、まず被害者意識が己を責め、そこから仮想的な対象が鷗外に捕捉され、その対象に対し、逆に攻撃的になっていく。神経症状であるから、尋常ならば、一回の攻撃で終わるものが、拘執的になっていく。この神経症は波のように、高いとき、低いときとある。医事論争、文学論争、この明治二十年代の鷗外を、この症状が異常なまでに攻撃的にしたのではないか。この神経症はとりあえず「小倉転勤」頃まで続く。順当な人事であった「小倉転勤」を「左遷」と捉えたのは、鷗外自身であった。これは、鷗外の小池正直に対する被害者意識から生じたものである。己の陸軍省への就職に関し、あれだけの暖かい推薦文を書いてくれた七歳上の小池を、悪者呼ばわりをしたのも被害者意識が大きな働きをしている。

神経症は、環境の変化で治癒する場合が非常に多い。鷗外は、「小倉転勤」によって、やや神経症から脱したと思ってよいのではなかろうか。逆説を言う気持はないが、鷗外が、この時期、神経症気味であったことが、逆に先進的な仕事を残すとにもなったと思っている。

外山正一への攻撃は続く

鷗外は「美術論場の争闘は未だ其勝敗を決せざる乎」で、さらに、次のように述べる。「堂々たる大学の教授、嘿爾として一言の以てこれに応ずるなきは、真個に降旗を樹て甲冑を解きたるものなる乎」と。名前を隠しているが、鷗外は、己の父親ほど年長の外山に白旗を掲げさせようとしている。

鷗外は次のようにも述べる。

画の技なる其重点は果たして何の処にかある。外山博士はこれを題に帰したり。題とは蓋し画材ならむ。鷗外と東京新報記者とは画技を重ずること此の如く甚からずして、却りて画家の技術を以て奨励すべきものとなしたり。

美術に「哲学」を第一義とする外山に、鷗外は「技術」をもって再び迫る。それでも無言を続ける外山に対し、鷗外は、森林太郎の署名で『外山正一氏の画論を再読して諸家の駁説に旁及す』という題目で『柵草紙』第九号（明23・6）に発表した。

鷗外は、冒頭部で、外山の「絵画論」がもたらした影響を述べている。

ここでこの鷗外の、外山正一の「絵画論」批判に対し、どれだけの人達がかかわったかを書いている。『東京新報』「炯々生」「大森惟中」「青山鉄槍」「加部厳夫」までは他人だが、ちゃっかり自分のペンネーム「縁外樵夫」までメンバーに入れている。これもまた並の神経ではない。

この論文で鷗外が主張している一つの問題点を挙げると、画論をやる人の資格を考えていることである。「画人にあらずして画を論ずる」ことは、たとえ博士でも尋常ではないとする。しかし、『東京新報』の記者は、外山正一氏は文学博士で、哲学が専門、審美的学識は氏の専門、と外山を擁護している。鷗外も外山のことを、「審美的学識」者とみている。ただ、大森惟中のように、「外山氏を以て文学歴史家となし、其絵画の事に通じたるものならざるを断言しぬ」という意見もある。

鷗外が述べたいのは、絵を論ずるべき資格のある者は、絵を描く人か、それ以外なら「審美学識」を持った人に限られるということ。当然、鷗外はその資格ありと思っている。この点からみると、右に挙げた人たちはどうかということになる。鷗外は論文中でさらに述べる。

今回、鷗外の外山「絵画論」批判に参加した「炯々生、加部、青山、大森」らは、「長舌」「粗率」「偏頗」、即ち資格なしの人たちであるのに比し、「外山氏は審美家なり。画を論ずべき資格」ありと認めるが故に「その論じたる方法の備はらずして、その用ゐたる言語の精ならざるを疑はざること能はず」と喰いつく。だからこそ「再び之を駁せむとする所以なり」ということになる。

外山正一は、それでも無言を通した。外山の困惑した表情が浮ぶ。しかし、これらの鷗外の論が、神経症的であったとしても、「絵画」を論ずる人間に「審美的学識者」という枠をはめたことは、一つの発展であったと思われる。開化期を経て、そのまま二十年代に入った段階で、それまで恣意的に行われていた「絵画」批評に、一つの基準を提示したことは、日本絵画史では初めてのことであったのではないか。

この鷗外の、外山正一への「反駁論」に対し、佐渡谷重信氏は次のように述べている。

鷗外は、絵画における芸術の本質は審美的認識にあることを説いたのである。当時の日本画家には、未だ美的認識とか美的本質について深い洞察をする者がいなかっただけに、鷗外

の論は、論旨のこなれがわるいとはいえ高く評価されるべきである。（昭59・7『鷗外と西欧芸術』美術公論社）

この「反駁文」で、鷗外は初めて実質的に、ハルトマン美学を援用したが、以後、日本における芸術の価値基準に、「審美学」がいかに重要かということを主張していくことになる。それは具体的には、ハルトマンの「審美論」の翻訳から始まっていくのである。

13　逍鷗論争

『逍遥子の諸評語』

坪内逍遥は、明治二十三年（一八九〇）十二月七日から十五日まで『読売新聞』に「小説三派」なる論文を連載した。この逍遥の執筆意図は一つには、当時の小説が文学の中で中心的位置を占めはじめたそんな背景がもたらしたものでもあった。逍遥は、小説を、その性格の上から、「固有派」「折衷派」「人間派」と、「三派」に分類し、実際の作品にも触れながら、日頃からの小説観を展開したのである。

鷗外がこの逍遥の〝小説論〟を見逃すわけがない。鷗外は翌二十四年九月二十五日発行の『柵草紙』第二十四号から、第三十三号まで、『山房論文』なる表題の下に、十三篇の論文を発表したが、逍遥の「小説三派」に意見を述べた論文は、『其一逍遥子の新作十二番中既発四番合評、梅花詞集評及梓神子』という長い題をもったものであった。この論文は、二十九年（一八九六）十二月、単行本『月草』に収められるとき『逍遥子の諸評語』という題に改められた。

鷗外は、この「逍遥子の諸評語」の中で、「かゝればわれはハルトマンが審美の標準を以て、画をあげつろひしことあれども、曾て小説に及ばざりき。今やそを果すべき時は来ぬ」と書く。美術に関しては、『外山正一氏の画論を駁す』で、初めてハルトマン美学を援用したが、「小説」に関しては、まだ、その機会を得ていなかった。その待ちに待った機会が到来したという鷗外の期待感を、さきの言辞に読みとることが出来る。

鷗外は『逍遥子の諸評語』の中で、逍遥の分類する「固有」「折衷」「人間」という「義」は「皆ハルトマンが審美学の中に存ぜり」と書き、ハルトマンの哲学上の用語例によれば、「固有は類想なり、折衷は個想なり、人間は小天地想なり」と、それぞれあて嵌めている。これは大雑把な概念上の結合だと思われるが、当然構造的な相違点を指摘している。それは、逍遥は、この「三派」を文字通り「派」として、把握しているのに対し、ハルトマンは「美の階級」として捉えているという点である。

「小説三派」とハルトマン美学

鷗外は、逍遥のやや散漫的な「小説三派」をハルトマン美学を基本として、解り易く説明する。

「小説三派」の中で、逍遥は、この「三派」に対して、必ずしも「優劣をいへるにあらず」と述べる。磯貝英夫氏は、この逍遥の言について次のように述べている。「それぞれ派に優劣の価値差をつけることを誤りとして拒否し、これらを一律に批評することなく、各派の特質に応じて批評すべきことを説いた」（『森鷗外—明治二十年代を中心に』）と。

たてまえはそうであろうが、逍遥自身、この「三派」の中に、微妙な「価値差」を認めていることを見落としているのではないか。

逍遥は「小説三派」の中で「物語派」（固有派）に対し、「されど世の物語派即ち事を主として物語を作る人々の中には、間々事を重んずるの余りいつしか事の奴となりて、我また人物を奴とし奇しき事を語らんとて、有るまじき人物を作る事あり。かゝるは常識界を離れて詭弁界に入り、若くは妄言界に踏込めるものともいふべし。文化文政の名家に此失多し」と。

逍遥は、「物語派」（固有派）の構造上のもたらす危険性を指摘している。つまり、「間々事を重んずるの余り」に「詭弁界」「妄言界」に踏み込む危険性が多いことを指摘している。差別しなくても構造上にすでに不備を有しているということである。ハルトマン美学には「標準」がある。鷗外は「ハルトマンは類想を卑みて個想を貴みたり」と書く。そして「固有は類想なり」と書く。そうすると「類想」（固有派）を「卑」しむハルトマンと、「物語派」（固有派）の落入る危険性を認識している逍遥とは、この部分に関する限りは共通性があるということになる。ハルトマンと言えば、鷗外も同様の考えにある。とすると、この逍遥の考え方と鷗外のそれとはほぼ相似性があるとも言える。そして鷗外は、ハルトマンの「小天地主義」（人間派）に絶対の価値をみているが、逍遥もこの点に関しては、そう違わないことが理解される。

逍遥は、「人間派」について次のように述べている。

「人間派」は人と事と相因縁せるを写すをもて足れりとせで、更に虚実幽明の相纏綿して離れざる趣を写すものなり。即ち人間の経緯を取りて、因果を織做せるものといふべし。されば人間派の写す所は、其形は小なれど其心は大なり、其相は一なれども其実は万なり。

「人間派」は「人と事との相因縁」あるいは「因果を織做せるもの」として「因果」を重視する。そのために「心」は「大」になり、「相」は「万」にもなると、その価値を高く評価する。

このことを逍遥は具体的に説明する。「マクベスの逆心」が、まず「萌して弑逆の事起」るのである。つまり「因果」の問題である。「ハムレットの懐疑」がまずあって「煩悶」となる。この「人間派」に、逍遥の尊敬するシェイクスピアが含まれているのは当然のことであろう。

しかし、逍遥と鷗外の〝小説観〟の違いを端的に考えると、鷗外が、逍遥の方法を「帰納的」「没理想的」と捉えている点にある。鷗外は、物事の探究に「帰納法」の力を必要とするも、問題は「観察し畢り、研究し畢りて判断を下さん」としたとき「理想」や「標準」がなければなるまいとする。その「標準」とは、「審美学上に古今の美術品をみて、帰納し得たる経験則なり」という。この「経験則」から得た「標準」こそ大切なのである。

「上下優劣をおかぬ動物学者の心」では困るのである。ここで鷗外は逍遥の矛盾を衝いている。逍遥が、「三派」の間に「優劣をいへるにあらず」と述べながら、「拙き小説家を固有派」なりとして、おのづから「褒貶」をつけているではないかと批判する。逍遥の表現のまずさを鷗外は鋭くみている。これは、言われているような決して言葉尻をつかまえての批判ではない。

さて、両者のこの芸術受容に対する見解の違いは、やがてめぐってくる、シェイクスピアをはさんでの「没理想論争」の前哨戦であった。結局二人の見解は、「帰納的批評」と「演繹的批評」及び客観主義と主観主義の対立としてあらわれてくる。

ただ、逍遥が、批評にアリストテレスの言は古いとしてこれを引用することを笑うことに対し、鷗外は、レッシングが「二千零八十九年前」にアリストテレスを引用することも、「吾人」が、今年の文界で「二千二百十三年前に死せし」アリストテレスを引用することも変わりはない。アリストテレスを廃てるべきではないと批判している。

没理想論争

逍遥は、二十四年十月『早稲田文学』に「『マクベス評釈』の緒言」を発表した。逍遥は、「本釈の主旨は、シェークスピアの本体のあらましを、普く邦人に知らせんといふにあれば、先ず傑れたるを取るかた至当なるべしとて、終に四大悲劇の随一なる『マクベス』劇をえらぶこととしたり」と、本論文の主旨を説明している。そして逍遥は「シェークスピアの作は無心無情の鏡の如し。其作には何人の面も映るなり。明かにいへば、如何なる読者の理想も其の影を其の中に見出だすことを得べし」と述べる。また別のところでは「解釈見る者の心次第なり」と言い「別に解釈を加ふること自在なり」とも述べている。

逍遥は「シェークスピアの作」は、あらゆる「解釈」を許容する「鏡」のようなものだと、まずはその戯曲の性格を規定している。そして、さらに次のように述べる。

> シェークスピアは空前絶後の大詩人ならん。其の造化に似て際涯無く、其の大洋に似て広く深く、其の底知らぬ湖の如く、普く衆理想を容るゝ所は、まことに空前絶後なるべし。しかしながら、斯くの如きは、其の作に理想の見えざるが故

にあらぬか。これのみの理由によりて理想高大なりといふは信《う》けがたし。

つまり、シェイクスピアは「空前絶後の大詩人」である、その作品は「造化」（自然）に似て果てしなく、広く深く、あらゆる「衆理想」を許容するものであると、その広大さを指摘し、さらに「唯々其理想をほめて、大哲学の如く高しといふは、信け難し。むしろ其の没理想なるをたゝふべきのみ」と述べ、結論として、「予は没理想の作を理想をもて評釈することのいと〳〵要なかるべきを信ずるが故に、此のたびの評釈にては、主として打見たる儘の趣きを描写することを力め、我が一料簡の解釈をは加へざるべし」と、「没理想」の態度を明確に打ち出したのである。

逍遥は、かつて「梓神子」（明24・5〜6『読売新聞』）で、「批評家はなほ植物家の植物を評する如く、動物家の動物を評する如く、理想を離れて其物を評すべし」と、「没理想」を「批評家の態度」に求めている。鷗外も、『逍遥子の諸評語』で、「逍遥子おもへらく（略）帰納的なるべし。没理想的なるべし。（略）こは実に今の批評家の弊を撓むる論なり」と、逍遥の批評者としての「没理想」の「態度」をかねてから批判していた。

逍遥はもともと「批評家の態度」は、「没理想」でなければならないとする持論を主張しているが、「『マクベス評釈』の緒言」では、シェイクスピアの作品そのものを「没理想」と捉えている。この混同に留意したのが、臼井吉見である。臼井は「この曖昧さがいわゆる没理想論争を曖昧なものにしている有力な原因の一つになっている」（『近代文学論争』上巻　昭31・12　筑摩書房）と指摘している。

これを無意識なる「混同」ととれば「曖昧」ということになろうが、逍遥は、意識的であったのではないか。特にシェイクスピアの作品に対して見解を述べているということが大事なのである。「シェークスピアの作は無心無情の鏡の如し」と述べたように、シェイクスピアの作品は受容者の「理想」でくくられるような狭い世界ではない、というのが逍遥の意見であり、この受容に対しても「無心無情」（没理想）でなければならない。「打見たる儘の趣き」を大切にする姿勢が大事なのである。鷗外はこの逍遥の『緒言』を鷗外に対する間接的な挑戦と受けとめたと考えられる。二十四年十二月二十五日発行の『柵草紙』第二十七号の『山房論文』に『其七　早稲田文学の没理想』を発表、逍遥に反論を試みた。

鷗外は「没理想の何物なるかはシェイクスピア脚本評註の緒言に見えたり。その言にいはく。造化は無心なり。自然は善悪のいづれにも偏りたりとは見えず」と逍遥の意見を紹介し、次に「烏有先生」、つまりハルトマンの説を出してくる。

「世界はひとり実なるのみならず、また想のみち〳〵たるあり」。これは無意識界に美の理想をみるハルトマンの審美観である。

　美の「標準」として「先天の理想」を認めねばならない。「感納性の上の理想」を認めねばならない。これが鷗外の立場である。理想の世界と現実の世界を峻別して、己の審美観を守ろうとする鷗外の硬い信念をみる気がする。

　この逍遥論争は、契機となった逍遥の「シェークスピア脚本評注緒言」、それに対する鷗外の『早稲田文学の没理想』から始まって、この論争の最後となった、鷗外の『早稲田文学の後没理想』（明25・6・25『柵草紙』33号）まで、約八カ月にわたっておこなわれた。

　逍遥の論文は大小合わせて十六本、鷗外は五本であった。本数の上から言えば圧倒的に逍遥が多いわけであるが、逍遥は終始受身で、むしろ弁明と防戦これつとめたといった感じであった。鷗外はその点、長大な論文が多く、ハルトマン美学を随所にとり入れながら、相手の些末な点までとり上げ、積極的な論争を展開している。

　逍遥には、騎る馬がいないので、だんだん種切れになってきたか、自分で次のように「停戦」を申し入れている。「小羊子《しょうようし》が矢ぶみ」（明25・4・30『早稲田文学』14号）で、逍遥は「此のたびを以て没理想に関する論弁は一旦相止め候はん存念に候へども戯文とは申しながら本号に於てくさぐ〵御高論に対し難駁致候箇処も尠からず候へば差出がましき愚念には候へども正当の御防禦あらせられんこと勿論に可有之と奉存候。先は論戦中止の御照会までに如此に御座候」と鷗外に「論戦中止」を提案し、この論戦も終結に向ったのである。しかし、比較的逍遥は平常心で論を張り、鷗外は昂ぶった論が多かったように感じる。

論争の評価

　この論争は、華々しさの割には、文壇に大きな刺激を与えることもなく、結局、中途半端なものとして終った。論争のやり方については、鷗外がハルトマンに騎り、大げさな言辞を弄し、揚げ足とりも目立つ、といった批判も多いが、結果としては、この論争で果した鷗外の役割は貴重であったと言ってもよいのではないか。

　それまでの日本の文芸界では、芸術、また文学の受容に対し、審美学的、論理学的な視点から対象を認識していくという方法論は、ほとんど薄弱であった。もともと何もなかったのであるから、鷗外が西洋の進んだ審美学としてハルトマンを紹介、援用したことは、日本の芸術受容において極めて重要なことであった。「鷗外の分析的論理による思考術がきびしく示された」（磯貝英夫）と言う意見もあって至当だろう。

　臼井吉見は、この「没理想論争」に対し、「たえず論点がくいちがったままで移動するばかりか、逍遥は釈明に終始し、鷗外は耳を傾けようともせず、何とか言いがかりをつけようとしている観さえなくもない」(『近代文学論争』)と断じている。これでは公平な言とは言えぬ。しかし、臼井吉見は観るところはやはり観ている。臼井は次のように述べている。「近代の文学者のうちで、おそらく鷗外ほど意識的な作家はないといってよい。それだけに、科学者としては実験医学を標準として学問の独立のために戦い、文学者としては逆にインスピラチオンと空想を重んずるハルトマンの無意識の美学を標準として、美の独立のために戦ったのではなかろうか」と。

鷗外の、この明治二十年代における論戦の土台に一つには当然啓蒙意識があったことは認められる。官費留学した者として西洋に比して、祖国日本のあらゆる面での遅れに対応することの必要性は鷗外ならずとも感じるところであろう。特に衛生面、芸術面(文学が中心)に、それが強く出ているのも、また当然なことである。

ただ、すでに述べた如く、その論戦の展開、方法が尋常でなかったことも、また事実である。拘執性という捉え方が適切なのかも知れないが、やはり、この通常を超えた感情の昂ぶりは、エリーゼ事件に始まる一連の精神苦が、一定期間、つまり明治二十年代、鷗外の内面を蝕み、それが被害者意識を生じ、それが逆に強い反撥を喚起するという悪循環を生じていた可能性は否定出来ない。少なくともその被害者意識がエネルギーの主なる原動力になったこともすでに述べた。この精神苦は、他者には理解出来まい。それは、うつ病、神経症の体験者が等しく言うことである。この鷗外の昂ぶりが、傲り、ペダンテックととられ、随分、悪評にもさらされることになった。しかし、この鷗外の精神苦の閲歴が、明治二十年代という若い日本にとって極めて重要な時期に、先見的な貢献を成すことにもなったと再度述べておきたい。

14 『当世作者評判記』

医事評論にしても文学評論にしても、鷗外の文章は極めて難解である。当時のメディアは、鷗外のこれらの仕事をどのようにみていたのであろうか。二例を紹介しておこう。

一つは、明治二十四年二月に刊行された吉田香雨の『当世作者評判記』(大華堂)である。美妙、紅葉、篁村、露伴など三十九人がとり上げられており、特に鷗外の文章については「学理的の用語多くして実際的の妙味」少なく「恰も頑愚の病者を捉へて解剖談をなすが如く甚だ大業過る。」と書いている。この吉田香雨の『評判記』が、二十四年二月だから、まだ逍鷗論争は始まっていなかったが、石橋忍月との『舞姫』論争や、外山正一との論争に鷗外が活発な動きをみせていたときであった。「頑愚の病者」とはよく観ている。例えも大げさだが、いずれにしても、鷗外の文章は、多くの他者にとってみれば、一人相撲に映じていたに違いない。しかし、若き鷗外は、難解な文章を書く「学理的文学者」とよばれることにむしろご満悦であったとも思える。

もう一つは、明治二十五年七月刊の、小沢勝次郎編『明治紳士譚』第一巻（東京堂書房）である。この本では、鷗外をはじめ外山正一、杉浦重剛、馬場辰猪、田中正造、小野梓、福地源一郎などがとり上げられている。

鷗外については「上野桜雲台」における「演説」に対する感想である。対象者は「演芸協会員」。論旨は「深邃」、「引証」は「北欧文学」や「南欧鬼神学」に及び、「恰も洪水の如く滔々殆ど二時間余」に達する「演説」であったが、決定的なのは「之を解し得るものなし」という言辞である。聞いていた三遊亭円遊も「其額を叩いて曰く「どうも驚きヤシタナ」」と吐露したらしい。ときの演芸協会員がなかなか理解出来ないという実感のある話である。二十五年の七月と言えば「没理想論争」がやっと終わった段階で、この月、『舞姫』など初期三部作や翻訳小説をまとめた鷗外初の作品集『水沫集』（春陽堂）が刊行されるときである。

明治二十年代の鷗外の果敢で広範囲な評論闘争も、一般人にはほとんど理解困難なものだったことを、同時代人によってよく伝えられている。この実態は今まであまり、鷗外研究で指摘されてこなかったが、この明治二十年代の鷗外の啓蒙・知的活動が、本人が思っていた割には他の知識人たちにも快く受容されていなかったことを、この際、われわれは認識しておかなければなるまい。

15　明治二、三十年代の翻訳作品

この時期、鷗外は、二葉亭四迷より山田美妙のロマン性を評価していたことは、すでに述べたが、特に美妙の口語文体を意識したかのようにみえるのは、二十二年当初のドオデエ、ホフマンなどの翻訳作品である。

明治二、三十年代の翻訳作品は次の通りである。

1　『緑葉歎』アルフォンス・ドオデエ（明22・2『読売新聞』）
2　『玉を懐いて罪あり』エルンスト・テオドール・アマデウス・ホフマン（明22・3・5〜7・21『読売新聞』）
3　『戦僧』アルフォンス・ドオデエ（明22・3『少年団』）三木竹二と同訳）
4　『新浦島』ワシントン・アアヴィング（明22・5〜8『少年団』）
5　『洪水』フランシス・ブレット・ハルト（明22・10『柵草紙』）
6　『折薔薇』ゴットホルト・エーフライム・レッシング（明22・10〜25・6『柵草紙』三木竹二と同訳）

7『瑞西館』レフ・ニコラエヴィッチ・トルストイ（明22・11・6〜29『読売新聞』）

8『伝奇トーニー』カール・テオドール・キョルネル（明22・11・25〜12・3『読売新聞』）

9『ふた夜』フリードリッヒ・ヴィルヘルム・ハックレンデル（明23・1・2〜26『読売新聞』）

10『馬鹿な男』イワン・セルゲーヴィッチ・ツルゲエネフ（明23・1『日本之文華』）

11『地震』ベルント・ハインリヒ・ヴィルヘルト・フォン・クライスト（明23・3・17〜26『国民新聞』）

12『悪因縁』ベルント・ハインリヒ・ヴィルヘルト・フォン・クライスト（明23・4・23〜7・23『国民之友』）

13『埋木』オシップ・シュビン（明23・4〜25・4『柵草紙』）

14『該撒』イワン・セルゲーヴィッチ・ツルゲエネフ（明23・6『東京中新聞』に「羅馬」と題し発表、24・4『文則』に「該撒」と改題して発表。）

15『うきよの波』アドルフ・ステルン（明23・8・23〜11・3『国民新聞』）

16『黄綬章』フリードリッヒ・ヴィルヘルム・ハックレンデル（明24・3・8〜14『東京日日新聞』）

17『懺悔記』ジャン・ジャック・ルソー（明24・3・18〜5・1『立憲自由新聞』、明25・4・21〜9・21『城南評論』）

18『みくづ』アルフォンス・ドオデエ（明24・6『柵草紙』）

19『女丈夫』カール・フレンツェル（明25・8『国民之友』）

20『俘』ゴットホルト・エーフライム・レッシング（明25・9、26・1『柵草紙』）

21『ぬけうり』ミハイル・ユーリエヴィッチ・レルモントフ（明25・10『学習院』）

22『はげあたま』アウグスト・コーピッシュ（明30・1『新小説』）

23『山彦』ヒルデガルト・フォン・ヒッペル（明35・6『文芸』、10『萬年艸』）

24『牧師』ヘンリック・イプセン（明36・6、9『萬年艸』）

25『即興詩人』ハンス・クリスチャン・アンゼルセン（明25・9〜明34・1　書き下ろし）

1
『緑葉歎』　アルフォンス・ドオデエ

欧州の戦争で黒人兵カドユウルは負傷し、仮りの看護所に入った。月日が経ち、カドユウルは恢復し、白人看護婦ケエテと恋に落ちた。しかし、二人は別れ、カドユウルはアルジェリヤに帰り村長の娘と結婚の約束をした。また月日が経ちカドユウルの村に、欧州から移民がやってきた。その中に、あのケエテがいた。カドユウルは喜び、ケエテと結婚しようと思った。だが、ケエテには白人の夫が同行していた。

この作品は、ドイツから帰国後、カルデロンの戯曲に続いて初の翻訳小説ということになるが、ストオリイはいかにも単純といった感は否めない。しかし、考えてみると、大きな問題点があるように思える。白人ゲルマンの国で四年余を過ごした鷗外は、白人種の傲慢さを如実にみてきたはずである。それは、後の『黄禍論』などを読むと一層理解出来る。このドオデエの「カドユウルとケエテ」(原題)を西欧翻訳小説に選んだ理由が、そのへんにあるように思える。アルジェリア人カドユウルが、予想もしなかったかつての恋人ケエテが移民としてアルジエリアに来たとき、その白い顔、金髪に魅了され、間近に迫っている結婚の相手を棄て、ケエテと結婚することを「夢の様」に思った。しかし、ケエテには一緒に来た夫がいた。鷗外は、この結末を当然と受けとめたに違いない。また、初期の翻訳文体は、四十年代以後のそれに比べ、やはり硬く、口語文としてまだ練れてないのはやむを得まい。

2 『玉を懐いて罪あり』 エルンスト・テオドール・アマデウス・ホフマン

ルイ十四世の頃、マドレエヌという女学士がいた。その頃、街では金銀珠玉の飾りを付けている者が殺されていた。ある夜マドレエヌの家に入ってきた男が、金銀や首飾りを投げて出ていった。この製作者はパリの第一人者ルネエのものであった。このルネエが殺され、弟子が疑われたりして事件が複雑に展開する。そんな中でマドレエヌは、弟子の救助に動こうとする。

この原作は、ニュールンベルグの学者、J・Ch・ワーゲンザイルの『ニュルンベルク年代記』から材をとり、ホフマンが「スキュデリー嬢」として発表したもので、いわゆる探偵小説である。このワーゲンザイルなる人物は、一六六〇年代にパリに滞在し、ルイ十四世の知遇を得ていた。宮廷にもしばしば出入りし、その体験は、この作品の「女学士マドレエヌ・ド・スキュデリイ」にも生かされている。第二次大戦後、イタリア、ドイツで再三映画化されたこともある。明治二十年代当初、日本では黒岩涙香が探偵小説の翻訳を発表し好評であった。涙香は鷗外と同じ、文久二年生まれで高知の出身である。本職は論説記者であったが、友人曽我部一紅のいた『今日新聞』にヒュー・コンウエイ原作の「法廷の美人」(明20)を翻訳して好評を博し、『都新聞』などに探偵小説を発表していた。

鷗外は『改訂水沫集序』で、エドガー・ポオを読む人はホフマンを読め、自分の好みではないが、「玉を懐いて罪あり」の翻訳小説を発表したのは、世の探偵ファンはこの程度のものを読んで欲しいと若さにまかせて書いているが、結局、涙香の翻訳するものは程度が低いと言っているわけである。

3　**『戦僧』**　アルフォンス・ドオデエ

カルロス軍の戦僧は苛虐な人間であった。捕虜たちに「国王万歳」を強要した。しかし、共和軍の少年兵士一人だけが、それを拒否し、「自分はカトリック教徒だ」と言い、懺悔をして戦僧の銃弾に僵れた。

鷗外は『改訂水沫集序』の中で『戦僧』に触れ、次のように述べている。

　戦僧。みくづ。並に当時我が嗜み読みしDaudet《ドオデエ》が小品なり。今見ても憎からず。

鷗外は、ドオデエ原作の「緑葉歎」や、「戦僧」「みくづ」などを訳しているが、この「改訂」の序の言葉で、ドオデエの作品が好きであったことが解かる。さて、『戦僧』であるが、主役はタイトルの〝戦僧〟ではない。カルロス王軍と戦い、俘虜となった共和軍の十七歳の少年兵とみるべきであろう。共和の旗に殉じ、命を棄ててもカルロス王に媚びない少年兵の精神に、ドオデエは賞揚の目を向けている。もう一つ感じることは、この作品の背景にみえる一神教の特質である。それは作品中にある「戦僧の異教の人に接する苛虐の跡」なる言句で解る。戦僧の前に牽き据えられた俘虜たちは、これを怖れている。亡き兵卒を悼み、安らかに眠ることを祈るのみの、日本の戦僧と、ここが決定的に違う。少年兵がカルロス王万歳を叫ばないことを知ったこの戦僧は、少年兵を銃殺してしまう。この苛酷さ、鷗外はまだ二つの戦争に征ていなかったが、どのような想いを持ったのであろうか。この『戦僧』の文体は、やはり伝統的でかつ硬質な文語体で綴られており、口語体への努力はまだみられない。この作品を発表した月に、鷗外は赤松登志子と結婚している。

4　**『新浦島』**　ワシントン・アアヴィング

アメリカがまだ英領の頃、山の麓に小さい村があり、そこに気の弱いリップという男がいた。妻にことごとく圧えられ面白くない。ある日鳥銃を肩に山の中に入って行った。そして疲れて丘の上に倒れた。この間にリップは異常な体験をする。朝、目がさめると、やはり丘の上で倒れていた。リップは山を降りて行った。街はすっかり変り我家もなかった。娘と再会、娘は母の死を告げ、もう二十年経っていると言った。一夜は二十年であったわけだ。その間にアメリカは独立していたのである。

この作品は『少年団』に連載時「新世界の浦島」という題で発表された。発表当初、作者名はワシントン・イルヴィグであったが十四号以降は、「アルヴィング」と訂正している。（本書では、全集の表記に従いアアヴィングと表記する）アアヴィングはアメリカ人である。アメリカが独立して、初めてイギリス文壇に認められたアメリカ人作家と言われている。

『改訂水沫集序』で、鷗外は「新浦島。Iyvingの小品。今児童も能く諳んず」と書いているが、当時、よく知られた作品の一つであったことが解る。『戦僧』が掲載された『少年団』にこの『新浦島』も、発表された。主人公が一晩の出来事と思ったことが、実は二十年も経っていたという、現実にはあり得べからざる話を扱っており、鷗外は少年向を意識して選んだということが推定される。一種の民話風なお伽話ともみえる。しかし、単なるお伽話ではない。背景にはアメリカ独立戦争が描かれている。「英吉利の羈絆を脱して（略）合衆国の自由の民になつた」という文言もあり、いささか作者の政治的意識も垣間みえるといってよかろう。

5　**『洪水』**　フランシス・ブレット・ハルト

沼から四里離れた入江の半島に夫婦は住んでいた。春の初め、夫は入江の向こうに漕いで行った。その夜、大洪水が押し寄せ家の中に川の水が入ってきた。妻はそのとき柳の大木が流れてきたので、赤ちゃんとそれに乗り外に流れた。いつの間にか気を失い気がついたとき、インディアンが籃に入れた我子の無事な姿をみせてくれた。夫はあの柳の大木をかついで戻ってきた。そして、新しく作る家の大黒柱に据えた。今度の地面は高い処であった。

鷗外は『改訂水沫集序』で、「洪水。Bret《ブレット》 Harte《ハート》が十余年をCalifornia《カリフォルニア》に過しし記念の一なり。此種の作も亦当時嗜み読みし所」と書いている。

初期のアメリカの作家らしく、ストーリーは単純である。沼の傍に住む夫婦、木樵の夫が留守の家、アメリカでいうハリケーンの襲来、妻は赤ちゃんを抱え、柳の大木に乗って大奮戦、一夜明けて、インディアンに助けられたことが解る。帰ってきた夫に妻は大安心。これもいかにもアメリカらしいハッピーエンド。鷗外は、「此種の作」を「当時」「嗜み読」んだらしい。翻訳文は、特に冒頭部の沼、そして周辺の描写は、センテンスがゆったりと長大で、句点を惜しんでいる。口語文への実験のプロセスなのか、原文の結果なのか解らぬ。

6　**『折薔薇《おりばら》』**　ゴットホルト・エーフライム・レッシング

ある小国の王は、近く伯爵と結婚するエミリアに心を奪われてしまう。側近の公爵は、なんとかエミリアと伯爵との結婚を阻止するため画策し、結局エミリアを宮殿に拉致し、伯爵を殺してしまう。エミリアの父大佐は宮殿に駆けつける。公爵は、エミリアはこの事件の裁判の証人になるため暫く両親に会えないと言う。時間を経てエミリアと父は会う。エミリアは我子の恥を放置しないでくれと父に哀願。父大佐は小剣でエミリアを刺し殺し、天に許しを乞う。

この戯曲は、完成まで二年余を費している。この戯曲が発表された十月、鷗外は、軍医学校陸軍二等軍医正教官心得を仰せつかっている。そうした中、この長大劇が翻訳された。二十七歳の鷗外が、相当な力を入れた作であることが感じられる。

ある小国の殿（主君）と奸臣の醜い人間性の剔抉と、それに真向う父大佐と娘の凛然たる精神を描いていて、まさに戯曲というより、読むことに主眼を置いた小説に近い感じを受ける力作である。当時、翻訳劇の秀作として評判が高かったにもかかわらず一度も上演されていないのも、そんなところに理由があったのであろうか。

この作品の翻訳に対しては「誤訳」を指摘する評文もあり、鷗外は『戯曲の翻訳法を説いて或る批評家に示す』（『国民新聞』明治二十四年三月十八日から二十一日まで四回、三木竹二との「同稿」で発表された）という論文を書いて反論している。

この『折薔薇』に対し「誤訳」ありとした人は、『国会新聞』に「鎮西の一山人」という名で発表した。この批判者は、どうやら石橋忍月であったようだ。鷗外は、この山人の挙げた点に対し、「多くは山人みづから独逸語に通ぜざるより生じたる失誤」であり「歯牙に掛くるに足らざるのみ」と一蹴している。鷗外は、山人の指摘した五例をいちいち検証、反論している。そして別のところで『ハムレット』にある「天より灝気を」を、シュレエゲルが「天の灝気を」と改めたことを挙げ、「より」と「の」とは決して同じではないが、訳者はこれに拘らないものである、これは「自由」であって「誤謬」ではない、「多少の自由は戯曲の翻訳に必要なるもの」と戯曲翻訳の「自由」の「幅」の必要性を主張している。必ずしも原文通りでなくても決して「誤謬」ではない、と「戯曲翻訳法」の基本を説いている。これは現在でも通じる大事なことではあるまいか。

7 『瑞西館』 レフ・ニコラエヴィッチ・トルストイ

私はスイスのルチェンに来て、一番のホテル瑞西館に泊った。ほとんどが英国人である。食堂も英国流で無音。私は面白くなく散歩に出た。帰ってみると、小男がギターで歌を歌っている。沢山の紳士淑女が聞いている。歌い終った小男は帽子をとり聴衆に近づく。誰一人お金を入れない。私は十二サンチームを与えた。なんと冷たい人間たちよ。去った小男を探し出しホテルの食堂に連れてきた。ボーイ長がとんで来て部屋を換えた。私は大抗議。此処にいる人間たちはすべて「金」だ。私は大いに憤りを感じた。

原題は「ルツェルン」で、副題は「ドミトリ・ネフリュードフ伯の手帳より」になっている。難解な漢語を駆使し、展開されていくこの作品は、かなり読みづらい。しかし、トルストイの西洋文明への批判を披歴したものとしてみた場合、この硬い感じが内容に適合しているのかも知れない。当時、遅れた国と言われたロシア人のトルストイからみれば、特にイギリス人に対する強固なる批判が強調されているようにみられる。スイスの小村から出てきた路上の「謳者」と華麗なイギリス人、しかもその冷血とが比較されている。近代への開化が、むしろ人間の情を奪ってしまった、という西欧への批判が目立つ。この問題は、今でも決して消えてはいない。

8　『伝奇トーニー』　カール・テオドール・キョルネル

母バベカン（黒人）は、白人たちをひどく憎んでいる。その白人との間に出来たトーニーは、やさしい心の持主。母の夫ホアンゴは黒人の「頭《かしら》」で野戦に出て留守。今、黒人と白人が戦っている。母は、もし白人が逃げ込んできたら殺そうと思っている。そんなとき、白人グスターフが逃げ込んでくる。混血のトーニーの白い肌をみてグスターフは好感を持つ。トーニーはなんとかこのグスターフを助けようと腐心する。（未完）

この作品の冒頭に、「明治二十二年十一月鷗外漁史しるす」と書き、そして、「伝奇トーニーのはし書」なる文を記している。これによると、「作者は二十二歳で打死した自由団の随一人」と書き、この若者が、親に送った手紙を紹介している。その中で、「三幕物トーニー」を脱稿したこと、筋立はクライストの「ゆひなづけ」（12のクライスト『悪因縁』〈サント・ドミンゴ島の婚約〉）を原典としていること、場所はサント・ドミンゴ、時は千八百三年、といったことを書いている。鷗外は「稽古の積で書たもの」、この「狂言」はウインで初めて上演され、そのときのトーニー役は、作者の妻になったとも書いている。また、このキョルネルの作品を「三木と合体して訳したのも同じ稽古の心」と付記している。確かにこの「伝奇トーニー」は、若書きの印象はぬぐえない。文章は硬いし、無駄もある。「習作」の域を出ていない。ただ、アメリカではなく、ドミンゴを舞台に、奴隷開放後の白人と黒人の対立を描いている点は特種な趣をもっているといってよかろう。これは、ほとんど三木竹二の仕事と推定してよい。時期的には、鷗外は『舞姫』の構想、執筆の段階に入っていたときではなかったろうか。

9　『ふた夜』　フリードリッヒ・ヴィルヘルム・ハックレンデル

〔初の夜〕（一八四四年）二人の士官は送別会の後、任地に向って馬車を走らせた。一人は十八歳の伯爵である。田舎道を走り、ある駅に着く。次の馬車の準備までしばらく待つ。そのとき人家の中に幼児を膝に抱いた美しい少女をみた。二人は話をし、束の間の愛を感じ合う。伯は結婚したいと思うが、娘には決った人がいるという。二人の血は熱いが、時間が迫まる。士官は三度も熱い唇を合わせ旅立って行く。

〔後の夜〕（一八四八年）オーストリー軍はイタリア軍を猛追している。二人の士官が休んでいた。一人はあの伯爵の士官であった。夜中に伯は「令」を受け出発、務めを果たし、第四軍団の本営を目指した。本営に着くと一人の「間者」が死刑を待っている。伯は四年前の少女の家の前に来ていた。伯が一人の御者に聞くと二人の子供を残し、あの「少女」は死んだという。父に悪い夫を押しつけられていたともいう。あの「間者」は父だと言う。伯はお金を老御者に、後で子供たちに渡してくれと言って去る。

〔初の夜〕は、異国の少女との邂逅であり、〔後の夜〕は、この少女との永遠の別れを確認することである。つまり「邂逅と別離」がテーマである。

恐らく時間的には『舞姫』の構想・執筆時と平行して訳されたと想定される。この主人公たちの「心情」は『舞姫』にも通じ、現実では追い返したエリーゼへの悲痛なまでの恋情に通じていることは否定出来まい。〈筋〉はともかく、心情的には『舞姫』は、このハックレンデルの「ふた夜」の影響を認めねばなるまい。「ふた夜」に展開される軍隊の野戦の模様、特に、士官、兵卒などの機敏な挙措などの描写は、極めて端的で明快、日本語への訳の方が優れているのではないか。鷗外が留学中、ドイツ軍団の演習に幾度も参加した体験が生かされているものと思う。『ふた夜』で試みられた雅文体は、『舞姫』でさらに精練されている。この時期、口語文体の開発より、古典的で流麗な文体を綴ることに興味を感じていたようである。

10　**『馬鹿な男』**　イワン・セルゲーヴィッチ・ツルゲエネフ

ある馬鹿者がいた。この男は、自分に対する世の風評を打破するため画家、小説家、その他、人が褒め尊敬するものすべてを時代遅れと判定し出し、人々はそれに服した。ある新聞は彼を批評欄の担当者にした。彼は、大家連を罵倒ばかりした。いつの間にかこの馬鹿者は、大家の一人となっていた。若い作者はこの男を尊敬するようになった。恐れたわけである。卑怯者の群れの中で、この男は大仕合せをつかんだのである。

その道の権威者や大家、あるいは善者等の権威や力を終始一貫して否定し、「時代遅れ」というレッテルを張っている間に、自分が否定してきた大家扱いをされることになった。こうした「馬鹿な批評家」の実体をむしろ批判しないで、この「大家」に「時代遅れ」と言われることを恐れ、この「大家」を尊敬畏服する、かような「馬鹿」な群れをツルゲエネフは比喩をもって批判している。ツルゲエネフも理不尽な批判を受けた経験があったろうし、訳者の鷗外も、かような短文でも、わざわざ訳しているところをみると、余程共感したとみえる。忍月などと論戦をくり広げていた鷗外にとって、決して他事ではなかったはずである。

11　**『地震』**　ベルント・ハインリヒ・ヴィルヘルト・フォン・クライスト

チリのサンチアゴ。ゼロニモは、貴族の娘ジョセフエと相愛になり、しかも彼女は妊娠までしてしまった。人々は怒り、憎正はジョセフエを打首にせよと命じた。いよいよの日、ゼロニモは獄中にいた。その時、大地震が起こり街は破壊された。ゼロニモは獄から逃げ出て丘から丘へと走り廻り、遂に一人子を連れたジョセフエと再会した。幼き我児に乳を与えてもらったフェルナンドはジョセフエに感謝した。教会に行くと僧長が祝福してくれると聞き、みんなで出掛けた。しかし、ジョセフエをみつけた民衆は殺せといきりたち、靴屋がゼロニモ、ジョセフエら七人を殺した。ジョセフエの一人児フィリッポは生き残ったフェルナンドが育てることになった。フェルナンドの子は殺されたのである。

パウル・ハイゼが編した『短篇叢書』の『新ドイツ短篇小説宝函』の中に収められている『チリの地震』をとって訳出されたものである。

それにしても、クライストは人間の裡に隠されている残虐性をあますところなく暴いている。どこの国でも若い男女の恋愛は、危険をかえりみない。僧院の庭が逢引の場になっても不思議ではない。やがて娘の妊娠、これを僧院が知ったとき、戒律の前に救済はない。僧正の鞠問は型通りだけ、娘は斬首と決まる。その死刑のとき、大地震が起こり、娘は瓦解した建物から逃げ一時解放される。しかし、やがて民衆の知るところとなり、老僧の扇動でリンチを受け虐殺される。恋人の青年、幼児まで含め、七、八人が民衆の中でたたき殺される。特に幼児は、足首をもち振り回され柱に打ちつけられる。まことに凄惨である。文体は、端的で、一種のリズムを持つ。このドイツ文学史の中で屈指の名作と言われている凶々しい作品を、鷗外はどんな気持で訳したのであろうか。この訳に対しては「二度と得難い記念碑的訳文」（小堀桂一郎）という説もある。

12　**『悪因縁』**　ベルント・ハインリヒ・ヴィルヘルト・フォン・クライスト

今世紀の初めサン・ドミンゴ島にコンゴ・ホアンゴという恐ろしい黒人がいた。自分の主人まで殺した男である。合いの子バベカンを妾にし、娘トオニイがいる。ホアンゴと妾は白人をひどく憎んでいる。街道に家があるため、白人と黒人の混血でも泊ると殺していた。将軍が、三万の黒人をもって島の白人たちを襲ったとき、ホアンゴも参加。そんな時、スイス生まれの白人グスタアフがこの宿に泊った。そして、グスタアフはトオニイに一目惚れした。妾は二階にこの白人を閉じ込め、ホアンゴが帰るのを待った。やがて帰ってきたので、トオニイは森の叔父に助けを頼み、二人の私生児を人質にとった。ホアンゴは手が出せず降参した。叔父らが、グスタアフを助けた。そのときトオニイは、私生児の一人を抱いて部屋に入ってきた。グスタアフはトオニイが裏切ったと思い、銃を発射。トオニイは斃れてしまった。真相を知ったグスタアフは狂気となり、自分の頭を銃で撃ち脳が飛び散ってしまった。二人はともに葬られた。

原題は、『サント・ドミンゴ島の婚約』である。この作品はハイゼ編『ドイツ短篇小説宝函』第一巻に収められている。その終末部の余白に鷗外は「驚魂動魄之文字。乙酉八月十二日」と書き込んでいる。この異人種同士の復讐劇に鷗外は驚いたらしい。日付でみると、「ふた夜」を読んだ翌日にこの作品を読んだことになる。内容は凄惨、恐怖、サスペンスに満ちたもので、『地震』の世界とつながっている。白人と黒人との殺し合いの中で、たまたま宿を求めた白人男性、その宿のヨーロッパ人を父にもつ合の子との熱愛と悲劇が、巧く嵌め込まれているとみた。そして、一八〇〇年代後半に世界各地で黒人暴動が頻発したことが背景になっていることも貴重である。追加すると、キョルネルは、このクライストの短篇を原典として、戯曲三幕悲劇「トーニー」を上演しているし、また鷗外も三木竹二と共訳でさきにみた8の『伝奇トーニー』を訳したが、「序幕」の段階で中断していることは触れた通りである。

13 『埋木』 オシップ・シュビン

ステルニイは新曲「悪魔」の演奏を指揮し喝采を浴びたが、「剽窃だ」と叫ぶ男がいた。ステルニイは劇場を出る馬車からポスターを見ている男をみて、ゲザだと思った。ゲザは貧民街に生まれたが、ステルニイはその才能をみて巴里でヴァイオリンの勉強をさせた。ステルニイが金を出していた。ゲザは養父の娘アンネットと婚約し、遂に一つの「オペラ」を完成した。その頃ステルニイは有名になっていた。ゲザはステルニイの紹介でアメリカに渡ったが病気で帰ってくる。

ゲザは、アンネットに会いたいのに不在。その時、アンネットは寺院で倒れているとゲザは聞き駆けつける。アンネットは死に、一枚の紙を残した。ステルニイとアンネットは愛し合っていたのだ。ゲザは喪心状態となる。新曲「悪魔」の演奏のためステルニイが壇に上ると団員の中にゲザがいて身が慄えた。「悪魔」の演奏が始った。ゲザは「盗人、人殺し」と叫び退場。人々の前から姿を消したゲザは、二十五年前に別れた母にモンマルトルで再会、その後、みんなに愛されて生きた。

二年間に亘って『柵草紙』に連載された長篇作である。構成は第一回から第十九回までの章立て。物語は、ステルニイという年輩のピアノ弾きが有名な作曲家になりたいと常に思っていた。そこに作曲の才能のあるゲザとの出会いで、ステルニイはゲザの曲の一部を盗用する。それだけでなく婚約者まで奪い、そのためにゲザの恋人は死んでしまう、という二重の悲劇に見舞れる、そのゲザの生涯が描かれている。言ってみれば、悪人ではあるが、ステルニイはなんとか名曲を作って有名になりたい、一方ゲザは、才能あるゆえいつも曲作りにかりたてられるという、一種の芸術家小説であると言える。しかし、悪を犯しても平然と生きるステルニイの描き方をみると、人間の根源にある〝業〟を抉ろうとしたようにもみえる。鷗外は、この『埋木』を翻訳した約二年間の中で登志子と離婚し、千駄木町五十七番地に居を移し、二十五年の一月には同じ千駄木町二十一番地に両親、祖母などと家を新築し、移転している。私生活で、かようにあわただしい中で、延々と「埋木」の翻訳を続けていたことになる。それにしては、小説としての締りが悪く冗漫である。鷗外の嫌いな無駄な饒舌が多い。人物たちの内面描写も浅い。特にアンネットは人形のようで生きていない。こんな時期に、なぜ鷗外はかような作品を選んだのであろうか。いささか疑問とするところである。

14　『該撒《がいさん》』　イワン・セルゲーヴィッチ・ツルゲエネフ

エリスに背負われて、余は郷里ロシアを出た。湖や遠くには海、空には星も輝いている。早くローマに行け、と余は言う。ローマに着くと、とある古蹟の前に来たとき、エリスは昔の英雄を呼び給へという。余はケウス、カユス、ユリウス、ケエザルと三回ずつ叫んだ。このとき、限りなき人の声、此声は千年の眠からさめたものか。数知れぬ陰兵の影。そして、「該撒、該撒来」の声。これらが消えると帝王が出てきた。余は恐怖にふるえる。余はエリスに早くローマを去れと叫んでいた。

「該撒」という語は『大辞典』（平凡社）にも載っていない。上下別々に引いてみると、どうやら「広く撒くこと」のよう。つまり作品に即せば、ロシアからローマへ。（空間）そして千年という「時間」を超えてローマ人を呼び出したということか。正確なことは不明。

まことに小篇である。この作品の冒頭に次のように書かれている。

　この篇は魯西亜の人ツルゲニエツフが小説「幻影」の一段を訳したるものなり。文はいと拙く、固よりこの文則の付録として掲ぐべき価値なけれど、原文の句を悉く写出して、毫も取捨したるところなきを似て、ツルゲニエツフが文体を知る一助ともなるべきにや。

鷗外は翻訳にあたって「原文の句を悉く写出」しているので「ツルゲニエツフが文体を知る一助」にはなるだろうということ、つまり「文体」にこだわっていることが解る。小篇が『文則』に載ったとき、その末尾に落合直文の評語を付加している。

この中で落合は、この小篇にみる鷗外の訳文を「絶妙」と讃えている。少しはお世辞もあるであろうが、無駄のない格調の高い文体であることは否定できまい。この明治二十三、四年の時期は、まだ口語文体もこれというほどのものが定着していない時であり、内容的には「夢幻」（「改訂水沫集序」）的な短篇であり、関心はどうしても文体にいくのは無理はあるまい。登場人物は「エリス」。『舞姫』の主人公と同じ名前。この「エリス」なる名は「アングロ・サクソン系の女名」（小堀桂一郎）とのこと、鷗外は恐らくそれを知っていて『舞姫』でドイツ娘に使ったのであろうか、これは本人でないと解らぬことである。

15　『うきよの波』　アドルフ・ステルン

若いエエリヒは番小屋に住んでいる。寒い夜、老僧ゼバルドがやってきて二人は酒を飲んだ。僧はエエリヒに、この千六百二十年の暮には結婚せよとすすめる。二人の宗派は違うが心は通じている。いま麓では戦争が起っていた。夜中にエエリヒの番小屋に旅商人がやってきて、王と妃を敵に渡せば三千グルデンの賞金がもらえるといきり立っている。ところが、その王と妃が、この丘の上の番小屋に逃げてきた。エエリヒは、逆にこの二人を助けようとする。道を教え、王らを逃がす。妃は指環を渡し感謝して走り去った。そこに敵がきて、エエリヒは狙撃され僵れた。老僧がやってきてエエリヒの頭を抱く。老僧は、「浮世の波」の恐しさよとつぶやき嘆いた。

この作品について鷗外は、『改訂水沫集序』で「うきよの波。詩に純なるにあらねど、史家 Adolf Stern の長短篇頗観るべき者あり。これ其二」と評価していることが解る。この作品の背景は、文中にある「千六百二十年」と「プラアグにての大戦争」で、いわゆる「ボヘミア戦争」であることが理解出来る。新教徒のボヘミア王フリードリヒ五世と旧教徒同盟軍の王たるハプスブルグ家の争いである。ボヘミアといえば、今のチェコ西部の地方になるが、結局旧教徒の軍が勝利し、フリードリヒはオランダに脱出、新教徒側の諸侯たちは、ことごとく抹殺された。それまで新教徒のエエリヒ、旧教徒の老僧とは、互いに心を通い合って生きてきた。その庶民レベルの生活が、中央から起った宗教戦争によって破壊されていくという理不尽さを描いている。その過程で、人間どもの裏切りや黒い欲求が抉られていく。二十世紀末に至っても、中近東、東欧などで何ら変っていない執拗な人間の悲劇を捉えた佳作であるといってよい。

16『黄綬章』フリードリッヒ・ヴィルヘルム・ハックレンデル

老女ストリイベルは寡婦で、五階の屋根に住み同居する女性を求めている。そして小児のベッドを一つ売ると広告に出した。部屋は暗く汚い。老女にはフリッツという息子がいるが、定職がない。ある日、若い女が子供を連れて同居を求めてきた。老女は喜んだ。しかし女は泣いている。ある晩、フリッツが戻ってきて、実は、この母子は私の妻と子だと打ち明ける。そして、今、劇場の設計図の幕集に応じていると告げる。設計図は採用され、通知状には黄綬章がそえてあった。

老婆だけでなく、その息子と妻、三様の奇しき運命を描いている。老婆が出した同居婦人の広告に応じてきたのは、この老婆の一人息子に棄てられたその若い妻と男児であった。妻は知っていたが、老婆は全く気付いていない。そのうちこの放蕩を重ねた息子が改心して帰ってきて老婆も事情を知る。そして、父がかつて貰った黄綬章を、建築主事になった息子がまた貰うというハッピーエンドで終幕となる。

鷗外は、この作品について『改訂水沫集序』に書いている。この中で新聞社に請われ、「強ひて訳しつる」と書き、「黄綬章は余りに卑し」とも書いている。そして「勲章」に感動する親子の挙措を「廉価なる涙をさそふ文」と切り捨てる。かように書いた鷗外が、同じ年に、『柵草紙』に再録しているのは、どういうわけであろうか。確かに「廉価なる涙をさそふ文」ではあるが、落ちぶれていた庶民からみれば、当然の「涙」のような気もしないではない。

17 『懺悔記』ジャン・ジャック・ルソー

余は臆せず我懺悔を語りたい。余は千七百十二年にジュネーブで生まれた。父は時計屋、母は牧師の娘で美にして賢であった。母は美と才智で多くの人に愛されたが、余が体が弱かったため命を縮めた。その四十年後に後妻に見守られた父も逝った。余は伯母に育てられた。母の残した小説を読み齢の割に人情に通じることが出来た。

千七百十九年より七百二十三年に至るに、変化があった。余は外祖父の残した著名な本を読みまくった。兄は出奔し、余だけが家族から愛された。特に伯母の影響が大きい。あることで父はジュネーブを去ったが、余は甥とともに学び、二年間、他愛、平和の情を養った。その中でもラムベルシエエ嬢に習ったことは忘れられない。厳しい母のようであったが、罰せられると婬欲をおぼえた。しかし、身を汚すことはなかった。余の空想に出てくる美女は、みなラムベルシエエ嬢の分身となった。

千七百四十三年より四十四年に至る当時、ペストが流行。なんとかベネチアに着いた。余は公使館に入ったが、公使は余に理不尽なことを強要する。やがて、余はベネチアを去ったが、多くのものを得た。妓女にも初めて接した。そして美少女に出会い「歓娯」を味わい失望した。余の十八ケ月のベネチアの生活は、この二つ以外に語ることはない。余はカルリオと意気投合し、十二、三の羊の如き女児を養うことにした。余は、このアンゾロッタを実の父のように愛し、カルリオと一体となってこの少女を守り、余の心も純白になっていった。

鷗外は、この『懺悔記』の冒頭に、説明の文章を付している。

この中で、明治二十一年、歳暮、森田思軒、坪内逍遥、長谷川四迷、饗庭篁村の当時活躍していた四氏と「翻訳叢書」を出し、これに発表予定のものであったことを書いている。鷗外は、この翻訳作品が気に入っていたか、あるいは鷗外の仕事をなるべく知って欲しかったか、『自由新聞』に続いて『立憲自由新聞』に再掲している。

この作品の原書は「告白」(Les Confession)で、一七八二年に刊行されている。ルソーは一七一二年にスイスで生まれ、一七七八年に死去している。従って「告白」は、ルソーの死後四年目に刊行されたことになる。

この『懺悔記』は、ルソーの自伝と言っているが、三つの期間(①②③と番号を打っておく)に分かれている。

① 「千七百十二年より千七百十九年に至る。」
(一歳から八歳までの期間)

② 「千七百十九年より千七百二十三年に至る。」
(八歳から十二歳までの期間)

③ 「千七百四十三年より千七百四十四年に至る。」
(三十一歳から三十二歳までの期間)

①は八歳までのことが書かれており、完訳とみてよかろう。②は原書の中ほどまで、③は一年分であるが、ヴェネチア滞在を書いた鷗外は、後中断して以後、訳さなかった。ルソーの人

生全体からみて、この鷗外の訳した『懺悔記』は青年期までである。幼少年期、両親のこと、また母と読書については詳しく書き、己の基本的精神を培ったことを書いている。特に感じることは「性」への潔癖である。とりわけ、七、八歳までに三十歳のラムベルシエエ嬢から受けた厳しい体罰、そこから発生する婬欲の症状、この描写など当時としては一つの衝撃であったと思われる。衛生学者の鷗外は病理学的に大いに関心を持たされたところではあるまいか。愛、それに伴う美徳、純潔、誠意などの理想化と鋭く繊細な内面描写など、この正面から描いた自伝はヨーロッパの文学に大きな影響を与えたものであり、鷗外にも刺激になったはずである。

18『みくづ』アルフォンス・ドオデエ

パリの朝は大変な霧だ。男はえり巻きをして、口笛を吹いて役所に向かう。セエーヌ河も霧だ。この役人の生涯の楽しみは、寒い日の、よく燃える爐である。役所に入ると、至る所で水の音がする。霧が爐に暖まって解け落ちているのだ。男は買ってきたリンゴを鉄板の上におく。隣室には沢山の濡れた服がかけてある。リンゴを食べて仕事を始める。この男は遺失物の係らしい。色んなものを受けつけ書いていく。まず帳簿に書いたのは、「フェリシイ、ラモネ。洗濯女。当年十七歳」であった。

3『戦僧』のところで、『改訂水沫集序』で『みくづ』とともに「憎からず」と鷗外が述べていることを紹介したが、『戦僧』の凶々しさと違う、この『みくづ』の軽いタッチに、ドオデエの異才をみる。この小篇は、鷗外の明治四十年代の、いわゆる筋のない小説を思い起すような作品である。パリの中心部、霧の朝、一人の小役人が、役所に出勤して行く。深い深い霧、セエヌ河の岸辺、それにノートルダムの寺院などが、霧の中に浮かび出る、東洋的に言えば墨絵のような風景描写。それに比し、役所に出れば、極めて日常的ないつもの状況、この男は、遺失物係だ。ある意味ではつまらぬ平凡極まる仕事であるが、本人は至って楽天的。その些末な仕事を楽しんでいる。日常性に没頭するという観点からすれば、鷗外作の『カズイスチカ』なども想起する。

19『女丈夫』カール・フレンツェル

カンという町の老女の所に、尼寺を出た美しい姪シャルロットが住んでいた。革命前から英雄伝を読み理想を求めていた。フランス革命は、この町にも押し寄せていた。ジロンド派は国会を追われマラアらが勢力を得ていた。この国を暗くしているのはマラアだと思い込んだシャルロットは飄然とパリに出た。マラアに天罰を加えることを考え翌日、途中で小刀を買った。シャルロットはマラアの家に行ったが会えなく、手紙を出した。マラアは多くの手紙の中でシャルロットの手紙に興味を示した。夕方七時、マラアは湯に入った。そこにシャルロットが再び訪ねた。マラアが関心を寄せた手紙の主と知り、マラアは湯所に入れた。シャルロットは小刀を出し、マラアの胸を刺した。裁判でシャルロットは死刑となり、ギロチンで花と散った。

本篇は長篇であり、この鷗外訳は事件の要所を抜き出して綴った「抄訳」である。一七八九年に起ったフランス革命の過程の中で、九二年に王権停止、共和制が宣告され、九三年に国王ルイ十六世の処刑、その後革命が激化、山岳党による恐怖政治が始まった。その先頭に立っていたのが、マラアであった。彼は、ダントン、ロベスピエールらとともに、ジャコバン派を指導、山岳党の独立と確立に力をなした。鷗外は、この山岳党を「山党」と訳している。ともあれ、マラアたちは貴族、富裕層を徹底的に弾圧、次々とギロチンに送った。賤民たちの支持の上に立ったこのマラアに対し、元貴族出身とも言われるシャルロットはジロンド党を支持、マラアを社会悪の元凶とみて刺殺に走ったのである。この小篇は、ほとんど事実にもとづいており、小説的描写は少ない。このフレンツェルの執筆姿勢は、あくまでもシャルロットをジャンヌ・ダルクに擬して勇壮な、国に殉じた女性として捉えている。しかし、その末路の悲惨さもきっちりと書いている。このマラアの刺殺場面は絵画で知られているが、若い鷗外は、シャルロットをどのように思っていたのであろうか。

20

『俘《とりこ》』ゴットホルト・エーフライム・レッシング

太子は油断して俘になった。敵国王の妾の部屋に入れられている。そこに将軍が来て、敵国人である太子をしきりに褒める。国王もやってきた。この王も父国王と太子を褒める。昔、国王同士は友達だった、それで一層憎しみが沸くと太子は思う。敵の国王が来て、自分の息子も君の父に捕われている、交換だという。太子はわが父の苦しみを思い、私が死ねばいい、と考え、刀を手に入れ、みずからの胸を刺した。太子は敵王に私の父はこれで自由になったという。敵王は、息子を取り返すなら幾千の強者の血も惜しくない、と言ってその場を去る。

『重印蔭艸序《じゅういんいんそうじょ》』に、「俘。原題Philotas《フイロタス》なり。水沫集Emilia《エミリヤ》 Galotti《ガロッティ》に続いて訳しつ」とある。また『レッシングが事を記す』では「小戯曲「フイロタス」も当時希臘の書を耽読せし余に成りたるなり。これには又文を作るに簡勁遒抜を事とせしクライストが影響もありしなるべし」と書いている。確かに文体は、「簡勁遒抜」の傾向は強くある。淡白であるため、いわゆるウィットな雰囲気に欠けるきらいはある。

内容をみると、二つの王国の戦争で、結局両国とも皇太子を「俘」とした。その劇の展開を、片方の国だけを舞台として、その国の王と、「俘」の太子のかけ引きを描き、結局、太子は祖国の父を有利にするために自殺する。しかし、人質を失ったこの国の王は、ひたすら、敵国に「俘」となっている太子を救済することに腐心するということが、劇のポイントである。祖国に殉ずる少年王子と、私情にかられ、己の部下の死よりも、息子の救済に気を奪われる一国の王の対比に関心があるところだろう。

21 『ぬけうり』 ミハイル・ユーリエヴィッチ・レルモントフ

ロシアの河岸の町タマンは恐ろしい所である。私（士官）は、夜更けてこの町に着き一軒の家に宿泊することになった。盲目の少年がいたが、これは嘘だと思った。この少年は女主人の実子ではない。少年は、夜が深くなると海岸に出て行った。私はひそかに追って行った。女主人もきた。船頭のヤンコオが舟に荷物を運んできた。三人は、この荷物を運ぶ。私は宿に帰っていた。宿の女主人と少年が帰ってきた。問いただすと泣き出した。どうやら「抜売」をやっているらしい。私の存在がそれを妨げたのだ。夜になると、魅力あふるる歌声とともに、屋根の上に美少女が現れた。湖のそばに住む「ルサルカ」である。少女は、私に舟に乗ろうと誘い、熱い接吻をした。

私は誘惑に負け少女と舟に乗ると、少女は私を舟から突き落とそうとしてもみ合い、私が少女を海に投げ込んだ。翌朝、昨夜の場所をみていると、盲目の少年が来て、もうあの男の仕事はしない、危険だと言った。私は宿に帰ってみるとあの荷物すべてを盲目の少年に盗まれたことを知る。恐い町だ。その上、私は海に投げ込まれようとし、自分の荷物もとられた。翌朝、私はタマンを去った。

この作品の最終部で「われはかの抜売のなりはひを妨げたり

き」とある。この「抜売《ぬけうり》」が題名になっている。これは近世に「密輸業者」の意味で使われていた語であるが、いまの『日本語大辞典』（講談社）を引くと、「抜け荷」という一語だけ載っていて、「江戸時代の密貿易。またその商品」とある。いずれにしても、いまは死語と化している語であろう。

鷗外は、『重印蔭艸序』で「ぬけうり。Lermontow が短篇なり。Romantik《ロマンチック》 趣味の愛すべきを取れり」と書いている。この「ロマンチック」については、小堀桂一郎氏が、佐藤春夫の『近代日本文学の展望』の中の「ロマンチシズムの本質とは要するに好奇心である」を踏まえ、「一見地味で渋く、若々しい情熱や甘美な抒情の発露とは縁遠い三十年戦争やフランス革命当時の歴史的題材への関心も、この「奇」を好み、伝へんとする心の発現である」（『森鷗外—文業解題〈翻訳篇〉』）と述べている。ロシアの士官が偶然泊った家が、「ぬけうり」を業とする怪しい者たちの住居であった。これを密かに覗き、危険にも遇うが、実はこの「士官」という存在が、「ぬけうり」業者たちに警戒心を起こさせ、この拠点を去っていくということになる。しかし、主題は、この「士官」の未知なるもの、怪しげなものへの好奇心にあることは間違いあるまい。一種のロマンチシズムの発現である。

22　『はげあたま』アウグスト・コーピッシュ

イスキア島にドン・アントニオという裕福な人が住んでいた。大変真面目で、山林、田畑、ブドー畑を見廻るのが勤めだった。この翁は頭が禿げていたが、人々に親切で父のように慕われていた。ナポリから来た貴人に「禿頭」とののしられたとき、翁は平然と「禿頭は立派な人が多いんだ」と胸を張った。友人のカルロが市民に島中の禿頭をアントニオの名で集めさせた。別荘にいた翁の誕生日に「禿頭万歳」と沢山の市民が押しかけた。禿頭たちはみな仮装している。アントニオは、カルロの家の大宴会に連れて行かれギリシャの九賢人の一人にされた。そのとき、外に難船ありと聞いて人々はみな駆け出した。かつてカツラをかぶってナポリに逃げていた連中だった。みな禿頭となり、カルロの家にやってきて万歳の声。

翁はなぜか打ち沈み、心配顔。白髪、隠者の仮装の者が寄ってきて「何を沈んでいるのか」と言い、手を差しのべた。優しい女の手だった。未亡人テレザは、「おのれと共に憂きを忘れん」と翁に言った。この様子をずっとみていたカルロは、これは結構なこと、牧師が来るまでは私が恋の媒だと言って、二人を広い衣服で覆った。

「禿頭」と、聞くだに滑稽さをそそる題材を必ずしも現実的ではないストオリイとして描いている。古今東西、〝はげあたま〟という劣等意識を伴うマイナスの要素を、正直で、島全体で人望のあるアントニオと結びつけることによりプラスに転じ、最後には、最愛のテレザと結ばれる。発想一つで、人間の社会も明るくなるという、楽天主義を示しているように思える。鷗外は、この小篇を「滑稽洒落の筆つき」（『重印蔭艸序』）と書いている。この作品は、畠山古瓶の脚色で、明治三十九年四月十日から、伊井蓉峰一座により真砂座で上演されている。いかにも劇化に向いている作品と言えよう。

23　『山彦』ヒルデガルト・フォン・ヒッペル

イルゼの兄は研究が認められ、ベルリンの大学に招かれることになったが、それまではミュンヘンのイルゼの家で過ごしていた。兄ヒヤルマルは醜男であったが、やさしい目をしていた。妹の描いた友人レナアテの絵をみた兄は、この女性と結婚すると言い出した。妹は、この友人の性格の冷たさを知っているので反対であった。妹は、レナアテの非を色々兄に言ったが兄の心は変らず、レナアテへの手紙を託してベルリンに発った。レナアテは手紙に返事を書き強く交際を拒んだが、熱心な兄に対し、少しずつ変ってくる。兄は私の容貌は醜悪と告白、しかしレナアテは、あなたは尊敬出来る人と心を寄せてくる。二人は結婚を決めた。四月、婚礼はレナアテの家で挙行。兄は、気高い威厳のあるあの絵の姿を想像していたが、本物は「嬌羞」「沈鬱」の少女であった。兄は思わず跪いてレナアテの手に接吻したのであった。

妹の部屋にある絵をみただけで、「私の妻に」と決意した兄ヒヤルマル・トオルストリヨオム、五、六回の手紙のやりとり過程で、段々とレナアテの心を引き寄せていく、この手紙文にみる言句の使い方に、この小説の面白味がある。ケルステンという悪い男に騙され、人間不信が根深くレナアテの心に潜在し、心の表出も少しねじれていたと思われる時期に妹は接し、レナアテに悪い印象をもっていた。それはレナアテの「私は渾身瘡痍なれば」の言句に充ちている。しかし、兄ヒヤルマルは、絵でみたレナアテの目に清らかさをみたようだ。人間不信で固っているレナアテを徐々に解きほぐしていく。レナアテを特に動かしたのは、ヒヤルマルの四回目の手紙にある、学生時代「人生の実相」の「醜悪」を知り、これといかに戦ったかという人生論であった。いずれにしても、哲学的な言辞もあり雅文体でもある、この書簡体をとり入れた小説は当時、読みにくかったことは否定できまい。この作品の題名は「山彦の呼べば応ふる趣ありて、これぞ人生の最も深き歓喜」という、ヒヤルマルの書簡からきていることが解る。

鷗外は、明治二十六年から翻訳を休止し、三十年に『はげあたま』を翻訳し、それから約五年経って『山彦』を翻訳したのである。三十五年六月発表というと、鷗外は、一月に小倉で志げと再婚し、第一師団軍医部長として東京に帰っている。周知のように、志げは鷗外との前に、一度結婚体験があり、相手の男の身持の悪さにすぐ離婚した経緯がある。その点、志げとレナアテには相似性がある。かような体験を経た志げの内面に「人間不信」があって当然。兄ヒヤルマルは、レナアテに人間世界における愚劣さと真実なるものを諄々と説き聞かせる内容は、志げにも読ませたいものであったのではあるまいか。作者のヒッペルは無名に近かった。ヒッペル自身も明治三十五年（一九〇二）に三十歳で結婚しており、こうした異色な結婚物語はそうした女流ヒッペルの体験と無縁ではあるまい。

24 『牧師』ヘンリック・イプセン

北国の海岸で人々は、麦の施を受けるために並んでいる。そのとき、牧師がゆっくり丘を降りてくる。婚約している画家と娘も立っている。人々は飢えている。この極限の中で、牧師に奇蹟を起こすことを訴える。牧師はこの惨状は天の裁きだ、こんなとき本当の勇気が与えられるのだという。人々は反撥する。一人の女が髪を乱し走り来て、夫は狂人になり一人の子供を刺し、みずからも刺し苦しんでいると訴える。牧師は荒波に向って舟を出す。画家も同行する。着いてみると、夫は死に子供は助かった。そのとき一人の老女が来る。牧師の母、金持で、金の亡者である。牧師は村の総代に此処の牧師になってくれと言われる。牧師は母に金を村の人にあげてくれと言う。牧師と母のやりとり。牧師は母をあきらめ、この地から虚偽の生き方をとり去り、意思の自由を得させなければと思う。画家と婚約者の出航が近づくが、娘は牧師に仕えると言って婚約者を拒む。画家は一人、悶えてたたずむ。

鷗外の翻訳作品には「牧師」という題名をもつものが二つある。一つはこの戯曲であり、もう一つは明治四十一年十月に

『心の花』に発表した小説作品である。後者の方は、ラーゲルレーフという女流の作品である。

それにしても、翻訳作品のタイトルを同じにするというのは、鷗外にしてはちょっと理解し難い感じがする。ともあれ、本篇であるが、雅文体の七五調の叙事詩の形体であるため、難解である。内容は、飢餓と疫病で疲弊した海辺の村を舞台に、一人の牧師が登場、モノの価値だけを重視して悲劇的生き方をしている村人や母に、神の心、精神性の重要さを一貫して説き、村人の信頼を得るという純粋な宗教劇である。

なぜ、この時期に鷗外はこんな難解な宗教的戯曲を訳そうとしたのか、一考に価しよう。翌年、三月『日蓮聖人辻説法』を創作していることと、何らかのつながりがあるのか、考えさせられることではある。

25 **『即興詩人』** ハンス・クリスチャン・アンゼルセン

私（アントニオ）は、幼いときからの「伝奇」を偽り飾ることなく語りたい。私はローマのトリイトンの噴水の傍で生まれた。母は未亡人で屋根裏で鍼仕事をしていた。スペイン階段には、いつもペッポの叔父がいたが、両足が痿えていた。ジェンツアノの花祭で、母は馬車で轢かれて死に、私は孤児となった。そこで僧が私をカンパニアの野の牧者夫婦に預けた。十一月のある夕暮、ローマの貴人が逃げ込んできた。私が偶然戸を開けたとき、水牛に追われたこの男は、わが荒屋《あばらや》に逃げ込み助かった。男は私を命の恩人と言って、ローマの館に招いた。夫人はフランチェスカといったが、不幸なことに、わが母を踏み斃したとき、車の中に居た人であったことが解る。私は学校に入れられた。そこで優秀なベルナルドオを知る。このベルナルドオと私は、ユダヤの娘女優アヌンチヤタをめぐって恋を争い決闘し、ベルナルドオを斃したが私はナポリに出た。即興詩人になることを心に決めていた。此処で考古学者夫人のサンタを知る。そして、サンカルロ劇場に初めて詩人として立ち大成功を収めた。サンタ夫人は、私を熱く口説いたが、私は否と言って郊外に出た。そして、フランチェスカに出会いアヌンチヤタがナポリで最後の興行に来ていることを知る。翌日、シチリアでララという盲目の美少女と出会い、心をひかれる。私も即興詩人として少し知られてきた。二十六歳になっていた。私はさらに勉強するためローマに向う。サン・カルロ座での初演は惨々だった。夫人フランチェスカの娘、小尼公は尼寺に入り、私はエネチアに行く。ここで市長の妹とギリシャ人の間に生まれた「奇しき少女」のことを知った。或晩、富人の家に行ったとき、あのシチリアで出会った盲目の少女ララによく似た娘に出会った。これが市長の姪であった。街に出てみるとアヌンチヤタの芝居小屋は廃屋になっていた。市長の姪はマリア、私はマリアからアヌンチヤタの最後の手紙を渡された。私への永遠の愛が書いてあった。私はミラノに来て、日ごと大寺院に通った。郊外でナポリの勲章をつけたベルナルドオに再会。生きていたのだ。私は又、エネチアに帰ってきた。夢でマリアの死を哀しんだが、目をさましたらそこにララがいた。ララとマリアは同一人物だったのだ。ララは薬草のお陰で開眼したのである。私たち二人は結婚した。夫人フランチェスカと夫の貴人も祝福してくれた。私とララの間に生まれた子に、アヌンチヤタと名前をつけた。私とララは、船に乗り、二人が出会った石穴に入り、合掌したのである。

明治二十五年（一八九二）九月十日の日記に「即興詩人の稿を起す。あまりに長きものなれば倦むときは来ずやと気遣はる」と書き同三十四年（一九〇一）一月十五日の日記に「微雨。夜即興詩人を訳し畢る」と小倉で書いている。その間に九年間の歳月が流れている。日清戦争もあり、父も死去、小倉転勤もあった。鷗外は『柵草紙』から『目不酔草』へと断続しながら三十八回にわたって分載したのである。

この作品の主題は何か。角度は幾つかあると思えるが、仮りに二つの視角でみてみよう。一つは、貧窮の孤児から偶然ローマの貴族の命にかかわる恩人にされ、そこから上昇気流に乗り、生来持ち得た詩才を養われ、高名な「即興詩人」になっていくという出世物語である。横糸として恋の哀歓が綴られているとしても、縦糸たる出世譚が濃いとみてよかろう。

もう一つは、芸術家小説としてみる視点である。長島要一氏は、「芸術家としての虚栄心とナルシズム、その自己中心性との闘い」（『森鷗外の翻訳文学』平5・1　至文堂）を主題とみている。

いずれにしても、孤児から才ある即興詩人に駆け上っていくアントニオの壮大な「生」への作者の関心には驚嘆すべきものがある。しかし、ストーリーの上では随所に無理もある。例えばアントニオの閲歴の繰り返しが多過ぎるし、ベルナルドの登場する場面が、余りにも偶然過ぎる。また、終末部において、アヌンチヤタへの愛とララ＝マリアへの愛が不整合であり、不自然さは否めない。

森まゆみ氏は『「即興詩人」のイタリア』（平15・10　講談社）で「あれほど深く愛し、嫉妬に苦しみ、恋仇と決闘までしたアヌンチヤタが死んだのち、なぜアントニオがヴェネツィア一の美人のマリア（ペストゥムのララののちの姿）と結婚して大団円となるのか読者としては不満が残る」と述べている。これは長島要一氏が指摘するように、終末部で、鷗外訳はかなり「省略」があったということである。具体的に言えば、このララ＝マリアとアントニオとの行動や対話が「省略」されたため、森まゆみ氏のような疑問がどうしても残ることになる。

原本は、「レクラム文庫」本でデンハルトの意訳であると言われている。鷗外訳についてはすでに定評がある。島田謹二氏の詳細な研究「森鷗外の『即興詩人』」（『日本における外国文学』上　昭50　朝日新聞社）があるが、小堀桂一郎氏は「以後半世紀にわたる『即興詩人』頌歌を丹念に拾ひ集めたらそれだけで優に一巻の書物をなすほどであらう」（『森鷗外―文業解題―翻訳篇』）と述べている。ともかく、礼讃と歎賞は、生き続けてきたのである。長島氏は、鷗外訳の『即興詩人』に対し、「原作以上の作品」と評価しているが、これに対し、小堀氏は「理不尽な神格化」（前掲書）と批判していることも添えておくべきであろう。

を書いている。

鷗外は、『即興詩人』の初版に「例言」を付け、母への配慮

堂から出版された。

明治三十五年と言えば、母峰子は五十六歳であり、鷗外は四十歳であった。母に読ませるために、わざわざ「四号活字」にしたと書いている。この年九月に、菊判上下二冊本として春陽堂から出版された。

鷗外は、ドイツ留学から帰国後、山田美妙の小説などに関心を寄せ一応の讃辞を与えたけれども、日本文学、特に短篇小説の遅れ、稚拙さを感じないわけにはいかなかった。そこで、この時期、西洋の特に短篇小説を中心に翻訳し、日本における短篇小説のジャンルの確立を企図したと思われる。西洋近代小説の紹介、翻訳という、この明治二、三十年における鷗外の仕事は至って貴重なものであったと言えよう。鷗外の西洋文学の翻訳は、ほとんど二十年代が多く、三十年代は『はげあたま』『山彦』『牧師』の三作で、あとは『即興詩人』の翻訳を少しずつ続行していたということである。ともなれ、鷗外の西洋小説の翻訳の仕事は、ほぼ二十五年を区切りとしてとりあえず休止状態に入っていたといってよかろう。

16　日清戦争勃発

中路兵站軍医部長——宇品を発す

鷗外は、明治二十五年十月二十五日発行の『柵草紙』第三十七号からハルトマン「審美論」を訳載し、第四十五号まで無署名であった。そして、同年九月十日、アンゼルセンの「即興詩人」の翻訳に着手した。従って二十五年の後半から二十六年にかけて、文学的に主な仕事は「審美論」と「即興詩人」の翻訳ぐらいで、あの激しかった医学、文学での論争のエネルギーも、やや鎮静化し、神経症的な精神の状態も少し落ち着いてきていたとみる。小倉転勤の頃、また少し昂まってくるようであるが。

こんな時期に、日本と清国の間が緊迫化していた。

明治二十七年（一八九四）六月一日、朝鮮政府が東学軍に大敗を喫すという事件が起った。朝鮮は、直ちに清国に援軍を求めた。この報せに接した伊藤博文内閣の決断は早かった。明治十七年（一八八四）の甲申事変以来、徐々に後退を続けていた日本は、一挙に地歩を回復することを考えたからである。従って、すでにその準備はなされていた。このまま放置すると、朝鮮半島は清国に占領されてしまう。六月四日には出兵開始。第五師団に動員令が下った。後は、「日英通商航海条約」の調印

を待つばかりであった。この条約は、陸奥宗光外相が、欧米との不平等条約を正すための悲願であった。当時、朝鮮半島では、イギリスの承認がなければ動けなかったのである。従って、このイギリスとの条約に調印することが先決問題であった。

七月十六日、やっと「日英通商航海条約」に調印することが出来た。それから十五日目に、日本は清国に宣戦布告をしたのである。

八月一日であった。前年の十一月、鷗外は陸軍一等軍医正に任じられ、陸軍軍医学校長兼衛生会議議員にも補せられていた。ところが変った役をも命じられていた。七月十一日付で、村田連発銃戦時弾薬数額及徒歩兵装具調査委員を任じられる。この役は、余り重要な感じがしないが、よく考えてみると敵の顔がみえるぐらいの第一線で戦う銃や弾薬、歩兵の装具などの調査であり、これは重要な役である。特に、日本では日露戦争のなかばぐらいまで、「連発銃」、特に機関銃がなく大苦戦で多くの戦死者が出た。この委員は戦場に征った明治二十八年（一八九五）八月三十日まで続けさせられていた。この間、「連発銃」は、日本軍には遂に出来なかった。約一年の委員として、鷗外は何をしたのであろうか。二十七年八月十五日、大本営直轄、中路兵站軍医部長を命じられた。さきの委員と併任である。二十九日、石黒忠悳野戦衛生長官の訓令を受け、午後九時過ぎ東京を出発、三十一日午前九時半に広島に到着。九月二日、いよいよ広島・宇品港を発し、朝鮮半島を目指した。このとき、鷗外三十二歳の若さであった。

九月四日午前三時、釜山に着す。以後、兵站病院伝染病舎、本願寺内患者宿泊所の視察等の仕事に携わる。十月一日、第二軍兵站軍医部長に補せられる。鷗外は、日清戦争出征のため、八月『柵草紙』を第五十九号で廃刊、十月には『衛生療病志』を五十七号で廃刊している。文学、医学両方面における評論発表の拠点を自ら廃して、本務の仕事に精進することになった。精神状態も自然張り切らざるを得なかったと思われる。

日清戦争から台湾への転戦で、鷗外は三つの記録を残した。一は、個人的な記録として書いた『徂征日記』である。二は、野戦衛生長官石黒忠悳に提出する報告書で『日清役ノ日紀』である。三は、第二軍兵站軍医部長のまま、台湾征討軍に編入され、台湾総督府陸軍局軍医部長を命じられた。この新しい任務についての報告が『台湾総督府医報草藁』である。

鷗外は第二軍兵站軍医部長に補せられたので、その辞令の受領と打合わせをかね、いったん広島に帰っている。約一カ月目の帰国である。『徂征日記』の十月九日の記述に「午後二時半天顔を拝し畢りて立食の宴を泉邸に賜はる是日有栖川宮泉邸に臨み玉ひき」とある。鷗外はこの日、広島の大本営で明治天皇に拝謁している。日清戦争時、大本営と帝国議会は広島に遷されていて、天皇は、九月十五日に広島城に入られた。

天皇に拝謁した翌十日、篤次郎の書簡を受けた。その中に妹喜美子の短歌があった。「いつかたへ漕ぎ離るゝかしらねども朝夕深くおもひ渡らむ」、家族の心情を想い鷗外も一抹の感慨にとらわれたであろう。十五日には、旧藩主茲監の跡を継いだ亀井茲明、児玉源太郎、石黒忠悳らの辞別の宴を広島水明楼で受け、その翌十六日、再び宇品を発ち、二十日に大洞江に着している。二十三日、大洞江を発し、その翌日、清国遼東半島花園口に上陸。「民衆、遁逃セリ直ニ協春昌ノ家ヲ占領シテ兵站軍医部長ト為テ兼テ衛生集積倉庫患者集合所ヲ置ク」(『軍医部別報』)。

鷗外は上陸後、すみやかに任務の遂行に動いていることが解る。鷗外の任務は「兵站」業務がむろん中心。「患者集合所」とは、兵站病院のこと。戦線の後方に位置し、医療設備、患者移送、衛生環境整備、診療、薬剤調達、食糧獲保等、第二軍兵站医療の全般の責任者であった。国内では考えられない、日々の初体験であった。

旅順攻略

十一月六日、日本軍は金州に入り、七日に大連湾を占領、兵站部は柳樹屯に移った。花園口兵站病院には、将校一人、下士官六人、兵卒百二十三人、軍夫等七人が入院していた。これらの病兵は宇品に送る手筈をとり、十一月十三日、鷗外は長門号に乗船、午後四時過ぎ柳樹屯に入った。十一月十九日の『別報』では「薄暮旅順ハ我有トナレリ此日敵金州ヲ襲フ柳樹屯警戒ス」とある。

この旅順戦のことを『日本全史』(平3　講談社)は次のように記述している。

この十一月二十一日、大山巌を軍司令官とする第二軍は、清国の北洋艦隊の基地で、予備兵一万三〇〇〇人を擁する旅順要塞をわずか一日の戦闘で占領した。だが旅順に入場した日本軍(第二軍)は、一般市民をみさかいなく殺害するという旅順虐殺事件を引きおこす。11月28日付のニューヨーク・ワールドは、日本軍が旅順陥落の翌日から4日間に6万人を殺害し、助かった清国人は36人にすぎないと報道、日本軍の残虐さを世界に伝える。

この第二軍に所属していた鷗外は『徂征日記』に、この二十一日のことを次のように書いている。

敵金州を襲ふ柳樹屯戒厳す騎りて防禦線に至る砲烟の上るを望み得たり古宇田信近等衛生集積倉庫の材料を載せて花園口より至る此日は第二軍旅順に逼るの時なり予等心窃に衛生材料の給せざらむことを恐れたりき是に至りて人と物と皆備り部署全く定まる同僚皆快と呼ぶ夜半報あり云く旅順我有となると

この鷗外の記述によると、虐殺のあった二十一日はまだ柳樹屯に在り、「夜半」に「旅順我有となる」との報せを受けている。兵站部であるから第一線の後方に在ったと思われ、この鷗外の記述は、信じてよいものと思われる。記録によると、鷗外が旅順に入ったのは、十二月十七日である。「雪ふる午前九時小樽号船に乗りて大連湾を発す午後四時旅順口に抵る兵站病院を訪ふ所謂北洋医院なり（略）日暮に至り船に帰る途新西街を過ぐ岸辺屍首累々たり」と記述している。鷗外は、虐殺事件については触れていないが、事件から二十六日も過ぎた段階で「岸辺に屍首累々たり」と、その見聞を書いている。恐らく、虐殺のあった十一月二十一日以後、日本軍によって断続的に現地人または敵兵らの殺害が行われていたと思われる。鷗外は、こうした状況を観て、戦争の残虐さをまざまざと感じたであろう。そして、人間なるものについて深く考えさせられたのではないか。

軍医監に昇任

明治二十八年の元旦は、柳樹屯で迎えている。順旅には一時的滞在だけであった。解る気もする。「もろこしを綻びさせて梅の花」と一句作り、「薄酒を酌みて元旦を祝し」ている。その後大きな戦闘はなく、陰山口を経て、大西尼、威海衛そして金州へと移動、四月二十一日には軍医監（大佐相当官）に昇任。明治三十年（一八九七）から「軍医監」は「少将相当官」になったが、このときはまだ改正前であった。

五月十日、「和親成れりと云ふ報に接す子規来り別る几董等の歌仙一巻を手写して我に贈る」（『徂征日記』）と書いている。子規は、遡る五月四日にも鷗外を訪ね「俳諧の事を談」じている。

正岡子規は、明治二十八年四月十日、近衛師団付の従軍記者として宇品を出発、金州、旅順などに滞在し、取材した。二十九歳であった。五月十日に講和が成立、この日鷗外を訪ね、先に帰国するので別れを惜しんでいる。子規は十四日、佐渡丸に乗船、途中肺結核が悪化、喀血。二十三日、神戸病院に入り、約二カ月療養し、須磨保養院に移った。やっと八月二十五日に松山に帰郷。当時、松山中学に勤務していた夏目漱石の下宿に入っている。子規は、この年、期せずして大陸で鷗外に親しみ、帰国して漱石と住んだわけであるが、この頃漱石は鷗外のことを知っていたと思われるが、鷗外も、漱石のことを子規を通して知っていたとみるのが自然ではなかろうか。

旧藩の当主亀井茲明のこと

鷗外と日清戦争といえば、旧津和野藩主、亀井家の当主であった亀井茲明伯爵のことに触れなければならない。茲明伯は、日清の開戦が決定的となったと聞くと、ドイツ留学で学んだ写真術を生かし、日本の最初の近代戦を記録しようと決意し、写真班で従軍する意思をかため、二十七年七月二十八日付で第一師団長の山路元治中将宛に「従軍志願書」を提出、八月七日付でも、川上操六参謀次長に再度の提出をして受け入れられた。後に、刊行された茲明伯の『従軍日乗』（明32・7）の序に、その動機について書いている。

一つは、津和野藩祖である亀井茲矩が、朝鮮出兵のとき、秀吉から「亀井琉球守」と書いた扇子を送られたことを思い、それにあやかろうとしたこと。

二つめは、「我華冑ノ家ニ生レ、家祖ノ余光ヲ承ク、身軍籍ニアラズト雖モ豈報効ヲ図ラザルベケンヤ」と国家への貢献を述べ、それを独英で学んだ「審美学」と「写真術」で「聊心ニ期スル所アリ」と抱負を述べている。茲明伯は、体は繊細であったが、真面目で芸術的能力に長けていた。この従軍に志願したとき、三十四歳である。

病弱な茲明伯であったが、苛酷な戦争への従軍をよく志願したものである。外観は「痩癯」でも、意思は堅固であったようだ。茲明伯は、鷗外と同じ第二軍の第一師団司令部付となって、十月十六日に宇品を出発したが、九五年一月、写真機補修のため一時帰国、三月二十六日に近衛師団司令部付となり、再び宇品を出発、従軍の旅へ出た。そして、五月二十八日、東京に凱旋している。しかし、二年間にわたる過酷な従軍がこたえたか、二十九年（一八九六）七月、小石川区丸山町の邸で亡くなっている。三十六歳だった。

さすが、伯爵の従軍である。当局も気を使っていたようだ。広島滞在中は、地方裁判所長の官舎が軍に徴発され、茲明伯に提供されている。茲明伯は、カメラ六台を持参、それら機材を入れる大きい箱十一個を携行したため、従者は六人必要であった。

茲明伯は、「抑戦闘ヲ撮影スルハ、実ニ本朝ニ於テ今回ヲ以テ創始トス」と書いているが、その自負をもって帰国後、六百枚余の写真の中から三百余枚を選び、みずから説明文をつけた写真帖を作った。それは死後、明治三十二年（一八九九）六月に『明治二十七八年戦役写真帖』と題し、上下二冊で刊行された。

鷗外は、十月二十日に大同江漁隠洞錨地に着している。二十一日の日記に次のように書いている。

二十一日。上陸して大洞江司令部に至り司令官武田信賢に逢ふ司令部五里浦に在り漁隠洞の東なる小部落なり丘陵起伏松槲等を生ず尺を過ぐれば伐り去る故に長大なるものなし処々玫瑰叢を成せり人家を観る一廠あり礮礑を安置したり牛環りて之を行る転じて長門号舶に至り土岐頼徳を見る横浜号舶に至る亀井伯主僕あり夜舟に帰る

鷗外は第二軍の兵站軍医部長として、所属の船舶を巡って視察していたようである。その途次、横浜号訪問の際「亀井主僕」に出遇ったのである。

茲明伯は、『従軍日乗』の十月二十一日の項に「甲板上ニ游息シ偶然此ニ相遇フ」と書いている。たまたま横浜号を訪ねた森林太郎軍医監とは、甲板で偶然遇ったようである。不思議なのは、「余ガ此船に在ルヲ見テ大ニ怪疑ノ念ヲ懐カレタリシガ」

という文言である。そして、伯は「第二軍ニ従軍セシ素志ヲ述べ事ノ顚末理由ヲ開陳セシカバ氏モ氷釈シテ」と書く。二人は一週間前に、広島の水明楼で、児玉や石黒などと一緒に会って食事をしている。そのとき茲明伯は、今回の「素志」を鷗外に語らなかったのであろうか。寡黙でひ弱にみえる伯は、複数の偉い人がいる前では「私事」は控えたのかも知れない。伯がなぜ、広島にいるかについては、天皇が広島の大本営に来ていることでもあり、宮内省に勤めていると思っている鷗外からみれば、会食の場にいたとしても別に不思議なことではなかったであろう。鷗外は、事情を知らなかったとしたら、戦場に向かう横浜号の甲板に、茲明伯をみつけて「大ニ怪疑ノ念ヲ懐」いたのは無理からぬことである。以下「森氏談話ノ一節」を伯は紹介している。長門丸に「支那人」四人が「事情探偵」の疑いで拘置されている話、それに伯は自分の話も加えている。横浜丸に「辮髪者」三名がいるが、これは実は「間牒ノ大任ヲ負荷」した日本人であることも紹介している。旧藩主の息と鷗外は、このとき、大いに話がはずんだようである。鷗外も、これから戦場に向かうに、旧藩主の若き息に遇ったことは嬉しいことであったろう。

旅順虐殺事件

旅順虐殺にここでもう一度戻るが、この事件は通信によって全世界に転電され、日本軍の残虐性は非難の的になった。陸奥外相は、各国に弁明書を送らざるを得なかった。しかし、この事件は、国内では完璧に近く、秘匿された。直接の責任者は、第一師団第二旅団長の、あの乃木希典少将であった。乃木旅団が旅順攻略の先頭に立っていたのである。「旅順虐殺事件」に関することは徹底的に検閲され、その封印は効を奏し、一般国民は全く知ることがなかった。もし知られていたら、後に乃木希典が学習院の院長になったり、乃木神社にまつられる偉人として崇められることはなかったかも知れぬ。

このとき、例の亀井茲明伯は、敵屍の「埋瘞《まいえい》」する場面をとり、この「虐殺事件」の状況を『従軍日乗』に刻明に記録している。亀井伯の『日乗』は、「私的」なものであったので検閲をまぬがれたのである。

この『日乗』は、日清戦争の貴重な第一級資料である。この文は、本人言うところの「明治二十七年十一月二十四日旅順口北方郊野ニ於テ見ル所ノ実況ナリ」と年月日を明確にしている。虐殺があったと世界に伝えられた十一月二十一日より三日経っての段階である。亀井伯が見たものは、「路上」「屋内」ともに「流血川ヲ為」す、まさに地獄であった。亀井伯は若くして純真であったから、これ程刻明に記録できたのである。鷗外は乃木希典とも近いし、しかも第二軍所属の軍人である。知っていても書けなかったであろう。鷗外はせめて「岸辺屍首累々たり」で、日本軍の行為を示したかったのかも知れぬが、いずれにしても、これが限界であった。

日清戦争終結・台湾征討軍に編入

　さて、日清戦争は、事実上終結したが、台湾では、先住民による暴動が起こり、鷗外は一転して、台湾征討軍にそのまま編入されることになった。五月十九日、大連を須磨丸で発ち、二十二日、宇品に着、二泊し、二十四日、初代台湾総督樺山資紀と横浜号で再び発している。五月十五日の日記に「朝開航す午旅順に至る野戦衛生長官を見る長官の云く吾将に卿をして台湾に赴きて以て其風土を観ることを得せしめんとす　ゆけといはゞやがてゆかむをうた枕見よとは流石やさしかりけり」と記している。短歌一つ、鷗外の複雑な心境と石黒野戦衛生長官への疲肉がこめられていることも感じる。

　鷗外らは二十七日、琉球中城湾に入り、近衛師団諸隊と合流、二十八日午後十時、台湾淡水に入っている。台湾では「六月二日瑞方ノ戦ニ与ル三日又基隆ノ戦ニ与ル」（『台湾総督府医報草藁』）とあるように、直接戦闘に出遇っていることが解る。琉球で合流した近衛師団長は、やがて台湾の戦陣で亡くなった北白川宮能久親王であった。このとき、この親王の伝記を後に書くことになろうとは、鷗外も全く考えていなかったであろう。

　七月二日、鷗外は総督府官房衛生事務総長を命じられている。「是ヨリ海軍局及民政局ノ医員皆小官ノ麾下に属ス」（『医報』）ことになり、鷗外の責任が重く広がったのである。

　先住民たちの反乱も段々終息気味、七月十九日に、第二軍兵站軍医部長を免じられ、台湾総督府陸軍局軍医部長を命じられた。独身であるが故に、鷗外はこれでしばらく台湾に滞在しなければならないのか、と考えてしまうが、『徂征日記』の八月二十四日に「郷書至る妹の書に東京の新聞多く余が帰期の迫れるを伝へしことを記して、堪がたきあつさしのぶも今暫ししばしの隙ぞ心せよ君」と記している。妹小金井喜美子の嬉しい手紙と短歌である。この年、二十八年は、八月から九月にかけて台湾は雨続きだった。九月十二日に石坂惟寛が、鷗外と交替するために台湾にやってきた。十六日に、軍医学校長事務取扱を命じられ、二十二日、台北を発し、二十八日に宇品に着き、十月四日に東京新橋に着いている。一年と一ヵ月余の久しぶりの東京である。二十日には、功四級、金鵄勲章及単光旭日章を授けられ、十月三十一日付で、「事務取扱」がとれ、軍医学校長に補せられている。

　この日清戦争の勝利が日本に何をもたらしたか。陸奥宗光は『蹇蹇録』（昭58　岩波文庫）の中で「欧米各国の視聴、思想とみに一変し、かつて我が国の挙動に対し多少の非難を抱きたる国人も俄に過大の讃賞を吝さるに至り（略）」と書いている。これが当時の国際世論であったのか。御厨貴氏は「明治憲法、条約改正、そして日清戦争の重層的三点セットにして初めてようやく西洋諸国に認められることになる。俗にいう「脱亜入欧」は、この三点セットに尽きる、と言うことができるであろう」(『明治国家の完成』平13・5〈日本の近代3〉中央公論社)と述べている。

鷗外には、より強い昂揚感があっただろう。この日清戦争勝利により、ようやく「白人列強」に認められたという実感、津和野藩学、ナウマン論争、国際赤十字会議等の鷗外の対白人への心的軌跡を繋いでみると、鷗外のひとまずの満悦感を感じることは出来る。

日清戦争と脚気

日清戦争における鷗外で忘れてならないのは、脚気問題である。陸軍では海軍に比し、脚気と米食との因果関係について、鷗外の「米食論」以後、さらなる研究もなされず、日清との戦端が開かれた。坂内正氏は、日清戦争での陸軍の脚気は、被害甚大で『明治二十七八年役陸軍衛生事蹟』によると、この戦争で脚気患者は総計四万一千四百三十一名にのぼると書いている。(前掲書)。鷗外の『徂征日記』には、脚気に罹った兵卒の記述は全くなく『日清役自紀』で、柳樹屯兵站病院の記録に、奇妙にも「脚気二」と書かれているだけである。

台湾征討作戦に参加した近衛師団はさらに悲惨であった。これも坂内正氏によると、平均兵員数が二万三千三百三十八人に対し、脚気患者数は、二万一千八十七人、死亡者は二千百四人で、兵卒の九十パーセントが脚気で倒れ、そのうち十パーセント、総兵員比で九パーセントの兵が脚気で死亡していると伝えている(前掲書)。『台湾総督府医報草藁』を調べてみると、「医報第五」に次のような記述がある。「熱性伝染病十四人　脚気二十七人　急性胃加答児六十人　雑病八十九人ナリ」と。これが、野戦衛生長官石黒忠悳に対する、陸軍軍医監森林太郎の公式な報告書である。坂内氏の指摘する脚気の患者数と余りにも違い過ぎ、驚きを隠せない。ただ、鷗外の台湾勤務は約二カ月であり、坂内氏の指摘は征討軍の全日数であるから、この数字の違いは当然とも言える。必ずしも鷗外の虚偽報告とは言えない。それにしても問題はこの後である。なぜ、この脚気病についての対策が陸軍省医務局でなされなかったのか。十年後の日露戦争で、再び脚気による損害がおびただしかったことを考えると、鷗外個人にも、かつて自身がこの脚気の研究に携った者として、大いなる責任があったことは言うまでもない。

さて、鷗外に、この日清戦争は何を与えたであろうか。鷗外が、三十余年生きた中で、この戦争体験は、最も深刻で残虐な大事件であったはずである。

戦争というものは、いずれを問わず異民族(同民族の場合もある)に対する有無を言わさぬ殺戮と陣取り合戦である。鷗外が、西洋で学んだ学問も、津和野藩学も、非情な戦場では何の意味も持たなかったであろう。

日清戦争は明らかに鷗外を変えたのである。具体的に言えば、明治二十三年から二十六年頃まで続けられた拘執的、神経症的な論戦が、日清戦争から還ってほとんど停止したことである。一概には言えまいが、戦争のもつ非情さと空虚感の前に、それまでに強く感じられた、あの青っぽい書生的発想及び、神経症的こだわりがみられなくなったことである。鷗外自身、戦争体験という「濾過器」を通して己の熱っぽい精神的営為のプラス、マイナスを自覚的に考える機会がしばしばあったのではないか。鷗外ほどの俊敏性をもった人間ならば、当然のことであり、戦争というあれだけの深刻な体験があって、なお何も変化なしであるなら、以後の〝鷗外〟はなかったと言ってよかろう。二十世紀中盤から、アメリカはベトナム、湾岸戦争へと若い兵を送った。その後、戦闘の後遺症で苦しむ復員軍人が増え、アメリカはこの「戦争心傷後遺症」の対策に苦慮していることを知っている。

鷗外の「心傷」を言っているのではない。この戦争によって、東アジアの弱小国が世界への足がかりを得たことは、鷗外の悦びであったとしても、鷗外の心に与えたものを過少に捉えるべきではあるまい。鷗外は、この戦争初体験で多少とも人間というものを深く観る眼を獲得したのではあるまいか。

17　明治二十年代後半にみる文学的営為

『美奈和集』(第一作品集)刊行

日清戦争前に遡るが、鷗外は、第一作品集『美奈和集』(『水沫集』)を明治二十五年七月、春陽堂から刊行した。装丁は、菊判、洋綴、六百十二頁である。表紙には鷗と波を白抜きにし、落合直文の筆で「鷗外漁史著、美奈和集、完」と三段に書かれ、右上りになっている。表紙には、「美奈和集」とあるが、背表紙には「水沫集」とある。

収められている作品は次の如くである。

〔うたかたの記〕、ドオデエ『戦僧』、ドオデエ『みくづ』、ハックレンデル『黄綬章』、『ふた夜』、『舞姫』、クライスト『悪因縁』、『地震』、ステルン『うきよの波』、トルストイ『瑞西館』、ツルゲエネフ『該撒』、『文づかひ』、アルキング『新浦島』、ブレットハート『洪水』、ドオデエ『緑葉歎』、ホフマン『玉を懐いて罪あり』、シュビン『うもれ木』、カルデロン(三木竹二共訳)『調高矣洋絃一曲』、レッシング(三木竹二共訳)『折薔薇』、付録『於母影』(新聲社訳)。

二十二年一月の『調高矣洋絃一曲』から一番後の二十四年六月のドオデエ『みくづ』まで、約二年余の期間に発表した初期三部作の小説、それに十四篇の西洋小説の翻訳、二篇の翻訳戯曲、末尾に訳詩集『於母影』を付録としてつけている。留学から帰国以来、公務を勤め、そして旺んな論争を重ねながら、これだけの作品と頁数を発表するとは驚きである。森潤三郎は神代種亮の調査で、この『美奈和集』に、次の五種の異本があることを明らかにしている（『鷗外森林太郎』）

①初版本（明25・7）
②再版本の一（奥付は初版本と同じ）
③再版本の二（明27・1）
④訂正再版本（明39・5）⑤縮刷本（大5・8）

鷗外は、この第一作品集の『水沫集』をよほど大事に考えていたようである。

小堀桂一郎氏は、この『水沫集』の中でも、特にハックレンデルの「ふた夜」の翻訳に注目している。（『森鷗外―文業解題―翻訳篇』岩波書店）主人公の「一騎兵士官」の短い恋と哀感を鷗外の恋に重ねての感慨を述べるとともに、その訳文が『水沫集』の中でも『即興詩人』に比すべき「成功作」であると評価し、この『水沫集』の「代表作」とも述べている。また小堀氏は「水沫集」と次の「かげ草」の段階では彼の訳業の底本はすべてドイツ留学中に買ひ集めて故国に持ち帰つた書物だつた」とも述べている。それを具体的に言えば、ヘルマン・クルツの協力を得てパウル・ハイゼが編纂した『ドイツ短篇小説宝函』全二十四巻、『外国短篇小説宝函』全十二巻、またルートヴィヒ・ライストナーの協力で編纂した『新・ドイツ短篇小説宝函』全二十四巻である。ただ小堀氏の言で興味深いのは「その時代に支配的であつた小説美学の観点から、かつハイゼといふ甚だ保守的な趣味の文人のめがねにかなつたものを選抜してあるもので、ひどい間違ひもない代りに現代の標準からすれば至つて平凡な、もはや取るに足りないといつた作品も多く収められていた」というくだりである。それは『水沫集』にも言えることであろう。ただ小堀氏は、レクラム文庫は、よく「精選」されており、これを底本とした鷗外の訳業は「世界文学の標準的名作、もしくは代表的大作家の作品のいくつかを明治期の我国に紹介する形となつた」とも述べている。明治二十年代というのは開化期を経て、さらなる発展に向おうとする時期、しかし、日本文学の遅れは歴然としていた。描かれる世界も人情話めいたものがほとんどで、稚拙であった。こうした状況の中で、作品によれば同時進行的に広く西洋の作品が、鷗外の翻訳によって発表されたわけで、多くの文人、知識人が影響を受けないはずはなかった。

『めさまし草』創刊

鷗外は、日清戦争、台湾転戦から帰還して三カ月後に『めさまし草』（『目不醉草』）を創刊した。戦争で約二年余、知的思索、表現行為を凍結せざるを得なかっただけに、この『めさまし草』の発刊は、満を持してのことであったに違いない。三十五年二月の終刊まで五十六巻、五十六冊が刊行された。巻二十六まで月刊であったが、次の巻二十七がひと月遅れになったため、以後不定期な刊行となった。鷗外は、『めさまし草』の発行について「書估の企」と書き、斉藤緑雨、尾崎紅葉、幸田露伴らとの「はかなき烏合ともいはゞいへ」と、何か気の乗らないような書きぶりをしている。しかし、二十九年（一八九六）七月二十二日に緑雨は樋口一葉を訪ね「もと、我がめざまし一書肆の企てに過ぎずといふといへども、内実はしからず、鷗外、露伴、および我れ連帯責任をもつて起しつる雑誌なり」（『一葉日記』）と告げている。『めさまし草』発行については、他の文人たちと鷗外の間に少しの温度差はあったようである。しかし、鷗外が、少々しらけた感じで始めた雑誌としてもよく売れた。

　二十九年二月十七日、高浜虚子に出した、次の鷗外の手紙がある。

（前略）めさまし草巻一二千部うり切れ再版中事務は盛春堂主人にあつかはせ緑雨君監視し居られ候

　これによると、鷗外の述べる「書估」とは「盛春堂」であることが解り、『めさまし草』第一号が「二千部うり切れ」たことも解った。

　『めさまし草』は、鷗外・露伴・緑雨の三名による「連帯責任」による発行と考えるべきであろう。

　創刊号の表紙には「免さ満し草」とある。この表紙については、森潤三郎が「原田直二《ママ》郎氏図案の蜘蛛の巣に二羽の蝶を配した表紙に、題号は假名書きの名手多田親愛氏が書いた」（『鷗外森林太郎』）と述べている。しかし、佐渡谷重信氏は「鷗外は明治二十九年、「めさまし草」の創刊にあたり、その表紙を黒田清輝に依頼したのである。しかし、「めさまし草」の裏絵は、原田の弟子長原孝太郎に依頼することによって明治美術会の体面を保った」（『鷗外と西欧芸術』）と述べている。表紙絵を書いた人が、潤三郎と佐渡谷氏とは見解が全く違うのであるが、当時、鷗外が洋画擁護派として黒田清輝と原田直次郎の二人に気を使っていたことは、佐渡谷氏の文でよく解る。

　『めさまし草』で注目すべきは、当代の芸術作品、特に小説作品に対して批評する「場」を設けたことである。

　それは『鷸翮搔』『三人冗語』『雲中語』『觚膹《こよう》』『雲中独語』と続けられたこの「合議性批評」の企画をみれば解ることである。これらの「合議性批評」は、基本的には、満を持しての発刊という気負いもあっただろうが、やはり、第一作品集『水沫集』を出し、一方の雄、逍遥との論戦を経ての自信から生じていたということもあったろう。また、作品に対する鑑識眼が養われてきたという自信でもあった。

【鷸翮搔《しぎのはねかき》】

　『鷸翮搔』は、二十九年（一八九六）一月三十一日刊、巻之一、二月二十五日巻之二、三月二十

五日巻之三、四月二十五日巻之四、五月二十五日巻之五、六月三十日巻之六と、六回にわたって『めさまし草』に掲載されている。署名は「帰休庵」とされた。内容は今様でいえば「文芸時評」に近いものであろうが、『鷸翮掻』の批評対象は範囲が広範である。小説、詩、戯曲、演劇、漢詩、言語、絵画、審美学、その他、鷗外らしく多岐にわたり、全部で一五四の項目をとり上げている。強いて言えば「芸術時評」という言い方が少し近いのかも知れない。ことの性格上、長文による本格的な批評ということにはならない。小説をとり上げた場合、初めにまずその作品の梗概を紹介し、最後に小批評というか、寸見を述べる形式をとっている。鷗外みずから文中で次のように述べている。

> 小説戯曲等の批評にその筋を略叙するは、其書を読むに先だちて、其評を読まん人に対する必要なる注意なり。（「くさぐ〳〵（二）」明29・4・15稿）

作品批評に、確かに「筋を略叙」することは読者に親切であることには間違いない。ところが、このやり方に批判を受けたらしい。反論（「くさぐ〳〵（三）」明29・5・18）している。

一七七の項目がある中に「梗概にして批評に非ず」という批判は多くは当ってはいないといってよい。一種の「時評」であることをわきまえず、大仰な批評を求めている人からみれば、批評不在にみえるかも知れぬが、鷗外はそういう連中に対し「審美とはさやうにむつかしきものに非ず」と軽く応えている。

谷沢永一氏は、「文芸時評について」（平17・11・17『読売新聞』）なる文章で、「文芸時評」という呼称が出現した最初は、「明治三十三年十二月号」の『太陽』に掲げられた「予告」と述べ、実際に常設されたのは「明治三十九年五月六日」の『読売新聞』の「日曜付録」であり、執筆者は正宗白鳥であると指摘している。とすると、この鷗外の『鷸翮掻』は、「呼称」から四年、「常設」から十年、早かったということになる。

さて『鷸翮掻』における鷗外の小説寸見を瞥見しておこう（必ずしも「目次」通りの順番ではない。「　」内が鷗外の「寸見」である）。

［巻之二］

○泉鏡花「海城発電」

「兵站に勤むる救護員の上も、部隊に隷する軍役夫の上も、現実的に真ならざることは論なく、又理想的に真ならんことも覚束なくやあらん。此人の作を見るごとに、佛蘭西なるスクリイブ、ヂュマなどの伝奇のみおもひ出さる。」

戦争から帰ってきたところの鷗外からみれば、鏡花の戦場に生きる「救護員」「軍役夫」も「現実的に真ならざること」になろう。鏡花のもつ「伝奇的性格」も早くから見抜いている。

○江見水蔭「炭焼の烟」

鷗外は『水沫集』にドオデエの三作品を収めているが、この水蔭の「炭焼の烟」は全篇がドオデエの「羊かひ」に似ていると言っている。またシェッフェルの「エツカルド」の名前なども出てくる。褒めているのかと思えば、そうでもなく、特に「修辞」の面で批判、「読みづらし」と斬り、「杜撰も亦甚からずや」と断じている。自分の好きなドオデエの作品に似てはいても、本物と全然違うということである。当時の欧州との水準の違いも言いたかったであろう。

○尾崎紅葉「琵琶伝」

ここで「八面楼主人」こと宮崎湖処子の『国民之友』に載った大変な言をとり上げている。紅葉が鏡花の作品を「改作」して自らの名を冠して発表していた、鏡花去り、紅葉は「スケッチライタア」になってしまったと。現代であれば、これは恐ろしい話である。鷗外はこのことに関して「到底わが想像し得る所にあらず」と逃げている。ただ、八面楼を批判し、「世は紅葉を真価以下に卑め過ぎんとす」と、紅葉が実力以下にみられていることに不満を述べている。

○樋口一葉「わかれ道」

「作者一葉樋口氏は処女にめづらしき閲歴と観察とを有する人と覚ゆ。筆路は暢達人に超えたり」。

水蔭の文章を「読みづらし」「杜撰」と斬り捨てた鷗外が、一葉の文章を「筆路は暢達人に超えたり」と絶讃している。鷗外はここで一葉のことを「処女にめづらしき閲歴と観察を有する人」とも書いている。この「閲歴」に鷗外の目が光っている。

［巻之二］の『詩人の閲歴に就きて』で鷗外は述べている。「観察は閲歴の活用なり」と。この観察に優れることが芸術家は大切なこと。一葉は「等閑看過」することなく相遇したものを執拗に観察しているのだ。だから「眼識ある」と皆が認めていると、鷗外は述べる。「観察は閲歴の活用」とすれば、一葉は処女にしては、珍しく汚辱の世界を描いているのはどういうわけか。

さらに鷗外は偏見をもって一葉をみるべきではないとする。「一葉を評するは、一詩人として評するなり」と述べ、詩人（作家）は善も悪も美も醜も、つまり「造化の万物」を知らねばならないと言う。いまならば当然だが、わざわざこういうことを書かなければならないということは当時、うら若き女性が小説を書くことが、いかに稀れなことであったかが解るのである。それだけに、鷗外は声援を送りたかったことであろう。鷗外は、この問題が余程気にかかっていたようで『再び詩人の閲歴に就きて』（巻之二）を書き、閲歴と文学的表現の関係を述べている。

ドオデエもツルゲニエフも「実世界」の人物を「藍本」として小説の人物を描いていることを「明言」している。「閲歴」

を直ちに現実の意識をもって文とすれば、それは「記実」の類となってしまう。

そこで、鷗外が考える大事なことは、「閲歴の一たび夢の意識に沈み、詩輿に乗りて再び現の意識に上る」ところの「想像」と、「現の意識の能くその想像の漶漫把持し難きを制して定まりたる形を成さしむる」ところの「自憑」とが相互に影響して「空想」となる。この「空想」が詩を産んだとき、「閲歴」は「詩中に流れ入る」、すなわち作品化されるということである。「神来《インスピラチオン》」は、この「空想」から生じるといっていいのか。この「神来」こそが、作品を産み出す最も重要な契機となる。

ともあれ、「閲歴」が芸術創造の一番の根本であることは間違いない。だから、その「閲歴」が「想像」や「自憑」になっていかなければならない、これが鷗外の考えではないか。

さらに鷗外は、この項目の中で、これまで自身の文は顧慮したことがなかったが、『舞姫』も、基本的には「閲歴の所産なり」ということをみずから認めている。それは『うたかたの記』（「空像記」）も『文つかひ』もみな同じということである。鷗外がかつて「その地を踏まずば」、作品は成らなかったということ、そして、人物の「藍本」も認めているのである。ドオデエもツルゲエネフも、その点鷗外と何ら変らないということである。問題は「空想」から「神来」が働いて成ったかどうかということである。

一葉の「閲歴」は狭量であったはず。当時、女性として生きるに、その世界は極めて限定されたものであった。だから、一葉の「眼識」に鷗外は感嘆しているのである。鷗外が、この文章を書いた二十九年には、一葉は「たけくらべ」を完結し『太陽』や「春陽堂」からも原稿依頼が来ている。

しかし、残念ながら、この閨秀作家は、肺結核が進み、十一月にこの世を去ることになる。鷗外がこの「閲歴」云々を書いていたとき、勿論、一葉にこんなに早く死が迫っていることは予想していなかったと思う。それだけにまだ期待は大であった。

後に、与謝野晶子への思い入れもあったが、それ以上にこれ程一人の女流に関心を持ち続けたことは、鷗外にとって珍しいことであった。今迄、一葉に対しては、『三人冗語』で「たけくらべ」を褒めたことぐらいしか喧伝されていなかったが、この『鸛鵲搔』にも一葉に対する切なる関心があることを記憶しておきたいものだ。

○三宅花圃「萩桔梗」

文は「錬熟」と褒めているが、心情描写については「いま一きは深くあらまほしき心地す」と書き、一葉への評価との違いをみせている。

○樋口一葉「十三夜」

「わかれ道に劣らぬ作なり」。

「わかれ道」の寸見をみると、この「十三夜」も、やはり褒めていることになる。この「十三夜」には、社会の理不尽さに泣く女の悲哀感がある。

玉の輿に乗ったお関が、子供が出来てから鬼のようになった夫原田の許を去る決心をして実家に帰ってくる。絶対夫の許に帰らないと頑張るお関を、父親が世間体を気にして説得したことにより、お関は死ぬ思いをもってスゴスゴと帰っていく。最愛のエリーゼと別れ、強制的に愛のない結婚をした鷗外からみれば、何か一言あってしかるべきではないか。玉の輿、結婚、子供をもつ、夫婦の悲劇、一葉の「閲歴」にない事件を描いたことに鷗外は、やはり感心し、「わかれ道に劣らぬ作なり」と書いたのであろうが、これでは「「鷸翮搔」は梗概にして批評に非ず」と言われても仕方あるまい。

○樋口一葉「やみ夜」

「なつ子と署したり。一葉樋口氏のまことの名なりとか」と冒頭に書く。そして梗概の後、「この小説は一たび或る日刊新聞に見えし旧稿なりといふ。されど其文には、今の健筆のおも影早くあらはれたり」。

目がない、というのはこのことであろうか。すでに著名な文人となっていた鷗外に発表ごとに褒められる一葉は、どれだけ勇気づけられたであろうか。

[巻之二]

○幸田露伴「さゝ舟」

冒頭に「露伴のさゝ舟は、一葛藤を結びてほどく単稗といふ際《きは》のものに非ずして、或る大なるものゝ片破なるべし」と書き、梗概の紹介の後、「露伴が作は心を潜めて研究する価あるものなれば、われはこゝに此大作の一片を見て、軽々しく評することを敢てせず。この数語をば、唯露伴が微塵蔵を閲せん人の栞にもとて、かいしるせるになんありける」と述べる。仲間の作品故に鷗外は批評を避けている。梗概の説明の中に「作者関蔵の結果として門外漢ならぬ言葉づかひ面白く」とか「作者に此藍本を与へたるは、抑何人にかあらむと読む人打ち傾くなるべし」など書いている。

○尾崎紅葉「取舵」

「形傷れ神完き主人公は面白き筋を成すに足る。船客対話の調子抔には流石紅葉の筆とおもはるゝ節あり」。

鷗外は、紅葉のドラマ作りの巧さを鋭くみている。大体紅葉には好意的であった。

○川上眉山「書記官」

「眉山の文はこれをさへ快く卒読せしむ」。

○三宅花圃「露のよすが」

「よみ本体の文見苦しからず。花圃女史のおとなしき着想はこゝにも見えたり」。

○須藤南翠「吾妻錦絵」
旅順で戦死した秋津大尉の葬儀に、実況を写した従軍画師が訪れる話。「稍々むつかしき筋なるべし。留守宅の模様、未亡人節子と嫡男勲との挙動抔を叙したる文章、人をして南翠のいかなれば斯くまでに墨を惜まざるかを怪ましむ」。

旅順戦を観てきた鷗外からすれば、戦争小説はすべてがリアリティを欠くものと映じたかも知れぬ。南翠の表現力を批判しているが、これは当っていよう。
○樋口一葉「大つごもり」
「一葉の旧稿にて、こたび新に修訂せしものなりとぞ。この作者のものとしては、優れたる際には非ざるべし」。

「大つごもり」に対しては珍しく批判している。鷗外が一葉を批判するときは、どういうところが気に入らないのか、もう少し詳しく書いて欲しいものである。
○江見水蔭「海獵船」
「着想には無理なる処なし。船の結搆、獵の方法なども一通り調べたるものなり。唯われをして快からざらしむるものは、作者の写さむと欲する想髄とその写し出したる文章との不調和若しくは不相応にして、古人の所謂胸中完局あり、筆下相応せざるものなるべし。水蔭まことに志を遂げんとするものならば、少し書を読み文を学べ」。

「想髄」と「文章」との「不調和」を挙げているが、これは作家として根幹的な欠陥ということになる。それが水蔭に対し「少し書を読み文を学べ」というまことに厳しい言葉となってあらわれたのであろう。
○広津柳浪「亀さん」
柳浪の「嗜痴」(片寄った好み)から生ずる「病歴」を批判。特にその叙述が「医書中の実録」に近いとすれば、鷗外の排斥するゾライズムを想起する。柳浪の才が、鷗外好みの方向に生かされていないことを惜しんでいる。
○泉鏡花「化銀杏《ばけいちょう》」
長い梗概説明の後、次のように述べる。「バルザックが作は詩として最上の位に居るものに非ずと雖、われはこれを読みしを悔いず。鏡花が化銀杏に至りては、われ詩を読まむと預期しつゝも、図らず一条の法医学的記事を読ませられたるを悔ゆ」。

基本的には、柳浪の「亀さん」批判と同じように、鏡花の「化銀杏」を「法医学的記事」を読まされたようで、読んだことを悔いると述べる。これもまた洵に辛辣な寸見ではないか。

鷗外によれば「亀さん」でも「化銀杏」でも「閲歴の直に現の意識を経て文章」となっているのでは駄目なのである。
○田山花袋「無名草」
「花袋の無名草は貴族院議員の子河合重義が妻を迎ふるとき、その平生弄《からか》ひしことある醜き婢の釜といへるが、失望して入水する物語なり。着想の妥なると文章のいまだしきと水蔭に似たり。用字中鞘豌豆と書してそらまめと訓ぜる如きもの間ゝあり。そらまめは蠶豆なるべし。莢豌豆と同じからず」。

「着想」「文章」の「いまだしき」は「水蔭に似たり」ということは、つまり水蔭の「海獺船」で鷗外が述べた「想髄」と「文章」の「不調和」ということであろうか。水蔭と言えば、花袋が二十歳のとき、明治二十四年、入門を乞うため紅葉を訪ねたときに、紅葉は水蔭に会うことを指示、花袋はその翌日、水蔭を訪ねている。二十八年六月、花袋は、水蔭の紹介で中央新聞社に入社する。「水蔭に似たり」とは、鷗外はこのとき、花袋と水蔭の親密な関係をいかにも知っていたかのようにもみえる。

それはともかく、花袋が「無名草」を書いたとき二十五歳、まだ駆出しであった。字の書き方まで鷗外が教えているのは無理のないことかも知れぬ。

○小栗風葉「看護婦」

「看護婦の皮下注射を行ふは、或は有り得べき事ならむも計られねど、本来は有るまじき事なり」。

医学者の立場からみて、この「皮下注射」の虚偽描写は許されないということか。鷗外は厳しく断じている。

○水谷不倒「風流紙屑買」

「瑕少き文章にて、実らしからぬ事を面白く書きなしたるは、水谷不倒が風流紙屑買なり」。紙屑屋五平が、或る家の下女お清に五十円をみつがれ、これで武田耕雲斉の孫娘から「大砲」を買う、それを隣の婆に訴えられ警吏の出張、新聞の評判となる。なんだか奇妙な筋である。まさに「風流」というべきか。鷗外は「警吏の出張より偽《にせ》ものゝ大砲まで出でたるは、奇と謂ふべし。兎にも角にも今の所謂実際派を踏みつけにして、すまし切つたる書きぶり、めでたしめでたし。」と書く。

「空想」が克っているのが、どうやら鷗外は気に入ったらしい。そして、もっと気に入ったのは『早稲田文学』に、「今の所謂実際派を踏みつけ」にして小説を発表したことではないか。これは珍しくも、鷗外の一種の稚気のあらわれか。

○坪内逍遥「桐一葉」

この作品は、凡そ七段十五節に分れた戯曲である。

片桐且元が淀君の血書を得て登城したとき、大野治長の兵に襲われ、且元は茨木の城へ逃げ込むため長良堤に出て木村重成と訣別するという筋。「淀君の猜疑、大野一家の野心」、そして、且元の「外なる葛藤」と「内なる葛藤」に鷗外は関心をもったよう。この戯曲のかかえる問題点はいくつもある。

鷗外は、且元の「悲哀の実感」が「悲哀の審美感」を起させないと批判する。「実感」が「美感」にまで醸されていないという、鷗外の小説観である。しかし、最後には、鷗外は、我国現時の戯曲家中屈指の人と逍遥にエールを送っている。

[巻之三]

○幸田露伴「僥倖」

「皆露伴が特色ある譬喩、読者をして覚えず微笑ましむ。」

一緒に雑誌を出している露伴に対しては、鷗外と言えども、どうしても甘くならざるを得なかったようである。

○塚原渋柿園「密告」

「文姿余りありて詩趣足らず」。

[巻之六]

○川上眉山「大村少尉」

「作者眉山の自叙に見えたり。現にもさる筋の著述なるべく覚えらるれば、こゝに褒貶の語を着くることを欲せず」。

○広津柳浪「ひとり娘」

「固より俗に入り易からむことを勉めたる新聞種に過ぎざるべけれど、二百面に近き物語の文に、些の渋滞の痕もなく、やすらかに書き流したる処、作者の才の一端を窺ふに足る」。

内容は「新聞種」に過ぎないが、文章が気に入ったらしい。柳浪の「才の一端を窺ふに足る」と褒めている。

渋柿園や眉山、花袋、風葉、鏡花らに対しては冷たくあしらっているが、逍遥の「桐一葉」は、二頁にわたる長文のもので、これはいささか批評にあたるものといってよかろう。また一葉に関して思い入れが強すぎる感は否めず、『鷸翮掻』では一体に作品批評にまで至っていない。ほとんどが寸見といった方がよさそうである。

さて『鷸翮掻』で興味ある項目をもう少しみておこう。

[巻之四]の「太陽の書論」は当時の洋画界を考える参考になろう。当時、日本では洋画に関心、理解をもつ人は極めて少なかった。鷗外などは、その数少ない、しかも有力な一人であった。「南派」は、黒田清輝、久米桂一郎らの派をいい、「北派」は、原田直次郎や浅井忠などをいった。別に絵の傾向の相違から分けられていたのではなく、たまたま東京で住んでいた方角から言われるようになったらしい。

「明治美術会」というのは、明治二十二年五月に原田直次郎らによって結成されたが、鷗外はその名誉会員でもあった。鷗外は洋画には早くから関心をもち、ドイツ留学から帰国後二十二年七月、美術学校の美術解剖教授になって以来、日清戦争をはさみ、通算七年も美術学校の講師を勤めている。黒田や久米が出現したとき、「公衆」はいかに喜んでこれを迎えそれへの期待が「展覧会の壁面の過半」を南派のために明け渡したと比喩的に書いている。

明治美術会の有力な支持者であった鷗外だが、技倆の優れた黒田らの出現を鷗外自身も喜んだのである。

[巻之五]の「くさぐ〵(二)」では、「創作」と「製作」について述べている。

鷗外は、芸術作品に対し、「創作」という語句を使うことが嫌いであったようである。そう言えば、この『鷸翮掻』のトップ「凡骨」で「帝国文学中の製作もの」と「製作」を使っている。「製作」が「指物屋の仕事めきたり」と、一般事物を作ることに使われていることは認めている。が「創作の語は二三年来の流行に過ぎず」と言ってしまっている。ところが現在「創作」というと、文学をはじめ、他の芸術作品に使われ「製作」は機械類を中心に芸術品以外の事物の作成に使われていることは万人の認めるところである。鷗外の予想は見事にはずれたということか。

同じく、［巻之五］の「太陽の西班牙文学」では、『太陽』の記者は、果してスペインの文学者の名前を知っているのかと挑発している。鷗外が特に言いたいのは、「近世欧羅巴の戯曲」であり、その中でもスペインのロベとカルデロンである。鷗外がドイツ留学から帰って最初の翻訳をしたのが、このカルデロンの『調高矣洋絃一曲』であったことは周知の通り。鷗外は、留学中からカルデロンに注目していたが、「太陽の西班牙文学」では、シェイクスピアと比較し、「想髄」「体裁」「諧利上」に「優処」あるを認むる」という讃辞を送っている。そして、この文の終りで、『太陽』の記者がロベとカルデロンを「僻書視」していることに「妥ならざるべし」と反論している。また、どうやら記者は、ロベとカルデロンをイタリアの作家と書いたようで、鷗外は軽くいなしている。

『三人冗語』

『三人冗語』は複数の人間による座談形式の、やはり〈文芸時評〉である。メンバーは脱天子（幸田露伴）、登仙坊（斎藤緑雨）、鐘礼舎（森鷗外）の三人。しかし、本文中に出てくる頭取、贔負、理屈、むだ口、小説ずき、さし出、批評家、等々無数に出てくる称号が、三人のうち誰か、これは特定できない。なぜこんな形式をとったのか、余り読者に親切とは言えない。『三人冗語』は、終始、一作品を提示し、それへの合評となっており、その点作品以外の事象に対しても見解を展開した『鸍翮搔』とは全く違う。『三人冗語』は、『鸍翮搔』とほとんど平行して掲載された。

二十九年三月発行の『めさまし草』巻之三、四月二十五日巻之四、五月二十五日巻之五、六月三十日巻之六、七月三十一日巻之七の五回にわたって連載されている。

この二十九年は、樋口一葉が亡くなった最後の年であったが、「たけくらべ」（『文学界』1・30）なども発表され、文学的には絶好調、激賞の中にいた。一葉は、この年二月二十二日の日記『みづの上』中に「はかなき草紙にすみつけて世に出せば、当代の秀逸など有ふれたる言の葉をならべて、明日はそしらん口の端にうや〳〵しきほめ詞など、あな佗しからずや。」と書いている。

一葉は人気の絶頂の中にいながら、少し厭世的にもなっていたようである。和田芳恵は『一葉の日記』（昭58・1　福武書店）

で非常に重要なことを書いている。

三木竹二が一葉を訪ねて来たとき、緑雨のことを「かれには仮初にも心ゆるし給ふな、われ〳〵兄弟、幸田露伴なども、うわべにはいとよき友のやうに交はり候へど猶隔ておきつゝものをもまふするれ」（『一葉日記』）と告げたようである。このとき鷗外は、緑雨、露伴とはすでに巧くいっていない状況であったようだ。そのためか、人気絶頂の一葉を『めさまし草』に同人として入れ『四つ手あみ』というタイトルで「創刊月評」を続けたかったようである。しかし、これは結局実現しなかった。次の五回目で『三人冗語』が終ったのは、そのためであったのだろうか。

『三人冗語』でとり上げた作品は、全五十篇で、ほとんどが文学史にも残っていない無名のものである。後世で名が出てくるものとしては「たけくらべ」（一葉）、「うらおもて」（眉山）、「われから」（一葉）、「今戸心中」（柳浪）ぐらいではなかろうか。

『三人冗語』と言えば、やはり樋口一葉、それも「たけくらべ」への賞賛の言辞であろう。「ひいき」が「此作者の作にはいつもおろかなるは無けれど、取り分け此作は筆も美しく趣きも深く、（略）全体の妙は我等が眼を眩ましめ心を酔はしめ、応接にだも暇あらしめざるほどなれば、もとよりいさゝかの瑕疵なども挙げんとも思はしめず」。まさに、べた褒めである。「第二のひいき」は「此人の筆の下には、灰を撒きて花を開かする手段あるを知り得たり。われは縦令世の人に一葉崇拝の嘲を受けんまでも、此人にまことの詩人といふ称をおくることを惜まざるなり」と述べている。これは有名な言だ。この「ひいき」「第二のひいき」が鷗外かどうか本当は解らないのであるが、「第二のひいき」で「詩人」という言句を使っているので、やはり鷗外であろうと推定される。鷗外は『鸚鵡搔』でも、例えば「一葉を評するは、一詩人として評するなり」と述べ、文人つまり創作者のことを「詩人」と固定的に称しているからである。『三人冗語』は、この一葉論議以外は、余り興味をひくものはなさそうである。

ついでながら、七月の初めから高熱が続いていた一葉は、八月の初旬、御茶の水の山竜堂病院に入院した。緑雨は鷗外に頼んで青山胤通の診察を一葉に受けさせたりもしたが、病は増々進み、十一月二十三日、午前中に二十五歳で亡くなった。鷗外は、その才能の死を惜しんだに違いない。

『雲中語』

『雲中語』は『三人冗語』を改題したもので、メンバーは、鷗外、露伴、緑雨に新たに依田学海、饗庭篁村、森田思軒、尾崎紅葉が加わり七人となった。二十九年九月二日刊『めさまし草』巻之八から九、十、十一、十二まで、三十年一、二、三、四、五、六、七、九、十一、十二まで、三十一年二、五、七、九まで十九回連載された。扱われた作品三百六十一篇（その内作者名なし三篇）。雑誌は『新小説』だけが対象となっている。形式は『三人冗語』とほとんど同じで、一作品を七人が合評している。扱われた作品はやはり、いまほとんど忘れられているものが多い。文学史に散見するものを少し挙げてみると、「藪かうじ」（秋声）、「龍潭譚」（鏡花）、「あひゞき」（四迷訳）、「変目伝」（柳浪）、「にごりゑ」（一葉）、「うもれ木」（一葉）、「百鬼行」（緑雨）、「多情多恨」（紅葉）、「源叔父」（独歩）、「そめちがへ」（鷗外）、「くれの廿八日」（魯庵）等である。

具体的に少しみてみよう。

巻之十、広津柳浪「河内屋」に対しては、「真面目」が「人物各自の気稟性質及び其気稟性質のそれ〴〵の境遇に反応するさまも亦明かに描き出だされて、吾は此篇を以て雲中語有て以来始めて観る所の佳作なりとなす」と激賞。「真面目」が七人の内誰か不明であるが、これだけ褒められている割りには、「河内屋」に対する後世の評価は余りよくないのは何故なのか。巻之十一では、後藤宙外の「闇のうつゝ」に対し「ひいき」が「新小説既出四巻の中にて文章の上より見ば、此闇のうつゝほど佳なるは無かるべし。河内屋は佳作には相違なけれど、其佳作たる所以は別にあつて存す」と述べ、「過失も無き代りに、褒むべき手柄も無き文」と斬り捨てている。この「ひいき」は『鷸翮掻』との関連でみれば鷗外の可能性もある。

巻之十五、樋口一葉「にごりゑ」に対し、まず「頭取」が「三人冗語のたけくらべの評出づるに先だちて、多少のSensationを喚起したる一葉の作は是なり」と述べる。この「頭取」は、各作品批評の冒頭で梗概をまとめて紹介する役、これは鷗外に違いない。

この「にごりゑ」に対しては「突飛」が批判している。「お力」の人物形象の不自然さに文句をつけている。しかし当時、人気絶調ながら、すでに死亡していた一葉に対し、この「突飛」も遠慮してか、最後に「さすがに此篇にも一葉のうまい所は確かにある」と、とって付けたような褒め方をしている。鷗外でないことは間違いない。巻之二十一、鷗外の『そめちがへ』に対しては「通人」が、「何だ馬鹿らしい」と痛撃している。「通人」のきつい批判を鷗外はどう受けとめたのか。森潤三郎は「尾崎紅葉氏も雲中語の金色夜叉合評の時に一度来られた事がある」（『鷗外森林太郎』）と書いている。紅葉は、この合評会には余り出席しなかったようである。右の文で潤三郎は「金色夜叉合評の時」と書いているが、『雲中語』の中に「金色夜叉」の記録はなく、「多情多恨」の合評記録はある。この間違いかも知れぬ。この「多情多恨」に関しては、「無情男子」が「作者の得意想ふ可し。篇中人物の性格皆瑩《エイ》然として明なれど、独り柳之助に至りては、われ尚世上真個に這般の人あるべきや否やを疑ふ」と述べる。主人公柳之助の人物形象に文句をつけている。「無情男子」とは誰であろうか。

『觚《こ》牘《よう》』　二十九年十月三十一日、『めさまし草』巻之十、十一月二十五日、巻之十一、十二月二十五日、巻之十二、翌三十年一月二十九日、巻之十三の四回にわたり『雲中語』と平行して連載された。評論中「歸休庵」(鷗外)の署名のものが『全集』第二十三巻(昭48・9)に収められている。鷗外以外のもので『觚牘』に発表されたものは、巻之十「かぜのおと」(正太夫)「すてぜりふ」(三木竹二)と巻之十三「珍らしき人かな」(正太夫)の三篇である。内容は「再び性格に就きて」「又太陽記者とハルトマンと」「十三代集と百錬抄と」「とものと」「続靹音」「罔極旋行」「続々靹音」の七篇の評論になっている。いささか審美学的なもの、ジャーナリスティックなもの、日本の古典に対する関心など、自由に自分の見解を『觚牘』のタイトルのもとで発表された。

『雲中独語』　合評形式に嫌気がさしたか、まさに「独語」で作品寸評をやったもの。明治三十二年(一八九九)一月七日刊『めさまし草』巻之三十四と四月十日巻之三十六の二回、無署名で掲載された。単行本に収録されていない。

小倉転勤二カ月前であった。対象とした作品は六十篇。ほとんど後世に残っていない作家、作品が多く、内容も批評までいかず、「寸見」といったほうが適している。この『雲中独語』を最後として、鷗外は、各作品に対する「時評」的関心を示さなくなった。この関心の問題もあったと思うが、一つは、小倉転勤という環境の大きな変化にも原因があったと思われる。

『都幾久斜』(月草)　二十九年十二月に、今迄の評論をまとめ『都幾久斜』(月草)として、春陽堂から刊行した。菊判で全九九六頁という大著となった。表紙は、月草を淡彩で表現した気品のある装丁で、書名は多田親愛が書いた。この初の評論集には、鷗外の明治二十年代の評論、及び論争文がほとんど収められた。

例えば、「没理想論争」関連の論文、『外山正一氏の画論を駁す』、『山房放語』、『近刊雑評』、『舞姫に就きて気取半之丞に与ふる書』(相沢謙吉)など、忍月との論争関連論文、『演劇改良論者の偏見に驚く』など、膨大なものである。

この本を紐解くと、明治二十年代の鷗外の熱気が発散している。相手を沈黙させてしまうほどの拘執性、既述したように多分に神経症的な期間もあった。それは日清戦争を体験することで、かなり克服されたとみてよかろう。そして、若い国家に対する使命観のようなものも、まぎれもなく存在する。総体的には、発展途上の日本にとって前進あるために西洋の「近代」をいかに伝えようとしたか、その強い啓蒙意欲、これも当然認められなければなるまい。それにしても、なんとすさまじいエネルギーではないか。驚く以外にあるまい。

さて鷗外は、この「月草叙」で述べている。「判断を下すには標準がいる」、これが即ち「標準的審美学になる」という論法。これは鷗外の審美学の核心である。

他者が、芸術作品を「批評」し、その創作者に「期待」を述べる場合、「標準」がなければならない。日本の開化期から明治二十年代において、そうした芸術観を支える「標準」があったのか。二十年代当初、逍遥の「小説神髄」、四迷の「小説総論」など、小説に関しては多少の芽が発生しつつあったが、「美」全般、あるいは「芸術」全体に対して、まだ寥寥たるものであった。この時期、「月草叙」で鷗外の言う「標準的審美学」という認識は極めて重要であったとみる。

さて、鷗外は台湾征討作戦に転戦したが、二十八年十月に東京に帰還。すでに述べたように、十月三十一日、軍医学校長に補された。翌二十九年一月、陸軍大学校教官に兼補され、四月に陸軍衛生会議員に兼補、十二月に戦時衛生事蹟編纂委員を命じられている。鷗外三十四歳であった。

この十二月に、『衛生新篇』の初版刊行に先立って、第一版の分冊本として小池正直との共編で『衛生新編《ママ》』（松崎蒼虬堂）第一冊目を刊行、翌三十年六月、第二冊を刊行した。後に合本一冊（『衛生新篇』）となり、多くの医師や軍医学校に入学する軍医たちの必読の書となった。森潤三郎は、この『衛生新篇』について「富士川游博士の日本医学史にこの書の事を「始メテ我邦学士ノ手に成レル衛生学書アリ」と記してある」（『鷗外森林太郎』）と紹介している。（『衛生新篇』については、第三部の11で述べている。）

18　「隠し妻」児玉せき

鷗外に囲われた女性がいたことは、すでに知られている。実は、この事実は、早く明治三十一年（一八九八）七月九日の『万朝報』にとり上げられていたのである。この『万朝報』は、「弊風一斑―蓄妾の実例」という特別な欄をつくり、そこに「蓄妾の実例」を「五一〇例」収録、連載した。その中に鷗外もとり上げられたのである。

鷗外が「児玉せきなる女」を「外妾」として「別居」させているという事実、それに鷗外はともかく、せきの住所など間違いなく、よく調べている。しかし、細事になると間違いは多い。鷗外のことを軍医監と書いているが、三十一年七月というと、鷗外は前年に任じられた陸軍一等軍医正（大佐相当官）であり、軍医監（少将相当官）になるのは、翌三十二年六月、第十二師団軍医部長に補せられたときである。また、せきを「十八九の頃より妾として」も「本妻に直さんとせし」も、みな事実と違っている。

この『万朝報』の鷗外の件は、ほとんど世に喧伝されるようなものではなかった。鷗外自身も、まだ、さほど有名ではなかった。文学界、陸軍医療関係を中心にした圏内では著名であったと思われるが、それ以外の人たちからみれば、まだ著名人と言われるほどではなかった。それに「蓄妾」例が「五一〇」例も次々と出てくれば、個々の人物も薄まることもある。やはり、鷗外が一般的に知られ始めるのは、日露戦争後、特に陸軍軍医総監に就任し、文学的にも再活躍を始める明治四十年代からであろう。この鷗外と児玉せきの関係を、早く一般雑誌に発表したのは長男於菟であった。昭和二十九年十一月の『文芸春秋』に「鷗外の隠れた愛人」というタイトルで発表した。「愛人」としたのは文春側であり、於菟は「鷗外隠し妻」としていた。於菟は、せきのことを「一言にしていえばあの時代に多くある、忍従の世界に生きた知性も教養も低く、まず一通り善良で相当に美しい気の毒な人なのである」と書いている。この於菟の書く、せきの人間像は、あのエリーゼの像と重なってくるのは偶然であろうか。不思議な気がする。於菟は、二人が知り合ったとき、せきは二十五歳、父は三十三、四歳の頃と書いている。十歳の差、それに、於菟は、せきのことを「もと士族で千住で相当の位置にあった人の未亡人」としている。また、せきは「うまずめ」だったので、祖母（峰子）の「めがねにかなった」と述べ、せきの一人娘「おきんちゃんは養女であったのだろうと私は考える」と書いているが、この於菟の一連の推測は、後述するように全部違っている。

さて、於菟が、鷗外とせきとの関係を『文芸春秋』に発表した後、随分、近親者等から於菟に苦言がきたらしく、翌三十年三月に「補筆」（『父親としての森鷗外』）している。この中で於菟は、「昔、父（鷗外）を尊敬していた医学博士の某先生が「実にけしからん男がある。僕が先生に心酔していると非難して、閣下にも妾があったというのだ。君そんなことはあるまいね」といわれたことがある」と書き、後に『改造』に求められ、「再び父を語る」で「この人と父との間に関係があるかも知れない、ないかも知れない」とか「もしこの女が父と交渉をもったとしたら」というような発言をしたことを述べている。明らかに於菟は後退し、真相を曖昧にし、ぼかそうとしている。

医学者であった於菟が真実を隠蔽しようとする態度は褒められたことではあるまい。それだけ、鷗外は「謹厳実直」にみられていたということでもあるが。

この鷗外と児玉せきの関係は、本人鷗外の処する態度がエリーゼの関係と基本的にはほとんど同じ構図であるとみてよい。両件とも、まぎれもない「事実」でありながら、長く隠蔽され続け、本人の鷗外自身が、せきのこと、エリーゼのこと（エリーゼ帰独三日前の手紙は別として）を無言で通したこと、それに周囲が「医学博士」「閣下」を無欲恬淡とした人格者と認識し続けたことである。鷗外ほどの高尚な大人物がそんなことをするはずがない、という「錯覚」である。昭和に入っても評論家、研究者に、鷗外をあくまでも〝聖化〟する人が多く、それは、昭和四十年代まで確実に続いた。この二人の女性で多少違う点は、児玉せきの方が、エリーゼに比し、比較的早く明らかにされたことである。

鷗外の性欲観

本書八二ページで、鷗外の「性」への意識について書いたが、ここでもさらに考えておこう。

志賀直哉は「濁った頭」（明44・4『白樺』）の中で、健康な性欲とキリスト教の戒律との間で苦悩する十七、八歳の「私」を描いている。十七歳から七年間「温順な基督信徒」だった「私」が苦しんだのは、「姦淫する勿れ」というキリスト教にある「禁制」であった。健康な性欲を持っている「私」は「拷問」を受けているようなものであった。どうしても「独りですある恥かしい行《おこない》」をしてしまう。この「姦淫」を「罪悪」とみる宗教から次第に離れざるを得なくなる「私」であるが、この「性欲」の問題は、極めて普遍的な問題である。

鷗外は、どうであったのか。

鷗外とこの「濁った頭」の「私」を「健康な青年」という観点からだけみると、間違うのではなかろうか。鷗外は藩医の家に生を享け、しかも蘭医学者の父に育っている。以後の経歴は周知の通りである。これから述べることは、あくまでも「推測」であることをことわっておく。

鷗外にとって「性欲」は、あくまでも生理学の問題であった。鷗外は生涯、無神論者であったが、それと別に関係なくとも、鷗外には「性欲」というものを宗教、倫理、道徳の面から特別視するところはほとんどなかったと思われる。鷗外にとって「性欲」は、食欲などと同じく当然の欲望であり、要は、その処理の問題であった。医学を学べば、人間が生理に左右される「生物」であるという基本認識をまず持つことになろう。健康な人間が健康な「性欲」を持つ、この認識は、鷗外には早くからあった。だから志賀直哉の書く「濁った頭」の「私」のような悪循環に堕ち入ることを、鷗外はむしろ忌避してきたのではなかったか。従って、鷗外にとって大事なことは、健康な「性欲」が無理な抑制によって、精神生活に悪影響を及ぼすことである。「性欲」は適切に処理されるべき、という認識、これは衛生学者でもあった鷗外にとって常識の問題でもあった。つまり、「性欲」の発散は極めて自然なことであり、健康の証でもあった。こうした前提の中で、鷗外が「性欲」の処理で考慮したのは、性病の問題である。そこで対象者は病気をもっていないと保証された女性が選択されることになる。エリーゼ問題もここで考えて欲しい。前にも挙げたが、於菟が、鷗外と「池の端」を歩いているとき、「卒然」と「Trieb（性欲）の処理をどうしているか」と聞き、「性欲の解決の道をそのおりおりのすさびにしておけと忠告」したことは、すでに書いたことである。「すさび」とは「慰み」のこと。鷗外には、年頃の息子の「性欲」のことはよくよく解っていた。しかし、何人の父が、わが息子にこれほどのことが言えるだろうか。決して汚く、いやらしい問題としてでなく、あくまでも「生理」の問題という確信があったから鷗外は平然と言えたのである。このことは、エリーゼの件でも言えることである。

母峰子も、代々藩医の家に生まれ、父も夫も医者となれば、鷗外ほどでなくても「性欲」の処理の必要性は十分解っていた。息子林太郎の地位を傷つけず、健康で病気を持たず性格のよい女性を、独身で三十代前半の林太郎の相手として探さなければならない、母峰子は苦慮したと思われる。しかし、鷗外が「性欲」を生理学の問題と考えていたとしても、世間はさまざまである。明治の大人物には大抵「二号」がいたとしても、やはり『万朝報』で「蓄妾」を「弊風」と捉える風潮は無視出来ない。峰子としても目立たない方法で相手を定住させなければならない。何事にしても鷗外のことは、峰子は一生懸命であった。

せきの実相

さて、鷗外と児玉せきの実相については、大島田人、八角真両氏の「森鷗外―人と文学のふるさと(七)」(『明治大学教養論集』一五六号)に、よく調査された論稿が掲載された。本書は、この論文を基本資料として、特に児玉せきの実体を考えてみたい。

せきの父親、児玉伊之助は、千住仲組二十六番の借家に居住していた児玉治男の三男として生まれ、長じて日雇の料理人となっていた。母親は、葛飾郡四ツ木村の豊岡沢七郎の長女なみである。この伊之助(二十八歳)となみ(二十七歳)の間に生まれたのが、せきである。慶応三年(一八六七)二月二十五日であった。せきは児玉家の一人娘として長じた。十五歳のとき、つまり明治十四年四月、四ツ木村から盛岡浅次郎を養子に迎えたが、事情があって一年後養子縁組を解消。明治十六年四月、木内栄助との交際で、せきは妊娠したため、栄助を児玉家に婿養子に迎えた。木内栄助は徳島県板野郡仲富村の木内政男の三男で、安政二年(一八五五)生まれ、そのとき巡査をしていた。せき十七歳、栄助は二十五歳であった。この年、九月十一日に、きんが生まれている。於菟が、せきのことを「うまずめ」と書き、きんは養女ではないかと書いていたが、生年月日まで解ってみれば、於菟の推測は違っていたことは瞭然である。明治十八年(一八八五)八月、栄助は児玉家を去り離婚となる。せきは十九歳であった。この頃、せきら児玉家は下谷通新町に住んでいた。しかし、離婚の翌月、父伊之助の出身地である千住仲組に一家は戻ってきた。ところが翌十九年に、父伊之助は死亡、児玉家は母なみ(四十七歳)、せき(二十歳)、きん(四歳)

の三人暮しとなる。この頃、せきは歌沢の名取となり、三味線も名手となって、この音曲をもって母や子を養ったという。父の死後四年間、千住の仲組にいたが、明治二十二年（一八八九）六月、千住一丁目十九番地に移転。此処で鷗外家と接点が出来たのである。

鷗外の父静男は、この千住一丁目で十年前から橘井堂医院を開業しており、自然な形で児玉家と森家は親しくなっていった。とくに祖母清子と母峰子は、せきに目をかけていたようである。以上のいきさつで、鷗外とせきが、いずれ出会う基盤が出来ていたことが解る。

鷗外は、離婚後、二十三年十月、本郷千駄木五十七番地に移ったことはすでに書いた。児玉家三人は、大体同時期に、千住を出て浅草三間町二十八番地に移転している。

それから二年後、つまり明治二十五年一月末に団子坂上、千駄木二十一番地に家屋を建て、鷗外の祖母、両親らが千住から移転してきた。ところが、この年十一月十一日に、鷗外邸の裏門近く、千駄木三番地に、児玉家の三人が浅草から移ってくる。このことは鷗外とせきの接点について考えるに、非常に重要な要件となる。ほぼこのときをもって、鷗外とせきは特別な関係に入ったとみてよかろう。於莵は、せきが二十五歳で鷗外が三十三、四歳と書いていたが、この明治二十五年は、鷗外三十歳、せき二十六歳である。二人の年齢差は四歳ということになる。

この頃、鷗外は陸軍二等軍医正であり、九月から『即興詩人』の翻訳を始めている。千駄木三番地と言えば観潮楼から歩いて数分の所、母なみはきんを連れて別居となった。

鷗外は気が向くと下駄履で、ふらりとおせきを訪ねたようである。鷗外も多少は周囲に遠慮していた感じである。ここで補足しておきたいのは、於莵が「もと士族で千住で相当の位置にあった人の未亡人」（『父親としての森鷗外』）とせきのことを書いたが、元夫は巡査で生き別れであったということである。

さて、どの位の交際期間であったのか、確実なことは解っていないが、恐らく明治三十一年（一八九八）七月九日に、せきとの関係を『万朝報』に書かれたとき、鷗外は二人の関係を断つ決心をしたのではあるまいか。鷗外の、他を憚る性格からみてこの推測は妥当な気がする。『万朝報』も嘘の報道は出来まい。三十一年七月の段階で、二人の関係は続いているかどうか調べ、続いていることを確認して記事にしたと思われる。この年月で計算しても二人の関係は六年間続いたことになる。いずれにしても翌三十二年には、小倉転勤が待っていたわけで、鷗外としても潮どきであった。せきと鷗外との関係は特殊から普通の関係になっても、森家との関係は以後も続いていたことを拙編『森鷗外・母の日記』で確認出来た。特に峰子に可愛がられていたようである。明治三十九年一月十八日「この日おせき来て約束の品を呉れる」と峰子は書いているが、実はこの六日前に、鷗外は日露戦争から新橋に凱旋している。かつて、情を通じた鷗外への想いを持続していたことを知っていたのは峰子だけかも知れない。その心を察して帰国、一段落着いたところで峰子が都合をつけて呼んだのかも知れぬ。以後、峰子の日記に二、三回せきの名前が出てくる。せきは幼少の於菟の面倒もみたようであるが、その割に於菟は冷たい事を書いている。「もしこの女が父と交渉をもったとしたら、父にとって路傍に発見したイボタの虫と同じものにすぎなかったろう」と。これは少しひどい。一片の愛情も生じなかったら鷗外は登志子のように、一年もせぬうちに捨てたであろう。六年間（推測）も続いたということは、美形のせきにいささかの愛情を感じていたのではないか。しかし、鷗外の性格上それは一切外形に出さなかったと思われる。

ついでだが、於菟は、せきは『雁』のお玉とまったくモデル的関係はない」と述べている。森まゆみ氏は「せきの印象はどれもお玉と相似する」（『鷗外の坂』平9・10 新潮社）と書き、精細にせきとお玉を比較し分析している。森まゆみ氏に同感である。せきは鷗外との関係が解消されると、元の浅草に帰っている。そして昭和十六年十月九日、七十三歳で他界。太平洋戦争勃発約二カ月前であった。

19 父静男の死

明治二十九年（一八九六）四月四日、父静男は萎縮腎と肺気腫で逝去した。六十一歳であった。静男は峰子に比べ、名前通り静かな存在であった。しかし鷗外は、この父の寡黙な中に父らしいものをみつけ愛情を感じていたようである。『舞姫』では、父は早く亡くなり不在、影すらみえない。その代り徹底的に慕われるのは母である。幼少年期から鷗外に愛を注ぎ、教育的に管理し続けたのは母の峰子であった。無理もない、若いときの鷗外には父は不在であったのかも知れない。

しかし、年齢とともに、父の味が解ってきたようである。『カズイスチカ』で「宿場の医者たるに安んじてゐる（略）父を尊敬する念を生じた」と書いているが、自分にないモノを父に感じ認めていたようである。

第四部　明治三十年代（一八九七―一九〇六）

1　医務官僚としての正念場

明治三十年は明けた。

だが、この三十年代は、穏やかならぬ十年間となっていく。三十年一月三十一日には、西周が六十九歳で亡くなっている。この月、鷗外は『公衆医事』を創刊し、衛生学への意欲を顕示している。三月には、足尾鉱毒被害者農民が、大挙して上京、請願行動を起こし、警官隊と衝突、日本における公害被害者の意思表示に、鷗外の専門と関わっているだけに、大いに関心をもってみていたと思われる。六月には、京都にも帝国大学が設立され、今まで唯一だった「帝国大学」は、東京帝国大学と改称された。三十一年六月には、日本最初の政党内閣が誕生、首相は大隈重信、六十一歳で外相を兼ねた。

さて、鷗外は、この三十年に三十五歳、この年齢と才能を陸軍医務局が放っておくはずはない。一月に、陸軍大学校教官を兼補し、四月、陸軍衛生会議議員も兼ねた。この三月、陸軍武官官表改正により、新たに、陸軍一等軍医正となっていた。翌三十一年十月には、近衛師団軍医部長という栄職を得、軍医学校長を兼ねた。しかし、翌三十二年六月、鷗外にとって「左遷」と受け止められた小倉転勤、三十五年には、第一師団軍医部長で東京に還ったが、この三十年代の終末は、日露戦争出征で幕を閉じている。

一方、文学界は、この三十年代の前半は比較的静かであった。三十年の一月に『ホトトギス』、四月に『新著月刊』がそれぞれ創刊。八月には、島崎藤村が『若菜集』を出して注目された。しかし後半になると、それまで圧えられていたものが吹き出したように、文学界が動き始める。その時、鷗外は戦場にいたのだが、夏目漱石の「吾輩は猫である」(明38・1)、藤村の「破戒」(明39・1)、そして与謝野晶子の登場があった。鷗外は陸軍医務官僚として、他のライバルたちと出世を競う段階にきており、いわゆる「文学」への動きは薄弱であった。言ってみれば、医務官僚の中堅として、次のステップへの大事な季節であり、まさに正念場を迎えていた。各師団軍医部長、小倉転勤、日露戦役への出征といった物理的な慌ただしさの中で、翻訳数篇、また『そめちがへ』、作品集『かげ草』の刊行ぐらいで、いわゆる「創作」に関しては休止状態が続いていた。こうした中でも、この時期鷗外が最も関心をもったのは、西洋の「審美学」を日本に紹介しようとすることであった。

この三十年代初頭、鷗外の「文学」に処する状況が、他からどのようにみられていたかを知るに参考になる資料がある。それは、三十年二月の『太陽』に載った「今の文学界」という文章である。この文は、ある「客」が、千駄山房に「鷗外漁史森林太郎君」を訪ね、「今の文学界に就いて問ふ」という形式になっている。

このときの鷗外についての談話を「君胸襟を披き」とか「其談片なり」とか「一場の茶話」とか、やや斜視で眺めながら、結論として「人を傾聴せしむへきの概あるを見ん」と、訪問者（客）は恰好をつけている。この鷗外訪問記にみる鷗外の談話は、それほど真面目なものとも言えず、「客」の言う「其の談片なり」が最も適当なところではあるまいか。

この文章で肝腎なのは、この三十年当初、鷗外が〝文学界〟でどのようにみられていたかが、いささかながら感じられる点である。

「客」の最初の発言は、「久しく御得意の長論文に接せず、めさまし草などにて少し気焔を吐かれてはいかに」である。少し挑発気味な点が面白い。この「客」の言は、日清戦争後からの鷗外の〝文学界〟での沈黙をさしている。この「客」は、多分『太陽』の記者であると思われるが、一番聞きたかったことを冒頭に発した感じである。「客」が想定しているのは、二十三年から三十五、六年ぐらいまでの、あの、すさまじい鷗外の論戦であろう。特に日清戦争後、鷗外は『めさまし草』を創刊したものの、「客」の言う「長論文」は書かず、『鷸翮掻《しぎのはねかき》』『雲中語』など、いわゆる「文芸時評」的なものに意欲をそそいでいた。「客」は、その鷗外の変化を衝いたのである。

それに対し「君曰」（鷗外の言）は、「めさまし草には迚も論文など載せる余地なし」と一蹴している。「長論文」云々は、雑誌のスペースの問題ではなく、鷗外の意識の問題である。その変化に鷗外は一切触れなかった。

その他、この文章で、「発句」は長く流行しない、「子規君はこの一代で種切とならう」と言い放っている。そして、露伴・紅葉は褒めながら、柳浪については、「文章は悪文」だと切り捨てる。この時期、鷗外自身は創らなくても、鷗外の意識は昂揚していたことが解る。この文章の最後で、「僕は余り雑誌などへは書かないで本を拵らへやうと思ふ。僕は少しでも書くと彼是批評して五月蠅、フン成程、それは批評家などは眼中に置かんでも善からうが、あまり彼是言はれたくも無いさ」で終わっている。「本を拵らへやうと思ふ」という言は、この文脈だけでは解りにくいが、これは、翌三十二年から刊行する「審美学」のラウプ、フォルケット、リープマン等の翻訳書のことを指しているものと推察する。このことと、「批評家」不信は、鷗外の中で一体なのである。「審美学」は、芸術作品の価値を計る基準である。今の日本の「批評家」たちは、この先進的な西洋の「審美学」も知らずあれこれ言う、まさに「五月蠅《うるさい》」と言いたくもなったであろう。「客」には抑制して言わなかったが、自分が、これから「本を拵らへ」るから、それを読んで「価値を計る基準」を知れ、というぐらいの気持があったと思われる。

かような意味においても、『今の文学界に就いて問ふ』は、この時期の鷗外の「文学」にかかわる態様を識るに興味ある文章と考える。

三十年五月二十八日、作品集『かげ草』（春陽堂）が刊行された。菊判、洋綴、表紙は濃緑色で、上下の帯状に井字形と、しのぶ草が描かれている。書名は多田親愛が書いた。内容構成は、次の如くである。

『女丈夫』（鷗外）『ぬけうり』（同）「浮世のさが」（きみ子）「名誉婦人」（同）「新学士」（緑堂　きみ子）「あづまや」（きみ子）「浴泉記」（同）「王宮」（同）「星」（同）「くろき王」（同）「美き星」（同）「旧宮人」（同）「菊と水と」（同）「花のあやしみ」（同）「皮一重」（同）「人肉」（同）『はげあたま』（鷗外）『俘』（同）『戊辰のむかしがたり』（同）『島めぐり』（同）『レツシングが事を記す』（同）『シルレルが医たりし時の事を記す』（同）「指くひたる女」（きみ子）『石桂堂の逸事』（鷗外）『観潮楼偶記』（同）「魯西亜の民草」（きみ子）「女子の言葉」（同）『毒舌』（鷗外）

鷗外の翻訳、エッセイ、それに小金井喜美子の翻訳や創作も含めている。明治四十四年（一九一一）九月に改訂、このときは四六判で刊行されている。

2　鷗外と審美学

遅れた社会に科学を育てるためには条件が必要。それは「標準」である。「芸術」の「標準」として鷗外は乾いた日本の土壌に「審美学」を植えつけようとした。鷗外はその最初の人となったのである。『月草叙』で、美の基準もない、批評の方法もない我国の遅れた土壌に種をまいたのは自分であると述べている。鷗外には強い自負があった。さらに、この文で、大学に審美学の講座が置かれ、審美学の専門学者が必要となってきたのは、自分が拓いたことにあるとも述べている。

この言は、決して欺瞞でも自慢でもない。これは実際のことである。鷗外は、明治二十二年一月三日、『読売新聞』に『小説論』を発表、文学批評の火ぶたを切ったことはすでに書いた。十月に『柵草紙』を創刊、翌二十三年一月、『舞姫』を発表、忍月と論争を重ね、五月には『外山正一氏の画論を駁す』で、初めてハルトマンを紹介している。そして二十四年十二月、『早稲田文学の没理想』で逍遥に論争を挑み、これも幾多の論争が重ねられ、二十五年九月には慶応大学で美学の講座をもっている。十月には『ハルトマンの審美論』を『柵草紙』に連載。鷗外は『月草叙』で「明治二十二年から二十七年まで」と書いているが、それは、日清戦争出征のため、二十七年八月に『柵草紙』を廃刊にしているからである。

『柵草紙』は、鷗外「美学」の拠点であった。鷗外の審美論に啓発された人事として、東大の哲学科は、当のハルトマンを招聘したが実現せず、その弟子のラファエル・ケーベルが明治二十六年に来日し、二十一年間、東大で美学、哲学を講じ、日本の若い知識人に、美学、哲学の意義を教え、多大な影響を与えた。鷗外が審美学に自負をもったとしても、別に不思議はあるまい。明治二十五年九月には、鷗外はすでに慶応義塾大学の審美学講師となっている。

鷗外研究の中で、鷗外の審美学に対して、原典のドイツ語本と、鷗外の翻訳本とを比較しながら、真正面から検討した研究者は、小堀桂一郎氏以外にはない。従って、小稿の鷗外「審美学」紹介に関しては小堀桂一郎氏の見解（『森鷗外―文業解題―翻訳篇』岩波書店）を基本的に取り入れ、さらに私なりの検討を加えたことを明確にしておきたい。

「審美学」翻訳五著

鷗外の翻訳「審美学」の関係書を発表年数に従って次に列記する。（①ハルトマンの『審美論』は明治二十年代のものであるが、「審美学」関連のものを集めるためにあえて、三十年代にくみ入れた。）

①ハルトマン『審美論』（『柵草紙』明25・10・11、明26・1・2・6　未完）
②ハルトマン『審美綱領』上・下（大村西涯と共編　明32・6　春陽堂）
③ラウプ『洋画手引草』（明31・12　画報社）
④フォルケット『審美新説』（明33・2　春陽堂）
⑤リープマン『審美極致論』（明35・2　春陽堂）

鷗外は『月草叙』で、審美論普及への自負を述べたが、二十年代で鷗外が発言したのはハルトマン美学であり、著作も、ハルトマンの美学を翻訳した①『審美論』だけであった。それが三十年代に入って、⑤の『審美極致論』に至るまで審美学の普及にさらにつとめた。このハルトマンの『審美論』は、逍遥論争で、ハルトマンを前面に出して戦ったので、鷗外としてはハルトマン美学の体系をとりあえず発表せざるを得なくなり『柵草紙』に連載したと思われる。

ハルトマン『審美論』

この論の冒頭は「美の所在」である。「美とは何ぞ」「美とは何処にかある」と、まさに審美学の本質から入っている。この問いに対し、「色といひ声といふものは主（能）感のみ」と述べ、それに対し「実」は「分子」と「極微との動くさまのみ」と説明する。以下「主感」「主象」と「実物」を検討しながら「美」の所在を追求する。次の項目「美を担ひたる主象」では、「そも〳〵見ゆる美は実物の表にあるにもあらず、実物の全体にあるにもあらず。其所在は目の仮象なり」と述べる。「目の仮象」とは「視官より来れる主象なり」ということになる。「美の所在」は、「目の仮象」にある、つまり、これも「主象」なのだが、確かに審美学の根本主義を検討していることは理解出来るが、至って抽象的に過ぎ、言葉も硬く、ハルトマン美学が正確に伝わってこない面がある。鷗外が訳したこの『審美論』は、ハルトマンの『美の哲学』の第一巻第一章「美の仮象とその諸要因」の前半部分だけを翻訳したものであるが、小堀桂一郎氏は、この『審美論』に対しては次のような厳しい評価を与えている。「結論として言へば、鷗外の訳語作成は『審美論』に於ては多く失敗だつた。（略）内容の上から言つても、これは学問的に厳密正確とは言ひ難い様な個々の事例をかなり多く含んだ訳文である」と。小堀氏が「逐条逐語的に原文と訳文とを対照させつつ検討」した結果である。鷗外は、後世ここまで検討する人が現われるとは思わなかったに違いない。

ハルトマン『審美綱領』上・下

②『審美綱領』上下、これは大村西涯と共編したもの。本書はハルトマン『審美学』の第二巻「美の哲学」全巻の大綱を編述したもので、「上」は「美の詮義（概念）」で「下」は「美の処」となっている。この『審美綱領』は、小倉転勤をはさんで完成したもので、鷗外が原著を訳し、西涯がそれを筆記したものと推察される。小堀桂一郎氏は、この翻訳書に対しても、「本書が果して成功を収めたと言えるかどうか疑はしい」と辛い点をつけている。

高山樗牛が「『審美綱領』を評す」（明32・8『哲学雑誌』）を書き、鷗外、西涯の共編の書を批判した。この批評につき、鷗外は西涯に手紙（明32・8・22）を送り、真にハルトマンを「難駁」しようとするなら、独文で「大学紀要」ぐらいに書くべきだと樗牛を難じた。

大村西涯は、静岡県出身。専門は美術史。東京美術学校彫刻科を卒業。三十八年、東京美術学校教授となり、彫刻、美学、東洋美術史などを講じた。鷗外とは、明治三十年頃に知り合ったようだ。大正七年には、『密教発達志』全五巻で帝国学士院賞を受けている。

一方の高山樗牛は、山形県出身。東大哲学科卒業。明治二十七年四月、二十四歳のとき、『読売新聞』の懸賞小説に戯曲「滝口入道」が首席入選した（二等であったが一等に該当作なしで繰り上った）。金時計を贈られたが、現金五十円に代えてもらい、自分と弟良太の学費にあてている。以後『帝国文学』創刊にも参加、雑誌『太陽』の文学欄主筆記者となった。文壇ジャーナリズムでは早くから気鋭の評論家として活躍、特に、ドイツ美学に関しては、鷗外の最も気になる相手であった。二十九年八月には「鷗外とハルトマン」「鷗外の所謂抽象理想主義」、などを発表、鷗外は『鷸翮掻《しぎのはねかき》』で『太陽記者とハルトマンと』『太陽の抽象理想主義』などで軽く応戦している。このとき樗牛は、二十六歳、かつての鷗外ほどでなくても、かなり元気がよい。

樗牛が「『審美綱領』を評す」を発表したときは二十九歳、鷗外は、三十七歳。前年から近衛師団軍医部長兼軍医学校長の要職にあった。

樗牛の「『審美綱領』を評す」の主旨は、「ハルトマン美学」そのものを対象としたというより、鷗外のハルトマン美学の「紹介の仕方」に、むしろ関心を寄せたものであった。

樗牛は次のように述べている。

ハルトマン氏の美学に関しては予別に説あり。されど其は本書の批評に就いて述ぶべき限りにあらざるべし。予が本書に見むと欲するのは、そが如何にハルトマン氏の美学を紹介したるかにあり。

樗牛の主張の要点は右の文に瞭然としている。要は、鷗外の「訳と紹介の方法」について批判しているのである。

樗牛の批判の要点は次の三点にまとめることが出来よう。

(1)『審美綱領』の訳文が「和漢洋の巧みなる折衷体」であることは評価しているが、「所詮、其質の多きに比して其文の少きに過ぐるは本書の弊也」とか「質余りありて文足らざるの到す所なり」と書き、「普通の読者は果して其の意を了すべきや」と疑問を呈している。そして、樗牛の最も直截なる批判は「文章としては精厳なれども、肝腎の意義に於ては不明にして誤解を招き易き所多し、甚だ惜むべし」と断じているところであろう。

(2)「訳語」では、「概念」を「詮義」、「主観」を「能変」、「美学」を「審美学」などに改変しているとし「従来の用語例に背きたるもの少からざる事」とし「要するに本書の用語例を無視せしは編者の過失なり」と批判する。

(3)この三点目で、鷗外が最も堪えられなかったのは「是の書によりてハルトマン氏の美学を領悟せむことは、予の見る所にては思ひも寄らざるなり」という言であろう。

ハルトマンを日本で初めて紹介し、ハルトマン美学に対しては、日本で一番精通していると自負している鷗外にとって、この(3)の樗牛の言は、鷗外のプライドを激しく破砕したのではなかったか。

鷗外は西涯への書簡の中で「『太陽』の外未だ見ず」と書いているが、この言にはいささか疑問が残る。「『審美綱領』を評す」は、『哲学雑誌』の八月号に載っており、西涯への鷗外の書簡も八月二十二日付であることを考えると、批判に敏感であった鷗外が、この樗牛の論文を読んでいたと考えるのが自然ではないか。しかし、よほど感情に走ったか、鷗外は樗牛の批判の主旨を精確に受けとめていない。鷗外は書簡の中で「高山君にして真にハルトマンを難駁せんとならばハルトマンも見るや う独文か英文に書き少くも大学紀要位に公にするが至当に候小生など平生医学上の問題にて欧州人を相手に取り論じ候時は其相手に早く見する工夫をいたし申候現存哲学者に対する難駁も同じ事ならんと存じ候」と述べる。樗牛は、ハルトマン自身を「難駁」せず、鷗外自身の訳し方を批判しているのに、鷗外は、「現存哲学者に対する難駁」（ハルトマンは生存中）は、「独文か英文」にすべきであると反論する。

　これは鷗外が樗牛の批判文の主旨を精確に読みとらなかったのか、それとも、例の論争術のくせが出たのか、西涯への手紙がいずれにしても「公」のものでなく私信であったことは鷗外にとって幸いであった。

　鷗外は、書簡の後半部で、「高山君の審美綱領及これに伴ふハルトマン反対説はお互に真面目なる方角より反駁せざることゝ致度事に候」と書いているが、この一文は重要な意味があるように思える。この書簡の主旨は、樗牛の「ハルトマン反対説」に対し、互いに「真面目」に「反駁」しないでおこうと言っているわけである。なぜ、鷗外は直ちに「公」で反論しないのか。色々考えられるが、二つの理由に絞ってみたい。

　一は、鷗外の矜持である。二十九歳のドイツ文学者に対し、鷗外三十七歳という自覚もあろうし、西洋審美学に対する自負もある。鷗外は、無視することによりむしろ第一人者の位置を守ろうとした。

　二は、やはり日清戦争参戦という希有な「濾過器」を透したために鷗外の心境に変化があった。つまり、過去のように激烈に反論せず、「無言」でいるということ、これは一見すると、傲慢、狡猾にとれないこともないが、ここにきて、樗牛の何回かの挑発に、確かに鷗外は自重していると考えられないこともない。

ラウプ『洋画手引草』とフォルケット『審美新説』

③『洋画手引草』は、明治三十一年十二月、森林太郎、大村西涯、久米桂一郎、岩村透、同撰として、画報社から刊行された。鷗外の日記をみると、「大村来る。洋画手引草を口授す」（明31・5・13）とある。次は五月二十五日に「帰途原田（直次郎）の家に至りて、顔料の名称を調査す」とあり、その翌日には「大村来る。洋画手引草を口授す」とある。

　ラウプの原本から自由に編述しているが、例えば原田直次郎に「顔料」のことを聞いているように、鷗外らの独自な調査結果も組み込まれているとみてよい。日記にあるように、鷗外が原本を訳しながら、大村西涯が記述したものである。審美学的要素もあるが、基本的には書名通りの絵画の技術を習修せしめるものとして刊行されたものである。

　④『審美新説』は、ヨハネス・フォルケットの『美学上の時事問題』を要約して編訳したものである。鷗外はこの本の「凡例」で、「曩《さき》に審美綱領の出づるや、世間往々その難解を病と

するものあり」と書く。「蓋し審美綱領の難解は原著の難解に本づくもの」と、己の責でないことを述べてもいる。そして「審美新説は此に殊なり。Volkelt の書は数次の演説より成る。故に其義を取りて約説するものも、亦難解の虞《おそれ》なし」と書く。さきの『審美綱領』が難解の言多く、これに比し容易に理解できうるものとして鷗外はフォルケットの「演説」の美学論に目をつけたようである。小堀桂一郎氏は、この本に対し「今日の読者をもなお裨益し得るだけの実質的内容を有している」（『森鷗外―文業解題〈翻訳篇〉』）と述べている。

リープマン『審美極致論』

本書は明治三十四年二月十五日刊の『めさまし草』巻之四十九から十月二十五日、巻之五十四まで、六回にわたって連載されたものである。原本はリープマンの『実相分析』の中の「美学」に関する部分を鈔出。そして明治三十五年二月、春陽堂から森林太郎編で刊行された。原本は「美学」を主体としたものではなく、認識論を基本とした哲学書であるといってよい。「美学」に関するものは、原本の第三部の第一章、二章を訳出したもの。この第三部というのは、「理想と現実」「審美的理想」「倫理的理想」の三章より成ったもので、フォルケットの『審美新説』もそうであったが、このリープマンの「美学」も、ハルトマンの無意識の哲学を前提としたものでなく、心理主義的な「美学」を基本とするところのものであり、従来から信奉してきたハルトマン美学に対する再検討を促すものであった。

要するに、鷗外の「美学」の軌跡をみると、ハルトマンの形而上学的なものからフォルケットを経てリープマンの現実主義的「美学」へと変遷していったということになろうか。

いずれにしても、鷗外の審美学、特に若き日、「ハルトマンの標準的審美学」（「月草叙」）が、無地の地に、「価値観という問題」を提起し、日本の知識人に多大な影響を与えたことは認められなくてはなるまい。

3　七年ぶりの小説『そめちがへ』

従来の研究では、『そめちがへ』（明30・8『新小説』）は軽視されてきた。しかし、七年ぶりに突如として書かれた小説、しかも舞台は花柳界ということになると、なぜ、という疑問も出てきて、やはり立ち停ってみたくなる。

〈花街の待合朝倉が舞台。芸者の兼吉は昨夜来から無理な酒がたたって今日は朝から気分が晴れない。そこに、なじみの三谷がやってきて、気分直しに好きな人を呼んでやろうということになり、兼吉は、清二郎の名をあげる。清二郎には小花という情人がいる。清二郎は、いきなり呼ばれ、床入りが仕組まれたが、兼吉の誘いにのらなかった。兼吉は、清二郎の誠実な姿に反省し、清二郎の恋人小花に詫びの手紙を送って罪を詫びる。〉

素材は、花柳界にありそうな話であるが、文体は、鷗外が初めて試みた雅俗折衷体である。明治二十年代、初期三部作は、鷗外の西欧体験が素材となっており、日清戦争をはさんで、ハルトマンを始め西欧の小説や審美学の翻訳など、ほとんど西洋文化に眼を向けていたかのようにみえた鷗外が、唐突に、西鶴ばりの雅俗折衷体の小説を発表したのである。

この小説の主題は、本来、ぼかしと虚偽がまかり通る花柳の世界で、清二郎の、情人を裏切らない、否、己自身の「生」を裏切らない誠実さ、それに応じて純粋な気持ちになって罪を詫びる芸者兼吉、この二人の、泥に咲く睡蓮のような清らかさこそ、最も鷗外が書きたかったことであろう。いかにも作りモノめいた感じがしないでもないが、考えてみると、日清戦争という悲惨な体験を得た鷗外の人間性の拡がりを感じるところもある。作品としては平凡でも、この時期の鷗外の人間観や心境を窺わせる小説のようにも思える。

『雲中語』（明30・8・14『めさまし草』巻之二十二）で、この『そめちがへ』をとり上げている。「通人」「穴を探す人」「漢学者」「地口小僧」それに「頭取」、このメンバーであるが、「頭取」は梗概をまとめている。恐らく、この「頭取」が鷗外だろう。「通人」は「何だ馬鹿らしい。ぶる〱といふのが一篇の主眼か」と一蹴。この「ぶる〱」は、兼吉が清二郎の「領《えり》」に触ったとき、「清さん」は「ぶる〱と震ひなされ候」という場面からとっている。「漢学者」は「益知鷗外無碍弁才」と、鷗外の自在、多彩を挙げ、「究意非鷗外当行本色」、結局、こんな素材は鷗外に合わないと看破している。

問題は、鷗外が本来の土俵でない場所でどんな相撲を取ろうとしたか、ということである。

最も関心をそそるのは、文体である。雅俗折衷体で、一見すると西鶴調である。しかし、よく文章を読んでみると、西鶴調であっても西鶴の文体より柔かいことに気付く。冒頭の「時節は五月雨のまだ思切悪く昨夕より小止なく降りて」、また「長火鉢の前に煙草喫み居るお上《かみ》に暇乞して帰らんとする」など、むしろ、この文体の調子は一葉に似ているのではないかと思ってしまう。

鷗外は前年、明治二十九年四月の『三人冗語』で、一葉の「たけくらべ」を激賞。「たけくらべ」を「筆も美しく趣も深く」「全体の妙は我等が眼を眩ましめ心を酔はしめ」、「此人の筆の下には灰を撒きて花を開かする手段あるを知りたり」と手放しである。一人で長く褒めることを遠慮して「ひいき」「第二のひいき」と名前を分けたと思われる。一葉の、美しい筆、深い趣に鷗外は心を奪われ、『雲中語』の「漢学者」の言う如く「究意非鷗外当行本色」でも、やはりこのような小説を書いてみたかった。その結果が『そめちがへ』になったのではないか。西洋文脈の中に濃く生きてきた鷗外が、まさに突如として雅俗折衷の文体で遊里の人情を描いたのは、この一葉の影響があったとみても、そう不自然ではあるまい。

とまれ、この『そめちがへ』は他者の評価は芳しくなかった。しかし鷗外自身は気に入っていたようである。選集『青簾』(明34・1)に再掲、『烟塵』(明44・2　春陽堂)に収録、『塵泥』(大4・12　千章館)に収録と、鷗外がこの作品に拘っていることがそれを証しているように思える。

4 『智恵袋』

『智恵袋』は、明治三十一年(一八九八)八月九日から十月五日まで、途中休載をしながらも四十一回、『時事新報』に連載された。しかし、単行本には収められなかった。署名は、初回のみ「観潮楼主人稿」であったが、二回目から「鷗外訳補」とした。

「訳補」なら鷗外独自の創作ではないことを示している。鷗外自身、なぜかこの原本について触れなかったが、小堀桂一郎氏によって十八世紀啓蒙時代のアドルフ・F・V・クニッゲの「交際法」であることが解った。

小堀氏は、このクニッゲの「交際法」の原文と照合して、「抄訳・翻案の仕事」と述べている。後に『二六新報』に掲載した『心頭語』も、このクニッゲの「交際法」を原典としており、小堀氏は、「初め普通に謂ふ随筆乃至文芸時評といった性格のものだつたが、途中から『智恵袋』の続編になつた」(『森鷗外―文業解題―創作篇』)と書いている。

鷗外はドイツ留学時代にレクラム版で刊行されていたクニッゲの「交際法」を手に入れ、帰国後、いずれこれを原典として世に発表する意向があったものと考える。

『智恵袋』の冒頭部に、鷗外はこの箴言集のモティーフを書いている。

「教育あり素養ある少年」また「男の年稍々長けたる」が自分を訪ね、人生に処する道を問う。少年は「われこれより身を社会の旋渦の裏《うち》に投ぜんとす、何の道もてこれに処して可ならんか」と問う。「稍々年長けたる」男は、「われ功名の場に奔走すること既に久しけれど、長上に用ひられず儕輩《せいはい》に容れられず、常に才おのれより下るものゝために凌がる、この事何に縁りてか匡し救はるべきと問ふ」。

この二人の人生に処することに答えることは容易ではない。「道徳の書」や「礼節の書」等には解答はない。そこで「わが智のあらん限りをば此中に盛りたるを、文まず授く」ために「此篇」を「知恵袋」としたと述べている。後者の「年稍々長けたる」男の苦悩は、まさに当時の鷗外のそれであることは容易に察せられる。特に注目すべきは「常に才おのれより下るものゝために凌かる」には鷗外の「現在」の屈辱感がこめられていよう。

この明治三十一年春、例の小池正直が、鷗外に対し、小池と、菊池常三郎と森林太郎が軍医監に昇任するときは同時である、協力してことにあたろうと述べたにもかかわらず、八月四日の人事で、小池一人が軍医監に昇任し、陸軍省医務局長に就任した。

このときの口惜しい心情は、小倉転勤のとき、母峰子に送った手紙（明34・7・14）の中にある「小生なども学問力量さまで目上なりともおもはぬ小池局長の据ゑてくるる処にすわり」に表された心情と全く同じであるといってよい。

かように「才」「実力」ともにある自分が「長上」「儕輩」に認められず、「常に才おのれより下るものゝために凌かる」という反撥と被害者意識が、この『智恵袋』中で、己の屈辱感として捉えられていることを見逃してはならない。

5 『西周伝』

森潤三郎は、昭和二十八年（一九五三）三月十日、岩波書店発行の『鷗外全集』第十一巻に「校勘記」を掲げ、その中で『西周伝』について書いている。

要するに、鷗外や潤三郎の曾祖父森高亮の次男が、西周の父覚馬と言い、後に西時雍の養子となって時義と改名、さらに後に、寿雄と改め、明治十四年四月三十日に没し、寿山と号した。すでに述べたが、西周は鷗外の母峰子の従兄ということになる。明治十一年、父寿雄が上京したとき、周は上野の松源で歓迎会を催し、この会に、鷗外は、父静男とともに出席している。

この『西周伝』は、鷗外の自発的な執筆ではなく、西周の伝記を書くことを、周の継嗣、西紳六郎から依嘱されたものである。西周の仲人で、赤松登志子と結婚、逃げるように離婚した鷗外に、周の怒りは解けないまま他界したはずである。鷗外は複雑な心境ながら執筆を受けた。

この伝記の「凡例」をみると、明治三十年三月に筆を起し、同年十月に草し畢っている。

執筆に際し、西家から「家譜」や「和蘭紀行」「日記」数巻など、全部で十三冊の資料が貸与された。

それにしても、これらの資料を駆使し、一篇の評伝を書くに、多忙な状況を考えたとき、その執筆が余りにも速いと言わざるを得ない。「全篇是単なる年譜の精密化にすぎない様な、概して無味乾燥な行文の連続」と小堀桂一郎氏がいう如く（『森鷗外　批評と研究』平10・11　岩波書店）、まことに読みづらい本であることは間違いない。その中でいささか興味をそそられる部分がいくつかある。その代表的なのは、西周が病に伏した時の山県有朋の対応を書いたところである。

また、老年期に至り、死の病の徴候や臨終の場面などが書かれているところは、現実的に周を感じるところである。

明治十八年であるが、「六月十四日周言語微しく澀るを覚ゆ。十五日七たび学士会院会長に選まる」。このとき周は五十七歳、学士会院会長に七選されても時折言語が不明瞭になり、既に脳疾患の徴候があらわれていたようである。この年の年譜には「脳疾作る」とある。これは評伝にある明治二十三年の「五月中旬周身体麻痺す。五日にして復す」も、同じ徴候であろう。この年の年譜にも「脳疾又作る」とある。

そしていよいよ臨終のとき。「三十年一月下旬周の病漸く重りぬ。二十七日勲一等に叙して瑞宝章を賜はる。二十九日特に男爵を授けらる。三十一日勅至る。紳六郎大声もてこれを告ぐ。周頷く。午後九時三十分周薨ず。年六十九。」全篇の中で、一番周の生身《なまみ》が書かれているように思える。

鷗外は書き終ったあと、西周の「生前の知友に示して訂正を請」うている。その人物と数は壮観である。鷗外は「凡例」にその名前を記している。几帳面というべきか、自己顕示というべきか、いずれにしてもこんなやり方は、珍らしいことではある。少しの瑕疵もあってはならぬと思ったのも事実だろう。しかし、それだけではあるまい。山県有朋を筆頭に二十五名の名前を並べると、一種の御披露目とみられても仕方あるまい。鷗外たちは、出世競いの微妙なところにきていた。この年、十月に近衛師団軍医部長に昇任していることをみても、『西周伝』を書いていた時期、鷗外が神経質になっていたことがうかがわれる。

さて、明治三十一年三月二十三日の日記に次の記述がある。

二十三日（水）。希臘神史を研究す。小池来訪す。西紳六郎書を寄せて曰く。山県侯西周伝未定稿を読みて、補正する所あり。又詔草の世に公にすべからざるを告ぐと。

本来、稿本の校閲は儀礼的なものが多く、事務的に目を通すことぐらいですますのが普通であったろうが、山県が珍しく「補正」を申し込んできたのである。さすがに鷗外も緊張しただろう。「詔草の世に公にすべからざる」、これが山県の主張である。「詔草」とは詔書の草稿のことである。小堀桂一郎氏によると、「西周が関りを有した詔書といへば明治十五年一月公布の「軍人勅諭」を指すことは明らか」（前掲書）と言う。「軍人勅諭」は、明治十三年に、山県の命で西がその草稿を書いている。

鷗外は、この「軍人勅諭」は西周の大きな業績であり学的立場で書くならばその成立過程に触れざるを得なかったのであろうが、山県からみれば、自分がその草稿を書くことを西に命じたとしても、西の功績としてそれが記録されることは、好ましいことではない。それよりももっと大事なことは「勅諭」は、天皇に関わる重大事である。山県は元勲として、そうした天皇に関わることが「公」になることは、戒めなければならないと思ったのである。

小堀桂一郎氏は、「山県が勅諭成立の裏話、況してやそこに自分の意向が強く働いた修訂部分があると読みとれる様な叙述(にもしなってゐたとしたら)に接していたく顔を顰めたであらうことは想像に難くない。」(『森鷗外　批評と研究』)と述べている。

この『伝』を読むと、徳川慶喜と周の関係がしばしば書かれているが、決して信頼された主従関係ではなく、単なる事務官としての関係に止まっていたとみられる。

周は、安政四年十月、書をもって慶喜に北海道を拓くことを上申している。この上申書はまことに長文である。

このとき、周は「蕃書調所教授手伝並」という身分であったが、自分のことを「一介之書生」と書き、この上申行為を「狂者の所行」と恐懼している。しかし、慶喜からは、「書上られて報あらず」と鷗外は書く。周は慶喜から全く無視されたわけである。

さて、文久二年にオランダに留学を命ぜられる。慶応元年、三十七歳で江戸に帰る。このオランダ留学は周にとって大きな意義をもった。明治新政府になって周は、実力に応じた立場が与えられるようになる。明治二年、四十一歳で、周と改称した。天保九年、十歳のとき、寿専と称した。

明治二年に徳川家達が静岡藩知事となったとき、少参事格軍事掛となる。以後、陸軍大丞、陸軍省四等出仕、宮内省御用掛、参謀本部出仕、元老院議官、貴族院議員、等を歴任する。しかし、最後に一つの栄典が残っていた。それは爵位である。オランダに留学した仲間たちの中で赤松則良は四十七歳で男爵、津田眞道も明治三十三年に男爵、同じ津和野出身の福羽美静は周より二歳下であるが、すでに明治二十年に子爵が与えられている。

苦しい臨終の床にやっと届いた、この男爵という栄典が、紳六郎によって大声で告げられたのであるが、「周領く」で終っている。果して周は解ったであろうか。これを書いたとき、〝小倉左遷〟の前、鷗外も人間関係の複雑な中にいた。いわゆる不遇感の中にいたといってよい。そして、後年、陸軍軍医総監の前任者すべてが受けた男爵の栄典を、鷗外だけ受けることがなかった。この『西周伝』の終末を書くとき、鷗外自身の問題としていずれ重くのしかかってくるとは皆目想像すら出来なかったであろうが。

付記――『毒舌』

鷗外が最初に書いた箴言は、『朝野新聞』に、明治二十四年(一八九一)三月二十四日、二十七日と二回掲載されたが、同年六月『婦女雑誌』第一巻第九号に『毒舌』として再掲され、のち『かげ草』に収められた。

この『毒舌』の第一回が載った『朝野新聞』の「社告」に、この『毒舌』は、いずれ鷗外が独逸滑稽小説の翻訳を本紙に掲載する「前駆」だとして予告したが、結局、これは果たされなかった。

この『毒舌』は、もともと女性に関する箴言を集め、訳したものである。以後、明治三十五年五月『かげ草』の巻末に収録され、明治四十四年に訂正再版が出たとき、鷗外は緒言に『重印蔭艸序』なる文を書き、その中で「毒舌。能く女子を愛するものは、能く女子を罵る。諸家に徴して知るべし」という注訳を付けている。

6　小倉転勤時代

「小倉左遷」から「小倉転勤」へ

明治三十二年六月八日、鷗外は軍医監に昇任、小倉第十二師団軍医部長に転補された。小倉が軍都となったのは、明治八年（一八七五）歩兵第十四連隊が設置されてからである。明治十八年（一八八五）には、第十四連隊と福岡の歩兵二十四連隊を管轄する歩兵第十二旅団本部が、小倉城松の丸跡に開設された。ついで十九年（一八八六）西部都督が第十二旅団の跡に開庁され、明治三十一年（一八九八）これらの連隊と下関要塞砲兵連隊及び北方に創設された各隊をもって、第十二師団が生まれ、その司令部庁舎が本丸跡に建てられた。（しかし、軍縮によって、大正十四年（一九二五）、久留米に移転された。）鷗外が小倉に転勤したのは、第十二師団が開設されたその翌年ということになる。

森鷗外の個人史の中で、小倉転勤は周知の如く「小倉左遷」と称ばれてきた。いつ頃からこの有名なタイトルが付けられるようになったかは定かでなく、特定することは難しい。ただ言えることは、昭和四十年代末頃までは、誰も疑いを持たず、この「小倉左遷」という称び方は定説化していた。果して「小倉左遷」でよいのか、文学研究の場でこの定説化に軽い疑問を呈したのは拙著が初めて（『森鷗外―〈恨〉に生きる』昭51・12　講談社現代新書）であった。今から三十年前である。しかし、この段階では、定説への本格的な反論ではなかった。私が事実上「小倉左遷」に反論し、この「左遷」を使わず「小倉転勤」としたのは、『鷗外森林太郎』（平4・12　人文書院）であった。しかし、「小倉左遷」という称び方が完全に消えたわけではない。平成十年代に入って、この「左遷」について、多少の動きはあったが、まだ解決されてはいない。

本稿は「左遷」説をとらない。その理由について左に述べる。

鷗外が、小倉に赴任するため、東京新橋を発ったのは、明治三十二年六月十六日である。鷗外は三十七歳であった。翌日、大阪に着いた鷗外は、道修町の「花房」に泊まり、その晩、東大同期の菊池常三郎らと「灘萬」で飲んでいる。東大卒業時十七番であった菊池は、鷗外より七歳齢上で、ときの陸軍軍医総監小池正直と同じであった。この菊池は、鷗外と同時に軍医監に昇任し第四師団軍医部長であった。年長の菊池に、鷗外は、恐らく任命者の小池正直の批判をなし、苦情を述べ、この晩、痛飲したと思われる。その翌日、鷗外は汽車で小倉に向った。

次の六月十八日の日記は知られている。

朝七時二十四分大阪を発す。（略）是日風日妍好、東海に沿ひて奔る。私に謂ふ、師団軍医部長たるは終に舞子駅長たることの優れるに若かずと。（略）

この日記には、被害者意識に傷心した鷗外の心が写されている。十九日早朝、小倉に到着、一時旅館「達見」に投宿したが、二十四日には、最初の宿舎（鍛冶町）に移っている。この旧居は現在復元されているが、この鍛冶町から師団司令部までは歩いて十五分位で行ける距離である。

さて、鷗外は、小倉に着して十日余り経った六月二十七日付で、母峰子に手紙を出した。この手紙は「当地にても小生の小倉に来りしは左遷なりとは軍医一同申居り決して得意なる境界には無之候」という一文で「左遷」説が有名になった。「小生の小倉に来りしは左遷なり」と鷗外自身が書いたため、疑いようもなく「左遷」と信じ込まれたようである。鷗外を終生敬愛し、鷗外の次の次、第十代の陸軍軍医総監になった山田弘倫は「小倉転任を一種の島流しと書かれた先生の気持は兎に角として、小倉在勤の衛生部員は挙つて当時の先生を第十二師団の至宝と讃仰したやうである」（『軍医森鷗外』）と書いている。陸軍医務局関係では、著名となっていたであろう鷗外を、小倉の部下たちは「至宝と讃仰」の気分で迎えたことがよく解る。この部下たちの雰囲気をみても、決して「左遷」された傷心者を迎えるものではない。

「左遷」説をさらに決定づけたのは、弟の潤三郎の文（『鷗外森林太郎』）である。

潤三郎は、小池と鷗外の関係を述べている。この度の人事発令の責任者は言うまでもなく軍医総監陸軍省医務局長の小池正直である。東大同期で「隔意なき交際」を続けていた鷗外の友人である。ところが、潤三郎は、小池の心を勝手に斟酌し「兄が帰朝以来」種々活躍したために「声名嘖々たるものあるを面白からず思った」と書く。そして、小池の性格を「冷酷、剛愎で、人を容るゝ雅量に乏しく部下は畏服するが心服はしない」とも書いた。潤三郎の言には、何の根拠もない。潤三郎は、別に陸軍省内に勤めているわけでもなく、小池の周辺にいるわけでもない。この小池の性格に対しても、いかにも小池の近傍にいて、いつも観察している人間の言の如く書いている。小池については、当然、兄鷗外及び賀古鶴所あたりから聞いた話であろう。信憑性は薄いとみなければならぬ。小池正直に欠点がないとは言わぬ。しかし、小池は鷗外が、遅れて陸軍省に入るとき、長大な漢文体の推薦書を書き石黒忠悳に提出している。言ってみれば、鷗外の恩人の一人と言ってもよい人物ではないか。しかも、明治二十九年十二月には、鷗外は小池正直と共著で『衛生新篇』を出版している仲である。小池は明治三十一年八月に、鷗外に先んじて軍医総監になって、まだ一年経っていない。鷗外を「面白からず思」う理由はない。同期生の小池に先んじられた、むしろ鷗外に嫉妬心や焦燥感があって普通ではないか。東大卒業時、鷗外は八番、小池は九番であった。通常より、過大な自負心を持っていた鷗外が、東大卒業時、己より下位であった小池が陸軍医務局のトップとして先に立ったことは、鷗外に大きな失意を与えたであろう。鷗外の元来の性格からして、神経症的な拘りが再び発生し、一時的にも敗者意識、あるいは被害者意識に堕ちた可能性は十分ある。それが、小倉転勤前後の鷗外の心境であったと思われる。今回の人事を発令する前に、つまり軍医総監に就任した地点で、すでに小池に反撥が生じていたと思ってよい。その小池が、東京から小倉への人事を発令した、そこに一層の反感と被害者意識が働き、「左遷」という敗者意識に繋っていったと思われる。一つの決定的な決め手は、小池が鷗外を小倉に流したのであれば、鷗外は、第十二師団軍医部長で終ったはずである。しかし、同じ小池が、再び師団軍医部長の最右翼の、第一師団軍医部長によび戻しているではないか。

「小倉転勤」は順当な人事であった

小倉転勤について、陸軍省医務局の制度上から精確に捉え、小池局長の個人的主観の入らない、順当な人事であることを主張したのは、医学者でもあった浅井卓夫氏（『軍医鷗外森林太郎の生涯』昭61・7　教育出版センター）であった。

以下、この浅井氏の調査結果を踏まえて、鷗外の「小倉転勤」問題を考えてみたい。

軍隊では、階級、序列は絶対的であることは言うまでもない。戦闘集団の性格上、指揮系統を明確にしておかなければならない。これは必須の条件であった。

鷗外の医務局での階級、序列を初期段階からみてみよう。鷗外と東大同期であった小池正直、菊池常三郎、谷口謙、賀古鶴所などは、大学在籍中から陸軍依託学生としての資格を有しており、卒業と同時に、陸軍軍医副（中尉相当官）に任官した。一方鷗外は、彼等より約半年遅れて入省、軍医副に任官している。これが、まず陸軍省医務局内におけるスタートである。次に一等軍医（大尉相当官）に昇進する時、小池らは、明治十七年二月二十七日付であったが、鷗外は、明治十八年五月二十七日付、ドイツに留学中であった。これは当然の人事である。しかし、二等軍医正（少佐相当官）に進級するときは、小池、菊池、谷口らと同じ、明治二十三年六月六日に、同時に進級している。ただし、小池はこのときドイツに留学中であったため、小池個人の序列は明確ではない。このとき、鷗外の序列は左の如くであった。

菊池常三郎、落合泰蔵、森林太郎、谷口謙、武谷水城、鹿島武雄、佐野尚徳。

浅井氏は、この序列について次のように述べている。

一等軍医としての勤務実役が他より一年三カ月も短い林太郎が、小池らと同時に、しかも谷口謙、鹿島武雄より上位の序列で二等軍医正になったのは異例の急昇進と言わなければならない。

この「異例の急昇進」が、鷗外に特別な昂揚心をもたらし、後に小倉転勤になったとき、これまた「異例」の落差をもたらす一因になったとも考えられる。

また、明治二十六年十一月十四日付で、一等軍医正（中佐相当官）に昇進した序列は左の如くであった。

小池正直、菊池常三郎、森林太郎、落合泰蔵、谷口謙

このとき、鷗外は落合泰蔵をぬいて序列は一つ上り同期の中で序列が第三位になっている。これもまた、異例の待遇である。

以後、鷗外の同期生間の序列は、小池を筆頭に、第二位菊池（常三郎）、第三位森林太郎と定まり、当分の間変ることはなかった。

さて明治三十一年八月四日、石坂惟寛軍医監が、医務局長を辞し休職、その後任に同期生序列筆頭の小池正直が任命された。このとき、小池の上位には、石坂ほか、中泉正（近衛師団軍医部長）、菊池篤忠（第四師団軍医部長）、小野敦善一等軍医正がいたが、小池は、この三名をぬいて医務局長に抜擢されたのである。軍医監は、当時定数は三名であった。

中泉と菊池（篤忠）が休職となると、軍医監のあきが二名となる。その二名に誰が上るかということになる。同期だけの序列で言えば、菊池（常三郎）と鷗外ということになるが、このとき、鷗外より先任の小野敦善がいた。当然、小野、菊池（常三郎）が上ることになる。結局このとき、軍医監に昇進したのは小池、小野、菊池ということになり、鷗外は上れなかった。これは序列の必然であった。

西部都督は最重点地区

明治二十九年に「都督部」という重要な拠点地が、陸軍部内に設置された。それは東部（東京）、中部（大坂）、西部（小倉）の三地区であった。都督は陸軍大・中将クラスが任じ、天皇に直隷し、各師団の防禦、共同作戦、動員など、各計画に参与し、指導する核心的な拠点と認識されるものであった。特に西部都督

部は、最も大陸に近い最重点地区の師団と考えられていた。

この三つの都督部にあたる師団軍医部長は、軍医監が任命されることになった。従って、小倉第十二師団軍医部長は、序列第三位として残されていた鷗外が、軍医監に昇級して赴任することになったのである。これもまた序列の必然である。これで、軍医監の数は、小池を入れると事実上四名となった。この人事は特例であったと言わねばなるまい。

浅井氏は、この陸軍当局の処置を「順当な栄進」（『軍医鷗外森林太郎の生涯』）であったと述べ、さらに、「陸軍省医務局長か第一師団軍医部長のほかには軍医監の階級にある者が就くべき職は東京にはない。このときの、小倉への転勤が左遷であったという意見が広く行われている。軍の処置としてはこの言葉は当っていない」と断じている。

以上、みて解るように、陸軍部内における鷗外の人事は不当なものはほとんどない。好遇なときもあったし、概して順当な人事であった。小倉転勤の場合でも、陸軍省医務局の、厳密に定められた階級・序列という制度が、時計の歯車のように正確に動いて必然的に決まったのである。己の処遇に敏感な鷗外には、この序列の必然は解っていたはずである。鷗外は、小倉転勤前後、自分に与えられた「官事抛擲」という評などに過敏に反応し、強度な被害者意識に堕ちていたことは否定できない。われわれは、当の本人から一時的に、しかも過敏に反応した臆病な被害者意識から絞り出された「左遷」という言辞を信用し、それを鷗外個人史に定着させてはならない。序列の必然という客観的視点を基盤において、この問題は考えられなければならない。

山田弘倫は、この小倉転勤に関し、研究者としての鷗外に触れている。（『軍医森鷗外』）

鷗外は、小倉転勤直前、近衛師団軍医部長と軍医学校長を兼ねていた。山田の言う「研究室」とか「試験管や天秤培養基や孵卵器」などは、軍医学校での鷗外の研究生活に関連するものである。職業軍人やその他外部の人間との接触よりも、研究室の孤独を好んだ鷗外を、山田はみて、心配していたことが解る。こうした鷗外もまた批判の対象になっていた。そのため、今回の小倉転勤を「左遷」どころか、「当局の鋭断」として山田は喜んでいるのである。

「圭角が取れ」――潤三郎

小倉に赴任して約半年経つと、鷗外も落着き、平静になってきたようである。「左遷」という言葉も、小倉に来た当初、母に出した手紙で使って以来、全く用いていない。

平静になってくると、周囲もみえてくる。また人々の好意も解ってくる。被害者意識もすっかり放散し、仕事も楽しくなってくる。明治三十二年十二月十九日付で、潤三郎に日常生活の報告をしている。それによると、小倉に着任、半年余経った鷗外は多忙である。午前九時出勤。午後三時退出。いったん居宅に帰り衣服を替え、仏語の学習、六時に終了。帰って湯、晩食、散歩、葉巻一本がなくなるまで小倉の町を「従横無碍」に歩く。一時間散歩して九時に帰宅。仏語のおさらい。それから梵語。十時半か十一時に寝る。また、火土は「兵法を講義」、つまり「クラウゼヴヰッツ」(『日記』)の『戦争論』の講義をする。師団長も出てくる。東京にいるときよりも健康のようである。

潤三郎は、小倉での鷗外の生活を書いている。「小倉赴任の初めは不平の余り」暗かったようだが、井上師団長、山根参謀長など、いろいろな人との交き合いが鷗外の「圭角」を取り、「胆が練れて来」て、母峰子も安心したようであると(『鷗外森林太郎』)。どうやら鷗外の当初の「左遷」騒ぎも比較的早い時間で、鷗外の内面から放散していったようである。

小倉生活

鷗外の小倉での生活を年代順に、やや具体的に追ってみよう。

○明治三十二年

この当時、山陽線は徳山まで。ここから船に乗り、六月十九日午前三時の真夜中に門司港に着いている。小倉でのはじめの住所は、鍛冶町八十七番地であった。二十四日に入居。小倉に来てからの仕事始めは、佐賀、久留米、博多、下関などの陸軍施設の視察である。七月九日には、直方に行き、悪質な車夫に遇い困苦している。二十八日には、ベルツが小倉に来る。接待に時間をとられる。九月に入ると、「婢」のことで、これまた心労する。夜になると「兵僕」が帰るので「婢」と二人きりになる。そこで、家主宇佐美に乞うて泊ってもらい、「以て嫌疑を避く」と日記に書く。『万朝報』で「妾」のことを、小倉に来る前に記事にされ、随分神経質になっている。これからは婢を二人とすることにした。しかし、一人の「婢」に盗癖があることが解り「罷め帰らしむ」。九月十六日には『我をして九州の富人たらしめば』を草している。二十五日には、定期巡閲に地方に出るが、能本で、田圃を過ぎて本妙寺に至ると「銭を乞ふ廃人二三を見る。既にして寺に近づけば、乞児漸く多く、乞児中には又癩人最多し。」と書く。鷗外は、我国地方の貧困と非衛生な状況をみて、あのナウマン論争を想い出していたかも知れない。

十月二日に太宰府、松屋に投宿。「菅聖廟」の建物については精細に観察、記録しているが、肝腎の菅原道真については、一言も触れていない。道真は言うまでもなく、不当な嫉妬を受け、右大臣のとき、突然「大宰権帥」に「左遷」され、この地で不幸な死を遂げた。この段階で鷗外は、己の「左遷」についてどのように思っていたのであろうか。本来ならこの境遇の似ている道真に、同情、共感、憤りを共にしなければなるまい。己も、東京(都)から九州の地に「左遷」された人間だと思い、何らかの感慨を日記に綴っているかと思いきや、「都督府古址」を「看畢りて、車を駈りて二日市に向ふ」と書き、この晩に小倉に帰っている。歴史的人物としても道真に関心を示してもよさそうであるが、不思議なことである。

十月十二日に、石見人、福間博が初めて訪ねてくる。ドイツ語の非常に出来る男で、鷗外にドイツ文学の「蘊奥を授けよ」ということらしい（福間については後述する）。

十二月六日、フランス人宣教師ベルトランにフランス語を習うことにする。十二日には、井上師団長以下の将校に、クラウゼヴィッツの「戦論」を偕行社で、此日初めて講義している（クラウゼヴィッツの『戦争論』については後述する）。十七日には『鷗外漁史とは誰ぞ』を書いている。二十九日夜、原田直次郎の訃報に接し、日を置かずして、原田について文を草している。この文を読むと、鷗外が小倉に出発する前の晩に、神奈川県橘樹郡子安村の草庵に移って療養していた原田を見舞い、「夜の更けるまで別を惜んだ」とのこと。原田は寡黙な男で決して好男子ではないのに、留学中は女性にもてたとも書いている。鷗外は、ミュンヘンで出会って以来、原田を「人間」としても認め、画家としても認め、原田は、明治の「油画」の歴史の中で「必ずや特筆して伝ふべき」人と述べている。この文は、明治三十三年一月十一日から十四日まで四回、『東京日日新聞』に連載された。題名は『鷗外茗話―原田直次郎』、署名は「隠流投」であった。

○明治三十三年

一月十六日、『二六新報』の岡野磧に、えらい高飛車な手紙を出している。

岡野は『二六新報』創刊に際し、「初号カラ小説ヲ書ケ」と依頼したらしく、それへの返信である。いかに岡野と親しい間柄とは言え、岡野の依頼した小説執筆は一蹴し、一方的に「奮発デ随筆体ノモノ」、「題ハ心頭語トデモシヨウカ」と宣言している。地方にいるからなおさら強がってみせているのかも知れないが、この剣幕には少々驚きである。条件を五つ出しているが、報酬は受けない、その代り「二六新報ヲ贈ル外諸新聞の文学欄（略）ノ切抜」を鷗外に送ることを約束させている。「諸新聞の文学欄」を集めたいと願っていたに違いない鷗外に飛び込んできたチャンスであったわけだ。『心頭語』は、明治三十三年（一九〇〇）二月一日から三十四年二月十八日まで八十七回にわたって連載された。署名は「千八」だった。だが、単行本には収められなかった。

この一月には弟三木竹二が雑誌『歌舞伎』を創刊している。

先妻・登志子の死

二月四日の日記は、先妻赤松登志子の死を悼むものであった。「賀古鶴所書を寄す。中に新聞の断簡を挿めり。これを見れば一の告喪文なり。左の如し。」としてその感慨を書いている。

登志子にとって冷酷な別れ方をした鷗外だったが、さすがに年月を経て、大人の心境になっていることを感じる。日記文の「眉目妍好ならず」が、離婚の一つの原因ではあったろうが、最愛のエリーゼを裏切ったことが、鷗外の心身を蝕み、憔悴した中で結婚させられた鷗外は、エリーゼを捨てることには罪を感じても、登志子を捨てることには、無理矢理に結婚させた人たちへの当てつけもあり、登志子に詫びる気持すらなかったであろう。しかし、歳月は鷗外を、いささか変えている。今更褒めてもどうなるものでもないが、登志子は「和漢文」に優れ、「漢籍」を「白文」で誦したと書く。これがせめてもの追悼文だったのであろうか。この日、日記に島根県人会を「予病と称して辞す」と記している。

東京に初出張――「御陪食」

三月一日、小倉を発し、小倉に来て初めて東京に帰っている。途中、大阪、滋賀の土山に赴き、祖父白仙の亡くなった筒井屋の前に在った平野屋に泊まり、常明寺の、祖父の墓に参っている。東京には、四日に着し、五日には久し振りに陸軍省に行き、その後石黒忠悳や小池局長の家を訪ねている。このとき鷗外の小池に対する拘りは消えていたのであろうか。三月十七日には、小池正直が鷗外を富士見軒に招待している。十九日は、明治天皇の御陪食を仰付けられ、午前十一時に宮城に至る。食庁に入り「我席は聖上出御ましく〳〵、入口を背にして坐し給ふ。我席は聖上と同じ側なる卓の端にあり。」と日記に書く。鷗外は、将官となり初めての陪食で感激したであろう。二十日に陸軍省の会議は終った。二十四日に雨の新橋を発っているが、その朝、画家の長原孝太郎が、吉田松陰が父武にあてた「書牘」を集めた「一巻軸」を持って来て、鷗外に観せている。

皇太子殿下御成婚式に列席のため、鷗外は再び五月六日、午前七時小倉を発つ。門司から徳山までは春日号に乗船、ここで、東郷海軍中将に会う。この提督が日露戦争で偉人になるとは、勿論このとき鷗外は思わなかったであろう。徳山から寝台車に乗ったら、今度は乃木希典に会っている。これもまた奇縁ではないか。

十日に、御婚礼は賢所で行われた。このとき、十五日に小倉に帰っている。

この年七月から十月にかけて、講演が多かった。七月二十九日『フリイドリヒ・パウルゼン氏倫理説の梗概』(福岡県教育会)、九月三十日『戦時糧餉談』(博渉会)、十月十三日、『倫理学説の岐路』(行事小学校)等の多種にわたるテーマであることに気付く。高名な知識人が、いま小倉にいる、何か聴きたい、そのような地方人の思いを感じる。

十一月二十三日には、後年、福間博とともに『二人の友』に書かれた曹洞宗の僧侶玉水俊虠が、初めて鷗外の許を訪ねてくる。十二月二十四日は、二つ目の住居、京町五丁目一五四番地に移転。現在は、小倉駅前の構内にとり込まれ、記念碑だけになっているが、此処から小倉城の師団司令部までは、旧居と余り変らない距離であるが、なぜ移転したのか不詳である。

明治三十四年の冬

一月十五日、小倉はかすかに雨が降っていたが、鷗外は、夜、念願の『即興詩人』を訳し畢っている。二月六日の日記に、「新聞紙福沢諭吉の死を報ず。乃ち書を一太郎に贈りてこれを弔す。」と書いている。福沢諭吉は、このとき六十八歳。実際は脳内出血で、二月三日に亡くなっていた。福沢諭吉の出身は中津藩で、鷗外のいた小倉の近傍である。一太郎とは、諭吉の長男で三十八歳であった。二月八日付で出した母への手紙には、「福沢へは新聞の広告（大坂朝日）を見て直に弔詞を差出置候」と書いている。福沢は、明治初期「実学」を提唱し、文学はその次とした。かような考え方に、むろん鷗外は賛同しなかったと思えるが、『学問のススメ』（明4・12）など、大きな意味では、福沢のなした業績に敬意は持っていたであろう。三月十二日には、東京で行われる陸軍省医務局長会議に出席のため、小倉を発ち、十三日に東京に着。小倉に来て三回目の上京となる。

二十九日、御陪食を命ぜられ、宮城に赴く。天皇陛下が、食間に「楊弓」の事を語られたとのこと。この日の出席者は、載仁親王及菊麿王、児玉大臣、中村総務長官、小池正直局長、諸要塞司令官、諸軍医部長等であった。夕方、雨降る中、鷗外は満足して帰ったであろう。

四月八日には小倉に帰っている。十一日には於菟が、独逸協会学校に入った報せがある。この時期、仏人司祭ベルトラン師の許に通い、フランス語を熱心に勉強している。ベルトラン師も鷗外と同じく、三十二年に小倉馬借町の公教会に赴任したところであり、三十三歳の若さであった。六月二十四日、北京から牧田太が小倉にきて、ドイツ兵の横暴を語り、諸国兵は薪を買っているのに、ドイツ兵は、家屋を毀ちて焚いているとのこと。清国において前年、三十三年八月、ドイツ、イギリスによる山東半島租借に危機感を持った民衆が、義和団を組織し、北京を包囲した。この動きに対し、英、米、独、仏、伊、オーストリア、日本の七カ国が、北京に入城、籠城を続けていた各国公使館を開放し、北京に警備のためとどまっていた。牧田は、この義和団と戦った日本軍人の一人であった。七月十八日には「耶馬渓の隧道は僧禅海の掘鑿する所なり」と書いているが、耶馬渓は小倉から近いのに行っていないようである。九月二十六日の日記には、篤次郎の手紙に、柳橋に招宴されて出たところ、「席上に柳橋の妓お琴あり。篤に、平生舞姫を読みて悶を遣ると告げたり」と、書いている。芸妓お琴が『舞姫』を読み「悶を遣る」とは、なかなか興味深い話ではないか。鷗外はどう感じたであろうか。十一月二十四日の日記には、井上通泰の手紙に、「慕賢録を校刻し、蕃山考を著述する事を言ふ」と書く。井上通泰は、熊沢蕃山の優れた研究者でもあったが、鷗外が妹の小金井喜美子にあてた手紙や、作品『カズイスチカ』などに蓄山の思想が出てくるのも、初めは、この井上通泰に影響を受けたのではないかと思われる。

十二月二十九日、日曜日、小倉は雪がちらついていた。冬の夕方、五時過ぎの汽車に乗り再婚のため東京に向かう。もう徳山で船に乗り換える必要はなかった。鷗外も「始て新連絡路線を用ゐる」と書く。すでに山陽線は全線が開通していたのである。三十一日、午前十時にいったん観潮楼に帰ったが、すぐ仲人の岡田和一郎、新婦の父荒木博臣二人に挨拶に行っている。

明治三十五年正月、荒木志げと結婚

一月二日、鷗外は次の人に年始の挨拶に出向いている。児玉、中村、石黒、小池の計四人である。各年の日記で年始挨拶先をみても、児玉源太郎はこの年だけである。調べてみると、三十五年二月二十日、鷗外は「結婚願」を総理大臣に提出し、その裁可を経て、鷗外に渡したのが、陸軍大臣児玉源太郎であった。鷗外は、そのために挨拶に出向いたと思われる。軍医総監になったとき、最初の年始挨拶廻りは、明治四十二年元旦（明41年は出張で加賀山代で元旦を迎えている）であったが、まず御所拝賀に始まり、寺内大臣、桂大臣、小松原大臣、石本次官、閑院官、青山御所、平田大臣、石黒男爵、山県公爵、小池男爵、岡田次官、亀井伯爵と廻っている。地位によってこれだけ違うということ、この挨拶廻りは公務であると同時に、鷗外の意識を投影しているともみえる。第十二師団軍医部長は、東京で元旦を迎えても、大臣には全く関係がないようで、寺内、桂、小松原、平田とたった四人で済ますことが出来たようである。その中でも、軍医部関係の石黒と小池だけは抜かしていない。

四日に、鷗外は観潮楼において、荒木志げと結婚式を挙げた。志げの父親は、佐賀の出身。大審院判事を経て後に、大坂控訴院長を勤めている。母は浅子といった。志げは十七歳のとき、明治屋、渡辺治右衛門の長男勝太郎と結婚したが、二十日余で離婚。志げは明治十三年（一八八〇）五月三日に誕生、二十一歳であった。鷗外はこのとき四十歳。翌五日、午後六時五分、早々と新橋を発って、六日朝、雪の京都に着き、俵屋に入っている。

日記文には、「六日。朝京都に至り俵屋に投ず。夕に雪ふる。京極を逍遥す」とある。俵屋は名門の旅館であり、現在もほぼそのまま残り、営業を続けている。この日記文で印象に残るのは「京極を逍遥す」である。京極は京都でも一番の繁華街、俵屋から歩いても数分の距離である。再婚同士ではあるが、齢は鷗外が十九歳も上、新婚二日目、互いに未知の部分ばかりだったはず、二人はどんな気分で、どんな様子だったのだろう。興味は津々である。幸いに、この時の様子を志げが、「波瀾」（明42・12『昴』）という短篇小説に書いている。

志げは、この京極の「逍遥」をほとんどそのまま書いたようである。「葉巻を呑みながら洋書を読んで居た大野」なる志げの描写は、いかにも鷗外らしい。新京極では、雪は止んでいたようであるが、次の描写はどきりとさせる。「大野は富子の手を取った。富子は真赤になって動悸をさせた」。新婚二日目、しかも明治三十五年の日本である。志げは鷗外が読むことは解っている、ここで嘘を書くとは思えない。鷗外が賀古鶴所に送った手紙の中で、志げのことを「少々美術品ラシキ妻」と書いたことは有名である。若く、美人の妻を得て、そして西洋体験と四十歳の図図しさが、自然と、志げの手を取らせたのであろう。志げはなんといっても、明治三十五年の二十一歳の女、「動悸」を打つのは当り前。久し振りに訪れた鷗外の春であった。

森類は母のことを「志け」(『鷗外の子供たち』昭31・12　光文社)と一貫して書いているが、本書では、鷗外が総理大臣に提出した公式の「結婚願」に「志げ」と書いているので、この名前を用いている。

第一師団軍医部長

三月十八日に鷗外は、本職を免じられ、第一師団軍医部長の辞令を受ける。長い間、「小倉左遷」が定説化されていたが、本当に「左遷」であったなら栄転はまずない。次は、ほとんど予備役編入で退役が普通である。小倉で大きな功績を残したわけでもない者が、師団最右翼、第一師団軍医部長の辞令を受けることがあるのだろうか。しかも任命者は第十二師団軍医部長を任命した小池正直軍医総監であった。

鷗外は辞令を受けた翌日、志げを連れて再び太宰府に行っている。右手に待ちに待った第一師団軍医部長の栄誉、左手に美人の若妻をたずさえ、鷗外は晴れ晴れとした気分で参道を歩いたであろう。田中賢道なる人の家に一泊、二十日、篠崎八幡宮に「書画扇を贈る」とある。午後、小倉に帰っているが、八幡宮神官、川江直種が長歌並反歌を鷗外に寄せている。

「陸軍軍医監医学博士森大人の第一師団に栄転し給ふときてよみ奉る」で始まる長歌である。確かに鷗外にとっては喜びであった。しかし、「左遷」され、都を偲んで悲劇の中で死んだあの菅原道真に対する哀悼の辞が、一片もないのがまたしても不思議である。文人である鷗外に、そんな感慨がわかないことが腑に落ちないのである。

三月二十四日、偕行社で『洋学の盛衰を論ず』を講演、二十六日、午後五時五十五分、小倉を発ち、二十八日午後、観潮楼に帰る。

福間博と玉水俊虠

鷗外が、小倉で、二人の友人を得たことは、よく知られている。この二人との出遇いで、当初、下降気味であった鷗外の精神に、少しの安定と成長をもたらすことになったと考えてよいのではないか。

一人は福間博。鷗外の許に最初に来たのは三十二年（一八九九）十月十二日であった。日記に「十二日。公退後一客に接す。福間氏、名は博。石見国安濃郡刺鹿村の人。明治八年五月二十二日生る。」とある。福間は、「我に独逸文学の蘊奥を授けよ」と言った。鷗外は座にあった独逸書をとって「誦読翻訳」させると、「百に一失なし」、鷗外はこの逸材に驚き、以後この福間との交流が始まることになる。

　この福間の俊才ぶりをみて鷗外にも考えがあったようで、母への手紙（明32・10・14）に「幸ひ士官の独逸学の教師入用に付それに周旋して遣るつもり」と書いている。福間は後に、山口高等学校の教師となったが、鷗外が東京に帰るとき、福間、玉水ともに上京、観潮楼の近傍に住み、鷗外との交流を続けている。福間は、第一高等学校の教授になったが、それから間もなく病を得て亡くなっている。三十七歳の若さであった。この福間博に、芥川龍之介はドイツ語を一高で習った。芥川も、鷗外に習って「二人の友」というエッセーを書いた。この中で、福間は背が低く「金縁の近眼鏡」をかけ、長い口髭を蓄へて」いたと書き、「僕等は皆福間先生に或親しみを抱いてゐた」とも書いている。福間が亡くなったとき、芥川は二年生、芥川らは「柩を今戸の寺へ送つて行つた」、そのときの「尊師」は「やはり鷗外先生の「二人の友」の中の「安国寺さん」である」（大15・2「第一高等学校交友会発行『橄欖樹』校友会雑誌第三百号記念号）とも書いている。福間については、拙編『森鷗外・母の日記』で、峰子が、その結婚詐欺的な女性関係について触れている。周知のように、鷗外が後に書いた『二人の友』（大4・6）には、そのことは一切書かれていない。

　もう一人は、曹洞宗の僧侶、玉水俊虠である。

　三十三年十一月二十三日の日記に「二十三日。新嘗祭。（略）曹洞の僧玉水俊虎《ママ》将に小倉安国寺を再立せんとし、来りて勧進文稿を删定せんことを請ふ」とある。十二月四日の日記に「俊虠予が為めに唯識論を講ずること、此日より始まる」とあり、十二月三十一日の日記には、「三十一日。雨。始て僧俊虠を安国寺に訪ふ」とある。

　明治三十三年十一月一日付、賀古鶴所に次の手紙を送っている。

　サンスクリットはボツ〳〵独学はかどらず来週よりは小生同志者のために心理学講義を開く又曹洞の一僧ありて碧巌集（禅学）の講義を開くなど多少おもしろき事も有之候。

　小倉時代、精神安定剤的な役割を果したのが、安国寺の玉水俊虠であったと考えてよいだろう。玉水は、まだ若く、唯識論を鷗外に講じ、鷗外はドイツ語やドイツの哲学などを玉水に講じている。この精神世界を往来する時間というものは、小倉生活にとって、想像以上に大きかったと思う。任務を終え、鷗外が東京に帰ると、ほとんど日を置かず上京し、鷗外の近傍に住んだのも玉水俊虠であった。

『我をして九州の富人たらしめば』

この論述は、小倉に来た鷗外が、近傍の陸軍衛戍病院等の視察に出て、九州人、特に富裕にある人たちの意識の遅れを見聞し、それを批判するとともに、もし自分が九州の「富人」であれば何をしたいかを述べたものである。（明32・9・16『福岡日日新聞』）

九州の「富人」への批判を書こうとした動機は、鷗外が次の体験をしたことにあると思われる。

小倉に着任してまだ一カ月も経たない七月九日の日記に、汽車で博多から直方に着し、「挽夫車」に乗ったときの不快な経験を書いている。

この直方での体験は、鷗外にとって一種のカルチャーショックであった。東京ではまずない体験である。「挽車」たちのサボタージュ、かけひき、鷗外は、この「挽夫」たちに怒りを感じたとしても、こういう「挽夫」を作ったのは、九州の「富人」（主として抗業家）たちの見識のなさが、この狡猾な「挽夫」を生んだと思った。鷗外は『我をして九州の富人たらしめば』（以下『我をして』と記す）の冒頭部に直方での車夫の体験を書き、こうなさしめた原因を「車夫の抗業家の価を数倍して乗るに狃れて官吏の程を計りて価を償ふを嫌ふを知りぬ」と書いている。抗業家（多くが成金の炭鉱主）の不見識な金の使い方に「狃《な》れ」た車夫たちは、官吏の支払いの程度を知っていて、拒んでいるとみたのである。鷗外はここに、九州の「富人」たちの金銭感覚の象徴をみてとった。『我をして』を書いて十日余経ってからではあるが、鷗外は熊本城を訪ねている。つまり九月二十八日の日記に次の記述がある。

田圃間を過ぎて本妙寺に至る。盖ある車を駐めて銭を乞ふ廃人二三を見る。既にして寺に近づけば乞児漸く多く、乞児中には又癩人最も多し。

繁栄する東京を離れて九州に来てみると、生活水準や民度の低さ、それに衛生状態の悪さを深刻に受けとめたようである。こうした見聞から、鷗外の眼は必然的に社会の安定と厚生の面に向けられた。鷗外は書く、「社会問題の中心」は「工人」（労働者か）に「安心立命の本を得せしむる」ことにあると。そして、本来の「富に処する法」として「工人」の危険を防ぎ、「工人」に「小家屋小田圃」を貸して「産ありて産を知るものとならしむること」「是れ保護の事業なり」と述べ、他に「保険事業」「衛生事業」を挙げ、これを「富人」がやらなければならないが、この事業は「利他」のため、「富人」が「緊切」な事業と考えないと批判している。この発想には、鷗外には珍らしく、社会主義的視点がみられるといってよい。

そして、この『我をして』には、論争に明け暮れた明治二十年代前半より、一歩大人に近づいた鷗外の姿をみる。日清戦争という未曾有な体験、戦争という容赦のない殺戮、そして悲惨な人類の不幸をみてきた鷗外にとって、社会の「安心立命」こそ絶対に求められるべきものであったはずである。

此処に来て、九州の「富人」の眼が、別の方向を向いていることに大いなる不安と憤りを抱いたのは無理はない。

さて、本来「富に処する法」は「法」として、いまもし、自分が「九州の富人たらしめば」何をなすべきか。鷗外は、やはり「自由芸術と学問」を挙げる。「芸術」ならば、「国内に競争者なき蔵画家」となる、「学問」ならば「広く奇書を蒐め」「九州の歴史地志を追尋すべし」と言う。そして、「九州の富人」に対しては、「いかなれば責《せめ》てこれを校讎排印せしむる労を取らざる。いかなれば又これを追加せしめ、これに本《もと》づきて新に編纂せしむる願を発さゞる」か、と郷里の「歴史地志」の研究発展保護に無関心な、この「九州の富人」たちに一撃を加えている。

さらに、或る士官が鷗外に語った話として、その士官が九州の一小村に宿泊したとき、隣室にいた客が、酒を酌む「婢に五円紙幣を投じて」去ったということ。五円といえば当時は大金である。鷗外は、この話を事例として出し「是れその行ふ所、彼の人力車夫を驕らしむるものと同じく、いたづらに賤物の為めに死財を散ずるものなり。是に由りて観れば、烟酒車服の美悪すら、今の九州の富人の得て弁ずる所にあらず、何ぞ況や芸術学問をや」と非難してやまない。「賤物の為めに死財を散ずる」ところの「今の九州の富人」には、「芸術学問」を生かす道はない、と鷗外は嘆いている。

最後の結論として鷗外は次のように断じている。

芸術の守護と学問の助長とは、近くは同世の士民を利し、遠くは方来の裔孫を益す。富人の当に為すべき所のもの、何物かこれに若くべき。

この鷗外の芸術、学問に対する考えは基本的な信念であり、津和野藩で教育を受けて死ぬまで一貫して変らぬものであったと思える。鷗外の芸術・学問観は国を憂うる国家観とも繋っていたと考える。

『鷗外漁史とは誰ぞ』

さきの『我をして九州の富人たらしめば』とこの小論とは、小倉に来て発表した主要な二文章である。（明33・1・1『福岡日日新聞』）

『福岡日日新聞』の主筆猪股為治は鷗外と同郷人であり親戚でもあった。この猪股が、小倉に来て「今の文壇の評を書いて呉れ」と懇望した。鷗外は、批評が専門ではないし、今や「文壇の思想の圏外」に立っているとし、このテーマを固辞した。鷗外は猪股の再三の願いに遂に折れ、「過去の文壇の評で、しかも過去の文壇の一分子たりし鷗外漁史の事」を書こうと渋々約束をする。この経緯は、すべて『鷗外漁史とは誰ぞ』（以下、『鷗外漁史』と記す）の中に書いていることである。

鷗外が、まずこの小文で強調していることは、「小説といふやうなものは、僅に四つ程」しか書いてない自分が、「何故に予は小説家であるか」とみずから疑問を呈していることである。『舞姫』『文づかひ』『うたかたの記』『そめちがへ』のことであろう。「皆極の短篇で、三四枚のものから二十枚許りのものに過ぎない」と述べる。この段階で、確かに鷗外自身〝小説家〟と称ばれることに対して、とまどいがあったと思う。しかし、『国民之友』に発表した『舞姫』が、予想以上の反響を得たことにより、文学界に出て、発言する意欲をもったのも事実である。それは次の文に明確にあらわされている。

国民之友の主筆徳富猪一郎君が予の語る所を公衆に紹介しやうと思ひ立たれて、丁度今猪股君が予に要求せられる通りに要求せられた。これが予が個人と語ることから、公衆と語ることに転じた始で、所謂鷗外漁史はこゝに生れた。それから東京の新聞雑誌が、彼も此も予を延《ひ》いて語らしめた。

明治二十三年一月、『国民之友』に『舞姫』が載った経緯を述べたものであるが、とすると、『舞姫』は、徳富蘇峰の懇望によって生まれた作品とも言えよう。東京の「新聞雑誌」が、一躍これに注目した。鷗外は、淡々と書いているが、何としても世に出たかった洋行帰りとして、『舞姫』への注目は嬉しかったに違いない。

また鷗外は、『鷗外漁史』で、あの明治二十年代前半、いわゆる『柵草紙』時代の、すさまじい評論活動について次のように書いている。

この柵草紙の盛時が、即ち鷗外といふ名の、毀誉褒貶の旋《つむじ》風《かぜ》に翻弄せられて、予に実に副《かな》はざる偽の幸福を贈り、予に学界官途の不信任を与へた時である。

これが、あの激しい論争時代に対する鷗外自身の感想であり評価である。この小文で、露伴が鷗外の「柵草紙の盛時」に対する評価を「殆ど百戦百勝といふ有様」と、述べたことを鷗外自身紹介しているが、しかし、鷗外は「一敗地」に「塗」れたことも書いている。この時代は、鷗外にとってみれば、そのときは昂揚したとしても、後から考えてみれば「副はざる偽の幸福」でもあったのである。

これは例えば、小倉に着して早々に武谷水城に送った手紙（明32・8・2）の中に、「地方に来任以来東京ノ諸新紙ノ攻撃荐リニ至リ閉口仕居候」や「官事抛擲ト云フニ至テハ小生ノ不能ヲ錯認シテ不為トナスモノ迷惑不尠」の文意ともつながっている心情に違いない。この自己省察は、いささか鷗外の臆病な性格にも関連しているとしても、あの頃より一歩成長した認識のあらわれであることも、認められねばなるまい。

いずれにしても、東京を離れた鷗外は、小倉以前の「鷗外といふ名の毀誉褒貶」を白紙にしておきたかったということである。

しかし、この『鷗外漁史』の終末部に刻まれた、次の言句に注目しておかなければならない。「鷗外は殺されても、予は決して死んでは居ない」と。今迄の鷗外漁史は白紙にするとしても、「予」すなわち「森林太郎」は決して死んだわけではない。これは次の文とも合わせて読む必要がある。

　読者が若し予を以て文壇に対して耳を掩ひ目を閉ぢて居るものとなしたならば、それは大に錯つて居るのであらう。予は新聞雑誌も読む。新刊書も読む。読んで独り自ら評価して居る。

「森林太郎」が生きている限り、復活はあり得るぞ、その準備にはこと欠かない、という鷗外の隠された予告であるとみてよい。三十七、八歳で鷗外林太郎が、志向的には一番好きであった「文芸」から永遠に退場するはずはない。

　従ってこの『鷗外漁史』は、陸軍部内や東京の文壇人に対する、モノ書きとしての一時の「退場宣言」であると同時に、隠された「復活予告宣言」でもあったのである。

　さて、次の文を、恰好をつけた虚言であると言ってしまえばそれまでであるが、どうとるべきであろうか。

　今此陬邑《へんすう》に在つて予を見るものは、必ずや怨懟《つい》不平の音の我口から出ぬを知るであらう。予は心身共に健《すこやか》で、此新年の如く、多少の閑静雅趣を占め得たことは、曾て書生たり留学生たりし時代より以後には、殆ど無い。

自分は、この「陬邑」にあって「怨懟不平」はない、「心身共に健」で「閑静雅趣」の状況の中にいる、と鷗外は胸を張っている。これは鷗外の本心であるのか。ある意味では半々であろう。小倉に来て確かに鷗外は、時間とともに安定してきたことは事実であるが、心の深いところでは、敗者的意識はなかなかとれなかったようである。

　明治三十四年七月十四日（推定）付で、鷗外は母に次のような手紙を出している。「小生なども我は有用の人物なり。然るに謫せられ居るを苦にせず屈せぬは、忠義なる菅公が君を怨まぬと同じく、名誉なりと思はば思はるべく候」と。「謫」とは、流刑、左遷の意味。この被害者意識は、第一師団軍医部長の辞令をもらうまでは消滅しなかったかも知れぬ。しかし、その「謫」の意識を抑制し、「健」なる意識で生きようとしたことも事実である。その葛藤を、この小文は隠している。太宰府に行っても「菅公」の「怨」を一片すら書かず、母への手紙には書く、というこの不思議さも、この小文のテーマと繋っていよう。

　以上、知られた二つの文章の他、「在小倉」で次のようなものを書いている。『鷗外茗話―原田直次郎』（明33・1・11〜14『東京日日新聞』）、署名は「隠流投」である。『雲峯評』（明33・7・24『二六新報』）、署名は「無名氏」。『人主策』（明33・5・12

〜6・21『二六新報』「無名氏」)、『続心頭語』(明34・8・22〜12・12『二六新報』「千八」)、『小包郵便物に就て』(明33・9・1、「九州隠流」)、『和気清麻呂と足立山と』(明35・1)及び『再び和気清麻呂と足立山との事に就きて』(明治36・1・5)ともに『門司新報』に掲載、「森林太郎稿」とした。この和気清麻呂は、道鏡によって九州に左遷されており、鷗外は、自分と重ねているところもあるようで興味深い。

小倉からの二通の手紙

小倉時代の鷗外の手紙を二通考えてみよう。

○母峰子あて

まず一通目は、母峰子にあてた手紙である(明34・7・14 推定)。

　この手紙は、『全集』では「九月」推定になっているが、冒頭の「庭の模様がへ」と「朝顔の事」を考えてみると『全集』の「九月」では疑問がある。「庭の模様がへ」とは季節の変り目と察する。それに贈られた「朝顔の事」となると、「九月」では「朝顔」はもはや枯れるとき、贈るとなれば生《いき》のいい「朝顔」でなければなるまい。従って、夏の季節始めとみて、「七月」とした次第である。

　また「日付」の「十四日」で考えてみると、明治三十四年七月十四日は「日曜日」である。手紙を書いた日としては可能性が一番大きいように思える。

　宛先は母になっているが、内容は妹喜美子に向かって書いていると思ってよい。喜美子の悩みを訴えた手紙に対する間接的な返信である。喜美子は、明治二十二年、鷗外らと訳詩集『於母影』を発表、以後、翻訳家、随筆家、歌人としても活躍していた。東大教授小金井良精の妻であり、その立場は、家事と文芸活動との両立という難しい状況にあり、兄鷗外に、その苦悩を訴えるのが常であった。この両立の難しさという状況に立っているという意味においては、鷗外と基本的には同じなのである。

　「家事(姑に仕へ子を育てるなど)のため何事(文芸など)も出来ぬ」という喜美子の不満に対し、鷗外はそれは「間違」と応じ、「道を学ぶ」ことを勧めている。「道」とは何か。辞書的に言えば、「人の行うべき道理」ということになる。この鷗外の書簡からすれば「道」とは「人は何のために世にあり、何事をなして好きかといふこと」を考えることである。喜美子に、そういった哲学的、宗教的発想を求めている。これは、かつて自分が悩んだ問題である。さてこの書簡で最も重要な文は、すでに引用しているが、「小生なども学問力量さまで目上なりともおもはぬ小池局長の据えてくるる処にすわり、働かせてくるる事を働きて、其間の一挙一動を馬鹿なことども思はず無駄とも思はぬやうに考へ居り候へば、おきみさんとても姑に事《つか》へ子を育てることを無駄のやうに思ひてはならぬ事と存候」という文である。ここで「家事」と「文芸」、「官僚」と「文芸」というように、二人の問題点が基本的に一致していることが明確になる。そして鷗外が考える「道」とは、ささいな事が決して無価値ではないこと、いま与えられている仕事、また、状態に最高の価値を置いて頑張ることが、まさに、人が世に在ることの意義なのだと述べている。この書面はもはや喜美子への語りを越え、小池局長と自分の問題にすり変っている。鷗外は「小生なども道の事をば修業中なれば」と書いているが、その「修業」とは、「忠義なる菅公が君を怨まぬと同じく、名誉なりと思はば思はるべく」生きること、つまり、「謫」せられし自分が、「菅公」が「君」を怨まなかったと同じように、自分も、いつまでも小池を怨まず与えられた仕事に価値を置いて生きることである。これが鷗外にとっての「修業」なのである。臨済宗で言えば「自己究明」である。自分と向き合うことである。曹洞宗の禅僧玉水俊虠にもこうした禅の奥義は教わったはずである。

右の書簡にある「才女のおしめを洗ふ」は、まことに象徴的な言葉である。これはずばり鷗外のことでもある。「俊才が、その才能に応じた仕事を与えられず僻地に居る」と言いかえても不自然ではない。これを「名誉」と思うことは、しんどい話である。そこで「修業」が必要になってくる。これは母、妹への手紙ではなく、自分自身への手紙なのである。

○妹小金井喜美子あて

二通目は、小金井喜美子にあてた手紙（明34・12・5）である。

さきの母への手紙から約五カ月が経っている。

この手紙文にある井上通泰の略歴を紹介しておこう。井上は、慶応二年（一八六六）に生まれ、昭和十六年（一九四一）に亡くなっている。出身は姫路で、国文学者であった。明治三十九年（一九〇六）六月、鷗外らと常磐会を起こしている。熊沢蕃山については多くの論文がある。

この手紙にある熊沢蕃山であるが、寛永十一年（一六三四）に出生、元禄四年（一六九一）に亡くなっている。京都稲荷から出て、池田光政に仕えたが、儒学者として名を成す。後に岡山藩の執政にまでなるが、過激な陽明学に傾いたために失脚し、浪人生活に入る。しかし、なお陽明学の立場から、幕府を批判したため、反体制の危険人物とみなされ、後に幽閉され悲劇の死を遂げている。

『小倉日記』で、井上通泰の手紙（明34・11・24）に触れ、井上が『慕賢録』を「校刻」し、『蕃山考』を著述していることを書いている。この喜美子への手紙の十一日前である。そこで、この手紙で「近頃井上通泰、熊沢蕃山の伝を校正上本せしを見るに」となるわけである。

　この喜美子への手紙で注目すべき言辞は、蕃山の「敬義を以てする時は髪を梳り手を洗ふも善を為す也」である。これに続く文は「然らざる時は九たび諸侯を合すとも徒為のみ」であるが、鷗外は省略している。この蕃山の言辞は、幽閉中の蕃山を案じて訪れた信奉者が、疑問を呈したのに答えたものである。すなわち「本心、義に立てば、則ち梳り自ら盥《てあら》うも亦善を為すなり。苟も義に立たざれば則ち諸侯を匡合すとも、只是徒閑のみ。」(『熊沢先生行状』)と。鷗外が喜美子への手紙に書いた文と、基本的に同じであるが、表現はかなり違っている。鷗外は、井上通泰編著『慕賢録―熊沢伯継伝』(明34)、『蕃山考』(明35)、『蕃山先生略伝』(明43)の三著を所有していたが、喜美子への手紙には、『慕賢録』からとったと考えてよい。「義」とは、武士として仁政を担うべき精神とでも言おうか。『熊沢先生行状』の原文と鷗外引用の文と比較すると、鷗外引用文は、かなり省略していることが解る。それはともかく、「髪を梳り手を洗ふも善を為す也」は、一見、平凡なことにみえる「日常」性を大事にすることの大切さを説いている。蕃山は、幽閉され無為を過ごしているようにみた客の質問に答え、〝天下を治める「大事」と、日常的な「私」の「小事」も、同一人の精神作用とみれば何ら違いはない〟と述べたのである。「髪を梳り手を洗ふ」という「小事」は、鷗外が喜美子への手紙に書いた「才女がおしめを洗ふ」と同義である。後年、『カズイスチカ』(明44・2)の中で、「宿場の医者」たる父が「詰まらない日常の事にも全幅の精神を傾注してゐる」姿に、「花房」が感服する場面があるが、これは、小倉で生きる鷗外自身への戒めの言葉でもあった。さきの母にあてた手紙の中に「小池局長の据ゑてくるる処にすわり(略)一挙一動を馬鹿なことども思はず無駄とも思はぬやうに考へ居り候」とあるように、鷗外も懸命にストイックになろうとしている。例えば、時折、栄誉の第一師団が頭をかすめる、そのとき、この蕃山の言辞が抑制力をもつ、実は、その繰り返しであったろう。

　日月は不詳だが、喜美子へのこの手紙とほとんど同時期に出したと思われる母への手紙がある。(さきの手紙の後日と思われる)この中で、鷗外は「買ひし本の内に伝習録といふものあり(略)これは王陽明の弟子が師の詞を書き取りしものなるが、なか〳〵おもしろき事有之候中にも知行一致といふこと反説して説きあり」と書き、この「知行一致」に注目し、これを「行は智より出づるにあらず行はんと欲する心(意志)と行とが本《もと》なり」という王陽明の説として紹介している。そしてさらに「最も新しき独逸のヴントなどの心理学と一致するところありて実におもしろく存候其外仏教の唯識論とハルトマンとの間などにも余程妙な関係あり此如き事を考ふれば私の如く信仰といふこともなく、安心立命とは行かぬ流義の人間にても多少世間の事に苦めらるることなく自得するやうなる処有之やう存候」と書いている。

鷗外は、小倉生活の中で、己の精神的「糧」となる本をしきりに求めていたことが解る。このへんがいかにも鷗外らしい。

王陽明の「知行一致」とヴントの心理学を結びつけ、人間の行動の「本」を「行はんと欲する心（意志）」にあるとする。この「行為しようとする意志」に薪を与え、火を燃やせばよい、また唯識論とハルトマンを結びつける、無意識の世界のことを考える、こうした精神界に己の「生」のあり方を求めるとき、どうやら鷗外は「自得」の心境に至るようである。蕃山、王陽明、ヴント、唯識論、ハルトマン、東西の思想を求めて、己の時折の傷心を抑制していく。明治四十年からの再活動を支えたのは、この小倉時代の精神的営為が、大きな糧になったものと思ってよい。喜美子に、「蕃山の詞」を伝えたこの手紙の終末に「荒木令嬢の事、兎も角も相迎候事と決心仕候」と、照れ臭そうに志げとの結婚を決心したことを告げている。これもまたいかにも鷗外流ではないか。

クラウゼヴィッツの『戦争論』

鷗外が、クラウゼヴィッツの『戦争論』を、小倉偕行社で井上師団長以下の将校に初めて講演をしたのは、三十二年十二月十二日である。以後、定期的にこの『戦争論』の講演を行っている。

クラウゼヴィッツの『戦争論』はすでにドイツでは知られていた。普仏戦争でプロシア軍が勝利したのは、このクラウゼヴィッツの『戦争論』のお陰であるとさえ言われていたが、日本ではほとんど知られていなかった。この『戦争論』を日本で最初に訳したのは森鷗外である。鷗外は、ドイツ留学時代に、すでにこの『戦争論』に目をつけていた。明治二十一年一月十八日の『独逸日記』に「夜早川来る。余為めにクラウゼヰッツ Clausewitz の兵書を講ず。クラウゼヰッツは兵事哲学者とも謂うべき人なり。著書は文旨深遠、独逸留学の日本将校能く之を解すること莫し。是れより早川の為に講筵を開くこと毎週二回」と書いている。

この早川については、すでにドレスデンで会っており、『独逸日記』に早川の名前が九回も出てくる程、親密であったようである。お互いがその俊才を認め合い、将来のためにもその交流を密にしていたのではないか。この早川は、やはり才能を文字通り発揮し、日本陸軍の中枢を歩み参謀本部の次長にまでなった田村怡与造陸軍中将である。田村は参謀総長川上操六陸軍大将の補佐役として活躍したが、残念にも明治三十六年（一九〇三）、日露戦争の前年に急死している。日本陸軍の将来にとって惜しい人材であった。四十九歳の若さだった。鷗外は、この『戦争論』全巻を訳す予定であったが、陸軍士官学校が、第三篇以下を仏語から重訳していることを知り、第二編までの翻訳にとどめている。『小倉日記』の三十四年六月二十六日にある「「戦論」の訳を停む」がそれである。

このカルル・フォン・クラウゼヴィッツは、一七八〇年（安永九年）、プロイセン国マクデブルク市ブルクで生まれている。父はもと少尉で、重傷退役後は、ブルク王室の収税官となった。クラウゼヴィッツは、十二歳でポツダムの歩兵連隊に入り、三十四歳で大佐、三十八歳で、ベルリン一般士官学校校長に就任、校長時代十二年間にこの『戦争論』を執筆している。この著書は、彼自身が参戦した五大戦争の体験にもとづいたものである。後に、少将に昇進したが、一八三一年（天保二年）コレラで死亡、五十一歳であった。

この『戦争論』は、彼の死後、一八三二年から三七年（天保八年）にわたって刊行された『カルル・フォン・クラウゼヴィッツ将軍遺作集』全十巻の最初の三巻にあたるものである。

この『戦争論』は、明治三十六年（一九〇三）十一月、鷗外の訳で『大戦学理』「巻の壱　巻の弐」（クラウゼヰッツ『戦論』改訂　軍事教育会）のタイトルで刊行された。この著書の冒頭に「来歴」が六項目記されている。

この㈠の「来歴」を読むと、この「クラウゼヰツツ」（鷗外表記）の『戦争論』（『大戦学理』）が井上光中将、山根武亮少将の「嘱に依りて作りたるもの」であること、そして田村怡与造中将に、ベルリンに在るとき、「巻一の過半」を講じたことが識されている。

それから第十二師団で「石印」せられたとき「戦論」と題していたことも識している。また陸軍士官学校のフランス訳本についても触れている。それに興味深いのは㈤で述べていることである。つまり原本は「難解な書」と言われている。そのため「予の之を訳するや原文の義を咀嚼して而る後国語を以て之を出し其際一字一句妄りに増減することなかりし」といかにも鷗外らしい合理的な訳し方を披露している。

次に『大戦学理』の目次の「大きい項目」だけを記述しておく。

〈巻一〉「戦争の本質」一、何をか戦争と謂ふ。二、戦争の目的及び手段。三、軍事上の天才。四、戦争の危険。五、戦争の労力。六、戦争の情報。七、戦争の障碍。八、結論。

〈巻二〉「戦争の理論」一、兵学の区分。二、戦争の理論。三、兵術及兵学。四、法則論。五、批評。六、証例。

鷗外が訳したのは、原書（全三巻）の第一巻、第二章までで、後の第一巻、第三章以下、第二、第三巻までは、陸軍士官学校訳で続刊されている。

昭和四十三年（一九六八）岩波文庫から刊行された篠田英雄

訳『戦争論』上・中・下の目次は次の通りである。

第一篇、戦争の本性について。第二篇、戦争の理論について。第三篇、戦略一般について。第四篇、戦闘。第五篇、戦闘力。第六篇、防御。第七篇、攻撃（草案）。第八篇、戦争計画。

鷗外の訳した部分は、篠田訳の全巻で言えば、第二篇「戦争の理論について」の第六章「戦例について」までということになる。鷗外留学時、日本陸軍から多くの留学生が出たり入ったりしたが、このクラウゼヴィッツの『戦争論』に目をつけたのは、早川（田村）怡与造、それに鷗外と極めて少ない者たちであった。しかも、難解なこの『戦争論』の読める人はなく鷗外ぐらいで、俊秀の早川でさえ、鷗外の手を借りねばならなかった。ただ鷗外が、このクラウゼヴィッツに注目したのは、むろん、日本陸軍に益すると思ったことは当然だが、もう一つ、鷗外が日記に書いたように、この『戦争論』が「文旨深遠」であったことにあろう。

篠田英雄氏も「解説」で次のように述べている。

「戦争論」におけるクラウゼヴィッツの考え方は、従来の成見や一面的な主張を離れて自由であり、論理は厳密であり、論旨は全体を通じて終始一貫している。また文章は、暢達とは言えないが、しかしよく意を尽くし、そのうえ一種の生彩を帯びて読者を引きつけるものがある。

クラウゼヴィッツの文章のもつ論理性と「生彩」な趣が、鷗外を惹けたこともあったと思われる。

この『戦争論』の講義を受けた将官、佐官クラスの指揮官たちは、翌年の日露戦争では、大いに有効性があったとも言われている。小堀桂一郎氏は、クラウゼヴィッツの戦争の定義を「戦争は手段を更へて行ふ政治の延長である」（『森鷗外―批評と研究』）と捉えている。このことを、日露戦争を戦った日本陸軍参謀本部は、よく理解していたようだ。小堀氏は「戦略が戦術の上位にあるといふ戦争の構造を正しく認識していた」と述べてもいる。

〖洋学の盛衰を論ず〗

鷗外は、東京転勤が決まり、明治三十五年三月二十四日、小倉偕行社で、小倉での最後の講演〖洋学の盛衰を論ず〗を行った。鷗外に確固としてあるのは、「自然科学」を重視する精神である。この「自然科学の勃興」は西洋にあったことは言うまでもない。鷗外は、師団長、旅団長以下、第十二師団の将校たちを前にして、その信念を披歴した。「此学風は支那の無き所にして、支那朝鮮は其心を偏重し博物を卑む学を墨守せるを以ての故に、今の憐む可き所動の地位に立ち、我国は此西洋学を輸入したるを以ての故に、今の賀す可き能動の地位に立てるなり」と。鷗外の言う「西洋学」とは、即ち「科学」である。「支那朝鮮」は「心を偏重」した、いわゆる儒教を中心とした形而上学に傾斜し過ぎ、「博物」、つまり「科学」を卑め、他国の干渉を許し、自立出来ない国になってしまっているということか。ところが、日本は当時の大国、清に勝ち、東アジアの強国として西洋列強も、日本を馬鹿に出来なくなった。そして、明治も三十五年も経つと、内実のない自信とも言える「洋学の衰替《ママ》」がみえ始めた。鷗外はここに大きな危機感を持たざるを得なくなる。当時、ベルリンにいた姉崎正治（潮風）は、洋行の「無功」を現地から送ってくる。これは「洋学無用論」に繋ってくる重要問題である。鷗外は「此自信力果して実価ありや」と訴える。実際、西洋からの招聘教師も、語学教師に限定されつつある。鷗外は退官のときのベルツの辞を引いている。日本は西洋の「果実」を輸入して発展してきた。この「果実」は、西洋の固有の「雰囲気」で養い得たるもの、この西洋の「雰囲気」は遠くはアリストテレス、近くにはダーウィンらによって「世々相承」されたもの、「西洋の此雰囲気あるは一朝一夕の事に非ず」と。かような「雰囲気」は日本にはまだない。いわゆる創造力を生む土壌はまだ出来ていない、という認識。鷗外は、年が明けて、ロシアとの危機が迫ってきた段階では、白人の野望を口にするが、この師団長らを前にした講演では、さすがにそれは抑えている。鷗外が「西洋学」を重視するのは、勿論、本筋としては社会の進展に欠かせないからであるが、一つは西洋列強、白人たちの野望を知っているからでもある。白人の進出を阻むには、白人の優れた文化を学ぶことが必条なのである。まさに、津和野藩学の大国隆正の「大攘夷の精神」とこの点については寸分違っていない。

鷗外は、西洋に負けないためには、西洋の「雰囲気」に匹敵する「雰囲気」を我国に醸成しなければならないと思っている。この講演の主旨は、単一、純粋な科学主義函養の問題だけではなかったわけである。

鷗外は思う。もし我国で「種子」を下し、「開拓」することを怠り、また「新果実」の「輸入」をしなかったなら、「国家の不利恐らくは太甚しかるべし」と。鷗外は世界の動きをみながら、「西学」の問題を考えている。これが貴重なのである。少し御世辞くさい感じがしないでもないが、目前の席にいたであろう師団参謀長山根少将の「我国は西洋諸国を模倣することに由りて、今の好結果を見たり」の言を引き、鷗外は「予の意と契合するならん」と賛同している。さきに、クラウゼヴィッツ『戦争論』を定義して、小堀桂一郎氏が、「戦争は手段を更へて行ふ政治の延長である」と捉えたが、やがてやってくる日露戦争に対し、日本陸軍の中に鷗外のような超一級の知識人がいたこと、また、職業軍人らしい単純さはあったとしても、山根武亮少将のような考えをもった軍人も、かなりいたのではないかと推察し、大国ロシアに勝った要因を一つみたように思えるのである。

この『洋学の盛衰を論ず』なる講演は、翌三十六年十一月の『黄禍論梗概』の講演に密接に繋っていることを忘れてはならない。

小倉転勤は鷗外に何をもたらしたのか。基本的には、当初、神経症的気分に左右されがちであった鷗外が、小倉の人々の素朴さに接し、おのずから心の堅さが融けていったことがあろう。特には、禅僧玉水俊虠、キリスト教会のベルトラン神父、ドイツ語の秀才福間博、師団長井上光中将らとの出会い、また蕃山やヴントなどの東西の思想にも接し、「自己究明」の精神を得ることにもなった。母峰子や妹喜美子への手紙などに、そうした人間的成長の軌跡をみることができよう。そして鷗外は、約二年九カ月の小倉生活を終え、美形の若い伴侶を右手にし、左手に待望の第一師団軍医部長のポストを摑んで帰京したのである。

7 再び東京生活が始まる

第一師団軍医部長という、鷗外の自尊心を満足させる位置に坐った鷗外の意識は、勃々として文芸に向け始められていた。かつて小倉で、「鷗外は殺されても、予は決して死んではいない」(『鷗外漁史とは誰ぞ』)と書いたが、「鷗外」が再び息をし始めたのである。東京に還って、鷗外の文学に対しての初仕事は新体詩に関する『談話』(明35・4・1『太陽』第十三巻第五号)であった。

そして四月三日には、竹柏会大会で『マアテルリンクの脚本』と題して講演、その翌月、『ハムレットと烏雞国太子と』(5・1『歌舞伎』第二十四号)を発表している。これは「ハムレット」と「西遊記」の中の烏雞国太子との事蹟の類似点を挙げ、検討したもので異色である。

『芸文』『万年艸』の創刊

『めさまし草』は二月にすでに廃刊になっていたが、六月に入り、千葉鉱蔵の橋渡しなどがあり、『めさまし草』のメンバーと上田敏主宰の『芸苑』とが合併し『芸文』が二十五日に創刊された。この『芸文』誕生に関しては、森潤三郎は「兄が前年結婚のため帰京中、千葉氏からその話が持出され」(『鷗外森林太郎』)と書いているが、この「帰京」は三十四年三月十二日に小倉を発った三回目の上京のときであったと考えられる。

このときの帰京を潤三郎は、はっきりと「結婚のための帰京」と書いている。勿論、公務出張が主であったが、このときは約一カ月近く東京に滞在していたので、見合も出来たし、雑誌の相談も十分出来たはずである。結婚式のため帰京したときは、東京に実質四日しかいなかった。

『芸文』は、題辞は森鷗外、上田敏をはじめ、弟の篤次郎、平田禿木、畔柳芥舟、登張竹風、戸川秋骨等が会合、相談し、その創刊を決めた。発行元は文友館書店と決まり、第一号には、森鷗外が、題辞を書き、その他、上田敏、井上通泰、佐々木信綱、りんたらう、野口寧斎等が執筆している。長原止水の表紙絵で、口絵として藤島武二の「草刈」、長原止水の「停車場の夜」が描かれた。

「巻第二」は八月十一日に発行され、合評には「金色夜叉」がとり上げられたが、文友館書店と意見の相違で衝突『芸文』は雑誌名を『万年艸』と改題し、十月十五日に「巻第一号」を刊行した。第一号の執筆者は、題辞は森鷗外、他に千葉鉱蔵、謫天情仙、佐々木信綱、上田敏、森潤三郎、りんたらう、など多彩。『芸文』及び『万年艸』ともに、「りんたらう」とあるのは鷗外のこと、ヒッペルの『やまひこ』を訳し、その（上）を前者に、（下）を後者に載せた。明治四十三年一月『黄金杯』に収めるとき『山彦』と改題したものである。表紙絵は、長原止水が「カウヤノマンネングサ」の標本を写生、図案化したもの。

『玉篋両浦嶼《たまくしげふたりうらしま》』

戯曲『玉篋両浦嶼』（明35・12　歌舞伎発行所）が『歌舞伎』号外に発表されたときの題名は『玉匣両浦嶋』であった。この作品は『そめちがへ』以来であり、創作戯曲としては鷗外にとって初めてのものである。

「上ノ巻」と「下ノ巻」に分けられ、通して第一節から第五節までになっている。文体は七五調が基調。「上ノ巻」は、浦島太郎と乙姫とのセリフの掛け合いになっている。恐ろしい夢からさめた太郎に乙姫が「あめかぜしらぬ／このくににて／わらはとともに／くらすをば／おん身はうれしと／おぼさぬか」と問いかける。太郎は「このとし月の／平和に倦《う》み」と述べさらに「この平和にこそ／よりつらめ」と重ねて言う。そして「洞天仙境の／ゆめさめて／またひとのよへ／さらばさらば」と太郎は乙姫の嘆きを後に去っていくのである。

「下の巻」では、「後ノ浦島太郎」が「太刀弓箭」をもった多くの漁師たちとともに海辺に座している。後ノ太郎は「とほき化外の／地にわたり／一ケ国をも／切りしたがへ」るためにとの意気込みを示し、此処にいる。つまり、海の向こうに戦いに出る出陣前である。

そこに「あやしきをとこ」が近づいてくる。「太郎」の登場である。「太郎左に包をかかへ右に釣竿を持ち、静かに歩み出づ。」

二人の太郎が出遇い、縺《もつ》れ合い、玉篋が落ち、開いてしまう。たちまち「白雲」立ち、「太郎」は白髪となる。

二人の太郎は、ともに名を告り、三百年前に「浦島太郎」が行方不明になったことを確認し合う。「浦島太郎」は「後ノ浦島太郎」に「おんみはわが裔《すえ》」と呼び掛ける。「後ノ浦島太郎」

は、現状を説明し「ひのもとの／武名をなほも／あげんため／わたつみこえて／とほつくにへ／わたらんとこそ／おもひ候へ」と勢いづく。「後ノ浦島太郎」の眼は、遠い海の向こうの「とほつくに」に向けられている。「浦島太郎」は、「おう。いさましや」と応じ、「玉」を「いくさのたすけに」沢山与えるのである。

場はそこで昂揚、意気上るとき、「浦島太郎」は山深く姿を隠し、「ひとのよの／なりゆくさまを／目守《まも》りてん／さらばひとびと」と呼び掛け、姿を消すところで終幕となる。詠いは定形ではないが、五七調、七七調など、自由な語りながら能狂言のような独特なリズムをかもす。

この戯曲は、明治三十六年一月、市村座で上演された。

それにしても、この時期なぜ〝浦島太郎〟なのか。鷗外の発想に何が影響を与えたのか、興味のあるところである。

鷗外は市村座で公演されたことを見極めて、『浦島の初度の興行に就いて』（明36・2『歌舞伎』）の中で、述べている。

鷗外は「伊井の要求」、すなわち新派の伊井蓉峰の依頼により、この「浦島」を書いたことを述べ、その発想に影響を与えたものとして「ファウスト」を挙げている。「ファウスト」に比し、「若返る」のと「老翁」になるとの違いを指摘している。それはそれで鷗外の言を信じるとしても、異次元の世界から人間世界に立ち戻るという、この浦島太郎の運命を、この段階で想い浮かべるということは、単に「ファウスト」の影響ばかりではあるまい。少し角度を変えてみると、当時としては、辺境のイメージのあった九州小倉から、やっと東京に立ち還った鷗外自身の運命が、この浦島太郎の発想にいささかの影響を与えてはいなかったかということである。

それに「下ノ巻」にみる「とほき化外の／地にわたり／一ケ国をも／切りしたがへ」るという発想、まことに気になる言句であるが、当時すでに日露の間が険悪になり、戦争のうわさが国民の間に拡がりつつあった。まして、陸軍省の中にいた鷗外には危機感があったに違いない。それは同年の『人種哲学梗槩』や『黄禍論梗概』にも示されている。こうした白人国家に対する警戒心が、「後ノ浦島太郎」が海外に打って出るという発想に幾分でも重なってはいなかっただろうか。

この作品は、後世の人にも読まれていたようで、太宰治が「お伽草紙」の中で、〝浦島〟ものとして「最近においては鷗外の戯曲がある」と書いている。

同時代評の一部

明治三十六年は明けた。一月七日に、鷗外夫婦待望の長女茉莉が生まれた。

鷗外は東京に還り、いまだ新婚生活の中にあったが、家庭的にはそろそろ妻志げと母峰子の嫁姑戦争が、潜在的に生じつつあった。しかし、まだそう深刻なまでには至らず、一応平穏な生活が続いていた。

当時鷗外は、世間的にはどうみられていたのか。

山川芳則は『美文評釈』（明34・9　新声社）で「刀圭家（医師のこと）としての林太郎は「文学者としての鷗外に劣ること数等なるにあらずや」と、文学者としての鷗外を大いに推賞している。この頃、小説は三作しか書いてなかったが、美学論や「西洋の新説を翻訳」したりして、やはり鷗外の声名は文学にあったことが解る。また山川芳則は、この文で『うたかたの記』を「絶品」と賞讃し、文は「平淡の妙を極めしもの」と、季節遅れのエールを送っている。

夭来子（岩崎勝三郎か）は『博士奇行談』（明35・11　大学館）で「原作の一字一句をも違はずに、而かも原著の趣味を損じないものを求める訳」を集めて『翻訳文範』なる本を出そうとした某が、鷗外を訪ねたとき、鷗外は、すでに訳していたシュビンの「埋木」を出し、「何処からでもお抜きなさい」と言ったという挿話を紹介している。この挿話は鷗外の翻訳に対する自信を述べようとしているが、と同時に、鷗外の翻訳に絶対の評価を与えていた世評をもあらわしている。もう一つこの小文では『雲中語』でみせた鷗外の「梗概上手」を挙げている。紅葉、露伴、緑雨もここでは、いささか影が薄い。

〖長宗我部信親〗

『長宗我部信親』（明36・9　国光社）は、七五調の叙事詩である。

内容は、上、戸次川、中、中津留川原／下、日振の島と三つの構成になっている。詩で詠われているのは、戦国の武将、長宗我部信親とその父元親の勇壮な戦いと、息信親の死による哀話とが骨子となっている。

鷗外は『長宗我部信親自注』で「此小叙事詩は、弘田長君の嘱に依り、薩摩琵琶歌として作れるなり」と述べ「此篇は全く事実に拠りて結撰す。一の虚構だに無し」とも書いている。

詩は「頃は天正十四年」で始まる。場所は「筑紫」、秀吉太閤麾下の長宗我部元親、信親の軍は薩摩の島津家久の軍勢と対峙し、やがて戦闘に入ってゆく。歴史書で調べてみると、太閤麾下の軍勢が実際に島津と本格的に戦うのは天正十五年であるが、長宗我部軍勢だけは前年十月に先遣隊として九州に入っていた。そのことを鷗外はちゃんと見極めていた。鷗外の「一の虚構だに無し」は、その通りといってよい。

「そも長宗我部信親は／身のたけ六尺一寸ありて／いとおとなびては見えけれども／年まだ二十二歳にて」、この調子で、鷗外は戦いの劇詩を詠っていく。若武者の最期を次のように詠う。「島津がたの軍奉行／鈴木大膳馳せ寄りて／おん大将に見参と／隙間もなくぞ切りかくる。／信親につこと打ち笑みて／殊勝の敵よ土佐武士の／最期を見よとわたりあひ／思ふ儘に太刀打して／二十二歳を一期とし／地にもたまらぬ暖国の／雲より先きに消えにけり」。ロマンチシズムの濃い筆致で、やや通俗的であることはまぬがれない。下の「日振の島」は、「せめて亡骸のみなりとも」と願う父元親は使者を島津に送る。敵将の「家久聞きて涙を流し」、使者の申し出を快く聞き、荼毗にした信親の「遺骨」を父の許に持ち帰らせる。この劇詩に流れているのは、命を惜まぬ壮絶な魂であり、哀切極まる子を想う父の愛情である。『長宗我部信親自注』について森潤三郎が述べている（『鷗外森林太郎』）。兄鷗外が夕食後、潤三郎を連れて閉館間際の帝国図書館に行き、当時の軍記、九州の地誌、地図などを調べて「自注」にまとめたと。それから、この劇詩が完成したとき、観潮楼一階の八畳の座敷で、篤次郎、きみ子、母峰子らを集めて朗読したこと、これは『舞姫』以来ではないか。この意気込みは、何なのか。この作品が発表された翌十月、日露は満州の権益をめぐって対立、双方が譲らず、日本国民の間にロシアへの反感が相当高まっていた。いわゆる日露戦前夜、国家の危機感と、それに対する勇壮の気を感じて欲しかったのではないか。この劇詩の「御国の為め臣下の為め」といった言辞が特に迫ってくる。結果的にこの詩は日露の戦場で詠われた『うた日記』の先蹤となったといってよい。

もう一つ追加しておきたい。この劇詩の中に、討死した信親の骸《むくろ》に向かって恵日寺が引導を渡す場面がある。この「偈」について潤三郎は、「玉水俊虠師作といふことである」と述べている。この「偈」は次の如くである。「喝声叱窮鬼／赤脚走刀山／好通一線路／脱却ス三界関と」。この潤三郎の言は重大な証言である。あの匠気溢るる鷗外が、自作品に果たして他者の作した「偈」を使ったであろうか。このことは謎である。

【『人種哲学梗槩』】

『人種哲学梗槩』（明36・10　春陽堂）は、明治三十六年六月六日、国語漢文学会で講演されたものでる。この内容はJOSEPH《ジョセフ》 ARTHUR《アルチュウル》 COMTE《コント》 DE《ド》 GOBINEAU《ゴビノオ》の「人種哲学」を紹介し、鷗外が少し自分の意見を添えたものである。

ゴビノオ伯の「人種哲学」は「近頃欧羅巴で評判」と鷗外は述べているが、このヨーロッパ人の最新の「人種論」を、日本で紹介出来る人は、当時鷗外以外にいなかったといってよい。最初の段階では、このゴビノオ伯の略歴、業績等を述べ、それから人種にかかわるゴビノオの説を長々と述べている。そして、結局、絞られていくのは次の人種論である。

鷗外は言う。ゴビノオは「人種一源論」をとっていると。つまり「亜当《アダム》からあらゆる人種が出た」という考え方である。そこから白人、黄色人、黒人と分岐していった。

鷗外の述べるゴビノオの人種論の「三人種」についてまとめると次のようになる。「黒人」は、獣に近い、体力は中等、感情は極端、知恵は平凡、開化せられる力もない。「黄色人」は、黒人より頭は優っている。体力や美はない。感情は極端ではない。生命も自由も重んじる。万事が中等。開化せられる能力はある。黒人と黄色人は下等人種である。「白人」は体力も美もある。意志は非常に強い。生命を重んじるが、残虐も行う。他を開化することが出来る。

つまり、人種を「低いものから高いものに向って」捉えている。すなわち「所化の能力の有るもの」から「能化の能力のあるもの」に向かって段階的に考えている。

白人については、「美と云ふものは、唯だ此人種のみが専有して居る」「利益を重んずるけれども、其利益が高尚になる」「栄誉と云ふことを知る。この栄誉と云ふものは、黒人も黄色人も知らぬ」「能化の力と云ふものは白人ばかりの専有の能力だ」。

鷗外は、このゴビノオの『人種哲学論』に対し、「遺伝を重んじた論」だと受けとめ、「伯の論が欧州人の為めに我田に水を引いて居る。不公平だ」「どれもどれも我田に水を引いた、身勝手の思想に基づいて」いると強く批判する。

鷗外ならずとも、このゴビノオの「人種論」がいかに的からはずれているかは、二十世紀中盤以後の世界をみれば一目瞭然である。確かに白人は、黒人や黄色人に比し、この二十一世紀になっても、「美の要素」には優れたものがあることは認められるが、黒人が「獣に近い」といった暴言は、途方もない非科学的なものである。特に黒人には「所化の能力」（開化せられ得るもの）がないも、黄色人は「他を開化する能力はない」とする考えも、いかに偏見に充ちた誤謬であるかは、二十世紀以後の日本をはじめとするアジアが証明していることである。ベルツもナウマンも、西洋文明のもつ創造性の継承は不可能と断じている。ゴビノオの『人種哲学論』の基本は、当時の白人たちの共通の認識であったと言えよう。

それにしても、「国語漢文学会」で、なぜ「人種論」の講演をしたのか。恐らく聴者たちには、鷗外から新しい文学への息吹を与えられるとの期待があったはずである。鷗外は、そういう期待を感じながらも、この白人優超主義のゴビノオの「人種論」を吐かざるを得なかった。それは後で述べる時流にかかわることであったと思われる。

〖黄禍論梗概〗

『黄禍論梗概』（明37・5　春陽堂）は、同年十一月二十八日、早稲田大学課外講義として述べられたものである。

鷗外は、この講義の中で、「先頃私は或る処でGOBINEAU《ゴオビノオ》伯の人種哲学といふものゝ梗概を話しましたが、あれを話したのも、今日黄禍の事をお話し致すのも、全く同じ目的からであります」と述べている。「同じ目的」というのは、要するに白人種のもつ他人種に対する優越意識と偏見、それに対してわれわれ日本人は警戒感を持っていなければならないという鷗外の警告を指している。

この講義文は、冒頭から、白人種に対する鷗外の激しい反撥意識が披歴されている。

鷗外は「黄禍と云ふ語」について「白人の側で黄色人に対して抱いて居る感情を表して居る」と説明し、「黄禍」という概念そのものが、白人種の他人種に対する優越意識を表わしていると考える。

鷗外は「日露の間には恐らく戦争が避けられぬであろう」という前提に立ってこの講義をしているから直截的で激しくなる。

「一般の白人種は我国人と他の黄色人とを一くるめにして、これに対して一種の厭悪若しくは猜疑の念をなして居る」、この考えは、さきのゴビノオの「人種哲学論」の主旨と全く同じである。

最も刺激的な言は、「吾人は嫌でも白人と反対に立つ運命を持つて居る」こと、そして「所謂黄禍の研究は即ち敵情の偵察」「彼を知る一端」などの言句である。この白人種への警戒意識は、津和野藩校生の頃から生じたとみているが、例えば、日露戦争のとき、明治三十七年十一月二十四日の志げあての手紙に、次の言句がある。「それに独逸はすかぬが」と。四年間滞留し、先進的で広範な学識を得、恋人もドイツ娘であったのに「独逸はすかぬ」と妻への手紙で述べている。これは聞捨てならぬ言葉である。長文な妻への手紙の一片として出てくる言句であるから、従来、見落されてきたようだ。留学中、恐らく東洋人（黄色人）としての侮蔑を感じることがあったのではなかったか。右の講演にある「一般の白人種は我国人と他の黄色人とを一くるめにして、これに対して一種の厭悪若くは猜疑の念をなして居る」という、鷗外の白人観は、ドイツで鷗外が実際体験していることが、その中心であることは間違いあるまい。「独逸はすかぬ」という言句は、ドイツ文化にどっぷりつかって帰った鷗外から、本来なら出てくるものではないはずだ。「黄禍」という概念も、ドイツ帝ヴィルヘルム一世が最初に使ったものと言われている。長い鎖国にあった日本人のほとんどは、白人種というものを知らない、だから、この際その実態を知って欲しい、鷗外にこの思いがあったと思われる。「吾人は嫌でも白人と反対に立つ運命を持つて居ることを自覚せねばなりませず」、「所謂黄禍の研究は即ち敵情の偵察」とまで言う。この「研究」の主体は日本人である。ここで、やはり大国隆正の「大攘夷の精神」が重なってくる。この「黄禍」の意味するものを「研究」したとき「敵」（白人）の野望を知ることが出来る。白人の野望とは、あくまでも日本を侵略することであり、植民地化することである。

鷗外は、日清戦争と日露戦争を明らかに分けて考えている。前者は東洋人同士、後者の相手は白人である。もし、日露戦えば、白人との戦いである。ロシアは、その白人の代表と位置づけていた。この点については、日露戦争の条でさらに考えてみたい。

8　日露戦争の時代

戦争への道程

明治三十五年（一九〇二）一月三十日、桂太郎を首相とする日本政府は、清国における日本、英国の利益や韓国における利権の獲得、他国の侵略を協同して守るという主旨のもと、日英同盟を締結した。この日英同盟の締結は、ロシアとの問題などで不安が拡がっていた国民にやや安堵感を与えたが、一方、ロシアは清国に対し「満州還付条約」に調印し、満州から軍隊を撤兵することを約束していた。そのうちわけは、十月を第一期とし、半年ごとに三期にわけて撤退することになっていた。しかし、一年経った三十六年四月の段階でも、この約束は履行されない。日本政府内では、このロシアの態度に焦ら立ちが募り、日本はどう出るべきか、この問題を議するために、四月二十一日、伊藤博文、山県有朋、桂首相、小村外相らは、京都の山県の別荘、無隣庵に集まって対露方針を検討した。また六月十日には、東京帝国大学教授高橋作衛、富井政章、学習院教授戸水寛人、寺尾享、金井延、小野塚喜平次、中村進午の七博士が、ロシアに対する強硬策を主張する建議書を政府に提出した。いわゆる「七博士の進言」である。さきのロシアの傲慢な約束不履行に対し、日本内外には、ロシアに反撥する動きが激しくなっていく。

七博士の建議書の主旨は、遼東半島を清国に還付してからの日本政府の外交の不手際を批判するとともに、ロシアの撤退に関する不履行を、そのまま容認してはならない、もしここで日本政府が方策を誤ると、取り返しのつかないことになると、政府の決断を迫るものであった。それに加え今後の勢力範囲を、ロシアが満州、日本が韓国とする、「満韓交換論」を容認してはならないと強く政府を批判するものであった。

この七博士の主張の発端は、高橋作衛が、当時の実力者の一人であった貴族院議長の近衛篤麿の示唆を受けたものである。この七博士の意見書が『朝日新聞』に公表されると、ロシアへの強硬姿勢に賛同するものが増し、国民の関心は大いに高まった。鷗外が『玉篋両浦嶼』や『長宗我部信親』を書き、『人種哲学梗槩』や『黄禍論梗概』などを講演した背景には、遼東半島は勿論、朝鮮半島まで狙っている白人ロシアの野望を、日本はいずれ挫かなければならないという祖国への危機感が大きく拡っていたことを知らねばならない。

さて、貴族院議長の近衛篤麿に少し触れておきたい。

近衛篤麿

華族の筆頭としての近衛篤麿は天皇の親任も厚く、日露間の問題に関しても有力な主戦論者として影響力を行使していた。当時四十一歳の働き盛りで、鷗外と同年であった。

すでにドイツ留学のところで触れているが、篤麿と鷗外は知り合いの間柄であった。二人が最初面識を得たのは若き日のドイツ・ミュンヘンである。時は、明治十九年七月二十八日。「日記」をもう一度みてみよう。「二十八日。公使品川弥二郎、其子弥一、近衛公、姉小路伯と伯林より至る」。当時二十四歳の近衛篤麿に、華族の筆頭ともなると、ベルリンから品川弥二郎公使（今では大使）が同行している。このときの篤麿について、これもすでに触れているが、鷗外は「近衛公身体豊実、語気活発、華族中の人とは思はれぬ程なり」と書いている。後年、日露戦争時、貴族院のトップとして敏腕を揮った近衛篤麿の人間的特質を、鷗外は鋭く端的に捉えていたと言える。翌三十日、鷗外は篤麿をルートヴィヒ二世が溺死したウルム湖に案内している。この日の日記に、篤麿のことを「公は身短くして肥え」と書いている。鷗外には、近衛篤麿が、短軀豊実、まことにエネルギーに充ちた青年に映じていたようだ。しかし、この短軀肥大の体形が、後年篤麿の命を奪ったのではなかったか。

今回、七博士の背後に、あの近衛篤麿あり、ということは、第一師団（東京）にいた鷗外には解っていたのではないか。政治の中枢で影響力を行使する篤麿公をみて、ミュンヘンで遇った貴公子の面影を想い出すことがあったであろう。一方、篤麿の方も、公私にわたる鷗外の活躍は知っていたとみる。互いに活躍を知りながら、会う機会はなかったのか、その記録はない。篤麿は、貴族院議長、学習院院長、枢密顧問官など要職を歴任し、対露強硬、主戦論を推進しながら日露開戦一ヵ月前、つまり三十七年（一九〇四）一月二日に亡くなった。四十一歳の若さであった。開戦直前の死というのは、運命とは言えなんと哀しいことではないか。この篤麿の嫡男が、大東亜戦争のとき優柔不断な首相と批判された近衛文麿である。

白人は日本をどうみていたか

日露開戦の前、東アジアを見渡してみると、白人の影響下になく自立していたのは日本だけであった。次は日本、これが白人たちの野望であった。白人とは、つまり西欧の列強のことである。しかし、この白人たちも、政治、経済に携っている者たちだけであり、一般的には日本は世界でも余り知られていなかった。知られているのは、サムライ、ゲイシャ、フジヤマであり、フランスでは、十九世紀末葉に、ジャポニズムのブームが確かにあった。日本の美術を「ジャポネーゼ」と称び、この影響を受ける西洋人もいたが、反面「ジャポネーゼ」は、耽美主義者を指す隠語でもあり、また「悪趣味」の意味にも使われていた。長山靖生氏の『日露戦争』（平16・1　新潮社）をみると、『劇の印象』を書いたジュール・ルメールは、日本人のことを「小さな脳味噌しかない侏儒《こびと》」と称んでいたとのこと。またピエール・ロチは、日本の女たちは「小さくて醜い」（『東洋の幻影』）と書いていることを紹介している。日露戦争までの日本は、言ってみれば無名の小国で、無智の民ぐらいの印象しかなかったと思ってよい。日露開戦直後、一九〇四年二月、イタリアのミラノ・スカラ座で演じられたプッチーニのオペラ「蝶々夫人」の初演舞台は長崎であるが、当初、このオペラで、日本人はハエやクモを食べる習慣があるように演出されていたと言う。まさに偏見そのものである。しかし、ポーツマス条約締結（一九〇四）一年後に、パリで「蝶々夫人」の公演があったとき、作者のプッチーニは、日本への認識を大きく改め、不自然な場面はほとんど削除した。鷗外は西洋人の日本への偏見と蔑視はよく解っていた。だから、一番深くかかわったドイツを「嫌い」と断じたのであろう。戦争が始まったら、いつの場合でも勝たねばならない。それは当然である。津和野藩学、ドイツ体験を経てきた今、白人と戦うその機会が遂にきたと鷗外は思ったであろう。そして、絶対に勝たなければと、肝に銘じたに違いない。

9　日露戦争勃発

日露両国の交渉の雲行が愈々険悪になり、三十七年（一九〇四）二月三日、御前会議が開かれ、日露における最終決定が行われた。二月六日、交渉断絶、小村外相より露国公使に最後通牒をなし、日本は在露公使館を撤退、直ちに露国政府に外交断絶を通告した。

政府は二月十日に、ロシアに対して宣戦布告を通告。同日、明治天皇は「詔勅」を宣下した。その中に、次のような文言がある。

今不幸ニシテ露国と釁端ヲ開クニ至ル豈朕カ志ナラムヤ帝国ノ重ヲ韓国ノ保全ニ置クヤ一日ノ故ニ非ス是レ両国累世ノ関係ニ因ルノミナラス韓国ノ存亡ハ実ニ帝国安危ノ繋所ナレハ然ルニ露国ハ其ノ清国トノ明約及列国ニ対スル累次ノ宣言ニ拘ハラス依然満州ニ占拠シ益其地歩ヲ鞏固ニシテ終ニ之ヲ併合セントス

ここで注目すべきは、「韓国ノ保全」に対する危機感とロシアの「清国トノ明約」に対する不実行の指摘である。この「詔勅」をみる限り、韓国、清国という他国に対するロシアの不実な態度に、日本が遂に戦いを決断したといった感じであるが、結局「韓国ノ存亡ハ実ニ帝国安危ノ繋所ナレハ」にあることは必条であろう。言ってみれば、東アジアにおけるロシアの横暴に、日本が遂に起ったということである。

陸軍では、二月十日、第一軍の編成をなした。司令官は、黒木為楨大将、軍医部長は、例の谷口謙軍医監であった。第一軍は、近衛師団、第二師団、小倉第十二師団で編された。

第二軍・軍医部長

第二軍は三月十五日に編成され、東京陸軍大学内にその司令部が設置された。司令官は奥保鞏大将、参謀長は落合豊三郎少将、軍医部長に森林太郎軍医監が発令された。

第二軍の所属師団は、第一師団、第三師団、第四師団である。軍医監、主計監ともに「少将相当官」である。この第二軍の司令部に、管理部長橘周太少佐が居たが、この橘少佐は戦争に入って野戦指揮官に転属し、名誉の戦死を遂げ、軍神となり、著名になった。石光真清予備歩兵大尉が、橘少佐の後を継ぎ管理部長になり、鷗外とも親しくなっている。軍司令部の構成員は二十五名。序列では、砲兵部長についで鷗外は四人目であった。しかし鷗外は、兵科ではなく、指揮系統にも一切関係なく医療関係のみで、権限も微少であった。

後に第三軍が司令官乃木希典大将、第十一師団第二軍から編成がえした第一師団の二個師団、また第四軍が司令官黒木道貫大将、第十師団第五師団の二個師団で編成された。

『日露戦史』刊行

当時、勢いのあった博文館は、開戦前から『日露戦史』の刊行を企図し、それぞれ執筆者を従軍させ、終戦後全十六巻を完成、次々と出版した。第一巻の発行は、第二軍司令部が新橋に凱旋した明治三十九年一月であることを思うと、その迅速さに驚く。

その編集方針は、「各軍従軍記者の俊秀に請ひ各軍の記事分担を託し（略）開戦以後の戦闘経過と、各軍隊の勇戦奮闘を（略）細大漏さず、系統的に編述し、文体は現時の文明的戦史に旧時の平家物語太平記等の筆法を折衷し（略）」たと広告に付記している。「平家物語太平記」の「筆法を折衷」するという芸の細かいところもみせ、日本軍隊の勇猛果敢さが、やや過激に書かれている弊もあるが、実際執筆者が各軍に密着して従軍していることと、迅速なニュース的価値から考えて、当時、大ヒットしたものである。第二軍には、田山花袋が従軍し、執筆しているが、戦争終結前に、微恙のため帰国している。しかし、花袋は、主な戦闘には参加し、健筆をふるった。この第二軍の戦闘情況は、『日露戦史』の第三巻に収められている。他に半井桃水は、朝日新聞記者として第三軍に従軍し、第八巻、第十巻を担当している。

花袋が第二軍従軍を選んだのは、当然森鷗外が所属していたことがあろう。花袋は広島で鷗外の旅館をすでに訪ねている。大陸でも時折話をしていたようである。花袋は遼陽まで、第二軍と行動を共にしたが、三十七年八月十五日に発熱、腸チブスの疑いで、海城の兵站病院に入院、九月二十日に帰国した。

花袋帰国後、九日目、つまり九月二十九日の『森鷗外・母の日記』に、峰子は次のように書いている。

> 廾九日晴、けふは午前、小金井に行く。午後に田山といふ人戦地より帰り話に来る。博文館より菓子を持つて来る。この人は寺崎と違ひ話はへたにて何も言はず、只長く居るゆゑビールをのませたり。

鷗外に手紙でも頼まれたのか、花袋は帰国後鷗外邸を訪ねたことが解る。「田山といふ人」が「何も言は」ないで、ただ長居するのでビールを出したという記述が面白い。

画家の寺崎広業も、第二軍に従軍し、二〇三高地の戦いの後、やはり病を得て帰国、鷗外邸を訪ねている。

森潤三郎は、花袋と比較し「田山氏も帰朝後一度来て話されたが、寺崎氏の快活な話し振りと違つてゐた為か、氏の語った中からは何にも記憶に残ってゐない」（『鷗外森林太郎』）と書いている。巨漢の花袋は、どうやら無口だったようだ。

出征前の遺書

鷗外は、生涯の中で三通の遺書を書いている。

その最初のは、日露戦争に征《で》るときのものであった。再婚してから、まだ二年足らずであったが、すでに志げは、母峰子や他の家族と巧くいっていなかった。そのことは、この遺言で具体的に書かれることになる。

旧民法では、長男が絶対的権利を有することは理解しているが、それにしても妻志げは、財産相続から完全に脱されているということも事実である。「予ノ死後」の「財産」は「両半」にして母と於菟に与えられる。志げに関しては「他家ニ再嫁スル」までの生活費は、於菟に与えられる「財産及其利子ノ一部ヲ以テ負担スルコト」、もし於菟が「丁年」に達してないときは「森しけヲシテ管理セシメズ」、弟篤次郎か妹小金井キミに管理させるということ、その理由は、「肆」に明確に記されている。要するに、母峰子をはじめとする鷗外の家族と「言ヲ交ヘズ」「同居ヲ継続スルコトヲ拒」み、「右参人」に対し「悪意ヲ挟ミ到底予ノ遺族ノ安危ヲ託スルニ由ナキコト是ナリ」と断じている。

この遺言は、志げにみせていないはずであるが、鷗外の「家」を守る意思が明確である。いくら可愛いい妻であろうが「森家の安危」に不安を与える者は斬るという鷗外の態度である。しかし、幾ら「家」主体の時代と言っても、西洋体験のある鷗外にしては、余りにも妻に対して厳しいと言わねばなるまい。最初の妻登志子の場合も、明確な理由なくして斬っているが、この志げに対しても同質の冷たいものが感じられてならない。

『母・峰子の日記』

第二軍は大陸に渡る前、広島に約一カ月余滞留した。妻志げは実家に帰っていたが、母峰子は林太郎のことが心配でならなかった。これまで峰子は、日記を書く習慣はなかったが、鷗外の出征を契機に日記をつけ始めた。

この母の日記は、明治三十七年四月十七日から始っている。「四月十七日」の文の冒頭に、林太郎へ出す手紙が届かぬことが多く、そのために日記をつけることにしたと、その動機を書いている。何につけても、息子鷗外を第一に考える母の気持が如実に解る。日記をつける動機は、そう大袈裟なものではないが、この峰子の日記は、後に鷗外を研究する資料として貴重なものとなった。稲垣達郎氏は「いろんなことが引き出せる興味深い日記」(昭61・3・17『週刊読書人』)、吉野俊彦氏は「超一級の基礎資料」(昭63・5・9『東京新聞』)、森まゆみ氏は「明治知識人の家庭の記録としてじつに貴重なもの」(『鷗外の坂』平9・10 新潮社)と、それぞれその価値あることを認めている。

この日記の内容及びこの日記の刊行に至る経緯等について少し述べておきたい。

鷗外は、『北游日乗』『航西日記』『独逸日記』『還東日乗』『徂征日記』『昭治三十一年日記』『小倉日記』『明治四十一年日記』から『委蛇録』へと沢山の日記を遺したが、日露戦争に出征中、詩歌は『うた日記』として遺したが、いわゆる日記は一切書かなかった。

峰子の日記は、その日露戦争出征中の鷗外日記の空隙を埋めるものとなった。そのことに峰子は自覚的ではなかったが、知らずして峰子は意義ある日記を残すことになった。この日記は弟の森潤三郎によって、昭和二十一年(一九四六)六月二十日に、天理図書館に館蔵された。

この『峰子日記』は、全十一冊で構成されている。材質は、美濃紙四ツ折判で、右側の袋綴になっていて、縦十二糎、横十六・五糎大の冊子になっている。筆致は、繊細流麗な毛筆書きであるが、この原日記を読むことは、一般人には難しい。しかも原日記は、貴重書扱いで、天理図書館に行っても簡単には参看出来ない。また、たとえ観ることが出来ても、極めて特殊な毛筆書き、その上変体仮名が使われているために、専門家でないと解読出来ない。私は、この鷗外の母の日記が、研究に貴重な資料であるのにもかかわらず、天理図書館の奥深くに人目に触れず所蔵されていることに、大きな損失を感じていた。なんとか公刊出来ないものか、公刊して多くの人に読んで欲しい、この切なる気持を持ち続けていた。この私の願いを実現に向けてご尽力をいただいたのは、当時、天理図書館の貴重書の係をしておられた宮嶋一郎氏であった。二十二年経った現在(平成十九年)でも宮嶋一郎氏のご助力に感謝する気持は変らない。

原日記は、障子紙のように変色した掌の中に入るぐらいの小形の冊子に、細字でびっしり書かれている。私は専門家の助けを得て、二年間、この原日記に真向った。年月日の解らぬ紙片が幾枚もあり、その年月を特定するのに実に骨が折れた。しかし、まる三年を経て、昭和六十年(一九八五)十一月、三一書房から刊行することが出来た。書名は『森鷗外・母の日記』となった。初版はすぐに売り切れ、現在増補版が出ている。

日記の内容は、明治三十二年の「森於菟病床日記」も加え、大正四年に至る十七年間の記録であるが、その中心は明治三十七年から明治四十三年ぐらいまでであり、他は断片的になっている。しかし、この六年ぐらいの間に、日露戦争、軍医総監昇任、嫁姑戦争、文学への再活動等が重なりあっており鷗外にとってまことに重要な期間のもので、しかも、これらの出来事を母の側からみた感想として、実に興味ある記述が多い。

それに、明治三、四十年代の著名な文人であり、陸軍医務官僚の中堅からトップまで昇りつめた当時のエリート層の家庭を識る歴史的材料にもなっている。

『日蓮聖人辻説法』

四月七日付の広島からの手紙で、鷗外は自作『日蓮聖人辻説法』（明37・3『歌舞伎』）について書いている。

この戯曲は、進士の善春が路上で日蓮に出会い、日頃から反撥心の強い「我」を捨て、日蓮に折伏され、帰依するという精神劇である。または、無神論者の書いた、一種の宗教劇と言えるかも知れない。むろん、この時期の鷗外の心境が反映されていることも否定は出来まい。

この戯曲で注目すべきは、善春が想いを寄せている妙、その父の能本が善春に向って吐くセリフである。蒙古が「宇内を併呑せんず志、片時も已むときなし」、そのためには、「我国民の力を戮せ、奮ひ起つべき時ぞ此時。聖人の御詞をこれにて会得させられたい」と。

鷗外が、この一、二年に書いた戯曲『玉篋両浦嶼』及び『長宗我部信親』、そしてこの『日蓮聖人辻説法』、この三作に共通してあらわれてくる意識は、戦意昂揚への意識である。日清戦争前後から、すでに述べたように東アジアでは、清国、韓国をめぐって西洋列強の動きがあり、その中でも特にロシアの野望が直接、日本にかかわっていた。この『日蓮』は、日露開戦の直前に書かれており、能本の思う蒙古と、鷗外の感じるロシアとが重ってみえていたことは容易に想像出来る。

鷗外は、三月二十七日に、この広島で「第二軍」という詩を作っている。その一部をみてみよう。「海の氷こごる／北国も／春風いまぞ／吹きわたる／三百年来／跋扈せし／ろしやを討たん／時は来ぬ。（略）本国のため／君がため／子孫のための／戦ぞ　いざ押し立てよ／連隊旗／いざ吹きすさめ／喇叭の音（略）」。かなり昂揚した鷗外の精神が反映されている。

同じ頃、夏目漱石は「従軍行」という詩を作っている。「吾に讎《あだ》あり、艨艟《もうどう》（軍艦）吼ゆる、讎はゆるすな、男児の意気。／吾に讎あり、貔貅《ひきゅう》（勇猛な兵士）群がる、讎は逃すな、勇士の胆。／色は濃き血か、扶桑の旗は、讎を照さず、殺気こめて。（略）」。ロシアの野望に反撥し、勇猛な日本軍兵士を鼓舞する詩であろうが、一向に勇壮な気分がわいてこない。漱石には、こんな詩はむかない。鷗外は、戦場に征る当事者でもあり言辞も具体的で、その意気込みは漱石の比ではない。

しかし、鷗外は、戦への昂揚した気分だけに浸っていたわけではない。四月十七日に志げに出した手紙の後半に「わが跡をふみもとめても来《こ》んといふ遠妻《とおづま》あるを誰とかは寝ん」という短歌を書いている。

この手紙を鷗外が書いた日は、奇しくも、母峰子が東京で日記を書き始めた日であった。鷗外が強壮な男性であることは、すでに志げには解っている。広島は軍都であり、軍人が行く女のいる場所も、志げは知っていたと思われる。志げが手紙に書いてよこした「馬鹿なこと」というのは、その種のことを指している。鷗外は、それを否定するために歌を作って送ったのである。志げに対して、あの厳しい遺言を残した鷗外が、私が愛しているのは「おまえさん」だけだよと、愛のメッセージを送ったわけである。当時の戦争というのは悠長なものである。二月十日に宣戦布告をしたのに、まだ第二軍は広島に在って、こんな甘い歌を妻に送っていたのである。

広島に約一カ月滞留した第二軍も、いよいよ出陣の日がやってくる。

日本を離れ大陸へ

三十七年四月二十一日、午後三時三十分、第二軍は、静かに広島宇品を離れていった。

第一師団司令部は常陸丸、第三師団司令部は信濃丸。そのほか、土佐丸、阿波丸、日尾丸など二十二隻の輸送船団が続いた。鷗外は、軍司令官奥保鞏大将をはじめ、第二軍の幕僚らとともに、第一八幡丸に搭乗した。この第一八幡丸は、四千余トン、もと豪州航路で使われていた船で、広島湾内でもその二本檣（マスト）の美麗さは際立っていた。内部の客室は、他の船舶に比し、最も美を尽したものと言われていた。鷗外には参謀長落合少将と同じ一等船室が与えられた。マストには「軍」の字を白抜きにした赤色の旗が、翩翻として翻っていた。

この日は快晴。晩春の霞が美しく水平線にたなびいていた。鷗外はこの時、「さらばさらば宇品しま山なれをまた相見んときはいつにかあるべき」と詠んでいる。「なれ」とは祖国であると同時に、鷗外にとっては若き妻志げであったろう。このとき、同じ第一八幡丸に乗っていた石光真清大尉は、『望郷の歌』（昭33・10　龍星閣）で、次々と視界を流れていく「瀬戸内海の風物」が「死地に赴くものにとっては美し過ぎる風景である」と書いている。

鷗外にとっては、日清戦争についで二回目の大陸。齢も十歳とっている。相手も違う。しかし、緊張度と切なさは変らぬものであったと思われる。戦争に征《で》るということは、そんなものなのであろう。二十二日の母の日記に「此日、広島より手紙届く。三月三十日の手紙届きし由、二十一日はいよ〳〵八幡丸といふ舟にて戦地に向よし。直に、此方よりも書状出す」と書いている。

二十二日の明方には馬関海峡を過ぎ、二十四日には、第一八幡丸は、韓国のある湾に入った。ここで海軍の首脳と第二軍の軍司令部は、遼東半島上陸について重要な打ち合わせをすることになっていた。この湾は、日本海軍の秘密の根拠地になっていて、湾の深奥部に、旗艦三笠が停泊していた。奥軍司令官らは、三笠で待つ東郷大将の許に急いだ。兵科でない鷗外は、この首脳会議には参加していない。海陸両将軍の会談が終った後、その日、午後三時頃、東郷提督は、第一八幡丸に答礼のため奥軍司令官を訪ねている。鷗外は、このときのことを『老船長』という詩で表現している。「(略)奥大将の／のりませる／八幡はひとり／艦隊の／根拠地さして／すすみ入る／○海州湾頭／もや深く／雨ふりそそぐ／ゆふまぐれ／東郷来ぬと／ふれられぬ(略)。舟に老いたる／船長は／もと英国の／うまれにて／ねるそん夢みる／人なりき／○別れてかへる／東郷は／雨にぬれつつ／とらつぷに／立つ船長の／手をとりぬ(略)」。このネルソン提督を夢みている英国生まれの老船長と東郷提督の握手は、まるで一幅の絵のようでもある。

またこのとき、鷗外は東郷大将を見て、四年前、徳山まで乗った春日号で見た東郷中将を想い出したのではなかったか。

この両将軍の会談は、極秘であったようで、田山花袋の従軍記には「此湾内」「一湾内」と書かれ、固有の地名を挙げていない。軍から厳しい達しがあったようだ。しかし、鷗外は『老船長』の添書きに「於海州湾」と書いている。鷗外にまで、達しは届かなかったようである。五、六時間、海州湾に停泊していた第一八幡丸は、その日のうちに韓国、鎮南浦に入り、五月三日まで動かなかった。この八日間は、厳重に秘密にされ、特別の任務を帯びた者以外は、船から降りることは絶対許されなかった。第二軍は、遼東半島への上陸作戦を控えていたからである。

花袋は、この鎮南浦での滞留期間を次のように書いている。

此の滞留の間、連夜月明かにして、大同江の流内燦として銀《しろがね》を溶かし、甲板に立ちて顧望するの士は、皆悲壮なる感に撲たれざるものなかりき

上陸作戦を控えての秘密の滞留期間は、重いものであったろう。また、いやでも愛すべき人を想い出させる時間でもあった。此処で鷗外は、『浪のおと』(明37・5・2　鎮南浦)という詩を作っている。

「おとづれたえて／はや十日／君をおもひて／いもねざる／夜半のあはれを／おもふやと／いふ声きけど／人はなし／大同江の／浪の音」
「ゆきまししより／ふた月の／日々に愛しさ／まさりゆく／子の皃見まく／ほしきやと／いふ声きけど／人はなし／大同江の／浪の音(略)」

広島を出て、十日余が経っている。鎮南浦に停泊する船の中は静かだ。いやでも「君をおもひて」となる。そして、三十六年一月に生まれた長女茉莉のことが思われる。一歳と五カ月、可愛い盛りである。

五月三日、御前八時、第二軍は動いた。目指すは遼東半島。上陸予定地は、長い海岸線が湾曲している塩大澳である。もっと絞れば、湾の東北の低地で台山の麓である。東郷、奥両司令官の秘密会議のテーマは、狭い旅順港口に船を沈めて、港内にいるロシア艦隊の出撃を不可能にして、第二軍が半島に上陸することであった。実は、その閉塞隊は、鎮南浦から出撃していたのである。石光真清大尉らは、第一回、第二回と甲板から閉塞隊を見送っている。鷗外も、その例外ではなかった。第一回は失敗、第二回が、後日、軍神となった広瀬中佐らの決死隊であった。この広瀬中佐らの犠牲によって、その翌日、第二軍は何の攻撃も受けず、ゆっくりと上陸することが出来た。鷗外は、「同日鎮南浦にて閉塞船の事を聞く」と添書きして、次の俳句を詠んだ。「朧夜や精衛の石ざんぶりと」。旅順港口の狭い空間に「ざんぶり」と「精衛の石」が投げ込まれていくさまを詠んだのであろうか。

初の敵襲

五月八日、午前、南山に向かう金州街道以南の地を占領したとの報せで、軍司令部は、ゆっくりと上陸を開始した。以後、南山方面に向って南進を開始する。

鷗外は、奥軍司令官、幕僚たちと大陸に一歩を印した。このとき鷗外は、五つの短歌を詠っているが、その一つに「白きおくり黄なる迎へて髪長き宿世をわぶる民いたましき」がある。白人ロシア兵が去り今度は、同じ黄色人ではあるが日本兵がやって来た、ただ運命のなせるわざに現地の民衆たちは、いたましいものだ、という鷗外の感慨ととれる。十五日、第二軍は、ロシア兵のいない遼東半島をひたすら南進する。第二軍は、第二軍司令部は楊家屯にいた。雨の中、軍司令官、参謀たちは、第四師団の後を追って南山攻略への視察に出ていた。後に残っていたのは森軍医部長、副官部、橘管理部長らであった。このとき〝敵襲〟があったのである。鷗外は詩に詠んでいる。『敵襲』(明37・5・17 楊家屯)「南山の／砦のさまを／さぐらんと／司令官／幕僚つれて／ゆきませば／のこれるは／楊家屯にぞ／やどりける／○まよ中に／驚破まろねの／夢さめて／敵襲と／よびつぐ声を／ききもあえず／人々は／集合地にぞ／つどひける(略)」。鷗外は、ロシアに宣戦布告をして三カ月余経って、初めて恐怖を感じたのではないか。

田山花袋は『第二軍従征日記』(明38・1 博文館)の中で、このときのことを書いている。

花袋もこのとき現場にいた。兵士と違い、民間人は訓練もしていない、武器もない、花袋も従軍以来、初めて戦《おのの》いたようだ。花袋は、鷗外が、「いざと言はゞ自分が指摘《ママ》を為んければならんから」と言ったと書いている。このことに対し、松井利彦氏(『軍医森鷗外—統帥権と文学』平元・3 桜楓社)は「指揮は橘中佐(注このときは少佐)(第二軍序列は二十一番目)が承行するのである。軍医将校は、陸軍省が管轄する行政官であり、指揮権を承行するのは、兵科将校のすべてが戦死するか、全く不在である状況に置かれた場合に限られる」と述べている。その通りである。鷗外は、むろんそれを知っていた。しかし、突然の敵襲で、自分が将官であることを思い、橘少佐がどこにいるかも一瞬解らず、混乱して、傍にいた花袋に「指摘」（揮）という言葉をもらしたのではなかったか。確かに、鷗外はあくまでも医務行政官であり、戦闘、作戦会議等には一切出席は求められない。遼陽総攻撃前の軍司令部要員及び各師団長らによる写真がある。この写真をみると、前列は、奥大将を中心に、梨本宮、大久保中将、落合少将、隠岐少将、大島中将、上田中将、秋山少将、片山主計監まで、九人の将官は座っている。しかし、森軍医部長（少将相当官）だけが右の端に立っている。これは軍部における主力が兵科にあることを歴然と示している写真である。なぜ主計監が座っているのか、これは解らぬ。第二軍司令部編成表では、鷗外の次に主計監が位置している。鷗外が齢が若く、ゆずったのかも知れない。

激闘「南山」と『扣鈕《ぼたん》』の詩

第二軍は、いよいよ南山攻略に的を絞った。

南山の前に金州城がある。二十四日の夜、第二軍は金州城を攻撃、占領したのは二十五日、午前六時であった。

参謀たちが、望遠鏡で南山を観察すると、十五インチ以上の榴弾砲数門、九乃至十インチ式加農砲十門、十二インチ連射砲二門、そして山頂には少なくとも十個の砲台または保塁を認めることが出来る。

石光真清大尉は、

二十六日、午前五時半、第二軍は一斉に砲火を開いた。上陸以来、「金州城外の南山に至るまでは、ほとんど戦いらしい敵の抵抗はなかった」（『望郷の歌』）と書いている。しかし、南山は旅順に向かう最重要拠点であり、ロシア軍も必死で守っている。山麓には幾重にも鉄条網が張りめぐらされていた。このとき鷗外は、鍾家屯にいて次の歌を詠んでいる。「黄なる子の白き懲らすを見つつ笑ふ天の口より光ながれぬ」と。「黄なる子」の日本軍が「白き懲らす」、鷗外には、ロシア軍と言うより「白き」、やはり「白人」と戦うという意識である。鍾家屯は金州城のすぐ傍にある。南山と鍾家屯の中間地点に肖金山がある。いずれも遠望出来る距離である。午前五時半、南山攻撃開始を念頭に、軍司令部は、鍾家屯を午前二時に発して肖金山の頂上に移動した。南山の全容がよく見える場所である。敵も、猛烈な反撃に出た。鷗外と同じ肖金山の司令部からみていた花袋は、戦闘の一部を次のように書く。

弾丸は雨の如く霰の如く軍旗付近に集中し、一発先づ軍旗の旗竿頭部より約三分の一の位置に命中して軍旗を落し、次に旗手江沢少尉敵弾を受くること三、次に連隊長は頭部に一弾を受けて倒れ、次に第一大隊副官岡村中尉即死（略）。

花袋は、激烈な死闘を至近距離からみているように書いているが、勿論、望遠鏡をみながら、名は後で確認したものであろう。

この花袋の眼の位置は、同じ場にいた鷗外の眼でもあった。鷗外は、この激戦を『唇の血』（明37・5・27　於南山）で詠んでいる。二連目を挙げておこう。

剰へ／嚢《ふくろ》の隙の／射眼より／打出す／小銃《こづつ》にまじる／機関砲／一卒進めば一卒僵れ／隊伍進めば隊伍僵る／隊長も／流石ためらふ／折しもあれ（略）

これもまた花袋と同じ眼と言っていい。石光真清大尉は、この激戦を次のように書いている。

降りやまぬ大雨の簾を通して私の双眼鏡に入って来る情景は眼を閉じたくなるほど凄惨きわまりないものであった。掩護砲撃のもとに突撃を敢行する決死隊は、次から次に敵の機関銃の掃射になぎたおされて、行くもの行くもの、仆れて再び起きあがるものがなかった。わが軍が機関銃という新兵器を体験したのはこれが初めてゞある。（傍点は山﨑）

この南山戦の現場にいた石光大尉の言だから間違いないと思うが、わが軍が「機関銃」という「新兵器」を体験したのは初めてであったと書いているのが印象的である。日露戦の初期には、日本軍には「機関銃」がゆきわたっていず、第二軍には未だ装備されていなかった。この南山の戦いは、この「新兵器」の「機関銃」の掃射のため、日本軍は苛烈な肉弾戦を強いられることになった。次々とくり出される日本兵士は、南山のゆるやかな斜面で犠牲者をふやしていった。鷗外も望遠鏡をのぞきながら切歯扼腕したであろう。ところが、第一師団、第三師団が、南山の三方から再攻撃を展開したために、形勢が逆転し始め、ロシア兵の敗走が目にみえてきた。日本軍は、ここぞと攻め登り、午後に至って、ロシア軍の反撃は停止。肖金山では、万歳の声が何回もくり返された。

鷗外も花袋も、すかさず肖金山を降り、南山に駆けつけた。花袋は、この感激を次のように書いている。

天然もまたこの至栄の勲功を飾ることを惜まず、をりしも金州湾に沈まんとしたる夕日は、其の美しき影を悲惨なる戦闘の終日戦はれたる平野の上に投げて、其彼方には金色を流せる蒼波の上に、理衣本島の影黒く、処々に点々たる我海軍の軍艦と水雷艇、これも今日の終日の奮戦に労れたるものゝ如く、漂揚として白き烟を吐けるを見る。（『日露戦史』第三巻、明39・2　博文館）

南山は小丘である。その長い稜線は金州湾に斜降している。右は、みえないが大連湾があり、この南山は、旅順に向かう瓢箪の口にあたる狭隘な地である。南山が陥落したとき、誰しも頂上をめざした。花袋の右の文で印象的なのは、「金州湾に沈まんとしたる夕日」である。彼我の将兵が流した凄惨な血の匂いのする頂上から、折しも沈まんとする夕陽の美しさを観る。逆に、人間存在の空しさと哀しさが迫ってくるようである。南山戦の第二軍の死者は、七百四十九名、そのうち将校は三十一名、負傷者は三千四百五十五名である。これに対し、ロシア軍の死傷者は約千名であった。ここに歴然と「機関銃」の差があらわれているように思える。鷗外は慄然としたのではなかったか。軍医部長として、山をなす日本軍の死傷者の群れをみて、初めて戦争の怖さを実感したであろう。しかし、いつまでも沈痛な気分に捉われているわけにいかない。死者の収容、負傷者の手当等の総指揮官としての、やっと鷗外の戦争が始ったのである。

鷗外が、この南山を舞台に『扣鈕《ぼたん》』という詩を作ったことは知られている。「南山の／たたかひの日に／袖口の／こがねのぼたん／ひとつおとしつ／その扣鈕惜し／○べるりんの都大路の／ぱつさあじゆ／電燈あをき／店にて買ひぬ／はたとせまへに／○えぽれつと／かがやきし友／こがね髪／ゆらぎし少女／はや老いにやけん／死にもやしけん／（略）」。

さきの詩『唇の血』には日付があり、明らかに五月二十七日、つまり南山陥落の翌日である。そして「於南山」と場所も記されている。しかし、この『扣鈕』には何も書いていない。この詩を作った日はいつであろうか。平岡敏夫氏は、「南山の戦いの中で作られたのであるなら、「南山の、たたかひの日に」とうたい出すはずはなく、明治四十年九月、刊行するにあたって、創作されたものと言ってよいと思う。」（「日露戦後文学としての『うた日記』」平16・9『森鷗外研究』10）と述べている。妥当な見解と考える。ただ、たとえ二年後と言えども、凄惨な血と硝煙の生臭い匂いは、鷗外の脳裡に間違いなく甦ってきたであろう。南山で落した扣鈕と、目前で次々と斃れていった殺戮の劇とは一体化したものである。そうした人間のもつ宿命的な空しさ、哀しさが、「こがね髪の少女」を想起させ、「はや老いにやしけん／死にもやしけん」という追想を誘うことになった。

この「こがね髪ゆらぎし少女」は、むろん鷗外の想像上の女性ではない。あの鷗外を追いかけて来日したエリーゼであることは間違いあるまい。この時エリーゼと別れて十九年が経っていた。

ちなみに述べておきたい。この南山は、鷗外の詩で後に詠われるが、第三軍司令官乃木希典の長男勝典中尉が、南山陥落の二十六日に戦死した処でもあった。乃木大将は、六月七日、南山の戦闘跡を視察し、そこで乃木三絶の一つ「山川草木轉荒涼／千里腥新戦場／（略）」の有名な詩を詠んでいる。

付記――平成十六年（二〇〇四）三月初旬、私は、この南山を訪ねるべく木村一信氏と大連の空港に降りたった。この年は日露開戦の百年にあたる記念すべき年である。旅順に近い二〇三高地、乃木将軍とステッセル将軍の会談した水師営などは、観光ルートに組み込まれ、楽に巡回出来た。しかし、南山は、中国では無名である。鷗外の詩『扣鈕』で、一部の日本人がその名前を知っているだけで、その場所は、現在、特定出来ない不詳の地になっていた。日本を発つ前からそれは十分解っていた。私は、すでに引用してきた博文館の『日露戦史』第三巻(明39・2)を手にしていた。これには、日露戦当時の詳細な地図が載っている。私は木村氏と、これらの資料を参照しながら、大連からタクシーで現場近くまで行き、南山を探した。南山は小丘であること、頂上まで上ると左に金州湾がみえること、また金州湾に向ってなだらかな傾斜になっていること、右手にやや高い肖金山があること、これらを念頭におき、少しずつ目的地に近づいた。そのうち民家の陰から急に視野が開けたとき、如上の条件をほぼ備えた小丘が目に突び込んできた。これだ、間違いない、と私は小声で言ってタクシーを降り、木村氏も続いた。私の直感と木村氏のそれが一致した。二〇三高地は、今や緑の木々に覆われて昔の面影はないが、南山らしき小丘は頂上に若干緑の樹があったが、小丘全体の印象は、やや赤色を帯びた裸山に近かった。たけの低い細い木々が点在し、それに白い紙くずが付着し、風でひらひらゆれている。私は一瞬、風葬を想起していた。これが南山だと確認したわけではない。しかし、もはや私と木村氏の認識だけで十分であった。たとえ間違っていたとしても、それはそれでよい。私が南山だ、と実感したことが大切なのである。頂上から確かに左手に金州湾がみえる。私は、花袋の書いた百年前の、「金州湾の夕陽」を想い出し、一時金州湾を凝視し動けなかった。

右手に肖金山らしき高い山がみえる。この南山の頂上には、大きな風化した穴がいくつかある。ロシア軍の残壘の後であろうか。

私は、小丘の稜線を下りながら、鷗外は、どこで扣鈕を落したのであろうかと考えた。詩『扣鈕』に接して以来、いつか、この南山に来てみたかった。私はやっときたという思いをもちながら、下から小丘を見上げていた。

北進へ——遼陽陥落

戦争に停滞は許されない。第二軍は南山攻略後、大連を占領、六月に入り、得利寺に進出、十五日、得利寺を手中にしてさらに北進、二十一日、第二軍司令部は北大崗寨に入った。

北大崗寨は風光が美しい。前山に登ると、蓋平が眺められ、清い渓流もあり、鷗外らも久し振りに人間らしい気分になったようだ。此処に十数日滞留、鋭気を養い、次の蓋平攻撃への作戦もねられた。激闘南山戦、それから得利寺戦と、戦闘が続き、北大崗寨にきて少し休戦状態であった。しかし、蓋平への攻撃が七月六日に始まり、九日の昼過ぎ、やっと陥ちた。

第二軍は、さらに北進、七月二十五日、大石橋を占領、営口に入った。営口には、西洋列強の居留地があり、複雑な処である。フランスと同盟を結んでいるロシアは、公使館の屋上にフランス国旗を掲げ、動こうとしない。第二軍司令部の少壮の将校たちは、強硬論を主張、軍政委員の高山少佐は、一応大本営に処置を問うた。反電は「其儘になし置くべし」であった。しかし、ロシアはそのうち大本営の計算通り、フランス国旗を降ろし退去した。八月十日、海城から箭楼子に入り、しばらく宿営地と定め、次の目標、遼陽を睨むことになった。八月十日、鷗外軍医部長と司令部で、寝食をともにした管理部長橘周太少佐が、第三十四連隊の第一大隊長に転属し、石光真清大尉が管理部長となった。橘少佐は、陸軍士官学校卒業以来、軍の教育面で実績を残し、東宮（大正天皇の皇太子時代）武官、名古屋地方幼年学校長等を歴任したが、第一線の指揮をとることなく、本人は早くから奥軍司令官に転出願を出していた。今回、ようやくその願いがかなえられたのである。箭楼子に一カ月近く滞留した鷗外ら司令部は、遼陽に向って動き出した。大島師団は、九月一日、攻撃の火ぶたを切った。苦戦の末、九月四日の仏暁に遼陽は陥落。第二軍の死傷者は七千六百八十一名の多きに達した。

強い「白人」批判

鷗外は、八月十七日、「張家園子」で詩『黄禍』を詠んでいる。

勝たば黄禍／負けば野蛮／白人ばらの／えせ批判／褒むとも誰か／よろこばん／謗るを誰か／うれふべき／○黄禍げにも／野蛮げにも／すさまじきかな／よべの夢／黄なる流の／滔滔と／みなぎりわたる／欧羅巴○／見よや黄禍／見よや野蛮／誰かささへん／そのあらび／驕奢に酔へる／白人は／蝗襲ふ／たなつもの／○黄禍あらず／野蛮あらず／白人ばらよ／なおそれそ／砲火とだえし／霜雨の／野営のゆめは／あとぞなき

鷗外は、七月、営口で西洋列強の居住区を恐らく見ていたであろう。そして、ロシア公使館屋上にひるがえるフランス国旗も見た。鷗外の中に、日頃の欧州列強の横暴さが甦ってきたと思ってよい。右の詩『黄禍』に、「ロシア」及び「ロシア軍」という言句はなく、「白人ばら」であり「欧羅巴」であることに注目すべきである。この詩は、欧州列強「白人」への警戒と反撥が非常によくあらわれている。鷗外は、この日続けて二つの「白人」批判の短歌を詠んでいる。

黄なる奴繭絲となれわれ富まんいなまば汝きなるわざはひ
黄なれどもおなじ契の神の子をしへたぐる汝しろきわざはひ

「きなるわざはひ」（黄禍）に対置して「しろきわざはひ」（白禍）も詠っている。

鷗外の白人列強への反撥は並大抵ではないことが、これらの短歌によってよく理解出来る。

橘周太少佐、壮絶なる戦死

遼陽に向かう難関、首山堡において、八月三十一日、転属したばかりの橘少佐が壮絶な戦死を遂げた。無数の弾丸を身に受け、さらに起ち上ろうとしたが遂に斃れた。坪内善四郎は、橘少佐の戦死について次のように書いている。「頑強に防戦せる塁内の敵兵二人を斬り伏せ、血刀提げて叱咤全線を指するの態《ありさま》宛然たる一個の軍神なり」(『日露戦史』第七巻　明39・4)と。

この戦闘で、連隊長関谷大佐、それに五名の大尉が戦死したが、「軍神」として崇められたのは、橘周太中佐(一階級特進)だけであった。これについて坪内善四郎は「戦死の壮烈なるは固より少佐一人のみにあらざれども、徳望多きだけにその名一時に高く、遂に我が海軍の広瀬中佐と並び称して軍神とまで崇めらるゝに至れり」(前掲書)と書いている。橘中佐の場合、東宮武官の経歴も一因としてあったのかも知れぬ。しかし、それだけでは、まだ少し納得いかないものがある。やはり、死にざまが壮烈だったことが大きいのではないか。軍刀で敵兵二名を斬り、「血刀提げて」、この絵になる勇姿、自らは三弾丸を浴びながらも「尽忠至誠の言」を吐いて絶えたという死の様相が、周囲にいた軍人たちの賞賛を受けることになったのであろう。

それにしても、鷗外は、海軍の広瀬中佐らが旅順港口閉鎖に向かう折、韓国鎮南浦の船上から見送っている。鷗外は、この日露戦争で「軍神」として喧伝された海軍の広瀬中佐、陸軍の橘中佐ともに無縁ではなかった。

ついでに述べれば、留学以来面識のある第三軍司令官乃木希典大将は、旅順攻略を命じられ、二〇三高地の方面に向かっていた。乃木は南進であり、鷗外ら第二軍は、最終的には奉天をめざして北進していた。会う機会はなかった。

第二軍は、遼陽を陥した後、奉天攻略を控え、旅順方面の敵を牽制する戦力として

十里河に滞留

も、しばらく、この遼陽付近に展開し滞留することになる。季節は十月中旬、少々遼陽は寒くなっていた。この頃、鷗外は志げに手紙を送っている。(10・24付)

この手紙を出したとき、鷗外は、遼陽と奉天の中間地点に在る十里河に滞留していた。鷗外の頭には出征前の志げの家族への我慢ならぬ対応がある。「自分のために人にめいわくをかけて居る」人が「下等」(山根武亮少将の説)、「これから奮発してじぶん丈のしまつをよく」する「中等」になって欲しい、妻に手紙で説教するぐらい暇な戦場になっていたようである。

この頃、『たまのくるところ』(明37・10・13)という詩を詠んでいる。

司令部は/玉来ぬところ/玉来ねば/心やすけど/玉来んを/期して立ちにし/ますらをは/あかず思ひぬ/朝日さす/紅宝山に/馬立てて/遠く望めば/遼陽の/塔はかくれて/奉天の/塔こそ見ゆれ(略)

司令部の幕僚は鷗外を含めて常に戦闘の後方にいる。その司令部にまで、まず弾はこない、安心である。しかし、「ますら

を」は違う。弾丸が飛んでくるのを、今か、今かと心して待っている、幕僚と兵士たちとの違いを、こう暇になるとつくづく思うであろう。

六月下旬、満州軍総司令部が編成された。満州軍総司令官は大山巌元帥、参謀総長は児玉源太郎大将。鷗外の日露戦争は、「閑」との闘いでもあったようだが、かような近代史に残るような将星たち、それに、生前から「軍人の亀鑑」(坪内善四郎)と思われていた橘周太中佐などと起居を共にし、互いに語ることもあったことを思うと、鷗外はこの日露戦争で、随分、人間として考えることが多かったのではなかろうか。直接、戦闘そのものに参加しない鷗外にとって、そうした大人物たちとの交流で得る何かが、実は大きな成果であったのではなかろうか。

二〇三高地の肉弾攻撃

乃木希典を軍司令官とする第三軍は、八月十九日から、旅順に向けて第一回の総攻撃を開始、しかし、敵は頑強、第三軍は約一万六千人の死傷者を出す。十月末に第二回目、これも惨憺たる結果であった。第三回目は、十一月二十六日、「肉弾攻撃」がくり返され、多大な犠牲者が出た。そこで港を一望できる二〇三高地に攻撃を集中させることになり、一時満州軍総参謀長児玉源太郎が、乃木司令官に代って指揮をとることもあり、ようやく十二月五日に、二〇三高地は陥落した。その後各堡塁で攻防がくり返されたが、翌三十八年一月一日、旅順全体が陥落した。

旅順陥落の前日に、鷗外は志げに手紙を出している。(12・31付)

十里河での大晦日。随分寒かったらしく、この手紙の前文に「インキが氷になる」とある。遼東半島は酷寒である。鷗外は、「閑」と、この酷い寒さには参ったであろう。志げへの手紙に「松樹山がとれた」とあるが、松樹山は旅順に続いている山で、もう旅順をとったも同じことである。翌日、元旦、旅順は陥落した。

手紙に「寿衛造」の戦死のことが書いてあった。「寿衛造」は、喜美子の夫良精の弟で、鷗外にとっては義弟となる。二〇三高地で戦死、その報らせを受けた鷗外には痛恨の極みであったろう。鷗外の母も、日記で、正確な知らせが届くことにいらいらしているさまを書いている。寿衛造は、陸軍士官学校を出た陸軍大尉であった。第三軍、第二十七連隊、第三大隊、第十一中隊長であり、三十三歳の若さであった。二〇三高地は、日露戦争の中でも、最も悲惨な闘いとしてその名を残した。そのため指揮官たる乃木も、随分非難された。寿衛造は、十二月一日、午前一時過ぎ、二〇三高地から二十三メートルの塹壕で戦死したようである。後に少佐に進級している。小金井家、森家ともに、愁傷の底に沈んだ。小金井良精は「みな愁傷す。時に七時半なりき。母上様は写真を出して、これにお水を手向けらる」と日記に記している。

鷗外は、寿衛造を想い、哀悼の詩を詠んでいる。

戦場は静かになった――「つるばみ」の歌

明治三十八年（一九〇五）の元旦は明けた。

十里河に留まって約一カ月は過ぎた。戦闘もなく、十分な防寒施設もない辺鄙な処で暮すのも辛いことであったろう。

そんな中で時間を費す軍人たちの関心は、まず女性らしい。鷗外も例外ではなく、ここぞとばかりヤニ下っている。

軍司令部に小川一真の大きな写真帖があって東京の芸者をあつめたものだ。すきな女の上に一同名をかけといふことだ。そこで女の皃《カホ》のないところへ妻のおのろけをかいてやった。

つるばみのなれしひとへのきぬのうへに
かさねんきぬはあらじとぞおもふ

ツルバミといふのは昔の染色でクロづんだ色なのだ。それを万葉集といふ本に妻の事にして遊女の事をクレナヰ（紅《べに》の花ぞめ）としてある。どうだ。ずゐぶんでれ助だらう。併しあまり増長《ゾウチヤウ》してはこまります。

一月二十四日　でれ助　しげ子殿

小川一真（一八六〇―一九二九）は、明治十五年に渡米、日本人としては早くから写真術を磨き、日露戦争に従軍。明治中期から後期にかけて、わが国の代表的なプロの写真家であった。芸者の顔には、鷗外は関心がなかったようだ。と言うより、美人の妻を想う気持が強かったと言った方が当っているかも知れない。芸者の顔に名を書かず、空白部に「妻のおのろけ」を書いたとのこと。つまり『万葉集』にある妻恋いの和歌を鷗外は書きつけたのである。

「つるばみ（橡）」とは、どんぐりの笠を着ている実の汁で染めたもので、黒色である。家人、奴婢の着る衣の色でもある。また「なれにし衣」という意味もある。とするとこの歌は、「十分なれ親しんだ衣服の上に、さらに重ねる衣服はいらぬもの」という意になろう。つまり、なれ親しんだ妻以外に、代る女はいないという妻を恋う、また妻への恋歌である。他からみれば、「おのろけ」の歌である。鷗外は原歌《もと》を『万葉集』に求めたようだ。そこで『万葉集』を紐解き探してみると、巻十八にそれらしき歌をみつけた。

4109 紅は移ろふものそ橡《つるばみ》の馴れにし衣になほ若かめやも

右は五月十五日に守大伴宿禰家持作れり

家持の「反歌」三首のうちの一つである。この歌の大意は、美しい紅（遊女）の色は消えやすいものである。橡で染めた地味な衣（連れ添った妻）に、やはり及ぶはずがない、ということであろうか。

いくら美しいと言っても遊女、芸者は一時のもの、連れ添った妻に代る女はいない、この家持の主旨を、鷗外が頂戴したものである。自分で鷗外は「でれ助」と書き、ヤニ下っている。

志げと別れてすでに一年近い。もはや初め頃の説教よりも恋う気持が強くなっていたであろう。

　二月なかばを過ぎると、満州も少し寒さが柔らいでくる。満州総軍、各軍司令部は、緊密な連絡のもとに、いよいよ奉天攻略の作戦をねっていた。満州総軍は、第一軍、第二軍、第三軍、第四軍で構成され、投入兵力は二十五万、総攻撃の機はととのった。二月二十日から各軍が動き始め、三月一日に一斉に攻撃を開始した。第三軍は、ロシア軍の後方に回り、敵の退路を断つ役割を担った。ロシア軍の正面には、第一、第二、第四各軍が攻撃に入った。各軍猛攻の結果、三月十日、奉天は陥ちた。一部のロシア軍は遁走したが、この奉天の攻防戦は、日露戦争終結へのエポックとなるものであった。

　日本軍の死傷者は、約七万人を数える激戦である。ロシア軍のいなくなった奉天で、鷗外は、各軍の軍医部長と連絡をとりながら、第一軍管轄の数万の死傷者の収容や治療の指揮をとり、この戦争で一番忙しく動いた。しかし、数週間が過ぎると、奉天も落ち着いてきた。

　三月十日、奉天陥落をもって、陸上の戦闘はほぼ終結し、再び閑暇な時間がやってきた。しかし、今度の閑暇は、祖国への帰国を首を長くして待機する時間でもあった。

日本海海戦の大勝利——講和に向かう

　五月二十七、八日は、日本海で、日本連合艦隊がロシアのバルチック艦隊を破る大成果を挙げた。鷗外は、このとき慶雲堡にいて、次の短歌を詠んでいる。

　ひと時に六《むつ》のおほがめ釣るといふそのおほひとは東郷汝か

　おぞやわれ陸《くが》にしあればいさなとり海幸よしときてうらやむ

一つめは、朝鮮のある港でみた東郷大将への讃歌である。二つめは、陸上にいる自分からみれば、「海幸よし」と聞いて羨しい限りだと詠っている。この日本海海戦の大勝利で、日露戦争の雌雄は決した。六月九日、アメリカ大統領ルーズベルトは、日本の要請を受けて、日露両国の講和を斡旋することになる。日本は十日、ロシアは十二日に、この斡旋案を受諾。八月十日からポーツマスで日露講和会議が開かれることになった。

鷗外たちは、この外交交渉をみつめながら、奉天近傍で待機することになる。

橘中佐葬礼の祭文を鷗外が代筆

　少し遡るが、四月十日、奉天城内の黄寺で、橘周太中佐を中心とした、第二軍の戦死者の法要が営まれることになった。導師は、丁度奉天に滞在中だった西本願寺の大谷尊重師にお願いし、祭主は、第二軍の後任の管理部長となった石光真清少佐（一階級昇進）が司ることになった。

　ここで石光少佐のことを少し補足すると、この石光は、日露開戦前から満州に入り諜報活動で大きな成果を挙げていた。他にこの戦争で優れた諜報活動でこの戦争を有利に導いた人として明石元二郎が著名である。明石は情報将校として欧州に入り、ロシアへのあらんかぎりの諜報活動を行ったと記録されている。しかし、元ソ連国家保安委員会（KGB）大佐アレクセイ・キリチェンコは、「ロシアの歴史学者の間では明石より（満州で活躍した）石光真清の方が諜報活動の成果を上げた、大金を投じた明石工作の成果は非常に小さかった、との見方が支配的だ」（「現代に生きる日露戦争」平16・9・24『読売新聞』）と述べている。この真偽は別として、石光真清が、一方で、諜報部員でもあったという事実は余り知られていない。恐らく鷗外も知らなかったはずである。諜報部員が、自らそれを語ることはまずあるまい。

さて、「法要」に戻ろう。この法要で、石光は管理部長として、橘中佐らに奉る「祭文」を読まなければならなかった。原稿も、勿論石光が書くことになる。さしもこの敏腕な諜報部員も原稿が全然書けない。その苦心のほどを次のように書いている。

　私が祭文を読むことになるので、木版刷りの赤い罫線の入つた軍用箋を机の上に重ねて筆をとつたが（略）どうも書けない。橘周太中佐の事蹟を書こうと思うと（略）どうにもならないのである。翌日も、その翌日も、硯に向い墨をすり、筆を噛へて眼を閉じると橘周太の面影が私の生き永らえている姿をじつと眺めるのである。（略）懊悩の失望の果てに、私はふと思いついて、恥をしのんで第二軍軍医部長、森林太郎（鷗外）博士を訪ねて苦衷を訴え、祭文の執筆を依頼した。（『望郷の歌』）

さらに石光は次のように書いている。

　鷗外博士は私の話を聞いて、笑ひながら「そのように親しい間柄では無理ですよ。祭文などというものは、冷やかな傍観者でなければ、書けるものではありません。よろしい、私が間に合せてあげます」と言つた。

　約束の午後八時になつた。もし出来ていなかつたら、徹夜で居催促するつもりで訪ねると、祭文は立派に出来上つていた。文学者といふものは、催促に催促を重ねなければ原稿はもらえぬものと決めていたから、私は拍子ぬけして、ただただ感謝するばかりであつた。（前掲書）

この「祭文」の一部を左に掲げておきたい。

　第二軍管理部長陸軍歩兵少佐石光真清、謹んで故陸軍歩兵中佐橘周太君等五位の在天の霊に告ぐ。

恭《うやうや》しく惟《おもんみ》れば、現下の戦役に当つて、将卒の職責を尊重し、身命を惜まず、或は進んで銃砲火を冒し、或は白兵相逼《あいせま》り、斃《たお》れて後已《や》む者、何ぞ限《かぎ》らん。唯《た》だ属する所、其《その》部隊を同じうし、旦暮《たんぼ》、相視相語《あいみあいかた》り、行くに轡《くつわ》を並べ、留《とど》まるに席を分つ者にして、一朝陣亡し、忽《たちま》ちにして幽明を隔つるに至つては、縦《たと》ひ石心鉄腸を以てするも、安《いず》んぞ能く情を為《な》さん。

この「祭文」は長文である。他に戦死した複数の将校の追悼文も含んでいるが、鷗外は短時間で、各その事績等もくみ込み端的で格調ある文に仕上げている。この「祭文」を朗読したのは、勿論、石光真清である。法要が終り、会場からの帰り道、奥軍司令官が、「石光君が名文家だとは知らなんだ。よう出来ておった」と感心したことを石光は書いている。石光は隠すこともなく鷗外博士の作であることを告げると、奥大将は、石光の顔を見直し、「ほう」と言っただけであったとも書いている。

ポーツマス講和会議

六月二十七日付で志げにきた鷗外の手紙は、次のように書いている。

「自分で怪我をおしの時心配したとおいひだが戦争がはじまつてからこつちとらのゐる処に玉の来たのはたつた二度しきやない」と。これは真実のことだと思う。鷗外は、南山戦後、得利寺、蓋平、遼陽、奉天へと激しい闘いに相遇しているが、そのほとんど「たまのこぬ」ところ、つまり軍司令部にいたわけで、その点、複雑な気分であったと思う。専門の医療対策も、各師団にも軍医部長がいて、具体的なことは、実際の戦闘に真向っている師団の各責任者が処理する。軍司令部の軍医部長まで上ってくる問題は、大きい問題であるに違いない。作戦会議に出る必要もない、とすると、自分の時間は確かにあったであろう。しかし、それで満足であるはずがない。若い日本兵が次々と斃れていくのを、とにかく凝視しなければならない。自分が銃をもつことよりも、あるいは辛いことかも知れない。

ひとまず、戦闘は終った。今度の安堵は本当の安堵であった。九月五日、ポーツマスで日露講和条約が調印され、日本の全権は小村寿太郎、ロシアはウイッテであった。

日本は、領土の割譲と、賠償金支払を要求したが、受け入れられなかった。結局、日本が得たものは、旅順、大連の租借権、長春―旅順の鉄道、それに付属する利権を日本に譲渡すること。樺太南半分の割譲、沿海州沿岸での漁業権の獲得であった。このニュースが日本に伝わると、民衆は怒った。日露戦争終結時、人員を含め、日本軍の戦力はあらゆる面で限界にきていたことを知らない民衆は、旅順の勝利、日本海海戦の大勝利等に浮かれていた。東京では日比谷などが焼打ちに会い、暴徒化する始末であった。実のところ、一見すると、小柄で非力にみえる小村であるが、ウイッテを向うにまわし、よく頑張ったと言ってよいのではないか。

いよいよ帰国

講和条約の調印がなされた後、鷗外らにとってこれからの「時間」は、帰国を待つ時間となった。

九月二十一日の志げへの手紙に、鷗外は「いま休戦といふだけでこれから条約の批准といふものがすんで、ほんとうの平和になつてそれから兵隊を引き上げるのだ」と書いている。

十月九日の手紙には「第二軍司令部のかへされるのは十二月二十日から三十九年一月十九日までのあひだに入るやうになつてゐる」と告げている。十一月十二日には「かへるときはいづれくはしくきまつてからいつてあげるが何でも新ばしからすぐに参内するのださうだ」とある。これはその通りになってい る。司令部にいるから情報は正確である。十一月三十日には、大迫少将と一緒に旅順港の激戦の跡を観に行っている。この頃鷗外は、奉天の近く、古城堡に滞留していた。三十日に古城堡を出て門原に至り、此処から汽車に乗り、十二月二日に旅順に着いている。この晩、舟を借りて旅順港の入口まで出て、その狭い海路に沈められた閉塞船の情況を観た。十二月三日には、無数の兵士の血で染った二〇三高地に登っているが、此処では戦死した乃木大将の子息や、小金井寿衛造のことも想ったであろう。四日に大連に出て、その翌日の晩に、古城堡に戻っている。

いよいよ鷗外に帰国が迫ってきた。

十二月二十五日に志げに次のことを知らせる手紙を出している。

年が明けると元旦には、鉄嶺で帰国への汽車に乗る。六月から約半年滞留した古城堡を十二月二十九日頃には出発とのこと、そして、一月三日には大連から船に乗り、祖国をめざす。四十三歳の鷗外の胸は、少年のように弾んでいたと思われる。この手紙に、二つの俳句がそえてあった。「凱旋や元旦に出る上り汽車」、「ぽつくりの地鞴《たら》や門の羽子の友」、どちらにも、喜びと心の躍動がある。「地鞴」とは足踏み式の大きな「ふいご」のことでもあり、地団駄のことでもある。体の小さい割には、ぽっくりの地鞴を踏んで羽根をついている幼い茉莉の正月風景が、鷗外の脳裡に拡っていたであろう。

新橋駅に凱旋

鷗外が志げに示した通りに第二軍司令部は動き、明治三十九年一月十二日、新橋駅に凱旋した。

このときの新橋駅は、大変な騒ぎと華かさで壮観だった。天皇の御使をはじめ、皇族、大山参謀総長、其他各大臣、陸海軍将官、知事、市長、偉い人が全部集った。軍楽隊が凱旋歌を吹奏し、第二軍軍司令官奥大将以下が降り立ち、宮中に参内する。

母峰子は、この日を待ちに待っていた。大晦日の『森鷗外・母の日記』をみると、「一月一日、倅満州出立の日も明日となり、この暮程嬉しきことはなし」と喜びを書いている。勿論、この一月十二日の新橋駅に峰子は立っていた。

日記を断片的にみてみよう。

「汽車の窓に林太郎の顔見え、皆おし合てのぞく」、実感のある描写である。峰子の眼は、潤み、恐らくはっきり息子の顔がみえなかったのではないか。それでも司令部幕僚が参内する馬車の数十二台と鷗外の順番だけは見ている。「終ひの馬車に林太郎のる」、峰子の性格からして「終ひの馬車」に鷗外が乗ったことは疑問として残ったのではないか。開戦時、第二軍が編成されたとき、軍司令部構成員表では鷗外の席次は第四位であった。それが凱旋して参内の順番は第十二位の最後である。兵科とそれ以外の相当官との違いが、こんなところで出るのであろうか。日露の戦場での鷗外の生活をみてきたが、「こつちとらのゐる処」に玉がきたのは「たつた二度」と志げへの手紙に書いたような情況で鷗外の戦争が終ったことを考えてみると、軍隊も案外公正であったのかも知れぬ。あの橘中佐のように、鷗外と同じ第二軍司令部で管理部長をやっていたときは無難であったのに、自ら志願して戦場に出て、すぐ壮烈な戦死を遂げている。兵科の将兵には自他ともに認める、それだけの厳しさがあるわけである。この序列も当然なのかも知れぬ。同じ司令部にいても、軍司令官はもとより、参謀長、各参謀たち、作戦会議で夜も昼もない、貴重な兵士の命が奪われ、負ければ責任はこの指令部所属の〝兵科〟の将校が担うのである。鷗外もそのことは十分自覚していたと思われる。

観潮楼の慶びと志げとの再会

凱旋の日、於菟も日記に書いている。

父上ハ三時頃帰ラル。一同祝宴ヲ催ス。鞆町叔父上叔母上、小金井叔父上（良精）叔母上（喜美子）良一、田鶴子、精子、三二、佐々木信綱、上田敏、小山内薫等、宴中ニ信州ノ山本一郎ヨリ祝電、沢崎元ヨリ祝状来ル、別ニ又オクレテ鈴木春浦、平野久保、長谷文、代診島田、外ニ賀古鶴所夫人来ラル、脇田茂一郎ハ受付ヲナス来客多数。

このとき、父鷗外が話した中で「最も感動セルハ乃木父子ノ話」とも於菟は書いている。

金州南山と二〇三高地で戦死した乃木希典大将の息子二人のことは、この日露戦争の哀しい逸話であり、乃木将軍を偉大視した大きな要素にもなった。鷗外は、『乃木将軍』という長篇詩を詠んでいる。「勝典ぬしは／いちはやく／南山に／討たれ給ひて（略）、そして弟の保典は「処は二零三／（略）うら若き／額のただ中／打ち貫かれ／（略）将軍の／睫毛だに／動かざりきと／語りけり」と、哀悼の情を表白している。

さて、峰子は、「大犬を連て帰り於と悦ぶ」と日記に書いている。潤三郎によると「わたくしへの土産は露国生れのジャンといふ大犬」と書いている。鷗外は、奉天にいるとき（明38・3・15）『巨獒《おおいぬ》』という詩を作っている。「捕はれのわかれに／贈りしおほ犬よ／麻綱噬み切りて／にげうせぬ（略）」と。しかし十七日には、同じ奉天で「朝戸あけて哀とぞみしひとたびの飯のめぐみをしたひくる犬」と短歌を詠んでいる。どうやらロシア兵からもらった大犬、一度は逃げたが、帰ってきたらしい。

凱旋の日、久しぶりに観潮楼は喜びに満ちた。しかし、鷗外にとって最も大事な人の姿がみえない。妻の志げである。新橋駅では、峰子は志げを「一寸見」たようである。鷗外は新橋で、志げの喜びの眼をみたのであろうか。終日、鷗外邸はにぎわった。峰子は鷗外の気持を察し、「夜十一時頃より林太郎は芝の妻の宅に、茉莉子も二年顔見ず（略）是非行て見る様にすすめて遣したり」（『森鷗外・母の日記』）と書いている。鷗外は一月、寒い深夜の東京の街を歩いて、芝にいる妻に会いに行っている。凱旋後一カ月余は、何かと凱旋にともなうことで落着かなかったようであるが、段々と鷗外にも日常生活が戻ってきた。二月二十二日付で賀古鶴所に送った手紙の中で、鷗外は次のように書いている。

拝啓東京市中の引まはしも済み宴会も大分まれにはなりしかど其内師団日常の勤務はじまり例のあくせく致し居候（略）

鷗外の日露戦争は、終った。

四月一日には、功三級に叙せられ、金鵄勲章を授けられ、さらに勲二等、旭日重光章も授けられている。

これが、日露戦争から還った森林太郎軍医監に、国家が与えた栄典であった。

白人帝国を破った世界的評価

日露開戦当時、日本に比し、ロシアの国家予算は十倍、国土は六十倍であり、しかもロシア軍の現役兵力は約百十三万五千名、日本軍は三十一万五千名余、今、考えると恐るべき力の差があったのである。戦死者は、日本軍が約八万、ロシア軍は約五万。さすが日本軍の消耗は大きかった。

当時、日本は人口四千四百万、重化学工業化以前のアジアの小国であり、この島国が、大国、しかも白人帝国に勝ったわけで、この民族的高揚感は、非白人国に大きな広がりをみせた。一八九九年（明治三十二年）、ボーア戦争のとき、英国の作家ラディヤード・キップリングが「白人の重荷」という詩を書いた。この時、鷗外は小倉にいた。

白人の荷を背負へ、――
君たちが育てた最良の息子を送れ
（略）

最初の二行のフレーズにすべてが出ている。「君たち」は白人で、「息子」は有色人種だ。

この詩には、白人の優越意識が歴然としている。白人は「最良」で、有色人種は「野蛮」で「悪魔」なのだ。すでにゴビノオのところで述べたが、これが十九世紀末の白人の常識であった。白人の文明をもって、白人が有色人種を支配するという観念が、このキップリングの詩に明々白々である。このことを鷗外は幼少年期から、西洋留学四年を経てよくよく自覚していた。日露開戦当時の鷗外の詩に、「白人ばら」の傲慢なエゴイズムを搏つ意識が明確にあらわされていたことを想い出さねばなるまい。

この白人帝国を撃ち破ったことは、鷗外にとってまたとない喜びであった。もし、大国隆正に「生」あらば、大いに満足したに違いない。鷗外が、それを意識したかどうかは、無論、知るところではないが。賠償金などはどうでもよい、これで小国日本が列強に仲間入りが出来る、これが鷗外の気持だったと思う。しかし、戦争直前には『黄禍論梗概』を主張した鷗外だが、白人に勝利した後、寡黙なのはなぜなのか、これは解らぬ。

ついでに述べておこう。日本が白人帝国に勝ったことが、他の非白人国に及ぼした影響の大きさは想像以上であった。

エジプトの国民詩人であるハーフィズ・イブラーヒームは、「日露戦争」という作品を明治三十八年（一九〇五）の戦争終了後に発表している。当時エジプトは、英国の保護国であった。イブラーヒームは「東洋が誰の心の端にもかからず／忘れ去られていた時代が経過した。／だがいまや黄人はかつての日々を取り戻させ／黒人も褐色人種も同様の権利を認められたのだ」（杉田英明「日本人の中東発見」平16・8・28『読売新聞』）と書いている。

また極く最近では、中国瀋陽出身の金文学氏が、この日露戦争の意義について「なかんずく有色人種が初めて白人に立ち向かって勝利を収めたことで、有色人種を大いに感動させました。孫文も、中国のエリートたちも異口同音に日本の勝利を謳歌しました。」（『反日に狂う中国』平16・2　祥伝社）と書いている。鷗外もまた、この日露戦争の勝利を、白人に対する日本の勝利という認識だけでなく、世界的視野の中で、この勝利のもつ意義を感じることの出来た日本人の一人であったと思われる。

三十九年、日露戦争から凱旋してきた将官たちの間で、東京の郊外に別荘を建てることが流行るようになっていた。鷗外家でも、母峰子が積極的で、五月十九日には横須賀に土地を見に行き気に入ったのであるが、結局、折り合いがつかず断念、しかし、峰子は六月二十八日、太平洋に面した千葉県大原に再び土地を見に汽車で行った。

朝九時に宅を出て大原の日在に着いたのが午後三時三十分の行程であった。八月四日、結局、この場所が気に入り三百坪を二百円で買取ることに決めている。そして四十年六月八日に別荘は完成。これに鷗荘と名を付け、ほどなく近くに鷗外より豪華な別荘を作った親友賀古鶴所は、鶴荘と名前をつけた。この別荘を鷗外は時折訪れ、東京での繁忙の疲れを癒した。また『妄想』の舞台となったことでも有名である。太平洋戦争後、平屋の山小屋風の家を建て三男類の家族が利用していたが、平成元年、類夫妻は、西洋風な木造二階建を新築し、居を東京から移した。

10 凱旋後・初の文学的営為

『ゲルハルト・ハウプトマン』

凱旋後、鷗外が初めて文学にかかわったのは、四月八日に催された竹柏会での講演であった。主題は「ゲルハルト・ハウプトマン」である。竹柏会とは明治三十二年に、佐々木信綱主宰のもとに結成された短歌結社であり、歌誌『心の花』を刊行していた。この講演の記録は、三十九年（一九〇六）五月一日発行の『心の花』第十巻第五号に、森鷗外の署名で掲載された。同年十一月十日、講演の記録に多く手を加え、春陽堂から単行本として刊行。記録の方は口語体で読み易いが、単行本の方は人名・作品名すべて横文字で、多くの事象も追加され、しかも漢文体であるから読みづらい。

ところで、短歌の結社大会で、なぜゲルハルト・ハウプトマンなのか。鷗外自身は講演で、ハウプトマンは「現時代に於て一寸づぬけた位置を占めて居る」「第一流の詩人」と讃え、単行本でも「現時第一流の詩人を紹介せん」と書いている。少なくとも「短歌」という文芸にかかわる人間に対し、現在、ドイツで最も活躍している戯曲家の履歴及びその戯曲を紹介することは、教養としても意義あることと判断したことが解る。また西洋の先端的文芸と同時的知識を持つことの意義も、鷗外は認識していたであろう。また凱旋後読んだのか、終戦前、事実閑暇をもてあましていた満州、十里河にいるときから読んでいたのか解らない。このハウプトマンの成果を、いずれ発表したいと思っていたことと、竹柏会の講演依頼が時間的に一致したと思える。

また、凱旋後の初の講演にこのハウプトマンの戯曲を選んだことは、鷗外が、この時期戯曲に関心をもっていたことをあらわしていると言ってよい。

さらに重要なことは、戦争から還って「現時の文芸全体を観察」して、ハウプトマンが「第一流の詩人」と鷗外が認定したことである。

ゲルハルト・ハウプトマンの履歴を簡単に述べておく。生年は一八六二年（文久二年）、奇しくも鷗外と同年齢である。出身地は、ドイツのシュレエン・シェンで、この年四十四歳。ハウプトマンは、最初は美術志向であったが、その後、小説を書き、そして戯曲に向った。

さて鷗外の講演ではハウプトマンの十七篇の「脚本」（戯曲）の題目、内容を述べ、時には簡単な評をつけて説明している。この内容の構成展開は、単行本も全く同じである。

ただ講演と単行本の違いで目立つことは、講演では、作品を一貫して「脚本」と述べているのに対し、単行本では、すべて「戯曲」に換えていることである。これをどう解釈したらよいか。

基本的なところで、辞典でこの「脚本」と「戯曲」をどう解釈しているか調べてみよう。

比較的古い『大辞典』（昭10・8　平凡社）でひいてみる。「脚本」については「脚色を記したる書物の義。戯曲の書。歌舞伎劇にて用ふ。台帳」とある。「戯曲」については「ある事柄を役者が舞台で演ずるやうに仕組んだ曲節。演劇の仕組、筋書、必ずしも文字に書かれることを要せず。特に書かれた戯曲を脚本と称す」とある。

この辞典でみると、「脚本」を「戯曲の書」と書き、「戯曲」の項では「特に書かれた戯曲を脚本と称す」と記している。この昭和十年の辞書では、「脚本」と「戯曲」をほぼ同概念にとらえているといってよい。

昭和二十六年の『新国語辞典』（角川書店）では、「戯曲」について「上演することを目的としてつくられた演劇の台本。脚本。」とあり、「戯曲」と「脚本」をやはり同概念にみている。

これは鷗外の時代も変りはなかったとみえる。それならばなぜ講演で「脚本」と述べ、単行本で文章化するとき「戯曲」にしたのであろうか。講演では歌人達を前にしての話なので、簡単にするために「脚本」としたとも考える。

ただ現代では、「脚本」と「戯曲」を異なるものとして考える辞典があることも事実である。『日本語大辞典』（平1・11　講談社）が一つの例である。この辞典では、「脚本」は「演劇や劇映画・テレビドラマなどの台本。場面ごとに登場人物の動作・せりふや情景などが指定してある。シナリオ。」とある。「戯曲」については「上演を目的とし、文学的内容をもつ演劇の脚本。劇に演じられる劇的内容を、対話を主体とし、演技、場面、演出を指示するト書きを加えて文章に表現したもの。ドラマ」と書いている。この辞書では「シナリオ」と「ドラマ」を明らかに区別している。「脚本」即「戯曲」ではない。「戯曲」については「文学的内容をもつ」と特別な条件がついている。従って大衆劇などの脚本は「戯曲」ではないということになる。

鷗外が後に文章化するときに、そうした概念の違いを意識して書き換えたものか、明確なことは解らぬ。現代のわれわれの文学的常識としては、「戯曲」は「脚本」（シナリオ）と違い、いささか「文学的内容をもつ」文章表現を重視した「ドラマ」と考えている傾向が強いように思える。鷗外の頃は、そういう条件はなかったのであろうか。単行本の方では、十七篇の作品を紹介していくのに、例えば「第一の戯曲」「第十七の戯曲」というように厳格に「戯曲」という語を使っているので穿鑿もしたくなるのである。

十七篇の「脚本」（戯曲）を読む

講演を基本にして、十七篇の「脚本」（戯曲）を鷗外が講じた順番通りに紹介しておこう。その過程において、当時の鷗外の文芸観を垣間見ることも出来るはずである（単行本の記述は、括弧内に入れることにした）。

①「「ハウプトマン」は「線路の番人」を作って、自然派に傾いて居りましたけれども、其頃はまだ対話の写生はまるで試みなかつた。そこで今度は対話を写生的に書いて見ようと云ふ考を起して、脚本を作ることになりました。」「其脚本は「フオオル・ゾンネンアウフガング」即ち日出前と云ふ脚本であります」

（「HAUPTMANN が世に公にせし第一の戯曲 VOR SONNENAUFGANG は千八百八十九年の夏 ACKERMANN 発行人となりて、伯林の書肆 C. F. CONRAD より出されぬ」「曲の名は日出前の義なり。」「此書を徹底写実主義者の雄 HOLMSEN に献ずと云へり。」）

＊ハウプトマンの戯曲は、ゾラの自然主義をさらに一歩進めた「日出前」で始められたという。また「中庭の場」は、「極めて自然にして、一見不用意なるが如く、許多の人物躍然として性格を現せるは、小説には或は有るべけれど、戯曲には殆未曾有なり」と鷗外は、「徹底写実主義」の手法をとったハウプトマンの処女戯曲「日出前」を「未曾有」として高く評価しているといってよい。

明治二十年代、ゾラの自然主義を批判した鷗外の変化を、ここにみることが出来よう。千八百八十九年十月二十日、この劇が上演されたとき、自然派と旧派の観客の対立で大騒擾が起こったと、そしてこれを契機に、ハウプトマンは大変有名になったと、鷗外は講演で述べている。

②「千八百九十年に作者が二十八歳で第二の作を出したのが「ダス・フイリデンスフェスト」と云ふのであります。是は「平和の祭」と云ふのであります。（略）此脚本は或医者のことを作つたものであります。」

（第二の戯曲 DAS FRIEDENSFEST は千八百九十年の初、此雑誌もて発表せられ、四月に至りて、一巻となりて出で、六月一日自由舞台の板に掛けられしなり。（略）此曲初め平和の天使（FRIEDENSENGEL）と題せんとして後今の名に改めきと云ふ。（略）人人皆相敵視せる一家に、聖誕祭の夜のなかなほりを見ることゝせる是なり）

＊なお、鷗外は、この作の藍本として、イプセンの「幽霊」、ストリングベルクの「父」などを挙げている。

③「第三番目の脚本は同じ年の十一月に披露して、千八百九十一年一月に興行しました「アインザアメ・メンシェン」（寂しい人々）といふのでございます。是は社会の状態が変つて来まして、道徳上其外色々の評価が変つて来る為に、極く進歩した者を持つた人々は、寂しい思ひをすると云ふ意味であります。」

（第三の戯曲寂しき人々（EINSAME MENSCHEN）（略）独墺二国の諸劇場一としてこれを興行せざるはなきに至りぬ。（略）日出前、平和祭、寂しき人々の三戯曲を（略）此に徹底自然主義の成功を認めたり。（略）徹底自然主義は観察と形成の上にあらはれ、科も白も写実の極致に達し、表面芸術（OBERFLAECHENKUNST）とも称すべき新様式を出せりとなり。）

＊ハウプトマンの初期①②③の三作品は、「徹底自然主義」の手法を用い、大きな評価を得た。これを鷗外は批判しないで「新様式を出せり」と述べる。この年、ハウプトマンは兄CARL《カルル》とともに、リイゼンゲビルゲの山麓の「シュレエジエン」に移り、郷土芸術的要素の強い作品を多く発表した。つまり、この地方の風物、人物、言葉、文化との密切なかかわりを駆使し、固有の文学を作り出していった。

④「第四番目の脚本は矢張千八百九十一年の作で「ヂイ・ヱエベル」即ち「織物の職工」と云ふのであります。是は「シュレエジェン」の山の中で、麻を織つて居る職工の、社会的困難の状況を作つたもので、（略）これは始て主人公といふもののない、貧民全体を主人公としたといふやうな作を試みたもので、或人はこれを独逸文学の写実の絶頂としてゐます。」

（是年 HAUPTMANN は第四の戯曲機織（DIE WEBER）を書きつ。（略）千八百九十二年二月独逸劇場の座頭 L・ARRONGE は早く此脚本を採用せしかど、同年三月三日の警察命令は興行を禁じ、後纔に其禁を解きつるなり）

＊この劇において、機織職人らが警官を罵しったり、工場主の宅を破壊したりする場面に観客が喝采したりしてベルリン社会に大きな影響を及ぼしたという。この劇には社会的主題がとり込まれており、イプセンやゾラなどにも通じている。当時、疲弊した織物職工たちの苦渋を主題とし、自ら行動を起こして権力や資本家に立ち向かう群衆劇として描かれ、自然主義的劇作の頂点として評価された。

⑤「第五の脚本は、「コルレエゲ・クランプトン」といふので、千八百九十二年一月に始て興行せられました。是は「クランプトン」と云画工の伝であります。（略）一種の喜劇であります。境遇の描写で心理上の解決を試みたところが新しいのであります。」

（千八百九十一年の秋 HAUPTMANN は麻おりの稿本を懐にして伯林にゆき、偶 LUDWIG BARNEY の劇場に入りて、MOLIERE《モリエール》の L'AVARE《ラワアル》（卑吝者）を観、滑稽戯曲を作らん念を発し、SCHREIBERHAU の山中に馳せ帰り、数週にして一の脚本を完成す。是れその第五の戯曲 KOLLEGE CRAMPTON なり。（略）標題の下に滑稽戯曲 KOMOEDIE と註せり。）

＊画家の伝記で、一種の喜劇でもあるが、「心理」劇の面もみ

ている。単行本では「滑稽戯曲」と書いている。

⑥「第六の脚本は「ビイベルベルツ」(獺裘)と題して、是は盗人のことを書いたのであります。千八百九十三年九月に興行せられました。其筋は或船大工の女房があつて、其女房が自分の亭主に種々の物を盗ませる。」

(第六の戯曲 獺《かはをそ》の裘《けがは》(DER BIBERPELZ)は、作者がERKNERに在りしときの観察にもとづきて作り、(略)標題の下には盗の滑稽戯曲(DIEBSKOMOEDIE)と注せり。(略)麻おり、画家CRAMPTON及獺の裘の三戯曲をBARTELS《ベルテル》は認めて独逸に於ける自然主義の成功となせり。)

*この戯曲は、諷刺的なすぐれた裁判劇であるが、やはり「滑稽戯曲」と書いている。

⑦「第七の脚本は「ハンネル」と云ふのであります。(略)同じ村の左官の娘で、十四歳になる「ハンネル」と云ふのがあつて、継子であるために父に虐遇せられる。(略)それで其女は自分の母も曽て山の池に身を投げて死んだのであるから、自分も其池に身を投げた。さうすると小学校の教員と仕事師とがこれを救つて貧院につれて来る。(略)娘が幻覚で父に逢つたり母に逢つたり、(略)自分を救つてくれた教師に逢ふが、此教師が基督のやうに思はれて、其教師即基督に導かれて天に登る。此幻覚を実物のやうに見せる趣向であります。これが韻文で書いてあります。」

(千八百九十三年の夏の末(略)伯林に出でゝ、其第七の戯曲を披講しつ。(略)此曲は第一部第二部に分れ、散文もて起り韻文もて結ばる。HAUPTMANNが戯曲に韻文を用ゐることこゝに始まる。)

*この戯曲は一八九三年十一月十四日、ベルリンの王宮で初めて上演され、ハウプトマンは社会の上流でも注目されるようになった。九四年には、ハウプトマンは、ドレスデンに居を移した。後に妻チイネマンを離別し、新夫人を迎えシュライベルウ及びベルリン付近に住んだ。

⑧「第八の脚本は「フロリアン、ガイエル」であります。是は名高い「ギヨオテ」の作で「ギヨツツ、フォン、ベルリツヒンゲン」と云ふ脚本がありまして、其主人公「ギヨツツ」と此「ガイエル」とは、いずれも十六世紀の農民戦争の首領株でありますので、世間では、「ハウプトマン」が一番「ギヨオテ」との競争と出掛けようと思つて書いたのだと云ふ噂さもあります。(略)三百頁もある脚本で、謂はば昔の脚本が英雄興亡の歴史ならこれは開化史といふ心意気で書いたものと見えます。

(第八の戯曲FLORIAN GEYERは千八百九十四年より九十五年に亘る間SCHREIBERHAUにて書けるものなり。(略)作者は千八百九十四年の夏、妻子を率てNEW-YORK付近に旧友を訪ひ、帰途（略）此史劇の故蹟を観き。作者がFLORIAN GEYER を悲壮戯曲の主人公たらしめんと志ざしゝは、獺の裘、HANNELE の成れる前の事なりしが、此旅行の時には、構想やゝ形を成し居りしなるべし。）

＊ハウプトマンがニューヨークの帰途この戯曲の舞台となる「故蹟」を廻ったのは、ローテンブルヒ、オツブデルタウベル、ウェルツブルヒ、シュワインアルト、ニュルンベルヒ等であった。この戯曲の内容は、一五二五年のドイツ農民戦争を、フロリアン、ガイエルがいかに戦い死んでいったかを描いたもの。

　単行本における、この『フロリアン、ガイエル』に関する叙述は、かなりの長文を費している。鷗外は、この戯曲を、従来の歴史戯曲と異なる点として、政治戦争史における開明史とみている。

⑨「第九の脚本は「ヂイ、フェルズン、ケネ、グロッケ」（沈んだ鐘）と云ふのであります。（略）此脚本の大畧は「ハインリヒ」と云ふ鐘を鋳る技術家があります。」（以下大畧は省略）

（HAUPTMANN は FLORIAN GEYER の初興行意の如くならざりしを見て伯林を去り、久しく瑞西伊太利の界なるLUGANERSEE に留まりき。

　その第九の戯曲沈みたる鐘（VERSUNKENE GLOCKE）は此淹留中の作なり。（略）沈鐘は千八百九十六年十二月二日初めて伯林なる独逸劇場に於いて興行せられぬ。此興行の大当りは、実に当年三十四歳なる作者が人望（POPULARI-TAET）を得し基なりき。）

＊山寺の釣鐘を作ったハインリヒは、山に運ぶ途中、化物のためにこの鐘を湖水に落してしまう。この山に住む美女ラウテンデラインは、一目でハインリヒを愛してしまう。やがてハインリヒは、「怪我」をして舁《かつ》がれて村に帰る。妻子は他に救いを求めて家を出たが、帰ってみると、美女ラウテンデラインが夫を看護している。夫は、妻子を捨てて女と山に行き、多くの化物を使って宮殿を建てて住もうとするが巧くいかない。そんなとき、村からハインリヒの子供二人が母の涙を入れたビンを持ってくる。母はあの湖水に入って死んだという。ハインリヒは後悔して村へ帰る。しかし、化物の妻ラウテンデラインに接吻されると、ハインリヒも死んでしまう。

　この戯曲がなぜ大当りしたかと言えば、鷗外は「此曲多数の好尚に適ひしに在る」と単行本に書いている。化物が多く登場したりして荒唐無稽であっても、母の涙をビンに入れて二児が持ってくる場面など、なんと美しく哀しいではないか。鷗外は、この作品を、「ファウスト」風のものと述べているが、ただゲーテの「ファウスト」は世界の謎を解かんとしたが、「沈鐘」は、世を救う芸術品を作ろうとしたところが、異なるのである。この「沈鐘」によって、ハウプトマンはこれまで文芸界では圧倒的に著名であったが、女性や子供にまで、その名が知られるようになったと言われる。

ハウプトマンは、この戯曲「沈鐘」で、自然主義の創作原理を越えて、人間の本来もつ宿命的哀しみを象徴的に描くことに成功したと言えよう。

⑩「第十番目の作は「フウルマン、ヘンシェル」であります。是は慣れない「フウルマン」と云ふのは馭者といふことです。是は慣れな話で（略）馭者の女房が死にかゝってゐる。そこに使って居る下女がある。（略）女房が亡くなる時に、（略）どうかあの女中だけは私の後に直して下さるなと云ふことを云つて死ぬ。夫は勿論初め其積りで居るけれども如何にも其下女が能く働く為に、（略）遂に妻にする。さうすると此下女は酷薄残忍の本性を次第にあらはしてくる。（略）姦通する。「ヘンシェル」は後悔して縊れて死ぬ。先づこう云ふ下等社会の事を書いたものであります。

（第十の戯曲は千八百九十八年の作 FUHRMAN HENSCHEL なり。（略）第一折は宿屋の窖の場なり。まだ三十六歳なれど、病み衰へたる MALCHEN は、これも虚弱なるをさな子 AUGUSTE の揺籃を傍に置きて臥せり。骨格逞しき四十五歳の夫 WILHELM 市より帰れば、うまれつき悍にして姪を好める下女 HANNE 頼みし前掛を買うて来給ひしかと問ふ。（略）妻は既にみまかりぬ。（略）下女 HANNE は首尾好く後妻となりぬ。（略）老馭者 HAUFFE 後妻の悪しき噂を語る。（略）WILHELM 後妻を呼び来て、対決せしめんとすれど、後妻応ぜず。（略）WILHELM 妻に向ひ、汝と我との内一人は避け去らざるべからずと告げ、壁に懸けたる鞭の紐を取りて一間に入り、縊死す。）

＊心理的に書き方が面白いので、傑作の中に入っていると講演の中で、鷗外は述べている。この戯曲が出た頃、ハウプトマンを排斥する運動が起きる。その理由は、陳腐になってきたということである。しかし、ハウプトマン出てまだ十年、その間ハウプトマンに匹敵する戯曲家が出たのか、ここでハウプトマンを葬むらんとしても、その後十年、大家が出る保証はないと支持者たちはハウプトマンを擁護した。

⑪「第十一の脚本は「シュルツクウント、ヤウ」といふので、是は無精もの二人の事を書いたものであります。これは「シェイクスピア」のものを敷衍したものであります」（略）

（千九百年の二月三日作者が第十一の戯曲 SCHLUCK UND JAU 興行せられ、脚本も亦同じ年に刊行せられぬ。）

＊シュルックとヤウという懶惰な二人が路傍にいるのを城主がみつけ、城に連れて帰りヤウに麻睡薬を飲ませ、醒めたとき城主の侯爵と欺き姫と引合せたり、シュルックを女装させ、侯爵夫人として引き合わせたりする。ここにいろいろと混乱

が起こり、観客の笑いを誘う。鷗外は、単行本では、シェイクスピアの「強情おんなの馴らしの序より転化した」と書いている。「二人の無頼児の性格がおもしろし」とも書いている。この戯曲は、シェイクスピア流の喜劇としてドイツ文学の喜劇の系列において優れた作品として評価されている。

⑫「第十二の脚本は「ミハエル、クラアメル」で是は画工の伝であります。此画工は「クランプトン」と変つて、世間に自分の作が售れないでも、何年掛つても良い作を出そうと心掛けてゐる、義務心の強い、立派な人物に出来てゐます。」

（同年十二月廿一日興行の作に第十二の戯曲 MICHAEL KRAMER あり。（略）MICHAEL は真に芸術を命となせる人なり。子二人あり。姉娘 MICHALINE は画に精を耗らする女丈夫にて、少女等のために学校を開き居れど、天才なし。その弟 ARNOLD は佝僂《せむし》の小男にて、強度の近視なるが、芸術を好まず、懶惰にて、日夜料理店 BAENSCH にゆきて、客間の片隅に凝坐し、店の娘 LIESE に懸想し、客等の嘲を受けて悔いず。）

＊鷗外は講演で、この脚本は「写生」が旨いと述べる。例えば、店の蓮葉な娘の傍にいつも佝僂がいる。この佝僂は、この娘を恋慕している。娘は「お前のやうに始終顔を見て居ては困る」と詰《なじ》る、そう言いながら男が迷うような媚態を呈する。かような描写は、「古来類のない写生」だと鷗外は評価する。そして登場人物たちの性格が皆面白く「殺那の写生に人を駭かすところいと多し」と単行本では褒めている。

⑬「第十三の脚本では「デル、ロオテ、ハアン」（赤い牡鶏）といひます。これは火事のことであります。筋は獺の毛皮の続きになつてをります。」

（千九百一年十一月二十七日 HAUPTMANN が第十三の戯曲赤き鶏（DER ROTE HAHN）初めて伯林なる独逸劇場にて興行せられる。（略）赤き鶏とは火事の義なり。（略）赤き鶏は獺の裘の後付譚なり。）

＊この戯曲は第六の戯曲「獺の裘」の続篇である。例の船大工の女房が、亭主が亡くなり靴屋の妻になり、その靴屋の家を火災保険に入れ、火を付ける。裁判官が出て来て、其処にいたあの白痴を犯人とする。役人が取り調べると白痴は「イーアーアー」と変な声を発する。裁判官が何の声か、とただすと、鍛冶屋が獅子の声だと言う。満廷絶倒。放火犯人は遂に発見されなかったが、靴屋の妻は発狂して死んでしまう。被疑者を調べる役名を講演では「裁判官」と述べているが、単行本では、「行政区長」としている。この戯曲は、第十一の戯曲「シュルツクとヤウ」のような喜劇の系列にあるといってよい。

⑭「第十四は「デル、アルメ、ハインリヒ」といふのでありま す。是は日本にある俊徳丸の話に似て居ります。（略）これ

は千九百二年に伯林の劇場にやらないで、維也納で興行させました。（略）」

（千九百二年 HAUPTMANN が第十四の戯曲 DER ARME HEINRICH 刊行せられぬ。（略）維也納なる BURG-THEATER に与へて興行せしめき。そは主に俳優 KAINZ の伯林を去りてより、独逸劇場にては理想的戯曲の人物に扮すべき人を得難かりしによる。）

＊ある貴族が癩病になった。イタリアのサレルノでは、処女の心蔵の血がよく効くと伝わってきた。そこで領内にいる美少女が、血の提供を申し出る。貴族は、ことわったが、少女の執拗さに負け、少女と二人でイタリアに行く。少女が血を採るため別室に入ったとき、貴族は、神のような気持になり部屋に飛び込み、やめさせようとする。そのとき癩病は治っていた。鷗外は講演で、「神の力で癒つたと云ふことになつて居るのを、神ではない、それは人の心の働きで癒つたと云ふやうに書いてあります」と述べている。この戯曲の筋は、十二世紀の末のドイツ詩人ハルトマン・フォン・デル・アウェの「宗教的叙事詩」からとったものである。

⑮「第十五の脚本は「ロオゼ、ベルント」と申します。千九百四年の興行で、脚本は丁度私の戦争（注・日露戦争）の留守に家へ届きました。是は可哀想な百姓の娘が、美しくもあり、品行も良くて人にほめられていたのに、境遇の上から自分の赤子を殺さなければ成らぬやうになると云ふ筋であります。心理上に面白いかき方がしてあります。（略）」

（千九百三年には HAUPTMANN が第十五の戯曲 ROSE BERND 初めて興行せられ又刊行せられぬ。ROSE BERND は、某の村にて宗教事務と孤児救助事務とを掌れる翁の女なり。）

＊鷗外は単行本では「ROSE《ロオゼ》 BERND《ベルント》」は「一の MEDEA 劇なり」と書き、作者が再び「写実」を試み新たなる性格を描いたものと評価しているが、この戯曲は、男に欺かれた、美しく、品行よく育った女性が、私生児たる自分の赤子を殺さざるを得ないという、社会主義の観念よりも、苦しむ人間の苦悩を描いたものとしての個性が光る。

⑯「第十六は千九百五年に出た「エルガ」で、是はもと「グリルパルチェル」の作った小説にありましたのを、作り直したのであります。（略）」

（千九百五年 HAUPTMANN が第十六の戯曲 ELGA 出でぬ。（略）戯曲 ELGA は GRILLPARZER の短篇小説 SENDOMIR 付近の僧房（DAS KLOSTER BEI SENDOMIR）に本づく。（略）

＊この戯曲の内容は、ポーランドの貴族が、亡命貴族の娘エルガと結婚、アッチイという娘が出来る。ところが、アッチイが自分の娘でないことを夫は知ることになる。エルガは結婚

前から親戚の男と姦通していた。この姦夫はオギンスキイという。夫はこの男を捕え、殺させる。この死体を隠した場所にエルガを呼び「もう一遍考え直せ」と迫る。エルガは躊躇する。仕方なく死体を見せる。エルガは死体にしがみつき、思ひ切らぬという。鷗外は、この設定は、原本であるグリルパルチェルの小説には全くないものであり、「成程好いところがある」とハウプトマンを褒めている。結局、心の変らぬエルガは、脇腹を刺され殺される。

この戯曲は口授で僅かに二日半で書いたと言われている。

⑰「第十七番の作は最近の作でありまして、是は脚本はまだ見ませぬけれども「ウント、ピツパア、タンツト」と題した作であります。訳しますと「而してピツパアが踊る」と云ふことであります。これは「ハウプトマン」の故郷の「シユレエジエン」で盛に行はれてゐる玻璃の製造に就いて考へた、玻璃を一種の象徴にした作であります。（略）」

（千九百六年 HAUPTMANN 四十四歳にして第十七の戯曲を出しつ。その標題を UND PIPPA TANZT と云ふ。こは曲の終の仙人 WANN の白を取れるにて、而して PIPPA は舞ふといふ事なり。（略）此曲も亦作者の故郷 SCHLESIEN の記念なり。（略）此地の玻璃業の盛になりしは、伊太利 VENEZIA の人来て、MURANO 嶋の製法を伝へしに本づくと云ふ。（略））

＊場は、ハウプトマンの故郷シュレエジェン。この山の中に、イタリアから来たガラス職人がいて、娘に美人のピッパアというのがいる。ガラス工場主が、このピッパアに踊りを所望するとフウン爺さんと踊り出す。この娘が踊るときは、必ずこの爺さんと踊る。そんな時、ミッヘルという少年が現われピッパアと恋に陥る。娘の父はカルタでいかさまをしたために殺され、爺さんはピッパアを連れて山へ逃げる。恋人ミッヘルは山に行きピッパアを連れ出し、逃げるが雪中で迷い、二人は別々となる。娘は、仙人の岩屋で追いついてきた爺さんと、また踊り出す。習慣でどうしても踊ってしまう。そのとき酒のコップが壊れ、ピッパアも同時に死んでしまう。仙人は少年を盲目にし、ピッパアの魂を配合し、少年は歌をうたって国を巡るという筋。鷗外は、玻璃の化身のようなピッパアに「美」の象徴をみ、フウンという爺に、「極く単純の欲を求める本能の力の強い人」をみている。そしてミッヘルという美少年をロマンチックの思想からみた人間とし、ドイツ人を代表していると解説する。

ハウプトマンへの総括

鷗外は「講演」の最後に、ハウプトマンについて簡単な総括をしている。

鷗外は、「近来の文芸界」の傾向を、初めに自然派、それから象徴派が出たとし、ハウプトマンは、この自然派から極端な写生を試みて成功したと述べる。そして「沈鐘」、「ピッパア」は象徴派で成功、「今」は、郷土文学を書いているとし、ハウプトマンに「頡頏する程の規模を有してゐるものはない」と断じているが、毀誉褒貶の評価は避けている。

やはり、「講演」と同じように、単行本では「文界の流行詞《はやりことば》は三たび変りぬ」としている。そして、ハウプトマン初期の極端な写生主義を、「徹底自然主義」と表記する。この単行本の最後の文では、「完人」ということを問題としている。パルテルスは、ハウプトマンの作中に「完人」ありとしても、それは好きなモデルがあったときに限ると言い、その「完人」も、とても「真の情熱」はないと酷評している。

鷗外も文中、「完人」を「情熱ある人を謂ふ」と書き、「古の戯曲は、情熱の葛藤より行為を生ぜしめき。近世問題戯曲の出づるや、情熱と道徳の則との間、快楽と義務との間に葛藤を求めき。而してその解決は真の解決にあらず、不公平なる自主自尊と狂妄とに近きものなりき。」と意見と批判を述べている。「新芸術」の代表として、イプセン、ビヨルンソ、ハウプトマンを挙げ、「自滅の兆を呈するに至りぬ」と述べ、さらに「未来の劇は、平和の劇、幸福の劇、美の劇たらざるべからずと。是れ殆ど情熱の否定なり」と厳しく断じている。

鷗外は、単行本の冒頭部で、ハウプトマンをとり上げた理由として「現時第一流の詩人を紹介せんとてなり」と述べ、そして、各戯曲の細部の人物設定、心理描写、あるいは趣向等については評価するところも多々あったが、戯曲の核たる「真の情熱」ということになると、どうやらハウプトマンに与えるにはいささか辛いようである。現時点としては、ハウプトマンを戯曲家の第一等に推すけれども、批判もある、というのが鷗外の本音であろう。

なぜ多くのページを割いてこの『ゲルハルト・ハウプトマン』に私は拘泥したのか。一つには時機の問題がある。鷗外の個人史の中で、日清戦争を経験、そして今回日露戦争を経験して還ってきた。この二つの戦争、とりわけ日露戦争が、鷗外に何ももたらさないはずはあるまい。鷗外自身、銃を持たなくとも、戦争をしなければならない、人間の宿命とも言うべき悲惨な情況を見続けねばならなかった。いかに白人への反撥が、戦うエネルギーであったとしても、この戦争は、語らぬ鷗外に、幾多の衝撃を与え続けたに違いない。文人として繊細であるが故に、鷗外は戦争について語り得ないのかも知れぬ。戦勝に対する喜びはある。しかし、別に、他者に語り得ぬ戦場で体験したトラウマもあるということである。身近にいた、例えば橘中佐もそうであるが、乃木兄弟など、多くの若い将兵が祖国のために無念の死を遂げた。これらの悲劇を見てきた鷗外の精神に、何らの変化がなかったなら、鷗外の〝質〟が問われてしかるべきだろう。鷗外に、これらの戦争によって精神的成長があったとみるのは自然なことではあるまいか。

そうした、鷗外の精神的な幅の広がりが、ハウプトマンを選ばせたことに関連があると思われる。

ハウプトマンは「日出前」をもって「徹底自然主義」の戯曲家として登場し、色々と変化してきた。鷗外は、このハウプトマンを広い見識をもって受けとめ、批判はあっても現今の文芸界における第一人者と認め、日本の文芸界に紹介しようとした。この鷗外の姿勢をみると、あの青っぽい肩を張ったかつての挑戦的論争が、酷薄な戦争の現実の前で鷗外自身滑稽にすら感じられていたかも知れない。あの神経質さと激しさ、そして狭量とも言える意識はかなり緩和されてきているとみたい。

ハウプトマンは、一九一二年（明治四十五年）には、ノーベル文学賞を受賞。晩年までに、全四十五篇の戯曲を書いている。鷗外は、同時代者であり、同年齢者であるハウプトマンの戯曲の中から十七篇を紹介したことになる。

ハウプトマンは、晩年には戯曲「日没前」や「イフィゲーニエ一族」四部作を発表した。後者はギリシャ悲劇を素材として使い、同時代のもつ酷薄さと戦慄をリアルに描いて人間の宿命的苦悩を掘り下げようとしたのである。ともあれ、日露戦役から帰還し、初の文業として、このシェイクスピアにも比すべき大戯曲家の存在と仕事を日本で初めて紹介したということ、このことは、従来の鷗外研究でほとんどとり上げられなかったが、この際、改めて鷗外の労作の一つとして認識されるべきであろう。

11　『改訂水沫集』刊行

この年、五月二十日、春陽堂が『美奈和集』の改訂を申し出て、鷗外は、それを受け、題名を『水沫集』と改めて刊行した。鷗外は凱旋後、直ぐに第一師団軍医部長に復帰していない。正式に発令されたのは、八月十日である。それまで鷗外の身分はどのようになっていたのか。どうやら、すでに第一師団には出向いていたようである。母の日記をみると、鷗外は四月三十日は、満州軍の凱旋後の大観兵式に出席。五月一日は、新宿御苑で「天盃」を賜っている。ただ五月に入って、モメごとがあったようである。五月七日、母峰子は、「この日、林太郎遅く帰りて何事か長官の例の無理面倒の事有て夜に成る。」と日記に書いている。この翌日、八日には「衛戍病院に行く。外国皇族が参る由、師団長と行く。この間より、いろ〳〵の事有てけふも参謀長の宅に行く。」九日には「けふも終日其事にてゆきめぐり、夜帰宅。けふ夕方、局長より遣ひ来りて面倒なりし書類手元に届きたれば、明日巡回を止て医務局へ見に参る様にとの事なれば、明日の巡回一日延す」。十日「朝、医務局へ行き、帰りに第一師団に行くとの事。（略）夜十時頃に帰宅。林太郎の事、けふ何事も皆おもしろく済みたるよし」、と書いている。五月七日から十日まで鷗外と医務局との間で「面倒」な問題が起っていたようである。師団長、参謀長、医務局長（小池）などの間を、何か走り廻っているような感じで、峰子も心配しているが、しかし、鷗外は、内容については語らなかったようである。十日に「何事も皆おもしろく済みたるよし」、解決したようである。人事のことであったのかどうか。いずれにしても、凱旋後約八カ月経って、第一師団軍医部長に正式に復しているのは、不自然な感じがする。この三日間のモメ事と関係があるのかどうかは不詳である。この期間、鷗外の日記がないので、母の日記で窺う以外にない。

さて、話を『水沫集』に戻すと、その「序」に、この頃、「夕餉」の後の「火ともし頃」が、執筆の時間で、「我が為めにいと貴きものなれ」と書いている。ついでに書くと、母の日記の六月二十一日「この頃水沫集の再版出来上り、二度千部奥印を取りに来る」とある。「二度千部」というのは、合わせて「二千」なのか、「五百」を二度で「千部」なのか。それともう一つ峰子の日記、五月二十七日に「この頃、茂子また何かきげん悪しく、林太郎の申すには財産の事のよし。今少々まじめに成らぬ内は、一緒に世話は出来ぬ様思はる」とある。遺言で、志げを外したことが解ったらしく、それを志げは不服として、不機嫌になっていたようだ。『半日』の前哨戦はすでに始まっていたのである。

12　明治三十九年の「現実」

祖母清子死去

この年、五月末頃から祖母の体調が崩れ始める。峰子の日記に「この頃祖母の病気すぐれず」（五月三十日）、「二三日前よりおばあさんの病気悪しく」（六月一日）とある。

そして、七月十二日の峰子の日記に、深夜「三時過、ねむるように死す」とある。峰子は「祖母」とか「おばあさん」と書いているが、勿論、峰子の実母であり、鷗外の祖母である。

祖母清子は、あのしっかり者の峰子を育てた、森家の無言の柱であった。八十八歳、天寿を全うしたので、森家に余り哀しみはなかったようである。丁度、悪いことには、翌日は、於菟の入学試験である。いかにも峰子らしく、祖母の死を「家内中この事いはず。只何事も無き様に」（『母の日記』）して、於菟を送り出している。於菟は、第一高等学校の受験であった。

鷗外は、祖母の遺骨を火葬場から直接、夫の白仙が眠る滋賀、土山に持って行くつもりであったが、他の兄弟が東京での葬儀を主張、鷗外の意見は通らなかった。

十三日には、祖母死去の報らせの葉書を、峰子らは四百枚書いている。東京で葬儀をしない予定であったので、当時の鷗外の立場からすれば、少ないのかも知れない。

東京での、当時鷗外クラスの家庭の葬儀を知る一つに服装のことを峰子が日記に書いている。婦人は全員「白絽のむじかたびら四枚と白紋羽二重の帯、かたびらには白のねりぎぬをかさね」るという服装である。

十五日は葬儀の日、大雨だった。葬式は谷中の葬儀場で行われた。人力車三十台。七百人の参列者、「軍人も多く驚く計り」と峰子は書いている。鷗外は第一師団に正式に復する直前であった。市井人の祖母が亡くなった折、葉書四百枚はまず出すまい。ほとんど対外的に交き合いのなかった八十八歳の祖母の葬儀に「七百人の参列者」とは、通常を越えている。軍人が多いのは当然として、文学関係からも相当会葬があったであろう。当時の「森鷗外」の存在感が、この祖母の葬儀に徴されているとみる。

祖母清子の遺骨は、十月二十五日、峰子が息子の潤三郎を連れて滋賀・土山に収めに行っている。二十六日に、臨済宗常明寺に着く。帰りに京都に寄り、処々、見物をした。三条小橋の大津屋に泊まり、東本願寺、清水寺、知恩院、祇園、豊国神社と廻り、「何れもおもしろき所」と日記に書いている。このとき、峰子は六十一歳であった。

鷗外と山県有朋

山県有朋（天保九年　一八三八―大正十一年　一九二二）は、長州藩の下級武士の長男として生を亨け、少年時代には文武ともに優れ、特には槍術の免許皆伝であったという。早くから藩内でも認められ、安政五年（一八五八）に中央の情況視察のため京都に派遣された六人の一人に選ばれている。この京都行きが、有朋に政治的、思想的に問題意識をもたせる契機になったと言われている。以後、高杉晋作らが組織した奇兵隊では軍監に選ばれたり、また欧米の連合艦隊との戦い、第二次長州征伐等での活躍で、軍事指導者としての実力が藩内でも認められるようになった。

明治二年（一八六九）には、欧州諸国の事情視察のため、約一年間派遣され、見聞を大いに広めた。帰国後、明治新政府に採用され、兵部少輔、大輔へと昇進、以後、参議、初代参謀本部長などを経て、明治十六年（一八八三）には、有朋は、黒田内閣の内務大臣に就任、約六年にわたって、地方制度、町村の共同体の再編成などに力を入れたが、特には、地方との間に、自己の強固な派閥網の原型を作り上げた。やがて有朋は、軍の中枢に入り、徴兵制度、「軍人訓戒」「軍人勅諭」など、一連の重要な施策を推進、さらに有朋が成した重要なことは、軍の命令を天皇と直結させ、後に言う統帥権の基礎を作ったことである。この統帥権は「大日本帝国憲法」により、明治二十二年（一八八九）に追認されたのである。

この年、有朋は総理大臣となる。そして明治三十一年（一八九八）にも、二度目の総理大臣に就いている。また枢密院議長を歴任、以後、現役を引退、元老筆頭として絶対的な権力を保持することになる。「元老中の元老」と称ばれたのもそのためである。大正十一年（一九二二）二月、山県有朋は八十五歳で死去しているが、奇しくもこの年七月、鷗外も死去している。この両人に深い因縁を感じないわけにいかない。

二人の出会い

森於菟は「鷗外秘話」（『父親としての森鷗外』）の中で次のように語っている。

山県公が洋行から帰って総理になられた頃、父ははじめて公に会いました。ところが山県さんは新しい人を受け入れる意思がないので、あまり父を好く思ってはくれなかったそうです。それやこれやで、使ってくれる人があらば政治的方面に出たい決心があったのですが、とうとう駄目になりました。父がこの方面に心のあったことは、その頃品川さんや大隈さんや伊藤博文さんに会ったと云う点からみてもわかります。

この於菟の文言では、鷗外は、若き日、政治家志望を持っていたということになる。そのために「山県公が洋行から帰って総理になられた頃、父ははじめて公に会いました」と述べている。「洋行から帰って総理に」という文脈で考えると、第一次山県内閣が発足したのは明治二十二年十二月二十四日であり、欧州視察から帰国したのは、その年の十月二日である。於菟の言葉通りであれば、鷗外が初めて山県有朋に会ったのは、明治二十二年の末か、明治二十三年の早々ということになる。

これは言うまでもなく、『舞姫』の構想から執筆、そして発表（『国民之友』明23、1）にまでわたった時間帯であることが解る。とすると、『舞姫』の中に、山県と賀古を想わせる「天方伯」と「相沢謙吉」という組み合わせは、鷗外が何を狙って書いたものであろうか。少なくとも、主人公太田豊太郎の弱性のため、相手を不幸に落し入れ国際的な悲劇を招来するというストオリーを構想、あるいは執筆した段階で、政治家になるために大実力者に会いに行くだろうか。正確に言えば、この時期には、長州閥の伊藤博文、そして薩摩閥の黒田清隆がそれぞれ筆頭として生きていたので、総理と言えども最高の実力者とは言えなかった。それに政治家になろうとするならば、当時伊藤と山県は微妙な関係にあり、両者に色気をみせることは極めて危険であることぐらい、鷗外も解っていただろう。

序でに重要なことを言えば、翌二十三年七月一日に、第一回の衆議院議員の選挙が予定されていた。これに関連して、有美孫一に宛てた鷗外の手紙（明22・10・12）がある。

有美孫一は、向島の伊藤家第七代目の娘、貞子の息子として生まれたが、後に貞子が有美謙輔と再婚し孫一を連れ子としたため、姓は伊藤から有美となった。

この孫一は、『ヰタ・セクスアリス』（明42・7）の十四歳の項に出てくる尾藤裔一のモデルと言われている。鷗外は『俳句と云ふもの』（『俳味』明45・1）の中で「其頃向島で交際してゐた友達は、伊藤孫一といふ漢学好きの少年であつたので、詩が一番好きであつた」と書いている。

さきの有美への手紙は、山県が欧州から帰国した十日目であった。この頃、世間では翌年七月に行われる第一回衆議院議員選挙への関心がもっぱらであった。特に被撰者競争は盛んであり、誰が選挙に出るかは大いなる関心事であった。ところが、鷗外はこの手紙で「軍人は局外故平気に御座候」と書いている。

軍人は立候補出来なかったのである。それに、自由民権運動の全盛期に、多くの国民が夢みたような選挙とはかなり異質なものとなっていた。このときの選挙法によれば、選挙権をもつ資格者は直接、国税十五円以上を納める二十五歳以上の男子であり、この有資格者は、全国で四十五万人、総人口の一・一四パーセントに過ぎなかった。多くは地主たちである。一方、被選者は三十歳以上の男子であった。二十三年には鷗外は二十八歳で、出るとしても二年足りない。つまり衆議院議員になるには、鷗外には二つの足枷があった。一つは軍人であること、二つ目は、年齢が足りなかったということである。だから鷗外は「平気に御座候」と書いたのである。

於菟の言う、鷗外が政治家志望であったということは、鷗外自身が発言した確固たるものでなく、於菟の想像でしかない。とすれば、鷗外はなぜ、総理になった直後の山県に会いに行ったのかという疑問が残る。

動機は単純なものであったのではないか。

鷗外は、陸軍省に入ってから、否もっと早い時期かも知れぬ。津和野の隣藩、長州出身の実力者山県有朋に注目していたとしても不思議ではない。鷗外はドイツ留学から帰り、これから医務官僚として生きていかなければならない。しかし、想像以上に官界は厳しい。失敗の許されない世界で、階段を上っていくのは至難なことである。幸いに留学時代に知った都築馨六が、山県首相の秘書官となり、会ってみないかと誘いをかけた。この機会を鷗外が無にするはずはない。会ってプラスになればよい、鷗外は喜んで会いに行ったが、山県の方では、こんなことは日常茶飯事、挨拶だけでも相当な人間がやってくる、言ってしまえば面倒なことである。結果は、「あまり父を好く思ってはくれなかったそうです」ということになった。

山県との一回目の対面は、鷗外のプライドがへし折られて終ったのである。『智恵袋』の二十四項「寡言の得失」は、この時の状況を書いたのではないかと思わせる。

山県は寡黙で無愛想であったと言われている。容易に他者に胸襟を開かなかった。しかも、若い俊才が意気込んで会いに来ることも多かった。この初対面も好嫌の問題ではなく、山県の性格、立場で「最も人を苦ましむる対話」(『知恵袋』)になったのではあるまいか。この二十二年の十二月から二十三年の一月にかけての鷗外は、まだエリーゼ事件の後遺症の中にあり、身分も軍医学校陸軍二等正教官心得に任官したばかりであった。本来なら総理大臣に会える立場ではない。山県の娘婿の都築の紹介と言えども、会いに行ける身分ではなかった。山県からみれば、洋行帰りの俊才か知らぬが、エリーゼ事件の後遺症で、憔悴した青年に会って、何の意義も感じなかったはずである。

次に、鷗外が山県に接点があったのは、明治三十一年『西周伝』を書き事前に指導及び訂正を願うため、西周の知友に草稿を西家を通じて送った筆頭が山県であった。そのとき、訂正と指示はあったが、極めて事務的なもので、人間関係的には何の進展もなかった。鷗外が小倉転勤のとき、山県は総理大臣であったが、鷗外の苦渋を訴えるほどの、何らの繋りもなかった。鷗外の片想いは続いていたと思われるが、山県有朋が鷗外を認めるに至った因は、やはりクラウゼヴィッツの『戦争論』にあったのではないか。

この『戦争論』について森潤三郎は、「この事は軍人社会に兄の声望を重からしめ、山県元帥に名を知られる因となつた」と述べている。(『鷗外森林太郎』)

すでに、クラウゼヴィッツの『戦争論』については本書で述べたが、陸軍士官学校が第三巻以下を訳し、鷗外の第一、第二までを合わせ出版した『大戦学理』を山県が読んだのではないかというこの潤三郎の意見が妥当だろう。

潤三郎は、山県有朋が亡くなったとき、鷗外に関連し次のように述べている。

二月一日(筆者注―大正十一年)山県有朋公が八十五歳で薨ぜられた。公には初め一向認められなかつたが、戦論の翻訳から人物技量を見直され、後には大いに信用を得て、公私につけて庇護を被つたことは、日記を見ても察せられるが、それには賀古氏が古くから公に信任せられてゐたことが與つて力あつたものと思はれる。(前掲書)

山県が鷗外を信任するようになった一つの因として、賀古鶴所と山県の信頼関係を挙げている。この関係は、『舞姫』の相沢謙吉のモデルにまで遡ることが出来よう。

鷗外の信任があった部下の山田弘倫が次のように述べている。

先生の偉大さは、後年軍医総監となり医務局長となられた時の功業を俟たずとも、その壮年三十歳の軍医時代に、三度も陸軍々医学校長に撰任せられてゐるのでも十分に分かる。之は山県元帥が或時／「森が陸軍に居ることは陸軍の誇りだ」／と云はれたことに依つても裏書されてゐる。(『軍医森鷗外』)

鷗外が、最初の軍医学校長になったのは、明治二十六年(一八九三)、鷗外が三十一歳のときである。確かに軍医部での信用は大きいものがあったが、山県が、仮りに「森が陸軍に居ることは陸軍の誇りだ」と述べたとすれば、日露戦争後ではあるまいか。

常磐会成立の謎

『常磐会詠草』初篇（明42・4）の付録に、井上通泰が、常磐会成立の事情や会則について次のように述べている。

明治三十九年六月十日の夜、森林太郎、賀古鶴所二氏が小出粲、大口鯛二、佐佐木信綱の三氏と余とを、浜町一丁目なる酒楼常磐に招きて、明治の時代に相当なる歌調を研究する為に一会を起さん事を勧められた。（略）その後賀古氏から話のついでにこの事を山県公爵に申し上げた所が、公爵も非常に喜ばれて力を添へらるる事を約せられた。そこで会合《ママ》を付ける段になつて、森氏がむつかしい名を付けるよりは常磐で出来た会であるから常磐会と付けたらばよからうと云はれたのでそれにきまつた。（「常磐会の沿革並に会則」井上通泰先生談話、宮内猪之熊筆記、明42・4『常磐会詠草』初篇、〈付録〉歌学書院）

「第一回の会は、同年九月二十三日に、飯田町六丁目なる賀古氏邸に開いた」と右の文に続いて井上通泰は書いている。峰子の日記に「廾三日日曜、林太郎歌の会有りて賀古氏粧町の宅に行き夜半に帰る」とある。第一回は間違いなく、「九月二十三日」と両人の記述は合っている。

右の井上の文によると、主唱者はあくまでも林太郎と賀古鶴所である。井上はこの文で初会の主旨は「明治の時代に相当なる歌調を研究する為」と述べている。動機は単純である。そして井上は書く。「無論森、賀古二氏の勧告に応じた」と。何の異論もなかったようである。「即座」に森と賀古が「幹事」と決った。ここまでは山県有朋の名前は一切出てこない。「その後賀古氏から話のついでにこの事を山県公爵に申し上げた所が、公爵も非常に喜ばれて力を添へらるる事を約せられた」と井上は書く。発会の日に、山県は出席していない。しかも会の名称も鷗外が、会場が「常磐」だから「常磐会」でいこうということで決っている。ところが、この「常磐会」結成について明治四十二年に詳細に論じた井上通泰が大正十一年（一九二二）『太陽』二月号に、さきの成立経緯と矛盾する意見を発表したのである。つまり「常磐会」設立に最も近い時期に述べた、鷗外、賀古による、常磐会成立への主唱説を変更し、山県有朋を主唱者としたのである。

井上通泰は次のように述べている。

恰度明治三十九年の事で、「どうも現代の歌壇を見るに、極端な新派と極端な旧派とが有り、（中略）であるから現代の大家が寄合つて相談の上、歌壇の灯明台となり、さうして正しい方向を定めて貰う事にしたい」という公の希望でもつて、森林太郎、賀古鶴所の両君が幹事となり、小出粲、佐々木信綱、大口鯛二の三君と私と四人が選者となり、それに公爵を加へ都合七人が会員となつて、此の会が生れたのである。

（傍点、山﨑）

「公」とは、むろん山県のこと。井上通泰は、常磐会設立は、

「公の希望」と前言を翻したのである。この井上の言を誤ちとして指摘出来るのは、井上が、会発足時から十六年、鷗外ら主唱と書いてから十三年経ってから書いた文章に「山県の発言」として書いた言句であるということである。つまり、現代の歌壇を見るに「極端な新派と極端な旧派とがあり」云々と山県公が言ったとある。しかし、十三年前に書いた文章では、山県は全く出て来ず、この山県が述べたという言句は、井上自身が抱いた見解として書かれている。「余はかねて（略）極端なる旧派と極端なる新派とあり」云々である。「極端な（る）旧派と極端な（る）新派」と「る」がないだけで全く同じ表現である。十三年に井上の述べた言が、そっくり、山県公が述べた言にすり換っているのである。山県と井上が、現時の短歌会の批評に、全く同じ言句を使うはずはあるまい。十三年後の井上の文章は、明らかに己の言辞に合わせた創作である。古川清彦氏は、この二つの文の矛盾を正すために、当時唯一人の生き残りであった佐々木信綱に直接確めたら「この会は山県の発意によるものと明言された」と書いている。（「森鷗外と常磐会」昭45・1『日本文学研究資料叢書』「森鷗外1」有精堂）昭和三十四年十二月のことである。発会した年から「五十年」も経っている。この佐々木信綱の言はうかつに信じることは出来ない。第一次資料は、やはり「発会三年後」に書かれた井上通泰の『常磐会詠草』初篇の「付録」文である。これを最も重視すべきである。そうでないならば、不可解な点が多過ぎる。もし初篇の「付録」文（明42・4）で書いた井上通泰の、鷗外、賀古の主唱が間違いであったとすれば、このとき鷗外は現役のバリバリであった。必ず鷗外の性格上、訂正がくるはずである。また井上は「付録」文の中で「明治三十九年六月十日の夜、森林太郎、賀古鶴所二氏」が「酒楼常磐に招きて」と書いている。この表現も重要だ。この書き方からみれば、主催者は明らかに鷗外と賀古にあることは間違いあるまい。会の主旨に関しても、山県有朋の名前は一切出てこない。そして井上は「無論森、賀古二氏の勧告に応じた」と書いている。「その後賀古氏から話のついでにこの事を山県公爵に申し上げた所」とある。ここで、やっと山県が出てくる。山県は初めから完全な脇役である。この井上の書き方で留意すべきは、「その後」なのであり、「話のついで」に山県に声を掛けたことになっている。「発会三年後」だけに実感がありありとある。もし、山県が主唱者であれば、山県が欠席するはずがない。幾ら多忙としても、山県が主唱者ならば、山県が出席出来る日を必ず選ぶのが常識だろう。また、山県が主唱者であれば、第一回の会を、なぜ賀古邸で開いたのか。これは、山県の「欠席」と関係することでもあるが、不可解なことである。会の名称にしても、なぜ鷗外の発意で決めたのか。山県が主唱者であれば、みんなが山県に決めてもらうべく動いたであろう。でなければ、山県に礼を失することになろう。

本稿においては、常磐会の発起人は、井上通泰が最初に書いた通り、鷗外と賀古の二人であったと確信をもって言える。

鷗外の韻文学

鷗外の韻文学については、従来から評価が低過ぎるように思える。漢詩、近代詩、俳句、短歌、それに翻訳詩と、鷗外にはかなりの韻文作品がある。漢詩は、若いときから熱心に勉強しており、それなりの成果を挙げている。俳句は、日清戦争のとき従軍記者できた正岡子規に会い、俳句について語り、子規系に共感をもっていたようで、虚子にも色々相談している。短歌は、初め、旧派の橘守部の流れを汲む桐の舎桂子に、少し指導を受けたりしており、相当の技術も心得ていたとみてよい。そして、日露戦争での『うた日記』や『我百首』『奈良五十首』『常磐会詠草』など、言葉の扱い方にモダンな発想もみられ、鷗外なりの短歌の世界を創造していることは否定出来ない。鷗外の韻文学に対する低評価は、やはり芥川龍之介が、渡辺庫輔に出した手紙（大11・1・13）の中で、「明星に観潮楼主人の「奈良五十首」が出てゐるのを読みましたが、五十首とも大抵まずいですね」とか、また香取秀真宛の手紙（大11・12・29）で、「森さんの歌は下手ですね。僕のほうがうまいでせう」と冗談半分で、鷗外の短歌を貶している。勿論、芥川だけではないが、こうした芥川などの、ちょっとした批評が、ふくらみ、だんだん定説化していったようにも思える。鷗外の短歌が名歌とは言わないが、個性のある鷗外固有の傾向は持っていたと言ってよかろう。例えば、『我百首』にある「斑駒《ぶち》の骸《むくろ》をはたと抛ちぬ Olympos なる神のまとゐに」など、明治短歌の中に新風を送り込むものではないか。また「天の華石の上に降る陣痛の断えては続く獣《けもの》めく声」などは、現代的センスと、そして生《なま》々しい生理、その野生的表現で、鷗外のイメージを越えている。また「潮の音」にある「真昼日に若葉かがやく枝巻きて眠れる蛇の鱗と共に」をよむと、「枝巻きて眠れる蛇」の凶々しさと、その「鱗」と「若葉かがやく」で、生き物のもつ強い生命力が捉えられている。斎藤茂吉は、鷗外の『うた日記』にみる「言葉の工夫」に注目して次のように述べている。（「鷗外先生と和歌」昭22・9『森鷗外研究』長谷川書店）「探照燈のことを「さぐり火」といひ、赤十字の旗のことを「紅しるき十文字の旗」といひ、長鉄橋のことを「まがね長はし」といふが如く、大和言葉に翻した苦心を私等は注意して読む必要がある」と。この茂吉の鷗外短歌に対する見解を、鷗外シンパの茂吉だからと捉えてはならない。鷗外の短歌には、伝統的なものもあり、またいまみたような新しさへの挑戦もある。やはり、従来からの噂に等しい先入観だけで、鷗外の韻文を捉えるのは危険ではないか。鷗外は日露の戦争で、多くの短歌を作り、帰国後、日本の短歌界の現状に一つの意見を持ち、みずから仲間たちと、切磋琢磨する歌の会を作りたいと思ったとしても不思議ではない。この時期、鷗外に、かような意識が確かにあったとみるが、また、この明治三十九年という年は、陸軍医務局においても、鷗外は微妙な立場にあったこともまた事実として考えておかなければなるまい。

ずばり言えば、次期陸軍軍医総監の椅子である。賀古鶴所は唯一の親友として、鷗外がこの「椅子」に座すことを切に願っていたはずである。小池正直が軍医総監に昇任し、陸軍省医務局長のポストに就いたのは、明治三十一年(一八九八)である。この年で九年目になる。部内においてもそろそろ交替の時期に来ているということは、誰しもが意識していたことと思われる。鷗外がかつて「左遷」と受けとめたとき、必ず勝ち取ってみせると心に誓ったポストではなかったか。鷗外にとって、最後の、そして最大の勝負のときが迫っていた。鷗外も四十四歳、政界、官界の人事の裏側をいやというほどみてきている。望む人事というものは、黙って座っていてはなかなかやってこないものである。巨きな後楯が必要である。むろん、鷗外は思ったであろう。しかし、そのことを側面から強く感じていたのは、むしろ賀古鶴所であったのではないか。このポストは自分には全く縁がない話であるが、親友鷗外にはその可能性は十分ある。そのために何を成すべきか。賀古は当然、山県有朋を考えていたと思う。山県には、鷗外よりも賀古の方がずっと近い。若き日、賀古は山県の外遊に随行して以来、つかず離れず山県との間を切らずにきた。賀古は、今年が勝負の年であることを鷗外に告げ、山県の後楯を得るべきだ、と慫慂したと思われる。鷗外も山県のことは思っていたが、自分には少し距離がある、躊躇していたときに賀古の慫慂にあった。

そこで、鷗外が考えていた短歌会に、山県に入ってもらおう、これが一番自然であると考えたのではないか。当然、山県にこの短歌会の柱となって欲しいと懇請に行ったのは賀古鶴所である。私は、この筋書が、会結成三年後に書かれた井上通泰の、鷗外、賀古主唱説とも矛盾なく一致するのではないかと考える。

ともすれば、鷗外信奉者の中には、山県に鷗外側から近づいたとする説を忌避する人が多い。それは、いたずらに鷗外を「聖化」するもので、真実を歪めてしまう恐れがある。鷗外側から近づいたとしても、鷗外の行為は、決して不純でも策士的でもない。才能も意欲も資格もあり、そのポストへの可能性がある場合、その実現のために巨きな力を求めるのは当然である。

ともあれ、次の陸軍省医務局長が決まる前に、山県有朋を中心とした常磐会が結成出来たことは、鷗外にとって幸運であった。鷗外が、このポストに就任するとき、山県が動いたという証拠は何もない。この常磐会がなくても、鷗外が小池の次に、このポストに就くことは決っていたと思われる。

また鷗外が、このポストに就くために、山県は何もしなかった公算の方が大きい。鷗外はなるべくしてなったと思われる。

　しかし、常磐会の中心は山県有朋、その会の幹事は森鷗外である、という位置は隠然として存在していたことは事実である。医務局の長老石黒忠悳からみても、現局長の小池正直からみても、鷗外が好い景色の中に立っているようにみえたであろう。いずれにしても鷗外に損はなかった。

　常磐会は、十六年間、百八十五回催された。鷗外が陸軍医務局長を退官したのちも続けられたが、山県が、大正十一年二月に死去したのにともない、この常磐会は廃会となった。このことを捉えて、山県を発起人と考える人もいるが、それは説得力に乏しい。この大正十一年には、鷗外も七月に亡くなっている。鷗外の特に衰弱した姿をみて、賀古が廃会を申し出たと考える方が自然であろう。

〔朝寝〕　明治三十九年十一月、『心の花』に発表。署名は、「腰弁当」。日露の戦場での一挿話を書いている。場所は、高梁の畠が拡がる平原の、ある村落。主人公は、軍司令部で「われ」と一年余も起床を共にした従軍記者「小島君」。この男は、とてつもない寝坊の男。大阪出身の「ぼんち」で、まことに好人物だが、書く通信は「可もなく不可もなき一欄ばかりの原稿」を書く人でもある。「僕の朝寝は、所詮死すとも改め難き天性」とうそぶいている。一分でも二分でも蒲団にしがみつく。「われ」は南京虫に悩まされる司令部の単調な生活を背景に、この寝坊の「小島君」を徹底的に観察し、また、寝坊なるものの蘊蓄をひとくさり。最後にオチで話を閉じる。大あくびをした「小島君」、「巣の入口に住まりたる燕の落し糞、気の毒にも口の真中に落ちぬ」と。
　この小篇は小説とは言えまい。鷗外の描いたスケッチは、恐らく戦闘が終結し帰国を待つまでとなった、奉天郊外の十里河での滞在生活の一齣を書いたものであろう。鷗外の戦場での生活の一端を知るには参考になるが、別に、これと言って注目すべきものもない。

上田敏に送った訳詩

　『全集』の書簡集をみると、明治三十九年は、九月八日で絶えている（後は紛失したのである）。しかも、この三十九年の日記もない。従って、三十九年末の鷗外の動静を知る手段はないが、日露戦争後、約一年、別に変わったこともなく、第一師団軍医部長に復帰し、たんたんと職務に就いていたとみられる。文学的には、『水沫集』の改訂版、常磐会結成、ハウプトマンの講演や戯曲集の刊行、それに短篇〔朝寝〕を書いたぐらいで、大した動きはなかった。

　ただ、今まで取り上げられたことのない訳詩が、この年にあることに気がついた。八月五日に上田敏に宛てた手紙に綴られた、奇妙といえば奇妙な訳詩である。鷗外はこの書簡で、「東亜の光」で露伴の「しやぼん珠の詩」をみたことで、「同じくしやぼんの珠を使ひし独逸人の詩あるをおもひ出でて訳し試みたり拙なきものなれど御目にかく」という前書きを書いている。奇妙なと言ったのは、この詩は後に『沙羅の木』にも収められたが、最初は「個人」上田敏だけに与えられた訳詩であったことである。この詩は三連詩で、後に二行の文言がついている。文字通り「シャボン珠」を詠った詩である。

タイトルは「月出」(CHRISTIAN MORGENSTERN.) である。

一連と三連を紹介しておこう。

「色あはき　夕の空に／聳り立つ　黒き林の／木の末に　かかりて照れる／おほいなる石鹼の珠／見るがまに　その木離れて／するすると　高くぞのぼる。」

「かかる珠　いくつか吹きし。／かかる珠　いくつか破れし。／ただ一つ　勇ましき珠／するすると　木ぬれ離れて／光りつつ　風のまにまに／国国の　上にただよふ。」

三連の「国国」が、『沙羅の木』では「国原」に改訂されている。

このモルゲンステルンの訳詩を凝視していると、何故か、単に露伴の詩に触発されて、このドイツ人の詩を訳しただけではない、この詩を求めた鷗外の、一つの意志が垣間みえてならぬ。

当たらなくてもよい、私がこの詩から感じる感想を述べることで、鷗外の明治三十年代を締めくくりたいと思う。この詩を訳した前提に、「明治三十九年」という四十年を前にした嵐の前の静かさがある。それは「常磐会成立の謎」でも述べたことである。さて、第一連は、「夕の空」「黒き林」といった「黒」である。そこに「石鹼珠」という態様は、可視的でなく現実にはあり得ない。幻想的で不吉な感じすらする。しかし、「石鹼の珠」は「木を離れて」「高くぞのぼる」。これは〝不安性〟を離脱して、明るさへの志向である。第三連で目立つのは、「勇ましき珠」である。ドイツ詩人は夕刻の幻想的視角を詠ったのかも知れないが、鷗外は、風景ではなく、他者の詩を自分の意思に変えて訳している。「勇ましき珠」は「勇気」ではないか。翌明治四十年に、熱望の陸軍軍医総監に昇任している。「勇ましき珠」は、そうしたものへの「勇気」を象徴しているようにみえる。初めは、他の誰にもみせず、信頼する文士上田敏だけに贈った詩というところに、単純でないものを感じる。

第五部　明治四十年代（一九〇七―一九一二）

1　世界の中の日本

日本において、日露戦争後から大正十年（一九二一）過ぎまでは、二十世紀最初の四半世紀にあたる。この期間の国内の情況、また国際における日本の位相についても大きな変貌を遂げたときであった。

この期間は、鷗外が陸軍軍医総監に就任、以後壮年期を経て、死亡までの約十五年余で、鷗外は、この「時間」を確実に生きたのである。この期間は、日本は内外ともに急激な変化にさらされた。工業生産の拡大、急速な都市化、政治面では、政党内閣の成立、一方、軍事面では世界の強国の一つに位置づけられた。つまり、江戸末期から明治二十年（一八八七）代ぐらいまで、農業中心の閉鎖的国家であった日本が、二つの戦争を経て、工業都市国家へと飛躍したわけである。日露戦争後、日本人は「世界の中の日本」を意識するようになる。日露戦争後、日本は八大強国になったと思ったたし、第一次世界大戦後は五大強国に、ワシントン条約では三大強国になった、と日本人は思った。世界は、これをしかと認知したわけではないが、少なくともこの期間、日本人は、世界の日本を強く意識するようになっていた。これが明治四十年（一九〇七）代以後の日本人の多くを支配した意識であった。

花袋「蒲団」・白鳥「何処へ」

こうした中で、青年たちは、ただ昂揚した気分を持ち続けて生きることが不可能であった。「世界の中の日本」を、ある意味では錯覚していた日本人、とりわけ青年たちにとっては、かつてあった文明開化に向って奔ればよいという、非常に解り易い国家と個人の関係が徐々に崩れ、国家と自己との接点を摑み切れず、改めて個人としての自己の生き方を見出せない、要するに煩悶する青年たちが増してきたのである。そして、「世界の中の日本」を意識し、その立場を維持するためには、政治、産業、文化の面で、高いレベルが設定され、そこに向って青年たちは競わねばならない構造が出来てくる。その流れや速さについていけない多くの青年たちが襲われるのは、無力感ではないか。こうした青年たちの無力感を捉えたのが、田山花袋の「蒲団」（明40）であり、正宗白鳥の「何処へ」（明41）であった。

田山花袋は、「蒲団」の中で次のように書く。

社会は日増に進歩する。電車は東京市の交通を一変させた。女学生は勢力になつて、もう自分が恋をした頃のやうな旧式の娘は見たくも見られなくなつた。青年はまた青年で、恋を説くにも、文学を論ずるにも、政治を語るにも、その態度が総て一変して、自分等とは永久に相触れることが出来ないやうに感じられた。

花袋は、日露戦後の日本社会の急激な変化を捉えている。

「蒲団」の主人公三十五歳の竹中時雄は、「単調なる生活につく〴〵捲き果てて了つた」と嘆いている。「朝起きて、出勤して、午後四時に帰つて来て、同じやうに細君の顔を見て、飯を食つて眠るといふ単調なる生活につく〴〵倦き果てて了つた。家を引越し歩いても面白くない。友人と語り合つても面白くない。外国小説を読み渉猟つても満足出来ぬ。（略）身を置くに処は無いほど淋しかつた。」と。

正宗白鳥「何処へ」の主人公菅沼謙次も、その例外ではない。「僕は阿片を吸つて見たくてならん、あれを吸ふと、身体がとろけちやつて、金鵄勲章も寿命も入らなくなるさうだ。阿片だ、阿片だ、あれに限る」と言わせ、また別の場面では「彼れは主義に酔へず、読書に酔へず、酒に酔へず、女に酔へず、己れの才智にも酔へぬ身を独りで哀れに感じた。自分で自分の身が不憫になつて、睫毛に一点の涙を湛へた」と書いている。

時雄も謙次も全く同じ。明治四十年代当初、流れの速くなった競争社会についていけない青年たちは、己の目標を見失いジレンマに堕ちて煩悶する。この花袋、白鳥二人は、相談したわけでもないのに、見事に同質な青年を捉えている。

漱石の「三四郎」（明41）、鷗外の『青年』（明44）になると、当然作家が違うわけであるから、その視点も異なるが、世界を意識して走り出した日本の社会に、どう適応して生きようかと思い始めた青年たちの、やや前向きの意識を捉えようとしている。まことに微妙ではあるが、青年たちの停滞の姿勢が少しずつ変っていく姿勢を捉えているのではないか。明治四十年代は、昂揚と停滞という矛盾を抱えながらも、大国をめざして動き始めていたのである。

森鷗外は、この日本の大きな変革期に、人生の壮年期から晩年を生きることになる。人生五十年の時代に、明治四十年は、鷗外四十五歳のときであった。陸軍軍医部においてもトップとして世界の先進国における軍医学を観ながら、日本国内のあらゆる分野が近代化していく中で、日本の軍医学をいかに近代化し、発展させていくか、そして組織も、国家が近代化されていく中で、このままではいけない、政府の一翼を担うトップ官僚として、ある意味では、己が国家そのものであると同時に、森林太郎という個人をその中でどう位置づけていくか、そして、やがて文学作品の創作者として「鷗外」に戻っていくわけで、この三つの関係をどう設定し、処理していくかという問題が鷗外に課せられたのが、この明治四十年代であった。鷗外の生涯の中で、最も重要な「時間」を生きる時でもあった。

漱石の登場

明治四十年四月に、夏目漱石が東京帝大講師、第一高等学校教授のポストを投げうって朝日新聞社に入社した。要するに、朝日新聞専属の作家になったわけで、世間の耳目を集めた。漱石の友人である大塚保治が、ほとんど可能となっていた東京帝大英文科の教授になることを強く勧めたが、漱石はもはや肯じなかった。朝日新聞における漱石の給料は、主筆の池辺三山が百七十円で、これまで最高であったのを抜いて二百円であった。朝日の意気込みは並大抵のものでなかったことがこれでも解る。ついでに記すと、半井桃水が八十五円で二葉亭四迷が百円であった。四月一日に、東京朝日の紙面に、紙面改良の社告が出たとき、その末尾に「序《ついで》ながら御披露仕候。近々我国文学上の一明星が其本来の軌道を回転して来りて、いよいよ本社の分野に宿り候事相成り候」と漱石の入社を発表した。

当時、表面的には、いわゆる文学活動を中止していた鷗外であるが、それでも日露の戦場で、短歌、詩、俳句等を「日記」風に綴り、文芸への意欲を持続させていたし、戦後、常磐会、観潮楼歌会などを設立し、後から考えてみれば、四十一年以後の再活動への意欲はこのあたりからふつふつと沸きつつあったことが考えられる。そんな時の漱石の登場は、刺激的といった曖昧な言葉より、ズバリ脅威に感じられたといってよいだろう。

漱石は、三十八年一月「吾輩は猫である」（以下、「猫」）の一回目を『ホトトギス』に発表し、一躍注目された。このとき、鷗外は日露の戦場である遼陽の郊外、十里河で正月を迎えていた。漱石は、「猫」は一回限りとの約束であったが、好評につき継続することになった。この一月『ホトトギス』にこの「猫」と並行して、漱石は、それまでの日本文学にみられなかった、西洋の中世に材をとった歴史的悲哀小説をいくつか発表した。「倫敦塔」「カーライル博物館」、また四月「幻影の盾」（『ホトトギス』）、十一月に「薤露《かいろ》行」を『中央公論』に発表している。以上までの作品は、鷗外がまだ日露の戦場にいるときであったが、三十九年一月に鷗外は凱旋、この同じ一月に漱石は、「猫」の第七・第八を、また三月に第九、四月に第十、八月に第十一を発表、脱稿している。「坊っちゃん」は、四月に「猫」と並行して発表。三十九年一月三日の『森鷗外・母の日記』に、「ほとゝぎす来るねこの話おもしろし」と峰子は書いている。『ホトトギス』を購読していた森家、鷗外の母は、「吾輩は猫である」の第一回目から読み、「おもしろし」と記している。鷗外凱旋後、閑をみて、早速、漱石なる実力作家が登場したことを母は鷗外に伝えたであろうか。文芸にことのほか関心のあった峰子故、そんな話をした可能性は大である。鷗外は帰国後「猫」を遠くない時期に読んだことは間違いない。その底に、西洋のことも含め、人並みはずれた知識量があり、その筆遣いも軽妙でありながら格調の高い「猫」に鷗外は感嘆したのではないか。この「猫」は、鷗外にはとても書けないしろものである。鷗外は、『ヰタ・セクスアリス』（明42・7『昴』）の中で次のような有名な言を書いている。

そのうちに夏目金之助君が小説を書き出した。金井君は非常な興味を以て読んだ。そして技癢を感じた。さうすると夏目君の『我輩は猫である』に対して『我輩も猫である』といふやうなものが出る。『我輩は犬である』といふやうなものが出る。金井君はそれを見て、つひつひ嫌になつてなんにも書かずにしまつた。

これは当時の鷗外の本心であるといってよい。

もう一つ漱石への感想がある。これは新潮社の質問に答える形をとったものである。四十三年七月の『新潮』第十三巻第一号の『夏目漱石』で、鷗外は、漱石の「今の地位」を「低きに過ぎても高きに過ぎないことは明白」と述べ、「立派な紳士」「立派な伎倆」「短所と云ふ程なものは目に付かない」と手放しで褒めている。しかしこの文の中で、真実に迫ってくるのは「スバルや三田文学がそろ〳〵退治られさうな模様である」という言である。鷗外にとって、外国語の出来る逍遥や四迷は、少し警戒しなければならないと思ったかも知れぬが、尾崎紅葉や幸田露伴などは別に問題にする相手ではなかったはずである。

日露戦争までは、さほど脅威に感じる文人はいなかった。しかし、漱石は別である。外国語が出来、ロンドンに留学している。当時欧州に留学している作家はほとんどいなかった。つまり漱石は、かなり西欧事情に精通していること、それに哲学があり、自分にない筆の軽妙さがある。「技癢」とは「自分の技量を示したくて、人のするのを見ていて腕がむずむずすること」（『岩波国語辞典』）で、鷗外にとって漱石は、同じ土俵の上でとれる手強い相手という感じであったろう。

鷗外の明治四十年代は、夏目漱石という実力者を痛く意識することから始めねばならなかった。

漱石の「坑夫」

漱石に「技癢」を感じながらも、鷗外はなかなか作品を書くことが出来なかった。漱石は「坑夫」という作品を四十年の十二月に起稿し、翌一月一日から四月六日まで『東京新聞』に連載している。

この「坑夫」の文章の一部をみてみよう。遺体の入った桶に棒を通して男二人がかつぎ、金盥《かなだらい》をたたいて通る坑夫の葬列、ジャンボーの描写である。

> ぢやら〳〵ん、ぢやららんとジヤンボーは知らん顔で石垣の所へ現れてくる。行列はまだ尽きないのかと、又背延びをして見下した時、自分は再び慄《ぞつ》とした。金盥《かなだらひ》と金盥の間に、四角な早桶が挟まつて、山道を宙に釣られて行く。上は白金《しろかな》巾《きん》で包んで、細い杉丸太を通した両端を、水でも一荷頼まれた様に、容赦なく担いでゐる。其担いでゐるもの迄も、此方《こつち》から見ると、例の唄を陽気にうたつてる様に思はれる。――自分は此の時始めてジヤンボーの意味を理解した。生涯如何なる事があつても、決して忘れられない程痛切に理解した。ジヤンボーは葬式である。坑夫、シチウ、掘子、山市に限つて執行される、又執行されなければならない一種の葬式である。御経の文句を浪花節に唄つて、金盥の潰れる程に音楽を入れて、一荷の水と同じ様に棺桶をぶらつかせて――最後

に、半死半生の病人を、無理矢理に引き摺り起して、否と云ふのを抑へ付ける許《ばか》りにして迄見せてやる葬式である。まことに無邪気の極で、又冷刻の極である。

この同じ四十年一月一日『心の花』に、鷗外は、腰弁当の名で『有楽門』を発表している。小説というより、『朝寝』と同じように観察記と言った方がよかろう。その筆致は、後年の志賀直哉のものに近い。漱石の「坑夫」と、人間の動作を刻明に描写したものとしては似ているようにも思える。どちらも同時期に発表していることに注目したい。

『有楽門』の一部を紹介しておこう。

「お乗りの方は少少お待を願ひます。」
袱《ふろしき》包持てる老媼《おうな》やうやう降るれば、こたびは麦酒《びいる》の広告に描ける如き腹したる男、後の口に立ち留まりて遽《にはか》に乗替切符を求めたり。乗らんとする客は、心に皆車掌の杓子定木を慣れり。押し戻されし職人はさらなり。そが背後《うしろ》なる砲兵の下士官の、髯《ひげ》おどろおどろしく、胸に黄白の光猶鮮かなる金鵄勲章懸けたるは、その怒を押へて立てるさま、余所目《よそめ》にも著《しる》かりけり。想ふに此壮漢は肚《はら》の中にて、勅諭の五箇条の一つなる、軍人は礼義を正しうすべしといふ句を繰り返して念じ居るにやあらん。

「坑夫」は、漱石がある青年の体験を聞き書いたもの。文体は締っていて、ここちよい迫力を感じる。漱石がこれまでに書いた「吾輩は猫である」「坊っちゃん」なども違い、勿論、「倫敦塔」など一連の幻想的な短篇とも違う、文体はリアルで極めて闊達である。小宮豊隆は「解説」(昭41・2『漱石全集』第三巻　岩波書店)で「自然主義的な、写生文的な小説」とし「文体は自然で、無飾で、達意である」と評価している。この文体で、文筆に対する漱石の圧倒的な力をみることが出来る。

「坑夫」は口語文体、『有楽門』は雅文体である。後者に、多少の「飾」がみられないでもないが、写実的な観察に終始している点は同じである。しかし鷗外は、小説を執筆する気持はまだ持っていなかった。初期三部作の延長のような文体がそれを示している。「坑夫」は長篇で劇《ドラマ》があるが、『有楽門』は、夕暮れの電車に乗降する雑多な民衆の動きをスケッチした小品である。しかし、そこでみた「老媼《おうな》」、「職人」、「砲兵の下士官」などの背後に、複雑な人間社会を映していることは認められよう。だが、すでに小説書きを意識して、一歩も二歩も踏み出していた漱石の「坑夫」の圧倒的な追力に比べ『有楽門』はいかにせん小品過ぎる感は否めない。

鷗外は日露の戦場から凱旋して、漱石の一連の問題作を読んだであろう。鷗外は漱石の出現に「技癢」を感じたと書いたが(『ヰタ・セクスアリス』)、「坑夫」を読んだとき、こんな闊達でリズムのある文体は自分には描けない、といささか驚倒したのではなかったか。

2　観潮楼歌会

「初会」の日

「評伝」を書く場合、「コト」にかかわる「時間」（年月日）と「場」を確定することは、極めて重要なことは言うまでもない。例えば、常磐会、雨声会などの日時、場の確定も大事なことである。しかし、観潮楼歌会の発足の月については、意外にも従来から未確定のまま放擲されていたことに驚きを禁じ得ない。しかも廃会の日も「年譜」によって異なり、不統一のまま今日に至っているのが実情である。

現行の『鷗外全集』第三十八巻（昭和50・6　岩波書店）の「年譜」では、この観潮楼歌会について次のように書いている。（明治四十年の項目）「三月、与謝野寛、伊藤左千夫、佐々木信綱等を集へて観潮楼歌会を興す」と。ここでは「三月」としか書かれていない。日付がない。

森潤三郎は、前文の「三月」の記述を踏まえ「是月」としか書いていない。

　是月観潮楼に歌会を開き、竹柏会の佐々木信綱、新詩社の与謝野寛、根岸派の伊藤左千夫を中心とし（略）。（『鷗外森林太郎』）

その他、『明治文学全集』27の『森鷗外集』（筑摩書房　昭40・2）では「三月から」と記述、野田宇太郎・吉田精一編『森鷗外』〈近代作家研究アルバム〉（筑摩書房　昭39・10）では「三月から」と書く。最近では、津和野町教育委員会編『鷗外津和野への回想』（津和野町郷土館　平5・7）でも「3月」だけである。

要するに、際調べたところ、他の十冊近い「年譜」もすべて「三月」だけの表記しかなく、「日付」がない。すなわち、観潮楼歌会の第一回目は「明治四十年三月」までは解っているが、「日付」については、鷗外をはじめ、どの参加者も記録に残していなかったということである。これは大きなミスであった。

私は、「三月何日」であったのかを確定しなければならないと思った。しかし、何を参考としていいのか、この日を記録した資料が残っているのか、これは難儀なことであった。

ところが、幸運にも、この「三月何日」を確認することが出来たのである。それは私が編した『森鷗外・母の日記』（三一書房）である。観潮楼歌会の記録について、かつては読んでいるはずなのに、気付かずにいた。

観潮楼は言うまでもなく、鷗外の自宅である。峰子も当然同居していた。私はそのことに気が付いた。はやる気持を押えながら、『母の日記』の四十年三月の項を丹念に調べた結果、遂に発見、それは「三月三十日」であった。

峰子は次のように書いている。

　三十日　短歌会を催し、四時頃より四五人来る。夜九時迄遊ぶ。於と試験済み、落合までに馳走する。

「開催時間」も、夕方から夜の九時までであったことも解った。これで従来のすべての「年譜」に書かれることがなかった観潮楼歌会の初会日が、「四十年三月三十日、土曜」と確定出来たのである。「明治四十年」の鷗外の日記はないだけに、こんなところでも『母の日記』は貴重な資料を提供している。

観潮楼歌会は、以後、毎月第一土曜日の夜に開かれることになり、早速第二回目が、四月六日(土)に鷗外邸で開催されている。

『母の日記』にその日の事が、次のように記されている。

六日　第一の土曜日故、また短歌会を催す。人数は本所の伊藤左千夫、平野万里、与謝野寛、上田敏、佐々木信綱等、五人西洋料理、宅にてする。

峰子が腕をふるったのか、店から取り寄せたのか、この日歌会で「西洋料理」を食したことまで記している。

「廃会」の日

さて、観潮楼歌会の初会日は確定したが、実は、廃会の日も従来から確定していないことが今回判明した。さきの『鷗外全集』三十八巻の「年譜」では、明治四十三年の項に、「〇三月五日の短詩会を以て所謂観潮楼歌会を閉づ。」とある。野田宇太郎ら編『森鷗外』〈近代作家研究アルバム〉の「年譜」は、「三月五日の短詩会を最後に観潮楼歌会をやめる」とあり、『全集』と全く同じである。また『文芸読本「森鷗外」』(昭51・12　河出書房新社)では(三月)「五日、短詩会を以て観潮楼歌会を閉じる」とあり、他の多くの「年譜」も、この歌会の廃会については「三月五日」とし、『全集』の「年譜」を踏襲しているか、または廃会を無視して何も書いていないかである。

そこで、『鷗外日記』の明治四十三年の項を調査すると、「三月五日」に次の文言がある。

五日(土)。晴。亀井伯爵茲常、福羽子爵逸人の洋行を送りに横浜にゆく。西村支店に午食して帰る。夜短詩会を家に催す。賀古鶴所来て耳を診す。母上賀古夫人に連れられて能を見に厩橋へゆき給ふ。

確かにこの日「短詩会」を催している。『全集』及び他の「三月五日」を「短詩会」の廃会日とみた人は、これ以上『鷗外日記』を穿鑿しなかったことになる。

しかし、さらにみていくと、「四月」の項に次の記述があることに気付く。

十六日(土)。晴。大臣官邸にゆきて事を稟す。植物園に緒方正規在職二十五年祝典を行ふ。予もゆく。後藤大臣新平の官邸へ礼にゆく。短詩会を催す。与謝野晶子はじめて会に来ぬ。

つまり、四月十六日(土)の『鷗外日記』に、「短詩会を催す。与謝野晶子はじめて会に来ぬ」とある。この後の「日記」文に歌会のことは出てこないことが判明した。

そこで念のため、『明治文学全集27』の『森鷗外集』の「年譜」を参照すると、これは他の『全集』と違い、「四月十六日の短詩会を最後に観潮楼歌会をやめた」とある。私が見た限り、「発会の日」は不確かながら、正確に「廃会の日」を記述していたのは、この『明治文学全集27』だけであった。年譜作成者は吉田精一である。

とまれ、従来から観潮楼歌会の発会日と廃会日が不確定であったものが、今回、確定することが出来た。

つまり、明治四十年三月三十日（土）に初会が開かれ、明治四十三年四月十六日（土）が、廃会の日であったということである。この会は結局、二十六回開催され、最後の与謝野晶子を入れ、参加総数は二十二名であった。

鷗外は、この観潮楼歌会開催の主旨について、『沙羅の木（序）』に書いている。「其頃雑誌あららぎと明星とが参商の如く相隔たつてゐるのを見て、私は二つのものを接近せしめようと思つて双方を代表すべき作者を観潮楼に請待した」と。

当時、鷗外に散文より特に短歌に対する意欲があったことを、この文は証している。

明治三十年竹柏会を組織し、翌年『心の華』（のち『心の花』）を創刊し、清新穏健でまじめな人生観にたって和歌革新に貢献した佐々木信綱、正岡子規の系譜をひく「あららぎ」の伊藤左千夫ら、また、三十二年に新詩社を興し、その翌年『明星』を創刊、主に青春と恋愛を歌おうとした与謝野寛ら、それに三十八年に刊行した訳詩集『海潮音』で近代訳詩史の上に不朽の名を残した上田敏ら、いわゆる当時の最尖端の歌人や詩人を糾合して、新しい革新の方向をさぐろうとした鷗外の意図は壮大なものであった。出席者はさらに、北原白秋、石川啄木、吉井勇、斎藤茂吉らにも及んだ。

常磐会と観潮楼歌会

それにしても、常磐会を設立して、今度は観潮楼歌会を興すまで、たった九カ月しかなかった。なぜ二つの会が必要であったのか。二つの会の性格は違っていたことは事実である。常磐会は、山県有朋、賀古鶴所など歌に素人の者が多く、まさに愛好会的、社交的性格をもっていたのに対し、観潮楼歌会は、当時の歌壇、詩壇の代表的流派のトップが参集した、まさにプロの短歌会であった。

常磐会において、鷗外は、奇抜なものを狙わず、穏健な歌の作風を心がけていたようにみえる。それに対し、観潮楼歌会ではプロの一流歌人に交って、新しい作風を狙っていたことが推察される。斎藤茂吉は観潮楼歌会の時期を、「一種の和歌革新的意味を持つたくわだてであつた」と述べている。（「鷗外先生と和歌」）観潮楼歌会で詠われた作は、『昴』に掲載し、『我百首』に収められた。

この二つの会で詠まれた短歌をアトランダムに五首ずつ並べてみよう。

○「常磐会詠草」

古園の木蔭に生ひて秋されど穂にだに出でぬ花すすきかな
隔てつる垣はくづれて庭も野も一つの薄《すすき》になりにけるかな
あはれ雁翼休めん嶋も無き海原こえて今し来ぬるか
南天にふりつむ雪は珊瑚珠の珠数ほの見ゆる白妙の袖
菜の花のにほふ小道を裏山の林下に来れば鶯なけり

○『我百首』

天の華石の上に降る陣痛の断えては続く獣《けもの》めく声
憶ひ起す天に昇る日篭の内にけたたましくも孔雀の鳴きし
空中に放ちし征箭《そや》の黒星に中りしゆゑに神を畏るる
すきとほり真赤に強くさて甘きNiscioreeの酒二人が中は
汝が笑顔いよいよ匂ひ我胸の悔の腫ものいよいようづく

常磐会では、自然を詠んだやや写実的な短歌が多く、安穏で古風である。それに対し、観潮楼歌会（『我百首』）の方は、確かにセンスが新しく、旧派的リアリズムを破り、革新的であろうとする意識がほのみえている。常磐会、観潮楼歌会と並行して行われていながら、傾向の違う歌風を同時期に表出しようとすることは、難であったと思うが、鷗外はあえてそれに挑戦しようとしたとみる。その意欲が『我百首』の歌にはうかがわれるといってよい。

3　雨声会に参加

鷗外の出席

明治四十年（一九〇七）六月、ときの西園寺公望首相は、国木田独歩の発意を受け、西園寺邸に選ばれた二十名の文士を招宴、実際には欠席者があったが、十七日、十八日、十九日と三日間にわたって親しく歓談した。そのときの世話役は、かつて西園寺に独歩を紹介した、当時、読売新聞主筆の竹越三叉である。三叉は西園寺の信任が厚く、後には代議士になり、貴族院勅選議員にもなった。

豊田穣は「竹越三叉が西園寺の文芸趣味を知って肝煎りをしたものである」（『最後の元老西園寺公望　上』昭57・4　新潮社）と述べているが、高橋正氏は「この文士招宴会の企画の火付け役は、国木田独歩だった」（『西園寺公望と明治の文人たち』平14・1　不二出版）と詳しい資料を提示して述べている。

それによると、人選は、近松秋江が三叉から一任され、甲・乙二案が三叉に渡されたが、三叉はそれを若干修正して二十名を決めている。秋江の乙案にあったメンバーから徳富蘆花、島村抱月、上田敏が消され、新たに大町桂月、塚原渋柿園が入った。

大町桂月は、当時小説は書いていなかったが、韻文は勿論、評論等でも活躍しており、最初から当然、選に入るだろうと思われていた。しかし最初の選にもれたのは、与謝野晶子の「君死に給ふこと勿れ」を「厭戦詩」として、度々激しく攻撃した点が考慮されたのかも知れぬが、最終的には入るのが妥当と思われたようだ。

正式のメンバーは左の通りである。

小杉天外　小栗風葉　塚原渋柿園　坪内逍遥　森　鷗外
幸田露伴　内田不知庵　広津柳浪　巌谷小波　夏目漱石
大町桂月　後藤宙外　泉　鏡花　柳川春葉　徳田秋声　島崎藤村　国木田独歩　田山花袋　川上眉山　二葉亭四迷

このメンバーが結局、三日間に分けられたわけであるが、鷗外は二日目の六月十八日になった。

西園寺の招宴を断ったのは、坪内逍遥、二葉亭四迷、夏目漱石の三人である。逍遥は平塚への旅行、四迷は詳細不明、漱石の場合、表面は朝日新聞に入社した直後であり、初連載となる「虞美人草」執筆に全力を挙げているので、というのが理由であるが、三人とも何やら権力を意識した反骨的な精神が、ほのみえるような気がする。

『読売新聞』(明40・6・19)では二日目(6・18)の出席者は鷗外、秋声ら六人だったと報じ、「鷗外氏は只「森林太郎」と大書」したと書いている。

『東京日日新聞』(6・19)では「五時に森鷗外氏軍服徒歩にて至り」と書く。また『鷗外日記』では「午後五時三十分首相西園寺侯招飲す。小杉天外等と倶なり」と記している。

以後、この雨声会は、文士側が西園寺公を招待する場合もあったりして、結局、最後の七回目が、大正五年(一九一六)四月十八日夜、常磐屋で催された。鷗外は、この七回のうち、文士側が西園寺公を招宴した十月十八日(紅葉館)に、公務出張ということで欠席した。つまり欠席は一回だけで、後の六回は出席したのである。鷗外はなぜかくも出席したのか。

山県と西園寺

日露戦争後約十年間は、官僚派の桂太郎と政友会総裁の西園寺公望が交互に政権を担当したので、桂園時代とも呼ばれていた。

しかし、元老山県有朋は厳として存在していた。特に山県と西園寺とは仲は悪く、対立気味であった。第一次西園寺内閣が倒れたのは、西園寺内閣が社会主義に寛容な政策をとり、日本社会党の結成を認め、勢いを与えたためとされる。

明治四十一年六月二十二日、山口義三出獄歓迎会の終了後、社会主義者たちが赤旗をかざして警官隊と衝突する大事件が起った。いわゆる「赤旗事件」である。山県はこれに憤激し、西園寺内閣の社会主義に対する手ぬるい政策を天皇に上奏弾劾したのが内閣の倒れた原因となったと言われている。それを西園寺も熟知していたはず。タカ派の山県からみれば、自由主義的傾向ありとみられていた西園寺であるが、この内閣が社会主義に対し決して寛容であったわけではない。取締りは厳正であった。結局、山県からすれば、日本社会党を合法化したことが許せなかったのではないか。

かように、山県と西園寺は政敵の関係にあった。そのことを鷗外も熟知していたはずである。常磐会を結成して丁度一年目、山県と鷗外は親近の度を増していた。そんな中、雨声会開催については、各新聞が詳細に、しかも大々的に報じ、特に知識人層の注目するところであった。山県の政敵西園寺が主催する雨声会に鷗外が出席していることは、山県は十分承知していたと考えられる。特にこの明治四十年は、鷗外にとって、陸軍軍医総監昇任のかかったまことに重要な年である。山県と西園寺の間を渡ることは、確かに「危い橋」であったが、鷗外は臆せず、この「危い橋」を渡ったのである。

山県有朋は元老の最右翼として、森林太郎の背景に存在している。一方、西園寺公望はときの首相である。陸軍軍医総監を狙うには、やはり、首相招宴というチャンスを逃がすことは出来ない。このときの鷗外からすれば、何が幸いするか解らない。

結果として、陸軍軍医総監昇任に、山県も西園寺も直接的には何の介在はなかったとしても、このときの鷗外は、西園寺を拒否してはならないと思うのは当然である。以後、山県が雨声会のことで鷗外に何か言った、という話を鷗外関係の資料で見たことはない。この微妙な時機、鷗外は時の首相の招宴を辞退することの危険をむしろ大きくみていたのではないかと思われる。

4 『うた日記』の刊行

七月、博文館から「家庭衛生講話」の第二編として『衛生学大意』を刊行。八月九日には、次男不律が生まれた。

九月十五日、日露の戦場で詠われた『心の花』や『明星』などに発表された短歌、詩、俳句などが集められ、春陽堂から単行本として刊行された。蘆原緑子、久保田米斉、寺崎広業などの挿絵が使われ、これが『うた日記』となった。

鷗外は、明治十五年二月からの『北游日乗』以来、こまめに日記をつけてきたが、『小倉日記』の三十五年三月二十八日をもって筆を止め、明治四十一年一月一日からの再開まで、日記執筆は中断された。約五年九カ月の日記は空白となっている。この間、勿論、日露戦争も入るわけである。

鷗外がこの詩歌集に意図したのは、書名が示すように、出征中に、いわゆる散文で日記をつけない代りに、うたで日記の形体をとることであった。凱旋後、常磐会、観潮楼歌会と、短歌に示した異常なまでの関心と意欲をみれば分るように、すでに開戦の時期には、韻文に対するエネルギーは十分充ち充ちていたように思われる。佐藤春夫はこの『うた日記』を「非凡な詩歌集を成してゐる」（『陣中の竪琴』）と、この『うた日記』に収められた「詩歌」を専門家の立場から高く評価していることも見逃してはなるまい。

この『うた日記』刊行への動きは、凱旋後早く始っている。三十九年一月十二日に新橋に鷗外は凱旋しているが、同月十八日には、「この夜、神田の佐々木氏来て歌を見る。夜半を過る迄」と、峰子は日記に書いている。凱旋後たった六日である。佐々木とはむろん信綱で、出征中の短歌を佐々木信綱にみてもらっていた。そして同月二十五日には、「今晩は在宅故、高浜清来たりて、俳句を見る。九時頃車にて送る」（『母の日記』）とある。高浜清とは虚子のこと、十八日の時と同じく、虚子に出征中の俳句をみてもらったわけである。この早い動きに、鷗外の詩歌に寄せる意欲と自信をかいまみるように思える。

さらに『母の日記』をみると、四月十五日には寺崎広業が挿画のことで鷗外邸を訪ねている。そして祖母清子が死の床で苦しんでいる時期、六月二十三日、「夕方より春陽堂、歌日記の表紙を持来て夜かへる」とある。

かように準備の段階は早目に着々と進んだにもかかわらず、刊行自体はかなり遅れたのである。

『うた日記』の構成

『うた日記』は次の五部で構成されている。①「うた日記」②「隕石」③「夢がたり」④「おふさきるさ」⑤「無名草」。

各部の短歌、詩、俳句の数を紹介しておこう。（各部の「序」の歌は含まれている）仮りに①から⑤まで番号をつけておく。

①「うた日記」（短歌—一九九、詩—五〇、俳句—一五八。総計—四〇七）

②「隕石」（短歌—一、詩—九、俳句—〇。総計—一〇）

③「夢がたり」（短歌—四九、詩—六、俳句—〇。総計—五五）

④「おふさきるさ」（短歌—二八、詩—二、俳句—一二。総計—四二）

⑤「無名草」（短歌—五八、詩—一〇、俳句—〇。総計—六八）

各ジャンルを合計すると、短歌は三三五首、詩は七七篇、俳句は一七〇句ということになる。圧倒的に短歌が多い。

各ジャンルを通して合計しても、①の「うた日記」が各作品の中で一番多く編せられている。作品集『うた日記』は全頁は四八七頁で、このうち①「うた日記」は三四三頁であり七割強である。

須田喜代次氏は「帰京後明治三十九年二月の時点で当初鷗外が構想していた、いわば原『うた日記』とも言うべきものは、現『うた日記』中の「うた日記」の章の部分（略）と考えたい」（『鷗外の文学世界』平2・6　新典社）と述べているが、これは十分理解できる。

『うた日記』の本領は、①「うた日記」にあることは当然である。①の巻頭詩である「自題」の中に「記念に詩をぞ　残すなる」という言句があるが、まさに、みずからも「戦争日記」

であることを認めている。
①の中で、広島で出発を待っていた三月二十七日に詠んだ『第二軍』という詩が、一番最初に詠われたものであろう。それから大体、日付に従って、短歌、詩、俳句と記録されている。佐藤春夫が「古今東西のあらゆる詩法の集大成」(『陣中の竪琴』)と述べているが、定形を崩し、独自の形で詩境を詠っているものも多く、なかなかの圧巻である。
例えば、五月二十六日に詠んだ『けふのあらし』(於肖金山)をみてみよう。

やまとごころは　桜ばなかも
旗しづむ　あな旗手たふる
時を得てさく　盛つかのま
見よや誰ぞ　馳せ寄る士官

この詩は、7・7・5・7を基調とした二行ずつの連鎖になっている。

また『馬の影』(明37・6・22　於北大崗寨)という「うた」がある。

見わたせば　万里一色　黄なる土
地に印す　こき紫の　馬の影
その影を　朝日照れれば　ゆん手に見
その影を　夕日照れれば　めてに見て
獲もの追ふ　さつをの如く　すすみゆく
生憎に　単于《ぜんう》は遠く　遁れしよ

この「うた」の一行、一行をよむと俳句ともとれる。しかし、全体で捉えてみると六行詩にもなるという、鷗外独特の創意が感ぜられるものである。

詩『乃木将軍』

第三軍司令官乃木希典大将は、この日露の戦場で勝典、保典の愛息を喪った。敬愛していた鷗外は、乃木大将を悲劇の偉大な将軍として詠い上げた。

兄の勝典はすでに南山の激戦で戦死、残るは弟の保典のみ。ときあたかも、将軍は一騎で、曲家屯を過ぎるとき、この保典の「亡骸」に偶然遭遇することになる。

まさに鷗外の虚構の悲劇詩である。軍司令官が一騎だけで戦場を駆けることはあり得ない。

この日露の戦場を詠った『うた日記』に、この戦争の悲劇の主役にまつり上げられた『乃木将軍』なる詩がなかったら、また味わいも異なったものになったのではないか。

『乃木将軍』
(略)
霜月《しもつき》の　三十日の　夕まぐれ
将軍は　高崎山の　師団より
ただ一騎　柳樹房《りうじゆばう》なる　本営に

帰らんと　曲家屯《きよくかとん》をぞ　過ぎたまふ
ほの暗き　道のほとりを　見たまへば
身うち皆　血に塗れたる　卒ありて
そびらには　はやこときれし　将校の
亡骸《なきがら》を　かきのせてこそ　立てりけれ

汝は誰ぞ　そを何処にか　負ひてゆく
聞召せ　背負ひまつるは　奴わが
主と頼む　乃木将軍の　愛児《まなご》なり
年老いし　将軍の家の　二人子
そのひとり　勝典ぬしは　いちはやく
南山に　討たれ給ひて　残れるは
おとうとの　保典のぬし　ひとりのみ
背負へるは　その一人子の　亡骸ぞ

（略）

そのほか、一人の人物をとり上げた人間の劇詩とでも言うべき次のような作品がある。『老船長』『大野縫殿之助《ぬひのすけ》』『石田治作』『小金井寿慧造を弔ふ』、『乃木将軍』も含め、こうした劇詩は『うた日記』を単なる戦場詩歌集でない、悲惨な戦争がもつ人間劇としての深味を与えることにもなっているといってよい。

②の「隕石《ほしいし》」は、ドイツの詩人九人の戦争詩を訳出したものである。従って『十人』『三騎』『喇叭』など戦闘そのものを勇壮に詠ったものとまた、『子もり歌』のように、戦いで父を喪った「わこ」を寝かせながら、これからの自分たちのこと、国のこと、また『仇』『咀ふ』といった心情を静かに詠い上げたものもある。

戦争と無縁の詩歌

③の「夢がたり」は、ほとんど短歌で占められており、戦場で詠われながら、戦争と無縁の詩歌が集められている。『夢』『蟋蟀』『風と水と』『花園』などの詩は、微妙な自然の表情の中にそれぞれの心情や感慨を表出しているといってよい。

④「おふさきるさ」も短歌が多く、詩は二篇だけで、俳句十二句といったところ。詩歌の内実は③と余り変らない。数も少なく、なぜ③と分けたのかという疑問もある。

⑤「無名草」は、ほとんど短歌で占められている。冒頭の詩『写真』などは、故国にいる家族を想う切なさが主題で、特に愛娘茉莉を念頭に詠ったものであろう。また「緋綾《ひりんず》に金糸銀糸の総模様五十四帖は流転のすがた」などの華麗なイメージは、思わず『明星』の世界を想い浮かべてしまう。さらに「新京極くゆる魚蠟の燭千枝見失はじと御手にすがりぬ」は、明らかに結婚直後、京都に立ち寄ったときの志げを詠ったものである。当時、メモしていたものか、戦場で新京極の場面を想い出して詠ったものか、それは明確ではないが、⑤は遠く離れて存在する恋しき者たちを想起して詠う短歌が多く、戦闘とは無縁のも

のである。

　こうして、『うた日記』全体をみてみると、厳密に〝日露戦争第二軍従軍日記〟と言えるのはやはり①の「うた日記」だけである。しかし、この日露の戦場で、切れ目なく詠い、ふつふつとして蓄えられた韻文学へのエネルギーは、凱旋後、常磐会、観潮楼歌会の設立へとつながれていったのである。

5　明治四十年の翻訳作品

　明治四十年（一九〇七）には、創作は『有楽門』しかなかった。陸軍医務局においても微妙な時期を意識したか、外国戯曲の「粗筋」の「談」と翻訳三作品がある。前者では、「脚本『ミットメンシュ』の粗筋」、この脚本は、当時、抒情詩の第一の大家とみられたドイツ人のリッヒヤルド・デエメルの作で五幕物。表題は「仲間としての人間」の意であるという。『歌舞伎』に明治四十年一月『観潮楼一夕話』の見出しのもとで発表された。署名は〔鷗外漁史談　嫩梅生記〕とされた。

　後者は、フランス人、エドモン・ロスタンの作品である。シラノ・ド・ベルジュラックは実在の詩人で、才能はあったが、世に迎えられなかった。容貌に特徴があって伝記も多い。この脚本では、例の鼻が大きくて赤い容貌が書かれている。五幕物。四十年二月『歌舞伎』の『観潮楼一夕話』の中で七月まで掲載された。署名は「鷗外漁史談」となっている。いずれも「粗筋」であり、両作品とも単行本には収められなかった。

　この年の翻訳作品は次の三作品である。

1『宿命論者』ミハイル・ユーリェヴィッチ・レルモントフ（明40・2『明星』）
2『我君』ヴィルヘルム・フォン・ショルツ（明40・10『歌舞伎』）
3『短剣を持ちたる女』アルトゥール・シュニッツレル（明40・11『歌舞伎』）

1『宿命論者』ミハイル・ユーリェヴィッチ・レルモントフ

「私」は、ドン河のコサック軍で暮した事があった。「私」たちはある少佐の家で、人間の運命論で議論した。多くの士官は宿命論に否であった。ウィリッチ中尉という正直な士官がいた。中尉は机上論を否定し、実験してみようと言って短銃を出した。「私」は彼の目に死相をみた。君は死ぬと言った「私」は彼と賭をする。中尉は、自分の額に銃をあて引き金を引く。空砲だった。「私」は、なぜ彼が必ず死ぬと思ったのか、「私」は宿命をやはり信じた。早朝、二人の士官が、ウィリッチ中尉の死を知らせた。豚のことでコサック兵に殺されたという。この死は揺籃の時から定められていたのだ。

『明星』掲載時は、原作者を題名とし、翻訳者を「なにがし」として明らかにしなかったが、昭和十二年（一九三七）三月

『書物展望』第七巻第三号で、高羽四郎氏が、この作品を鷗外訳のものであろうと推論し、昭和二十九年（一九五四）十二月岩波書店発行の『鷗外全集』第十五巻の巻末に付載されたものである。今に至るも鷗外翻訳と確定されてはいないが、文章の性格からみて、かなり確率が高いとみて『鷗外全集』に従った次第である。しかし、別に難点がないのに鷗外は単行本に入れなかったという事実も重い。やや可能性あり、くらいにとどめておくべきであろう。

この「宿命」なるもの、是か否かを論じているとき、一中尉が観念論を否定し、体験の上で考えなければ、と机上論を排し、結局、自分自身が身をもって「宿命」を演じることになる。この小篇の最終末で、この一中尉が何も知らず、酔人のコサックに声を掛けるという、この挙措が己の死につながるわけであるが、この挙措こそ「揺籃」のうちから定められていたという運命論をコサック集団を使って表現した作品である。仮りに鷗外の翻訳とするならば、エリーゼ体験を始め、日清、日露の戦争を体験した鷗外は、果してこの「宿命」論をどう考えていたのであろうか。

2 『我君』ヴィルヘルム・フォン・ショルツ

国主とゴルツ大尉は狩から別荘に戻ってきた。そこにベルヒがやってくる。大尉はベルヒが社会主義者の集会に出て狂気じみた演説をしたことを許してはいけないと言う。国主は、あれは、私の少年時の養育係であった。モノ珍しさに出席しただけだとかばった。士官は去る。ベルヒは歴史を左右するのは、時の潮流だ、それを見逃してきたのが国主だと言う。ベルヒはスイスに行くと伝えた。覆面をした「歎願者」が現われたとき、その「哀願」の色を見逃したら、その人は、民衆に号令をかけるだろうとベルヒは言った。将来、私と御前《ごぜん》が敵となりませぬように、と言ってベルヒは去った。国主は、馬鹿な夢じゃ、己の力に及ぶであろうか、とつぶやいた。

鷗外は作者ショルツについては、「前文」に、プロイセンで農商務大臣をしていた人の子息で、脚本は四本読んでみたが、「象徴」的で難解であると書いている。それに比し『我君』は、ショルツのものとしては「極解り易く出来て居る」とし、ミュンヘンの「フルュウリング」という月刊誌に発表されたが単行本にはならなかつた」とも書いている。

さて内容だが、国主たる者は、人民の底流（潮流）にある欲求、思潮というものに目を凝して生きることの大切さ、革命を誘発しないためにも、ルイ十六世よりフリイドリヒ大帝のように、みずからが「革命者」であってこそ安泰だとベルヒは君主に訴えた。この劇の導入部に、国主が別荘に来て、狩、カルタ、酒、女に傾斜していることを、まず観せている。まさに、ベルヒの言は、国主に対する警告である。最後に「暗黒なる人物」で「覆面」をした「歎願者」の目の中の「哀願の色」を見逃すな、礼儀を重んじる臣家は寡黙であると、この例えられた「人物」こそ、ベルヒそのものであったとみてよかろう。文中に「国主と屹と目を見合せ」という説明が入っている。しかし、やはり国主は気付いていない。この国主はいずれ、革命者に倒されるであろうという余韻を与えて、この劇は終っている。

明治四十年代に入った時期、日本でも社会主義が云々されるようになってきた。鷗外は、時期的に関心を持ったと思われる。と同時に、後の歴史小説のテーマともなる「為政者」たるものの、一つの理想の姿が書かれていることにも、この作品を選んで翻訳した理由があったのではないか。

3　『短剣を持ちたる女』アルトゥール・シュニッツレル

美術館の一室。正面に「短剣を持つた美人」の絵がかけてある。そこに、「少壮」の青年レオンハルトと、夫が脚本家のパウリイネ夫人が立っている。レオンハルトはパウリイネに、この絵の美人はあなたに似ていると言う。さらにレオンハルトは言う、いま世間では貴女は評判になっている、巷の劇でもあなたのスキャンダルがモデルになっていると。私は恥じることはないとパウリイネ。青年は、私は貴女を愛しているから気になるという。夫人は、今日限りであなたと別れるという。あなたとのことはすべて夫に述べてある、明朝夫とイタリアに行くという。夫人は、この絵の陰にあなたの死体がみえるという。(舞台は暗転)レミジオ画伯のアトリエ。この「短剣を持つた美人」の絵が描かれたときに戻る。画家、その弟子の青年リオナルドォ、パオラ(前場のパウリイネ)夫人、この三人の複雑な関係、夫人は青年に身をまかせたのは本心ではないという。夫人は、夫の画伯にすべてを告げる。夫は青年に家を出るように言う。青年は哀願、脅迫、いろいろ言うが画伯は平然としている。夫人がやってきて青年の首を刺す。画伯、これでこの絵が完成すると言って画架に向かう。舞台は再び美術館に戻る。夫人はしばらく気を失っていたようだ。夫人は青年の前から去ろうとする。青年の、本当の別れですかの声に、夫人は、宿世の業は逃れられぬと決心、「今夜はきつと参ります」と言って去る。

観たかどうか解らぬが、少なくとも一つのおもわくありげな絵を観て、シュニッツレルが、その完成に至る過程で、男女の悲劇を想起し、この戯曲が完成したと考えられる。夫ある夫人が、若い男と愛情のない情事に一夜過ごしたこと、その体験をもった二人がこの絵の前に立った。男の方は、絵の「短剣を持つた女」が夫人に相似していることしか考えない、しかし、どういうわけか、夫人の方は失心し、その間にこの絵が出来る過程をみてしまう、そしてパウリイネの前身たるパオラは、画家の夫の前で若い男リオナルドォを刺殺して目が醒める。

この戯曲の特殊性は、最終場面で、愛情もないのにレオンハルトの〝今夜会おう〟という願いを「宿世の業は逃れられぬと思ふ決心」で受けてしまう場面であろう。前世で、レオンハルトの前身者リオナルドォを刺殺したという「業」が、今世までパウリイネを縛ってしまう。レオンハルトは、このパウリイネにやがて刺殺されるのであろうか。「業」から逃れられないという一種の恐さをこの劇は訴えているところに興味があると言える。この劇は、さきのレルモントフの『宿命論者』に通底していることが認められる。

この戯曲には「前文」がある。そこで作者のシュニッツレルはオーストリアの現代戯曲家のリーダーであり、ユダヤ人、そして開業医であると紹介している。さらにこの作については、「此女が復興時代の一種の本能的人物として、頗る大胆に描かれて居る処が面白い」と鷗外は書いている。

6　陸軍軍医総監昇任（陸軍省医務局長就任）

『自紀材料』の明治四十年十一月十三日の項に次の記述がある。「十三日、軍医総監に任じ、陸軍省医務局長に補せらる」。

鷗外が、いつ頃から陸軍の医務行政のトップに立つことを考え始めたかは解らないが、鷗外の己を恃む精神が凡常人より過大であったことを考えると、陸軍省に入った頃から、その「志」ありとみても、そう間違ってはいまい。一時は、それも断念せざるを得ないと思ったであろう、あの〝小倉左遷〟をバネにして、ひたすら願った地位に遂に立つことができた。鷗外の喜びは一しおであったろう。

この軍医総監への具体的な動きは、いつ頃からあったのであろうか。明治四十年に入った段階でそれを多少たどることが出来る。

記録として最初にみられるのは、明治四十年二月の『母の日記』である。

十一日紀元節、御陪食仰付らるゝ故、御所に行く。この日、石黒に合ひ、いろ〳〵おかしき事聞たる由。夜医務局の課長来る。総監の事遅く迄話す。

石黒忠悳に会ったのも総監にかかわることであったと思われるし、医務局の課長が来て、総監のことを話すとなれば、もはや、四十年二月の段階で、次の軍医総監は、森林太郎に決っていたとみてよかろう。現軍医総監、医務局長の小池正直は、すでに九年四カ月の長期に亘って在任していた。この明治四十年は、小池がやっと勇退する時機であることは、陸軍部内では暗黙のことであったと思われる。問題は次は誰が坐るかということである。

こうした複雑な問題に関連してくるのは、さきの『母の日記』にある「石黒に合ひ、いろ〳〵おかしき事聞たる由」の文面である。ほぼ決定段階に入ったことは間違いないとしても、この椅子をめぐって他の動きもあったに違いない。「いろ〳〵おかしき事」と、母峰子が書いたのも、それをあらわしている。鷗外も、決定する迄は安心出来なかったはずである。

『母の日記』の十月二十六日の項に「この日、林太郎小池に行く。身上のことや」と書く。『自紀材料』でも鷗外は、この日のことを「二十六日、夕小池正直の宅に往く。医務局長の職務を引継がんと云へばなり」と書いている。

いよいよ決定かと思ったら、『自紀材料』の三十一日に「小池引継を中止す」と書かざるを得ない事態が出てきた。何が起ったのか。鷗外もあわてたに違いない。

この経緯について、田村俊次は次のように書いている。

(小池正直は、)日露戦役の残務処理も一段落を告げ、功成り名遂げたれば、最早勇退の意を決して、引継の準備をされつゝありしが、俄かに之を中止せられ、更に若干月勤続せられた。当時余等はその意を諒解し得ざりしが、男爵の後日物語によれば「勇退と決して辞意を上司に告げたるとき、恰も衛生部員の一部に局長の辞職促進を運動する時流ありと察し、軍規保持の為め且つは悪例を将来に残すを顧ひ、その暗流止みたるを待つて辞職を断行」せられたと云ふ。(『男爵小池正直伝』昭15・8 陸軍軍医団)

小池正直を顕彰する文章の一部ではあるが、筋は通っている。小池が鷗外への引継を中止し、しばらく任務を続けたのは、鷗外の側の問題ではなく、「一部に局長の辞職促進を運動する時流」を察知し、「軍規保持の為め且つは悪例を将来に残すを顧ひ」て、しばらく引継を中断したということである。小池とて、早くから鷗外に的を絞っていたことは容易に察せられる。二月の段階で、医務局最大の実力者である石黒忠悳に、総監のことで会い、小池の部下である医務局の課長が、やはり総監のことで鷗外邸を訪ねている。こうした状況は、小池に無断でなされたとは思えない。

鷗外が医務局長に就いたとき、衛生課長であり、終生鷗外を敬愛してやまなかった山田弘倫が、次のように述べている。

由来医務局長の職を襲ふことは、必ずその先任者の推輓によることが、我衛生部伝統の鉄則となつてゐる。従つて外部に何等かの策動などがあつても、後任者の襲職に微塵だも動揺や影響を及ぼしたことはなく、私としても実は之を以て永劫不変の常道と見てゐるのである。(『軍医森鷗外』昭18・6 文松堂書店)

右の山田の文で、省略した部分も含めて整理すると、四十年九月に小池は「華族に列」(男爵)した。なぜ小池が「華族」になれたかと言えば、「三十七、八年戦役」(日露戦争)で総軍の野戦衛生長官をやり、兼任して満州軍総軍兵站軍医部長に任じられたからである。鷗外が「華族」になれなかったのは、満州総軍の下に位置する四軍の一つ、第二軍の軍医部長にとどまったことである。

次に山田は、やはり派閥を生じ、小池の失脚を策する者ありとする噂があったこと、しかし、これは「架空虚妄の浮説に過ぎないもの」と一蹴している。山田の右の文で重要なことは、「由来医務局長の職を襲ふことは、必ずその先任者の推輓による」という文言である。すでに述べてきたことであるが、小池正直は、〝小倉左遷〟以来、潤三郎の言もあり、悪者のイメージでみられてきたふしがある。完璧な善人がいるはずもない。長い勤務生活の中で、鷗外のマイナスになる場面に小池がいたことがあったとしても、それで小池が直ちに悪者にはなるまい。鷗外の陸軍省入省、軍医総監昇任という大きな節目では、この小池は鷗外のために動き、絶対的な貢献をしている。

そして、山田弘倫が書くように、鷗外が軍医総監になるためには、「先任者」である小池の「推輓」が絶対必要であった。小池が横を向いたら、引継の中断どころか、鷗外に軍医総監は決してこなかったであろう。この「明治四十年」という鷗外にとって重要な時期に、山県有朋に親近し、まず背景を堅固にすることに成功。そして、時の首相西園寺公望に近づくことも出来た。しかし、この山県も西園寺も、鷗外の軍医総監昇任に、別に積極的に動いたという記録はない。小池はすでに九月に男爵になっており、山県や西園寺に留意する必要もなかった。この森林太郎の陸軍軍医総監昇任人事については、小池が主体的に決め、山田の言うように「最後まで旧友推輓の誠を尽し」たとみるべきではなかろうか。「先任者の推輓」が絶対条件であるという人事のメカニズムを熟知していながら、鷗外自身が小池正直に対し好意的な文言を残していない点が、むしろ不思議である。なお言えばこの総監人事を考えたとき、小池が鷗外を貶めるために〝小倉左遷〟を企図したとは到底考えられない。〝小倉左遷〟についてもやはり、鷗外の意識過剰を認めないわけにいかない。

『母の日記』の十一月七日に「師団に行く。一昨日、演習行き見合すこと申付らるゝ。総監に成ること近き内ならんか。」と峰子は期待に胸をふくらませている。そして十一月四日の『母の日記』に「朝の新聞に軍医総監に成りたる由見ゆ。人々悦びに来る。電報数十来る。」と、喜びあふれる文言を書いている。

鷗外、四十五歳のときであった。歴代の医務局長は次の通りである。

明治八年五月、松本順（初代）、十二年十月、林紀、十五年九月、再び松本順、初代は陸軍本病院長とよんだが、二代、三代までは陸軍本部長と称した。十九年三月、橋本綱常（この四代目から陸軍省医務局長と称するようになった）。二十三年十月、石黒忠悳、三十年九月、石坂惟寛、三十一年八月、小池正直、鷗外は八代目であった。

7　森家の連続不幸

篤次郎（三木竹二）の咽喉腫瘍

この年、年末になって森家で不幸なことが起った。

弟篤次郎が、咽喉腫瘍のため連日苦しみ出したのである。母峰子の心労は並大抵ではなかった。

鷗外は、年末から正月にかけ、陸軍の衛生事情視察のため、関西方面に出張し留守であった。峰子をはじめ妹の小金井喜美子など、森家の心配、苦痛は鷗外の不在で一層倍増されることになった。

鷗外は、明治四十一年（一九〇八）元旦から再び日記を付け始めたが、その元旦の日記をみておこう。

明治四十一年十二月二十九日午前八時に東京を発ち、陸軍軍医総監に任じられて、初めての地方視察に出ている。三十日に名古屋に一泊、大晦日は山代温泉に泊り、元旦の日記に、「雪の日や寝ほけた様な三味の音」なる俳句が記されている。鷗外が温泉でゆったり時を過ごしている間に、篤次郎の病状はどんどん進んでいた。当時は電話もなかなか通じないので、鷗外は篤次郎の急変は知らなかった。

咽喉からの息苦しさに見兼ねた主治医の賀古鶴所が、峰子に太平洋に臨む、日在の別荘につれて行き静養させてはどうかと勧め、峰子に篤次郎の妻久子がついて日在を目指した。この日の『母の日記』は次のように書いている。

（十二月）廿二日　篤次郎、例の咽喉病の為、日在の別荘に行度由。一緒に行て呉る様にとのこと。自身は日在の冬は始て故、誰かよく存たる人に聞合て見る様にといふ。久子も本人のぞみのこと故参りたしとのこと故、十一時五十分の汽車に乗る積りにて行。篤次郎も来て居り、乗る時久子まだ来らず。電車にて外の停車場に来り。間に合ず、遂に三時にのる。七時、三門に着。雨後の月明に寒きことかぎり無し。別荘迄、途上いききれて歩きかねたるを、やう〳〵行。其夜、いきつまりてねむれず。

この日記文を読むと、峰子と久子の間に手違いがあり、夜の七時になって三門駅に着き、病人と一緒に日在まで歩いたようである。かなりの遠路である。とうてい病人や女性の手に負えるものではない。

私も、日在の別荘を数回訪ねているが、いつも駅からタクシーであった。駅から別荘までは畠と藪が延々と続き、一駅分の間隔はあるだろう。「海鳴りの聞えて来る葱畑や大根畑の細道をお母あ様が道案内で先に立ち、病人を中にして久子さんと女中とが後から付いて行く」（小金井喜美子『森鷗外の系族』）という、病人にとってはまことに残酷な道行となったようだ。鷗外が東京にいたら、篤次郎の日在行はなかったであろう。息苦しさの絶えない篤次郎は、二十四日に東京に帰っている。そして東大教授の岡田和一郎の「気管を切断」する手術を受けることになったが、篤次郎は、岡田の手術を拒否した。岡田は、鷗外と志げの仲人をした、森家にとって親しい人であったが、篤次郎は「岡田の治療で死ぬのはいや」（『母の日記』）と言ったらしい。そして賀古の診療所に移った。篤次郎は岡田を信頼出来ず、兄の親友賀古にすべてをまかせたのである。しかし、賀古はもともと臨床医ではなく、日露戦争でも、遼東守備軍兵站軍医部長をやった、むしろ医務行政官であった。専門は、耳鼻咽喉科で診療所の看板を出していたが、みずからは、ほとんど診療をしなかった（小堀杏奴）と言われている。臨床医としての手腕の方は未知数であった。しかし篤次郎は不幸にも賀古を選んだのである。

篤次郎の急死

明治四十一年（一九〇八）は明けた。

一月六日、篤次郎は、賀古診療所で、東大教授佐藤三吉により手術を受けた。やはり賀古は手術に携っていない。現在と違い、医術の遅れはいかんともし難い。一月十日、篤次郎はいよいよ臨終を迎えることになる。

『母の日記』で峰子は、「血を壱升もはき」絶命、「間に合ひたる人なし」、「残念に思えども仕方無し」と書いている。

篤次郎が死に至るときの残酷さを、喜美子は克明に書いている。（前掲書）医者の篤次郎は虫の息で叫んだ。「己も医者だ、起して呉れ、此儘では死ぬ」。しかし「職務に忠実な看護婦」二人が押え込んで、そのまま窒息死させたのである。このことは『母の日記』にはない。

このとき鷗外は、一月三日に大聖寺を発ち、四日に浜寺を経由、五日には船に乗りかえて四国、香川の琴平に着き、六日に善通寺師団の兵営病院を視察、七日に大阪に着、八日に砲兵工廠を見、十日まで大阪に滞在していた。

鷗外に篤次郎の死を緊急に知らせたのではない。『本家分家』（大4・8）でそれは解る。鷗外は予定の日程をこなしての帰京であった。十日の記述にある篤次郎の死は後から追加したのである。

死を知らせたのは十一日、新橋駅で迎えた潤三郎であった。鷗外は、そのまま医科大学病理解剖室に赴き、篤次郎の解剖台に横たわる「赤裸の遺骸」をみ、そして病変部を見せられたとき「自ら体を支へることが出来なくなつ」たと、『本家分家』に書いている。この時の鷗外の衝撃は相当のものがあったようだ。

篤次郎の惜しまれる死

鷗外は『本家分家』に事実その通りに書いているようである。明治三十三年一月、篤次郎こと三木竹二は演劇雑誌『歌舞伎』を創刊し、医院を経営、診療しながら、演劇評論家として活躍していた。三木竹二は従来から余り知られていなかったが、近代的な劇評は、この竹二から始まるという評価もあり、最近、その復権を述べる人たちも出てきた。兄鷗外の影響もあり、西洋演劇と日本伝統の演劇との融合を考えたりもしていた。鷗外は、竹二を信頼する弟として、その存在を頼もしく思っていた。日記には、その死を簡単に書いているが、新橋でその死を知らされたとき、衝撃が走った、その衝撃と哀しみを持続させたまま、大学の解剖室に向かったためか、弟の「赤裸の遺骸」をみただけで、「意識が朦朧」としてきたようである。

森家の分家は篤次郎となっていたが、亡くなったため、その後を潤三郎が継ぐことになった。潤三郎は、篤次郎を「十三日」に葬ったように書いているが（『鷗外森林太郎』）、『母の日記』では「十二日」になっている。後者が正しいようである。それよりも、『母の日記』をみると、十四日に「きみ子来ていろ〳〵先の事を話す」と書いている。「先の事」とは、残された篤次郎の妻久子の去就の事である。十八日の『母の日記』には「久子は再縁の外仕方無き由言ふ」とある。この久子の再婚への展開が少し早過ぎはしないか。篤次郎死して一週間足らずである。余りにも早い再婚の進め方に、何か森家の冷たさを感ぜざるを得ない。せめて夫死して、四十九日まで待てなかったのか。

また後の相続の問題についても、『本家分家』で鷗外は詳しく書いている。つまり、鷗外は本家の戸主として分家の今後の問題は民事に明るい友人にも相談し、慎重に考えたとのこと。その結果、子供のいない久子を遺産相続人に当然しても家督相続人にするわけにいかない。これは久子だからではなく誰であってもその結論を出さざるを得なかったと書いている。久子の再婚を鷗外、峰子は急いだ。久子の相手に弟の潤三郎という案もあったが、これはすぐ消えた。鷗外が狙い定めたのは、幸田露伴であった。後年岩波書店の小林勇は露伴の言葉を伝えている。（「蝸牛庵訪問記」）。

露伴は明かに憤っていたようだ。鷗外は未亡人久子と再婚しないかと露伴に言った。そのこと自体も癪であるが、「森があとをちゃんと見てやるべきだ」と小林勇に述べたようだ。露伴は、鷗外の情のなさに不快を呈したのである。久子は淋しいだろうという気持が鷗外にあったとしても、少々話が早過ぎた感は否めまい。こうした出方は、鷗外には一貫してあるようだ。登志子に対しても嫁姑戦争の志げに対しても、やはり抱擁力が足りない面が、露伴を刺激したようである。

ここで、篤次郎について気になることを付記しておきたい。鷗外は、四十一年十一月の日記に次のように記述している。

「八日（日）、（略）篤二郎の妾来訪す。今児玉淳介の家に仕ふと云ふ」「十日（火）、星野錫来て長谷氏久子が再び我家に往来せんと欲するを告ぐ。こは篤二郎がみまかりしとき、予久子に動産を与へて家屋を与へず。潤三郎を相続たらしめしを怒りて、絶交したりしによりてなり。」「二十二日（日）、（略）久子長谷夫人と共に来訪す。」

この日記に書かれている「篤二郎」が「篤次郎」の書き間違いであることは明白なこと。とすると、今まで、研究史で云々されなかったことである篤次郎に「妾」が居たことが初めて記録で確認されたことを、ここにとどめておきたい。当時、富裕な知識人が「妾」をもつことは、社会的にそう指弾されることではなかった、そこは、現代と違う。鷗外はそうした認識で、この記述を消さなかったのかも知れぬ。また、「篤二郎」のもと妻久子と森家は、遺産をめぐって「絶交」していたこと、そしてこの月の「二十二日」に、久子が、久しぶりに森家を「来訪」していることも解る。

悲劇は、篤次郎の死だけで終わらなかった。

次男不律の他界

一月二十日頃から不律の百日咳は悪化し、茉莉も同じ病気で苦しみ始めた。鷗外邸は暗黒に充たされた。家中が辛苦したが、どう仕様もなく、二月五日、生後七カ月の不律が他界した。しかし、茉莉の危機も迫っていた。

このときの精細な状況は『金毘羅』（明42・10）に描かれている。四十一年の当初、森家はまるで死魔にとりつかれたようになり、鷗外、峰子、志げらは天に祈る以外になかった。

この年、峰子は、日記をつけるのを一月二十一日で中断している。日記を書く余裕も気持もなかったのであろう。

その二十一日の日記に峰子は次のように書いている。「十日頃より不律病気。この頃悪しく、まり子も百日ぜきの様なり。熱は無く、せき計り。不律、この方は肺炎に成り、いきのとまる時あり。」と。

二人の孫が百日咳で大変苦しい時期であり、二月五日には不律が死に、茉莉が危機を脱し、ようやく床に坐ることが出来たのが、三月上旬であった。峰子は、祖母として出来る限りの力を尽したに違いない。日記が空白になるのも当然であった。

峰子と於菟、土山へ

四月一日、峰子と孫の於菟は、滋賀の土山と京都に寄るため東京を発っている。鷗外は知人を送るついでに母と息子を新橋に送っている。

峰子は最愛の息子と孫を相ついで喪った。哀しみと心労は極に達したであろう。だが月日が一カ月余過ぎ、少し落ち着いてきた。この機会に、峰子の両親の眠る土山への墓参りと好きな京都での静養を鷗外がすすめたのではないか。於菟も一高の二年生、しっかりしてきた。於菟が同行すれば、母も安心である。鷗外はそう思って送り出したとみる。

峰子は「四月三日」から、京都滞在中に日記執筆を再開している。『森鷗外・母の日記』を編纂するとき、この「四月三日」以下数枚が、この四十一年の日付の流れから脱れ、ばらばらになっていた。こうしたケースは、「原日記」の随処にあった。これらをもとの個処に正しく戻していくのは、まことに難作業であった。「四月三日」のポイントは、峰子に於菟が同行しているということと、鷗外が知人を送るついでに新橋駅に来て、二人も送っているということである。鷗外の日記を精細にたどって遂に、四十一年四月一日の次の文面に出会い、この日付は解決した。

四月一日（水）朝稲葉良太郎を送りて新橋に至る。母と於菟と同じ汽車に乗りて土山に往く。（略）

峰子は『母の日記』に書いている。「年来よりの悪しきこと皆忘れたる様に心ち、すが〱しくなり」て、御所、金閣寺、嵐山と歩き廻っている。久しぶりの開放感に浸ったようである。京都での宿舎は、三条の大津屋であったが翌四日には、午後三時頃、宿舎を出て、奈良に向かい、旅館、菊水に入った。「掃除悪く居心地悪し」と書く。五日の日程は、少し重要な意味があるので、日記文を紹介しておこう。

五日　春日の社に詣、鹿、沢山来りて菓子をたべる。道にて売〈る〉菓子悪し。誰も皆遣す故、鹿はよく人になれておもしろし。けふも雨天故、午後一時、大仏前の三山亭にてひるをたべ、汽車に乗る。夜九時、赤松氏を訪考へにて浜松に下り、聞合せたるに、見付とい〈ふ〉ことなれば、またのりて見付〈に〉下り、夜十時過ぎ大雨なるに、十五丁へだたる赤松氏に行。この夜、同家に一泊。思ひしよりも夫婦よろこばれ、二時頃迄話て休〈む〉。

赤松登志子の実家を訪ねる

奈良から東京に帰る途中に「浜松に下り」て、「赤松氏を訪ねる」と峰子は書いているが、これはそう簡単な話ではない。「赤松」とは、鷗外が明治二十二年に結婚し、一年余で一方的に離婚した赤松登志子の実家である。このとき登志子は、もはやこの世にはいなかった。鷗外と登志子が離婚して十七年が経っていた。そして登志子死して六年の月日、むろん、今、同行している於菟は登志子の最初の息子である。

峰子は、息林太郎が一方的に離婚したことはよく承知している。その嫁の実家に赴くことは大変に辛いことであった。峰子にはお詫びの気持と、第一高等学校の制服を着た於菟を、登志子の両親にみせたかったのである。峰子は、お宅の孫がここまで育ちましたと報告することが、お詫びにもなると思ったのではないか。峰子と於菟は、東海道線浜松駅で降り途中下車駅を間違えながら、人力車でやっと赤松男爵邸に着いたのは午後十時を過ぎていた。このときのことを事務的に書き記した峰子に代わり、於菟は詳しく次のように書いている。

祖母にしてみれば入りにくいこの門を入るには、私をこれまでに育てたというのが唯一の力草であったのであろう。邸の中にはまだ所々の窓から灯火がもれていたが、今まで静まり返って見えた家内がにわかにざわめいて廊下を小走りに往来する人の気勢さえ聞えた。その響は門の外に立つ私の胸に、まだ見ぬ祖父母が思いもかけぬ孫の訪問に驚かされた気持そのままのように伝わった。

（略）

しばらく待たされてから案内に従って玄関に通り、式台を上った私達はやや奥まった六畳の室に導かれ、ここで一人の青年に迎えられた。「私が盛三です。」と挨拶したのは則良翁の三男すなわち私の生母の弟で、当時京都帝大法科の学生で休暇に帰省中であった人である。初め私の名刺を見て驚いた人々はあるいは事情を知って名を騙る者かとの疑いに、まずこの人をして応接せしめたのだそうである。これについで間もなく部屋の障子をあけた老夫人に、祖母は座布団から身を退いて「閾がお高くて上れませんところを押して上りまして。」と手をつくと、夫人は「いいえどう致しまして、どうかお手をお上げ下さいまし。まあよくお訪ね下さいました。あなたのおつれ下さいました事を存じませんで実はあまり思いがけなく、かたりかと思いまして失礼を。」と挨拶され、私の方を見ては「ほんとにあなたが於菟さん。ねえ盛三御覧、お登志によく似て。これではひとりで来ても見違いはありません。」と眼をしばだたかれた。祖母の「お登志さんもおなくなりなさいましたそうで。」というのには「はい、あれも不仕合せな事で。」とのみ多く語らず、「則良もさぞ喜ぶ事でございましょう。さあこちらへ。」と。それから私達は主人の居間に通された。八畳の居間の床に近く机を据えて書見していた主人の翁は、廊下を近づく足音にはや落ちつかず片膝立てられた様子で、私達を見ると、「おう、おう。」と立上って迎えた。ここでも祖母が慇懃に「かねてから林太郎が成人致しました於菟を、一度お邸にと申しますのでつれてあがりましたが、よく会ってやって下さいました。」と挨拶するのに、「よくおいででした。林太郎さんも御出世で結構。あなたもお達者で。」と軽く答え、私にここへここへとうなずいた。（『父親としての森鷗外』）

右の文を読むと、峰子が於菟を連れての赤松家訪問は、どうやら鷗外のかねての思いであったようだ。考えてみると、今迄の鷗外研究の中で、於菟が赤松家との関連で考えられたり、書かれたりした事は、ほとんどないと言ってよい。しかし、於菟には鷗外の血だけではなく、海軍中将男爵赤松則良の血も流れていた。今迄交際は跡絶えていたが、於菟は森家の孫だけではない、赤松家の孫でもある。赤松家の祖父、祖母はまだ現存している。今のうちに一度お詫びを兼ね、於菟を赤松家に連れていかなければならない、峰子も鷗外も、その思いは同じであったようだ。於菟とて、森の父や祖母に遠慮しながらも、生母登志子のこと、その母の両親のことなどを考えることが再三ならずあったであろう。

今度の旅も本当のところは、赤松家訪問にあったのではなかろうか。峰子は緊張しながらも、第一高等学校の制服を着た於菟を連れていくことは大きな支えでもあった。当時、第一高等学校生ということは、世間では高い尊敬と羨望を得るステータスであった。祖母峰子が、於菟の名刺にわざわざ「第一高等学校生徒」と手書きさせたことでも、その価値が解る。このことが、祖母の「唯一の力草」と於菟自身も書いている。

赤松則良男爵は、かつては日本海軍の造艦術の権威として著名でもあったが、当時は貴族院議員であった。

峰子と赤松家両親とのやりとりは、微妙な緊張をともなうものであり、興味をそそられるが、さすが於菟は、両家の祖父母の対面を鮮やかに観察している。この日は、於菟の人生の中でも特別に嬉しい出来事として、一生忘れられない日となったであろう。

それにしても、赤松家の両親の対応は立派である。あの幸せの薄かった登志子の息子が、第一高等学校の制服を着て現われたことに対し、赤松家の両親の喜びは倍増されたのではないか。立派に成長している、登志子安心せよ、との思いであろう。これで峰子も肩の荷を降ろした。

翌日夜、東京に帰り、鷗外、志げ同席のところで、赤松家訪問について於菟が報告している。志げは「終始沈黙」していたようであるが、於菟は「こんな事がまた母の気に障り、ひいては父を苦しめはせぬか」と心配している。

このころ、すでに姑峰子と嫁志げの間は、相当深刻になっており、間に入った鷗外の苦渋は増すばかりであった。

8　鷗外と上田敏（青楊会）

この年四月二十五日付で、上田敏に宛てた鷗外の手紙がある。

拝啓　四月四日の御書状到着いたし候
御父上の写真に御逢なされ候由好逸話と存じ候
夫人の御妹君云々と申上候処後に承れば御姉上なりし由甚匆卒の事を申上恐入候
夫人其後御尋被下又妻が上野に参りし時夫人と瑠璃子君と上野におはしゝに御目にかゝり候由にて茉莉と瑠璃子君と大層おもしろ気に遊びし話を妻に聞き候　茉莉は全く健康に復し安心いたし候　幸田成行君久し振にて尋ねられ其時の話に幸田君も君と同じく京都にゆかるゝ筈と承候　おもしろき人々を集候もの哉
君を送りまつりし会より生れし青楊会の三度目に又々夏目君などゝ出逢候
穴のなき銭を袂に暮るゝ春　漱石
行春を只べたくと印を押す　鷗外
Hauptmanns "Kaiser Karls Geisel" 到着一読いたし候 "Der arme Heinrich" の系統の作にて中々intimなる情ありてよろしと存候
四月二十五日　森　上田君

上田敏は、二十四歳で東京帝国大学英文科を卒業、二十六歳のとき高等師範学校教授となっている。明治三十五年六月、みずからが刊行していた雑誌『芸苑』と鷗外主宰の『めさまし草』とが合流して『芸文』として創刊。この頃から上田敏と鷗外との交際が密になっていく。上田敏は三十八年十月に訳詩集『海潮音』を刊行、従来英米独の詩が重視されてきたなかで、フランスの新しい詩、とりわけ象徴主義を紹介したことで高い評価を得た。四十年十一月、上田敏が欧米に外遊することになり、その送別会が上野の精養軒で開かれた。出席者は、森鷗外、夏目漱石、島崎藤村、馬場孤蝶らであったが、これを機会として、今後この会を親睦交歓会として継続することになった。会の名称は、上田敏の雅号柳村と会場となった精養軒に因んで、鷗外が青楊会と名付けた。

鷗外はこの年の初め、家族に不幸が押し寄せ、心痛が続いたが、この手紙の文面をみると、大分落ち着きをとり戻しているかにみえる。

上田敏は、前年十一月二十七日に横浜港を発ちアメリカに向かった。明けて四十一年一月十八日にニューヨークを出帆、二十七日にフランス、シェルブウル港に着いている。文部省の留学生であった。

この手紙の冒頭で、鷗外が「御父上の写真に御逢なされ候」云々と書いているが、これは、ジャルダン・デ・プラント博物館で上田敏が、幕末にこの地に来た亡父の写真を偶然発見したことをさしている。上田敏が「四月四日」の手紙でこの感激を書いたのであろう。

次には、上田敏の妻の姉を「妹君」と申し上げたことに対する詫び、そして我が妻が、上野で「夫人と瑠璃子君」に出会い、特に「茉莉と瑠璃子と大層おもしろ気に遊びし」ことも書いている。これらを読むと、鷗外と上田敏とは、家族付き合いをする程昵懇であったことが解る。ついでに言うと、瑠璃子は明治三十五年七月生まれで、茉莉は三十六年一月生まれ、約半年瑠璃子が上であり、互いに六歳ぐらいであった。幸田成行君とは露伴のこと。敏は十一月に京都帝国大学文科大学講師として赴任することが決まっていたのである。

三回目の青楊会で漱石と出会ったこと、そして漱石と鷗外の俳句が一句ずつ書いてある。この日の日記をみると、例の俳句が記されている。ところが、「行春を只べたべたと印を押す」とある。手紙ではなぜ「べた〳〵」と変えたのか。

どちらが真実なのか。または手紙では意識的に変えたのかも知れない。役人生活の単調さを詠ったものであろうが、日露の大戦争及び今年の初めには家族の不幸を経験しているだけに、平安を嚙みしめているようにも感じられる。

翌十九日の日記に「一軍医の為に安心立命の四字を書す」とあるが、この「安心立命」の精神と俳句にみえる暢達な精神とは、何か通い合うものがある。

ともかくこの時期、陸軍軍医官僚のトップに立ち、激しい苦渋もやや遠のいた、いまは心のおだやかさを味わいたい、といった心境であったのではないか。しかし、この平安への志向は、また家族の中から崩壊していくのであるが。

漱石の「穴のなき銭を袂に暮るゝ春」は、鷗外の句に比して現実の厳しさを感じてしまう。漱石個人のことというより、漱石はこの明治四十一年の東京の現実を凝視《みつめ》ていたように思える。

9　二葉亭、眉山のこと

この年六月六日の夕べ、上野の精養軒で、二葉亭四迷のロシア行の歓送会が開かれた。逍遥、花袋、魯庵など三、四十人の出席者があったが、鷗外や漱石は出席していない。

二葉亭四迷が神戸港から日本を発ったのは六月十七日であったが、それに先だって四迷は漱石や鷗外を訪ねたと関川夏央氏(『二葉亭四迷の明治四十一年』平8・11　文芸春秋社)は書いているが、鷗外側にその記録はない。二葉亭は念願のロシア行を果したが、再び日本に帰ることはなかった。帰りのシンガポール沖の船の中で病死したのである。

二葉亭が日本を発つ二日前、川上眉山が、牛込区の自宅三畳の間で自殺した。鋭利な短刀で喉の動脈を切断し即死状態であった。直接の原因は、「生活難」と、当時の新聞は伝えている。三十九歳であった。

六月六日の二葉亭の送別会には、川上眉山は出席していたが、ほとんど無言であったという。二葉亭は、当時の日本男性にしては珍しく身長が一メートル七十七センチもあったが、眉山もそれに近い長身で、文壇一の美男と言われた。

鷗外は日記に「十七日(水)川上亮を駒込吉祥寺に葬る。妻を遣りて会葬せしむ」と書いている。「亮」とは眉山の本名である。鷗外も驚いたであろう。

この頃、まだ文人たちの多くが経済的に自立し得ず、貧乏暮の中にいた。鷗外や漱石などは別格であった。

10　ロオベルト・コッホ博士来日

眉山の葬儀の五日前の日記に、鷗外は「十二日(金)午前十一時半 Robert Koch 及夫人を新橋に迎ふ」と書いている。

鷗外は、「留学中」明治二十年四月、日記に次のように書いた。

十五日。民顕府を発し、普国伯林府に赴く。ロオベルト・コッホ Robert Koch に従ひて細有機物学を修めんと欲するなり

鷗外はドイツ留学時、ミュンヘンから最後の研修地たるベルリンに移り、ロオベルト・コッホ博士の指導を受けた。

しかし、『独逸日記』をみると、ベルリン時代余りコッホの名前が見当たらない。ミュンヘン時代の、ペッテン・コオフェル博士との密接な関係からみると、コッホとの接触は余り密ではなかったようである。それでも、久し振りに東京で再会するかつての師ロオベルト・コッホ博士を大切に迎えている。夫妻を新橋で迎えた翌日、「十三日(土)夕中館長二郎大臣以下を偕行社に招飲す。Koch 師を帝国客館に訪ふ」とあり、「十四日(日)午前大臣官邸に在りて Koch 師の来訪を待つ。夜北里柴三郎の宴に往く。Koch 師主賓たり」「十六日(火)午後二時 Koch 師夫妻を上野音楽学校に迎接し、師の講演を聴く。夕に又二人を歌舞伎座に延いて劇を観す」とある。この夕、川上眉

山の通夜があったが、鷗外はコッホ夫妻と歌舞伎座にいた。

翌日、眉山の葬式の日であったが、「妻を遣」わしたのは、コッホ博士接待のためであった。十九日夜は「夕大臣官第にKoch師を招かる」とある。恐らく陸軍大臣であろうか。二十一日、この日、賀古邸で常盤会があったが、二十二日には、帝国客館に北里柴三郎らとコッホ博士を訪ねている。

鷗外はこの一週間、コッホ博士夫妻接待で繁忙であった。

しかし、これより先、六月二日、三日、四日の日記に「二日（火）夜Festspieleを草す。」「三日（水）（略）Festspieleの画を石井柏亭に、其印刷を高橋金四郎に托す。」「四日（木）柏亭の画を印刷会社に送る。（略）」とある。これだけでは何のことか解らぬが、森潤三郎が次のように説明している。「六月十二日Robert Koch博士夫妻が来朝した。是れより先博士来朝に関して歓迎の順序相談があり、歌舞伎座の観劇会に於ける筋書の独逸訳を託され二日夜Festspieleを草し、三日その表紙画を石井柏亭氏に、印刷を高橋金四郎に依頼し」（『鷗外森林太郎』）たと。

鷗外は、今回のコッホ博士の来日を大変重要視し、接待これつとめたことが解る。コッホ博士が日本を離れたのは八月二十四日であった。

11　臨時仮名遣調査委員

コッホ博士が来日する十八日前の五月二十五日に、鷗外は臨時仮名遣調査委員会委員に任命された。

鷗外の日記から、この委員会の開催日と出席を明らかにしておこう。

○「五月二十五日（月）与謝野寛、森下松衛の二人至る。臨時仮名遣調査委員会委員を命ぜらる。」

第一回五月「二十九日（金）午後文部大臣官邸に往く。仮名遣調査会の始なり。」

第二回六月「五日（金）午後仮名遣会を文相官第に開かる。渡辺董之介の説明、諸委員の質問あり。」

第三回六月「十二日（金）（略）仮名遣調査会に往く。大槻文彦の演説を聴く。」

第四回六月「十九日（金）文相第の仮名遣会に往き、演説を通告し置く。（略）」

第五回六月「二十六日（金）仮名遣会を文部大臣官舎に開かる。予意見を述ぶ。」

第六回七月「三日（金）大臣仮名遣会の演説を承認せらる。（略）午後仮名遣会に往く。（略）」

臨時仮名遣調査委員会のメンバーは左の通りである。

委員長　菊池大麓

委員　曾我祐準　松平正直　浅田徳則　小牧昌業　山川健次郎　岡部長職　矢野文雄　森林太郎　岡野敬次郎　小松

謙次郎　井上哲次郎　上田万年　伊知地彦次郎　伊澤修二
徳富猪一郎　横井時雄　芳賀矢一　松村茂助　島田三郎
藤岡好古　大槻文彦　江原素六　鎌田栄吉　三宅雄次郎
肥塚龍
主事　渡辺董之介

鷗外は、第四回までは各委員の意見を聴くことにつとめたようであるが、この第四回で、次の会で意見を述べることを「通告」し、第五回で「意見」を述べている。結局、この臨時仮名遣調査委員会は、計六回開催されたのである。

仮名遣いに対する鷗外の意見は、次のように、早く『心頭語』でも繰り返されていた。

△西洋諸国の語にはおの〳〵そのオルトグラフイイあり。例之ば仏蘭西語のネスパアは四語より成るがゆゑに、今猶四語に分ち写せり。此の如くなればこそ、言語の来歴は明に文字の上に現るゝなれ。我国の仮名づかひは我国のオルトグラフイイなり。護持せざるべからず。保存せざるべからず。

△仮名づかひの廃止は歴史の撥無なり。歴史の撥無は愛国心の滅絶なり。(明33・3・2)

鷗外は「仮名づかひの廃止は歴史の撥無なり」と述べている。当然、鷗外は歴史的仮名遣いを遵守する立場であるから、文部省の提示している新仮名遣には断固反対する意気込みで出席したであろう。

六月二十六日、鷗外が発言した速記録の冒頭部を次項に紹介しておく。その前に疑問を提示しておく。この鷗外の発言に対し「議事速記録」では第四回とある。五月二十九日の「仮名遣調査会の始なり」を第一回とすると、六月二十六日の鷗外の発言日は「第五回」ということになる。五月二十九日の「会の始なり」は、開会のセレモニーで終ったのであろうか。実質的な討議がなされなかったとして、第一回目は速記されなかった可能性もある。故に速記録は第二回の委員会から始め、これを第一回としたのかも知れぬ。しかし、会そのものは、六回開催されたという数え方が適切なのではないか。

軍服を着た鷗外

さて、鷗外は、次のように発言している。(速記録の冒頭部)

臨時仮名遣調査委員会　議事速記録(第四回)

[前略]

○委員長(男爵菊池大麓君)　ソレデハ……森君……

○八番(森林太郎君)　私ハ御覧ノ通リ委員ノ中デ一人軍服ヲ着シテ居リマス、デ此席ヘハ個人トシテ出テ居リマスケレドモ、陸軍省ノ方ノ意見モ聴取ツテ参ツテ居リマスカラ、或場合ニハ其事ヲ添ヘテ申サウト思ヒマス、最初ニ仮名遣ト云フモノハドンナモノダト私ハ思ツテ居ルカ、ソレカラ仮名遣ニハドンナ歴史ガアルカト云フコトニ就イテ少シ申シタイノデアリマス、(略)一体仮名遣ト云フ詞ハ定家仮名遣ナドト云フトキカラ始マツタノデアリマセウカ、ソコデ此物ヲ指シテ自分ハ単ニ仮名遣ト云ヒタイ、サウシテ単ニ仮名遣ト云フノハ諸君ノ方デ言ハレル歴史的ノ仮名遣即チ古学者ノ仮名遣ヲ指スノデアリマス、而モ其ノ仮名遣ト云フ者ヲ私ハ外国ノ

Orthographie ト全ク同一ナ性質ノモノト認定シテ居リマス、芳賀博士ノ奇警ナル御演説ニヨルト外国ノ者トハ違フト云フコトデゴザイマシタガ、此点ニ於テハ少シ私ハ別ナ意見ヲ有ツテ居リマス、（略）

鷗外の冒頭の言葉、「私ハ御覧ノ通リ委員ノ中デ一人軍服ヲ着シテ居リマス」「陸軍省ノ方ノ意見モ聴取ツテ参ツテ居リマスカラ」、この「軍服」発言は、ただならぬものがある。学究的な会で、硝煙の臭いのする〝軍〟を意見具申の冒頭に持ってくる必要があったであろうか。当時〝軍〟は、日清、日露と勝ち、社会的存在感や影響力を絶大のものにしていた。鷗外を除く二十六人（主事渡辺も入れる）は何と思ったであろうか。問題なのは、鷗外がその〝軍〟の力を十分認識して述べているということである。

右の演説で、特に芳賀矢一を名指しで挙げ、「奇警ナル御演説ニヨルト外国ノ者トハ違フト云フコトデゴザイマシタガ、此点ニ於テハ少シ私ハ別ナ意見ヲ有ツテ居リマス」と、まず冒頭で攻撃の矢を放っている。「奇警」とは辞書で「思いもよらない奇抜なこと」（『岩波国語辞典』第四版）とある。鷗外も、随分思い切ったことを言ったものである。

芳賀矢一（一八六七―一九二七）は、東大教授で国文学者。父は橘曙覧の門人で歌人、神官でもあった。明治三十年代の当初、文学史研究法の研究のため、ドイツに留学、文献学も学んだ。帰朝後、特に近世の国学を文献学の立場から研究し、国文学を近代的学問として位置づけようとした。また、我国の国語政策にも尽力し、国定教科書や中等教科書等の編纂につとめ、国語教育の基礎を作った一人である。（『日本近代文学大辞典』を参考とした）

言うならば、当時、芳賀矢一は、国文学畑からする国語教育の第一人者であったわけである。鷗外は己の仮名遣に対する意見を通すために、その背景に陸軍を使い、冒頭で、その専門家の最右翼にいる芳賀矢一をたたく作戦に出たわけである。鷗外は長文の『仮名遣意見』の中で三点にわたって、自分の主張をまとめているが、やはり「第一」の中で、「此点ハ陸軍省モ一般ニ其ノ意見デアリマス」と述べている。なぜ「陸軍省」が関係あるのか。脚気問題ではないが、「陸軍省」の意見も聞かなければならないとしたら「海軍省」の意見はどうなるのか。そこで、鷗外の演説が終った後、質疑応答があった。

鷗外に対する反撥

その中で、鷗外に芳賀矢一は、小学校での国語教育の中でも「昔ノ仮名遣」を応用するのかと、反対意見を確認している。芳賀の「昔ノ」という言葉に、現代に逆行する鷗外への不満があらわれているように思える。しかし、芳賀の質問に対し、冷く「サウデアリマス」と一言で鷗外は片付けている。芳賀の質問はこれで精一杯であったのであろう。鷗外が余り「陸軍」「陸軍」と言うので委員のほとんどは不快を感じていたはずだ。

曾我子爵の「陸軍デ何ト仰シヤイマシタカ」という質問も、抗議を籠めているように思える。曾我子爵は「陸軍省モ其意見デアリマスカ」と再三拘っている。鷗外は冷厳に「サウデス」と答えている。そして最後に、鷗外は気になったのか、自分は陸軍の代表者ではない、省議で決めたわけではない、だが、陸軍大臣の意見は自分と同じである、といった主旨の発言で終ったのである。谷沢永一氏（「軍人森林太郎」平14・9『森鷗外研究』9号）は、この鷗外の『仮名遣意見』の冒頭の言辞を中心に、次のように述べている。

> この仮名遣い問題は、鷗外の人格が最も露骨に観取できる事件であろう。鷗外の仮名遣論が間違っているのではない。それはあくまでも正しい。ただ自論を通す方法の問題である。

谷沢氏はこの一連の発言を、「鷗外の人格」の問題として捉え、「これは恫喝以外の何物でもない」と批判している。

鷗外は、陸軍の権威を確かに利用している。しかし、この長文（一〇九〇字）の『仮名遣意見』を読んでみると、西欧の文献も使い、コッホ博士来日中の接待の合間でありながら、相当周到な意見書を作成している。背景に陸軍を背負わなくとも、十分説得力があったのではないかと思う。

鷗外の日記をみると、二十六日に「意見」を述べたのであるが、三十日の日記に「仮名遣に蒞《のぞ》みて演説し、夜速記者を招きて再演し速記せしめしものを、小林又七に命じて印刷せしむ」とある。そして「七月一日（水）（略）仮名遣演説の印刷の為めに局に留まりて夜に入る。」と書く。また「二日（木）中央衛生会に往く。仮名遣演説の速記印刷功を終ふ。」とあり、翌日「三日（金）大臣仮名遣会の演説を承認せらる。（略）午後仮名遣会に往く」と書いている。

鷗外は委員会で自分の意見を開陳した後、三十日に「再演」しそれを速記させ、印刷し、委員会最終日七月三日に、陸軍大臣にみせ、「承認」を受け、そして最後の委員会に出ている。『鷗外全集』26巻の「後記」では、この鷗外の速記文を「私家版」と書いている。

文部大臣官房図書課発行の『臨時仮名遣調査委員会議速記録』と、いわゆる鷗外の『私家版』と、二種の演説速記文があったことになる。この二種の速記文について竹盛天雄氏（「本の謎―鷗外のしたたかさ」平成14・9『森鷗外研究』9号）は、「どのような差異をもつか」を検討され、「およそ信じがたいほど、相違が存しない」と述べている。瑣末な点での差異はあっても、「むしろ、差異よりも同一の点に怪訝の念を抱かないではいられない」と疑問を提示している。

そして、竹盛氏が導き出した一つの推論は次の如くである。

鷗外は、委員会の夜、速記者を呼んで「再演」し、印刷に付した無題の本文（私家版）を寺内陸軍大臣に提示、了承を得たものをつかって、文部省版作成に際して参照、みずから校正作業にあたった（あるいは、それを渡して校正するように文部省担当者に指示した）としか考えられない。右にみたユレは、その統一洩れなのではあるまいか。

もしこのような推定が成り立つとすれば、本末顚倒であり、他の委員たちとの間に不公平というそしりも免れないだろう。

文部省版が出るのは翌四十二年一月十八日であるから、鷗外が文部省版にかかわることは時間的には十分出来たし、また陸軍を背景にしていたので文部省も協力的にならざるを得なかった。この鷗外の一徹さは何なのか。「陸軍」を背景に、この一徹さを押し通したことは、後世からみて、決して好ましいことではなかった。

12　各種委員に就く

臨時脚気病調査会長

この年五月三十日、臨時脚気病調査会官制公布せられ、鷗外は会長を仰付られた。第一回会議は七月四日に開かれたが、鷗外は医務局長として寺内陸軍大臣に左の「設立理由書」を提出した。この中で、「脚気病ハ陸軍ニ至大ノ関係アル」ことをまず冒頭で述べながらも、その研究が「十分ノ成績ヲ得ス」と研究の実態を挙げている。「他ノ伝染病ト異リ」という言辞からすればこの公式文書においても、コッホなどの影響もあり、脚気をまだ伝染病と認識していることが解る。

七月三日に「仮名遣調査委員会」が終了、その翌日に今度は、「脚気病調査会」が発足。四十七歳の鷗外は実に多忙であった。「陸軍ニハ毎年該病ノ為兵員ヲ損スルコト甚タ多」（「設立理由書」）いため、この問題は、陸軍省医務局の急務であった。

丁度来日中のコッホ博士に、北里柴三郎らと帝国ホテルで「脚気調査の方針を聞」（日記）いている。「脚気病調査」（明治四十一年八月十四日の『東京二六新聞』の「一夕話」欄に「森鷗外氏」の署名で掲載された）は、いわゆるインタビュー記事であるが、この中で鷗外は次のように答えている。

> コッホ博士の勧めでバタビヤ派遣を思ひたつたのです。コッホ博士の説では、脚気は伝染病であるといふのですが、その病原たるや、雲霧深くして未だその所在を知らずです。日本ではこれまで中毒であるかのやうに思つてゐたのですが、バタビヤ辺で米の中毒に掛らう筈がないのですから、その病原がどこにあるかわかりません（略）。

鷗外たちはコッホの言を金科玉条の如く信じていたようである。七月八日の日記に「脚気会を偕行社に開く、南洋行を可決す」とある。なにか滑稽な感がしないでもない。

鷗外は『脚気問題ノ現状ニ就テ』（明41・10『陸軍軍医学会雑誌』）をこのとき発表している。みると、明治四十一年四月十五日、十六日に行われたドイツ、ハンブルヒ熱帯医学会で、脚気問題が重要な部分を占めていたとし、その中でも会長代理ノホト氏の脚気に対する演説の大要を、まず紹介している。当時の脚気に対する最新情報であろう。この中でノホトは、やはり脚気は「伝染病ナルガ如シ」と述べている。しかし「今日迄病原トシテ公ニセラレシ微生物ノ一トシテ正確ナリト認ベキモノナシ」と、証明されざる「病原」の事実を指摘している点は重要である。そしてさらに重要なことは「日露戦争ノ経験ニ徴スレバ脚気ハ栄養ノ影響ヨリ発スガ如シ」と指摘していることである。しかしノホトによれば、脚気は伝染病とも栄養障害とも考えられるということである。従って「以上ノ理由ヲ以テ脚気の原因ハ未定ニ属スルモノト見做スベシ」と断じ、「実際ノ処置上ニハ伝染説ト栄養説トヲ両立セシメテ考案スルヲ要ス予防法ハ栄養ニ重キヲ置クベシ」と提言する。

鷗外はここで、ノホトの述べた日露戦争に徴した脚気病の「栄養ノ影響」か、とする重大な発想にまず立ち停るべきであった。それを深く考えもせず「伝染病」と「栄養障害」と並列的に考え、「脚気ノ原因ハ未定」と断じてしまった。これは鷗外の大きなミスである。鷗外は、やはり自説への拘りと、コッホの呪縛からどうしても自由になれなかったという不幸を背負ってしまっていたのである。

教科用図書調査委員

九月二十六日、鷗外は教科用図書調査委員会委員に、そして二十八日には、図書調査第一部主査委員を命じられている。

これは、仮名遣調査委員会の質疑応答のとき、曾我子爵の質問に応え「陸軍デハ正則ノ仮名遣ト称シテ居ルモノヲ一般ニ用キタイ、サウシテ教科書類ハ総テソレヲ以テ書イテ貰ヒタイ。斯ウ云フ意見デアリマス」と教科書作りに絶対条件を付けたことが、その任命の背景にあるとみてよかろう。

もはや日本の文化行政において、鷗外は無視できない存在になっていた。鷗外もそれを十分自覚していたのである。「近代名医一夕話」第一輯（『日本医事新報』臨時増刊　昭12・11）という、かつての鷗外の部下や周囲にいた医務関係の将校、今は皆将官になっている人、山田弘倫など九名、それに於菟、潤三郎らも出席して森鷗外を語る座談会が催された。この中で、安井洋陸軍軍医少将が「また、いつか仮名遣ひの事に就いて、「文部省の決まってしまつたアレを引繰返したのは俺だ、あれを止めさせたのは俺だよ」と仰言つたのを憶えて居ります」と述べている。もし、これが事実とすれば、当時、鷗外にはよからぬ権威主義みたいなものがあったとみられても仕方があるまい。

13　「芸術院」設立建議案

四十一年十一月九日の日記に、鷗外は次のように書いている。

九日（月）、午前聖上西に幸せさせ給ふを送りまつると、（略）夜平野久保の書を得て、文部省に提出せし意見書の二六新聞《ママ》に洩れたるを知り、岡田次官に電報もて通知す。

『二六新聞』に「洩れた」ところの「文部省に提出せし意見書」とは何か。それは、『東京二六新報』（十一月九日）の「二六消息」欄に載った次のような記事である。

森鷗外氏が文部大臣に、「芸術院」設立の建議案を呈出する相だ。其理由は、日本の社会が堕落したのは、社会の主脳となるべき部分に芸術家が無いからである、宜しく外国の例に倣つて、「芸術院」を興し、是れを風教の基とすべきであると云ふのだ相だ。而して其「芸術院」に鷗外氏が推薦する人々には、第一、抒情詩家には薄田泣菫、高浜虚子、蒲原有明、河東碧梧桐、岡野知十等諸氏。第二、小説家、夏目漱石、幸田露伴、泉鏡花、小栗風葉、小杉天外、小山内薫等諸氏其他各方面の人々約五十人位であると云ふ。

右の記事でみると、鷗外が「芸術院」なるものを設立するための「建議案」を文部大臣に提出したということである。二十三日の日記には「小松原文部大臣英太郎仮名遣会の委員たりし労を慰むとて、白斜子一疋を贈る」とある。大臣は他の委員にも「白斜子一疋」を贈ったのかどうか解らぬが、頻繁に文部大臣と会い、小松原との間が極めて友好的であったことは事実である。そうした小松原大臣の雰囲気をみてとった鷗外が、日頃からの、国家における芸術の意義を認めさせるべき意見書を提出したものであろう。鷗外の権威主義が作用したのかどうか解らない。時期的にみれば微妙なところである。

国家との関係で鷗外を軸に、仮名遣問題、脚気問題、芸術院問題が、この明治四十年代当初に集中していることに注目しておかねばなるまい。

さて、和田利夫氏は『明治文芸院始末記』（平元・12　筑摩書房）で、この鷗外の「建議案」に対し、小松原文相が十一月八日に開かれた第二回公設美術展覧会（文展）の委員会総会で演説した左の意見を問題としている。（十一月九日付の「二六」雑報欄に載った文相演説の要旨）

「近時社会を見るに風俗を壊乱する文書図画益々多く淫靡の風漸く青年子女の間に蔓延せんとす是れ教育上深く憂慮に堪へざる所なり」云々と、美術審査への留意点を述べていた。戊申詔書を隠れ蓑にして、小説や美術に対する検閲を厳しくしていこうとする意図が、ありありと見えるではないか。

和田利夫氏は、さらに「鷗外はこういう当局者の強硬姿勢を察知して、文芸家と政府との間に、ある種の緩衝地帯を設けようと図ったと思われるのである」と述べている。

鷗外の十二月十四日の日記に「報知新聞に文芸院云云の臆測記事出づ。それにつきて岡田文部次官に書束を送る」と書く。

これは同日、十四日の『報知新聞』に「文壇の一問題―森鷗外氏と文芸院」なる長文の記事が出て、その中で鷗外への中傷もあった。鷗外の背景にある山県有朋との関係を云々する内容もあった。鷗外は不快に思い、その誤解を解くために小松原文相に書簡を送ったものとみえる。芸術院よりも、文芸院と呼ばれ、やがて定着していくのであるが、当時の新聞、雑誌は、この文芸院設立と鷗外の関係を結びつけて喧しかった。しかし鷗外は、肯定も否定もせず無言を保った。

森潤三郎は、鷗外の「設立建議案」をさして、「これが後に文芸委員会の生まれる基となるのである」（『鷗外森林太郎』）と書いている。鷗外の「建議案」の主旨が生かされたとは言えないが、実際に文芸委員会が官制公布されたのは、明治四十四年（一九一一）五月十六日であった。

この年十二月四日の日記に「脚気調査委員河内丸に乗りて蘭領印度を発すと報ず」とある。コッホ博士の指導は高くついたものである。この日、「井上大将光左頸腫瘍の為に発熱す」とも書いている。そして九日の日記に「二六新聞《ママ》社の恵美孝三来訪す。井上大将光の頸の腫瘍癌と診断せらる」とあり、十二月十七日に井上光大将は死去している。小倉の第十二師団長であった井上は、鷗外を非常に信頼し、好遇した。鷗外も好感を持ち、日露戦争以後も交誼が続けられていた。鷗外にも一沫の感慨があったことだろう。

弟潤三郎は、この年十二月、京都帝大教授上田敏の推薦で、府立京都図書館に勤めることになり、京都に赴く。在任中、「診書刊行会」が同図書館で催された際、館長の湯浅吉郎とともに、出版法違反に問われたこともあったが、大正六年まで勤めている。

14 〔門外所見〕

さて九月十九日の鷗外日記に「詠歌に関する門外所見を山県公に呈す。朝此事につき佐々木信綱、賀古鶴所を訪ひて商議する所あり」と書いている。

これは山県が詠歌に関する明治の形式についていくつかの質問を井上通泰などにしたことに対し、結局、鷗外が山県に意見書（門外所見）を提出したのである。山県は特に「題詠」ということに関心をもっていたようで、『門外所見』の冒頭に「問　雑詠ニ季ノ物ヲ詠スル可否」と出した課題に対し「答　季ノ物ヲ詠スヘカラス」と答えている。

また鷗外は「古我国ノ歌ニハ題詠ト云フコトナカリキ万葉集ノ歌ノ大部分ハ事ニ触レテ詠セシモノナリ」とも述べている。〝題に合わせて詩歌を作る〟のではなく、「事ニ触レテ詠」むことの大切さを主張している。

そしてさらに、「予ノ所見ヲ以テスレハ欧州列国ノ抒情詩ノ題ハ我古今集以前ノ題ト略同シク後世ノ題詠ノ題ト全ク異ナリ題詠ノ題就中結題ハ歌ニ羈束ヲ加フルコト太タ過キタリ真ニ国風ヲ振作セント欲セハ題詠ヲ全廃スルニ若カス」と断じている。要するに「事ニ触レテ詠」むという「羈束」の加わらない自由な精神の発露を尊重していることが解る。即ち、古代万葉集の方法を尊重しながら改良していくという、鷗外の基本にある「漸近的改良主義」をみることが出来る。

この『門外所見』が世に発表されたのは、大正十一年十一月一日の『明星』第二巻第六号である。鷗外が死んで約四カ月後であった。『明星』掲載のとき、「森林太郎先生遺文（其三）」の表題がつけられたが、文末に與謝野寛の「付記」がある。この「付記」で、擬古派の短歌も鷗外の言う「世界先進国」つまり「欧州列国の抒情詩と歩趨を共にせしめようとする深切なる意図」を強調している。

15　明治四十年代の「鷗外史」の枠組み

「鷗外史」の枠組みが最初に提示されたのは、鷗外死して約十年目であった。以後、七十余年、基本的にはこの「鷗外史」を継続して受容してきたといってよかろう。私自身もそうである。しかし、この評伝を執筆するために鷗外の明治四十年代の作品群を改めて精読してみて、特にこの期間に、一、二の疑問を感ぜざるを得なかった。

それは、「再活躍期」の区分と、「豊熟の時代」というタイトルの不適切性である。

この区分とタイトルが、七十年余、消し難く動かし難く定説化している現実を確認するには、文学辞典の参照が適当である。そこで『日本現代文学大事典』（平6　明治書院）の「森鷗外」の特に「再活躍期」に関する記述をみてみると次のようにある。「明治四十二年「スバル」発刊と共に『半日』（明42）『ヰタ・セクスアリス』（明42）などを発表、ここに「豊熟の時代」が始った」と。この説明に尽きている。吉野俊彦氏には『豊熟の時代—森鷗外』（昭56　PHP研究所）という、そのものズバリの著作がある。山崎一穎氏は『二生を行く、森鷗外』（平3　新典社）の中で、「明治四十二年（一九〇九）一月、雑誌「スバル」創刊号を世に送った。（略）これを牙城として再び旺盛な文学活動を展開する。（略）〈豊熟の時代〉にふさわしい活躍である」と記述している。さきの『日本現代文学大事典』と共通して記述されているのは、「明治四十二年」を起点として「豊熟の時代」が始ったという事実である。私自身は、もっと早く、この二点について『森鷗外〈恨〉に生きる』（昭51、講談社現代新書）で踏襲していたのである。

源流は木下杢太郎と森潤三郎

この「明治四十二年」を起点とする「豊熟の時代」なる区分とタイトルを最初に提示したのは誰であるか。

それは浪漫派詩人として著名であり、東大医学部教授、そして鷗外に最も親炙した木下杢太郎である。

木下杢太郎は、昭和七年(一九三二)十一月に刊行された岩波講座『日本文学』—〈森鷗外〉の中で、鷗外の生涯を取り上げ次のように七項目に区分、タイトルをつけた。

「一、出生、学生生活」「二、軍医副及び留学時代」「三、柵草紙時代」「四、目不酔草時代」「五、芸文及万年草の時代」「六、豊熟の時代」「七、晩年」

現在(平成十九年)から七十五年前である。各項目名をみると、一と七は人生の初めと終り、二は就職と留学、三、四、五は鷗外が発行した雑誌名である。一から五までは現実的、即物的なタイトルなのに六の「豊熟の時代」だけは異質である。杢太郎の美意識で捉えられた、いかにも浪漫派詩人らしい主観的な言葉を使っている。いずれにしても、この区分名は十分練られたものとは思われない。統一感が希薄で、チグハグである。杢太郎が、明治四十二年以後の鷗外作品をどれぐらい読んでいたのか不確かであるが、後に述べるが、実態に即していない感じは否めない。

この杢太郎の「鷗外史」の区分の基本構造を受け継ぎ、定説化への途をつけたのが、鷗外の弟の潤三郎である。

潤三郎の『鷗外森林太郎』は、鷗外にかかわる多量の資料を駆使した初の評伝と言ってよかろう。潤三郎は、「鷗外史」の区分を「1、出生より上京まで」から「16、帝室博物館総長兼図書頭(観潮楼時代の拾)—大正七年より同十一年薨去までを記す」までを生涯とし、17に「余録」を付けている。鷗外が文学にかかわるところは、明治二十二年から「5、文壇活躍時代の上」とし、さらに、中、下と二十八年までを前期の「活躍期」としていて、明治四十二年からを「13、文壇再活躍時代」としている。杢太郎の区分と共通するところは「8、目不酔草時代」と「芸文及び万年艸時代」である。潤三郎の「鷗外史」は、杢太郎のそれより、構成化され、細分化されている。それに、杢太郎より熟考の跡が著しいといってよい。

ただし潤三郎は、さきの、杢太郎の「鷗外史」を机上に置き、かなり参考としていることは歴然としている。潤三郎は、『鷗外森林太郎』の明治四十年代のところで「同四十二年は一時文壇と関係を絶った兄が、再び旺盛な創作活動を開始した年である」とし、「木下杢太郎の太田正雄氏は岩波書店版日本文学講座の〈森鷗外〉にその原因として(略)」と、杢太郎の挙げる五つの原因をそのまま引用している。ここで注目したいのは、「再活躍期」(豊熟の時代)の起点を二人とも「明治四十二年」にしていることである。これは、「創作作品」(小説、戯曲)を対象としているからであるが、この杢太郎、続いて潤三郎が認識した「明治四十二年」がその後、延々と定説化していったわけである。ただ、ここで大事なことは、潤三郎は杢太郎の言う「豊熟の時代」という言句を継承せず、その後一切使わなかったことである。潤三郎は、あくまでも「文壇再活躍時代」というタイトルを使っている。これは偶然とか、うっかりしたといった気分上の問題ではなく、意識的なものであり、潤三郎は、杢太郎とは明確に別の価値観をもっていたと考えるべきだろう。かなり詳細にみている「明治四十年代の作品群」に、潤三郎は「豊熟」という概念は、適切ではないと判断していたのではないか。しかし、潤三郎が『鷗外森林太郎』で、「豊熟の時代」を継承せず断ち切ったにもかかわらず、この「豊熟の時代」なる言句は、「鷗外史」の中で七十余年も生き続けたのである。

「文学的再活動期」は明治四十一年から

先ずここで考えたいことは、「明治四十二年」を「再活躍」の起点とみてよいかということである。「創作作品」を対象としたとき、確かに「明治四十二年」が起点となる。しかし、文人の文学活動を「創作」だけに限定してよいのだろうか。この方式でいくと、「鷗外史」の場合、日露戦争後から「明治四十二年」までの文学活動は、『日本現代文学大事典』にみたように〝無〟になってしまう。もっと正確に言えば、「明治四十一年」の十二篇の翻訳作品は、余程関心を持つ人以外には〝無〟になってしまっている。これも定説化している。

これは「翻訳」というものをどうみるかという文学の本質論の問題でもある。杢太郎、潤三郎ともに、「明治四十一年」の翻訳活動を斬り捨て、「創作作品」だけに的を絞っていた、この事実は明らかに「翻訳活動」への軽視がそこにあったとみなければなるまい。他者たる外国人が外国語で書いた作品を日本語に直し、表現していく。その表現自体は、言うまでもなく訳者の「創意」からなる。翻訳営為は、訳者の純然たる「作品」であることを銘記すべきである。こうした視点の欠落か、この不備は、少なくとも日本近代文学（国文学）研究畑では、今だに継承されている。

鷗外は明治二十五年（一八九二）七月に、それまでの作品集成たる『美奈和集』（春陽堂）を出して以来、小説らしきもの二、三篇、そして断片的な翻訳以外、文学活動を停止していたことは周知の通りである。しかし、日露戦争から凱旋の年、ゲルハルト・ハウプトマンの戯曲について講演、執筆を発表したが、それ以上の動きをみせず、陸軍軍医総監への昇任（明40・11）もあり軍務に精励した。ところが、その翌年、「明治四十一年」に入って、文学的動きが目立ってきた。杢太郎は、鷗外が「明治四十二年」からの「豊熟の時代」の「発現」をもたらした原因の第一に、夏目漱石の登場を挙げているが、その点に異論はない。しかし、杢太郎は、鷗外を刺激した漱石の作品群を「吾輩は猫である」（明38）から「虞美人草」（明40）までとしながら、「坑夫」（明41・1／1〜4／6）を挙げていない。『朝日新聞』に九十六回も連載していた事実があるのに、杢太郎は軽視したのか、うっかりしたのか、右の作品群に入れていないのは重大な失策である。「坑夫」は、どういうわけか漱石初期作の中で余り照明を浴びることがないが、すでに述べたようにこの作品は、内容もよいが、文体の迫力に圧倒される名作である。漱石作品では社会的リアリズムに富んだ異色作である。この作品が『朝日新聞』に九十六回も連載されたとき、鷗外はおだやかならざる気持で読んだに違いない。しかも、この「坑夫」の連載が終って十二日経った四十一年四月十八日の鷗外の日記に「夜上野の青楊会に往く。夏目金之助等来会す」と書かれている。「青楊会」には、他にメンバーが当然いたであろうが、特に漱石の名前だけ書いていることが、すべてを物語っている。

すでにこの「明治四十一年」には、鷗外は文学に志向してヤル気満々だったと思われる。しかし慎重な鷗外は、「創作」には準備期間をおこうとしたものとみえる。その代り、ふつふつとする文学的エネルギーを、ひとまず翻訳活動に託したものと考えられる。

今日、もはや翻訳作品（活動）を「軽視」するものはいないだろう。森潤三郎の「明治四十二年」を「文壇再活躍時代」の起点とすることは、当時の実態に合わないことは明白である。潤三郎の言う「文壇」という語も、なにやら生臭い。やはり、「文学的再活動期」とし、その起点を「明治四十一年」とする。そして翌年「明治四十二年」から四十五年までを「現代小説再執筆期」とすることが適切ではあるまいか。

16　鷗外・翻訳作品の意義

鷗外の翻訳作品への意識

明治二十年代を経て三十年代（一八九七）以後、鷗外の文学的関心は、フォルケット、ハルトマン、リイプマンなどの「審美論」に主として向けられ、西洋の小説・戯曲の翻訳は、十年近く休止状態であった。しかし、四十年代に入り、まず三作品を翻訳し、四十一年に入ると西洋作品への翻訳に拍車がかかってきた。一つには、文学への休止期間に、西洋の新刊書をかなり読んだという経緯があろう。小堀桂一郎氏は、この時期の鷗外について「相当の分量の書物、雑誌、殊に新刊書をドイツに注文しては取寄せる、当時としては、かなり贅沢な読書生活を営むやうになっていた」（『森鷗外―文業解題〈翻訳篇〉』）と述べている。

陸軍医務局の首座に昇りつめたことによる経済的余裕があったことも事実である。そして、そのうち、創作にも本格的に手を出してみたいという欲求も、この西洋文学の多量の購入と無縁ではなかったと思われる。小説創作には、広く潤沢な土壌が必要である。そのための蓄積を怠ってはならない。そして、西欧先進国に遅れたものを書いたのでは意味はない。そのことが、ドイツから取り寄せる多量の書物となった。鷗外は創作に踏み出す前に、まず翻訳を考えた。結果から推測すると、鷗外は、かような段階を考えていたのではないか。しかし、従来から周知の如く鷗外文学の中で、翻訳文学は軽視され続けてきた。本書は、その反省から出発している。この『評伝』に、鷗外の全翻訳作品を一篇も残さず収録し、その「梗概」を入れたのも、そのためである。表題だけでは解らない。その作品を理解するには、そのストーリーを識ることが大事である。煩雑だが、その難作業を経なければと思った。鷗外作品での翻訳作品軽視が、鷗外「再活躍」の起点を小説にみて、『半日』が発表された「四十二年」に置かれてきた。不都合なのは、創作に起点を置くならば、四十二年一月に発表された創作戯曲『プルムウラ』を第一としなければならないのに、これを翻訳作品と誤ってみたか、この『プルムウラ』は無視され、『半日』を「再活躍」の第一作目とみる人が多かった。私自身も反省しなければならぬ。

鷗外翻訳の偉業

鷗外の翻訳作品はハウプトマンの十七篇を入れると全一二五篇（人により若干の違いがある。）となる。その中で戯曲は、五十九作品もある。生来の演劇好きの結果であろうか。彼の文学的出発の作品も、カルデロンの『音調高洋箏一曲』という戯曲であった。そして初の作品集『水沫集』をみても、創作品は『舞姫』など三篇で、他の十六篇は翻訳作品であった。

デンマーク語から、鷗外の訳業に迫った長島要一氏は、「鷗外の偉業は何にもまして、文学作品の翻訳をことばの芸術として完成、日本語の表現として確立したことにある」（『森鷗外の翻訳文学』）と述べている。

三島由紀夫は、鷗外の文学を「その澄明さに酔ふ」とか、「鷗外はおそらく近代一の気品の高い芸術家」（『日本の文学・森鷗外2』昭41・1　中央公論社）と絶大な評価を与えながら、また鷗外には「感受性の一トかけらもなく」と批判している。

しかし、長島要一氏は、鷗外に対し、「瑞々しい抒情性」「純粋な感受性」を認め、その源泉を「翻訳の仕事」に求めている。まことに同感である。西洋人の、よくも悪くも、深く広い、そして繊細な精神生活を、日本語に移す作業の中で、鷗外は日本人として希にみる独自な世界を拓いていったのである。

翻訳作品の選定

茅野蕭々が『鷗外博士の翻訳と独逸文学』（『近代作家追悼文集成(7)』昭62・1　ゆまに書房）で「博士の翻訳紹介には、立派に博士自身の価値批判があつて（略）其処には厳正な価値と選択とが加へられて居た」と述べている。

これに対して長島要一氏は、鷗外の翻訳作品の選定には一定の方針はなく、「無差別無系統、おのれの好奇心と感受性だけを頼り」にした「文字通り手当たり次第に訳した」と反論している。

この長島要一氏の見解に真向うから反論する勇気はない。この四十一年に発表された翻訳作品をみても、その内容が一見、多彩であり、かような見方があってもやむを得ない面もある。ただ小堀桂一郎氏は『水沫集』に載せた短篇小説をみて「布置結構、表現様式、趣味等に重点を置いて選択」(前掲書)したと述べている。

鷗外の翻訳小説の仕事を「短篇小説制作の模範」の提示とみることは十分可能である。

17 明治四十一年の翻訳作品

この年、次の十二篇が、翻訳、発表された。

1『アンドレアス・タアマイエルが遺書』アルツウル・シュニッツレル(明41・1『明星』)
2『出発前半時間』フランク・ヴェデキント(明41・1『歌舞伎』)
3『ソクラテスの死』テイム・フリョオゲル(明41・1『心の花』)
4『父』ヴィルヘルム・シェエフエル(明41・2『明星』)
5『いつの日か君帰ります』アンナ・クロワッサン・ルスト(明41・4『明星』)
6『黄金杯』ヤーコブ・ワッセルマン(明41・5、6『明星』)
7『奥底』ヘルマン・バアル(明41・7『歌舞伎』)
8『花束』ハルマン・ズウデルマン(明41・10『歌舞伎』)
9『牧師』セルマ・ラアエケルシェフ(明41・10『心の花』)
10『猛者』アルツウル・シュニッツレル(明41・11『歌舞伎』)
11『わかれ』アルノ・ホルツ、ヨハネス・シュラアフ(合作)(明41・11『明星』)
12『痴人と死と』フーゴー・フォン・ホフマンスタール(明41・12『歌舞伎』)

右のリストをみると、戯曲は五篇、これらは性格上、全篇『歌舞伎』に発表している。それ以外の翻訳小説は、『心の花』は二作品、それ以外は『明星』が多い。この四十一年に発表された翻訳作品は、後に単行本『黄金杯』(明43・1)に収録されている。

1『アンドレアス・タアマイエルが遺書』

アルツウル・シュニッツレル

愛すべき妻が、肌の色の異なる赤子を生んだ。「私」は、妻の貞操を心から信じており死をもって、それを証明したい。世に『母が物を見ることによって生まれし子』について』という著作あり。それに似る現象について』という著作あり。そう言えば、妻は動物園で初めて黒人を見、その大男たちに囲まれて恐怖したという。原因はこれだ。死して妻の純愛を守る以外にない。

ありうべからざる現象が筋の主軸となっている。愛のためならば、非科学的な現象でも信じたいという人間の弱さ、そして愛の強さがテーマとなっているように思える。この作品は、一九〇七年（明治四十年）に発表されたばかりの新作であるが、黒人への差別が公然と書かれている。

2 『出発前半時間』フランク・ヴェデキント

ホテルの一室で、オペラ役者は、次の興行地に向かう準備をしている。ところが、部屋に隠れていたファンの少女を発見、なんとか帰す。次に、作曲家が来て、自作を演じてくれと懇願、これもやっと帰す。三人目は昔の恋人の貴婦人登場、愛のむしかえし、役者は時間が気になる。そうしているうちに婦人はピストルで自殺してしまう。役者は動転しながらも次の舞台へ急ぐ。

一人の人気役者を鏡として、それぞれのもつ人間の弱さと愚かさと悲劇性を観せてくれる。

長文の戯曲である。人気オペラ役者、それにかかわる三人の人間たちの勝手な利害、それに振り廻わされる役者の底の浅い実態が浮き彫りにされているのが注目される。

3 『ソクラテスの死』テイム・フリョオゲル

両眼を失った画家は、友人の医者に、あのソクラテスのように終りたい（毒を飲む）と訴える。医者は熟慮の末、了承。そして画家に毒薬を与える。それから一時間。医者は、聖書の中のユダヤ、シムソンの物語を読む。シムソンは両眼失明のため人民への復讐を願い、屋上に三千人がたむろする建物の柱を両手で摑んで倒した。そのため崩壊、すべては死んだ。医者は聖書を置くと画家はすでに死んでいた。医者は静かに出て行った。

小堀桂一郎氏は、この作品に対し、「芸術家小説」という捉え方をしている（『森鷗外―文業解題〈翻訳篇〉』）。その点で言えば、さきの『出発前半時間』も同じ雰囲気があると言ってよかろう。両眼を失い芸術を創造出来ない画家は、生きる必要がない、芸術に殉ずる純粋な魂が追求されていると言ってよいが、「生」と「死」の重さについての一種の哲学的思索も背景にある。

4 『父』ヴィルヘルム・シェエフエル

クリスチァンは好人物で、父より少しの畑を受けついだ。ある日、訴訟のため、トオマスから偽証言を頼まれ拒否した。トオマスは根にもち、クリスチァン一家にひどい仕打をした。しかし頑張っていた。そんなときトオマスに出会った。トオマスは嘲った。クリスチァンはとうとう怒り、薪をふり上げた。そのとき父がとめた。しかし、トオマスは父を拳銃で撃ち殺した。クリスチァンは薪をトオマスに打ちおろした。父は「人殺はわしじゃ」と言って死んだ。それから十九年、七人の子を得たが、クリスチァンは、トオマスは自分が殺した、という父の言葉を守った。死の前に姉の子一人に打ち明けた。姉の子は、「子供たちのことを忘れるな」と言った。クリスチァンの死後、村人はこの男を讃えた。しかし、その秘密は誰も知ることはなかった。

この小説は前提として、トオマスの仕返しが劇の流れを高めているが、結局七人の孫のために、そして子供たちのために、〝真実〟を秘めて死んでいった二人の人間の、人間としての宿命と業の深さが、浮彫りになっている。この作品に対しては、小堀桂一郎氏は「自然主義的作風」とみているが、異論はない。

5 『いつの日か君帰ります』 アンナ・クロワッサン・ルスト

音楽家の妻の内的独白。荒涼とした湖のほとりを歩いて家に帰る妻。「もう厭だ。アルバイトの音楽教師と夫の看病の両立は限界だ。初めは自由も制作の喜びも、愛情も与えてくれた夫、しかし病に倒れた夫のため、私は経済的に自立した。もう終いだ。」家に着く。夫は自殺していた。私が殺したも同然。遺書に「御身に自由を贈る」とある。私の両手は夫の両手を握った。胸の中に「いつの日か君帰ります」の旋律が響いてきた。

この作品の主題は明らかに、芸術家としての自立か、夫の看病か、の二つの道に苦渋する妻の心理を捉えたものである。

小堀桂一郎氏は、この作品について鷗外の「心の内奥にも、文芸に己を賭けるか、それを抛って公職に専念するか、といつた苦しい選択を迫る声が呟きを高めてゐたのであらうか。芸術家の苦悩という主題が彼には他人事ではなかつた、といふことであらうか」(前掲書)と述べているが、確かに、当時の鷗外の立場、心情に近い主題であることは、肯定されよう。

6 『黄金杯』 ヤーコブ・ワッセルマン

一七三二年の暮に近い頃。ロンドンの或る夜、夜廻りが意識不明の女サラアを助け、近くの、ミセス・ダンコンプの家にかつぎ込んだ。数日して意識が戻り、この家の下女となった。サラアは何も語らず黙々として働いていた。或る日、貴族の金持が泊った。この客が純金の杯をもっているのを知り、サラアは欲しくて欲しくて、遂に夜中に部屋にしのび込み、それを盗んだ。サラアは興奮の余り外に出た。そのすきに、昔仲間の盗人たちが、この屋敷に入り、貴族のものを奪い、殺して逃げた。疑いはサラアにかかり、否認したが死刑を宣告された。

監獄に入ったサラアは優しい品の好い女に変身した。サラアは妊娠していた。盗人の一人に強姦されたのである。これが知られると死刑にならない。サラアはみずから死刑を望み、この妊娠を隠し、死を待った。死刑の夜天使の群が天降った。サラアは安んじて死に就いたのである。

この長篇では、入り組んだ物語の最後に、次の文を添えている。「人間の誠の性命は、把捉すべき実在の上に見えるものではない。死すべき運命を以て生れて来る人間の霊魂をば何に繋ぐ歟。其的《まと》は唯煙である、夢である。そこで禍福、幸不幸と云ふことは空しき名のみになつてしまふのである。」

人間の持って生まれた運命の不可視性を強調しておきたかったのであろうか。それにしてもこの作品のほとんどが、悪の行為による騒動が描かれているのに、最後になって、サラアの

「聖女物語」のように静かになっていく、その整合化に、必ずしも成功しているとは言えまい。

　鷗外も、小説の末尾にその二面性について次のように「付言」している。

> 付言。これは目下独逸の短篇小説中で最も成功したものに算せられてゐる作で、作者が『三姉妹』と題して公にした中の一つである。此物語には明かに二面がある。一面から見れば、主人公は素性の知れない娘で、頗るぼんやりしたお目出たい奴で、盗賊《どろぼう》の仲間にせられて、人事不省になつた間に強奸せられて、妊娠して、刑死したものに過ぎない。これが自然的一面である。他の一面から見れば、此女《おなご》の生活には一種の秘密があつて、末路の一段になつて来ると、殆ど聖者の伝を読む感がある。これがロオマンチツク的若くはミユスチツク的一面である。第一流詩人の桂冠が、いつとなく伯林のハウプトマンが頭上から、維也納《うぃん》のホフマンスタアルが頭上に移つたやうに見える此頃、短篇小説でもてはやされるのは、こんな風なものである。

いま、ドイツの短篇小説の中で最も「成功」した作品と言及する。これが鷗外の強味である。そして「お目出たい」娘の面と「聖者」の二面性にその因をみていることを明らかにしている。

7　『奥底』　ヘルマン・バアル

　主人エルヴィンと客レオとの対話。主人は交き合っている女が自分を真に愛していると過信している。何でも自分の都合のいいように考える男だ。主人は客を利用して女の心の奥底を探ろうとする。客と女は会う。客は女に主人を愛しているかと聞く。女は曖昧な返事をする。男は己惚れが強いとも言う。主人が来る。女は主人のトリックにはまらず、実は今日、別れを言いに来たという。主人は、大あわて。やけになり、客に向って女と結婚することをすすめる。客と女は第二の人生に向って歩いて行った。

　自己過信に落ち入った男が、女を思い通りに動かそうとする。そのくせ、どこかに自信がない。そのため、客（友人）を使って、女の気持を確かめようとして工作したが、「奥底」のある女に逆襲されてしまうということか。理屈ぽくて、かなり心理的、哲学的でもある。女を実力以下にみようとする主人、それに対して女を正当に評価しようとする客人、この二人の、しつこいばかりの〝女〟をめぐっての問答によってこの戯曲は展開されてゆく。演出の方法によっては、随分退屈な劇にもなろう。

　この作者ヘルマン・バアルは日清戦争直前頃、注目されはじめたいわゆる「若きヴィーン派」の作家と位置づけられている。この派の特徴を繊細優美で享楽主義的とみる風もあるが、この作品は必ずしもあたっているとは言えまい。

8　『花束』　ハルマン・ズウデルマン

　弁護士事務所。四十歳ぐらいの主人（弁護士）は、青年法学士と対話している。妻に去られた主人も青年も、令嬢マルゴオと結婚したいと思っている。しかし、初老の男爵も、マルゴオと再婚したいと離婚訴訟を、この弁護士の主人に依頼している。ことは複雑。ところが、マルゴオは、以前この男爵に恥辱を受け、復讐を考えている。青年と入れ違いにマルゴオと母が来る。母は男爵の非道を怒りながらも、マルゴオを男爵と結婚させようとする。弁護士の主人は「秘密」を知っている自分が結婚するのが一番よいという。母は喜んで受け入れる。マルゴオは主人との話は受け入れるが、男爵とまず結婚して、その前夜あなたの所へくる。それが復讐です。それまで待って下さい。生まれ変わってきますという。主人は、よろしい、待ちましょうという。

この戯曲のみものは、後半三分の一で登場する令嬢マルゴオの憎き男爵に対する復讐の意識である。あえて結婚し、そして裏切りを最初から企図し、二年の間隔を置き、清浄化して弁護士と結婚するという手の込んだ筋書きである。いかにもヨーロッパ的な人間模様であり、日本人の発想にはない奥行きが感じられるといってよい。

9　〖牧師〗　セルマ・ラアエケルシェフ

上品で非凡にみえる牧師が緊張して教会の壇上に立っていた。百姓や組合員、僧正や寺院の僧までいる。この牧師は、四週間職務を放棄し、悪友たちと大酒を飲んでいた。今日で免職だと牧師は思っている。家が粗末で寒いから酒でも飲まなければと否定と肯定にゆれていた。これが最後と思って牧師は説教をした。最後に跪いて泣いた。みんなが牧師を弁護した。僧正たちは何も言わなかった。しかし、牧師は免職となるものと一方的に考え、当地を出る決心をする。

自分が非難されるべき行為を犯していながら、被害者意識に苦しむ牧師。どういうわけか許されたが、また災難、免職を想定して、みずから去る、という大酒のみの牧師という余りない人物形象でありながら意外にも小心、結局、自分で地位を捨てるという人間のもつ微妙な性格のあやを捉えている。

10　〖猛者〗　アルツウル・シュニッツレル

十七世紀末、ドイツの小都市の屋根裏。主人マルチンと少女ゾフィイの対話。主人は旅に出ると言う。少女、しきりに止める。少女は主人に女に気をつけよと迫る。そのとき主人の従兄の猛者《もさ》カッシアンが来る。（異様な軍服を着ている）主人歓迎する。少女が食材を買いに出る。主人は賭博打の名人だった。二人は早速テーブルを囲む。主人の一人勝ち。主人には家来がいるが、なかなか帰って来ない。二回目の賭、今度は従兄の完勝。主人は金千両、少女、家来まで、猛者にとられてしまった。主人は猛者を罵倒。二人は決闘し、主人はあえなく命を落した。たった十五分前までは、少女も金も将来もあった。主人は命の消える前に、「思へば〳〵儚い事ぢゃ」とつぶやいた。

運命の逆転もスリルがあるが、猛者カッシアンの形象も惹れるものがあり、ドラマに迫力を与えている。

一幕物ばかりを集めた『操り人形』（明39）という戯曲集の

中から「猛者」は訳出されたものである。また小堀桂一郎氏は「博徒や侠客が民衆の中の無名の英雄として活躍する股旅物の映画の世界と一寸似てゐる」とも述べている。およそ鷗外のイメージと異質なものであるが、この『猛者』で、最後に賭博に勝ったカッシアンが、決闘によって主人を倒すという設定は、侠客の世界に似ていることは事実であるが、この作品には〝強きを挫き、弱きを助ける〟という、いわゆる侠客の世界にある特殊な人情はない。

それよりも、この戯曲でみえるのは〝強者の論理〟である。作品の中で「主人」は、「カッシアンは猛者ぢゃ。己とは違ふ。彼奴は十三の時に盗人二人を打殺した事がある。彼奴の為には人一人を殺すのは、蚊一疋打殺すのと何の違ひもない。途方もない奴ぢや」と書き、さらに、「カッシアンか。兎に角豪い奴ぢや。生涯には佐官にもならう。将官にもならう。元帥になるかも知れぬ」とも書いている。つまり、カッシアンは「主人」よりも優れ、強者なのである。優者、強者は、当然勝つ、という西欧の論理がここにはある。鷗外は、むしろ、ここに目をつけたのではないか。

11　**『わかれ』**　アルノ・ホルツ、ヨハネス・シュラアフ（合作）

若い恋人同士ハインツとエンミイの一夜の話で極く短い。ハインツは暗く青い顔をしている。エンミイは心配顔。この小説はだんだんとハインツの暗い表情の意味を解いていく。父からの手紙、それは、今住んでいる小都会を去り、ベルリンに出て勉強し、上流階級にも出入りせよという内容。ハインツは此処から出ないと言い張っていたが、結局父の言に従うことになる。二人は、しばしの苦しい別れを覚悟する。

題名通り、男と女が〝わかれ〟る話である。何ら起伏のない、話らしい話のない小篇である。

芥川龍之介は「文芸的な、余りに文芸的な」（昭2・4『改造』）の中で「「話」らしい話のない小説」を最上とは言わないまでも、こうした「小説」も「存在し得る」と肯定し、「通俗的興味のないと云ふ点から見れば、最も純粋な小説である」とも述べている。また、「「話」のない小説」を「デッサンよりも色彩に生命を託した「画」」と同質とみて、「僕はかう云ふ画に近い小説に興味を持つてゐる」とし、「独逸の初期自然主義の作家たちはかう云ふ小説に手をつけてゐる。」と述べている。ドイツの「かう云ふ小説」とは、実際、どんな小説を指しているのか。芥川が当然読んでいたとみる、この鷗外訳の『わかれ』ではあるまいか。

12　**『痴人と死と』**　フーゴー・フォン・ホフマンスタール

一人の耽美主義者と死神との対決。主人クラウヂオは、仕事部屋で自己嫌悪と自責の念に落ち入っている。そのとき妙なる「ヰォリン」の音声。死神の登場である。死のお迎えである。生かせてくれ、これからは真に生きてみるからと主人は訴える。死神は、此の世で其方一人が慈愛を持たず生きた。そして死んだ母、娘、主人に恨みを抱いて死んだ男も出てきて生前を嘆く。主人は、今までの己は真の生ではなかった。己は今から、己の死をその生にしてみようと言って死神の足許に斃れるのである。

極めて長いセリフの連続。クラウヂオの語る死生観を読んでいると、後に鷗外の書く『妄想』の主調を想起する。このホフマンスタールの「痴人と死と」を読んだ鷗外は、己の「生」のありように思いをいたし、共感することが多かったに違いない。クラウヂオの言う「今までの己は生とはいつても真の生ではなかつたから、己は今から己の死を己の生にしてみよう」というセリフ、鷗外が『妄想』で書く「生れてから今日まで、自分は何をしてゐるか。――舞台監督の鞭を背中に受けて、役から役を勤め続けてゐる。此役が即ち生だとは考へられない。背後にある或る物が真の生ではあるまいか」というつぶやきとは、いかにも似ているではないか。死を意識したとき、生の意義に目ざめる。

「生への怠慢」は、鷗外にとっても、確かに『妄想』で甦っている。とまれ、この「痴人と死と」は、文章が厳格であり、また軽妙でもある。そして、何よりも重い格調がある。とうてい十九歳の青年が書いた文章とは思えない。それとも鷗外の名訳に助けられ、ひき立っているのであろうか。否、そんな簡単なものではない。確かに名訳であることは間違いないが、ホフマンスタールの確固たる思想の構築と、文章が優れているから鷗外の訳もまた生きるのであろう。

小堀桂一郎氏は、「まさに稀有な珠玉の一である」とし、「形式の整合と思想の円熟、むしろ老熟と言ってよい様な諦観的な省察、滲み出る実感の濃密さ等が全篇を支配してゐる」（前掲書）と高い評価を与えている。

翻訳十二篇の寸感

十二篇にわたる翻訳小説、戯曲をみてきたが、いずれも日本での初の発表という貴重なものである。主題も、芸術との葛藤、宿命的な人間の運命、特に男女間の複雑な愛なるもの、そして、その抗し難い破綻、また最も印象に残るのは、死生観をめぐる観念、それに対する強い関心である。

長島要一氏の言う、鷗外の作品選択にみる「無差別無系統」という考え方も否定は出来まい、濃いドラマ性のあるものから初期ドイツの自然主義にみる「話らしい話のない小説」など、実に多彩である。ただ、「手当り次第」のようにもみえるが、やはり、明治四十一年の、鷗外の現実がもたらす運命観、死生観、それに例えば妻志げと母との嫁姑戦争がもたらす夫婦間の愛の苦渋など、当時の鷗外の「生」が、結果としての作品群が多彩であったとしても、そうした一つの必然によって選ばれたという枠組があったことも無視してはなるまい。

いずれにしても、鷗外が翻訳した西洋の作品群にみられる人間関係の複雑な構図、人間に不可避の「死」の哲学、人間に必要な「愛」のもつ快楽性、優しさ、そして怖さなどが、その時代とのかかわりの中で織り出されていく文学作品は、当時まだ日本ではなかったといってよい。硯友社文学や自然主義に、そうした作風を求めるのは無理であった。従って、当時の日本の文学青年たちにとって、初めて接する西洋の文学的世界を、鷗外は、翻訳という形で紡ぎ出していたのである。

この鷗外の翻訳営為は、この時期、日本の文人たちは勿論、また知識人たちに想像以上の影響を与えたのではなかったか。

18 『能久親王事蹟』

この『能久親王事蹟』（明41　春陽堂）については、森潤三郎が「校勘記」（『鷗外全集』第十一巻、昭28・3　岩波書店）の中で次のように説明している。（『鷗外森林太郎』）

「能久親王事蹟」は、北白川宮殿下が近衛師団長として台湾御征討の当時、部下に属して居た陸軍大将川村景明子、同中将阪井重季以下の有志が、東京偕行社内に棠陰会を組織し、宮内省及び宮家から故宮殿下の御記録その他、資料の御貸下を請ひ、家兄が委嘱されて編纂の任に当り、数年を費して成り、仮印刷に付して宮家以下昵近の人々の校閲を経て、それに拠て更に訂正を加へ、春陽堂から刊行された。

明治二十八年四月、台湾掃討の時、能久親王は、近衛師団長として出征、鷗外も、日清戦争の終結段階に入り台湾への転戦を命じられ、四月三十日、三貂角から近衛師団とともに上陸している。それだけに、鷗外は能久親王に親近の情があったと推察される。

鷗外は膨大な資料を使い、雅文体で、しかも一貫して敬語文体で執筆している。この『能久親王事蹟』の基調は、親王に対する敬慕にあるが、内実は、親王の「生」の正確な記録に終始している。いささか大袈裟な表現はあるが。

書き出しは、次のような文章で始まっている。

弘化四年二月十六日、京都御車通今出川下るといふ町なる御《み》館《たち》にて、伏見宮第十九代邦家親王の第九子とし生《あ》れまししぞ、後に北白川宮能久親王と称《たた》へまつる御子にはおはしける。

実に精細、周到に「事蹟」が綴られている。こうした特殊な文体で大冊を書くというのは、それなりに大変であったと思われる。親王の「事蹟」を追うとともに、維新戦争の複雑な展開図を書き、以後幕府の崩壊、明治という新時代に向かう歴史のメカニズムが捉えられ、朝廷、幕府、薩長の動きに至るまで、克明に記録されている。特に印象的なのは、親王が病に罹られてから亡くなられるまでの精細な記述である。親王は、十月十八日「午前三時悪寒、腰痛を覚えさせ給ひ」、これが初の症状である。そして、二十八日、「午前三時三十分脈不正にして百三十五至。五時体温三十九度六」に悪化。そして「四肢厥冷して冷汗を流させ給ふ。人事を省せさせ給はず。龍脳の皮下注射、COGNAC酒の灌腸をなしまゐらす。七時十五分病革《すみやか》になりて、幾ならぬに薨ぜさせ給ふ」。約十日間のお苦しみであった。病原はマラリアである。

鷗外は、親王が病気になられる前、十月四日には、すでに台湾から東京に帰っており、現場にはいなかった。この時の総督府軍医部長は石阪惟寛であり、第二師団軍医部長は、例の谷口謙であった。二人はいち早く親王の許に駆けつけている。親王は、このとき四十九歳であった。

19　明治四十二年の意欲

四十二年の正月は、前年の悲劇に比し、まことに平穏であった。

この年、元旦の『母の日記』をみると、「一月一日、（略）昨年と違ひことしは一同無事。まり子も能く遊ぶ。年礼に来る人の名刺百以上有り」と書いている。「一同無事」には実感がある。昨年の一月は、篤次郎が亡くなり、不律も続き、茉莉の苦しい百日咳、峰子の心中に、その哀しみが払拭されたわけではあるまいが、ともかく、今年は「一同無事」ということは、峰子にとって喜びであった。「年礼に来る人」が「名刺百以上」とは、驚きである。これは「一月一日」だけの人数である。陸軍軍医総監の威力を如実に示しているではないか。常識的に考えて、元旦だけで「名刺百以上」ということは、訪問者に、ほとんど断絶がないということである。鷗外絶頂の時であった。

『昴』の創刊

この一月、雑誌『昴《スバル》』が創刊された。毎月一回の発行で、大正二年十二月に廃刊するまで、通算六十冊を発行した。初めは同人平出修が経済的負担を引き受け、その事務所も、神田・神保町におかれた。発行名義人は、最初の一年は石川啄木、二年目から終刊まで江南文三であった。

『昴』創刊の直接の契機は『明星』の廃刊にある。廃刊の引き金は、与謝野寛の反自然主義的姿勢に反撥した北原白秋、木下杢太郎、吉井勇、長田幹彦らが、新詩社を脱会したことによる。森潤三郎は「昴は集団星であつて、同じ星の名の明星より出でて、明星に属した人々が一つの集団を形作つてゐると云う意味で、この雑誌の名が付けられた」（『鷗外森林太郎』）と述べている。従って『昴』の中核を成した人々は、これら退会者たちであったと言える。この『明星』と『昴』との間に立って、何かと相談を受け、指導したのが鷗外である。そして他に、上田敏の存在も大きかった。鷗外は、そのため、この『昴』に作品を発表せざるを得ない立場にもなる。右に名前が出た以外の同人としては、茅野蕭々、長田秀雄、高村光太郎らがあり、袂を分つ形になったとしても、やはり鷗外との関係もあり、与謝野寛、晶子、蒲原有明、薄田泣菫たちも側面から協力を惜しまなかった。

『プルムウラ』への熱い関心

この『昴』創刊号に、鷗外は、創作戯曲『プルムウラ』を発表している。鷗外の日記をみると、実際に執筆が完成したのは、前年、四十一年十一月二十二日である。相当、鷗外は、この『プルムウラ』に力を入れていたらしく、『プルムウラ』が日記に頻繁に出てくる。少し見てみよう。

十一月「二十七日（金）（略）夜平野久保来てプルムウラの稿本を持ち去る」、十二月「十三日（日）（略）鈴木春浦来て脚本プルムウラの由来を筆受す。」、「十四日（月）（略）大村西涯を呼びて、プルムウラの道具衣裳の考証を伝嘱す。」、「二十六日（土）（略）吉田博来て「プルムウラ」の道具、衣裳の事を話す。」、「二十七日（日）、夜雨。吉田博、同妻富士雄《ママ》、大村西涯の三人我家に会して「プルムウラ」の道具衣裳の事を相談す。」、以上特に『プルムウラ』の道具や衣裳に関して、吉田博、大村西涯らと再三にわたって相談しているのは、この戯曲を鷗外が発表したところ、歌舞伎座で上演する話が持ち上がったからである。小山内薫が「鷗外先生とその戯曲と」（大11・8『新小説』）で「この台本は、英吉利大使館の園遊会で、先生が当時歌舞伎座社長大河内氏に会われた時、はからず話柄にのぼつて、先生の手から歌舞伎座へ送られた。併し、それつきり歌舞伎座から何の挨拶もなかつた。台本を返しても寄越さなかつた」と伝えている。鷗外の『プルムウラ』への意気込みと、結局上演されなかった失望感が伝わってくる話である。

鷗外は『脚本「プルムウラ」の由来』という小文を、この年一月一日発行の『歌舞伎』第百二号に発表している。この中でこの脚本の種となった事件は、インドの信度国であり、玄奘三蔵の「西域記」に出てくることを明かしている。要するに、この小文は、七世紀の中頃のインド、アラビアを中心とした王族たちの政争の歴史を参考にしたことを述べ、その中のどの部分を切りとって、この戯曲が出来たかも説明している。また『プルムウラ』の文体は、種々苦心したが、結局「浄瑠璃にあるやうな七五調の大部分を占めて居る文で書いて見た。これも書いてしまつて見ると感心しない」と不満も述べている。そうは言っても、この『プルムウラ』を、『昴』創刊号の巻頭に発表することを了としたことをみると、この時期、戯曲を特に重視していたことと、この『プルムウラ』に対しても、まんざらではなかったことを証しているのではなかろうか。この作品を書いた経緯についてもこの小文で述べている。『昴』の創刊に、華を添えるという顧問格の立場から、懇請されれば引き受けざるを得なかったこと、七世紀頃のインドの風物を識る苦心も書いている。しかし、超多忙の鷗外が、いつ執筆したのか、不思議であったが、「此間中三四日帰ると直ぐに一寝入りして、午前一時から三時頃まで起きて急いで書いて見た」と述べているので、成程と思った。

役所から帰宅後、「一寝入り」出来るのも器用な話であるが、執筆は「午前一時から三時頃まで起き」ての仕事とすれば、このとき四十一、二歳、明治の年齢で言えば、老年に近い、相当きつかったと思われるが、鷗外は、この習慣を恐らく、大正五、六年くらいまで基本的には続けていたのではなかろうか。

『プルムウラ』考

鷗外は『脚本「プルムウラ」の由来』の中で、この戯曲を書くために参考にしたいわゆる種本を明らかにし、次の三つの書物を挙げている。

一、カクナアメフ

二、トフファアト・アルギラアニ

三、キタアブ・アルフツウフ・アルブルダアフ

一について、書名は「カク王の書」で、作者はアアリ・ベン・アフメド・アブ・バクルである。これをペルシャ文で翻訳したのが伝わっている。

二について、「目方のたっぷりある貴重な贈物」という意味で、作者は不詳。

三について、「国々に勝つた事の書」という意味、作者は、アアフメド・ベン・ヤフヤである。

鷗外は「第一と第二とは英国の士官ポスタンス Postans といふ人の英訳がある。この辺の歴史を読んだのは阿育王の伝記を調べた時読んだのである。この王女プルムウラの話は実に珍らしい面白い話で、西洋の詩人がこれを種にして叙事詩か脚本かを作つて居ない筈がないと思つた。併し一応調べた処そんな物は見付からない」と述べる。

鷗外は、『由来』の中で「歴史に拠ると」とか「この女の名は歴史に書いてない」などと書いている。だから、鷗外が、資料としたのは、英国の士官ポスタンスの「英訳書」であるように思えるが、そうでないことを小堀桂一郎氏（『森鷗外—文業解題〈翻訳篇〉』）が明確にしている。鷗外が資料としたのは、小説や戯曲ではなく歴史書であると。この歴史書とは何か。小堀氏は、『阿育王事蹟』の典拠をなす資料の中で、特にラッセンの『インド古代誌』を挙げる。この第三巻に「信度国史」が記載されていて、鷗外は、このシンド国の歴史を記述した個処を、この『プルムウラ』の主素材としたとし、また『脚本「プルムウラ」の由来』自体もラッセンの注記をそのまま訳したものであると小堀氏は述べる。

この『プルムウラ』は、翻訳小説、翻訳戯曲でもない。外国の歴史書を原資料とし、その中から幾つかの挿話や場面を切り取り、全体の構成、会話文、それから地の文も、鷗外が独自に考えた「創作品」である。

従来から、再活動の初の創作品は『半日』と思われてきたが、これは完全な誤解である。鷗外が再び創作に着手した第一作目が、『プルムウラ』であることを、ここで再び確認しておかなければならない。

『プルムウラ』

『プルムウラ』は、明治四十二年一月、『昴』に発表された。

(上)七世紀中頃。西インド信度国アロルはアラビア国に屈し、王は殺された。王の妹サチイは敵将カアシムの妻にされ、王の娘、プルムウラと妹スルグらは、アラビアの都シャアムに送られた。プルムウラは求められたスルグに代り、復讐のため敵将の妻を自ら買って出たが容れられなかった。

(下)三年経った。アラビアは新王になった。プルムウラは、父王のため復讐の鬼となっている。ある日、新王に会う。プルムウラは、敵将カアシムは、三年前私を辱めたのに処女といつわり、この王のハレムに連れてきたと非難した。夜、新王は牛の生皮に包まれたものをプルムウラに贈った。カアシムの死体であった。プルムウラは告白する。名将カアシムを非難したのは、アラビアの戦力をそぐため嘘を述べたと。新王は怒りプルムウラは死刑を宣告される。プルムウラは、身を八裂にされようとも、少しも厭ふ気はないと、毅然としている。

＊鷗外は『脚本「プルムウラ」の由来』で、「歴史に拠ると、カアシム将軍はダアヒル王と二美人との首を城の門に掲げさせたので、妃はこれを見て驚いて宮殿の石垣から落ちたといふ事だ」と書いているが、『プルムウラ』では「そち達が見て来たと云やる、廓の外に梟けたる首は、(略)しかと上の御首とも極められぬやうなれど」とか、「そんなら敵の梟けたのは、まことの上のみしるしぢや」とか、妃の言葉で、原典の「ダアヒル王と二美人との首」という記述は、「上の御首」一つに改変されているし、妃が驚いて石垣から落ちるという記述も削除されている。

これは、原典の改変の一例に過ぎないが、鷗外は、かなりストーリーを創り変えていることが解る。その結果、上、下の構成、人物形象、会話のやりとり、山場の設定など、質の高い物語に、創り上げられているといってよい。

こうした『プルムウラ』の手法をみると、原典に添いながらも、己れの趣向で一つの人間の運命劇を書いた後年の鷗外歴史小説の原点が、ここにあるように思える。

人物形象として、このプルムウラをみた場合、主体的に行動の出来る非常に気性の強い女性として描かれている。

「母上様。この大将の妻にならで、叔母上様に代りましてわたくしがなりまする。」

父王を殺した敵将の妻に、と申し出る、この復讐を胸に隠し、毅然として身を投げ出すプルムウラに、鷗外はいささかの感銘をもって書いているように思える。後年に書いた『安井夫人』のお佐代や、『渋江抽斎』の五百を想起する。その頃、「新しい女」運動が、平塚らいてう等によって提起されるが、後で述べるように、鷗外は、この動きを必ずしも積極的に応援していない。鷗外は、自己主張だけの女を否定するところがあった。プルムウラは、むろん、自己主張はあるが、その本質は自己犠牲、自己放棄の女である。ここに女性の美点をみている。

また、この作品は素材が新鮮であり、舞台が極めてエキゾチックである。

インドやアラビアが舞台としてとり上げられたのは、当時、日本では初めてであったと思われる。こうした素材の選択に、当時の若い戯曲家たちで、刺激を受けた者は多かったに違いない。

20 『阿育王事蹟』

この作品は、東洋美術史家、大村西崖との共同著述である。ただし、後で述べるように、大村西崖の調査記述による部分が多く、鷗外の記述の方が尠かった。従ってこの書の構成等に触れるだけにしたいと考える。この書の構成は、「壹」の「前紀」から「拾陸」の「後紀」に至る長篇である。それに「挿画」が「三十九図」添付されている。現在、保存されている原稿の中で、鷗外自筆部分だけの「章」として確認されたものは、次の如くである。「壹」「参」「伍」「拾貳」「拾参」「拾五」「拾陸」「拾質」「拾捌」の「九章」である。この「九章」は『鷗外全集』(昭47・2)第四巻の「後記」に掲載されている。

この『阿育王事蹟』には何が書いてあるのか。それは「壹前紀」の冒頭文を読むと、およそ理解出来る。

「阿育王は仏滅後二百数十年の頃、北印度に王たりし人なり。今その事蹟を記述せむとするに当たりて、先づその領せし国の如何なる国にして、その治めし民の如何なる民なりしかを略せむとす」。森潤三郎の「校勘記」(『鷗外全集』第九巻 昭12・7岩波書店)で「王として賢明の聞え高く、仏法弘道に力を注いだ」と阿育王の事蹟を端的に紹介している。鷗外日記をみると、明治四十一年十二月十六日の項に「春陽堂始て阿育王事蹟の印税を持ち来ぬ。」とあり、翌十七日に「阿育王事蹟の印税を大村西崖に分つ」とある。そして、翌四十二年一月、春陽堂から刊行されている。表紙には、「文学博士高橋順次郎閲、森林太郎、大村西崖同著」と書かれている。

さて、この時期、鷗外は大村西崖に声を掛け、なぜ仏者の「阿育王事蹟」に目を向けたのか。鷗外が、この『事蹟』を大村とともに書いた年に、『能久親王事蹟』を同じ春陽堂から刊行している。春陽堂から持ちかけられた可能性もあるが、やはり陸軍軍医総監に昇任し、その俗念を客視する余裕が出てくる時期にあったとみると、やはり鷗外が主体的に求めたとみるのが妥当のようである。明治四十年代に入って、大正期へと精神的、倫理的な思念と俗との葛藤が増えていくわけであるが、その最初の段階とみられなくもない。また鷗外は歴史小説初期の執筆に際し、為政者のあり方に注目していくが、この阿育王の賢明な為政者としての生き方にも鷗外が、共感を持ったことが十分考えられる。

この『阿育王事蹟』は、昭和二十六年六月から刊行が始まった第二次『鷗外全集』では収録されなかった。このいきさつについては、昭和二十八年三月十日刊の『鷗外全集』著作篇第十一巻「後記」の「西崖の識語」に書かれている。

「西崖の識語」によると、「十六章二百五十紙、全く余の述作と為り、鷗外先生の稿は特に独逸書より得たる（略）に過ぎず」と書かれている。斎藤茂吉は、この大村の「識語」をみて『阿育王事蹟』は大村西崖の著述と見るべき」と断を下し、『全集』から脱したということである。しかし、昭和四十七年二月二十二日発行の『鷗外全集』第四巻に、この『阿育王事蹟』は再び収録された。それは、『事蹟』の原稿の中で、本文と年表が大阪府立図書館に架蔵されていることが判明し、これらの原稿等を精査した結果、本文百紙のうち、鷗外原稿はおよそ四十二紙と推定され、改めて鷗外と西崖の「同著」として『全集』に収録されることになったのである。

この『阿育王事蹟』の典拠は、二種の文献から抄訳、編述したものと思われるが、特に主として資料としたと考えられるラッセンの『インド古代誌』は、全四巻で、完結まで十六年が費やされたと言われている。

21　内外での鷗外の苦渋（明治四十二年）

峰子と志げの確執

母峰子と妻志げの仲は、小倉から東京に帰ってしばらく経ってだんだんと険悪な関係になっていた。鷗外が三十七年三月、日露戦争出征のため東京を発って広島に赴いたとき、志げは、義母との同居を拒み実家に帰って行った。それが鷗外出征中、続いたことは周知の通りである。

日露が宣戦布告をして五日後、つまり二月十五日に、鷗外は上田敏を立会人として最初の遺言を書いている。

鷗外は、この中で結婚二年目の志げに、冷然とした態度で臨んだことは、すでに第四部で触れている。

遺書で書いたように、日露戦争に征く前から、家庭内で志げは、於菟と「言ヲ交ヘズ」、森みねらと同居を拒む状況にあった。『半日』の世界はすでに始まっていたのである。鷗外の処置は冷たいといえば冷たい。しかし、死を覚悟して戦場に赴くとき、この処置で母に安堵を与え、志げに反省を促したいという気持もあったと思われる。出征中、志げに、反省を促す手紙が複数にわたってあったことを思えば、この鷗外の処置も理解できないことはない。

鷗外が凱旋して丁度一ヵ月経って、志げは千駄木の鷗外の許に帰っている。なぜすぐ夫の許に帰らないのか。このことを考えても、峰子と志げの間は、相当深刻になっていたことが解る。三十九年（一月に鷗外凱旋）二月の、志げに関する『母の日記』をみてみよう。

十三日　けふの午後茂子、茉莉子、栄子、女中四人連にて帰宅。其中、林太郎も陸軍省より帰宅。まり子の大きう成たるに皆驚く。この夜は、皆泊り翌日栄子帰る。下女はまだ居る。茂子この度はむかしと違ひやさしく成てまりは可愛くおもしろし。

志げは荒木の実家から茉莉と女中四人を連れて帰宅。志げが「女中四人」を連れ帰るというのも、少し異様な感じがしないでもない。孫の茉莉は久し振りなので母峰子は喜ぶと同時に「茂子この度はむかしと違ひやさしく成り」とも書いている。これは表面的であったことはすぐ解るのである。

五月廿七日　この頃、茂子また何かきげん悪しく、林太郎の申すには、財産の事のよし。今少々まじめに成らぬ内は、一緒に世話は出来ぬ様思はる。

「財産の事」とは、『半日』にも出てくるが、「遺言」で、志げを遺産相続の対象者からはずしたことを指しているのであろう。

八月廿四日（略）この日、茂子の望にまかせ、自身と潤、於菟とも新築の方へ引越。林太郎夫婦、二階家の方にうつる。あつきころ故、林の仕事、風とほし悪しき処せまくて、きの毒と思ふ。潤、頻りに其事をいふ。

この日から、母峰子らと鷗外夫婦は家庭内別居に入る。鷗外の移った二階は狭く風通しが悪いので、「林の仕事」、つまり鷗外の執筆活動に影響がありはしないかと、峰子は心配している。

明治四十年に入ると、例えば「一月十一日（略）茂子夕方帰宅。芝に行てより七日めのよし」と峰子は書く。志げは七日間も実家に帰っていたようだ。

また二月二十一日、茉莉の病気の介抱をめぐって、峰子と志げは真向うから対立する。茉莉についている芝の実家から志げが連れてきた女中が峰子は気に入らない。夜中に五度ばかり「おばあさん」と泣きながら呼ばれると、峰子は堪らなくなり行って抱く。孫は可愛い。しかしわが娘に干渉されることを絶対拒む志げ。この時志げは不律をはらんでいた。「こんな事を聞くと流産する」と言って実家に帰ってしまった。

二月廿三日夕方、只壱人茂子帰宅、林太郎、両人にて不都合を責める。それなりにて済む。

鷗外は、妊娠中で特に過敏な状況にある志げに、なぜ少しでもやさしく理解してやらなかったのか。一方的に、母と同位置に立っている。峰子は日記に次のように書く。

八月三日（略）夜十一時頃、茂子産の催しあり。三時頃、男子生まる。
八月五日　朝五時日在別荘に行く。午前十一時着。良一、田鶴子連て来る。昼めし済し湯に入て夕方長者町に行き日暮て帰る。

五日の「日暮て帰る」は東京にではなく、日在のことである。それは「六日朝、地引網を見に行く。（略）東京に手紙を出す」で解る。結局峰子が東京に戻ったのは「十七日」であった。志げの、というより、森家に久し振りに男児が生まれたというのに、その二日後に東京を発ち峰子は十二日間も東京を留守にしたことになる。志げは茉莉の病気のときのように、峰子が何かと面倒をやくことを嫌がっている。いくら赤子といっても、峰子が近づくとまた志げが動揺、神経を高めるかも知れない、ということで、傍にいないほうがよいと鷗外と相談の上で、峰子は出産してから直ぐに日在に行ったのかも知れぬ。または、姑としての責任を放棄した峰子の冷たさなのか。この真相は解らぬ。いずれにしても両者の関係が、相変わらず険悪であったことを示していることは間違いない。

明治四十一年は、正月早々、次男篤次郎の急死があったことで、峰子は、日記を付ける気力を喪失したようである。一月二十一日までで記述は中断し、再び付け始めたのは「四月三日、けふ、ことしの日記始じむ」と妙な文言で、京都旅行中に日記付けを再開している。しかし、この四月の十一、十二、十三、十五、十六、十七日と、記述はなく十八、十九、二十日と記述があって、この四十一年の日記は終っている。五月以降は、峰子は日記付けを放棄している。この時期、志げとの険悪な関係で精神的な落ち込みが続いていたのが原因であろうか。

明治四十二年に入り、峰子は元旦から日記付けを再開しているが、一月は末日まで、三男、潤三郎の結婚話は再三出てくるが、茂子との問題は珍しく一切書かれていない。問題は二月に入ってからである。

新聞記者の暴行事件

二月二日の日記に、鷗外は次のように書いている。

二日（火）、（略）夕に赤坂の八百勘に往く。所謂北斗会とて陸軍省に出入する新聞記者等の会合なり。席上東京朝日新聞記者村山某、小池は愚直なりしに汝は軽薄なりと叫び、予に暴行を加ふ。予村山某と庭の飛石の間に倒れ、左手を傷く。

この事件は、鷗外研究の中で、重要視されていない。しかし、鷗外が文学的に再活動を始めた時期に、人並み以上の矜持を持ち意欲に充ちていた鷗外が、一新聞記者に罵倒され、暴行を受け負傷したのである。手の傷より、精神的に受けた傷は癒し難いものであったと想像される。この事件は、陸軍軍医総監という陸軍医務官僚の首座に坐っていた鷗外の権威意識を、一時的にしろ無残にも壊すものであった。公の場での思わぬ屈辱、元旦の新年の挨拶に「百人余」も来る実力者としての自負が、いっぺんに吹き飛んだ。そして、家に帰れば、母と妻との陰湿な心理戦争、このとき、鷗外は四十七歳、働き盛りであったが、人生の危機に立っていたといっても過言ではない。

この事件を鷗外は約二カ月後に『懇親会』（明42・5『美術之日本』）という小説に書いている。余程腹に据えかねたのであろう。この北斗会の席上には、他の社の記者たちが沢山いた。『朝日新聞』は一切記事にしなかったが、『読売新聞』は二月七日付で、小さい記事で報じている。このときの鷗外の表情を「怒髪天を衝」くと書いている。これ程の事件は鷗外にとって、後にも、先にもなかったに違いない。この朝日新聞の記者は村山定恵と言った。当然、以後、陸軍省出入りを禁じられた。

『懇親会』で、鷗外を挑発した記者の容姿、表情を書いている。「細おもての色の白い男」「金縁の目金」「著流しに兵児帯」「遊人のやう」と書いている。これを読むと、神経質で、キザな男といった感じを受ける。

宴会中、この男が鷗外の傍へ来た。「傍へ来たのを見れば、褐色の八字髭が少しある」、と鷗外は付け加える。若い男にみえるが、「八字髭」とは、増々キザにみえる。

この男が鷗外に言った。

「へん。気に食はない奴だ。大沼なんぞは馬鹿だけれども剛直な奴で、重りがあつた。」

かう云ひながら、火鉢を少し持ち上げて、畳を火鉢の尻で二三度とん〳〵と衝いた。大沼の重りの象徴にする積と見える。

「今度の奴は生利に小細工をしやがる。今に見ろ、大臣に言つて遣るから。（間。）此間委員会の事を聞に往つたとき、好くも幹事に聞けなんと云つて返したな。こん度逢つたら往来へ撮み出して遣る。往来で逢つたら軍刀を抜かなけりやならないやうにして遣る。」

小説の「大沼」は、前医務局長の小池正直のことである。日記では「小池は愚直なりしに汝は軽薄なり」と書かれているが、小説では「大沼」は「馬鹿だけれども剛直な奴で、重りがあつた」となっている。日記は翌日なので、「愚直」が正しいのかも知れぬが、鷗外からすれば「馬鹿」と「剛直」を合わせれば「愚直」ということになるのであろう。鷗外に対しては、日記は「汝は軽薄なり」と断じているが、小説では「生利に小細工をしやがる。」と書かれている。記者が、「此間委員会の事を聞に往つたとき」と言っているのをみると、この記者は、鷗外のかかわる、ある委員会に関心をもっていたことが解る。

今迄の定説では、日本赤十字病院の後任院長問題で、鷗外は新院長に平井正遒を推していたが、石本次官は、軍医学校長の芳賀栄次郎を推していた。鷗外と次官は、この人事をめぐって対立状態にあった。次官にとって局長は部下。当然石本は鷗外を無視する態度に出たであろう。鷗外も負けてはおれない、賀古を通じ山県有朋や石黒忠悳らに接触し自分の意を通すべく裏工作をしたことは十分考えられる。従来の説では、こうした鷗外の軍人らしからぬ裏工作に対し、朝日の記者は反撥し「汝は軽薄なり」となったのではないかと推測されていた。しかし、今回、本書を書くにあたり鷗外の書いた文を穿鑿していて『亡くなつた原稿』（大3・12『歌舞伎』）の中で、この記者に暴行を受けた原因が簡単に書かれていた。次の文である。

記者に面会して註文を謝絶しようとすると、所謂押問答と云ふのが始まる。それが私のためには大なる苦痛である。面会しなかつたり、註文をことわつたりすると、祟る記者がある。一度同僚に代人になつて面会して貰つたことがあつたが、それが倨傲だと云つて、面会を求めた某記者は私に暴行を加へた。

この暴行事件の原因は簡単なようだ。朝日の記者が面会に来た。「一日平均四五人」の記者が、毎日やって来る。これは鷗外ならずとも整理が必要。どうやら初めは面会を「謝絶」したらしい。しかし、この記者はあきらめない、そこで部下を「代人」にして面会となった、記者は当然憤った。『懇親会』で、記者が「此間委員会の事を聞に往つたとき、好くも幹事に聞けなんと云つて返したな」と吐いたセリフと『亡くなつた原稿』の鷗外の説明がぴたりと合っている。そこで鷗外は、「倨傲」ということになった。酒も入っているので、若気の至りで、偉い軍医総監に手を出したということらしい。

優れた官僚として今の栄誉を得、そして文学的にも最高の評価を得て、多くの人の尊敬を集めていた鷗外が、無名の一新聞記者に、己がむしろ軽んじている小池に比され、罵倒され、暴力をふるわれたということは、鷗外の生涯の中で何度でもあることではない。否唯一の事件であるといえる。とするならば、この事件により鷗外の内面に複雑な負の心情が幾層にも沸き出し、それがマグマの一つとなって鷗外を文学創作へと衝き上げていったという推定は十分成り立つであろう。『半日』を書く、一つのエネルギーになったとみてよい。

明治四十二年・『母の日記』と『鷗外日記』

（○印は『母の日記』、＊印は『鷗外日記』）

四十二年の「二月」に入ると、『母の日記』の冒頭に志げのことが記されている。『鷗外日記』と併記してみよう。

○一日　きのふの疲れにてけふかしらおもく午後、小金井に行く。宅のこと等いろ〳〵きみ子も考へ、様々話合へども思ふ様に行ず。三月より万事、林太郎のことゝする。それより外仕方無し等思ひたれども、林太郎それもだめ、人力の及ぶ所にあらずといふ。

＊二日（火）（略）夕に赤坂の八百勘に往く。所謂北斗会とて陸軍省に出入する新聞記者等の会合なり。席上東京朝日新

聞記者村山某、小池は愚直なりしに汝は軽薄なりと叫び、予に暴行を加ふ。予村山某と庭の飛石の間に倒れ、左手を傷く。
＊八日（月）（略）北斗会にて予に暴行を加へし東京朝日新聞の記者村山定恵来て謝罪す。（略）
＊十一日（木）賢所を拝し、御宴に列す。妻明舟町に往きて宿す。（略）
○十四日　夜、本郷に行く。十時頃帰宅。きのふは君子、小金井、賀古、青山等の話ありとて来るも、林太郎其ことに応じぬ様、其儘にしてかへる。
○十五日　夜、小金井に行く。前日の話、さまざまあり。茂子を病人と考へて於とを連れて外に出ては如何等言ふ事もあれども、別におもしろきこと無し。
＊十五日（月）晴。（略）半日の稿を太田に渡す。（略）
＊十八日（木）晴。北風砂を飛ばす。（略）母上不動産全部を日本銀行に保護あづけにする手続を済ませ給ふ。
○廾日　昨夜、茂子、夜半に外出するとて大騒ぎといふ。けふは亀井家に案内ありて行く。当月始めに、昨年より預有りたる現金、皆林太郎に渡す。
「三月」
＊三日（水）晴。氷なし。（略）半日昴に出づ。
＊九日（火）陰。泥淖。（略）妻明船町に往きてとまる。
○十日　大雨。けふも茂子不在。過る四日、スバルといふ雑誌に、半日といふ小説、茂子のことを書きたるもの故、中々面倒なり。其ことにて行たるかとも思ふ。
「五月」
○廾一日　このひ茂子おとなしく成り、林太郎自身も嬉し。小説のおかげかと思ふ。過る十七日よりお栄来る。万事都合よし。三月より双六盤を求め毎日、茂子と於とと一緒にふりて遊ぶ。まり子も四月より学校に行く。
二月に入って、妻志げの神経及び挙動が相当深刻の度を増してきたようである。そこで、『半日』執筆までの『母の日記』の志げ（茂子）に関する記述と、それに関連する『鷗外日記』とを、日に従って並べてみた。これでみると、志げをめぐっての森家の苦渋が一目瞭然である。

二月一日の『母の日記』、峰子が娘の小金井喜美子の家に行ったのは、志げのことを相談に行ったのである。結局何も方策は出なかったようだ。「三月より万事、林太郎のことゝする」は、何のことか明確ではない。が、鷗外が拒否していることを思えば、離婚を前提に、鷗外に一任しようとしたのではなかったか。それも駄目とならば、峰子もお手上げ、「人力の及ぶ所にあらずといふ」、このセリフは、峰子、鷗外どちらが吐いたのか解らぬが、志げ問題は森家において相当深刻の度を深めていたことだけは間違いない。

その翌二日に、鷗外は八百勘において、新聞記者村山定恵に罵倒され、暴行を受けている。当然、この屈辱的な事件で鷗外は、「怒髪天を衝」く、という今迄にない激しい表情を公的場面でみせたほどの衝撃を受け、左手に受けた傷の痛みに耐えながら家庭に戻れば、家庭崩壊の直前まできている冷たい雰囲気が待っている。鷗外は、腹背に痛苦を抱え、天を仰いで涙する程の苦しい心境であったのではないか。

十一日に『鷗外日記』は、「賢所を拝し」と書いている。天皇誕生日の紀元節であった。この日を恐らく『半日』の「孝明天皇祭」のモデルとしたものと思われる。妻志げが、「明舟町に往きて宿す」というのは、気嫌をそこねて実家に帰ったとも考えられる。

十四日の『母の日記』では、前日、十三日、小金井良精、喜美子、賀古鶴所、青山胤通ら最も親しい親族や親友が集まり、志げのことを協議、「林太郎其ことに応じぬ」とある。峰子をはじめ、これら親族親友が、離婚を迫ったが鷗外が拒否したようである。

十五日の『母の日記』には、「茂子を病人と考えて」とある。これは、一日の『母の日記』の「人力の及ぶ所にあらず」という発想と、ほとんど同質の絶望的な志げ問題への感想であろう。

どうしても母峰子を嫌悪し、その険悪さはどう仕様もないところまで悪化した。志げの扱いは、もはや限界に達し、鷗外は親しき者たちから再三、離婚を迫まられる。二日の暴行事件も、心の深い傷となっている。『懇親会』で、「何故今遣らないのだ」と叫んだ。あのときのように鬱屈を突き破って走らざるを得なくなっていた。鷗外は、もはやじっとしていることは許されない気持になっていたのではないか。十一日の「賢所」に参内した頃からそうした状況は二月に入り、すでに始まっていた。鷗外は何かを実行することを迫られていた。そして十五日に「茂子を病人と考えて」と峰子が書いた同じ日、鷗外は『半日』の原稿を太田こと、『昴』の同人、木下杢太郎に渡している。

『半日』の執筆は二月十一日から十四日までと推定する。母峰子が志げの扱いに全く絶望的になり、恐らく憔悴の度を増し、それこそ母も病人のようになってしまった、その凍りつくような家庭状況の中で、この『半日』は書かれたのである。

率直に言って、もはや鷗外には調整能力はなかった。「闘う家長」どころか、母へは勿論、妻志げに対しても、鷗外のお得意であったはずの理性的で論理的な対応は出来なかった。妻志げを一方的に責めるという極めて狭量な精神状況しか残されていなかった。

22　再び「小説」を書き始める

【半日】　『半日』は、明治四十二年三月、『昴』に発表された。『そめちがへ』（『朝寝』及び『有楽門』はスケッチ風のエッセーに近いとみる）に続く、久し振りの小説作品であった。

文科大学教授、文学博士高山峻蔵は、今日、一月三十日、孝明天皇祭なので、宮中に参内しなければならない。話は朝の寝室の場面から始まる。高山、つまり「博士」は「奥さん」と幼児の「玉ちゃん」を真ん中にはさんで寝ている。午前七時、台所からの下女の物音で博士は目がさめた。その時、台所で「おや、まだお湯は湧かないのかねえ」と、鋭い声で云ふのが聞えた。これは博士の「母君」の声である。

これが発端。この鋭い声に直ちに奥さんが反応、険悪な空気になる。以下、作者鷗外は、博士にとって母君は、いかに大事な人であるかということを述べるために、母君を徹底的に褒め、讃え、感謝の念を丹念に綴っていく。そして、対照的に、奥さんがいかに悪妻で、姑に対する態度は、特に最悪で異常である、ということを、あらゆる角度から記述する。この作品の主軸は奥さんの弾劾にあるといってよい。

鷗外が「母君」と「奥さん」を、どのように書いているか整理して併記しておこう。

○「母君」への讃詞

「東京に住むやうになつた時から、食ふ筈の肴を食はず、着る筈の着ものを着ずに、博士の学資を続けて博士が其頃の貸費生といふものになりおふせる迄にしたのは、此母君の力である。」

「母君はさういふ事情の下に、博士を育てあげて今日あらしめたのである。」

「今でも博士が大学に通ふのに、講義の時間に遅れてはならないといふので、毎朝自ら起きて湯の世話をする。飯の世話をする。一度時間の都合で、博士が飯を食はずに出て行くことがあると、母君は数日間悔むのである。」

「母君は頗る意志の強い夫人で」

「お母様がそれを預かつて、節倹をして下さるのだから」

「今に母君が寂しい部屋から茶の間へ嫌はれに出て来られるのであらう。」

「お母様の云ふことは一々尤だ」

「お母様は豪傑だ。奥参謀総長と一しよに生まれたのだから」

○「奥さん」への貶詞

「此奥さんの意志の弱いことは特別である。」

「奥さんの不平を鳴す時には、いつでも此『嫌な事をさせないやうにして下さい』が、refrain の如くに繰返されるのである。奥さんは嫌な事はなさらぬ。いかなる場合もなさらぬ。何事をも努めて勉強するといふことはない。己に克つといふことが微塵程もない。」

「奥さんは母君と少しも同席しないのである。」

「母君がはいつて来ると、奥さんがつと立つて逃げるといふ風であつたが、段々奥さんが博士の処へは母君の来ないやうにしてしまつた。」

「それも次第に劇しくなつて、『えゝ』と云つて立つて襖をばつたり締めるやうになつた。」

「此女は神経に異常がありはせぬかと思ふと、怖ろしいやうな気がした。」

「奥さんは迷信家で、夫の母君の干支を気にして、向うを尅殺せねば、自分が尅殺せられるといふやうな事を思つてゐる。」

「人の声に対する異様な反応なども病的である。」

さて、此の日、博士が宮中参内のため着換えていると、奥さんが「わたしは玉ちやんを連れて何処か往つてよ」と、いつもの脅しに出た。行方不明になって心配させられた前歴のある奥さんの、この言で、今日は決った。博士は宮中参内をとりやめる。そして、この日、以後の〝半日〟は、博士は奥さんの非を挙げ、奥さんは母君を罵倒するという非生産的なやりとりで、終始することになった。これが『半日』の内実である。

要するに、鷗外は、行司役を博士に与え、博士は両者を睨み、人間的、人格的に「母君」を「勝者」とし「奥さん」を「敗者」として描いているのである。

前作『プルムウラ』で、劇性にこだわった鷗外が、『半日』では、枝葉を取って主幹だけにしてみると、母への讃詞と妻への貶詞で作品が成立していることが解る。この博士の心情は、作者鷗外のそれであることは、これまでの『半日』の背景検証で明らかなことである。

そこで、鷗外は、花袋の「蒲団」的リアリズムになることを忌避したか、実体の暴露性を隠蔽するために、『半日』の構成を戯曲風に偽装している。冒頭「寝間」の描写も、戯曲で用いる「場」の説明から始まっているし、小説中、ただ讃詞と貶詞だけが目立つことを緩和するために「置時計の音」を、ある間隔をもって配置し、様式化を強めようとしている。前年、翻訳戯曲を相当発表し、前作『プルムウラ』も力を入れた創作戯曲であることをみれば、鷗外が自然主義を意識して、戯曲的作風を企図したことは十分考えられることである。しかし、この鷗外の企図が十分成功したとは思えない。『半日』の内実そのものが、鷗外の実生活とほぼ一体化しているという事実は、いかようの方法をとっても消し難いことである。

石川啄木が『昴』の『半日』を手にして、「森先生の（半日）を読む。予は思った、大した作では無論ないかも知れぬ。然し恐ろしい作だ。――先生がその家庭を、その奥さんをかう書かれたその態度！」と驚該して書いた「日記」（明42・3・8）は注目に価しよう。

これが発表直後の大方の実感である。この啄木の「実感」を認めようとしない研究者が極めて多い。これは後で述べることであるが、『半日』は鷗外家の実態を書いたもの、つまり「私小説」であることを認めたくない研究者が多いことである。そんなことに拘るより、鷗外がなぜこの「恐ろしい作」を書いたのか、ということを究明することが大事ではないか。

小堀桂一郎氏は、この『半日』に対して「『昴』同人の青年達から、宛然反自然主義の闘将として担ぎ上げられてゐながら、如何なる自然主義の前衛よりも更に徹底した自己暴露の作品を以て小説界に復帰したといふのも更に大いなる皮肉である」(『森鷗外—文業解題〈創作篇〉』)と述べている。

鷗外は、あえて家庭の負の部分を暴露する行為に出た。この事実関係は内実をみれば認めねばなるまい。小堀氏の書く如く、『昴』の同人たちは反自然主義の立場に立って文学活動をやろうとした。しかし、それはだんだんと曖昧になっていくのであるが、それはともかく、同人たちが期待するように、この時期、鷗外は果して、明確に「反自然主義」の意識を持っていたのか、これは疑問である。鷗外は、明治二十年代から三十年代にかけては、反自然主義の論陣を張ったけれども、四十年代に入っては、この意識もかなり変わってきているとみなければならない。もはや、自然主義を容認するところまできていたと思われる。鷗外を反自然主義者と規定してきた従来の「文学史」は正確ではない。

もともと鷗外は、ロマネスクな創作は苦手である。鷗外の現代小説は己の体験や、周辺にある材料を使うというのが、制作の基本的方法である。初期三部作でも、「衣装」をとってしまうと、その作品の基幹は「体験」であったわけだし、明治四十年代にかかれた短篇小説もほとんど、日常生活の体験が描かれていることを認めねばなるまい。

鷗外・漱石は「自然主義」を排斥せず

鷗外の四十年以後は、自然主義文学を非芸術として排斥せず、一つのジャンルとしてあってもよいという受容の方向に変ってきているということである。そうした意識が背景にあったからこそ、小堀氏の言う如く、「如何なる自然主義の前衛よりも更に徹底した自己暴露の作品」、この小堀氏の捉え方が適当かどうかは別として、少なくともかようにみられる作品を書くことに踏み出したと思われる。勿論、直接的な起爆剤となったのは『半日』執筆直前の一週間の、志げを〝病人〟とみるまでになった極限の意識と、新聞記者暴行事件等があったとみる。

しかし、問題は表現形体である。これに影響を与えたものがあったかどうかである。私は、漱石の「『坑夫』の作意と自然派伝奇派の交渉」(明41・1『文章世界』)という論文に注目したい。「坑夫」は、漱石の初期作品群の中では、その異質さで際立っている。文体といい、その鋭い人間観察といい、「坊っちやん」などその比ではない。すでに述べたように、鷗外がこの作品を読まないはずはない。そして、「坑夫」に関する右の論稿もまた、鷗外は必ず目を通したとみる。

漱石は、この論稿の中で、自然主義について次のように述べている。

何となれば私は自然派が嫌ひぢやない。その派の小説も面白いと思ふ。私の作物は自然派の小説と或る意味ぢや違ふかも知らんが、さればとて自然派攻撃をやる必要は少しも認めん。誰が書いても出来損ひは悪く、善い物は善いに極つてゐるんだから、そこで殊更に何といふ意見も発表しなかつた訳なのだ。

漱石は、明治四十一年に入って、すでに「私は自然派が嫌ひぢやない」と、自然主義を容認している。このとき、「破戒」も「蒲団」も発表されていた。作品の価値は「出来損ひ」が悪いのだとも述べ、己の価値基準を提示している。要は、特別なイズムや方法にこだわらないということだろう。

漱石は、さらに同じ論稿で次のようにも述べている。

ローマンチシズムと自然主義とは、世の中で考へてるやうに相反してるものぢやない。相対して一所になれんといふものぢやなくて、却て一つの筋がズート進行してるやうなものだ。その筋の両極端に二主義を置くと、丁度中央の部では半々に交はるところが出来てくる。或は三分の一と三分の二とで交つてる所もある。或は五分の一と五分の四とで交つてるところもある。即ちグラデーションを為してる形となる。

「ローマンチシズムと自然主義」とは「相反」するものではない、と漱石は述べる。この漱石の早い時期での観察と結局、同じことを昭和に入って漱石のこの言を意識せず、具体的な作品の検証を通して、小田切秀雄氏が次のように述べている。

自然主義には反対の雑誌であったが、『明星』の新世代であった白秋や杢太郎や勇らは、芳烈な感覚や官能や情緒やへの大胆な耽溺・没入において自我の全的充足を手に入れようとしていたのであって、それは当然その当時の秩序や習俗とはげしい対立に陥らざるをえないものであり、その闘争においては自然主義と共通のものをもっていたから、鉄幹のような自然主義攻撃ぶりには公然と反対を表明して行動するほどだったのである。（『文学史』昭36・11　東洋経済新報社）

鉄幹はなかなか反自然主義の看板を降ろさなかったけれども、白秋や杢太郎ら浪漫派とみられた連中も、結局「自然主義と共通のものをもっていた」という小田切氏の見解である。ここに到っては鷗外も同じである。浪漫主義も自然主義も、明確な垣根が無くなりつつあったのである。

当時、日の出の勢いで文壇に出てきた漱石の、自然主義受容宣言は、多くの作家に影響を与えたと思える。ただ漱石は、自然主義そのものは受容していたが、意図的に「人間の弱点」を暴く、一部の自然派の作風には批判的であった。それは以下の講演の言辞に明確にされている。「今の一部の小説が人に嫌われるのは、自然主義そのものの欠点でなく取扱う同派の文学者の失敗」（明治44・6・18「教育と文芸」長野県会議事院）であると。鷗外もまた例外ではなかった。

鷗外が『半日』を書くに当って、慎重に留意したのは、「蒲団」的リアリズムであったのではなかったか。

鷗外は、『半日』を書いて一カ月余後に短篇『追儺』（明42・5『東亜之光』）を発表した。この中で次のように述べている。

> 此頃囚はれた、放たれたといふ語が流行するが、一体小説はかういふものをかういふ風に書くべきであるといふのは、ひどく囚はれた思想ではあるまいか。僕は僕の夜の思想を以て、小説といふものは何をどんな風に書いても好いものだといふ断案を下す。

右の文で鷗外が述べている主旨は、漱石のさきの引用文の主旨と、ほとんど同じと言ってよい。日本に入ってきた当初、ゾライズム、つまり前期自然主義は、確かに特殊な文学手法であった。漱石、鷗外からみれば明らかに垣根の向こうにあるものであった。しかし、世の中は「変じて已まない」のである。自然主義との垣根はもはやない。漱石は「自然派攻撃をやる必要」を認めないし、「ローマンチシズムと自然主義」とは「相反」するものではないという。これは、鷗外が『追儺』で述べる「一体小説はかういふものをかういふ風に書くべきであるといふのは、ひどく囚はれた思想ではあるまいか。（略）小説といふものは何をどんな風に書いても好いものだといふ断案を下す」と、まさに両者の言は通底している。「どんな風に書いても好い」、もはや自然主義に対しても嫌悪はない。すべてを受容していくという宣言なのである。

この『追儺』の一文は、『半日』が、自然主義的と捉えられても一向にかまわないという意思の提示とも受けとれるのではないか（ただし、花袋の「蒲団」的リアリズムには、いささか抵抗はあったようだが）。

無意識に母の「負」を書く

鷗外は、この『半日』で妻の欠点を暴くことで、妻に反省を求め、母に対する態度を変えさせようとした。そのためには、母を「正」「善」に位置づけ、妻を、あくまでも「悪」の立場に位置づけなければならない。

そのために博士の立場は、母擁護で一貫するものとなった。少なくとも鷗外は、こうした意図で『半日』を展開しようとしている。この鷗外の企図は、妻志げに「おそろしい」ほどの悲憤をもたらしたことは間違いあるまい。妻をそこまで追い詰めた博士の「正」は、非の打ちどころのない程、変らないものであるか、と言えば必ずしもそうではない。客観的にみれば、母君も博士も完璧な「正」ではなく、やはり「負」の要素を隠していることに気付く。これは作者鷗外の無意識なる表現操作であった。

まず母君である。すでに「讃詞」のところで羅列したように、鷗外は、母君を非の打ちどころのない「正」の位置において褒め讃えている。ここまで育ててくれた母への恩、博士は感謝の念をあますことなく表白している。

明治の儒教的精神から言えば、この博士、つまり鷗外のこの行為は、まさに孝の精神の発露として評価されるべきものであろう。鷗外も固くそう信じていたからこそ、世に発表したのである。自分が非難されることは一つもない、これは執筆時の鷗外の覚悟でもあった。しかし『半日』にみる母君は、果して何の「負」もない姑であったのであろうか。

まずその挙動である。『半日』の冒頭、まだ博士夫婦が「寝間」にいる午前七時、台所で「「おや、まだお湯は湧かないのかねえ」と鋭い声で云ふのが聞えた」と語り手は書く。当然、奥さんにも聞えている。これは嫁に放たれた非難の声なのである。奥さんは「まあ、何といふ声だらう」と直ちに反応している。つまり、この母君の挙動をみてみると、まだ湯が湧いていない、というそう大きな問題でもないことを、大きな声で問題化する、この姿勢は、明らかに大嫌いな嫁への挑発行為とみてよい。博士は、母君を「頗る意志の強い夫人」、また「お母様は豪傑だ」と讃えている。そして「あゝいふ男のやうな気性の方」とも言っている。これは作者鷗外が、母を褒め讃えるために書いた母の性格であるが、この性格は角度を変えると、確実に「負」になり得るものである。〝意志が強く、男のような気性で豪傑肌〟となれば、これが憎き相手に向かうとき、強烈な戦闘力になろう。思ったことは相手のいやなことでもずばりと言う、頑固で絶対引かず、高圧的に上から抑圧してくる、この強い性格であるから、田舎から東京に出て来て、辛苦の結果、立派に息子を大学教授にまでしたという自負がある。要するに、高山家は、この母君の造り上げた「城」であり、この「城主」の采配が絶対的なのである。従って博士は、この母君を宗主の如く崇める。

この「高山城」に奥さんは輿入れしたのである。当時の通常の女性であれば、この城主の許、服従しながら、むしろ夫に理解を求めて生きようとしただろう。しかし、博士の奥さんは「神経に異常がありはせぬかと思ふ」ぐらい、我儘とされている。容易に城主に屈服しなかったのである。

ともあれ、鷗外は、母君を絶えず「正」の位置に置き、その性格も挙動も固く「正」「善」と信じて讃えて書いたつもりであった。しかし、不用意にも、母君の性格や挙動を客視すると「負」にも転換し得る叙述になっていることに、意識的ではなかった。『半日』の母君が、語り手が徹底的に褒め讃えても、さき程指摘したような性格や挙動によって、絶対的には正当化し得ないという問題を残している。鷗外は、このことに気付いていなかったようである。

博士は「マザーコンプレックス」ではないか

博士の母君への褒詞、讃詞が「孝の精神」から出ていることを、鷗外自身も固く信じている。しかし、視点を変えてみると、行司役の博士の言葉や挙措は、余りにも、母君側に偏り過ぎではないか、と誰しも思うであろう。これも「孝の精神」と言ってしまえばそれまでであるが、母君と博士の心情、挙動から、その密着度をみると、少し異様に映じるところがあるのも否定できまい。

　この母と息子の関係を、心理学的にみると、一種のマザーコンプレックスと捉えることができるのではないかと考える。

　すでに、母君への「讃詞」で挙げた各文をみると、その心情に「マザーコンプレックス」をみることは、そう難ではない。「今に母君が寂しい部屋から茶の間へ嫌はれに出て来られるのであらう」などには、それが、典型的にあらわされている。奥さんが当然「加害者」、あの豪傑肌で意志の強い母が、「被害者」になっている。これは妻への理解や思い遣りは全く働かず、母の心情を過剰に思い遣る、「マザーコンプレックス」の一つの症状であるとみられても仕方あるまい。この【半日】で、「マザーコンプレックス」を強く感じるのは次の文である。

　娵に来た当座に、どうも夫と姑君とが話をするのが見てゐられぬので、席を起つと云ふことを、里へ帰つて話すと、「それは嫉妬だな」とお父様が道破したと云ふことである。

新婚当時、「夫と姑君とが話をするのが見てゐられぬ」ということ、これを奥さんの父は「嫉妬」だと言ったと、こともなげに書いている。鷗外は、奥さんが「嫉妬」するのが、いけないのだという判断で書いている。しかし、問題はなぜ「嫉妬」したかということである。「嫉妬」という心情自体は何も問題はない、人間誰しもが簡単に抱くものである。「娵に来た当座」、恐らく、姑の怖さも強さもさほど感じていなかったと思われる時期に、「夫と姑君とが話をするのが見てゐられぬ」という、問題は、ただ妻の「嫉妬」だけで済まされることではない。妻は、そこに通常の母子間にない過剰な何かを感じて「嫉妬」よりか「不快」を感じたものと思われる。これは現代でも、結婚してすぐ別れる原因に、母親の側に過剰に傾く夫の性向を嫌厭してのケースが多い。これは明らかに「マザーコンプレックス」である。

「丸であなたの女房気取で。会計もする。側にもゐる。御飯のお給仕をする。お湯を使ふ処を覗く。寝てゐる処を覗く。色気違が」。鷗外は、奥さんの下品な度を越した言葉として書いている。しかし、いかにこの奥さんの言が下品で過剰表現であったとしても、百パーセント奥さんが嘘を言っているとは誰も思わないであろう。少なくとも、これに近い挙動が母君にあるということを説明していることにもなっている。狭い日本家屋で、姑が「女房気取」で、本来妻がするべき行為を日常的にやっているとしたら、これは母の方にも十分問題があると言わねばなるまい。そして本来の妻の役割を、母がするからといって許容している博士の方にも明らかに問題がある。「嫉妬」心で片付けられることではない。これはまぎれもなく「マザーコンプレックス」の徴候であり、母君の問題であると同時に博士の問題であり、両者は無意識に一体となって嫁・妻を排除しているのである。勿論、「奥さん」にも大いに問題はある。鷗外は、母君と博士を「正」の側に置き、奥さんの非を一方的にあげつらって、その反省を求めようとしたが、鷗外は、無意識の内に、母君と博士の「負」の部分も書いてしまったということである。

「奥さん」にみる「我儘」と個人主義

もう一つ、『半日』で考えておきたいことがある。奥さんは確かに我儘である。「意志が弱い」「奥さんは嫌な事はなさらぬ」「己に克つといふことが微塵程もない」「奥さんは母君と少しも同席しない」等々の挙措をみると、厭なことでも、自己を抑制してつとめるというところがない。これは性格的にみても「我儘」といえる。

しかし、この奥さんの言葉の中には、ただ「我儘」だけで処理出来ないことが厳然としてあることに留意しなければならぬ。例えば、「此家に来たのは、あなたの妻になりに来たので、あの人の子になりに来たのではない」という奥さんの言葉である。

河上肇は、『祖国を顧みて』（平14・9　岩波書店）という本を大正三年（一九一四）二月に書いている。上篇はブルュッセル、下篇はパリで脱稿したもの。下篇に「西洋の個人主義」という章がある。河上はこの中で、「夫婦親子」について西洋と日本を比較している。「西洋文明の特色は、分析的で、単位と単位との分界が極めて明截」であるとし、「夫婦親子」の「権利義務の分界が剃刀で切った如くに截然と明瞭になって」いると書く。つまり個人それ自身が独立しているのが、西洋の家庭形態であると言う。それに対し「日本にては、まず家族があって、その家族の組成分子として、親あり子あり夫あり妻ありということになる」と述べる。河上が書いたときは『半日』発表から七年位後である。ドイツに四年もいた鷗外が、西洋のこの個人主義を知らないはずはない。西洋では「夫婦親子」でも個人と個人の分界が極めて明截であるとする。日本ではまず「家族」が第一義である（これは、あくまでも大正初期の日本で、平成十年代では、それも崩壊現象をたどっているが）。しかし、西洋文化に親炙した鷗外にとっては、この日本式「家族観」はすでに古いはずでなければなるまい。

奥さんが此家に嫁に来たのではない、「あなたの妻になりに来た」という、この発想は、「我儘」を越えている。明治四十年代、まだ「家」と「家」の結婚が大多数を占めていた時期に、「家」ではなく「あなた」という個人に、個人の私が妻に来たということ、これは個人の自立、つまり個人が選択出来る権利を主張しているのである。博士の給料が、奥さんに直ちに渡らないことをめぐって「譲つて貰ふのではないでせう。あなたの月給でせう」と奥さんは主張する。河上肇は、さきの本で「要するに西洋に於ける社会組織の単位は個人であって家族でない。」と書き、日本では「夫婦親子が渾然または漠然と一纏まりのものになっていて」と書いている。博士がもらってくる給料を母がまずとる、否、博士がまず母に渡すということ自体、鷗外の意識は一向に進化していないということになる。たとえ「我儘」であったとしても、奥さんには「夫婦親子」が截然と切られないで「渾然」「漠然」としている日本式家族形態が許せないのである。親と切り離された「夫婦」という単位でモノを考えようとしている奥さんの意識は、鷗外が認めようとしなくても進んでいたのである。鷗外自身、西洋の個人主義は知識としては解っていても、己の母を中心とした家族の実態の中では、妻の進んだ意識など理解出来るものではなかった。

ただ一方的に妻の非を暴くということでは、鷗外の眼は、微妙な時代の動きに鈍であったと言われても言訳は出来まい。

『半日』研究にある忌避反応

『半日』受容、または研究には、常にこの作品を「私小説」または、「功用」「実用」小説とみることへの忌避反応がつきまとっている。すでにみてきたように、この小説は、まぎれもなく鷗外の実生活を書いたものである。しかし、私の知る限りでは、ほとんどの研究者がこれを「私小説」と認めず、己れの独自な発想をもって想い描かれた世界に、この『半日』を当てはめようとする。そうなれば当然、『半日』の持っている本質が、随分かけ離れた「空論」に歪められてしまうことになる。己の特異な発想に酔うことは自由であるが、まず『半日』の内実が、鷗外の実態と密着していることを認め、そこから出発しなければならない。

鷗外を人格高潔の士と考え、生来のフェミニストと認識している人たちは、一層、この『半日』のもつ意味を正しく認識しようとしない。『プルムウラ』のような劇性の高い戯曲を書いた直後に、なぜ鷗外は、そうしたロマネスクを否定するような『半日』を発表したのか。それは、行き詰った家庭の窒息感を拓くために、つまり妻に反省を求めるために書かざるを得なかったということ、この事実は、鷗外に近かった人たちは熟知していたことであった。

芸術における創作性を大切にしてきた鷗外にとって、『半日』の執筆はあってはならないことであったのだ。鷗外は、この『半日』を発表すべきではなかったといってよい。この『半日』の原稿を、数日手元に置いていたなら、鷗外は平常心を取り戻して発表しなかったかも知れぬ。それが不幸にも、『母の日記』

によると、「茂子を病人と考へて於とを連れて外へ出ては如何」と、とうとう志げを「病人」視する極限のところまできた、この日、二月十五日、鷗外は「半日の稿を太田に渡」している。まるで背中を押されるような情況と気分で太田に「半日の稿」を渡したのではないか。だから後で、鷗外は「小説といふものは何をどんな風に書いても好いものだといふ断案を下す」（『追儺』）と、一種の言訳けを述べざるを得なかったのである。

そして、以後、この『半日』の系統を引く、身辺小説の短篇を書き続けることになる。『半日』の博士と、鷗外自身を別人格とみたい研究者たちは、まずこうした実態を正面から受けとめなければならないと考える。

文学作品をその枠の中だけで検討するという文芸学的方法を私は頭から否定するつもりはない。作品の背景にある「事象」には一顧だに関心を払わず、専ら作品の中だけに注目し、そこに研究成果を見出すという方法、これも一つの研究方法である。しかし、いかなる作品も、この方法で成果が出るかと言えば、否である。総ての作品が、この方法で通用するとは限らない。『半日』なる作品はまぎれもなく、その一つであることを強調しておきたい。登場人物と作者、あるいはモデルたる者が、有機的に一体化しているという事実が、日記や書簡等によって、裏付けされているとき、それを無理矢理剝がして、登場人物と作者を別人格として取り扱ったとき、すでにその研究対象たる作品は、作者の企図するものから離れているとみたい。書いた作者と全く関係のない研究者の想いつきのみをもって、その作品論を書いた場合、それは単に、「戯れの営為」になってしまわないかと懸念する。菊池寛は次のようなことを述べている。「芸術のみにかくれて、人生に呼びかけない作家は、象牙の塔にかくれて、銀の笛を吹いているようなものだ。」（「文芸作品の内容的価値」大11・7『新潮』）と。この菊池寛の言葉の意味を一つに限定するつもりはない。しかし、私は次のように理解する。つまり、菊池寛は、芸術の創造を、それ自体を目的とするのでなく、「人生」の営為と緊密な関係において捉えられてこそ、真に生きた「芸術」となるということ。文学研究においても、この問題は、さらに切実ではあるまいか。「象牙の塔にかくれて、銀の笛を吹」くことは、絵空事を造り出すことであり、それは自己満足に過ぎないのではあるまいか。

竹盛天雄氏は、『半日』に対し、「たしかに文学外の「自家用性」の問題は無視できない。見てきたような執筆動機の中に認められるからだ。しかし「自家用性」の追究は、もともと文学内部の問題を照射するためにあてはめられた外側からの光に他ならない。事情を確認すれば、むしろ話は元に戻すべきである。」（『鷗外その紋様』昭59・7　小沢書店）と述べている。この考え方には賛成である。事実関係の確認という前提がまずあって、その「大元《おおもと》」を完全無視しない方向で、作品の意味を検討すべきであろう。『半日』には特にその背景にある事実確認は大切なことである。

23 「豊熟の時代」は実態に合わない

木下杢太郎の言う「豊熟の時代」をここで考えてみたい。「豊熟」の意味を辞書で確認しておこう。『広辞苑』(岩波書店)では、「穀物がよく熟すること」とある。『日本語大辞典』(講談社)では、「農作物がゆたかに熟すること」とある。潤三郎の「再活躍」が視覚的であるのに対し、「豊熟」の概念は内質的である。「ゆたかに熟する」は、まさにこの期間の核心的性格を規定しようとしたものである。

果たして、この木下杢太郎の意図は当たっているであろうか。「ゆたかに熟する」とは、この期間、創られた作品群が、広潤で、寛やかな世界を描き、そして受容者に、ロマンの香りと、ある種の幸福感を与えるような、そんなイメージを想起させると思うのは私だけであろうか。

しかし、残念ながら実態はかなり異なる。そこで、この「明治四十二年」から四十五年までの、鷗外作品の実態を簡単に紹介しておこう。明治四十二年は『プルムウラ』『半日』など十一篇、四十三年は『杯』『あそび』など十五編、四十四年は『蛇』『妄想』など十四篇(『雁』は九月から発表されたが、完成は大正四年五月)、四十五年は『かのやうに』『不思議な鏡』など九作品、以上である。この中で長篇とみられるのは『ヰタ・セクスアリス』『青年』『灰燼』(未完)など数篇で、この期間の作品は、ほとんど短篇である。

例えば、スタートした四十二年の作品を瞥見してみよう。『半日』は、すでに述べた通りである。『ヰタ・セクスアリス』は、発売禁止処分、『魔睡』は、セクハラ医師を描いたもの、妻の実体験として知られている。これらをみただけでも、「豊熟」とはまず無縁ではないか。四十三年の『杯』『木精』などは一晩で書かれたもので、意味難解な寓話である。これら一連の短篇に対し、哲学的に過ぎ、ロマネスクなふくらみがないという人もある。私自身は、鷗外の短篇に否定的ではない。それなりの高質性を持ち、文章も練達、高尚である。しかし、当時の評では余り褒められていなかった。そのことを一番気にしていたのは、むろん鷗外自身であった。鷗外はその苦渋を『あそび』(明43・8)に書いている。主人公「木村」は、鷗外と等身大の文人であるが、己が書く作品には「情調がない」と、しきりに「文芸欄」に書かれ、ひどく気にしている。鷗外の短篇には、冷徹な批評精神はみられても「情調がない」、これが、当時の一般的な批評であった。こうした鷗外の短篇の気質と「ゆたかさ」とか「熟する」とかとは、どうみても無縁であろう。

しかも鷗外にとって一層の懸念を与えたのは、みずからの短篇に題した〈あそび〉という言葉であった。（後述する）不幸にも、以後、世評に、鷗外の短篇を「あそびの文学」と呼ぶ傾向が出てくる。鷗外は『妄想』（明44・3）の中で己が文業について次のように書いている。「哲学や芸術で大きい思想、大きい作品を生み出すとか云ふ境地に立つたら、自分も現在に満足したのではあるまいか。自分にはそれが出来なかつた」と。これは余裕のある謙遜でも、演技的な口舌でもない。四十年代の己が文業を、鷗外はかなり正確にみているといってよかろう。また鷗外は、己を「永遠の不平家」とも書いている。まだこのときは『雁』『阿部一族』そして『渋江抽斎』など、その名作、大作の片鱗もなかった。鷗外は「あそびの文学」という、己にとって理不尽なレッテルを剝ぎとるために、現代短篇を捨て、歴史小説執筆へと向ったとみても、そう離れた解釈とは言えまい。いずれにしても、本人が「不平不満」に思っている文業に対して「豊熟」の名を与えるべきではない。杢太郎は、「多作」と「豊熟」を混同したとも考えられる。杢太郎は、文学研究者でも文学史家でもない。医学に携わる科学者であったが、こと文学にかかわるときは、その本質は浪漫派の詩人であったとみなければなるまい。彼の「鷗外史」の枠組みにおいても、「学生生活」「留学時代」などの命名は、当時の生活や身分からとっているし、また二、三十年代は、鷗外が主宰していた雑誌名からとっている。かように、他はすべて実体を根拠としているのに、「豊熟」の概念は、他と全く性格が違うネーミングである。端的に言えば主情的である。木下杢太郎が、異国情緒を耽美的に詠ったように、実質より乖離した情念が働いたといってよい。この実態に即さない「豊熟の時代」なる言辞が、あの偉い木下杢太郎が命名したゆえに、今日に至るまで七十有余年続いているのであろうか。この問題は再検討が必要ではあるまいか。

24　明治四十二年から四十五年まで
――「現代小説再執筆期」

鷗外は、日露戦争からの帰還後、発表する詩文に「腰弁当」なる筆名を使い、韜晦的ともみえる姿勢を続けていたが、軍医総監昇任頃には使わなくなった。この「腰弁当」系列の時期は、飛行機で言えば、飛び上る前の滑走の段階であったのではないか。つまり、本格的に再活動に踏み出す前のウォーミングアップの期間であったと言えよう。

今回は、いよいよ、内面に燃えるための「火」が必要なのである。その「火」となり、マグマとなっていったものは何であったのか。

吉野俊彦氏は、再活動について「肉親の者たちを続けて喪うという不幸に直面して、生き残った鷗外は、改めて激しい意欲をこめて文学活動に熱中したのではないであろうか」(『続森鷗外私論』昭48・9 毎日新聞社)と述べる。

鷗外自身、すでに肺結核に罹っており、これを秘匿し続けていたし、その上に愛弟篤次郎、次男不律と相次いでの死が、人生の旺んな時期にいかにのしかかってきていたか。しかし、この時期鷗外をもっとも悩ましたのは、母と妻の悽絶な闘いであった。そして、時間的に言えば、実に些細なことで、新聞記者に罵倒され、暴行を受けたこと、ほぼ順風にのり、矜持に生きる鷗外にとって天に向って哭きたいぐらい、連続に襲ってきた不幸であった。苦悶のマグマは胸中に鬱積した。

鬱積したものは外部に吐き出されなければなるまい。これがエネルギーの性格である。人間は不幸な時にこそ、表白衝動を得る。木下杢太郎が述べる五つの原因、客観状勢はそろっている。だが直接の点火となったのは、嫁姑戦争であった。鷗外は、強いエネルギーに押し出され『半日』を書いた。この危険な『半日』を書いたことにより『追儺』が生まれることになり、後は、そのまま多作時代に入ったといってよい。

『追儺』　『追儺』は、明治四十二年五月、『東亜之光』に発表された。

この短篇は果して小説なのか。

こんな問いから始めなければならない。冒頭から三分の一ぐらいまで、日常些事のこと、己が執筆時間のこと、そして自分が考えている小説観などが淡々と述べられている。まず、この小品を読んで感じるのは、芥川龍之介の言う「「話」らしい話のない小説」という言葉である。『追儺』は、確かに「「話」らしい話」がない短篇である。

この芥川の意見については、すでに本書で触れてきたが、芥川が「「話」らしい話のない小説」の一つとして鷗外訳の『わかれ』を意識していると指摘してきた。

鷗外が『追儺』を書く数カ月前に、『わかれ』を訳しているという事実は無視できない。鷗外は、体質的に〝筋の面白さ〟に趣向を凝らすことは苦手である。この時期、特に強力な新人漱石が、「坑夫」(『東京朝日』明41・1～4)を連載し、最もロマネスク風な「夢十夜」(『東京朝日』7～8)や「三四郎」(『東京朝日』9～12)を矢継ぎ早やに発表してくると、〝筋の面白さ〟では勝負は出来ない。鷗外の脳裏に浮かんできたのは、ホルツ、シュラアフ合作「わかれ」の、「「話」らしい話のない小説」のもつ淡々とした筆致、それに気品もある雰囲気ではなかったか。

鷗外は『追儺』の冒頭部で、「抒情詩と戯曲とでない限の作品は、何でも小説といふ概念の中に入れられてゐるやうだ」と、小説の概念の拡大を無限化してしまう。つまり「今の人がかういふものをかういふ風に書け」ということは、小説の概念を固定化、限定化するものであり、鷗外は、これを否定しなければならない。

この鷗外の四十二年以後の創作を再開するにあたり、特に短篇小説の執筆方法の基本として強く主張しておきたかったのが、くり返しになるが、『追儺』の中で最も著名な次の言句である。

　一体小説はかういふものをかういふ風に書くべきであるといふのは、ひどく囚はれた思想ではあるまいか。僕は僕の夜の思想を以て、小説といふものは何をどんな風に書いても好いものだといふ断案を下す。

「断案」とは、鷗外もひどく力んだものだ。建て前は、芸術の本質に自由の精神を据えているが、この段階でのこの言は、そう単純ではない。『半日』の言訳け、漱石への対抗意識、それにこれから書いていくであろう「「話」らしい話のない小説」の根拠を提示するという重層した、この時期における鷗外の意識の表白であった。

鷗外は、八百勘での新聞記者暴行事件の翌日、つまり二月三日、料亭新喜楽に行っている。そのときの日記文をみると、この日は、昨日の事件に関して、大和新聞、日本電気通信社、大阪毎日新聞社等から見舞客があったことを記し、「夕に福沢桃介に招かれて新喜楽に往く。」と書く。用むきは解らぬ。このとき恐らく昨日、傷つけられた左手の痛みを意識しながら、新喜楽の門をくぐったものと思われる。

鷗外は『追儺』で三分の一程度、小説観などを述べた後、急に、この新喜楽を訪ね、見聞したこと、その体験から生じた観念などを描いている。

「僕」は、待ち合わせの時間より一時間半も早く新喜楽に着いたため、案内された二階の「縁側なしの広間」で胡坐をかいてあたりを子細に眺めている。「縁側なし」という言句が、少し気になる。これはいらぬ想像かも知れぬが、昨日、八百勘で屈辱的事件の舞台になったのは、「縁側」であった。縁側から庭の「花崗石」の上に落ちたのである。

鷗外が、この新喜楽の広間に入ったとき、ふと昨日の八百勘の広間の状景が脳裏をかすめたかも知れぬ。二、三日のことならば、特に衝撃的な観念は消えずして漂っているものである。余談だが、翌四十三年二月五日（月）の日記に、鷗外は「（略）瓢亭に中村是公の宴あるを辞して、八百勘の第二軍の記念会にゆく。女中『懇親会』の事を知りて、彼日の事を語る。（略）」と書いている。なぜ「瓢亭」に行かずに、厭な思出の残る「八百勘」に行ったのか。あの事件のこと、小説『懇親会』のことを知っている女中が、勿論いたであろうに。鷗外にとって、やはり過酷な戦争をともにした「第二軍」の記念会に欠席するわけにはいかなかったのであろう。

ともあれ、新喜楽で「僕」が座った位置は、周囲を観察するには「適当な場所」であった。時間も約束の時間まで十分ある。

そのとき、西北の襖が静かに開いて「小さい萎びたお婆あさん」が入ってきた。白髪、赤いちゃんちゃんこ姿。座敷の真中まで「ずんぐ〳〵」と出てきて挨拶をして「福は内、鬼は外」と豆を蒔きはじめた。今日は〝追儺〟(節分の夜)である。

この「お婆あさん」の描写は絶品である。無駄のない日本文である。

このとき、「僕」はニーチェの「芸術の夕映といふ文」を想起する。「芸術の最も深く感ぜられるのは、死の魔力がそれを籠落してしまつた時にある」、この言葉。白髪の老婆、静寂な空気、鷗外の想念に「死」が奔った。このとき、四十七歳、明治ならばそう若くはない。前年に弟篤次郎、次男不律と相次ぐ死があった。その感覚は生々しいに違いない。

長い人生の終末に近づきつつある、ある人間の一瞬にあらわれてくる「死」の想念をここでは捉えている。

暫くしてM、F君が来た。「話はこれ丈である」、これが作品の最後の言葉である。従来の小説の概念に縛られない、まさに鷗外流の短篇小説を提示したつもりであったのではないか。

【懇親会】

『懇親会』は、明治四十二年五月、『美術之日本』に発表された。

「赤坂八百勘の広間である。」、この一文でこの小篇は始まる。まず、広間の状景を丹念に描く。じっくり観察して書くというこの方法は、『追儺』と全く同じである。『追儺』に、広間の状景を「見てゐるには、最も適当な場所だ」という言句があるが、鷗外は、この見るに「最も適当な場所」に拘っていたようだ。これは、この時期の鷗外の特質でもある観るという鷗外の意識のあらわれであったと考える。

『懇親会』は、問題の事件が起こるまでは、場の雰囲気、記者たちの発言、特には『国民新聞』の「徳富蘇峰君の若い時に酷く肖てゐる少年」の挙動に関心を示し彼を追っている。

小篇の後半に「僕はふいと座敷を見渡した」と書く。事件の始まりである。「細おもての色の白い男」が鷗外の相手である。踊っていたが、右隣の座布団があくと、やってきた。この男は、そこで「僕」に屈辱の言葉を投げつける。激高してきた「僕」とこの男と、結局「縁」から落ち、「僕」の左手の「甲が血みどれ」になった。このときの鷗外の屈辱感については何度か触れているので、ここでは省略する。最終末に「二月二日の夜にしては、風が無い為めか寒くなかつた」としめくくっている。なぜ鷗外は日にちまで書いたのか。事実そのまま書いたことを示すためか、その真相は解らぬ。

ただ、この小篇は、鷗外が激高した事件を描いた割には、極めて冷静、淡々として、まさに、『追儺』の静かさを持続した鷗外流をみせているのが印象的である。

ただ、この八百勘での事件は、陸軍軍医総監、陸軍省医務局長という高級官僚の位置、それだけではなく、当時、日清、日露と二つの大きな戦争を戦ってきた「陸軍」のもつ権勢、そういった輝しい背景を担っていた鷗外が、一新聞記者に暴言、暴行を受けるという屈辱の事件である。なぜ鷗外は、事実に近い短篇として発表したのか。本来ならば隠蔽したい事件である。
しかし、鷗外は書いてしまった。一つには、風聞は誤解を生む、真相をすっぱりと発表しておきたいと思ったのかも知れぬ。ただ相当の覚悟をともなうことである。鷗外は、エリーゼ事件以来、小倉転勤と、どちらかというと、己を抑制して生きてきた。それは官僚人として強いられたものでもあった。

　今回、作家として再活動に踏み出した以上、箱の中から首だけ出しての創作は出来ない。全身をさらけ出すという覚悟がいる。「囚はれた思想」（『追儺』）から解放されなければならない。やはり、この『懇親会』でも「何をどんな風に書いてもよい」という覚悟がみえる。

　『半日』はその出発となった作品でもあった。この覚悟は、『仮面』『魔睡』『ヰタ・セクスアリス』と通底していることに留意しておかなければならない。

『仮面』　創作戯曲である。『仮面』は、明治四十二年四月、『昴』に発表された。

《杉村茂博士の診療所を、金井夫人が訪ねる。夫人は義理の弟、学生である山口の検査の結果を聞きにきたのである。結核ではないかと恐れていたが、博士は慢性気管支炎と告げる。そこにその学生山口がやってくる。安心して夫人は帰る。学生は症状を訴える。そんな時、邸にきていた植木屋が足場から落ちて、かつぎこまれてくる。この植木屋は、打ちどころが悪く、間もなく死亡する。学生はこのどさくさにまぎれて、博士の「手控」をみて、己が結核であることを知る。衝撃を受ける。博士は、一枚の顕微鏡写真をみせる。その写真には、千八百九十二年十月二十四日の日付がある。この標本には結核菌が一杯映っている。博士はこの写真は自分のだと告げ、この日付は、「僕に取つては重大な記念日の一つだ」と言う。洋行から帰って間もない頃、血を喀いたことを話す。博士は今は健康だ、しかし結核であったことがある。以来「十七年の間」沈黙していた。博士は、〝仮面〟を尊敬しなければならないと語った。》

　日本は、明治、大正、昭和の三十年代まで、結核大国であった。特に肺結核が多かったが、この病気に罹るとほとんどが死んだ。樋口一葉、石川啄木、正岡子規、みな結核で若くして死んだことは知られている。この明治四十二年といえば、結核が日本中に猖獗を極めた時期である。この時期、大学教授を兼ねる開業医が、かつて結核にかかり、今は健康であるという提示は、読者、観客の驚きであったと思える。

　『仮面』の中で、「Nageli《ネエゲリイ》は殆どあらゆる死体に、結核の古い痕を認めないことはないと報告してゐる」と博士に言わせている。これは、絶対治療困難とみられていた結核でも、自然治癒はあり得ると述べたことと同じである。これだけでも、当時の人たちの注目を集めるに十分である。作品中にある「千八百九十二年十月二十四日」と言えば、明治二十五年である。「洋行して帰つて間もない頃」とも書いているが、森於菟は、この「僕」の「重大な記念日」をさして「この日は作者その人の記念日でもあつたろうと想像する」（『父親としての森鷗外』）と述べている。

鷗外は、『仮面』で言う「千八百九十二年」と言えば、三十一歳、陸軍二等軍医正、陸軍軍医学校教官であり、離婚して二年目でもあった。確かに、この時期に結核に罹った可能性はある。しかし、病勢は活動的でなく、長い潜伏状態があった。結核の場合、こういう経路をたどることがよくある。でないと、日清、日露のあの過酷な戦争に出征して、無事帰還することが出来るわけがない。「老人に至つて活動化」したという説は肯ける。博士は、十七年間も結核を隠してきたことを「利己主義かも知れない」と言っている。なぜ「利己主義」か。それは己を守ろうとしたことを指している。当時は勿論、一九四〇年代まで、結核は死病であり恐い伝染病だった。結核病者が、その家族に一人でもいると、「肺病筋」とよばれ、忌み嫌われた。子供たちも、結核病者の家の前を通るときは、全力で走ったと言われた。鷗外は、森家や子供たちに傷がつくことを極力排そうとしたと思われる。

それなのに、鷗外は、ここで〝仮面〟を剝ぐことにした。『仮面』には、かなりの虚構があると思われるが、博士の結核体験は、作者鷗外のものであったことは間違いない。ここにも「囚われ」からの解放意識があるとみなければならぬ。

鷗外は、四十三年二月の日記に「十八日（金）。陰。大臣、病院長、軍医部員を偕行社に招かせ給ふ。予病を力めて陪す。是日痰鏽色になる。熱降りて粥を食ふことを得たり」とある。

日記にある「痰鏽色」とは、血液が痰に混じって出ていたことを示している。それも、進行性ならば鮮血であるが、サビ色なので、血液が少し古い。鷗外の結核は、『仮面』を書いて一年足らずで再発が推定されるが、やはり開放性ではなかったようだ。しかし、いずれにしても、肺結核を秘匿しながら、死ぬまでの人生十年余を生きたのである。相当の意志力を要したであろう。

鷗外は「Jenseits《イエンザイフ》 von《フオン》 Gut《グウト》 und《ウント》 Bōse《ビヨオゼ》」の言句を博士に次のように言わせている。「家畜の群の風俗を離れて、意志を強くして、貴族的に、高尚に、寂しい、高い処に身を置きたい」と。そして「その高尚な人物は仮面を被つてゐる。仮面を尊敬せねばならない。どうだ。君はおれの仮面を尊敬するか」と学生に問いかける。これに対し、学生は「（略）僕も人には結核のけの字も言ひますまい。（略）和歌山の母が此事を聞いたら、どんなに歎くだらうと思ふと、目が昏むやうな心持がしてならなかったのです。誰にも言はない事は母にも言はない。（略）」と答える。この学生の、「僕も人には結核のけの字も言ひますまい」という対応で、この「仮面」の意味が結核を秘匿していることを指していることが解る。そして、学生が特に母に知られることを心配していること、これも鷗外の心情を伝えている。鷗外は、博士を戯曲中の人物にして暈《ぼか》しながらも、己のこれまでの、否これからも含めての生き方を再活動期の早い時期に、提示しているとみたい。

「家畜の群」とは「風俗」であり「他者」である。自己が秘匿せざるを得ない「死病」を抱えている限り、「他者」と同じようには生きられない。「他者」と距離を置き、意志的に、抑制的に、孤独に耐え生きなければならない。これが鷗外の若年から最晩年までの処世のモットーであったと思ってよい。これが「仮面を尊敬」することである。

しかし、ここで告白してしまうと「仮面を尊敬」することにならないが、鷗外は、博士を劇中の人物として、鷗外自身と切り離すという装置を用いることで、一応「仮面を尊敬」するという立場を崩していない。しかし、読者に鷗外自身と受け取られてもよいという覚悟は、確かにあったであろう。

この『仮面』は、四十二年六月一日から伊井一座で新富座で上演された。同年六月六日、鷗外は、これを観劇に新富座に赴いている。日記に「新富座に往きて伊井一座の仮面を演じるを見る。大向の見物騒擾す」とある。何に、「騒擾」したのか定かではないが、死病だった結核に、自然治癒がありうるような発言をしたときか、または、学生、博士の、いずれかの結核が解ったときに起ったものとみえる。

『魔睡』

『魔睡』は、明治四十二年六月、『昴』に発表された。

《法科大学教授大川渉は、出張のため旅行準備をしている。妻は実家の母の付き添いで磯貝医院に行って留守。そこへ、友人の医科大学教授杉村茂が訪ねてくる。二人は雑談を少しして、杉村は帰りしなに、磯貝は医学者としては尊敬できるが、妙なうわさがあるので、妻君は行かせない方がよいと言う。この杉村の言をさきに帰っていた妻君は聞いていて、部屋に来た大川に不安を訴える。付添の母は、自分の病気のことをお前聞いておいてくれと言って先に帰ってしまった。磯貝と二人切りになったとき、じいと目をみられ、「少しの間気が遠くなるやうな心持が致しました」と訴える。大川はお前は魔睡術にかかったのだと言う。しかし、「何も心付きません」という妻の言で、「何事もあるまい」と、そこで話を打ち切る。旅行に出て、大川は汽車の中で、「魔睡の間の出来事」を強く心配し不快感におち入る。以後妻を磯貝に会わせてはならぬと思う。》

これは、そう簡単な短篇ではない。友人の杉村が指摘したように、名声のある医学者磯貝は、女患者に対して、卑猥な行為に及んでいるという噂が関係者の間で拡がっていた。森潤三郎は『鷗外森林太郎』で、「『魔睡』についいては聞いた事もあるが聊か憚るべき筋があるから書かずに置く」と慎重な姿勢をみせている。『魔睡』の材は、「事実」であるという認識があるから真相を書くことを避けたのである。鷗外も、この『魔睡』の妻を「細君は珍らしい美人である。（略）大川の奥さんは皮膚も皮下組織も薄くて軟かで、其底を循ってゐる血が透いて見えるやうである。かういふ皮膚の女は多くは目鼻立が悪い、此細君丈は破格である」と美人であることを絶賛している。『平日』の「奥さん」は、「目鼻立の好い顔」「黒目勝の目」と書き、さらに「顔は水が垂るやうに美しい。寝起に蒼過ぎた頬も、鴇色に匂つてゐる」と表現している。『平日』『魔睡』の妻の容貌は「目鼻立」のいい、「水が垂るやう」な（珍しい）美人で共通している。誰しも鷗外夫人志げを想起するだろう。『魔睡』でも「事実」を隠そうとしていない。

鈴木三重吉が、鷗外の死後発表した「森先生の追憶」（大11・9『明星』）で「私が現代名作集中に先生のお作を一冊入れて頂くに就て、先生の一ばんお好きな作を自選して頂かうとする際、先生は「魔睡」を出さうと仰り、「君、知つてるだろう。○○（某氏の姓）一件のあの話さ。あれについては桂公の前へも呼び出されたんだよ」と言はれた」と書いている。しかし、三重吉は、「でもあれだけはおよしになつた方がよくありませんか」と言うと、「表題」を変えようといい、それでも三重吉が慎重に構えると、名前をそれでは「森芙蓉」にしようとあくまでも『魔睡』を出すことにこだわったと言う。三重吉が最後まで慎重であったため、結局、自選作は『堺事件』になった、と興味ある話を書いている。首相桂太郎に事情まで聞かれた曰く付の作品なのに、鷗外は「現代名作選」に、なぜ『魔睡』を出すことに拘ったのか、まことに興味のあることである。

鷗外研究の場に、早い時期、『魔睡』の磯貝医師のモデルとして東大教授三浦謹之助を指摘したのは松原純一氏（昭32・7「鷗外現代小説の一側面」―『明治大正文学研究』第二十二号）であった。それから長谷川泉氏の『鷗外「ヰタ・セクスアリス」考』（昭43・7　明治書院）でも言及している。『鷗外日記』の大正元年十一月の項に「六日（水）、雨。靖国神社に参拝す。雑誌日月の魔睡を云々するを見る」と書いている。

大屋幸世氏は、この日記文にある「雑誌日月」を早くから探していたが、なかなかみつからなかった。しかし、遂に推理小説研究者である中島河太郎が雑誌『日月』の創刊号を所有していることを知り、それを貸与される幸運に恵まれ、『鷗外』46号（平1・1）に、「『魔睡』に関する一資料―三浦謹之助の侍医就任をめぐって」という、まことに興味深い論文を発表した。この大屋氏の論によると、鷗外が日記に書いた「雑誌日月の魔睡を云々」とは、「斬魔剱」なる署名で書かれた「新御用

掛三浦謹之助に辞職を勧告す」という勇ましい文のことである
ことが解る。

この「勧告文」は、「親戚の公認した色情狂」「小説『魔睡』の主人公」「蹶起せよ大和民族」「前門の虎後門の狼」の各小題で、「名医」三浦謹之助に、明治天皇の侍医を辞退せよと激しく迫るものになっている。

三浦謹之助に宮内省御用掛の辞令が出たのは、大正元年八月十九日である。大屋幸世氏によると、この雑誌『日月』が発刊されたのは大正元年十一月一日であるという。この『日月』の創刊号に、発刊の精神が次のように掲げられている。「昼は冲天の太陽として黒白を明にし、夜は雲を排して闇を照らすの月明也。発刊の意は即是れ」と。すなわち世の〝邪悪を正す〟という明確な志を掲げて創刊されたものであることが解る。

勧告文では「知る人ぞ知る、彼は親戚知己の公認したる色情狂」と三浦謹之助を弾劾し、「反省を促し其辞職を勧告して止まぬ」と迫っている。「斬魔剱」は三浦謹之助を「我国医界の第一人者」と認めながらも、「乱倫なる非行」をせし「色情狂」と断じ、宮内省御用掛の辞職を強く求めている。鷗外の『魔睡』との関係では「其醜事を一片の小説として仔細に詳述した」と、この短篇の「磯貝医師」の行為を「事実」として認めている。そして、この作品が発表されたとき、「医科大学全部は一斉に森博士の大胆なる発表に驚嘆した」とも述べる。

そして鷗外にとって、恐しいことは「此森博士の小説『魔睡』は三浦博士が其診察所における醜行為の凡てを実写したのである。其博士夫人が毒牙に罹かって其貞操を蹂躙された事実である。無論吾人は其夫人の誰なるかをも、其夫たる博士をも知つて居る。」という文である。

「斬魔剱」は、勿体ぶった言い方をしているが、むろん、鷗外夫妻を想定していることは間違いない。「珍らしい美人」だけでもおよそ見当はつく。この勧告文は後半では、三浦謹之助の一連の醜行を、「国家の一大事」とまで述べている。鷗外の『魔睡』が、単に文学界の問題だけではなく、大きな社会的な問題として、当時受けとめられていたことを知る。

さすがの「斬魔剱」も「森博士の大胆なる発表」に驚いている。鷗外が、このモチーフを執筆し、発表するに際し、二つの懸念があったはずである。一つは、当時我国医学界の著名であり、有力な医学者である三浦謹之助が、モデル探しに遇って、当然暴かれて特定されるだろうということ、そのとき鷗外自身にどのような影響があるかということ、もう一つは、大川夫人も暴かれ、当然志げと推定されるだろう、そのときどのような事態が起きるか、この二つとも、当時の鷗外の立場からすれば相当危険な賭である。何も影響がないはずはない、しかし、その時はその時、鷗外の脳裏に浮かんだのは、またしても『追儺』で断じた「小説といふものは何をどんな風に書いても好いもの」というフレーズであったのではないか。

案の定、「斬魔剱」の言うごとく、暴かれてしまった。「国家の一大事」とまで言われるに至った。そして首相桂太郎にまで呼ばれたのである。自分がやろうとしていることは、危険な綱渡りであることを熟知しながら、鷗外は『魔睡』を書いている。

この頃、戸川秋骨が、「近頃は頗る思ひ切つた飛び離れた作をされるが、それでも芸術的といふ処失せない」と「森先生」（明42・9『中央公論』）に書いている。これが当時の大方の意見であろう。「頗る思ひ切つた飛び離れた作」とは、『半日』『仮面』『懇親会』『魔睡』をさしていることは言うまでもない。木下杢太郎の言うこれらの作品は、「豊熟」の概念とは全く異質であると言わねばならない。

小島政二郎は「スバル、三田文学時代」（大11・7『新小説』臨時増刊『文豪鷗外森林太郎』）で、「『魔睡』や『ヰタ・セクスアリス』が載つたのも矢張「スバル」であつた。これは両方とも発売禁止になつた」と書いている。また浜野知三郎は、同じ『新小説』の「森林太郎略年譜」の、明治四十二年の項に「六月「一幕物」出づ。小説『魔睡』をスバルに載せ発売を禁止せらる」と書く。また山田弘倫は『軍医森鷗外』（昭18・6 文松堂）の「森林太郎略年譜」明治四十二年の項に、「小説『魔睡』発売禁止、『ヰタ《ママ》セクスアリス』発売禁止」と書いている。

『魔睡』は本当に発売禁止になったのか。

森潤三郎は、「『ヰタ・セクスアリス』は少年期から欧州留学前の間の性欲的方面を書いたもので、全著作中発売禁止処分を受けたのはこれが唯一つである」（『鷗外森林太郎』）と書いている。小島、浜野、山田らは、『魔睡』にある刺激的で性的内容から、当然発売禁止を受けたものと「錯覚」したようである。森潤三郎は、『魔睡』にまとわり付いている発禁という誤解を昭和十七年の段階で、きっぱりと否定したが、『ヰタ・セクスアリス』よりむしろ、三浦の人権等を考えた場合、当時「発禁」にならなかったのが不思議である。

『ヰタ・セクスアリス』

『ヰタ・セクスアリス』は、明治四十二年七月、『昴』に発表された。

鷗外は、この作品も一つの覚悟をもって書いたということである。『ヰタ・セクスアリス』執筆の動機は、「自然派の小説を読む度に、その作中の人物が、行住坐臥造次顛沛、何に就けても性欲的写象を伴ふのを見て、そして批評が、それを人生を写し得たものとして認めてゐるのを見て、人生は果してそんなものであらうか」という疑問から発している。そこで、その疑問を解決するために、「一体性欲といふものが人の生涯にどんな順序で発現して来て、人の生涯にどれ丈関係してゐるかといふこと」を、自ら書いてみたいと思った。

それも「前人の足跡を踏むやうな事はしたくない」という、独自性と創意を意識したものであった。「前人」というのは、恐らく自然主義の連中を示していよう。自然派が「性」を扱うのと違う表現体で「性」を書いてみたいということである。その方法として「おれの性欲の歴史を書いて見よう」と言う。もう一つ企図していることは、「性欲的教育」である。これは、たまたまドイツから送られてきた「性欲的教育の問題」を研究した書を読んで、思いついたことでもあった。

整理すると、自分の「性欲の歴史」と「性欲的教育」になる文章を書くという二つの目標にそったものである。前者はともかく、後者は明らかに自然派の作家たちと違う、基本に生理学を意識したものであった。

冒頭部は『魔睡』の構造と同じように、序論的性格のもので、「性欲」に関する知識や所見、それに、この作品で企図することを、かなりの量で述べている。そして、作品は、主人公金井湛《しずか》という哲学者の「性欲の歴史」の記述に入っていく。

人間の「性欲」への徴候はどういう形で芽生えていくか、これを自分の体験から捉えている。つまり、漠然とした無自覚な「性欲」の状況から明確な「性欲」への自覚へと成長していく過程、これは幼少年期から青年期までの、「性欲」に対する意識の成長を具体的にみることでもあった。鷗外は己の記憶をたぐり寄せ「六つの時」から「二十一になつた。」まで、十二の項目にして、年齢順に描いている。

次に、その項目に従って、それぞれ冒頭の言葉を出し、その章の特に「性欲」にかかわる小話を簡潔に記述しておく。

①「六つの時であつた」

場は、中国地方の小大名の城下町。春になって四十ばかりの後家さんの家で、ある本を見る。見知らぬ娘もいたが、二人は本を見ながら真赤になっていた。

後家は「僕」に向って「しづさあ。あんたはこれを何と思ひんさるかの」と聞いた。僕は何も判断出来なかった。

この城下町で使われている方言は、完璧な「石見弁」である。そこからも、この城下町が鷗外の出身地、津和野を示唆していることは間違いない。

絵本は「春画」であることを仄めかしているが、幼い「僕」は異様には感じたが、結局意味は解らなかった。無自覚である。

②「七つになつた」

「僕は藩の学問所の址に出来た学校に通ふことになつた」

学校に行くとき、壕の西にある木戸を通る。此処に「ぢいさん」がいる。或る日、この「ぢいさん」が、両親の夜のことを言う。「僕」は無言。この「僕」は夫婦でいると子供が出来ることは解っていたが、どうして出来るかは解らなかった。七つでは、まだ判断はつかないようだ。無自覚である。

③「十になつた」

ある日、「僕」は蔵の中で一冊の本をみつけて開けてみた。中に「彩色のしてある絵」があった。あの後家さんの家でみた絵本と同じであった。今度は、この絵の図柄はよく解った。「兼て知りたく思つた秘密はこれだと思つた」。

しかし「かういふ人間の振舞が、人間の欲望に関係を有してゐるといふことは、その時少しも分らなかつた」。この言句は大事なことである。男女がからまっているという図柄は解っても、何のために、こんなことをしているかは、解らなかったということである。つまり「性欲」にまだ無自覚であった。十歳という微妙な分岐点の判断力を、鷗外は精確に捉えているといってよい。

ここにはさらに一つの小話がある。「僕は女の体の或る部分を目撃したことが無い」。この関心は、ほとんどの男性が少年時代に感じることであろう。鷗外は、それを十歳とした。

「僕」は近所の同年位の女の子を実験対象とした。互に高い処から尻をまくって飛び降りる遊びで誘い成功する。しかし、白い脚と白い腹がみえただけで、「僕」は大いに失望する。ただ十歳になって明確になったのは、異性の下半身に対する関心である。これは「性欲」の成長過程で、無視出来ない不可欠な関心事である。鷗外は、それを外していない。

この③には、もう一つの小話がある。

秋になってこの城下町では盆踊がある。その夜、若い男女が愛宕山に行き、朝になると、いろんなものが落ちているという話を聞く。

「僕は穢い物に障つたやうな心持」をもった。十歳は少年中期への微妙な分岐点であり、「性欲」なるものにもまだ十分に理解出来ていない、これが鷗外の判断である。

④「十一になつた」

上京、旧藩の殿様の屋敷のある向島の長屋に入った。屋敷には「家従」が数人いて雑談している。そこで吉原の女郎の話を初めて聞く。ある日、涅麻《くりそ》という家従が浅草の観音堂に連れていってくれた。この中店で「帯封のしてある本」をみた。涅麻は狭い巷に連れていく。どの店にも「お白いを付けた女」がいる。女たちは「僕」を「空気の如くに取り扱」った。

また同じ頃、寄席にも行った。別々に閉出しを食った息子と近所の娘の話である。息子は「をぢ」の家に泊まりに行く、娘がついてきて、結局一部屋に寝るが何もなかった。「分かるかい」と聞かれた「僕」は「大抵分かる」と答える。十一歳ともなると、男と女が同室で泊っても何事もなかったという意味が解ったのである。ここに一歩、「性」の意識の成長がみえる。

同じ年の秋、ドイツ語学校に通うため、神田の東先生の家に下宿する。ここで書生と下女が話している中で、「女の器械」のことを聞く。不愉快を感じる。学校の寄宿舎に寄ったとき、「男色」のことを初めて聞く。「僕」はそれから寄宿舎へは行かなくなった。

徐々ながら、東京という場所が「何の知識を攫得するに便利な土地」ということが解ってきた。十一歳はそれの解る段階に入りかけたのである。

⑤「十三になつた」

昨年、母が国から上京してきた。「僕」は、東京英語学校に入り寄宿舎に入った。貸本屋の出入りがある。「僕」は貸本屋の常得意となる。馬琴、京伝、春水、そして「梅暦」はこのとき読んだ。「僕」は一番若い。「性欲的」に軟派と硬派があった。「僕」は硬派の犠牲であった。鰐口弦と同室になった。鰐口とは東大同期の曲者、谷口謙がモデルである。この鰐口のことを「刻薄」「Cynic」と書いている。

⑥「十四になつた」

「暇さへあれば貸本を読む」、馬琴、京伝を読み尽す。友人の埴生が近所の小料理屋に連れていく。女中がみなふくみ笑いをする。間が悪い。このあたりは虚構臭いが十四歳で小料理屋に入るという初体験をした。埴生が、「をぢの年賀」に行ったとき、お酌の手を握って庭を散歩したと「僕」に話す場面がある。鷗外は書く。この行為は「無論恋愛の萌芽であらうと思うのだが、それがどうも性欲その物と密接に関連してゐなかつたのだ」と。鷗外は恋愛と性欲がまだ結びつかないという。十四歳はまだ未成熟である。

「僕」はこの頃「悪い事」をおぼえた。これは内から促されたものでなく、他人の入知慧であった。また二つ年上の埴生は、酒や女のことで評判が悪い、「僕」はこの埴生と交き合いをやめろと父から説教される。

この夏休み、向島で尾藤裔一という漢学のよく出来る友達が出来た。これは有美孫一のことである。有美は向島の伊藤家の七代目の娘の息として生誕したが、後に貞子が有美謙輔と再婚したため、姓は伊藤から有美となった。鷗外は『俳句と云ふもの』（明45・1『俳味』）の中で「其頃向島で交際してゐた友達は、伊藤孫一といふ漢学好きの少年であつたので、詩が一番好きであつた」と書いている。

ある日、裔一を訪ねたが留守、継母がいた。この継母は妙に愛想がよい。縁側で話していると、接近してきて、継母の息が顔にかかる。「僕」は慌てて駆け出した。十四歳ともなると顔の造作がはっきりしてきて、眉も太くなる。つまり、外形は大人びてくるのだ。鷗外は「僕」の微妙なこの変化を、この継母の挙措で匂わせている。

⑦「十五になつた」

去年の暮に、試験で大きな淘汰があった。特に軟派の過半が退学となり、「僕」は硬派の筆頭たる古賀と同室になった。「僕」は鰐口の「奇峭な性格」に結果として守られていたが、美少年に特別な保護を加えていた古賀が怖かった。しかし、この頃、「貞丈雑記」「虞初新誌」などを読んだ。しばらく何事も起らなかったが、古賀の「獣」（性欲）は「縛つてあるが、をりをり縛を解いて暴れるのである」。月に一度位、美少年が襲われる。鷗外は、十五歳ともなると、この性欲が特に強壮な少年がいることを書きたかったものとみえる。これも成長過程の一つである。「僕」は古賀とともに吉原に行く、藍染橋を渡ったが、結局何事もなく帰ってくる。「僕」にはまだ何の性欲もわかないようである。

⑧「十六になつた」

大学の文学部に入った。医学部卒の鷗外は、この作品に虚構が多々あることを「文学部」で示している。夏休みから下宿したが、寄席に行かないと寝られなくなった。寄席の帰りに蕎麦屋に寄ると、妓夫が「夜鷹」を大勢連れていて誘う。これにのらず帰る。「生息子」で英語学校を出たのは児島と「僕」ぐらいなものだったろうと書く。十六歳の「僕」は、まだ性欲の抑制は出来ていたようである。

⑨「十七になつた」

この年、父は監獄の役人となる。このことも鷗外の実体ではない。なぜ監獄の役人なのか。休日で小菅に帰る途中「秋貞」と書いた古道具屋があり、いつも障子が半分締めてある。そこに時折、娘が立っている。愛敬がある。「僕」は大学を卒業して二年目に洋行するまで、この「秋貞」の娘を夢の人にしていた。ずっと後で聞いたことであるが、この娘は近所の住職に為送りを受けていたということである。話をもう一つ。父の家の隣に十三ばかりの娘がいて、いつの間にか、「僕」の嫁さんになりたいと言うようになった。しかし、娘には婿養子がいることも解り、いつの間にか、立ち消えとなった。

鷗外は、これらの話は、性欲、恋愛どちらでもない、と書いている。十七歳ともなると、異性への関心は強くなる。そして、おぼろげながら恋心に似た気持もわいてくる年頃である。「秋貞」の娘は、後年の『雁』のモデルであることで知られている。

⑩「十八になつた」

夏休みのこと。卒業試験の勉強のため、向島の明いている家で自炊するというと、植木屋のお蝶という十四の娘が、煮炊きも余り出来ないが「僕」よりはましということで日中来ることになる。お蝶は当初はよく働いた。ある日、尾藤裔一が訪ねて来て帰りしなに、女中と一緒になった伯父の不幸を語って去った。それから「僕」はお蝶を意識するようになる。お蝶の挙動が気になるようになる。お蝶の「僕」に対する態度が変ったように思う。動作が硬くなり「僕」の顔を見なくなる。「僕」も台所にいるお蝶の動作を色々想像するようになる。特に左の鷗外の描写は秀逸である。

僕は本を見てゐても、台所の方で音がすれば、お蝶は何をしてゐるのかと思ふ。呼べば直に来る。来るのは当りまへではあるが、呼ぶのを待つてゐたなと思ふ。夕かたになると暇乞をして勝手の方へ行く。そして下駄を穿いて出て、戸を締める音がするまで、僕は耳を欹ててゐる。そして其間の時間が余り長いやうに思ふ。彼は帰り掛けて、僕の呼び戻すのを待つてゐるのではないかと思ふ。僕の不安はいよいよ加はつて来たのである。

右の文は、お蝶が「僕」に恋をしているのではないかと、真剣に考えている。「僕」はお蝶に惚れているわけではない、それなのにお蝶が気になる。これは思春期に、特に異性に対し経験する過剰反応である。自分が積極的に動く気持はない。しかし、向うが仕掛けてくれれば、何かが起るかも知れぬ、この疼くような十八歳の期待を、鷗外は見事に捉えている。「僕」は何事もなく小菅に帰っていく。結局、実相は変らずじまいである。

⑪「十九になつた」

七月に大学を卒業。十九歳で大学卒業は鷗外と同じ。「とうとう女といふものを知らずに卒業した」。これは鷗外と同じかどうか解らぬ。卒業生一同が、教授を上野の料理屋に請待した。宴会で芸者を見たのはこの時が始であった。「堂々たる美丈夫」の兒島に芸者の小幾がついて離れず、沢山の橘飩を食べさせている。「僕」はこのとき醒覚し座敷が純客観的にみえていた。しばらく座を眺めていて「僕」は先に帰った。今、小幾は有名な政治家の夫人に据っているという。

妙に醒めて場の全体を眺めるというこの「僕」の挙措は、鷗外の四十年代の一つの大きな特徴のように思える。それは、すでに『追儺』に始まり、以後の短篇の主人公に受け継がれていくのである。

⑫「二十になつた」

十九歳、晴れの卒業の日、異性とは何の進展もなかった。

「僕」は卒業時の席次がよかったので、官費洋行の資格がくるとの噂がある。しかし、なかなか決まらない。こんなとき、縁談を持ってくる人がある。この項で鷗外は見合のことを書いている。「僕」は容貌に相当劣等意識をもっている。しかし「霊」（才能か）で落第するとは思わない。否、本心は「霊」にはかなり自信をもっている。母は、「僕」の容貌は見合で落第しそうと考える、「僕」に大層不服である。それでも「侍の娘は男の魂を見込んで娵に往くのだ」というのが母の持論である。

ある日、「僕」は見合をする。相手は「随分立派なお嬢さん」だと思う。しかし、貰う気にならない。そこで考える、人はこんなとき決心するキメ手は何かと。鷗外は「性欲的刺戟を受けて決心するのではあるまいか」と書いている。

この鷗外の言はあたっている。二十歳ならば、性的欲求は当然あるはず。とすれば、この見合の相手に、今で言う性的魅力を「僕」は感じなかったということになろう。

この年の冬、「僕」はある詩会に出て三輪崎霽波という詩人と知り合いになった。この詩人のすすめで『読売新聞』に匿名で小文を書いた。その御礼ということで、社主とその詩人とで料理屋に招待された。帰るとき、その詩人のたくらみで、車がどんどん上野の方に行く。「僕」は逃げようとしたが、詩人の強引さは格別だ。「僕」は遂に決心し茶屋に入る。中年増が「僕」を一間に連れ込んだ。そして次の描写がある。

> その時僕の後にしてゐた襖がすうと開いて、女が出て、行灯の傍に立つた。芝居で見たおいらんのやうに、大きな髷を結つて、大きな櫛笄を挿して、赤い処の沢山ある胴抜の裾を曳いてゐる。目鼻立の好い白い顔が小さく見える。例の中年増が付いて来て座布団を直すと、そこへすわつた。そして黙つて笑顔をして僕を見てゐる。僕は黙つて真面目な顔をして女を見てゐる。

「僕」には初めてみる異空間の世界であった。「己は寝なくても好い」と反抗するのは口先だけ。遂に「僕」は男となる。二十歳であった。鷗外は次のように書く。

「僕は白状する。番新の手腕はいかにも巧妙であつた。併しこれに反抗することは、絶待《ママ》的不可能であつたのではない。僕の抵抗力を麻痺させたのは、慥に僕の性欲であつた。」

「番新」とは中年増の「婆あさん」のことである。

二十歳になって、「僕」は明確に「性欲」を自覚し、主体的に男として生きようとした。当時、この年齢ぐらいが「女といふものを知」る平均値であったように思える。

翌日、「僕」には別に「良心の呵責」はない。しかし、あんな所に行くことは「悪い事」だとは思う。病気を受けたら子孫にまで影響を及ぼす、そして、「恋愛の成就」はあんなことに到達することなのか、馬鹿馬鹿しいとも思う。ただ大きな変化があった。それは女に対して自信が出てきたこと、これもやはり成長に向かう通過儀礼の一つであったということであろう。

この年、古賀の誘いで「不精々に同意」して吉原に行ったが、相手は人の好さそうな年増女。ひどく血色が悪い。結局何事もなくこの女と腕角力をして帰ってきた。この鷗外の書き振りは、不自然な感じがしないでもない。

⑬「二十一になつた」

この年、洋行が決った。一月末の寒い晩、古賀らと待合に行った。お上に呼ばれて別室に行く。そこに初対面の芸者がいた。鷗外は直接的には、この芸者と何があったかは書いていないが、「数日の間、例の不安」があったと書いている。芸者と関係があったことを示唆している。「不安」とは例の性病のこと。二十一歳ともなると、自然の性欲に従って青い潔癖感も消えているようである。

この年八月、横浜から渡欧している。行き先はドイツ。何を研修に行くとは書いていない。専門の哲学だったのではないか。

この作品の終末部に、ドイツで出遇った女のことを書いている。ベルリンの珈琲店。日本人は厭だといっていた美女が、金井君となら行くと頑張る話。下宿の娘が、毎晩肌襦袢一つで部屋に来て話す、これに閉口した金井君は下宿を変る。ミュンヘンでの珈琲店で、「凄味掛かつた別品」に誘惑される。「腹の皮に妊娠した時の痕のある女であつた」と書く。金井君が関係のあったことを示唆している。

鷗外は「金井君も随分悪い事の限をしたのである」と書いている。だが、みずから「強く性欲に動かされたことはない」と自己弁護もしている。この「悪い事の限をした」と書きながら、「強く性欲に動かされたことはない」と書く、鷗外の自己弁護は余り説得力がない。

鷗外は、みずからの「性欲」を恬淡と言って隠してきたが、鷗外自身、決して性欲が弱かったとは思わない。むしろ「強壮」であったと考えるのが妥当ではないか。あれだけ精力的に多岐にわたり仕事をした人である。仕事への意欲量と性欲の強弱は、比例しているとみてよい。俗ではあるが、〝英雄色を好む〟という言句は、人間が長い体験を経て吐き出されたものである。と言って、鷗外が「色を好む」と言っているわけではない。健康で強壮な性欲は十分あったと想定しているのである。鷗外は、この『ヰタ・セクスアリス』の終末部で、「普通の意味でいふ自伝ではない」と書く。これはその通り。そして「それなら是非小説にしようと思つたかといふと、さうでも無い」とも書く。これもその通り、結局「そんな事はどうでも好いとしても、金井君だとて、芸術的価値の無いものに筆を着けたくはない」と述べている。

ここに鷗外の本音がある。いわゆる自然主義の性的表現と違う、いわゆる鷗外流の性的作品を書く、構成の上からも、描写の面からも、芸術性をもった鷗外ならではの「性欲の歴史」を書く、これがどうやら目標であったようだ。もう一つ「性欲的教育」だが、教育的効果がないことはないが、「我子にも読ませたくはない」と韜晦ぶって筆を置いている。

いずれにしても、ここで書かれた性体験の主軸は、ほぼ鷗外自身のものであったと思ってよかろう。しかし、修飾的描写には、かなり虚構が入っている。だから鷗外は「自伝」でもない「小説」でもないとあいまいなことしか言えないのである。

金井湛は二十歳で女を知ることになるが、「六つ」からの男子の性的体験を観察的に捉えながら、特に性的関心と性欲とが分離したまま、幼少年期を成長していく過程を科学者の眼をもって文学作品として描いているという点に、この作品の独自な価値がある。

大町桂月は、この『ヰタ・セクスアリス』に対し「鷗外の性欲小説」(明42・8「趣味」)で、「西洋に例あるか否かは知らざれども、我国にては、古来、その類を見ざる小説也。(略)世には、この小説が風俗壊乱に成りはせぬかと心配する人もあるやうなれども、吾人思ふに、啻に風俗を害せざるのみならず、ひろく天下の少年青年に読ましめたきもの也。」と述べている。この大町の評は、現在なら常識である。「ひろく天下の少年青年に読ましめたきもの」という大町は、当時としては進んでいたと言わなければなるまい。

「一体性欲といふものが人の生涯にどんな順序で発現して来て、人の生涯にどれ丈関係してゐるかといふこと」を書いてみようとした鷗外。この視点は観察的であると同時に、もう一つ言っておきたいのは、鷗外の「性欲」なるものに対する基本的な考えである。すでに、エリーゼ、児玉せきのところで書いてきたが、鷗外は、「性欲」は、人間にとって生理学上必要なものので、決して「猥褻」なものと思ってない。それ故、健康な「性欲」は、いかに処理すべきかを、常に、真面目に考えてきた、極めて早い日本人の一人であったことを、ここでもう一度念を押しておきたい。

なんでも「けしからん」

この『ヰタ・セクスアリス』は、発表前から発禁の危険性があった。

『昴』の編集者であった長田幹彦が、この『ヰタ・セクスアリス』の原稿を手にしたときの驚きを「一読びつくり仰天して、なんぼ鷗外先生のものでも、これがどうして発禁にならずにゐようかと早速大あはてにあはてて、相棒の江波文三君のところへすッ飛んでいつた。」(『文豪の素顔』昭28 要書房)と書いている。

鷗外自身も、この作品が発表されたときの反応を予測できないはずはない。具体的な性態描写なるものは全くないが、春画、自慰、男色、童貞喪失、滞欧時の性体験等々だけでも、当時では猥褻的な「けしからん」書として発禁になる可能性は十分察知出来た。

鷗外は四十二年七月一日の日記に「Vita sexualis 昴に出づ」と書いているが、同じく七月一日発行の『東亜之光』第四巻第七号に『当流比較言語学』という文章を発表し、恐らく『ヰタ・セクスアリス』の発禁を牽制する意図で「けしからんけしからんを連発する」日本人をドイツ人に比して批判的に書いている。

鷗外の言っていること、日本人がよく言う「けしからん」は「義憤」である。これで花袋の「蒲団」も、荷風の「祝盃」も、みな「けしからん」と言う。ドイツ人ならば「義憤」は「気恥しい事」である。なぜなら、「けしからん」と「第一の石を罪人に抛つ資格が」あるのか、と問われて赤面しなければならぬ。だから「けしからん」と「義憤」を発する人間は「面皮の厚い人」だと強烈に批判する。そしてこの文の最後には「けしからんけしからんを連発するのは、傍から見ると可笑しい。日本人がそれを構はずに遣るのは、自分を可笑しくすることを厭はないのである」とも断じている。

この鷗外の考えは、対象の真価に、いかなる評価も下し得ず、単なる表面的な倫理で、対象価値を断ずる人間は、まさに無智なる者であると認識していると言ってよい。

この『当流比較言語学』で述べる「けしからん」の「義憤」に対する批判は、無智なるため、自然主義を無政府主義と同質視し、危険なる思想と思ってしまう時の権力者たちを批判した『沈黙の塔』にもつながっているとみてよい。

『キタ・セクスアリス』が発表された一カ月後、八月一日の日記に「諸雑誌にVitaの評驀し」と書いている。予測通り大きな反響があった。

同じ八月一日、賀古鶴所に出した書簡に「発売禁止は「スバル第七号」ノ名義ニテ実行セラレ候多少覚悟イタシ居候（略）」と書いている。

発売禁止処分を、雑誌名で発表したのは、当局の配慮であったとみえる。八月六日の日記に「内務省警保局長陸軍省に来て、Vita——の事を談じたりとて、石本次官新六予を戒飭す」と記している。

鷗外が、嫌悪する石本次官に「戒飭」を受けることは、大いなる屈辱である。これも鷗外は予測出来たはずである。それなのになぜ、この危険を感じながら己の性欲史を発表したのか。

この『キタ・セクスアリス』を発想し、執筆した意識は、さきにも書いたように、『半日』『仮面』『懇親会』『魔睡』など、再活動期の初期作品に通底していることであった。鷗外が、一つの覚悟をもって書いたという推定は、これらの作品に共通して許されることであろう。

鷗外の危険な姿勢は何なのか

一つには、主体的に前に出るという積極的意識である。特に日清戦争後から、陸軍軍医総監、陸軍省医務局長というトップの位置に就くまでは、鷗外の「生」は抑制して生きざるを得なかった。強い被害者意識のなせるわざと言えども、本人にとっては「小倉転勤」は「左遷」であり、彼は『鷗外漁史とは誰ぞ』を書き、その中で「鷗外漁史はこゝに死んだ」と屈辱の言を吐いた。しかし、それは鷗外の擬態でしかなかった。当時、鷗外は『智慧袋』の「凌虐」の中で、「これに勝たんと欲せば勝て、然らずば雌伏して時を待て」と書いている。これは、そのときの鷗外の心情にぴったりであった。そして、さきほどの『鷗外漁史とは誰ぞ』の中で、「鷗外は殺されても、予は決して死んで居ない」と書いている。鷗外は、一定期間の抑制の中で、マグマを貯えることが出来た。いま復活のときである。
誰れにも干渉されず、思いのまま表現する、この主体的「生」こそ、復活の大きな条件であった。そこには「覚悟」が必要であったのである。

『予が立場』

この時期の鷗外を考えるに、明治四十二年十二月に『新潮』に発表された『予が立場』なる文章は極めて重要である。この文章は、鷗外の「談話」を、新潮社の中村武羅夫が記録した。

この「談話」に登場する文人は、田山花袋、島崎藤村、正宗白鳥ら自然主義の作家、それに小山内薫、永井荷風、夏目漱石、その漱石に「接近してゐる二三人」である。ここで鷗外が意識している漱石門下の「二三人」と言えば、鷗外にも接近していた鈴木三重吉、それに同じ四十二年一月から五月まで『朝日新聞』に平塚らいてうとの恋愛事件を「煤煙」なる題名で告白的に書き注目を集めていた森田草平が考えられる。

この『予が立場』を考えるとき、今迄注目されてきたのは、「Resignation」なる言句であった。これを「諦念」と捉えるむきも多かった。しかし、私は、『予が立場』の終末部にある「自分の気に入つた事を自分の勝手にしてゐる」そして、「上座」「下座」に拘わらないという言句に着目し「自由無碍」なる精神に己の処世を見出している鷗外を感じとっていた。むろん、当時、公私ともに押しよせてくる苦渋を生きる鷗外の一つの工夫として、自分自身に言い聞かせるものであった。

しかし、いまここで、『予が立場』に強い関心をもつのは、自然主義に対する鷗外の態度である。自然主義容認については、すでに『半日』論のところで触れているが、この「談話」ではさらに明確な形としてあらわされているということである。つまり「現在の文芸界」の「重立つた諸君」として、三人の自然主義の作家を挙げ、この三人を当時鷗外が親近感を持っていた小山内、永井、それに最も傑出した才能とみていた漱石らと、同じ平面上に並べて論じているということである。小山内薫はこの年十一月二十七日、二十八日両日、有楽座で上演された鷗外訳『ジョン・ガブリエル・ボルクマン』の監督、指揮にあたっていて、絶えず鷗外と会っていた。鷗外は、自分の訳した劇の演出をまかせる程、小山内を信頼していたのだ。永井荷風は、四十一年七月、アメリカ、フランスの留学から帰国、八月「あめりか物語」、四十二年三月「ふらんす物語」(発売禁止)、五月に「祝盃」と続々問題作を出し、同年九月には「鷗外先生」を『中央公論』に発表している。鷗外は帰国して活躍を始めた荷風に注目し、四十三年二月には、慶応義塾大学文学部教授に推薦している。

つまり、ここで述べたいことは、当時、自然主義作家として際だっていた花袋、藤村、白鳥の三人を、鷗外が最も信頼していた小山内薫、永井荷風などの浪漫派の英才たちと同じ平面上に並べて、「重立つた諸君」と述べている点である。

花袋は、このとき「蒲団」に続き「生」（明41・4・13〜7・19『読売新聞』）、書きおろしの「田舎教師」を発表していた。「生」では、いわゆる〈平面描写〉の方法を用い、登場人物は、すべて花袋の肉親であり、しかも実母の性格のために、辛苦せざるを得なかった田山家の実態を暴いた。実母を、他の人物たちと等距離に置き、災をもたらすものとして、容赦なく徹底的に描いた。これは鷗外の『半日』の妻に向けた攻撃的筆致と、どこが違うのかと言いたいぐらいである。

藤村は「破戒」に続き、「春」（明41・4・7〜8・19『東京朝日新聞』）を発表。この「春」は、「破戒」から一転して自伝小説として書かれた。明治二十六年から二十九年頃までの藤村の周辺が描かれている。北村透谷、平田禿木、戸川秋骨、馬場孤蝶らがそのモデルであった。白鳥は、「何処へ」（明41・1〜4『早稲田文学』）を発表、明治四十年代前期、日露戦争後の閉塞的な社会に目的を喪失して生きる青年の苦悩をこの作品で捉えようとした。

森田草平の「煤煙」は、危険な告白小説であり、「蒲団」などと並び、当時の文学界に、告白的傾向の流れを醸成するものとなった。荷風の「あめりか物語」「ふらんす物語」も、花袋の「蒲団」「生」、藤村の「春」、草平の「煤煙」も、四十年から四十二年にかけて、事実と素材を書くという作品が主流を占めていたのは事実である。ここに至って鷗外には、もはや自然主義文学に対する異和感は、ほとんどないと言ってよかろう。

さて、『予が立場』の後半で、花袋、白鳥、藤村らの名を再び挙げ、「私より旨くて一向に差支がない」と述べている。この鷗外の言をどう理解すべきか。再度言えば、自然主義文学を、すでに向こう岸に在るものと見ていない証言ともとれるが、むろん優劣に関しては、鷗外の本心ではない。同じ身辺小説を書いても「質」が違う、文体が違うと、鷗外は、己の独自性に自負があったはずである。しかし、自然主義作家たちに対してこんなことを言わざるを得ない己自身、そして時代の変化を認めざるを得なくなっている鷗外を確認しておかなければならぬ。

『大発見』

『大発見』は、明治四十二年六月、『心の花』に発表された。

この短篇は、『ヰタ・セクスアリス』が発売禁止になる前の小品である。内容からみて小説とも言えまい。随筆にしては虚構がある。『予が立場』で言う「自分の気に入つた事を自分の勝手にしてゐる」という鷗外流の小品ということになろうか。

この小品はタイトルが示すように、「発見」とか「発明」とか言う、他に抜きん出て手柄を立てることに拘っている「僕」を感じる。この『大発見』の発想と、繋がっている意識は『妄想』にある次の文である。「自然科学で大発明するとか、哲学や芸術で大きい思想、大きい作品を生み出すとか云ふ境地に立つたら、自分も現在に満足したのではあるまいか」。『大発見』と『妄想』は二年の径庭があるが、この拘りは、四十年代の鷗外の中に、持続していた精神であったと思われる。『大発見』の中で、「僕」は「発見とか発明とかいふことには頗る縁遠い身の上となつた」とも述べる。これは、現状を単に説明するということではなくて、『妄想』にみられる〝不満〟の意識をここでは隠しているとみなければなるまい。

さて、そこで「僕」が大発見をした話になる。

「僕」が留学生としてドイツに着き、大日本帝国公使S.A.閣下に挨拶に出向いたとき、公使は「なに衛生学だ。馬鹿な事をいひ付けたものだ。足の親指と二番目の指との間に縄を挟んで歩いてゐて、人の前で鼻糞をほじる国民に衛生も何もあるか。まあ、学問は大概にして、ちつと欧羅巴人がどんな生活をしてゐるか、見て行くが宜しい」と述べる。これは『独逸日記』をほぼ踏襲している。「公使S.A.」とは青木周蔵のこと。日記によると、ドイツに着いたばかりの鷗外に「衛生学を修むるは善し。(略)足の指の間に、下駄の緒挟みて行く民に、衛生論はいらぬ事ぞ。(略)欧州人の思想はいかに、その生活はいかに、その礼儀はいかに、これだけ善く観ば、洋行の手柄は充分ならむといはれぬ」と青木公使が述べたことになっている。主旨は、ほぼ同じであるが、日記の方には「人の前で鼻糞をほじる国民」という表現はない。もし事実この言を青木公使が発していたら、日記で外すはずがない。この「鼻糞」の件は、「虚構」の公算が強い。「僕」がドイツに三年滞留、帰国途次、ロンドン、パリと寄ったけど、鼻糞をほじくる白人は、とうとう全くみなかった。「目撃」だけでなく「載籍」に徴してもみることはなかった。ホメロス、ダンテ、シェイクスピア、コルネイユ、ラシイヌ、ゲーテ、シルレル、イプセン、マアテルリンクなど、これら西欧の文人の書いた作品にも、お目にかかれなかった。だが遂に一九〇八年(明41)、グスタアフ・ヰイドの書いた「2×2=5《ににんがご》」という脚本に、船頭が、鼻糞をほじる描写のあることを発見したのである。「発見」なるものは、権威者の言を打破したときにこそ、その効果も高まる。「僕」が、「大日本帝国特命全権公使子爵S.A.閣下」の発した言を、否定するという筋書を成すために、公使の言葉での「虚構」が必要であったとみる。この小品の終末で「僕は謹んで閣下に報告する。欧羅巴人も鼻糞をほじりますよ」と、締め括っている。

この「鼻糞」の件は他愛ないような話ではあるが、白人は「鼻糞」をほじらないという確信に近い認識を打ち破る発見をしたということは、恐らく鷗外にとっては、エキサイティングな出来事であったに違いない。その証拠に、鷗外は、四十二年五月二十三日、小石川区丸山町、槖吾倶楽部においての「在京津和野小学校同窓会」で、この『大発見』と同趣旨の講演を行ったということを森潤三郎は書いている（「校正餘滴」昭12・12『鷗外研究』第十八号）。後に、外務大臣にまでなった青木周蔵に、ドイツに着いたと端に、見下すような形で衛生学を学ぶことの無意味さを投げつけられた鷗外は、このことは、いつまでも心の中に残る一種の屈辱であったと思はれる。しかも、ドイツ人を妻とし、西洋に精通している青木公使に一矢を報いたかった。「鼻糞」云々は、仮りに虚構であったにしても、「足の指の間に、下駄の緒挟みて行く民に、衛生学いらぬ事ぞ」という青木公使の言は、みずから、わが祖国を貶めている。鷗外の心に長く残る不快極まる言であった。鷗外としては、日本人も白人も同じだということを何とか証明したい。「下駄の緒」でも「鼻糞」でも、日常些事のことでは同じであるが、白人は「下駄」を履かない。そこで「鼻糞」を設定し、果して「ほじくる」か、もし「ほじく」れば、青木公使に一矢を報いることになる。つまり白人なるものも、別に特別な人種ではない、ということを「大発見」したこと、このことは、「S.A.閣下」が言ったことではなかったにしても、「下駄の緒」云々に対する立派な反論となる、これが鷗外の思いではなかったか。他者には、余り面白い話ではあるまい。

『鶏』

『鶏』は、明治四十二年八月、『昴』に発表された。八月の末、次の日記文がある。

「二十八日（水）、晴。大臣に事を稟す。鶏を校し畢る。（略）昴第七号発売を禁止せらる。Vita sexualis を載せたるがためならむと伝へらる。」、七月一日の日記に「Vita sexualis 昴に出づ」とあるから約一カ月近く経ての発禁である。実質的には『昴』の定期購入者は勿論、発表前からうわさのあった作品だけに、第七号はほとんど売れていたものとみえる。このことは、警保局が、鷗外に気をつかったのかどうか、それは不明である。さて、この『昴』第七号が、発禁になった日に、鷗外は『鶏』を校了している。そしてこの短篇は『昴』第八号に掲載された。『鶏』が校了の日に、『昴』が発禁になったということは、当然、この『鶏』の執筆にあたっては発禁を意識していたとみてよい。すでに書いていたとしても、素材が無難なものであることをも確認したであろう。

内容は、石田小介少佐参謀が、小倉の師団に着任し、そこでの独身生活が始まる。当然起ってくる人間関係、雑事など、もろもろの身辺の生活が描かれている。これならば無難である。

石田をとり巻く人間たちは、従卒、別当、下女、女中などである。この下女と女中の区別がこの『鶏』では定かではない。最初雇ったのは五十過ぎた「婆あさん」で女中となっている。この女中を解雇した後、かわりに来たのは十四、五歳で名は春という、これは下女となっている。しかし、することは同じである。

石田少佐の小倉での生活の基本は、大体鷗外のそれが踏まえられている。日記でみると、春という下女、それに別当の虎吉も、そのままであり、石田の留守に、生きた鶏をもってきた元輜重輸卒の「麻生」は、『福岡日日新聞』の主筆と原稿の依頼に来た「小倉特派員麻生作男」から名前をとっていることが解る。また最初の「婆あさん」が、石田の留守中に、米などを黙って運び出す場面があるが、これは、日記（明32・9・10）の「小婢久盗癖あるを以て罷め帰らしむ」を使っているとみえる。また『鶏』の中で、春と一緒に泊らせていた「薄井の下女」が「暇を取って師団長の内へ住み込んだ。春の給料が自分の給料の倍」なので羨ましがって主人をとり替えたという話がある。これは、日記（明32・9・1）の「既にして宇佐美氏の婢、我家の労少く賓多きを羨み、宇佐美氏を辞して、井上中将の家に仕ふ」から大体とっていることが解る。しかし、確かに材料は小倉生活からとっていても、決して私小説ではない。

第一、主人公は少佐参謀である。鷗外は軍医監（少将相当官）であったことは周知の通りである。なぜ鷗外は主人公を少佐にしたのか。この推量は難しいが、鷗外の小倉時代に近づけ、しかも、事実そのものでない生活にするためには、尉官では、馬丁まで雇う経済力が薄弱ではないか、それに将官では、文字通り鷗外そのものととられ勝ち、同じ佐官でも大佐、中佐では、かなり将官に近くなる、そこで少佐位としたのではないか。また、作中、隣家の女との一件があるが、これも文句を言われ放しという役としては少佐ぐらいまでが適当と判断したのではないか、いずれにしてもこの「少佐」という決め方には、鷗外は一考を要したのではなかったか。隣の女との一件も虚構とみられる。これ程の事柄であれば、鷗外はまず日記に書いたと思われる。女中の些事について書いていることからみても。ところが、この隣の女に関しては日記に一言もない。また、別当虎吉の生活処世に関する悪智慧の件も日記にない。そこで、隣の女の一件であるが、小倉に来て三度目の日曜日、石田は庭に出てみた。しばらくして四十位の隣家の女が、「豊前語」で何か言っている。どうやら石田の鶏が隣の畠を荒して困るという抗議らしい。なかなか理の通った話もあるが、石田の「婆あさん」の悪行もばらしている。

鷗外は「丸で聒々児の鳴くやうにやかましい女の声」と書いている。これに対し石田の態度は終始一貫している。「棒のやうに立つて、しやべる女の方へ真向に向いて、黙つて聞いてゐる」、そして、全く沈黙を通している。無視である。鷗外は、攻撃する女の意識を「暖簾に腕押しをしたやうな不愉快な感じをしたであらう」と書いている。

石田少佐は、「無視」されし者の「不愉快」な意識を十分識りながら、平然と「無視」を続ける。鷗外はなぜ、この『鶏』の中に、こういう攻撃をしてくる者の言を「無視」するという場を虚構として入れたのであろうか。これは洵に興味をそそることである。

　この石田少介少佐の対人姿勢は、鷗外の明治四十二年七月段階のそうあろうとした態度であったとみてもおかしくはない。ある意味では〈仮面〉にも通じているといってよかろう。この『鶏』執筆の段階で、『ヰタ・セクスアリス』が発禁になることは覚悟していた。これから世間、身辺が喧しくなってくるのは必条のこと。鷗外は、医務官僚のトップにある者としての、あるべき姿勢を考えざるを得なかったと思われる。鷗外は次のように書く。


　垣の上の女は雄弁家ではある。併しいかなる雄弁家も一の論題に就いてしやべり得る論旨には限がある。垣の上の女もとうとう思想が涸渇した。察するに、彼は思想の涸渇を感ずると共に失望の念を作すことを禁じ得なかつたであらう。彼は経験上こんな雄弁を弄する度に、誰か相手になつてくれる。少くも一言くらゐ何とか言つてくれる。さうすれば、水の流が石に触れて激するやうに、弁論に張合が出て来る。相手も雄弁を弄することになれば、旗鼓相当つて、彼の心が飽き足るであらう。彼は石田のやうな相手には始て出逢つたであらう。そして暖簾に腕押をしたやうな不愉快な感じをしたであらう。


　永井荷風が「ふらんす物語」で発禁を喰ったのとわけが違う。鷗外の場合、政府の高官として受ける影響は比較にならない。すでにこのとき、鷗外の脳裏に厭悪する陸軍省の石本次官の歪んだ顔が浮かんでいたであろう。山県有朋は、常磐会で何と言うだろう。このとき鷗外のとるべき態度は、平静さを装う以外になかった。

　石本次官がいかに怒りを露わにして「戒飭」しても、その張合いを喪失させる手段は「沈黙」（無視）以外にない、「暖簾に腕押」が一番。勿論、石本は多くの中の一相手に過ぎない。実際において、恐らく石本次官に対し、鷗外は、終始「沈黙」を守ったに違いない。石本次官に「戒飭」を受ける「九日前」に、右に引用した文の校正をしている。つまり、相手の攻撃的な「言」に、いかに対処するか、いかに水の流れを弱め、弁論の張り合いを殺ぐかということである。『ヰタ・セクスアリス』が発禁になり、これから各分野から「戒飭」「苦言」あるいは「叱責」がくることが予想される。この『鶏』は、そんなことを考えている時間帯に執筆されていることが重要である。ここに、当時の鷗外の心境が映されているとみてよかろう。隣の女の〈口撃〉を封じ、いかに冷静に対処するか、石田少佐の考えは、まさに、発禁を喰った鷗外の今後の処世でもあった。この姿勢は、「傍観者」になることである。記者との暴力事件、『半日』『魔睡』『ヰタ・セクスアリス』、これらの作品は、少し奔り過ぎた感がしないわけではない。以後、鷗外の作品が、だんだんと「観照的」になっていくのは事実である。

　鷗外は、発禁以後、いささか軌道修正を強いられることになる。そうした過渡期の心境を綴ったのが『鶏』ではないか。

鷗外は『歴史其儘と歴史離れ』（大4・2）の中で「わたくしが多少努力したことがあるとすれば、それは只「観照的」ならしめようとする努力のみである」と書いている。意味深長な言葉であると考える。

【金貨】

『金貨』は、明治四十二年九月、『昴』に発表された。

《左官職の八は、所在なく駅の改札口付近に立っていた。午後八時頃である。そこに陸軍高級軍人三人が降りてきた。八は、この三人に何か縁を感じてついていく。やがてこの三人は黒塀の家に入って行った。しばらくして別当らしき男が出ていった。八は、潜在的にはモノを盗もうという意識があったようだが、それはまだ明確ではない。別当が出ていった後、その入り口から入り、屋敷の左側にある竹藪の中に入ってしゃがんだ。主人は陸軍大佐、あとは同じ大佐と中佐である。三人は女房、女中を寝かし、庭からよくみえる座敷でビールを飲み、碁を打ち始めた。八は十時頃から盗むことを意識し始め、午前二時まで、竹藪から縁側のある座敷を観ている。》

鷗外は書く。「八は椿の木の下にしやがんで、辛抱強く荒川主客の様子を見てゐる」と。時計は午前一時を打つ。主客はさすがに寝てしまったようだ。「八は藪から出て、皆の寝てゐる部屋の外に来て、様子を覗つてゐた」。八は、皆の寝ている隣室に入り、残されたコニャックをがぶ飲みし、机の引き出しから、〝金貨〟を盗んだ。どうやらヨーロッパの使えないものらしい。外が明るくなり始め、急いで戸口から出ようとして、夜遊びから帰ってきた別当とばったり。そこで大騒動になり、三人の軍人も出てくる。しかし、この屋敷の主人たる荒川大佐の温情で八は解放されて、そそくさと去っていく。

一見すると、八という頓馬な泥坊の話である。だが、この作品で強く感じるのは、やはり八の「見る」「覗く」という観察姿勢への鷗外の関心である。三人の軍人のいる座敷は、ガラス張りの一種の舞台である。八のいる庭を隔てた竹藪は、言ってみれば観客席である。その観客席にへばりついて八は長時間、軍人たちの一挙一投足を観察する、鷗外は、泥坊八に観察する役割を担わせて、この小篇の舞台廻しをさせているのである。

次に一つの例を紹介しておこう。

> 竹藪の奥の詰まで来た。ここからは障子を脱してある八畳の間が見える。ランプの光は、裏の畠の界になつてゐる、臭《から》橘《たち》の垣を照して、蜘の網に留まつた雨の雫がぴかぴかと光つてゐる。主人も客も湯帷子《ゆかた》に着更へて、縁側近く据わつて、主人と背の高い赭顔とが棋を打つのを、小男の客が見てゐる。八の内にもあるやうな脚爐《あんか》から引き出した、四角な黒い火入《ひいれ》から蚊遣の烟が盛んに立つてゐる。小男の客は、をりをりその側にあるブリキの缶から、散蓮華で蚤取粉を撈《すく》ひ出して、蚊遣の補充をする。三人とも傍に麦酒のコツプを控へて

ゐる。縁の傍の土の上には手桶が一つ置いてあつて、それに麦酒瓶が冷してある。小男がをりをり三人のコップに麦酒を補充する。口の開けてある瓶は、注いでしまふ度に栓をして、倒《さかさ》に閾に寄せ掛けて置くのである。八は妙な事をするものだと思つて見てゐる。

座敷での主人と二人の客の挙措が、克明に捉えられている。そしてこれは、八の視線でもある。『鶏』の、女の〈口撃〉に無言で立つ石田少佐の姿勢をさらに進めると、観察する八の姿勢に発展的に転回していく。

もう一つ、この『金貨』で関心をもった箇所は、左官八の行動を衝き動かした心理描写である。鷗外は次のように書いている。

荒川の四角な大きい顔で、どこか余裕のあるやうな処が、八には初めて見た時から気に入つてゐて、跡から付いて来て盗みに這入つたのも、一部分は主人が気に入つた為だと云つても好い位である

八にとって、荒川という人間に何か好感をもち、それが窃盗に入る動機の一つになったということ、そしてその前に「物を盗もうといふ意志が、此等の閾の下に潜んでゐる感じより一層幽に潜んでゐた」とも書いている。八の深層心理の底に、「物を盗もうといふ意志」が、かすかに潜在していたところに、好人物らしき荒川に出遇い「物を盗る」という明確な意識に成長していったという、この八の行動心理の捉え方は、いかにも鷗外らしく、鋭い人間観察と言わねばなるまい。

さて、再活動以後、発禁処分をはじめ、鷗外の内外にあった種々の喧騒を超えて達したのは、「人間」、それを包む「事象」を静謐に「観照」しようという姿勢であった。この方法の獲得は、陸軍省高官として、再び騒ぎを起してはならないという自己防衛の判断もあったことは否定しない。しかし、鷗外も五十歳近くなり、当時すでに「老大家」（明42・11「現文壇の鳥瞰図」―『文章世界』）と書く人もいた。年齢的にも心境の変化が徐々に進んでいた。日清、日露の二つの戦争体験により、二十歳から三十歳代の中盤にまでにみせた、あの攻撃的な性情が折れて、稍々寛やかになってきたことについてはすでに触れてきたが、いま、またここで精神の静謐さが強いられてきた。人間への観照性も、その一つの大きなあらわれであるとみるべきではないか。

『金毘羅』

『金毘羅』は、明治四十二年十月、『昴』に発表された。

実体験と虚構をまじえた身辺小説である。

主人公小野翼は、大学教授で文学博士である。専門は心理学。妻は熊本に実家があるが東京育ち。この作品の前半と後半は内容的に截然と分れている。前半は、博士が講演に招かれ四国高松に行く、その帰途、世話役の案内で琴平に行き、琴平華

壇に入るが泊らず、その日の夕方大阪に向かい、そのまま東京に帰るという筋。この四国出張は、ほぼ鷗外の体験とみてよいだろう。

四十一年の元旦のところですでに書いているが、鷗外は軍医総監になった四十年の十二月末、東京を発ち、東海、北陸、大阪、四国と陸軍医療関係の施設を視察している。正月を山代温泉で迎えた鷗外は、大阪を経て、一月五日に四国に渡り、琴平に着き、小説にも出てくる琴平華壇に一泊している。この琴平華壇は現在も営業しており、私は数年前にこの旅館を訪ねてみたが、鷗外が泊った当時の建物はすでに残っていなかった。小説ではこの華壇は休憩だけになっている。東京新橋に着いたのは、日記、小説ともに「一月十一日」になっている。小説では「翌日は一月十二日で日曜日である」で、それが解る。

前半は紀行文的な筆致で、内容的にも余り注目すべきものはないが、強いてと言うならば、一つだけ挙げておこう。

小野博士は当初、琴平華壇に泊まる予定であったのに、急に帰る気になったのは「東京に残して置いた妻子が恋しくなつたのである」と書いている。

実体験で言えば、新橋に着いた鷗外は、弟潤三郎の迎えを受け、篤次郎の死を知らされ、直ちに「剖観」のため大学病院に急行。疲労している上、大きな刺激を受け、解剖室で一瞬めまいに見舞われたという話は、すでに本書で書いている。この『金毘羅』では、この大きな出来事は一切省いている。ところがその代わりに書いていることは、小野博士が四国から大阪に帰る船の中で、なかなか寝られない、そこで「夫婦の愛」「家庭の幸福」を考えるが、これらが、空虚感を充すことにならないと思い、「あゝ、寂しい寂しい」を痛感することである。

高松では一週間の予定で、ヴントの心理学を講じ、最終日の今日は、「霊」なるものを講じたが、博士ははなはだ不満、「強い不愉快を感じ」ている。このことが家族を想い出させ、博士は恋しい妻子の許に急ぐことによって、この「不愉快」を埋めようとしたのであろうか。しかし、この小説では「家庭の幸福」により大きな価値を置いていない。矛盾といえば矛盾である。むしろ鷗外は、ここに宿命的な人間の真実をみているともみえる。「自分の空虚」は、妻子への愛では埋められない、「妻も子供も、只因襲の朽ちた索で自分の機関に繫がれてゐるに過ぎない」と思ってしまう博士には、「寂しさ」はどこまでも追いかけてくる。この想いは、明治四十二年九月段階の鷗外のいつわらざる心境であったとみる。この明治四十年代のなかば頃、華々しい再活動の途上にありながら、癒しがたい一種のニヒリズムから逃れることが出来なかった。そうした心境は、発禁以来、一層深められていたと言ってよかろう。この小野博士の心境は、四十一年当初、琴平を訪ねたときのものではなく、四十二年九月、この『金毘羅』の執筆時の鷗外の心境とみる方が適っている。

そしてこのニヒリズムは、この時期の鷗外の観照主義と緊密に結びついていたのである。

後半は、二人の幼い愛児の百日咳との苦闘とその死、これは鷗外の実体験がほぼ描かれている。この不律の死と、茉莉の百日咳の苦闘については、すでに書いているので、ここでは詳しく書かない。小説でみると、不律は半子、茉莉は百合となっているが、病状の悪化への過程、また半子の死んだ日付などは同じである。

興味を惹く一つは、金毘羅信仰である。これは『半日』にも出てくるが、妻が子供の回復を願って、金毘羅様に御祈禱をしてもらい「赤い切」が届く。それをみた博士は、琴平の宿で、金毘羅参詣をすすめられ結局行かなかったことを想い出す。しかし、悔いているわけでもない、このへんがいかにも鷗外らしい。結局、半子は、ふくぶくしく肥ったまま遂に他界する。生まれて四カ月であった。最後にもう一度といって、涙ながら死児を抱く妻の描写は痛々しい。だが、この『金毘羅』で、最も印象深いのは、死と闘う愛児、その死を懸命に押しとどめようとする関係者、その状況等を、じっくり腰を据えて凝視する筆者の視点である。次のような描写がある。

その時博士は兼てこの赤ん坊が死んだらどんなにか悲しからうと思つてゐた、自分の悲みの意外に淡く意外に軽いのに自ら驚いた。期待してゐた悲痛は殆ど起らないと云つても好い。博士は只心の空虚の寂しみを常より幾らか切に感じたばかりである。それと同時に、博士には此一間の光景が極端に客観的に、憎むべき程明瞭に目に映じた。（略）健康で眠つてゐるやうに見える、むつくりした赤ん坊の顔を覗き込んでゐる、蒼い頬のお瑩さん、泣いて赤くなつた顔の細君、それから立つてゐる自分までが、芝居の舞台に出てゐる人物のやうに、よそよそしく而もはつきりと目に映じてゐるのである。そして博士には、自分がそんな風に傍観者の位置に立つてゐるのが不愉快でたまらないのである。

右の文で注目すべきは、やはり博士の「心の空虚の寂しみ」である。「赤ん坊」の死は「意外に軽い」のである。この「空虚感」は、「赤ん坊」の死が生むものではなく、博士の根底に深く固定的に潜在しているものである。これが観照的態度を強いることになる。「博士には此一間の光景が極端に客観的に、憎むべき程明瞭に目に映じた」、気になるのは、この冷静な博士の視点である。愛児の死という絶対的哀情の中に、没入出来ない博士。モノがすべて客観的に観えてしまう。「自分がそんな風に傍観者の位置に立つてゐるのが不愉快でたまらないのである」、このように観えてしまうという「傍観者の位置」が、この時期の鷗外の心境であり、また対象に対する姿勢なのである。愛児というより一個の「人間」を凝視める鷗外の眼になっている。

このことは、虚偽を生きているようで、鷗外としてはまことに辛いことではなかったか。まさに「不愉快」なことであろう。

ここで、『金毘羅』に対する同時代批評「現文壇の鳥瞰図―XYZ」(明42・11『文章世界』)では漱石と合わせて、「共に人生に対して真剣でない」と述べ、「『金毘羅』のごときは、差当り其最好代表作である」と述べる。また「人生の最も悲痛なことであつて」も、「一篇の印象は皆無」と言い「一篇としては何等の意義をも吾人に語らない」と批判する。これは明らかに、鷗外の「傍観者」的視点のもたらす「空虚感」、もしくはニヒリズムの姿勢が、読者に反撥を与えてしまう結果である。「林太郎」は「道楽に作品を製作してゐる」または「人生に対して忠誠の心を欠いてゐる」と、評者は断じているが、「家庭の幸福」でさえ、埋めることの出来ない「空虚」さ「寂し」さと闘っている鷗外は、むしろ真剣なのである。「林太郎」は決して「道楽」に作品を書いているのではない。真剣に人間を捉えようとすれば、どうしても観照的に観てしまう。「実人生に於ける事実」を書いても、当時の自然主義文学との違いが、ここに出てくる。「人生の最も悲痛な事」に没入出来ないことが、鷗外にとっては辛いのである。鷗外はだんだんと変ってきていることを、ここでは確認しておくことが大事である。

25 『我百首』

『我百首』は、明治四十二年五月、『昴』に発表された。この短歌百首は短期間に作ったというのでなく、「常磐会詠草」「国民新聞掲載歌」それに「観潮楼歌会」などから数首ずつを選び収めている。この時期鷗外は、歌に対する革新的情熱が強く、須田喜代次氏の指摘もあるが、『我百首』の短歌に句読点を使用していることである。これは後で啄木なども句読点を使っているが、『我百首』はその意味でも、先駆的意義をもっているといってよい。

鷗外は『門外所見』の中で、「題詠ヲ全廃」、と主張すると同時に、もう一つ重要な主張は、「世間ノ歌ノ新形式ヲ求ムルモノニ対シテハ縦令未タ其ノ成績ヲ認メラレサランモ少クモ其ノ目的ノ不可ナラサルヲ認メラレ一概ニ異端視セラレサランコトヲ望ム」という見解である。「歌ノ新形式ヲ求ムルモノ」に対し、「異端視」してはならないと述べている。詠歌のこれからに、どのような形が求められても、認められるべきだという、この鷗外の短歌に対する創造的、意欲的な取り組みは認められるべきである。

念のため「国民新聞掲載歌」を左に四首挙げておこう。

○舟ばたに首を俯して掌の大きさの海を見るごとき目

○護謨をもて消したるままの文くるるむくつけ人と反しし
　てけり
○Messalima に似たる女に憐を乞はせなばさぞ快からむ
○美しき限集ひし宴会の女獅子なりける君か、かくても

これらの短歌は、上田敏、伊藤左千夫などの歌と共に掲載されたが、特に『国民新聞』に掲載されたことは、鷗外に対する蘇峰の好意があったことを忘れてはならない。

特に、『我百首』の中に気になる歌がある。

　汝が笑顔いよいよ匂ひ我胸の悔の腫ものいよいようづく

「我胸の悔の腫もの」とは何をさすか。「悔《くい》」という言。この心の中のトラウマは、エリーゼ以外浮かばない。人間である以上、若き日、ドイツで出会い、愛し合い、東京まで追いかけてきた恋人を忘れ去ることはあり得まい。人間の心に拘る文学に携わる鷗外の基底に熱い血が流れていたのは当然である。

「汝が笑顔」は、想い出の中に時折あらわれるエリーゼの想像上の淡い「笑顔」であったろうか。

26　明治四十二年の翻訳作品

明治四十二年の翻訳作品は、次の十篇である。

1　『顔』リヒヤルト・デエメル（明42・1『心の花』）
2　『耶蘇降誕祭の買入』アルトウール・シュニッツレル（明42・1『新天地』）
3　『僧房夢』ゲルハルト・ハウプトマン（明42・1～3『歌舞伎』）
4　『ねんねえ旅籠』グスターフ・キイド（明42・4『心の花』）
5　『奇蹟』モーリス・マアテルリンク（明42・4～8『歌舞伎』に「戯曲 奇蹟」と題し掲載）
6　『債鬼』アウグスト・ストリンドベルヒ（明42・6～8『歌舞伎』に「戯曲 債鬼」と題し掲載）
7　『ジョン・ガブリエル・ボルクマン』ヘンリク・イプセン（明42・7・6～9・7まで『国民新聞』）
8　『サロメ』オスカー・フィンガル・オフラーエティ・ウイルス・ワイルド（明42・9～10『歌舞伎』に「戯曲 サロメ」と題し掲載）
9　『家常茶飯』ライナー・マリア・リルケ（明42・10『太陽』、「戯曲 家常茶飯」と題し掲載）
10　『秋夕夢』ガブリエレ・ダヌンチオ（明42・11～12『歌舞伎』に「戯曲 秋夕夢」と題し掲載）

四十二年の翻訳作品は、作者が全部違い多彩である。ハウプトマン、マアテルリンク、ストリンドベルヒ、イプセン、ワイルド、リルケ、ダヌンチオ、北欧の作家が目立つが、この時期、これら著名な西洋作家の作品を読むことは、まず出来なか

った日本の青年たちにとっては、まことによい刺激となった。やはり鷗外の翻訳意識の中に啓蒙意識を否定することは出来まい。十篇のうち、『耶蘇降誕祭の買入』以外はすべて戯曲である。この時期、鷗外の戯曲に対する関心があったことが推察される。

1　『顔』リヒヤルト・デェメル

画家の夫は、壁にかけてある美しい妻の裸像画に心が縛られている。四週間前、火事になったとき、足の挫けた夫を妻は、必死で助け、そのため妻は大火傷をし、顔を毀してしまった。画家はだんだんと妻を嫌悪し、その良心との葛藤に苦しむ。瘢痕だらけの顔、妻は夫の心を察して家を出るという。その時、夫の眼にみえないものがみえる。不思議、夫は泣きながら「天啓」と呼び、女の感動の美をみる。夫は形を失った妻の頸に接吻。この何物にも打ち勝つ謙遜、夫はこの時、笑いながら、「お前を愛する」といった。

自分を助けるために、醜い瘢痕の顔になってしまった妻への嫌悪と自責感との葛藤。そして、最後は、神聖な現象の中で、「お前を愛する」といってしまう。人間の醜い本性と良心の葛藤が、このドラマの主軸である。鷗外は、この夫婦の感動を、母に反抗する志げのことを考えたとき、どんな思いで訳したであろうか。

2　『耶蘇降誕祭の買入』アルトウール・シュニッツレル

クリスマスの夜。街に出た男と女が偶然出会う。この二人は、かつてはその愛を心に秘めて結局打ち開けないまま別れた。女は今は貴婦人、男はうだつが上がらないまま。お互いが、いまの状況を知ろうとする。特に女は、男の今の恋人を詮索する。男は恋人は下流の女であるが柔らかい優しみをもっていると告げる。女はその恋人の住んでいる小さい粗末な部屋のことを聞きたがる。女は別れしなに、恋人へといって花束を渡す。男は恋人を訪ね、かつて、私への愛を打ち開ける勇気をもたなかったある貴婦人からのプレゼントだといって、その花束を渡す。

この話は個人意識の明確な西欧人でないと発想が沸かないことかも知れぬ。かつて秘めた愛をもったまま別れた男女のきわどい会話。こんな芸当は日本人には出来ないだろう。ただ微妙な男と女の会話は、互いに執拗心の攻防といってよく、人間の本質をよくあらわしている。

3　『僧房夢』ゲルハルト・ハウプトマン

冒頭に騎士と家来が登場。場は古びた僧院の一室、今宵この二人は此処に泊まる。夜、僧一人が来て話す。近くに在る崩れた城は、ある伯爵のものであったという。騎士はその夜、怖い夢をみる。その夢に伯爵と美しい夫人が現われる。仲むつまじくみえるが、実は夫人は伯爵に溺愛されながら、従兄弟と不倫の仲であった。それを知った伯爵は苦しむ。しかし、すぐ復讐せず、二人をだんだん追い込み、結局この騎士が泊った僧院の部屋で殺してしまう。

迫力のある長篇である。いかにもありそうな話であるが、いつの時代でも絶えない愛と裏切りをめぐる、実に恐しい人間の宿命劇である。

この作品は、三回にわたって『歌舞伎』に連載された。鷗外は『一幕物』に収録されるとき、『僧房夢』と改題された。一回目発表のとき「戯曲古寺の夢」とした。二回目から「戯曲僧房の夢」と改めた。その理由を、二回目の「首」に書いている。一つは「寺になつたのは人一代をも過ぎて居ない事」、もう一つは「寺といふ事も坊さんの集まつてゐる処といふだけには好く適つてゐない」と述べている。この戯曲は、明治四十四年六月九、十日にわたって、第一回公演として有楽座で上演されている。また大正元年（一九一二）十一月二十九、三十日、小山内薫外遊送別演劇番組として、同じく有楽座で上演、三回目は、大正二年九月二十九日、新派劇によって、京都明治座で上演されている。

4　**『ねんねえ旅籠』**　グスターフ・ヰイド

中流階級の夫婦が一泊旅行に出るにつき、赤ン坊を女中付でホテルに預けることになる。劇は、その赤ン坊をホテルに預ける準備で大騒ぎ。「お化け」と主人がよぶ十七、八の女中は、少しエキセントリックで素直でない。ホテルから赤ン坊を迎えにくる。それを送っていく夫婦と女中のドンチャン騒ぎ。馬車が出ようとするとき飼猫の不在に気付き大騒ぎの女中に、猫をとりに戻った主人が猫を女中に投げつける、で幕。

日常些事の出来事で、一人の赤ン坊に異常なまでに過剰反応する夫婦、それにからむ女中の挙措が、全体を滑稽な戯曲に仕立てている。作者グスターフ・ヰイドのことを長島要一氏は「極度に精神的で内向的だった世紀末時代を、皮肉と諷刺と揶揄で生き抜いたデンマークの作家」（『森鷗外の翻訳文学』）と紹介している。

「赤ん坊をホテルにあずけた時」が原題だった。「ねんねえ旅籠」という題名は鷗外の工夫が感じられるところである。長島氏は、『ねんねえ旅籠』に対し「グロテスクで辛辣な笑いの満ちたサチュロス劇への方向をはっきりと指していた」と述べている。

5　**『奇蹟』**　モーリス・マアテルリンク

小都会の旧家の玄関、婆あやが石畳を洗っている。今日は死んだ女主人の葬式の日、親戚がみな集まっている。そこに聖者を名告る男が登場。亡者を生き返らせるという。奥の間から亡者の甥や牧師や医者まで出て来て、この聖者を追っ払う。しかし、とうとう聖者に負け、亡者のところへ連れていく。まさに奇蹟が起こり、亡者は生き返る。大騒ぎとなる。しかし、誰も聖者を信じない。たまたま亡者は死んでいなかったのだと考えている。甥は聖者を泥坊と考える。警官が呼ばれる。そこに署長まで登場、この聖者は病院から抜け出した顚狂者だという。しかし、この前みたときとこの男の表情が違う。兄弟かな、とも述べる。生き返った亡者は今度は本当に死んでしまう。

いったん死んだ女主人を生き返らせた自称聖者を誰一人信じない。生き返っても、もともと死んでいなかったのだと考え、この聖者なる男を泥坊とまで考える。オチは、この聖者は、顚狂院から抜け出した病者であるということ。しかし、署長はいつもの患者と少し違うようだと不審感をもつ。この戯曲は、本当の奇蹟かどうか、最後の署長の判断に曖昧さを残している。亡者の残した遺産にもかかわる、人間の欲望と不信が描かれているが、この〝奇蹟〟すらぼかしてあるところにマアテルリンクの真意があるのかも知れぬ。

この戯曲は、明治四十四年六月一、二日、自由劇場の第四回公演として有楽座で上演されている。

6　『債鬼』アウグスト・ストリンドベルヒ

ホテルの広間。画家と教員が会話している。テーマは画家の妻のこと。画家は妻を心から愛している。教員は悪心の持主。なんとか二人の間を裂くことを策し、妻の愚かさを画家にたきつけ、その妻が画家への裏切り者ときめつけ、ある実験をもちかける。

教員は隣室に去り、画家の妻が帰ってくる。二人は微妙な会話を通して相手の心理をさぐり合いながら、夫は妻の愛を認識する。夫は外出を装い部屋を出ていく。そこに、教員が入ってくる。妻との会話で、この教員が先に別れた夫であることが解る。教員はよりを戻そうとするが妻は拒否。妻は「あなたは債鬼になつて借金をとりに来たのね」と言う。教員は「お前はわしの名誉を盗んだ」という。「それをとり返すにはお前のをとつてやる以外に仕方がないのだ」という。画家の夫は隣室で、この会話をすべて聞き、部屋に入ってくる。顔面蒼白、あわをふいて死んでしまう。女は慟哭。教員は「まだあの男を愛してゐるな、可哀相な女だ」と吐き捨てる。

この「債鬼」を書いたとき、ストリンドベルヒは、一作一作が注目され、戯曲家として華やかな存在になっていた。「債鬼」の前には「令嬢ジュリー」も発表していた。この『債鬼』には、複雑な男と女の心理葛藤が刻明に描かれているとともに、「悪」の教員を含め、嫉妬心の怖さをも訴えている。全体を通してみれば、「債鬼」たる教員が、元の妻を苦しめることにより借金をとり立てる、つまり、愛する今の夫に暗示をかけ、死に至らしめるという、人間の奥底にある悪心をえぐってみせてくれるというドラマであろう。しかし、角度をかえてみると、夫と妻の意志疎通の難しさを述べているようにも思える。鷗外は、この年数カ月前に『半日』を発表している。その観点からみると、例えば『債鬼』の中に出てくる「妻は亭主の言ふ通にするもので、亭主が妻の言ふ通にするものではない」という、今では理屈に合わない夫のセリフなども気になるところである。

7　『ジョン・ガブリエル・ボルクマン』　ヘンリク・イプセン

ある冬の夜、都に近い郊外の屋敷の中。ジョン・ガブリエル・ボルクマンは元銀行の頭取。しかし、やむをえぬことで銀行の金に手を出し、八年も収監され、釈放後家に籠り八年経っていた。夫人とは互いに愛はなく同居離婚のようなもの。そこに、夫人と双子のエルラがやってくる。ボルクマン夫婦は破産しているが、家はエルラの所有。そして夫婦の一人息子エルハルトはエルラが育てた。そのエルハルトが、家を再興してくれることを夫人は願っている。エルラは死病に罹っており、エルハルトを取り戻して死にたいと思っている。エルラはもとボルクマンの恋人だったが、回避出来ない事情で弁護士に譲ってしまっていた。そのためこの邸宅だけは罪ほろぼしにエルラに渡したのである。息子エルハルトが登場。母もエルラも、われとともに、と訴えるが、エルハルトは実母、育ての母二人に感謝しつつも「自己の生活を生きたい」と独立を宣言。そして、家の中に七歳上のヰルトン夫人を呼び入れ、二人の母に紹介する。やがて、エルハルトは、ヰルトン夫人とともに大雪の中、そりの鈴とともに去っていった。

憎しみと愛を描くこの長篇戯曲は、人間の運命の苛酷さを浮彫りにしている。

「シュレンテルのボルクマン評」（鷗外口訳『国民新聞』明42・7・1〜4）では、この作品のことを「季冬の戯曲」、「衰老の戯曲」と述べている。舞台となる座敷の外は、ノルウェーの冬の酷寒が張りつめている。シュレンテルは「七十になつた作者で無くては這んな冬の脚本は作られまい」とも述べている。

この作品にはイプセンの特色が二人の人物に象徴されている。一人は双児の姉妹のエルラである。自分を捨てたボルクマン、それに刻薄なる姉、かつてはこの二人を全力を挙げて助けようとした。エルハルトを預かって育てたのも、このエルラの広い温かい心からであった。もう一人は、エルハルトである。シュレンテルは、この青年を「無邪気な利己者」と評しているが、このエルハルトの自我の貫徹は、二人の母を捨てての冷酷な行為であったとしても、腐蝕した人間関係を断ち切るには、この「利己」的な主体的行為が必要であったということである。このエルハルトの「脱出行」が、鷗外の創作『青年』の純一に何らかの影響を与えることになると思われるが、小堀桂一郎氏は、純一には「若者らしく生きることの発見であつたなどとは到底考へられなかつたに違ひない」（『森鷗外—文業解題〈創作篇〉』）と否定的な見解を述べている。

『ジョン・ガブリエル・ボルクマン』は、『国民新聞』に五十五回連載された後、画報社から単行本として刊行（明42・11）された。

この戯曲は、四十二年十一月二十七日、八日の二日間、有楽座において自由劇場の旗上興行として上演された。この戯曲の上演については『青年』の九章に描かれている。

8 『**サロメ**』 オスカー・フィンガル・オフラーエティ・ウィルス・ワイルド

ヘロデス王の宮殿。妃ヘロヂアスの先夫は、王ヘロデスの兄であったが、王は兄を殺し妃ヘロヂアスを奪った。今日はローマ王の使者の饗宴、王はご機嫌。若きシリア人の大尉は、離れたところから妃の娘王女サロメに魅せられ注視している。サロメは、わたしはユダヤの女王だと力強く言う。サロメは大尉に予言者ヨハンナを井戸から出せと命じる。出されたヨハンナにサロメは接吻し、愛を告げる。大尉は失望し、自殺する。王はサロメに舞えという。何でも叶えてくれるかとサロメ。王は諾す。サロメは舞った後、ヨハンナの首が欲しいという。王はヨハンナは真の聖者、神の使いと信じている、必死で拒むがサロメはきかない。王はサロメとの誓言は破れなかった。やがて銀の皿に載ったヨハンナの首がサロメに渡される。サロメは、ヨハンナに接吻したことを高らかに叫ぶ。王は兵卒にあの女を殺せ、と叫ぶ。

鷗外の『脚本「サロメ」の略筋』（明40・8『歌舞伎』第八十八号）によると、オスカー・ワイルドはアイルランドの貴族出身で、一八九〇年代に入って脚本が増えるが、大体金のためであって、この『サロメ』もその一つであると言う。この脚本は、最初仏文で書かれ、一八九三年にパリで出版されている。英訳はツウグラス卿によってなされ、一八九四年にロンドンで出版されたとも述べている。

また鷗外は、この「脚本の材料は誰も知つて居る伝説」で、「路加伝第三章」「第四章」「第九章」の一部をとっていることと、ヨハネが殺されるところは「馬太伝第十四章」にあると、その一部を紹介している。鷗外は、この『サロメ』の特質を「この作は様式を命にして居る脚本で、その事柄は如何にも幻像的なので文壇通の側で称美して居るのだ」と述べている。いずれにしても血腥い妖美な世界である。

9 『**家常茶飯**』 ライナー・マリア・リルケ

広い画室。画家ミルネルの前にモデルのマッシヤが現われる。このモデルは、画家に惹かれているが、ミルネルは相手にしない。そこに画家の姉がやってくる。未婚のまま老母の世話をしている。姉には因襲の意識はない。そこに、姉が結婚をことわった医学士ロイトホルドがやってくる。新旧思想の論議で火花を散らす。やがて三人は帰り、昨夕宴会で出会った貴婦人がやってくる。画家は夫人に求愛するが、ことわられる。夫人はあなたは、すでに幸福の中にいる。〝家常茶飯〟で気がつかないだけだという。つまりマッシヤのことを言っているのだ。夫人と入れ代りにマッシヤが入ってくる。画家はこのモデルの熱い愛を確認し、詫び、マッシヤを抱く。

テーマは、幸福は〝家常茶飯〟の中に、無意識に存在している、という日常性重視のようにもとれるが、この長篇戯曲で大事なのは、画家の姉の「新思想」たる意識である。「因襲」を認めない、善意も一般の人間行為に還元してしまう「新思想」である。老母を介護するのも、親子の倫理からではない。一人の老人を介護するという意識である。この戯曲の中で、画家の姉は「一体人間の真実の交際はみんな因襲の外の関係ではないでせうか」と吐露する。鷗外は「家常茶飯付録現代思想」（対話）（明42・10『太陽』第十五巻第十三号）の中で『太陽』の記者に応じて語っている。

この文（対話）で、リルケの「家常茶飯」は、明らかに「固まった道義的観念」の破壊であると述べている。『半日』の対極にある思想ということになる。鷗外ら儒教的孝子意識をもっている者からすれば、この「家常茶飯」の姉の「新思想」は確かに「危険」だということにもなろう。

この「危険」予防意識からすれば、トルストイ、イプセン、マアテルリンク、ホフマンスタアルら、現代思想の持主の作品はみな「危険」ということになる。確かに鷗外は、この『家常茶飯』の思想に賛同してはいない。しかし『沈黙の塔』にもつながることであるが、「危険」だからといって「文学上の鎖国」はしてはならないということである。ここに、当時の日本における鷗外の知識フロンテアの自覚をみる。

この脚本は大正元年十一月十一日、有楽座で、女優の第一回公演として上演された。主演は栗島すみ子であった。

10　『秋夕夢』　ガブリエレ・ダヌンチオ

元大統領夫人は、「あの方」を恋うが故に、魔女を使って大統領を殺した。夫人は、いま死の床にある。「あの方」は、邸のすぐ傍を流れる川に浮かぶ船の中にいる。しかし、妖女パンテアが「あの方」のそばにいる。「あの方」は、妖女パンテアに夢中である。夫人は死ぬ前に、なんとしても「あの方」を取り戻したい。夫人は多くの女中を使ってあれこれ画策する。夫人は魔女を呼びパンテアを呪い殺すことにした。魔女は人形を造り、夫人はその人形に針を射す。螺旋階段から船をみている女中が、パンテアの船は炎に包まれたと叫ぶ。夫人は死の床から起き上がり、階段を昇って火に包まれた船を見る。その顔は、炎に照らされ真赤な血のようであった。

鷗外がこの作品を最初に読んだのは、明治三十六年である。この年七月に刊行された『東洋画報』に『春朝秋夕』なる題で、『秋夕夢』の筋を詳述している。鷗外はこの中で、未亡人のことを「美人で毒婦」と述べ、「残忍を加味した恋愛を写して居る」と書いている。

いずれにしても恐ろしい呪いの物語である。美文調で、終始一貫して歌うようにセリフが流れていく。人間のもつ醜悪な妬心をあますことなく抉った作品である。

27　対話劇と戯曲（明治四十二年）

四十二年に発表された翻訳作品を読むと、人間のもつ宿命的な「生」の過酷さが捉えられている作品が多いように思える。『僧房夢』『債鬼』『ジョン・ガブリエル・ボルクマン』『サロメ』『秋夕夢』などには、愛と不信、その深層にある妬心の怖さなど、そして『顔』『債鬼』『家常茶飯』『ジョン・ガブリエル・ボルクマン』などにみられる夫婦、親子の屈折した愛、そして固い因襲、それからの血みどろな自立、こうした西洋近代人に共通にみられる深刻な問題を包含した作品を選んでいるようにも思える。

『建築師（序に代ふる対話）』　千葉鑛蔵訳イプセンの『建築師ソルネス』（明42・7　警醒社）の序文として書いたものである。内容は、千葉と森の虚構の対話形式になっている。「森」は鷗外の代弁者であるとみられるが、終始「森」で通し、鷗外とは明かしてはいない。従って、ここでは「森」と表記する以外にない。

千葉が『建築師ソルネス』の序文を森に依頼するところから始まり、森は「十何年といふ前に読んだ」ものでと、いささか躊躇気味ながら受け入れる。千葉に「ソルネス」という人物を聞かれ、森は、「空想に欺かれてゐる」または「精力の足りない」「気の毒な人物」と応えている。そして、森は「実は僕なんぞも矢張ソルネスなのかも知れませんよ」と自嘲めいた言を吐く。「ソルネス」という人物に対し、森は自分の意見を述べる。それ自体が、この訳本の紹介になっているのであるが、鷗外がこの場を利用して述べたかった一つに次のことがあるのではないか。

「ソルネス」が、幾人かの子供の父になって、さえない気分で一間に閉じ籠っているとき、可愛らしいヒルデ・ワンゲルが這入ってくる。そのことを述べた森に対し、千葉は、「君のヒルデ」は、と聞く。森は「僕の処へ来たヒルデは昴《すばる》です」と答える。この『昴』が「新時代の旗の下に立ってゐて（略）僕の記憶を呼び活けてくれた」と述べる。そのため森は「冒険」ながら「塔に登つてゐる」と語り、さらに「歌はない歌の声、弾ぜないハアプの音を聞く人が、一人でも二人でもあれば、それで登つた丈の事はあるといふものではありますまいか」と述べる。

鷗外は、千葉の『建築師ソルネス』の序文という場を借りながら、老齢に向かう自分が「文学創作」という塔に登っていることに対し、若い俊秀の『昴』の同人たちが己に刺激を与え、支えてくれている、というメッセージを、むしろ『昴』の連中に送っているのではないかとも思われる。

この小篇は対話形式の「序文」であり、鷗外のアイデアの一つであるが、文学作品とは言えまい。

『団子坂』

『団子坂』は、明治四十二年九月、『昴』に発表された。

この小篇も対話であるが、戯曲にもなり得る。観潮楼の近傍、団子坂を歩く恋人同士の「男学生」と「女学生」の対話である。内容は、若き男女の「性」の問題を扱っている。男学生は、もう「性」を受け入れてもよいだろうと迫る。それに対し、女学生は、随分反応が鈍い。初めは男学生が言っていることが理解出来ていない。しかしだんだん解ってくる。そして別れ際の男学生の真剣な表情を見て「あしたはわたくしも決心して参りますわ」と言ってしまう。

この小篇の内実は、明らかに『ヰタ・セクスアリス』や『青年』などの「性」とつながっているものであり、鷗外の「男性」にある生理としての「性」に対する見解が、さきの二作品よりも、ストレートに述べられているとみてよい。

「良心に問うて見て悪いと思うやうな事はしませんわ」という女学生に対し、「僕はこんな事を継続するのは不可能だと思ふ」「こんな事は継続が出来ない。早晩どうにか変化せずには已まない」と必死に迫る男学生。この男の「性」のもつ能動性が女は理解ができない。「それがわたくしには分りませんわ。意志次第ではないでせうか。」と女は「意志」で解決出来る問題にしてしまう。

ここで漱石の「三四郎」の「Stray sheep !」が出てくる。男は「sheep なら好いが、僕なんぞはどうかすると、wolf《ウルフ》になりそうです」とかなり刺激的な言を吐く。女は軽く往《い》なす。

男ははっきり言う。「一体あなたのいつも言つてゐる清い交際といふものですね。僕の方でも云つてゐたのですが、そんな事が不可能だといふことは、欧羅巴なんぞには一人だつて知らないものはありますまい。男ばかりではない、女だつて知つてゐませう」と。このセリフで、鷗外のベルリン時代が想起される。女は「性」なるものが、全く解っていないのではない。生理としての切実さの問題なのである。普通の女性ならば男性と少し交き合うと、男のもつ生理としての「性」はそう日ならずして解ってくるはずである。

この小篇の女学生も、それは解っている。しかし、特に明治の女は倫理にしばられている。これは容易ではない。

鷗外は、「性」の倫理を勿論否定するわけではないが、生理としての「性」を真面目に理解できなければ文化と言えないという思いが、この時期しきりにあったに違いない。

最後の「あしたはわたくしも決心して参りますわ」というセリフは、この女学生にも、だんだんと男の生理が解ってきて「清い交際」だけを主張していたのでは、本当の愛は進まない、と気付いたとみてよい。

この女学生の最後のセリフを考えると、鷗外の「性」に対する認識は、当時一般に比し、大胆なまでに進んでいたことを示していよう。

【静】

『静』は、明治四十二年十一月、『昴』に発表された。

この戯曲の主人公静は、源義経の妾静御前のことである。この小篇は「二場」で構成されている。

第一場は「文治二年閏七月二十九日」とある。第二場は「文治二年九月十六日」とある。この二場の時間差は、約二カ月弱である。

この「文治二年（一一八六）」はどんな年であったのか。

壇ノ浦で平家に大勝利を収めた義経は、軍最高指揮官として権勢を強め、他の武将たちに対しても専横が目立つようになる。それは兄の頼朝にとっては危険な脅威の存在となってきた。そこで、文治元年十一月、頼朝は、義経を無力化する指令を出し、二人の関係は悪化の一途をたどった。文治二年、義経は京都に在り、有力な公家や寺院を諸所転々としながら再興を計っていたが、頼朝の追討の手がいよいよ厳しく、義経は、翌文治三年の春、陸奥の藤原秀衡の許に赴き庇護されるが、運悪く、秀衡は病死、頼朝は、その子泰衡に圧力をかけ、泰衡はやむを得ず義経の館を襲い、義経は自殺せざるを得なかった。ときは文治五年（一一八九）四月、義経三十一歳の若い命であった。遡って文治元年十一月十七日、白拍子静御前は大和吉野で捕えられた。このとき義経はいち早く吉野を逃れ、十津川に出て大胆にも京洛に入った。文治二年四月、頼朝、北条政子らは、静御前に命じて、鎌倉、鶴岡八幡宮で舞を奉納させている。

第一場は、鎌倉の由比の浦。四月に八幡宮で舞を奉納して、約三カ月が経っていた。舟の周りに数人の漁師たちが集まって会話をしている。もう二十日も漁をしていないこと、なんといっても、この第一場の話題は静御前のこと。「綺麗な女だなあ」「いつまで置くのだらう」、この悲劇の白拍子のことは、当時鎌倉の漁師たちの話題にもなっていただろう。「お宮へ連れて行かれる処を見たが、綺麗な女だなあ」と鷗外は漁師に言わせている。この年四月、さきにも述べたが静御前が鶴岡八幡宮で舞を奉納した（『日本全史』平3・3　講談社）ということは史実に残っている。鷗外はその点、調べて書いている。この戯曲は、第一場は巷間における静御前のうわさから入っている。

後半は、舞台が夕照消えて急に暗くなる。頼朝の命を受けた安達新三郎が、産衣に包まれた赤子を抱いて登場。雑色三人、「石を縛れ」と安達が命じる。石をつけられた赤子を抱いて安達は小舟に乗る。終始黙していた「怪しき漁師」が「荘重なる語気」で、「殺せ」と叫ぶ。もう一度「殺せ」という叫びで、舞台は暗転。安達は、静が男児を生んだら殺すという頼朝の命を実行した殺人者であった。「怪しき漁師」の存在は、恐らく、無言の安達の行為を明確にする役として登場させられたものであろう。

第二場。鎌倉の旅宿の座敷。舞台中央に、磯ノ禅師（静の母）が旅姿で座している。まわりに数人の少女《おとめ》。ここにも「怪しき少女」がいる。第一場で、赤子が殺されて約二カ月が経っている。

「赤ちゃんの事を言ひつこなしよ」と一人の少女が言う。どうやら静は気分が悪く別室に。一人が「お宮へ入らつしやる時もさうだつたわねえ」と言う。これも八幡宮での舞のことのよう。「梅雨だつたわ」「大姫様はお好なのよ」と一人が述べる。八幡宮で舞を奉納したとき、大姫こと、頼朝と北条政子の間に生まれた娘も観たとのこと。

安達新三郎登場。磯ノ禅師は「お勤で遊ばした事を、お恨申しは致しません」と安達に言う。安達は「一層心苦しいのですよ」と述べる。静登場。安達が「三月にお宿をしてから（略）」と愛想を述べる。三月に、この鎌倉の宿に静たちが来たということなら、史実では、四月に舞を「奉納」とあるので、時間はぴったりと合う。鷗外も慎重だ。さて静らは、吉野山の歌を歌って下さい、と少女らに願い、静かに去っていく。

そのとき「怪しき少女」が「透き徹る如く朗かなる声」で「まだ足跡が消えませんのね。消えないうちは踏んで入らつしやい。（間）足跡はいつか消えますのね」と述べるが、「誰も耳を借すものなし」。

この「怪しき」漁師と少女は「演者」がみずから語ることの出来ない「運命」を説明する役割を、鷗外が賦与しているように思われる。「怪しき少女」の言、〝まだ消えない〟ということは、今はまだまぎれもなく生きている、その「生」を大事にしなさい、しかしいずれ、死なければならない運命ですよ、とこの舞台を去っていく静親子の運命を暗示しているように思える。鷗外の工夫である。

もう少し注目しておきたいのは、まず「首斬役」を生きざるを得ない安達の苦悩である。強いられた運命を生きなければ己が死なければならない、という運命。この残酷な役を降ろされたら安達もやさしい単なる父親に過ぎないかも知れぬ。その安達に慰められて生き続ける静、吾児が殺されても、死にもせず、尼にもならず、「阿容々々《おめおめ》」と生きている、静は自責の念を訴える。安達は言う。「喜怒哀楽の火の中を、大股に歩いて行く人もあつて好い筈です」「貴い玉は多くは出ない。優れた人物も同じ事です」、なんと含蓄に富んだ言葉ではないか。この「首斬役」に語らせるセリフは、当時の鷗外自身の人間観、世界観であったと考えてよかろう。しかし、鷗外は『静』で、「生」の哲学を語るのが主眼というより、やはり、愛する義経と引き離され、吾児を殺されるという悲運を生きなければならない静の「生」の軌跡に漂う悲傷感の披瀝が主題ではあるまいか。翌年に発表する『生田川』とともに、歴史的人物に現代語をしゃべらせているという新趣向をとっていることに特色があることと、もう一つ、この時期、鷗外は翻訳戯曲からの影響もあり、「一幕物」への試みを野心的に行っていることに留意しなければならない。

鷗外は、この時期、『一幕物の流行した年』(明43・12『新潮』)というエッセーで次のように述べている。

歌舞伎の様な雑誌に長いものを出して、幾月も続くと、人が倦むだらうと云ふので、多く一幕物を選んで訳した。それから自分の作るにも、時間の少いのと、その少い時間が切れ切れなのとの為めに、一幕物が作り易かつた。それから今一つは試作には短い物が好いと思つたのである。

こんな理由で僕は多く一幕物を訳したり、作つたりして、友人にも一幕物を書いて見ることを勧めたのが一寸流行になつた気味があるらしい。

四十二年の『建築師』『団子坂』『静』、鷗外自身、一幕物を発表したが、この四十三年には永井荷風や木下杢太郎、吉井勇などが「一幕物」を発表しており、それには鷗外自身のなした影響があると自負していることが窺われる。

28　明治四十三年の小品（1）

リルケ『白』とアンテンベルヒ『釣』

四十二年十二月の日記に鷗外は次のように書いている。

五日(日)、晴、母上於菟を連れて本郷座に往き給ふ。鈴木本次郎終日来居て、暇ある毎に筆受す。白を訳し畢りて易風社に遣る。釣を訳して女子文壇の河井酔茗に遣る。(略)

六日(月)、晴、母上銀行に往きて陸軍省に立ち寄り給ふ。夕に高橋正知進級の祝宴に招かれて上野精養軒にゆく。電車の窓を草し畢る。牛鍋を心の花に、電車の窓を東亜の光に送る。

右の日記をみると、十二月五日に、リルケの『白』、アンテンベルヒの『釣』を訳し、その翌日六日に短篇『牛鍋』と『電車の窓』をそれぞれの出版社に送っている。とすると、これら四作品の間に何らかのかかわりがあるとみるのが常識だろう。つまり『白』と『釣』を翻訳した翌日に『電車の窓』を「草し畢」っているし、『牛鍋』もほぼ同じ時間帯の中で書かれたとみてよい。『白』と『釣』の翻訳後、続いて二つの短篇を書いたとすると、自然、この翻訳作品の筆致の影響があって自然ではないか。内容は全く違っているが、やはり、ほぼ同時間帯の繋りの中で執筆するとき、その前に翻訳した作品の筆致やスタイルを、どこかで受けとめている、ということは大いにあり得ることであろう。

『牛鍋』

『牛鍋』は、明治四十三年一月、『心の花』に発表された。

男と女、それに小娘一人、この三人が牛鍋をつついている。「鍋はぐつぐつ煮える」、これが冒頭の言句。印半纏を着た三十前後の男は終始寡黙で、素早く牛肉を撮む、女は男と同年輩、「永遠に渇している」眼を絶えず男に注ぎ、時折酒をつぐ。

七つか八つの、死んだ友人の娘も男の眼を意識しながら時折箸を出す。作者の視点は、観察的、執拗で精細、そして、あくまでも観照的である。三者三様の表情を等距離で凝視め、そこに、何やら複雑で空しい、人生の姿を見事に捉えている。早目に会場に着いた「僕」が、宴会で何事を観るにも「最も適当な場所」(『追儺』)を探しそこを動かなかったことを想い出す。書き手の眼は、この「最も適当な場所」から寸刻も動かず、三人の挙措を唯々凝視めている。まるで無声のモノクロ映画を観る想いがする。

この小篇は本来小説とは言えまい。散文詩でもない。ほとんど素性の知れぬ三者三様の人物が牛鍋をつつくという素材自体が、極めて無機的である。この小篇は、もはや既成のジャンルを越えた新しい表現体といってもよかろう。

三好行雄氏は『牛鍋』に対し「鷗外の短編のなかで、もっとも完成度のたかい傑作だと信じている。ほとんど鮮烈といっていい印象の短編である。あらゆる細部がくまなく見られている風景」であると述べ、さらに「『牛鍋』について語ることの困難は、すぐれた絵画に描かれているものをことばで説明しようとするときに、感じるとまどいにどこか似ている」(「牛鍋」昭48・8『国文学』)と述べている。三好氏にも、やはり〈既成のジャンルを越えた表現体〉という認識があったとみる。「すぐれた絵画」を言葉で説明してしまうと、観たときの感銘は半減する。出来るだけ切り詰められた三人物の挙措、その三人が醸す虚無感と一種の哀感。鷗外は一つの実験を試みたとみてよい。

『電車の窓』

『電車の窓』は、明治四十三年一月、『東亜之光』に発表された。

漂う憂愁の空気や翳のある女の捉え方などをみると、リルケの『白』と通う点は確かにある。『白』のストーリーは、薄い霧のように不可解である。主人公フインクは弟の病気見舞に行くため、やっと目的地の薄暗い駅の待合室に着く。そこで、己が家の〝白〟い部屋の話をする正体の知れぬ女に出会う。最後には意味不明の物語をする女が怖くなり、フインクは、その場を走り去る。

『電車の窓』は『白』よりずっと具象的である。

「冬の午後四時半である」とまず時間設定から始まる。場所は、停留場、いろんな男たちの間に「女が一人俯向き加減になつて、両袖を掻き合せてたつてゐる」、「僕」はこの女を注視している。電車が来て、女も「僕」も乗った。「僕」は徹底的に女の挙措を凝視めている。

それにしても徹底した観照的描写である。リルケの『白』とどこが似ているのか。特定はなかなか難しい。この「謎の女」という発想。そして、『白』に漂う「広い黒い空虚」感。この点、『電車の窓』は、確かに『白』に共通している。しかし『白』の女は余りにも饒舌である。「黒い空虚」といっても、結局〝白〟が克っていく。それに対し、『電車の窓』の女は、「美しいが、殆ど血の色のない、寂しい顔」である。そして、全く無言である。そして、作中、鷗外は「鏡花の女だ」と断じている。『白』よりも『電車の窓』の方が数等優れている。「僕」は、終始、女を凝視め、観察し、女の心の動きを推察する。観照性が『金貨』などからみれば、かなり進んでいることが解る。「鏡花の女」といえば「幻美」というイメージがまず浮かぶが、このひと言で、女の複雑な魅力を一層深めている。「鏡花」を巧く使ったものだ。

この鷗外の観照的描写は、主観的な饒舌は厳密に抑制され、しかも、この翳のある女の本体は完膚無きまでに捉えられている。一日で『牛鍋』『電車の窓』という極めて観照的な二つの短篇を書いた。

再活動当初、危険で覚悟のいる小説を書き続けた鷗外は、『ヰタ・セクスアリス』の発売禁止処分を得て、いやでも作風を変更せざるを得なかった。少なくとも当局を刺激するようなことは出来ない。その執筆姿勢が生み出した題材は、無難で身辺に散在するもの、「小説」にならぬような点景を対象としながら、西洋小説の筆致やスタイルをとり入れ、鷗外固有の短篇小説の世界を、四十二年から四十四年へと展開していった。

四十二年九月の『中央公論』で、誰か不詳の「星雲子」なるペンネームで「博士の近作皆読むべし。明晰、簡浄、一点一画いソツなきに於ては、流石に老手なるかなと嘆ぜしむ。思ふに博士の頭脳は明鏡止水の如くなるべし」と褒めている。恐らく『鶏』『金貨』などを読んだときの感想であろう。まだこの時、『牛鍋』、『電車の窓』は発表されていなかったが、『ヰタ・セクスアリス』以後の鷗外作品は、「星雲子」の言う「明晰、簡浄」、それに倫理的、哲学的であり、そして何より観照的である。西洋小説に並ぶレベルを維持するものであったが、情趣性に欠けるものがあり、感受性に乏しいという批判もまたあったのである。

これらの「評」を考えたとき、杢太郎の言う「豊熟」の概念とは、やはり異質であることが理解されるのではないか。

『独身』

『独身』は、明治四十三年一月、『昴』に発表された。

独身の大野は四十歳、先妻とはすぐに別れた。小倉に採炭会社初の理事長として赴任して二年目である。第一章の雪の夜、小倉特有の「伝便」の鈴音と「花櫚糖」を売る女の声の風物描写は優れている。好い序的役割を果している。

大野は、雪が静かに降る夜、身分ある二人の客人を迎えている。話は自然、独身男と女の話になる。大野は友人が女中で失敗した話をして己を戒めていることを話す。この友人と女中が互いに意識しながら接近していく微妙な段階を鷗外は巧く書いている。そこに禅僧が入ってくる。客人と大野は仏法の論議となるが、この禅僧の挿入は作品としては失敗。

三人は帰り、後は大野と女中竹と二人きりになるが、大野は竹にどうしても女を感じることが出来ない。

鷗外にとって、小倉を語るキーワードは、独身、女中、仏法、であろう。鷗外は明治三十二年九月一日の日記に「而れども兵僕は夕に営舎に帰り、馬丁は厩に臥す。故に家裏に眠るものは予と婢とのみ。前の婢の来り仕ふる初、予宇佐美氏に請ひて、其婢をして共に眠らしめ、以て嫌疑を避く。」とある。結果として何もなかったとしても「婢」と二人きりの夜もあったと思う。鷗外が、もっとも小倉で気を使った一つはこの女中問題である。この作品は、この女中の件を静かな小倉の夜、風物詩のような雰囲気をまず醸成し、友人との語りの中で、艶ある話をさわやかな余韻を残す佳品にしている。

『杯』

『杯』は、明治四十三年一月、『中央公論』に発表された。

『独身』の二日後に、『杯』を書いたにしては、両作品の性質は余りにも違う。絵画に例えるならば、『独身』は明快な写実画であるのに対し、『杯』は抽象画にして寓話である。抽象画はもともと、己の観たまま、己の受けた「イメージ」をそのまま描く。そのため実態は不透明になる。その不透明こそ、己の創り出した固有の世界なのである。しかし、初めから実態を隠蔽するために抽象的に描くこともある。『杯』は、まさにその部類に属するのではないか。文体はペーター・アンテンベルヒの「釣」と極めてよく似ているが、鷗外が発しているメッセージは、勿論、鷗外固有のものである。鷗外はこのセンテンスの短い、しかもテンポが早く、改行の多い文体を通して、どんなメッセージを送ろうとしているのか。

内容は、温泉宿のそばに清冽な泉がある。そこにお揃の「藍色の勝つた湯帷子」を着、これもお揃の「赤端緒の草履」を穿いた七人の少女が、これも一様に銀の杯を持ち、この泉の清冽な水を飲みにやってくる。その杯にはどれにも「自然の二字」がある。「妙な字体で書いてある」。「かはるがはる泉を汲んで飲む」。そのとき、「黄金色の髪」で「青い目」をした「第八の娘」がやってくる。黒の縁を取った鼠色の洋服を着ている。そして「小さい杯」を持っている。七人の娘の中で、一人は「嗔《いかり》」で、一人は「侮《あなどり》」を帯びてみている。「あたいのを借そうか知ら」と「愍《あはれみ》」の声もある。しかし、第八の娘は、

「わたくしの杯は大きくはございません。それでもわたくしはわたくしの杯で戴きます」と云い放つ。言語は通じないが、七人の娘たちは、第八の娘の態度を理解した。「第八の娘は、数滴の泉を汲んで、ほのかに赤い唇を潤した。」

奇妙なストーリーである。まさに暗号のような小篇である。しかし、この小篇のメッセージは、やはり次の言葉であろう。

「わたくしの杯は大きくはございません。それでもわたくしはわたくしの杯で戴きます」。

己が「主体性」を宣言するメッセージである。この明治四十二、三年の段階で、「自然」という銘を持った七人の娘に対する白人娘という対峙、鷗外の事情で言えば、「自然」は当然「自然主義」であり、白人娘は、西欧文学に密着して「翻訳小説」を量産している鷗外の自画像である。七人娘の「嗔」「侮」「愍」は、自然主義陣営からの西洋作品の翻訳家鷗外に対する冷たい視線であろう。

さて、ここでさらに付加すれば、この『杯』は、『予が立場』と切り離しては考えられないと思う。『予が立場』に次の文がある。再掲だが、この時期の、対自然の意識を窺うに重要なので再び引用する。

> 私の考では私は私で、自分の気に入つた事を自分の勝手にしてゐるのです。それで気が済んでゐるのです。人の上座に据ゑられたつて困りもしないが、下座に据ゑられたつて困りもしません。

右の文章の中にある「私は私で、自然の気に入つた事を自分の勝手にしてゐるのです」という文言、この「私は私」と『杯』の「私の杯で飲む」は、鷗外の一体の意識から出ているとみてよい。これは当時、随分批判の出ていた、鷗外の文業に対する強い自立の意識をあらわしたものである。

「七人の娘」は、考えてみると、啄木が「時代閉塞の現状」であげた六人の自然主義の文人を想起する。花袋、藤村、天渓、抱月、泡鳴、白鳥、これに啄木が書かなかった徳田秋声を加えれば「七人」になる。この『杯』の寓意するところのものは何か。色々穿鑿は出来るが、すでに述べた如く明治四十年代に入り、一挙に吹き出てきた自然派の作家たちの活躍である。それに「八人目の白人娘」は、西洋の白人文学を勢力的に翻訳していた鷗外自身としか考えられない。そして、この「白人娘」の〝私は私の杯で飲む〟という言葉は、この時期、ともすれば浮き勝ちであった鷗外の文学活動への毅然とした自立への意識である。

この自立への意識でさらにここで考えられることは、陸軍省内における鷗外の立場、特に石本新六次官との確執である。もともと石本次官とは合わない。その上、『キタ・セクスアリス』発禁で「戒飭」を受けて以来、増々険悪になっている。『杯』を書いた前後の鷗外の日記をみてみよう。

十一月二十五日（木）半陰。次官に予算の事を言ふ。（略）独身を艸し畢る。
二十七日（土）（略）杯を艸す。
二十九日（月）（略）石本次官新六新聞紙に署名すべからずと警告す。（略）

（『木精』は明治四十三年一月十六日、十七日『朝日新聞』に発表されたが、この『木精』に関しては日記には一切記していない。）

右の「二十九日」のことであるが、石本次官は鷗外に対し、今後、新聞にモノを発表するとき「署名すべからず」と警告をしたのである。これは明らかに、言論の抑圧である。その前二十五日には、「次官に予算の事を言ふ」と書いており、二人の間には何か風雲ただならぬものが漂っていたことは容易に推測される。石本次官は、なぜこの時期に、新聞に署名することを禁じるような強行手段に出たのか。むろん、背景には『ヰタ・セクスアリス』の発禁があったことは容易に解る。その上二十五日は、医務局を背負った「予算」の件で、二人に衝突があったのではないか。二十九日の警告は、石本次官の報復とも考えられる。これは『杯』を執筆した翌日のことであるが、「予算」の件は、すでに前から対立があったとみる。いずれにしても鷗外は、石本次官の強圧的な態度に、ここのところ反撥を強めていたことが想定される。

『杯』の寓意は、「七人」の「自然」に対し、「一人の白人娘」の〝自立〟への毅然とした態度という構図からみると、やはり白人文学の翻訳は続ける、そして固有の己の「文業」もやっていくという鷗外のマニフェストであると思われる。さらに、〝私は私の杯で飲む〟という「自立」の意思は、執筆時期、まさに強圧的であった石本次官への反撥も、エネルギーになっていたと想定される。この『杯』という抽象画も、当時の鷗外の複雑な立場を反映していたのである。

四十三年に入っても、石本次官との確執は続いていた。日記に次のようにある。

三月四日（金）中耳炎増悪し、神経過敏になりしためにや、石本中将新六と衝突す。幸に事なきことを得て退出す。
五日（土）亀井伯爵茲常。福羽子爵逸人の洋行を送りに横浜にゆく。
七日（月）石本中将新六に面して言ふ所あり。
八日（火）（略）棧橋成る。

かつては、前総監小池正直への反撥、被害者意識で鷗外は苦渋した時期があったわけだが、己が総監になりもう人間関係で苦しむことはないだろうと思ったが、否であった。石本新六は、明治三十八年十二月に次官に就任した大ベテランで、四十四年に陸軍大臣になるまで次官の座にあった。今度は喧嘩するにしても相手が巨き過ぎた。この四十年代の鷗外の精神生活の中に、この石本新六中将との確執が揺曳していたことも知っておかねばなるまい。

『木精』

『木精』は、明治四十三年一月十六・十七日、『東京朝日新聞』に発表された。

朝日新聞社は、明治四十二年（一九〇九）十一月二十五日付で『東京朝日』の第三面に「文芸欄」を設けた。これは何の予告もない突然のことであった。このアイデアは、夏目漱石から出されたものと言われている。この「文芸欄」は、四十四年（一九一一）十月十二日まで続いたが、この期間、鷗外の作品が掲載されたのは、この『木精』ただ一回きりであった。鷗外の執筆を願ったのは、漱石であったことは知られている。この漱石の意向を伝えに鷗外の許を訪ねたのは、森田草平である。『木精』の冒頭に次の文が掲げてある。

　このかくし名を用ふべく余儀なくされたる人の何人なるかは、この文を読めば分る。この文の中に隠されたる寓意は、その何人の手に成れるかを知れば、又自から解る。

　これは次官石本新六に、前年十一月二十九日に「新聞紙に署名すべからずと警告」された結果、かような言句を付けざるを得なかった。と言うより、考えてみれば、「かくし名」云々は、別に付けなくてもという気がしないでもない。鷗外は「かくし名」にわざわざ傍点をつけている。これは悔しい石本への反撃であり、一種の挑発行為とみてもよかろう。これは石本に対する鷗外の断固たる意思が発揮されているとみたい。

「かくし名」は、「槖吾野人」であった。「槖吾」は「つはぶき」のことで、「津和野人」を意味している。

　この小篇の筋は次の如くである。フランツなる男がいつも「巖《いは》が屏風のやうに立つてゐる」所に来て「ハルロオ」と呼ぶ。呼べばいつも木精が返ってくる。しかし、ある日から突然木精が返らなくなった。フランツは、この木精をじいっと待った。フランツは待ちに待った。そしてついに、「木精は死んだのだ」とつぶやき、村へ引き返す。だが、フランツは木精のことが気になり、夕方また山に出掛けた。そこで見知らぬ七人の子供たちが呼んだら、木精は返ってきた。フランツは思う。「木精は死なゝい。併しもう自分は呼ぶことは廃さう。こん度呼んで見たら答えるかも知れないが、もう廃さう。」

　この寓話の中に、鷗外のどんなメッセージが隠されているのか。

　小堀桂一郎氏は「七童児」は「自分と同じ道を辿ってきてその途上に自分を追ひ越そうとしつつある若い世代」と想定し、それは「「昴」に拠つてゐる、木下杢太郎、北原白秋、石川啄木、吉井勇といつた新進の詩人達である」という。そして「むしろ若い世代に望みを嘱して自分は引退ってもよいつもりでゐることを語りたかつたのではあるまいか」（『森鷗外―文業解題〈創作篇〉』）と述べている。

　竹盛天雄氏は、「「スバル」の若い文学者の当代的性格、その活気に満ちた仕事ぶりに祝意を表しながら、その若さの外でわが道を独りで往こうという決意をここに封じ込めた」(『鷗外その紋様』)と述べ、そして結論的には、「孤独を媒介にしての自律性確立へのモチーフこそ『木精』において鷗外が描こうとしたものなのではあるまいか」と述べている。

『木精』の寓意に対しては、小堀桂一郎氏、竹盛天雄氏の意見は、基本的には同方向にあるとみてよかろう。

つまり、両氏とも、「七人の子供たち」を『昴』の「若い世代」(小堀氏)、「若い文学者」(竹盛氏)と共通して、『昴』の同人たちを想定している。それなりの説得性ありとみても、ただ問題は残る。この『木精』の中では、この「七人の子供たち」を「つひに見たことのない子供の群」「七人の知らぬ子供達」「あの子供達はどこから来たのだろう」と、明らかに未知なる対象として表現していることである。いくら寓意でも、小篇で〝未知の子供たち〟と書いてしまったのでは、鷗外と極めて密度の濃い関係にあった『昴』の若き同人たちを想定するのは無理があるのではないか。

この寓話のキーワードは、「待つ」ということと「廃さう」という意思にあると思う。むろん、呼び掛けて木精を「待つ」ということである。文中に次の表現がある。

「呼んでしまつてぢいつとして待つてゐる。」(二回ある)
「又暫くぢいつと待つてゐた。」
「フランツはぢいつとしていつまでも待つてゐる。」
「そして又ぢいつとして待つてゐる。」
「又前に待つた程の時間が立つ。」

そして『木精』の最後に吐かれる「呼ぶことは廃そう。(略)もう廃そう。」という言辞である。この「期待」と「待つ」ことの放棄である。

このことがこの小篇の縦軸であり、骨格ではないか。その意味で考えると、小堀氏の「若い世代に望みを嘱して自分は引退つてもよいつもりでゐることを語りたかつた」という言の中で、「引退」という捉え方は、やや納得出来る。しかし、いかんせん〝未知の子供たち〟がどうしてもブレーキになり、ほぐれがとれないのである。一方、竹盛氏の「自律性確立へのモチーフ」は「もう廃そう」という「放棄」の意思とはかなり迂回しないと結ばない。とすれば、「七人の子供」たちは何を意味するのか、ということである。それは、フランツの衰えと寂漠の情感を逆に強調する役割が与えられているといってよい。「血色の好い丈夫さうな子供」とか、子供たちが「ハルロオ」と呼ぶと、木精が「大きい大きい声で」応えるという対照性である。「元気な子供たち」が強調されることにより、フランツの悲しみと寂しさは募ることになる。

さて、冒頭の文で、「かくし名」が「何人なるかは、この文を読めば分る」と述べる。寓意も「自から解る」と書くが、鷗外も勝手なもので、そう簡単に分るものかという気がする。

『朝日新聞』にそれまで作品を発表したことのない鷗外だけに、「何人なるか」はそう簡単ではあるまい。

鷗外は明治四十三年一月三十一日の日記に、次のように書いている。

> 三十一日（月）（略）生方敏郎が木精ごつこを書きしは、木精を夏目金之助の作と認めしによりてなり。此事生方が西本に話しし由。（略）

文壇通であった生方敏郎でさえ、『木精』の筆者を漱石と勘違いし、その意図を含めて、明治四十三年一月二十三日の『読売新聞』「日曜付録」に散文詩「木精ごつこ」を発表したのである。鷗外は次官石本新六をも意識し、この己の謎の仕掛に一人で喝采していたかも知れぬ。

さて、『木精』のメッセージは何なのか。この謎を解くのは容易ではない。しかし、本稿では、この「待つ」という「期待」と、「もう廃そう」という「放棄」の記号及び寂寥感、孤独感等を、この明治四十二、三年の段階で考えたとき、やはり「エリーゼ残像」を考えてしまう。

鷗外の生涯の中で、最大のトラウマはエリーゼ事件とみなければならない。多感で純粋な青年期に、相手に裏切る形で悲劇をもたらしたエリーゼとの悲恋、通常人間であれば、その人間の脳裏から、この罪の意識、そしてエリーゼへの哀傷の意識が全く消えることはあり得ない。まして感受性が勝負の文人であれば、その深層の意識に黒く、重く沈んで、時折表層の意識に浮かんでいたことは間違いない。これは自然な人間心理のメカニズムである。

このエリーゼ残像は、これまでも幾たびも甦っていたと思われるが、年月が二十年余も経ち、しかも軍医の最高位まで昇りつめたこの明治四十年代、鷗外の心情が回想的になってきたとしても自然のことである。

さて、ここで一つの仮説を試みる。この『木精』にある「期待」と「放棄」の記号は、鷗外とエリーゼとの長い文通にあったと思われる。

鷗外の次女小堀杏奴は、エリーゼに言及し「此の女とは其後長い間文通だけは絶えずにゐて、父は女の写真と手紙を全部一纏にして死ぬ前自分の眼前で母に焼却させた」（『晩年の父』）と書いている。鷗外にとって、エリーゼとの〈文通〉は、〝木精《こだま》〟であったとみる。

フランツは「或日の朝」、岩の前に来て、「例のやうにハルロオと呼んだ」、しかし、木精は答えない。呼べば必ず答えた木精は沈黙したままである。待ちに待つフランツ。フランツはだんだん絶望的になっていく。

フランツは雨に濡れながらじいっと待っている。夢では、と思いながら遂にフランツは「木精は死んだのだ」とつぶやく。

ここで想起するのは、あの日露の戦場で喪った『扣鈕《ぼたん》』の詩の一節である。「こがね髪／ゆらぎし少女／はや老いにけん／死にもやしけん」、南山の激戦を想起した若き日の憂愁である。フランツの思う「木精は死んだのだ」と『扣鈕』の「はや老いにけん／死にもやしけん」の痛切な情感は一体として響き合っている。

『木精』は、鷗外とエリーゼの間に長年続いた文通、それがエリーゼ側からぷつりと切れた、そのときの驚き、哀しみ、そして覚悟を閉じ籠めた小篇であったのではないか。「もう自分は呼ぶことは廃さう」とフランツは「期待」を「放棄」した。追われるようにドイツに還って行ったエリーゼ、横浜での涙の白いエリーゼの顔は、永年鷗外の暗部を支配しつづけていた。エリーゼからの通信を「待つ」ことが、誰にも言えない鷗外の秘密であった。エリーゼからの杜絶は、「待ち」の情念を絶ち、エリーゼへの哀傷と追懐の意識を昇華させることであった。ある意味では解放されることとである。

『扣鈕』の詩は、いつ詠んだのか。それは不詳であるが、エリーゼの通信はそれ以前に杜絶したとみるべきであろう。それが例の「死にもやしけん」という言句を生み出すことになったとみる。とすると、『木精』は、すぐ真近にあったことではなく、四十年代に浮上してくるエリーゼ残像にともなって、そのときの憂愁を書いたものと思われる。

『桟橋』

『桟橋』は、明治四十三年五月、『三田文学』に発表された。

『三田文学』では、「桟橋（写生小品）」と括弧つきになっている。のち『涓滴』に収められるとき、「（写生小品）」は削除されている。

《伯爵で式部官である夫が、ある子爵とともにロンドンへ赴く。新橋駅から横浜港へ。伯爵夫人は二人目を身籠った体で、恐る恐る巨船の梯を昇っていく。船室で夫と子爵に別れの挨拶、しばらくすると、号砲が響き、船は静かに岸壁を離れていく。その航跡には、小さい波が日の光に輝いている。》

要するに、この小篇は、外遊の肉親、知人を送る一通りのマナーや他の乗客の状況や雰囲気をまさに「写生」したものである。実際鷗外は、この『桟橋』を書く二日前に横浜港に行っている。小篇の伯爵とは、津和野旧藩主の息亀井茲常であり、子爵とは、その亀井の家臣であった福羽逸人、宮内省内苑頭である。この『桟橋』を書くに至る鷗外の動静を少し日記でみてみよう。

この四十三年の一、二月は、慶応大学刷新を委嘱され、その一環として永井荷風を慶応の教授にすることに意を尽している。そうした繁忙に体力を弱めたか、二月十日の日記に「半夜より予熱を発す。苦痛甚し」と書き、十八日には「是日痰鏽色になる」と書く。これはすでに書いているが、この時期かなり体調の悪さが持続していたようである。そんな中、石本新六次官と、険悪な関係が続いていた。(『杯』論の日記参照)まず『桟橋』の背景として、かような事情がのしかかっていたことを確認しておきたい。

亀井茲常の外遊に関しては、二十三日の日記に「亀井茲常留別の宴を第宅に設けらる。予も与る」とあり、三月三日にも「亀井伯邸へ奨学会に臨まんとて行く」とある。その翌四日の日記に「中耳炎増悪し。神経過敏になりしためにや、石本中将新六と衝突す。」とある。

勤めを持つ人間には、確かにこういう「時」がある。鷗外は、心身ともに最悪な状態にあったことが察せられる。それでも素知らぬ顔をして、慶応問題や公務につかざるを得ない。鷗外は、耐えていた。そして、その翌日、五日「亀井伯爵茲常、福羽子爵逸人の洋行を送りに横浜に行く」と書く。

『桟橋』は、この日の体験であることが解る。鷗外はその見聞したことを正確に、また微細に描いている。「(写生小品)」とわざわざ銘打ったのもそれを自覚していたからであろう。

須田喜代次氏(『鷗外の文学世界』)は、この作品に対し「そのまま忠実に再現している」のに、一箇所だけ明らかに虚構があると指摘しているのが、亀井茲常の卒業の「時期」である。作品は、「夫の伯爵は一昨年文科大学を出られて直ちに結婚」とあるが、実際に東京帝国大学文科大学哲学科心理学専攻を卒業したのは「明治四十二年七月十日」であり、この小篇の執筆時から考えれば「八カ月前」になる、と指摘している。

ただ一箇所だけの虚構という点が確かに気にはなる。鷗外が実際にうっかりしたのかも知れぬが、やはり茲常の結婚、娘の誕生等を考えたとき、須田氏の言うように「文科大学卒業をすべてに先んじさせた」と考えるのが妥当のように思える。

この小篇の執筆は、「強いられ」て書かざるを得なかった。従って内的必然性に欠けている。既に述べたように、慶応義塾に荷風を推薦したこともあり、その文学部の機関誌たる『三田文学』の創刊に、鷗外は深くかかわっていた。「鑵色」の痰が出た前々日、つまり二月十六日、「慶応義塾文学科顧問になる」と日記に書いている。顧問に正式に就任することにより、慶応義塾大学に対し、「公」の責任が生じたことになる。三月一日には「夕に交詢社に慶応義塾文学部の晩餐会を催す。上田敏、永井荘吉、馬場孤蝶等と語る」と日記にある。三月三日には「与謝野寛の三田文学事務を行ふことを決す」とある。『三田文学』創刊の話はいつ出たのか詳細は不明だが、いずれにしても、創刊号に鷗外が何か書くことは、自明のことになっていただろう。三月一日、交詢社で会った永井荷風は、再度、『三田文学』への執筆を鷗外に願ったとみてよい。

三日には、編集事務を与謝野寛が執ることに決定、鷗外も、いよいよ創刊号に何を書くか、という具体的な問題になってきていたことが想像される。この問題は早く処理しておきたかったようだ。亀井伯を横浜に送った二日後に「桟橋成る」、と日記に書く。交詢社で荷風に会ってから五日目であった。こういう情況での作品執筆は、辛い作業となる。

鷗外は「写生小品」とわざわざ断った。一つの虚構以外は、すべて事実の「写生」であることも解った。しかし、割り切れないフレーズを、この小篇はかかえ込んでいるのである。それは次のフレーズである。

桟橋が長い長い。

これは虚構ではないが、このフレーズは、『桟橋』の中に五回、適当な間隔をおいて「詠」われている。「詠」という字を使ったが、このフレーズは、まさに抒情詩の一句としての性格をもっている。つまり、「写生」の中で、この言句は詠われている感傷句なのである。この〝桟橋が長い長い〟というフレーズが、鷗外の内部に浮かばなかったら、この小篇は恐らく書かれなかったのではないか。このフレーズは、若き日から鷗外の深層に沈んでいたものか、実際に二日前に、亀井伯を送りに横浜港に行き、「長い長い桟橋」を歩んで実感したイメージなのか、それは明白ではない。しかし、二日前に見聞した、巨船の内外の状景の描写とは明らかに違っている。この「桟橋が長い長い」というフレーズを適当に置くことにより、この『桟橋』という小篇が、単なる「写生」小品ではなく、文学的雰囲気をかもし出している。

鷗外は『三田文学』の創刊号ということを意識し、何らかの仕掛けを考えたことが察せられる。

この「仕掛け」に想起されたのは、二十二年前に、この横浜の〝桟橋〟を去ったエリーゼへの追懐であり哀感であった。この小篇の最終記述は、次の通りになっている。

桟橋が長い長い
今まで黒く塗つた船のゐた跡には、小さい波が白らけた日の光を反射して、魚の鱗のやうに耀いてゐる。

二十二年前の悲しい別離の日と全く変らない、「白らけた日の光」に波が反射して耀いている。心身ともに苦渋な「時期」であればこそ、若く元気であった己を想い出し、エリーゼの表情が一体となって鷗外の内面に拡ってくる。この小篇の中に次のような文脈がある。

ふいと舷で白い物が閃いた。それは白い巾で飾つた大きい帽の女の手でハンカチイフを振るのであつた。

この白いハンカチイフを振る女を描写するとき、全くエリーゼを想起しなかったであろうか。『木精』とも連動し、この時期、体調不良、次官との不和、そして徐々に迫ってくる老いの意識、こうした心情の中に、若き日のエリーゼが、しばしば甦ってきたとしても不思議ではあるまい。

「小品」という概念

さて、この時期、つまり明治四十二年から四十四年に亘る期間、小説の世界で「小品」という概念が意識されている。明治四十四年十月十五日に発行された『文章世界』第六巻第十四号の「現代文章の解剖」に「小品の研究」という項目がある。その中で次のように述べている。

> 数年前から、漠然と小品と呼ばれてゐた或る一種の芸術的作品が、何時といふことなしに、文界の一大分野を領有するやうになつて来た。そして最早今日では単に小品とさへ云へば、或は小説といひ、或は戯曲といふと同時に、殆ど何人にも直ちにそれが如何なるものを挿《ママ》してゐるのかが頷かれる。けれども、然らば小品とは如何なるものぞ？と、もし其の定義を明確に掲げ来れと問はれたならば、恐らくはまた何人と雖も容易によくこれに答へ得るものは無いであらう。（略）

この「小品の研究」を書いた人は明らかではないが、右の文章で、「漠然と小品と呼ばれてゐた或る一種の芸術的作品」が、「文界の一大分野を領有するやうになつて来た」と述べている。これは昭和に入ってからも余り意識されない概念であるが、この「小品」という概念は、「形式」は「自由」、「内容」も「雑多」なので、「定義」しにくい、一部の人の考えとして、「唯だ冷かではいけない、エモオショナルでなくてはいけない、芸術的空気が漂うてゐなくてはいけない」という説も伝えている。これだけでは、極めて解りにくいことであるが、ただ「小品」という言葉を現在の辞典（『辞林21』三省堂）で引いてみると、「文学・音楽で、短い作品」と書かれている。原稿枚数の短小からきた言葉であることは明白である。現在では、当然のように使われている言葉であるが、この言葉の発生は、この明治四十年代にあったということである。さきの文章で、この「小品」ということで第一に連想されるのは、水野葉舟であると述べているが、他に吉江孤雁、森鷗外を挙げている。この「小品」なる言葉を生じた因の一端を鷗外が背負っていたこともまた事実であろう。

この明治四十二年から四十四年にかけて、「小品」なる概念に該当する作品が多くなっていることは事実である。この「小品の研究」では、「写生小品」として鷗外の『桟橋』を挙げ、「横からも縦からも右からも左からも、何でもかんでも苟くも効果を多くし得ると思はれる限りのことは、悉く書かうとしてゐるやうな所がある。虚子氏などのやうに正直に一筋を歩かずに、変幻出没極まりないやうな姿を見せやうとしてゐる」と評している。これだけの説明では、余り具体的イメージは浮かんでこないが、どうやら『桟橋』に頻出する「桟橋が長い長い」という言句を指しているらしい。

この表現に注目し、「何処までもゆつたり構へて前後左右を仔細に見ながら、少からざる複雑をも巧みに単純化して、而かもはつきりと織り成して行く所は到底尋常後輩の及ぶ所ではない」とある程度の評価を与えている。おおむね、鷗外の「小品」には高い評価がなされていたようである。この「小品の研究」は、次の文章で結ばれている。

以上、吾等はさまざまな方面からね今日の小品を研究して来た。しかも未だ少しも満足らしい感情さへ味はざるに、既に早く余りに多くの時間を費したことを思ふ。作家といふ側から見ても、形式といふ側から見ても、其の他ね手法、内容、いろいろの点から見ても、まだ語らねばならぬことは沢山ある。

「小品」という文学の一ジャンルを認めるとしても、何か物足りないというか、「小品」の明確な価値を、積極的に認めるところまでいっていないといった感じは残る。鷗外は翻訳の影響もあり、この明治四十年代に出てきた「小品」の創始者の一人であったと言えよう。

〔里芋の芽と不動の目〕

〔里芋の芽と不動の目〕は、明治四十三年二月、『昴』に発表された。

今は大工場になった東京化学製造所、その創立二十五年記念の宴会の果、友人たちに囲まれたその所長増田翼博士の回顧譚が、この小篇のストーリーである。

前半は、地の文で、この会社が職工の賃金問題で新聞から攻撃を受けていること、職工と工場主との関係、それに処する増田博士の経営への信念などが述べられ、そして宴会の話に移る。大座敷からほとんどお客は去り、増田と数人の友人だけとなる。増田は語る。維新時、上野戦争の炎上を見ながらお袋と秩父の農家に落ちていったこと、兄きは大鳥圭介と行動を共にした革命者、世間も少し静かになり江戸に帰ってからお袋は毎日不動様に兄きの無事を祈っている。ある日ひょっこり兄きが顔をみせ、お袋の祈る不動様の目玉に線香の尖を押し付け焼き抜いてしまう。兄きは思想の破壊者だ、Fanatiker だ。増田は思う。おれは「不動の目玉は焼かねえ。ぽつぽつ遣つて行くのだ、里芋を選り分けるやうな工合に遣つて行くのだ」と。語り終ると、もう時計は深夜の十二時をさしていた。

この小篇には二つの問題点がある。

一つは、職工の賃金問題に処する所長増田の経営哲学である。もう一つは、増田の人生に処する生き方、これも「生」の哲学である。まず前者であるが、日露戦争後、日本の産業が活発化し、増大してきたことは周知の通りである。全国的に各種の生産工場が建設され、工場労働者が増加、その権利を主張するようになってきていた。明治三十九年八月の呉海軍工廠、小石川砲兵工廠、四十年二月の足尾銅山、六月の別子銅山、七月生野銀山での暴動、こうした特殊な産業体からの問題奔出に加え、都市工場の問題も深刻であった。

四十年十月、京都の西陣で職工七〇〇人が友禅工同志会を結成、同じく十月、大阪では活版技工組合結成、十一月には、参加七十工場で賃金ストライキが行われた。

世間では、こうした大小の工場における労働者たちの自覚が尖鋭化し、社会の注目を浴びることになった。そこで四十年十二月には「社会政策学会」が第一回の大会を開き、「工場法」を討議することになった。

四十二年の一月には、東京亀戸の東京モスリン会社で、職工八〇〇人が賃上を要求してストライキに入っている。（作品の中には、これらの労働争議のことは具体的に書かれていない。）

政府に於ても、この労働問題は放置できるものではなかった。鷗外は陸軍省医務局長として、特に工場における労働者の衛生、教育、風紀、生活等に関して関与することになった。『自紀材料』をみると、四十年十二月五日に「中央衛生会に往く」とある。これが最初の出席であったようだ。四十二年十二月十三日の日記に「中央衛生会にて工場法案を議す」とある。鷗外は、この「工場法案」の制定に向け、衛生学という専門の立場からも、意見を述べていたようだ。明治四十二年十一月十六日付『東京朝日新聞』に「工場法案梗概」が載っている。この中で次のような記述がある。


（略）同法案の規定を窺ふに其目的とする所は工場組織に伴ふ危害を予防し職工の衛生、教育、風紀、生活等を改善し以て工業の秩序ある進歩を図り国民の健全なる発達を期するにあり。


右の「工場法案」の「目的」は、鷗外恰好の厚生理念である。例えば、この「工場法」では、「十二三歳未満なる小児」の労働を禁じているし、「十六歳未満なる幼年男子並に一般女子に対して労働時間」を八時間及び十二時間の範囲に制限している。

四十二年十二月十六日の鷗外の日記に、「午後工場法案の特別委員会に赴き、意見を陳ぶ」とある。この日に、「特別委員」として、最終案が「付託」されていたので、この年齢制限の問題も鷗外のリードで決められたのではないかと、瀧本和成氏（『森鷗外―現代小説の世界』平7・10　和泉書店）は推定している。鷗外は、この時期、新しい社会の難問題として、その解決策が求められていた「工場労働者」たちの生活全般にわたって、豊富な知識を駆使してこの中央衛生会をリードしていたと思われる。

『里芋の芽と不動の目』の背景にそうした鷗外の苦労があったわけであるが、この小篇では、その「工場法」に関連することは全く触れられていない。ただ、職工と経営側の問題として述べている。二十五年間、会社を立派に成長させた増田工場主の信念は、「高尚な理論」や「緻密な研究」はいらぬ。「己は己の意志で遣る」という主体的姿勢にあったということ。鷗外は、この至って精神主義的な増田博士の経営術に賛同しているとみてよい。そして、「己の意志」ということは、労働者を遇する見識である。つまり「遣つて来る人の性質や技倆や境遇を見て、その人に出来さうな為事を授ける」ことなのだ。鷗外は、リーダーたる者は、高い見識を持つことが大切というメッセージを提示しているのである。

しかし、この『里芋の芽と不動の目』で鷗外が特に主張したかったのは、人生に処する「生」の哲学にあったのではないか。増田翼は語る。兄貴は旧思想の破壊者であり「Fanatiker といふやうな人間」だったのに対し自分は「里芋を選り分けるやう」に「ぼつぼつ遣つて行く」、と言う。これが増田には大事なことなのだ。「同じ江戸つ子でも、己は兄きのやうに Fanatiker とは違ふんだ。どこまでもねちねちへこまずに遣つて行くのも江戸つ子だよ（略）」と。

当時の鷗外にとって、この日常些事に没頭する精神が大事なのである。ここには、小倉在勤時、妹の小金井喜美子への手紙の中で触れた熊沢蕃山の思想が、踏えられているとみてよい。鷗外はこの四十三、四年、己の文学的営為に対し、いささか卑少感に捉われており、それを抑え込むことに苦慮していたふしがある。それは後に書かれた『あそび』や『妄想』に明確に語られている。しかし、「ぼつぼつ遣つて行く」と書いているのも、己の精神の調整として、そうありたい、とする気持が出ていると思われるが、増田のように素直に実行出来ない。陸軍医務官僚としてはトップに昇りつめても、文学者としての鷗外は、不満から逃れられない。この時期そうした葛藤がここにはみられる。

29　『椋鳥通信』

『椋鳥通信』は、四十二年三月一日発行の『昴』第三号から大正二年十二月発行の第十二号（終刊号）まで、五十五回にわたって連載された。途中三回の休載があった。署名は「無名氏」である。表題は第二回以来『むく鳥通信』となる。この内容は、簡単に言えば〈海外消息〉を伝えるものである。それも特に西欧で近時起った事件、事柄を伝えるという、当時の鷗外ならではの情報伝達の「通信」であった。

『椋鳥通信』の第一回目の冒頭は次の文である。

一九〇九年一月になってから、巴里の名優 Coquetlinsen が六十八歳で肺炎に罹つて死んだ。

そしてこの『通信』（『水のあなたより』『椋鳥通信』の続篇）の最後の文は次の如くである。

哲学者の死。Otto Fluegel（Herbart 派、Halle）が死んだ。（一九一四年七月十五日発）

この『椋鳥通信』の最初と最後が、偶然にも死亡記事になっている。大体送られてくるドイツの新聞をよみ、鷗外の判断で適当に紹介していたようである。しかし、死亡記事のような片ぺんたるものが主ではなく、欧州で起った多くの事件や事象をとり上げ、鷗外自身の判断、批判を加え、長文のものもかなりある。近松秋江は、この『椋鳥通信』をさして、「雑誌「スバル」の「むく鳥通信」の無名氏は、森鷗外氏の随筆といふことである」（『美術之日本』明42・8）と述べているが、これは当っていよう。この『椋鳥通信』は、世界から隔離されたような島国日本に住む日本人、その中でもとりわけ知識人に先進文化を維持している欧州の情報を知らせる重要な役割を果したものとみられる。

・『水のあなたより』（大2・12『我等』〜大3・9）
『椋鳥通信』の続きとして、『我等』に約十カ月連載された。
・『海外通信』（大3・3『番紅花』〜1、2、4号）は、『番紅花』の創刊号から「O・P・Q」の署名で、4号まで三回連載された。

さて、この年四月、長女茉莉は小学校に入学、五月には次女の杏奴が生まれている。七月には、鷗外は文学博士の学位を授けられ、四十七歳になっていた。八月には春陽堂から『東京方眼図』を刊行している。

30　啄木「時代閉塞の現状」

明治四十三年（一九一〇）八月に、石川啄木は「時代閉塞の現状」（啄木の生前には公表されず、東雲堂書店から大正二年五月に刊行された『啄木遺稿』に収録され、初めて公表された）を書いている。この中で「我々青年」は「今猶理想を失ひ方向を失ひ、出口を失つた状態に於て長い間鬱積して来た其自身の力を独りで持余してゐる」と時代閉塞の危機を訴えた。この啄木の閉塞感は、「蒲団」の「時雄」や「何処へ」の「謙次」たちが等しく持っていた無力感と全く同じものである。啄木は漱石の「それから」の「代助」を待つまでもなく、この四十三年当時「遊民」という、働かざる者が増えたこと、また「戦争」「饑饉」のような偶発的な事件が発生しなければ活性化しない日本経済の脆弱さを衝き嘆いている。明治四十年代は、日露戦争後社会に大きな病弊をかかえていた時代でもあった。

しかし、啄木が、この論文で言いたかったことは、文学界の混沌である。その混沌の主因は、自然主義の崩壊現象にあった。

啄木は、自然主義に幾多の矛盾がありながら、その検証もなされず放置されていることを指弾する。特に啄木は、花袋、藤村、天渓、抱月、泡鳴、白鳥らの名前を挙げ、彼らは肩書きは自然主義者でも「殆ど全く共通した点が見出し難い」と述べる。まさに自然主義が自然主義としての特徴を喪失しているということである。また啄木は、自然主義を名告る連中の中に「浪漫的分子」がいて、これらは「自己主張」という方法に変じ、例えば、「荷風氏」に「推讃の辞を贈」っている。これをどう「承認」したらいいのかと詰め寄っている。要するに、荷風と本来の自然主義との差が見えないということであり、これを言い換えれば、自然主義と森鷗外の差がみえないということにもなろう。啄木は、この明治四十三年当時の社会の混沌、文学の混沌を摶《う》っているのである。

この時、啄木は生活苦と重い肺結核という二重苦と死闘していた。まさに地べたを這う視点から社会や文学界を観ているのに対し、鷗外は、権力と名声の中にいた。この啄木の言う「時代閉塞の現状」に同感し得たであろうか。否定はしなかったかも知れぬが、この時、鷗外には啄木ほどの危機感はなかった。それは、この時期の、鷗外の作品群をみれば解ることである。

この年は、そうした混沌を横にみながら、啄木と対極にあった学習院の青年たちが、四月に同人誌『白樺』を創刊した。そして五月には永井荷風の主宰による『三田文学』も創刊、文学界も新しい方向に動き出していた。

しかし、六月には、天皇暗殺を企図した、いわゆる大逆事件が起っている。一方、夏目漱石は、「三四郎」「それから」と発表し、六月には「門」を脱稿し、意欲をみせていたが、八月には療養先の修善寺で大吐血を起こし死に瀕している。いわゆる修善寺大患である。

この明治四十三年は、社会も、文学界も一つの大きな転機に差しかかっていたのである。

31　関西、中国地方を視察

鷗外は、前年（明治四十二年）十二月二十七日に、西部地方の陸軍衛生事情を視察のため、午後六時三十分新橋を発った。暮も押し詰ってからの出張である。明治四十年の時の出張と要領は同じであった。翌日、大津に着き、それから京都に向かい、駅で上田敏らに迎えられ、ただちに御所と二条城を拝観、この晩は京の定宿俵屋に泊っている。京都には、二十九日、三十日と滞在。第十六師団、監獄、衛戍病院を視察、三十日夜は中村楼に招宴され、「始て京都の芸者、舞子を観る」と日記に書く。三十一日に京都を発ち、奈良を経て、大阪に廻り、四十三年の一月一日の日記には「大阪より宮嶋にゆく夜汽車の中に年を迎ふ」と書く。宮島から小蒸気船で厳島に一泊。夜、宿で「里芋と不動の目玉一篇を草す」と記す。健筆とはこのことであろうか。元旦早々、出張の宿で一作品を書くということは、相当のエネルギーである。ちなみに、この「里芋と不動の目玉」は、一月二十四日に、題名を『里芋の芽と不動の目』と変え、『椋鳥通信』とともに『昴』印刷所に渡している。この出張は、以後、広島、福山、岡山、姫路と廻わり、浜松を経て、一月十六日（日）午前九時、新橋に着く。於菟一人が迎えに来ていた。年末から一月にかけ、約二十日間の旅であった。広島駅で鷗外を迎えた関係者の中に柏原謙助一等軍医（広島衛戍病院付）がいた。この柏原は、後の詩人中原中也の父である。中也は、母ふくから、この日、父が駅から旅館までおともをしたことを誇らしく語っていたことを聞かされていた。（福島泰樹「祖国よ！」平18・4『正論』）

一月二十七日の日記に、「交詢社にゆく。慶応義塾文学部刷新の事を議す。上田敏、永井荷風等を推挙す」とあるが、二十日間の留守の間に、東京には多くの仕事が待っていた。

二月十日の日記に「半夜より予熱を発す。苦痛甚し。強ひて起ちて陸軍省にゆく」、十一日「病みて紀元節の祭と宴とにゆくこと能はず」とある。そして、すでに述べたが、十八日「大臣病院長、軍医部部員を偕行社に招かせ給ふ。予病を力めて陪す。是日痰鏽色になる。熱降りて粥を食ふことを得たり」、その翌日十九日「朝稍快し。陸軍省にゆく」とある。これは八日間にわたる日記文からの抽出であるが、これでみると、この時期、鷗外は明らかに肺結核を再発している。

鷗外の結核は、急進性ではなく、比較的緩慢な症状を呈していたようであるが、表に出るときと出ないときとがあり、あの『仮面』でもみたように、鷗外は、家族にも黙してかなり前から独りで肺結核と闘っていたことが再認識される。二月十日の発熱は決して風邪ではない。風邪なら風邪と鷗外は書くはずである。恐らく、二十日間にわたる強行出張の疲れか、この頃になって表に出て肺結核が少し動いたのであろう。それでも陸軍省に行く、相当な克己力である。

鷗外はこうした状況の中にいながら、陸軍省に出勤、荷風を慶応大学に入れるべき処置に力を尽し、病人としての生活を拒否していたことが解る。三月四日の「中耳炎増悪し。神経過敏になりしためにや、石本中将新六と衝突」と日記にあるのもこの一連の体調不良からきているのではないか。

32 『青年』

『青年』と時代性

漱石「三四郎」から刺激を得て鷗外が書いた作品というように『青年』（明43・3～44・8『昴』）は、みられているふしがあるが、真相は不明である。ただ、優れて実力のある二人が、日露戦争終結、一九〇七年以後、つまり、この四十年代当初の青年像を捉えたということは、偶然ではない。花袋の「蒲団」、白鳥の「何処へ」も含め、近代日本の過度期を生きる青年たちに作家としての鋭い眼が向っていったのも、一つの必然であったかも知れぬ。

西日本のＹ県から東京に出て来た田舎青年、小泉純一（鷗外の日記〈明41・11・5〉に、「法科大学生柏木純一来て〈略〉」という記述がある。この名を想起し、使った可能性もある）の短期間における芸術（文学）や思想変化が主軸になっている。純一は田舎にいたときから自然派の影響を受け小説家になりたいと思っていた。従って純一の上京目的は、自然派の大石路花に会うことであった。しかし、二回会ってみたが、結論的には、稍々失望を禁じ得なかった。本郷で出会った同郷の瀬戸が、ある日拊石の講演会に連れていってくれた。二階家で十四、五人の客。拊石はイプセンの個人主義について語る。純一にとって、いささか心理的に動揺、波動があった。この会で医学生大村荘之助と知り合う。十一月二十七日、有楽座でイプセンの「ジョン・ガブリエル・ボルクマン」の上演を観に行く。その時、隣の座席に美人の夫人がいて、自然に会話を交す。夫人は沢山の書籍があるからと後日、自宅に来ることを誘う。純一は早速訪ねる。夫人は大学教授の未亡人である。夫人に誘われるような状況で二人は結ばれた。しかし、純一は「霊を離れた交」に懊悩する。だが未練の情に克てず再訪し関係を重ねてしまう。次は箱根に来るように言われる。その間Ｙ県の忘年会や、大村が「生」の哲学を語ったりする。やがて、純一は箱根の夫人を訪ねるが、夫人は、他の男と一緒であった。純一は厭な寂しさと嫉妬心に苦しむが、朝、箱根でめざめたとき、祖母が言っていた「伝説」を書こうと思う。そして、純一は元日の晴れた日、この温泉を去っていくのである。

『青年』を考えるに、長谷川泉氏（『森鷗外論考』昭37・11　明治書院）は、次の三つの主軸に分けている。

①純一の創造力が芸術家として成熟する過程。

②純一の人生観・世界観、とくに自然主義勃興当時の個性の覚醒や新思想の道徳思想などに促されて成長してゆく考え方の形成過程。

③純一の恋愛及び性欲の体験。

この長谷川氏の捉え方は、ほぼ妥当といってよいが、①の純一の「芸術家」、つまり「創作家」として「成熟する過程」と②の「新思想の道徳思想などに促されて成長」していく「形成過程」とは明確に分離しているものではなく、本来付かず離れず影響し合って過程を経るものであり、結局は縄のようによじりながら一体化していくものである。

純一に則してこのことを検証してみよう。

純一は国にいるときから「知らず識らずの間に、所謂自然派小説の影響を受けてゐ」た理想主義的な青年として登場してくる。純一の上京の目的は、その自然派の作家として「景仰と畏怖」の念をもってやまない大石路花を訪ねることであった。上京当時の純一の挙動をみてみると、純朴な目をしていながら、いささか虚無的に描かれている。

田舎から大都会に出て来た青年にしては驚異がない。その点漱石の「三四郎」と対照的である。憧がれの大石路花に会っても「ひどい勝手の違いのやうだ」と思い、根津神社の「池の水」の「泡の浮いてゐる」のをみて「厭になつた」り、藪下通りの毛利鷗村の家の前を通る時「身顫」をしたり、上野の「穢ない長屋」街で「こんな哀な所はない」と、意識が極めて冷めている。初めて東京有楽座に入っても、「種々の本や画で劇場の事を見てゐる純一が為には、別に目を駭かすこともない」というしらけぶりである。この純一の無感動な精神構造は、当時の代表的な自然主義の作品に描かれた主人公たちと共通しているということである。鷗外は、日露戦争後、特に明治四十年代に弥漫する自然派的な青年たちの疲弊した精神の性格をちゃんと見抜いていたといってよい。それはまた鷗外の忌憂でもあった。

すでに書いたが、花袋の「蒲団」や白鳥の「何処へ」に出てくる四十年当初の青年たちを想起して欲しい。無感動で、日常生活に倦き果てている。これは「時代病」とでも言わなければなるまい。まさに日常性を蔑視して虚無に生きる、竹中時雄と菅沼謙次らと純一は、一体なのである。上京当時、同郷人瀬戸に、「一体君は人に無邪気な青年だと云はれる癖に、食へない人だよ」と言われる純一も、竹中時雄や菅沼謙次に近い自然派青年であった。

これは何も文学に描かれた世界だけではない。歴史学者の有馬学氏（「「国際化」の中の帝国日本」『日本の近代4』平11・5）中央公論新社）は、次のように述べている。

日露戦争後の青年は、必ずしも意気軒昂たる存在ではなかった。当時の同時代的な多くの論評から浮かび上がってくるのは、国家や社会との接点を見失い、一方で物質的な利益を追求することに恥じらいを感じなくなり、他方で人生如何に生きるべきかという自我の問題に悩む、ばらばらな砂粒のような個人としての青年像である。

少なくとも、明治十、二十年代の青年たちには、開化期を生きる、国家社会の発展のために、という大義名分があった。しかし、日露戦争で勝ち、世界の大国に列したとき、一時期と言えども、国家も個人も目標の喪失に落ち入ることになる。特に青年たちは、「国家や社会」との接点を失い、「ばらばらな砂粒のような個」となって放り出されてしまい己の未来が見えなくなってしまった者が多かった。社会の趨勢は多くの青年たちを目的喪失という虚無的方向に向かわせざるを得なかった。時雄も謙次も、そして純一もその方向に流されていたといってよかろう。鷗外は、この社会のメカニズムを見据えていたといってよい。「三四郎」のような暢気な生活はしておれなかったのである。

ここで『里芋の芽と不動の目』を想い出す。「不動の目玉」

を焼く「兄き」と違い、「己」は「ぼつぼつ遣つて行くのだ」「どこまでもねちねちへこまずに遣つて行く」、そして、『カズイスチカ』では「詰らない日常の事にも全幅の精神を傾注してゐる」父を花房は尊敬する。

ここに、自然派の「生」に対する鷗外の意識は歴然としている。「蒲団」の竹中時雄も「何処へ」の菅沼謙次も、そして上京当時の小泉純一も、当時の鷗外からすれば、許容出来ない「生」への処し方であったと言える。鷗外は、日露戦争以後すでにみてきたように、正面だって自然主義を攻撃せず、その手法においてはむしろ容認するような姿勢をみせながら、こうした作品の中では、登場人物の「生」の軌跡の中に、自然派の文学的手法よりもむしろ「生」に処する生き方に批判を潜ませている。それは自然派作家大石路花の「僕の書いてゐる人物はだらしのない事を遣つてゐる。地獄を買つてゐる」という言にもあらわれている。

純一の変化

確固たる価値観ももち得ず、ただ因襲拒否の夢想に生きていた純一の「生」も変更を迫られることになる。その意味で、蓮田善明の「此の小説「青年」の過程は純一が段々鷗外的なものへ進むことを書いてゐる」（『鷗外の方法』昭14・11　子文書房）と述べていることは、まことに鋭いと言わざるを得ない。

その「鷗外的なものへ進む」影響を与えたのは、拊石の講演会で知り合った大村荘之助という医学生であった。

しかし、その前に拊石の講演がある。

漱石がモデルであるといわれている拊石は、「イプセンの個人主義について」語った。拊石は、イプセンの個人主義には「両面」あると言い、その一つを「あらゆる習慣の縛を脱して、個人を個人として生活させようとする思想」と捉える。これを「世間的自己」とし、もう一つを「出世間的自己」とする。この「自己」は、「始終向上して行かうとする（略）強い翼に風を切つて、高く高く飛ばうとする」精神を持つとする。「世間的自己」だけであれば「放縦を説くに過ぎない」、この点が重要なのである。「習慣の縛を脱」する個人主義だけでは『里芋の芽と不動の目』の「兄き」でしかない。否、個人の意識が、いずれの事象とも接点を喪失したとき、「蒲団」や「何処へ」の主人公になってしまうのだ。「己」のように「里芋」の「芽の満足でゐる奴は植ゑる方へ入」れて再び「生」を「里芋」に与えなければならない。

「兄き」の単なる〈破壊〉に対し「己」の行為は〈再生〉であり〈向上〉につながる。単なる「世間的自己」に執する自然派は停滞しかない。『青年』の中で、鷗外は自然主義のことを「煩瑣な、冗慢な文学で、平凡な卑猥な思想を写すに至つた此主義」と批判的に書いているが、自然派の「生」には向上はないことになる。その点、花袋も白鳥も、生産的になれない時雄と謙次を、明治四十年代を生きる〃時代〃の青年として正確に捉えていると言ってよかろう。また鷗外も、あやまたず時代の微妙な蠢動を鋭く捉えているといえる。

拊石の講演は結局、イプセンの「世間的自己」と「出世間的自己」の話であったが、拊石は、明確にイプセンは放縦な人物ではないと述べ「出世間的自己」に立っていると断じた。純一は聞き終り「無理に自分の乗つてゐる船の舳先を旋らして逆に急流を溯らせられるやうな感じがして、それから暫くの間は、独りで深い思量に耽つた」と書いている。

右の引用文は簡単なようだが、自分が乗っている「船の舳先」が一回転して「逆に急流を溯らせられる」ような急転回をもたらされたことを言っている。つまり、純一が従来から持っていた価値観が根底からゆすられたと言うことであり、「深い思量に耽つた」のは当然のことであり「船の舳先」を全く逆回転させるような衝激にしては、深い「思量に耽つた」では少し物足りない表現といってよい。しかし、純一はすぐ〃改宗〃したわけではない。拊石のイプセン論は自然派青年の純一を襲った最初にして最強の衝撃であった。

純一の「船の舳先」を「逆に急流を溯らせ」る事実上の役割を担ったのは大村荘之助であった。

「どうも此大村が自分の手で攫へることの出来る欄干ではあるまいか」と純一も察している。果して純一は大村の影響で「自分の思想を点検」することになる。従って純一の意識改革は二段の行程があった。第一弾は言うまでもなく、拊石の講演であり、大村の影響は、それを決定的にしてくれたのである。

「積極的新人」の概念

まず純一は大村によって「積極的新人」の概念を知る。そのことは己の「生」への反省を強いることでもあった。純一は「利己主義」「独善主義」を己の中に見出し、「犠牲」の精神を意識する。

この大村の語る「個人的道徳が公共的になる」というメカニズムは、「日常性」を励むという精神と密着していよう。日露戦後の青年像の特質について、有馬学氏が「ばらばらな砂粒のような個」と捉えたが、「蒲団」の時雄や「何処へ」の謙次では「個」が「ばらばらな砂粒のよう」で、社会との接点がなかなか見出し得ないことになる。大村のこの「積極的新人」論に純一はどう応えたか。鷗外は大村の言に対し、純一の明確な意識を書かずに「二人は暫く詞が絶えた」と書くだけであった。しかし、これはいずれ己の変革に意識的になっていく伏線である。

純一が東京に来て、大分月日が経った。未亡人との「霊を離れた交」も経験し懊悩もした。そして、「Y県人の忘年会」で、初めて「芸者」なる者も見た。しかし、東京での純一は「岸の蔦蘿にかぢり付ゐているのではあるまいか。正しい意味で生活してゐないのではあるまいか」と自責の念にも襲われる、いまだ不安定なものであった。

そんな或る日、大村が現れる。

　純一は「自分の手で攫へることの出来る欄干」は大村以外には、やはりあり得ないと思う。しかし、純一は遂に本音を吐き、「日常生活」の価値を認めず「詰まらない」と蔑視を隠さない。ここに至って鷗外は、意識していたかどうかは別として、「蒲団」や「何処へ」の主人公たちの「日常性」への蔑視観と同質の純一の世界観を明確に大村の前に提示している。

日常生活の価値

大村は、特に「日常生活」の価値について述べる。

大村の「生」の哲学は明快である。純一や時雄や謙次が、「日常生活」は「詰まらない」と背中を向けることに対し、「日常生活に没頭してゐながら、精神の自由を牢く守つて、一歩も仮借しない」、このアポルロン的価値を主張する。「生の領略」にとって、「個人主義」はその前提である。「利己」と「利他」とあるが、大村は当然「利他的個人主義」を推賞する。「我といふ城郭を堅く守つて、一歩も仮借しないでゐて、人生のあらゆる事物を領略する」、この思想である。

これが、大村が先に述べた「積極的新人」の概念とも通じている。つまり個が、「公共的」なものにつながることである。野村幸一郎氏は、これを「自己意識と社会意識との齟齬を解消し、自分の生の実体を獲得」(『森鷗外の日本近代』平7・2　白地社)することと述べている。そこに、日常性重視の立場も生じてくる。大村の言う「日常生活に没頭する」ということは、『里芋の芽と不動の目』で「己は兄きのやうなFanatiker《ファナチイケル》とは違ふんだ。どこまでもねちねちへこまずに遣つて行く」という日常性重視の思想と全く通底していることである。それは、明治三十年代に小倉から発信した手紙の中の熊沢蕃山の思想や、翌年に書く『カズイスチカ』(明44・2)で「詰らない日常の事にも全幅の精神を傾注してゐる」父親への尊敬の念とも緊密に結びついている。この「日常性」重視の思想は、明治三十年代、四十年代にわたって鷗外の根底に流れ続けていたが、確たるものではなく、己を励むものとして在ったといった方が適切であろう。なかなか実行し得ないからこそ鷗外にとって価値があったのである。

純一と未亡人

多くの研究者は、『青年』だけを単一的に捉え、純一の思想を解明しようとした。しかし、いまみてきたように、純一の思想はその前後に長い帯のようにつながり流れていて、鷗外にとって頑固なまでの、拘りの思想で成り立っているのである。ただ、純一が「恐らく、鷗外が「かくありたし」と考えた理想の人間像」(吉田精一)であると見抜いていた研究者もいた。古いところでは蓮田善明も「鷗外が自己の出発に擬して、自己の人生及び芸術に関する下描きを試みたもの」(『鷗外の方法』)と捉えている。これらは、鷗外の真意の一端を見逃していない。

『青年』の九章に、十一月二十七日（明治四十三年）に有楽座において、イプセンの「ジョン・ガブリエル・ボルクマン」が興行されたことが書かれている。言うまでもなく、このイプセンの戯曲は、鷗外が、明治四十二年七月六日から五十五回（途中九回休載）にわたって『国民新聞』に連載したもので、本書においても、すでに紹介している。

そして実際に四十二年十一月二十七、八日の両日、ボルクマンを市川左団次が演じ、有楽座で上演された。初日、鷗外は、母峰子と茉莉をつれ観劇に赴いている。

エルハルトと純一

鷗外は、この有楽座における『ジョン・ガブリエル・ボルクマン』上演の日を、『青年』の中で、純一にある大きな転機を与える場として使っている。言うまでもなく坂井夫人と純一の出会いである。

鷗外は〝青年〟を捉えるとき、「性」の問題は非常に重要で不可欠の問題と考えていたと思う。漱石の「三四郎」のように、「愛」の問題だけでは、〝青年〟の本質まで届かないのだ。田舎青年純一に「性」の洗礼を与えるための契機をどうして作るか、鷗外が『青年』を構想したとき、頭を悩ませた一つの大きな問題であったと思う。そのとき、鷗外に閃きを与えたのが『ジョン・ガブリエル・ボルクマン』であったと考えられる。

この戯曲は、純一の「性」体験への契機に二重の意味を与えることになった。一つは「場」であり、もう一つは「意識」である。「場」は、当時評判になったイプセン劇、この劇に、純一も坂井夫人も自然な形で赴くだろうということ、そこで無理なく両者の出会を設定できるという計算。次は「意識」である。純一は座席の隣にいる「凄いやうな美人」、そして「切目の長い黒目勝の目に、有り余る媚」、そして「目の閃き」、純一はこれらの挙措に「強い印象を与へ」られる。劇が終る頃には、夫人の家にあるという、多くの蔵書を見に行く約束を遂にしてしまった。このときの純一の「意識」である。田舎青年に見知らぬ美しい夫人に積極的な「意識」をもたせたのは、『ジョン・ガブリエル・ボルクマン』に出てくる、青年エルハルトの主体的「意識」ではなかったか。エルハルトには生みの母と育ての母がいる。劇の山場となるところで、エルハルトが登場、二人の母はエルハルトの愛を求め、一緒に暮すことを激しく求める。本来、エルハルトは育ての母に恩義を感じている。にもかかわらずエルハルトがその場で投げつけた言葉は、七つも歳上のヰルトン夫人との生活を求め、あなたたちと別れ南国に向かう、という二人の母にとって絶望的なものであった。エルハルトは何回も言う。「僕は人の影響なんか受けてゐるのではありません。僕は僕の意志に拠つて動いてゐるのです。」「僕は若い者です。僕だつて一度は生きて見たいのです。」「今といふ今、生活の火が僕の体の中で燃え立つています。（略）僕は只生きたいのです。生きたいのです。」「末の成行だの、未来だのといふ事は、僕は考へてゐません。過去を見返つたり未来を見渡したりする気は僕にはないのです。僕は只生涯一度生きて見たいばかりです。」こう叫ぶと、エルハルトは大雪の中、ヰルトン夫人と共に、銀の鈴を響かせて橇で去っていく。

純一の目の耀きが見えるようである。家族や道徳のしがらみに身動き出来なかったエルハルトが、「未来」や「過去」を考えず、「今といふ今」を生きたいと叫ぶ。強烈な主体的意識。純一は、このエルハルトの強いセリフに押されるように坂井夫人の誘いを受けることになる。「今といふ今」、このチャンスに生きてみたい、エルハルトは純一に大きな影響を与えたのである。鷗外は、その点『ジョン・ガブリエル・ボルクマン』を非常に巧く使っている。もう一つ、純一の背中を押したのは、青年の属性である「性」の衝動である。ここが、決定的に漱石の『三四郎』と異なっている。鷗外の『団子坂』を読むと、鷗外が『三四郎』を熟読していることが解るが、『三四郎』と『青年』に優劣をつける気持は毛頭ないが、確かに決定的違いとしてあるのは「性」の問題である。同じ田舎から上京した青年三四郎は、名古屋で見知らぬ女と同室で一泊するが何事もなかった。女は朝発つとき「あなたは余つ程度胸のない方ですね」と三四郎に言ったことは周知の通りである。『三四郎』には「性」の問題はない。鷗外には、すでに述べてきたように「性」は、生理学的に常識の問題であり、青年を描くとき、「性」は当然、描かなければならないテーマの一つであった。

純一は、後日、待望の坂井夫人を訪ねる。

コルネイユやラシイヌの書を見せてもらうというのはあくまでも口実であり、純一は夫人の「目に引き寄せられた」と自覚している。純一には、三四郎のような「性」の抑制はなかった。純一は「性」体験のとき、夫人の挙動に確とした記憶はないが、突然想い出したのは、夫人の妙な動作であった。「燗をした葡萄酒」を飲まされた純一の眼に映じたのは、「長椅子に、背を十分に持たせて白足袋を穿いた両足をずつと前へ伸ばされた」夫人の姿勢である。今となれば、これは「性」に誘《いざな》うシグナルであったわけである。ここが自然派の性描写と違うんだとでもいいたげな鷗外の筆致である。「本能の策励」に従った「性」衝動はひとまず終った。純一は「澄んだ喜び」や「爽快を感じてゐた」と書かれている。純一はもう一度夫人を訪ねて関係をもつ。しかし次の場として告げられた箱根に年末に訪ねた純一は、「厭な、厭な寂しさ」を感じ、己の新しき誕生を感じながら元旦の箱根を去っていく。

『青年』における純一の「性」の体験は、鷗外の重要なメッセージである。放縦な「性」は必ず苦渋をともなうという倫理観は『青年』でも、間違いなく踏まれている。

しかし、鷗外は「性」は罪悪とは勿論思っていない。純一に「霊を離れた交」について悩ませているが、大村に「僕は医学生だが、男子は生理上に、女子よりも貞操が保ちにくく出来ている丈は、事実らしい」と言わせていることにも、しかと留意しておかねばならぬ。

鷗外の「性」意識

生理的に、男子が「性」衝動をもつのは自然の摂理である。性処理後で悩むのは、倫理、道徳の問題なのである。

鷗外は『衛生新篇　下』（明30・6）の中で「分明ニ性欲アル者ト雖或ハ偏ニ精神上ヨリ欲ヲ動カシ或ハ腰髄中枢ノ作用ヲ感スル毎ニ境遇若クハ持論ニ制セラレテ之ヲ暴圧ス是レ皆性欲生活ノ神経系ヲ害スルニ至ル所以ナリ」と述べている。「性欲」を「暴圧」したとき「神経系ヲ害スルニ至ル」という見解は、「性欲」に関する鷗外の基本的認識である。

『青年』では、遅れていた日本における「性」、それも少し危ない「性」を描きながら、「性」衝動そのものは、罪悪ではないということを書こうとしたのである。この「性」の問題は『青年』における大きなテーマであった。鷗外は純一の性体験に、罪の意識も後悔の念も与えなかったが、その代わり「寂しさ」を与えた。漱石の「三四郎」は、ほぼ同時期に書かれながら「性」の問題は封印されている。鷗外は『青年』を描くに、生理の問題として「性」を描き、「性」の市民権を主張しておきたかったのではないか。

『青年』については、従来から作品としての評価は低い。

石川淳は、「『青年』は一読して、どうもこなれが悪い（略）まづいと云ふに近い」（『森鷗外』昭53・7　岩波書店）

高橋義孝は、「『青年』は寓意性、内的構造の破綻、粗策無意味な描写などにおいて（略）畸形性を紛れもなく示してゐる。」（『森鷗外』昭43・3　鷺の宮書房）

唐木順三は、「不完全な隙のある、まづい作品」（『鷗外の精神』昭18・9　筑摩書房）

中野重治は、「純一を使って時代の悩みから、自身をむき玉子みたように防衛しようとした鷗外のはからいの失敗」（『鷗外その側面』昭27・6　筑摩書房）

これら早くからの評論家の評価は概して低い。研究者では、酒井敏氏は、純一の形象性を批判し、純一は「〈寂しさ〉に包まれて〈現社会〉の外縁に佇立することとなった」（「森鷗外『青年』論―失敗した教養小説の内実」昭62・3『文芸と批評』六の五）とし、教養小説の失敗作としている。

評論家たちの評価は、印象批評と言ってもよい。石川の「こなれが悪い」とか、高橋の「畸形性」、唐木の「不完全な隙」、また中野の「時代」から「防衛しようとした」鷗外の失敗などと述べ、結局何のことかは解らない。これら評論家たちは、『青年』で鷗外が、日露戦後の日本社会において、田舎出の青年の精神の彷徨に自然主義がどのように作用していたか、また純一が、その自然主義をどのように克服していったか、そして時代に停滞していた「日常性」の蔑視、これに処する純一の精神的変化、評論家たちはこの大きな問題を察知し得なかった。確かに『青年』には、横文字も多く、理屈で説明しようとしている点が目立つ。従って小説としての、まろやかさに欠けていることも事実である。この『青年』を褒めた数少ない識者の一人に、日夏耿之介がいる。「嶄然と群を抜いた敏感と新鮮」と述べ「精刻に活潑潑地に神経し思想し感情し行動してゐる小説である」（『鷗外文学』昭19・1　実業之日本社）と述べている。日夏の文表現には、少し日本語として難点はあるが、日本近代史の中でも最も重要な日露戦後を、一人の青年が、混沌たる世情の中で、己が生きるべき思想を求め、その過程の中で「性」に翻弄され、悩む、その真摯な姿を鷗外が捉えようとした点、これに日夏は気付いていていたらしい。

33　明治四十三年の小品(2)

『影』

『影』は、明治四十三年二月に刊行された森田草平『煤烟』第一巻の「序」として発表された。

漱石の「三四郎」の後を受けて、森田草平は『朝日新聞』に「煤煙」の連載を始めた。草平は、漱石からも序文を得ていたが、欲を出し、鷗外にも序文を求めた。「煤煙」は、森田草平と平塚らいてうの恋を描いたものとして知られている。

千葉鑛蔵の「建築師ソルネス」の「序」と同じ形式であるが、変っているのは、この「煤煙」の序文の場がイタリアであり、対話する人物たちもイタリア人であることである。内容をみると、死んで影になった男女が対話している。どうやら男が女を無理に死にひきずり込んだようだ。男は言う。妬みは恋を離れないと、女はもう一遍人間に生まれてみようと思うと言う。男が言う。デカダンスなヨーロッパは廃せよ、「日本の処女に取つ付くが好い」と。そして男は、「しつつこいやうだが、己も付いて行かうよ」と言う。女は「御縁があつたら、又日本でお目に掛かりませうね」と言って幕。

当然、草平とらいてうの恋を描いた「煤煙」の序であるので、その恋の内実をきわどく紹介しながら、普遍的な人間の「業」をも描いている。特に鷗外が、しつこいばかりに強調するのは「妬心」である。「男が妬まなければ、女が妬む。女が妬まなければ、男が妬む。恋の相手の心の中には、Xの存在してゐることを許したくない。」と。草平とらいてうは、どきどきしながら読んだに違いない。

『生田川』

『生田川』は、明治四十三年四月、『中央公論』に発表された。

この一幕物の戯曲は、鷗外自身が、その材料を「大和物語及び唐物語、万葉集の長歌から取った（『新脚本『生田川』について』）」と述べている。

時代を「天平前」に設定することにより、舞台は単純に様式化されている。「菟会壮士《つないおとこ》」と「茅淳壮士《ちぬおとこ》」という二人の男性に愛される「蘆屋処女《あしやおとめ》」は、そのやさしさから、一人の男性に絞り切れず日夜苦渋している。それを見かねた処女《おとめ》の母が二人の青年に提案する。つまり、あの生田川に浮かぶ「白い鵠」を射とめた方を「娘の壻に致しませう」と。「二筋の矢に鳥は一羽」と鷗外は書く。冷徹な運命、人間は、ときとしてこうした運命を生きなければならない。鷗外は、その過酷を噛みしめている。二人の壮士は、むろんそれを受けざるを得ない。ところが、「鳥は一羽」なのに、「二筋の矢」が、その「白い鵠」に突き刺さってしまう。『大和物語』では、この予想外の結果を受けて処女は和歌を詠んで入水し、二人の壮士も、その処女の後を追って運命を共にすることになっている。しかし『生田川』では、大きな改変がある。生田川の岸辺に着いた舟の中を見た処女は「二人で鳥を中に置いて、動かずにお出なさいますの」と母に叫ぶ。二人の壮士は、「白い鵠」を同時に射とめたために、二人とも権利を得ながら、また、その権利を失ってしまった。再び愛する処女を苦しめてはならない、と決意したか、二人はみずから命を断ったようである。処女と母は沈黙のまま呆然と立つ。その時、独りの読経の僧が登場する。処女は母に言う。「おつ母さん。あの鵠が死にましたので、今日わたくしの身の上が、どうにも極らなくてはならないやうに思はれますの。（語気緩かに強く）人間の小さい智恵で、どうしようの、かうしようのと、色々に思ひましたのも、夜が明けて見れば、燈《とも》火《しび》の小さい明りがあるかないか知れないやうなものですわ」と。運命の大流からみれば、人間のおもわくはいかに微小か、ということが言いたいのか。

母は「おう。娘が門で云つたことは、どういう心で云つたのやら、跡で思へば気に掛かる。わたしもちよいと行つて見よう」で、この小劇は幕となる。結局、処女の生死は不明のまま幕を閉じている。

ただ、この結末で明確なことは、母を除く三人とも、愛を完結さすことなく、ばらばらに離別していかなければならない哀しい人間の運命が浮彫りになってくるということである。

二人の壮士の死を暗示する場面で、僧が登場し、経文を唱えて歩む。「煩悩謂貪瞋／癡慢疑悪見／随煩悩謂忿／恨覆悩嫉慳」、この経文は『唯識三十頌』で、「煩悩」のはかなさを示唆しているようにもみえるが、演じられたとき、観客にその意味は理解はされまい。この経文の誦唱の効果は、無常観を醸し出すにある。

そして愛の獲得のために二矢を受けて死んだ「白い鵠」の悲運は、いやが上にも悲傷感を漂わせる。それはまた二人の壮士と処女の運命を暗示するものでもあった。「白い鴿」のイメージは、『桟橋』でみた離別する人の白い衣裳や『静』の白拍子とも重なり、この時期、鷗外の心裡の底流にあったあのエリーゼ追懐がともなう哀感と無縁ではないように思えるのである。

鷗外はこの『生田川』について、「見物は余り短くて呆気ないといふかも知れないが、此のゆつたりして呆気ないといふうちに、何か一つの印象を与へる事が出来れば、それで好いと思ふのだ。」（『新脚本『生田川』について』）と述べている。『静』に登場した「怪しき漁師」「怪しき少女」の扱いも、この『生田川』の結末の曖昧さも、この時期鷗外は確かに意識して一幕物戯曲に使っていたことが解る。曖昧な部分を残すことによって、逆に観客に考えさせる。そのことにおいて余韻を出す、という一つの技巧なのかも知れぬ。

『普請中』

『普請中』は、明治四十三年六月、『三田文学』に発表された。

昔、西欧で交き合っていた女が突然来日した。渡辺参事官は、その白人女性に会いに普請中の精養軒ホテルに赴く。まもなく女はやってくる。再会にしては感動がない。女は歌手で、男と二人で世界を巡っている、次はアメリカだと言う。女は食事中、ふいに渡辺の冷たさに不満を述べる。渡辺はシャンパニエの杯を上げた女の手が人知れず顫えているのに気付く。そして再び別れがやってくる。暗くなり「一輌の寂しい車」が駈けて行った。

この小篇には問題点が二つある。

一つは、この作品の中で渡辺が言う「日本はまだそんなに進んでゐないからなあ。日本はまだ普請中だ」というセリフへの重視である。従来からの『普請中』論のほとんどは、ここに注目しているといってよい。つまり、日本国は、まだ建設途上にある未完成の国だという認識である。これにも一理はある。日露戦争後、日本は世界の五大強国の一つになったという認識が日本の中に拡がりつつあった。しかし、先進ヨーロッパを体験している鷗外からみれば、日本はまだまだであったに違いない。特に知識層に多い、そうした実態にそぐわない認識は、鷗外にとって危険に映じていたはずであり、この渡辺のセリフには多分に、軽い当時の日本人への批判の意識がこめられていたともみられる。しかし、この「日本はまだ普請中だ」という認識が、この小品の主題だとは思えない。

この小篇は、やはり、かつての恋人同士の寂しい再会の場面に、作者の強い関心があるとみてよい。

久し振りに再会したというのに、情緒のない、なげやりな会話と、次の文は重要である。

> 女が突然「あなたも少しは妬んでは下さらないのね」と云つた。チエントラアルテアアテルがはねて、ブリユウル石階の上の料理屋の卓に、丁度こんな風に向き合つて据わつてゐ

て、おこつたり、中直りをしたりした昔の事を、意味のない話をしてゐながらも、女は想ひ浮べずにはゐられなかつたのである。女は笑談のやうに言はうと心に思つたのが、図らずも真面目に声に出たので、悔やしいやうな心持がした。
渡辺は据わつた侭に、シャンパニエの杯を盛花より高く上げて、はつきりした声で云つた。
"Kosinski soll leben !"
凝り固まつたやうな微笑を顔に見せて、黙つてシャンパニエの杯を上げた女の手は、人には知れぬ程顫つてゐた。

鷗外は書く。「チエントラアルテアアテルがはねて、ブリユウル石階の上の料理屋の卓に、丁度こんな風に向き合つて据わつてゐて、おこつたり、中直りをしたりした昔の事」と。これを単なる想像上の描写とみるか、実際の過去の体験を想い出しての描写とみるか、決めるのは不可能であるが、若き日、事実、鷗外を追いかけてきたエリーゼなるドイツ娘が実在し、ベルリンで恋愛関係にあったことも、いま、解っている段階でこの描写に接したとき、この西欧の「料理屋」の場面も、生々しく鷗外の体験として迫ってくる。少なくとも、右の引用の箇所は、鷗外の帰国を追って来日したエリーゼが、同じ精養軒に滞在していたときの様子を想起して書かれたものではないかと思ってしまう。しかも、当時森家とエリーゼとの仲介役をした小金井良精の日記にある明治二十一年十月十四日という特定すべき日であったのかも知れぬ。この十月十四日は、エリーゼが帰独する三日前で、鷗外が築地の精養軒でエリーゼと二人きりで会っている。

小金井良精は次のように記録している。

14日午後三時、牛込、小松精一君を訪う。これより築地に至る。林太郎氏あり。帰宅、晩食、千住へ行き、一一時に帰る。

すでに書いたことであるが、十六日にも良精が午後精養軒を訪ねたとき、林太郎は来ていたが、二時四十五分の汽車で鷗外、良精らはエリーゼとともに横浜に向っている。あわただしい日であった。とすればゆっくりと精養軒で二人だけで夕食を摂れたのはやはり、十月十四日かも知れない。エリーゼは十七日に横浜港を離れている。別の日にも二人きりで会っているのに、なぜ十月十四日なのか。恐らく、二人きりで会える最後の日だったのではないかと推定するからである。

いよいよ最後の晩餐になると、エリーゼは追いつめられた意識をもったことが想像される。この場に至って、鷗外の性格からして、恐らく鷗外は寡黙であったのではないか。女は焦った。「あなた少しも妬んでは下さらないのね」と男の冷たさを衝かざるを得なかった。

「凝り固まつたやうな微笑」とは、女の悲壮感をあらわしている。シャンパニエを上げた女の手は、「人には知れぬ程顫つてゐた」と書く。これらの挙措は、愛すべき者と別れなければならない、絶体絶命の表相である。実は『普請中』で、この場面だけがそぐわないのである。昔の恋人で、しかも女には東京の別の宿に男が待っている。

次はアメリカに渡って歌をうたうという。別に「凝り固まったり、手を「顫」わせる必要もない。まして「少しも妬んで下さらないのね」と言う必然性もない。『普請中』は、昔の恋人との再会ということで、会ったときからも淡々としているし、突如として女が、感情的になるというのも実に不自然である。この小篇で描かれる男女の関係は「終ったもの」として始まっている。

それなのに、右の引用文の描写だけが、急に不自然な生々しさを滞びる。優劣はともかくこの作品も、『木精』や『桟橋』、あるいは情念的には『静』『生田川』などの悲傷感ともつながる、エリーゼ残像の系列の作品であるといってよかろう。

『ル・パルナス・アンビユラン』

『ル・パルナス・アンビユラン』は、明治四十三年六月、『中央公論』に発表された。

鷗外は、この作品の書かれた「時」を「明治四十三年五月二十日」と作中に書いている。場所は東京の山の手。丁度此日、ロンドンでは英国王エドワード七世の葬儀が行われている。鷗外の、この日の日記をみると、「二十日（金）晴。築地三一会堂に英王の葬儀をなす。予も往きて列席す」とある。ところが作品では、もう一つの別の葬儀が書かれている。日本の「名高い小説家」が亡くなったのである。その葬列は長く、静かに歩いて行く。

当今第一流と言われる文人四人が棺側に付き添っている。シルクハットの男が先導役だ。フランス人もいる。数十台の人力車。カアキイ色の軍服に勲章をつけた騎乗の軍人もいる。長い葬列は停ったまま動かないとみるうち、今度はみんなが駈け出した。提灯も花輪もみな駈けて行く。三一会堂から英王葬儀の号砲が聞こえてくる。多摩川まで駈けたが、結局、東京に引き返し喜びにわく。しかし、最も喜ばしいことは、「亡くなつたと思つた先生が棺の中で蘇生して暴れ出されたのを一同が助け出した事である。文壇万歳万々歳。」で幕となる。読んでの通り、超現実的な風刺小説である。

鷗外は、この奇妙なドラマを通して何が言いたいのか。

ここで描かれた「名高い小説家」の葬列は、恐らく、尾崎紅葉の葬列を参考にしていると思われる。紅葉は、明治三十六年（一九〇三）十月三十日に胃癌で世を去っている。三十七歳であった。しかし、この若さで、当時、文学界の巨擘として多くの弟子を持ち、その名声はつとに聞こえていた。十一月二日、紅葉の葬列は自宅、牛込横寺町を出て、神楽坂を通り四谷見付へと出て青山墓地に葬られた。このとき、鷗外は軍服を着て騎乗のまま途中まで参列している。田山花袋は、この紅葉の葬儀、葬列を、「大名か華族のやうな葬式をする文学者はかれ紅葉をもつて終りとするだらう」（『東京の三十年』昭56　岩波文庫）と書いている。

それはともかく、鷗外はこの作品の中で、当時の日本社会の未熟性を大いに皮肉っている。つまり、ドイツやフランスで、これほど「名高い小説家」が亡くなれば、陛下か大統領の花輪がくるであろう。日本では、小説家は「政府は厄介者だと思つてゐるのだから、死んでくれゝば喜ぶのである」と書いている。当時、石本次官から文句をつけられていた鷗外が、多分に自分を意識していることは間違いない。この直後に大逆事件が起っているが、すでに早くから無政府主義と自然主義の危険度の差も理解できない政府高官らがいることを知っている鷗外は、文化的にみても「いま、日本は普請中だ」の意識でこの文を書いていることが察せられる。

ちょっと蛇足だが、この作品の葬列に騎乗の軍人が参加していることである。紅葉の葬列に同じように途中まで騎乗のまま参加した鷗外は、己の体験をこのとき想起していたであろう。この紅葉の葬列に参加したことにより、鷗外は屈辱的な経験をしている。それは、翌日、十一月三日の『中央新聞』に「無礼な軍医」という見出しで、紅葉の葬列を一人の軍医が騎乗のまま葬列を横切ったと報道された。鷗外は新聞を見て自分のことと思いこみ驚駭、激怒、すぐ『中央新聞』に抗議の書面を送った。『中央新聞』は、十一月五日付で、「無礼の軍医と森林太郎」なる弁明文を発表し、鷗外に反論し、鷗外の誤解を衝いたのである。

真相は奇妙なことに、紅葉の葬列に二人の軍医がしかも騎乗のままかかわったということである。『中央新聞』によると、事件があったのは「四谷見付」であり、「神楽坂下」で葬列を離れた鷗外には関係ないこと、もう一つは、新聞記者がみた医官は「一二等相当」官の服装であり「軍医監」ではなく、従って新聞で特定していないと、鷗外の「速断」を批判した。本来なら、この事件は想い出したくなかったはずであるが、どういうわけか鷗外は「名高い小説家」の葬列を風刺に使っている。落語ではないが、この作品のオチは、むろんこの作品の最後にあろう。この葬列の対象者たる亡者、死んだはずの「名高い小説家」である「先生」が「蘇生」したのである。風刺小説と言えども、これはちょっと極端すぎるのではないか。

それにしても鷗外は何が言いたかったのか。私が強く感じるのは、「蘇生」という言葉の意味である。当然この言葉につらなって出てくるのは、小倉転勤で鷗外が書いた、「鷗外漁史はこゝに死んだ」（明32・1『鷗外漁史とは誰ぞ』）という意味深長な言葉である。鷗外は「官」を優先するため、己を堕としめたと当時恨んだ者たちに対して文学活動の停止を宣言せざるを得なかった。いつかは復活してみせると、鷗外はいつも噛みしめていたはず。そして鷗外は四十年代に、文学界に「蘇生」したことは周知の通りである。復活して、次々と危険な小説を発表した。つまり、この小説で言えば「暴れ出」したのである。それを「一同が助け出した」ということ。「一同」とは誰か。上田敏、永井荷風、木下杢太郎らシンパは多くいた。しかし、枯れてくる鷗外に若い刺激を与え、活気を与えたのは『昴』の連中であった。寓意小説なるものは、いかようにも解釈出来る。鷗外の文学的「蘇生」にからめた、私の推理も、その一つに過ぎまい。

『花子』

『花子』は、明治四十三年七月、『三田文学』に発表された。

この小篇は彫刻家ロダンの仕事場から始まる。このアトリエを男女の日本人が訪ねてくる。ロダンはこの日本人女性、花子の存在を知っていた。男は留学生で通訳の久保田である。ロダンは二人を微笑をもって迎えた。ロダンは彫刻家として日本女性の裸像に関心をもち、その裸像を見ることを請うた。花子は淡々と承諾、久保田は隣室で待った。やがて、久保田の前にあらわれたロダンは、花子の裸像の美しさを褒めた。

鷗外は、ロダンと日本女性花子との交流に関心をもっただけではない、優れた芸術家のもつ鋭い鑑識眼に注目しているのである。久保田は、ロダンに会わす花子の醜さを恥じている。久保田は花子がスケッチされるのを別間で待つ間『おもちやの形而上学』という本を読んだ。ロダンはそれを知って、モノを見るとき、形を形としてみるのでなく、「形の上に透き徹つて見える内の焰」が面白いと言った。これを「霊の鏡」とも言う。久保田のように、形しかみない者に、この「霊の鏡」の意味を理解出来るものではなかった。優れた芸術家にはそれが見える。

志賀直哉は、『花子』を読んだとき、ある雑誌で花子の写真を見ていて「芸は兎も角からだにいい所が有らうなどとは一寸考えられない女である」（明43・8「新作短篇小説批判」―『白樺』）と書いている。志賀直哉には、どうやらロダンの真意が理解出来なかったようである。文学にかかわる者と造形芸術にかかわる者との違いなのかどうか、一概には言えないことである。しかし、ロダンは花子の美醜に関係なく、「花子は美しい体を持つてゐる」と告げた。それは「形」だけをみるのでなく、「脂肪は少しもない。筋肉は一つ〳〵浮いている。（略）関節の太さが手足の太さと同じ」と言い、「強さの美ですね」と述べる。ロダンの言う花子の肉体の美しさは、久保田には見えなかったはずである。要は「透き徹つて見える内の焰」をみる眼、つまり「霊の鏡」なのである。これが優れた造形芸術家の鑑識眼なのか。鷗外は小篇を描くという軽いタッチで、非常に重い問題を提示しているのである。

『あそび』

『あそび』は、明治四十三年八月、『三田文学』に発表された。

この小説は、官吏をしながら小説を書いている木村という男の、朝起きて、役所に出て、仕事をして、号砲とともに役所を退出する、そうした別に何の変哲もない役人の日常生活を書いた中篇である。しかし、少し目を凝らすと、素通り出来ない鷗外の思いが遍満していることが解る。役人であり文学にもたずさわっているとなると、鷗外自身の体験や実感が木村を通って表出されていることは容易に想像できる。文学にかかわる木村の見解や不満は、多分に当時の鷗外のものではないかと思われる。しかし官吏としての木村は、鷗外と随分違う。木村は齢下の課長の処へ、書類を持っていかなければならない下級の役人である。

何としても不思議なのは、木村の仕事に処する姿勢である。「木村はゆつくり構へて、絶えずこつ〳〵と為事をしてゐる。その間顔は始終晴々としてゐる」という文がある。この顔が「晴々としてゐる」に類する表現が以下の如く出てくる。「頗る愉快げな晴々とした顔」「顔は矢張晴々としてゐる」「すぐに又晴々とした顔に戻る」「例の晴々とした顔」「晴々とした不断の顔」と計六回も出てくる。なぜ「晴々としてゐる」のか、それは、役所の仕事を「遣つてゐる心持が遊びのやうなのである」と説明していることで解る。しかし、この「遊び」を単に子供の遊びのような楽で単純なものと誤解してはならない。木村は朝早く出勤し、課長に昨日言いつけられた仕事を仕上げ、出勤してくる課長を待っている。やがて来た課長へその書類を提出し、木村は立ったまま待っている。課長の「これで好い」という言葉をおしいただいて「木村は重荷を卸したやうな心持をして、自分の席に帰つた」と書く。木村の役人としての日常生活の一端をみても、成程、緊張を強いる仕事なのだ。「遊び」というのは、労とも思わず、苦にもせず、肩の力を抜いて、しかも、この日常的些事をこつこつとこなしていくことなのだ。役人としての「位」も、その勤務意識も鷗外と対極にあるのが木村なのである。この木村は『里芋の芽と不動の目』の「己は不動の目玉は焼かねえ。ぼつぼつ遣つて行くのだ」「どこまでもねちねちへこまずに遣つて行く」、あの生きざまと通底していることはすぐ解る。一方に文学にかかわらせながら、全く自分と違う小役人を形象し、日常性に没頭させているのは、明らかに鷗外の、人間はかように生きると楽だ、という一種の理想を描いているのである。

ところが、こと文学にかかわる木村は極めて鷗外に近いのである。

この小説を読むと木村はかなりの鷗外を背負っている。文学者として「ろくな物も書いてゐないのに、人に知られている」。これはまさに当時の鷗外の実感である。記述内容も鷗外その人とみても間違っていない。「一旦人に知られてから、役の方が地方勤めになつたり何かして、死んだものゝやうにせられて(略)東京へ戻されて、文学者として復活してゐる」、この記述は、明らかに小倉転勤と再活動を踏まえているとみてよい。

問題は「ろくな物も書いてゐない」という記述である。これもまぎれもない鷗外の実感である。四十一年からこの『あそび』までの鷗外の文学的仕事をみると、短篇が十七篇、長篇が二篇、『青年』はまだ未完、戯曲は三篇にしか過ぎない。翻訳となると二十二篇もある。小説で優れたものが書きたいと意識していた鷗外からみれば、溜息が出るくらい少ない仕事量である。長篇といっても一つは『プルムウラ』で外国の資料べったりのもの、もう一つは発売禁止になった『ヰタ・セクスアリス』である。〝翻訳者〟と陰口を言われても仕方のない時期であった。新聞では「度々悪口を書かれ」「文壇では折々退治られる」有様。役人生活に「晴々としてゐる」木村と、文学者木村が同一人物とはとても思われない。これは人物形象の上で、分裂していると言われても仕方があるまい。

それは置くとして、「文芸欄を読んで不公平を感ずる」のも、木村の作品には「情調がない」と言われ、その批判が何を言っているのか「分からない」と書くのも、鷗外の当時の実感そのものである。

ともかく、四十三年八月、『あそび』を発表した段階で「ろくな物も書いていない」と述べていることは、実態でもあり、この四十年代に潜在していた卑少感のあらわれでもある。いずれ『妄想』(明44・3)を考えるとき出てくるが、要するに、四十二年、『プルムウラ』『半日』で創作の再スタートを切って以来、己の文学的業績に鷗外は決して満足していない。潜在的に不満を持続しているのである。このことは『妄想』でもっと明らかになる。「豊熟の時代」どころか、他者評は別として、本人は恐らく「不作の時代」と思っていたのではないか。また、この作品は、以後、鷗外にとっては、よからぬ結果をもたらすことになった。それは、この小品の題名をとって、鷗外作品には感銘がない、真剣に文学にとり組んでいない、いわゆる「あそびの文学」であると揶揄されることになる。このことは後で述べる。

それでも鷗外は文学を棄てるわけにはいかない。芸術に携わるものの矜持をもつことによって、この辛い時期を生きぬかなければならない。木村が、同僚の小川に言うセリフは、まさにこのことを表していると思える。「政治なんぞは先づ現状の儘では一時の物で、芸術は永遠の物だ。政治は一国の物で、芸術は人類の物だ」と。

鷗外は、木村を通して、己に昂揚感を喚起している。このことは鷗外にとって、空論に終らず、やがて価値ある歴史、史伝小説の時代を迎えることになった。しかし、それまでの期間は、鷗外にとって辛い時期であったことは間違いない。それに軍医総監になって、会議、各種委員会、また人に会うことが多く、文学に没頭出来る状況ではなかった。役所に出たら「蒼ざめた、元気のない顔」が実態であって、木村のように「晴々とした顔」をしている人は稀有であったのではないか。これは、鷗外一流の皮肉であろう。

【身上話】　『身上話』は、明治四十三年十一月、『新潮』に発表された。

圭一は大原の料理屋を兼ねた宿屋に夏から滞在している。この宿に花という女中がいて、圭一に愛人への代筆をしきりにせがむ。花はなかなかの美人、圭一の心さえときどき轟くことがある。圭一が代筆する代価として花が男と知り合ったいきさつを話すことになる。花はこの旅館でその男、辻村と知り合い、妾として世話を受けていた。ところが、ある日、突然連絡があり、この日、一時に横浜港からアメリカへ発つという。花は驚駭。必死に横浜に向ったが、桟橋ではもう船が出た後であった。一年許り経って辻村は帰国したが、その後、一切連絡に応じないと花は話した。

場所の大原は、千葉県で太平洋に面した鷗外の別荘のあった処である。さきの『あそび』で文学者木村の書くものには「情調」がないと文句をつけられるとあったが、なかなかどうして、この『身上話』は、「情調」に充ちた作品といってよい。鷗外としては珍しい。この花の容貌を「此女の蒼白い顔の目口の間に、人世の苦痛を嘗めた痕が深く刻まれてゐるやうなのが目に留まつてゐた」と書いている。その他「美しい、締まつた顔」「卑しい社会にたまたま美人が出来たものらしく」とも書いている。鷗外は、「苦痛」をどこかに背負った「蒼白い顔」の女が好みである。初期三部作のエリス、マリー、イイダ姫をはじめ、『雁』のお玉、これらはみな『電車の窓』の「鏡花の女」なのである。

鷗外は無骨のようだが、女の衣装と容姿の描写は繊細で洗練されている。このことは今迄、余り指摘されていない。

「輪の太い銀杏返しに、光沢消しの銀の丈長の根掛をして、翡翠の釵を挿してゐる。素肌に着たセルの横縞は背が高いからの好みか。帯は紺の唐繻子と縞のお召との腹合せである。」これは、花の或る日の姿である。

もっとドキッとするような色気のある描写がある。

> 梯に足音がする。優しい、軽い音である。青い脈の浮いてゐる、白い素足の、据わつたとき背後から見ると、踵と指の腹と指の根とが、板の間の土埃で薄墨色に染まつてゐるのを思ひ出す。

花の据わった後《うしろ》からの姿態、これを実によく生理的に、微細に描いている。特に「青い脈の浮いてゐる、白い素足」、さらに「踵と指の腹と指の根」が「薄墨色に染まつてゐる」というこれらの観察眼、鷗外は、かつてどこかで作家の眼で捉えた、この女の姿態を心の中に留めておいたものであろうか。

この小篇『身上話』は、余り捉り上げられる作品ではないが、紅葉や鏡花にも劣らない、優れた女の描写の一つではあるまいか。

この『身上話』が、大逆事件にかかわる作品『沈黙の塔』と『食堂』の間に書かれたこともまた興味深いことである。

34　鷗外と大逆事件

幸徳秋水らの逮捕

明治四十三年（一九一〇）は、時代的には、やがてくる大正への転換期にあったが、ことはそう簡単ではなく、社会層の中に色々複雑な要素を抱えていた。日露戦争時までは、国民の大多数の意識は「国家の危機」「国威発揚」という共通の精神志向のもとに励むことが出来た。戦後は、その目的意識が喪失されていくにつれ、多様な価値と言えば聞こえはいいが、要するに国民の意識に秩序が喪失されていく。言ってみれば、明治という上昇する時代の硬質性に、ほころびが生じてきたといってよかろう。すでに触れたように、虚無的な青年が増えてきたのもそのためである。話を具体的に言えば、三月には江戸の戯作者柳亭種彦の『修紫田舎源氏』が風俗壊乱の理由で内務省より発禁を命じられる事件があった。五月十九日には、ハレー彗星が地球に接近するという噂が伝播され、その不安定化に拍車をかけた。八月二十二日には、韓国併合に関する日韓条約が調印されている。第二次桂内閣は、外に対しても内に対しても、強権的な姿勢を強めていた。こうした強権政治のもとでは、国民の中に自由を求める意識も強くなる。女性解放の声もだんだんと拡大され、四十四年九月には平塚らいてう、与謝野晶子、長谷川時雨らによって女性のみによる文芸誌『青鞜』が創刊されている。そうした中で反体制的な動きが、幾つか出てくるのも自然の成りゆきであった。自然主義で、ある程度拓かれていた土壌に、政治色の強い社会主義、無政府主義が芽を出してきた。桂園時代の黒幕であった山県有朋を始めとして、桂内閣は苦慮を深めていた。

こんなとき、桂内閣にとって、社会主義者、無政府主義者を弾圧すべき好機がやってくる。世は、ハレー彗星接近の噂で動揺していた五月であった。二十五日、天皇暗殺を企て、爆発物を製造したとして、工員の宮下太吉、続いてオルグ役の新村忠雄、古河力作、グループの精神的中核とされた管野須賀子などが逮捕される。そして六月一日、一度は計画に参画したが途中から離脱していた幸徳秋水が湯河原温泉の天野屋旅館で逮捕された。

幸徳らの逮捕は、もとよりこの際、社会主義者、無政府主義者ら反体制派の主義者たちを一斉に検束する好機とみたわけである。この年、八月までに和歌山、岡山、熊本、大阪などで関係者が次々と逮捕され、その数は数百名に及んだ。これらの容疑事実は公表されず、新聞も報道を禁止され、結局、幸徳秋水ら二十六人が、天皇暗殺を企てたとし、刑法第七十三条の大逆罪に問われることになった。裁判は迅速短期間に行われた。十二月十日から大審院特別刑事部は、二十九日間の短期間、十六回の公判で一人の証人喚問も認めず全く非公開裁判を行った。

翌四十四年一月十八日に判決が出た。幸徳秋水以下二十四名が死刑、二人に有期刑が宣告された。しかし翌日、十二人が無期懲役に減刑されている。実際に天皇暗殺計画に関係したのは、宮下太吉、新村忠雄（幸徳秋水の書生）、古河力作、管野須賀子の四人であったと言われている。弁護士はつけたが、全くの非公開で一人の証人も許さなかったというのは、明らかに天皇中心の国家を守るべく、それを犯そうとする者は断じて許さじという強い権力の意志のあらわれであった。

「危険なる洋書」（『東京朝日新聞』）

『東京朝日新聞』は、幸徳秋水らが逮捕されて約三カ月後に、「危険なる洋書」という記事を連載した。

この記事は、当時の為政者と、一部の知識人たちの無智を象徴的に示すものとなった。

連載は九月十六日から開始され、十月四日に終っている。計十四回であった。次に掲げるのは、その「掲載日」と「副題」、「文学者の名前」である。

(1)9／16「所謂新思想新文学の病源」（モーパッサン、井原西鶴、田山花袋）
(2)9／17「所謂現代思想の毒泉」（イプセン）
(3)9／18「破壊思想の火元」（ムーア、クロポトキン、トルストイ、ツルゲーネフ、ゴーリキー、アンドレーエフ、木下尚江）
(4)9／19「自堕落人生観の本尊」（ヴェルレーヌ、ランボー、ボードレール、シモンズ）
(5)9／20「姦通小説鼓吹の先達」（フロベール）
(6)9／21「春機発動小説と紹介者」（ニーチェ、ヴェーデキント、森鷗外、森しげ）
(7)9／22「宗教道徳に反抗して悪魔気取」（イプセン、ショー、チェーホフ、高山樗牛、中村春雨（吉蔵）、正宗白鳥）
(8)9／23「情ない模倣生活の文士」（ワイルド、ヴェルレーヌ、ボードレール、真山青果、田山花袋、岩野泡鳴）
(9)9／24「『春』と『田舎教師』の種本」（メレジュコフスキー、フロベール、ゾラ、島崎藤村、田山花袋）

(10)9／27「優柔不断堕落殺人の奨励」（ダヌンツィオ）
(11)9／28「徴兵忌避の煽動」（アンドレーエフ）
(12)9／29（副題なし）（ゾラ、ホイスマン、小杉天外、永井荷風）
(13)10／1「忠孝を冷笑する永井荷風」（ゾラ、ニーチェ、ヴェルレーヌ、モーパッサン、ロチ、マルセル、プレヴォ、パザン、フランス、ボードレール、永井荷風）
(14)10／4「幸徳一派の愛読書」（クロポトキン、幸徳秋水）

「危険なる洋書」として危惧している中に「色情小説」も入っていた。まずモーパッサンが挙げられている。次には「破壊思想小説」、これは「露西亜小説」が特に指弾されている。クロポトキンを筆頭に、トルストイ、ツルゲーネフ、ゴーリキーなど。これらを真似るとして木下尚江の名前も挙げられている。また詩人のヴェルレーヌ、ボードレールなども「色情」という概念で捉えられている。「神経衰弱的」「色情狂的」な詩人として、日本の青少年に与える影響を懸念。この「色情」に関係して「春機発動小説」の「ヴェデキント」の「春のめざめ」が挙げられる。「春機発動小説」とは何か。これは(6)「危険なる洋書」で「独逸最近の劇作者エデキントは好んで下劣な色情に関する題目を捉えて独逸劇壇を堕落せしめつゝある名著『春機発動』には盛に手淫を行ひ、鶏姦をなす少年を描き『ヒラルタ』に於ては人類交尾所の設立を奨励して居る」と説明している。このエデキントを日本で最初に紹介した人は「『スバル』派文士の頭領森鷗外先生」であるとも述べている。鷗外は四十一年一月、エデキントの「出発前半時間」を翻訳して『歌舞伎』に発表している。人気役者に自分の貞操を捧げようとする蓮葉な娘が出てくるが、別に風紀を乱すような内容ではない。さらにこの(6)で、「博士の夫人は頻りと婦人生殖器に関する新作を公にされる」と聞き捨てならぬことを書いている。鷗外の妻志げは、この頃短篇を『昴』に精力的に発表していたが、指摘されるような作品は見当たらず、この記事が何を言っているのか解らない。(7)では、ニーチェの「ツァラトストラ」や中村春雨の「牧師の家」を「祖先崇拝」を弱めるものとして、その日本における影響を心配している。(9)では、メレジュコフスキーの三部作の一つ「先駆者」を藤村、花袋は種本にしているということ、特に「春」は「悲観」「厭世」「自殺」を勧めるものとして危険視する。(11)のアンドレーエフの「赤き笑」には「徴兵忌避の傾向」があること、(13)では、いま海外にある二つの「危険な要素」は、「科学的な社会主義的思想」と「空想的詩的の心持」であるとし、荷風は、この二つを持ち「何処までも日本を毒する者だ」と非難されている。

つまり、この「危険なる洋書」は、単に反体制派たる無政府主義、社会主義だけをもって「危険」と言っているのではなく、旧来からある日本の伝統的秩序を崩すようなものはみな"悪"なのである。「色情」も「春機発動」「厭世自殺」「徴兵忌避」に至るまで、在来の秩序が毀されることが危いのである。「色情」も「厭世」も、人間が本質的に抱えこんでいる逃げようもない問題なのであり、それをも捉えるのが、芸術なのではないか。

坪内逍遥が、かつて「小説神髄」（明18・9）で「夫れ人間は情欲の動物なれば、いかなる賢人、善者なりとて、未だ情欲を有ぬは稀れなり。賢不肖の弁別なく、必ず情欲を抱けるものから、賢者の小人に異なる所以、善人の悪人に異なる所以は、一に道理の力を以て若しくは良心の力に頼りて情欲を抑へ制め、煩悩の犬を攘ふに因るのみ」（「小説の主眼」）と書いている。逍遥は、まず人間は「情欲」の「動物」であることを認め、「此人情の奥を穿ちて、賢人、君子はさらなり、老若男女、善悪正邪の心の中の内幕をば洩す所なく描きいだして周密精到、人情を灼然として見えしむるを我が小説家の務めとはするなり。よしや人情を写せばとて、其皮相のみを写したるものは、未だ之れを真の小説とはいふべからず。其骨髄を穿つに及び、はじめて小説の小説たるを見るなり」と説く。動物である人間は生理的に「情欲」を持っている。その人間のもつ「善悪正邪の心の中」を、あますことなく描き出すのが「真の小説」なのだと写実主義を提唱したのがこの明治四十三年から遡って三十数年前である。芸術家を、道徳家、宗教家、ましては官権力と混同してはならない、秩序を破壊せざる限り芸術家の創造範囲は無限であることを知らなければならない。『東京朝日新聞』で「危険なる洋書」を連載した筆者は、全く芸術なるものが解っていなかったようである。

この十四回にわたる「危険なる洋書」の連載は、誰が書いたのかは不明である。しかし、当時『東京朝日新聞』の発行部数がそれ程多くなくても、「芸術」なるものに十分なる理解力をもち得ず、真に危険なものと、芸術性なるもののもつ許容範囲に無知をさらけ出した記事を天下の公器に載せ続けたということは、当時の日本の文化度の未熟さを象徴しているといってよかろう。最終回の十月四日の「危険なる洋書」の末尾に、「脅迫的の中止請求書が頻々として来る、筆者も恐いから之で罷めておく」と付加している。文面から察するに、文学畑からではなく、反体制的政治色の強い方面からの中止勧告ではなかったかと思わせるが、幸徳らの裁判の前ではあったが、無政府主義者たちが大量に逮捕された後であり、世情は不穏な空気に包まれており、筆者も「恐い」と実感したのかも知れぬ。

他の文人たちの反応

大逆事件は、文学者、思想家たちに少なからず影響を与えた。石川啄木は、病のため死を直前に控えていたこともあり、極めて具体的直情的である。日記を見てみよう。明治四十四年一月三日、

「（略）平出君の処で無政府主義者の特別裁判に関する内容を聞いた。若し自分が裁判長だったら、管野すが、宮下太吉、新村忠雄、古河力作の四人を死刑に、幸徳大石の二人を無期に、内山愚童を不敬罪で五年位に、そしてあとは無罪にすると平出君が言つた」。一月五日「幸徳の陳弁書を写し了る。（略）この陳弁書に現れたところによれば、幸徳は決して自ら今度のやうな無謀を敢てする男ではない。さうしてそれは平出君から聞いた法廷での事実と符合してゐる。幸徳と西郷！　こんなことが思はれた。（略）」。一月十八日「今日は幸徳らの特別裁判宣告の日であつた。（略）今日程昂奮の後の疲労を感じた日はなかつた。二時半過ぎた頃でもあつたらうか。「二人だけ生きる〳〵」「あとは皆死刑だ」「ああ二十四人！」さういふ声が耳に入つた。（略）「日本はダメだ。」そんな事を漠然と考へ乍ら丸谷君を訪ねて十時頃まで話した」。一月二十四日「社へ行つてすぐ、「今朝から死刑をやつてる」と聞いた。幸徳以下十一名のことである。あゝ、何といふ早いことだらう。さう皆が語り合つた」。啄木は、このときにこそ、〝時代閉塞の現状〟を痛感したのではないか。「幸徳と西郷！」、意外な組み合わせであるがそこに偉大な犠牲者をみたのであろうか。「日本はダメだ」、啄木に限らず多くの日本人が感じたことではなかったか。

徳富蘆花は四十四歳であった。四十四年一月、大逆事件に判決が出たとたん、直ちに死刑執行の報らせに衝撃を受け、桂太郎首相に建白書を送り、また「天皇陛下に願ひ奉る」を書き、助命嘆願を行っている。蘆花は十八歳のとき、メソジスト教会で受洗しており、そういうキリスト者の立場から実践したものと考える。さらに蘆花は、二月に第一高等学校で「謀叛論」と題して、大逆事件に言及している。

蘆花はこの中で、「新思想」を導く者は、「時の権力から云へば謀叛人であつた」として「蘭学者」や「勤皇攘夷の処士」を挙げている。時代の魁となるものは革命者であると言い換えてもよかろう。しかし、蘆花は、天皇暗殺の企てそのものを容認しているのではない。「大逆罪の企に万不同意であると同時に、其企の失敗を喜ぶ」と述べている。ただし「彼等十二名も殺したくはなかつた。生かして置きたかつた。（略）たゞの賊でも死刑はいけぬ」という、やはりキリスト者の立場である。死刑に反対している。その点、啄木の認識とほぼ同じとみてよいが、啄木は、無政府主義者たちの企を否定はしていない。貧困と病苦にあえぐ啄木は、大逆事件の被告たちの行為をむしろ容認するかのような言を残しているのは、自然のような気がする。

『ファスチエス』

『ファスチエス』は、明治四十三年九月、『三田文学』に発表された。

大逆事件、二カ月後にこの小篇を書いている。N判事と記者、そして文士との対話という構図になっている。

テーマは、「著作が処罰される標準」をN判事から聞くことにある。「其時代の一般思想が標準」で「先覚者の著述」は、販売、名利に書いたものとは明確に差別される、しかし、「風俗を壊乱する著作」は、先覚者でも駄目と言う。しかし、「一般思想を以て標準」と言っても「漠然」としていると衝く。N判事は「我輩の頭脳で冷静に考へれば標準が出来る」が「訴願」は出来ないと念を押す。いずれにしても、これらの問答で言えることは、著作物の処罰は校閲官まかせということ、これが結論である。最後に「引き廻し人」が出て来て、文士に「なぜ己が先覚者だと名告らないのだ」と毒づく。そしてN判事に対しては、「やい。役人。(略) 威力は正義の行はれるために与へてあるのだぞ。ちと学問や芸術を尊敬しろ」と怒鳴りつける。

この『ファスチエス』については、四十三年八月二十一日の鷗外の日記に、「Fasces を草し畢る」とある。著作が発売禁止処分になる標準を問題にしているのは、当然『ヰタ・セクスアリス』発禁を念頭においているわけである。この『ファスチエス』では、発禁の「標準」は絶対的なものでなく所轄官庁によって違うし、検閲官のその日の気分でも違う、いい加減なものだということが述べたかったと思われる。このことにも密接に繋っているが、この小篇の最後の「引き廻し人」の「やい。役人」、「ちと学問や芸術を尊敬しろ」と憤りを役人に向けている。この意識は『あそび』の主題にも通じていよう。これは『東京朝日新聞』の「危険なる洋書」が出る前であったが、役人だけでなく、当時のジャーナリズムの無知にも、この憤りは拡っていったに違いない。

荷風と大逆事件

永井荷風は、明治四十四年(一九一一)のときは三十三歳であった。

大逆事件については、かなり経って、大正八年十二月の『改造』に「花火」というエッセイ風の文章を書いている。

大逆事件の裁判中、時折出遇う囚人馬車、荷風は「云ふに云はれない厭な心持がした」と書き、文学者として、ドレフュース事件のときのように、この思想問題について何か言わなければならない、と思い続け、遂に何も言わなかった。荷風は文学者として「甚しき羞恥を感じた」、事件から八年間経っていた。長い「羞恥」である。以来、荷風は、「自分の芸術の品位を江戸戯作者のなした程度まで引下げるに如くはないと思案した」と告白している。九年前に『東京朝日新聞』の「危険なる洋書」で荷風は「日本を毒する者」と斬り捨てられた。以後、この件では沈黙を守ったが、幸徳らにシンパシイは感じていたに違いない。ゾラのように「正義」を叫べなかった己に対する腹立たしさは、荷風の内面にずっと沈潜していたようだ。文人とか作家とか称ばれることはおこがましい、己は「江戸戯作者」の程度だ、と己を堕しめることにより、少しは贖罪を感じていたのである。

平出修と鷗外

　平出修は『明星』派の歌人であり弁護士であった。修と鷗外が最初に会ったのは、明治三十九年（一九〇六）十月十四日の新詩社の小会であったのではないか。このとき、鷗外は日露の戦場から帰り約九カ月経っていたが、平野万里の勧めで出席している。他に上田敏、蒲原有明らもいた。修は二十八歳で、鷗外は四十四歳であった。修が『鷗外日記』に初めて出てくるのは次の記述である。

　明治四十二年四月十八日、「平出修が兄半政庵児玉政明始て来訪す。石州流の茶人なり。片桐石見守の裔は華族にて東京にあれども茶の嗜なしと語る。」

　平出彬氏（「平出修と鷗外」（昭59・1『森鷗外の断層撮影像』））によると、児玉政明は、修の長兄とのこと。新潟県の旧家であったが、東京に出て修と同居。石州流茶道の師範をしていた。鷗外の父は石州流の茶道にたしなみがあったから、兄政明を修は鷗外の処に連れて行ったのであろう。修は、観潮楼歌会にも入っていたが、病弱で余り出席していなかった。

　この平出修が、大逆事件が起ったとき、和歌山の崎久保誓一（農業）と高顕明の弁護を引き受けた。なぜ平出が大逆事件の弁護を引き受けたのか、それは、和歌山、新宮の沖野岩三郎と親しかった与謝野鉄幹の依頼による。平出は、若く真面目な弁護士であったので、社会主義なるものを勉強するため、一週間、夜間、鷗外邸に通いつめたという話が伝わっている（渡辺順三「秘録大逆事件」解説）。修は『昴』が出るとき、資金を出し、経営の責任を負ったわけで、鷗外にとってみれば、まことに励むよき青年に映っていたはずである。

　鷗外は、幸徳ら無政府主義者を救済するために、平出修に社会主義の講義をしたのではない。この励む平出の熱心さに共感して、己の知識やもっている社会主義への蔵書などを看せたりもした。

　十二月十日から裁判が始まり、まず平沼検事が陳述を行った。平沼は、無政府主義者は「国家組織を否認する、（略）其為に現在の国家組織を破壊しやうとする、本件は実に其計画の一端のほのめきである」と、被告たちを「国家組織」の破壊者と断じた。平出修の担当は、主犯ではなかったが、平出は懸命に挑んだ。

　平出は陳述した。（「大逆事件意見書」）

（略）一体思想の危険と云ふことは、比較上から来ることで、新しい思想と云ふものは、これを在来思想からみれば常に危険であらねばならぬ。それは旧思想に対する反抗若しくは破壊であるからである。——されば思想自体から云へば危険と云ふものはないわけである（略）。

右の文言は、平出陳述の核心部であり、明らかに『東京朝日新聞』の「危険なる洋書」も意識しているし、ここでは詳述しないが、鷗外の見解が押えられていることは瞭かである。

この平出の熱心な弁論に被告たちは大いに励まされた。四十四年一月九日付で管野須賀子から「力ある御論、殊に私の耳には千万言の法律論にまして嬉しき思想論を承はり、余りの嬉しさに、仮監に帰りて直ちに没交渉の看守の人に御噂致し候程に候」という感激の手紙が来た。その翌十日には面識のない幸徳秋水から「熱心な御弁論感激に堪へませんでした。同志一同に代りて深く御礼申上げます」という簡潔な礼状がきている。

平出は、大逆事件が終結した頃、つまり四十四年の五、六月頃から小説を書き始めている。大逆事件に取材した小説は「畜生道」（大元・9『昴』）、「計画」（大元・10『昴』）、「逆徒」（大2・9『太陽』）の三篇がある。しかし、この頃から平出の病は進み、大正三年三月、三十七歳の若さで病死した。死後、『平出修遺稿』（大6・1 天弦堂）が出版され、鷗外は「序」で賞讃の言葉を贈っている。

後に鷗外は『礼儀小言』（大7・1『東京日日新聞』）で、加藤弘之と平出修の葬儀にふれて書いている。特に平出については、「加藤氏に先《さきだ》つて知人平出修と云ふものが死んだ。平出氏も亦遺言して、一切の宗教の形式を藉らずに葬らしめた。告別式を以て葬式に代へ、知人が交る〴〵旧を談じ、楽人をして楽を奏せしめて別れたのである」と、平出修の葬儀が新しい形のものであったことを書いている。

鷗外にとって、十六歳も若い青年だったが、この平出修は忘れられない英才の一人であったことが推察される。

『沈黙の塔』

『沈黙の塔』は、明治四十三年十一月、『三田文学』に発表された。

鷗外は、大逆事件というより、九月十六日から『東京朝日新聞』に連載された「危険なる洋書」を読んで、『沈黙の塔』を書く気になったと思われる。

「高い塔が冬空に聳えてゐる」

冒頭の表現である。何やら怪しい風景である。鴉や鷗が啼き騒いでいる。疲れたような馬に挽かれて車がくる。そして何物かが、車から卸されて塔の中に運ばれる。次から次へとやってくる。――。

ホテルの広間では男たちが話している。爆弾を作った革命党が話題。そして塔のこと。あれは〝沈黙の塔〟といって、運ばれてくるのはパアシイ族の死骸という。「危険な書物を読む奴を殺すのです」と男が言う。「危険な書物」とは「自然主義と社会主義の本」だという。一人が言う。「自然主義と社会主義の本とは別々ですよ」と。この冒頭のドラマは、「パアシイ族内部」の「争闘」と書いている。

――パアシイ教とは、八世紀頃、インドのペルシャ系の人たちが信奉したゾロアスター教のこと。このペルシャ系の人たちは、イスラム教徒に迫害されてインドに逃げてきた。ゾロアスター教は、火葬など他のあらゆる葬の形式を受け入れず、遺体は「沈黙の塔」の屋上にさらされ、動物の餌食にされた後、その骨を「蔵骨器」に収めて葬ったと云われている。ゾロアスターとは、ペルシャの拝火教の教祖のことで、ニーチェは、この反キリスト教的思想を「ツアラストラ」に書いた。鷗外の『沈黙の塔』の発想は、恐らくこのニーチェの「ツアラストラ」からヒントを得たと考えられる。

かようなドラマ風な筆致は、ここまでで、以後は、まず「パアシイ族の少壮者」が「新しい文芸」として、自然主義を吹聴したとする。この文芸の主張を、「因襲を脱して、自然に復らうとする文芸上の運動」と鷗外は書く。これは大事なことで、自然主義文芸を「文芸上の運動」と位置づけていることである。ただ、二つの特色として、一つは何ら建設的でないこと、他に一つは、性欲方面の生活を遠慮せずに書くことを挙げている。ここでは、自然主義に対する鷗外の評価は低い。ただ問題は、爆弾騒ぎなどで、社会、共産、無政府各主義のもとで出版されたものは禁止されたが、このとき自然主義も加えられたことである。ここで確認しておかなければならないことは、社会、共産、無政府など反体制的主義の出版物が禁止されたことは「安寧秩序を紊るもの」として鷗外は、何ら異論を唱えているわけではない。当然のこととする姿勢が見受けられる。

しかし、この「安寧秩序を紊るもの」の中に、自然主義の小説も含め、それだけでなく、脚本、抒情詩、論文、翻訳までも危険視する当局や、ジャーナリズムへの反撥を鷗外が強く示唆していることを身逃してはならない。パアシイ族の世界ではあっても、「文芸の世界は疑懼の世界となつた」と鷗外は書く。

こんなとき、「パアシイ族のあるもの」が、「危険なる洋書」という語を提示した。「己はそれを読んで見て驚いた」と書く。ここで「パアシイ族のあるもの」というのは〝学問、芸術のあるべき姿が解っていない無智蒙昧の者〟ということになろう。むろん、『東京朝日新聞』の記者、あるいはそのシンパシイたちを指している。要するに、この『沈黙の塔』は、「危険なる洋書」選別の無知への憤りに充ちているのである。

しかし、ここで明確にしておかなければならないのは、マルクスの「資本論」、バクーニン、クロポトキンなどの作品を訳した社会主義、無政府主義の人々に対し「嫌疑を受ける理由丈はないとも云はれまい」と、これら反体制派の思想家たちに対しては、疑われてもやむを得ないとしていることである。ここに鷗外の立場がある。

しかし「嫌疑」は受けても、「所謂危険なる洋書とはそんな物を斥して言つてゐるのではない」とも述べる。執拗だが「そんな物」とは、さきのマルクスやクロポトキンらの「危険なる洋書」を指している。鷗外は、やはり明確に分けていることに留意が必要である。

『東京朝日新聞』の「危険なる洋書」については、すでに詳しくみてきているので、ここでは、これらに対する鷗外の見解は述べない。

この『沈黙の塔』で、鷗外が、最も主張したかったのは、「芸術の認める価値は、因襲を破る処にある。（略）因襲の目で芸術を見れば、あらゆる芸術が危険に見える」という主張である。

学問だつて同じ事である。学問も因襲を破つて進んで行く。一国の一時代の風尚に肘を掣せられてゐては、学問は死ぬる。

この『沈黙の塔』での強い主張は、すべて主語が「芸術」であり「学問」であるということである。それは勿論、この『沈黙の塔』が「芸術」「学問」を擁護するという強い意思に貫ぬかれているからである。

この鷗外の主張は、徳富蘆花の講演「謀叛論」の、「新思想を導く者は「時の権力から云へば謀叛人であつた」という主旨にも通じているし、また平出修が弁護陳述した中で、「新しい思想と云ふものは、これを在来思想からみれば常に危険であらねばならぬ」と言う熱弁とも通じている。

鷗外は、立場上、大逆事件が起ったとき、いつまでも「沈黙」のままではおれないと思ったはずである。『昴』の平出修は、大逆事件の弁護人でもあるし、直情的な啄木、それに『東京朝日新聞』で、やり玉に挙った永井荷風のこと、みな鷗外を慕っている青年たちである。一方事件の黒幕に山県有朋がいる。鷗外は複雑な立場にいることをひしひしと感じていた。その時、『東京朝日新聞』に「危険なる洋書」が出た。よし、これだ、と鷗外は思ったと察せられる。大逆事件に正面から言及することは出来ない。日記にすら書いていない。しかし、このけしからん「危険なる洋書」に、自分の名前も妻志げも出ている。鷗外は、この「危険なる洋書」をターゲットにしぼったのである。しかし、何らかの形で大逆事件に触れないわけにいかぬ。だが、鷗外の立場ははっきりしているが、『昴』の連中や世間の知識人を意識したとき、ストレートには書けない。

ここに鷗外の工夫があった。

『沈黙の塔』の冒頭部のパアシイ族の遺体運びは、誤解を招く描写ではある。簡単に読んでしまうと、大逆事件を比喩し批判しているかのように受けとめてしまう恐れがある。これは一種のトリックである。まず、パアシイ族は「危険な書物を読む奴を殺すのです」という言句が、まぎらわしい。この言句を大逆事件と関係づけると間違えるのである。鷗外は、作中、後の方で「危険な洋書を読むものを殺せ。かういう趣意で（略）沈黙の塔の上で、鴉が宴会をしてゐる」と書いている。つまり冒頭部のパアシイ族の殺人者たちは「危険なる洋書」を書いた『東京朝日新聞』の筆者またはシンパシイたちを指しているのであり、大逆事件には関係ないと言ってよい。あくまでも鷗外が凝視しているのは『東京朝日新聞』の「危険なる洋書」なのである。

この『沈黙の塔』には、大逆事件への批判、抗議は一切ない。この大逆事件に関わるものとして出てくるのは、ホテルでの会話「又椰子の殻に爆薬を詰めたのが二つ三つあつたさうですよ」「革命党ですね」と「例の椰子の殻の爆烈弾を持ち廻る人達の中に、パアシイ族の無政府主義者が少し交つてゐたのが発覚した」、この二箇所だけで、いずれも、「革命党」「無政府主義者」の行為として捉えられ、これらは「安寧秩序を紊るもの」として、鷗外は何ら容認していない。

鷗外は、幸徳秋水ら無政府主義者を玉水俊虠への手紙（明43・11・14）の中で「匪徒」と書いている。「匪徒」という言辞は、最近の辞書（例えば、『日本語大辞典』講談社、『辞林21』三省堂）にのっていない。『漢語林』（大修館書店）でひくと、「①暴動をひき起こすわるもの。②隊を組んで強盗や人殺しをする悪者の仲間」とある。「匪徒」は、暴動や殺人を犯す「悪者」という意味である。鷗外は無政府主義あるいは社会主義者の中でも、特に過激な連中は決して許していない。津和野藩学の中核的思想を担った大国隆正らの「神武創業」を起点とする「天皇親祭」「天皇親政」のいわゆる「祭政一致」による国家観に培われた鷗外にとって、国家や天皇を否定する者は許せない「匪徒」なのである。故に、鷗外は、他の無難な思想との区別は明確にしなければならない。鷗外は『文芸の主義』（明44・4『東洋』）でも『沈黙の塔』と同趣旨のことを次のように述べている。

> 無政府主義と、それと一しよに芽ざした社会主義との排斥をする為めに、個人主義と云ふ漠然たる名を付けて、芸術に迫害を加へるのは、国家のために惜むべき事である。
> 学問の自由研究と芸術の自由発展とを妨げる国は栄える筈がない。

右の文で「無政府主義」「社会主義」を排斥するために「個人主義」という「漠然たる名」をつけて「芸術」を迫害してはならないということ。「個人主義」は近代の概念をなす根底であり、個人主義なくして近代文芸は成立しない。右の文に、鷗外の、学問、芸術に対する信念が確固たるものとして発信されている。

山県と鷗外

この時期の鷗外の現実にもう少し注目してみよう。鷗外は、大逆事件に関しては、啄木などとは対照的に、一切日記に書いていない。しかし関連する日記文はある。

四十三年十月。「二十九日（土）。雨。平田内相東助、小松原文相英太郎、穂積教授八束、井上通泰、賀古鶴所と椿山荘に会す。晩餐を饗せらる」とある。「椿山荘」とは、山県有朋邸のこと。この日、大逆事件の捜査及び予審が終り、全員が有罪の見通しがたち、山県公は、慰労の意をもって六人を招待したと思われる。平田内相は、大逆事件捜査の総指揮官、小松原文相は、教育界において社会主義的傾向を一掃するために力を入れた人。穂積教授は、思想犯取締についての山県のブレーンの一人、あと、鷗外と賀古は常磐会のメンバーである。山県が大逆事件の慰労会に鷗外を招んだということは、鷗外が反体制的思想に一貫して厳しい意識をもっているということを実感し、その点信頼しているから招んだのではないか。鷗外が、森山重雄氏のいうように、「ヤヌスの顔のように多面的であった」（『大逆事件＝文学作家論』昭55　三一書房）というような、迷いをみせていたなら、山県は鷗外に構えたのではないだろうか。このとき『沈黙の塔』は、すでに書き終り、刊行直前であった。森山氏はさらに、この二十九日の椿山荘に出席した鷗外に「自己分裂の苦悩がなかったら、おかしい」と述べているが、当時の鷗外の「姿勢」は、鏡のように敏感に、山県有朋に映じていたはずである。当日、大逆事件に関する重要人物が極めて少数選ばれて招ばれているわけで、山県が鷗外を選んだというところに、鷗外の反体制思想への「姿勢」があるとみてよい。

〖食堂〗

『食堂』は、明治四十三年十二月、『三田文学』に発表された。

『食堂』は、文字通り役所の食堂が舞台である。内容は、大逆事件のことを木村を中心にして仲間たちが弁当を食べながら話をしている。この作品全体にあるのは、無政府主義者たちへの恐れであり不安である。むろん同情は全くない。仲間たちは、大逆事件の被告たちを「恐しい連中」とか「無法な事」、こうした表現でよび、決して許容していない。木村は、無政府主義、社会主義の歴史を、世界的視野に立って皆に説明してみせる。

犬塚が教えてやるという口吻で言う。

> どうしたもこうしたもないさ。あの連中の目には神もなけりやあ国家もない。それだから刺客になつても、人を殺しても、なんの為めに殺すなんといふ理屈はいらないのだ。殺す目当になつてゐる人間がなんの邪魔になつてゐるといふわけでもない。それを除いてどうするといふわけでもない。（略）

この犬塚の発言は、「あの連中」を全面否定している。犬塚が実在したかどうか解らないが、鷗外が書いたことは事実である。恐らく、当時の一般人の大概の意識を書いたもので、即鷗外が、こんな荒っぽい見解をもっていたとは思わない。しかしいずれにしても、鷗外は反体制的思想に対しては、一貫して否定的であったと言うことを証している。

35　明治四十三年の翻訳作品

明治四十三年に発表された翻訳作品は次の十五篇である。

1『負けたる人』ヴィルヘルム・フォン・ショルツ（明43・1『新小説』）
2『午後十一時』グスターフ・ヰイド（明43・1『太陽』）
3『白』ライオネル・マリア・リルケ（明43・1『趣味』）
4『釣』ペーター・アンテンベルヒ（明43・1『女子文壇』）
5『犬』レオニード・ニコラエヴイッチ・アンドレイエフ（明43・1『黄金杯』春陽堂）
6『人の一生』レオニード・ニコラエヴイッチ・アンドレイエフ（明43・1〜5『歌舞伎』）
7『鴉』ヴィルヘルム・シュミットボン（明43・3『帝国文学』）
8『歯痛』レオニード・ニコラエヴイッチ・アンドレイエフ（明43・3『趣味』）
9『聖ジュリアン』ギュスターヴ・フロオベル（明43・5〜7『太陽』）
10『罪人』ミハイル・ペトロヴィッチ・アルチバーシェッフ（明43・5『東亜之光』）
11『飛行機』エドウアルト・シュトユッケン（明43・6〜9『歌舞伎』）
12『うづしほ』エドガー・アラン・ポオ（明43・8『文芸倶楽部』）
13『死』ミハイル・ペトロヴィッチ・アルチバーシェッフ（明43・9『学生文芸』）
14『笑』ミハイル・ペトロヴィッチ・アルチバーシェッフ（明43・9『東亜之光』）
15『馬盗坊』ジョオジ・バーナード・ショウ（明43・10〜12『歌舞伎』）

右の翻訳作品のうち、戯曲は『負けたる人』『人の一生』『飛行機』『馬盗坊』の四作品、それ以外は小説である。複数訳している作者は、アンドレイエフが三作、アルチバーシェッフが三作である。前年の四十二年度には、小説は二篇で戯曲は八篇であったが、四十三年度は戯曲が減っているのが目につく。この昨四十二年の暮に、ヰイドやアンテンベルヒ、またリルケなどの新文学に触れたことは鷗外にとって新鮮なことであった。

1　『負けたる人』ヴィルヘルム・フォン・ショルツ

中世のドイツのある古城。白髪の女登場。今から起ること は、風とともに消えていくもの、気になさるなと述べて消える。さて、大広間で伯爵夫人と召使の娘が対話している。夫人がふとみると、恋人の騎士が未知の騎士と戦っている。娘がふと言う。世に、蒼白の騎士がいて、その男をみた女は必ず心を奪われるが結局死ぬと。恋人が「負けたる人」を連れて戻ってきた。この男こそ娘のいう騎士だ。夫人は二人だけにせよと言う。別室で伯爵たちは食事中、そこに夫人が現われる。夫人が騎士を愛してしまったことを知った伯は、夫人を刺殺する。そこに僧が現われた。あの騎士の化身である。僧は、夫人は犯した罪の重さに私を呼び、夫に引導を渡してもらおうとしたのだと語り、黒い影を壁に残して消えてゆく。この僧こそ、すべての運命を決める魔者であったのだ。

作者はベルリンの政府高官の家に生まれた貴族の息であった。鷗外はすでにこのショルツの「我君」を四十年十月に訳している。ショルツは新古典主義と言われた。小堀桂一郎氏は、「その主張は、悲劇成立の条件を、人間の内的必然性と外的運命の必然性との千古不易に相容れ難い対立相克のうちに見る、といつた狭い意味の悲劇理論に他ならない」(『森鷗外—文業解題〈翻訳篇〉』)と述べている。

この戯曲は、終末部の解釈がかなり難で、観劇者を考えさせる神秘劇と言えよう。

2 『午後十一時』グスターフ・ヰイド

脚本家のベントは危険なぐらい神経質だ。「僕」は毎日のように午後、ベルニナ(飲食店)に顔を出す。すると、いつも奥のソファに小男が座っている。その男は象皮腫という醜い顔をしている。ベントも店によく来る。或る日、ベントは新聞紙に小さい穴を開けて、その男を覗いている。ベントの神経に相当さわっているようだ。ベントが急に笑い出した。「僕」も笑い出した。二人とも笑がとまらない。「僕」も、この化物に腹が立ってきた。殺したくもなった。ベントの、あの男に対する神経が増々焦ら立ってくる。「僕」は心配している。或る日、遂に、二人はその象男に向った。ベントは右目、「僕」は左目を狙って指でつついた。その時、周囲は混沌となった。火事だ、火事だ、の声に店は満ちた。午後十一時、「僕は目が覚めた」、横をみたらベントが優しい顔をして寝ていた。

夢の中の話と思って読んでいると、この「幻覚症状」に無関係に、都市の街区の動きが、リアルに描写される。雨の中を歩く足音、電車、馬車、肥料車、赤ん坊の泣き声、夢と現実の境界がぼかされていて、読者はとまどうことになる。

結局、夢という非現実を通じて、本来好人物であるべきベント、そして「僕」も、身体障害者たる小男に、容赦のない残酷な仕打をする。これは、近代人が、人間関係に神経をすり減らして生きていることの裏返しとして描かれている。生理に支配される人間を捉えた小篇である。

3 『白』ライオネル・マリア・リルケ

保険会社の役員テオドル・フインクは、七つ下の弟が病気になった通知があり、見舞うため二時間汽車に乗り、乗換駅を経て、また汽車に乗り、やっと目的の駅に着いた。駅員が二等待合室に連れていった。中は暗い。沢山の人間が蠢く雰囲気。フインクは不安。マッチを擦った。女が声を出した。この女が夢のような話をした。家には真っ白い部屋があり、すべて白づくめ、毎朝やってくる妹も白い帽を被っている。日曜になると、知り合いの善人が私の部屋の戸を叩くのだと、女は銀のような声で言う。しかし、意味が解らない、この女が怖くなる。フインクは戸外に出て夢中で走った。

小説『電車の窓』は、この「白」の影響があるということはすでに触れた。この真白い部屋の話をする不可解な謎の女は、夕景の電車の中でみた「美しいが、殆ど血の色のない、寂しい顔」をした、まさに「鏡花の女」と鷗外が形容する不可解な女に、イメージが通じ合っているとも言えよう。永遠に白い部屋の夢を語り続ける「白」の女は、怖い女でもある。『電車の窓』の女は怖くはない。しかし、この翳のある「鏡花の女」を凝視する「僕」は、女の心中にある「永遠に誰にも慰めて貰ふことの出来ない」運命を哀しくも自覚している女の空しさを想っている。そのへんにも似通う点がありそうだ。いずれにしても、四十二年十二月五日（『白』）、六日（『電車の窓』）という連続した時間内に訳され、書かれたことは無視出来ない事実である。

4　『釣』ペーター・アンテンベルヒ

ブロンドの小娘が魚を釣っている。傍で、お嬢さんが「釣は退屈なものだろう」と言う。小娘は、退屈なら釣をしないと返す。小娘は「屹然」と魚を釣っては地に投げる。魚は死ぬ。小娘は動じない。直ぐ傍にいた貴婦人が、「我が娘に、あんな無慈悲なことはさせない」と言う。小娘はまた釣って投げ、魚は死ぬ。それでも残酷な小娘の顔には、「深い美と未来の霊」とがある。「慈悲深い」貴夫人は色が蒼く、荒れていて、誰にも希望と温かさとを授けることは出来ないだろう。だから魚に同情を寄せるのである。小娘は、動ぜず真面目に釣っている。ブロンドの髪、鹿のような足で立っている姿は美しい。この小娘も、いつかはこの貴婦人のようなことを言うだろう。しかし、そんなことを考えても空しいだけ。お前は無意識に美しい権利を自覚している。魚を殺せ、そして釣れ。

『白』が訳された同じ日（十二月五日）に、この『釣』も訳されている。極く短い『釣』ならば別に不思議なことではない。リルケの『白』とは作風はかなり違う。『白』は夢幻的で靄がかかっている。それに対し、このアンテンベルヒの『釣』は、明らかに散文詩風でセンテンスは放り出したように短い。『杯』の筆致に非常によく似ている。しかし、『杯』は、『釣』が訳される十一日前に書かれている。ということは、『杯』は『白』の影響を受けたとしても、『釣』の影響を受けたと時間的には言えない。むしろ、『杯』で試みた表現体を『釣』を訳すときに使ってみたといった方が当っているのではないか。

それにしても、アンテンベルヒの『釣』の内容を、鷗外が、かってに変えるわけにいかないのは勿論であるが、『杯』の中で、第八の白人娘が、「わたくしの杯で戴きます」という厳しい主体的姿勢をみせた点と、この『釣』の小娘が、「お嬢さん」「貴婦人」の水をさすような言葉に対し、「屹然」として「動かすべからざる真面目の態度を以て釣つてゐる」、この厳しい主体性の相似は、何を物語っているのであろうか。

もしかすると、実際に翻訳する前、つまり『杯』を書く前に『釣』を読んでいた可能性もあるということである。

5 『犬』 レオニード・ニコラエヴイッチ・アンドレイエフ

名のない犬がいた。孤独であり人を怖れる、憎む心を身につけていた。酔った農夫に出会ったとき、憫みを示され近づいていったが、蹴られてしまった。ますます人間不信になった。春になり別荘村に人々がやってきた。ある別荘に善良な一家族もやってきた。この犬はクサカという名をもらった。

初めてさすられるようになる。クサカの人間不信も消えたが、一匹でいることが気持よかった。さすられることが、受けてはならないことのように思えたからである。食も与えられクサカは太った。しかし、その内、秋になり雨が降り続いた。一家は別荘を離れることになりいよいよ別れ。一家について停車場まで行ったが、すぐ空虚な別荘に帰ってきた。一つ芸をしたが、誰もみていなかった。夜が来た。クサカは悲しげに長く吠えるだけだった。

一見すると凡作のようだが、なかなか微妙な心理を捉えている。犬の心理は、まさに人間の心理そのままである。この哀れな犬の存在の実相を、鋭く捉えたところは、虐待され続けてきたこの犬が、人に摩《さす》られるとき、むしろ苦痛をおぼえるというところである。それはなぜか、「何か己れの享ける筈でない事を享けるといふやうな心持」がするからである。この犬は「唯独り居る時」が「気持よく思ふ」と書かれている。そうであるのに、またしきりに人を慕うのである。これが犬（人間）の宿命であり、「業」なのである。アンドレイエフは、軽いタッチで「生」あるものの微妙な哀しみを衝いている。アンドレイエフは、当時ロシアの象徴主義者として名前が日本でも知られてきていた。上田敏も、実はこの作品を「クサカ」という題名で訳し、『心』（明42・6　春陽堂）に収めている。

上田敏と森鷗外という、西洋文学に精通した二人が、この小品に関心を持ったのは何故か、興味深いことである。

6 『人の一生』 レオニード・ニコラエヴイッチ・アンドレイエフ

「口上」が巻頭にある。真四角な大座敷、全くな空虚。そこに「鼠色の人」が現われる。全身が鼠色。冷淡な態度で「運命の巻」を読み上げる。鼠色の人は、人の一生は、暗く始まり暗く終ると語り始める。人はそれを決して知ることが出来ない。人がこの世に生まれると、等しく他人と同じ残酷な運命が待っている。幸福な青年が、やがて老いていき、真黒な底がみえてくる。人の生は、夜から出て夜へ帰る。人は己の姿をみない。己は終始人に付いていて、どんな時にも離れることはない。死なねばならぬお前たち、聞け、人の一生の水は、ぐんぐん流れて行くのだ。「鼠色の人」黙す。

五回にわたって『歌舞伎』に連載された。「五場」によって構成された、かなり長篇の戯曲である。

人の生涯は、暗黒な死に向かう水の流れのようなもの、この必然の運命を「鼠色の人」が冒頭に予告する。冒頭の「口上」は、「人の一生」の概観となっている。第一場は、人の生誕、そして、それの祝福と期待が述べられ、第二場は、さきに男児を得て祝福された若き夫婦が、世間に認められず貧困に苦しむ。しかし、夢はもち続けて生きていく。第三場は、夫婦は大出世する。金満家となり町中の人々を大邸宅に招待する。そして大舞踏会、人々は邸内に満ち溢れた豪華な品々に興奮するが、夫婦はすでに老いていた。第四場は、再び貧困と息子の災難、この悲惨な中で、夫の呪咀の叫びが響くのみ。第五場は「死」の場面である。この「死」のおぞましさがるる述べられていく。そして、ローソクの火の如く、やがて「死」を迎えるのである。このどの場面にも「鼠色の人」が必ず登場して、総てを観ている。そして総てにかかわっている。この「鼠色の人」は、言うまでもなく「運命」の象徴なのである。人間は暗い母の胎内から産まれ、結局、暗い地の底に消えていかなければならない「運命」にある。『犬』のもつ孤愁よりも、もっと重く、厳しく、残酷な人間の「運命」をアンドレイエフは捉えている。人間の必然の運命を描くという意味では、平凡な素材とも言えるが、構成、描写力、そして人間性の抉り方は非凡なものがある。

第二場の「恋愛と貧困」だけが「新劇場」（大5・9）、「舞台協会」（大7・5）「文芸座」（大8・3）で上演されている。なぜ五場から切り離されて、第二場だけが、それも三年に亘って上演されたのか不可解ではある。

この時期、前年の『僧房夢』『奇蹟』『債鬼』『ジョン・ガブリエル・ボルクマン』『サロメ』など、そして四十三年に入り『負けたる人』とか『人の一生』とか、写実的ではなく、むしろ超現実的な傾向の強い作風の訳が多いように思える。

7　『鴉』ヴィルヘルム・シュミットボン

ライン河岸辺、樹木の切れ端に老いた鴉が一羽とまっている。一面の雪。河の方に向って七人の男たちが歩いていく。見知らぬ者たちの集団だ。一番尻に老人が歩いている。この老人はポケットの中の貨幣を時折勘定する。兄妹の家に行きたいが、少し旅費が足りない。丘の上に来た。下に鉄道や船もみえる。仕事がありそうだ。男たちは歓声を上げる。老人は一人の青年に注目、この人ならと思い、旅費のことを語ったが、「二日間何も食べてない」という。青年の涙をみて、ポケットの貨幣を与えてしまった。皆んな行ってしまった。老人は鴉のように岸辺の枯木に座った。だれかが来て、突き飛ばしてくれるのを待っているようであった。

鴉も老人も孤独であるという意味では同じである。冒頭の鴉は、老人そのものであったのだ。善意を求めて生きようとしたが、結局、自分が他者に善意を与えてしまって、不幸に落ちてしまう。この老人に平安はやってこない。人間の「生」の複雑さをシュミット・ボンは切り取っている。鷗外がこの時期多くの西洋作品の中から、かように地味ながら、善意に生きて、むしろ不幸になるという「生」の矛盾を衝いている。前作『人の一生』もそうであるが、人生に対する厳しい認識をもった劇を、この時期、選んでいるようにも思える。

8 『歯痛』 レオニード・ニコラエヴイッチ・アンドレイエフ

キリストがゴルゴタで他の罪人とともに磔刑にされた、あの恐しい一日。エルサルムの商人トヰットは歯痛で苦しんでいた。歯が痛い、痛い、トヰットは他に関心はない、歯痛の苦しみだけだ。妻は鼠の糞まで使い、いろいろ試みたが治らない。トヰットは堪らなく屋根に昇り、入ったり出たり、ふと下をみると狭い道を罪人が十字架を背負い、足をひきずって歩いて行く。兵士の鞭が鳴る。トヰットは、往来での出来事には極めて「冷淡」。キリストが歩き始めると、妻は石を投げつける。トヰットは下に降りて一眠り、眼が醒めてみると少し歯痛はまし。隣のサミュエル、妻と三人で磔刑にされた奴等をみたい、ということでゴルゴタの丘に向かう。陽は西に沈み、丘は真赤に映えていた。真中の十字架の下に、二、三人が跪いている。辺りは、いつの間にか暗くなっていた。

キリストの処刑の日という歴史的大事件のあった一日に絞って、この小篇を書いている。この日、エルサルムの現場近くに住む庶民トヰットは、わが歯痛のみにとらわれ、この大事件には全く無関心。それどころか、妻はキリストに石を投げ、夕方には、ゴルゴタの丘に、三人で磔刑に処されたキリストたちを観に行っている。この無関心、無神経さ。しかし、この小篇は決して大袈裟には感じられない。案外、歴史的大事件に、時間的、空間的に無距離に存在すると、かような人間の風景はあり得るのだとアンドレイエフは言いたげである。庶民の、無関心という視線からこのキリスト処刑という歴史的大事件を炙《あぶ》り出そうとする発想は、当時としては新鮮であったのではないか。

9 『聖ジュリアン』 ギュスターヴ・フロオベル

(上)夫妻は森の中の城に住み幸せであった。二人とも人物は立派であった。夫妻に男児が生まれ、ジュリアンと命名した。夫人が産後、窓に乞食の翁の影をみた。この翁が、ジュリアンは将来「聖者」になると予言した。一方、夫はある朝、外で乞食に出会ったとき、ジュリアンは将来血を流したり、「誉」をあげられることも多く「帝王の族じゃ」と予言した。夫妻は互いに予言を秘していた。成長したジュリアンは、狩に出て鹿の集団を皆殺しにしたとき、最後に残った牡が、矢をつけたまま、「呪はれてをれ」、いつか両親を殺すであろうと予言して死んだ。城に帰ったジュリアンは、嘘だ、嘘だと心の中で叫んだ。そして、病気になったが回復した夏の夜、鳥をみて槍を投げた。母の鳥の羽根の帽子であった。ジュリアンは衝撃で城を出て行方知れずとなった。

(中)ジュリアンは一群の首領となった。戦争にはいつも勝った。ある王の娘と結婚し、大理石の宮殿に住んだ。狩は戒めていた。ある日、ジュリアンが留守のときすでに死んだと思っていた夫の老いた両親が宮殿にやってきた。夫人は疲れた二人を自分のベットに休めさせた。そのときジュリアンが帰ってきて、妻のベットに見知らぬ男の頭をみて誤解し、剣で二人を切り刻み、知らぬまま両親を殺してしまった。ジュリアンは悲しみにくれた。葬式は僧院で、宮殿から三日行程の所に在る。葬列から一人はずれて顔を隠した僧が歩いていた。いつか、山の方に消えたようだ。

(下)ジュリアンは乞食になり、人々に我が罪を贖うため身上話をした。人々は、みな逃げ、石を投げ付けたりした。ジュリアンは耐えた。無料の渡し舟を始めた。ある晩、一人の男が向こう岸で待っていた。この男は癩者だった。ジュリアンは、すべてを受け入れ、素裸で、この男を温めた。「溢れるほどの歓喜」が、ジュリアンの魂の中に入ってくる。そのとき男の身丈が伸びて伸びて屋根を破り大空に登った。ジュリアンもともに。そして「自分を抱いてゐてくれる耶蘇基督と顔をぴつたり合せて」いたのだった。

この作品にみえるのは、例えば「二重人格性」、つまり、ジュリアンに潜在している獣性と聖性である。これは人間にある属性ともとれる。あるいは、動物たちを殺戮した結果、鹿の牡が予言した如く、みずからの手で両親を殺すことになる、いわゆる因果応報の摂理なども考えられる。しかし、もともとジュリアンは、この世に生誕とともに、両親殺しと、聖人の道を予言されている。一口で言うと「運命」は決められていたということになろう。そうすると主題は、どうすることも出来ない「運命」ということにもなる。ここで、アンドレイエフの『人の一生』を思い出す。

しかし、この作品の感動の場面は、当時不治病で伝染病として恐れられていた癩病男を、素裸でかき抱くジュリアンの捨て身の献身である。実はこの癩病男は、基督であったという意外性。キリスト教徒でなくても観る者の精神が真白になるところであろう。素材としては戯曲に向いているように思える。

10　**『罪人』**　ミハイル・ペトロヴィッチ・アルチバーシェフ

フレンチは朝早く起きた。神経が高ぶっている。黒い上衣を着た。今日は市の名誉職十二人の一人として死刑の立会をするのである。フレンチは、自分を自己の利害を顧みずに義務を果す英雄と思っている。フレンチは家を出て乗合馬車に乗った。そして思う。お前たちの前にすわっている己様を誰だと思う、あの世間を騒がせた罪人の死刑の立会人だぞと胸を張る、かと思うと、今度は、美しい娘のジャケツの胸をみて乳房の輪郭を想像をする。監獄に着いた。広間の真中に手術台のようなものが置いてある。電気椅子だ。死刑囚は若く長身の男だ。処刑までは意外に単調。獄丁が白い革紐で罪人を縛る。罪人は眼だけを動かす。金属で拵えた円い鍪のようなものをかぶせる。フレンチは眩暈、恐怖、好奇心に見舞れている。電流が入った。痙攣が罪人を走る。しばらくして検事が待て、といった。医者が死者に近づく。「おしまひだな」とフレンチは思った。そして気が狂う程の恐怖に襲われた。肉の焦げる臭い。フレンチは帰る途中〝どうも何か忘れたような心持がする〟何だったのか、想い出せない。

この小篇の最後で作者が明かす。あの鏊のようなものが被される刹那、死なうとしている人の目が、外の人に殆ど知れない感情を表現していた。それは最後に、無意識に、救を求める訴であった。フレンチが、あれさへ想い出せば、と思ったのは、この死に行く者の最後の目であった。しかし、フレンチは欲張った好奇心で、この処刑の一々を記憶に留めたいとしたために、その刹那がどうしても想い出せないのである。

この死刑という主題は、数カ月後に起った大逆事件を考えるとなかなか興味深いことではある。時勢的にはすでに、社会主義、無政府主義などの主張がなされ、社会は不穏な雰囲気につつまれていた。しかし、そうした状勢を鷗外がどこまで意識してこの『罪人』を訳したのかは解らぬ。それよりも、こうした極刑にかかわる人間の心理の微妙な動きに関心を持ったと想定する方が、現実的であろう。死刑立会人が、監獄に着く迄には、選ばれた人間としての誇りをもっているということ、そして、その誇りを持ちながら、若い娘をみると乳房を連想するということ、この人間の愚かさを鋭く捉えている。死刑に立会したときの恐怖は当然だろう。それよりも最後にどうしても想い出せないことが、気にかかる。実は、この世との別れである、あの鏊を被せられる瞬間の、救済を無意識に乞う死刑囚の眼、フレンチにとって、一番衝撃的であったはずなのに、このことが想い出せないということ、否、フレンチにとって、あの眼だけは想い出したくなかったのではあるまいか。アルチバーシェッフはそれを承知で書いているのかも知れぬ。

11 『飛行機』 エドウアルト・シュトユッケン

(一)ドエルハアゲン家の別荘。主人アンセルム、エンミイ（世話娘）、オオエルベック氏の孤児エヂトら三人が登場。今日は主人の娘ミルラの十四歳の誕生日。アンセルムとエンミイは夫婦気取り。ところが今日は、狂院に入っている主人の妻サビイネが帰ってくる。主人はエンミイのことを気にしている。エンミイと娘ミルラは、犬猿の仲。主人はエンミイに、本当の妻はお前だと告げる。妻が帰ってきた。みんな複雑な態度で迎える。娘ミルラは母に抱きつく。

(二)主人は、今日念願の模型飛行機を飛ばすという。ミルラは、主人に孤児エヂトは、世話娘エンミイの生んだ子である事を母に言えと迫まる。主人は嘘をついて妻を安心させる。主人の兄がやってきて、エンミイに家を出るべきだという。かつてエンミイは、兄をふった経緯がある。エンミイは兄の説得に傾く。何も知らぬ妻はエンミイに感謝してブローチを贈る。

(三)主人が妻に接吻するのをみたエンミイは怒り、家を出ないという。孤児エヂトは主人とエンミイの間の子であることを娘は母に遂に告げる。妻とエンミイは衝突。主人は己が罪に苦しむ。

(四)ミルラは腹違いのエヂトを愛している。妻は明日、狂院に再び送られることに気付いている。夜も更け、それぞれ寝室に入るとき、妻（母）は、娘ミルラにエヂトを殺すと言う。ミルラは必死にとめようとするが、通りそうもない。そこでミルラは、エヂトに、今日だけ寝室を代ってと言い、ミルラはエヂトのベットに寝た。深夜騒ぎが起こった。妻はあんたたちのエヂトを殺したと叫ぶ。しかしエヂトは生きていた。やはりミルラが身代りになったのだ。飛行機を此間から飛ばすことばかり考えていた主人は、ミルラ、と叫び、エヂトも号泣する。

作者シュトユッケンの名は、ドイツ近代劇の作者としては、日本では余り知られていない一人であった。原題は、少女の名をとって「ミルラ」である。この長篇戯曲を読むと、どうしても少女ミルラの美しい献身の心にひきつけられてしまう。妻の入院中に世話をする女性と夫が愛し合うようになるという筋は有りふれた話である。少女ミルラに、主題を置こうとしたのであれば、退院してきた妻と世話女との葛藤に多くを費している この戯曲は、その点、中心がややぼけているようにも思える。第三幕までに、もう少しミルラの描き方に工夫が欲しいところである。この作に対し「やや強引な運びと見える部分もあるが、とにかく迫力に富んだ劇である」（小堀桂一郎）という評もある。

この戯曲は二回上演されている。一回目は、「土曜劇場」第五回公演として有楽座（明治四十五年七月六日）、二回目は、劇場ではなく、福沢桃介の私邸（大正二年六月三日）で上演された。これは舞台開きであったようだ。鷗外は、この二回とも顔を出している。

12　『うづしほ』　エドガー・アラン・ポオ

「僕」は白髪の男と高い岩山に登って海を見降した。ここはノルウエーの国境だ。この男は、三年前の恐しい出来事を語った。五、六マイル先にある島のあたりに無数の大渦巻が、ごうごうと音をたてている。男は三年前、弟と二人で、七十トンばかりの船で漁をして大量の魚を獲った。それから入り海のようなところで漁をしているとき、嵐がきて船が流され、あの渦巻にだんだん近づいていった。男は渦巻の性格を観察し、円筒形のものは沈みにくいということが解った。弟はふっとんでしまっていた。男は樽に体を縛りつけ海に飛び込んだ。一時間後、男たちの船は真逆さまに渦に吸い込まれたが、この男は樽の効果で難をのがれた。男はやがて、他の船に助けられた。知り合いの船員たちだったが、一晩で、この男は真白の頭になったので、当初誰か解らなかったとのことである。

海というえたいの知れない大自然の猛威、波の力学的な流動性、拡大、縮小のくり返し運動、そして一瞬にして飲み込んでしまう魔性、そうしたもろもろの、そして限りない海のメカニズムを「文字」で表現することは至難なこと。アラン・ポオは、その限界に挑戦しているようにもみえる。そうした魔の海に吸い込まれようとしたときの人間の心理に、アラン・ポオは興味をそそがれたのではないか。ただ、作者が極めて意識的であったのは、死と闘っている男が、冷静に、特に渦巻のメカニズムを観察し、それに従って実行し、唯一人だけ生き残ったことである。科学の勝利である。鷗外は恐らく、この観察力に興味をもったのではあるまいか。

13 『死』 ミハイル・ペトロヴィッチ・アルチバーシェッフ

医学士ソロドフニコフは早朝、町に出た。巡査以外誰もいない。その時、見習士官ゴロロボフがやってきた。医学士は声を掛けた。見習士官は内に帰りますと言った。医学士はこの見習士官を賢いと思っていない。医学士は倶楽部に入ったが、コニャックを四杯のんで出た。歩いているうち、ひょんなことで、見習士官の部屋に入ることになった。小さく暗い部屋で壁に聖者の画像がはってあった。二人とも沈黙。見習士官は、自殺を考えている、しかし死を待つ気力がないと言う。医学士は勝手にしろと思い下に降りる。医学士は死は天則だと思う。家に帰っていると警部がやってくる。さきの見習士官が自殺したという、医学士は検死を頼まれる。医学士は見習士官をみて、人間でもなければ動物でもない。「死骸」だと思う。医学士は、哀れだと思い、悲痛で絶望的になり泣き声にもなる。夜が明けた。朝日が出て世界はとにかく美しいと思った。医学士は自分は生きているぞと思った。

　生きている限り、死は終生人を恐怖に駆り立て、絶望の淵に立たせる。見習士官は少し死に対し過剰反応があるが、人間の中には、かような傾向で、いつも死を考えている人も少なくない。医学士は「死は天則だ」と割り切っていても、やはり死は苦である。見習士官の肉体をただの「死骸」と感じて絶望的になる。やはり人間はみな死が怖いのである。ただ、太陽が地球を照らし、明るくなったときだけ、人間は死を忘れて、自分だけが永久に死なないように思うだけである。しかし、その思いも寸時のことでしかない。人生五十年の時代、これを訳したとき、鷗外は平均年齢を少し越えて四十八歳であった。持病の肺結核を秘匿していた鷗外にとって、「死」はそう遠い問題ではなかったはずである。この『死』は四十三年の八月七日に訳しているが、同じくアルチバーシェッフの「笑」を、その翌八日に訳している。

14 『笑』 ミハイル・ペトロヴィッチ・アルチバーシェッフ

医学士は広い畑を見ている。どうせここで死ぬんだと思っている。己はすでに六十五歳。いつか死の刹那がくる。あるとき、ある書物を読むと、人間という存在は、昔あった事物のくり返しに過ぎないとあった。己はたまらないと思った。死の空想で苦しむ医学士は、耐られなくなり、ある病室を訪ねる。新しい患者と、死について語る。患者は死が消滅であることを嫌がっている。そして一番いやなのは、私が死んでも、他の者が皆生きていることですという。医学士は科学者らしく、自然は、あるものを創るとき、必ず他のものを破壊すると言う。また理想は永遠で実態は永遠ではないとも言う。つまり、恋をしている人は永遠ではなく、恋は永遠であるということである。永遠なる美というが、無意味だ、地球は五、六千年経つと冷却する。「美」どころの騒ぎではない、と患者が言った。ひひひと医学士が笑い出した。もはや医学士の眼中に患者はいない。「五千年でかい。ひひひ。こいつは好い。こいつは結構だ。ひひひ。」、医学士は鼻眼鏡を落して笑いつづけた。患者も笑い出した。そこに人がやってきて、二人に躁狂者用の服を着せた。

『死』では、医学士は、最初は「死は天則だ」といって強気であったが、『笑』では終始、死の空想で苦しみ、結局、死の恐怖で苦しむ精神病患者と同じレベルで死の問答をする。そして、最後は医学士まで躁狂者と思われてしまう。人間は死への恐怖のためにさまざまなことを考え出す。五、六千年さきの地球の冷却を想定し、そこで人類は絶滅する、どうせ死ぬんだ、自分一人だけが死ぬのではないのだと思い込もうとする悲劇、これが喜劇と一体化している。題名は違っても、一貫して死である。アルチバーシェッフは、『死』『笑』の連作を書いたとき、余程、死と真向っていたらしい。

15　『馬盗坊《うまどろぼう》』ジョオジ・バーナード・ショウ

時代は開拓時代のアメリカ。広い部屋で、下層の女たちが果物の皮むきをしている。この場所で、馬盗坊の裁判をすることになる。シェリフは弟に馬を貸していた。それをまた貸で牧師が借りていた。その馬を牧師の弟ブランコが盗んだのである。罪人ブランコが登場。女たちの悪罵。外では多くの村民が縛り首を待っている。罪人は牧師に言う。両親が亡くなったとき財産を兄きは一人じめにした。そこで馬をいただいたのだと。一人の母親が泣きながら言う。子供が急病になり、そこで罪人ブランコは馬で病院に急いでくれたが死んでしまったと。シェリフは一変する。子供の命を助けるために、この馬を使ったので、盗まれたわけではないと。縛り首を待っていた村民たちはがっかりしながらも納得。罪人ブランコは、町を出るという条件で無罪放免となる。ブランコは、そこにいる村人たちに、われらは悪魔にとりつかれているのだ。われわれはみな嘘つきだ。われらに真の善人は一人もいない。真の悪人も一人もいないのだと。

かなりの長篇戯曲である。アメリカ開拓時代の「馬」は貴重だ。その〝馬盗坊〟の話を軸にして、人間の真実を露わにしようとしている。貴重な馬の盗人は縛首に決っている。シェリフの馬が、また貸で牧師が使っていた。それが財産の代りと言って弟が持って行き、弟は正当な行為と主張する。シェリフも牧師も微妙な立場、しかし、最後は、この馬が〝善〟のために使われたことが判明、罪人は無罪となる。バーナード・ショウが言いたいことは、人間には決定的な悪者も善者もいない、というショウ一流の哲学にあろう。

この四十三年の鷗外の翻訳作品をみると、『負けたる人』『人の一生』『歯痛』『聖ジュリアン』『罪人』『飛行機』『死』『笑』

等々、人間の深層にある残虐性、そして「死」の絶対性、これらを正面から捉えようとする作品が多いように思える。人生五十年の時代、鷗外もこのとき四十八歳になっていた。〝人の一生〟とか、〝死〟をいやでも考えざるを得なくなってくる。それに人間のもつ弱さ、狡猾さ、凶々しさ、そして〝死〟、この時期の鷗外の年齢が、翻訳すべき作品を選ばせたとも言えよう。

明治四十三年に作品集が左の如く三著刊行された。

▽『黄金杯』（明43・1　春陽堂）——翻訳集
　収録作品—『黄金杯』『いつの日か君帰ります』『父』『山彦』『顔』『ソクラテスの死』『わかれ』『耶蘇降誕祭の買入』『犬』『牧師』

▽『続一幕物』（明43・1　籾山書店）——戯曲集
　収録作品—『サロメ』『奇蹟』『債鬼』『ねんねえ旅籠』『秋夕夢』『家常茶飯』

▽『涓滴』（明43・10　新潮社）——創作集
　収録作品—『杯』『花子』『独身』『桟橋』『あそび』『普請中』『木精』『大発見』『電車の窓』『追儺』『懇親会』『牛鍋』『里芋の芽と不動の目』『ル・パルナス・アンビュラン』

36　『文章世界』の「ＡＢＣ」氏

明治四十四年一月一日発行の『文章世界』第六巻第一号に、「現文壇の平面図」なる批評文が載っている。つまり、四十三年の文壇を批評しているわけである。筆者は匿名で「ＡＢＣ」になっている。言うまでもなく「現文壇」、いわゆる明治四十年代の前半の「文壇」を見渡したものである。この批評文の最後に、当時の欧州近代文芸を翻訳することの意義について書いている。

「ＡＢＣ」なる者が何者であるか不明であるが、明治四十二年から四十四年にかけての日本文学界の内実を比較的詳しく捉えている。「多数のくだらない創作品よりも欧州近代作家の優秀な作品の翻訳に多分の功績を認むべき」と述べる。その翻訳者のトップに鷗外を挙げている。「くだらない」とは言わないが、まさに鷗外個人にとっても、創作短篇よりも翻訳作品の方に「実り」があったと言えるのではないか。このことは、鷗外自身が一番自覚していたであろう。

「ＡＢＣ」氏は、「翻訳物の勢力」として、森鷗外を一番に挙げながらも、「新らしき翻訳家」が出ないことを嘆じ、今後「新らしい翻訳家」の出ることを切望している。案外知られていないことだが、この明治四十年代は、漱石の活躍は目立っても、鷗外に大作がなく、他はおして知るべしの情況にあり、翻訳を切望したのも無理はあるまい。

37　鷗外と三越――「流行会」

日露戦後の日本と三越

日露戦争後の二十世紀最初の四半世紀の日本について、有馬学氏は次のように述べている。

この間に日本は、明治国家の設計者の意図を超えて、国内においても、大きな変貌をとげた。たゆまざる産業化の結果、工業生産は飛躍的に拡大し、継続的な都市への人口流入が続いた。藩閥と民党の対抗で幕を開けた議会制は、まがりなりにも政党内閣を成立させ、それを「憲政の常道」と称するにいたった。他方で軍事的には、世界のビッグパワーの一つとなり、新たな植民地と南洋委任統治領を加え、万国が承認する勢力範囲としては、戦前最大の版図に達した。（「「国際化」の中の帝国日本」『日本の近代4』平11・5　中央公論社）

右の言は、日露戦後の、日本の発展状況を適切にまとめている。さらに補足的に述べるならば、戦後、各種産業が飛躍的に拡大されていったこと。軍需産業は勿論のこと、鉄鋼、造船、炭鉱等の基幹産業が、日本経済の進展を牽引していった。その発展の徴れとしてみていくと、明治四十年三月には東京上野で勧業博覧会が開催され、多くの人を集めた。四月には、日本初の国産ガソリン自動車が完成、十一月には北海道室蘭に、初の民間製鉄所が設立された。この四十年には、初等教育における就学率がすでに九十七パーセントに達している。四十一年六月には、日本で最初の冷蔵庫が発売され、四十二年に生糸の輸出量が、初めて清国を抜き、世界第一位となった。十二月に、東京、三越呉服店で「万国玩具博覧会」が開催され、好評だった。これは、デパートでの催物の最初であったと言われている。かように個別的にみても、大小の各種産業が漸進的に拡大進展していくと、サラリーマン、または中産階級なるものが形成され、都市、とりわけ東京への人口の流入も年々増大され当然、消費量も飛躍的に伸長してゆくことになる。このような状況変化の中、各種商店は、販売を競うことになる。そうした中で、老舗の三越呉服店は、特に富裕な階級を対象とし、名門商店にのし上っていたのである。

明治四十年五月に刊行された『時好』という雑誌がある。これは三越呉服店が発行していた一種のPR誌であり、この五月刊行の『時好』は、大阪支店開設記念「日本の三越」なる特集号であった。この雑誌の中で、特に注目すべきは、「三越は貴賓の接待所」という文である。

ここで国賓として来日し、「三越を御覧」になった人たちとして英コンノト親王殿下一行、米大統領令嬢ミスローズベルト、それに日本の皇族の人々など数十人の名前を挙げている。

明治四十年当時の三越の意気軒高たる鼻息を感じるのである。無理もない、三越は、当時すでに超一流の社風を確立していた。いささか過大な感じはするが、「我日本の名所」ではじまり、「我日本に来た国賓」、そして日本の「諸貴顕」が一度は訪れる「国賓接伴所」としての自負を三越は公言するぐらいのステータスを持っていたことは事実であろう。

この三越に「流行会」なる特別な会があったことは、ほとんど知られていない。当時の一流で著名な文化人、芸術家、学者、思想家等を集めて、「流行」を基本テーマに据えながら、それを論じ、批評、研究し、さらに将来にわたる流行を占い、社会の「流行」をリードすることをたてまえとした会であった。しかし、三越の本音は、当時の一流人士を三越に集め、三越のステータスを高め、さらに維持することが、目的であった。一方、会員になる方も、当時の一流文化人と認められることでもあり、そうした貴顕紳士と交わることとの有効性を十分認識して参加していたと思える。

「流行会」発足と鷗外

この「流行会」は、明治三十八年六月二十四日に発足し、大正十三年末に廃会されている。丁度鷗外が日露の戦場に在るときに発足していたことになる。毎月一回、主として三越本店において開催された。

鷗外は日露戦争から還り、明治四十年十一月には、陸軍軍医総監、陸軍省医務局長に就任した。しかも高名な文学者である森鷗外を、三越の「流行会」が放っておくわけがない。が、実際に鷗外が「流行会」に入るのは、しばらく経てからである。鷗外と三越との接点は、明治四十年の『時好』に詩「三越」を転載したときであろう。しかし幹部との接触はない。『自紀材料』にも記述なし。明治四十一年の五月四日（月）の日記に次のようにある。「（略）夜始て劇談会に往く。交詢社にて催し、渋沢男栄一臨む。俳優市川団蔵、団三郎与る。始て益田太郎、大倉喜八郎、日比翁助等と相見る。和田英作も亦席にあり。」

鷗外はこの日、交詢社での「劇談会」に出席し、初対面の人、多数に会ったようである。渋沢栄一男爵をはじめ、歌舞伎俳優、それに大倉ら実業家、洋画家和田英作と多彩である。

さて、この日記文にある「日比翁助」が、三越の事実上のオーナーであった。日比は、初対面の陸軍軍医総監、森林太郎に恐懼して挨拶したに違いない。このとき会話を交したかどうか不明である。一級の経営者である日比翁助が、鷗外のことを忘れるわけはないと思われるが、しばらくは、日比はアクションを起してはいない。この日比翁助が、遂に行動を起こしたのが、明治四十三年に入ってからであった。鷗外の日記を見てみよう。

五月十八日（水）。（略）日比翁助挨拶に来ぬ。局長会議に列す。滝田哲太郎来話す。日比翁助に書状を遣す。

このとき、三越の総帥日比翁助は何のために「挨拶」に来たのか。それは三越の宣伝誌への寄稿の依頼か、「流行会」の会員になってもらうためか、二つしかあるまい。寄稿の方だが、さきの詩は別として、三越への執筆は、「流行会」の正会員に鷗外がなってからはあるが、少なくとも、この日比が鷗外を訪ねた明治四十三年中には一切ない。とすれば、「流行会」正会員への願い以外にはあるまい。この五月十八日、日比が鷗外を訪ねた日に、日比に「書状」を出している。恐らく、入会を是とするが、しばらく時間が欲しいという意のものであったと想像出来る。

さて、重視したいのは、当時、「流行会」の果した文化的営為のことである。流行の研究という時流文化の最先端にある問題に、当代一流の知識人たちが集まって文化論を闘わせ、意見の交換があったという実績は、おのずから四十年代の文化、文芸に寄与する点があったとみてよかろう。具体的には三越が、一つの典型とする日本の都市文化の形成に寄与し、形のみえないところで、それぞれの学者、芸術家たちの創造行為の中にとり込まれ血肉化されていったという事実は無視出来まい。

「日記」にみる「流行会」

この「流行会」に、鷗外はいつ入会したのか。鷗外は「流行会」の出席については日記に、その都度記録している。

鷗外の日記に、「流行会にゆく」という記述がはじめて現われるのは、明治四十三年十一月八日である。やはり、この日が事実上「流行会」初出席であったと思われる。これから約六カ月前に、つまり五月十八日の日記に「日比翁助挨拶に来ぬ」とあったことは、すでに触れた。このとき入会を懇請に来たと思われる。鷗外はなぜ直ちに入会又は出席しなかったのであろうか。入会はしたが出席は遅れたとも考えられる。万事に慎重な、これが鷗外流なのかも知れぬ。

当時、三越に迎えられることは、明治の「諸貴顕」の一人として認められることである。そしてすでに、当代一流の権威者を集めた「流行会」のことは情報通の鷗外が知らないはずはない。鷗外にとって、「流行会」入会の懇請は決して悪いものではなかったはず。三越からみても、陸軍省医務官僚のトップであり、文人としても著名な鷗外の入会は、諸手を挙げて歓迎すべきことであったろう。つまり、相互の利害の一致である。

「流行会」出席の記録

鷗外の日記を瞥見すると、鷗外は「流行会」にそう多く出席したわけではない。明治四十三年には十一月と十二月で二回。明治四十四年は、一月、三月、六月で三回。明治四十五年は、三月、四月と二回。大正二年は一月の一回だけ。約三年間で「流行会」に出席したのは日記でみるかぎり計八回であることが分る。開催日は、その月の「八日」に決まっていたようである。

鷗外と三越とのかかわりが最も強かったのは明治四十四年であった。「流行会」への出席も多く、雑誌『三越』に『さへづり』『流行』を書いたのもこの年である。四月の「流行会」に出席した翌日、「流行会」の使いが来たりもしている。

この「流行会」の模様を伝える貴重な記録が残っている。記録して報告されたのは雑誌『三越』で、ひと月遅れの号で報告、紹介されている。

幸い、本稿では鷗外が出席したときの「流行会」の全記録（出席者名簿を含む）を入手することができたので、紹介しておきたい。この時期、鷗外を囲繞していた知的環境の一つ、それに直接鷗外が接触し、体験した、その「流行会」の内実を知ることは興味あることとともに大変意義のあることと考える。

△初出席（明治四十三年十一月八日）

この日、鷗外が恐らく初出席（入会）した日と思われるが、「此日は新たに加入せられたる会員も出席ありて近来にない盛況なりき」が、それをあらわしているようにみえる。日比翁助が、この日出席している。鷗外の初出席に敬意を表するためであったろうか。

それにしても初出席の鷗外に触れていないのは、むしろ公的立場に在る鷗外に慮ったためかも知れぬ。

△出席二回目（明治四十三年十二月八日）

明治四十三年十二月、この年最後の「流行会」。鷗外二回目の出席である。この日の出席者は鷗外を含め三十三名。名列はフルネームになっているが、鷗外は「森博士」になっている。

出席者の中には、巌谷小波、井上剣花坊や新渡戸稲造、塚原渋柿園、久保田米斎などがみえる。渋柿園の「幕末時代武家正月風習」の講話や小波の「独逸の奇習」として「学生の血闘」の目撃談などがあった。特にドイツに詳しい鷗外が席上どんな気持で聞いていたのか興味が持たれることである。

△出席三回目（明治四十四年一月八日）

この日の出席会員は「三十七名」となっているが、実際は鷗外を含めて三十六名である。この日は「懸賞裾模様図案」の審査ではなく「課題」を出し合い投票の結果「昔噺」に決めている。関心をひくのは「独逸少女マリヤ、エリザ」の「日本俗謡」の余興である。ドイツに遥るかな郷愁をもつ鷗外は、どのような想いで、この「独逸少女」の「日本俗謡」を聞いたであろうか。

△出席四回目（明治四十四年三月八日）

鷗外を含めて二十八名の出席。この日は、一般から募集した「懸賞裾模様図案の審査」をやっている。むろん鷗外も審査、投票した。出席者はほとんど休まない巌谷小波をはじめ『幕末百話』（明38）などを書いた篠田鉱造（胡蝶）、それに早大校歌の作曲をした俳優、東儀鉄笛、また山岳文学等の先駆者と言われた遅塚麗水など多彩である。ただ興味深いのは半井洌（桃水）の出席である。桃水は、明治二十年から三十年にかけて大衆文学作家として活躍、一葉とのかかわりでも知られていたが、明治四十年末の段階で、こうした会のメンバーであったという事実は意外でもあった。知名士を集めた三越「流行会」の記録は、如上のことを知らせてくれるだけでも貴重である。

△出席五回目（明治四十四年六月八日）

この日、会員坪井正五郎の渡欧を送る会となり、「児童用品研究会」も合し、出席者はいつもより多く三十七名となった。

鷗外もこの日のことを「日記」に「花月に流行会を開き、坪井正五郎の洋行を送る」と録している。また、この「流行会」の七日後、つまり六月十五日「流行を書いて三越に送る」とある。

坪井正五郎は、東大教授で人類学者、日本で初の人類学会を創設した先駆者。坪井は欧米視察を終え無事帰朝したのは翌明治四十五年三月二十九日であった。この帰朝祝賀会が後述するように四月の「流行会」で行われ、鷗外も出席している。

また、毎回意欲的に出席している巌谷小波や川柳作家井上剣花坊の存在も留めておきたい。

△出席六回目（明治四十五年三月八日）

この日の出席は鷗外を含めて二十六名。

例のごとく、「懸賞裾模様図案の審査」があった。鷗外も後述するように投票している。

この日は、『新人国記』（明41）など人物評論で知られていた横山健堂が、どこからか手に入れた古い「千両箱」にちなみ「金銀物価等の変遷盛衰」について語っている。この「流行会」の奔放な話題は鷗外の知的好奇心を満足させるに十分なものがあったと思われる。

この日については、同じ掲載誌に「駿河町人」なる仮名で会員の一人が「流行会の記」という文書を書いている。

この冒頭に鷗外が登場する。比較的詳しく会の模様を伝え、鷗外にふれた部分も面白いので少し引用しておく。

◎三月の流行会には、巌谷氏が四月目で出て来られた、、鷗外先生が忙しい中を差繰つて見えられた。けふは春季の裾模様図案の決定日である。一月に会員諸氏が応募者の頭脳の中に蒔かれた種を、刈り取るべき日であるのだ。この意味から割合に多数の会員が来会された。昔は尾形光琳の意匠になつた富豪の夫人の服装は、時流を抽く点に於て人の目をそばだてしめたといふ。それよりも現代一流の文芸の士が集つて選んだ理想的模様を以て、その服装を飾る事の出来る婦人は、更に愉快な事であらうと思ふ。

◎店員が予選した数十枚の優れた模様は、一々板に貼りつけられて、食堂の二方の壁に立てかけられてある。その残りの二千幾枚の図案は、いつにても会員に見てもらはふと其傍らに積み累ねられてある。会員の多数は定時を甚だ後るゝ事なく、食堂へ集つて来る。而して近く見、遠く眺めて、いづれも心の中に比較品評を怠らぬ。

◎食卓の席順は前回の例に倣つて抽選で定められた。種々なる職業の人が雑然と臂を接するところに興が深い。日本料理の晩餐が済んで、珈琲の匂ひの高い時、巖谷氏が司会者となつて、いよいよ懸賞図案の決定にとりかかる。
◎先例にならつて、各自三点づゝ優秀と信ずるものを選ぶ。投票用紙と鉛筆とを手にした人が、織るが如くに図案の前に入り乱れる。鷗外先生は外に用事があるといふので、投票の後に帰られる。自分は先生がどれを選まれたか知りたいと思つて、投票が決定した後用紙をしらべて見た。が、どれが先生の筆であるかをつき止めかねた。(略)

この「駿河町人」の書いている「流行会の記」は、会の運営が具体的に分る。特別に鷗外に触れているところをみても、めったに来ない鷗外の出席は、やはり注目されるところであったらしい。また「裾模様図案」の投票をして先に帰った鷗外について その票を詮索したことをおおっぴらに書いているところが正直である。この文を鷗外が後で読んだことは間違いないが、どのように受けとめたであろうか。

△出席七回目(明治四十五年四月八日)

この日、坪井正五郎の帰朝歓迎会につき、例の「児童用品研究会員」も参加しているため、鷗外を含めて出席者は三十一名であった。

それにしてもこの日の「流行会」は坪井一色。坪井の滔々とぶつ、欧米をはじめ、アルプス、ナイヤガラでの体験談は鷗外の精神に刺激を与えたと思われる。それにしても「酒三行」「万歳の三唱」の中で、坪井考案の「雛妓」による「亀と兎の競争」双六、会員は抽選により「亀側」か「兎側」に分れての競技。「拍手歓声」の中、「勝者は皆博士より賞品を受く」とは。「博士」とは坪井のこと。鷗外はこの喧騒の中でどうしていたのであろうか。微笑か、それとも苦虫か。『百物語』でみるように、〝傍観者〟の視線で観照していたのかも知れぬ。

ともあれ、この日、鷗外は明治四十五年四月八日の「日記」に「夜花月に流行会ありて往く」とだけ淡白に書いている。あの坪井を送るときの前年六月八日の「花月に流行会を開き、坪井正五郎の洋行を送る」とわざわざ名前を書いたときとは違う。ここに、この夜の鷗外の感想があらわれているようにもみえる。

この夜の主役は坪井であった。これほどの歓声をもって迎えられた坪井正五郎は、それから約一年後、大正二年五月に、ペテルスブルクの「万国学士院連合会総会」に出席のため渡欧中、当地で客死している。

鷗外は、大正二年六月二日の「日記」に「坪井正五郎の遺族に弔書を遣る」と簡単に書いている。

△出席八回目(大正二年一月八日)

鷗外が出席した計八回のうち、最後の「流行会」となったこの日、出席者は鷗外を含め四十三名。新年で多数の出席者があったのか。目につくのは新年ということで「七福神」にちなみ「会員は抽選に依り」それぞれ「七組」に分れて宴席では着席していることである。

鷗外は「弁天」の欄に名前がみえる。

角田浩々歌客といえば、民友社系の評論家として出発し、特に明治三十年代から四十年代にかけて象徴詩論争や北欧文学の紹介などにつとめた異色の文人、ジャーナリストであったが、この日「昨年入会」（年末か）として紹介されている。また明治二十年代に特に活躍した饗庭篁村が巌谷小波によって紹介されてもいる。宴なかばで、演劇評論家の伊原青々園が「特に花月の為めに作られたる『大正の栄』なる一曲を此夜初めて演じた」との記録もある。

明治四十三年十一月から大正二年一月までの間、鷗外が出席した八回の「流行会」の記録をみて、改めて感じることは、鷗外と三越の密接な関係である。

明治四十年代、鷗外はこの三越とのかかわり（主として流行会）の中で、見聞し、摂取したことも多かったに違いない。

この「流行会」への参加は、もとより三越の会員に迎えられるということで、当代の「貴顕知名士」としての自覚をさらに高めることにもなったろうが、同時に鷗外の知的関心を刺激し、時代先端の風俗文化に接する恰好の場にもなったわけである。その意味でも、鷗外再活動期を支えたバック・グラウンドの一つであったと言ってよい。

こうした環境の中から詩『三越』『さへづり』『流行』などの作品が産み出されたことを銘記しておかねばなるまい。

そして、ここで特記すべきことは、この「流行会」は単に鷗外とのかかわりにおいて重要なだけではなく、明治の文化史の上でも極めて意義のあるものであったと言うことである。いわゆる流行現象を最大の主題《テーマ》としながらも、さまざまな専門分野からなる当時一級の文化人を糾合し、多彩なテーマを研究、討議したという事実は重い。特に三越は西欧からの先端風俗の日本側の接点にあり、鷗外などの個人がもつ西欧からの情報と、三越という大資本のもつ情報との複合化した知識は、当時、明治四十年代の日本においてもほかに追随を許さないものであったと考える。三越はまさに世界から流入してくる最新情報のメッカたりえたのである。

そういう意味では、日本の都市文化を創り、それを地方に普遍化せしめた有力な機関が三越であり、それを推進する核となったのが「流行会」であったと言ってよい。「日本の新流行は三越より出づ」（「日本の三越」、明40・5）という三越自身の言にそれが如実に出ている。

以上瞥見してみると、従来ほとんど顧みられなかったこの三越の「流行会」のもつ、明治文化史上の意義は、改めて今後検討されなければならないと考える。

「流行会」の出席については、八回目、つまり大正二年一月八日以後は、出席したという記述が日記にない。以後出席しておれば、鷗外のこと、まず記述しているとみてよかろう。とすれば、この八回目をもって「流行会」には出なくなったと、ほぼ断じてよい。

日比翁助と与謝野晶子

しかし、「流行会」をやめたかどうかは不明である。恐らく鷗外は、会員として名は残し、三越との関係、とりわけ総帥の日比翁助との関係は持続していたと思われる。いざというとき、日比は鷗外にとって頼りになる人物であったからである。その証拠の一つは、与謝野晶子が夫鉄幹を追ってフランスはパリに行く時、鷗外は、この日比翁助に頼んで援助金を出させている。明治四十五年六月まで『新訳源氏物語』四巻を与謝野晶子が、金尾文淵堂より刊行したとき、上田敏とともに鷗外は「序文」を寄せている。鷗外は晶子の才能を認めており、『与謝野晶子さんに就いて』(明45・6『中央公論』)の中では「晶子さんは何事にも人真似をしない。個人性がいつも確かに認められる」と褒めている。晶子の際立つオリジナリティーを認めていたのである。この晶子が、この明治四十五年五月、夫鉄幹のいるパリに赴くとき、その旅行費用のことを鷗外に相談をした。鷗外の脳裏にひらめいたのは日比翁助の財力であった。

四十五年三月一日(金)の日記に鷗外は次のように書いている。「(略)雨。寒からず。日比翁助予の紹介により、與《ママ》野晶子に洋行費補助として金千円贈与することとなり、松居真玄その使に来訪す。その由晶子に内報す。(略)」と。与謝野晶子は、当時の鷗外の社会的な力に改めて驚嘆し、感謝したであろうし、鷗外自身も、信頼している才女を援助出来た喜びと、己の、それを成し得る力に、いささかの満足を覚えたのではなかったか。この三月四日に日比翁助に「書を遣」っている。勿論、礼状であったと思われる。この八日の「流行会」に鷗外は出席したが、日比翁助は欠席であった。鷗外にとって「流行会」は、いろいろな価値があったとみてよかろう。ただ、大正二年に入って、一月の「流行会」だけ出て、以後欠席になったのは何故なのか、その原因は解らない。

さて、四十五年五月五日(日)の鷗外の日記に次のように書かれている。「(略)晴。妻、茉莉と高輪岩崎邸の philharmonie 会にゆく。妻と茉莉とは与謝野晶子を送りに新橋へゆく。母上は杏奴を伴ひて三越児童博覧会にゆかせ給ふ。(略)」と。恐らく岩崎邸でのフィルハーモニーを聴いた後、志げと茉莉は、新橋で、鷗外の名代を兼ねて、晶子のパリ行きを見送ったのであろう。鷗外の晶子への暖かい心遣いが感じられるところである。

38　鷗外と若き才人たち

鷗外と啄木

石川啄木は、明治四十一年、二十三歳のとき、病弱と窮乏の中にいた。この年一月、啄木は家族を北海道小樽に置き、単身、釧路に行き、釧路新聞に入社した。この社では、編集長待遇を受け、月給は二十五円であったが、詩歌をはじめ、政治、婦人問題、種々のものに手を出し執筆したが、花柳界への出入りも激しくなった。特に芸者小奴との交情は深まり深刻さを増し、憂悶の日々が続いていた。それらを断ち切る決意をし、四月、海路で上京した。五月には金田一京助の援助で、本郷菊坂町の赤心館に入ったが、九月には森川町の蓋平館別館に移っている。

鷗外邸の観潮楼歌会に、初めて出席したのは五月二日であった。当日のことを啄木は、日記に書いている。

当日の出席者は、佐々木信綱、伊藤左千夫、平野万里、吉井勇、北原白秋、それに与謝野寛、石川啄木、鷗外を入れて八名であった。啄木は平野以外は初対面と書いている。病弱、貧窮の北海道から陸軍軍医総監の屋敷に入った啄木は、住む世界の遥るかなるを感じたであろう。それにしても印象深いのは「色の黒い、立派な体格の、髯の美しい、誰が見ても軍医総監とうなづかれる人」と、鷗外の当時の容貌を伝えていることである。このとき鷗外は四十六歳、陸軍軍医総監に昇任して約半年余、人生の絶巓にいた。啄木の書く通りであったと思われる。以後、啄木は積極的にこの「歌会」に参加して活躍した。四十一年七月七日の日記に、志げのことを次のように書いている。

森先生の奥様は美しい人だよ。上品な二十八九位に見える美しい人だよ。令嬢は一人で六歳。茉莉《マリ》子といふ名から気に入る。大きくなつたらどんな美人になるか知れない程可愛い人だ。一ヶ月許り前からピアノを習ひに女中をつれて俥でゆくさうで、此頃君が代を一人でやる位になつたさうだ。羅馬《ローマ》字でMARI, MORI. と書いて見せたりする。可愛いよ。

志げのこともよく観察し、自分らと異質な家庭のたたずまいを、ある種の羨望をもって書いてもいる。

鷗外に対しても、鷗外の家族たちに対しても、好意的に接していた啄木であったが、明治四十二年一月九日の「観潮楼歌会」をもって出席しなくなった。言ってみれば、鷗外との訣別である。会への出席は、計七回、二年足らずであった。

なぜ啄木はみずから鷗外から離れていったのか。真相は定かではないが、吉野俊彦氏（『鷗外・啄木・荷風―隠された闘い』平6・3　ネスコ）は、その「最大の理由」を、啄木の書いた「きれぎれに心に浮んだ感じと回想」（明42・12『昴』）の中の次の文にあるとしている。

然し森先生の小説を読む毎に、私は何か別のものが欲しくなる。森先生は余に平静である。余に公明である。少くとも我々年若い者が御手本とするには。
私は近頃、先生が「仮面」を書かれた心を解する緒《いとぐち》を何処かへ失つたやうな心持がする。

つまり「我々年若い者が御手本」とするには、鷗外の小説は「何か別のものが欲しくなる」ということ、別言すれば、何かが「足りない」ということか。また鷗外の小説は、余りにも「平静」「公明」であり、「御手本」にならない、ということである。吉野氏は「気性が激しい」啄木は、鷗外の小説には「とてもついてゆけなかったことがよくわかる」と述べている。四十二年の鷗外の小説と言えば、十篇にも満たないもので、ほとんど短篇ばかりであった。しかし、決して啄木が言うように「平静」「公明」ではない。『半日』を啄木は「恐ろしい作だ」(明42・3・8 日記)と書いているし、『魔睡』は、毒を含んだ作品であるし、『ヰタ・セクスアリス』は発売禁止処分になっている。なぜ「平静」なのか、「公明」なのか、理解できない。

考えてみると、啄木の鷗外からの離反は、病弱貧窮のどん底にあってその下層階級者としての自覚が主原因であったかも知れない。権力者、富裕者に対する異和と反撥は啄木の中で急速に肥大していた時期である。それは大逆事件でみせた啄木の反権力的な怒りをみると明確になってくる。この事件(明43・5)まで鷗外の許に通っていたとしたら、この事件で、啄木は鷗外と激しく衝突して訣別していたかも知れぬ。二人は所詮、水と油であったのではないか。

啄木は、明治四十五年四月十三日に、二十七歳で死去したが、鷗外は、あれだけ一時は目を掛けたにもかかわらず、この啄木の死について、遂に一言も書き残していない。

鷗外と荷風

慶応義塾大学は、明治元年、福沢諭吉によって創設されたことはすでに知られたことである。「実学」を旨とした当初の慶応は、文学部はなく、理財科を中心としたものであった。

しかし、東京帝大や早稲田大学では、人文科学の重視の方向が明確に打ち出されており、特に私学である早稲田には、坪内逍遥がいて「小説神髄」の後はシェイクスピアなど西欧の文学の移入が始まっていた。慶応も、その精神文科への遅れを自覚し、明治二十二年に、哲学、史学、文学を中心とした文学科が設置された。鷗外は、すでに二十四年二月から東京美術学校の解剖学の講師になっていたが、慶応の要請で、二十五年九月から審美学の講義をもっていた。

慶應義塾大学文科刷新人事

慶応義塾大学は、「文科」新設で一大刷新が企図され、当時塾長だった鎌田栄吉の意を受けた義塾の幹事、石田新太郎は、その刷新の顧問的主軸を成す人として、鷗外に着目した。この慶応文科刷新のことが初めて『鷗外日記』に登場するのは、四十三年一月二十七日のことである。「(略)交詢社にゆく。慶応義塾文学部刷新の事を議す。上田敏、永井荷風等を推挙す」とある。出席者の固有名詞が出ているが、この日、文科刷新のことを議していた鷗外の相手は、誰なのか。むろん慶応の関係者に違いないが上田敏への手紙に三田側の諸先輩一同とある。石田新太郎がその代表格であったと思われる。この石田新太郎は、かつて学生時代、鷗外に審美学の講義を受けたことがある。

この二日後の日記に、「二十九日（土）。陰。石田新太郎来ていよ〳〵上田敏、永井荷風を慶応義塾に聘せんとす。上田に手紙を出す。」とある。この頃鷗外は、この慶応人事と平行して、『里芋の芽と不動の目』や『木精』を発表していた。

鷗外は上田敏に、早速手紙（明43・1・29）を出している。

この手紙は、鷗外の慶応文科人事の意向を一目瞭然に伝えている。一に夏目漱石、二に上田敏、三に永井荷風という順番を鷗外は想定していたこと。まず漱石に声を掛けたが、「現位置ヲ去ルヿ難ク若シ去ルヿヲ得トセシモ第一京都大学第二早稲田大学ト二ツノ先口アリトノヿニ候」という返事を得たこと。「現位置」とは、むろん朝日新聞社のこと、もともと教師稼業が厭になって新聞社に移った漱石故、「先口」として京都帝国大学、早稲田とあっても、朝日を去る気配は全くなかっただろう。次は上田敏ということになるが、敏は前年五月に、京都帝国大学教授に任じられており、無理なことは鷗外も承知の上であった。鷗外は「小生ハ始ヨリムツカシカラント申候」と述べているが、これは当然のことである。とすれば三番目の策として「上田君ヨリ永井君ニ申込ミテ貰ヒタシト申候」ということになる。上田敏が、荷風の首に鈴をつけることになった。ただ興味深いのは「中心ヲ作リタル上ハ劇ニ就テハ小山内薫君ヲ入レ抒情詩ニ就テハ与謝野君ヲ入レテ計画セシメ為シ得バ昴同人ヲモ入レ度ヤウ申候　勿論猶夢ノ如キ話ニ候ヘ共」と書いていることである。

慶応文科の刷新につきこの際、非自然主義の立場に立ち、鷗外人脈の「夢」をもっていたことが知れる。さらに言えば、鷗外は漱石と違い弟子を持たなかったが、この時期、鷗外が最も評価し信頼していた後輩の文人たちの顔ぶれを知ることができる。結局、鷗外と敏は慶応義塾文科の顧問となって尽力することになった。

二月四日に、鷗外は石田新太郎に「親書」をもたせ、永井荷風邸を訪問させている。このとき荷風は三十二歳、鷗外より十七歳も下であった。鷗外は、むろんすでに高名な権威者であったが、荷風はパリから帰り、作家生活は続けていたが、言ってみれば無職である、後でも述べるが、荷風は感激の一語に尽きたであろう。「貴兄を聘して文学部の中心を作」るという鷗外の企図に粛然としたに違いないが、「小生に於て此回の件は是非貴兄の御承諾を得ずては已まざる決心に候」と、随分年長の鷗外に言われ、石田新太郎を前にして荷風の緊張度は極限に達したのではないか。荷風は二月六日には早速鷗外邸に赴き、受諾と感謝の意を呈している。そして同月二十七日に、上京してきた上田敏とともに鷗外邸を再び訪ねているが、恐らく三人で慶応義塾文科の「大刷新」について、大いに「夢」が語られたことであろう。

ちなみに二月五日付で上田敏は荷風あて書簡を送っている。上田敏の荷風あての手紙は、すでに鷗外の手紙に書いてあることの反覆であると言ってよい。漱石も上田も駄目ということで「貴兄を推薦されし森先生の眼光に服し居る」に、少し褒め言葉はあるものの、余り熱気は感じられない。しかし、いずれにしても、慶応大学文科刷新人事に、荷風を推薦、その受諾を得るという重要問題の解決をみて、鷗外も一息ついたところである。荷風に課せられた任は、むろん講義の充実であるが、一つは、『三田文学』発刊を推進することにあった。東京帝大の『帝国文学』、早稲田大学の『早稲田文学』に対し、慶応義塾大学には、そうした文学を研鑽する発表機関がない。これは慶応のかねての悩みであった。今回、「文科」の教授を採用するにあたり、その『三田文学』の編集主幹を兼ねさせることであった。『三田文学』は同年五月に創刊されている。

荷風を推薦した理由

三番手と言えども、なぜ永井荷風を鷗外は推薦したのか。

荷風は名を壮吉と言い、明治十二年(一八七九)に東京で生まれている。父は永井久一郎、尾州藩士の長男であった。若き日、米プリンストン大学に遊学し、帰国後文部省会計局長までの官吏の道を歩いたが、後半生は、日本郵船の上海、横浜支局長などを勤めた。薩長出身者のような華々しさはなかったが、一応、官民ともに栄進の途をたどり、富裕な階層で生きる位置を確立していた。荷風は、その父の財力のお陰で、明治三十六年(一九〇三)二十五歳のとき、アメリカに約二年足らず遊学、後の一年をフランスに渡りパリで過ごした。

四十一年(一九〇八)七月、日本に帰り、八月に『あめりか物語』(博文館)、四十二年三月には『ふらんす物語』(博文館)を刊行したが、発売禁止となっている。帰国後、四十一年九月「ひとり旅」(『中学世界』)を発表以来、四十二年にかけて、荷風は、小説、随筆、評論、翻訳等七十篇に近い作品を発表している。

鷗外が、荷風を遊学前から識っていたことを荷風は「書かでもの記」(大7・3『三田文学』)の中に書いている。荷風は明治三十六年一月、市村座で、鷗外の『玉篋両浦嶼』が上演されたとき、それを観に行った。

丁度その時、鷗外が来ていたようで「桟敷に葉巻くゆらせし髭ある人」が、その人であった。これが、荷風が鷗外をみた初めである。鷗外は荷風を顧みて「地獄の花はすでに読みたり」

と言ったとのこと。鷗外の目くばりの広さには感心する。鷗外はドイツ留学から帰国して最初の文学的発言となった「小説論」で、日本で初めてのゾラの紹介をした。鷗外が「すでに読みたり」と言った荷風の「地獄の花」は、このゾライズムを忠実に実践したものであった。

鷗外が無関心であるはずがない。荷風は、この本の序で「人類の一面は確かに動物的たるをまぬがれざるなり。（略）されば余は専ら、祖先の遺伝と境遇に伴ふ暗黒なる幾多の欲情、腕力、暴行等の事情を憚りなく活写せんと欲す」と書く。まさしく典型的なゾライズムの影響を受けたものであり、鷗外が最も忌避する方法であった。鷗外が、あえてこの二十四歳の、己れが批判してきた方法を踏まえる若者に、「地獄の花」を読んだ、と声を掛けたのは、興味あることである。あれから年月が経ち、四十年代の荷風にはゾライズムはみられない。鷗外もそうみていたであろう。何はともあれ、鷗外が早くからこの個性的な青年を意識していたことが察せられる。

荷風が四十一年に帰国して以来、ゾライズムの片鱗は勿論なく、むしろ反自然主義の立場で、文学活動を始めたことも鷗外は知っていた。そして、何よりも鷗外が注目したのは、フランス近代文学に造詣が深く、それもフランス語で原典が読めるということ、フランス語に関する限り鷗外を確かに越えていた。しかも帰朝後、荷風は「西洋音楽最近の傾向」（明41・10『早稲田文学』）を書いたりして、西欧文化に広い知識、教養を有していることが、また、鷗外には大きな魅力であった。荷風が、ドイツ文化圏からではなく、比較的自己に苦手のフランス文化圏から帰ってきたということが、鷗外の気持を積極的にさせたものと考える。

荷風の苦悩

それにしても、荷風がフランスから帰国当時、日本では、今のように「作家」という職業が自立していなかった。従って経済的にもまことに不安定なものであったので、己の現状と行く末に絶えず不安を感じていた。

帰国して約半年余で書いた「監獄署の裏」（明42・3『早稲田文学』）は、ほぼ私小説とみてよいと思うが、荷風らしき帰国者が、生活上の不安定さに苦悩している姿を書いている。

「日本に帰つたらどうして暮さうか」、この不安が「絶えず自分の心に浮んで来た」と書く。また「語学の教師にならうか。いや。私は到底心に安んじて、教鞭を把る事は出来ない」と、教師の道を否定している。確かに教師が向いているとは思えない。「あはれや此の世の中に私の余命を与へて呉れる職業は一つもない」と日夜、呻吟する。ある日のこと。「父は私が帰朝の翌日静かに将来の方針を質問されました。如何にして男子一個の名誉を保ち、国民の義務を全うすべきかと云ふ問題です」。永井家に財力はあるが、男子たる者の生甲斐の問題なのである。荷風にして、この苦悩は、意外と言えば意外なことである。

私は父に向つて世の中に何もする事はない。狂人か不具者と思つて、世間らしい望みを嘱して呉れぬやうに答えました。

どこまで事実か解らないが、帰朝後半年余の作品である。かなり、真実に近かったのではないか。

それだけに、鷗外からの、懇請のあった慶応義塾大学教授というポストは、驚喜するというより、余りにも現実感とかけ離れたものであったのではあるまいか。

荷風は正式に四十三年四月、慶応義塾大学文学科主任教授に任命された。給料は鷗外らの尽力により破格の百五十円であった。

しかし、荷風は、大正五年三月、慶応義塾大学を辞職している。約六年間勤めたことになる。「年譜」(『日本文学全集』昭37・5『永井荷風集』講談社)では、「病気のため」とあるが、本人は辞任の翌月『文明』を創刊、この中で「文明発刊の辞」を書き、辞任の理由を「私は唯教授といふ地位の堅苦しい事を避けたいと思つた丈けの事である」と書いている。本質的に教師に向かない荷風の本音であったのではないか。しかし、鷗外に対しては、荷風は一生敬愛の念を捨てることはなかった。

39 「補充条例等改正案」を峻拒

明治四十三年九月に入ると、陸軍省内において、いわゆる「補充条例等改正案」が再び議論され、鷗外は苦慮することになる。これは簡単に言えば、陸軍省内における人事権の問題である。従来、医務局における人事は医務局長が、人事権を持っていたが、この医務局でも、他の省内の部局と同じように、その権限を局長からとり上げ、部下の抜擢権を部隊長及び師団長に移そうという案である。経理局は医務局と同じように抵抗してきたのであるが、遂に折れ、省内案に従うことになっていた。ただ医務局だけは歴代の局長は絶対に譲れることではないと頑張っていた。鷗外の前任者小池正直もその一人である。このいきさつについて、当時衛生課長であった山田弘倫が『軍医森鷗外』で述べている。

山田は前任の大西亀次郎衛生課長から厳重な引き継ぎを受けていた。森局長と連帯し「峻拒」すべしということである。歴代医務局長たちの意見は、医務官僚は人命を扱う特別な専門職であるということにある。医学という技術をもってする職であり、適材適所が最も重要な判断を要するということになる。それは医務局内においてしか解らないこと、他の部局や師団長系統では絶対無理という信念がある。鷗外は職を賭して頑張っていた。これは数カ月で解決する問題ではない。

四十四年二月二十四日には、「補充条例等改正案」に同意出来ないとし、石本次官に辞職を「断言」している。この年から四十五年にわたって、日記文に医務局長に関し、「辞職」「留任」の言葉が飛び交っている。

四十五年になると、賀古鶴所が中に入り、椿山公、つまり山県有朋の力によって、この「改正案」の動きも鈍っていったようにみえる。

この結果について山田弘倫が述べている概略は次のようになる。「法理論」からすれば、「師団長系統」が正しいかも知れぬ、しかし、「医務行政上」、つまり実際の運用上、専門に無知な「局外の系統」に任かせたなら、「有害無益」という山田の結論は明瞭である。こうした意向を受けた山県有朋の「一言」は効いたようである。代々死守してきた医務局の「人事権」が、鷗外の任のとき喪われるようなことがあれば、鷗外にとって、これほどの屈辱はあるまい。また代々の先輩たちに申訳けがない。鷗外は峻烈に戦った。しかも相手は石本次官である。「辞職」をちらつかせ、また「留任」を言う。山田に言わせれば「とにかく当時の先生の確固たる態度と、据つた太ッ肚とは何人も動かすことの出来ない毅然たるものであつた」ようである。

40　明治四十三年・文学界は旺んに動く

『白樺』（四月）、『三田文学』（五月）の創刊

この明治四十三年は、鷗外にとって多難、そしてまことに多忙な年であった。その間隙を縫うようにして、鷗外は多くの短篇を発表した。

この年、明治の終末に向って「時代」は徐々に動いていた。特に文学、芸術面で地殻変動が始まりつつあった。

大逆事件の前に『白樺』（四月）、『三田文学』（五月）が創刊され、大逆事件の後には『新思潮』（九月）も創刊。若い文学者が動き始めていた。『白樺』に集まった同人たちは、有島武郎と正親町公和が三十を少し越えていたが、有島生馬、志賀直哉、武者小路実篤、木下利玄、里見弴、柳宗悦らはみな二十代の若さであった。『三田文学』は、鷗外、上田敏が顧問となり、荷風、木下杢太郎、北原白秋、小山内薫、与謝野晶子等が参じた。『新思潮』（第二次）は、なんといっても谷崎潤一郎が光り、他に和辻哲郎、木村壮吉などが中心であった。自然主義作家たちの前に、そして鷗外や漱石の前に、若い芸術派の文学者たちが、登場してきたのが、この四十三年であった。

「パンの会」

この年、特に特筆すべきは、十一月二十日、日本橋三州屋で開かれた「パンの会」であ

る。この会はすでに明治四十一年末に、木下杢太郎、北原白秋等が主唱し、当時の芸術派の詩人や画家を糾合したものであった。さて、この十一月二十日の会は、洋行する石井柏亭、軍隊に入る長田秀雄、柳敬助の三人を送別するものであった。そして、招かれた人は『三田文学』『白樺』『新思潮』の同人たちが中心であったが、中でも、目立ったのは永井荷風、与謝野鉄幹、木下杢太郎、市川猿之助、小宮豊隆、武者小路実篤、里見弴、谷崎潤一郎等であった。谷崎潤一郎は丁度『新思潮』の十一月号に「刺青」を発表したところで、この会場で長田幹彦が激賞したことを谷崎自身「青春物語」（大7・9『中央公論』）の中に書いている。

「パンの会」に鷗外は出席はしなかったが、この時期、芸術派の若い人たちにとって、鷗外の存在は大きくなっていた。

秋田雨雀は「青年環境から見た森鷗外」（昭22・9『森鷗外研究』長谷川書店）の中で次のように述べている。

> この時ほど森鷗外博士が日本の青年層の近くにゐられたことがなかつたのではないかと思ふ。自由劇場の文学的顧問の位置にあつた人々は、自然主義文学運動の指導者たちではあつたが、その観客及び支持者はすでに新しい時代の足音を伝へてゐた。その足音といふのは、一般的にはネオ・ローマンチシズムといふ言葉で表現されてゐたが、その本質的なものは一種の人道主義的、ルネッサンス的な流れであつたのではないかと思う。
>
> 森鷗外博士はこの時代の青年たち、文学、絵画、音楽の方面で働いてゐた青年たちに対して指導者的態度を殆んどとつたことはなかつたが、彼等はその傍に博士のゐられることを感じていつでも力強いものを感じてゐたやうに思はれた。

この四十二、三年の段階では、鷗外に批判的な文人も確かに複数はいたが、概して若い連中からみれば、語学の達人であり、西洋に通じた博学者であり、それに政府高官でもあるという鷗外は、漱石と性格の異なる巨きな存在者として、若い人たちに特に力強く感じられていたことが解る。

『白樺』は、富裕階級の子弟たちの集まりであり、自然に生きる、をその思想の根底にもった若者たちであった。何らかの文芸的イデオロギーに縛られることを忌避し、自由な活動を旨とし、己が理想を進めることをモットーとしていた。この同人たちの中で、最も『白樺』的であったのは武者小路実篤であった。『白樺』の創刊号の巻頭で「「それから」に就いて」を書き、次のように述べている。「『それから』の著者夏目漱石氏は、真の意味に於ては自分の先生のやうな方である。さうして今の日本の文壇に於て最も大なる人として私かに自分は尊敬してゐる。」と。そして「代助の罪」は、「自然の命に背いて平岡に自分の恋人を譲つた点」にあるとし、「自然の命」、つまり、あるがままの個人の意思を尊重することの大切さを主張したのである。明治時代の国家とともにあるという大多数の国民の意識は、個人のあるがままの意思を尊重するという意識の方に流れつつあった。大正の夜明けはすぐそこまできていた。このとき、若い知識人たちは、それぞれの趣向に従って、創造的に結集し、何かを求めようとしていた。とまれ、秋田雨雀が言うように、「文学、絵画、音楽の方面に働いてゐた青年たち」にとって、鷗外は特別に指導的な行動はおこさなかったが、青年たちには、その傍に、鷗外がいることの意義が大きかったのである。しかし、武者小路が述べるように、この青年たちに、大きな示唆と期待を与えていたもう一人の存在があった。言うまでもなく夏目漱石である。この明治四十二、三年頃から、若い芸術派の創造者たちに、確実に意識され始めていたのは鷗外と漱石であったということである。

しかし、漱石は、この四十三年六月、胃潰瘍を再発、腹痛と闘っていたが、八月、療養に修善寺に赴く。ところが着いた翌七日に病状が悪化した。この修善寺大患についてはすでに触れているが、幸いにもこのとき漱石は徐々に快方に向かい、十日にひとまず帰京することが出来た。漱石は四十四歳であった。鷗外は、漱石をライバル視していたかどうかは解らぬ。だが、その能力は高く買っていただけに、その重篤な症状に配慮するところがあったと思われる。

再び「時評」「ＡＢＣ」氏

明治四十三年の文壇を顧りみる評論「ＡＢＣ」氏の「現文壇の平面図」について、ここで再び考えてみたい。（一部は本書「第五部・36」で引用している）この「時評」は、いささか自然主義擁護に傾いているむきがあることは否定できない。ただ「ＡＢＣ」氏は「僕は必ずしも現今の自然主義的傾向の小説なり評論なりを、非常に面白がつてこれ以上面白くなくても好いと思つてゐる訳では無論ない。殊に自然主義の作家が第一のモツトーとして来た自然人生の視方とか取扱ひ方と云ふ事を、一種妙な方向へ外れた考へ方から珍重するやうな傾向が最近二三の作家の上に見え出して来た事などは、ひどく自然主義の為めに面白からず思つて居る。」と、一応自然主義の二、三の作家に対し、苦言を呈することを忘れてはいないが、「ＡＢＣ」氏はそれでも最近の文壇の中心は自然主義だと明言している。

兎に角さう云つた風な一種の堕落的傾向が自然主義小説壇の一角に見え出して来た事は事実であるが、それはたゞほんの上つ皮だけの現象で、矢張り大体に於ては自然主義の作家が、最近文壇の活動の中心となつて居る。大作傑作はなかつたには違ひないが、真面目な作品は多くあつた。自然主義思潮は依然として文壇の中心思潮を成して居る。此の点は頗る意を強くするに足る。

この「ＡＢＣ」氏の軸足は、いささか自然主義支持に傾斜していることは明確である。察するに、この「ＡＢＣ」氏の評論は、余り優れた見解とも思えぬが、要は「自然人生」に対し、真剣に真向へ、と言いたいようである。この視点に立つならば、この「ABC」氏の、この時期の鷗外作品に対しては、当然辛口になっても仕方があるまい。

「あそび」の文学

やはり、あの短篇『あそび』が鷗外への攻撃材料となってしまったのである。

「ABC」氏は、鷗外を「あそび」主義とし、またそれは「あきらめ」主義でもあると言う。「あらゆる現実に対して如何《どう》にかして自己の生を安全ならしめやうとした」という、鷗外の慎重にあろうとする姿勢を難じている。『あそび』は、色んな主義と結びつけられる。「鷗外の快楽主義は彼の所謂「あそび」主義である」とまで言う。「何を考えるにも、凡て「あそび」の心持で行くと云ふ」、「ABC」氏は、明らかに誤解にもとづき偏見を拡げていく。つまり、文学、芸術に対し、命をかける程の真剣さがない、すべて「あそび」でやっているに過ぎない。そして、「ABC」氏は、鷗外の作品から「何の興味も感じない」と断じる。これは鷗外作品は「情」や「感受性」に乏しいという意見にも通じている。軍医総監という立場、それに生まれもった性格等が、鷗外をどうしても縛っている。「あそび」は、この時期の鷗外をみる一つの見方であろう。この時期、鷗外への支持と不支持が大きく分れていたことも事実である。この四十三年、鷗外の創作は戯曲を入れて十六篇、それに対し、翻訳は十五篇であった。創作は、完結しない『青年』以外は、すべて「短篇」である。『沈黙の塔』のように、大逆事件に関連して、少々問題を提起した作品もあったが、ほとんどが無難な身辺小品であった。特に『牛鍋』『電車の窓』『杯』『木精』『桟橋』『普請中』などは、傍観者的でもあり、抽象的でもある。「「あそび」の気持の損はれない範囲での世相を書いて居る」と「ABC」氏にみられたとき、それを百パーセント否定出来ないものがあることも事実である。しかし、鷗外自身は、むろん真剣であった。「あそび」なんてとんでもない、と自作に対する不正確な評に憤然としたに違いない。他者にはなかなか見出し得ない人間世界の不思議なスペースや、ちょっとした微細な神経の動き、あるいは、これも微妙な「生」のもつリズムなど、鷗外の関心を惹くものは、ある意味では解りにくいが、鷗外ならではの人生への発見もむろんある。それをこの時期捉らえることに執心しているとみてよい。それに優れた鷗外の文体は、「ABC」氏には解っていない。鷗外固有の精練されたモノによれば、黒光りするような文体で綴られている作品も多々ある。精度の高い日本の口語文が鷗外によって作り出された時期でもある。

しかし、「ABC」氏が言う「上田敏の抜手を切つて人生の海を泳ぐ」というような真剣勝負が感じられなくなっていたという言も、あながち否定も出来なかった。もし、この論評を鷗外が読んでいたなら、最も衝撃的なのは「彼の作品そのものから何の興味も感じない僕等」という言であろう。しかも「僕等」と複数で書いていることである。

この「時評」は、決して平衡を得た優れたものとは思わないが、としても、この時期の鷗外の短篇群の価値を、ある角度から衝いたものであることも認めねばなるまい。鷗外は、武者小路実篤の書いた漱石評のような、作品に即した賞讃が欲しかったであろう。中村光夫が、この「ABC」氏に近い鷗外評を次のように後年書いている。

「彼の文学には完璧な芸術品として仰ぐべきものはあっても、作者の心情の真率な流露は絶対に見られない。彼の身辺小説も、ただ彼が人に見せたく思う或る自我の姿を読者に見せているだけである。結局彼は生涯自己の心の表出に或る隙のないポーズを張り通した人であった。或る仮面を自己の生命とし、これを破綻を見せずに被り通した人であった。驚くべき意力である。」（昭44・3「漱石と鷗外」—『森鷗外の研究』清光弘文堂書店）

中村光夫は、鷗外のことを「或る仮面を自己の生命とし、これを破綻を見せずに被り通した人」と規定した。「ABC」氏は、鷗外の文学を「無難な範囲内に於ける現実への手出しに外ならぬ」と述べたが、結局この両人に通じていることは、武者小路実篤の言う、己の内面にある自然の「命」のまま生きるという真率な精神の欠如にあったのではないか。特に、この明治四十二、三年の自然主義全盛期の中で、鷗外の慎重な処世や、創作活動に、何かを抑制しようとする意識が目立ったとしてもやむを得ないことであった。秋田雨雀は、「私は『阿部一族』を読んだ時、面被をぬいだ鷗外博士のほんたうの顔を見せられたやうな感じがした」（「青年環境から見た森鷗外」）と書いていることも、如上で述べたことと通底していることである。

中村光夫の鷗外文学観で、特に他の評と共通しているのは、「作者の心情の真率な流露は絶対に見られない」という見解である。しかし、果して、全部の作品がそうかというと、それは違う。初期三部作、特に『舞姫』に描かれた太田豊太郎の叫びは何だったのか、また『半日』にある赤裸な妻批判、『魔睡』『ヰタ・セクスアリス』とみてくると、ある時期まで鷗外は、ある種の覚悟をもって書いていたのだ。鷗外が変ったのは明らかに、『ヰタ・セクスアリス』が発売禁止処分を受けた頃からである。鷗外変化の原因を『ヰタ・セクスアリス』だけに求めるのは短絡的であるならば、特にと言っておこう。しかし大嫌いな石本次官から「戒飭」を受け、さらに新聞に何かを発表するとき名前を書くことを禁じられるとなると、この二つの件だけでも軍医総監という立場上、慎重にならない方がおかしい。度々違反した場合、軍という厳しい組織にいる以上、罷免もあり得ることである。鷗外個人だけならまだしも、母には勿論であるが、山県有朋公にまず迷惑を掛けないか、鷗外も、そうした微妙な立場に在る以上、抽象画的な短篇にスタンスを移さざるを得なかったと断じる以外にない。『鶏』に、石本次官に対処する己を書き、以後、『金貨』『金毘羅』『杯』『牛鍋』『電車の窓』『木精』『あそび』と書いた。これらの短篇をみると、観照に処する主人公が書かれ、多くが抽象画的なのである。しかし、小篇といえども、これらの中に、圧えながらも深い思索性、また、銹のある燻銀のような、味わいのある短篇があることも事実である。しかし、それは何度も噛まなければ解らない味なのだ。それは一読したときには解らない、逆にあるいは気取りを感じてしまうかも知れない。読んで、すぐ引きずり込まれるような作品は、慎重を強いられている者には書けないのである。四十年代の作品に「豊熟」の概念が与えられない理由の一つが、そこにもあると言わざるを得ない。

41　明治四十四年の小説

劇性への意識と怪異性

四十四年（一九一一）、鷗外も、四十代最後の歳となり、二月には、待望の男児、三男類が生まれた。鷗外と志げの間に、女児が、茉利、杏奴と続き、鷗外、志げは、なんとしても男児が欲しかった。四十四年の出発は明るくなった。

五月には、文芸委員会委員を仰せつけられ、軍医総監も四年目を迎えている。

鷗外は、四十三年に、「あそび」の文学、そして感動がないと非難され、そのため四十四年の作品は、また微妙に変化していったように思える。つまり、身辺小説よりも劇性への意識、そして四十三年までの作品になかったサスペンスが効果的に使われるようになってきた。四十四年の短篇は、端的に言えば、興味深い作品を創ろうとする意欲が感じられるということである。その第一作が『蛇』である。

『蛇』

『蛇』は、明治四十四年一月、『中央公論』に発表された。

人里離れた山中の旧家、そして夜の庭、柱時計の音、「青白い月の光」、不動のままの「大きな蝦蟇」、道具立は揃ってぃる。山中で蛇や蛭に襲われる「高野聖」（泉鏡花）ではないが、『電車の窓』で「鏡花の女」を想起した鷗外、この『蛇』の筆致に鏡花を想い出してしまう。そう言えば『灰燼』の中に、節蔵が「学校の庭」での話し相手に「鏡花の小説」を読んでいる男が登場する。この男は、露伴と比較して、「鏡花は今丁度第一の詩人と云はれる時が来てゐる」と言い、「僕は鏡花の作に限つて面白くて溜らない」と言わせている。この言は、当時の鷗外自身の思いであったのではないか。四十二、三年にない鷗外の短篇世界に明らかに新しい工夫が加えられている。信州の静かな旧家の夜、そこにはサスペンスが満ちている。

内容は、『半日』につながる家庭小説の系譜、もう一つは今までにない怪異性である。ただ従来から、『蛇』は、どうしても『半日』に繋がる家庭小説として捉えられてきた。

岸田美子氏は「お豊さんの性格は、『半日』の高山博士夫人の性格に外ならない」（『森鷗外小論』昭22　至文堂）と述べているし、竹盛天雄氏は「中核となる作者の創作心理は、『半日』と同根の家庭内の問題から生まれたもの」（『鷗外その紋様』）と述べ、『蛇』を『半日』の延長線上に在る作品と考えるのが定説化している。

確かに、どちらも厳しい姑のいる「家」に嫁に来たという立場は同じであるが、『半日』の「奥さん」と『蛇』の「お豊さん」への作者の対応には明らかに変化が生じていて異質であるということを、まず冒頭で述べておきたい。

《さる理学博士が、県庁の紹介で、信州山中の旧家に一泊する。少し離れた別室の方で、とどまることなく、早口で、しゃべりまくっている一女性のあることを識る。後で、この家の四十がらみの主人が語ることによると、この女は、妻であり、仲の悪かった姑、つまり主人の母親の初七日に、妻が仏壇を拝そうとしたとき、その位牌の前に一匹の蛇が、鎌首をもたげて妻を凝視していた、妻は一瞬、動転し発狂したことを識らされる。》

母と妻との凄絶な戦いという、鷗外自身の家庭における実体験と、それを書いた『半日』、この先蹤の作品が放つ強烈な印象が、『蛇』という作品のイメージをある意味では規定してしまっている。確かに、嫁と姑問題に、かなりのスペースをさいているのは事実である。しかし、この作品の全体の描写性の質から言えば、当初、必ずしも家庭小説を書こうと企図していなかったのではないかと考える。信州の山中、「狂った女」、それも仲の悪かった姑の命日に、仏壇でトグロを巻きじいと嫁を凝視している蛇をみて発狂するという設定は、『半日』に描かれた現代の一般的家庭生活とは随分異質で凝った筋であり、鷗外の腐心が際立っている。

山中の旧家に招じられた「己」は、どこからか、女の途切れのない、異様なしゃべくりに神経をとがらせながら、年限の経った部屋から庭を視ている。ある恐さをそそる場面である。本来、嫁と姑問題を書くとすれば、不用な描写であろう。執筆する意識は、むしろ怪異性が克っている。信州山中の旧家での嫁と姑問題を書くとしても、それは当初鷗外にとって、メイン主題ではなかったのではないか。書いているうちに、嫁が発狂した原因を書かねばならず、嫁姑問題は避けられないこと、どんどん書いているうちに、深入りしてしまい、そこに主題の変更が自然に出てきたかのようにも考えられる。前年作までの身辺小説の不評に対し、『半日』と同じような嫁姑問題を、さらに繰り返し執筆しようとしたとも思えない。

しかし、結局書いてしまった。これが実相ではないか。事実として書かれている以上、『半日』に比してどうか、進歩または変化があるのか、こうした問題も、この作品検討の重要な問題であることは否定出来ない。岸田美子氏は、『蛇』の「お豊さんの性格」は『半日』の「夫人の性格に外ならない」と述べたが、この言は、いささか大雑把に過ぎまいか。食事の時、両夫人とも姑と同席を忌避する、これは両作品に共通している。しかし、鷗外の両夫人の描き方はかなり違っている。

『半日』の「奥さん」の場合、百パーセント、その「性格」の弱少性の問題として扱われていて救いが全くない。「意志の弱いことは特別」「己に克つといふことが微塵程もない」「此女は神経に異常がありはせぬか」と、容赦がない。つまり『半日』で、「奥さん」が姑を忌避する理由を「性格」の問題として書いていることである。

『蛇』では、「お豊さん」が食事のとき姑と同席しない理由を次のように書く。

主人がなぜかと思つて問ふと、どうもお母あ様のお話が嫌ひでならないと云ふ。

この「お母あ様のお話」というのは、「食事の時は何か近郷であつた嘉言善行といふやうな事」であることを説明する。他者の話が聞けないというのは、ある意味では、我儘という、「性格」の問題も完全に否定は出来まい。しかし、この「お豊さん」の場合『半日』の「奥さん」と違い、「価値観」の違いとして書かれていることに注目しなければならない。

「お豊さん」は姑の話す「嘉言善行」は「偽善」だと言う。これは「お豊さん」の基本的な人間観からきている。『半日』の「奥さん」の直情的忌避とは違い、「お豊さん」の場合は、ある種の価値「判断」が働いている。

この「嘉言善行」を「偽善」といって斥ける理由を鷗外は「お豊さん」の主人に語らせている。この主人の言を読むと、「お豊さん」の人間観は鋭い。言ってみれば、「性悪説」の典型である。「人間に真の善人はない」と言い切る「お豊さん」にとって、見せかけの、あるいは「為めにする」善行を吹聴する隣人の話を、これをまた吹聴する姑の慣行は聴くに耐えぬ、という「お豊さん」の理屈は、いささか素直さに欠けるとしても、筋は通っている。「真の善人」がいるとしても広い国に一人か、「千百年の間に一人出る」ようなもの、という判断は、人間というものを凝視してきた結果でもある。東京の女学校を出て、信州の旧家に入った「お豊さん」には、この山中の苔さびた倫理にはついていけなかったであろう。当時、言われ始めた「新しい女」の一人なのである。鷗外は、『半日』の「奥さん」を全面的に否定してかかったのに対し「お豊さん」の扱いは明らかに違う。この相違は画然としている。

主人の言は続く。友人の妻も「わたくしの妻」も「オオソリチイ」を認めない。「親」「お上」「神様」「仏」「天帝」、いわゆる権威あるものが、全く抑止力を持たなくなったことを、この日』から『蛇』は以後約二年を経ている。

的、生理的に姑を嫌悪するものとして捉えられていたが『半日』から『蛇』は以後約二年を経ている。

「お豊さん」の夫は嘆いている。『半日』の「奥さん」は、感性的、生理的に姑を嫌悪するものとして捉えられていたが『半日』から『蛇』は以後約二年を経ている。

平塚らいてうらの『青鞜』が創刊されたのはこの年九月であるが、すでに「新しい女」たちの動きは無視出来ないものになりつつあった。谷崎潤一郎の「刺青」(明43・11)にみる女性賛美が影響を及ぼしたとは思わぬが、『白樺』の武者小路実篤らの己の自然なる心に生きるという自立主義は、この一、二年の間に、知識人の中に大きく浸透しつつあったとみてよい。

因襲や権威で嫁を圧えつけるという制度は旧弊になりつつあったことも事実である。鷗外は「新しい女」の出現を認めざるを得ない。『半日』のときより微妙に変化しているのである。

『食堂』(明43・12)の中で、大塚は次のように言う。

　どうしたもかうしたもないさ。あの連中の目には神もなけりやあ国家もない。それだから刺客になつても、人を殺しても、なんの為めに殺すなんといふ理屈はいらないのだ。殺す目当になつてゐる人間がなんの邪魔になつてゐるといふわけでもない。それを除いてどうするといふわけでもない。

大逆事件の無政府主義者には「神もなけりや国家もない」、これは極端なグループとして処理出来る。しかし、日本の「新しい女」たちが、「権威」を認めなくなっては困るのである。

日本の女性には、永年培われた美風がある。

明治二十三年に出た「小学修身訓」の「巻之中・下」を読むと、女性が、嫁入りするときの戒めが、書いてある。日本では小学校の時から教えこまれていた。一口で言うと夫(権威)に従うことが絶対なのである。しかし、『蛇』では、この倫理観をもって書いている。『半日』は、圧え切れなくなった、という微妙な、この一、二年の変化が浮き彫りになっている。

『蛇』の中で、「己」が言う。

男は外で働くから「社会に立つての利害関係」は承知していることが多い、女は家庭という囲の中にいるから「利害関係」を知らない、だからドグマ(教理)を無視しても生きようとする、そこに摩擦が起きることになる。「権威」への対応は「理性」によって決まる。「理性」をもっている女は少ないというのが、「己」の意見である。「お豊さん」でも「新しい女」としての傾向は認めても、やはり、日本女性の持つ美質を喪って欲しくない。つまり、家庭的な「利害関係」に配慮出来る女であって欲しい。

鷗外はさらに書く。いずれにしても、いかなる〝運動体〟も、「赤ん坊」のように触発的であってはならないのである。「女性解放運動」も「火をでも攫む」ような反理性的なものであってはならぬ。社会、家庭が破壊されないためにも「理性」が、まず第一なのである。

この『蛇』には、明治四十年代の、一、二年の間隔の中に女性への意識の変化が、微妙にあらわされていることをみなければならない。

「怪異小説」への試み

『蛇』『心中』『鼠坂』の三作を、「怪異小説」と称ぶことが適切かどうかは解らぬ。ただ身辺的な小篇でありながら、同時期の他にない恐さ、怪しさ、陰湿さ、凶々しさがあることは確かである。特に『蛇』は、前年に至る己の短篇群の不評を意識し、作風の変更を考えたのではないか、ということはすでに述べた。

この『蛇』の構造は（前）・（中）・（後）と三部に分けることができよう。この（前）と（後）に、怪異性が強く、（中）は、姑と嫁問題から派生した、いわゆる「新しい女性」問題が述べられている。この作品を総体としてみれば、（前）と（後）が怪異性で一貫しており、（中）は、挿入されたような異和がある。その意味では、『蛇』は、怪異小説としては破綻している。後に発表された『心中』や『鼠坂』の方が、その怪異性においては、より完成度は高いといってよい。

とまれ『蛇』は怪異性を意識した描写によって起こされ、その描写が点綴され、特異な空間を醸成している。

明け易い夏の夜に、なんだつてこんなさうざうしい家に泊り合はせたことかと思つて、己はうるさく頬のあたりに飛んで来る蚊を逐ひながら、二間の縁側から、せせこましく石を据ゑて、いろいろな木を植ゑ込んである奥の小庭を、ぼんやり眺めてゐる。

「夏の夜」という時間、「泊り合はせた」家の「二間の縁側」で「己」は「うるさく頬のあたりに飛んで来る蚊を逐ひながら」「ぼんやり眺めてゐる」。この静かさと倦怠は、何か無気味な予感をはらんでいる。

そして「ここは信州の山の中の或る駅である」と書く。これを冒頭に書かないのは計算であろう。

遠いところで「ぼんぼん」と鳴る時計の音。「薄濁りのしたやうな、青白い月の光」、そして「口をぱくりと開けて、己の厭がる蚊を食つてゐた」「大きな蝦蟇」。

鷗外は執拗に怪異性をかきたてていく。

そして、もっとも怪異性をそそる効果を意識した事象は「音」の使い方である。

『蛇』での「音」は、女の声である。

如上で述べた状況設定の中で、鷗外は次のように書く。

ここまで案内をせられたとき、通つた間数を見ても、由緒のありげな、その割に人けの少い、大きな家の幾間かを隔てて、女ののべつにしやべつてゐる声が、少しもと切れずに聞えてゐるのである。

鷗外は、この声の主体を隠蔽し、読者の関心を集中的にそそっていく。「暫く耳を済まして聞いてゐたが、相手の詞が少しも聞えない。女は一人でしやべつてゐるらしい」。声の主体を隠蔽した語りは、聴く者に一層の不安感をかきたてる。

読者も、じっと凝らして窺う姿勢になる。

もしや狂人ではあるまいか。詞は分からないが、音調で察して見れば、何事をか相手に哀願してゐるやうである。

この声の描写を、他の事象描写の中に断続的に配置して、その効果を高めていく。

「次第に家の内がしんとして来るので、例の女の声が前よりもはつきり聞える」「聞けば聞く程怪しい物の言ひ振り」、この声描写は、交響曲の弾奏のようにだんだんと高潮し頂点を迎えるのである。

読者は、当然緊張し、「不安」を強いられることになる。ローズマリー・ジャクソンが「幻想的なものは実存的な不安・心配と何らかの点で接点をもつ」（「幻想文学と決定不可能性」四方田犬彦訳　昭59・8『国文学』幻想文学夢のモルフォロジー）と言うまでもなく、不確かな状況は、享受者に「不安」を醸成せしめる。

鷗外が、妖しい状況設定と、主体者不明の「音声」に執し、そこから「不安」を遍在させようとしたのは、『蛇』を怪異小説として書く企図を持っていたからにほかならぬ。

この狂声を発する嫁が、仲の悪かった姑の初七日に、仏壇で蛇に出遇うという発想は尋常ではない。田舎、特に旧家の座敷は何か、古い閲歴が発する凶々しさがある。舞台は完璧である。其処に在る仏壇、扉を開けると真ん中に白い位牌、新仏である。鷗外は次のように住み込みの爺さんに語らせる。

初七日の晩でございました。奥さんが線香を上げげに、仏壇を覗かれますと、大きな蛇のとぐろを巻いてゐましたのが、鎌首を上げて、ぢつと奥さんのお顔を見たさうでございます。きやつと云つて倒れておしまひになりましたが、それから只今のやうにおなりになりました。

後で、博士が覗いてみると、ひどく栄養のいい大きな青大将だ。それでなくても蛇には魔性をみてしまう。それが、よりにもよって仏壇にいる。こんな状況は、鷗外作品の従来にないシチュエーションである。「鎌首を上げて、ぢいと奥さんのお顔を見たさう」、このセリフは恐い。「お豊さん」には、姑は自分に対し、恐らく、好い気持を持って死んでいない、という自覚があった。そのトラウマに一瞬支配された「お豊さん」は、その蛇の視線に、姑の怨霊を感じたのであろうか。「お豊さん」の精神は、一瞬真白になり、極限の恐怖で発狂に至る。このパラノイアは、『舞姫』のエリスと全く同じ精神病である。鷗外は、約二十二年振りに、このパラノイアを使ったのである。

それにしても『蛇』は、嫁と姑問題に捉われ、『半日』と同根と言われてきたが、むしろ、恐い、鏡花ばりの怪異小説の側面を評価すべきではないか。

『心中』

『心中』は、明治四十四年八月、『中央公論』に発表された。

この小篇は、表題通り心中事件を扱った作品である。ややドキュメンタリタッチともみえ、当時の新聞紙上で拾った材料かも知れぬ。しかし〈心中〉といっても、悲劇、悲恋小説の趣は薄い。むしろ心中現場にたどり着くまでの女中たちの恐怖心、これが段階を経て、極限にまで達する、そうした心理過程を描くところに主たる眼目がある。しかも鷗外は〝音〟を非常に意識して、恐怖心をかりたてている。ここにも『蛇』との共通性があるとみる。

川桝という老舗の料理屋が舞台。女中だけでも十四、五人いる。大部屋で寝ているが、お松という十九歳の女中がふと、夜中に目を醒ます。隣に寝ている齢上のお金を「憚り」に誘ったが応じない。お松は痩せているが気丈な女、独りで小用に向かう。午前二時、しんしんと雪が降っている。しばらくして「待つて頂戴」と声がする。十六、七歳のお花である。便所は遠い。階下に降りると長い廊下。右に女竹が二、三十本、石燈籠もある小庭、左に四畳半の部屋。深夜、この廊下は女中たちの恐怖の通路である。

お金は「憚り」はことわったもののふと寝間を見渡すと十七歳のお蝶がいないことに気付く。お蝶は田舎の機屋の一人娘。親の強いる結婚から逃げて上京、このお蝶を訪ねてくる同郷の十九歳ぐらいの男がいる。どうやら男は寺の跡取り息子とのこと。二人はとうてい結ばれない因縁にあった。

お花は懸命にお松についていく、二人は例の長い廊下にきた。便所の前に薄い電灯が点っている。距離があるだけに、途中の暗黒が一層恐い。その時、お松は妙な音に気付く。

下に降りて見ると、その間にも絶えず庭の木立の戦ぐ音や、どこかの開き戸の蝶番の弛んだのが、風にあふられて鳴る音がする。その間に一種特別な、ひゆうひゆうと微かに長く引くやうな音がする。どこかの戸の隙間から風が吹き込む音ででもあるだらうか。その断えては続く工合が、譬へば、人がゆつくり息をするやうである。

この「ひゆうひゆう」という音に二人の恐怖は極限に達していく。この音の描写が八回も描かれている。お花は「頭に血が昇つて」耳の中でいろんな音が響き合う。

この〝音〟が二人を追いつめていく。二人とも相手の顔がひどく青いと思った。二人は用をやっと達すると戻り始めたが、〝音〟の出処が定まらない。お松は、とかく噂のある四畳半の前でとまった。「わたし開けてよ」と言ってさっと開けた。お花は気絶してしまう。

四畳半では鋭利な刃物で気管を切られたお蝶が倒れ、側にあの男が頸動脈を切断し、血の海の中にいた。

「ひゅうひゅうと云ふのは、切られた気管の疵口から呼吸する音であつた。」

『高瀬舟』の病弟を想起するが解ってみれば、いかにも鷗外らしい種明かしといった感じがしないでもない。

一見すると、若い男女の心中というと、やはり個人の意思が認められない古い封建制度が色濃く残る明治末の世相を捉えることに中心があるかにみえるが、鷗外の興味の中心は、むしろ人間の「恐怖への生理」の描写にあったのではないかと考えられる。

「ひゅうひゅう」と広くて、暗い古い屋敷の、どこからか沸いてくるような不気味な音、鷗外は、やはり非常に計算してこの〝音〟を使っている。この実体のみえない、不思議な〝音〟がいかに人間を恐怖にかりたてるか、鷗外は、それも時間的に段階的に昂まっていく恐怖の心理を微細に追いかけている。前年、四十三年の短篇群の不評に、鷗外が、ディテールの操作を意識し、興味ある怪異小篇を書こうとした意欲が感じられる作品といってよかろう。

『鼠坂』

『鼠坂』は、明治四十五年四月、『中央公論』に発表された。

この小篇の最後に、この作品のドラマの結果でもある、次のような死亡事件を伝えている。

「小石川区小日向台町何丁目何番地に新築落成して横浜市より引き移りし株式業深淵某氏宅にては、二月十七日の晩に新宅祝として、友人を招き、宴会を催し、深更に及びし為め、一二名宿泊することとなりたるに、其一名にて主人の親友なる、芝区南佐久間町何丁目何番地住何新聞記者小川某氏其夜脳溢血症にて死亡せりと云ふ。新宅祝の宴会に死亡者を出したるは、深淵氏の為め、気の毒なりしと、近所にて噂し合へり。」

『心中』と同じように、この『鼠坂』も、もしかすると、かような新聞記事からヒントを得、己の日露戦争で見聞したことを入れて、一種の怪異小説を創ったのかも知れない。新聞では「小石川区小日向台町」となっているが、いわゆる鼠坂の在る場所である。この鼠坂は今でも在る。この小篇は、新聞記者小川某が、深淵家の新築祝いの後、この家に一泊したとき、「脳溢血症」で急死するまでのいきさつを書いている。当時の鼠坂は非常に狭く、きつい勾配、曲りくねった急坂で、ほとんど人通りもなかったようである。物好きにも、この坂の中ほどに家を新築した株式業深淵某がいた。満州で戦争を利用して大儲けした男である。二月十七日の晩、満州時代から親しい二人の男を招いた。新聞では「新宅祝」と書いている。一人は通訳をした男、一人は新聞記者の小川である。

この作品に出てくる満州の地名は、日露戦争のとき鷗外が転戦した場所ばかりである。旅順、鞍山站、遼陽、十里河、黒溝台、奉天など、鷗外にとっては懐しい、と言いたいが、実は余り思い出したくない地名かも知れぬ。それは鷗外しか解らぬことと。鷗外は、これら至るところで、戦争の悲惨さ、残虐性を見てきたに違いない。

鷗外は、日清、日露の戦場における日本軍の「負」の状況は一切描いていない。これは鷗外に限らず、ほとんどの関係者は沈黙に終始した。それは当然のことである。国益がかかっている、一個人の問題ではない。しかし、戦争は友好大会ではない。殺し合いである。残虐行為は必然である。それでも沈黙を守る。これは昔も今も変るまい。鷗外もそれを守ってきた。だが、この小篇では、初めて、日露戦争で、一日本人が犯した「負」の行為を婉曲ながら、書いている。

鷗外は、その「悪党」を軍人にせず、新聞記者にしている。当然鷗外の配慮であろう。この小川の悪者ぶりを、鷗外は淡々と書く。

不当に酒を戦場に持ち込んで売る、そのために現地人を利用して、最後は「嫌疑者」にして憲兵隊に渡してしまう。処刑される可能性は大である。この記者の非人間性がさらりと書かれているが、恐らく当時の戦場での現実であったろう。鷗外はこうした戦場での非人間性を、いつかどこかに書きたかったのかも知れぬ。しかし、それは道義的意識からではあるまい。やはりモノを書く人間として、戦争のもつ「悪」の実相を伝えることの必要性にあったものと考える。

この家の主人は、小川に次のセリフを吐かせる。


「うん。大した違ひはないが、僕は今一つの肉を要求する。金も悪くはないが、その今一つの肉を得る手段に過ぎない。金その物に興味を持つてゐる君とは違ふ。併し友達には、君のやうな人があるのが好い。」


小川は、「女好き」をみずから誇っている。このセリフも、次にくる「事件」の伏線である。この小川のセリフを契機に、この家の主人は、小川のかかわった「あの事件」を語り始めた。小川は制止したが、主人は無視した。窩棚という小さい村。夜、宿舎を出て小川が便所に行くと、隣の空屋で物音がした。小川は不審に思い、その音の発源地を探しはじめる。やはり、ここでも鷗外は音の効果を巧く使っている。

鷗外は書いていないが、物音を聞いたとき、小川はすかさず「女」を想定したとみるべきであろう。一面は雪におおわれ、午前二時である。舞台は整っている。このあたりは思わず『心中』を想起する。小川は、どうやらその音の発源地の至近にきたようである。音がぴたりと止った。小川は「粟稈」の中に、二十歳前の「別品」をみつけた。女はあきらめ顔、小川は平然とその女を犯した。小篇では、小川がその女を犯した後のことを明確に書くことを避けている。小川が主人に「もうよし給へ」と言った言葉に、主人はひるみ「兎に角その女はそれ切粟稈の中から起きずにしまつたさうだ」とだけ述べた。勿論、小川は殺したのだ。主人が事後のことを明確にしなかったのは、鷗外が「殺」という字を使うことを避けたのである。実際に、日露の戦場に征た高官として明確に書けなかったのであろうか。

鷗外が、この作品を一種の怪異小説として仕上げたのは次の場面である。主人の話は終り、一同はそれぞれの寝間に入っていった。主人がそのとき、小川に言った。「さつきの話は旧暦の除夜だつたと君は言つたから丁度今日が七回忌だ」と。これは恐しいことである。このときのことを、鷗外は次のように書いている。

小川はふいと目を醒ました。電灯が消えてゐる。併し部屋の中は薄明りがさしてゐる。窓からさしてゐるかと思つて、窓を見れば、窓は真つ暗だ。「瓦斯《ガス》煖炉《だんろ》の明りかな」と思つて見ると、なる程、礬土の管が五本並んで、下の端だけ樺色に燃えてゐる。併しその火の光は煖炉の前の半畳敷程の床を黄いろに照してゐるだけである。それと室内の青白いやうな薄明りとは違ふらしい。小川は兎に角電灯を付けようと思つて、体を半分起した。その時正面の壁に意外な物がはつきり見えた。それはこはい物でもなんでもないが、それが見えると同時に、小川は全身に水を浴せられたやうに、ぞつとした。見えたのは紅唐紙《べにたうし》で、それに「立春大吉」と書いてある。その吉の字が半分裂けて、ぶらりと下がつてゐる。それを見てからは、小川は暗示を受けたやうに目をその壁から放すことが出来ない。「や。あの裂けた紅唐紙の切れのぶら下つてゐる下は、一面の粟稈《あわがら》だ。その上に長い髪をうねらせて、浅葱色の着物の前が開いて、鼠色によごれた肌着が皺くちやになつて、あいつが仰向けに寝てゐやがる。顋《あご》だけ見えて顔は見えない。どうかして顔が見たいものだ。あ。下唇《したくちびる》が見える。右の口角から血が糸のやうに一筋流れてゐる。」

小川はきやつと声を立てて、半分起した体を背後へ倒した。

小川は寝間に入り、一たん眠入ったが、夜中にふと目を醒ました。主人が語った、小川自身の強姦物語は「不愉快」であった。しかし、小川を徹底的に追い込んだのは、主人が最後に吐いた「丁度今日が七回忌だ」という言葉ではなかったか。この言辞は決定的に小川を支配した。この言葉は、実に生々しく小川の脳を刺激し、あの殺した女の怨霊の仮像を創っていったのではなかったか。女の幻像をみる前に、すでに恐らく満州の現場にもあった「立春大吉」の紅唐、そして粟稈を連想的に想起した。ここで小川の循環器系統は極度の緊張に達していたはずだ。そして、長い髪と一筋の血の流れを想起したとき、小川の脳の血管が破れるに十分だった。

鷗外は、小川のような日本人を恥として弾劾しようとしているのではあるまい。そんな倫理的な作品ではない。また当時、そうした心境にあったわけでもない。小川は悪党ではあるが、鷗外は、戦争という大物量体の消費こそが馬鹿げていて、戦争に狩り出されたすべての人間が犠牲者だと思っていたのではなかったか。しかし、当時の国際状勢からみて、鷗外自身、ロシアと戦わなければならないという決意は、否定出来ないことであった。

それよりも鷗外が、小篇を書こうとしたのは、『蛇』や『心中』と同じように、従来の不評に対し、細工のある面白い小説を書くことを意識した。その結果が凶々しい怪異小説になったとみる。

小川を追い込んでいく道具立ては、実に計算されている。作品は、どうしても〝あそび〟ととられる懸念がある。鷗外は『牛鍋』『杯』『木精』『電車の窓』など、寓意的でやや抽象的な真剣に文学にとり組んでいない、といった非難もある。そのためか、この『蛇』『心中』『鼠坂』などは〝真剣〟に劇《ドラマ》性を考えている。特に『心中』『鼠坂』などは、新聞紙上でとらえられる現実的な素材である。そこに鷗外は目をつけ、しかもそれらの材料を使って優れた怪異小説に仕立てている。鷗外はここで自信を持つべきであった。やれば誰にも書けないサスペンス調の短篇が書けるのだ。しかし、鷗外は、やはり胸を張るまでにはいかなかったようだ。不満はなかなか解消までいかなかったようである。しかし客観的には、この四十四年からの変化は認められなければなるまい。

42　日常性の重視

『カズイスチカ』

『カズイスチカ』は、明治四十四年二月、『三田文学』に発表された。

鷗外はこの年、四十九歳。当然、心境も回想気味になる。本篇は、若き日の己と父を回想している。鷗外は明治十四年（一八八一）七月に、東京大学医学部を卒業したが、周知のように、大学に残れず、陸軍省に入るまでの約半年間、千住で父の開業を手伝っている。この作品は、その期間のことが材料となり、舞台となっている。

前半は、父の診療に処する態度、または生活、それに対する己の心境を書き、後半は、実際に鷗外が手伝った診察の三つの例を具体的に書いている。下顎脱臼、少年の破傷風、それに近隣の医者が脹満と間違え、それでやってきた婦人を妊娠と診断する嘘のような話を、手際よく描いている。

しかし、この作品の主たるモチーフは前半にある。

官立の病院に勤めている花房は、休日に千住の父の診療所に帰ってくると、石州の茶をたしなむ父と、三畳で煎茶を飲む。この描写は、父と息子の挙措が静かで自然で滋味に溢れている。

ただ花房は、もう父の医療は古く用立たないと思っている。

父の「新しい医学上の智識には頗る不十分な処がある」と鷗外は書く。鷗外は幼少年期、明治三年から父静男に就いて和蘭文典を学んでいる。鷗外は『サフラン』で「父は所謂蘭医である」と書いている。ドイツ医学を学んできた鷗外からすれば、オランダ医学は、もう「古い」という認識にあったのであろうか。しかし、弟の森潤三郎は、父の医療技術、態度を褒めている。(『鷗外森林太郎』)「熱心」「精妙」、そして、何よりも「病家に深く信頼されていた」と。医療技能について、医者でない潤三郎とドイツ医学を学んできた鷗外とでは評価が違ってくるのは当然だろう。鷗外が父の医療について言う「古く用立たない」というのは、当時、明治十四年頃の日本の実態でもあったであろう。近隣の複数の医者に脹満と誤診されていた婦人を花房は妊娠と診てすぐ結果を出している。東京近傍ですらこうであったので、日本の田舎ではもっとひどかったと思ってよかろう。これが江戸時代からの日本医療のレベルであり、鷗外ら東京大学医学部を出た新医学士が普及してゆくには、まだまだ時間が必要であり、明治十年代までの日本人は、まだ医療で救済されることが少なかったとも言えるのではないか。この小篇は、期せずして、そうした実態を告知していることになる。

しかし、明治十年代の日本の庶民に対する医療環境の後進性を知ることも貴重であるが、鷗外の本音はそんなところにはない。鷗外が、最も述べたかったことは、やはり父親の「生」への、診療への姿勢にあった。

> 併し此或物が父に無いといふこと丈は、花房も疾《とっ》くに気が付いて、初めは父が詰まらない、内容の無い生活をしてゐるやうに思つて、それは老人だからだ、老人の詰まらないのは当然だと思つた。そのうち、熊沢蕃山の書いたものを読んでゐると、志を得て天下国家を事とするのも道を行ふのであるが、平生顔を洗つたり髪を梳つたりするのも道を行ふのであるといふ意味の事が書いてあつた。花房はそれを見て、父の平生を考へて見ると、自分が遠い向うに或物を望んで、目前の事を好い加減に済ませて行くのに反して、父は詰まらない日常の事にも全幅の精神を傾注してゐるといふことに気が付いた。宿場の医者たるに安んじてゐる父の résignation《レジュアション》 の態度が、有道者の面目に近いといふことが、朧気ながら見えて来た。そして其時から遽《にわか》に父を尊敬する念を生じた。

父親の診療に対する基本的姿勢を評価する点については、弟の潤三郎と同じである。しかし、潤三郎の言う「診察は精妙を極め」ても、「古く用立たない」という評価は、弟にはみえない部分である。

それよりも、花房の考える熊沢蕃山の「生」の哲学を、父親が完璧に実行していることである。結局、「天下国家を事とする」ことも、平常、日常些事のことも、人間の「生」にとって価値は同じとみるこの価値観である。「父はつまらない日常の事にも全幅の精神を傾注してゐる」「宿場の医者たるに安んじてゐる父」、観念としては痛い程解っていても、実行の出来ない鷗外からすれば、父は〝偉い〞ということになる。つまり「父を尊敬する念」が生じるのである。ことに処する姿勢というのは、実は、その人の立っている位相によって変ってくる。父は、小藩の藩医でしかなかった。田舎出身、医術的にもそう優れているわけではない、己の実体を見る眼線は自然低いとみてよい。とすれば、名誉や地位を望まず、今を生きることに全力を挙げる。こんな人は、幾らもいる。しかし、鷗外は違う。学歴をはじめ、その経歴は当時の超エリートの一人、しかも、自分自身の能力に対する自信は相当高いものであった。十年余前、小倉在勤中から、熊沢蕃山に関心をもっていたことはすでに触れてきたので、ここでは、もはやくり返さない。

いずれにしても、この蕃山の日常些事にも応分の価値を置くという精神に、拘泥し続けていた鷗外がここにも顔を出している。

鷗外は父のように生きられない、言い方を換えれば、鷗外に比し父は己の実力に満足し、実力のまま生きた。だから日常些事に「全幅の精神」を傾注できたのである。しかし、鷗外には容易なことではない。それは、鷗外は、「己を恃む精神」が凡常人より過大であったからである。この精神は、われわれの想像以上に、逆に鷗外を卑少感に駆りたてることにもなったと思う。この件は、『妄想』でさらに考えてみたいと思う。

『妄想』

『妄想』は、明治四十四年三月および四月、『三田文学』に発表された。

『妄想』の三分の二は、若き日、特にドイツ留学時代の、そのときどきの心境や事柄が描かれ、後の三分の一ぐらいが『妄想』を執筆した段階での心境が中心に綴られているとみてよい。勿論、事実そのままではない。ハルトマンの哲学書を留学時に買いに走ったのも、このとき、「錯迷の三期」の説に出会ったのも、みな虚構である。小堀桂一郎氏は、鷗外が、この「錯迷の三期」を繙読したのは、明治四十三年と述べている。(『森鷗外―文業解題〈創作篇〉』)多くの虚構があることからすれば、『妄想』は「小説」であるが、しかし、みるからに鷗外の生きた閲歴からみて確かなる「事実」として認識出来るモノも数多く含まれている。その観点からすれば、「小説」であると同時にこれが書かれた明治四十四年の心境を述べた「エッセイ」でもあると言うことが出来る。

『妄想』の冒頭は、太平洋に面した松林の中の「小家《こいえ》」に座す「白髪の主人」の描写から起こされていく。「波の音が、天地の脈搏のやうに聞えてゐる」、寥々とした場所と、太平洋のすさまじさを言うに、これ以上の表現はあるまい。こういう場所に置かれた老人の孤独な存在は、いやが上にも強められてくる。そこに座し、老人の意識は自然に過去に向っている。

この場所は、現実にかえって言えば、鷗外の母が探しあてた千葉大原、日在の鷗外の別荘が舞台となっていることは周知の通りである。主人は水平線の日輪をみて、時間、生、死を考える。人間は、老いると死を考えるのが必然であるが、自分はどうも「過去の経歴」からみて違うようだと思う。そこで主人は二十代でのドイツ留学時のことを回憶する。

留学生の頃、夜になり宿に帰り寝に就こうとするとき、「心の寂しさ」を感じる。なかなか寝つかれないときもある。

そこで「生」ということを考える。

> 生れてから今日まで、自分は何をしてゐるか。始終何物かに策《むち》うたれ駆られてゐるやうに学問といふことに齷齪《あくせく》してゐる。(略)併し自分のしてゐる事は、役者が舞台へ出て或る役を勤めてゐるに過ぎないやうに感ぜられる。その勤めてゐる役の背後に、別に何物かが存在してゐなくてはならないやうに感ぜられる。策うたれ駆られてばかりゐる為めに、その何物かが醒覚する暇がないやうに感ぜられる。勉強する子供から、勉強する学校生徒、勉強する官吏、勉強する留学生といふのが、皆その役である。赤く黒く塗られてゐる顔をいつか洗つて、一寸舞台から降りて、静かに自分といふものを考へて見たい、背後の何物かの面目を覗いて見たいと思ひ思ひしながら、舞台監督の鞭を背中に受けて、役から役を勤め続けてゐる。

この「生」への意識は『舞姫』の豊太郎と何ら変らない。数十年を経ても、この本質的意識は変っていない。「自分のしてゐる事は、役者が舞台へ出て或る役を勤めてゐるに過ぎない」、この意識は、「所動的、器械的」に母親や「官長」の心のままに生きてきた豊太郎の自覚の継続である。この自覚からの呪縛は、明治四十年代に至っても、五十歳近くなっても、鷗外の基底に深く澱んで動かない。この意識は、最期の官権拒否の遺書まで薄れることはなかった。

死については、「自我が無くなる為めの苦痛はない」と書く。それよりも、その「自我」たるものが、何であるかを知らないまま死すことが口惜しいと考える。これを苦痛だと感じている。しかし、この問題は、人間に解決出来ることではない。「自我」とは何であるか、これを単に概念規定をすることではなく、自分にとって何であるかを察し、理解することは、まず不可能であろう。

それならば、ハルトマンの「錯迷の三期」の認識論で幸福が得られるのか。「福」なるものを、一期では現世で、二期では死後に、三期では未来に、と求めても、結局幸福は永遠に得られないのである。スチルネルも、ショウペンハウエルも、主人は首を傾ける以外にないと落胆する。

『妄想』の後半部に「自分は此儘で人生の下り坂を下つて行く」という文言がある。ここから明らかに、『妄想』を書いている時間と一致していく。確かに、若い日の回憶の中にも、今の心境がまぎれ込んでいることは否定できないが、「人生の下り坂」にある自覚の提示は、明治四十四年（一九一一）、四十九歳の鷗外の真実である。さて、『妄想』の中に著名な言葉がある。「多くの師には逢つたが、一人の主には逢はなかつた」と。そし鷗外は、沢山の優れた思想家、文学者の著作に出会った。そして脱帽もした。しかし、遂に身も心も捧げるほどの「主」に出会うことはなかった。鷗外は次のように結論づけている。

それは兎に角、辻に立つ人は多くの師に逢つて、一人の主にも逢はなかつた。そしてどんなに巧みに組み立てた形而上学でも、一篇の抒情詩に等しいものだと云ふことを知つた。

この文言は、従来から顧みられることがほとんどなかったが、大変重要なことを述べているのである。若き日から鷗外は、優れた「多くの師」に出会い、脱帽もした。それは美学者、哲学者、文学者、戯曲家、そして大詩人たちであった。しかし、鷗外の結論は「どんなに巧みに組み立てた形而上学でも、一篇の抒情詩に等しいものだと云ふことを知つた」と。なんと空々しくまた倨傲な言ではないか。どんな「師」の「形而上学」も「一篇の抒情詩に等しい」、この言である。「抒情詩」の受容は、あくまでも感性であり、受容者の内面にいかに感銘を与えたとしても、その内面を支配し続けることもなく、決して長くとどまるものではない。つまり感動はあっても己を変革するものではない。

鷗外の苦悩はここにある。こうした苦悩を持ちながらも、鷗外はみずから己を「主」たろうとしたふしがある。これをもつ限り永遠に解放され得まい。

この右の文言に微妙に繋がっていて、それこそ『妄想』の中で、最も重要であり、そしてこの明治四十年代末の鷗外の心境を臆面もなく伝えている文がある。

主人の翁はこの小家に来てからも幻影を追ふやうな昔の心持を無くしてしまふことは出来ない。そして既往を回顧してこんな事を思ふ。日の要求に安んぜない権利を持つてゐるものは、恐らくは只天才ばかりであらう。自然科学で大発明をするとか、哲学や芸術で大きい思想、大きい作品を生み出すとか云ふ境地に立つたら、自分も現在に満足したのではあるまいか。自分にはそれが出来なかつた。それでかう云ふ心持が付き纏つてゐるのだらうと思ふのである。

どんなに優れた「多くの師」に出会っても「一篇の抒情詩」の受容に等しかったとすれば、他者の思想や言葉によって救済されることはあり得ない。己自身が「満足」のいく業績を残す以外にない。鷗外はこの上昇意識と絶えず闘ってきた。

「少壮時代に心の田地に卸された種子は、容易に根を絶つことの出来ないもの」と書いているが、鷗外は『カズイスチカ』で、日常些事に没頭する父に感銘し、それの出来ない自己を披瀝した。なぜ出来ないのか。なぜ日常些事に満足できないのか。それは己を恃む心、己の達成感が高すぎるからである。

石川淳は次のように書いている。「鷗外は幼時から自己の天稟を信んずることはなはだ深く、才幹を恃むことさらにつよかったのであろう」（『森鷗外』昭53　岩波書店）と。

己を恃む精神が過大であれば、達成感も、凡常人よりも比較にならぬぐらいに高いものになる。何か大きな仕事がしたい、大きな仕事を残したい、このようなより過大な達成感は、己をより卑小感に誘うことになる。

鷗外の明治四十年代、この過大な達成感を満足させ得る作品は、確かにほとんどない。それでも、この過大な達成感への意識を鷗外の心の中から消すことは出来ない。こんな状況で生きることは身を切る程辛いことである。そこに熊沢蕃山の「髪を梳り手を洗ふ」というもっとも日常の基本的精神が意義をもつことになる。日常性への重視は、己のもつ過大な達成感を抑制する道具としての価値を持つことになる。

『妄想』で言う「哲学や芸術で大きい思想、大きい作品を生み出すとか云ふ境地に立つたら、自分も現在に満足したのではあるまいか。」という文言。

鷗外は己を「天才」と思ったか、どうか解らない。しかし、「大発明」とか「大きな思想大きな作品を生み出す」というような発想が出てくること自体、尋常ではない。ここに石川淳の言う「自己の天稟を信んずる」鷗外があることは間違いない。「天才」という言葉を抜きにしても、己の「才幹」ならば、芸術的に大きい作品が出来ても不思議ではない、なぜ出来ないのか、角度を変えればこう読みとれないことはない。鷗外は、『ファウスト』第一部「夜」の中の言句を次のように訳している。「己は自己をどんなにか偉大に、又どんなにか小さく思つただらう。」と。この時期の鷗外の心情を彷彿とさせるではないか。これは、日常の診療に淡々と生きる父親には、まず出てこない発想である。

この明治四十三年段階での、鷗外の創作面における業績は、すでにみてきたように評論界では確かに芳しいものではなかった。ほとんど短篇で批判も多く、長篇は発禁になった『ヰタ・セクスアリス』と『青年』ということになるが、この『妄想』は、この年三月十八日に籾山書店に原稿を渡している。さらに『青年』の完成稿は、七月十六日に「書き畢る」とある。単行本として刊行されたのは大正二年二月（籾山書店）。つまり、この『妄想』の執筆中には、『青年』は未完であったということである。とすると、この『妄想』執筆までに長篇は、発禁を受けた『ヰタ・セクスアリス』だけだったのである。

この段階で、鷗外が「大きい作品」が欲しいと思ったのは、当然である。鷗外は、決して〝妄想〟に耽《ふけ》っていたのではない。この時期の漱石と比較したら、長篇が書けない己がさらに辛かったのではないか。以後『雁』（最初の発表は九月一日『昴』）『灰燼』（最初の発表は十月一日『三田文学』）と長篇に向ったのは、この『妄想』の意識と確実に繋っていたとみてよかろう。

『藤鞆絵』

『藤鞆絵』は、明治四十四年五月および六月に、『三田文学』に発表された。

鷗外は『カズイスチカ』（明44・2）、『妄想』（明44・3、4）、『藤鞆絵』（明44・5、6）を連続して同じ『三田文学』に発表している。このことを考えると、この三つの作品にある鷗外の心境は通底していると考えざるを得ない。

『藤鞆絵』は〈冒険〉という概念を提示している。〈冒険〉という概念は、むろん非日常性を属性としている。

まずストーリーを簡単に書くと。

田舎に住んでいる凡常な主婦がパリに出て浮気をしてみたいと出奔し、結果的には失敗して田舎に帰るという挿話である。もう一つは、佐藤という男が登場する、ある宴会で美女に出会う。この見知らぬ美女に惹かれ、宴会終了後、ある待合にその美女を呼ぶが、無視されるという話。

鷗外の執筆意図はどこにあるのか。その切り口で捉え方は異なるだろうが、『カズイスチカ』の熊沢蕃山の日常性重視の思想や、それに満足出来ない『妄想』の心境等をつないでみると、この『藤鞆絵』の〈冒険〉の失敗というのは、やはり前二作と通底しているといってよかろう。田舎の「凡常」な主婦が浮気のためパリへ出奔、佐藤が見知らぬ美女を待合に呼び失敗、これらは、まさに〈冒険〉である。日常性重視の対極にあるものである。

日常性を無視して〈冒険〉に奔る愚かさ、鷗外はそう言いたげである。「詰まらない日常の事にも全幅の精神を傾注」して生きるべきである。これを立前として生きようとするが、やはり己の「天稟」を信じる自負がそれを許さない。

夏目漱石が「私の個人主義」の中で、「ああ此処におれの進むべき道があった！　漸く掘り当てた！　こういう感投詞を心の底から呼び出される時、あなたがたは始めて心を安んずる事が出来るのでしょう」（『漱石全集』第十六巻、岩波書店　平7・4）と語っている。まさに明治四十年代の鷗外の苦渋する精神を言いあてたかのような言ではないか。

「ああ此処におれの進むべき道があった！」と鷗外が心の中で叫ぶことが出来たのは、乃木殉死を契機として書き始めた歴史小説以後のことであったのではないか。四十年代の短篇群は、それなりに鷗外の特異な世界を形象したとしても、鷗外が「安んずる」成果ではなかった。無から虚構をつむぎ出すことに本領を得なかった鷗外には、資料があって、それに基づき、精確無比な世界を描き出すことに〝おのれの進むべき道〟を見出し得たはずである。

それは歴史小説から史伝小説への道でしかなかった。鷗外は、この方法を見出し、それに就いたとき、漱石の言う「ああ此処におれの進むべき道があった！」と思ったに違いない。

マルクス経済学者の河上肇は、獄中から自分の妻へ手紙（昭

11・6・28）を送っている。

この中で、文学に素人の河上肇は、鷗外を「一等偉い作家」と書き、「漱石よりも藤村よりも数段の上位にゐる作家」と書いている。そして、その根拠として、四十年代の短篇群には一切触れず、史伝小説『北条霞亭』など「一連の歴史的考証的作品」を挙げていることに注目しておきたい。

もう一人、石川淳は次のように書いている。

『渋江抽斎』にひきつづき『伊沢蘭軒』『北条霞亭』の三篇は一箇の非凡の小説家の努力の上に立つ大業（略）。

鷗外が『妄想』で夢みた「大きな作品」は、決して四十年代の短篇群ではなく、大正期に入って書かれた歴史、史伝小説にあった。

その代表作を石川淳は期せずして「大業」（大きな作品）と評価したのである。

43　機関誌『三越』

三越の機関誌に、鷗外の作品が最初に掲載されたのは詩一篇であった。この詩は、タイトルをズバリ『三越』とし、雑誌名が『三越』と変更される前の『時好』に載っている。明治四十年の二月号であった。この詩に、次のような前文が付いている。

一月発行の『趣味』には腰弁当の三越を謳へるありき。腰弁当とは果して誰ぞ？　其著想の奇しき、其同情に富める、其筆のはこびの尋常《よのつね》ならぬ、誰が見ても第一流の詩人とこそ思はるれ。果然！『平民新聞』は此間の消息を洩して、作者は陸軍軍医監森鷗外博士なりといふ。然るか然るか果して然るか。吾人は今其全篇を転載するに当り、こゝに恭しく敬意を表す。（注―鷗外が陸軍軍医総監になる九カ月前の文である）

この前文の説明によると、詩『三越』は、最初『趣味』（明40・1）に掲載されたものであったが、その署名「腰弁当」が鷗外と分り、三越発行の『時好』に転載されることになったと言う。さてその詩を次に記してみる。

三　越

三越の売場卓《うりばづくゑ》に
わが立ちて送り迎ふる
客のうちにかはゆき子来ぬ。」

銘仙の衣にふさはぬ
つまはづれ。俛下る目の
なつかしき光。誰が子ぞ。」

香木の筺に盛らぬを
蘇る希臘《ヘルクス》ならぬ
元禄のはでなる模様
はぢらひの目にぞかがやく。」

見よ、選るは好めるならで
廉き選る心しらひの
かくせども遂に著きを。」

三越の売場卓に

真玉やは恥づる。宮居に　立てるわれ富まば此子に
入るがごと、などかたゆたふ。」——代取らで物皆遺らん。」

この詩『三越』は、『時好』の巻頭に麗々しく掲載された。それにしても前文にみる『時好』編集者の讃辞は特別のものがある。「著想の奇しき」「其筆のはこびは尋常ならぬ」「第一流の詩人」ともち挙げ、まさに大鷗外の詩に「恭しく敬意を表」している。ここらあたり、すでに鷗外に対する三越側の意識を垣間みることができよう。

とまれ、詩に疎い者からみると、この詩の巧拙は分らない。ただ感じるのはこの詩のモチーフである。三越の売場、客の中でみつけた「かはゆき子」。「銘仙の衣にふさはぬ／つまはづれ」なる描写。質素な銘仙の着物にふさわしくない身のこなしという発想には、『舞姫』のエリスの描写「彼は優れて美なり（略）手足の繊く裊かなるは貧家の女に似ず」と同質の発想をみる。そして、この詩中「俛下る目」「恥づる」「たゆたふ」「はぢらひの目」、これらがかもすイメージは、やはり『舞姫』の「物問ひたげに愁を含める目の半ば露を宿せる長き睫毛に掩はれたる」の描写、また『うたかたの記』にみる「そのおもての美しさ、濃き藍いろの目には、そこひ知らぬ憂ありて、一たび顧みるときは人の腸を断たむとす」の描写と深くつながっていると思えてならぬ。

背景に貧を背負った陰翳ある女という発想、ここから醸もされる「羞恥」「憂愁」のイメージ。これは鷗外作品に登場する一連の女性像でもあった。『舞姫』『うたかたの記』『文づかひ』など初期三部作にかかわらず、明治四十年代に発表された『電車の窓』『牛鍋』『杯』から『雁』のお玉にいたるまで、これらの小説に書かれる女性像に共通するものであった。

この『三越』の詩想は、鷗外にとってみれば、格別特異な発想を発揮したものでもなかった。

陸軍軍医総監に昇任する九カ月前であり、むろん「流行会」の会員ではなかった。しかし、商才にたけた三越は、鷗外に敏感に反応したようである。後の三越との懇な関係からみると、この『三越』という詩は偶然ではなかったようにも思える。なぜ題が『三越』でなければならなかったかということである。

三越呉服店が最初に機関誌を刊行したのは明治三十二年一月『花衣《はなころも》』であった。以下明治三十六年十一月まで『夏衣《なつころも》』『春模様《はるもよう》』『夏模様《なつもよう》』『氷面《ひもかがみ》』『みやこぶり』と名称を変え、原則として半年に一回、計六回刊行されている。そして明治三十六年八月から『時好』となったが、明治四十一年四月から『三越タイムス』となる。しかし、以後、月刊『みつこしタイムス』や週刊『三越週報』が刊行されたりしたが、明治四十四年三月に、文芸的色彩の濃い雑誌『三越』が創刊された。

これは、三越自体の従来からの広報機関の蓄積の上に、三越創立者である日比翁助の肝入りで文化、文芸、趣味的要素を加えさらに雑誌の高尚化を計ったものであった。

この『三越』の第一巻第一号に、鷗外は作品を求められ『さへづり』を発表している。

『鷗外日記』の明治四十四年の項をみると、

一月二十五日（水）　三越タイムスの川口陟来訪す。
二月二十一日（火）　さへづりを稿し畢りて三越呉服店に送る。
二月二十四日（金）　川口陟三越呉服店より来てさへづりの謝礼を述ぶ。
二月二十七日（月）　日比翁助に招かれて三越呉服店にゆき懸賞 affiches を観る。

戯曲『さへづり』を三越に渡す前後の鷗外自身の記録である。一月二十五日の川口陟の来訪は『三越』への小説執筆依頼であったことが容易に想像できる。また二月二十七日の日比翁助の記事をみても、鷗外と三越の関係が、およそ推察できるのである。

『さへづり』　この作品を考えてみよう。百合子は丸二年のヨーロッパ生活を終え、このたび帰国、いま友人梅子の居宅を訪ねてきたところである。冒頭で注目されるのは、百合子の装い。いかにも洋行帰りの衣装は並のものではない。鷗外は流行の先端である三越を十分意識して書いている。例えば、次の如くである。

手縫の青色の薔薇の花を着けたる、黒の大帽子。黒の paletot 式外套。鼠色の毛皮の襟巻。同じ色のマッフ。鼠色の肘まである手袋。ヨラン付小形の蝙蝠傘を持つ。

さて、この百合子が外套を脱ぐとどうなるか。

一切の紐などの飾を避けたる、薄青色の羅紗服。前中央にて、襟より足首まで一綫に合せあり。天然の形に随いて垂る。襟には狭きアイルランド製のレエスを着け、肘と足首とに毛皮の縁を取りあり。幅広き黒き帯を左乳の下にて留む。外套に手袋を持ち添へて、長椅子の上へ運ばんとす。

この洋装についての鷗外の知識には驚く。

このときはすでに三越の「流行会」に入っており、その筋あたりから仕入れたファッションへの知識と十分考えられよう。百合子梅子は、百合子にまず「世界の流行」について問う。百合子は、ヨーロッパの女は「それは随分憂身を窶すのよ」と自信たっぷり、そして鷗外は、百合子に「三越のやうな家へ行つて」「又外の三越のやうな家へ行つて」と不自然な表現で「三越」を二回も出している。いくら梅子が滞欧経験がないといっても「三越のやうな家」とは、変な表現ではある。当然三越へのサービスである。これは創作家としては余り感心したことではない。日本の三越は、ヨーロッパの一流店と同格であるという意味での強調であろう。

以下百合子は、あちらの貴婦人が意外にも贋物を用いていること、パリ娘の結婚観、宗教の話題も出てくる。ただ、この作品で鷗外がまず意識したことは、欧州の服飾に関する最新情報を百合子を通して伝えること、同時に、三越が、それに決して遅れていないということの強調である。

次に注目すべきは、欧州における女性たちの激しい自己主張の動き、特に、女性の選挙権獲得運動の闘いを、百合子に語らせていることである。

女たちによる「ハイド・パークの示威運動」を実際に見てきた百合子は、「あれは女に選挙権を与へて貰ひたいと云ふ運動」だと説明する。そして、当時のヨーロッパ社会の流れとして、独身女性が増えつつあること、アメリカから金持の娘が欧州に多く渡ってきて色んな職業に就き、税金をとられることになると、当然のように権利として選挙権の要求が出てきたそのメカニズムを語る。この女性の選挙権の問題は、北欧のスエーデンやノルウェーが進んでいるが、ともかく、ヨーロッパでは女性がしっかりしているという話になった。そろそろ百合子には帰る時間である。梅子は典型的な古い日本の女とみてよい、梅子は百合子の話に啓発されながらも、これ以上聞くことの意義を感じなくなっているのか、「おや。もうお菓子が無いわ」とつぶやく。梅子のサインに百合子も潮時を知っている。

『蛇』では、権威を認めない「新しい女」の出現にとまどいを隠せない男たちの動揺が捉えられていたが、この『さへづり』では、批判も肯定もなく、ヨーロッパにおいて選挙権の獲得のために自己主張をする積極的な女たちを紹介している。一九一〇年代の時代の動きが、音をたてている感じを確かに摑んでいることを、この戯曲は証している。この「新しい女」たちは、日本でも必ず主張を始めるに違いない、鷗外は十分に知っていた。『さへづり』は、この四十四年の二月に書かれたが、平塚らいてう、与謝野晶子らによって『青鞜』が創刊されたのはこの年九月である。らいてうは創刊号で「元始女性は太陽であつた」と書き、一葉の時代には考えられなかった、女性の自我を大胆に肯定、高らかに「女権宣言」をしたことは周知の通りである。

しかし、『さへづり』の鷗外は複雑である。梅子に「ドイツの天子様」の言葉として「女といふものは家の内さへ治めて行けば好いものだ」という演説の主張を述べさせ、「その方が道理に愜つてゐるのではないでせうか」と言わせる。それに対し百合子は「人のお上さんになられる女丈の事を考へればさうよ」、と意外にも簡単に肯定させている。つまり妻たる者の倫理には女性を縛る、古い倫理にヨーロッパ帰りの百合子に一応賛成させ、ただ問題は妻になりたくない、独身女が増えているという新しいヨーロッパでの実態を出し、必ずしも全女性に、もはや、その「ドイツの天子様」の言う妻たる者の倫理は通用しなくなっていることをも強調させる。鷗外の本音は、やはり「妻」という立場に立てば、「ドイツの天子様」の考えと、余り違わないということであろうか。

この新女性観については『安井夫人』のところでさらに考えてみたい。

『流行』

『流行』は、明治四十四年七月、『三越』に発表された。

この作品は、三越の「流行会」の正会員であるという立場から生じたものであると断じてよかろう。三越の機関誌『三越』に掲載されたことが何よりもそれを証している。

「己は妙な暗い廊下に立つてゐる」から始まるこの小説は、現実であるようで、何か非現実の膜に覆われたような情況で展開されている。この理由は最後に解ることになっている。

《かなりの時間を経て突然「小さい黒ん坊」が出て来て部屋に入ることを促す。部屋はアール・ヌーボー風の模様のある極端に現代的な「座敷」である。一人の男が机の前から立ち上って握手する。男は言う。「なんでも流行り出す前には、嫌でも僕が使はなくてはならない」と。この男が使ったり食べたりすると流行るらしい。そして男は自慢そうに「僕の内にゐたとさへ云へば、高い給金で傭はれ」るとも言う。ということで沢山の人間がやってくる。商売のメッカである。以下あらゆる分野からの依頼がある。「フランス料理店」「八百善」「カッツェ・プランタン」「資生堂」、それから料理屋は料理を持ち込んでくる。「己」がこの男に会っているとき、三越の使いが来た。夏服の持参だ。どの隠しにも百円札が一枚ずつ入っている。ところが、二、三枚入っているのがある。男は「三越だつて此上流行らせなくても好いと云ふわけには行くまいから、一枚づつは入れても好いが」、間違えてそれ以上入れるなと妙な警告を発する。「己はひどく厭な心持がした」。男は「君またモラルを考へてゐるね」と言った。その時、雷が鳴り盛んな雨、「己はびつくりして目が醒めた」。》

要するに夢物語である。全体が戯画である。しかも余りにも作られたという感じがして巧い小説ではない。鷗外は基本的には〝流行〟は作られるものと思っていることは明白である。わざわざ三越の「流行会」に入っていることが何よりの証左である。資本主義社会は競争原理で動いている。「流行操作」は、その原理において勝ち抜くための必然の方法であることは鷗外は百も承知のはず。その意識が、この『流行』なる作品を支えている。そして明治四十年代の社会の〝流行〟の先端に立っているのは、三越であるという認識も当然強くあったに違いない。この『流行』に登場する〝流行を作る男〟は、ズバリ三越呉服店だといってよかろう。ただ三越の機関誌に依頼されたと言えども、この流行《はやらせ》る方法にもモラルの必要を感じている。三越の社員が持ってきた洋服の隠しにある百円札、それに「己はひどく厭な心持がした」等の叙述をみると、これは行き過ぎへの批判とみてよかろう。「流行会」の会員として、比較的深く商業ゾーンに入ってみて、軍人、文人という立場からして、少し〝流行〟を過剰に扱う場面があったのかも知れない。この『流行』は、戯画化され、真意は隠蔽されているが、『さへづり』に比し、決して三越にサービスしているようにはみえない。それにしてもストーリーが荒唐無稽過ぎて、成程という気がしないうらみは残る。

小堀桂一郎氏は、『流行』に対し、「平生気になることの一端をこんな形で洩らして世を諷諫したまでである」（『森鷗外―文業解題〈創作篇〉』）と述べているが、成程、鷗外は、三越という〝流行〟を作る、当時としては規模の大きい商業企業を「諷諫」しようとしたとみた方が自然かも知れぬ。

この小説の最後は、次のように結ばれている。

> 己はびつくりして目が醒めた。ひどい夕立のしてゐるのは事実だが、書斎の机に倚り掛かつて仮寝をしてゐたのであつた。机の上にロンドンの書店から、シベリア便で送つてくれた新刊書の小包が載つてゐる。封を切つて開けて見たら、中にはD' Orsay or The Complete Dandyと云ふ本が這つてゐた。

この英文題名を直訳すれば『ドルセー、あの完璧なだて男』とでもなろうか。この本は『鷗外全集』第八巻の「後期」でみると、著者はW. Teignmouth Shoreで、出版社はLondon, John Long Limitedである。

ドルセーとは「ファッションと芸術の中心、そしてルイ、ナポレオンを含むフランス亡命者たちのための援助の源泉の一つとなった」（百科事典『アメリカーナ』）ロンドン在住のドルセー伯爵のことである。このドルセーからヒントを得たとも考えられるが、追記のような形で添えられたこの話は、いささかペダンティックな趣が感じられないわけではない。

44 『雁』

『雁』は、明治四十四年九月から大正二年五月にかけて『昴』に、その後、大正四年五月に単行本として刊行された。

『雁』は、鷗外にとって念願の大作である。しかし完成まで約四年の歳月を費やしている。

時代は明治十三年（一八八〇）頃、舞台は東京は本郷、神田辺りである。東京大学鉄門の近くに在る無縁坂、その下り坂にさしかかったあたりに、ひっそりと住む二十歳ばかりの妾お玉、この美しく素朴なお玉を囲うのは、学校の小使あがりで抜け目はないが、そう人間は悪くない高利貸の末造である。お玉には肉親では只一人の父親がいる。この貧窮な父のために他人の女になった孝行娘である。末造は小使時代から小銭を貯め、いつの間にか一人前の高利貸になり、妻子はいるが、心からお玉の美しさ、やさしさに惚れ込み、毎日のように通って来る。しかし、今の境涯に厭な気持を持ち始めたお玉は、いつしか無縁坂を通る岡田という医学生を意識し、接近を考え始めるが、結局、それは成就せず悲劇的結末で終っている。

明治四十四年九月一日発行の『昴』に「壹、貳、參」章を発表、以後、大正二年五月一日『昴』に「貳拾壹」章まで連載し、一時中断した。そして、約二年経って、大正四年四月一日に「貳拾貳」から「貳拾肆」まで書き下ろしを完成し、五日に籾山仁三郎に渡している。そして、これまでの連載分と合わせて単行本『雁』として、大正四年（一九一五）五月十五日に籾山書店から刊行している。

この作品の一つの特色は、「僕」という「語り部」が登場することである。基本的には冒頭部、終末部に登場、岡田、及び岡田とお玉との微妙な挙措や心理を推察し伝える役割をしている。

この「僕」が「作者」であることを証しているのは、終末部の「僕は今此物語を書いてしまつて（略）」という言辞にある。「僕」は、岡田とともに、上條の下宿にいたという設定、この時期、状況は、学生時代の鷗外の生活がかなり生かされている。この岡田の側近くいたという設定の中で、かなり微妙で観察的な描写を可能にしている。ここぞという場面では、この「僕」が語ることにより、臨場感やリアリティを強めている。

邂逅と別離

この作品の基幹的テーマは「邂逅と別離」にある。これは『舞姫』や『うたかたの記』以来の潜在的テーマである。むろん、そのテーマを支えているのは、エリーゼとの悲劇である。この若き日の愛の悲劇は、鷗外のトラウマとなって、鷗外の心底を支配していた。この『雁』での「邂逅と別離」は当然、岡田とお玉の物語である。このテーマに行くまでは『雁』には、いくつかの興味深い「枝」がある。この「枝」たる小話題は、岡田とお玉の物語を高めていく序曲的部分に位置しているが、些事のようで実は、明治十年代初期の、日本の東京の庶民史に恰好な材を提供してくれるものである。と同時に、これら庶民的風俗の描写が、作品にふくらみと史的雰囲気を与えている。

それは例えば、十三年頃の書生生活の一端、また江戸時代の建物も多く残っていた本郷や神田界隈。庶民の人情としては、お玉と父親、末造と女房など、こうした複数の「枝」を、鷗外は「三十五年前」と書き、ゆったりと克明に描いている。

また、とり落すことが出来ないもう一つの問題は、鬼のような夫に虐げられても、なお実家の両親のために耐えて生きねばならなかった樋口一葉の「十三夜」のお関の生きた二十年代より、もっと早い時期に、無学のお玉が、内発的な「独立」心を成長させていく、鷗外の計算された心理描写も、準テーマとしてこの作品では重要な要点になっている。

「語り部」の「僕」は、十三年頃、東大鉄門前の上條という下宿屋にいた。岡田は「僕」の隣室にいた医学生である。岡田は体格の好い美男で他者から、その性格も信頼されていた。毎日のように散歩に出て、古本屋もよく覗いている。「僕」が、本郷、下谷、神田と古本屋を歩いていると岡田とよく出会った。「花月新誌」「桂林一枝」「槐南、夢香なんぞの香奩体の詩」などが好まれた時である。岡田は「漢学者が新しい世間の出来事を詩文に書いた」(成島柳北『柳橋新誌』か)ものなどを好む程度の「文学趣味」だった。ある日、「僕」が、神田明神前の縁台で唐本の『金瓶梅』を購入したが、岡田は口惜しがった。唐本の『金瓶梅』と言えば、『ヰタ・セクスアリス』の十五歳の項で、向島の文淵先生が机下に唐本の『金瓶梅』を置いているのをみて、馬琴のしか読んだことがなかった「僕」が羨ましがっている描写があるのを想起する。

この岡田には二つの散歩コースがあった。一つは、無縁坂、不忍の池、上野の山、広小路、湯島天神、臭橘寺に戻ってくるもの。もう一つは大学の中を抜けて赤門、本郷通、神田明神、目金橋、お成道そして臭橘寺に戻ってくるものである。

この本郷、神田は、若き日の鷗外、そして「僕」や岡田の生活圏であった。江戸時代は武家屋敷や諸侯の大邸宅が多く、明治に入り、本郷、神田は、日本における学問の発進地とみられるに至った。江戸時代から湯島には学問(朱子学)の牙城たる聖堂があり、本郷高台には加賀藩邸の跡に明治十年(一八七七)に東京大学が建設され、西洋の一流の学者が、雇われ教師として多く来日、この高台に集まってきた。

「僕」や岡田のいるこの本郷台は、日本の知的集団の住む特殊な地域とみられていた。無学なお玉からみれば、この丘の上に住む学者や書生たちは、まさに強い知力を持つ異界の人間に見えたはずである。お玉は、もし、下界の不忍の池の方から定期的に上ってくる青年がいたとしても関心を持ったであろうか。

末造は四十過の壮年であった。一人前の高利貸になると、醜く、口やかましい女房が飽き足らなく思うようになり、妾を囲うことを考える。そのとき脳裏に浮んだのが、小使時代通勤するとき、折々みかけた美しい娘であった。思いたったら末造の動きは早かった。仲に入る婆あさんの世話で小料理屋「松源」で会うことになった。

初対面で末造は一層美しくなったお玉に「非常な満足」を覚え、お玉も「刹那の満足」を覚えている。しかし、ここで大事なのは「どうせ親の貧苦を救ふために自分を売る」というお玉の「捨身の決心」である。人権意識のほとんどない時代と言えども、鷗外は、お玉の父を思う心遣を肯定的に書いている。

婆あさんの話に聞けば、親子共物堅い人間で、最初は妾奉公は厭だと云つて、二人一しよになつてことわつたのを、婆あさんが或る日娘を外へ呼んで、もう段々稼がれなくなるお父つさんに楽がさせたくはないかと云つて、いろ〳〵に説き勧めて、とう〳〵合点させて、その上で親父に納得させたと云ふことである。

父は飴紅の床店で細々と生きていた。お玉は母を早く喪い、父と二人暮し。一度、だまされて巡査と結婚、妻子のあることが解りすぐ離婚している。もう若くして辛い人生を経験していた。それだけに、父を一層大事にする。

鷗外にとって、これこそ親を大事にする日本女性の美質と言いたげでもある。執筆時、すでに『蛇』などでも書いたように、平塚らいてうらの「新しい女」たちが出現し、多く若い女性に影響を与え、権威を恐れない女たちが出現していた。明治十三年といえども、このお玉の美質は得難いことであったと思われる。お玉形象の中に、鷗外のそうした意識が多少ともあったと思うのが自然なような気がする。

自立への意識

しかし、お玉を鷗外は古い封建的因襲の中に埋めてしまう意識はなかった。お玉の「自立」への微妙な意識を捉えていて貴重である。

お玉は、父親に久し振りに会いに行った帰り、意識の変化を持つことになる。「胸の中に眠つてゐる或る物の醒覚」、すなわち「独立」心とでも言うような意識を持つ。女性は受け身で耐える以外にない存在であった明治初期、このお玉の意識は注目に価する。

この「独立」への自覚は、眠ったように存在していたお玉に、一定の動きを与えることになった。

末造の女房お常は、当然被害者である。噂にも聞き、本人も、夫の挙動で他に女がいることを知る。懊悩し、無縁坂に偵察に行ったりもする。鷗外は、そうしたお常の妻の苦渋に多くの頁を割いている。そうした描写の中に、明治初年代の庶民たる主婦の、今から想えば懐しい日常生活をも多く書いている。

夫は妾通いをしていても、そしてそれに懊悩していても、家庭の仕事はしなければならない。これも一般的な日本の主婦の美風であったろう。鷗外は克明に書く。それともう一つ貴重なのは、かつては昭和三十年代まであった、日本の家庭にあったモノが描かれているということである。

袷、行水、蚊遣、蚊帳、手水、蠅除、火鉢、鉄瓶、団扇等これらの家庭にあったモノは今は、ほぼ完全に没してしまっている。お常の主婦の働きもそうであるが、およそ数十年前までには、日本の家庭に在ったモノが捉えられているということは、これもまた大事な描写であると言えるのではないか。

その意味で、この小説は、庶民的文化史の性格を合わせもっているといってよい。

さて、「拾陸」から『雁』はいよいよ岡田とお玉の物語になっていく。九月に入って地方から学生たちが本郷に戻ってきて、無縁坂の往来も繁くなってきた。その学生たちをみていたお玉はある日、「自分の胸に何物かが芽ざして来るらしく感じてはつと驚いた」。これは、父の家からの帰りに感じた「独立」への意識と当然つながったものであった。その自覚は、自分の境遇を客視することにもなった。そして、学生の中に「若し頼もしい人がゐて、自分を今の境涯から救つてくれるやうになるまいか」と考え始める。そして岡田に注目する。最初は「救済者」を求めていたお玉であるが、岡田への意識はだんだん深まっていく。そんなとき、末造が、紅雀のつがいをお玉に買ってきた。鷗外は書く。この「紅雀が図らずもお玉と岡田とが詞を交す媒となつた」と。ある日曜日の昼、散歩に出た岡田は、お玉の家の前で、その紅雀が大きな青大将に襲われているのを見て、お玉の懇請を受け、出刃庖刀でその蛇を殺す。一羽は助かった。

この物語は、蛇退治の描写から七カ月ぐらい中断され、「貳拾」から執筆が再開されている。蛇の件以後、お玉の岡田への意識は急速に変化していく。お玉にとって岡田は「只欲しい物」であったのが、「買ひたい物」へと変っていった。「欲しい」というのは一つの観念であるが、「買ひたい物」というのは、「所有欲」であり、具体的な一体化への意識である。つまり「救済者」をみていたものが、「慕情」に進展していることになる。以後、お玉の岡田への接触欲は、滔天に達してくる。とうとうお玉にチャンスがやってくる。或る朝、末造が来て、今夜は出張で来ないと言って帰った。お玉はこの日を好機とみて、女中も実家に帰し、夕方を待つことになる。

この物語はこれからという重要なところにきて、ここで執筆が切れた。鷗外が「貳拾貳」から「貳拾肆」までの終末部を、雑誌に発表せず、書き下ろしで完成したのは、大正四年三月末日であった。その間、約二年を要している。

さて、ここで「僕」が登場し、岡田とお玉の哀しい物語を微細に観察し締めくくっている。

その日の夕方、上條の下宿で「青魚の未醬煮」が食卓に出た。「僕」は、これが食えない、岡田を誘って散歩に出て、無縁坂までやってきた。そのとき、家の前にお玉が立っているのがみえた。

いつもと丸で違つた美しさであつた。女の顔が照り赫いてゐるやうなので、僕は一種の羞明さを感じた。

このお玉の「赫き」は、「自立」への意識と、岡田への切なる慕情のあらわれであった。お玉の目は、岡田を執拗に注視していた。その時間は「僕」に長く感じられた。

「僕」は振り返りながら、岡田に女のことを言った。岡田は強く「其話はもうよしてくれ給へ」と拒否した。お玉のまず最初の期待は空しく崩れた。途中、二人は石原という男に出会い一緒に歩いた。不忍池に来たとき、空は灰色に濁り、池は荒涼としていた。十羽ばかりの雁。石原は雁を打つという、岡田は逃がしてやるといって石を投げた。ところが、「僕」の「青魚の未醤煮」を拒否するという「偶然」が、お玉の最初の期待を奪ったのであるが、今度は、岡田の投げた石が、「偶然」に一羽を殺してしまった。この「偶然」が二つ重って、三人は石原の下宿で雁ナベを食べることになる。お玉は必ず岡田は一人で帰って来ると、祈る思いで待っているに違いない。しかし、三人が無縁坂を上って行く。

　僕の目は坂の中程に立つて、こつちを見てゐる女の姿を認めて、僕の心は一種異様な激動を感じた。僕は池の北の端から引き返す途《みち》すがら、交番の巡査の事を思ふよりは、此女の事を思つてゐた。なぜだか知らぬが、僕には此女が岡田を待ち受けてゐさうに思はれたのである。果して僕の想像は僕を欺かなかつた。女は自分の家よりは二三軒先へ出迎へてゐた。

　僕は石原の目を掠めるやうに、女の顔と岡田の顔とを見較べた。いつも薄紅に匂つてゐる岡田の顔は、確に一入赤く染まつた。そして彼は偶然帽を動かすらしく粧つて、帽の庇に手を掛けた。女の顔は石のやうに凝つてゐた。そして美しく睜《みは》つた目の底には、無限の残惜しさが含まれてゐるやうであつた。

お玉の最後の願いは二つめの、否石原に逢ったことを入れたら三つかも知れない、この三つめの「偶然」によって、神は二人の接点を永遠に切断してしまったのである。お玉の切ない慕情は無惨にうち摧かれてしまった。

「顔は石のやうに凝つてゐた」

「一度逢はれずにしまふにしても、二度共見のがすやうなことは無い。けふはどんな犠牲を払っても物を言ひ掛けずには置かない」、お玉は、このように思って岡田が一人で上ってくるのを待っていたと思われる。しかし、お玉の願いは完全に裏切られた。一人増やして三人になって上ってくる岡田を見て、お玉の体は氷付いた。それにしてもこんな哀しいことがあるだろうか。

　この『雁』の中で、一番凄絶で、美しく、そして哀しい表現は、「女の顔は石のやうに凝つてゐた。そして美しく睜つた目の底には、無限の残惜しさが含まれてゐるやうであつた」であろう。鷗外は、この表現のために『雁』を書いたと言えば、大袈裟であろうか。

　岡田のヨーロッパ行きを知らないお玉は、また会えるかも知れない、その可能性を残していながら、このお玉の悲痛な表情は永遠に会えないことを知っている表情である。

　二年の空白があったにもかかわらず、『雁』は見事に完結したのである。

考えてみると、この『雁』のお玉の悲劇には、二つの「鳥」が関与していることに気付く。鷗外は、これを意識していただろうか。

二つの鳥

つがいの「紅雀」が、お玉と岡田とが「詞を交す媒となった」、お玉は、この小鳥が蛇に襲われ岡田が介在したことで、より岡田への想いが深化していった。そして、お玉が岡田との接点を願って必死の想いをかけて、坂の上で待っていた、その願いを断ち切ったのも、「雁」という鳥を、岡田たちが獲得したためであった。

この「鳥」の役割は大きい。結局、会って話をしたいという切なるお玉の願いを、一つの「鳥」はそれを可能にし、一つの「鳥」は、それを永遠に不可能とした。この小説の構造の上では、それが対となっている。鳥のイメージはか弱いもので、何処かへすぐ飛んでいってしまうというはかないイメージをもっている。『生田川』にもその発想がある。この二羽の「鳥」のイメージが『雁』全体にそうしたイメージを与えていることを知らねばならぬ。その上に重なるのが蛇の無惨な死のイメージである。

また、この『雁』が伝える要点の一つに、住む世界が異なる、階層の差があり過ぎるということの作用である。この両世界に住む人間が、接点を求めた場合、容易ではない、というメッセージである。

このことは、現在では相当打破されているが、明治の社会ではかなり困難をともなうということであった。この思念の、鷗外の原点は、やはりエリーゼ体験にある。このトラウマは当然『舞姫』の豊太郎とエリス、そして『うたかたの記』の巨勢とマリーに反映されている。極言すれば、岡田は、エリス体験で痛い程の苦渋を味わった豊太郎の、二十六年後の成長した姿とも言える。「僕」が無縁坂で、お玉の岡田に注がれた眼に驚き、岡田に声を掛けたとき、あの温厚な岡田が「其話はもうよしてくれ給へ。君にだけは顚末を打ち明けて話してあるのだから、此上僕をいぢめなくても好いではないか」と拒んだ。この拒否の言も妙に意固地ではないか。岡田は豊太郎であると同時に「鷗外」そのものであったとも言えよう。エリーゼ体験は、一つには、住む世界すなわち境遇の違いから生じた悲劇である。

明日、上條を離れ、ヨーロッパに渡るという理由があったにしても、もし岡田にお玉を受容する意思が少しでもあれば声を掛けたかも知れぬ。しかし、「鷗外」は岡田に断固として拒否させたのである。もう二度と、異人（日本人同士でも差異があり過ぎる人）に近づいてはならぬという若き日の思いが、どこかでこぼれたのかも知れぬ。

鷗外は、三十五年をふり返って、己の学生時代、そして日本の開化期を想い出し、それを舞台に、「邂逅と別離」という鷗外の基層に存在する痛ましくも美しいテーマで、一つの物語を創り出すことに成功した。大正四年に完結したわけであるが、明治四十年代にあって、初めて広潤で奥ゆきのある、熟成した「大きい作品」（『妄想』）を完成したといってよかろう。

45　二つの特異な小説

『百物語』

『百物語』は、明治四十四年十月、『中央公論』に発表された。

この小篇は、幽霊の話を聞く会に出席したときの様子を書いたものである。〈百物語〉とは、江戸時代から明治にかけての蠟燭の文化の中で生まれた納涼の一つの催物であったようだ。「ようだ」と書いたのは、この小篇が書かれた四十四年頃には、もうすでにこの〈百物語〉は、「過ぎ去つた世の遺物」とみられていたからであり、勿論、現在では完全に廃れたものである。

従って主人公の「僕」は記憶もおぼろな過去の話として書いている。しかし、ここで少し疑問が残る。それは、会場で当時実在の依田学海に会い挨拶をしていることである。学海は、天保四年（一八三三）に生まれて明治四十二年（一九〇九）に没している。漢学者で劇作家、小説家としても一時知られた人であった。鷗外より三十歳位年長であり、明治に入ってから太政官に出仕したり、修史局に勤めたりしている。この頃、学海は向島に住んでいて、少年時代の鷗外に漢文を教えたりしている。『ヰタ・セクスアリス』の十五歳の項に、この学海をモデルとした文淵先生が登場している。ある日、女性の「召使」が出てきたが、「お召使といふには特別な意味があつた」と、ふくみをもたせて鷗外は書いている。恐らく「妾」という意味であろう。そして、すでに書いたが、文淵先生の机の下に唐本の『金瓶梅』をみつけ、羨しく思ったことも『ヰタ・セクスアリス』に書いている。学海は、硬い漢文学の師にしてはなかなか艶のある人物であったようだ。この文淵先生こと、依田学海が没したのは、この『百物語』が書かれる約二年前である。

鷗外は『百物語』で、「鬚の白い依田学海さん」と書いている。二年前に亡くなった人で「鬚の白い」人となると、この四十四年と、そう遠くない時期に亡くなったのではないか、と想定もされる。学海が亡くなったときは七十七歳。十七年前としても六十歳であるから、「鬚の白い」という言辞と、「余程年も立つてゐるので、記憶が稍々おぼろ」という文と、そう矛盾はしないのかも知れぬ。いずれにしても、わざわざ、依田学海という、自分にも縁のある人を出していることを考えると、過去、実際あった催物だったと想像してもよさそうである。学海が六十歳とみた場合、明治二十五年、鷗外三十歳のときである。大体この位の間隔であったのかも知れない。

「僕」は写真を道楽にしている蔀君という人に誘われて、この〈百物語〉に参加する。この〈百物語〉という催物については、作中で次のように説明している。

> 百物語とは多勢の人が集まって、蠟燭を百本立てて置いて、一人が一つ宛化物の話をして、一本宛蠟燭を消して行くのださうだ。さうすると百本目の蠟燭が消された時、真の化物が出ると云ふことである。

夜「蠟燭」で暮らすという生活文化がなかったら成立しない催物であり、「古への人の語りつたへし」からみると、遠く、奈良、平安の昔から行われていたとみてよかろう。宮中をはじめ貴族たちの遊びであったのか、あるいは庶民の間で流行ったのかも明確ではない。鷗外はなぜ〈百物語〉を想い出したのか、と考えてしまうが、一つには、同年九月十一日に、イプセンの「幽霊」を翻訳している。そして、この『百物語』は九月二十四日に書かれている。当然この影響があったと思われる。『百物語』の中で「怪談だの百物語だのと云ふものの全体が、イプセンの所謂幽霊になつてしまつてゐる」と書いている。

しかし、この『百物語』なる作品は、この興味あるイベントの内容が述べられるわけではない。この〈百物語〉に行きつくまでに話は終ってしまう。つまり、川開きの後、舟に乗って寺島という処に行き、冠木門のある古い家に着く。そこの十四畳の座敷に着いた「僕」は、徹底的に観察者となって、他者を観る。これは舟から座敷まで、「僕」の一貫した姿勢である。蔀君が、主催者の主人を紹介する。三十位で蒼白い顔の男である。傍に、東京で最も美しいと云われている芸者太郎が、いつもついている。この男は「今紀文」と言われ評判の渦中にある。「僕」はこの二人から目を放さない。「僕」は〈百物語〉よりも、集まっている人間、そしてこの二人に興味があるらしい。徹底的に観る観照者になってしまっている。

ここで、例の『金貨』『金毘羅』『追儺』『牛鍋』や『電車の窓』などを想起する。作品の質が同じなのである。

そして、この「僕」を「傍観者」として規定する自覚が、やはり気になるところである。

> 僕は生れながらの傍観者である。子供に交つて遊んだ初から大人になつて社交上尊卑種々の集会に出て行くやうになつた後まで、どんなに感興の涌き立つた時も、僕はその渦巻に身を投じて、心から楽んだことがない。僕は人生の活劇の舞台にゐたことはあつても、役らしい役をしたことがない。高がスタチストなのである。さて舞台に上らない時は、魚が水に住むやうに、傍観者が傍観者の境に安んじてゐるのだから、僕はその時尤も其所を得てゐるのである。さう云ふ心持になつてゐて、今飾磨屋《いましかまや》と云ふ男を見てゐるうちに、僕はなんだか他郷で故人に逢ふやうな心持がして来た。傍観者が傍観者を認めたやうな心持がして来た。

『舞姫』の中に、「彼活潑なる同郷の人々と交らんやうもなし。この交際の疎きがために、彼人々は唯余を嘲り、余を嫉むのみならで、又余を猜疑すること丶なりぬ」という文がある。
鷗外が書く「渦巻に身を投じ」ることの出来ない性格、『舞姫』で言う「交際の疎き」の自覚、鷗外には終生、この一種のニヒリズムがあったようである。これは、難事にぶち当ったときに、己に猜疑心を生じ、己を苦しめることになる。〝小倉左遷〟の意識もその一つであろう。そして「僕は人生の活劇の舞台にゐたことはあつても、役らしい役をしたことがない」というジレンマにもなる。

これも『舞姫』から一貫してある被害者意識である。「飾磨屋と云ふ男」も「傍観者」と認め、「他郷で故人に逢」ったような心持を持ち、この男の場合、「無形の創痍」から「傍観者」になったものと鷗外は想定している。だが、「僕」はこの男に、実は自分を観ているのである。「僕」こそ、ここに到るまでに数え切れない「無形の創痍」を受けている。そのために、〝渦中者〟になることを避けようとする。「傍観者」たろうとするのは当然である。

『妄想』の中で、「僕のしてゐる事は役者が舞台へ出て或る役を勤めてゐるに過ぎないやうに感ぜられる」「舞台監督の鞭を背中に受けて役から役を勤め続けてゐる。此役が即ち生だとは考へられない」と書いていることはすでに述べた。

「役らしい役をしたことがない」というのは、「自分で欲する役を演じさせてくれない」ということ、これは『妄想』でいう舞台監督の命じるままに「役から役を勤め」るということと全く同じ意味である。

これは永年、官僚として生きている以上当然の自覚であろう。官僚は政治家と違う。端的に言うと事務屋である。渦中で踊ろうとしたら、必ず制止がくる。しかも鷗外のように、創作者、すなわち芸術家を兼ねていたら、官僚人の非生産性が目立って痛苦ともなる。陸軍軍医総監、陸軍省医務局長という、陸軍医務官僚のトップに立っても、官僚人という性格の本質は全く変らない。自分の意思が通るのは些事にしか過ぎまい。官僚は絶えず「受身」である。政治家がコトを決め、事務官はそれを実行するだけの役割である。明治四十年代の末になって、文学者としては「大きい作品」が書けない不満、そして官僚としては、他者の意見でいつまでも動かなければならないという不満、これらを複合した意識が、鷗外の心層の底に漂っていたといってよい。その意味で『妄想』と『百物語』とは作者の意識として通底しているといってよい。

このすべて「受身」という自覚は、なかなかとれない。官僚として生きている限り、幾ら地位は上っても〝与えられる役割〟という仕組みは不変である。官僚は、自分が積極的に動くと、失敗したとき、責任を取らなければならない。不動でいることが求められる。しかし、創意性をもつ優れた官僚は卑小感に落ち込み辛い。この『百物語』が脱稿されたのは九月二十四日であるが、それから二十八日後（十月二十一日）例の「補充条例」の改正条項について不満が爆発、ついに石本新六次官に辞意を申し出ている。そうした渦中に、この『百物語』が書かれていることに留意しなければならない。

そして、再度言えば、肝腎の〈百物語〉の始まる前に、会場を限なく観察し、「傍観者」を自覚した後、この「僕」は、さっさと会場を去っていることが、この小篇のすべてを物語っている。

『灰燼』

『灰燼』の「壹」は、明治四十四年（一九一一）十月一日刊『三田文学』第三巻第十号に発表されている。『雁』の「壹」が発表されたのは、同年九月一日刊『昴』第三巻第九号であり、以後十月、十一月と発表されていった。この二つの長篇は、かように、ほぼ同時期に執筆、スタートしているといってよい。

このことは重要なことではないか。例の『妄想』で、「哲学や芸術で大きい作品を生み出すとか云ふ境地に立つたら」と嘯いたことはすでに喧伝してきた。『雁』『灰燼』と同時期に「大きい作品」を企図したことは決して偶然ではあるまい。

明治四十二年以後の鷗外の創作状況については、すでに何度も触れている。鷗外の不満は十分自覚されるものであった。是非とも「大きい作品」を書きたい、この意欲は同時に焦りもともなったに違いない。焦ると失敗もあり得る。鷗外はその危険を承知していたであろうか。

内容をみてみよう。

山口節蔵が、かつて若き日に寄宿していた谷田家の当主滋が他界した。この作品は、節蔵が、その葬儀に列するために宅を出るところから起こされていく。葬儀場までの描写が続き、やっと到着、谷田家の人たちと再会を果たす。節蔵は、自然に昔の谷田家での生活を想い出している。その中でも大きい事柄としては、谷田の美しい一人娘、種子に相原という少年がつきまとうので、これを排除して欲しいと、谷田家出入りの牧山に頼まれ、これを成就する。以後、谷田家での待遇がよくなったという話である。こういうストーリーの間に、節蔵の人生観、小説観などが挿入されていく。最後の「拾捌」では、学校で知り合った池田の影響で、ある夜、突然「今から」と起き上って小説を書き始める。題名は「新聞国」で「毒々しい諷刺」とみずから思う。

節蔵は、小説を書く前に「写実を唯の標準にしてゐる周囲を離れて、自分は縦ままに空想を馳せて見たい」と思っている。確かに「新聞国」は「空想」の所産である。こんな国は現実にはあり得ない。此国には「新聞」以外には何もない。そして三種類（A、B、Cとしておく）の人間以外の者はいない。Ⓐ「新聞の種を作る人」、Ⓑ「その種を拾つて書く人」、Ⓒ「その書いたものを買つて読む人」、そしてこの三種の「区分」も「境界はぼんやりしてゐる」という。

Ⓐの大多数は、三面種を作る人たちで、一番馬鹿をみている連中、「その小部分が政治家」で「事実の正反対を表面に出す」ときめつける。何やら平凡な政治家批判である。Ⓑの大多数は、政治家になろうとしてなり損ねた人たちである。そしてこのⒷには、一方に「文士」がいる。Ⓑはこの二種類から成り立っている。「文士」は、恐ろしく意気地がなくて高慢で献身者らしい素振りを看板にしていると批判する。Ⓒは「概ね老人と老人めいた若い人」とし、「読む人の身に取つては、書く人が是非とも自分に代へて考へてくれなくてはならない」と「読む側」の意識の低さ、怠慢も批判している。結局、節蔵の書く「新聞国」の三種類の構成員は、みな批判の対象である。その批判も極めて当然で平凡な批判と言わざるを得ない。節蔵の、この「新聞国」なる小説は、失敗作と言う以外にあるまい。

鷗外は「新聞国」について『灰燼』の末尾に書いている。

「新聞国」の人民の類別を「博物学」のように書いたのでは、「小説らしく」には「見えなかつた」と。節蔵自身にも、この「新聞国」なる小説が、「小説」になっていないことを自覚させている。

そして、「新聞国」だけでなく、小説『灰燼』自体、鷗外も失敗したという自覚があったのである。鷗外は後年、『なかじきり』（大6・9）の中で「小説に於ては済勝の足ならしに短篇数十を作り試みたが、長篇の山口（注・山の入口）にたどり付いて挫折した。」と書いている。「長篇の山口」とは間違いなく『灰燼』をさしている。鷗外自身、「挫折」と認じていた。鷗外は、この作品で節蔵という物書きを形象し、小説の書き方、あるいは一つの小説として「新聞国」という作品を実際に構想してみた。これは余りにも「空想」に過ぎたもので、恐しくリアリティを欠くものであり、その上、世に常識としてまかり通っている理屈の上に、理屈を重ねるという退屈な世界を形象してしまっている。それでも、このテーマだけでも一貫性があれば、あるいは含蓄のある小説になったかも知れぬが、「間々に習作めいた短い話を幾つも挿ん」だために、作品としての一貫性を喪失してしまったのである。冒頭の葬儀の長過ぎる描写、また挿入された谷田家とのエピソードと、終末の「新聞国」と全く、異質な世界の混成であり、鷗外も行き詰まらざるを得なかったに違いない。万事、最初の構想が大事なのである。

気のついたことを若干書いておく。

『雁』と『灰燼』が平行して書かれ始めたことを証する一つの叙述がある。『灰燼』の「壹」で、節蔵が指ケ谷の自宅を出て白山下まで行き、人力車を傭い、「小石川区」の「狭い町から狭い町」へと移動し、やがて基点になる護国寺に着く、これらの描写は、この「小石川区」の隣りにあたる本郷区、神田区を舞台にして「僕」と岡田が行動する『雁』が想起され興味深い。二つの作品が、ここでは同じ空間を共有していて印象に残る。また、太政官や修史局に勤め、お手伝いも多くいた谷田滋の老後の生活が書かれるが、これなどは、鷗外が少年時代、神田小川町の西周の家に寄宿していた頃の体験が踏まえられているとみてよい。

少し話題は哲学的になるが、『灰燼』で「節蔵は何物をも求めない。唯自己を隠蔽しようとする丈である」と書かれているが、これは『百物語』の中で「役らしい役を勤めたことがない」という「言」の裏返しのようにも思える。「何物をも求めない」というのは、そうなれば楽だろうとする一種の願望であるが、無欲でいることで満足出来るものではない。節蔵は理想を想っているに過ぎない。右の言に続いて、鷗外は節蔵のことを次のように書いている。「何物をも求めないと云ふことは、大人には想像が出来ないので、人は節蔵の求める物を、余程偉大な物か、高遠な物かと錯り認めずにはゐられない。所謂大志ある人として視ずにはゐられない。」と。つまり「人」は、節蔵を「余程偉大な物」「高遠な物」を求める「大志ある人」と、「視ずにはゐられない」と書いているが、こういう意識が生じるのは、やはり、節蔵といっていいか、鷗外といっていいか、己が、並の人間でないという自覚があったからではないか。「何物をも求めない」ということは、宗教家ですら信んずることは出来ない。まして、芸術家である以上、それは空言と言われても仕方があるまい。これらの鷗外の記述は、『妄想』の例の「大きい作品」云々の言と確実につながっているのは間違いない。なぜ、それを『灰燼』で否定しようとしたのか、このことが問題である。〈灰燼〉の意味は「灰と燃えがら」「ないもののたとえ」である。なぜ、鷗外はこの時期にこんな実りのない自虐的な題名をつけたのか。何か恐しい気もする。またしても『なかじきり』のあの言葉「小説に於ては、済勝の足ならしに短篇数十を作り試みたが、長篇の山口にたどり付いて挫折した」を想い出すのである。「済勝」とは「景色よき地をわたり歩くこと」。とすると、いずれ目標たる「長篇」の執筆に行く「足ならし」として「短篇数十を作り試みた」ということである。四十二年からの短篇群は、いずれ「大きい作品」に達するための習作品であったのではないか。しかし、「長篇の山口」には入れず「挫折」したのである。だが、鷗外は、これで終ったわけではない。鷗外が本当の意味で、「済勝」の気分が持てたのは、歴史小説の執筆に入ってからということになる。

46　明治四十四年の翻訳作品

四十四年に発表された翻訳作品は、次の十五篇である。

1『一人舞台』アウグスト・ストリンドベルヒ（明44・1『女子文壇』）

2『パリアス』アウグスト・ストリンドベルヒ（明44・1『新小説』に、「曲戯首陀羅」と題し掲載、のち『新一幕』に「パリアス」と改題され収められた。）

3『人力以上』ビヨルンスチエルネ・ビヨルンソン（明44・1『歌舞伎』、以下5回にわたって「曲戯人力以上」と題し連載）

4『二髑髏』フーゴー・アンドレーゼン・ミヨリスヒヨッフェル（明44・1『東亜之光』）

5『襟』オシップ・イシドロヴィッチ・デモフ（明44・1『三田文学』）

6『一匹の犬が二匹になる話』マルセル・ベルジエエ（明44・1『心の花』）

7『寂しき人々』ゲルハルト・ハウプトマン（明44・2・16〜4・25『読売新聞』67回連載）

8『街の子』ヴィルヘルム・シュミットボン（明44・5『歌舞伎』以下6回にわたって「曲戯街《ちまた》の子」と題し連載）

9『塔の上の鶏』ヘルベルト・オイレンベルグ（明44・6『東亜之光』）

10『世界漫遊』ヤーコブ・ユリウス・ダキット（明44・6『帝国文学』）

11『クサンチス』アルバート・サマン（明44・7『新小説』）

12『薔薇』グスターフ・キイド（明44・7『女子文壇』）

13『板ばさみ』エフゲニー・ニコラエヴィッチ・チリコフ（明44・7『三田文学』）

14『手袋』ビヨルンスチエルネ・ビヨルンソン（明44・11『歌舞伎』以下5回にわたって「曲戯手袋」と題し連載）

15『幽霊』ヘンリック・イプセン（明44・12 金葉堂から単行本として刊行される）

十五篇のうち『歌舞伎』に、連載が三回と最も多い。四十四年も、鷗外は精力的に翻訳に力を入れている。十五篇のうち、小説八篇、戯曲七篇とほぼ同数であるが、戯曲に長篇が目立つ。そして、ストリンドベルヒ、ビヨルンソン、イプセンなど五篇がスカンヂナビアの作家である。これらは、いずれも鷗外はドイツ語訳から訳している。

1　『一人舞台』アウグスト・ストリンドベルヒ

コーヒー店の一隅。甲は夫ある女優、乙は夫のない女優。甲は乙に、「クリスマスの晩だというのに独りというのは、胸が痛むわ」と言う。乙は蔑すむように甲をみる。甲はちび達への贈物をみせる。そして、乙に、私が途中からあの座に雇われたからお前さんがやめたというのは嘘だと言い、上沓を出して、お前さんが好きだったあの人のもの、私が縫い取りをしたのよ、と言う。乙は嘲弄の眼でみる。甲は、私の夫のような亭主をもてばよかったのよと、またしゃべる。なぜ約束しながらあの人と結婚しなかったの、乙は黙っている。甲はさらに言う。お前さんからすべて教わり、お前さんの好きな人を押しつけられても、あの人は私を可愛がってくれるからいいのよと。とにかく勝ったのは私、誰もお前さんと一緒にならない。なんで黙っているの。お前さんは誰にも物を教はらないで、とうとう枯れた藤のように折れてしまうのだわ。甲は勝ち誇ったように、お前さんにお礼を言っても好いわと言う。乙は最後まで無言。

ストリンドベルヒは何が言いたいのか。甲と乙はともに女優。どうやら甲が後輩らしい。乙は甲にいろいろと教え、助けた模様。しかし結局、「あの人」も甲が獲得し、乙は何も得なかったようである。その原因と思われることをストリンドベルヒは「誰にも物を教はらないで、誰にも頭を屈め」なかったことにおいているようである。

女優としても、そして容姿も能力も乙が上だったようだ。乙は自信があった。しかし運命の計算では、結局、孤独が残ったということか。だが、甲は〝一人舞台〟でしゃべりまくった。無言を通す乙の方に案外、幸せがあるのかも知れない。いろいろ解釈の出来るように工夫したのであろうか。ストリンドベルヒ（スウェーデンの劇作家、小説家。徹底したリアリズムをもって、人間と社会を捉えて風刺をする。戯曲は自然主義の典型として、その後の近代劇に大きな影響を与えた。）の作品を日本で最初に紹介したのは鷗外である。この『一人舞台』の日本での初演は、一九二四年（大13）十一月、築地小劇場においてであった。

2　『パリアス』　アウグスト・ストリンドベルヒ

甲は考古学者、乙はアメリカより帰ってきた男。部屋の中央に大きな卓。甲が帰ってくると乙はベルンハイムの書いた「暗示」という本をみていたが、急いで逆さにして書棚に入れた。甲は考古品は見つけた人に所有権があり、自分にはそれを盗む意思はないという。甲は乙をみて、君は監獄に入った事があるねと指摘する。乙は認める。学生の時、銀行から金を出すとき友達に連署を拒否され、無意識に友人の名を書いてしまい服役したのに自分の心では、無垢な人間に戻ったという意識がないと言う。甲は、実は人を殺していると告白。クリスマスの夜、友人が寄こした馬車の馭者が、うたたねをしたために馬車は溝に落ちた、そのとき馭者を殺してしまったのだと言う。甲はしかし、自分に欠点があると感じたことがない、殺意がなかったからと言う。乙は甲に言う、君は懲悪に該当すると。自分は「無意識」でしたのに二年の懲役、この汚れを洗うには金がいる。刑罰を逃れている男がこの金を出すべきだ、私に償金を出せという。甲は乙に言う。君は、さっき書棚でベルンハイムの「暗示」の論文をよみ、文書偽造を「暗示」でやったと拵《こしら》えたねと。乙はただの貧の盗みであったことを認める。そこで乙は、甲の妻に、殺人のことを知らせると言う。甲はにんまりして、俺ほどの人間が、結婚するとき、そんな話を黙っていると思うか、と反撃する。乙は何も言わないで甲の家を出て行った。

偶然甲の家にやってきた乙、この二人が殺人と文書偽造をやっていたということで論議をする。どちらも無意識の犯行であるというが、乙の方は、ベルンハイムの「暗示」の本でヒントを得た、ただの盗坊という結論になる。興味あるやりとりであるが、甲は殺意はなく一回、たたいただけで老人だから死亡したとは言え、刑法に触れないはずはない。本人も自首すると言いながら最後は乙との論争に勝ち、話は終っている。その点、ドラマとしては問題が残るのではないか。『一人舞台』に続いて、同じストリンドベルヒであるが、考えてみると、単純な会話で終始している作品とも言える。「パリアス」というのは、インドにあるカースト制の最下層民、賤民を指す語である。

この語も、この作品でどういう意味をもつのか、人を騙して歩く乙をさしているのか、その点も定かではない。この作品は、大正三年（一九一四）十月十六日から、有楽座で、舞台協会によって上演されている。また東京帝大の学生で組織された互葉会第一回私演として、大正八年（一九一九）十一月二十日、東京帝大学生基督教青年会館で上演されている。

3 『人力以上』ビヨルンスチエルネ・ビヨルンソン

㈠白い着物をきたクララ夫人がベットに横たわり、アメリカから駆けつけた妹ハンナが傍に立っている。クララの夫は不在、牧師である。クララは夫は奇蹟を起こす人と妹につげる。そこに夫の牧師が帰ってきて、今夜は不眠のクララのために祈祷をするという。息子は信仰への疑念を訴え、天下にキリスト教徒といえる者は父一人だと断じる。祈祷が始まった。しばらくして娘アンナは、母は眠っていると叫ぶ。

㈡小さい教会とそれをとり巻く何百の人。歌声が響いてくる。人々は、クララの不眠が治った奇蹟がみたいと集ってくる。「人力以上」のものをみせて欲しい、人々は言う。クララはベットから立ち上がる。みんなは驚異に立ちすくむ。会堂から合唱の声。白い着物を着たクララが登場。夫の牧師はクララを抱き、「かうなる筈ではなかつたが」と言い、胸を押えて倒れてしまう。娘、父に駆け寄るが、牧師はすでに死んでいた。

この作品のテーマを理解するのは難しい限りである。キリスト教の永遠の課題である「奇蹟」が、主テーマであることは解るが、もう一つ隠されたテーマがあるように思える。永年、不眠症で苦しみ、寝台を離れられなかった、その妻が睡り、立った。まさに「奇蹟」は起った。しかし、その直後に夫の牧師アドルフ・サングは死んでしまった。「奇蹟」で甦った妻に代り、夫は命を奪はれたのである。何なのか。この夫も確実に生き残り、サング家四人が幸せを祝福出来たとき、「奇蹟」は本当のものとなる。この筋から考えたらこの世に本当の「奇蹟」はないということにならないか。

小堀桂一郎氏は、「鷗外は精神病理学的興味からこの作品に向つたのではないか」（『森鷗外—文業解題〈翻訳篇〉』）と述べている。数え切れない人間たちの期待を一身に受け、「奇蹟」をどうしても実現させなければならない、という猛烈なストレスに、アドルフ・サングは押しつぶされた、つまり肉体の破壊があったと考えても筋は通る。しかし、素直に考えてみると、「奇蹟」に失敗したという、信仰不信も考えられるということである。無神論者、鷗外は、何を考えたかという点にも興味が沸いてくる。

4 『二髑髏』 フーゴー・アンドレーゼン・ミヨリスヒヨッフェル

エル・ラムサン・チイルは、ポンペイ一の富豪だが、四十年孤独に暮している。「七月二十一日」は、この老人にとって大切な日である。三十年、愛していたバギタが、裏切ってラスルという男と結婚しようとした日である。しかし、奇妙にも、このバギタとラスル二人は、この日以来全く姿を消してしまっている。さて、七月二十一日がきた。老人は奉公人たちに金を与えて全部外出させ、独りで暗黒の快楽を楽しもうとしている。三十年前の今日、老人は怒り憎しみ、そして歓喜に身をふるわせたものである。老人は楼上の小部屋に入ると、卓の上にある二個の骸骨を眺めて気味の悪い哄笑を発する。バギタとラスルの三十年前からの姿である。初夜を迎えることが出来なかったこの二つの骸骨を老人はベットに持って行き、酒を飲み勝利感を味わうが、己の衰えは隠せない。

作者の経歴は不詳。原作は、鷗外がドイツからとり寄せていた『ベルリン日報』の日曜文芸付録に載ったものである。内容は猟奇的ではあるが、一種の復讐劇として解り易い大衆向きの作品である。

5 『襟』 オシップ・イシドロヴィッチ・デモフ

俺はロシアからベルリンに来て新しい襟を一ダース買った。夜、新しい襟をして外出、ロシアの侯爵に間違えられた。ホテルに帰り、残っていた古襟二つを窓の外に投げた。朝外出するとき、門番が侯爵のものですと言って落した襟を渡した。電車を降りるとき、その襟の入った包をわざと置いて降りたのに肥った男が追いつき包を渡した。今度は川に投げ、四時間経ってホテルに帰ると、門番がまた包を渡した。俺は失望した。門番によると、水上警察、潜水夫、また探偵まで動いたという。俺は、翌日国会の卓の下など、いろんな処にこの包を置いたが駄目だった。ああロシアが恋しいと思う。街で、電車で出会ったあの肥った男に再び出会った。俺はナイフを男の腹に突き立て、その包を腹の中に入れた。その晩よくねむれた。俺は捕り裁判で死刑の判決を受けた。

あの男が電車から飛び降りてあの包を渡しさえしなかったら問題はなかったのだ。「己はヨーロッパの為に死ぬる」「さらばよ。わがロシア」と叫んでいた。

現実には起り得ない話であるが、このヨーロッパの田舎者であるロシア人がベルリンに来て、この古襟のためにえらい目に遇う滑稽諷刺小説といってよい。作者はロシア人のオシップ・デモフ。幾つか問題点がある。一つは、当時、ヨーロッパの中でもロシアは特に文化的に遅れていたという自覚、もっと言えば劣等感がデモフにあったに違いない。いくら古襟を捨てても、戻ってくるという、ベルリンの都市機能への驚異と、不気味さである。現実にはあり得ないことであるが、当時のモスクワとベルリンでは確実に都市の機能としてはベルリンが進んでいたということ。また最後に「わがロシアよ」と言いながらも、「己はヨーロッパの為めに死ぬる」という精神である。今のEUを考えたとき、当時からヨーロッパの端に在るロシア人にも、ヨーロッパは一つという観念があったことが想定されて興味深い。

6　『一匹の犬が二匹になる話』マルセル・ベルジエエ

昼前、ボニション先生は、真黒で若い犬、リップを連れて戻ってきた。リップは走って家に入ってしまった。家主も妻も怒っている。この犬を二度と目にふれないようにしてくれと。ボニションは、家主と妻には勝てないと思い、犬を連れて外に出たところ、泥に突込みボニションの服も泥だらけになった。ボニションは覚悟を決め犬を捨てる決心をし公園に放った。そして電車に飛び乗って、一まわりして電車を降りた。ふと気付くと、例の公園前であった。大勢の子供たちがいる。リップと、もう一匹白い犬が繋がれている。我慢出来ず、私の犬です、と言ってリップを引きとった。番人は、これで「製革所」に行くのは一匹だけになったと言う。ボニションは立ち去ろうとしたとき左の甲にこの白い犬の温い息が触れた。ボニションは情に動かされこの白い犬も私のですと言ってしまった。

作者はほとんど知られていない。やはり鷗外がとっていた『ドイツ新聞』の文芸付録にあったものではないか。作品は、犬好きの男の心理を描いた小篇である。テーマは平凡といってよかろう。家主や妻からも嫌われ、迷惑をかけている犬であるが、他者には、このボニション先生の心理は理解できない。捨てていながらまた捨てた場所にきてしまっている。この執着心は本人しか解るまい。いったんは、齢をとっても、捨てる強さをみせようとしたが、結果は、他のもう一匹の犬まで背負い込んでしまう。他者からみれば最悪な選択になることに、強さを発揮している。ヒューマンなのか、マニアチックなのか、両方が混在した心理であろう。

7　『寂しき人々』ゲルハルト・ハウプトマン

㈠ベルリンの近傍、湖水に面した別荘の中。赤ちゃんの洗礼を終えて姑、乳母、嫁も居間に出てくる。姑は若夫婦に信仰心を持って欲しいと言う。姑は去り、代って画家が登場。無信仰の夫ヨハンネスは洗礼のことで不機嫌。舅と牧師登場。二人は神への感謝を述べる。そしてヴェランダへ。夫と画家は論争している。夫は著述業だが仕事が進まず焦ら立っている。そこに画家の洗濯女が、哲学を勉強しているアンナ・マアルを連れて来る。アンナは女学生で画家の知人。妻ケエテはアンナにひけめを感じている。夫はアンナを早速ボートに乗せて湖に漕ぎ出る。

㈡朝食時、アンナ登場、夫の人物を褒める。因襲に反撥し新しい道を探している点にアンナは感心。妻、アンナと入れ代り登場。妻は夫はアンナが来て機嫌がよくなったとなじる。夫はアンナを「旱魃の膏雨だ」と褒め感謝する。アンナ去る。妻は夫にもっと私の仕事を理解してくれと訴える。
(三)午前十一時。妻と画家登場。妻いつもより活発。画家は、夫が厭がるから余り来れないという。画家去りアンナ登場。今日発つという。夫は不満だ。アンナは、人生で最も尊いのは「自由」だと言う。妻は夫がアンナを想っていることに絶望し、家を出るという。姑は止める。アンナ発ち、夫は送って行く。しかし、二人は戻ってくる。姑は激怒する。夫はアンナに対し純潔だ、朋友だという。そして夫は、いま、僕自身を発見したと言って退場。
(四)夕暮れ。妻は心労で衰弱している。姑、画家にアンナを説得するように頼む。姑、画家と入れ代って夫とアンナ登場。アンナは、きっぱりと家を出るという。夫は懊悩。舅が別荘に来る。姑はアンナの話を舅にし、神のお陰で無事済んだという。
(五)居間。夫、姑に対して、なぜ私の客を追い出すかと迫る。アンナが出るならこの拳銃で頭を撃つという。舅、登場。神は罪人を愛し贖罪をするという。夫は誤りだと反論。舅と姑は去る。アンナ登場。夫は、遠くとも二人が一つの法則で生活していこう、それだけが唯一の接触点だと答える。しかしアンナは去って行く。夫は号泣。みんなは一安心。妻は夫のいないのに気付く。やってきた画家は、さっき舟で出て行った人がいると言う。卓に一片の紙切を見付けた妻は、文字を凝視し、そこに倒れる。

中年の夫婦の生活の中に、十代末の女学生が入ってくる。そのために、夫の関心が女学生に著しく傾斜し、夫婦は苦悶する。こんなとき女が去って解決する場合と、女が去っても、傷つけられた夫の精神は回復せず、死を選択するという悲劇になる場合、または、妻が追い出され、女が居据わるということもある。こうした三角関係は、人間の一種の宿命である。これを書いた頃のハウプトマンは強い自然主義の主張をもっていた。この『寂しき人々』には、一つには信仰の問題、そして因襲より脱し自立する問題、等をも含み、五幕にわたる大長篇で、深刻な生々しいドラマを魅せてくれる。結局、精神としては、「進取」を想い描きながらも、アンナは、不倫を己に許容することは出来なかった。換言すれば、画家を因襲に負ける人と位置づけても、アンナは結局姑を裏切ることは出来なかった。キリスト教を信じない夫は、生き抜くことが出来ず死を選ぶことになる。神を信じる老いた両親、その全く逆にあるのが、画家、それに夫ヨハンネス、もはや教会は機能していない。新しい時代の到来の中で、確実に自立し得ず、家族はばらばらになっていく、つまり〝寂しき人々〟の集まりにしか過ぎない、そうした時代を反映した問題作と言えよう。このゲルハルト・ハウプトマンの『寂しき人々』については、田山花袋が『東京の三十年』(大6・6　博文館)で書いている。

「丁度その頃私の頭と体とを深く動かしていたのは、ゲルハルト・ハウプトマンの"Einsame Menschen"であった。フォケラアトの孤独は私の孤独のような気がしていた。それに、家庭に対しても、事業に対しても、今までの型を破壊して、何か新しい路を開かなければならなかった。（略）私は二、三年間―日露戦争の始まる年の春から悩まされていた私のアンナ・マールを書こうと決心した。」

花袋の言う「フォケラアト」とは、夫ヨハンネスのこと。言うまでもなく「蒲団」のモチーフは、このハウプトマンの『寂しき人々』にあったことが解る。何に対しても関心がもてなくなっていた男の家に十九歳の文学志望の女性が住み込んでくることにより、完全に己の精神調整がきかなくなり、苦悶の淵に落ち込んでしまう竹中時雄と「フォケラアト」の「孤独」は全く同じである。明治四十二年四月には楠山正雄が『早稲田文学』に「寂しき人々」の訳を発表、鷗外の訳は、明治四十四年であるから「蒲団」（明40・9『新小説』）を書くにあたり、花袋は恐らくこの二作以前の英訳のものを読んだものとみえる。

8　『街の子』　ヴィルヘルム・シュミットボン

㈠ある家の前の道を、落魄した楽人と流浪の書生、それに帽子屋とが歩いてくる。結局、家に楽人を残して二人は去る。家の主人の姪が出てくる。楽人は、この家に来たがっている人があり、その代りに先に知らせに来たと言う。やがて、その三人がやってきた。姪は三人をみてハンスさんと驚いて戸をしめる。ハンスはこの家の息子。遠く家を出ていま、妻と子供一人を連れて帰ってきたのである。ハンスは、この家は己たちのものだと強く言う。子供（赤ちゃん）は病気。

㈡三人はやっと家に入った。姪は、三人にやさしい。父が帰ってきた。ハンスは必死で父に哀願する。六年前、家に帰ってこいと手紙を送ったが、ハンスは無視したと、父は許さない。

㈢穀物小屋にハンスら三人は寝ることになる。しかし、父がやってきて嫁と孫は家の方に来いという。父はハンスにお前は許せんと言う。母が死んだのもお前のせいだ。そして姪を裏切った、家族を捨てたお前は正当な裁判を受け罪を贖ってこい、そのときは迎え入れると父は言う。下僕たちにハンスを捕え警察に連れて行けと言うが、下僕たちは動かない。それなら己が出ると父。そのとき姪が「赤ちゃんが冷たくなつて」と叫ぶ。父は振り返り帽子をとり合掌した。

『街の子』にみる父子の相剋は強烈である。この父子の軋轢は「男」であるが故の性に由来しているところもあろう。この作品は、若いとき、一人息子が出奔、そのため両親の苦悩は耐え難く、母はストレスで病死、だんだんと老いてくる父親は息子を断じて許せない心境にまで達していた。そこに病気を得た息子が妻子を連れて帰ってくる。子供は死にかけている。しかし、父は息子を絶対に拒否し続ける。たとえ孫が死んでも、その意思は変らないだろう。この父性の強さは西洋人にある一つの特質ではあるが、特にドイツ人気質というか、より強固であったように思える。確かにドイツには、例えば、プロイセンのフリードリヒ二世が少年時代、父のフリードリヒ一世と対立、その確執は有名な史実として語りつがれている。これは一種の国民性でもある。こうした国民性の大きな流れの中に、この作品も置くことが出来るものであろう。特に子供に愛を注ぎ続けた鷗外にとってみれば、この『街の子』の父は、想像を越える人物であったと思われる。

9 『塔の上の鶏』 ヘルベルト・オイレンベルク

村の寺院。その塔の風見の鶏がクリスマスの二夜目に盗まれた。村は大騒動。散髪屋が十五分で村中に知らせた。犯人は不明。真犯人を知っているのは、お月さんと、裁縫師のプロルだけである。プロルは政治話が好きだが女房が死んでから誰も相手になってくれない。何か目立つことをやろうと企んだ、その結果風見鶏を盗んだのである。ところが、月日とともにだんだんこの風見鶏事件も忘れられてくる。それは困る、プロルは自分からこの話を持ち出すようになる。夜番の爺さんが、このプロルに目をつけ、プロルが留守のとき、家に侵入、風見鶏をみつけた。プロルは刑務所に行き、風見鶏は塔の上に。しかし、時間の経過とともに、誰もみるものはいなくなった。

オイレンベルクは余り知られた作家ではない。この作品は、人間の内部に潜在する自己顕示欲を暴いたとも言えよう。裏返せば孤独の恐しさでもある。妻が死に、誰からも忘れられてきたという自覚は辛いもの。それを少しでも回復するためには、みずから挙を起こし、それを自分だけの秘密とする。自分以外に誰も知らない、これも一種の自己顕示である。そして、目立つ挙措をとることにより怪しまれるかも知れないプロルの愚かさも、ここでは露呈されている。しかし、決して高質な読物とは言えまい。

10 『世界漫遊』 ヤーコブ・ユリウス・ダヰット

ウインの大銀行の平社員にチルナウエルという小男がいた。この小男は、何の特色もないが、いつも文士や貴族の行くコーヒー店に出入りしていた。ある日、この店で若い貴族ボルヂイが「誰か世界一周しないか」と叫んだ。チルナウエルはすぐ手を挙げ決った。それから貴族は世界の名所を調べ、銀行員に旅行券を渡した。話は遡る。伯爵家の長男ボルヂイは素行が悪く、女優と結婚するという噂が流れた。伯爵家は親族会議を開き、二つの道をボルヂイに示した。一は、軍をやめ農業の研究、二は、世界一周してその都度報告すること、ボルヂイは後者を選び代役を探し、自分は女優との生活を楽しんだ。銀行員は旅行に出て、報告はきちんとなした。伯爵家は真相を知らず喜んだ。やがて銀行員は無事帰国、元の銀行に復職。ボルヂイは晴れて社交界に復帰、ある令嬢と結婚することになる。結局、何らばれることなく四方めでたく納まり、終ったことであるので銀行員が旅行の話を生涯しても「一向差支」はなくなった。

作者ヤーコブ・ユリウス・ダヰットは、オーストリアの田舎の出身。四十七歳の若さで亡くなっている。舞台は、ハプスブルグ家の治めるオーストリア・ハンガリー帝国の首都ウイーンである。登場する銀行員も貴族も、何か人間としての労働に対する意欲が感じられず、人間の「生」を一種のゲームのように考えている雰囲気に充ちている。ハプスブルグ家の崩壊前夜の、退廃爛熟したウイーンの人々の雰囲気が捉えられているように思える。

11 『クサンチス』 アルバート・サマン

ルイ十五世時代の「飾箱」の中が舞台。この中に美しい娘のタナグラ人形でクサンチスがいた。この飾箱の第一の宝だった。ある日、マイセン陶器の公爵が近付いてきた。クサンチスはこの美男子の公爵が好きになった。しばらくして公爵は音楽好きな大理石の青年を紹介した。青年はクサンチスが気に入った。夏の終りの頃、小さいブロンズ製のファウヌスが入ってきた。男たちはみんな敵意をもった。公爵と青年は喧嘩した。クサンチスは泣いた。二人は和解したが、三人は意識していた。ある晩、クサンチスはファウヌスと待ち合わせしたが、クサンチスは行かず、中国人の膝の上にいた。ファウヌスは銅の腕でクサンチスを微塵にし、死なせてしまった。公爵はそれを聞いて自らの首を落とした。青年はインク壺に落ちて死んだ。一同はファウヌスの刑罰を求めた。所有者の翁がやってきて、ファウヌスを飾箱からつまみ出し、大道店に売ってしまった。

「己はさういふ棚や箱を見る度に、こんな事を思ふ」と冒頭部で述べる「己」は作者以外ではあるまい。「物に感じ易い霊のある人」とも作者は書いているが、作者は、「己」の霊をもって「飾箱」の人形たちと、霊の交流という想像を書いたものとみえる。この飾箱の世界の出来事は、人間世界では絶えずあること。別に鋭い問題意識があるわけではない。作者のアルバート・サマンはフランス人であるが、鷗外は恐らく西洋の雑誌や新聞でみつけたのか小篇で、この一作以外は訳していない。

12 『薔薇』 グスターフ・ヰイド

白い別荘の前に自動車が停っている。若い女の声、当家の嬢さまが婆あやを呼ぶ声である。九月の晴れた朝。これから嬢さまの外出である。この嬢さまは薔薇が大好き。主人（父）が石段に立ち、昼には帰ってくるだろうなと確認する。自動車の中や前も薔薇だらけ。嬢さまには家来ヰクトルが一人ついていく。さて、昼食の一時間前。婆あやは食卓を飾る薔薇を切りに花壇に出て、花瓶六つ分二本ずつ切ってくる。父は正装して娘を待っている。このとき、大音響、婆あやは玄関に走る。嬢さまの死骸が横たわっている、傍に父。家来ヰクトルはいつの間にか運転手を降ろし、自分が運転して帰り、この大事故を起こしたのである。ヰクトルは嬢さまの恋人だったのである。父に同情が集まった。柩の上は薔薇の花で満ち満ちたとのこと。

作者はグスターフ・ヰイド、デンマーク人である。一八〇〇年末頃から、ドイツではオスカア・ワイルド、バアナード・ショウが人気があったが、一九一〇年近くなると、このグスターフ・ヰイドが注目されるようになった。ところが、第一次世界大戦の始まった年に、人気は絶頂期に達していたのに、己の才能の限界を感じたことと、厭世感に捉らわれて自ら命を断った。五十六歳であった。鷗外は、このヰイドにかなりの関心をもっていたらしく、「鷗外文庫」には十七点の作品をみることができる。考えてみればこの『薔薇』の嬢さまも、父に溺愛され、しかも愛するヰクトルと同乗し、大好きな薔薇に包まれ、優しい父のもとに帰ったとき、事故で死んでいる。事故と書いたが、運転手が妙な発言をしている。「どうも自動車の機関が狂つてゐたとか思はれない。なぜといふにヰクトルは自分と同じ位自動車を使ふ事を知つてゐるから、止められなくなる筈がない」と。この証言通りなら、ヰクトルが、身分違いの嬢さまを愛し、将来を考え、無理心中の行為に出たとも考えられる。むしろ、その方が近いと言わざるを得ない。ヰイドは三島由紀夫のように、やはり若いときから死とか、自殺とかに重大な関心をもっていたことも十分想定されよう。

13 『板ばさみ』 エフゲニー・ニコラエヴィッチ・チリコフ

プラトン・アレクセエキッチュ・セレダは死の床にある。病室は暗い。黒い服を着た妻、時折、病人の寝息を聞く。大学生の息子、六歳の娘も時折病室にくる。あの父の温厚と慈愛に満ちていた眼は今は怖い。医者がやってきた。家族は食堂に入る。卓の上の新聞紙を隠しなさいと妻が言う。新聞が夫を殺したと妻は医者に訴える。夫は新聞の検閲官だった。新長官に任命されて以来、上からは、削除せよ、編集長、記者らから削除するなと、責められ、ストレス、この重圧でプラトンは新聞が読めなくなり病気になったのだ。幻聴、右眼もみえなくなり、左の手足もきかないと妻は訴える。医者と妻は病室に向った。プラトンは、両眼を睜いて苦しそうに聖像をみつめていた。

鷗外の翻訳集『諸国物語』(大4・1)には、九人のロシア人作家がとり上げられているが、『板ばさみ』のチリコフは、トルストイやドストエフスキなどより早く訳されている。この作品は極めてリアルである。題名は「検閲官」が適切であったかも知れぬ。素々、温和で争いを好まぬ子供にも優しい男が、強い意思力が強いられる検閲官に任命されたばかりに、それぞれの立場の人からの抗議に絶えずさらされ、その厳しいストレスのため、遂に死病にとりつかれる。いかにもありうる話である。一つには、背景にある帝政ロシアの弛緩した社会状況が伝わってくる。ソ連邦のような絶対権力を行使できる時代と違う。王政の衰弱化が垣間見える。もう一つは性格の悲劇である。その職業との不適切さ故に悲劇に堕ちるということである。これは普遍的な問題である。

14 『手袋』 ビヨルンスチエルネ・ビヨルンソン

(一)リイス家の音楽室。主人と夫人が登場。昨夜の娘の婚約宴について語る。質素だが、大臣も総裁も来た、娘は児童園を建て、社会的に働いていることも夫妻の喜びだった。婚約者アルフとの出会いは、児童園建設のときの寄付にあると、入室した娘は言う。アルフがやってきた。国一番の富豪と言われている。アルフ、娘への愛を語る。そのとき行商の男が招じ入れられアルフは去る。行商人は自分の亡き妻の手紙を娘に渡す。この亡き妻はアルフの父の家に勤めているときアルフと不倫関係であったことを匂わす手紙だった。行商人は最初の企みをやめ、「もうよしましょう」と言って去る。外に出て行った娘の欷歔の声が、かすかに聞えてくる。
㈡居間。娘は泣いている。合奏の娘たちもくる。ワルツを歌う。娘たちは、アルフの不倫のことが街では噂になっているという。主人（父）が出て来て、男と女は違う、女は愛情と従順が天職だという。母は意見が違う。そこにアルフの父がくる。老獪な人物である。主人（父）に対し、若い頃の女性問題をつきつける。その女、ミセス・ノオスがくるという。息子が難癖をつけられているから、ノオスのことを私は言うとアルフの父。母も娘も絶望的になっている。
㈢同じ音楽室。主人（父）がアルフを連れてきて仲直りをと言う。娘の登場、何もかも厭だと母に訴える。アルフ、「仲直り」の宴会の打合わせをしたいと言う。娘は、アルフは傲慢だ、疚しいと思わぬかと迫まる。アルフは自分は罪人ではないと応じる。今は前の女とは仕末をつけたとも言い、人間には両面があるものと、うそぶく。娘は、私には両面はないと突ぱね、そんな人を夫にすることは出来ないと断言。アルフがそんなに激するのは、私を愛しているからと、くい下るが娘は、もはや相手にしない。

名家の令嬢と国一番の富豪の子息が盛大な婚約披露宴を催した後で、「彼氏」の方に、過去に不倫があったことが暴露され、大騒動となる。令嬢の父は、娘に忍従を説き、従順が女の天職だと古い因襲を押しつける。「彼氏」も、何かと言い訳けをつけて令嬢の気を慎めようとするが、令嬢は断固として、この婚約を破棄する。丁度、この翻訳がなされた四十四年に、日本では「新しい女」を旗じるしに、平塚らいてうの『青鞜』が発刊され、女の自立が叫ばれている。この作品にある男を優位とする父の封建的意識に敢然と立ち向かう娘の女としての立場からの自立宣言が、日本の読者、特に女性を勇気づけるものとして迎えられたと思われる。鷗外は明らかに、意識していたであろう。

　ビヨルンソンはイプセンとともに近代のノルウェーの国民文学の創始者として多くの尊敬を集めていた。一九〇三年（明36）にはノーベル文学賞を受けている。鷗外は『椋鳥通信』に、ビヨルンソンの死について多くのページを割いている。一九一〇年（明43）四月二十六日、パリのHotel Wagramで死去。以後、ビヨルンソンの遺体が祖国ノルウェーに運ばれる過程を詳しく記述している。ノルウェーでの国葬は、五月三日、王とその王族の参列のもと、柩は四頭曳の馬車で墓地に運ばれたと書いている。

15　**〔幽霊〕**　ヘンリック・イプセン

㈠ノルウェーの西部。大きな入江の傍のアルキング家の別荘。花類の温室に降りて行く階段で、指物師エングストランドが立ち、此処で女中をしている娘レジイネに一緒に帰ろうという。エングストランドは、この一人娘に居酒屋をやるのを手伝ってくれという。娘はここの侍従様の奥様の手許で育った、私は帰らないと拒否する。明日は亡き夫（元侍従）の像の除幕式、牧師と夫人が、二人と入れ代って出てくる。夫人は、牧師にここで、夫が若き日、今女中をしているレジイネの母も女中をしていたとき、台所で、その母ヨハンナに手を出したと言う。そんなことを知られたくないので息子を海外に出した。この除幕式で夫の一切を無にし、私の遺物だけを息子にゆずりたいと言う。そのとき、「やめて下さい」と女中レジイネの声が台所で。息子の声もする。夫人は思はず「幽霊です」と言ってしまう。

㈡同じ部屋。牧師と夫人が登場。牧師は、レジイネを父の許に返せという。夫人は、実は、あの女中は、亡き夫と女中ヨハンナの間に出来た娘だと告白する。ヨハンナには相当の金を与え家を出したこと、その後、指物師と結婚したことを夫人は話す。夫人は人間は幽霊のようなもの、両親から遺伝したものが体につき、これが幽霊となると話す。さらに夫人は牧師は、義務や責任という幽霊で私を型にはめてしまった人ですと批判する。指物師が登場し、娘の真相は知っていると言って去る。この家の息子オスワルドが登場。自分は、いま意欲を失い死人のようだ、女中レジイネをパリに連れて行き再生したいと言う。夫人は、何もかも打明けるから、と言ったとき、〝火事〟の声。寄宿舎が焼けているのだ。

㈢同じ部屋。息子オスワルドが登場し、己の病気を訴えレジイネが必要という。夫人は、レジイネと息子は父親が同じだと言う。傍に来ていたレジイネ、息子、二人は驚き、レジイネは屋敷を去っていく。息子は脳軟化症を遺伝している、今度発作があると助からないと言う。そして、箱からモルヒネを取り出し、レジイネだったら、発作が起ったら、このモルヒネを渡してくれるのに、母では駄目だと言う。夫人は震慄する。

作者のイプセンについては、さきのビヨルンソンのところで少し触れたが、スカンジナビヤ文学で総括すると、スウェーデンのストリンドベルヒと並称されるのは、イプセンであると言われている。ノルウェーの近代劇の創始者の一人である。

この作品をみてみよう。父親が女中に手を出したために、レジイネが生まれた。レジイネの母は、アルヰング家を出され、時を経て指物師と結婚。いつ頃からか、レジイネは、アルヰング家の夫人に可愛がられ、女中となった。このレジイネに、今度は当家の息子たるオスワルドが同じ台所で手を出そうとした。この因縁というか、遺伝的素質というか、これは未遂に終ったが、息子は女中レジイネと結婚したいと思い始める。しかし、父親が同じであることを知り、落胆、しかし死病をもっているオスワルドは、再び発作が起きたら植物人間になることを拒否し、モルヒネを自分に飲ます人にレジイネを想定していたが駄目になり、母に依頼する。

ここでは二つの「遺伝」が考えられている。一つは生理的遺伝、もう一つは、社会的遺伝である。すなわち、夫人が牧師に言う「義務とか責任とかいふもの〻鋳型」に押し込まれて生きる、これが社会的遺伝であり、いわゆるイプセンの言う「幽霊」である。人間はこの二つの幽霊につきまとわれてなかなか脱却出来ないという運命をイプセンは凝視している。この〖幽霊』は、ビヨルンソンの『手袋』とともに、四十五年一月十二日から三日間、北村季晴の演芸同志会第二回公演として、有楽座で上演されている。

47　明治四十四年も多忙だった

文芸委員会設立

この年、無視出来ないこととして起ったのは、文芸委員会設立と、鷗外が、その委員になったことである。もともと四十二年一月十九日の雨声会において文芸院設立の話が出て、これに積極的に賛成したのは東大の上田万年、京大の上田敏であった。島村抱月、幸田露伴らも賛成者であった。文芸の審査は二の次で、文芸奨励及び文壇功労者を文芸院に入れ、海外等に遊学させ、文士の地位を高めようとする意図が強かった。これに対し、夏目漱石は反対というより、問題が生じる恐れもあるという意見であった。しかし、この文芸院設立は、新聞などの華々しい報道にも拘らず、だんだん鳴りをひそめていく。そんな中で、文芸委員会なるものが、官制として公布されたのは四十四年（一九一一）五月十六日である。かつて考えられた文芸院、文芸保護問題は再び俎上に載せられることになった。

文芸委員会の設立が、間近に迫った五月三日付『読売新聞』の「論議」欄に「文芸調査委員会」なる文章が「風満楼」という筆名で掲載された。文芸調査会の起された「基因」は、「所謂悪文芸の撲滅」にあり、「内務省側の警察的方針左提右携」にあることを、この文章はまず前提としていた。官制として公布される以上、このように考えるのは当然のこと。しかし「文芸作物の審査推選」「西洋の作物の翻訳及び文部省の諮問機関」になることも挙げている。

官制公布の翌日、五月十七日付で委員は任命された。委員長は、文部次官の岡田良平。委員は、鷗外のほか上田万年、幸田露伴、上田敏など十七名である。この段階になると、夏目漱石は、この文芸委員会なるものに、かなり反対の姿勢を鮮明にして次のように述べている。「文芸家もしくは文学家が国家を代表する政府の威信の下に、突如として国家を代表する文芸家と化する結果として、天下をして彼等の批判こそ最終最上の権威あるものとの誤解を抱かしむるのは、其起因する所が文芸其物と何等の交渉なき政府の威力に本づくだけに、猶更の悪影響を一般社会——ことに文芸に志ざす青年——に与ふるものである。是を文芸の堕落と云ふのは通じる。保護と云ふに至っては其意味を知るに苦しまざるを得ない。」（「文芸委員は何をするか」『東京朝日新聞』五月十八日～二十日）

国家の威力を、文芸活動に及ぼしてはならないとする漱石の立場は、それなりに理解できるが、この委員会は、国家による統制とか、検閲などは一切考えていなかった。この委員会に対しては、鷗外は文章として残していない。すべて談話であり、和田利夫氏が言っているように「反対はしないけど、それほど期待もしていない」(『明治文芸院始末記』平元・12　筑摩書房)程度だったようだ。政府側の人間だったので慎重に処していたといった方が真相に近いのではないか。

先の『読売新聞』の文章中に、この委員会の仕事の一つとして「西洋の作物の翻訳」とあるが、鷗外は、五月十二日に文部省から文芸委員を命じられた折に、「ファウスト」の翻訳のことが、非公式に鷗外に提示されたようであるが、七月三日、第三回の文芸委員会のとき、鷗外は公式に「ファウスト」の翻訳を委嘱されている。

「南北朝問題」

この年一月十九日、『読売新聞』は〈社説〉に、この年から使用される南北朝問題にかかわる国定教科書の記述を「失態」ときめつけ、いわゆる水戸学的な南朝正統論の立場から、南北両朝を併記すべきではないと非難した。この〈社説〉が起爆剤となり、二月四日、大阪府選出、無所属の衆議院議員藤沢元造が、『尋常小学日本歴史』の南北朝併記を不当として、これを批判する質問書を衆議院に提出した。この『読売新聞』の〈社説〉、それに藤沢代議士の問題提起により従来から問題視されてきた南朝、北朝の両朝のうち、いずれが正統かという議論が、この期に至って、にわかに政治的な問題となってきた。いわゆる南北朝正閏問題である。この南北朝が事実上分かれたのは、一三三一年(元弘1、元徳3)八月、元弘の乱の発覚により、後醍醐天皇が神器を奉じ笠置へ逃れたときに始まる。しかし、この年、笠置への逃亡のとき、山中にて捕えられていた後醍醐天皇は、一三三二年(元弘2、正慶1)三月、隠岐に流され、三種の神器を量仁親王(光厳天皇)に譲ることとなる。以後両朝間の戦いは熾烈を極めたが、一三九二年(元中9、明徳3)南朝の後亀山天皇のいた大覚寺から北朝、後小松天皇のいる土御門東洞院に神器が移され、約六十年にわたる南北朝分立の状態が終結し、合一されることになった。これには、いくつかの条件があったが、幕府、北朝側は和平条件を守らず、両統の迭立も無視された。

さて、四十四年の国定教科書『尋常小学日本歴史』(教師用)では、この「両皇統」に対し、「正閏軽重を論ずべきに非ざるなり」とし、南北両朝の並立を認める記述になっていた。さきの『読売新聞』の〈社説〉や藤沢代議士の質問書等によって、学界でも論争が起こり、吉田東伍は、「北朝は正統にして南朝の正統を云々するは紙上の空論である」(『東京朝日新聞』明44・2・15)という意見を発表した。当時、野党であった立憲国民党は、この南北正閏問題をもって倒閣運動に利用、攻撃を強めたので、第二次桂内閣は窮地に追いやられた。文部省は、当該教科書の使用を禁じ、教科書編纂官喜田貞吉博士を休職処分とした。そして、七月二十一日の教科用図書調査委員会総会で、教科書の改訂を決めている。改訂版では、「南朝」が吉野朝と改称、「北朝」の天皇は歴代の表から削除された。歴史が政治によって改訂された大きな事例の一つである。

鷗外は二月二十三日の日記に、「賀古鶴所来て市村瓚次郎、井上通泰の二人と古稀菴を訪ひ、南朝正統論をなすべきを告ぐ」と書いている。当時の政府が決めたということは、山県の意思を基本的にくみとっていることは間違いなく、鷗外は、この「南朝正統論」を、恐らく史的に山県に説明し、意見を呈したと思われる。津和野藩の大国隆正の学統からすれば、当然「南朝」になるはずである。

しかし、歴史と社会性、政治性の整合化の問題は難しい。この問題を含めて、翌年『かのやうに』が書かれることになる。

『青鞜』創刊

この年、九月一日、平塚らいてう等、日本女子大の卒業生等が発起人となり、新しい女の主張を掲げる雑誌『青鞜』が創刊された。与謝野晶子、長谷川時雨等が賛助員として参加した。らいてうの創刊に寄せる宣言は、あの有名な「元始女性は太陽であつた」から始まるものであった。抑圧され続けてきた女性たちが、自我を肯定する高らかな「女権宣言」となった。与謝野晶子は、巻頭に「そぞろごと」という詩を発表している。「そぞろ」とは、「そわそわして落ち着かない」こと。まさに女の時代が来た、という晶子の高揚した気持そのままであったに違いない。

この詩は例の有名な言葉から始まる。

山の動く日来る／かく云へど人われを信ぜじ。／山は姑く眠りしのみ／その昔彼等皆火に燃えて動きしものを。／されど、そは信ぜずともよし／人よ、ああ、唯これを信ぜよ、／すべて眠りし女今ぞ目覚めて動くなる。

この詩の熱い精神は、全く平塚らいてうと同じである。「その昔彼等皆火に燃えて動きしものを」は、らいてうの言う「元始女性は太陽であつた」と寸分違わぬ意思である。平塚らいてうは、後に「鷗外先生は「青鞜」社の運動に対して、又わたくしに対しても最初から深い関心をもたれ、いつも同情的に見ていて下さいました」（「鷗外夫妻と青鞜」昭37・8『文芸』）と書いている。すでに『蛇』のところで書いていることであるが、「新しい女」の登場へのある種の期待とともに、鷗外は、そう単純に手をたたいているわけにはいかなかったと思われる。

「辛亥革命」起こる

中国では、この年十月十日に、いわゆる「辛亥革命」が起っている。中国湖北省の省都である武昌で、清朝打倒を目して革命軍が挙兵、辛亥革命が起った。このとき、わが国では第二次西園寺内閣であったが、内田康哉外相、石本新六陸相や山県有朋らには清朝政府を援助する方針をもっており、兵器供給の申し入れを受け入れた。条件としては、日本の権益確保をつけたのである。しかし、国内に於ては、むしろ革命派に同情的で北一輝などはすぐ中国に赴き、犬養毅、頭山満なども革命軍を援助するため中国に渡っている。十二月には孫文がアメリカから上海に戻り、二十九日には、臨時大総統に選出され、翌一九一二年（明45）一月に、中華民国が樹立された。アジアのすぐ間近で大きな動きがあったが、鷗外は別に、この事件に対して特別なことは言っていないが、関心はやはり持っていたようである。四十四年十月の日記に、「十三日（金）、陰。午後細雨。支那南部の乱新聞に出づ」「十五日（日）、雨。常磐会に山県公の第にゆく。清国へ兵を出すことを聞く。」「十六日（月）、雨。清国南北方へ各混成旅団一箇を派すべきを以て、衛生部の編成をなす。」「十八日（水）、晴。局長会議あり、赤十字社員を支那へ遣ることを議す。」「十九日（木）、晴。（略）支那に派遣すべき軍隊、赤十字社員の事を講窮す。」と、辛亥革命への動きが書かれている。この革命を鷗外は「支那南部の乱」と書いているが、鷗外としては、この中国での王朝を倒し、人民による政府を作るということ自体に、山県などとともに、ある種の危惧はもったに違いないが、そう深刻には受けとめていなかったようである。日記に、「兵を出す」と山県のところで聞いているが、このとき派兵はなかったはずである。この辛亥革命の起った年に、中野正剛が、この事件に対し次のような見解を発表（「対岸の火災」『東京朝日新聞』明44・12・22）している。

中野は、もしこの革命が日本に影響あるとすれば、「天子の命を革《あらた》むるの革命に非ず」と、まず述べ、「政界の現状を打破するの革新運動たらんのみ」と述べている。「政界の現状」にすらほとんど影響を与えなかったといってよかろう。鷗外が「支那南部の乱新聞に出づ」と書いた前日、つまり十月十二日の日記に「広井辰太郎を東條中将英教に紹介す。」と書いている。この東條英教とは、大東亜戦争開戦時の首相、東條英機の父親である。この英教については、大正二年十二月二十六日の日記に「東條英教の訃を聞いて弔詞を遣る。」と書いている。鷗外と英機の父は、親しかったようである。英教は陸大第一期を首席で卒業、ドイツにも留学、鷗外が総監になったとき、ほぼ同時に中将に昇任している。秀才、ドイツ留学などを考えると、鷗外が親しさをもった理由が解るが、あの東條英機とこんなところでつながっているとは奇縁である。

鷗外と谷崎潤一郎

この「支那南部の乱」に関わる記事が日記に出てくる最中に、十月「二十七日（金）、晴。寂しき人々を見に、帝国劇場にゆく。茉莉、杏奴は病稍おこたりたれど、類は猶重し。谷崎潤一郎と初対面す。」とある。この日谷崎潤一郎と初めて会ったようである。潤一郎、二十六歳。九月に「幇間」を『昴』に、十月には、「飈風」を『三田文学』に発表したが、発売禁止になっている。この頃潤一郎は神田神保町の路地裏で貧乏生活をしていた。『昴』『三田文学』と鷗外に関係ある雑誌に発表したので、若き谷崎はこの有名人に挨拶をしたのであろうか。明けて一月の日記に次のようにある。「十三日(土)、晴。氷霜。文芸委員会あり。抒情詩委員幸田成行等春泥集を推す。小説委員予等門、家、微光、隅田川(正しくは「すみだ川」)、刺青を推す。夜有楽座にゆく。(略)幽霊を見て、手袋を見ずして帰る」と。実は、文芸委員会が、文芸選奨の具体的な選考に入ったのは、この日が最初であった。日記にあるように、最終候補に残されたのは漱石「門」、藤村「家」、荷風「すみだ川」、白鳥「微光」、潤一郎「刺青」、また抒情詩としては、晶子『春泥集』であった。

興味深いことは、この選考委員会より約二カ月余前に、潤一郎が、文芸委員会の有力委員である鷗外に、初対面の挨拶をしていることである。しかし、単に挨拶だけではなかったようだ。潤一郎の目的は、およその見当はつく。まだ実績のない帝大出の若い作家として上昇するための勲章が欲しい。そう潤一郎が考えていたとしても別に驚くことでもない。むしろ自然なことである。鷗外は、潤一郎に好感をもったようだ。

それにしても、漱石、藤村、荷風らと並んで最終候補に残ったのは偶然であろうか。決定の日、篁村、嘲風、敏、桂月、露伴、鷗外ら十二名の委員が八回も投票をくり返したが、どの作品も四分の三以上の票を獲得出来ず、「選奨」なしで終った。この文芸委員会も、開店休業が続き、大正二年六月十三日に正式に幕を下した。

『ファウスト』と文芸委員会

ヨハン・ヴォルフガング・ゲーテの『ファウスト』は世界的名著として知られている。この『ファウスト』の翻訳を、四十四年七月三日の文部省文芸委員会から、鷗外は正式に委嘱されたと推定される。鷗外はもっとも忙しい時期でありながら、この年の十月の日記に「三日(火)陰。南風にて少し蒸暑し。Faust第一部訳稿を校し畢る。」と書き『ファウスト』の第二部については四十五年一月の日記に「五日(金)晴。新年宴会のために参内す。(略)Faustを訳し畢る」と書いている。この意欲と精力には感嘆せざるを得ない。『訳本ファウストに就いて』をみると、太田正雄こと、木下杢太郎に「訳本全部を一校して下すつた」と幾度も感謝を述べている。

この厖大な作品を、多忙な中、信じられない程の短期間で訳出した理由の一つに、文芸委員会への意識があったのではないか。折角設立されたこの文芸委員会を、内容のある力のあるものにしていくためには率先しなければならないという義務感もある。鷗外は『訳本ファウストに就いて』の中で「文芸委員会が私にその機会を与へてくれた」と稍々感謝の念を披瀝している。この委員会に報いるという意識もあったやに窺える。

『ファウスト』は周知のごとく戯曲の大作である。ゲーテが二十六歳のとき、ファウスト伝説に触発され、「初稿ファウスト」(一七七五年　安永4)を書いた。その後『ファウスト』の

第一部を一八〇八年（文化5）、第二部を一八三二年（天保3）と、約六十年の歳月を経て完成したものである。内容を端的に述べると、限りない博大な知識を現実世界にあるさまざまな快楽と引き換えに、自分の魂とともに悪魔に売り渡すという、中世に生きた魔術師ファウストの伝説を材料として、計り知れない人間の欲望と、その複雑な人間性を追求しようとした厖大な戯曲である。

ゲーテの日本での紹介は、明治の中期に行われているが、最初の評伝は明治二十六年（一八九三）に博文館から刊行された漣山人らの『獨逸文豪六大家』（ゴエテー伝）ではないかと思われる。以下、叢書として『十二文豪』（民友社）が刊行されたが、その第五巻、高木伊作『ゲーテ』（一八九三）、一八九七年には井上藤吉『大文豪（ゲーテ之伝）』（文錦堂書店）が刊行されている。鷗外は大正二年（一九一三）に『ギヨオテ伝』を出版し、このゲーテの名前を一般化したと言われている。

『ファウスト』第一部だけでみてみると、鷗外が訳出、刊行する前に、高橋五郎訳と町井正路訳があった。特に町井正路については、出版社が同じ冨山房であったので、鷗外が痛く気を使うことになる。

このことを心配して上田敏に、書簡（明45・5・29）を送っている。その中で『ファウスト』の刊行について述べ、冨山房と先に町井正路が契約していたこと、そして「文芸委員ノ肩書アル小生ノ訳」の話を聞いた冨山房の方が文部省及び鷗外に出版を申し込んできたことなど、町井氏に「甚ダ気ノ毒」と書いている。少し気になる文言は、町井が「自力ニテ思ヒ立タレシ「感ズベキニ候」と、「文芸委員ノ肩書アル小生ノ訳」という文である。「自力」と「文芸委員ノ肩書」との差を鷗外は明らかに感じている。少し、キナ臭い感じがしないわけではないが、鷗外が訳出を急いだ理由が、やはりここにもあるように思える。「文芸委員」を、鷗外は一つの名誉、または権威と感じていたことは間違いない。さきに引いた「文芸委員会が私にその機会を与へてくれた」という文言とも、一致しているように思える。

鷗外は、文芸委員会の慫慂を強調しているが、ただ、それだけではあるまい、留学時ドイツ、ドレスデンの下宿の壁にかけてあった「銅板ファウスト、マルガレエタの図」を毎日観て暮したことも、鷗外の『ファウスト』への気持を一層そそったものと考える。

さて鷗外は、いつ頃、このゲーテの書籍に出会ったのであろうか。このことについては、本書「第二部・7」で触れているので、ここでは詳述はしない。

このドイツ留学中での『ファウスト』体験以後、帰国し、明治四十四年七月、文芸委員会からその訳出を依頼されるまで、この『ファウスト』にかかわった形跡は認められない。

鷗外は、『訳本ファウストに就いて』の中で、「私はファアウストを訳するのに、オツトオ・ハルナツクの本を使つてゐた」と書いている。

このハルナック本とは「ハイネマン版ゲーテ全集中の一冊」で、ハルナック担当の第五巻が『ファウスト』である。

この鷗外訳『ファウスト』は、大正二年（一九一三）一月十五日に第一部、同年三月二十二日に第二部が単行本として、それぞれ冨山房から刊行された。いずれも扉の次の一枚の表に「此書は本会委員森林太郎に委嘱して／翻訳せしめたるものに係る／文芸委員会」と記してある。冨山房版は、ともに四六判で、第一部五〇七頁、第二部七九九頁である。現行の『鷗外全集』第十二巻では、第一部三五五頁、第二部五一八頁である。合計すると八七三頁となる長大なものである。第一部は「薦むる詞」から始るが、文体は文語体になっている。そして次の「劇場にての前戯」「天上の序言」は平易な口語文体である。続いて「悲壮劇の第一部」となるが、ファウストの語りから始めている。「はてさて、己は哲学も／法学も医学も／あらずもがなの神学も／熱心に勉強して、底の底まで研究した。（略）」と。実に読み易く、平易なのが特長である。第二部は「悲壮戯曲の第二部」のタイトルで、第一幕となる。アリエルの歌から始まるので、文語体になっているが、歌が終ると口語体になっている。

鷗外の翻訳『ファアウスト』は、以後これを越えるものはない絶品として、上田敏の『海潮音』や坪内逍遥の『シェークスピア全集』などとともに、翻訳文学史上の最高傑作とも言われ、また記念碑的訳業とも言われて評価は極めて高い。

訳了後直ちに『ファアウスト考』にとりかかっている。そして大正二年九月に『東亜之光』から『ファアウスト』を訳したときの苦心談を求められ、『不苦心談』というタイトルで応えている。この中で書いているように、本当に「苦心してゐない」ようで、このタイトルには衒いはなさそうである。同年二月には『訳本ファアウストに就いて』も書いている。これらに関連して『ギヨオテ伝』『ファアウスト考』は、クノオ・フィッシェルの「ファアウスト研究」を尊重して「殆全書」として文芸委員会に提出したと述べている。いわゆる編訳である。

『ギヨオテ伝』については、同じ二月に、ビイルショウスキイの「ギヨオテ伝」に拠り、『ファアウスト作者伝』なるものを書き、これも文芸委員会に提出している。

大正二年二月の日記に次のように書いている。

二十日（木）。半晴。（略）Faust 作者伝を草し畢る。これにて Faust 第一部、第二部、Faust 考、Faust 作者伝の三書完結す。

鷗外も、そう難渋せず内容的にも満足すべき（推察）ものになり、文芸委員会との約束も果たせ、それが翻訳であったとしても『妄想』で志向した「大きい作品」を訳了し得たこと等が複合して、鷗外に喜びと安堵をもたらしたことが想像される。（『ファウスト』の内容については、本書「第六部・13」に記述している。）

四十四年に刊行された作品集に『烟塵』（明44・2　春陽堂）がある。収録作品は以下の通りである。『鶏』『身上話』『ファスチエス』『金貨』『金毘羅』『沈黙の塔』『そめちがへ』以上七作品である。

48　明治四十五年の転機――明治の終焉

田山花袋が『東京の三十年』（昭56　岩波文庫）で、明治帝崩御当時の東京について書いている。「三十年前に、旭屋やケレー酒を売る家の大きな外国風の建物がめずらしく街頭に聳えていた路である。ガラクタ馬車がラッパを鳴らして泥濘の中を通つて行つた路である。その路は、その土は同じであるけれども、昔のままであるけれども、そこの家並も何も彼も別な街頭と言つてもわからない位に変つてしまつた。そこを往来する人々の風俗も著しく別なものになつた」。四十五年から三十年を引いたら明治十五年である。「家並も何も彼も（略）変つてしまつた。（略）人々の風俗も著しく別のものになつた」、明治末年の当時の東京の著しい「変化」を伝えている。そう言えば、漱石の「三四郎」を想起する。熊本から上京してきて、三四郎が見た東京は、まさに土木工事と建築のラッシュであった。

明治四十五年は、そうした急速度による進展と同時に、一つの時代の終りを予感させるものであった。

この年、鷗外は、ドイツ留学、二つの戦争、小倉転勤、文学再活動などの人生における重要な経路を越え大きな「転機」を迎えることになる。大きな視野で言うと、この年一月二十八日、日本人が初めて南極の地に立った。白瀬中尉である。日本人による西欧白人に伍した壮挙であった。

鷗外に限っていうと、軍医総監になって一月元日には、主たる人への年始は恒例となっていた。しかし、この年、今迄に一度もないことをした。乃木希典邸に挨拶に行っていることである。（後述）不思議なことである。一月八日は「陸軍始」で、天皇は毎年臨幸されたのに、今年は「主上臨御し給はず」と鷗外は日記に書く。実は、これが明治帝の最初の不幸への予感であった。二月五日に小倉から鷗外を慕ってきた一高教授福間博、四月二日、かねて確執のあった陸相石本新六、四月十三日に石川啄木らが、それぞれ没している。

鷗外の周辺もなんとなく寂しくなってきた。そんな中で、与謝野晶子が夫鉄幹のいるパリに行くため、二月二十一日に、三越の日比翁助に晶子を紹介し、三月一日に、日比は晶子に洋行費補助として金千円を贈与している。鷗外も、この時期、己の「上昇」だけを願う人間ではすでになく、人間のあるべき「生」を考え始めていたようである。

49　「秀麿」作品考

鷗外は、この四十五年に、五條秀麿という子爵家の子息を主人公として、歴史と神話、宗教、哲学、政治、倫理等について、当時の「私見」を巧妙に織り交ぜながら披瀝している。その意味において、この、いわゆる「秀麿」物（四作品）は、当時の鷗外の立つ位置を考える重要な思想小説ではないかと考える。

『かのやうに』

『かのやうに』は、明治四十五年一月、『中央公論』に発表された。

五條秀麿は学習院を出て文科大学で歴史学を学び、立派な成績で卒業した。父の子爵は、専門家になるというのではなく、将来皇室の藩屏として基礎になる見識を身につけ、なるべく穏健な思想を養ってもらいたいという気持で、秀麿をドイツはベルリンに留学させた。この作品の前半は、ドイツからくる秀麿の書簡に対応して考える、父としての子爵の思考が述べられている。

秀麿の書簡の内容の要点は、政治と宗教の問題である。秀麿は言う。政治は多数の人間相手、多数を動かすのは宗教である。だから宗教の問題は重要ということになる。秀麿のいるドイツは、その点巧くいっている。南ドイツの旧教を巧く抑え北ドイツの新教の精神で文化の進歩を謀っている。それには君主が宗教上の基礎をもたなければならない。その基礎が新教神学で、その代表がハルナックであるという。ハルナックはドイツの神学者であるが、キリスト教の歴史的理解を重視、キリスト教義は福音書に基づくギリシヤ精神の結実であると主張している。かようにドイツでは、しっかりした「新教神学」があり、これを少しでも理解すれば、信仰しないでも、その信仰の必要は認めるという穏健な思想家が出来る、これがドイツ神学の強みだと秀麿は言う。子爵は、倅の書簡でいうキリスト教とは全く没交渉。今は神道であり、祖先の神霊の祭りを丁重にしているが、この神霊の存在を信んじようと努力している。しかし、自分が祭をしているのは形式で内容がない、と思っている。どうも世間の教育を受けた人の多数は、こんな物ではないかと、そこのへんでお茶を濁している。

池内健次氏は、『かのやうに』の主題の根底にある本当の問題は、「国民「多数」の心をいかに統制していくか、国家と宗教、教会と妥協し協力しながら人間生活と社会の形式と秩序をいかに維持していくか、という問題のようである。」（『森鷗外と近代日本』平13　ミネルヴァ書房）と述べているが、全く否定はしないが疑問はある。秀麿が書簡で述べる「政治と宗教、教会の問題は、ヨーロッパ、特にドイツの問題であつて、日本の問題にはなり得ない。国民を「統制」していくのに、日本では宗教は機能しない。圧倒的なキリスト教者を持つ、これはヨーロッパの問題なのである。

『かのやうに』の本当の問題は別にある。

秀麿は、去年の暮に帰国した。それからまた一年近くが経ち冬が来た。秀麿は「無聊」に苦しむようになる。そして、専門の歴史学者の立場で事実と虚構という基本的な問題を考えざるを得なくなる。

「本国の歴史を書くことは、どうしても神話と歴史との限界をはっきりさせずには手が著けられない。（略）併しそれを敢てする事、その目に見えてゐる物を手に取る事を、どうしても周囲の事情が許しさうにない」、また次のようにも考える。「まさかお父う様だつて、草昧の世に一国民の造つた神話を、その儘歴史だと信んじてはゐられまいが、うかと神話が歴史でないと云ふことを言明」すると、「沈没せずには置かない」と。これは真実をめざす学者のジレンマである。そこで、ドイツの哲学者の草した『かのやうにの哲学』の応用が必要になってくる。ファイヒンガーはカント研究の大家で、みずからカント協会を創立したり、雑誌『カント研究』を一八九七年に創刊している。彼の哲学は一種のプラグマティズムの立場をとり、観念論的実証を提唱したりしている。丁度、この『かのやうに』を執筆する前年四十四年四月頃、『かのやうにの哲学』が刊行（推定）され、小堀桂一郎氏は、鷗外はこの本を夏頃手に入れたと推定している。

秀麿は、学習院時代からの友人で画家の綾小路に「昔に戻さうとしたつて、それは不可能だ。さうするには大学も何も潰してしまって、世間をくら闇にしなくてはならない。黔《けん》首を愚にしなくてはならない。それは不可能だ。どうしても、かのやうにを尊敬する、僕の立場より外に、立場はない」と言い切っている。これは真実を求める歴史学者としては切に不本意な結論である。鷗外は、実はここに、隠された批判をこめているのである。今の世では〝かのやうに〟生きる以外にない、とこれを肯定してみせても、ここに安易な結論を求めているのではない。

『かのやうに』の執筆に影響を与えたのは、大逆事件と南北朝正閏問題があることは周知の通りである。すでに述べたように、鷗外は『沈黙の塔』では、幸徳秋水らに決して同情していない。政府関係者たちの社会、文化に対する無知を批判している。危険でないものを危険視する愚かさである。南北朝正閏論では、六十年余、厳として併立し続けた南北朝の軌跡がありながら、またその「事実」を国定教科書で認めてきながら、四十四年に至って、突如として、その「事実」を否定し、南朝を正統な皇統と位置づけ、国定教科書編纂者の喜田貞吉博士は休職となった。鷗外は、両朝が併記されていた教科書時代から委員としてかかわってきていたにもかかわらず、この北朝が否定されたことに無言を通した。それはともかく、この大逆事件と南北朝正閏論の提示する共通の問題は、〈事実を事実として発表することの危険性〉である。こうした思想、言論の「統制」が、二十世紀の日本を支配していることへの危機感が、この『かのやうに』の本当の主題であったのではないか。

父の子爵は、「危険思想」ということを非常に懸念する。

子爵は考える。「学問に手を出せば（略）神話を事実として見させては置かない。神話と歴史とをはつきり考へ分けると同時に、先祖その外の神霊の存在は疑問になつて来るのである。さうなつた前途には恐しい危険が横はつてゐはすまいか」と。子爵は、この精神上の問題を「恐しい危険」と、大げさかも知れぬが、おびえているかにみえる。

また子爵は、信仰、宗教の「必要をも認めなくなつてしまつてそれを正直に告白してゐる人」を倅は「危険思想家」と捉えているが、それは「人間の力の及ばぬ事」であり、「その洗立をするのが世間の無頓著よりは危険ではあるまいか」と述べている。子爵は、無信仰、無宗教を「正直に告白してゐる人」は、むしろ「無頓著者」とみている。それを「洗立」をする人間、つまり当局者が、むしろ「危険」だと言う。ここに鷗外の一つの真意をみる。これもまた〈事実を事実として告白することの危険性〉である。この点、基本的には、父子爵と倅の秀麿との歴史と虚構に対する見解は一致しているが、父は神霊を信じようと努力はしているが、秀麿には歴史学者として、それは絶対にない。

最後に秀麿は言う。「ぼんやりして遣つたり、嘘を衝いてやれば造做はないが、正直に、真面目に遣らうとすると、八方塞がりになる職業を、僕は不幸にして選んだのだ」と。

歴史学者は、「事実」をあくまでも追求しなければならない。「ぼんやり」とか「嘘を衝い」たりすれば、科学者として失格である。しかし、今の世では、「正直に、真面目」にやれない。それを強行すれば、必ず失脚が待っている。鷗外はこの作品で、〝かのやうに〟なる「生」の哲学をもって、己の官僚と文学者という二重生活を一時的にせよ克服しようとしたかにみえるが、決して自己対策のような姑息的なものでなく、明治末期の日本の社会がかかえる、思想、言論等に対する当局の抑制力と無智とに警戒と不信を隠していることに気付かなければならない。

『吃逆』　『吃逆』は、明治四十五年五月、『中央公論』に発表された。

五條秀麿は、綾小路から、久し振りに絵が売れたので祝会をやるからと招待された。相客は、かつてベルリンで知り合い、今般、新たにイエナ大学でオイケンを学んで帰って来た幣原である。場所は、築地の待合ということで、秀麿は、少し気が進まなかったが出掛けることにした。幣原が、すでに一人で待っていた。すぐオイケンの話になった。幣原が言うこと、特に、神と歴史の問題は、前作『かのやうに』の結論と、ほぼ変らないが、オイケンには強い既成化した教団への批判がある。歴史に根拠のないカトリック教のペトルスの鍵や、プロテスタント教の聖書を永遠の真理とするやり方は、現代人には、受け入れ難いということである。オイケンは、「人生の帰趣」を中世やルネッサンス以後に置くのでなく、内在的理想主義の跡を継いで新しい「人生の帰趣」を造らなければという。つまり、科学時代に入ったら、神との「新しい連結」が求められなければならないということである。幣原が熱弁を振っていると、綾小路が遅れて入ってきた。

幣原はオイケンの宗教観をさらに述べる。人間の霊が現在の矛盾から救い出されるためには、やはり「寺院」が必要であると。しかし、カトリック教が、自己勢力の維持のために「寺院」を信じさせようとしたり、プロテスタント教が新時代の影響を排除する「寺院」である限り、両派とも「未来」はないと。秀麿は言う。宗教を求める以上、目前の障礙を排し、向こうに新しい生活、つまり浄土、楽園のようなものを望むことがないといけない、過去への拘泥、現状維持も駄目だと。幣原は、オイケンの宗教論を展開する。鷗外は、こうした理屈っぽい論に、休憩時間を与えるごとく、後からやってきた芸者たちの言動を時折、折り込んでいく。芸者の〝吃逆〟もその一つである。鷗外にとって、このオイケンの見解は肯定するところであろう。宗教が、教団化すると、現状維持、また教団拡大が、自己目的化してしまう。二十一世紀に入っても、この問題は生き続けている。

オイケンはドイツの宗教哲学者で、体系的な哲学者ではなかったが、生の哲学、および理想主義の立場から多くの著作を書いている。一九〇八年にはノーベル賞を受賞し、日本を含め、内外に大きな影響を与えている。『吃逆』は、歴史学者としての秀麿が、オイケンの宗教論を聞くという、むしろ『かのやうに』に比し、受け身の立場に立っているように思えるが、鷗外にとっては、欧州での生きた哲学を伝えるというところに関心があったとも言えよう。

『藤棚』　『藤棚』は、明治四十五年六月、『太陽』に発表された。

五條秀麿は、オイケン論を聞いた待合に行ってから何十日目かに外出する気になった。音楽会である。家を出る前に、父と少し会話をした。メチールアルコールを飲んで盲人になった車夫のことが新聞に出ていた。秀麿は、このとき「毒に対する恐怖」ということを考えた。その観念はさらに拡大し、「世間の恐怖はどうかするると、その毒になることのある物を、根本から無くしてしまはうとして、必要な物まで遠ざけやうとするやうになる。（略）恐怖のために精力を無用の処に費してゐる」と考えた。「毒」を過剰に意識し、「必要な物まで遠ざけやうとする」、この論理は、『沈黙の塔』から『かのやうに』まで繋っている。要するに、「楚辞」にある「羹に懲りて膾を吹く」という愚かな恐怖感である。秀麿の憂慮はここにある。「書く人」は、「誠実に世の為、人の為」と思って書いても、それに対し、「狭い見解」から他を排し、「自己の迷信」を強制し、「聴かない者に対しては片端から乱臣賊子の極印を打つ。これも矢張毒に対する恐怖に支配されてゐるのである」と考える。しかし、この見解を父には告げない。父と自己との間に「時代の懸隔」を感じているから、父がどこまで理解してくれるか、自信がない。如上の秀麿の言論や思想に対する見解は、鷗外と一致していよう。

さて、秀麿は久し振りに電車に乗ったが、そこで某省参事官の渡辺に出会う。行き先は同じである。

会場は、I男爵家の庭園、「藤棚」の下である。官僚の偉い人、某国大使、その夫人、今日は特に女性が多い。演奏が、次の曲に移ったとき、秀麿は、ふと「社会の秩序」ということを考えた。「現代人は在来の秩序を破ることが、自由、解放だと思つてゐる。しかし、秩序があつてこそ、社会は種々の不利な破壊力に抵抗してゆくことが出来る。人々は秩序を無用の抑圧と思い人間の欲望の力を侮っているのではないか」と。秀麿は、家を出る前は、体制側というか、権力が、「毒」を意識するあまり、「必要な物まで遠ざけようとする」その、むしろ恐さを感じていたが、この上流人たちの音楽会に座を置いたとき、秀麿は「秩序」の大切さを考えることになる。「秩序」は「物事の条理、物事の正しい順序、筋道」（『広辞苑』）であり、これは尊重しなければならない。「秩序」は正しい枠組みであり、これを破壊したら、すべてがばらばらになる。「秩序」は強制や抑制ではない、むしろ「破壊」を守るものである。家を出る前には、「毒」をただいたずらに消毒してしまえばよいのではない、といつもの警戒心が出たが、こうした「音楽会」が平安に成立するのも、「秩序」あってのことと考えたのかも知れぬ。この秀麿の意識は、大逆事件に処した鷗外の見解と寸分違わぬものである。「秩序を無用の抑圧」と思い、楽観的になり過ぎてはならない。「義務と克己」がなしに道徳は成立しない。この調和が大事なのである。この「音楽会」では、秀麿は、やはり子爵家の嗣子になっている。

『鎚一下』

『鎚一下』は、大正二年七月、『中央公論』に発表された。

「秀麿物」の中で、この小篇だけは、明治帝崩御の後、つまり大正二年（一九一三）六月二十日に原稿を渡したと日記に書いている。そのためか、他に比し、やや異質になっている。秀麿は、洋行から帰って随分日も経った。高貴、顕要な人たちとも、交遊が増えている。

さて、この小篇は、形体が他と違う。秀麿の大冊の日記に数枚の反古が挟んである。それに「鎚一下」と題している。小篇は、その全文を披瀝したものである。その内容をみてみよう。

「己」は、近頃、人を送るために新橋駅に行くことが度々ある。その中で、一等室に乗る人が最も多い。この小篇でまず興味を引くのは、「高貴な方」を見送った二、三の事例である。その偉い人に「暇乞」をするときの意識の問題である。挨拶しようとして前に出ようとしたとき、随員に阻まれたときの怒りと屈辱は耐え難い。しかし、「己」は、たちまちその怒りと屈辱を消し反省した。阻止されたとき、なおも、とする「己」に、かの高貴な方への尊敬の念が十分ではなかったのだと、「己」を責めて解決しようとする。これは臨済禅の「自己究明」の理念に近いものである。小篇では、もう一つ力を入れている挿話がある。これはある男爵から聞いた話である。それはH君という長門国で大理石を採掘している人のことである。H君はキリスト教精神をもって、多くの不遇な人を集め遇している。このH君の妻君が偉い。前からいるAが、新人と論争し、その結果、新人を追放するように要求してきた。そのとき、妻君は、〝人を責めず己を責めて下さい〟と断固として述べ、Aの乱暴にも屈しなかった。「己」は男爵の話に痛く感動した。ドイツ女性の詩に「われは鍛道を羨む。鎚一下を以って日々の業を始む」という言句のあることを想い出していた。

ところが、ある日、H君から手紙がきて、上京したが会えなくなり、午後三時五十分新橋を発つとあった。「己」は新橋に駆けつけ探しまくった。遂に三等車に乗っている写真でみたH君をみつけた。H君は、周囲から窘《きん》迫を受けている青年を急に連れて帰ることになったと告げた。見送りは五人であった。「己」は、多くの人を送った新橋で、初めて意義ある出来事に出会ったような気がした。

この小篇は、もはや思想小説ではない。情念の克った作品である。『藤棚』から約一年経って書かれている。明治天皇も崩御し、尊敬していた乃木希典も死んだ。鷗外にとっては、精神的にも色々あったということであろう。

ここでは、秀麿は、人の生きる倫理に踏み出していることが瞭然である。従来、歴史学者として、真実の枠組みに拘ってきた、これも当然のことであるが、小篇では、一歩動いている。『かのやうに』生きる空しさ、虚偽を左に置き、己の内面に関心が向いている。小篇の中に次のような挿話がある。

　ある日、新橋に多くの人の人事を掌握している「顕要の地位に居る人」を送りに行ったとき、隣にいた男が「どうだい、皆物欲しげな顔ばかりだなあ」と「己」に囁いた。それを聞いて「己の周囲に居る紳士淑女が獣の姿」にみえたと書いている。鷗外の歴史小説に描かれる自己浄化への意識が、すでに小篇にみえていると言ってよい。「どうぞ人を責めずに己を責めて下さい」という細君の叫びは、さきにも述べた臨済禅の根本理念である「自己究明」の精神と同質である。後に書く『高瀬舟』の喜助のもつ〝知足の精神〟や『安井夫人』にみる献身の精神にもつながるものではないか。

　オイケンの言う「新しい連結」、つまり「目前の障害を排し、或る目前の抑制に打ち勝つて、向うに新しい生活を望む」ためには、己に固執していては道は開けない。H君の「献身者のやうな夫婦」がそれを教えてくれる。確かに秀麿は明るい方向に向って変化し歩き出していることを感じる。

50　「現代小説」への鎮魂歌

『不思議な鏡』

　この作品は、明治四十五年一月、『文章世界』に発表された。

明治四十五年現在における文壇状況の中で、鷗外がどのように位置づけられているるか、鷗外自身の関心はそこにあったとみるが、いやでも目立つのは、一種の卑小感ではなかったか。それを述べるに、小篇は風刺小説の形体をとっている。

　在職二十五年の役人を続けながら、夜にはモノを書いている人が主人公である。世間では、この男の書くものには「情」がない、と批判する。冒頭に、このことが出てくることを考えると、「情」がない、という批判を相当意識しているようである。この『不思議な鏡』の主人公の心境も境遇も、あの『あそび』のそれと、ほとんど通底している。その心情の中心は、「情がない」という意識である。

　さて、細君は、主人公に西洋の本を買い過ぎると文句をつける。男は「あれは己の知慧が足りないから、西洋から借りて来るのだ」と、案外、あっさりと種を明かす。このあたりから、どうやら作者鷗外とだぶってくる。しかし若い日の鷗外からは絶対出ないセリフである。あれだけハルトマンを援用した若き日の鷗外の強気は頑健そのものであった。四十年代末に入っても、ハルナック、ファイヒンガー、オイケンと、ドイツの哲学者の思想がまだ未熟だった日本の思想界に刺激を与えたことも事実である。主人公の、「己の知慧が足りないから」だけでないことは言うまでもあるまい。「西洋の本を買い過ぎ」たのも欧州の最新の学問、学説を紹介する義務をみずからに課していたふしも見逃しては、主人公に気の毒である。

小篇では、ある日の「幻想」が描かれる。「己」の魂が体を抜け出し、影になっていく。そして「己の魂は「あそび」の心持で万事を扱ふ」と書く。やはり〝あそび〟を気にしている。この時期、この「あそび」は鷗外が最も気にしている「符牒」である。四十四年一月『文章世界』の「現文壇の平面図」はすでに紹介した。「ABC」氏は、この中で、「「あそび」主義を標傍する森鷗外」と書き、また「鷗外の快楽主義は彼の所謂「あそび」主義である」ときめつけた。鷗外は、どうにも己の考えと違う一方的な「符牒」に煮えくり返っていたに違いない。しかし、平静に素知らぬ顔をしていなければならない。

さて、「己」の魂は、山の手から下町へと飛んで行く。「文芸唯一之機関」という大座敷に来た。真中に大鏡。「己」の魂はその鏡に吸い込まれた。そして腕付の椅子に坐わらされた。座敷は上段、下段とに分かれている。上段には、田山、島崎、徳田、正宗各君がいる。これはみな自然主義の著名な文人たちだ。下段には若い男女ばかり。そして騒々しい。どうも「己」のことを言っているらしい。「翻訳は旨いのだと云ふぢやありませんか」「細君の小説も書いて遣るのだと云ふぢあないか」どうやら、当時の鷗外そのままである。

田山花袋が、鏡の前に来て「君に近作を一つ朗読して貰ひたい」と言う。「近作」？　花袋は「創作」でなくてはいけないという。この花袋が突きつけた「創作」という言葉は、勿論、この時期における鷗外のトラウマである。

花袋は「君の読まうと思ふ物が、その紙に映るのだよ」と言う。「己」は決めかねる。上段、下段とも騒々しい。「己」は、それらをみているうちに、ひょいと鏡の面を離れた。もう魂は体に戻っている。「己」はまだ役人に戻り印を衝き始めていた。それにしても花袋から衝きつけられた「近作」とか「創作」とか鷗外にとっては悪い夢ではないか。事実上、明治終末の締めくくりの一つとして後の『田楽豆腐』と密接に繋る小篇ではあるまいか。

四十二年以後、三年間を振り返ったとき、客観的にみれば、必ずしも卑小感にとりつかれる必要はない。

三島由紀夫は、鷗外の短篇小説に対し、「鷗外の短篇小説には名品が多い。どの一篇をとっても、模して及ばぬものばかりである。龍之介の短篇のやうな形式的完全さを持ったものではなく、格に入つて格を出たものだからである」（『文芸』森鷗外読本　昭31・11）と述べている。観方や時代が違うとこうも異なるのかと、考えさせられる。三島由紀夫は述べていないが、鷗外の短篇を評価しようとするならば、やはり文体のもつ簡浄と品格、そして、思索的深さであろう。燻銀のような光沢もある。しかし、同時代の批評家や文人たちには、鷗外の政府の高官としての立場が、強くイメージされている。しかも鷗外自身が『あそび』という作品を書いてしまった。この立派な自立した職業である政府高官という立場と〝あそび〟が結びついてしまうと、その先入観から先に入ってしまう。全身全霊を打ち込んだ〝創作〟はない、という単純で無責任な捉え方になってしまう。総て、〝あそび〟だということになってしまう。鷗外にとって不幸なことであった。この『不思議な鏡』で、鷗外が、やはり最も気にしているのは、〝あそび〟と言う「符牒」をつけられている己が、「近作」である「創作」を朗読せよ、と花袋から衝きつけられた妄想である。この構図を考えてみると、大変なことであり、鷗外はよく書いたと思う。「翻訳」は巧いが「創作」は下手という評価を気にしながら、上段に居並ぶ、自然主義作家のスター達の前で「創作」を衝きつけられる、この妄想、明治結末の締めくくりだけに一層、鷗外の覚悟のようなものをみてしまう。

いくら、後世の文学者たちが高い評価を与えようが、この明治四十四年から四十五年の鷗外の置かれていた側面は、この『不思議な鏡』の中にある。やはり今迄に『妄想』で言う「大きい作品」がないという一種の卑小感でもあった。

鷗外は、この『不思議な鏡』では、明治四十年代に鷗外に与えられた評言をすべて露わにしている。それは、批評家たちが与えた鷗外の「創作」への「符牒」である。まず書き出してみよう。

「書くものに「情」がない」「矢っ張一番多いのは西洋の本よ」「己の魂は「あそび」の心持で万事を扱ふと云ふので、何を見てもむやみに面白がるのださうだ」「一同が、あそびあそびと云つて己に指さしをして教へ合つた」「翻訳は旨い」。

文人を任じる人間が、自分の「創作品」に対し、これ程の悪評の「符牒」を付けられ、またそれを骨の髄まで自覚しているということは、恐しいことである。「情がない」「あそびの文学」「翻訳は旨い」ということは、「創作」は下手だということである。

しかも、幻想上の花袋が、「近作を一つ朗読して」欲しいと言う。「創作でなくては行けない」、こうなると、一種の恐迫観念に鷗外は襲われていたのではないかと疑いたくもなる。ここで、鷗外は遂に言ってはならないことを書いてしまっている。

> 己《おれ》の創作はひどく評判が悪い。現に田山君自身も可否が言ひたくないと云つて逃げてゐる位である。それにどうやら、かうやら通用してゐる翻訳を遣れと云はずに、創作を遣れと云ふのは、合点が行かない。世間では随分人に出来ない事をさせて慰みにすることもあるが、ここではまさかそんないたづらもすまい。

鷗外は、花袋の「創作」を、という無理強いに対し、「人に出来ない事」をさせると書く。「翻訳」は得意だが、「創作」(現代小説)は駄目と、みずから鷗外は暴露してしまったのである。

何故か。これは、「現代小説」執筆を放棄しようとする一種のマニフェストなのではないか。「現代小説」への鎮魂歌なのである。「創作」に対して、ここまで自覚的になれば、もはや書けないのが常識である。幻想的な舞台を設定して、その中で宣言する。いかにも鷗外らしいやり方である。

本書では、四十二年、『半日』以来、「豊熟」の概念に疑問を呈してきたが、この「豊熟」なる語は知らなかったとしても己が「創作」に胸を張るようなものがないということを鷗外自身も明治四十五年の段階で認めていたと言わざるを得ない。

51 明治四十五年の翻訳作品

四十五年に発表された翻訳作品は、次の十六篇である。

1 『みれん』アルトゥール・シュニッツレル（明45・1・1〜3・10『東京日日新聞』断続的に55回の連載）

2 『樺太脱獄記』ウラジミール・ガラクチオノヴィッチ・コロレンコ（明45・1『文章倶楽部』）

3 『女の決闘』ヘルベルト・オイレンベルク（初出誌は不明。明44・11・24の日記に「女の決闘を訳し畢る」とある。『蛙』に収録）

4 『己の葬』ハンス・ハインツ・エヱルス（明45・1『昴』）

5 『冬の王』ハンス・ランド（明45・1『帝国文学』）

6 『老曹長』デートレフ・フォン・リリエンクロオン（明45・1『東亜之光』）

7 『僧院』エミール・フェルハアレン（明45・1『歌舞伎』大3・9まで断続的に10回連載「戯曲《ぎきょく》僧院」と題された）

8 『汽車火事』ハンス・キイゼル（明45・1『三田文学』）

9 『祭日』ライナー・マリア・リルケ（明45・1『心の花』）

10 『駆落』ライナー・マリア・リルケ（明45・1『女子文壇』）

11 『父と妹』ヴィルヘルム・シェエフエル（明45・4『女子文壇』）

12 『ヂオゲネスの誘惑』ヴィルヘルム・シュミットボン（明45・4『演芸倶楽部』）

13 『恋愛三昧』アルトゥール・シュニッツレル（明45・4『歌舞伎』以下大1・9まで断続的に6回連載）

14 『不可説』アンリ・ドゥ・レニエエ（明45・5『昴』）

15 『鰐』フヨードル・ミハイロヴィッチ・ドストエフスキイ（明45・5『新日本』6号まで2回連載）

16 『正体』カール・フォルミョルレル（明45・6『三田文学』以下8号まで3回連載）

この年も翻訳作品への意欲は落ちていない。十六篇のうち、戯曲は三篇、あと十三篇は小説である。ただ戯曲『僧院』と小説『恋愛三昧』は長篇である。

1

『みれん』アルトウール・シュニッツレル

男と女は料理店に入った。男は、医者に、後もう一年しか生きられないと言われたと言う。女は驚き哀しむ。二人の苦悩が始まり、湖水の傍の家に移り養生第一に生きようとする。二人は死の話ばかりをし、ウインに帰るが落ち着かない。二人は男の要望で南イタリアに行く。男はだんだん弱ってくる。血を流し苦しむ。男は女に「お前をつれて行く」とくり返す。一緒に死んでくれと訴える。女は拒否する。男は幻視に襲われ、さんざん苦しむが、結局、一筋の血を流して死んでしまった。

なにせ『東京日日新聞』に五十五回も連載された長篇である。後一年で死ぬと宣告された男の、ありとあらゆる態様を描いてみせた作品である。人間がかような立場におかれると、以後総べて「死」のために生きることになる。この小説の主人公もまさにそれである。その意味においては、素材は平凡。この死に憑かれた男にふりまわされるのは恋人の女性である。特に相思相愛の場合、ことは悲惨である。自殺したい、心中したい、殺したい、「死」は人間を踊らせるが、その死の舞踏を拒否することは出来ない。この『みれん』を読んでいると、死の数日前（大11・5・26）に鷗外が、医者の診察を拒否する手紙を賀古鶴所に送ったが、その中の文面を想起する。

　昔支那ニ神卜《かみうらない》ガアツタ　人ヲ見テ其人ガ何年何月何日ニ何事デ死ヌルト云ヿ《こと》ガワカツタ　若シ人ガソレヲ聞クトソレガ心ノ全幅ヲ占領シテソレヨリ外ノ事ハ考ヘラレナイ

鷗外は、人間は死を宣告されたら、「ソレガ心ノ全幅ヲ占領シテソレヨリ外ノ事ハ考ヘラレナイ」と述べている。まさにその通り。「コレガ人生ノ望マシイ事デアラウカ」と、鷗外は疑問を呈している。人間が寿命を宣告されたとき、この世に〈みれん〉を残し、どのような「生」の態様を呈するかを、シュニッツレルが徹底的に描いてみせてくれた作品ということである。素材は平凡だが、そのあがきをリアルに描いている点は、認めてもよかろう。鷗外は、後年、死病の診察を拒否したとき、果して、このシュニッツレルの『みれん』を想起したであろうか。

2

『樺太脱獄記』ウラジミール・ガラクチオノヴィッチ・コロレンコ

真白な世界、氷で鎖されたシベリア。己は毛織の天幕に住んでいた。ある日、体格のよい三十歳位の男がやってきた。ワシリと言った。この男は樺太の牢を脱出したときの話をした。一八七〇年（明3）、ワシリは樺太に向かう囚人船の中にいた。囚人の密告者を処分した一人として樺太に着いたら危いということで、十二人で脱出することにした。ある島に寄ったとき脱出を決行、森の中を十二日間歩き、兵隊たちと遭遇、七人を殺した。ある町にきたとき、一行は三組に分かれ、ワシリはダルジンと二人で逃げた。ここまで語ったとき、己の天幕の煖炉の火が消えた。己は逃亡者の辛苦、危険より「自由」のもつ詩趣を感じた。翌日、ワシリはダッタン人の祭に参加して新しく出来た仲間一人と、森の中に消えて行った。

「樺太」といえば、これを訳した当時、日露戦争の結果、樺太の北緯五十度以南は日本の領土であった。この樺太もシベリアも、真冬は極限の地の果である。そうした人間の生存を容易に許さない氷の世界に、囚人達が脱獄を果した、その体験をワシリが語る。この死神しか存在しないような無慈悲な地平に、この囚人たちを助ける人間たちがいる。囚人たちは助かりたいため、士官の首を斬り海に投げ込む、ストーリーは残酷さに充ちているが、なぜか暖かさが、どこかにある。この地獄から来た人間たちを誰かが待っていて助けようとする。ワシリは、極限を生き伸びたが、またどこかに消えてしまった。しかし、何か最後まで、「人間」というもののもつ血の暖かさのようなものが、皮一枚で繋っているような感じのする作品のように思える。

3 『女の決闘』ヘルベルト・オイレンベルク

ロシアの医科大学の女子学生に一通の手紙がきた。内容は以下の如くであった。私はあなたと関係のある男の妻です。私を侮辱した責任に対し、私はあなたに決闘を要求する。明日、午前十時、停車場に拳銃持参でお越し願うとのこと。立会人はなし。二人は約束の所に出会い、先に女学生が六発撃ち、妻が続いて撃ったとき、女学生は斃れた。妻は村役場に自首し未決監に入れられたが、自ら絶食し、死んでしまった。牧師への手紙があった。私の愛が奪われたとき、私は女学生に殺してもらおうと思った。ところが私が勝ち、名誉は守ったが愛は救えなかった。しかし、自分の愛を相手に渡すために名誉をもって渡そうとしたという誇りは持っている、と書いてあった。

女同士の決闘は珍らしい。女房は自己犠牲の持主かともみえるが、そうではないらしい。信仰者でもない。しかし、自分の愛を相手の女学生に渡すことを躊躇しない。この女房は、「名誉」や「誇り」を大事にしようとしていることが解る。こうした生きざまは、男専用にみられるが、女にもある。こうした倫理に生きる女もいるということを作者は言いたかったのか。鷗外が『安井夫人』を書く数年前であった。こんな素材自体日本では希有なことであろう。

4 『己の葬』ハンス・ハインツ・エヱルス

己は死ぬ三日前に運送会社に葉書を出した。葉書が到着してから三日目の正午に箱一個を墓地に運んで欲しいという内容。早速、運送会社の社長らがやってきた。箱の中に己の死骸が入っている。二時間の契約だ。注文通りことは運ぶ。隣の墓地では高等顧問官の葬式。運送会社の社員は、赤い帽子をかぶり、煙草をすっている。隣の連中は風俗破壊だと巡査に訴える。己は我慢出来ず箱から立ち上り反論。検事が己を拘引しようとする。己は死は神聖だと叫ぶ。己は箱のまま法廷に運ばれた。己は検事に死体毀損罪だと言った。判事は言葉を封じたので、言論の自由だと言った。己を狂病院に入れようとしたが院長が拒否した。それなら科料だと裁判官が言う。己は金がないと反論。牧師が、この被告は死骸だから埋葬が至当と述べた。皆が肯いた。己は黒い柩に入れられ外に担ぎ出された。運送会社の社長に救いを求めたが二時間の契約は切れたと拒否された。

この小篇を読むと、「己」は死骸ともとれるし、そうでないともとれる。しかし、医師は法廷で「死骸」と断じている。つまり、仮りに「死骸」という媒体を通して、世の中というものが、いかに「形式」と「法」と「代価」で動いているかを風刺してみせる。運送会社の社長は契約以外のことは一切しない、検事、判事、巡査も、自分の職務しか果たさない。ここには、人間的「情」は一かけらもない。死は神聖だと言うが空々しい。淡々と形式に生きる人間の愚かさが浮彫りになっている。

5　『冬の王』　ハンス・ランド

小説家の己は、このスカンヂナビアの南の果の半島を特に愛している。故郷のドイツと何もかも違う。己は静けさを求めてこの海岸の小村にやってきた。ある日、エルリングと名告る背の高い立派な男がやってきた。靴磨だそうだ。その寂しそうな眼が印象的だった。あの男は二十五年前からいると、下宿の女主人が言った。己はある夜、この男の小屋を訪ねた。書棚に、グルンドキグ、アンゲルス・シレジウス、ギヨオテの『ファウスト』などがあった。宗教哲学を研究しているらしい。壁の額に「判決文」が入っている。殺人犯、懲役五年とある。自分の婚約者をつけまわした船乗を殺ったという。女は行方知れずとか。この男は事件後、この僻遠の海岸に流れつき、この小屋の〈冬の王〉になったのだ。春には人の靴を磨く、そして長い冬がくる。この世棄人も喜怒哀楽とか得失利害を考えるのだろうか。しかしそんなことは一切「折伏」し去ったであろう。暴風の夜、心細い舟人たちは、この丘の家の窓から洩れる小さい燈を慕わしく思って通っていくであろう。

好短篇である。ふとしたことで婚約者にかかわった男を殺してしまい、五年の服役の後、このスカンヂナビア半島の果にやってきた。海岸の小屋にその「判決書」を額に入れ飾っている。己への戒めであろうか。そして誰にも隠さない、もはや、すべてを越えている。この極北の荒波をみつめて二十年、沈黙の中に逞しく生きている。作者ランドの姿勢がいい。鷗外は、この孤独と罪に生きるエルリングに共感したと思われる。

6　『老曹長』　デートレフ・フォン・リリエンクロオン

独立戦争の頃。草原の真中に寂しい小屋。早朝、老人が一人、龍騎兵連隊の軍服を着て腰掛けている。老人は二十歳から色んな戦争に征た。ロイテンで敵の軍旗を奪い、陛下からお褒めをいただき曹長に任じられた。老人の軍服は、そのときのアンスパハ・バイロイト連隊のものである。遥るか地平線上に黒点が現われ、だんだん近づいてきた。騎兵一箇連隊だった。しばらくして多勢の軍勢がやってきた。ナポレオンだ。鉄のような硬い顔をしている。ナポレオンは老人をじいとみて近づき、その軍服をみて、フリイドリヒ大帝の話をさせた。偵察の騎兵が戻ってきて、敵襲を告げた。ナポレオンは、老人と握手して、ゆっくり白馬に跨り引返して行った。ナポレオンの敵は、昔老人のいたアンスパハ・パイロイト龍騎兵連隊の系譜を引きつぐプロイセンの軍勢であった。両軍は接近し、激しく闘い、仏軍は敗走、プロイセンが追撃した。老曹長は、じいと立ってみている。右手に騎兵刀をもっている。プロイセンの老将軍は、老人の軍服をみて近付いてきた。老曹長に抱きつき接吻した。ラッパは連隊の音楽を奏して引き上げて行く。老曹長は、その音色を聞きながら絶命した。

翌朝、プロイセンの王が部下とともに小屋の前を通り、老人の遺骸に気がつき、老人の軍装をみて、大帝の時の曹長だ、なんとかしてやりたい、忘れてはならぬと言って、手帳に書き留めさせた。

ナポレオンの仏軍とプロイセン軍との戦争の中での一挿話である。敵であるプロイセン軍の古い軍服を着た老曹長に好意を示したナポレオンも偉いが、後からやってきたプロイセン王も、また人民のことがよく解っている。殺伐とした戦いの中で、この二人の王の「情」というものが伝わり、さっぱりと浄化される思いがある。それもさることながら、草原の一軒家で、昔の栄光を思い、名誉あるアンスパハ・バイロイト龍騎兵連隊の軍服を着て暮し、そして朽ちるように死んでいった、この老曹長の律気さと純粋さに感銘するとともに、人間の悲哀も感じられて感慨深い。これもランドの『冬の王』に劣らぬ好短篇である。訳文の無駄のない筆致も素晴しい。

7 『僧院』 エミール・フェルハアレン

㈠僧院の庭。僧たちが信仰論を闘わせている。次の院主をめぐって、バルタザルとトオマスは対立している。院主は、貴族出身のバルタザルを次期院長に考えている。トオマスらは門閥重視に反撥、学問があることが大切と思っている。ある日、バルタザルは院主に、自分は過去に父を殺し、この僧院に救われたと告白、そのざんげを皆の前でしたいと言う。院主は反対するが結局許す。

㈡会議所。バルタザルが十字架に祈っている。トオマスがくる。バルタザルは次の院主は自分でもお前でもない、マルクだ、今からざんげをする、と言って、十年前の罪を告白する。僧のミリチアンは、此世の定規で判断してはいけないと述べるが、僧たちは「人殺し」と叫ぶ。院主はバルタザルは、ざんげによって天上の福を永遠に得ている、お前たちは卑劣だと言う。院主は、バルタザルに、一カ月堅い床にねよ、贖罪の道はそれだけと宣告した。

㈢院主やトオマスは、僧院を守ろうとする。僧のイゼバルドは、この件は世間にゆだねるべきと主張する。僧マルクは、バルタザルの身代りで死刑になった人がいると、バルタザルに自首をすすめる。バルタザルは自首を決心する。

㈣礼拝堂。バルタザルは錠のかかった一段高い処で、贖罪の行をしている。院主はバルタザルに、お前に目を掛けてきたが、神様が、わしの目を開けて下さったと言い、気狂だと罵しる。院主は、バルタザルは僧院の掟を破った、信仰心もない、外に放り出せと言う。その命令でバルタザルは戸外に。トオマスが院主の推薦で次の院主に。マルクは懸命にバルタザルのことを祈っていた。

重厚な長篇宗教劇である。象徴主義的で難解でもある。表面的には、真摯な信仰論が常に僧侶間で闘わされているが、その裏側にあるのは、世間から隔離された僧院の権威を守ることと、次の院主への争いである。突如、めざめたように、己の罪を告白し、真に人間として生きようとするバルタザルは放逐されてしまう。僧院の権威に従うならば、神の場で、むしろ栄誉が与えられる。それは虚偽である。一般社会と異質な権威と閉鎖性に守られて生きてきた院主は、最後には野心家のトオマスと妥協してしまう。結局、宗団化したキリスト教への懐疑が作者フェルハアレンの基底に流れていると思ってよかろう。

8　〔汽車火事〕ハンス・キイゼル

皮のむけた頭蓋に脚は骨ばかりの男、つまり「骸骨」と化した男が、踵に頭が一センチもある釘を打ち込んだ靴を履き、パイプを燻しながら鉄道線路の真中を歩いて行く。あの靴が、一同を直立不動にしてしまうのだ。この男は遂に汽車を停めた。国王が乗っている。国王は車内に入ってきた奴が通ると突然直立して礼をする。奴は機関車に入ると火夫は二人とも転落。男は汽車の中を移動していく。汽車が燃え出した。乗客は大騒ぎ。奴はバイブルを読んでいる。列車が橋にかかったとき、奴は飛び降りた。そのはずみで、あの靴の踵でひっかけたのか、汽車は橋から落ちていった。奴はふり返りもせず、世界は己の物だとでも言いたげに永遠に前を向いて歩いて行った。

奴は「生者」ではなく「骸骨」のようだが、どうも国王などが礼をするところをみると、その姿はみえるようである。奴の行為には何の意味もない。どうやら夢を描いたもののようである。この「骸骨」は、鉄道線路をやってきた汽車の中で、好き放題。結局後には、列車は橋の下に転落してしまう。無慚。考えてみると、人間の運命は、こうした「死魔」に操られて生きている。それに対して人間は全くの無力である。「骸骨」は、残酷な行為を口笛を吹きながら、淡々とやってのける。そうした「死魔」は永遠だが、人間は有限なのである。「国王」まで、この不可解なものに支配されざるを得ないということか。正しい脈絡を欠いた、無茶な筋書であるが、人間の弱く哀しい運命を暗示していることは間違いない。

9　〔祭日〕ライナー・マリア・リルケ

教会で、帝室評議員アントンへの祈禱が終ると、まず親族長のスタニスラウスが、ベンチを立った。喪服の婦人たちも続いた。みんな、アントンの娘のイレエネの家で食事をすることになっている。親族一同食卓に就いた。しばらく時間が経った。さて、スタニスラウスは、ある椅子を指して、八年前、私の兄が瞑目した椅子だと言った。死を一日前にして、みんな仲良く助け合ってくれと言ったともそえた。イレエネの妹のフリイデリイケは、父はどの椅子で、とそれぞれ亡くなったときの椅子を探した。その中で、誰も掛けて亡くなっていない椅子が一つあった。スタニスラウスは、しばらくして怪げな足取りでその椅子に座った。この椅子に履歴をつけてやろうという公平な心からである。イレエネは「おぢさん」と一声発した。スタニスラウスには、今日か明日か解らぬが、自分は、もうこの椅子から立ち上がれないことは解っていた。

　なんということのない、さきに亡くなったある一族の偉い人の祈祷会の後、その娘の家で食事会があった。この親族の長である老人が、誰も死んだ人が座ってない椅子を一つみつけ、そこに座して、死を待つという、余り現実的でない話ではあるが、何か老残の哀みのようなものが伝わってくる作品ではある。ちょっとしたスケッチであるが、実は、人間の運命を考えるに恐しい話でもある。

10 **『駆落』** ライナー・マリア・リルケ

　誰もいない寺院の中。夕陽が中堂の床に落ちている。奥の暗いベンチに二人は座っている。アンナと高校生のフリッツである。二人とも日常に嫌気がさし、特に少年はどこかに逃げようという。二人は愛し合っている。二人は堅い約束をして別れる。少年はアンナと別れ、余計な迂路をしたり道に迷ったりして、家に帰ったのは夜であった。机の上に一通の手紙があった。アンナからである。内容は、二人のことをすべて知られてしまい、父は強暴なのでもう逃げる以外にない。明朝六時に停車場で。あなたとは死ぬまで別れない、と書いてある。夜が明けた。フリッツは寒気がし考えた。アンナは両親も捨てる、ひどい女だ、己はもう嫌になったと。アンナが嫌だが、停車場であいつが来ないのをみたらどんなに嬉しいかと思い停車場に行った。探したが何処にもいない。ひどく気楽な心持になった。その時、石畳の上を歩く靴音がした。アンナである。プラットホームに向っている。フリッツはじいと見送った。少年は思った。人生をおもちゃにしようとする小娘に対する恐怖、娘がひき返して来て、自分を知らぬ世界に引きずって行くかも知れぬ、少年は、後もみず全力で町の方へ走って行った。

　単純なストーリーである。日常的によくある場面。しかし、少年フリッツの急激な心変りは何なのか。自分から誘っておきながら娘を裏切る。しかもアンナが「人生をおもちゃにしようとしてゐる」とまで考える。少女の方が強暴な父のことを考えたなら、家出をするのは自然のように思える。「人生をおもちゃ」のように考えるのはフリッツではないか。人間、欲しいと思ったものが手に入ると嫌気がさす。一晩で心変りしてしまう人間の身勝手さを言おうとしたのか。何か筋の通らぬ駄作としか言いようがない。

11 **『父と妹』** ヴィルヘルム・シェエフエル

　ヰルムは、貧しい石家の家に生まれた。幼少から労働してパン代をかせいだ。成長しヰルムは、決心して西を指して町を出た。河を渡り、難儀を重ね海に出て船に乗り、ある町に着いた。幾年も経ちヰルムは金持の裁判官の娘と結婚し、信用を得た。ヰルムは一週間考えた末に、金を沢山カバンに入れ、妻とともに故郷を訪ねることにした。故郷に着き、妹アンナは子供二人を抱え、苦労していることを知り、身分を隠し、一晩、妻を宿屋に置き一人で妹の家に泊り金もやった。朝帰ろうとして階段にきたとき、男（父）が斧を持っていて女（妹）も居る。ヰルムは急いで部屋に戻る。二人がぎいぎいと階段を上ってくる。ヰルムは怖くないのを不思議に思う。二人は父と妹だ。しかし、ヰルムは二階の外の壁を伝って下り、一目散に妻のところに逃げ戻った。二人は無言、妻は涙を流しキスをした。夫婦は船で帰途につく。ヰルムは妻に言った。罪は誰にもない。ただ己は誰ともかかわりたくないのだ。そして己たちの家には、「外の神」を持っている人間は入れられないから、とヰルムが囁いたように妻は思った。

貧乏生活を棄て、町を出て十五年、ヰルムはよき妻と信用と財を得て妻とともに故郷に帰ってきた。しかし、悲惨な状況がヰルムを待っていた。ただ小篇で不可解なのは、十五年位で、兄妹同士が認識出来ないということがあろうか。特に、父も妹もヰルムを全く他人とみている。これはどうみても不自然である。それはともかくとして、ヰルムが父と妹のことを、何も語らないことはよく解る。そして妻も何も聞かない。これはむしろリアルである。そして人間の哀しさがよく出ている。肉親を「罪人」にしたくないヰルム。そして、終末の「外の神」をもっている人間は「己達の家」には入れられないという言葉。これは唐突に出てくる冒頭の「人間は誰でも背中に自分の神を背負つてゐる」という言句と響き合っている。ヰルムは外国に出て幸せを得たが、結局帰る肉身も故郷もない、ということの言い換えなのであろうか。つまり、人間は個々に、自分の「神」だけを信んじて生きる以外にない、ということなのか。

12　『ヂオゲネスの誘惑』　ヴィルヘルム・シュミットボン

場所は、コリント市の丘、木立のある岩石地。

哲学者のヂオゲネスは桶の中にいる。その囲りに人々が集っている。ピヨアスがヂオゲネスに、昨夜、俺の女を馬鹿にしたなと毒づいている。哲人はお前の女はどれか解らんと煙に巻く。哲人は子供好き、これから川で子供と遊ぶと言って去る。女イノが出てきて、ピヨアスに哲人に負けていると責める。イノが、あの女嫌な哲人をモノ笑いにしてやる、もう一つ桶をもってきてという。町の教師もやってきて哲人を批判する。哲人が戻ってくる。イノは自分の桶に隠れる。そして、「今日は」と哲人に声を掛け、媚を売る。哲人は淡々としている。イノは執拗に媚を売り、哲人をひきつけようとする。イノは騙したり、本音を言ったり、あらゆる手をつくすが、哲人は相手にならない。そうこうしているうちに、イノの内部に変化が生じる。イノは本当に哲人の人格性に惹かれていく。今迄モノ笑いにしてやろうと思ってきたが、もうその気持はなくなった。哲人の傍に置いて下さい、という。周囲の者は、イノの変化に驚く。イノは皆を相手にせず哲人の手をとり、さあ行きましょうと言う。教師はイノに正気になったら戻って来いと言うが、イノは、いつまでも待っているがいい、と去って行く。

聖人、賢人、哲人に向って美女が媚で挑戦し、誘惑を試みるが、結局美女が負け、ついには、その弟子になってしまうという話は、世界的に共通した、宗教的、倫理的な説話である。

泉鏡花「高野聖」は、この小篇とストーリーはかなり違っているが、そのさわりのところでは共通性がある。飛騨の山中で、美女に出会い、大抵の男はその美女の誘惑に負け、獣にされてしまうのに、この旅の僧だけは、美女とともに裸で渓流に入りながらその誘惑に負けなかったという話である。その点、この素材は別に特殊なものではない。

13 **『恋愛三昧』** アルトゥール・シュニッツレル

㈠学生フリッツの部屋。友人テオドル登場。テオドルは、あの人妻は美人で気立はいいが、何か危険だ、やめておけとフリッツに忠告する。ミイチイが連れてきたクリスチイネが安全だという。そこに、ミイチイとクリスチイネが登場。クリスチイネはフリッツに愛を告白。フリッツは真剣でない。そのとき、ある男が訪ねてくる。テオドルとフリッツと男三人は別室へ。男はフリッツに君から妻への手紙の束だと渡し、君に出した妻の手紙を返してくれという。フリッツは、しらばくれて拒否。今後はあなたの望みにまかせると言う。テオドルは、その男と着実に片をつけてやると言う。

㈡クリスチイネの部屋。知人のカタリナが、甥を紹介するが、クリスチイネは相手にしない。ミイチイが来て、フリッツの不実を非難する。クリスチイネはフリッツへの愛の一途さを訴える。そこにフリッツが来て、クリスチイネへの愛を口にする。クリスチイネは大喜び。テオドル登場。なぜここにいるかとフリッツを責める。

㈢クリスチイネの部屋。ミイチイ登場。フリッツはウインに帰られたのかと問い、旅行は嘘だと言う。クリスチイネは、フリッツが旅行に出たと信じている。ミイチイ、確認のため部屋を出る。クリスチイネの父が出て来て、フリッツとは幸せになれない、あきらめよと説得する。そこにミイチイとテオドルが来る。二人の様子がおかしい。クリスチイネ、状況を必死で聞く。二人の異常さに気付き、フリッツは死んだのね、と叫ぶ。テオドルは、フリッツは決闘で死んだという。クリスチイネ、あの男の妻のために死んだのね、とつぶやき、突然に駆け出した。父は、娘はもう帰って来ないと泣き床に倒れた。


一方的に惚れてしまった娘、男はそれ以前に夫ある女と交き合っていた。女の夫が、男が妻に出した手紙の束をもって現われる。この男と、夫ある妻の軌跡は消すことが出来ない。娘の絶対的な愛は男に届かず、その人妻のことで決闘して果てた。そして娘も後を追う。純朴な娘が、愛に盲目的になり、大人の不倫に巻き込まれるという悲劇。これも世界に共通してある悲惨な話である。複雑な愛なるものの性質を、シュニッツレルは、じっくりと長篇の戯曲に描いている。ただ不可解なのは、題名の「恋愛三昧」である。この戯曲は、不倫した者の悲劇はむろんのこと、純な娘までその悲劇に巻き込まれていく悲惨な戯曲である。それなのに「三昧」とは何故か。「三昧」とはもと仏教語で「精神を集中し、心身を安定させること、またその状態」（『日本語大辞典』講談社）。「あることに没入することで、精神の喜びと安定を得ること」と言いかえてもよかろう。芥川龍之介が瀧沢馬琴の執筆姿勢を書いた「戯作三昧」（大6・11『大阪毎日新聞』）はまさにそうした意味に使われているはずである。鷗外は「三昧」の意味をどう考えていたのであろうか。

14 『不可説』アンリ・ドウ・レニエ

「愛する友よ」で始まる小篇全体は、己の自殺を予告する手紙文になっている。以下は、手紙文の要旨である。死ぬといっても、何ら死ぬ理由がない。此決心を「僕の胸の内に熟せしめた事情を説明」しておきたい。いま、頗る心を楽しませる「情人」がいる。しかるに、この手紙を書いてしまったら、深紅色のペルシャ絨緞の上で自殺しようと思う。この遂行は、十分合理的で、自然で必然な行為だ。もし「偶然の出来事」を自殺の原因にあげるとしたら、この女のためといえるだろう。この女の名はジュリエット、フランス人である。友人がブラウンというアメリカ人の妻になっている。昨年、ボルボスに行ったとき、このアメリカ人のブラウン夫妻とジュリエットと知り合い、四人で数日を過した。僕はこの若いジュリエットに惚れてしまっていた。この女には夫がいるが、その仲は悪いとブラウンが言った。翌日、女を墓地に連れて行き、恋を打ち開けた。女は恋は駄目、お友達になって下さい、といった。僕は女が、いつか情人になってくれるだろうと想像し、嬉しかった。出発の日が近づいたとき、ジュリエットとブラウン夫婦で、記念品を買いに「大勧工場」（市場）の中に入った。いつか一人になっていた。ジュリエットが来て、僕を氈《かも》店に誘った。今から数分後横になるはずの深紅色の氈はそこで買ったのだ。あの氈の上でジュリエットの裸体を抱いた時、僕は度々此死の事を思った。あの上で此世を去ろうという、〈不可説〉にして必然な心が養成された。この決心に伴った事情を、これで君に言って聞かせた。僕はその中に最終の幸福を見出す。なぜなら、死に臨んで優しい顔、美しい国を思い浮べるより楽しいことはないのだ。

〈不可説〉という言句を、古い、平凡社の『大辞典』でみると、①「言説すべからざること」、②「規定にもとずかざること」、③「よからぬこと」とある。どうやら語ってはいけない、説明してはいけない、という意味らしい。この小篇では、自殺を予告しているわけであるが、その理由がない、ときっぱり述べている。「偶然の出来事」を自殺の原因にあげるとしたら、という前提で、惚れた女に愛を拒否されたことを述べている。さらに、この小篇で不可解なのは、手紙の中で「目下頗る心を怡ましむるに足る情人を我所有としてゐる」と述べていることである。「情人」は文脈上ジュリエットを指していることが解る。しかし、明確にジュリエットからは「恋」は拒否されている。「情人」を認めながら、拒否された後、二人が特別に二人切りで会った描写もない。文中に「僕は、ジュリエットと差向ひになることがめつたに無い。」とある。しかも、増々不可解なのは、ボルボスの「大勧工場」で買った氈の上でジュリエットの「裸体を抱いた時」とも書いている。恐らく、この氈を買って死ぬまでの行為を述べているのであろうが、そのいきさつの叙述が不十分である。ただ言えることは、愛は得なかったとしても、惚れた女を遂に抱いた幸せの中に死んでいくことに、この「死」を「必然」と受けとめたと考えることは出来る。しかし、この遺書めいた手紙の本質は、やはり〈不可説〉にある。自殺の原因は厳然としてある。つまり、ジュリエットに愛を拒否されたことである。しかし、それを「言説すべからず」なのである。説明してしまってはいけないということである。ぼかしてしまっているところに、この小篇の意味があるのだろう。

　芥川龍之介が「或旧友へ送る手記」（昭和二年七月二十四日、芥川が自殺した枕頭にこの『手記』が他の三通の遺書とともにあった）でこのレニエエの作品に触れている。「自殺者は大抵レニエエの描いたやうに何の為に自殺するかを知らないであらう」と。〔不可説〕の場合、愛を拒否されたことが自殺の原因だとしても、それを認めたくない、そのへんを詳しく説明したくない、ということであろう。いずれ自殺する芥川が、この複雑な自殺者の心理を一番理解出来たのかも知れない。

15　〔鰐〕フョードル・ミハイロヴィッチ・ドストエフスキイ

三　舞台はロシア。己（小役人）の友達の学者であるイワン夫妻が、ドイツ人の持ち込んだ鰐を見に行きたいというので、己もついて行った。ブリキの盤に大きい鰐が入っていた。勿論、見料をとっている。しばらくしてイワンの妻エレナは、猿を見たいと言うので、ついて行った。突然恐しい声がした。ふり向くとイワンの体を鰐が銜え、とうとう飲み込んでしまった。己はおかしくて大声で笑った。しかし、すぐ気付いて同情ある調子でイワンはこれで「お暇乞ですね」と妻に言った。妻は「切り開いて」と叫ぶ。己は妻にイワンは天国だ、帰ろうと言った。そのとき、イワンの声がした。腹の中は快適だとも言う。どんどん意見を言う。腹の中で生きているのだ。持主のドイツ人は代価を弁償せずに切開出来ないと言う。見物人は増える一方。イワンは「今後世界に向つて真理と光明をこの腹の中から発表する」とも言う。

　報道も過熱。ある新聞にはロシアが、いかに「蒙昧粗笨」かという批判もある。またイワンよりも、人間を呑んだ鰐に同情の声もある。老人が理性のない動物に同情するロシア人の記事をみて「これでは西欧諸国に負けていませんね」という。己は二枚の新聞をポケットに入れ、今日も鰐を見に行くため役所を出た。

　人間が鰐に呑み込まれれば必ず死ぬだろう。これは常識である。しかし、小篇では、人間が呑み込まれても死なないで生きている。ここで読者は、風刺小説であることに気付くことになる。イワンを呑み込んだ鰐の囲りにいる者たちは、皆現実であり、日常性に生きている者たちである。独りイワンだけは非日常性の中に生きている。そして、そこから人間世界にさまざまなメッセージを発している。非日常的なイワンの視角が、案外、新しいアイデアになっているところが狙いなのである。それにしても、奇異に感じる作品である。いろいろな事も考えられる。ロシアには全く存在しない熱帯性の鰐を持ち込んで、金もうけを始めたドイツ人という発想には、当時、強力な先進国であったドイツから東欧の後進国であるロシアに種々、新しく珍らしいモノが入ってきていたという現実がある。このドイツ人が所有する鰐、それに呑み込まれるロシア人の学者という発想は、ある意味では、当時の西欧とロシアとの関係を象徴的に示しているようにもみえる。この関係でみれば、例えば、この小篇の中で言う「ロシアの財政が好くならないのは、中流社会が成立つてゐないからだ。大資本がないからだ」とか、西欧の文化である「瓦斯燈」「人道車道を区別」「新式家屋を建設」等、形は西欧に近づいていながら「我が同胞」は「今に至るまで依然として蒙昧粗笨の域を脱せざるなり」と鰐事件に関係して報道するロシアの新聞記事などをみると、明らかに当時のロシアの後進性に対する作者の批判を窺うことが出来る。鷗外は、超現実主義的な一種の綺談に興味を示し、翻訳作品として採択したことは事実であろうが、それと同時に、ロシア人作家の自国の蒙昧性に対する批判にも興味をもったのではないかと思われる。

16 『正体』 カール・フォルミョルレル

ロッコという士官と小さいカフェーで一緒になった。外は寒い。ロッコは、己に是非見せたいものがあると執拗に言うので、ついて行った。度々道の方角が変る。「極美は人を殺す」とロッコが言う。己は不可解のままどんどん歩く。郊外に出た。田畑を歩き小屋に着いた。平凡な町工場のよう。ロッコは興奮して動き廻っていたが、つと、とまり己をじいとみている。ロッコは、気味の悪い笑いをもって「終極の美は人を殺す」と言う。ある部屋に入った。空中に懸っているもの、「電力発動機」だろうか。モノを覆っていた布をロッコはとった。磨いた褐色の面がみえた。己は「絶対美」だと感じた。「空中螺旋機」だと思った。本当に神々しい、動き出したら解るとロッコ。また「終極の美は人を殺す」と、ロッコは言って出て行った。突然激しい空気の運動が起り、己は前へ前へと引張られた。己は満身で支えようとしたが、己の体は停らない。そのとき、左側の壁の下が無風であるのに気付き、全身の力をこめ左へ左へと転り必死で駆け出し外に出た。しかし、ロッコの姿はどこにも見えなかった。

—最後に「日記」の断簡—己はカフェで士官コスタに会った。己はあの夜の出来事は嘘のようだと考える。コスタは、政府注文の飛行機を受けとりにきたと言う。己はあの夜のことをコスタに話した。ロッコは、飛行機を造っており、早く験してみたくて溜らない男だ、人に危害を加えるような人間ではないとコスタは断じた。ロッコのことが新聞で「怪我の自殺」と出ていた。

翌日の新聞では、ロッコの死体は鋭く切り裂かれていたとあった。また別の新聞では、海軍士官ロッコの遺産は、「電気器械」ばかりで、男爵ロッコ家は相続を拒否したとあった。朝、己は急行列車でこの街を離れた。

フォルミョルレルのこの小篇は、最初から構成、筆致からして怪異性、むしろ猟奇性が強いといった方がよいかも知れない。寒いパリの夜、その男は、二時間以上もかかって、あるモノを見てくれと「己」を連れていく。色々の仕掛がしてあって読者は恐怖で緊張するようになっている。途中男が囁く「極美は人を殺す」というセリフが戦慄を高める。その「正体」は「空中螺旋機」と、最後に己は認識するが、暗い部屋で、「己」はその機械を使ってロッコに殺されようとしたと思う。助かってみれば、結局、当時開発競争の激しかった飛行機の「機関」を作ったロッコが、その実験を「己」にみせようとしたに過ぎないことが解ってくる。その直後、新聞はそのロッコの凄惨な死を自殺として詳細に報じた。ロッコは金属で出来た機械のもつ「極美」のためにみずからを殺したのであろうか。ロッコは、男爵家の子息で海軍士官であると同時に、今でいう機械工学の研究者でもあったということである。〈正体〉というタイトルは、怪しいロッコの〈正体〉が最後に明らかになることを指している、ととるのが常識のようであるが、この作品には、もう一人、妙な女がみえ隠れする。「己」がカフェで見た、十六歳くらいの「明褐色目」をした美しい女である。ロッコの話の中にもマライ人が出てくるが、小篇の終りに付されている「日記の断簡」で、占女が、やはり「マレイ種の娘」に触れる。そして、己は、この二、三日何百の女をみたが、「あいつ」のような女は一人もいないと思う。そして、「断簡」の最後に、「己」は急行列車に乗って思う。「己はあいつに逢ふのだ。あいつは己の物になるだらう。」と。

この「あいつ」と「己」の関係は全くの謎である。〈正体〉とは、この女のことを指しているのだろうか。この作品の読解は、不透明で相当な難である。決して好い作品とは言えまい。どうやら翻訳モノでは、鷗外は、こうした綺譚モノに、少しひかれるところがあったようだ。

52　明治の終焉

明治は終焉に近づきつつあった。

天皇の重篤

天皇は、七月十日頃から体調を崩され、その後静養中であったが、十九日の夕食後、にわかに四十度を越える高熱を発し、重態になった。主治医の青山胤道と三浦謹之助が診察にたずさわったが、尿毒症と診断し、『官報』の号外で発表された。三十七年末頃から、天皇は糖尿病に罹り、三十九年（一九〇六）一月には慢性腎炎を併発、側近は日々天皇の健康に留意していた。日露戦争への心遣いが、心的過労となったことも一つの原因であったと思われている。

政府当局は、国民が、明治天皇には、特別な敬愛心をもっていることを熟知しており、その点、国民への対応に神経質になっていたが、二十日に、政府要人に、天皇重篤の知らせがあり、直ちに『官報』号外で公表された。

このとき、国民はどう受けとめたか。

新聞記者上りの生方敏郎が、新聞社に出て天皇の重態を知ったのは、七月の「二十二日であったろうか」と書いているが（『明治大正見聞史』昭53・10 中公文庫）、『官報』の号外に敏感なはずの新聞記者が、『官報』に発表され二日も経って知るという事はあり得まい。生方の記憶違いであろう。生方は、報らせを聞いた人々が、「宮城前の草原」に陛下の恢復を祈って額ずく「群」を書き、「皆狂的に見えた」とも書いている。田山花袋の文は、もっと深刻であり格調も高い。

> 「聖上危篤……。」つづいて、「昨日の御容体。」それが四、五日つづくと、二重橋の畔に、聖上の病気の快癒を祈る国民の群が昼夜群を成すということが報ぜられた。
>
> 国民は皆な深い憂いに閉された。誰も彼も憂わしい顔をして静かに私語《ささや》いた。一天万乗の君、宮城の奥深く劃《くぎ》られた宮殿の中にも、自然の力は防ぐことが出来ずに犯して入って行った。国を尽しての名医の力でも、こればかりはどうすることも出来なかった。
>
> 明治天皇陛下、"Mutsuhito the Great" 中興の英主、幼くして艱難に生い立たれて、種々《いろいろ》の難関、危機を通過されて、日本を今日のような世界的の立派な文明に導かれた聖上、その聖上の御一生を思うと、涙の滂沱たるを誰も覚えぬものはなかった。（『東京の三十年』）

花袋は、明治帝を「中興の英主」、日本を「世界的の立派な文明に導かれた聖上」と捉え、悲しみはむろんのこと、「滂沱たる」涙は、国民の一人としてのご苦労様でしたという感謝の気持が溢れている。「一度陛下にもお別れ申さなければならない」と書いた花袋は、恐らく宮城前に出掛けたに違いない。

しかし、天皇の命は刻々と時をきざんでいった。公表されてから崩御まで、毎日病状の発表が宮内省から発せられ、多い日には一日六回の日もあり、合計すると、崩御まで四十六回にまで及んだという。夏目漱石は「こゝろ」の中で、「ことに陛下の御病気以後父は凝と考へ込んでゐるやうに見えた。毎日新聞の来るのを待ち受けて自分が一番先へ読んだ」と書いている。漱石も、このとき、国民全員が忌憂の持続の中にいたことを伝えている。

二十五日から、平癒を祈る国民の記帳の受付が始った。この記帳は、明治帝のときに初まり、大正帝のときはなく、昭和天皇のときには再開されている。二十八日には容態の悪化があり、閣僚たち関係者は宮城に入り、徹夜で緊張した一夜を過ごしている。

明治帝の崩御

二十九日夕刻、天皇は危篤状態に入られた。病床には、皇后、皇太子夫妻、内親王、医師団が詰めた。そして、七月二十九日、午後十時四十三分、天皇睦仁は崩御された。満五十九歳九カ月であった。

公式には、三十日午前零時四十三分とされた。崩御から皇位継承、新元号制定を確かなものにするための措置であった。在位は慶応三年から四十六年間である。皇位は皇太子嘉仁が継ぎ、「大正」と改元された。

田山花袋は、この明治大帝を喪ったときの感慨を次のように書いている。

> 「ああ、とうとう御かくれになったか。」
> こう思うと、何とも言われない気がした。いろいろなことが胸に一緒にごたごたと集って来た。
> 西南の役、そこでは私の父親が戦死した。つづいて日清の役、日露の役には、私は写真班の一員として従軍して、八紘にかがやく御稜威《みいつ》の凜とした光景を眼のあたりに見て来た。日章旗の金州南山の敵塁にかがやくのを見て雀躍《こおどり》して喜んだ私は、私の血にも熱い日本国民の血の流れているのを覚えずにはいられなかった。私は思想としてはFree-thinkerであるけれども、魂から言えば、やはり大日本主義の一人である。私は明治天皇の御稜威を崇拝せずにはいられなかった。それであるのに……。
> 私は黙然として立尽した。

漱石は、「こゝろ」で「崩御の報知が伝へられた時、父は其新聞を手にして「あゝ、あゝ」と云った。「あゝ、あゝ、天子様もとう〳〵御かくれになる。己も……」父はその後を云はなかった」と書いている。

この花袋や漱石「こゝろ」の父の哀しみの慟哭は、このときの大多数の日本人のそれであった。日露戦争に、鷗外と同じ第二軍に従軍し、激戦の地南山で日本人としての血をたぎらせた花袋にとって、明治帝の死は、「何とも言われない」ものであった。

漱石が「こゝろ」の中で、天皇の死によって、「明治の精神が天皇に始まって天皇に終った」と書いたことは知られている。この文は、まさに漱石の至言である。この言葉もまた、当時の国民の思いを象徴的にあらわした言葉であったのではないか。

主上の崩御に接した鷗外

鷗外の明治帝崩御に関しては、その簡潔な日記に記されている。四十五年の五月二十八日には「士官学校卒業式に臨む。主上行幸させ給ふ」とあり、三十日には「主上幼年学校に臨幸せさせ給ふ」とある。この頃、帝は一応健常であったようで、持病の糖尿病もあり、やはり、七月に入りやや急激に体調を崩されたようである。七月二日には、「予の進退の事を告げに、賀古椿山荘へ往く、放衙後賀古を訪ひて謝す」とある。なぜ、この時期に、鷗外の「進退」の問題が出て来たのか、明確ではない。この年、四月二日には、鷗外とそりの合わなかった石本新六陸軍大臣が、舌癌で亡くなっている。

さて、鷗外が、明治帝の重篤を知ったのは、皆と同じ、七月二十日であった。日記に「二十日（土）、（略）退衙後聖上御不豫の事を承る」とある。乃木希典学習院長が、帝の大患を知らされたのは、他の高官より一日早い七月十九日である。乃木は学習院生徒の水泳演習のため、鎌倉に来ていた。乃木は、急ぎ東京に帰り、参上、お見舞を申し上げ、以後、毎日二回、宮内省に赴き、病状を伺い、崩後までと崩御されて大葬の日まで、計五十六日間百三十回も参内を行ったと記録にある。

それにしても、鷗外が帝の大患を知ったのが、二十日の「退衙後」というのは、どういうわけであろう。宮内省が国民に発表したのがすでに述べたように、七月二十日である。鷗外が知ったのは一般国民と同じ日ということになるが、それも、役所を退いてから、というのは、どうもふに落ちない。以後「二十一日」の鷗外日記には、帝についての記述はないが、「二十二日（月）（略）上原大臣局長を集へて聖上御不豫に関する訓示をなす」「二十三日（火）（略）上原大臣主上の病状を伝ふ」、「二十四日（火）（略）上原大臣陛下の御病状を伝ふ」、「二十五日（木）（略）大臣陛下の御病状を伝ふ」「二十六日（金）（略）岡次官大臣に代りて主上の御容態を伝ふ」、「二十七日（土）（略）主上食塩注腸を受けさせ給ひしを聞く。」、「二十八日（日）聖上御病症午後増悪せるにより参内し、午後十一時まで宮中に居る。」この日短歌を二首詠んでいるが、その中の一首は「堀のへにつとへる見れはふみよまぬ人も君をは思ふなりけり」である。宮城前にひれ伏す国民の帝の恢癒を願う気持は自分も一つも変らない、という心情を訴えようとしたものか。二十九日の日記には、どういうわけか、帝への記述はない。いよいよ、「三十日（火）、晴。薄き白雲。午前零時四十三分天皇崩ぜさせ給ふ。朝聖上皇后皇太后の御機嫌を伺ふ。夜雨点々下る。蒸暑。大正元年と称することとなる」と鷗外は記した。漱石のように大帝の死が、時代の大きな変化をもたらすと感じたかどうか解らぬが、日記にある「夜雨点々下る」は、まことに意味深長、鷗外の哀しみが托されていることは容易に想像出来る。翌日、三十一日、鷗外は、『羽鳥千尋』を羽鳥の遺族に送っている。

日本近代史を専門とする佐々木隆氏は、明治天皇の死のもたらす意義について、述べている。

佐々木隆氏は、明治帝をドイツやロシアの「専制」または「絶対」なる君主と比較して、「国家と民族の連続性・統合を示現する」存在者とみている。（『明治人の力量』『日本の歴史21』、平14　講談社）こうした役割は、第二次世界大戦後の日本が、敗戦の混乱から立ち直っていくときの昭和天皇の存在意義と何ら異なるものではなかった。それが日本における皇室の肯定されるべき性格なのではないかと思われる。明治天皇には、それと同時に、「維新という大変革」を成し遂げた「成功のシンボル」として国民から敬愛されてきた面があったことも事実である。漱石の言う「明治の精神」とは何なのか。色々な説明はつくだろうが、少なくとも、福沢諭吉が日本を「半開国」とよび、「先進国」に近づくために「実学」を学べといった、この開化、進取、発展、これを成さしめた民族の矜り、こうした複合したものが「明治の精神」なのではないか。佐々木氏は、明治帝が、実際に政治に携わってきたのは明治十年代の中葉以降であったと言っているが、そうだとしても、「明治」は、やはり天皇の時代であった。

鷗外は、漱石のように、作品の中で天皇の死を取り上げなかったが、崩御されたその日、事務的記述の最後に「夜雨点々下る」と書いたのが印象的である。これは明らかに、何らかの意志を伝える文学的表現であるとみるべきではないか。事務的記述ならば「夜、雨降る」でこと足りる。「点々下る」というのは、静かに息を殺して夜のしじまの中で絶え間なく落ちてくる雨足に、じいと耳を傾けている姿から出てくる表現ではないか。静かに降る雨の向こうに、鷗外はやがてやってくる大正時代の風を感じていたのかも知れぬ。

第六部　大正時代（一九一二―一九二二）――晩年を生きる

1　乃木殉死

鷗外は、次のように日記に書いている。

(大正元年九月) 十三日 (金)、晴。轜車《じしゃ》に扈随《こずい》して宮城より青山に至る。午後八時宮城を発し、十一時青山に至る。翌日午前二時青山を出でて帰る。途上乃木希典夫妻の死を説くものあり。予半信半疑す。

大葬は、深夜の二時に終っている。鷗外は、ここのところ心身ともに疲労困憊の中で、乃木殉死の「説」を聞いたであろう。乃木希典と明治天皇の関係を最もよく知っていた鷗外が、「半信半疑」というのも、直ちには信じられない気持がする。むしろ、「やっぱりそうか」といった心情を書いた方が自然であったようにも思える。

乃木夫妻は、赤坂の自邸で、午後八時、霊轜車出門の号音を聞くと同時に自刃している。希典六十四歳、静子五十四歳であった。夫妻ともに、辞世の短歌を遺したが、希典の一首は次のようなものであった。「うつし世を神さりましし大君の／みあとしたひてわれはゆくなり」。

乃木は、なぜ殉死したのか、これもすでに世に喧伝された話である。それは、乃木の遺書に明確に記されている。

この遺書には、「明治十年之役」(西南戦争) で、軍旗を喪失しながら、これまで「死処」を得なかったこと、それに明治天皇から「今日迄過分ノ御遇ヲ蒙」ったことへの感謝、この二つの理由が挙げられてあるが、松下芳男氏 (『乃木希典』昭35　吉川弘文館) は、もう一つ、「旅順攻略戦の部下数万の犠牲者に対する責任」を挙げている。これもひとり松下氏のみならず、多くの人が理由として挙げていることである。松下氏は、乃木希典の「西南戦争以後の軍人の全生涯は、実にこの三つが背景をなしている」と述べている。そうだとすると、いかにも乃木らしい人生として理解出来る。漱石は「こゝろ」で「先生」に「乃木さんはこの三十五年の間死なう〳〵と思つて、死ぬ機会を待つてゐたらしい」と語らせているが、鷗外も初稿『興津弥五右衛門の遺書』では、興津の殉死を「三十五年」後とやはりしている。これは鷗外が乃木殉死に合わせた結果であり、改訂版では史実を重視して削っている。

乃木希典は、嘉永二年 (一八四九) に江戸の長州藩邸に生まれ、以後、長州藩の中で成長し、二十三歳のとき陸軍少佐として、西南戦争に出征している。天皇から直接下賜される連隊旗は、まことに神聖なもので、この軍旗を敵に奪われることは、死で贖う以外にない。乃木は歩兵第十四連隊長として、その責任をとろうとした。山県有朋中将は極刑を主張したが、野津鎮雄少将は、他日の奮励を待つべきと主張し、乃木は命をながらえた。日露戦争のとき、五十七歳、第三軍の司令官として苦戦したが、凱旋後、学習院長となっていた。

乃木は、殉死の前年、つまり四十四年（一九一一）六月、イギリスのジョージ五世の戴冠式に、天皇の名代たる東伏見宮依仁親王の随行者として東郷平八郎海軍大将とともに、陸軍を代表して渡欧している。乃木も、この栄光ある勤めが、人生最後の奉仕となることを痛く自覚し、相当な覚悟をもって臨んだと言われている。日露戦争後、海軍は東郷、陸軍は乃木というふうに、国民的人気は絶大なものがあり、今回も二人が選ばれたのはそんな背景もあったのである。一行の帰途は、パリ、ベルリン、東欧を経て、シベリア鉄道で帰国した。

鷗外は乃木と昵懇だった

鷗外と乃木希典は昵懇の間柄であった。この二人が初めて出会ったのは、遠く鷗外のドイツ留学時代に遡る。鷗外が、最後の研修地ベルリンに戻って来たのは、明治二十年四月十六日であった。その二日後の日記は、本書ですでに書いているが、もう一度確認しておこう。「十八日。谷口と乃木川上両少将を其客館に訪ふ。伊地治（知）大尉も亦座に列す。乃木は長身巨頭沈黙厳格の人なり。川上は形体枯瘠、能く談ず。余等と語ること二時間余、其深く軍医部の事情に通ずること尤も驚く可し。（略）」。このとき、鷗外は二十五歳、乃木は三十九歳であった。川上少将の能弁に対し、乃木の「沈黙厳格」が特に鷗外に意識されたようである。十四歳も齢の違いはあったが、乃木は長州藩、鷗外は津和野藩、この隣接した大小の藩は、永年好宜の藩として交き合ってきた経緯もあり、この留学時代からお互いに好感をもち合っていたとみるのが自然だろう。

殉死の年——元旦

四十五年、鷗外の一月一日の日記は興味深い。天皇崩御、乃木殉死と、悲劇がこの国を襲うこの四十五年の元旦、東宮をはじめ宮家を三家、閣僚二家、それに昔から頭の挙らない石黒男爵、そして岳父荒木、山県公、亀井伯と、年賀の挨拶をして廻った。これらのメンバーは順当のように思われるが、この中にひとり例にない人が居た。乃木希典である。この年までの『鷗外日記』を見ても、元旦に、乃木希典を訪ねたことは一度もない。なぜ、この年だけ乃木を訪ねたのであろうか。そして、親しく「稗の飯」を供され、その作り方まで伝授されている。二人の親しさが手にとるように想像される。この日から九カ月先に、天皇に殉死する乃木を、勿論鷗外は知るよしもなかったはず。不思議なこととしか言いようがない。

この年、乃木に関することを書いた『鷗外日記』を紹介しておこう。四月「十六日（火）、（略）乃木希典来訪す。Marques de Polavieja に序文を請はれしがためなり。（略）。」、「二十日（土）、（略）乃木大将のために Polavieja に贈る序文を艸す（略）。」、「二十四日（水）（略）上原大臣官邸の晩餐会にゆく。乃木大将希典来て赤十字に関する意見を艸せしを謝し、Carmen Sylva 妃に逢ひしことを語り、白樺諸家の言論に注意すべきことを託す。」最後の二十四日、「妃」に会ったという話は、前年ヨーロッパに行ったときの乃木の話だろう。「白樺諸家の言論に注意すべきことを託」したのは、この文脈で考えれば乃木である。白樺派には志賀直哉や武者小路実篤、学習院の出身者が多く個人主義の主張を打ち出し、反封建的な言辞を発言し始めていた。

同人誌『白樺』も四十三年四月に創刊されている。学習院長として気になるところであったようだ。そう言えば、乃木が殉死したとき、志賀直哉が、大正元年九月十四日（土）の日記に「乃木さんが自殺したといふのを英子からきいた時、「馬鹿な奴だ」といふ気が、丁度下女かなにかゞ無考へに何かした時感ずる心持と同じやうな感じ方で感じられた」と書いていることはよく知られた話である。

忠臣、愛国といった堅く古武士のような精神を生きてきた乃木学習院長にとって、白樺派の連中の自由主義的な言論は賛成出来るものではなかったはずである。それにしても乃木は、間もなく己の自刃行為に対して学習院出身の作家が「馬鹿な奴だ」と侮蔑の声を放つとは、考えもしなかったに違いない。

勿論、殉死に対し、賞讃の声も多々あった。しかし、厳しい声もまた多かったのである。

頭山《とうやま》満は、『東京朝日新聞』（大元・8・14）で次のような談話を発表している。

「（前略）皺腹を搔き切つて生命を損する様な旧式の殉死では駄目である。宜しく精神的に理想的に殉死して、其の私欲一切を洗ひ去り、生れ代りて今上天皇陛下に仕へ奉らねばならぬ」。頭山は乃木の死を「旧式の殉死」と規定し、むしろ生きて今上天皇に仕えることを第一義としているようである。志賀直哉もそうであるが、乃木の自刃を「旧式の殉死」ととらえた人が多かった。これも時代の進展のなせるわざであろう。

また境野黄洋は『東京朝日新聞』（大元・8・14）で次のように述べている。

> 大将の行動は唯自己夫妻の情を満足すといふに止まりて、尚国家に尽すべき自己あることを忘れたるの憾みなしといふべからず

この境野の見解は厳しい。乃木の殉死を、自己の「情」を優先させたという捉え方で、「私欲一切を洗ひ去り」という頭山の見解にも近い。確かに、乃木の殉死は、自分のかつての過ちを死をもって贖うという性格が強く、「公」的印象よりも「私」的印象が濃いというのも事実である。しかし、余り知られていないが、漱石は乃木殉死に肯定的であった。講演で「乃木さんの死というものは至誠より出でたものである。（略）乃木さんの死んだ精神などは分らんで、唯形式の死だけを真似する人が多いと思う。」（大2・12・12　第一高等学校）と述べている。

鷗外には、長い乃木との「友情」に近い交流があった。また自分にない純朴さに敬愛もしてきた。鷗外は、乃木の自刃した翌日から次のように日記に書いている。

「十四日（土）陰。乃木の邸を訪ふ。石黒男忠悳の要求により、鶴田禎二郎、徳岡凞を乃木に遣る」、「十五日（日）、雨。午後乃木の納棺式に莅む。」「十六日（月）、陰。（略）C. Cagawaと称するもの松本楽器店員の肩書ある名刺を通して乃木希典の歌を求む。拒絶す。」

鷗外は、自分なりの乃木希典に対する静かな哀悼の意を捧げていたのである。

2　大正元年の作品

〖羽鳥千尋〗　〖羽鳥千尋〗は、大正元年八月、『中央公論』に発表された。

「羽鳥千尋は実在の人物である。」この文は、小篇冒頭の言句である。明治四十三年八月十九日の日記に「羽鳥千尋来て宿る」とある。その同年七月二十九日付で、上野群馬郡瀧川村大字板井第七十六番地なる住所から、鷗外の許に羽鳥から手紙が届いたことにより、この羽鳥千尋との関係が生じることになる。そして約二年が経って、四十五年六月十九日に羽鳥は死亡している。日記には「服部千尋危篤なるを聞き、石田吉治を派遣す」とある。

小篇は、みずから送ってきたまことに長篇の「羽鳥千尋物語」とでもよべる書簡を基にして鷗外流に書き換えられた特異な人物伝となっている。羽鳥は秀才であった。少年期病弱のため、大学に入ることを断念し、医術開業試験を苦学の末受験、合格している。そして、後期学説試験も突破し、後は「実地試験」を残すだけとなっていた。書簡の主旨は、そのため群馬の田舎から東京に出たいと言ってきたのである。

その書簡の最後に「陸軍々医総監　医学博士　文学博士　森林太郎殿　閣下」と記している。田舎青年の権威者に恐懼した姿が目に浮かぶ。鷗外は、この群馬の青年を受け入れ、観潮楼に泊めた翌二十日「軍医学校に遣る」と日記に書いている。

なぜ鷗外は羽鳥千尋に関心を示したのであろうか。感傷的な「同情」など、鷗外には合わない。一つには千尋が大変な秀才であったということである。鷗外は、才能のある年少者を特に遇した。福間博、永井荷風、与謝野晶子らは、みなそれに類するのである。次に、羽鳥の父が、陸軍々医で、日清戦争から台湾討伐に転戦していること、これは鷗外の明治二十七、八年戦役の体験と相似していることとも無縁ではあるまい。三つめは、この秀才が独学で医術を目指しているということ、そして歴史、彫塑、絵画、音楽を好み俳句などを作る文芸志向を有していたということである。鷗外は、この英才の夭折を惜んだ。

一抹の感傷を捨て切れず史伝小説の先蹤のような作品を書いたものとみえる。

羽鳥千尋の実際の書簡は、『鷗外全集』第十巻、第十一巻の「月報」に羽鳥千尋手柬全（その一）（その二）として全文が掲載されている。鷗外は、この書簡を小篇に取り入れるに際し、手を加えることよりも削除の方が多いが、いずれにしても簡潔な文章に改めている。書簡中、四十一年二月『ホトトギス』に投稿した「菊月の一日」の全文も紹介されている。この小文のほぼ原文を取ることを心掛けている。例えば高崎の病院に連れて行かれるとき、担荷に乗せられ、仰臥した千尋の上に、白布のかかった柔かい布団がかけてあるなどがそれである。千尋は肺結核であった。千尋の俳句三句が初めのあたりに出てくる。小文にある「野平らに演習の音や稲日和」と「眉の上一碧の天に鳥渡る」の二句を削除し、「秋天に画く俳句の新領土」だけをとっている。削除した二句の方にむしろ味わいがあるようにも感じるが、鷗外の真意は解らぬ。だが、いささか鷗外の俳句観を推察することは出来よう。他の俳句で面白いのは、「生きて居るぞ担荷の上の秋の我」である。千尋の「生」への意欲も感じるし、愛敬もある。並以上の文才を鷗外は認めていたのではないか。この作品は、ともすれば「情」のない文学と言われている鷗外ではあるが、淡白な文体の中に、不遇な青年への熱い気持が伝わってくる。平岡敏夫氏は「明治四十年代の文学作品に青年を取り上げたものが多く、その青年たちの多くは人生の途中で空しく死んでいく」（『森鷗外—不遇への共感』（平12 おうふう））と書き、花袋「田舎教師」、蘆花「寄生木」、藤村「春」そして鷗外のこの作品を挙げている。

石川啄木自身もそうであるが、この啄木の「赤痢」（明42・1『昴』）を読むと、当時結核が蔓延しており、若い命をどんどん奪っていた時代でもあった。平岡氏は、さらに「森鷗外の不幸な青年に寄せる哀惜の心は、文学の貴重な要素」とも述べている。この平岡氏が、勤務地の関係で群馬県の玉村町にあった羽鳥千尋の墓を訪ねたとき（昭和四十一年の晩秋）、「路傍の石のごとき小さい切り石が置かれてあるきりで」衝撃を受けたと書いている。まさに医師として世に出る前に亡くなった無名の羽鳥千尋の死は、明治、大正の世にあって、まもなく風化してしまう程の小さい出来事であったのであろうか。

この『羽鳥千尋』は、明治帝崩御の後に発表されているが、執筆されたのは、四十五年七月十七日であったことが日記で確認される。天皇崩御の十四日前であった。

【田楽豆腐】

『田楽豆腐』は、大正元年九月、『三越』に発表された。

この小篇に登場するモノ書きは木村という名前。この木村の単調な日常生活の一端を書いたものである。木村は百坪ばかりの庭に草花を造っている。現在でいうガーデニングとでも言うのであろうか。従って木村は草花については色々詳しく、蘊蓄を披露する。今日は、鍔の広い麦藁帽子を被って植物園に来た。園に入るとき役人の差し出す竿の先に田楽豆腐のようなものがついているのに気が付いた。左に躑躅、葵、十歩ばかり進むと桔梗、浜菊、射干、待宵草などが咲いている。木村は四阿に這入る。小篇で次に展開されている内容をみると、木村に対する「翻訳家と云ふ肩書」「創作の出来ない人」「自己告白がない」「遊びの文芸」という、モノ書き木村に冠せられた「符牒」が書かれ、内容的には二年前に発表した『あそび』とほとんど通底している。主人公「木村」まで同じである。そして、八ケ月前に発表された『不思議な鏡』、この中で拘泥した「符牒」が、ここでまた蒸し返されていることに注目したい。

『田楽豆腐』の中で次に出てくる杞憂は、「誤訳者」と言われ始めていることへの反撥である。妻君が「原本は大そうえらい人の作で、聖書のやうな本ですつてね」と木村に言う。これは明らかに鷗外の訳したゲーテの『フアウスト』を指している。この小篇では、ここまで書かなくても、と思うほど鷗外は本心をぶちまけている。鷗外の辛い時期である。批評家たちは、「木村の翻訳は誤訳だらけ」「誤訳でないまでも拙訳」、そして遂に「誤訳者」という肩書までつけてしまったと書く。

従来、「創作」は下手だが、「翻訳」はよい、と世間の雀は無責任な言を吐いていたが、その「翻訳」さえ否定されてしまったらどうなるのか。鷗外は例の人の事のようなポーズをとっていたが、辛い心情がこの時期続いていたと思われる。

鷗外は、無知と無責任な当時の批評家たちに対し、『田楽豆腐』では淡々たるスタイルを変えなかったが、『訳本フアウストに就いて』では、自分に「誤訳者」という形容句がついたのは、向軍治の批判からであることを明らかにしている。

「教を受けて改めたい」と、若い頃の鷗外には考えられない謙虚な言葉を述べながらも「私はどんな書物にも誤はあるものだと思ふ」と、温和しく反論する。折角権威ある文芸委員会より委嘱されたものだけに、「誤訳者」と「符牒」をつけられることは、身を切るほど辛かった。しかし、鷗外はもはや、己の名誉のために激しく闘う、という無駄な情熱の使用を戒めた。後世の人は、その価値を解ってくれると思ったかどうかそれは不明だが、確かに大正以後、鷗外の『フアウスト』に対しては最大の讃辞が呈されていく。日本の翻訳文学史上、記念碑的訳業として定着していったことは事実である。

面白いのは、こんな鷗外にとって生々しい問題を書くのに、木村を美しい草花に彩どられている植物園に誘っている。この植物園の平安な風景こそ、いまの鷗外には意義があるのである。後半で、ひたすら草花の叢生を描くのはそのためである。草花が咲きほこった楽園をみていると、心が洗われ、現実を忘れる。「無」に近づくことでもある。その点、この小篇はＨ君の献身性を描いた『鎚一下』とも繋っている。

明治四十年代の己の文業に対する、納得できない「符牒」に拘泥しながらも、そうした評価を隠さず、むしろそれらを越えようとする、一種克己的な志向すらみえることも否定できない。鷗外は、『田楽豆腐』の終末で「木村は近頃極端に楽天的になつて来たようである」と書く。これは鷗外自身のことではないか。「楽天的になつて来た」、この言句の真偽は解らぬ。しかし、明治帝崩御の前に書かれた最後の現代小説の末尾にある言葉として、象徴的である。

以後、鷗外は、原則として現代小説を書くことをやめ、歴史小説の世界に入っていく。この『田楽豆腐』は、明治帝崩御の九日前に書かれたものである。この作品も、明治四十年代の「創作」に対するトラウマに支配されている鷗外が、期せずして浮彫りになっているが、やはり『不思議な鏡』と同じく、「現代小説」への「鎮魂の書」であると言ってよかろう。

初稿『興津弥五右衛門の遺書』

初稿『興津弥五右衛門の遺書』は、大正元年十月、『中央公論』に発表された。乃木殉死が九月十三日。十八日に、『興津弥五右衛門の遺書』（以下『興津』）の原稿を中央公論社に渡している。いつ書いたのかは解らない。十三日は「半信半疑」ながら、十四日には乃木邸に駆けつけている。この日にすぐ『興津』を書いたとはとうてい思えぬ。十五日には乃木の「納棺式」に出席、「夜半に帰る」と日記に書く。この日も、およそ無理ではあるまいか。しかし、乃木殉死に感銘し、頭山満や滝野黄洋らの厳しい批判を読んでいたとするなら、誼《よし》みのある乃木に、逆に鷗外の哀悼の意は増していたと考えられる。鷗外は、『あそび』、『不思議な鏡』や『田楽豆腐』でも解るように、「現代小説」執筆への見切りをつけ、早くから「歴史小説」の材料を捜していた。その中で『翁草』は、もっとも手頃に在ったものである。十八日は乃木希典の葬儀当日、青山斎場に行く前に、三浦守治、綾部勉らの来訪を受けており、この日は完成した『興津』を中央公論に渡すだけであったと想定される。とすれば、素材を選定し、作品執筆したのは、十六日、十七日の二日間であったのではないか。いずれにしても、構想をじっくり練っているような余裕はなかったとみるべきであろう。

初稿『興津』の形体は、その書名通り「遺書」である。

この作品は「某儀今年今月今日切腹して相果候」で始まっている。つまり、「切腹して相果」るということを「皆々様」（文中に「近隣の方々へ頼入候」とある）に書き遺し、自刃の後仕末をお願いするという仕儀になっている。死後の「茶毗」のこと、「金子」は「押入れの中の手箱」にあること、今日は松向寺三斎公の十三回忌であることなど子細に述べ、某が「相果」る子細を「左に書き残し候」ということになる。そして弥五右衛門は「老耄」「乱心」したのではない、今、京の船岡山の西麓の草庵に住んでいるが、どうかこの遺書を隈本の城下に住む興津一家に届けて欲しいと書く。

以後「三十余年の昔」の出来事が綴られていく。その話は、細川三斎公の家臣興津弥五右衛門が、主君の命により、長崎に赴き、「御茶事」に用いる伽羅の大木をみつけ購入しようとする。この伽羅には本木と末木とあり、仙台の伊達家の役人と大木を得るためのせり合いになる。相役は、その熾烈なせり合いに、いかに主命と言えども香木は「無用の翫物」であり、かくのごときものに大金を使うのはけしからんと反対する。弥五右衛門は「主命と申物が大切」の一点張り、相役は、「若輩の心得違」と反撥、両者は激しく争い、相役は激高し、遂に「抜打に切付候」となった。弥五右衛門は、その刃をなんとか受けとめ、「一打」で「討果」した。弥五右衛門は本木を買取り、国許に帰り、事のいきさつを詳細に報告し、法の裁きを願ったが、三斎公は弥五右衛門の行為をむしろ讃え、是認し、「総て功利の念を以て物を視候はば、世の中に尊き物は無くなるべし」と述べ、弥五右衛門に「出格の御引立」を与えた。それから時を経て、三斎公の十三回忌のとき、かつて、同役を殺し、「切腹」を命ぜられてしかるべきであったのに、三斎公は許しおかれた、この「御恩顧」に報いなければならないとして、殉じて自刃する。

この作品の後半部は、この伽羅の本木と末木に、それぞれ、和歌が詠まれ、その中から特別なる名称が与えられたことが記されている。三斎公は、「初名」と「付けたり。」二年目に二條城に行幸された「主上」は「白菊」と「為名付給」と。それから末木を得た仙台中納言は「柴舟」と「銘し」た。

この初稿の終末部は、「蠟燭」の尽きた草庵で「窓の雪明り」の中、「皺腹」を掻き切って果てることを予告して終っている。

鷗外は、この作品の後に文を付け、資料について説明している。その付加文によると、『興津』の資料は『翁草』、それに「続国史大系本」の『徳川実紀』、『野史』（巻九十五）ということになる。鷗外の言う『翁草』は、京都町奉行与力、杜口神沢貞幹の著作で、この興津の物語は、巻六「当代奇覧抜萃」の「細川家の香木」から採っている。

この「細川家の香木」は極めて短文である。前半は、茶道をたしなむ三斎公に命じられ、興津弥五右衛門ら二人が長崎に赴き、伽羅の大木をみつけ、仙台伊達家の役人とせり合いとなった。互いに値段をつり上げるのをみて、相役が「気毒に思ひ「末木の方にせん」と言い、二人は口論になり、興津は「相役を打果」し、隈本に帰り、切腹を願うが、「某へ奉公の為」として許され、相役の子供とも「意趣を遺すべからず」とて、二人を呼び、盃を得る。三斎公三回忌（鷗外は、初稿『奥津』では三斎の没年から推察し、『翁草』の「三回忌」を「十三回忌」と訂正した）の折、山城船岡山の西麓で殉死したということ、後半は、この香木に対し、それぞれ三人の短歌と名称が与えられたことが記されている。これをみても解るように、資料は極めて簡単、長崎での事件の筋書、その処理だけが記されているといってよい。作品が、遺書形体になったこと、興津が殉死する詳細、死後の始末のこと、殉死の場面、特に興津と相役との意見の相違、斬り合いの場面、三斎公の功利否定論などの多くが、鷗外の創作であることが解る。その他、蒲生氏郷の茶道具の挿話は『野史』、島原征伐、「六丸殿御幼少」などは『実紀』からとっていることもすでに既定の事実となっている。

　作品の肉付たる、『野史』や『実紀』も重要であるが、やはり、資料たる『翁草』と作品との比較は極めて重要であることは言うまでもない。作品『興津』の主題は、主命第一、そして「御恩顧」に殉ずるということである。

　勿論、この筋立ては、乃木希典の遺書を踏んでいることは間違いない。乃木の遺書にある「明治十年役に於て軍旗を失ひ、其後死処を得度心掛も其機を得ず、皇恩の厚きに浴し（略）」、まさにこのくだりである。乃木殉死の後、多くの賞讃の中に、功利性を衝く批判もあった。乃木に感銘を寄す鷗外としては当然、反駁の意識もあったとみるべきであろう。

　三斎公みずから述べる「総て功利の念を以て物を視候はば、世の中に尊き物は無くなるべし」という文言は『翁草』になく、鷗外が最も重視した文言であると思われる。

　鷗外は、乃木の殉死の性格に興津のそれを合わせるために、『翁草』にある言辞を正反対に変えていることに注目しておきたい。

　『翁草』では、興津弥五右衛門は、もともと〝忠臣〟の士として書かれてはいない。三斎は、茶道の「珍器」を求めるために、興津と相役二人を長崎に派遣、そこで二人は伽羅の大木に出遇い、たまたま伊達正宗の家臣と「本木」の「せり合」いになった、と書いている。いかにも事務的な書き方であり、興津の態度も、命を受けた役人として事務的な行為として書かれている。それを証するものとして注目すべきは、『興津』には、「主命」という言葉が六回も使われているのに、『翁草』には一回も出てこない、つまり書かれていないということである。

　しかも、鷗外が改変した最も重要な言辞は、『翁草』では、伊達家の家臣と「せり合」い、「互に励て直段を付上る、興津が相役是を気毒に思ひ」という個処である。興津が、相手との「せり合」いに苦慮していることに、相役が、興津のことを「気毒に思ひ」、その苦慮を助けんと思って「末木の方にせん」と、口ばしを入れたことになっている。『翁草』での〝相役〟は、実は興津の同情者であったわけである。それを作品では、「仮令主命なりとも、香木は無用の翫物」と決めつけた、この相役は、終始、主命を軽んじ、興津の行為を「嘲笑ひ」、最後まで「末木」を買うべきと主張、一方、興津は、「主命ならば、身命に懸けても果たさでは相成らず」という立場である。そして遂に、相役が「抜打に切付候」となる。『翁草』では、「口論に成り彼の相役を打果し」になっている。

資料『翁草』では、相役は、別に悪意のない、むしろ興津を気毒に思う同情者として書かれ、決して主命を軽んじる者でなく、先に「抜打」に斬付けてはいない。むしろ『翁草』では、「彼の相役を打果し」とあり興津が先に刀を抜いたとみてもおかしくはない。鷗外は、乃木希典の殉死を献身的行為として肯定的に描くために、『翁草』の「相役」を反忠臣者に仕立て、『翁草』では平凡な役人であった興津を、主命第一、大恩に殉ずる立派な武士に変身させたのである。

さて、ここで、初稿『興津』に対し、重要な問題を提起しなければならない。従来の研究では、初稿『興津』から、鷗外の「歴史小説」が始まったと捉えられてきた。しかし、これには問題がある。鷗外は、いずれ歴史小説を書こうと、「主題」と「材料」の準備をしていたが、この初稿『興津』は、突発的に起った「乃木殉死」に鷗外もまた触発的に書いた作品で、いわゆる「歴史小説」を書くという内的必然性によって書かれたものではない。しかし、改稿『興津』は、内容の優劣はともかく、じっくり時間もとり、〝歴史小説〟を書くという目的をもって書かれたものと判断、従って本書では、再稿『興津』は、いわゆる鷗外の考える「歴史小説」の範疇にあるものと考えたいと思う。（これについては、次章で詳述する。）

3　本格的「歴史小説」の時代

再稿『興津弥五右衛門の遺書』

鷗外が、初稿『興津』に改定を加えたことは、既に知られたことである。大正元年十二月の日記に「二十二日（日）、雨。（略）興津の子孫の事に就きて賀古鶴所と往復す」とある。『興津』の初稿は、すでに十月に発表されていたが、初稿を中央公論に渡してから約三カ月で、再稿に動き始めていることが解る。つまり、再稿執筆の準備中に『阿部一族』を、前月十一月三十日に滝田哲太郎、すなわち「中央公論」に渡している。この段階では、興津に関する資料収集は、ほぼ完了していたのではないかと思われる。

再稿本のために入手した資料は以下の通りである。『興津又二郎覚書』（以下『覚書』）、『興津家由緒書』（以下『由緒書』）、『細川家記』（以下『家記』）、『忠興公御以来御三代殉死之面々抜写』（以下『抜写』）。

「遺書」と表題にある以上、この形体は変っていないが、初稿本で、この遺書の宛先が、「皆々様」（近隣の方々）であったものが、再稿本では倅の「興津才右衛門殿」になっている。それに京都での住居が、初稿本では「船岡山の西麓の草庵」であったが、再稿本では「弟又二郎宅」になっている。

再稿本で、初稿本から継続して残したのは、作品の骨子である、三斎公に命じられて茶事に用いる珍品を購入のため、長崎に赴き、興津と同役が口論、刃傷事件を起こし、帰国した興津は、むしろ賞讃され許されるという個所だけであり、その他の部分は、全く書き改められている。尾形仂氏に言わせれば「初稿本のもっていた弁疏の部分を取り除いたことになる」(『森鷗外の歴史小説―史料と方法』昭54 筑摩書房)ということである。弥五右衛門が相役を「打果」したという部分は、『家記』にあるが、『翁草』とはかなり違っている。『家記』では、伽羅の大木をめぐっての争いという記述はなく、「御用談之節、清兵衛脇差を抜、右兵衛に抛付、勝手ニ立申候」とある。『家記』によると「相役」が横田清兵衛という名前であったことが書かれ、この横田が先に「脇差を抜、右兵衛に抛付」けたことになっている。『翁草』では、わざわざ創らざるを得なかった場面が、『家記』では、横田清兵衛が挑発したことになっており、鷗外にとっては、好都合であったと思われる。再稿本では、この場面はほとんど初稿本を受け継いでおり、「相役」の性格、挙動には変りはない。

再稿本では、冒頭部、弥五右衛門の祖父景通の経歴から始まり、父才八(景一)、兄九郎兵衛、そして「某《それがし》」と、その出生、経歴と同時に、いかに細川家に結びついていったかが述べられていく。これは『覚書』から採取していることは間違いない。

再稿本では、長崎香木刃傷事件が、ほぼ初稿本通りに書かれた後、細川忠興妙解院が亡くなったときの十九人の殉死に触れている。その中でも、特に蓑田、小野、久野の挿話を紹介しているが、これは『抜写』から採っていると思われ、作品の主題と、ほとんど関係がない。また『阿部一族』では思慮の足りない大名として書かれている当代の細川光尚、同じく悪のイメージが強い林外記が、この再稿本では、比較的好い印象をもって書かれている。『家記』から採ったものである。弥五右衛門の殉死に際して、京都の名刹の長老たちから詩歌を贈られる記述があるが、これは『覚書』から採られている。

弥五右衛門の没後、この興津家の子孫の経歴が、羅列的に記されていく。こうした方法は、後の史伝『渋江抽斎』などで用いられた方法であるが、史伝と違い、三分の二近くが、劇性をもって書かれた作品にはこうした子孫の羅列的記述は決してよくない。この方法は作品の統一的世界を破壊するものであり、難となっている。この部分は『由緒書』から採られたものである。

初稿本と再稿本を比較してみて、特に構造的に大きな違いは、遺書のもつ具体的な効用と殉死の場面である。初稿本では、「借財等は一切無き、」ただ少し「手箱」に「金子」がある、「茶毗の費用」にして欲しいこと、己の遺体を「清浄なる火」で焼いて欲しいこと、こうした死後の処置を「近隣」の「皆々様」にお願いする目的が強いことである。ところが、再稿本では「子孫の為め事の顚末を書き残し置き度く」と、初稿の死後の処置は一切削除され、「子孫」にこの殉死の「顚末」を伝えようとしている点が大きい違いである。

そして、よく知られている差異は、殉死の場面である。初稿本は一行にも満たぬ極めて孤独な死であるのに対し、再稿本では、「船岡山の下に仮屋を建て」から始まり、「藁筵三千八百枚余を敷き」、立会人は当代藩主光尚の名代が二人熊本から来る、大徳寺の清厳和尚臨場、介錯までつく。そして「仮屋の周囲には京都の老若男女が堵の如くに集つて見物した」とある。しかも、再稿本では、光尚公が、己の「宿望」(殉死)を「御聞届被遊候」とある。このことは初稿にはない。殉死は、やはり藩主の許可を得てこそ「公」のものになり、子孫の待遇にも違いが出てくるということを鷗外が後の資料で知ったわけである。

この再稿本の殉死の場面は『抜写』『家記』により改定されたものである。以上、みてきたように、初稿本から再稿本に引き継がれたものは、三斎公の命により興津ら二名が長崎に行き、香木をめぐって二人が争い、口論、同役を殺害したという事件と、興津に与えた三斎公の言辞及び短歌数首ぐらいで、他は削除、加筆と、全く作品の趣を変えてしまっている。しかし、横田殺害事件にかかわる問答の描写で「主命」という言葉が初稿は六回、再稿では七回、使われている。むしろ再稿では「主命」が強調されたともみえる。「主命」第一、そして「大恩ある主君」(再稿本)という精神であるとともに三斎公が述べる「功利の念」批判である。

鷗外は、乃木殉死に接し、己にない無欲恬淡に生きた乃木の死を惜しむと同時に強い感銘を受け、これを顕彰する執筆意欲に衝き動かされた。そのため、やっと探し出した素材を大きく改変し、乃木精神に近づけて書いた。この鷗外の精神は微動だにしていない。これが、初・再稿を含め、『興津弥五右衛門の遺書』という作品である。

尾形仂氏は『興津』の初稿本に対し、「一時の激情に駆られて草した」(前掲書)と述べている。このことは否定する余地はあるまい。しかし、この認識は、鷗外の歴史小説を考える上において、極めて重要なことである。鷗外は、いつ、という特定は難しいが、少なくとも『ヰタ・セクスアリス』の発売禁止処分を受けた段階では、「現代」を舞台とする小説の執筆に限界を感じ始め、自分自身の「創作」(現代小説)に対する不評も考え、しかも不得意な虚構でない資料重視の歴史小説執筆に踏み出すタイミングを考えていたと推測することは容易である。そのために江戸時代の種々の書籍を収集していたと思われる。尾形仂氏は「日記によれば、鷗外は早く明治三十一年に『翁草』の一本を入手していることが知られる」と述べている。歴史小説執筆への思いはあっても、資料収集の量の問題、その蒐めた資料の内容、それは鷗外が持っていた一貫した主題に適合したものかどうか、実際の執筆に踏み出すには、鷗外は慎重であった。「あそび」の文学と言われた「現代小説」の二の舞になってはならぬ。「あそび」にみられない、真剣に真向うものでなければならない。鷗外は、そのタイミングを計っていた。そこに、「乃木殉死」という事態が起った。この「殉死」を讃するに何かを書かねば、という鷗外の文人としての意欲が沸き上ってきた。そのとき、「乃木殉死」によく似た挿話が『翁草』の中にあることを想起した。およその『興津』執筆の過程は想像出来る。しかし、ここで重要なことは、『興津』初稿をもって、鷗外「歴史小説」の第一作と認識してよいだろうかという疑問である。

この初稿本は、「乃木殉死」という突発事件に触発され、また「一時の激情に駆られ」(尾形仂)て、実質二日間(推定)で書かれたと考える。資料、構想、つまり準備が決定的に足りない状況での執筆であるということ、さらに鷗外が常々考えていた「歴史小説」の概念を意識したものか、また鷗外の「歴史小説」の初期に一貫してみられる主題との齟齬、こうした点を考えたとき、この初稿『興津』をもって、鷗外の「歴史小説」の第一作目とは言えないのではないかと考える。

菊地昌典氏は「歴史小説の定義と概念」に言及し、「単に過去に題材をとっただけで、歴史小説の名を冠せられている作品がはなはだ多い」(『歴史小説とは何か』昭54 筑摩書房)と述べているが、初稿『興津』は、まさに、この菊地氏の言に当っているのではないか。

鷗外は初稿執筆後、三カ月位で再稿本執筆へ動き始めている。やはり、初稿は、優劣は別として、触発的に書いたという鷗外に自覚があったに違いない。三カ月という期間は、「歴史小説」を書くという「準備」を、鷗外に与えるには十分であった。

まず、鷗外の歴史小説執筆に、最も重要なことは、資料重視である。初稿本は、その点余りにも乏しい。尾形仂氏は、再稿本について「歴史考証主義がきわめていちじるしい。どこまでも「史料の自然」を尊重し、厳正に史実を追求しようとする態度」(『森鷗外の歴史小説—史料と方法』)と述べ、再稿本に、本格的な「歴史小説」をみている。ということは、尾形氏が言うような「厳正」「忠実」な「歴史考証主義」が、初稿にはほとんどみられないということである。この点を一番よく自覚していたのは、勿論鷗外である。故に、再稿本を必要としたことになる。「一時の激情に駆られて」執筆したとすれば、「厳正」なるわけはない。

「歴史考証主義」の上に立って、自分がよしとする作品が書け

4　歴史小説論の考察

歴史小説の概念

菊地昌典氏は歴史小説について次のように述べている。

歴史小説とは、いわば、詩人でもある歴史家の作品である。あるいは、歴史家でもある詩人の作品である。歴史と文学の自己同一性は、歴史文学、つまりは、真の歴史を書く場合の最低限の条件である。(『歴史小説とは何か』)

また、特に歴史小説を研究してきた文芸評論家の尾崎秀樹氏は、歴史文学について次のように述べる。

歴史文学では歴史記述とは同義語ではない。〈現実的な歴史記述〉にたって歴史をいかに詩のなかにとかしこむかの問題だが…(略)(『歴史文学論—変革の視座』)

尾崎氏が、「歴史をいかに詩のなかにとかしこむかの問題」と言っていることは、菊地氏の言う歴史小説は「詩人でもある歴史家の作品」、つまり「歴史と文学の自己同一性」ということであろう。二人の歴史小説に対する言説は、ほぼ一致しているとみてよい。さすれば、歴史に対して「詩」とは何なのか。推定すると、厳然たる「事実」に対して「観念」であり「抒情」ということであろうか。もっと言えば、「虚構」性ということにもなろう。この論理は、鷗外の言う「歴史其儘と歴史離れ」の考えと、ほぼ同じであるとも言える。しかし、ここで明確にすべきは、近代歴史小説なるものは、「歴史的事実」に対し、人間の「感性」を匂わせる言辞、すなわち「詩」だけでは曖昧である。やはりその「事実」に対し、作者がいかなるイデオロギーをもって対処するかという、まず「事実」にどう向かうかという「思想」という基本的な姿勢が問われるのではあるまいか。菊地氏の言う「歴史小説」は「詩人でもある歴史家の作品」、また尾崎氏の「歴史をいかに詩のなかにとかしこむか」という、この「詩人」ないし「詩」の中に、イデオロギーつまり「思想」は含まれているのかどうか不明である。二人の言う「詩」とは「歴史的事実」に対し、むろん「抒情」だけではなく、思惟性が含まれているとみなければなるまいが、二人ともそこの詰めが曖昧である。

塚原渋柿園は、鷗外の歴史小説が出てくる前、明治三十九年(一九〇六)十月に「歴史と小説—歴史小説にあらず時代小説なり」で、「歴史小説」という呼称に反対し、「時代小説」という呼び方を主張した。そして「時代小説」は「時代々々の風俗なり、習慣なり、人情なり、又その時代を代表する人物の性格なりを描写する」と述べている。この渋柿園の考え方は、その時代の「風俗」「習慣」「人情」あるいは「時代を代表する人物」を写し、書きとどめておく、という一種の写実ではあるが、記

録性、あるいは娯楽性を意識したものであることが解る。これでは作者の側の「思想性」は一切排除されたものになる。

渋柿園に比し、鷗外の場合は、明らかに人間の「生きる世界」や「生」に対しての「根本的な考え」を骨格におき、いささか「社会的・政治的な性格」を認識して執筆されている。つまり鷗外の歴史小説の場合、「思想性」は不可欠なものとして構築されているということである。そこに、渋柿園の言う「時代小説」との差があり、そこに鷗外を源流とする近代歴史小説の性格があり出発点があると言わなければならない。

鷗外の歴史小説を支えている「思想」とは何が考えられるか。むろん、鷗外の歴史小説のすべてとは言わないが、初期作から一貫して明白にあるのは、「為政者」への関心である。さらに言えば、「為政者（権力）と民衆」への視点である。為政者は、社会秩序を維持するためには、不可欠な存在である。そのためにも、為政者は、「公」を第一とし、「私」に奔ってはならない。為政者は、慎重、冷静、寛容でなければならない。鷗外の歴史小説を読んでいくと、如上の「思想」が浮彫りになってくる。

鷗外・思想の源流

この鷗外の思想には源流がある。自分が生まれ育った津和野藩が犯したキリシタン迫害の歴史である。この事件については、すでに第一部で述べてきたので、詳細には述べないが、鷗外は、この事件については生涯、沈黙したまま逝った。あの膨大な文筆量の中に一行も触れることはなかった。しかし、事件は確実に存在した。鷗外が九歳のとき、このキリシタンたちはやっと許されている。

この事を林太郎鷗外が知らないことはない。藩校養老館の秀才でもあった俊敏な林太郎は当然知っていたとみなければならない。これは典型的な「権力と民衆」という性格を如実にした事件である。津和野城下は、高台に上ると、一眼で街は一望出来る。キリシタンたちが収容されていた乙女峠も、街の中に在った取調所も鷗外の親戚のすぐ傍であった。藩医の息でもあった林太郎が知らぬはずはない。むろん、十歳では「権力」の「為政者」の、と言った意識はあるまい。しかし、林太郎鷗外の「感性」は、間違いなく「酷」なものとして受けとめていたと思うのが自然だろう。しかも、取調べ役に鷗外に極く近い親戚の人がいたとすれば、このキリシタン弾圧の件は耳を塞いでも入ってくる。

鷗外がドイツに留学していた時、信仰を強制されて憤激したことがある。明治十九年（一八八六）二月二十七日の日記文である。

> 夜三等軍医ヘツセルバハ（略）をアウセンドルフ（略）の酒亭に餞す。ヘツセルバハは面上縦横刀痕を残し、性激怒し易き人物なれども、神を信ずること厚き、妄語を嫌ふことの厳な

る、大に取る可き所あり。常に余を呼びて化外人 Heide と為す。余の耶蘇宗に転ぜざるを罵る。

鷗外に「耶蘇宗」に「転ぜ」よと「罵る」ヘッセルバハ。この図式は、かつて津和野藩がやったことと、基本的には何ら違わないと言えば、大袈裟だろうか。また、鷗外は『智恵袋』(明31・8〜10)の中の「宗教」の項目で次のように述べている。

汝は人の弊衣を奪ひて、人を裸身にするものなるべし、(略)汝は人の着慣れたる衣を奪ひてこれに窮屈なる新衣を強ふるものなるべし。

「人の着慣れたる衣」を奪って「窮屈なる新衣を強ふる」、つまり改宗を他者の強制力によって迫まることの「非」と「過酷」さを主張していることは明白である。秩序の破壊者に対しては、鷗外は容赦しなかったが、正当で保障されるべき人間の基本権を、なんらかの強制力をもって奪うものに対しては、鷗外は一貫して拒否意識をもっていた。さき程、津和野藩がキリスト教徒を監禁し、迫害をもって、仏教か神道に「転ぜ」しめようとした行為について「無言」のまま逝ったと書いたが、この『智恵袋』の「宗教」の「着慣れたる衣(注　己の信じる宗教)を奪ひてこれに窮屈なる新衣(注　仏教か神道)を強ふる」という、ずばりの文言は、裏面に、少年時代の津和野藩の行為を想起していたと考えても無理ではあるまい。要するに、この件は、まさしく為政者の誤った政策によって過酷な運命を生きざるを得なかった民衆の姿である。これもまた鷗外のトラウマであった。

以後、鷗外は、二つの戦争で、為政者(指揮官)に生殺与奪の権を握られている兵卒(民衆)たちの多くの悲劇をみてきた。やはり、為政者(権力者)は誤ってはならない、もし誤れば被害を受けるのは民衆であるという、これは鷗外の信念であった。『中庸』に古来「政を為すは人にあり」という名言があることは知られている。この意味は、政治家のあり方であり、「人望」「人徳」を備えた為政者への期待である。『中庸』のこの名言は勿論、鷗外は知っていたと思われる。

「為政者(権力)と民衆」

かような倫理観をもっていたとしても、鷗外自身、権力を利用して一般人に威圧感を与えようとしたことがある。それは、例の仮名遺委員会に、軍服を着て登場し、軍部云々の発言をしたことである。このときの鷗外は、意識的であったと思われても仕方があるまい。これは裏返せば、鷗外もまた権力のもつ力を知っていたということである。そして、鷗外もやはり、やってはならないことをやったということである。しかし、こうした行為は、鷗外には稀であったのではないか。人間は弱いものである。鷗外が、その後書く歴史小説の主題を考えると、鷗外は己の愚劣さに気付いたはずである。

鷗外が「現代小説」に訣別し、新しい「歴史小説」の分野を拓こうとしたとき、その出発にふさわしい主題が必要となった。鷗外は臆せずして、「為政者と民衆」なるテーマを考えたと思われる。そのためにも「現代」を「場」とすることは、鷗外が政府の高官という立場からみても熟慮したに違いない。

鷗外は『渋江抽斎』の中で、歴史小説を書きはじめた理由として次のような重大な証言となるべき文言を書いている。

其文章の題材を種々の周囲の状況のために過去に求めるやうになつてから、わたくしは徳川時代の事蹟を捜つた。（その三）

鷗外にとって「種々の周囲の状況」とは何なのか。まことに謎の言葉であるが、「周囲」とは、やはり陸軍省ないし政府のことではないか。つまり、これらはまさに「権力」の中枢である。しかも鷗外はこの中にいる。「権力」の中にいる者が「権力」を批判する、有り得ないと人は言うだろう。しかし、「権力」の中にいる鷗外は、「高級官僚」であると同時に「文学者」なのである。「権力」を凝視する主体は、当然「文学者」の鷗外である。この「文学者」の眼は、「権力（為政者）」の成すことが、危くみえて仕方がない、そのことを書きたい、そのためには「題材」や「場」を「現代」とすれば誤解を生む、そこで「過去」に求めることになった。概して言えば、「あそび」の文学と揶揄され、「創作」（現代小説）は下手と痛撃された世界を棄て、新分野を拓くことと、この「権力と民衆」を書くことが複合して、鷗外は歴史小説の方向に行ったと考える。

ルカーチは『歴史小説論』（一九三七）の中で、「西欧に歴史小説というジャンルが芽生えたのは、一八世紀末のフランス大革命という大事件を経てから歴史への個人の才能と民衆の参与が、不可欠であることが、認識された結果である」と述べている。このルカーチの言う「民衆」という概念が、西欧に十八世紀、フランス革命のときに極めて意識的になっていった。そして大衆が歴史小説を書くことになると当然、大衆は権力を意識することになる。そこに権力への対峙も生じる。

日本における近代歴史小説も、「権力」はもとより、この「大衆」への視点が意識化されたときに生まれたといっても過言ではない。鷗外の歴史小説の思想性は、むろん単一なものではないが、やはりその作品群に圧倒的に感じてしまうのは、「権力と民衆」という二者の対峙的な構図である。この為政者のあるべき姿勢については、正倉院に収蔵されている天平時代の調度品にも書かれている。一つは「鳥毛篆書屏風」である。キジの羽毛を張った銘文には「任愚政乱用哲民親」と書かれている。「愚かな者を任用すれば政治は乱れ、優れた人を登用すれば人民は喜ぶ」という意味である。まさに政治を行う者、為政者としての戒めは、当然、天平の時代から重視されていた。

尾形仂氏は、鷗外の歴史小説の性格について次のように述べている。

決して、場当り的でも偶発的でもない、—オーソリティの問題、権力対個我の問題である。それは時に調和、時に対立の形をとり、時に官僚制への懐疑、風刺の形で扱われる。（『森鷗外の歴史小説—史料と方法』）

従来、鷗外の歴史小説論で、基本的な骨格をしかとみているのは、この尾形仂氏の見解である。確かに根本的には「権力対個我」の問題である。

しかし、「個我」と「民衆」は、やはり違う。辞書（『辞林21』）でみると、「個我」は「他のものと区別された個人としての自我」とある。それに対し、「民衆」は「国家・社会を形づくっている一般の人々。世間一般の人。庶民。大衆。」とある。両者は明らかに違う。「個我」とは「他のもの」に区別された「個」であり、「全体」に対して「個」という物理的位相に過ぎない。「民衆」の場合は「庶民」「大衆」である。従って、必然的に政治性をともなうものであり、どうしても「権力」という支配者に対し、被支配者という立場は動かない。いわゆる「弱者」という立場は消し難い。つまり「民衆」という立場は、絶えず「権力（為政者）」に対峙させられている宿命がある。鷗外の目はここに光っている。

『十八史略』に、後漢二代の皇帝である明帝の言葉がある。「その人に非ざれば、民そのわざわいを受く」。これは「権力（為政者）と民衆」という関係に対して、まことに厳しい至言である。為政者が誤まれば、その「わざわい」は必ず「民衆」にくる、この鉄則を為政者たる者は、熟知すべきだ、ということである。鷗外は、晩年に至って、権力の中に在って、どうやら、この明帝の言うような思想に立ったようだ。

鷗外が親炙した山県有朋は、伊藤博文が暗殺（明治42）されて以来、最高の権力者となり、その「権力」を恣にした。そのため、当時の「民衆」には人気がなく、明治帝にも煙たがられたという。鷗外は、傍で山県の「正」も「負」も、「表」も「裏」もみてきて、文学者としての「眼」が、隠しようもなく、光っていったのは当然の帰結であったのではなかろうか。

5　ゲーテ『ギヨッツ』の意味

鷗外が「現代小説」を見切り、「歴史小説」を考えていた時期（明治45〜大1）に、「権力（為政者）と民衆」という関係に、いかに関心をもっていたかを証明する作品がある。それは鷗外が、この時期に翻訳したゲーテの『ギヨッツ』である。

鷗外は、大正元年九月五日の日記に、次のように書いている。

五日（木）、陰。（略）佐々木信綱を招きて先帝御製の事を談ず。（略）Goetz von Berlichingen を訳しはじむ。

この「九月五日」と言えば、明治帝が崩御されてから六日目で、十三日の大葬を哀しみの中で国民全体が待っているという微妙な期間である。「先帝御製の事」を佐々木信綱と談じているのも、天皇崩御直後の生々しさをあらわしているといえよう。

そんな時に、なぜゲーテの『ギヨッツ』の翻訳を始めたのか。大事なことは、この『ギヨッツ』にかかって二カ月後に、鷗外は『阿部一族』を脱稿していることである。つまり、『ギヨッツ』と『阿部一族』は、思想的に緊密に繋っているということを、やはりここで確認しておきたい。

さて、この長篇戯曲を、なぜこの時期に、鷗外は翻訳に着手したのかということは、研究者の中でも、一つの「謎」であった。小堀桂一郎氏は、この『ギヨッツ』の翻訳について次のように述べている。

> これは従来すでに多くの人が疑問としてきたところであろうが、鷗外は何故に大正元年九月といふ時期に到つてこの『ギヨッツ』翻訳を思ひ立つたのであらうか。

小堀氏は、この疑問に対する一つの答えとして、鷗外が「鉄手の騎士ゲッツの人間像」に特別な関心を抱いていたのではないかと推定している。しかし、なぜこの時期か、という疑問の回答にはなっていない。

客観的にみた場合、この『ギヨッツ』翻訳を、急に「思ひ立つた」ようにみえるけれども、この翻訳は、決して場当り的なものではなく、かねてから計画していたことを実行したものと思われる。つまり、鷗外の考える、近代歴史小説執筆を衝き動かしたある「思想」と『ギヨッツ』にあるそれとが、寸分違わず一致していることに、鷗外は注目していたのである。その思想とは、言うまでもなく、「権力（為政者）と民衆」に向けられたゲーテの問題意識である。

もっと具体的に言えば、『ギヨッツ』と『阿部一族』にある「為政者」に向けられた眼は、同一線上にあるということである。『ギヨッツ』の翻訳作業と『阿部一族』の構想と執筆が、同時平行的に行われたことを見逃してはならない。そして『ギヨッツ』（大2・10〜大3・3『歌舞伎』）は、『大塩平八郎』にも繋っているとみるべきだろう。

『ギヨッツ』は五幕もある長篇戯曲である。

《ギヨッツは、ある藩の領主である。右手は負傷のため「鉄手」になっている。ギヨッツは、各領主の上に君臨する皇帝に対しては終始忠臣者であるが、この心よき帝の傍には、常に悪臣たる僧正がいる。この男に利用される幼友達のワイスのために度々命を狙われてきた。しかし、ギヨッツは領民を愛し、領民の厚生を考えるよき「為政者」であり、人のためには汗をかき、勇猛にして義に生きる騎士としても、皆から尊敬されていた。その人望が、かえって災して、百姓一揆の首領にかつがれ、結局政府軍に鎮圧され、ギヨッツは深傷を負い、牢獄で死亡する。》

ただ、この『ギヨッッツ』で注目すべきは、ギヨッッツ自身が「為政者」像を述べていることとである。

何よりも為政者のやるべきこととして「自分は自分で幸福を受けて、臣下にも幸福を受けさせる」という「為政者」のもつべき基本倫理である。ギヨッッツは、これをまず強調する。

そして、為政者としての「寛大さ」である。この「寛大さ」、そして差別のない和合する精神を、ある伯爵の姿勢にみて、ギヨッツは感じ入っている。

「諸侯」も「侍」も、「土地の若者や娘供」「年配の男供」「老人」、みんなが「蒼天井の下」で宴会する伯爵の「寛大さ」に、ギヨッツは為政者のあるべき姿勢を見出している。

そして、ギヨッツは、さらに、為政者のありようを語る。

このギヨッツの言に、理想的な為政者像が典型的にあらわされている。「帝室を尊崇する」「隣国とは平和を保ち」「友誼を厚うする」「臣下には慈愛を施す」、こういう精神を持った為政者の行う「政治の下では、一人一人自分の財産を保護して、それを殖やして満足する」、果して、こんな為政者、または国家があるのだろうか、と疑いたくもなるが、少なくとも鷗外は、このゲーテの描くギヨッツ像に、心から共感したことが推察される。この『ギヨッツ』が、この微妙な時期に訳されたことは、決して偶然でも突発的でもなかった。

こうした「権力（為政者）と民衆」という構図、または視角を中心思想に据え、肉付けとして、多彩な人間像、それに人間の生きざまを、鷗外は、以後の歴史小説に書いていったのである。

さて、この年、作品集として『我一幕物』（大1・8　籾山書店）が刊行された。収録作品―『プルムウラ』『脚本「プルムウラ」の由来』『玉篋両浦嶼』『玉篋両浦嶼自注』『両浦嶼の道具と衣裳と（久保田米僊）』『生田川』『静』『日蓮聖人辻説法』『日蓮聖人辻説法故実（久保田米僊）』『仮面』『なのりそ』『団子坂』『さへづり』『影』『建築師』『長宗我部信親』『長宗我部信親自注』。戯曲とその関連のもので十七篇である。

6　鷗外歴史小説に一貫する思想

『阿部一族』

『阿部一族』は、大正二年一月、『中央公論』に発表された。

鷗外が、年来の「思想」を主軸に据えて、十分時間をとり、資料を見据えながら構想し、そして執筆した、鷗外の近代歴史小説の事実上の第一作目の作品は『阿部一族』である。

《熊本藩主細川忠利は、寛永十八年（一六四一）の春、参勤の途に上ろうとしていたとき、にわかに病に罹り、日増に重篤となっていった。三代将軍家光は、三人の執政の連名による沙汰書を送ったりして忠利の病気に対し鄭重を極めたが、結局三月十七日に五十六歳で亡くなり、光尚が藩主となった。初七日に岫雲院で荼毗、その最中、忠利に寵愛された鷹が岫雲院の井戸に這入って死んだ。原因は不明だった。十八人の者が忠利の病苦の中に殉死を願い出て許された。しかし、千五百石余の重臣、阿部弥一右衛門道信は、夜伽の度に殉死を願い出たが、「それよりは生きてゐて光尚に奉公してくれい」と言って許可されなかった。光尚は忠利の息である。五月六日忠利の中陰明けの日、十八人の許可を得た者は皆殉死した。残った弥一右衛門が登城すると、他者の眼と噂が突きささり、不快がつのり、「瓢箪に油でも塗つて切れば好いに」と明らかに侮辱されるようになり、武士として生きることの限界にきた。其日、弥一右衛門は役所から帰ると、自邸に五人の息子を集めると、己が自刄（殉死）することを告げ、見事に死んだ。日が経ち、家督相続の件が裁決されたが、他の十八人の家々は、嫡子がそのまま本家を継いだが、阿部家は、千五百石を弟たちに配分、嫡子権兵衛は小身になった。

忠利の一周忌の日、殉死者遺族が焼香するとき、権兵衛は忠利の位牌の前で脇差を抜き髻を切って供えた。権兵衛はただちに拘束された。弟たち一同は、丁度来熊中の大徳寺の天祐和尚に救済を願ったが、結局かなわず、和尚が京都に旅立った日に、権兵衛は熊本の郊外、井手の口に引き出され、縛首となった。次男弥五兵衛以下、兄弟が阿部本家に集まり、衆議の結果、討手を受けることになり、女、子供を自刃や始末で先にあの世に送り、屋敷に立て籠ったが、数日後、藩の軍勢により阿部一族は絶滅させせられてしまう。大悲劇で終焉となる。》

資料となったのは、『阿部茶事談』『細川家記』『忠興公以来御三代殉死之面々抜写』の三書である。事件の骨子は、ほぼ『茶事談』の目次通りに構成されているが、小説の肉付として『家記』『抜写』が使われているといってよい。

藩権力が家臣一族を絶滅させるという酸鼻なこの悲劇的事件はなぜ起こったのか。その原因は、為政者忠利にあったことは間違いない。藩主忠利は、もし、殉死が許されなかったならば、その家臣はどのような運命をたどるかということを熟知していて、弥一に殉死を許さなかったことである。殉死を許さず「彼等が生きながらへてゐたらどうであらうか」と忠利は考えてみる。その結果は、「恩知らず」「卑怯者」とののしられ、「共に歯《よはひ》せぬ」ということになることを熟知していた。「彼等はどんなにか口惜しい思をするであらう」と予測もしている。殉死を拒否されし者が、悲惨な目に遇うことを十分認識しながら、阿部弥一右衛門だけに、「私情」をもって殉死を拒んだ。「私情」で強調すべきことは、忠利は弥一を「好かぬ」と常に思い、この弥一の「言ふことを聴かぬ癖が付いてゐ」たと、鷗外が書いていることである。為政者が、家臣を単に「好悪」感で、しかも悲劇にかかわる問題を扱うとは、あってはならないこと、鷗外は資料にないことを、ここに書いていることを銘記しなければならぬ。弥一は、忠利の予測通り、針のむしろに坐らされることになった。弥一は当代の光尚の許可を得ず遂に腹を切った。殉死は形式、その実体はまさに憤死である。新藩主光尚の家督相続が済むと、殉死した十八人プラス一人（弥一）の跡目相続の決定が藩から下された。許されし殉死者の一族は十八人、嫡子はそのまま父の跡を継がされたが、阿部家の嫡子権兵衛は父の千五百石を継げず、弟たちに分与され、本家は小身ものとなった。『茶事談』では、弟たちは、原城での働き、手柄があって「新知」の「拝領」があったように記され、「いつれも難有旨、面ニハ歓色あり」とも書いている。ところが、作品では「有難いやうで迷惑な思をした」と微妙に変えられている。権兵衛については当然「内心不平にして」とある。

この差別的決定を出したのは藩主光尚と大目付の林外記である。『茶事談』には、ここで外記は出てこない。この外記を鷗外はかなり奸物として創っている。若殿時代に、お伽に出ていたこと、「物の大体」をみる事が出来ない、とかく「苛察に傾きたがる男」、要するに視野狭く、寛大さに欠けるこの外記が、弥一は許可なく殉死したので「真の殉死者」と「境界」をつけなければ、と「阿部家の俸禄分割の策を献じた」、これを受けた光尚を、鷗外はどう書いているか。「まだ物馴れぬ時」、つまり未熟ということか、そして、弥一や権兵衛と「懇意でないために、思遣が無」い、そして「馴染」の市太夫が加増になることに目をつけ「外記の言を用ゐた」と書いている。

ここに、鷗外は二人の権力者（為政者）の性格と判断を明確に書く。大目付の林外記は視野が狭く苛察に傾きたがる男、こんな大目付の判断を鵜呑みにした光尚は、未熟、阿部家に「懇意」でないので「思遣」に欠け「馴染」の者には甘い、つまり「私情」に支配されて判断している。「私情」に支配された父忠利と基本的には変らぬ為政者の姿である。

鷗外は、ここで資料『茶事談』にない、あるべき政治について「政道は地道である限は、咎の帰する所を問ふものは無い。一旦常に変つた処置があると、誰の捌きかと云ふ詮議が起る。」という見解を付与している。

鷗外はここで、二人の為政者の「捌き」を「咎」（あやまち、失敗）とみていることは明らかである。父忠利が、「私情」に依倚し、家臣に差をつけた処置をした為に、弥一は武士としての名誉を奪われ、憤死に追いやられた、これは明白に、為政者たる忠利の「咎」である。しかし、その事後、息子の光尚が賢明で、「臣下」に「慈愛を施す」（『ギヨッツ』）ような資質をもった為政者であったならば、阿部家の悲劇は、父弥一の段階で終結していたはずである。ところが、二代にわたって為政者たる者が「誤った判断」をしたのである。

鷗外は、やはり資料にない、独自の見解を次のように書いている。

　跡目相続の上にも強ひて境界を立てずに置いて、殉死者一同と同じ扱をして好かつたのである。さうしたなら阿部一族は面目を施して、挙つて忠勤を励んだのであらう。然るに上で一段下つた扱をしたので、家中のものの阿部家侮蔑の念が公に認められた形になつた。権兵衛兄弟は次第に傍輩に疎んぜられて、快々として日を送つた。

右の言は、まことにその通りである。「殉死者一同」に対し、光尚、林外記が「同じ扱」をしていたら、以後の悲劇は起らなかったのである。

「その人に非ざれば、民そのわざわいを受く」（『十八史略』）為政者が誤れば、その「わざわい」を受けるのは「民衆」である。藩権力に対して民衆の一人である嫡子権兵衛は、「髻」を切るという行為で意思を示す以外になかった。この行為は、むろん、現藩主光尚に向けられたものである。ここで、光尚が、権兵衛の行為は非であったとしても、その行為の裏側にあるものを理解し、寛大な処置を施していたら、この事件はここで終結したであろう。むろん、光尚の性格と未熟に、それを期待するのは無理というもの。鷗外は書く。光尚は二重の「不快」を感じた。一つは勿論、権兵衛の「面当がましい所行」、もう一つは「外記の策」を入れて「しなくても好い事をした」という己への嫌悪感である。ならば、ここで「外記の策」を破棄すればよい。しかし、まだ二十四歳の血気、情を抑制出来ない。「恩を以て怨に報いる寛大の心持に乏しい」光尚は、自省することなく、前に向って突走り、権兵衛は「縛首」になった。ドミノはさらに続く。阿部の家族たちは天祐和尚への助命願いも空しく、絶望の淵に立たされた。阿部の兄弟たちの怒りが次のように記されている。資料『茶事談』には、「然ルニ盗賊なんとの如く、諸人の眼前白昼に縛首を刎られし事、無御情御仕置の次第也、此上は残兄弟共とても、其儘にてハ立置まし（略）」。作品では、「縛首」になったことで、「一族が、何の面目あって、傍輩に立ち交って御奉公をしよう」と書かれている。光尚が未熟なため、激して、一人の武士に、切腹を与えず、大衆の面前で、「奸盗」のように「縛首」にしたこと、この為政者たる光尚の重ねて「私情」に支配された誤った処置に阿部一族は、女も子供も含めて全員、死に向って急速に奔っていくことになる。最後に阿部一族の兄弟たちを憤激させたのは、武士としての「名誉」であった。この「名誉」すら光尚は理解出来なかったのである。

　以上『阿部一族』をみて、肉付けの部分をとってみると、「権力（藩主）と民衆（家臣）」という図式が厳然として露らわになってくる。何一つキズのない忠臣たる阿部弥一右衛門が、藩主忠利に、殉死を拒まれし者の先の悲劇を十分予測されながら拒否された。これが阿部一族絶滅への発端である。そこから弥一の憤死が導かれ、当代藩主光尚と大目付林外記の誤った判断と処置、以後、基本的には、この二人の権力者の狭量と未熟さによって、阿部一族は地獄に堕とされていく。先代忠利、当代光尚、二代にわたる為政者の悪政のため、悲劇に落ちていった一族悲劇の物語が、この『阿部一族』である。この二人の権力者たる忠利と光尚を、貶《けな》す記述は原典には全くない。この「藩主と家臣」にかかわる見解は、すべて鷗外のものであることを確認しておきたい。

『阿部一族』には、いくつかの挿話がある。これらは、ほとんど『茶事談』にあるものである。

最初に書かれているのは、忠利の机廻りをしている内藤長十郎である。この話は『茶事談』の「又茶話日」にかなり詳しく書かれているが、鷗外は、これを小説化して、独立しても一篇の好短篇になり得るものとして書いている。

長十郎は、早くから忠利に寵愛され、殉死も難なく許されていた。この長十郎挿話は、前半は忠利の病床での長十郎、後半は、自宅において長十郎が殉死する当日の挙措、というように構成されている。後半の殉死の日は、十七歳の長十郎が、悠々迫まらぬ態度で、一日を過ごし殉死する感動の譜になっている。前半であるが、以前から気になる描写がある。忠利が「足がだるい」と言ったので、忠利の裾をまくって足をさする。その時、長十郎が「忠利の顔をぢつと見ると、忠利もぢつと見返した」という場面である。この目と目が「ぢつと」みつめ合うという挙措は異性間の行為である。私は、長十郎は忠利の男色相手であると思い続けていたが、鷗外はそのことについて、何も書かなかった。これが面白い。山本博文氏は「殉死者の主流は、主君の衆道の相手か、あるいは非常に近い関係にあり、当然主君に御供をすると思い定めた者である。」と述べ、長十郎を忠利の衆道相手と明確には書いていないが、そのように推察されるように述べている。（『殉死の構造』平6　弘文堂）

阿部屋敷への討手として、表門の指揮を命じられたのは竹内数馬であった。数馬は武道の誉ある名門に生まれ、忠利の児小姓を勤めた者である。今回の任に数馬は喜んだが、しかし、詰所に帰ると、傍輩が囁いた。数馬の今回の任は、奸物、林外記の判断を光尚が取り入れたとのことである。外記の理由は、数馬は先代に出格の取立を得ていながら殉死をしなかった。そのため御恩報じをさせるということであると。数馬はこのとき、即時に討死を決心した。数馬は悩む、先代のために命を惜んで殉死しなかったということが、この極印が口惜しい。しかし、数馬が一番口惜しいのは、「殿様がなぜそれをお聴納になったのか。外記に傷つけられたのは忍ぶことも出来よう。殿様に棄てられたのは忍ぶことが出来ない。」と地団駄を踏んだ。数馬は当日、奮迅の働きをして討死している。『茶事談』に、ここでは林外記が明確に登場し、数馬は「此度なんそ御厚恩の報セさらんや」と述べ、それで討手に決っている。ただ『茶事談』にあって鷗外がとらなかったのは、外記と、「竹内数馬とは連々不和成りけるが」という部分である。二人の関係が「連々不和」ということになると、数馬の非も多少入ってきて複雑になる。それで採らなかったのであろうか。いずれにしても、ここでも、忠臣竹内数馬に、結局憤死させたのは、為政者光尚である。「殿様がなぜそれをお聴納になつたのか」、これである。この言葉はとうてい光尚の耳には届かなかった。「犬死でも好いから、死にたい」と数馬に思わせてしまう光尚と外記は、完全に為政者としては失格である。ここにも民の心が解らぬ暗愚な為政者がいるといってよい。

もう一つの挿話は、阿部家の隣に住んでいた柄本《つかもと》又七郎(『茶事談』では栖本になっている。)のことである。

又七郎は、平生から阿部弥一右衛門一家と親しく、特に二男の弥五兵衛とは共に鎗が得意で、技を競う親しい間柄であった。事件になって、いよいよ打取の前日、又七郎は夜更けて妻を阿部家に見舞にやった。阿部一族は大変喜んだ。阿部の子供たちも、柄本の妻に取り縋り、放さなかった。

いよいよ明朝となったとき、又七郎は、阿部家との境の竹垣の結縄を悉く切っておいた。藩からは「手出しをするな」と言ってきたが、「逆賊」となった阿部家は討たなければと思った。「情は情、義は義である」と心に銘じて朝を待った。新渡戸稲造は『武士道』(明33　文士堂)で「義は武士の掟」と述べ、林子平の「道理に任せて決心して猶予せざる心をいうなり。死すべき場合に死し、討つべき場合に討つことなり」という「義」の定義を引いている。「情」より、武士にとって「義」が優先することは当然のことであろう。

又七郎は当日、「毎日のやうに往来して、隅々まで案内を知つている家」に駆け込み、昵懇の弥五兵衛の「胸板をしたたかに衝き抜」き殺害する。

この熱い血を持つ人間の変質は何なのか。尾形仂氏は、又七郎について「元亀・天正の戦国的武人像につながる古武士の典型として賛していているかのごとく見える」と述べ、「又七郎の言行に寄せる鷗外の共感」(『森鷗外の歴史小説―史料と方法』)とまで述べている。この又七郎の活躍については『茶事談』にほぼそっている。果して鷗外は、又七郎の「言行」を「賛」し「共感」をもって書いているのだろうか。ここにはもっと複層的で深刻な人間解釈がありはしまいか。又七郎は日常的には善人であり、「後日の咎」をも気にするような繊細な人間でもある。その通常の神経を持った人間が、突如として殺人者と化す。〝武士道〟という記号に生き、その記号にぶら下るとき、「情」

との葛藤はないのであろうか。「義」という概念は、何ら実体のない一種の呪文に過ぎない。この呪文に操られて生きる人間、それが武士なのである。それでもこの「情は情、義は義」という精神に殉ずる家臣たちの前には、為政者忠利も光尚も「私情」に支配される薄汚い権力者としか映じない。

『阿部一族』は、為政者の問題だけでなく、人間の基底にある意地とエゴ、そして残酷さ、人間の可変性の恐しさをみせてくれるのではあるまいか。

本稿で参照した『阿部茶事談』は、藤本千鶴子氏編のものである。東京大学史料編纂所教授の山本博文氏は、「『阿部茶事談』の記事は、事実誤認というのでなく、作為的な創作である」（『殉死の構造』）と述べている。これは「熊本藩の『政務日誌』と比較精査した結果である。従って、鷗外の『阿部一族』は、虚構本を種にして虚構本を書いたということにもなろう。しかし、それでも、鷗外の執筆活動に難を与えるものではない。鷗外は『阿部茶事談』を主軸に、ここから阿部事件の骨組みをとり、己の思想をそれに託して表白したのであり、『阿部茶事談』が創作であっても、別に問題はない。

『佐橋甚五郎』

『佐橋甚五郎』は、大正二年四月、『中央公論』に発表された。

この作品は、前二作とは趣を異にした作品である。サスペンスとミステリーに満ちており、読者の興味をそそるエンターテイメントがある。

素気ない資料であった素材を鷗外流に改組したもので、特に表現描写は秀逸である。名篇といってよい。

《すでに徳川家康は駿府に隠居していたが、慶長十二年（一六〇七）四月、朝鮮から使者が多くの随行員を引き連れ来日した。そして、三人の使者と、三人の「上々官」（通訳）の六人が、家康との接見に臨んだ。この六人が退室したとき、家康は、左右の者に通訳の喬僉知に気付いた者はいないかと尋ねた。一座は無言。家康は、あの男は二十三歳のとき、浜松を逐電した佐橋甚五郎だと言った。当時、甚五郎は、家康の嫡子信康の小姓を勤めていた。ある日、「物詣」の帰りに沼地に白鷺をみつけた蜂谷という小姓と甚五郎との間に、この鷺を撃ったら蜂谷は甚五郎に、今持っているもの何でもやろうという賭をした。甚五郎は見事鷺を撃ち落した。翌日、無疵の蜂谷の死体がみつかり自慢の大小がなく、その代り甚五郎の大小があった。もはや甚五郎は何処にもいなかった。それから一年、甚五郎は従兄の配慮で家康に許しを乞うた。家康は助命の条件として、甘利を討ったならと言った。甚五郎は甘利に近づき、ある晩、暗殺に成功、甚五郎は家康の近習として復帰。ある日、重臣が、一つの役割を甚五郎にやらせては、と家康に提言した。家康は、「甘利はあれを我子のやうに可哀がつてをつたげな。

それにむごい奴が寝首を掻きをつた。」と拒否。それを次の間で聞いた甚五郎は、すぐ座を立ち、そのまま出奔してしまった。果して、あの喬僉知が甚五郎かどうか、確かなことは誰にも解らなかった。》

鷗外は、この作品の「あとがき」で、此話は『続武家閑話』に拠ったものと書き、『佐橋家の家譜』『甲子夜話』なども挙げている。また冒頭部の「韓使来聘の部分」については『徳川実紀』、それに最も多くは林春斎の『韓使来聘記』を参考にしている。作品の大体の大筋は、『続武家閑話』によっているとみてよい。この資料については容易に確認することが出来なかったが、昭和三十九年十月号の『文学』(岩波書店)で、これら資料は、林大学頭編の『通航一覧』巻八十七所引の記事から、鷗外が孫引したものではないかという貴重な調査が発表されて以来、定説化している。なお、山崎一穎氏は「『通航一覧』所載の『続武家閑話』は『続武家閑談』の誤植である。鷗外は原本にあたらなかったが故に、誤植に気付かず、そのまま孫引きしたのである」(『森鷗外・歴史文学研究』平14 おうふう)(傍点は引用者)と「談」の正しさを指摘している。

鷗外が、資料になく、創作したと思われる個処はいくつもある。朝鮮使者の上々官は史料では二人であるが、作品では三人にしている。つまり、その中の喬僉知は鷗外が創った人物である。それから鷺撃ち事件も鷗外の創作である。史料では、甚五郎が「傍輩の金熨斗付の大小を盗取」ったことと「同役」を「故有て殺害し」たこととは別のこととして書いてあるが、作品では、鷺撃ち事件の中で、この二つの甚五郎の行為を同一の「小姓」に対してなした連関した行為として創られている。小姓蜂谷と甚五郎が賭をしたとき、蜂谷は、「今ここに持つてゐる物をなんでも賭けう」と述べている。甚五郎が主君信康の許可を得て館に帰ったとき、甚五郎は賭に勝ち蜂谷に、いま身につけている大小を求めたが、蜂谷は約束を破り、「蜂谷家に由緒ある品」といって拒否した。事件から一年経って、甚五郎の従兄源太夫は、家康に甚五郎の助命を乞うた。源太夫は、武士の「誓言を反古」にしたのは蜂谷であり、先に刀を抜いた蜂谷に対し、甚五郎は「当身を食せた」だけであるのに、蜂谷は息を吹き返さなかったこと等を詳述した。

この戦国の世に、「武士の誓言」を反故にするのは「犬侍」であり、しかも甚五郎には殺意はなかった。「当身《あてみ》」とは、相手の急所をついて一時気絶させるわざであり、総合的にみて、甚五郎は武士として落度はなかったとみなければならない。家康は、無条件で甚五郎を免責にするべきであった。

『三河後風土記』では、甚五郎のことを「佐橋は天性欲心が深く、傍輩の「金熨斗付の大小」を盗んで「岡崎を逐電」」と書いている。尾形氏は「欲心のためには手段を選ばぬ破廉恥漢」のように記されていると書いている。『改正三河後風土記』

では、甚五郎のことを「不仁」とも記述している。

山崎一穎氏（『森鷗外・歴史文学研究』平14　おうふう）は、「佐橋甚五郎説話の基本構造」として、甚五郎と家康を次のように捉えている。

甚五郎は「〈強欲〉〈卑劣〉〈無道者〉、家康は〈烱眼〉と〈寛容〉を強調し、家康の人物の大きさを賞讃する点にある」。

山崎一穎氏の家康のまとめ方には異見がある。甚五郎は資料では、確かに悪のイメージそのものであった。そこで鷗外は、甚五郎を作品の中でどのように形象したかみてみよう。

この作品の鷺撃事件には、甚五郎の「非」は一点も認められない。主君信康の許可を得て鷺を打ち、賭に勝っている。蜂谷が身につけている物のうちで一番欲しいものは「金熨斗付の大小」であり、当然、条件として要求した。しかし相手は拒否。相手は「武士の誓言」を破った「犬侍」である。しかも、先に刀を抜いた相手に「当身」を喰わしただけである。「不義」に対し「義」を守ったのは、甚五郎である。権力の頂点にある家康に、従兄は縷々と説明したにもかかわらず、免責の条件をつけた。「甘利をやれ」と暗殺を強要したのである。山崎一穎氏の家康の〈寛容〉または「人物の大きさを賞讃」という捉え方は納得出来ない。武士の「義」が理解出来ないというより下々の者に「所詮間違うてをるぞよ」と恫喝する家康は、武士としての精神性を認めない「慈」に欠けた狡智な為政者と言われても仕方あるまい。ギヨッツならばどうしたであろうか、と思ってしまう。しかも、その甚五郎に「間違うてをる」とまず「責」を自覚させ、「暗殺」という条件をつけている。陰湿そのものではないか。資料では「甘利四郎三郎を殺し□□《（ママ）》成らは御勘気御免あらん」とあるだけであり、「所詮は間違うてをるぞよ」は鷗外の創作であることが解る。一方、鷗外は、資料での甚五郎の「悪」のイメージをとり去り、怜利で「敏捷」それに「武芸」「遊芸」に優れた青年として形象していることに留意すべきである。

武士の行為として、ほとんど疵のみえない、しかも「誓言」を破り先に刀を抜いた蜂谷に対する防禦行為の結果であることを、従兄から説明を受けながら、助命の条件として家康に〈甘利暗殺〉を強請されたとき、ここに浮き上ってくる位相は、うむを言わせぬ権力者と、あくまでも弱い一家臣の立場である。鷗外は、この位相を見据えて、この物語を創っているとみなければならない。

「甘利暗殺」については、鷗外は明らかに、為政者たる家康の背信行為を浮き出させている。

甚五郎は、家康から突きつけられた条件を、ともかく果たし、家康の家臣として復帰した。しかし、家康は「目見えの時」一言も甘利の事を言わなかったし、天正十年、家康軍が北条五万の軍と対峙したとき、甚五郎は、「手を負つた」が、「賞美の詞が無かつた」。このことも資料にはない。家康はなぜ、他の家臣と差をつけたのか。為政者が家臣に差をつけるという行為は、『阿部一族』と同じである。しかも、家康の為政者としての素質を疑わざるを得ない言動がさらにあった。

ある役割に、重臣の一人が甚五郎を推薦した。資料には「権現様、甘利は甚五郎を一子のごとく哀憐を加へ召仕ふる処を、佐橋めはむごひ奴、四郎三郎か寝首を切来、余り情なし」と書いてある。作品の描写では「むごい奴が寝首を掻きをつた」とほぼ同じである。鷗外は、ここに家康の背信をみている。人によれば、殺された甘利に対する家康の「情」をみるかも知れぬ。しかし、家康の言動は矛盾がありはしまいか。己に利する理不尽な〈暗殺〉を命じ、それを遂行した家臣ならば、総てを免責しなければなるまい。それが家臣への為政者の当然の義務である。甚五郎は助かりたい一念で、家来に囲まれている甘利を、独りでどうして〈暗殺〉すればよいのか。色々工夫をこうじた上で、遂に成功したのである。命じられた〈暗殺〉にどんな殺しようがあるというのか。「殺れ」と言った以上、「殺った」結果を家康は全面的に受け入れなくてはなるまい。これが主君と家臣の関係であろう。〈むごい奴〉、その甘利の〈暗殺〉を若い家臣に強いた家康こそ、〈むごい奴〉ではないのか。

ここに、勝手で矛盾に生きる為政者の姿を鷗外は浮き彫りにしている。総てを許されたと思っていた佐橋甚五郎が、権力者の無責任な言辞に、恐怖と憤りを感じて、即座に出奔したのは当然である。二十四年経って、甚五郎は朝鮮使節団の一員として家康の前に姿を現した。一種の〈復讐〉である。絶対的権力者の狼狽の眼を、甚五郎は見逃さなかったはずである。しかし、家康にはもはやどうすることも出来なかった。

甘利を暗殺する場面の描写は、秀逸と、感嘆する以外にない。「月見の宴」果てた後、甘利は一人の「若衆」(甚五郎)だけを残し、その「若衆の膝を枕にして横になつた」のである。以下、鷗外の文章を引いておく。

若衆は笛を吹く。いつも不意に所望せられるので、身を放さずに持つてゐる笛である。夜は次第に更けて行く。燃え下がつた蠟燭の長く延びた心が、上の端は白くなり、その下は朱色になつて、氷柱のやうに垂れた蠟が下に堆く盛り上がつてゐる。澄み切つた月が、暗く濁つた燭の火に打ち勝つて、座敷は一面に青み掛かつた光を浴びてゐる。どこか近くで鳴く蟋蟀の声が、笛の音に交つて聞える。甘利は瞼が重くなつた。

忽ち笛の音がと切れた。「申し。お寒うはござりませぬか。」笛を置いた若衆の左の手が、仰向になつてゐる甘利の左の胸を軽く押へた。丁度浅葱色の袷に紋の染め抜いてある辺である。

甘利は夢現の境に、寛いた襟を直してくれるのだなあと思つた。それと同時に氷のやうに冷たい物が、たつた今平手が障つたと思ふ処から、胸の底深く染み込んだ。何とも知れぬ温い物が逆に胸から咽へ升つた。甘利は気が遠くなつた。

この饒舌を極力排除した、しかも柔軟な詩想と微細な描写力は鷗外が歴史小説の執筆に入って、かなりの自信を恢復してきた証しでもある。耳を澄ますと、地の底からシーンと音が聞こえてくるような無気味な静寂さ。そして蠟燭の芯の燃え下がりの描写で、むしろ停止した時間を感じる。妙なる笛の音と蟋蟀の声が、甘利の瞼を重くする。甘利は「夢現」の中で、現実が放れていく。これ程精練された文は、そう誰にも書けるものではあるまい。

特に秀逸な描写は、「それと同時に氷のやうに冷たい物が、（略）胸の底深く染み込んだ。何とも知れぬ温い物が逆に胸から咽へと升つた」という、刃を胸に刺し通した描写である。ところが、この描写は、鷗外の完全な創作ではなかった。この『佐橋甚五郎』を書く直前に翻訳したレニエの『復讐』（大2・1）から採っていることが今回、解った。その『復讐』のよく似た描写がある。

燭がまだ付かぬので、広間が一刹那真の闇になつた。己達はその中に立つてゐて、己は家隷《けらい》共に明かりの催促をした。「早くしないか。いつまでも暗くしてゐては困るぢやないか」と云つたのである。その時突然己は或る冷やかな尖つた物が胸を貫いて、己の性命の中心に達し、己の口一ぱいに血が漲るのを感じた。

右の引用文の終りのところである。「或る冷やかな尖つた物が胸を貫いて、己の性命の中心に達し、己の口一ぱいに血が漲るのを感じた」。『復讐』は、男装した女が、己をかつて犯した男に復讐する場面である。ほとんど同じ発想の描写である。鋭い刃が胸の奥にスーと刺し込まれ、温かい血が、咽に上ってくるという、まさに研ぎ澄された描写である。『佐橋甚五郎』の、特に秀逸な描写は、レニエの『復讐』を、アレンジしたものであったわけである。

『大塩平八郎』

『大塩平八郎』は、大正三年一月、『中央公論』に発表された。

この作品の構成は「一、西町奉行所」から始まり「十三、二月十九日後の三、評定」で終っている。「十、城」までが、この「乱」のあった日の動きを書き、「十二」、「十三」は、その翌日から、平八郎父子の死、そして死後の扱い等が書かれている。従って、この作品は、この「乱」の一日が時間に沿って書かれているとみてよい。天保八年二月十九日の暁方、大阪西町奉行所に「訴状」をもった二人の少年の来訪によって物語は、始まる。二人とも大塩平八郎の門人である東組同心吉見と河合の倅たちであった。「訴状」は吉見九郎右衛門の書いたもので、大塩らの「乱」を密告するものであった。西町奉行の堀はこの「返忠」を不快に思いながらも、直ちに東町奉行にも告知した。檄文には「無道の役人を誅し、次に金持の町人共を懲す」とあった。平八郎は当年四十五歳。元東組与力で隠居の身、倅の格之助が継いでいる。平八郎は「良知学」（陽明学）の信奉者であり、その思想に立ち、「残賊を誅し、禍害を絶つ」という精神で、この挙に奔ったのである。朝五つ時、平八郎らは東照宮の境内に集結した。総勢百余人。平八郎は「着込野袴」姿。大筒の第一発は、向屋敷朝岡の門へ撃ち込まれた。この叛逆者たちを鎮圧する軍勢は、西町、東町両奉行所が中心である。平八郎らの勢力は、初めはよかったが、昼頃から急速に集結力を喪い、敗走に向かう。逃亡者も出て、暮六つ頃には、平八郎ら七人、夜になり河内を越すとき、平八郎父子と他は二人になっていた。

翌二十日、平八郎父子は二人とも別れ、「信貴越」（この「信貴越」は、鷗外の想定により資料にない唯一、創られた個所である。）を目指し、二十二日の午後大和路に入った。ところが二十三日になって、平八郎は、急に大阪に帰ると息子に告げ、逃げてきた道を必死で引き返し、大阪、油懸町の縁故ある美吉屋に入った。此処で潜伏していたが、密告があり、三月二十七日の六ツ半時、十七人の追手に踏み込まれ、平八郎は格之助を殺し、火を付け、自刃して果てた。九月十八日に関係者の処刑があったとき、生きていたのは、後に磔になる竹上だけだった。平八郎父子は焼けた死骸を塩詰にされて磔柱に懸けられた。（平八郎が権力に向って事実上、戦うことが出来たのは、半日位であり、後は敗走になった。「乱」勃発後、生きたのは三十八日間である。）

『大塩平八郎』執筆について、鷗外は「付録」を書き、最初の出遇いは鈴木本次郎から借りた『大阪大塩平八郎万記録《よろづきろく》』であることを明らかにした。しかし、この『記録』から「史実」を得るのが難しく、そのためにむしろ「空想を刺戟」されたと述べている。一番多くの資料として使ったのは幸田成友の『大塩平八郎』（以下「幸田本」とする）であり、その他、『大阪城志』や『咬菜秘記』なども参考にしたことが知られている。

幸田成友は歴史家であり、『大阪市史』を編纂しているとき、大塩平八郎の事件にかかわり、その成果が、幸田本である。幸田本、初版の「序」で、「大阪の大塩中斎は一代の偉人なり」と書き、幕府時代から叛逆者扱いを受けていた平八郎を復権する方向で執筆されたものである。

その点、鷗外は執筆に際して、客観的な姿勢を崩していない。しかし、「挙」に対する平八郎の幾多の言辞、また制圧側の幕府権力の仕打ち、また「付録」の言辞等をみた場合、作品から、自然に読みとれる鷗外の「主張」があることは明らかである。鷗外の執筆要因として、山崎一穎氏は「内的要因」に「幸徳秋水事件」、「外的要因」に「同時代の米騒動」などを挙げている。これらの「要因」は多くの人の説としてあり、別に否定する必要はない。

しかし、尾形仂氏も、大塩の汚名救出だけでなく「別個のテーマ」があったはずと述べている。

大塩平八郎は、この作品の中で次のように言う。

我々は平生良知の学を攻《おさ》めてゐる。あれは根本の教だ。然るに今の天下の形成は枝葉を病んでゐる。民の疲弊は窮まつてゐる。草妨礙あらば、理亦宜しく去るべしである。天下のために残賊を除かんではならぬ（略）。

「良知の学」とは陽明学のこと。

王陽明は『伝習録』中で次のように述べる。

人は天地の心であり、天地万物はもと吾と一体なるものである。生民の困苦茶毒、一つとして吾が身に切実な疾痛でないものがあろうか。

陽明学では、「生民の困苦」は、「吾が身」に直接な「疾痛」と述べている。

王陽明は、この「良知の学」によってこそ「天下は治まりうる」と確信している。だから「斯民の陥溺を思うごとに戚然として痛心し、身の不肖なるをも忘れて、それによつて救済しようと志した。」ところが、天下の人は「嘲笑誹謗し、狂人よ喪心者よ、とよぶのである」とも述べている。この精神構造は、ほとんど平八郎のそれと変らぬといってよい。「良知の学」に生きることを宣言している平八郎であってみれば当然の話ではある。「斯民」の「疲弊」を救済するためには「狂」に生きるという精神。大塩の門人であった宇津木矩之充が今度の大塩の「挙」を「先づ町奉行衆位の所らしい。それがなんになる。（略）先生の眼中には将軍家もなければ、朝廷もない。」と言い放ち、平八郎の「挙」に対する余りな無計画性を衝いているが、それはその通りである。まさに「狂」なのである。王陽明は、「斯民の陥溺」を思うと「余はどうしても狂を病まないでいられようか」と述べているが、極めて主情的な思想なのである。

島田虔次氏は、「万物一体なる良知は、自他統一への道徳的衝動である」と解説している。（『朱子学と陽明学』昭42　岩波新書）島田氏の言うように「衝動」は「狂」と繋っている。あの両奉行所なる権力に立ち向って半日で事実上壊滅する。緻密な計算は、平八郎にははじめからなかったのである。

この陽明学のもつ「衝動性」は、作品中の「己が陰謀を推して進めたのではなくて、陰謀が己を拉して走つたのだ」という言葉と同義であると言ってよい。ここには、己の周到で明確な意志より前に、「奔る」という行為が優先している。

連年の飢饉、賤民の困窮を、目を塞いで見ずにはをられなかつた。そしてそれに対する町奉行以下諸役人の処置に平かなることが出来なかつた。

「斯民の陥溺」（王陽明）や「賤民の困窮」をもたらす者は誰か。平八郎の場合は、「町奉行以下諸役人」であり、それらに対しその「処置に平かなることが出来なかつた」、この意識が先に奔ったのである。しかし、鷗外は、為政者の悪政に対し、平八郎は立った、と声高に書いていなくても、この平八郎の言葉の中に「為政者と民衆」という構図は明らかにみえている。それは「己は諸役人や富豪が大阪のために謀つてくれようとも信ぜぬ。己はとう〳〵誅伐と脅迫とによつて事を済《な》さうと思ひ立つた」にも明らかである。平八郎らが敗走を重ね、遂に皆と別れるとき述べた言葉の中に「此度の企は残賊を誅して禍害を絶つと云ふ事と、私蓄を発いて陥溺を救ふと云ふ事との二つを志した者である」と、「挙」の動因を明確にしている。この「陥溺」という言辞は、明らかに陽明学を踏んでいる。平八郎には、もはや「狂」になった以上、死しかなかった。

ただ角度を変えると別の見方も成り立つ。作品中、ほぼ大塩側の敗北がみえたとき、平八郎に「枯寂の空」を感じさせているる。これは一種の「虚しさ」である。革命者にあってはならぬものである。このことと、「付録」で鷗外の言う「平八郎は哲学者である」という言辞とは一体である。要するに「知行一致」を旨とする陽明学を己は実践していると平八郎は考えていたとしても、所詮、観念論者にとどまらざるを得なかったという見方が、ここで出てくる。この「枯寂の空」について、小泉浩一郎氏は、「大塩の思想の現実的無効性に対する鷗外の批判を示すもの」(『森鷗外論―実証と批評』昭50　明治書院)と述べているが、この言もやはり平八郎の観念性を衝いている。

さて私が注目するのは、「付録」にある鷗外の文である。鷗外は、平八郎の暴動を抑止するものとして二点あげている。

一つは、平八郎が、当時の「秩序を維持」しながら「救済の方法」を講ずることが出来たら、「一種の社会政策」を立てただろうということ。

二つめは、「大阪に、平八郎の手腕を揮はせる余地」があったならば、暴動は起らなかった、というこの二点である。後者の「平八郎の手腕を揮はせる」ことの出来る機関は、勿論、上部機関である奉行所、もしくは大阪城に詰める上級役人たちであろう。すなわち、民衆からみれば遥るかなる「為政者」である。この連中に「悧眼」の士がいたら平八郎は、秩序の中で「手腕」を揮ったであろう。これは鷗外の明確な意見である。明らかに、「為政者と平八郎(民衆)」という視点で鷗外はみているといってよい。ここに尾形氏の言う「別個のテーマ」をみる。鷗外は、過日、ゲーテの『ギヨッツ』を訳したが、ギヨッツは正義の領主であるが故に、百姓一揆に首領としてかつがれ、敗北した。平八郎の場合、かつがれたのではないが、このギヨッツと平八郎の軌跡は、確かにつながっていることは間違いない。『大塩平八郎』を書くとき、鷗外は、大逆事件よりも、この『ギヨッツ』の方をより意識していたように思えるのである。

『堺事件』

『堺事件』は、大正三年二月、『新小説』に発表された。

この作品もやはり国家と兵卒（民衆）がかかわる事件が書かれている。明治元年（一八六八）戊辰の二月、幕府の秩序は崩壊、新政府は出来たものの日本はまだ無政府状態に等しかった。この二月十五日、土佐藩兵は、朝命により堺を守備していた。ところが暮方、「官許」を得ないフランス海軍の水兵たちが二十艘の端艇で海岸に上陸、民家に徘徊、民衆を恐怖に堕した。そのうち、町家に立てかけてあった土佐藩の隊旗を奪ってフランス水兵が駆けた。鳶頭の梅吉が追いかけ、その水兵の脳天を鳶口で打ち破った。それが契機となり仏水兵たちが発砲、土佐藩兵も応戦、結局仏水兵十三人が死亡した。フランス政府は日本に賠償を求め、さらに土佐藩の指揮官二名と他に兵卒を合わせて二十名の死刑と、死亡した水兵の家族の「扶助料」として、土佐藩に十五万弗を要求してきた。日本側は、これをすべて受諾した。死刑になる者は、隊長、小頭各二名と、十六名の兵卒であった。銃を撃ったと申告した者が神社に集められ、籤引で十六名の死刑者が決った。十六人は別室に隔離されたが、夜になり、なぜわれわれが「打首」になるのか、せめて「切腹」を、という不満が続出、重臣たちは協議、結局それを受け入れた。二十三日、いよいよ切腹の日、場所は妙国寺の内庭。フランス公使（実際は測量艇の母艦のデュプレックス号艦長プチートアール大佐）及び兵卒二十名、日本側は外国事務総裁ら重臣が着座、切腹は一番隊長箕浦猪之吉から始った。十二人目にかかるとき、フランス公使は驚駭と畏怖で、切腹の中止を申出て、部下とともに一目散に艦に帰っていった。結局九人は助かり、三月十六日高知の浦戸に戻った。九月に一人が死んだが、八月、明治帝即位のため、八人は特赦を受け、並の兵卒となったが、士分の取扱はなかった。

この作品の資料は、佐々木甲象『泉州堺烈挙始末』（以後『始末』とする）のみを参考にしたと言ってよい。時間的展開も、筋立ても、ほとんど『始末』をそのまま使っているが、多少のずれもある。鷗外がより強調したり、創作したりした部分もある。『鷗外歴史文学集』第二巻の「解題」で藤田覚氏は、原作者の佐々木甲象の「緒言」の言葉に言及し「堺事件の関係者はいまだに名誉回復がなされないことへの憤懣と、名誉回復へ向けた運動を進めるための資料として書かれたようである」と述べている。

尾形仂氏は『始末』について、「該書は、堺事件に対する政府の処置に痛憤を発し、その経緯と処刑者の行実を伝して世人に訴えんとしたもの」と、この『堺事件』の資料たる『始末』が、「政府の処置」を批判する書であることを明らかにしている。この二者とも、佐々木甲象の政府批判を認めている。

当時の日本国は、まさに泥田のような中にあった。

慶応三年（一八六七）一月九日に、祐宮睦仁親王（十六歳）が践祚し、明治天皇となっている。この年十二月九日に、朝廷は王政復古の大号令を出した。明けて慶応四年一月六日、鳥羽伏見の戦いで幕府の敗戦を横目で見ながら、将軍慶喜は、大阪を脱し、江戸に向っている。この堺事件の起きる一ヵ月余前に、新政府は慶喜追討令を出した。

その後、この堺事件は二月十五日に起った。日本の新政府が、外国から初めて承認を受けたのは四月一日、イギリス公使パークスが大阪で天皇に信任状を提出した時である。この堺事件は、日本が実に悪い状況にあったとき起っているのは事実である。しかし、外交担当の総裁は、山階宮や伊達宗城など、五人の総督がいた。ところが、事件後、フランス「公使の要求は直ちに朝議の容るゝ所となつた」と書かれている。主権国家たる日本の領土に「官許」もなく、ノコノコと上陸し、民家に徘徊し、隊旗まで奪って逃げるという暴挙を起こしたのはフランス海軍の水兵たちである。五人も外交担当の総督がいながら、主権を犯したフランスに抗議すべき、という判断を示した者が一人もいなかったのであろうか。幾ら無政府状態と言えども、この外交担当の総督らは、直ちに駆けつけたのであろうか。許可もなく、上陸してきた他国の軍隊、しかも先に発砲した暴挙に対し、これに発砲を命じるのは指揮官として当然の責務であり、命令があれば、それに従うのは兵卒の勤めである。それを何ら抗議もせず直ちに「容るゝ所となつた」とは何事であろうか。第一線の兵卒らには一片の顧慮も払われていないといってよい。土佐藩の重臣たちの無知と薄情には驚くばかり。この二十人を、「下手人」扱いにして「打首」を命じている。この兵卒たちには、「我々は皇国のために明日一命を棄てる」という信念がある。

左の一兵卒の言葉は、悲痛である。

「我々は朝命を重んじて一命を差し上げるものでございます。併し堺表に於いて致した事は、上官の命令を奉じて致しました。あれを犯罪とは認めませぬ。就いては死刑と云ふ名目には承服が出来兼ねます。果して死刑に相違ないなら、死刑に処せられる罪名が承りたうございます。」

しかし、藩の重臣は「黙れ、罪科のないものを、なんでお上で死刑に処せられるものか」と応じている。『阿部一族』の林外記にも似た、大局的判断の出来ない無能な官僚でしかない。

国を守ろうとしたことが、なぜ「罪科」なのか、「堺での我々の挙動には、功はあつて罪はないと、一同確信してをります」、この兵卒の言に反論は出来まい。「せめて切腹を」という願いは、結局、フランス側の了解を得て許されることになった。なんと理不尽なことか。国家レベルで、まず五人の外交担当総督たちが、無知と怯えで間違い、土佐藩の重臣たちも、この兵卒たちの扱いを間違え、この兵卒たちに地獄の苦しみと屈辱を与えたのである。

鷗外は、この国家レベル、藩レベルの、それぞれの「為政者」たちの理不尽さと無能さに「兵卒」たちの悲痛な叫びを特に強調していることを見逃してはならぬ。ここでも『十八史略』の後漢二代皇明帝の「その人に非ざれば、民そのわざわいを受く」という「為政者」の判断の大切さを思わざるを得ない。

為政者側は、士卒たちの立場や心情はほとんど顧慮せず、次々と下す判断の多くが一方的であり、士卒たちが国家のために、しかも上官の命令で戦ったという事実を、認識する見識も余裕もなく、放置していく、無責任極まるものであった。そうした不見識、無知のまま、ただ外国勢力に怯えるだけで、そのために素朴な兵卒たちに、いらぬ苦渋を強いる、そこで、虫けらの如く扱われていた士卒たちが思い余って遂に抗議に出た。当然の権利を突き衝けられた重臣たちは、仕方なく、後手後手で受け入れていくという愚劣な為政者たちの狼狽振りを、鷗外は淡々と浮き彫りにしている。フランス側が、国際「公法」をもって賠償を要求してくるのであれば、その国際「公法」をもって、無断で他国に上陸したという主権侵害を徹底的に抗議すべきであった。それすら思いつかない為政者たちの無知。権力は、生殺与奪の権を握っているが故に、兵卒の命を何とも思っていない。鷗外は、ここでも、無知を自覚し得ない権力の恐さ、そして身勝手さのために悲劇に堕ちていく民衆の非力さをみているといってよい。

大岡昇平の「切盛と捏造」

大岡昇平は、鷗外が『大塩平八郎』について「余り暴力的な切盛や（略）捏造はしなかつた」と書いた文を使って、『堺事件』には、「切盛と捏造」が「全篇で二十数カ所」あると言い「曲筆舞文」の目立つ「犯罪的捏造」の作であると厳しく批判した。（『文学における虚と実』昭51　講談社）しかし、大岡が実際に指摘したのは十数カ所に過ぎず、それも多くが大岡の恣意的解釈に由来していた。鷗外が、資料たる『始末』から、いくつかの事実を改変したものはある。例えば、『始末』で「町年寄から急報があつて」とあるのを鷗外は「町年寄が聞き出して」と改めた。また『始末』で、フランス側の「重役らしき者二人」を削ったことを「フランス側の無法の印象を作り出そうという行為」と大岡は批判した。果してこれらが「犯罪的捏造」と言えるのであろうか。また大岡は短銃で「一斉射撃した」という表現はおかしいと言う。かような片々たる改訂や表現を論じて何になるというのか。大岡が指摘する「切盛と捏造」に近いものとすれば、一つは皇室関係の削除である。助かった九名の者の「流罪」が「朝廷の指示」であったのに対して「土佐藩の指示」にしたこと、フランス側の出した五カ条の要求書の内、「皇室陳謝」の件を削除したこと等である。当時鷗外は宮内省臨時御用掛をしていたのであえて皇室に慮ったことは推察できる。

大岡は、もう一つ陸軍の師団増設の問題を挙げている。

この時期、山県有朋らによって陸軍は増師案を押し進めていた。鷗外はそれを支援するために「洋夷の圧力」を強調し、「輿論を誘動」しようとしたという。これを絶対否定する資料はない。しかし、『阿部一族』以来の各作品にみせた「権力と民衆」という構図と意識をみたとき、全く何の証拠もない、ただ周りの環境だけで、「増師案」への「支援」をみるのは、余りにも恣意的ではあるまいか。

『栗山大膳』

『栗山大膳』は、大正三年九月、『太陽』に発表された。

鷗外が『栗山大膳』を書き終ったのは、日記で、大正三年（一九一四）八月十二日と解る。この前後、七月、八月は、ほぼ毎日のように「暑」と書いてあり、七月三十日（木）の日記には「暑。終日困臥す」とある。めったに役所を休まない鷗外が「困臥す」というのは珍らしい。隠していた肺結核のせいもあろう。少し弱っていたことは間違いないようである。

そうした体の調子の悪さと多忙を理由に、『栗山大膳』は「殆ど単に筋書をしたのみの物」（『歴史其儘と歴史離れ』）と述べている。確かに、この作品は、資料を参考に、事件及び時間、年月の経過、人物の経歴、黒田家の家系、家臣たちの動向等を書くことに追われ、小説としてのふくらみに欠けていることは否めまい。しかし、黒田家の重臣が、藩主の「懈怠」した危ない施策に思い余って、幕府に、藩主に逆心ありと密書を送るという筋書自体、事実でありながらサスペンスに充ちていて、興味をそそるものであり、特に、藩主及び密告した当人などが江戸に呼ばれ、幕府老中などの取調べを受けるところなどは、十分小説的たりうるものである。

この作品で、特に注目するのは、「逆心」をもっていると、あえて虚偽の密告までして主君の「懈怠した悪政」を正そうとした一家臣の精神である。この作品も「為政者」に向けられた眼が、まことに明確であり、しかも、直截的である。

《寛永九年（一六三二）六月十五日、筑前福岡の城主黒田右衛門佐忠之の出した見廻役が怪しい男を捕えた。この男は、黒田忠之の重臣栗山大膳利章が、豊後にいる幕府の目付役竹中に宛てた密書を持っていた。城内でそれをみると、忠之が叛逆を企てているという訴状であった。当時、利章は、忠之の幾度にもわたる呼び出しにも応じず、病気を理由に家に籠っていた。利章は密書を巧妙にも二通送っており、一通は幕府に届いたのである。利章は二代続いた重臣であるだけでなく、幕府に一通が届いたためもはや、忠之は利章に手が出せなくなった。先代からの忠臣である利章が、我慢出来なくなったのは、忠之が五十二万石の大名を継ぐと、「独力で国政を取り捌」き始めたことであり、特に目に余ったのは、足軽頭の倅十太夫を近習に取り立て、早急に「秩禄」を加えていったことである。「心あるものは主家のため、領国のために憂へ、怯懦のものは其人を畏れ憚り、陋《いや》しいもの、邪なものは其人にたよって利を済さうとするやうになつた」、つまり、忠之が重臣に相談せず恣意的な政治に奔ったのである。藩政の混乱である。利章は鋭くみていて、忠之の五つの失政を認識した。①は「政事向一般に弛みが出た事」、②は「物事が軽々しく成り立つて慌たゞしく改められる事」、③は「遊戯又はそれに近い事が（略）活気を帯び（略）た事」、④は「驕奢の跡が認められる」事、⑤は「葬祭弔問のやうな礼がなほざりになるのが認められる」事。

　これらの心ない施策が互いに影響し合い、藩全体が弱体化してくる。そのうち寛永八年（一六三一）、足軽頭の倅十太夫が九千石の家老となった。利章は、遂に覚悟を決めざるを得なかった。寛永九年八月二十五日、忠之に参府の命が出た。寛永十年二月、利章も江戸に呼ばれた。利章と十太夫らが対決させられ、立会として、井伊直孝、酒井忠世など老中、重臣ら十四人が列席した。黒田藩の他の家老たちは、藩主忠之に「逆心」のないことを口々に訴えた。幕府に無断で忠之が足軽を二百人増したこともあり、「不調法」として、筑前国を召し上げるとしたが、しかし、祖父以来の黒田藩の功績を認め、新たに筑前国の拝領を仰付けられた。結局何もなかったのである。

三月に入って、利章は、老中井伊直孝の邸に呼ばれ、諫書中の「政事向の件」は相違ないと認め告げられた。しかし、忠之の「逆心」は偽である、なぜか、と聞かれた。

　利章は、忠之に「逆意」があると申立てたのは、当時の状況ならば主君は私を「私《わたくし》に成敗」したであろう。私は命を惜しむ者ではないが、そうなれば忠之は領国を召し上げられ、私の「成敗」（死）は犬死になっただろうと答え、直孝らを感動させた。その後、利章は盛岡の城下に移された。寛永十一年三月のことである。南部藩は立派な家を建てて利章を迎えた。

　盛岡に近い天領の代官井上が、利章を訪ね教えを乞うた。多くのことを利章は語ったが、特に印象に残るのは、「政治は文武を併せ用」つもの、「文は寛、武は猛である」という言葉であった。》

　利章の述べる理想的政治は「文武」を併せもつもの、「文」は「寛」、「武」は「猛」であるという、この政治哲学は、まさに「為政者」への教訓に違いない。ギヨッツが述べる理想的為政者も、隣国との、そして民衆への「寛」にあった。ここでも、鷗外はゲーテの「ギヨッツ」をどこかで意識していたのではないか。

　利章は、優れた政治意識をもった忠臣であった。主君の「懈怠」した悪政を正すために、命を賭ける程の大きな「賭」に出て、結局藩を救ったのである。藩であろうが一国であろうが、

「為政者」があやまれば、民衆にわざわいを及ぼす。

『栗山大膳』では、潤色や創作はほとんど施さず、極めて直接的にこの主題を語ったとみてよかろう。

資料は、東京大学の鷗外文庫に在る、早川純三郎編輯兼発行の『列侯深秘録』を、ほとんど参照したといってよい。

この資料には、江戸時代の大名にかかわる事件、百姓一揆、御家騒動などの記録が集められている。この『栗山大膳』で史料とされたのは、「盤井物語」「黒田甲斐守書付」「栗山大膳記」「西木子紀事」「内山家蔵古文書」「西木紹山居士碑銘」「栗山大膳記事」の七篇である。ただ、尾形仂氏は「『益軒全集』所収「黒田家譜」「黒田家臣伝」および「加藤肥後守忠広配流始末」を取捨編綴して成る」(『森鷗外の歴史小説―史料と方法』)とも述べている。

『最後の一句』　『最後の一句』は、大正四年十月、『中央公論』に発表された。

《元文三年(一七三八)十一月二十三日。大阪の居船頭(船主)桂屋太郎兵衛を木津川口で三日間曝した後、斬罪に処するという高札が立てられた。平野町に住んでいる太郎兵衛の妻の母がこれを知り、娘の家に駆け込んだ。太郎兵衛には子供が五人いた。長女いちは十六歳、二女まつ十四歳、長男長太郎は十二歳、しかし、この男児は、妻の母方から養子にもらったもので実子ではない。三女とくは八歳、次男初五郎は六歳であった。

太郎兵衛入牢後は、妻の母の家が「有福」であったのが幸いし、何かにつけてやってきて色々面倒をみていた。子供たちも、平野町のおばあ様といって頼りにし親しんだ。妻は、事件以来、二年間、溜息ばかりつき、ただ機械的に働き、落ち着くと涙を流していた。

父の犯した事件とは、難船に残った米を無断で売ったことにあった。元文元年(一七三六)の秋、持船が秋田から米を積んで出航したが途中風波の難に遭って半難船になり、米も半分以上流出した。しかし、沖船頭(船長)の新七は残った米を売って太郎兵衛の処に持って来て、難船したことは周知の事実、この金で次の船の費用に当てようと強く言ったために、太郎兵衛はそれを受けてしまった。秋田の米主たちは事件を詳細に調査し、太郎兵衛の受けとった金額まで解ってしまった。訴えられた太郎兵衛は捕り今回の処置になった。新七は逃亡した。平野町のおばあ様が、「斬罪」の高札が出た話を持ってきたとき、長女いちは、襖の蔭で総てを聞いた。

その晩、いちは、まだ寝ていなかったまつに、父を助けるために、わたくしたち子供が身代りになり殺されましょう、ただ長太郎は実子ではないので死ななくてもいい、と言った。まつは、少し躊躇したが、結局賛成し、明日、奉行所に「願書」を持っていくことにした。いちは「願書」を夜通し書いた。早朝、出ようとするとき長太郎が目をさまし、「そんならおいらも往く」といって一緒に来た。

月番は西町奉行所で、佐佐又四郎成意であった。当然、子供三人の「願書」提出を奉行所は拒み、中に入れない。夜が明け、門が明いたとき三人はすかさず入り、まず出会った与力に渡し、奉行、及びたまたま来訪していた大阪城代にまで知られることになった。結局、西町、東町両奉行、大阪城代の三人で話し合った結果、十一月二十四日に西町奉行所の白州で事情を聞くことになる。女房と五人の子供、それに町年寄五人が付いていた。取調べは与力が当たり、西町奉行、城代は別席から凝視していた。女房は関係ないことが解り、子供たちは一人一人「死にたいか」と聞かれた。末っ児の初五郎は「活発にかぶりを振った」以外は、みな死を肯定した。西町奉行の佐佐が「身代をお聞届けになると、お前たちはすぐに殺されるぞよ。父の顔を見ることは出来ぬが、それでも好いのか」と聞いた。「よろしゆうございます」と答えたいちは、少し間を置いて「お上の事には間違はございますまいから」と言い足した。この〝最後の一句〟は決定的であった。佐佐は驚愕し、「憎悪を帯びた驚異の目」になり無言であった。佐佐の心の中には、「只氷のやうに冷かに、刃のやうに鋭い、いちの最後の詞の最後の一句が反響してゐるのであつた」。この「献身の中に潜む反抗の鋒は、いちと言葉を交へた佐佐のみでなく、書院にゐた役人一同の胸をも刺した」。どのような配慮によってか明確ではないが、元文四年三月二日に「大嘗会御執行」にともない、太郎兵衛は「死罪御赦免」となり、大阪の「三日御構の上追放」という思いも寄らない赦免を受けた。》

鷗外が依拠した資料は、大田南畝『一話一言』巻十七所収「元文三年大阪堀江橋近辺かつらや太郎兵衛事」である。物語の筋も、大体この資料に添っている。しかし、太郎兵衛が入獄した後、万事の世話をする平野町の「おばあ様」は鷗外の創作である。鷗外の創作と言えば、なんと言っても長女いちの放つ〝最後の一句〟「お上の事には間違はございますまいから」である。そして注目すべきは、この小娘の〝放つ言葉〟に驚愕し「反抗の鋒」が「役人一同の胸をも刺した」と書く鷗外の意識である。

この場面に相当する資料の個所を参照すると、次のように記されている。「願ひの如くになりてもまづ汝等ヲ殺して後に父ヲ免スべきなれば、逢見ん事あるべからず。さもあれば父殺されてあひ見ぬ事もかはる事なしとの給へば」、ここまでは、作品にほぼとり入れられているが、この次の、役人に対するいちの態度を「姉畏りて申やう、其事もとく存じ奉り候。父の命さへ御免んじ被下候はゞ、逢見ぬ事もいさゝか恨み奉らじと申上ル」と書かれている。この個所を鷗外は、大きく改変していることが解る。資料だけで察するならば、同じ年頃の少女にしては確かにしっかりしている、しかし、権力者たちをふるえ上がらせる程の迫力は全くない。やはり権力に対し、従順な少女であって、とにかく、「父の命」を免じて欲しい、これだけを一途に望む、孝行娘として記録されているといってよい。

しかし、この作品では、鷗外は大胆にも、静かにではあるが、意識の上で、「権力」と対峙する娘を形象したのである。この〝最後の一句〟にかける鷗外の意識はすごい、と言わざるを得ない。このいちの言葉は、権力、つまり「為政者」たちにとって、非の打ちどころのないものなのである。「お上」は「間違いをしない」と言われて、怒る「お上」はいないはず。だが、いちの言葉にある「ございますまいから」は、実は「鋭い刃」になっている。鷗外は、このいちの言葉に対し、「只氷のやうに冷かに、刃のやうに鋭い」「反抗の鋒」と書く。「為政者」たちを、確かに突き刺しているのである。「ございますまいから」は、恐い、余韻をかもしている。このいちの言葉は、「書院にいた役人一同」には逆説にしか受けとれないものである。このいちの言葉の余韻が持つものは、「お上」は、〝いつも間違いを犯して、その災は無力な民衆が受けていますよ〟と聞こえてくるのである。

奉行佐佐が驚愕したのは、言葉のもつ恐しさであった。

いちが対峙しているのは、大阪、東町、西町両奉行、その上にいる大阪城代大田備中守資晴という西国の頂点にいる権力者たちである。つまり、大阪城代というのは、江戸にいる徳川将軍の代理人という立場であり、ある意味では、庶民の一少女たるいちは独りで、将軍家に対峙しているという図である。注目すべきは、これだけの権力者たちが、この小娘の片々たる言葉に、何もすることなく、氷のように固ってしまっているということである。いちは〝最後の一句〟で権力を動かそうとしている。

こうした構図を設定した鷗外の発想にまず脱帽である。ただ同じ権力でも『阿部一族』とは、かなり違う。『阿部一族』では、権力が、なしてはならぬ誤ちを犯した。それに対し、『最後の一句』では、いちの父を助けようとする「一途」さに、感応する一片の人間性を権力者たちに与えていることである。かねてから念頭にあった「為政者（権力）と民衆」という理念に鷗外は『最後の一句』をもって、とりあえず「最後の作品」としたようである。

大正期に入り、歴史的素材を資料として、いわゆる歴史小説の執筆に専念してきた鷗外が、ここに至って、己の身辺の事柄等を素材とした現代モノを五篇次のように発表している。

『ながし』（大2・1『太陽』第十九巻第一号）、『天寵』（大4・4『アルス』第一巻第一号）、『二人の友』（大4・6『アルス』第一巻第三号）、『余興』（大4・8『アルス』第一巻第五号）、『本家分家』については、大正四年八月十八日の日記に「本家分家を艸し畢る」とある。この小篇は雑誌に発表されず、昭和十二年（一九三七）三月三十日、岩波書店発行の『鷗外全集』第三巻に、初めて収められた。この期に、精緻な記録モノとして、『盛儀私記』（大4・11・12〜22まで『東京日日新聞』『大阪毎日新聞』に連載、途中休載はあったが、計六回にわたった）がある。のちに私家版として印刷されている。雑誌『アルス』は、北原白秋の主宰するものである。

⊙大正二年には、作品集が次のように四著刊行された。

・『新一幕物』（大2・3　籾山書店）
　収録作品――『人力以上』『パリアス』『一人舞台』『夜の二場』『ヂオゲネスの誘惑』『馬盗坊』

・『十人十話』（大2・5　実業之日本社）
　収録作品――『世界漫遊』『一人者の死』『冬の王』『父と妹』『塔の上の鶏』『請願』『汽車火事』『二髑髏』『労働』『老曹長』

・『意地』（大2・6　籾山書店）
　収録作品――『阿部一族』『興津弥五右衛門の遺書』『佐橋甚五郎』

・『走馬燈分身』（大2・7　籾山書店）
　収録作品――〈走馬燈〉『藤鞆絵』『蛇』『心中』『鼠坂』『羽鳥千尋』『百物語』『ながし』
　――〈分身〉『妄想』『カズイスチカ』『流行』『不思議な鏡』『食堂』『田楽豆腐』

7　歴史小説期の「現代小説」

『ながし』

『ながし』は、大正二年一月、『太陽』に発表された。

この作品は、現代小説の中に位置づけるとすれば、深刻な家庭小説『半日』の系譜といえるだろう。ただ描かれた内容は、鷗外自身にかかわるものではなく、鷗外の知人であった画家の、若き日の苦渋に満ちた家庭生活を書いたものである。継母に、精神的苦痛を強いられるという、鷗外の長男於菟の境遇に近い、決して軽い小篇とは言えない、ある意味では問題作の一つと言うべき作品であるにかかわらず、ほとんど研究者たちに関心を持たれない作品である。従来から関連するものとしては、小島烏水「森鷗外と大下藤次郎―大下藤次郎三十三回忌の年に当りて」（昭18・2『書物展望』）と土居次義『水彩画家大下藤次郎』（昭56・7　美術出版社）、そして拙稿「『ながし』の考察」（平成1・3『森鷗外基層的論究』）の三稿ぐらいではあるまいか。『ながし』の作品論は、寡聞にして拙稿しか知らない。

荒筋は。藤次郎は、三頭の馬の世話を終ると湯に入った。体を洗っていると「背中を流しましようか」と言って女中が入ってきた。藤次郎は二十一歳、実の母は父巳之吉がおげんと親しくなったので家を出た。藤次郎十一歳のとき、父はおげんを妻にした。しばらく経って女中が、例の「湯ながし」のことで、おげんからきつく叱られているのを見た。藤次郎は別に女中に恋愛心はないが継母の嫉妬心に、口惜しい思いを持った。以後女中が、藤次郎の部屋に入ることは禁じられた。藤次郎は父に訴えた。父は放っておけという。藤次郎に同情する女中はおげんからみんなの前で責められた。一家ではそんな日がくり返され、藤次郎は哀しく腹立つことばかりであった。

鷗外は、この『ながし』の末尾に次の如き「付記」をしている。

　藤次郎は後に西洋画で一家を成した人である。此出来事のあつた明治二十三年の翌年から画の師匠を取つて、五六年のうちに世間に名を知られるやうになつたのである。巳之吉は此出来事があつてから三年目に亡くなつた。それから又三年立つて、おげんは自分の不身持に余儀なくせられて、藤次郎の家から身を引いた。藤次郎は画をかく外に文章も作った。その「濡衣《ぬれきぬ》」と題した感想文に此話の筋が書いてある。

　この「付記」で、鷗外は、『ながし』には『濡衣』という資料があったことを明らかにしている。つまり、藤次郎とは「後に西洋画で一家を成した」大下藤次郎のことである。藤次郎は、明治四十四年（一九一一）十月十日に病没した。鷗外は、簡単な「大下藤次郎年譜」を作成し、日記によると、大正元年十一月二十八日に、妻「春子に報ず」と書いている。「渡す」とは書いていない。この「年譜」によると、藤次郎は、明治三年（一八七〇）七月九日、東京本郷真砂町で生まれている。大下家は、元々は和泉国（大阪府南部）の出、父巳之吉は、明治の初め東京に出て大河内家に抱えられ、真砂町に荒蕪地を与えられ、其処を「修治」し、旅人宿、馬車問屋、陸軍馬匹用達などを兼ねて商をした。藤次郎は、巳之吉の三人目の妻いしの子で、姉が一人いた。このへんの家族関係は『ながし』に書かれている通り。藤次郎の十一歳の時、継母けん（『ながし』ではおげん）を家に入れている。藤次郎二十二歳で中丸精十郎の門に入り洋画を学ぶ。その二年後、父は死亡。二十五歳の時、黒田清輝と会見。二十六歳で原田直次郎に師事するに至る。そして、この年、明治二十八年（一八九五）十一月に、初めて森鷗外と会見した。十二月研精会に入る。二十九歳の三月、軍艦金剛に便乗、オーストラリアに行き、九月十七日に東京に帰る。その翌年四月、はると結婚、長男も生まれた。三十三歳の十月、欧米旅行に出る。サンフランシスコ、ボストン、ニューヨーク、デトロイトを経て、ロンドンへ、翌年四月、パリに渡るが、二日いてロンドンに戻り、七日にロンドンを発ち、六月二十四日に神戸に帰る。藤次郎は絵を描くことより、西欧の優れた絵を熱心にみて廻ったと伝えられている。この年、太平洋画会が創立され藤次郎は理事となる。三十六歳で雑誌『みづゑ』を刊行。この雑誌は現在も続いている。明治三十九年（一九〇六）一月、丸山晩霞らと日本水彩画会を興す、三十七歳であった。鷗外は「年譜」の末尾に「友人森林太郎稿」と書いている。大下藤次郎の水彩画は、ほとんどが風景画。一見すると淡白な印象を受けるが、凝視してみると、実に繊細、細密であり、色彩もあざやかであり、非凡なものがある。やはり、日本における明治中期の水彩画の先駆者といってよいだろう。

大下藤次郎が書いた「感想文」を鷗外は「濡衣」と漢字で表記しているが、実物は「ぬれきぬ」と平仮名で書いてある。明治二十四年頃の私家版である。また鷗外は「感想文」と書いているが、「ぬれきぬ」は、継母けんに精神的虐待を受けた痛切な「告白文」（以後「告白記」と書く）であり、「感想文」という言い方は、実態に即していない。

さて、『ながし』は、鷗外の現代小説の中に置いても、決して軽い作品とは思えない。将来画家になるほどの繊細な感受性の持主たる青年が、継母に虐られる陰微な心理が描かれた、この作品は、注目されてしかるべきなのに、放擲されてきた。

その理由を推察するに、二点が考えられる。

一点は、書かれた時期である。『興津弥五右衛門の遺書』が中央公論社に渡されたのが大正元年九月十八日、そして同年十一月十九日（火）の日記に「大下藤次郎が日記の取調べに着手す」とある。同年十一月二十二日（金）「朝大下春子文書を持ちて来訪す」とあり、十一月二十八日（木）に「大下藤次郎年譜を作り畢りて、春子に報ず」とある。そして、十一月二十九日（金）「阿部一族脱稾す」、同年十二月五日（木）「滝田哲太郎阿部一族の校正刷を持ちて来ぬ。」、十二月七日（土）に「ながしを草し畢りて博文館へ（略）」とある。大正二年三月九日（日）「佐橋甚五郎を艸し畢る」と書いている。これでみると、『興津』『阿部一族』『佐橋甚五郎』と、問題の歴史小説が続いて発表された中に、現代モノの『ながし』が挟まれた形になっている。しかも、『阿部一族』とほとんど同時平行的に書かれていることも解る。この時間帯の流れをみると、『ながし』が始動した歴史小説に流されて目立たないところに置かれた感は否めまい。

もう一つ考えられることは、資料『ぬれきぬ』のことである。『ながし』を考察しようとすれば、どうしても資料『ぬれきぬ』の参照が必要である。しかし、その所在は解らず、研究者が容易に手にすることが出来なかったということである。実は、この『ぬれきぬ』は藤次郎夫人の春子が筐底深く蔵していたが、昭和四十一年（一九七一）の秋、最も信頼していた土居次義氏（当時、京都工芸繊維大学教授。故人。）に託された。その後、私は縁あって、昭和五十六年（一九八一）にこの『ぬれきぬ』のコピーを、土居教授から直接手にする幸運を得たのである。『ながし』の研究をする人がいない大きな理由は、結局、大下家、土居家、そして私と、現在、資料『ぬれきぬ』は三冊しかないという状況に置かれていることにもあると思われる。(私の持するコピーはいずれ発表しようと思っている。)

この『告白記』の『ぬれきぬ』は、和紙(半紙判)に、変体仮名の繊細な草書体で書かれている。一行が約三十字前後で、各ページは約二十行。半紙判で六十七頁にわたり浄書してある。表紙も和紙で二箇所綴じてある。右肩に「明治庚寅晩秋」とあり、真中に「ぬれきぬ」、左下に「湖月橋」(藤次郎の若き日の号)とそれぞれ書かれている。

紙数の関係で、この資料『ぬれきぬ』全文の内容を紹介することは出来ない。従って『ぬれきぬ』に書かれた事柄その構成、筋の流れ等に番号をつけて紹介しておこう。

①表紙をめくると「序」文がある。「噫ぬれ衣、この事は人に語るべき事でない、箋に残して人に見すべき事ではない。(以下略)」

②最初のページに、表題「明治庚寅晩秋」とあり、この下方に「婦ぢ誌」とある。「婦ぢ」とは「藤」をあらわしているのか、つまり「藤次郎」が「記《しるす》」という意味か。一頁の冒頭に「明治二十三年、自分が二十一年の九月五日嗚呼この日は自分一身の伝記に特筆さるべき出来事のあった日である(以下略)」と書いてある。この手記文は、九月五日の「出来事」の原因を記すと述べている。

③女中おもとが、家に来た経緯、また継母けんの性格、自分への理不尽な干渉の例など。

④継母けんの疑惑が甚しいために父に「讒言《ざんげん》」されることを警戒、亡姉の夫、松本兄に手紙を出す。その手紙の全文。

⑤七月の初めから菩提寺の老僧が病気、死亡したために父母とも留守勝。女中たちも華やいでいたが、継母は奉公人たちを集め、譴責、特に藤次郎の部屋に女中が入ることを禁じた。

⑥八月三十一日、「自分」が風呂に入っているとき、おもとが入って来て背中をながしてくれる。

⑦藤次郎自身の辛い生活、境遇について縷々述べる。

⑧九月四日、遂に口惜しさの余り父に訴える。しかし、解決にならなかった。

⑨九月五日の朝、父母は女中たちを集め、藤次郎が可哀相といったおもとを責める。しかし、おもとの言った文脈を他の女中が誤って聞いていたことが解り、これは解決。しかし、継母の欺瞞にたまらず「自分」は、その場に出て、母の冷酷さを幾つか挙げて父に訴えるが、父は結局相手にしない。もう一つ。数年前、家で金銭が紛失したとき、父は「自分」を疑った。「自分」は無実であり、口惜しさをこらえてきた。この場でそれを言おうとしたが、結局言わなかった。

⑩夜八時過ぎに松本兄と安兄二人が部屋に来る。父母への不満を「自分」は述べ、辛い境遇に堪られないことを訴えるが、松本兄の忠告もあり、「自分」が感情的になり過ぎたことも認め、詫びることにした。母も別に疑っていないといったので、「自分」も詫びた。

⑪以後、ひとまず「大波瀾」は収まった。しかし「自分」は体の不調で二十日程床についた。継母の態度も多少変ったが、女中たちが、「自分」の部屋に近づかないことは変わらない。「ぬれ衣」も今のところ生かわきのままである。

以上、『ぬれきぬ』には章立はないが、一応内容の事象展開を十一の部分に分けてみた。「大波瀾」というのは、継母けんと藤次郎は互いに不信感をもちつつ争いが絶えず、ある日、藤次郎の入浴中、おもとが背中を流したことから、藤次郎とおもとの仲が疑われ、そこから藤次郎への同情の問題が生じ、数日間、家の中がもめたことを指している。こうした出来事を、この『ぬれきぬ』は記録しておこうとして書かれたものである。

次に、この資料『ぬれきぬ』を使って鷗外は『ながし』をどのように小説化したかを考えてみる。

小説の表題が示しているように、『ぬれきぬ』では、一つの事件でしかなかった「湯ながし」が、この小説『ながし』では事件の核心として設定され、これを契機として「大波瀾」を惹起するという構造になっている。つまり、『ぬれきぬ』は、継母に精神的虐待を受けた純朴で繊細な青年が痛く傷つき、それを「告白」するという形体になっているが、『ながし』は、藤次郎が入浴中、そこに入った女中おもとが、いかにも艶のあるセリフを述べながら男の背中を流し、それによって継母おげんが、おもとを叱責し、藤次郎を精神的に追いつめていくという、まことに隠微で、艶も、色もあるといった情念的な作品になっているということである。

『ぬれきぬ』に書かれていながら『ながし』で「削除」された箇所は次の如くである。（前ページで述べた『ぬれきぬ』の十一の区分の番号で示している。）

①序文。②本文冒頭の主題説明。③藤次郎のおもとへの恋情。④松本兄に出した藤次郎の手紙全文と、松本兄の返信全文。⑦過酷で「家の奴隷」的な境遇に対する切々たる哀訴。⑦⑨にもみられるが父親の「冷酷」さ、それに「金員紛失事件」にみせた父親の藤次郎に対する非道さ。

鷗外が①②④を削除したのは小説作品の構成上当然のこと。冗漫を嫌う鷗外の筆法である。ただ⑦の極端なまでの苛酷な日常性を『ながし』でいささか削減したのは、⑨の横暴、非道な父親像を『ながし』で払拭したのと同じく、継母けんをあくまで主役たらしめ、それに拮抗する程のある勁さを備えた継息藤次郎という構図が必要であったからだと思われる。

『ながし』の企図は、あくまでも色情的な妬心で接してくる継母と、その被害者たる藤次郎という対立図式に醸される隠微な人間関係への関心にあり、『告白記』にある藤次郎の欲求不満的な性格悲劇の問題ではなかった。

また鷗外が『ながし』で特別に創り加えたのは次のことであった。一つは、おげん（けん）の容貌描写である。あの『半日』の美貌の奥さんを思わせる「目の縁がとき色に匂つて」という描写が、おげんの艶な表情を伝えてよく効いている。また、『ぬれきぬ』で目立った過酷、横暴な父親像が『ながし』では改変され、「大切な父の愛」「唯一人の大切な父」というふうに藤次郎と緊密な紐帯《ちゅうたい》で結ばれたものとなっている。これは鷗外の肉親に対する哲学のあらわれである。この小説の圧巻はなんと言っても〝湯ながし〟の場面である。『ぬれきぬ』では平凡な場面⑥でしかなかったものが、『ながし』では甘さと痛さを含んだきわめて官能的に重層した心理描写となっている。鷗外の見事な手腕と言えよう。

鷗外は『ながし』を書くに際し『ぬれきぬ』が持っていた藤次郎個人の直情的で欲求不満に充ちた世界を改変し、広がりのある幾多の事象を取捨整理し、ほぼ起承転結を思わせる五つの章に構成し直し、鋭敏な感受性に変え、家庭深刻小説に仕上げている。

この「湯ながし」事件を小説の中核的事象としたのは、この事件が、継母おげんの執拗なまでの嫉妬心を象徴的に示しているからである。さらに鷗外が意図したことは、こうした継母の陰湿な心性によって、いかに藤次郎が傷つき、家庭が騒擾《そうじょう》の渦に巻きこまれていくかという家庭的葛藤にあった。『ぬれきぬ』では藤次郎にとって加害者は複数であり、藤次郎自身も継児としての悲劇的資質を内在していた。そういう意味では、継母けんが必ずしも主役ではなかった。それに比し、『ながし』では、継母おげんが、主役なのである。そして横暴な父親像は削がれ、『ながし』の父親は脇役的存在者になっている。『ながし』は、継母と継児という宿命的位相を軸に展開される家庭的葛藤に鷗外の眼が凝らされていたと言える。

次に、資料『ぬれきぬ』⑥の「湯ながし」の場面が、小説『ながし』ではどのように創り変えられているかをみてみよう。まず『ぬれきぬ』では次のように書いている。

八月三十一日　四時頃でもあつたらふ自分は独りで風呂にはいつてゐたが思はず二月程前に番頭に背を洗はしたきりであつて常からきたなくしておくのがきらひであるから今日も気になつてたまらず背中へ手をやつて見ると垢がよれてくるそれゆへ手拭で手を上げたりさげたりこすつてみたが思ふやうにゆかず　はがゆく思つてゐる処へおもとが来た　今は何も用がありませぬから一寸流しませうといふ　平常のいましめを忘れたといふのではないが何かともどかしく思つてゐるときゆへつひ頼んで洗つてもらつた（『ぬれきぬ』にはすべて句

読点がない)。

『ながし』ではどのような描写になっているか。

八月三十日の事である。(略) 藤次郎は湯殿に這入つた。(略) 三日前に町の湯へ往つて、ざつと番頭に流して貰つた切りである。(略) もとは湯殿をのぞいた。そして小声で、「流しませうか」と云つた。藤次郎はちよつとためらつた。「今はなんにも用がないのですもの、それに分かりやしませんわ。」かう云ひながら、もう裾をまくつて湯殿へ這入つて来た。此女との中を、なんの理由もなく継母に彼此云はれてゐる藤次郎は、ことわらうかと思つてゐるうちに、女はすばやく側へ来たので、思案する遑もなく、手拭を女の手に渡した。「分かりやしませんわ」と云つて、もとが目で笑つた時、藤次郎はこれでは此女と或る秘密を共有するやうになると思つて、不本意なやうにも感じたが、それと同時にその共有に一種の甘みのあるのを味つて、此位の甘みを味ふのは罪悪でもあるまいと判断した。それに意地悪く自分ともとの間を見張つてゐる継母に反抗する快さが心のずつと奥で、微かに動いた。

　細かいところでは、「八月三十一日」が「八月三十日」に、番頭に背中を洗ってもらったのが、「二月程前」が「三日前」にそれぞれ変更されている。「二月程前」が事実としても、いささか不自然の感は否めまい、鷗外がそこに配慮したと思われる。問題は、おもとの挙措である。『ぬれきぬ』では、風呂場の前を通りかかったおもとが、ちょいと気をきかせて、「一寸流しませう」と、自然に入ってきたような、日常的な書き方になっている。藤次郎の拘りも「平常のいましめを忘れたといふのではないが(略)つひ頼んで洗つてもらつた」と簡単に書いている。ところが『ながし』になると、おもとの挙措も大きく変り、藤次郎の心理描写も、継母への反抗心から生じる甘味のある複雑なものになっている。ここに、この作品の表題を『ながし』とし、小説としての味を創り出そうとする試みを感じる。

　『ぬれきぬ』で、女中おもとが言った「今は何も用がありませぬから一寸流しませう」という何の変哲もない日常的な言葉が、『ながし』では、「今はなんにも用がないのですもの、それに分かりやしませんわ」という妙に艶のある言に変質する。「分かりやしませんわ」の一言は、『ぬれきぬ』の乾いた言にない、なまめかしい奥ゆきのある世界を創出している。「裾をまくつて」という、いささか肉感的な描写も利いて『ぬれきぬ』では素朴な少女にしか過ぎなかったおもとのおんなとしての性《さが》が微妙に息づくことになる。これは『雁』のお玉にも似通う清潔なエロチシズムとも言えようが、他の鷗外作品にみられない下町的な、しかも洗練された艶のある情緒的な描写になっている。そして、この「分かりやしませんわ」という言が、藤次郎にかつてない複雑な心理を喚起し、継母おげんの存在をも包み込んだ、陰微で独特な空間を醸成することに成功している。

　特に藤次郎の心理描写には感嘆せざるを得ない。資料の「平常のいましめを忘れたといふのではないが」という片々たる、些少な心の動きを、『ながし』では複雑で重層した心理に創り出している。此女と「秘密を共有する」「一種の甘みのある」心理がともなう「罪悪」感、そして、「継母に反抗する快さ」まで心理をふくらませている。この心理描写によって、藤次郎に骨太で、したたかな人格が付与された。『ぬれきぬ』では軟質で繊細であった藤次郎が、一筋縄ではいかない継母おげんに拮抗し得る藤次郎に生まれ変っているといってよい。

鷗外は、藤次郎の継児としての神経症的精神構造をはじめとして、『ぬれきぬ』の中で重要な意味を担っていた事象を削ぎ、『ながし』では、継母と継児の確執を際立たせ、そこに収斂せしめた感が強い。

『ながし』では、喪失された父親が復権されたために、むしろ性格的欠陥のある継母が焦点的に際立ってくる。その継母と藤次郎との葛藤を軸に、そこから反照されて起こる人間の心理を捉えようとしたものとみえる。

鷗外が、本格的な歴史小説として最も念を入れて書いたと思われる『阿部一族』と平行しながら、なぜ現代モノである『ながし』を執筆したのか。その理由は不明である。しかし、一つ考えられることは、当時の鷗外の家庭と若き日の大下藤次郎のそれとの相似性である。

巳之吉（五十六歳）と、鷗外（四十一歳）が再婚したときの年齢は多少の違いがあるが、後添えとして入ったけん（二十八歳位）と志げ（二十三歳）の年齢の差は余りなく、藤次郎（十一歳）と於菟（十二歳）に至ってはほとんど同年齢であったという事実は見逃すわけにはいくまい。そして、けんと藤次郎、志げと於菟との人間関係の相似は鷗外を震撼せしめたのではあるまいか。この継母と継息という関係の中核的心情は、妬心と悲哀感（屈辱感）にあったと思える。

この両家の様相を比べた場合、むろん異なる面が多いことは誰しも認めるだろう。しかし、あの『半日』前後にみたような、継母でもある志げをめぐる森家の絶望的雰囲気に、時間的差異はあっても、共通する空気があったことも、また事実である。鷗外が日露戦争に征くとき、志げが於菟に対し、「正当ナル理由ナクシテ絶テ之ト言ヲ交ヘズ」と遺書に書いたことを再び想起する。於菟は、このとき十四歳であった。おげんと藤次郎程ではなくとも、継母志げが「絶テ之ト言ヲ交ヘズ」となれば、於菟にも少年ながら精神的苦痛は当然あったであろう。鷗外が、親しかった大下藤次郎に『ぬれきぬ』を見せられたとき、於菟の少年時代が藤次郎のそれと重なり、執筆への一つの因になったことも考えられる。

鷗外は大下藤次郎の哀訴を刻んだ『ぬれきぬ』の中に、於菟と同質な〈生〉の閲歴を実感した。しかしことは於菟だけではない。於菟は、父鷗外が、森家の中に強固に根を据えていた母峰子と妻志げとの凄絶な葛藤の間に立って、絶えず苦渋を強いられたことを『父親としての森鷗外』（昭44　筑摩書房）に書いている。「母と妻との間に立ち、日夜、言語挙動の末まで気をつかわねばならなかった事は皮肉とはいいきれぬ不幸でもあった」。「親を立て、異常な神経に走る妻をなだめて融和せしめようと不断の酬いられぬ苦心を払いつづけた」。またさらに於菟は書く。「両方に気を配り融和につとめながら師団軍医部にまた医務局に、山積する事務をさばき経論を行い、他方文芸上の創作をし芸術論を闘わし、一世の若い人々を指導していた父の精力に驚嘆すると同時に、実に気の毒な人であったと思う」。

このように、於菟は鷗外が家庭内における苦悩多きバランサーであったことを同工異曲に述べている。「異常な神経に走る妻」、鷗外の母としての矜持に生きる姑峰子との対立、この間に立って「日夜、言語挙動の末まで気をつかわねばならなかった」鷗外。家庭内に拮抗して在る二つの激しい情念。鷗外はこの動きに絶えず眼を凝らし、その葛藤の中和剤たらねばならなかった。この苦渋は鷗外の〈生〉の中でも最も大きな比重を占めることになる。しかし、こうした家庭的苦渋の中におかれたことが鷗外を一層深味のある創造精神に駆りたてたことも事実である。『ながし』は、かような鷗外の〈生〉の軌跡を間接的に顕現した作品であったと言える。

『女がた』

『女がた』は、大正二年十月、『三越』に発表された。この作品は、年寄ながら、女好きな富豪にいっぱい喰わす喜劇となっている。

《ある冬日和。温泉宿の離座敷。三人の男俳優たちが、急に部屋を変ることになる。主人によると、この離れを使う例の富豪が今夕、急にくることになったから、他の部屋に移動して欲しいとのこと。このとき、主人が、その富豪が泊まると、必ず女中に手を出すので、後始末に困っていると告げる。男優の高岡が蓮田に「お得意の女方」で接近してみたらどうかともちかける。主人は大賛成。蓮田は何も研究のためだ、やってみようと乗気。そこで衣裳を女中が用意することになる。

蓮田の用意も整い、この女方は親類の娘が手伝に来ていることにする。蓮田は、男、女と声を使い分けて囲りと話をしている。いよいよ富豪古川澪造が、旅館に到着。おかみが迎える。蓮田をちらとみて見掛けたことのない好い子ですな、と古川が言う。蓮田はお蓮と名告り十七歳だと偽る。夜になり、古川は離れに寝る女中を要求、お蓮が志願する。古川は早速横になり、少し脚を敲くように言う。もう一人の男優小川が、様子を窺っている。そのとき、古川の「怪しからん」という大声。主人に向って、蓮は嬭《ちち》がない、どういうわけだ、しかも胸毛が一面生えていると迫まる。小川が出てきて、わたしは、この女の親戚のものと言い、へえ、いつ生えましたやら、と、からかい気味。古川、大いに怒り、すぐ勘定、車一台雇ってくれと言う。主人、恐れ入ります。さらに小川は、なる丈媚をふくらますように申し付けますがと。古川、お黙りなさいと去る。》

鷗外には余りみられない、一種のドタバタ喜劇になっている。筋書もなかなか考えている。女好きな老人をやっつけ、女中を助けようとする、男優の女装、そのしぐさ、これを舞台で観れば、結構楽しめるのではないか。こんな内容の劇を十歳の茉莉を連れて、母と妻が「帝劇」に観劇に行っているのも、興味深い。

『天寵』

『天寵』は、大正四年四月、『アルス』に発表された。

《ある美術展の審査員をしている「私」のところへ、審査結果が発表された晩、落選したアカデミィーのMという青年が訪ねてきて、落選理由を聞いた。

その前に「私」は、君はどう思ってあの絵を書いたのか、と聞いた。M君は「頭が一ぱいになつて、早く外にさらけ出したくなる」という「内の原因」と経済という「外の原因」を語った。「私」は、「君の絵は物足らぬものを抱いた」と述べた。半年経て、M君が二枚の絵をもって来た。父の死で限られた学費に困り、竹見という文房具屋に救けられアカデミィーにも通ったが、やはり両立は駄目だった。そこでアカデミィーのW先生に五円の援助を得ることになった。そのための労はそこに住み込み期日をきめ、店からW先生に薔薇を届けることであった。新たに下宿も代った。額縁を竹見に買ってもらい、それでモデルをやとい、裸婦二枚を書いた、といって、その絵を「私」にみせた。どちらも去年のような「模糊たる人物」像ではなかった。「私」は、世話をしてくれた二人のような人が、またあると思っているかと尋ねた。M君は、自己の境遇が意外な「éclairage」を受けたのに驚いたらしく目を睜った。》

この小篇は、北原白秋主宰の『アルス』の創刊号に書いた。

この小篇には二つの問題点がある。

一つは芸術家の資質である。「私」が、絵を描く動機を聞くと、M君は「頭が一ぱいになつて早くそれを外へさらけ出してしまひたくなる」と答えている。芸術家の資質の第一は、このどう仕様もない、内発的な衝動性である。この小篇の中で「一種の内部からの圧迫」「強烈な制作欲」「内部からは制作欲が自分を責めて」と、同じような言辞がくり返されている。「私」は、M君の中に、まずこの芸術家としての資質をみたといってよい。

もう一つは、〈天寵〉である。「天からの恵み」であり、あるいは「天子のいつくしみ」のことである。若き日の芸術活動は、恵みが必要。M君には二人の恵みがあった。しかし、この二人は単なる親切者ではなく、M君の画家としての資質をみて援助に踏み切ったものとみえる。

鷗外が、やはり言いたいのは、芸術家として生きるためには、「内の原因」と「外の原因」が一体をなしたとき、成就出来ると言うことである。このM君は、実在の宮芳平である。この宮のことは鷗外の日記（大3・10・12）をみれば解る。『ながし』では、水彩画家として大を成した大下藤次郎の若き日の家庭的苦悩を描いたが、『天寵』は、創作と経済（生活）の苦渋を書いた。この作品は、これから文学なり絵画なりを目指す若い芸術志望者のために、『アルス』の創刊号に書いたとも考えられる。

『二人の友』　『二人の友』は、大正四年六月、『アルス』に発表された。

《「私」が小倉に転勤になって約四カ月後、十月の或る日、F君が訪ねて来た。「私」と同じ石見人、ドイツ語をさらに勉強したく教えを乞いたいと言う。ドイツ語の原書を与えて訳させると、難なく訳したので驚く。「私」への「従学」希望者で、こんな「造詣」がある人は珍らしい、「私」は受け入れ、宿屋と、少し金銭的な面倒もみることにした。F君は毎日のように来た。一緒に散歩もする。交遊が深まる中で、「君が殆ど異性に関する知識を有せぬことを発見した」。「私」は今でも「君に欺かれたとは信ぜぬ」。F君はしばらくして山口高校に転じた。その翌年、「私」は東京に帰った。そのとき、交流のあった若い僧安国寺さんが、後からやってきて、拙宅の前の下宿屋に入った、その僧にドイツ語を教え、「私」は唯識論を習った。やがてF君も上京、僧と同じ下宿に入り、そのうち一高に聘せられた。日露戦争で「私」が出征したため、僧は九州に帰った。それから四、五年してF君は亡くなった。》

この小篇は小説というより、ほとんどエッセイである。小倉で知り合った二人の青年、F君は福間博、僧は玉水俊虠である。ほとんど、事実のまま書いたとみてよかろう。福間は、明治八年（一八七五）島根県安濃郡で生まれ、明治二十五年に東京に出て独逸語学校で学び、二十九年三月から三十一年六月まで、東京帝大教師、ドクトルカルルフロオレンツに独逸語を学んでいる。小倉の鷗外のところに来て以後、山口高校、第一高校と教授を勤め、四十五年二月三日に死んだ。三十七歳であった。玉水俊虠は慶応二年（一八六六）、豊前、行事町で生まれ、十二年に得度、二十五年東京曹洞宗大学林、二十八年京都大谷大学をそれぞれ卒業。三十二年三月、曹洞宗大学林教授となるが、翌年小倉に帰り、東禅寺に入る。安国寺堂守を兼ね、安国寺の興建に尽し、三十三年十二月に正式に安国寺に入った。大正四年（一九一五）九月死去。五十一歳だった。二人とも、東京に戻った鷗外を慕って上京、観潮楼の傍に住んだが、鷗外が日露の戦場に征たとき、二人との交流は事実上終ったようである。

この『二人の友』を読むと、福間博について一つの謎が残る。鷗外は、この小篇の中で、「私は君の「童貞」を発見した」

「君が殆ど異性に関する知識を有せぬことを発見した」「君は性欲を制してゐる」等、「異性」や「性」にかかわる福間のストイックな面を鷗外が意図的に強調していることである。しかも、「私は今でも君に欺かれたとは信んぜない」と、表現個所は違うが、この言葉を二回もくり返していることである。具体的でないので読者にとっては、この言辞の意味することが、実は不可解なのである。この「欺かれた」云々の意味を解明した論に、従来から接していない。ところが、『母の日記』の福間博に関する項を参照すると、その謎が解けるように思える。

『母の日記』の明治三十九年の項に福間について次の記述がある。

2／6「けふは福間博、陸軍学校に兼任致し度とて其ことを頼に来る。同人は身上の事にて不都合あり。其事等話て長く居る」。2／9「きのふ、不在中に福間来りたる由、今承り直に林太郎よりのことづけを申遣す」。2／19「午後、福間来て（略）昨年細君をかへし、今の細君を迎（向）へたる事にて、（略）この前山口に居〈り〉候頃よりの不都合をならべたて」。

9／24「安国寺玉水来りて長く話〈す〉。福間君が国に細君が有乍東京にて度々とりかへて妻をもらひ、訳も無きに離別して不都合をする事等、実に驚く」。

母峰子は、頻繁に観潮楼に出入りする福間については、かなりの接点があったとみる。峰子は福間のことを「身上の事にて不都合あり」と書く。どうやら再三、妻を換えていたらしい。特に安国寺の言は重大である。「国に細君が有乍ら東京にて度々とりかへて妻をもらい、訳も無きに離別」するという行為。これは明らかに結婚詐欺であり悪質である。当然、鷗外は母から聞いていたはず。『二人の友』の中で、くり返される「異性」や「性」に関する言葉や「欺かれたとは信んぜない」という福間擁護は、これらの事件を意識していたものとみてよかろう。それにしても、母や安国寺の言が虚構とは思えない。もし事実であったとすれば、鷗外の『二人の友』は何を意味するのか、鷗外はなんとしても福間を復権しておきたかったのであろうか。そうであるとすれば、いくら福間が友人であったとしても、公正さを失することにならないか。気になるところである。

芥川龍之介は、一高時代に福間博にドイツ語を習っている。芥川にも「二人の友」（大15・2『梍欖樹』）という題の短篇がある。むろん鷗外の題名を「借用」したものである。芥川は、この小篇の中で、福間は背が低く、金縁目鏡をかけ、口髭を蓄えていたと書いている。鷗外の書いた、ストイックな人物と異なり、ややキザな表情が浮かんでくる。しかし、芥川によると、諧謔を好む教師で「僕等」は「或る親しみを抱いてゐた」と書いている。

福間の葬儀の日、鷗外の日記は、「晴」と書いているが、芥川は「曇つた冬の日」と異なっている。導師は安国寺であった。鷗外は、「於菟を遣る」と本人は出席していないが、芥川は、今戸の寺に出席、「その最中に糠雨の降り出した」とも書いている。

【余興】『余興』は、大正四年八月、『アルス』に発表された。

《同郷人の懇親会に久し振りに出た。柳橋の亀清である。宴会の前に、「赤穂義士討入」の題目で、辟邪軒秋水という浪界の泰斗の浪花節を聞くはめになった。浪花節に「信仰」のない私には、長い長い時間であった。やっと終り、「私は此時鎖を断たれた囚人の観喜を以て、共に拍手した」。隣の広間で宴会が始った。末座にいる私の前に、若い芸者が来て、猪口を出し、「面白かつたでせう」と言った。「大人が小児に物を言ふやうな口吻である。美しい目は軽侮、憐憫、嘲罵、翻弄と云ふやうな、あらゆる感情を湛へて、異様に赫いてゐる。私は覚えず猪口を持つた手を引つ込めた。私の自尊心が余り甚だしく傷つけられた（略）。」しかし、私は自省する。次のように考えた。》

まあ、己はなんと云ふ未錬な、いく地のない人間だらう。今己と相対してゐるのは何者だ。あの白粉の仮面の背後に潜む小さい霊が、己を浪花節の愛好者だと思つたのがどうしたと云ふのだ。さう思ふなら、さう思はせて置くが好いではないか。（略）己は幼稚だ。己にはなんの修養もない。己はあの床の間の前にすわつて、愉快に酒を飲んでゐる、真率な、無邪気な、そして公々然と其の愛する所のものを愛し、知行一致の境界に住してゐる人には、迥《はるか》に劣つてゐる。己は此の己に酌をしてくれる芸者にも劣つてゐる。

この小篇も、エッセーといってよい。大正四年七月二十五日に、この原稿を北原白秋に渡している。余興の場面描写が、この小篇の主でないことは誰しも解る。問題は要するに右に引用した文章である。

自分が好みでない、否、嫌悪していたのかも知れぬ、その浪花節を聞かされ、やっと解放されたとき、若い芸者に、「面白かつたでせう」と言われた。普通の人間ならば、何ら問題のない言葉である。しかし「私」はその芸者の目に「軽侮、憐憫、嘲罵、翻弄」をみてしまっている。これは普通からみれば、やはり異常である。この目の中に列記された心情は、芸者のものというより「私」の心情であり、意識である。かような花街に生きる芸者たちは、むしろ偉い浪曲師の浪花節を聞くことは喜びなのである。だから「面白かつたでせう」は素直な気持の発露とみてよい。それが解っているために「私」もすぐ自分の「未錬」がましい狭量に気がついたわけである。高級官僚としてしかも著名な文人として生きて来た鷗外は、常に相手の態度、あるいは扱いに留意しなければならなかったはずである。頭の中にいわゆる目にみえない「序列」がある。この意識に過剰になるとどこに入っても不愉快がつきまとう。この意識は、エリートで生きてきた鷗外には、若い時から始まっていたとみてよい。明治四十二年十二月の『新潮』に発表した、例の『予が立場』と、この『余興』は、繋っているとみたい。『予が立場』では、己の文学的序列に対して、平静を装い恬淡と生きるという心境を書いている。

田山花袋、正宗白鳥、島崎藤村ら自然主義作家の名前を出し、彼等が「私より旨くて一向差支がないやうに感じてゐます」とも書いている。

『余興』で言う「さう思はせて置くが好いではないか」という自己調整の精神と、『予が立場』でいう「人の上座に据ゑられたつて困りもしないが、下座に据ゑられたつて困りもしません」という意識とは全く同じ心境である。

鷗外は、他に比しいささか優れているが故に、どうしても意識が高くなる、意識が過剰になる。これは本人にとっては辛いことになる。平静な意識、心境を保ちたい、これは鷗外の生涯に絶えずあったと思われる。何気ない、この小篇の中にも年齢が二、三十歳の頃より、否十年前より、かなり精神的な成長がみられることである。単に元気で論戦することよりも、これから晩年をいかに生きるべきかを相当真剣に考え始めている。この小篇にも精神的な自省がみられるのはそのためである。

〖本家分家〗

『本家分家』は、大正四年八月脱稿、発表は昭和十二年三月。

《吉川博士の弟俊次郎が亡くなった後、その財産の保管等について、噂になっていた。この問題を題材にして、著名な文人が読者の多いある雑誌に書いた。博士は黙していることが出来なくなり、不愉快に思いながらこの問題を書くことにした。

その雑誌で公にされたのは次のようなことである。吉川家には三人の男子があったが、長男が博士で、俊次郎は次男、三男は参治である。俊次郎が死んで未亡人美津子が残った。三男に分家をさせて美津子と再婚させようとしたが、美津子は拒んだ。それを理由として俊次郎の遺産を美津子に渡さずにいる。美津子は、俊次郎の生命保険三千円と衣類小道具、盆栽をもらっただけである。

吉川家は、中国の或る藩の侍医であった。吉川家は気位が高く、立身出世の志向があった。十一歳で博士は上京、ドイツ語の学校に通った。吉川家は曽祖父の代から無財産になった。博士が十六歳のとき、父は千住に出来た区医出張所を管理するところとなった。そして南足立郡の郡医となったが、月三十五円にしかならなかった。しかし、段々父も人気が出て、多くの患者が寄って、貯金も、二倍、三倍となっていった。遂に四千円にもなった。弟俊次郎も医者になり、二十九歳で美津子と結婚、南鞘町で開業した。その弟が四十二歳で亡くなった。俊次郎は一万円はためていたようだ。博士は、美津子を分家の遺産相続人にはしたくなかった。

俊次郎が亡くなった二月三日、親族会を開いた。結論は博士が考えた通りになった。》

この小篇は、鷗外の弟篤次郎の死にかかわる財産の問題を、著名な文人が、発行部数の多い雑誌に書いたことに対する、小説というより一種の反駁文である。とても小説とは言えまい。ここでいう「文人」とは、近松秋江であり、著作名は「再婚」で、大正四年（一九一四）八月号の『中央公論』に発表されたものである。『本家分家』の登場人物は、秋江の「再婚」の人物名をそのまま使っている。しかし、この『本家分家』は、鷗外生存中篋底に蔵され、発表されなかった。この小篇は大正四年八月十八日に「艸し畢る」と日記にある。秋江の「再婚」を読んで、間もなく書かれたことが解るが、すぐ発表しなかったのは、いささか感情に走って書いたことが、後で判断されたのではないか。

森於菟はこの小篇について、父は「その後の分家の跡仕末を、半ば小説体にノートに書き、「本家分家」と題し発表せずに置いたが、死後遺稿整理の際に見出されたのを私達が編集者の同意により全集の創作小説の中に収めた」（『父親としての森鷗外』）と書いている。この作品は昭和十二年の全集に収められた。それにしても篤次郎の妻久子を、三男の潤三郎と再婚させようとしたのは鷗外の考えか、母峰子の判断か、正確には解らぬが、随分、勝手な処置を考えたものである。潤三郎は三十歳、久子は三十一歳であった。今と違い、女性が歳上というのは、当時はやはり常識的ではなかった。その上、篤次郎は東京大学の医学部を出た開業医であり、また歌舞伎研究者としても著名であった。当時潤三郎は早大は出ていたが、京都の一図書館の職員であった。とうてい久子が同意するはずのものではなかった。『本家分家』では、美津子（久子）がそれを拒んだために、俊次郎の遺産を渡さずにいると書いている。これも一方的に過ぎまいか。鷗外がこの小篇を発表せずにいたのも解る気がする。鷗外は、好意的にみれば、久子をまだ若い間になんとか再婚させようと考えたのかも知れぬが、実は、幸田露伴にも話をもちかけている。露伴の言を小林勇が伝えている。

（略）三木が死んでから、子供がないのだから、森の方で返してしまいたいと思っていた。本来なら、森があとをちゃんと見てやるべきだがそうしない。ところへわたしの家内が死んだので、わたしにその女を貰わぬかといって来た。（略）三木とわたしは親友とまではゆかぬとしても友だちだ。その友だちの細君をもらう気はしないのでことわってしまった。これが森がわたしを面白く思わぬ一つの原因になった。（小林勇『蝸牛庵訪問記』）

「三木」（竹二）とは、篤次郎のペンネームである。鷗外の身勝手さに、露伴は大いに憤慨していることが解る。

8　皇室にかかわる二題

『盛儀私記』

『盛儀私記』は、大正四年十一月十二日から二十二日まで『東京日日新聞』に連載された。

大正四年十一月十日、京都御所紫宸殿において、大正天皇の即位の大礼が挙行された。このとき百二十三代大正天皇は三十七歳であった。先帝の大喪明けの前年、秋に行われる予定であったが、昭憲皇太后の大喪が入ったので延期されていた。当日、午前十時四十二分より賢所大前の儀が行われ、次々と伝統の式次第が進み、神器の伝承と、皇位の継承を皇祖に告げられたのが午前十一時六分である。午後から紫宸殿に移り、高御座に就かれた天皇は、皇位に就いたことを臣民に告げる勅語を朗読され、大隈重信首相が寿詞を奏上し、万歳を三唱、三時三十分に、すべて終了した。

鷗外は、この「即位の大礼」に列する栄に浴した。この頃、すでに『渋江抽斎』への意欲に燃え、その息子たる渋江保としきりに連絡をとり合っていたが、約十日余を中断し、京都に赴いた。十一月十八日に東京に帰り、翌十九日に、この『盛儀私記』を書いている。出来るだけ、記憶が生々しい間に執筆するべき、と考えたと思われる。これは中々の長文で、大正天皇の即位の礼を精細に記録した貴重なものである。例の鷗外の貪婪な観察意欲の結果であるといってよい。

この時、鷗外は京都宿泊時の例外として俵屋に宿せず、当時、京都府立図書館に勤務していた弟潤三郎宅に九日間滞在した。「参列員」に割りあてられる宿舎を辞退し、弟宅に宿したことが結果的に理に適っていた。この弟宅、「出町橋東三丁目」は御所にも至近距離にあり、万事好都合であったはず。西園寺公別邸の竹垣の塀に面していたあたりということで過日確認に赴いたが、その場所はほぼ推測出来ても確定は無理であった。西園寺公別邸の塀は、石のブロックに変ったが、他は昔のままのようである。

『盛儀私記』を読むと、一般の人の目に触れることはまずない大礼の儀の詳細を「広く人に分たむ」という鷗外の文筆者としての自覚をみることが出来る。

それにしても鷗外の記憶力と観察力には驚かざるを得ない。例えば、大礼の第一日目、十日、鷗外は午前五時起床。六時三十分には人力車で御所に入っている。鷗外が所定の座に就いて観たものは次のようなものであった。

> 座より見ゆる巻纓緌の冠に闕腋の袍を着、挂甲に肩当を被、前列なるは平胡籙、後列なるは壺胡籙を負へる人々なり。其他櫜にしたる刀、弓などを持てる人々も纔に見ゆ。献饌の間奏楽あり。主上は帛御袍にて拝礼せさせ給ふ。

どうしてこれだけ精細に再現出来るのか。そして特殊な漢字、鷗外の緻密な復元力を思わぬわけにいかぬ。

京都全市の寺院が鐘を打ち、「諸工場」が「汽笛」を鳴らしたという臨場感溢るる記述もある。大礼にともなう「大饗宴」が二条城で二日間催されたことも余り知られておらず、詳細にその状況を録している鷗外のこの「私記」は稀有なものであろう。この『盛儀私記』は、日本独特の儀典たる「即位の大礼」を明晰な記憶力をもって格調高い文体で書いたものであり、日本文化史の資料としても貴重なものである。

『応制の詩』(大4・5・14)

大正四年五月十四日の鷗外の日記に次のような文がある。

「(略)二人の友を書き畢りて北原隆吉に送寄す。応制の詩を書す」と。『二人の友』と同日に書き上げた「応制の詩」とは何なのか。実は、同月三日の日記に「(略)宮内省侍医寮に往く。主上岡大臣をして勅命を伝へしめ給ふ。詩を献ぜよとなり。(略)」と書いている。詩を「献ぜよ」と主上から命じられ、十一日経ったこの十四日にその詩を完成したということである。

翌十五日の日記に「応制の詩を書して献じまつる。午後主上を東京停車場に迎へまつる」とある。そう言えば、去る十三日に「朝主上を東京停車場に送りまつる」と書いていた。別邸にでも行かれたのか定かではない。この日記でみると、主上が帰京される当日、恐らく午前中に宮内省に「応制の詩」を提出したのであろう。

大正天皇は、漢詩をよく好まれたと言われているが、それにしても天皇から漢詩を所望された〝臣林太郎〟は喜びとともに恐懼したに違いない。「臣林太郎印」を作っている間にも、「又御催促」があった。このとき、天皇はまだ即位式の前である。鷗外は常磐会(十五日、夕方、賀古邸)に出席したとき、「自慢ラシク聞カレテハ不快ト存ジ差控候」と、賀古への手紙に書きメンバーの嫉妬を受けることを警戒している。

「応制の詩」とは、要するに、天皇の「勅命」によって作られる詩のことである。この「応制の詩」を天皇から乞われることは、まことに名誉であることは言うまでもない。抑制した日記文の中に、鷗外の心の耀きが伝わってくるようである。

大正天皇に献ぜられたその「漢詩」を次にみてみよう。

欲頌休明徳
深羞藻思虚
陽煕加卉木
風化及禽魚
日麗宮花発
春催宮柳舒
聖恩酬未得
奈此髩毛疎
　　大正乙卯春日
　　　臣林太郎恭賦

休明の徳を頌えんと欲し
深く藻思の虚なるを羞ず
陽煕は卉木に加え
風化は禽魚に及ぶ
日麗かに宮花発《ひら》き
春催して宮柳舒《のびやか》なり
聖恩に酬ゆること未だ得ず
此髩毛の疎なるを奈にせん

天皇さまの大いなる御徳を頌えたいと存じますが、いざ詩を作ろうとすると詩才の乏しいことを切に感じます。天皇さまの御徳は太陽のように草木にそそがれ、そのご感化は総ての動物たちに及んでおります。日は麗に宮苑の花は咲きほこり、春はたけなわ、まさに宮廷の柳はのびやかであります。天皇さまからいただいた御恩に、いまだいささかも酬ゆることができずにいるうちに、両頰の鬢も、かく薄くなってしまいました。

『大辞典』に「応制の詩」について「天子の徳を称する語あるもの多し」とあるが、鷗外は、どうやら、そのルールに従ったようである。鷗外自身も、「唐歌の調にけふはならひぬる」と書いているように、この詩は二行ずつで、起承転結になっていて、「応制の詩」の形式をそのまま踏んでいる。しかし、その中で、己の特色が、いかに出せるかであろうが、結局、名作とまではいかなかったようである。

五月三日、鷗外は宮内省で、岡市之助陸軍大臣から、主上の命で、「詩を献ぜよ」との大変な言葉を受け、五日には、すでに「応制の詩草成る」と日記に書いている。すぐに取りかかった鷗外のはやる気持が生々しい。そして、「横川徳郎（善通寺）に寄示して正を請ふ」とある。この横川徳郎なる人は誰か。六日にも「再び横川に書を遣りて詩の事を言ふ」と日記にある。十二日には「横川徳郎の書を獲て応制の詩略定まる」とある。これでみると、この献詩は、鷗外一人で創ったものでなく、横川徳郎なる人の教示を相当受けたことが推察される。

この横川徳郎の名前が、鷗外の日記に初めて出てくるのは、この五月五日の「応制の詩」を「寄示して正を請ふ」と書いたときである。以前からそう面識があったとも思えない。このとき「横川徳郎（善通寺）」とあるだけで、それ以外全く解らなかった。この「応制の詩」を「書す」と日記に書いてから以後、この横川徳郎の名前が頻繁に出てくる。数えてみても十九回もある。五月二十四日の日記には「太陽記者鈴木徳太郎を呼びて横川徳郎の文を載せむことを求む、鈴木辞す」とある。鷗外は世話になった横川の文を『太陽』に推薦したが、断られたようだ。

横川に関する日記文は、「応制の詩」以外でもほとんどが、鷗外が他から依頼された「漢詩の寄示」を求めるものであった。最後に日記に出てくるのは、大正五年一月七日である。「七日（金）晴。横川徳郎、篠尾明濟来見す。（略）」、このとき横川は初めて鷗外邸を訪ねたようだ。以後、渋江抽斎の息子保のことが連日のように日記を埋め、横川徳郎の記事は出なくなった。

この横川徳郎とはどんな人なのか。

実は横川唐陽こと、徳郎は、日露戦争のとき、第二軍に属し、鷗外軍医部長のもとで、土窟を改修した一野戦病院の院長をしていた医官である。このことは山田弘倫（『軍医森鷗外』）が書いている。当時、山田は横川の部下として、同じ野戦病院にいた。山田は横川と鷗外に関する一挿話を紹介している。

第二軍が奉天に入城した頃、森軍医部長に会って帰ってきた横川が馬鹿に萎れている。しかし黙って事務を山田が執っていると、横川みずからが、次のようなことを語ったとのことである。森閣下に会い、奉天会戦のご感想をお尋ねしたら、閣下は容を改め、「いやしくも軍人が戦争の感想など言へる筈がない。強ひて云ふならば悲惨の極とでも云はねばならんじゃないか。そういうことはちと慎しんだがよからう」と言われた。横川が恐縮しながら鷗外の部屋を見渡すと、「部屋の温突の上には支那の古書が山と積まれてあつた。流石は森閣下だと感心したよ。奉天が陥落すると、馬で城内を廻つて古本屋を漁り、珍本奇籍を買上げられたのだそうな」。

鷗外自身、「悲惨」な戦争に対し複雑な心情をもっていたことが解る。それに古書蒐めは成程と思うものがある。二人の関係は、この場面をみてもむしろ親密であったことが解る。

横川徳郎に関してさらに調べて次のことが解った。

横川は慶応三年（一八六七）に長野県で出生、昭和四年（一九二九）六十二歳で亡くなっている。鷗外の日記にもあるが、漢詩家で雅号を唐陽と号した。鷗外の日記に、名前の下に「善通寺」とだけあったのは、当時、香川県、善通寺陸軍衛戍病院長であったからである。二等軍医正（中佐相当官）であり、軍医総監たる鷗外とは、遥かなる距離にあった。藤川正敏氏（『森鷗外と漢詩』平3　有精堂出版）によると、この横川徳郎唐陽は、一千余篇の漢詩を作り『唐陽山人詩鈔』（大12・10）を出しているとのこと。詩は、槐南詞宗に学んだと言われている。鷗外と横川との関係であるが、この『唐陽山人詩鈔』の序文で、高島九峰が「鷗外森博士は、君の上司たり。常に君の詩に服して一吟成る毎に君について益を求め、呼ぶに先生を以てす」と書いている。

横川徳郎宛に、大正四年、鷗外の書簡が四通残っている。五月二十二日付、九月二十三日付の二通には鷗外は「唐陽先生侍史」「唐陽先生」と書き、きちんと敬意を表している。鷗外は能力ある者に対しては、自分より歳下でも、下僚でも、一応の礼をもって対している。福間博に対してもそうであったが、横川徳郎という地方の陸軍病院長に対し、最高位の軍医総監が、「先生」と敬意を払い、漢詩を作るたびに、教えを乞うている。これは鷗外の偉いところである。横川徳郎は、漢詩人として著名でありながら義弟に殺された野口寧斎とは格別に親しい間柄であった。ただ不思議なことは、鷗外と横川徳郎との関係は大正四年五月の「応制の詩」から始まり翌年の一月七日の観潮楼訪問で、記録の上から姿を消すことである。大体八カ月であった。

鷗外が、かように『二人の友』を書いたり「応制の詩」を主上に献上したりしていた時、大正四年（一九一四）七月二十八日には、ヨーロッパで第一次世界大戦が勃発していた。六月二十八日、オーストリアの皇太子が、サラエボでセルビアの民族主義者に暗殺されたことが、導火線となった。日本は、イギリスから日英同盟の関係で、対独参戦の要請があり、十一月七日、青島を占領、このとき国民は祝勝気分に沸いたりした。しかし、この年一月、日本の日置公使は、中国に五号、二十一カ条を要求した。これは、南満州、東部内蒙古における権益の強化であった。中国の袁世凱総統は激怒、排日運動は高まったが、結局、中国は承認せざるを得なかった。時は、大隈内閣になっていた。

この年、五月十一日に『雁』の初版が刊行され、「応制の詩」を献上した二日後、夏目漱石と与謝野晶子に『雁』を送っている。去る四月二十二日には、鷗外は、漱石から『硝子戸の中』を贈られている。二人は、やはり相互に実力を認め、好感を持っていたことが察せられる。

岡大臣より詩の献上を伝えられる十日前、つまり四月二十四日に、鷗外は参内し、天皇から勲一等瑞宝章を親授している。

大正三年には作品集を二冊刊行している。次の通りである。

・『かのやうに』（大3・4　籾山書店）
　収録作品―『かのやうに』『吃逆』『藤棚』『鎚一下』
・『天保物語』（大3・5　鳳鳴社）
　収録作品―『護持院原の敵討』『大塩平八郎』

9　「敵討」二作品

『護持院原の敵討』

『護持院原の敵討』は、大正二年十月、『ホトトギス』に発表された。

《姫路の城主酒井忠実の上邸の金部屋には、大金奉行の山本三右衛門という老人が、唯一人すわっていた。時は天保四年（一八三三）十二月二十六日卯の刻過の事である。そこに、一人の若い小使が手紙を持ってきた。三右衛門が開いたところ白紙、あっと思った瞬間、三右衛門はその男に頭を打たれ、背中から斬られた。この太刀を右の手で受けてしまい、手首を切り落された。金箱は無事だった。役人たちが集まり医者も来た、三右衛門は家督相続のこと、敵討ちの事を言い残し、翌日、絶命した。三右衛門の女房は後添、倅は宇平十九歳、姉のりよは二十二歳、細川興建の奥に勤めていた。

侍が親を殺された場合、敵討をしなければならない。親族が集い、天保五年甲午の年の正月、「敵討の願」を出した。願書に、りよは名前を入れてもらうことを主張した。姫路にいる三右衛門の実弟九郎右衛門は助太刀をすると言ってきた。四十五歳である。江戸では火事が続き、東北の凶作が影響し、米価の騰貴が広がっていた。九郎右衛門は江戸に来た。大目付連署の敵討許可書が来た。りよは叔父によって除外され、出発というとき、元酒井家の表小使をしているとき、犯人亀蔵と一緒だったという文吉が、なぜか一緒に行きたいと申し出てくれた。すぐに宇平の家来にした。

天保五年二月二十九日、三人は出発した。まず高崎、前橋、甲府と歩き、北陸に出て、犬山、名古屋、それから伊勢へと出た。まさに「米倉の中の米粒一つを捜すやうなもの」であった。松崎で亀蔵の消息に接したが、有効ではなかった。大阪に出て三十三日いた。それから四国に渡り、九州へ出た。佐賀に入り、よい情報が入ったので長崎に急行したが、間違いであった。三人は大阪に戻り、九郎右衛門は按摩、文吉は乞食をして生活をしのいだ。文吉に暇をやろうとしたが拒否された。そのうち宇平が精神に動揺が出て、二人と別れてどこかへ消えてしまった。もはや「困窮と病痾と羈旅」で、三人は、江戸を出るときの俤はなかった。文吉は、ふと玉造の稲荷に行き、「御託宣」を受けたところ、尋人は「東国の繁華な土地にゐる」と告げられた。そのとき丁度後妻の里から犯人が江戸にいるらしいという手紙もきた。二人は急いで大阪を発ち、天保六年七月、品川に着き、十三日、繁華な浅草から、両国の花火大会会場に来た。文吉が、見物人の人混の中に、背の高い男をみつけた。亀蔵だ。人相を文吉は知っている。二人は後をつけ、元護持院二番原にきたとき人の往来が絶えた。二人は背後から男に飛びつき両脇をつかんだ。

「目の下の黒痣」を文吉は見逃さず、決め手となった。男は本名を虎蔵といい、亀蔵は贋の名であることを告げた。三右衛門に創はつけたが殺しはしないといった。文吉はりよを連れに行き、護持院原に急いだ。りよは帷子を着、父の脇差を持っていた。虎蔵を三人で囲み、縄を解いたとき、虎蔵はりよを倒して逃げようとした。りよは抜打ちに斬りつけ、二太刀、三太刀と斬った。とどめは九郎右衛門が吭を刺した。「宇平がこの場に居合せませんのが」と、りよが一言云った。》

この物語の後は、三人の処置について鷗外は書いている。三人は五度の呼出しを受けたが、「構なし」となり、りよは「女性なれば別」として特別に賞美され沢山のものを賜った。九郎右衛門は「御紋付麻上下」が下賜され、百石加増、用人の上席となり、文吉は酒井家の「小役人格」にされ、「金四両二人扶持」となり苗字を深中とし、酒井下邸の山番を勤めた。

この作品の資料は、実録『山本復讐記』である。その他、米価騰貴のことや江戸の大火等については、『巷街贅説』などからとられている。この『山本復讐記』は、尾形仂『森鷗外の歴史小説―史料と方法』に全文が収められ発表されたことで、この作品の研究は随分進展したといってよい。

鷗外の、大正二年九月二十日の日記に「(略) 護持院原の敵討を書き畢る」とある。そして、その六日前に「(略) 妻を天保武鑑を買ひに遣る」とある。鷗外が、この『山本復讐記』に

関心を持ち、執筆へと衝き動かしたものは何であったのか。推察してみると、次の諸点が考えられる。（順不同）

①敵討の相手が何処にいるか解らない。全国規模で探さなければならない。つまり「米倉の中の米粒一つを捜すやうな」事柄であったこと。

②女性が、憎き相手に、最初に刃を振い殺害したこと。

③武士としての掟、そして父の硬い遺言を無視して実子の男子が、失踪してしまったこと。

④全くの他人である文吉が、最後まで脱落せず、敵討成就に協力したこと。

この四点は作品が完成してみれば結局『護持院原の敵討』の要点になっており、執筆は、事前に意識されたものと思われる。特に①などは、当時の交通、情報システムは、「歩く」以外方法のなかった時代であり、どういう方法で、犯人を追いつめていくか、ということ事体が、読者にとっても、ミステリアスであり、エンターテイメントなことである。

この作品でやはり一番気になるのは、③の宇平の失踪である。父が無念の死に際し、「家督相続の事」「敵を討ってくれるやうに」と言い遺したことを、宇平は途中で、とりあえず放棄に近い形で失踪した。失踪する直前、九郎右衛門に宇平が述べたことを尾形仂氏は次のようにまとめている。

①「敵討の成功性に対する疑問」、②「神仏の加護に対する疑問」、③「敵討制度そのものへの批判」、この三つである。この疑問ないし批判は、現代人ならば当然のことであろうが、果して天保年間の武士に、かような発想が可能であったであろうか。これもまた一つの疑問として残る。早い時期では、斎藤茂吉が宇平に「近代人」をみたし、生松敬三氏も「近代人的懐疑」（『森鷗外』昭33　東京大学出版会）をみている。この見方は妥当である。確かに、『興津弥五右衛門の遺書』や『阿部一族』の「情は情、義は義である」と考え隣家の幼友達を刺殺した柄本又七郎の時代とは違う。明治元年から考えてみると〈阿部一族〉の事件のあったこの寛永年間とは二百年以上の時間差がある。しかし、この宇平の時代は明治維新まで三十数年しかない。圧倒的な違いである。宇平が「近代人的懐疑」をもったとしても不思議ではないはず。しかし、宇平の性格から考えてみたとき、また違った見方もみえてくる。大塩平八郎も生きていた時代である。同時代の武士、大塩らと比べて、宇平は余りにもひ弱ではないか。当初「一番熱心に復讐がしたいと言ひ続けて成功をと急いで気を苛ったのは宇平であった」、と鷗外は書いている。このときの宇平の精神は、本物であったと思われる。三人は、上州から北陸、東海、関西、四国、九州へと渡り歩き「困窮と病痾と羇旅」の「三つの苦艱」を嘗め尽し、特に宇平は、今で言ううつ状態に落ち入ったとみなければならぬ。「沈黙」「興奮」「怒」、特に「瑣細な事に腹を立てる」、これら

の症状をみると、いわゆる神経症的な病気に落ち入っている可能性がある。資料で、宇平の失踪をみた鷗外は、ここで宇平に懐疑性を与えた。しかし、宇平は学者でも知識人でもない。幾ら「天保の侍」といっても、尾形氏の言うこの三つの疑問と批判は、この時代の平凡な武士の倅の発想としては不自然である。近代的な発想に過ぎる。しかし鷗外は、懐疑する宇平を創った。どうせ、失踪する宇平ならば単なる失踪なら物語としては弱い。ここで、鷗外はハムレットのような内面性をもった宇平を形象しようとしたのではないか。つまり、どちらを選ぶか、その迷いに堕ちたということである。

実の親の怨みを一たん中断し、他の二人に任かせて失踪した宇平に対し、この作品では誰も非難しない。お上の処置も鷗外は書かなかった。これは不可解である。また天保飢饉について、纏めて数行触れているが、三人が地方を探し廻る状況の中に、その飢饉に対する窮状がほとんど出て来ない。東北地方は、大凶作であったが、それは全国に拡がりつつあった。しかし、江戸、両国の花火の日、犯人をみつけたとき、浅草に「汁粉屋がある。甘酒屋がある」と、むしろ、その繁栄ぶりが書かれていることである。また九郎右衛門が文吉に言うセリフの中に「日本全国をあらかた遍歴して見たが」という条りがある。三人が歩いたのは、関東、北陸、東海、関西、山陽、四国、九州までであり、本州でも山陰には行かず、江戸から東、つまり東北にも全く行っていない。恐らく飢餓のせいもあったであろう。「日本全国」を歩いていないならば、鷗外は、そのことに触れるべきであったろう。

さて、鷗外は言葉の上では、何ら賞賛を与えていないが、実子の脱落の後、最後まで犯人を追いつめ、立派にりよに敵を討たせた、被害者の弟九郎右衛門と、かつて少しだけ被害者に世話になったという文吉の、ともに四十代の二人の男の、誠実さと責任感に無言の賛辞を送っているのではないか。

『曾我兄弟』

『曾我兄弟』は、大正三年三月、『新小説』に発表された戯曲である。

この戯曲は、四幕によって構成されている。曾我十郎祐成（二十二歳）と五郎時致（二十歳）の父祐泰は「所領」の問題で工藤左衛門尉祐経に殺された。曾我兄弟は、父の敵を討つべく秘かに工藤祐経を狙っている。時は、建久四年（一一九三）五月二十八日から二十九日。場所は、富士山西麓伊出の狩場。その工藤の仮屋。

㈠工藤を囲んで宮司大藤内、犬房丸らが工藤の本領安堵を祝って酒宴の最中。宮司が、工藤に曾我兄弟が御身を狙っているから気をつけよという。工藤は心得ているという。呼ばれて曾我十郎が入ってくる。工藤は、何かと言訳をする。十郎、穏びんに応じて去る。宮司は工藤に今夜寝る場所を換えよという。

㈡曾我の従者、鬼王らのいる農家。農夫の妻、兄弟らに宿料を払へという。さもなくば出て行けとも言う。十郎、帰ってくるが金がない。五郎が帰ってきてやっと宿料を払う。十郎が五郎に小声で「いよ〳〵今宵じや」と告げ、十郎は従者たちに「曾我に使に参れ」と告げる。二人切りになる。従者、無念がる。

㈢幕の外。兄弟登場。たい松を持つ。父が討たれて十七年の遺恨を今、霽す兄弟は、工藤の仮屋を次々と探して歩く。仮屋から女亀鶴が姿を現わす。工藤と宮司が、女を伴って入った仮屋と聞いていた兄弟は、其処に踏み込み、十郎は工藤を斬り殺し、五郎は宮司を斃した。十郎、大音声で、「父の敵工藤左衛門祐経を討ち取つたり」と叫ぶ。誰も出て来ない。場面は変って将軍頼朝の屋形。五郎が登場。仁田忠常が出てきて、十郎を討ち取ったと言う。五郎は工藤に贔屓した将軍家に一太刀を返そうとするが、背後からはがいじめに合う。

㈣将軍の屋形。将軍は、五郎に敷革を与える。大名の調べに五郎一歩も引かない。七つのときから敵討は忘れたことはないと胸を張る。十郎の首級が運ばれてくる。五郎、無念、懐しやと述べる。犬房丸、父の敵五郎め、と迫ってくる。将軍がとめる。将軍が五郎に仕官を求めるが拒否。将軍、仕方なく五郎に縄をかけさす。

この戯曲は一見すると、格別に変った様式を感ずるわけではない。しかし、鷗外は、この戯曲執筆に際し、かなり意欲的な革新的意識で臨んでいる。この戯曲を発表した翌月、『旧劇の未来』（大3・4『昴』）という文章を書いている。この中で『曾我兄弟』を書いた意図を述べている。基本的には「旧脚本から、味ふ邪魔になる物を削つた。併し削つたのは文ではない。筋である。」と、旧脚本になかったものを少し加えたとも言っている。しかし、旧劇で保存すべきものは保存したという。例えば「旧脚本の場割、出来事の進陟、人物の出入」などは「保存」して「全く「新しい文章字句」で書いた」とも述べている。例えば、削ったものを具体的に言えば、「曾我兄弟が十番斬」である。鷗外に言わせれば、「看客」は「残酷」に感じるだけということになる。しかし、久米正雄は、この劇をみて、「場沢山な芝居」に「呆然」とし、「十番斬」を削除したことを「あれならばいつそ何番切かの大立廻りを写実で見せて貰つたら猶面白かつたのであらう。」（「三月の劇壇」大3・4『帝国文学』）と不満を述べている。

鷗外は、『旧劇を奈何にすべきか』（大3・11『歌舞伎』）も書き、旧劇は「心理上に粗大」と難じている。「十番斬」という大立廻りを削り、人物たちの問答を主体にしたのも、そうした心理的効果を狙った面もあったと考えられる。いずれにしても、この文の中で、旧劇の「書直しを主張すると共に、一方には保存に賛同する」と述べているところに、鷗外の根本的な意図があるとみてよかろう。ただ、興行としては、鷗外の意気込みにもかかわらず、評判は余りよくなかったようである。

明治四十年代末から大正の初年代にかけて、「為政者（権力）と民衆」という構図を意識し続けたと、幾度も触れてきた。そして、ここでさらに感じることは、この時期、鷗外の問題意識の中に、「復讐」という情念への関心が、右の意識と、平行して存在していたのではないかと感じるのである。『佐橋甚五郎』も、角度を変えてみると、甚五郎の不実な家康に対する「復讐」であった。鷗外自身、これまでの官僚生活で、特に不当と思った人事に対して、何らかの形で〝復讐〟出来れば、と思ったかどうか解らない。その意識があっても不思議ではない。それはともかく、鷗外は「復讐」という情念に作家として関心を持っていたのではないかと推測される。『鼠坂』という小篇も、満州で乱暴され殺された娘の怨霊の復讐ともとれないことはない。鷗外が翻訳した西欧文学にも、「復讐」の念をみることが出来る。例えば、クラルテの『猿』も、それをみることが出来るが、レニエエの『復讐』は、まさにそのずばりの題名である。マーテルリンクの『父の讎』もある。

さて話題は戻るが、『護持院原の敵討』と『曾我兄弟』とは、ともに父の敵を討つ話であるが、「敵討」の後の処理が随分違うことに気付く。前者は「敵討」が制度として認められ、申請しておけば、見事成就したとき、多くの栄典に浴することが出来た。後者は、全くそれがない。頼朝の時代は、「敵討」の制度がなかった。また、頼朝の屋敷に兄弟が踏み込んだということ、つまり浪藉者としての扱いを受けたこと、そして頼朝が、「敵」の工藤に目をかけていたこともあり、兄弟は悲劇に終る。ただ頼朝は、五郎の勇猛さにうたれ、五郎を助け、召しかかえようとしたが、五郎は決然として拒否した。鷗外は、この曾我兄弟の挙に賛を贈るか、それとも近代の合理主義からみて、無駄な挙とみているか、計りかねるところはある。十郎は確かに斬り合いの結果、仁田忠常に打ちとられている。しかし、弟の五郎は捕えられ、頼朝の前に引き出されるが、史実には、五郎の勇猛さに感心した頼朝が召しかかえようとしたが拒否したという挿話は全く伝えられていない。これは明らかに鷗外の創作である。頼朝は、殺された工藤祐経の子犬房丸に五郎を渡している。五郎は昼に斬首された。これが実相である。とすれば、鷗外は、やはり五郎を、一一九〇年代、建久時代の武士の原型を、そこにみようとした意図は十分察せられる。戦乱のない江戸時代、しかもその末期の武士との違いを、受容者の方は、やはり感じざるを得ないのである。

10　家族愛を意識

『安井夫人』――〈新しい女〉

『安井夫人』は、大正三年四月、『太陽』に発表された。

《仲平の父は、日向飫肥《おび》藩で漢学で任用された学者であった。息子は二人いた。兄は文治、弟が仲平である。兄は姿がよく、仲平は、大痘痕で色黒、背が低く、「片目」、人々は「猿」と陰口を言った。兄が早死をしたため、仲平は苦学し、江戸に出て昌平黌で学び、二十八歳で藩主の侍読となり、藩の学問所で父とともに教えることになった。父は仲平の縁談に苦慮した。父の縁者川添家に二人の娘がいることに目をつけた。上がお豊、下がお佐代といった。仲平の姉が仲に立ち、川添家に赴き、お豊を口説いたが拒まれた。あきらめて帰る道、下男に呼び返され、座敷に通ったとき、美女で評判の妹お佐代が、私でよかったら、と申し出た。姉は喜んで父に報告、婚礼は間もなく済んだ。以後、内気で寡黙と思われていたお佐代は、多勢の書生の出入する家を立派に仕切った。お佐代が十七歳の時、長女が生まれ、二十八歳から次女、三女と娘ばかりが生まれた。仲平は漢学者として出世した。しかし、三女は死に、四女が生まれ三十一歳のとき男児が生まれた。これは早死、三十三歳でまた男児出生、しかし成長して異相の男となり二十八歳で自殺した。仲平は大儒息軒として天下に名を知られたが、六十三歳で隠居、お佐代は五十一歳で亡くなった。仲平は後には将軍に謁見もしたが、七十八歳で他界した。》

鷗外がこの作品を書くにあたって資料としたのは、唯一、若山甲蔵『安井息軒先生』（大2・12・26　蔵六書房）である。この若山の本は、息軒のことを主体として書き、お佐代のことは極めて些少である。しかし鷗外の作品の題名『安井夫人』が示すごとく、この作品は、お佐代を書くことが、主なる意図であることは、誰しも解る。

稲垣達郎氏は、「『安井夫人』は、いわば、仲平における歴史其儘と、お佐代さんにおける歴史離れの同居の上にすわらされている」（『森鷗外の歴史小説』（平元　岩波書店））と述べているが、この言は、まことに解り易い。特に鷗外が創作したのは、異相の仲平に対し、みずから結婚を申し出たこと、そして、立派な夫人として、仲平をもり立て、大学者にまで出世させたその献身ぶりなのである。その献身を鷗外は次のように書いている。「只美しいとばかり云はれて、人形同様に思はれてゐたお佐代さんは、繭を破つて出た蛾のやうに、その控目な、内気な態度を脱却して、多勢の若い書生達の出入する家で、天晴地歩を占めた夫人になりおほせた。」と。そして、お佐代さんが、少し変人で、突ぴに異相の仲平との結婚を申し出たのではないことを暗示させるために、次のように重要な言葉を書いている。「顔貌には疵があつても、才人だと、交際してゐるうちに、その醜さが忘れられる。又年を取るに従つて、才気が眉目をさへ美しくする。仲平なぞも只一つの黒い瞳をきらつかせて物を言ふ顔を見れば、立派な男に見える。（略）あれが人物を識つた女をよめに貰つて遣りたい」、これは父滄洲の思いである。お豊、お佐代の姉妹は、親戚であった安井一家の人間たちを熟知していた。結果的にみれば、お佐代は父滄洲の願いであった「あれが人物を識つた女」であったことになる。寡黙、内気なお佐代はみるべきものはみていた、まことに内面的で賢明な女であったということを鷗外は暗に述べている。

　お佐代のことを、献身的、「鷗外好みの女性」（稲垣達郎）という説は早くからあった。ただ、それだけのために鷗外は書いたのではあるまい。『安井夫人』は『太陽』四月号に発表されたが、この『太陽』が六月に「近時の婦人問題」なる特輯号を出し、盛んに「新しい女」論を展開していた。この『安井夫人』を書いた年、〝新しい女〟たちが、その権利を華々しく主張していたときであった。果して鷗外はこの〝新しい女〟たちに、共感をもっていたのか、というと必ずしも然りとは言えないのである。

　当時、最も行動的、情熱的に〝新しい女〟運動を押し進めていた尾竹一枝が『番紅花《サフラン》』創刊に際し、鷗外に原稿を依頼してきた。この尾竹一枝は、「紅吉」という男性名をもっていて実に活発な女性であった。父は画家尾竹越堂、一枝はその長女である。後に一枝は陶芸家の富本憲吉と結婚している。平塚らいてうらと、初期の「青鞜社」の同人でもあったが、大正三年には独立して『番紅花』（東雲堂書店）を三月に創刊している。この創刊号に鷗外の原稿を願うため、一人で陸軍省に赴いたことを、その編集後記に書いている。随分気丈な女であったようだ。妹に福美がいたが画家安宅安五郎と結婚、美穂が生まれた。奇遇なことには鷗外の三男類が、三十歳のとき、この美穂と結婚したのである。つまり一枝は類の義理の伯母になったわけで、大正三年に鷗外の許を訪ねたときは、鷗外も一枝も知るよしもなかった。鷗外は一枝の願いを入れ、『番紅花』に『サフラン』を書いた。鷗外は『サフラン』を尾竹一枝に渡してから、二十二日目、つまり、三月七日に『安井夫人』を書き了っている。

　この『サフラン』と『安井夫人』が、密接な関係にあることは言うまでもない。『サフラン』は、四百字詰にして七枚程の小文であるが、全体に寓意的筆致に終始している。

　この随筆『サフラン』の問題意識は後半にあるとみる。「私」は白山下の花屋でみつけたサフランの球根を二つ買い、土鉢に埋めて書斎に置いた。

　　すると今年の一月になつてから、緑の糸のやうな葉が叢がつて出た。水も遣らずに置いたのに、活気に満ちた、青々とした葉が叢がつて出た。物の生ずる力は驚くべきものである。あらゆる抵抗に打ち勝つて生じ、伸びる。

この「すると今年の一月になつてから」という記述が、重要なのだが。ともかく、ここでは、サフランにかけて、女性解放意識の活発さ、その勢い、その力強さに、鷗外はとりあえず驚異を示している。

しかし、次の文章になってくると、いささか、微妙なものになる。

其の青々とした色を見れば、無情な主人も折々水位遣らずにはゐられない。(略)今私が此鉢に水を掛けるやうに、物に手を出せば野次馬と云ふ。手を引き込めてをれば、独善と云ふ。残酷と云ふ。冷淡と云ふ。それは人の口である。人の口を顧みてゐると、一本の手の遣所もなくなる。これはサフランと云ふ草と私との歴史である。これを読んだら、いかに私のサフランに就いて知つてゐることが貧弱だか分かるだらう。併しどれ程疎遠な物にもたま〳〵行摩の袖が触れるやうに、サフランと私との間にも接触点がないことはない。物語のモラルは只それだけである。

宇宙の間で、これまでサフランはサフランの生存をしてゐた。私は私の生存をしてゐた。これからも、サフランはサフランの生存をして行くであらう。私は私の生存をして行くであらう。

この『サフラン』の最終部分の叙述は、〝新しい女〟で喧しかった、当時の世相に対し鷗外の複雑な立場を寓意したものとみえる。平塚らいてうは「鷗外先生は「青鞜」社の運動に対して、又わたくしに対しても最初から深い関心をもたれいつも同情的に見ていて下さいました」(「鷗外夫妻と青鞜」昭37・8『文芸』)と述べているが、これはあくまでも五十年位前を回想した、らいてう側の見解であり、鷗外自身が、この「新しい女」問題に対し、決定的な支持を表明したことはない。らいてうの言う「深い関心」とか「同情的」は、明らかに鷗外の、この女性解放運動に曖昧であった姿勢をあらわした言葉でもある。鷗外が、らいてうらに対し、決して能動的な行為を示したものではない。この運動に対して「無情な主人も折々水位遣らずにはゐられない」とは実に巧妙な言を使っているではないか。「同情」とか「関心」とかは、このことなのである。

この女性解放運動に、全く無言でいると、鷗外の先進性を疑われる。鷗外ほどの巨匠になると目立つ。しかし、この「新しい女」運動に対しては、『サフラン』で言うように、知識は「貧弱」で「疎遠な物」という鷗外には自覚がある。

しかし世間は見ている。「弥次馬」「独善」「残酷」「冷淡」、「人の口」ほどうるさいものはない。己の挙措で、色んな評価が返ってくる。鷗外が、これら「新しい女」運動を確実に支持しておれば問題はない。実はそうではないので厄介なのである。鷗外は、この世情を騒がせている女たちの「あらゆる抵抗に打ち勝」とうとする運動にどうかかわるか、正直なところ困苦している。結局、距離を置くことが一番の方法ということになろう。鷗外は臆面もなく「宇宙の間で、これまでサフランはサフランの生存をしてゐた。私は私の生存をしてゐた。これからも、サフランはサフランの生存をして行くであらう。私は私の生存をして行くであらう」と書く。

この鷗外の終末部の一文は、洵に厳しいものである。全面協力を淡々と拒否。相互の価値観の自立を宣言している。『サフラン』は「新しい女」運動へのオマージュであると同時に、〈新しい女〉に対する鷗外の「私は私」という距離の提示でもあった。

当時の鷗外には、「青鞜」などの「新しい女」運動に対し、先見的な問題意識をもち、能動的な支援を行おうとする熱意はなかったとみてよい。それは、程度の問題でもあるが。

ただ鷗外は、明治の女性が遅れた意識を解放し、社会的にある程度進出していくことには、むろん反対ではなかった。大正二年八月、宮城、東北帝大理科大学に三人の女性が合格し、初の帝大女子学生が誕生。この時期大きな話題となった。鷗外は、大正三年三月『番紅花』第一巻、第一号から第四号まで「海外通信」を連載したが、その中で、主にヨーロッパで、女性が新しい分野に進出した記事を沢山紹介している。

例えば次のようなものである。

「科学者婦人会は既に成立した」「官吏としては連邦保険事務所に定員五百人が女子のために保留してある」「連邦通信行政事務所では一九一四年に電話交換手千四百人を置く見込である」「女医助手ドクトル（略）はベルリンのシャリテエ病院で大学教授の称号を許された」等々である。ここに紹介したのは極く一部であるが、『安井夫人』執筆と、ほぼ同時期に、「女性の社会的進出」に鷗外が大きい関心を示しているのは興味深いことである。鷗外は、女性の社会的進出は賛成であった。しかし、それかと言って、因習破壊に奔ることによる、本来からある伝統的な日本女性のもつ〝美質〟まで蹂躙されたのでは困るのである。そうした面からは「新しい女」の生き方をうち建てていこうとする過激なエネルギーの動態には賛成できない。

サフランは「あらゆる抗抵に打ち勝つて生じ、伸びる」だろう。世界全体の進化の流れの中で、鷗外自身、「折々水位遣らずにはゐられない」、しかし、「私は私」なのである。

この距離に、当時の複雑な鷗外がいる。

明治四十年代から大正期にかけて、鷗外の女性観は保守的であったことは間違いない。しかし、漸進的に変化していったことも事実である。四十年代当初、『半日』においては、妻を一方的に誹謗し、「孝といふやうな固まつた概念のある国に、夫に対して姑の事をあんな風に云つて何とも思はぬ女がどうして出来たのか」と斬り捨てている。『蛇』になると、妻の見解に合理性は認めるものの、「妻がauthority《オオソリテイー》というものを一切認ぬ奴」とか「今の女学校を出た女は、皆無政府主義者や社会主義者を見たやうな思想を持つてゐるやうだ」と他者に言わせている。これは『食堂』で、無政府主義者が「君主だの主権者だのといふものを認めない」という木村のセリフと通じていると言っていい。

　とまれ、『蛇』に至る数年で、女性解放運動は急速に高まっていた。ただ高まれば高まるほど、気になるのは当然の「権威」を認めようとしない「今の女」たちである。この鷗外の女性観は一貫して変っていない。『サフラン』で、「新しい女」運動に対し、「私は私」と書かざるを得なかったのは、このためである。「意見を持つ女」、「自立する女」は認められても、当然の「権威」を認めない女たちは許容できないのである。

　鷗外は『蛇』の中で男と女を比べている。男は「社会」で働いているので「利害関係」は承知している。「利己主義」ばかりが通らぬことも知っている。「刎れ刎れの教」とは、伝統であり、格式であり、ルールである。これを守らなければ男は脱落する。無茶は出来ない。如上のことを自覚している女は少い、と鷗外は考えている。特に、このルールを無視して発揚の方に力点を置くのが、今の「新しい女」なのである。これが鷗外の「新しい女」に対する警戒心なのではないか。

　次の文は同時期に発表された下田歌子の「日本の女性・結婚」（大2『日本の女性』実業之日本社）の一部である。

　学問をして理性を完全に発達さする事は極めて必要でありますが、その為に婦人が非情に理屈つぽくなつたり、婦人の行為を悉く理屈の上から割り出して、押し切つて行かうと云ふ様では困つたもので御座います。

　保守的女性観の代表的存在とみられていたこの下田の「新しい女」に対する見解は、実は当時の鷗外のそれに極めて近いのではないか。

　鷗外が〝サフラン〟に対し「私は私の生存をして行くであらう」と書いたが、この「私は私」の意識の中から、紡ぎ出されたのが、『安井夫人』であった。『安井夫人』のお佐代は決してらいてうらの主張する今の「新しい女」の反映ではない。むしろ今の「新しい女」たちが喪失した美質をしっかりと保持していた女を書こうとしたのが『安井夫人』なのである。しかし、お佐代は決して無心な献身のみに生きる女ではない。仲平の異形の中に隠されている「人物」を識って、仲平を選びとった賢明な女性である。これこそ真の「新しい女」なのである。お佐代は確かに古風であるが、これが日本女性の美質なのである。

　お佐代さんは夫に仕へて労苦を辞せなかつた。そして其報酬には何物をも要求しなかつた。啻《ただ》に服飾の粗に甘んじたばかりではない。立派な第宅に居りたいとも云はず、結構な調度を使ひたいとも云はず、旨い物を食べたがりも、面白い物を見たがりもしなかつた。

下田歌子は、『安井夫人』が発表される前年（大2・1）に、今の「新しい女」を意識し、伝統的な日本女性の美質を述べている。

> （略）平生に在つては、羅綺にも耐へない様な優しい婦人がいざとなると思ひ切つた事を致します。常には陰鬱で、内気で、主義もなく主張もないかの様に見えて居る女でさへ、事に当つては貞烈無双、死を以つて正義を履行するの大勇猛心を起すのであります。

下田の言う「いざとなると思ひ切つた事を致します」は、鷗外がお佐代について書く「繭を破つて出た蛾」と同工異曲である。『安井夫人』のお佐代は、この下田の述べる、日本女性が伝統的に持続していたほぼ同じ価値観の中にあったといってよい。鷗外は「新しい女」の出現に理解を示しながらも、やはり伝統的な美質を破壊しかねない女たちには批判的であった。鷗外にとって真に「新しい女」とは、あらゆる「権威」を無視し、「社会に立つての利害関係」を無視し、放恣のままに生きようとする主我的な女であってはならない。己の意見を持ち、己の針路が選択でき、それを他との調和の中で行為できる均整のとれた精神の保持者でなければならない。

こうした日本の精神風土の中で、すでに生きてきた女たちを鷗外は識っていたのである。

鷗外は『伊沢蘭軒』の「その二百十六」の中で、蘭軒の息、柏軒の妻たかについて「たかの柏軒に嫁したのは、自ら薦めたのださうである」と書いている。たかは「支那の典籍」にも通じ、書をよく読み、国文を誦す才女で「今少納言」とよばれていた。鷗外は次のように書く。

> たかの性行中より、彷彿として所謂新しき女の面影を認むるであらう。後に抽斎に嫁した山内氏五百も亦同じである。此二人は皆自ら夫を択んだ女である。わたくしは所謂新しき女は明治大正に至つて始て出でたのではなく、昔より有つたと謂ふ

ここで鷗外は、今の「新しい女」に対し、江戸時代にも存在した「新しき女」を提示している。鷗外の言う「新しき女」は、むろん、「自ら夫を択んだ」という主体的意識の保持者のことである。『安井夫人』の佐代、『伊沢蘭軒』のたか、『渋江抽斎』の五百と、鷗外は、夫なる男性に「自ら薦め」ることが、当時いかに進んだ意識であったかを強調する。それに加えて、佐代、そしてたかも五百（『渋江抽斎』）も徹底的に夫に仕えた賢夫人たちであった。下田歌子のいう「進歩した自覚と、強固な意志と、純潔真美の感情とを円満に融和発達せしめ」て前向きに生きた女たちであった。『安井夫人』のお佐代は明らかに、このたかや五百の系譜にある。

鷗外は、らいてうや尾竹一枝らに接触しながらも、日本女性のあるべき姿については、「私は私」（『サフラン』）という距離

を置く固有の婦人像をもっており、それが『安井夫人』に反映されたのである。

さて鷗外は、『安井夫人』で、お佐代は、「何物をも希求せぬ程恬淡であつたとは、誰も信ずることが出来ない」と書く。そして「夫の栄達を望んだ」ことも否定出来ないと。お佐代は、ある意味では、尋常の女なのである。お佐代の望は一応達せられた。だが鷗外はさらに書く。「お佐代さんは必ずや未来に何物をか望んでゐただらう」と。「美しい目の視線は遠い、遠い所に注がれて」いたと書く。お佐代は未来に何を望んだのであろうか。これは難解な問題である。鷗外は一つだけヒントを与えてくれている。「お佐代さんには慥かに尋常でない望があつて、其前には一切の物が塵芥の如く卑しくなつてゐたのであらう」と。これから考えると、お佐代は、現実に「恬淡」として生きていたわけではない。しかし、夫に与えた「労苦」と「忍耐」の「報酬」を得て死んだと鷗外は書く。お佐代は、現世の望を達した後安静な精神を得た。その結果、お佐代が遥か遠くに注いだ目は、神、仏ではなく、清らかで、安らかで平安な世界であったのではないか。『安井夫人』は、献身の精神はむろんのこと、「新しい女」の真なる姿を形象すると同時に、官僚社会という「塵芥の如」き社会と、喧しい文芸社会の渦の中に生きる鷗外自身が、見たくて見られない世界こそ、お佐代が望む「遠い遠い」世界であったのではなかろうか。

『山椒大夫』―〈為政者の理想〉

『山椒大夫』は、大正四年一月、『中央公論』に発表された。

《越後から今津へ出る道を三十歳ばかりの母と二人の子供、姉は十四、弟は十二、それに四十位の女中が付いている。秋日和の夕方、この四人が歩いて行く。国の掟で見知らぬ者を泊めることが出来ない。四人は野宿以外にない。母子は筑紫に行って帰らぬ父を尋ねて行くところ。そこに山岡大夫という男が現われて一晩泊めてくれたが、翌日、筑紫には海路が安全とだまして、人買いに売ってしまう。

一艘の舟に母と女中、もう一艘に娘安寿と弟厨子王が乗せられた。母子は、だまされたと気付いたときは遅かった。女中は飛び込んで死んだ。母は安寿に守本尊の地蔵様を大切にせよと叫んで別々に離れていった。母は北へ、子供たちは南へと別れていく。二人の子供は、丹後由良の山椒大夫に売られてしまった。漁、機織、なんでも職人に造らせていた。六十歳の山椒大夫には二人の息子、二郎、三郎とがいた。安寿は日に三荷の潮を汲むこと、厨子王は三荷の柴を刈れと命じられた。毎日毎日辛い苦しい仕事であった。そして、母を切に恋う二人。ある晩、父母のことを悲しく話し、逃げることを談じていたとき三郎にみつかり、二人は火筋で額を焼かれた。安寿はすぐ仏像を出したら二人の創は消えてしまった。二人は、同じ夢をみていたのであった。それから、安寿はひどく真剣で寡黙な表情に変っていき、比較的、情のある二郎に、仕事を弟と一緒に、と頼み可能になった。ある日、二人はどんどん山の中に入って行った。そして安寿は都に逃げなさいと、強く強く言う。弟は姉の気持を理解し、逃亡した。安寿は沼に入って死んだ。弟は曇猛律師という僧に助けられ、京に出た。清水寺の籠堂で寝て、朝めざめると、立派な老人が立っていて、娘が病気なので平癒を祈ったら夢をみた。その夢のお告げは、この寺の格子に寝ている童が守本尊を持っている、それを拝めということだった。老人は厨子王にどうか守本尊を借してくれ、己は関白師実だと告げた。厨子王は身分を明かした。関白の娘は平癒し筑紫の父を探してくれたが、すでに死んでいた。師実は厨子王を元服させ、正道と命名、其年の秋、丹後の国守に任命した。正道はまず人の売買を禁じ、山椒大夫も悉く奴婢を解放、給料を払うようにさせ、一族は栄えた。恩人の僧は僧都になった。正道はすぐ微行して佐渡に渡り、襤褸を着ためしいの女が粟に群がる鳥を逐って、何かつぶやいているのに出会い、獣めいた叫びが口から奔り出るのを圧えた。母である。守本尊を捧げたとき、母の目は開いた。「厨子王」と呼ぶ母の声がして、二人はぴったり抱き合った。》

『山椒大夫』の資料は、『さんせう大夫』（『徳川文芸類聚』第八「浄瑠璃」大正三年十月二十五日　図書刊行会収）を使っている。資料から随分改変していることは、鷗外が後で書いた『歴史其儘と歴史離れ』（以下『歴史其儘』とする）で詳しく述べている。この作品の執筆動機については、『歴史其儘』で「まだ弟篤《ママ》二郎の生きてゐた頃、わたくしは種々の流派の短い物語を集めて見たことがある。其中に粟の鳥を逐ふ女の事があつた。わたくしはそれを一幕物に書きたいと弟に言つた。（略）粟の鳥を逐ふ女の事は、山椒大夫伝説の一節である。わたくしは昔手に取つた儘で棄てた一幕物の企を、今単篇小説に蘇らせようと思ひ立つた」と書いている。

また、次の文言も鷗外を動かしたものとみえる。「友人中には、他人は「情」を以て物を取り扱ふのに、わたくしは「智」を以て取り扱ふと云つた人もある」。他人の言ばかりでなく、みずからも、「情」の文学に乏しい自覚が鷗外にあったとみてよい。「粟の鳥を逐ふ女」の物語は、この作品の出来栄えをみても解るが、「智」の片鱗もない、明らかに「情」の文学として終結している。鷗外は「情」に意識的に取り組んだのである。山崎一穎氏は『山椒大夫』を「説教節正本を貫ぬく因果応報の復讐譚を捨象して、安寿厨子王の〈転生〉を主軸に据え直した点で小説化に成功したと言ってよい。」（『森鷗外・歴史小説研究』）と述べている。確かに、「安寿厨子王の〈転生〉」が、作品の「主軸」に据えられていることは否定出来ないが、それはあくまでも、小説作成の構図の問題であり、『山椒大夫』は、やはり、受容者が、引き裂かれた母の存在を常に念頭に置きながら読み進め、最後に至り、交響曲のクライマックスとなって爆発するのは、盲目の、「粟の鳥を逐ふ女」が、母であることを確認したときの厨子王（正道）の感激にある。この点に、『歴史其儘』で、鷗外自身が言っている「情」の強調をみることが出来る。

この最後の「母子再会」場面の描写において『山椒大夫』は、始めて「成功」したと言えるだろう。柳田国男は、この作品に対し、「自分幼少の折の実験をもって推せば、山荘《ママ》大夫の話の中で最も身に沁むのは、盲目の母親が鳥を追う一段である」（「山椒大夫考」『柳田国男全集』9　ちくま文庫）と述べているが、多くの読者は、この場面で気分の高揚を得るに違いない。石川淳（『森鷗外』）は、この『山椒大夫』に対して「無慙にも駄作」と批判し、「俗っぽく情緒纏綿」としていると一蹴しているが、実は、この「情緒纏綿」こそ、鷗外自身が求めたものであった。

資料『さんせう大夫』には、次のような三つの問題点があったと思う。

①勧善懲悪、因果応報。

②神仏の加護。

③肉親の「情」、特に母と子。

鷗外は、②と③については、資料をほぼ継承したとみる。しかし、①は完全に改変した。改変と言うより、否定したといってよかろう。その点、この『さんせう大夫』が、民話、伝説として素朴な民衆に伝承されてきた精神を鷗外は、何の躊躇もなく消し去った。無辜の民を虐待する極悪非道な山椒大夫たちは、民衆からみれば新しい国守によって、極刑にならなければならなかったのである。この悪党どもが、無惨な死を遂げることにより、民衆のストレスは癒されるはずであった。この「民話」が、現実の効力をもって生きた時代にいなかった鷗外にとって、そんなことは問題ではなかった。

鷗外は、大正初年代の、自分の見解をもって山椒大夫たちを処置したのである。資料では、大夫に五人の子供がいたことになっているが、小説では、二人にしている。また資料では「梅づのゐん」という貴人に助けられ、「日本の将ぐん正かどの御孫いわきの判官正うぢの総領つし王丸」と認められ、「おふ州五十四ぐん」を与えられることになったが、「つし王」は「たんご五ぐんを給はれ」と、みずから丹後の領主を望んでいる。これは小説と全く異なる。小説では「梅づのゐん」は「関白師実」となり、「丹後の国守にせられた」と「丹後」は任命されたことになっている。さて、資料だが、「若君」（正道）が丹後に赴任してやったことは、「大夫五人の子供引ぐし、こくぶんじのしらすにかしこまる」、つまり、山椒大夫親子の悪行を裁き、「兄弟五人のやつばらに、竹のこぎりにてくびをひかせよ」、と極刑を与える。これで民の溜飲が下るわけである。しかし、鷗外の『山椒大夫』では、丹後に赴いた新国守の正道はまず悪政を正し、「丹後一国で人の売買を禁じた」、そして、山椒大夫は「悉く奴婢を解放して、給料を払ふこと」を命じられた。その結果、「農作も工匠の業も前に増して盛」になり「一族はいよ〱富み栄えた」という「情」のある政治を打ち出させている。山椒大夫は、「竹のこぎり」でひかせるどころか、処刑されなかった。「勧善懲悪」「因果応報」を完全否定したのである。なぜ、極悪人が「富み栄え」るのか、これは民話に生きた時代の庶民には解らぬ話である。鷗外はある意図をもって、民話の精神を一顧だにしなかった。歴史学者の林屋辰三郎は、この鷗外の『山椒大夫』は「民話の精神を受けついでない」とし、「古典評価の限界」（『古代国家の解体』昭30　東京大学出版会）と批判しているが、当然のことであろう。

しかし、鷗外は、ただ「情」のためだけで、山椒大夫らを助けたのではない。この時期、すでに述べてきたように、鷗外には、あるべき為政者の理想像を無視することは出来なかった。資料をみても、本来、この民話は、肉親の情愛、勧善懲悪の物語であるのに、鷗外は、あるべき為政者像をかなり意識してくみ入れている。

小説の冒頭部、今津に出る母子ら四人、夕方になり宿泊場所を探す。潮汲女が現われ、「悪い人買」が横行するため、「旅の人」を泊めてはいけない「掟」があると告げる。四人は野宿以外にはない。そこで、この「情」の文学に直接関係のない、あるべき「政治」の話になる。「其人買の詮議をしたら好ささうなもの」、「旅人」を「路頭に迷はせるやうな掟を、国守はなぜ定めたのか」、という、この批判は、明らかに、愚かな「為政者」の悪政に向けられている。

この精神の延長にあるのが、新国守、正道の政治なのである。正道が、民話の精神に添って、「竹のこぎり」で、山椒大夫らの首を斬ったならば、あるべき為政者としての正道に一貫性を失することになる。鷗外は、『ギヨッツ』や『阿部一族』以来みてきた、「権力と民衆」の視点から逸脱することが出来なかったといってよい。民話の精神の継承よりも、鷗外にとっては、あるべき為政者像をみることが、やはりこの時期重要であったわけである。

資料では、丹後の国守になった「つし王」は、真っ先に佐渡に渡り、母と再会する。『山椒大夫』では、為政者として、民心を収め、「情」のある処置をしてから、最後に佐渡に渡る。そして、母との涙の再会を最後尾に持ってきた。資料で「さもあさましき女性一人、なるこのつなにてをかけ、あはの鳥をおい給ふ」と書き、女の歌う、「あんじゆ恋しやつし王こひしや」のフレーズを聞いた「若君」は「うたごふ所なし〱、いそぎはにふにとんで入、母上様にいだき付」とある。これを鷗外は次のように表現する。

正道はうつとりとなつて、此詞に聞き惚れた。そのうち臓腑が煮え返るやうになつて、獣めいた叫が口から出ようとするのを歯を食ひしばつてこらへた

もはや死んだかも知れぬと思っていた母が目前にいる、この異常なまでの感動を、鷗外は見事に描いているといってよい。

この『山椒大夫』は、説経節「さんせう大夫」が資料であったわけだが、この説経節は、いつ頃からあったのか、余り知られていない。『日本全史』(平3　講談社)によると、一五〇〇年代、明応九年頃が、その起点らしい。

大体、漂泊民・賤民によって語られるので、物語の舞台は、下層階級が多くなっている。物語のパターンは、「愛し合う二人のスレチガイ」にある。そこに、悲劇と哀感が生じるわけである。江戸時代に入ると、三味線を伴奏にして、舞台で演じる「説経浄瑠璃」にまで発展している。

「さんせう大夫」は、この漂泊民らによって、全国に伝えられていったと思われる。こうした説経節の性格と関連していると思われる記述を、『渋江抽斎』の「その八十三」に見出した。従来、この記述文が『山椒大夫』研究でとり上げられたことはない。

渋江氏の若党の一人中條勝次郎は、弘前に来てから思ひも掛けぬ事に遭遇した。

一行が土手町に下宿した後二三月にして暴風雨があつた。弘前の人は暴風雨を岩木山の神が祟を作すのだと信じてゐる。神は他郷の人が来て土着するのを悪んで、暴風雨を起すと云ふのである。此故に弘前の人は他郷の人を排斥する。就中丹後の人と南部の人とを嫌ふ。なぜ丹後の人を嫌ふかと云ふに、岩木山の神は古伝説の安寿姫で、己を虐使した山椒大夫の郷人を嫌ふのださうである。又南部の人を嫌ふのは、神も津軽人のパルチキユラリスムに感化せられてゐるのかも知れない。

暴風雨の後数日にして、新に江戸から徙つた家々に沙汰があつた。若し丹後、南部等の生のものが紛れ入つてゐるなら、厳重に取り糺して国境の外に逐へと云ふのである。

この『渋江抽斎』にある記述の「発見」は、説教節を考えるに重要である。岩木山は安寿姫である、という発想は、実に興味深い。確かに「山椒大夫」は、「丹後」の人間である。現在の京都北部、日本海に近い宮津の由良が舞台。津軽、弘前の人々は、安寿姫をあの岩木山と信じ、「伝説」にしながらも、江戸時代末(戊辰戦争)の現実の中で「若し丹後、南部等の生のものが紛れ入つてゐるなら、厳重に取り糺して国境の外へ逐へ」と、「家々に沙汰があつた」というのだから驚く。少なくとも四百年余は経っているだろう「伝説」が、明治直前に「現実」として生き続けていたという事実に、ある意味では「民衆」の素朴さと怖さを感じるのである。このことを考えると、

林屋辰三郎の「民話の精神を受けついでいない」という批判が、決して大袈裟でないことも理解されよう。

『ぢいさんばあさん』

『ぢいさんばあさん』は、大正四年九月、『新小説』に発表された。

文化六年（一八〇九）の晩春、麻布の三河奥殿の領主松平乗羡の邸に家臣宮重久右衛門が隠居所を拵え、そこに兄の美濃部伊織が入居した。七十二歳であった。二、三日で婆あさんが同居した。名はるんといい、七十一歳。二人とも白髪で、品格があり、大変な仲良しである。そして、二人はまことに平安な日常生活を送り、評判ともなった。伊織は、明和三年（一七六六）、大番頭石川総恒の組で勤めていたが、丁度三十歳になるので、るんを妻とした。るんは十四歳から市ケ谷門外の尾張中納言の邸に勤めていた。明和八年（一七七二）、二條在番となり、四月に上京。秋になって、「好い古刀」を店でみつけ、是非欲しく、高価故、相番の下島甚右衛門から三十両を借り、やっとその刀を手に入れ、ある晩二、三人を招き刀の披露旁馳走をした。みなが刀を褒め、酣《たけなわ》となった頃、下島が入ってきて、金を借した自分をなぜ招かぬ、といって喰ってかかり、口論の末、前の膳を蹴った。伊織は一閃、下島の額を斬った。下島は逃げて帰ったが、二三日経って死んだ。伊織は江戸に護送され、結局、有馬家から、有馬允純への永の御預となった。そして、安永二年（一七七三）八月、越前の丸岡に遣られた。伊織の祖母は八十三歳で死に、るんは安永六年から黒田家で三十一年間勤めた。夫伊織は、浚明院殿御追善の為、永の「御預御免」となって江戸に帰った。それを聞いたるんは喜び、麻布の家で三十七年振りに再会したのである。

鷗外が参考とした資料は、『黒田奥女中書簡』と『美濃部伊織伝并妻留武始末書付』である。上記の文献は二つとも太田南畝『一話一言』巻三四に収められている。卒直に言って、この資料は、極めて事務的な記録に過ぎない。

例えば、伊織が、古刀を欲しがり、下島に借金までして購入したこと、そして刀の披露の宴を開いたこと、そこに下島が来たこと、口論、動きの大きな刃傷事件、そして後で下島が死亡したこと、これら、「刃傷事件」を除き、資料には全くない。鷗外の大幅な「歴史離れ」である。資料の『美濃部伊織伝（略）』には、「手疵ヲ為負」「口論手疵為」と、事務的に書いてあるだけである。

鷗外が、この作品で、最も大きな「歴史離れ」をし、己の意図を膨せたのは、三十八年目の「再会」である。ここで少し余談に入るが。鷗外は、作品では「三十七年振」と書いているが、伊織とるんと結婚して五年目、京都に伊織が旅立ったのは明和八年（一七七二）の四月、そして、八月十五日に「刃傷事件」を起し拘束され、江戸に護送。このとき、るんと会ったという記録はない。恐らく掟は厳しく、そのままお預けとなったとみてよい。そして再会したのは、文化六年（一八〇九）である。差し引くと「三十八年」になる。年齢でみると、文化六年（一八〇九）のとき、七十二歳としている。事件のとき（明和八年・一七七一）三十五歳である。「御免」となり、麻布の屋敷に入ったのが文化六年とすると、その間は三十八年となる。それを三十五歳にたすと、やはり七十三歳になるのではないか。さて、資料では下島は、この傷のために死んでいない。これも鷗外の虚構である。話をもとに戻そう。この二人の再会を資料『美濃部伊織伝（略）』では、るんが、「伊織方へ来ル」、または「当三月伊織儀蒙御免此表罷越候に付再同居仕」とあるだけである。このそっけない、事務的な記述を、ある意図をもって、大きな夫妻愛の劇《ドラマ》に膨ませたのである。伊織とるんの風采についても資料は全く触れていない。併し、作品では、鷗外は自在に筆を揮い、二人を気品ある美形の「翁」として描いている。

「ある意図」と言ったが、それは何か。なかなか難解な問題である。しかし、ストーリーの展開は、まことに直截で、若き日、不幸にして生き別れた夫婦が、「三十七年振り」に再会、人も羨む、見事な晩年の平安な生活を営むという、メデタイ話なのである。つまり、人生の道中に、どんな辛苦があっても「終り」を美しく、楽しく、寛やかに生きることの大切さを訴えている。言うまでもなく、鷗外自身の理想であるといっても別に異論はあるまい。でないと、なぜ、かようなメデタイ老夫婦のあり方を書いたのか、と問いたくなるのである。

鷗外は二人のことを次のように書いている。

　二人の生活はいかにも隠居らしい、気楽な生活である。爺いさんは眼鏡を掛けて本を読む。細字で日記を付ける。毎日同じ時刻に刀剣に打粉《うちこ》を打つて拭く。体《たい》を極めて木刀を揮《ふ》る。婆あさんは例のまま事の真似をして、其隙《すき》には爺いさんの傍に来て団扇であふぐ。もう時候がそろ〳〵暑くなる頃だからである。婆あさんが暫くあふぐうちに、爺いさんは読みさした本を置いて話をし出す。二人はさも楽しさうに話すのである。

これは『カズイスチカ』にみる、父親の「日常性重視」とは違う。誰にも束縛されず、誰をも束縛しない、全く自由な平安の世界なのである。この二人には、もはや汚濁に満ちた「世間」は存在しない。鷗外はその境地が羨しい。

『妄想』の「主人」は、「Zeiss の顕微鏡」で「海の雫の中にゐる小さい動物などを見る」、また「Merz の望遠鏡」で「晴れた夜の空の星を見る」、この精神志向は何なのか。この「海の雫の中」も「晴れた夜の空の星」も、汚濁にまみれた現実世界の届かない「聖」なる場所なのである。つまり、誰からも干渉されない、また干渉することもない、まさに平安な世界なのである。しかし、鷗外には、この世界に行きつくことは出来ない。やはり『妄想』で書く。現実において「大発明」「大きい思想」「大きい作品」を生み出し得なかったという自覚は、「不満」から己を解き放してくれないからである。『余興』に、己の文学的立場、あるいは位置に対し、平静さを装い恬淡として生きている己を演出してみせたが、この「拘泥する精神」を断つのは至難な業である。何も鷗外だけではあるまい。この『ぢいさんばあさん』には、今更、「拘泥する精神」は皆無である。

11　「過大視」された『歴史其儘と歴史離れ』

『歴史其儘と歴史離れ』は、大正四年一月、『心の花』に発表された。

鷗外は大正三年（一九一四）十二月十日（木）の日記に「山椒大夫を校し畢る。歴史其儘と歴史離れの文を草して佐々木信綱にわたす。心の花に載せむためなり」と書いている。このエッセイ（以下『歴史其儘』）は、『山椒大夫』と同時に書かれている。従って内容の中心は、『山椒大夫』を書いた意図、特に資料への加除について詳しく説明している。こうした中で、歴史小説を書くにあたっての鷗外の見解を述べている。ところが、従来から、この極く短い小文が鷗外の歴史小説を考えるに、余りにも「過大視」されてきたのではないかと考える。

それ程騒ぐ程の問題はないはずである。

まず歴史小説で言えば、『歴史其儘』の中で『栗山大膳』は小説ではないと書く。それは、「事実を自由に取捨して、纏まりを付けた迹がある習」がないからだと説明する。ここで大事なことは、歴史小説は「事実を自由に取捨して」出来るという認識をまず提示していることである。そして次のように書いている。

　わたくしは史料を調べて見て、其中に窺はれる「自然」を尊重する念を発した。そしてそれを猥に変更するのが厭になつた。これが一つである。わたくしは又現存の人が自家の生活をありの儘に書くのを見て、現在がありの儘に書いて好いなら、過去も書いて好い筈だと思つた。

もともと鷗外は、「事実を自由に取捨」して出来るという小説の基本的あり方を認識していながら「自然」を尊重し、「猥に変更するのが厭になつた」といっているだけで、「自然」そのままに書かなければならないと言っているわけではない。勝手に、なるべく「自然」に添うべきことを努めていたに過ぎない。こんなどうでもいいようなことを書くから、大岡昇平のように「鷗外が自然をかっこでくくっているのは、無論自然主義に対するあてこすりである」といった滑稽な説が出てくるのである。「自然」は、資料を指していることは言うまでもない。

『歴史其儘』における左の言も、まさに本質論ではなく、いわゆる鷗外流を語っているに過ぎない。

わたくしは歴史の「自然」を変更することを嫌つて、知らず識らず歴史に縛られた。わたくしは此縛の下に喘ぎ苦んだ。そしてこれを脱せようと思つた。

この文に対し、稲垣達郎氏は、「「歴史其儘」をおしすすめているうちに、鷗外は、「知らず識らず歴史に縛られ」、「此縛の下に喘ぎ苦」しみ、そして「これを脱せよう」と考えるようになった」と解説している。（『森鷗外の歴史小説』）しかし、鷗外は「自然」という言葉は使っても「歴史其儘」という言葉を使っていない。この小文のタイトルに「歴史其儘」と「歴史離れ」という言葉を確かに使っている。しかし、熟読すると、文中で「歴史離れ」（二回）という言葉は使っているが、奇妙にも「歴史其儘」という言葉は全く使っていない。このことは意外にも知られていない。稲垣氏は、「自然」を「歴史其儘」と錯覚したようである。第一、文学において「歴史其儘」というシチュエーションは成立しない。もし「歴史其儘」であろうとすれば、それは単なる歴史的記録文にしか過ぎまい。歴史小説において「歴史其儘」はあり得ない。

鷗外は、『歴史其儘』の最後に「兎角わたくしは歴史離れがしたさに山椒大夫を書いたのだが、さて書き上げた所を見れば、なんだか歴史離れがし足りないやうである」と書いているが、稲垣達郎氏は、『安井夫人』に、すでにその脱出へのこころみがあきらかに認められ、鷗外はほっと息づいているが、しかもなお十分に脱しきれずに、歴史其儘の重い尻尾を引きずりながらよろめいている」（前掲書）と述べる。つまり、稲垣氏は、「歴史離れ」を鷗外が『山椒大夫』で試みたという言をとり上げ、その前に書かれた『安井夫人』に、すでに「歴史離れ」がみられると言っているわけである。

これも妙な話である。すでに『阿部一族』において、為政者たる細川忠利については、資料にない人間像、及び家臣に対する施策、あるいは、刻明な心理描写等を書いている。これは、完全な「歴史離れ」であり、それは『佐橋甚五郎』の家康像の形象にも明確に言えることである。「歴史其儘と歴史離れ」ということは、あくまでも「自然」との距離として成立する問題であって、本質的に「小説」において「歴史其儘」はありえない。鷗外は「歴史離れ」がしたいと書いたが、このエッセイ以後、書かれた歴史小説は、『ぢいさんばあさん』『最後の一句』『高瀬舟』『寒山拾得』の四作にしか過ぎない。『最後の一句』のいちの形象にも、確かに、「歴史離れ」はみられるが、『山椒大夫』より先に書いた『阿部一族』にみる忠利像の「歴史離れ」の方が、もっと距離は大きいのではないか。

なぜ『山椒大夫』と同時に「歴史離れ」について書いたかと言えば、新国守の正道が、資料（民話）にある山椒大夫を「竹のこぎり」で処刑するという報復措置を百八十度改変したからである。小説とみると、拘る必要はないわけであるが、この、山椒大夫への報復は、永年民衆の中に伝承されてきた民意であったことを鷗外は知っていた。後に、当然のように、鷗外は民話の精神に逆行したという批判が出たではないか。鷗外には、以後の評価がすでに解っていたと察していいのではないか。そのためにも、『歴史其儘と歴史離れ』を書いて、その改変のことを説明しておきたかったのである。従って、この段階で書かれた『歴史其儘と歴史離れ』なるエッセイを、余り過大に重要視すると、かえって真実を誤るのではないかと思われる。

12　無碍の精神

『高瀬舟』　『高瀬舟』は、大正五年一月、『中央公論』に発表された。

《京の高瀬川を上下する小舟を高瀬舟といった。京都の罪人が遠島を申し渡されると、この舟に乗せられて大阪に送られる。想わぬ科を犯した者が多く重罪の者は余りいなかった。寛政（一七八九〜一八〇〇）の頃、珍らしい罪人が高瀬舟で大阪に送られることになった。三十歳ばかりの喜助といった。護送するのは同心羽田庄兵衛である。春の夕べであった。庄兵衛は、この喜助をみて不思議に思う。大ていの罪人は憂鬱そうな表情をしているのに、この喜助は、いかにも楽しそうで晴やかな顔をしている。庄兵衛はなぜかと聞いた。喜助は喜ばしげに言った。今まで自分で居てよいという場所がなかったが、今度は島で生活をしろとお上が命じて下さること、もう一つは、今迄どんなに働いても、お金は右から左へとなくなり、懐は空であったのに、今回、お上から二百文をもらった、こんなことは今迄に一度もない、有難いことですと。庄兵衛は己の身の上を考えた。自分は初老、妻、五人の子供、それが老母を入れると七人家族になる。喜助と比べてみると、桁の違いはあるが、余り差があるとも思えなかった。それにしても喜助の欲のないこと、足ることを知っていることに感心した。庄兵衛は今度は、喜助に、どんな事件に関与したのかを尋ねた。喜助は語る。幼少時、両親は「時疫」で亡くなり、弟と二人で狗の子のように育った。成長し、二人はいつも助け合って生きてきた。去年の秋、弟が病気になった。西陣の織場で私は「空引」をやっていたが、ある夕方、北山の小屋に帰ってきたとき、弟が喉に剃刀を刺し苦しんでいた。医者をと思ったが、弟は、苦しい、早く刃を抜けと、険しい目で睨んだ。私は仕方なく剃刀の柄を握って引いた。そのとき近所の婆さんが入って来て、あっといって駆け出した。自分は結局今迄切れていなかったところを切ったと思う、弟はそれで息が切れた。聞き終った庄兵衛は、これが果して「弟殺し」と云えるのかと疑問に思った。苦から救うために、弟の命を絶った、それが罪であろうか、庄兵衛は判断がつかず、自分より上の者、つまりオオトリテエに従うより外な

いと思った。》

鷗外が資料としたのは、神沢貞幹『翁草』巻一一七に収められている「流人の話」である。約八百字にも満たない資料を基に、鷗外は、弟の悲劇と、活々とした喜助像を形象し、そこに己の心境を投映させている。鷗外は、『高瀬舟』の執筆意図や要点に触れて『付高瀬舟縁起』(以下『縁起』とする)を書いている。これは次作の『寒山拾得』の末に収めた『付寒山拾得縁起』とともに、大正五年一月『心の花』第二十巻第一号に『高瀬舟と寒山拾得—近業解題—』と題して発表されたものを、後に『高瀬舟』に収められるに当たり、それぞれ表題のように改められたものである。

さて、鷗外は『縁起』の中で、鷗外が「流人の話」を読んで「二つの大きい問題」が含まれていると思ったと述べる。一つは、「財産と云ふものの観念」、もう一つは、「死に瀕して苦しむものがあつたら、楽に死なせて、其苦を救つて遣るがよい」、これは「ユウタナジイ」、いわゆる「安楽死」の問題である。この執筆の鷗外の心境に切実なのは、前者である。鷗外は「財産と云ふものの観念」と述べているが、指定された地に住む安定観、それに持ったことのない二百文と言う「鳥目」を得たという喜びからすれば、確かに、「財産と云ふものの観念」ということが出来るだろうが、鷗外が、最も書きたかったのは、この二つのことに心から喜ぶ喜助をみて、大きく心をゆすられた庄兵衛の精神である。それを鷗外は「不思議なのは喜助の欲のないこと、足ることを知つてゐることである」と書く。この精神こそ鷗外が最も強く注目していたことである。さきの『ぢいさんばあさん』で触れた、この翁たちのママゴトのような世界は、「拘泥する精神」を断った先にある平安な世界だとすでに述べたが、この時期、まさに鷗外が希求したものは「知足の精神」であった。この精神は『安井夫人』や『余興』などの作品と通底するものであった。「安楽死」の是非について、小説の中で登場人物に語らせるのも、我国では初めてのことである。「苦から救つて遣らうと思つて命を絶つた。それが罪であらうか」という疑問の提示は世界的レベルからみても早い方であったと思われる。『縁起』の中でも、「どうせ死ななくてはならぬものなら、あの苦みを長くさせて置かずに、早く死なせて遣りたいと云ふ情は必ず起る」と書く。鷗外は、茉莉が、百日咳で死に瀕して苦しんだとき、この思いにかられたことは知られている。二十一世紀の現在でも「安楽死」を容認する意見は少ない。結果的には、どうしても、人を死に至らしめることであるからである。医学を学んだ鷗外の考えは微妙である。『縁起』で、「安楽死」が「人を殺」すという行為をともなうとしても、「これはさう容易に杓子定木で決してしまはれる問題ではない」と述べるところに、鷗外の本音があるようだ。

【寒山拾得】

『寒山拾得』は、大正五年一月、『新小説』に発表された。

《七世紀の初、中国の台州で主簿（県知事）に任命された閭《ろ》丘胤《きゅういん》という官吏がいた。台州に旅立とうとした時、大変な頭痛に見舞われた。そのとき門前にきた乞食坊主豊干に水のまじないをされて頭痛は即座に治った。元来、閭は「自分の会得せぬもの」に対し「盲目の尊敬」をもっていた。閭は豊干が、国清寺にいたことを知って、台州には会って為めになる偉い人はいませんか、と聞いた。豊干は、国清寺に、拾得がいる、これは「普賢」だと言い、もう一人、石窟に住む寒山がいる、これは実は「文殊」だと述べた。閭は台州に着き、地方長官の威勢の大なることに満足していたが、いよいよ国清寺に行くことにした。多くの部下をひき率れ、何百里の旅程を得て、一万八千丈もある山岳の国清寺に着いた。

道翹《どうぎょう》という僧が出迎えた。閭は、かつて豊干が、この寺にいたことを確認し、寒山、拾得という僧に会いたいと告げた。道翹は、拾得は豊干が松林から拾ってきた捨子だと言い、いま厨で食器洗いをしていると言い、寒山は、石窟に住み、拾得が食器洗いのとき残しておく残飯を貰いに来ると言う。道翹は閭を厨に案内した。湯気で余り中はみえない。奥の方に二人の僧が蹲っている。道翹は二人を呼んだ。二人はまるでみすぼらしい乞食の姿であった。閭丘胤は恭しく礼をして自分の身分を名告った。二人は顔を見合せ腹の底から哄笑し、「豊干がしゃべったな」と言って駆け出した。》

この小篇は、『高瀬舟』と中一日をはさんで執筆された。このときの鷗外の心境は、この二つの作品に、当然通底しているとみるべきだろう。資料は、白隠禅師著『寒山詩闡提記聞』（三巻、駿州紀伊国屋藤兵衛刊本・京都めとき屋宗八後印　延享三年）であることが確認されている。

『寒山詩集』の成立は、七、八世紀頃と言われているが、寒山子そのものの実在は確認されてはいない。またこれを道翹に命じ編纂させたと言われる閭丘胤自体も、その実在が不明である。

この成立の模糊とした『寒山詩集』は、古来から禅典の一つとして尊ばれてきたことは知られている。芸術的には未成熟な詩を包含し、創作主体者を寒山子一人に絞るには詩の性格が雑多過ぎるとも言われている。文学的にはきわめて不備な詩集であることを難じ、入矢義高氏は、求道者といえども、その詩が秀れていなければ、享受者に感銘を与え得ないことを指摘している。（昭46『中国の禅と詩』筑摩書房）求道と芸術性の一体を求める入矢氏の考え方はまことに理に適っていることは言うまでもない。ただ、『寒山詩集』が、芸術的に未成熟であったために「一部の禅僧の間にだけ尊ばれるに止まった」（入矢氏）と言う事実は、必ずしも不幸なことではあるまい。

日本において、江戸時代幾つもの『寒山詩集』の註釈書が出たが、これらがすべて禅僧によっているのも、この辺の事情を物語っていよう。これらは入矢氏が指摘される如く、註釈書としてはきわめて不備なものであったが、「禅的境地」を拓こうとする意欲を示すものではあった。また、この『寒山詩集』及びその註解書は、芸術的、学問的には不備なものであったとしても、江戸から明治にかけて、混迷する世情の中で、ともかく模索して生きようとした多くの日本人に一筋の光明を与え続けてきたのもまた事実であった。その意味で『寒山詩集』は、芸術や学問から離れたところに屹立する一箇のまぎれもない精神世界としての価値を有していた。そして、それは、虚飾を拒否して生きる融通無礙の世界への志向に支えられたものであった。

鷗外が、陸軍省医務局長を辞す直前に、白隠の『寒山詩闡提記聞』に示した関心は、まさにこうした精神志向にあったことが察せられるのである。

晩年に向かう鷗外の精神の基調は、決して明るいものではなく、「迷妄」消し難しであった。しかも、この『高瀬舟』『寒山拾得』を書いたのは、医務局長を辞す五カ月前でもあった。

鷗外が『付寒山拾得縁起』で、資料とした『寒山詩集』(資料としたのは正確には「序文」である)を「修養のために読むべき書」との認識を示している。鷗外自身、迫まる辞任を踏まえ、己の精神の調整をはかる必要があった。それは、この『寒山拾得』のストーリーに、確固として表されている。

偉い人に会うことに最大の価値を置く主簿閭丘胤が、豊干にだまされたのも知らず、乞食坊主の寒山、拾得に、「聖」をみようとする「盲目の尊敬」を、鷗外は寒山、拾得の「腹の底から籠み上げて来るやうな笑顔」で、痛烈に風刺している。

例えば、鷗外は『寒山詩集』の「序文」を使っているが、「序文」では、この寒山、拾得は「玄妙な奥義を明察」した優れた僧侶として書かれている。

「且状如貧子、形貌枯悴。一言一話、理合其意。沉而思之、隠況道情。凡所啓言、洞該玄默」。

(さて、そのありさまは乞食のようで、顔かたちは痩せさらばえていた。が、その一言一句の意味がすべて道理にかなっており、深く考えてみると、そこに道の心がそれとなく喩えられていた。およそその言葉にあらわしたものは、ぴたりと玄妙な奥義を明察していた)(昭45『寒山詩』禅の語録13　筑摩書房)

ここには禅的な真髄がみえる。右の言句は、寒山、拾得の実体を評するものであるが、虚飾を拒否して放恣のまま生きながら、〈真理〉を失わないその生。この「序文」で形象された寒山、拾得は、まことに禅意に適い、他に卓越する有徳の士なのである。しかも、「非哲者安可識之矣(哲人でなければその正体を見抜くことはできない)」たる存在者なのである。「是故至人遯迹、同類化物(これは道を体得した人がことさらその姿を隠し、人々にたちまじって教化していたのである)」という言句にも示されるように、資料「序文」の寒山、拾得は、文殊（寒山）、普賢（拾得）たる、まさに真実の菩薩なのである。

しかし、鷗外は、この絶対超越者たる寒山、拾得を、この小説においては完全に改変し、単なる乞食坊主に変質せしめたのである。そして、その乞食坊主に拝跪して止まない閭丘胤を、「盲目の尊敬」者として形象した。ここにこの小説『寒山拾得』の最大の眼目がある。

しかし、ひるがえって『余興』を考えてみても、若い芸者が、「面白かつたでせう」と言った言葉に対し、「私の自尊心が余り甚だしく傷つけられた」という、この受けとめ方は、普通人には出てこないだろう。「私」はすぐに気付き、「末練」がましい、「いく地」のない人間として反省する。この反省はともかく、若い芸者に、軽々しく接せられた「私」が「甚だしく傷つけられた」のも一種の「権威主義」であることには違いない。すぐ、この意識を消しにかかったとしても、何らかのときに出てくるこのヤッカイな「権威主義」と、鷗外は絶えず戦わねばならなかった。もうしばらくで陸軍省医務局長という大きな「権威」を失うのである。鷗外の偉さは、その精神的葛藤を『寒山詩集』にも求めていたということである。白隠の禅が教えてくれるのは、「無」であり硬直した己の「解放」である。ここに『寒山拾得』の意義がある。

「上院占席」（貴族院議員）

ここで、『高瀬舟』と『寒山拾得』と中一日おいて書かれた作品の意味について、さらに、もう一つ厄介な問題がある。

次に大正四年十二月の鷗外の日記をみてみよう。

五日（日）。晴。家にあり。高瀬舟を草し畢る。

六日（月）。晴。高瀬舟を瀧田哲太郎に付与す。石黒男忠悳に復す。上院占席の事に関するなり。（略）

七日（火）。晴。（略）寒山拾得を草し畢る。（略）

この大正四年十二月の五日、六日、七日の「三日間」は、鷗外の精神史にとって、まことに重要な日々であったことを強調したい。特に中の日の六日に、鷗外は「上院占席の事」について次のような書簡を石黒忠悳に送っている。「上院」は「貴族院」のこと、「占席」とは議員になること。

御懇書只今拝読仕候小生身上御知悉ノ上ニテ御心ニ懸ケサセラレ上院占席ノ〻向〻ヘ御内話被下候趣難有奉存候縦令成就候トモ邦家ノ為メ何ノ御用ニモ相立マシク慚入候ヘドモ御下命ノ上ハ直ニ御受可申上ハ勿論一層言行ヲ慎ミ御推薦ノ厚宜ニ負候事無之ヤウ可仕候又成就セストモ御盛宜永ク記念可仕候敬具　十二月六日　森林太郎　石黒男爵閣下

右の文面をみると、鷗外は石黒に対し、直立不動の姿勢をとっている。いじらしいまでの低姿勢で、石黒男爵に願っている。恐らく数日前に、「上院占席」の可能性ありとする石黒の書簡を鷗外が受けていたことが推察される。しかし、この鷗外の石黒への返信は容易ではない。「御下命ノ上ハ直ニ御受可申上ハ勿論一層言行ヲ慎ミ御推薦ノ厚宜ニ負候事無之ヤウ可仕候」と恐懼して、最大の期待を呈している。無理もない。鷗外に男爵の可能性がないとすれば、この「上院占席」が実現すれば最高の「栄典」になるはずであった。華族でも、公、侯爵以外、すなわち、伯、子、男爵は自動的にはなれず、この中から選挙によって選ばれた。しかも鷗外の場合、天皇が選ぶ勅選議員である。このことを考えたとき、男爵より貴族院の勅選議員になることが、より名誉なことと思ったとみることが自然ではあるまいか。この「栄典」を、退職を間近に控えた鷗外が欲したのは当然のことである。同じ四年九月二十日の大西亀次郎への書簡にもあった「爵云々」、そして今回の「上院占席」の件、決して栄光の場に恬淡として無視して生きることが出来る鷗外ではないことを証している。この時期、鷗外の精神史の中でも、最も複雑であったのではなかろうか。とすると、「御下命ノ上ハ直ニ御受可申上」と書いた書簡をはさんで書いた、精神性の強い二つの作品は何を意味するのか。この二つの作品の解釈は、「三日間」という連続した心境を考えたとき、当然関係が深いとみるのが至当ではないか。

これは推察だが、鷗外は、「上院占席」への期待は大きくともその可能性に対し、そう楽観的ではなかったと思われる。

とすると、もし不可の場合、これをどう受けとめるか、ということは、鷗外にとって、軽い問題ではなかったのではないか。己の敗北感を前向きに恬淡として受けとめる精神的調整がやはり欲しい。そこに、この書簡をはさんでの二つの作品の意味があったのではないか。

『高瀬舟』は、足ることを知るという心、今を満足に生きるという心、この喜助の前向きな精神が、一番重要なモメントなのである。鷗外は、余り好意を持ち得なかった小池の推薦を得て、陸軍軍医官の最高位に就いた。これは「知足」を十分認識出来る位置である。

もう一つ、『寒山拾得』の重要な要点は、「盲目の尊敬」、すなわち、内容のない「権威」崇拝の愚かさである。もう今さら「上院占席」なんて、権威主義の何ものでもないはず、そう思いたい。しかし、なれたら、やはり「直ニ御受可申上」と書かざるを得ない、「俗」にも生きている鷗外。この「俗」を「聖」に換えていく装置としても、これらの作品の意義があるのである。鷗外は『予が立場』でも、「人の上座に据ゑられたつて困りもしないが、下座に据ゑられたつて困りもしません」と書いた。また後でみる『渋江抽斎』の中で、抽斎の「生」の態度を「進むべくして進み、辞すべくして辞する、その事に処するに綽々として余裕があつた」（その五十九）と書いている。これらの言句は、当時、鷗外が己の進退や立場にいかに敏感になっていたかを逆に示していたともとれよう。従って、鷗外は己の才智への自信と、高い上昇志向のために何回も、自己調整の精神を書かざるを得なかった。しかし、結局、鷗外は、貴族院議員になれなかったのである。

「歴史小説」小観

鷗外の歴史小説を概観すると、大正元年の『興津弥五右衛門の遺書』（十月）を入れて、大正二年の『阿部一族』（一月）以来、大正三年の戯曲『曽我兄弟』（三月）まで「権力と民衆」への視点を基本構図としながらも人と人との斬り死にという殺伐とした物語が多かったわけであるが、大正三年の『安井夫人』（四月）以来、いわゆる家族の情を主体としたものが多くなっていく。『安井夫人』から『山椒大夫』『ぢいさんばあさん』『最後の一句』『高瀬舟』など当然、素材によって、肉親や夫婦の情愛の細かさが描かれ、平安で、静謐な精神性が作品を支配することになる。それはすでに述べたように、鷗外自身が、高齢化によって、己の社会的位相が好むと好まざるとにかかわらず変異していかざるを得ないという状況が一つ背景にあること、その変動に動じない精神性が求められたことが、鷗外の文学制作に大きな影響を与えていたことが解るのである。

13　大正元年から五年までの翻訳作品

大正に入って五年まで旺盛な翻訳活動をなした。『ギヨッツ』を入れると三十六篇になる。歴史小説執筆と平行して成した大正期の翻訳も極めて旺盛であった。内訳は、大正元年に三篇、二年は、「初出推定」を入れると二十一篇、三年はオペラを入れて九篇、四年は一篇、五年は、最後の戯曲一篇である。最も翻訳作品が多かったのは大正二年であった。

1　『破落戸の昇天』モルナル・フエレンツ（大1・8『昴』）
2　『十三時』エドウガー・アラン・ポオ（大1・10『趣味』）
3　『田舎』マルセル・プレヲオ（大1・10『昴』以下12月まで連載）
4　『老人』ライナー・マリア・リルケ（大2・1『帝国文学』）
5　『夜の二場』フリーダ・ステエンホオフ（大2・1『大正演芸』）
6　『請願』ハンス・ハインツ・エヱルス（大2・1『心の花』）
7　『一人者の死』アルトウール・シュニッツレル（大2・1『東亜之光』）
8　『馬丁』アレクセイ・ニコラエヴィッチ・トルストイ（大2・1『昴』以下7月まで5回、断続的に連載）
9　『復讐』アンリ・ド・レニエル（大2・1『三田文学』）
10　『猿』ジュール・クラルテ（大2・3『新日本』）
11　『最終の午後』モルナル・フエレンツ（大2・5『三田文学』）

12『労働』カール・シェエンヘル（初出不明。『十人十話』に収録）
13『病院横丁の殺人犯』エドウガー・アラン・ポオ（大2・6『新小説』）
14『ファウスト』ヨハン・ヴォルガング・フオン・ギヨオテ（大2・1 第一部、大2・3 第二部 冨山房）
15『マクベス』ウイリアム・シェイクスピア（大2・7警醒社）
16『辻馬車』モルナル・フエレンツ（大2・6『三田文学』）
17『フロルスと賊と』ミハイル・アレクセーヴィッチ・クスミン（大2・7『三田文学』）
18『センツアマニ』マクシム・ゴルキイ（大2・8『三田文学』）
19『刺絡』カール・ハンス・シュトロオブル（大2・8『昴』以下10月まで連載）
20『パアテル・セルギウス』レフ・ニコラエヴィッチ・トルストイ（大2・9『文芸倶楽部』）
21『橋の下』フレデリック・ブチエ（大2・10『三田文学』）
22『ノラ』ヘンリック・イプセン（大2・11警醒社）
23『聖ニコラウスの夜』アントワーヌ・ルイ・カミーユ・ルモレモニエ（大2・10『三田文学』以下12月まで連載）
24『防火栓』ゲオルク・ヒルシュフエルド（大2・12『昴』）
25『稲妻』アウグスト・ストリンドベルヒ（大3・1『歌舞伎』以下5月まで4回連載。『脚本稲妻』と題された。）
26『尼』グスターフ・ヰイド（大3・1『我等』）
27『舞踏』アナトール・フランス（大3・3『新思潮』）
28『謎』フーゴー・フオン・ホフマンスタール（大3・5現代社）
29『毫光』メニュヘールト・レンジェル（大3・4『番紅花』）
30『忘れてきたシルクハット』ロード・ダンセエニ（大3・7『番紅花』）
31『蛙』フレデリック・ミストラル（大3・7『我等』）
32『父の讎』アーゲ・マアデルング（大3・8『我等』）
33『鑑定人』ポール・ブルヂエ（大4・1『新小説』）
34『白衣の夫人―海辺に於ける一場』ライナー・マリア・リルケ（大5・1『演芸画報』）
35オペラ『オルフェウス』クリストフ・W・フオン・グリック（大3・3、9『我等』）

1『破落戸《ごろつき》の昇天』モルナル・フエレンツ

公園の小屋に、妙な道化師夫婦が住んでいた。女房は女中上りの十七歳。ある日二人は無一文になった。しかし、女房は、この男を心から愛していた。夫は妻への同情が、逆に暴力となった。妻は一晩外で泣いた。ある日破落戸とカルタをやり金をとろうとしたが失敗、夫は絶望し、刃物で自殺してしまった。公園中の住人は腹に子供のいる女房を慰めた。夫は無縁墓に葬られた。（ここから二次元の話）毎晩、緑色の馬車がきて自殺した破落戸をあの世に連れて行く。まず浄火で清め、役人の前に出て経歴を述べる。役人は「婆婆で忘れたものがあれば一日だけ帰る権利がある」と言う。夫は突張って十六年間「浄火」の中にいた。悪い性質を抜け出したとして、自分の子供がみたくなり許可をもらった。家をみつけ、戸をたたくと十六歳位の一人娘が出てきた。自分の娘だと解ったので、手品をしたが、娘はすぐ戸をしめようとしたので娘の手を打った。そして「浄火」の中で消えたはずの「怨」と「不満」が再び戻ってきた。夫は恥じながら天国に帰ってきた。役人は、「たった一人娘をわざわざ打ちに帰る奴があるか」と言って地獄に堕とした。娘は母に話をした。母は、夫があの世から戻ってきたことなど思いもつかず、「わかっているよ」と小声で言って縫物をしていた。

まさしく多愛ない童話である。それも何の印象も残さない。なぜ、こんなものを鷗外が訳したのか理解に苦しむ。強いて考えれば、この小篇の冒頭に、子供を寝入らせるとき「丁度好い話」であると書いていることである。志げとの間にたった一人生まれた男児であった三男類を想い浮かべながら訳したのかも知れない。この小篇を訳したのは、明治四十五年七月二十四日、明治帝崩御の六日前であった。日記に「上原大臣陛下の御病状を伝ふ」と書いている。全国民が明治帝の重篤な病状に打ちひしがれていたときであった。それでも愛児のことを思うことは別である。八月、鷗外は一歳の類を初めて、小石川植物園に連れて行っている。小篇の最後にある「坊やは好い子だ。ねんねおし」は、目に入れても痛くない類を想いながら訳されたと思えば、ほほえましい気もする。

2

『十三時』　エドウガー・アラン・ポオ

オランダのスピイスブルク市は世界第一の立派な都市で、大昔創立された時と、今の街区は少しも変っていない。歴史学者の己は、それを明言するにやぶさかではない。この都市の谷間に同じような家が六十軒建っている。どの家も時計とキャベツの彫刻がある。ある家の入口の右の椅子に主人の爺さんが坐っている。向こうに議事堂の塔の時計がみえる。爺さんは、その時計を睨んでいる。この大時計が時間を誤ったことはない。この時計の番人は結構、名誉職である。さて、この平和な町に災難が起った。正午になる三分前に、一人の小男がこの時計台に駆け登り、番人の鼻をつまみ、持っていたヴァイオリンで頭を打った。正午三十秒前であった。この男、大時計をいじくり始めた。大時計が「一つ」と言い、それから順番に数を言い、「十二時」と言った。市民は「十二時」と思い満足して時計を隠しに入れた。ところが、時計は「十三時」まで言った。

爺さんは「やあ」と言って煙草を落した。「十三時だ」と市民が嘆いた。大騒動になった。大時計は「十三時」を繰り返し、下振りをめちゃめちゃに振った。己はスピイスブルク市を逃げ出し、天下に檄をとばし、義士たちよ、決然立って秩序を恢復し、あの狂暴者を蹴落そうではないか、と叫んでいた。

これは興味深い小篇である。日常的習慣に生きている民衆は、この秩序が崩れたら大変な騒乱になるという話である。正午の十二時に昼食を摂ることを絶対的な慣習にしているとき、信頼すべきは、街にそびえる塔の時計である。それが十二時を打ったとき、みな食に就こうとした、しかし、思いがけずも信頼している大時計がすぐ「十三時」と言ってしまった。つまり市民の固定観念としてある「十二時」を喪失したわけだ。この「十二時」を探して、市民は大混乱を呈することになる。融通のきかない民衆を揶揄しているようにもみえる。なぜ鷗外はポオのこの短篇を選んだのか。ここで考えておかなければならないのは、この時期、鷗外は、この作品の作者であるポオに非常に関心をもっていたということである。それは、ほぼ同時期に書かれた未完『灰燼』を読めば解る。「節蔵は空想家ではない」といいながらも「節蔵は今の文壇に粉本のあるやうな物を書く気は無い。写実を唯一の標準にしてゐる周囲を離れて、自分を縦ままに空想を馳せて見たい。（略）或る時ポオの物を読むと、自分の行くべき道を此案内者が示してくれるやうでもあり」と書いている。鷗外は、この時、ポオ的な空想小説は書かなかったが、その願望は、節蔵に代弁させているようでもある。また『灰燼』の中で「ポオの集中にある「鐘楼に於ける悪魔」から強い印象を受けてゐる節蔵は、新聞国を書くのに、風土記を書くやうな平叙法で、国の有様を書いた。巧まずありの儘に書いてゐるやうで、それが一々毒々しい諷刺になる。」とも書いている。この「鐘楼に於ける悪魔」とは、この『十三時』のことで、節蔵ならぬ鷗外こそ、相当「強い印象」を受けていたようである。人々の慣習の中に、歯車のようにはめこまれている「時間」を喪失することの恐しさ、ここに眼をつけたポオに鷗外は惹きつけられたのであろう。そう考えることが、いかにも鷗外らしい。ポオの作品を訳したものとしては、他に『うづしほ』と『病院横町の殺人犯』がある。

3　『田舎』マルセル・プレヲオ

脚本家ピエエル・オオビユユルナルは三十六歳。かつて田舎から出て来て、今やパリにおいて文筆で成功し、精神的富豪社会の一員として高級住宅街に住んでいる。ある日、高校生のとき交際していた年上のマドレエヌ・スウルヂエエから手紙がきた。内容は、二回目の夫は、利己主義で圧制家で私は大失敗した。相談にのって欲しい、明日、連絡を受けたらパリに赴くと書いてあった。ピエエルは、女の浮気の発動を感じ、その情欲を芸術的に研究しようという好奇心で、パリのある場所に会いに行った。かなり待たされ、下女が、女がお会い出来ないというメッセージをもってきた。そして、女から手紙が来た。あの日、私はあなたを盗見した。その結果、昔より好きになった。しかし、所詮、田舎女の私を真剣に恋の対象にはしてくれないことを察知した。

　田舎女は、恋と結婚を別にすることは出来ない。それで私は去りましたとあった。時が経ち、ピエエルの自負心の創痕も癒え、時折、あの女を想い出すこともある。卓の抽出にある黄ばんだ二通の手紙を包んである紙には「田舎」と書いてある。

ストーリーはよくある話だ。田舎から出て脚本家として大成した男に、若き日の恋人が会いに行き、さらに惹かれるが、恋と結婚を分離出来ない田舎女は、捨てられる危険を感じ、みずから身を引くということ、どこの国でもあったであろう田舎人の保守的感覚を捉えているとみてよい。モーパッサン流という説もあるが、凡作の一つと言える。作者のプレヲオは、「椋鳥通信」によると、一九〇九年（明42）五月に、アカデミー・フランセーズの会員に選ばれている。

4　『老人』ライナー・マリア・リルケ

ペエテル・ニコラスは七十五歳。いろんなことを忘れてしまった。太陽も季節も、何も感じない。毎日、陽のさす公園のベンチに、貧院からくるペピイとクリストフの二人の老人の真中に坐る。二人ともペエテルより齢上である。ペピイは痰を吐く。生涯のんだ大酒のせいだ。クリストフは手鼻をかむ。枯木のように衰弱している。歯のない口を動かしている。十二時を打つ音、耳許で、「おぢいちゃん、お午」、と十歳の小娘が耳もとで囁く。ペエテルは左と右に一遍ずつお辞儀する。二人の老人は、ペエテルが、小娘と木立の向こうに隠れるまで見送る。二人は貧院に戻ると、ペピイは先に入ってコップに水を入れて窓の縁に置く。そして、クリストフが拾ってきた花をそれに挿すのを、じっとみている。

リルケはさすがに詩人である。老人は、痰を吐いたり、手鼻をかんだり汚いものである。しかし、この小品は実にのどかである。老人の大きな特徴の一つは「孤独」である。お午になると、ペエテルは孫の少女に連れられて、家に帰って行く。木立の向こうまで、二人の姿が消えるまで、みとれている老人二人。羨しいのである。孤独なのである。最後は最も優逸である。ペピイが水を入れたコップに無言で拾ってきた花をクリストフが挿す。それで二人の気持が癒されるのである。読む者もホッとする。鷗外、このとき五十代に入ったところ。「人生五十年」の時代である。『ぢいさんばあさん』を書く鷗外は、「老いる」ということをどのように考えていたであろうか。

5　『夜の二場』フリーダ・ステエンホオフ

㈠ある君主の寝室。影が入ってくる。君主に酷似している。影と君主は問答を始める。影は、お身は、あれを狂病院に入れはしまいな。館の隣にあの男の館を建て平気で付き合いをさせてやればよいと言う。君主、成程、己が沢山の女たちを住まわせている館をもっているのが不都合か。問題は、あれの物狂おしい惑溺の振舞いが、君主の妻にふさわしくない、子供も四人いる。影は、あれは、お身の犠牲になってきた。お身が遊びに出ているとき、あれが全部ひき受けてやってきたのだと。君主は領内の道義は守らないと、それに権威の維持をするためには、多数の意見に従わなければいかん。聴罪師をよべと言う。

㈡僧正ベネデクトが入ってくる。君主は相談したい一件があると。僧正の聴罪師は、それは奥方と青年将校の件でしょうと聞く。君主は、士官は無期刑、夫人は狂病院だ、しかし、本当は署名せず済ませたいと。僧正、それは政治によくないと言う。君主、わしの不実からすれば、あれの行為は軽いがと。僧正は、社会の罪としては百倍重い、人民、寺院、軍隊が承知しませんと言う。君主、あの書類とペンを持って来いと、そして署名する（影は大息をして戸口より消える）君主はわしの来世は、聴聞師じゃ、と微笑、僧正はご冗談をと述べる。

話は至って簡単、影は君主の良心と情。この戯曲は、君主の内部葛藤が主題。自分の悪行からすれば、妻の一回の浮気ぐらい罪は軽い、放っておけばよいと思う。しかし、君主の立場に立てば、己れが危い。ここでは人間のエゴイズムの勝利を書いている。

6　〔**請願**〕ハンス・ハインツ・エヱルス

牧師リボリウス・ドルンブリュウトは、実に真面目、職務に忠実である。雑誌、新聞もよく読み、外国からもとり寄せている。そのため原稿依頼も増えてきた。一緒に住んでいる七十歳の家政婦が、宗教長に、勉強が過ぎ、牧師は最近衰弱してきたと訴えた。そこで、牧師を「学校監督」に任命した。牧師は熱心に各区の学校を廻り、そのため生徒の成績も上ってきた。しかし、牧師はある日、植物学の授業を観て、衝撃を受け衆議院議員に手紙を出した。要するに、植物学の心髄は「性交」を教えることにある、国の風教を害すると。議員は、これを読み、この男は狂病院に入れるか、それとも一度は、文部大臣になるかも知れないぞと思った。

「性」と教育の問題は、今でも決して巧く機能しているとは思われないが、二十世紀当初は、とみに過敏になったこともあったと思われる。そうした時代性とともに、余りにも大真面で、過度の勉強をすることが、必ずしも良い結果をもたらさないという皮肉もこめられているように思える。特に「性」を当然の「生理学」とみていた鷗外からみれば、この一欧州人の「性」に対する遅れを揶揄する気持もあったと想像できる。

7　〔**一人者の死**〕アルトゥール・シュニッツレル

医師は、友人の家政婦から起されてすぐ来るように言われた。友人は五十五歳、二年前から心臓が悪い。友人の家には、それぞれ呼ばれた商人と詩人、二人がやってきた。友人はすでに十五分前に死んでいた。みなは、なぜ、この男は三人を呼んだのだろう、と考えた。結局のところ解らない。家来が、七年前に書いたという主人の遺言を出した。五人の名前が書いてあるが、一人は死に、一人は行方不明であった。遺言を詩人が朗読した。問題は結末だった。「諸君の妻は予悉くこれを犯せり。実に一人も剰さざりき」とあった。医師は腕組みし、詩人は、畜生ともらし、自分も随分他の女と関係したことを想い出し、所詮つまらぬ復讐だと思った。医師も、自分が一時他の女に走った時期の女房を想い出していた。商人は、家来に葬式は弁護士のところにある遺言状にそってやるようにと言って戸口を出た。詩人と医師は何の変化もなく握手して別れた。詩人はさっきの遺書を持って帰り、自分の死後、妻がみつけ、己を大きい人と褒めてくれるさまを空想していた。

友人の遺書が、三人の友達に、衝撃を与え、パニックになることを予想して書かれたようだが、結局何も起らず、詩人などは、むしろ自分のプラスになることに利用しようとした。意外性が、意外にならない、現実の面白さが描かれている。
そして男のもつ好色性が暴かれていると言える。

8　〔馬丁〕アレクセイ・ニコラエヴィッチ・トルストイ

老婦人アレクサンドラの家で、隣の荘園主ソバキンはお茶をのみながら、馬盗人オツシカの話をしている。ソバキンは、オツシカは盗人の総称で実在しないという。老婦人は肯定しない。ソバキンの馬は驪(あお)だからオツシカに注意するように馬丁に言う。そのとき、家来が驪が盗まれたと飛び込んでくる。ソバキンは警察に通報、馬丁は酒に酔ってねていた。老婦人は、必ず馬市に出ると告げた。ソバキンは馬市に行く途中泊った家で、老人は、あんたは馬市に行ったら殺されると言ったが、翌朝早くソバキンは出発した。馬市で初めてオツシカを見た。しかし、オツシカは無実だと言って逃げた。ある宿に泊っていたソバキンの所に警官がオツシカを連れてきた。しかし、それはオツシカの死体であった。百姓たちがリンチで殺したのである。

驪は、前に泊った老人の家にいた。日が経ち、ソバキンは、老婦人の家にいた。ソバキンに対し、しきりに馬丁に注意しなさいと老婦人は言う。ある日、ソバキンは馬車に乗って走っているとき、馬丁アルヒイプが斧を投げつけ「旦那はわしの息子、オツシカを殺した」と叫んだ。殺したのは百姓だとソバキンは反論し命は助かった。馬丁アルヒイプは、以後、百姓たちを困らせていた。百姓たちは不作で、ある日、アルヒイプを出せと集まってきた。アルヒイプは百姓を次々と狙撃した。乾草に火が燃え上ったときアルヒイプはソバキンの胸を刺した。荘園は火の海。アルヒイプは驪に乗り、広野に向って走り去っていった。

日本文学では絶対にあり得ないロシア文学の世界である。まことにリアルに富んだ長篇である。ロシアの厳しい原野に生きる無法な人間たちの執念と逞しさ、この作者は『戦争と平和』で有名なトルストイではないが、人間の「業」をリアルに描き切っている。人間味のある若き荘園主のソバキン、それと対照的なのが馬丁のアルヒイプ、この二人の微妙な人間関係。百姓たちに殺されたオツシカの父親が、ソバキンの馬丁アルヒイプという意外性。それにしても、なぜソバキンは殺されたのか。やはり息子のオツシカが盗んだとして殺された、あの驪を奪うことによって息子の復讐を遂げようとしたのか、いずれにしても、当時の日本人からみたら、スケールの大きい複雑な人間劇として映じたはずである。

9　〔復讐〕アンリ・ド・レニエル

バルタザル・アルドラミンは、若い命を絶った。己が、あの男の身上話をしよう。バルタザルとは、己の親友で、父親同士も仲がよく、エネチアの運河に臨んで隣あわせで住んでいた。二人は大いに遊んだが、バルタザルは、ある日、飄然と旅に出た。そして、彼は不思議な死に会ったのだ。(以下、己ロレンツォに、バルタザルが話を伝える形式になっている)己は大金を持って家を出て、親類の老議官の家に寄り、ローマ、パリ宛の紹介状を書いてもらうつもりだった。また女たちに贈る品物を沢山持って己は老議官の家を出て、岩窟の前に来た。此処をくぐり抜けると別荘がみえた。別荘の窓は二つ以外は全部開いていた。主人が出て来て一晩泊れと言い、食事と酒が与えられた。食後、窓の閉じた部屋に行けと言った。そこに女が眠っているが出自をきくなという。己は女の部屋に入った。中は暗い。この部屋で不思議なことに遭遇した。外から誰かが戸を押えている。ある時間が過ぎて、そのうち部屋を出た。外に出て馬車に乗りミラノへ来た。あの部屋の女は何だったのか。不審だった。あの別荘の主人から「手紙」がきた。閉じ籠められていたあの女はある土地から奪った女だったが、己は老いのため一度も触れることが出来なかった。しかし、あの晩は、若い二人の格闘、呻吟、反復を「偸聴」した。あれから女は妥協的になったが、お前の名前を知ってしまった、とある。また己の生命を狙う者があるとも書いてあった。それは、あの女だった。己に「侮辱された報酬」だと言う。己は利用されたに過ぎぬ、と思ったが。己は女の顔も名前も知らない、不安。日が経ち老人も死に、己は高い地位の夫人と恋をして一年経った。己はエネチアに戻った。己は君(ロレンツォ)を訪ねた。君の傍に新しい親友レオネルロがいた。祭日だった。例の別荘で五人の友達が仮装して集まった。突然ローソクが消え真暗になった。そのとき、突然己は冷やかな尖ったものが胸を貫ぬき、口の中に血が漲るのを感じた。(バルタザルの話はここで終る)。

さて、ローソクが点いたとき、みながバルタザルを抱き起してみると、心臓を一突されていた。みんな自殺と判断した。

ある日、レオネルロと己(ロレンツォ)は一つの馬車に乗った。そのとき賊に襲われ、裸にされ、木に縛りつけられた。夜になり松明が燃えている。向うの木にレオネルロが縛りつけられている。よくみると女の体ではないか。不審に思ったが、やっと己は気がついた。赤い創口、バルタザルの死、成程と思ったが、夜が明けたとき、レオネルロは、もういなかった。

根底には強固な貞操観念があるが、被害者の女からすれば、我家から拉致され、その上、監禁され、挙句の果てに、ある晩、泊った男に理不尽に貞操まで奪われたとすれば、並大抵のことでは傷は癒えるものではない。バルタザルからみれば、「第三者の盲目なる器械」にされたに過ぎないかも知れぬが、無理に一室に入ることを強いられたとしても、そこに美しく若い女がいたことにより、己の欲情を果してしまった。そうなることが、老主人の実は目的であったわけだが。覗き見することにより、回春を得、これもまた復讐されて死んでゆく。女は男に化け、長い時間をかけて復讐を果たす。読みごたえある、サスペンスに満ちた作品である。この老人をみていると、何か谷崎潤一郎の耽美主義による作品を読んでいるような気分にもなる。アンリ・ド・レニエルの佳作である。この手のこんだドラマ作りの細緻さには感心する。

10　『猿』ジュール・クラルテ

この物語の「語り部」は猿が好きである。人間と同じなのは、焼餅やきぐらいで、後は人間より性格がよいという。そして人間の方がどうかすると獣になるとも言う。また猿は自分を侮蔑した人間を憶えていて、二階からその男に砂をまき復讐したりもする。ある提督が猿の話をした。軍艦の中で、宝石の指輪が失くなり水兵の一人が疑われたが、その軍艦に飼われていた猿が犯人であった。軍艦では模擬裁判をして有罪になり、嘘の処刑をしようとした。そのとき、猿は目隠しをとり、海に飛び込み死んでしまった。この猿が死んでから以後、艦では、笑い声が絶えてしまった。これが提督の話であった。

作者ジュール・クラルテは、十九世紀末あたりからコメディーフランセエズの指導的立場にあって、戯曲を書いていた。芥川龍之介にも「猿」（大5・9『新思潮』）という作品がある。これも、軍艦で飼っていた猿が、艦長の時計をもってマストに上ろうとして捕った話が想い出話として出てくる。いささか、このクラルテの影響があったかも知れぬが、このクラルテの小篇自体は、凡作といってよい。

11　『最終の午後』モルナル・フエレンツ

公園で男女が歩いている。二人の仲はこれ切りにしましょう、女の言葉に男も、その通りと同意。男が一つだけ聞きたいと言う。長いこと、あなたのご主人のことは知らずにきたが、ある日、ご主人の写真を見せてもらって驚いた、すごい美男子で、あの日、夕食がのどを通らなかった。そんなある日、オペラ座であなたのご主人をみて驚いた。頭のはげた五十五、六歳。無類の醜男ではないかと言った。女は宅の主人ですと平然と認めた。なんであんな狂言を、実際の主人をみて焼餅もなくなり恋もさめてしまったと男は言う。女は全部計算済み、わざとオペラの切符を男の家に落して帰ったのも、そろそろ平和裡に別れたかったからよ、と言う。なぜ私と別れようとしたのかと聞くと、女は、もう、あの美男の写真を外の男にみせたからです。男は、写真、手紙一枚で勝手に扱うことが出来ますの、男心はそんなもの、と女は平然としている。

小篇ながら、よく考えた作品である。ある男と交際中、別の男が出来た、そこでいま交き合っている男と平和に分れるために、一枚の写真をトリックとして使った。これだけの小篇ながら、男の競争心、身勝手さ、うぬぼれ、思い込み、そして単純さを巧くとらえた寸劇である。

12　『労働』カール・シェエンヘル

若い夫婦。夫カスパルは、雑貨商に頼まれて毎晩五時間の道をインスブルックの近くまで行く。妻のレジイは家政婦だ。二人は実によく働く。目覚時計でとび起きると、夫は、すでに街道の埃を浴びている。妻は立ったままコーヒーを飲む。しばらくすると夫が、山のように荷を積んだ車で角を曲ってくる。コーヒーが沸いているよと妻。夫は立ったまま一息。妻は引越しの手伝い、夜が明けると、今日は、判事さんの所の洗濯日、判事の女中がきて六時半からでいいと伝える。妻は、十五分ほど暇ができたので、この時間に夫と話ができると思う。やってきた夫に声をかけると、暇になった女房に、かえって不機嫌になった夫は、話をしないで行ってしまう。材木運びは昼までだ。妻はぼんやり、しかし洗濯しなければと飛び出して行った。

作者のシェエンヘルはチロルの出身。「椋鳥通信」によると「ドイツ農民文学賞」を受けていることが解る。とにかく、体を動かし、働くことに懸命にたずさわる若い夫婦の明るさが、いやに目立つ。何の疑問も暗さもない、ただ働くことに喜びがあるかのよう。他に何の趣向もない作品である。

とにかく、人間は働くために生まれてきたのだという単純な思考が許されるような珍らしい作品でもある。

しかし、二人は心から愛し合っている。ちょっと話をする時間もなく働いている。そして健全だ。そんなところに作者の理想が垣間みえるようにも思える。

13 『病院横丁の殺人犯』エドウガー・アラン・ポオ

己は千八百数十年代、春から夏にかけドュパンと住んでいた。彼は良家の出だが、今は貧乏、己が家賃を払い、彼は利子で食っていた。ドュパンは読書家、博覧で空想に天稟の威力とそして、見事な分析力をもっていた。しばらくして、病院横町で殺人事件があった。被害者は孤独な占師の老母と娘である。老母は首と胴が離れ娘は煙突に押し込まれていた。そのうち銀行の小使ルボンが捕った。ドュパンは警察に疑問をもち、われわれで犯人を捜そうといった。いろんなことに注目したが、ドュパンが特に目をつけたのは老母の掌にあった毛であった。人間の毛ではない、と考え、一つの結論を出した。犯人はフランス男に飼われていた「猩々」、これが逃げ此処に入り凶行に及んだと。

このフランス男は猩々を手に入れることの出来る水夫だと、ドュパンは推理し、海員向けに、逃げた猩々を保護していると広告を出した。フランス男はすぐやってきて捕り遂に白状した。ルボンは釈放され、警視総監は、ドュパンに屈伏しながらも不満だった。ドュパンは総監は狡猾だが、賢くないと思っていた。

この作品の末尾に、鷗外が付記で、原作が「分析的精神」についてかなり議論しているところを「勝手な削除」をし読者に読みやすくしたと書いているが、それでも、前半は、理解しにくい「思想の連鎖」なる理論説明があったりして理屈っぽい。鷗外は付記で「近頃こつちではこんな小説を高等探偵小説と名付けることになつてゐる」と書き、当時の風潮を伝えている。大正二年頃の日本人で、探偵好きの読者には、この作品は結構楽しまれたと思われる。ただ母子殺人の犯人を、どんどんポオは推理で追いつめていくところはよいが、結局、真犯人は人間ではなく、猩々であったことになる。そして飼っていたのがフランス人の水夫、といった推理が事実になっていく過程は、よく熟していず、今の感覚からすれば、少し荒っぽいとみられても仕方のないところもある。

14　『ファウスト』　ヨハン・ヴォルガング・フォン・ギョオテ

　この詩劇は、まことに長大にして深奥、しかも難解である。この言葉の密林に迷い込んだ者は脱出口を見出すのに辛苦するだろう。

　登場人物の多さでも無限に近いと感じてしまう。『鷗外全集』第十二巻（昭47・10）に収められているが、八百七十三頁を占めている。この詩劇『ファウスト』を、従来、どれほどの人が完読出来たのであろうか。ついそうした不埒な事まで考えてしまう。研究書でも、『即興詩人』に触れたものは多いが、この鷗外の翻訳詩劇『ファウスト』に触れたものは極めて少ない。小堀桂一郎『西学東漸の門―森鷗外研究』、または星野慎一『ゲーテと鷗外』など数冊に限定されている。長島要一『森鷗外の翻訳文学』すら、『即興詩人』には触れても『ファウスト』に全く触れていない。この八百余頁にわたる長大さと哲学的、神学的思考を綴る言辞で延々と展開される詩劇を完読するには、かなりの忍耐と意欲を必要とすることは間違いない。その障壁の故に、『ファウスト』研究が少ないのかどうか、それは簡単には言えないが、ただ、こうした物理的条件があることも無視出来ないと考えている。

　この詩劇は、「第一部」と「第二部」に分かれている。その上、それぞれ劇に入る初めに、さらに「悲壮劇の第一部」、「悲壮劇の第二部」とがある。第一部では、「悲壮劇の第一部」の前に、「薦むる詞」「劇場にての前戯」「天上の序言」なる三つの詩が置かれている。「悲壮劇の第二部」は、第一幕から第五幕までが設定されている。登場人物は、第一部、第二部合わせて百人以上にのぼり、さらに、各場面においては多くの群衆が登場している。

　第一部の「薦むる詞」においては、「汝達我に薄《せま》る。さらばよし。靄と霧との中より我身のめぐりに浮び出でて、さながらに立ち振舞へかし（略）」「半ば忘られぬる古き物語の如く、初恋も始ての友情も諸共に立ち現る。（略）」と詠う。当初において、この詩劇が回憶の詩想であることを詠っている。次の「劇場にての前戯」では、座長、座付詩人、道化方が、この「詩劇」が上演されたときの反響を計算している。座長は、「こんど度の企がこの独逸国でどの位成功するだらうか」と杞憂し、詩人は興行上の問題よりも、「詩人の霊」を大事にしたい、と考えるし、道化方は、自信満々といった風である。

　「天上の序言」では、いつまでも下界に苦情をもつメフィストフエレス（以下悪魔とする）に主が、「己の子分のファウストを知っているか」と聞く。悪魔は、あの変なドクトルは知っていると応える。ファウストは、「俗塵の欲望に住む己」と「天界の清浄な世界に生きようとする己」の二分化に悩んでいる。

悪魔は主に向かい、ファウストを、「そろ〳〵わたしの道へ引き込んで遣りたい」と訴える。「あれが下界に生きている間は、止めはしない、あの男の霊を本源から引き放してお前の道へ連れに、下界に降りてみい、しかし、善い人間（ファウストのこと）は暗黒の中を歩いていても始終正しい道を忘れてはいない。」（これは第二部、第五幕、つまり終盤で問題になる重要な言葉である）

主は条件をつけて、ファウスト誘惑の許しを悪魔に与える。そこで悪魔は早速ファウストの誘惑に向かうことになる。

「悲壮劇の第一部」（ファウストは不安な表情で椅子に坐している）

ファウストは言う。己は、法学、哲学、医学、神学すべてを熱心に研究したが、その代り、一切の歓喜がなくなったと。ファウストが本当に知りたいのは、「此世界を奥の奥で統べているのは何か」ということらしい。しかし、閉された心の中で「さあ広い世界に出て行かぬか」と自問している。書斎にいるファウストを多くの霊が訪ねてくる。その中に、書生姿の悪魔がいる。そして己は常に物を否定する霊だと言う。ある日、ファウストは、悪魔に、官能の世界に己を沈めてくれと頼む。悪魔は外套を拡げてファウストを載せ、空を飛び魔女の大鏡の前に立たせる。その中に映る美女にファウストは心を奪われる。マルガレエテである。悪魔はファウストを堕落させるチャンスとして、宝石の小箱を用意、ファウストに与え、それをもってファウストはマルガレエテに求愛、二人は恋に落ちる。そのうち戦争が始まり二人は離れればなれになる。群衆の中にマルガレエテを発見するが、あれは影で、生きてはいないと悪魔は言う。マルガレエテは殺人の罪で牢にいた。ファウストは、己について来いと言うが、マルガレエテは、私は神の裁きに任せますといって動かない。ファウストは悲嘆する。

「悲壮戯曲の第二部」

㈠疲れ果てファウストは野に横たわる。精霊たちが癒す歌をうたう。ファウスト、命の力が、また少し沸いてくる。（場面変る）ファルツの帝都。王宮で、帝や役人たちが世の乱れについて口々に語っている。そのとき、悪魔メフィストフエレスは、宝の埋まっている場所を予言する。帝は、その宝探しを命じる。隣室の大広間で仮装舞踏会の最中、火事になり大騒動、「富の神」が貨幣をばらまいた故だった。翌日の庭園。帝に跪き、ファウストは「火の戯」の許しを乞う。役人が来て、借財はみな片付けましたと報告。ファウストは宝は国の地下に在るという。帝は、下、上の世界が協力して福利を致すようにと述べる。

㈡美しい若者パリスが登場。美女ヘレネを連れ去る。ファウストは、己が救ってやれば二重に我モノになると考える。しかし、ヘレネにうつつを抜かした者は、正気を失う。倒れたフアウストを悪魔が背負って帰る。ファウスト、目を醒まし、ヘレネを探す。

㈢スパルタ、メネラスの宮殿前。ヘレネはお后として帰ってきた。闇の女（悪魔）ヘレネと対決。ファウスト、中世騎士の宮中服で現われる。先導の女はファウストをみて、どの方よりもご立派とヘレネに言う。ヘレネとファウストは別室へ。闇の女は、恋のいろはの稽古をたんとなさるがよいと言う。（場所は岩室に一変）二人の間に赤ン坊が生まれる。ファウストは夫婦気取り。童子は森の中に消えていく。合唱の群は、童子の死を悼む。闇の女は、ファウストに、悪鬼どもは地獄に堕そうとしていると、しっかりと励ます。ヘレネは衣裳を雲としてファウストを包み飛び上っていく。

㈣屹立せる高山。ファウスト坐し、若かりし昔は去ったと嘆く。悪魔登場。ファウスト、地球上には、まだ偉大な事業が残っている。己は努力する。主権をとるのだと力強く言う。地上では、殿様たちが、最後の決戦をしている。あなたは戦争に勝って、海岸一帯の地をもらいなさいと言い、そのとき悪魔はささやく。喧嘩坊、はやとり、かたもちの三人の有力なやくざが、助けに来ましたよと。

外山の端、帝の帷。ファウスト登場。劣勢になっている帝の前に出て、ノルチアに住む魔術師が、昔、あなたに助けられたと言って、いまやってきていますという。戦況の不利はだんだんと逆転、遂に勝利をかち取る。

㈤開豁な土地。ファウストが獲得した海岸は、いま緑の牧場と花園になっている。昔住んでいた老夫婦が、喜んで帰ってきた。（宮殿）。広い庭。老いたファウスト。目の前に広大な領地。しかし、ファウストは懊悩している。

悪魔メフイストフエレス登場。ああ万歳だ、全世界を抱擁している。ファウストは、あの老夫婦に新しい家を建て、己は、あの丘に望楼を建てたいという。そして、己の生涯から魔法を除けて、人間らしく生きたいと思う。己はあらゆる歓楽を引き寄せ、勝手気ままにやってきた。そこに「憂」が登場。「下がれ」とファウストは叫ぶ。しかし奴は「ファウストさん、あなたは盲になりますぞ」と告げて去る。悪魔登場。メフイストフエレスか、寄って来い、死霊たちも寄ってこい、己は、自由な民とともに、自由な土地に住みたい、そういう幸福を予想し、いま最高の刹那を味うのだと言って、ファウストは、ばったりと倒れる。

悪魔メフイストフエレスは、「此男はなんの楽にも飽かず、なんの福にも安んぜず、移り変る姿を追うて、挑んで歩いた、そしてこの気の毒な奴は（略）時計は止まつた。」とつぶやく。最後に、この悪魔は「己は「永遠の虚無」が好だ」と言う。主が悪魔にファウストをゆだねるとき、いつかお前は恐れ入るよ、なぜなら、善人は始終正しい道を忘れてゐない、(天上の序言) と言つたにもかかわらず、なぜファウストは盲人にされてしまったのであろうか。永遠の謎である。「埋葬」では、死霊、悪魔、天人の群、合唱する天使等が集ってくる。合唱で応じ合う。「山中の谷、森、岩、凄まじき所」、此処で、合唱の声の谺響、感奮せる師父、沈思せる師父、天使めく師父、合唱する神々しき童子の群、マリアを敬う学士、合唱する贖罪の女の群、大いなる女罪人、エジプトのマリア、そして「一人の贖罪の女」(曽てグレエトヘンと呼ばれしもの) も出て「御覧なさい。下界の絆を皆切つて、古い身の皮からそつくり抜け出しておしまひなすつて」と詠う。そして、この大詩劇の最後をしめくくるのは「合唱する深秘の群」である。

「一切の無常なるものは／只映像たるに過ぎず。／曽て及ばざりし所のもの／こゝには既に行はれたり。／名状すべからざる所のもの／こゝには既に遂げられたり。／永遠に女性なるもの／我等を引きて往かしむ。」と。

あらゆる学問を「底の底まで研究した」ファウストであったが、その代り一切の「歓喜」を失した。この詛われた石壁から己は出て、己の官能に掻き乱されたい。一方の悪魔メフィストフェレスは、たまたま、主の子たるファウストを誘惑してもよいという許しを得ていた。この二人の欲求は一致していた。主は、予言した、「善い人間」は「始終正しい道を忘れてはゐない」と。ファウストは悪魔に導かれて、この壮大な恋愛をし、その理想たる国土に楽園も作り、人民の幸せを願ったが、最後はヘレネに心を奪われ、次第に悲劇に落ちてゆく。そして「数百万の民に土地を開いて遣る」という理想をもちながらも、「憂」のために盲《めしい》にされ、倒れてしまった。

端的に言えば、大きな努力を重ねて大博士になったファウストであったが、結局、不満の波を避けることが出来ず、悲劇に堕ちてゆく、こうした人間の縮図をゲーテは壮大に描いてみせてくれた。

ファウストの「どうせ君の肺腑から出た事でなくては／人の肺腑に徹するものではない」という、このセリフを、その文学を「あそび」とレッテルをはられた鷗外は、どんな思いで訳したのであろうか。いずれにしても、この大学者としてのファウストの生涯に鷗外は、己の身を幾度も重ねてみたのではないか。

第一の「夜」の部で、ファウストが思う「己は自己をどんなにか偉大に、又どんなにか小さく思つただらう」と。このファウストの内省は、まさに、明治四十年代の鷗外の苦悩する心境そのものではないか。あの『妄想』を髣髴とさせる言句ではないか。『ファウスト』と鷗外は、まさに運命的な出会いをしたように思えてならぬ。

鷗外は、何時頃からゲーテに関心をもち始めたのであろうか。このことについては、本書五五ページで述べているので詳述はしない。

鷗外はドイツに留学して約十カ月余で、「洋書」を百七十余冊も蒐めた。その中に、『ゲーテ全集』もあったことも日記で確認している。

鷗外は、十七年十月十二日にベルリンに着し、約八日間滞在し、ライプチヒに移っている。翌十八年八月十三日、鷗外がドイツに来て約百日余を経た段階で「洋書」を「百七十余巻」も蒐めたということである。鷗外の読書欲というか、蒐書意欲というか、どちらも合せもったものであったと思うが、一つの驚きである。そう言えば、ライプチヒに着いた二日目、十月二十四日の日記に、「(略) 夜は独逸詩人の集を渉猟すること丶定めぬ」と書いている。「独逸詩人」への意識のまず第一にゲーテを考えていたことは容易に推察出来る。鷗外が右の日記文で言う「ギヨオテ」の「全集」は、アントン・フィリップ・レクラムが、一八六八年に刊行を開始した、レクラム文庫である。これは四十五巻の厖大なもので、第十一巻が『ファウスト』であった。鷗外文庫に所蔵されているこの『ファウスト』の見開きに、「明治十九年一月於徳停府　鷗外漁史校閲」とある。鷗外は十八年十月十一日に、ライプチヒを発し、同日夜、ドレスデンに着き、十三日に、ホテルから下宿に移っている。このことも本書五六ページで述べているが。この下宿について「濶き居室と小臥房とあり。居室には銅板ファウスト、マルガレエタの図を掲ぐ。」と書いていた。ドレスデンで鷗外が住んだ居室に、銅板の『ファウスト』の「マルガレエタ」の絵が掲げてあったという事実は重要である。これも再び述べるが、この銅板画を毎日見ながら、鷗外の脳裡に、『ファウスト』が刻み込まれていったに違いない。

このドレスデンでの生活が二カ月余経って、架蔵の『ファウスト』の見開に「校閲」と書かれたのも無理はない。鷗外は、すでに、ドイツに着し、間もなく、「独逸詩人の集を渉猟す」と書いたように、この時期「独逸詩人」に特に関心を持っていたことは解るが、このドレスデンの居室に、『ファウスト』の銅板画が掲げてあったことが、『ファウスト』を早く読む気にさせたことも否定出来まい。

また、ドイツ滞留中に、『ファウスト』に関するものとしては、十八年十二月二十七日の『独逸日記』に「(略) 夜井上とアウエルバハ窖 Auerbachskeller に至る。ギヨオテの「ファウスト」Faust を訳するに漢詩体を以てせば何如抔と語りあひ、巽軒は終に余に勧むるに此業を以てす。余も亦戯に之を諾す。」とある。「新体詩抄」の井上巽軒に『ファウスト』を「漢詩体」で訳してみたらと言われ、鷗外も気をよくし「戯に之を諾」している。恐らく両人にはかつて鷗外が試みた『盗俠行』

が脳裡にあったと思われるが、あの長大な詩篇『ファウスト』を「漢詩体」で訳す気持は、そのときでもなかったと思われる。井上へのご愛想であったと思ってよいだろう。

さきの鷗外が日記に書いた「校閲」であるが、いわゆるわれわれが常識的に考えている「校閲」の意味と、鷗外が使った意味は当然異っている。

恐らく鷗外は「瞥見」(ちらっと見ること)か、簡単に「調べる」ぐらいの意味として、「校閲」と書いたのではなかったか。このときに、完読したという確証はない。小堀桂一郎氏は「全篇を読了したのはどうやら鷗外の帰朝後のことに属するらしい。しかしどんなにおそくとも明治二十六年五月、これも著名なかの『傍観機関』の一連の論争文が書かれるころには『ファウスト』全篇を読了してゐたことがこの論争文への『ファウスト』からの引用の仕方を通して推定できる」(『森鷗外—文業解題〈翻訳篇〉』)と述べている。異論はない。

文芸委員会と『ファウスト』翻訳のことはすでに触れているが、鷗外が翻訳を委嘱されたのは、明治四十四年七月三日の第三回の文芸委員会のときである。このとき上田敏は「神曲」を訳すことに決った。

鷗外は『不苦心談』で、「私は余り苦心してゐない。少くも話の種にする程、苦心してゐない」と書いたように、その翻訳作業は早かった。

明治四十四年十月三日の日記に「(略)Faust 第一部訳稿を校し畢る」と書き、四十五年一月五日には「(略)Faust を訳し畢る」と記している。むろん、これは第二部のことである。

大正二年二月八日(土)の日記に「(略)Faust の横文番付、筋書等を訂正す。(略)」とあり、それから三日後十一日の日記に「(略)昨夜市民暴動の事ありしにより、朝陸軍大臣官邸にゆき、第一衛戍病院に救護隊三箇を編成せしむることを計画し、次官これを第一師団に命ず。(略)」とある。この「市民暴動」とは何か。前日、二月十日、憲政擁護運動が全国的な高まりをみせるなか、第三次桂内閣は運動の鎮静化をはかってきた。ところが、衆議院で絶対多数を占める政友会が、内閣不信案を強行しようとしたため桂内閣は総辞職を決意、三日間の議会停止命令を出した。これに激怒した数万の民衆は、政府系の新聞社や警察署、交番等を襲撃、軍隊が出動する騒ぎになった。こうした社会激動の中、十九日の日記に「Faust 第一部及第二部の校正を全く終る」と書いている。市民暴動のため軍隊が出動したため、陸軍省医務局として救護隊を編成しなければならなかったが、夜間帰宅すると、鷗外は『ファウスト』の校正に勢力を傾けていたことが解る。

そして、第一部、第二部の「校正を全く終る」と書いた翌日、二月二十日の日記に「Faust 作者伝を草し畢る。これにて Faust 第一部、第二部、Faust 考、Faust 作者伝の三書完結す」と書いている。これら三書四冊は、いずれも冨山房から刊行された。（第一部—大2・1。第二部—大2・3。『ファウスト考』大2・11。『ギョオテ伝』大2・11。）

鷗外が『ファウスト』の訳本として使ったのは、レクラム版ではなく、カール・ハイネマンを編纂代表者として刊行された『ゲーテ全集』三十巻の中の第五巻の『ファウスト』であった。この『ゲーテ全集』は、一九〇一年から一九〇八年まで、ライプチヒやウィーンで刊行されたものである。

この『ファウスト』は、大正二年（一九一三）三月二十七日から帝国劇場で上演され、鷗外はこの日、茉莉を連れて観劇に赴いている。関口安義氏によると、芥川龍之介も観劇したと述べている。（『芥川龍之介とその時代』平11　筑摩書房）

この鷗外訳『ファウスト』については、「日本の翻訳文学の歴史上文字通りに記念碑的なこの訳業」（小堀桂一郎）の一語に尽きていると思う。小堀氏はさらに、「語学的・考証的正確さといふ点に関しては爾後の日本のドイツ文学会の実力は夙に鷗外の水準を超えたであろう。しかし文章の格の高さから言へばいまだに鷗外訳を凌駕する日本語の『ファウスト』は現はれてゐない」と述べている。『ファウスト』の鷗外訳が出る前に、すでに二著が刊行されていた。一つは明治三十七年の高橋五郎訳のもの、もう一つは、明治四十五年の町井正路訳のものである。鷗外は『不苦心談』の中で、この二著に触れ「どちらも第一部だけである。私は自分が訳してしまふまで、他人の訳本を読まずにゐた。第一部も第二部も訳してしまってから、両君の第一部の訳を読んで見た。そして両君の努力を十分認めた」と書いている。

この鷗外の文こそ鷗外の自信を逆に強調していると言ってよい。いずれにしても高橋、町井両著の『ファウスト』は、鷗外版が出て、影を薄くしたことは間違いあるまい。鷗外の『ファウスト』が冨山房から出ると、飛ぶように売れた。

しかし、鷗外の『ファウスト』に対し、当時、慶応大学教授であった向軍治の批判は辛辣であった。（「新著月旦森博士訳『ファウスト』を評す」（大2・8『新人』十四巻八号））。

この向軍治の批判は、「杜撰極まる」とか「雑駁」とか、と極めて直截的に鷗外訳を非難している。

さらに鷗外の「独逸語の力は中学三年生の程度」とやられたならば、鷗外も、ドイツ語にかけては第一人者ぐらいに思っていただろうから、じっとしていられなかったであろう。

向軍治は、鷗外の方法を「翻訳の冗長」とも批判した。全くの素人が読んだとき、確かに、「冗長」を感じる部分があることは否定出来ない。換言すれば、難解ということである。いずれにしても前で述べたが、この向軍治の批判から「誤訳者」と一部の人間が呼ぶようになったことも事実である。

向軍治は、かなり感情的になっていたようである。一つは、鷗外が権力を背景にして文芸委員会で翻訳者として選ばれたこと、それに向軍治はドイツ語に対して鷗外に負けない自信もあったであろう。それにしても鷗外の「精神状態が疑はれる」とか「白痴の誤訳」とか向の言葉が常軌を逸していることも否定出来ない。

若いときの鷗外なら、怒り心頭に発する思いで、これを受けとめたであろう。この向軍治の批判、非難に対しては『不苦心談』で応えている。

また、鷗外は『不苦心談』で、「正誤表」が出ていないことに対する複数の意見に対し、確かに「正誤表」は出しているが、広くゆきわたっていないと説明し、そして伊庭孝、杉梅三郎などの批判にも応えている。

ただ問題は向軍治である。他の二者に比べ、余りにも暴言的な辛辣さである。しかし、鷗外は耐えに耐えている。「向君には私はまだ礼を言はずにゐる」には、いささか本心を疑ってしまう。「白痴」とまで言われたのに、鷗外は向のペースに引きずり込まれることを避け、横綱相撲をとろうとしている。「新人の書振」なる言にまで、なぜ鷗外は「感謝」しなければならないのか。理解できないことではある。

15 『マクベス』ウイリアム・シェイクスピア

人間の、あくことなき陰湿な権力欲と残虐性をえぐった著名な戯曲である。五幕によって構成されている。

㈠①開豁なる原野。魔女三人、マクベスを待ち受けている。②フォレス付近の露営地。ダンカン王と、その息マルコム登場。戦況を兵卒に聞く。苦戦したがマクベスの武勇で敢闘しているとのこと。ロス侯が来て、反逆したコオドル侯を破り、我軍の勝利を報告。王は、コオドルは死刑、コオドルの領地をマクベスに与えるという。③草原、雷鳴。魔女三人。太鼓とともにマクベスが来る。友人バンコオ将軍は魔女が、マクベスの未来の所領や王になることまで予言したので驚く。バンコオはマクベスに王を狙うことをけしかける。④宮中の一間。登場したマクベスを王は賞讃する。マクベスは、王室、国家の忠臣であることを誓う。マクベス、独りになったとき王位を狙っている己の心の動きをつぶやく。⑤マクベス城の一間。マクベス夫人が、マクベスの手紙を読んでいる。コオドル侯になったこと、不思議な女たちが、今に王になると予言したことが書いてある。そこに従者が来て、今晩、この城にダンカン王が泊まることを告げる。マクベス帰城。夫人は「今晩の大事な為事」に、自分が協力することを告げる。マクベス、うなずく。⑥同じ城門前。マクベス夫人、家臣らがダンカン王を待っている。王の到着。夫人丁重に迎える。⑦城内の一室。マクベスは早くやった方がよい、と思う。ダンカン王は安心している。柔和、公明な性格であ

る。ダンカンは二人の従者とともに部屋にいる。夫人は、従者にブドー酒を飲ませ「弑逆の罪」をこの二人に負わせる計画である。

㈡①マクベス城の中庭。マクベス、夫人と協力して、ダンカン王と従者二人も殺してしまう。②ダンカンの家臣マクダッフとレノックスがやってきて、王が弑逆されたことを知り非常の鐘をつかせる。マクベスは、犯人は従者の二人だとうそぶく。③同じ土地、城外。翁とロス侯登場。昼なのに夜のような不吉な状景だと不安がる。ロスは、国王の位は、マクベスのものになるだろうと予告する。マクベスは、もう即位式に発っていた。

㈢①フォレス宮殿の一間。国王マクベス、夫人とともに登場。今晩、宴会を城で催す。バンコウ将軍に出てくれと要請する。マクベスは先王の二人の息子はイングランドに行ったとか、残忍な親殺しだと皆の前で言う。マクベスはバンコオ将軍は怪しい、刺客にバンコオを殺すことを命じる。②城内の一間。マクベス、夫人とバンコオのことで話し合う。③宮殿に通じる門。バンコオ、息子のフリアンスと門の処で襲われ、バンコオは絶命、息子は逃げる。バンコオは息子に「仇を復してくれ」と無念の死。フリアンスが逃げたことをマクベスは心配する。④宮殿の大広間。マクベス、宴会の席に着く。バンコオの霊が現われ、マクベス錯乱する。⑤草原、雷鳴。三人の魔女とヘカテ。ヘカテは三人に向ってマクベスに纏って王を殺させたことを難じる。今宵、魔法にかけて、あの男を渦巻に落してやるという。⑥宮殿の一間。レノックスが先王殺害について述べている。息子二人を牢に入れたら、二人はさぞ親殺しを悔いるでしょう。二人はいまイングランド王に援軍を願いに行っている。我軍も戦争の準備が必要とマクベスに言う。

㈣①暗い洞窟。マクベス登場。魔女三人。釜が沸き立っている。何をしているとマクベス。魔女、何とも言えぬと答える。そこに幻像が現われ、ダンカンの家臣マクダッフに用心せよという。マクベスは、奴は生かしておけぬという。レノックス来て、マクダッフがイングランドに逃げたと告げる。②マクダッフの城。マクダッフは、イングランド城に赴く。刺客がきて、夫人、子供皆殺される。マクベスの指図であった。③イングランド王宮の一間。マルコム、マクダッフ二人は、マクベスの不義を非難している。本国が苦痛を受けていることを嘆じ、マルコムは帰国して新国王になると言う。老将軍シワアドは一万の兵をもって待っている。妻子を殺されたマクダッフのマクベスへの怒りは強い。

㈤①ダンシネエン城内の一室。マクベスの夫人は病気。われら罪人を許し給えと医師が祈る。②ダンシネエン付近の地。③イングランド軍が近付いている。マルコム、おじのシワアド、マクダッフの三人が指揮をとる。マクベス軍は高地に要塞を築いているが、士卒は誰も心服していない。④城内の一間。マクベス自身劣勢は解っている。しかし、己は戦うぞ、敗北も滅亡も恐れぬと息まいている。⑤森の遠景。マルコム、だんだん敵城に近付く。もう安全に部屋に入れるぞ。木の一枝を兵は翳して行けと叫ぶ。⑥ダンシネエン城内。マクベス、城の外壁に我旗を立てろと命じ討って出る。夫人は死んだ。兵が、あの森が動き出したという。⑦城の前の平地。マルコム、もう近くなった、枝を捨ててありのままをみせろと叫ぶ。喇叭が高々と鳴る。⑧平地一部。マクベス、己はこの地を逃げることは出来ぬ。シワアドの倅とマクベスは戦い、倅は斃された。しかし、マクベスの城は落ちた。⑨平地。マクベスとマクダツフの熱闘。マクダツフは、降参せい、臆病者と罵しる。マクベス、いや降参せぬ。二人は闘いながら退場。マルコム、老シワアドら登場。大勝利に沸き立つ。マクダツフは、国王陛下万歳、と祝いの声を挙げ、一同も万歳を叫ぶ。マルコムは言う。マクベスは、自ら非命の死を遂げたらしい。あの悪魔のような妃と。どうぞ一同、スコオンの即位式に参列なさって下さいと。

人徳のある王を裏切り奸計によって、王位を奪ったマクベス、そして、その夫人は、結局正義を唱える前王の息子ら、それに味方したイングランド軍によって、滅ぼされ、非命の死を遂げた。この「マクベス」は、シェイクスピアの作品として、日本でも有名な戯曲の一つとなった。この「マクベス」には「来ませ来ませの歌」（第三幕第五場）と「黒き霊等の歌」（第四幕第一場）の二つの詩が「付録」としてついている。

鷗外の日記、大正二年（一九一三）五月三日「（略）半夜Macbethを訳し畢る」とある。この戯曲は、近代劇協会の委嘱によって訳された。同年七月二十三日、警醒社から単行本として刊行されている。この鷗外の『マクベス』は、近代劇協会によって、大正二年九月二十六日から三十日まで、帝国劇場で上演された。

鷗外が使った翻訳原本については、鷗外自筆の書き込み等からみても、レクラム文庫本、ハインリヒ・フオス訳のものではないか、というのがほぼ定説化している。これは、江村洋氏（「鷗外訳『マクベス』の周辺」富士川英郎編『東洋の詩西洋の詩』所収　昭44・11　朝日出版社）の詳細な研究結果を小堀桂一郎氏も追認している。また江村洋氏の、鷗外訳文が、第四幕以降、フオス訳と離れて鈍重、粗雑になっているという説を小堀氏は紹介し、その理由として、鷗外は途中からフオス訳から「英語原典」に切り換えたのではないかと推定している。それは、鷗外の性向からみて、あくまでも、正確を期するためである。また、鷗外訳『マクベス』の末尾に、二つの詩を「付録」としてつけているが、小堀氏は、かような処置は、いずれの独訳本にもない、「校註の綿密なストーントン版に拠つた」のではないかと言及している。

さて、シェイクスピアに関しては、当時、坪内逍遥を無視することは出来ない。鷗外は、そのへんは慎重に配慮を怠らず、逍遥に訳業に入る前に丁重に了解を得る書簡を送り、序文を乞うている。鷗外の本音は、己がシェイクスピア作品を訳すに際し、完璧を期するために、逍遥に校閲を願うところにあったのではないかと思われる。

鷗外は、五月三日に『マクベス』を訳了し、五月に「近代劇協会の人々に書を発」している。そして五月二十九日に「坪内雄蔵Macbethの序を作り、上山草人に托して予に致し、又予の訳本に付箋し意見を記す」と日記に書いている。逍遥は鷗外の訳本に「意見」の「付箋」をつけ鷗外に送っていることが解る。その翌三十日に早速、坪内逍遥に、礼状を出している。

鷗外は「拙訳」の『マクベス』に対し、「御細閲」と「序文」を逍遥から戴いたことに「不堪感謝」と述べる。そして、この日の日記に鷗外は「坪内雄蔵の説によりてMacbethを修正す」と書く。逍遥も「繁忙」の中、鷗外訳に手を入れ、鷗外も逍遥を信頼し、早速「修正」している。何だか、この二人の「文豪」の対応は青年のように新鮮ではないか。ある意味では二人とも「偉い」と言いたい気持である。

逍遥の「序」を次に紹介しておこう。

序

訳者森博士は、此訳に筆を著けられる前に、人を以て私へ申しこされた。こんど近代劇協会の当事者から、切に「マクベス」を訳してくれと頼まれたが、シェークスピア物は、今のところ君の気持のやうになつてゐるから、君の快諾を得てからでないと、詰らん誤解をされても面白くない。で、若し異議がないなら序文を書いてくれ、といふ伝言があつた。私は即座に承諾の旨を答へておいた。(略)本文を閲読するに及んで、更に驚いたのは、原文が殆ど全く逐語訳に、英文を其儘に訳出されてゐることであつた。英文が殆ど全く逐語訳に、英文を其儘であるといつてよい位である。一行々々の割振までも原文其儘であるといつてよい位である。次に最も注意すべきは、随分いろいろな異注があつて解するに荷厄介な沙翁作中に在つて、決して面倒の少いはうとはいはれない此作が、如何にも平易に、如何にも流暢に、牽強な比喩も、耳遠い典故も、込入つた言ひ廻しも、殆ど日常の俗談平話のやうに楽々と訳されてゐるといふことである。もう一つは、紛々然たる異釈の中から、殆ど毎に的確に、最妥当な注釈が拮摭されてゐるといふことである。本書は甚だ険阻な山路なのだが、歩く当人の足付を見てゐると、まるで平地のやうに見えるとも評すべき訳し振である。沙翁の作が、これほど楽に暢気らしく訳された例があるであらうか。(略)

大正二年五月下旬　　坪内雄蔵

若き日に、「没理想論争」をやり合い、また三田派、早稲田派と言われ、表面的にみると、決して仲がよいとはみられていなかったふしもあったが、今回、鷗外の姿勢も低かったし、逍遥も、鷗外の態度に気をよくしたのか、「即座に承諾」したことが解る。そして、引用文では略したが、逍遥はこの『マクベス』の「脱稿」が「神速」なのに「少からず驚かされた」とも書いている。この鷗外への讃辞は本音であったと思われる。さらに、江村洋氏の批判に比してみると「原文が殆ど全く逐語訳に、英文を其儘に訳出されてゐる」とか、「平易」「流暢」「的確」「新彩」とか、褒めに徹していることは注目される。逍遥も相当気を使ったようである。それにしても鷗外に人間の幅が出来た好い話ではないか。

16　『辻馬車』モルナル・フェレンツ

貴婦人と壮年の男性との対話劇である。

両人、互いに久し振りに会ったと言う。貴婦人は語る。十年前の事、同じブタペスト。ある晩餐会で、一緒になり家に帰ろうとしたとき、あなたは先廻りし辻馬車を呼びにいらした。あなたは三週間前からわたしを付け廻していたことは知っていました。辻馬車で送るとおっしゃったとき、お受けしたのは、あなたが無邪気そうにみえたことと、あなたに八分通り惹かれていたからです。主人はベルリンに行って不在でした。もう一押しでわたしはあなたの自由になるところまでいっていました。ところが、あなたは失錯をした。一頭曳の馬車を雇ってきたことです。馬車の内部は、器具が鳴りその上寒い。私は気分を害しました。もし二頭曳でしたら、車輪はゴム張、窓枠は羅紗、座席は軟か、好い心持がして、八分までのあなたへの気持は、もう自由になっても好い、という気持になっていたと思うんです。ところが一頭曳であったため、すべては流れてしまいました。あれから疎遠でした。あのときの埋合わせに、今夜もわたくしを内へ送り、主人にしっかり手渡して下さい。男は、一頭曳にしますよ、といったが、貴婦人は、いや二頭曳に、なぜなら、もう二頭曳でも役に立たなくなっていることをあなたにおみせしたいからです。これから女を送る場合、いつでも余計に馬の付いている馬車を連れて来るものだということをお忘れにならないように。男の「面上には怜《あはれ》むべき苦笑の影浮べり。」

いかにも西欧における男女の関係によって生ずるという小篇である。一般論で言えば、ちょっとした取り扱い方で、運命が変る、という人間の運命がもつ賭のような一瞬性を、つまり人生のそういう断面を切ってみせたような作品といってよかろう。作者モルナルについては、「戯曲梗概四十七種」に紹介されていて、「椋鳥通信」にも記事が載っている。

17　『フロルスと賊と』ミハイル・アレクセーヴィッチ・クスミン

主人エミリウス・フロルスは、瘖《おし》の童と犬と散歩から帰って手紙を書いた。その内容は、僕は最近一人の卑しい男と邂逅した。その男は今まで会ったことはないが、相識の人らしい。僕は、その人を捜しに出掛けようと思っている。いま僕は精神的に健康ではない。その男は、体格は僕ぐらいだが、光る灰色の眼、黒い髪をしている、と書いた。フロルスは医者に会って夢の話をする。いまわたしは牢屋の中にいる人に似ているらしい。僕は不安定、苦悶がある。僕は今でも夢を見続けているようだとも言う。他言は駄目といって、フロルスは次のように語る。わたしは夢の中で殺人をした。逃げたが港で小刀を盗んだといって捕った。わたしを捕えた男はチッスという男。そこまで言ってフロルスは無言になった。夕方老乳母がフロルスの所に来て、数日前、港で殺人を見たと言う。犯人は光った眼で黒い髪、捕えた人はチッスと言った。この老女の話を聞いたフロルスは、チッスだと、すぐ帰れと叫んだ。フロルスは数日間煩悶。そして、フロルスは逃亡した奴隷を捜すためと言って監獄に行った。その監獄で一名マルヒュスという逃亡者ありと知った。その男は、光った眼と黒い髪であったという。その後、フロルスは、若い田舎娘を別荘に呼び自然の生活を楽しんだ。しかし、ある夕方、フロルスは変った。急に此処は牢獄と言い、暁方、すごい叫声をあげた。瘖童や家来が部屋の戸を空けたとき、フロルスは頸が黒く腫れ上って死んでいた。翌朝跣足の老人が来て、マルヒユスという刑死した男が、そのことをフロルスに知らせてくれと言われたと語った。刑死の男も頸にひどい痕がついていたとつけ加えた。

問題はフロルスが、医者に、夢の中で人を殺したと言いながらも、「本当」かも知れんと言っていることである。「夢の中」と言いながら「手に取るやうなはつきりした夢」とも言っている。そして、「小刀を盗んだ嫌疑」で、「港の関門」で「チツス」という男に捕まっているということ。実際、乳母が目撃した殺人事件の現場は、フロルスが捕まった処であり、捕まえた人も同じ「チツス」である。犯人は「光つた目で黒い髪」、これは、フロルスが「頃日《このごろ》」、「邂逅」した男が、「光る目をして、黒い髪をしていた」のと一致する。この因果関係はどうなるのか。しかも犯人マルヒユスは、なぜ、己の刑死を知らせたのか、フロルスはなぜ絞首刑になったときと同じ痕跡を残して死んだのか、まことに、この小篇は怪奇に充ちている。

考えられることは、フロルスとマルヒユスは同一人物であるということである。夢と現実が交錯している。フロルスとマルヒユスを捕まえたのは、いずれもチッスという男であることを聞かされたフロルスは、戦慄する。フロルスが夢の中で犯した殺人は、現実にはマルヒユスによって犯される。そして、マルヒユスが絞首刑になったとき、同じような痕跡を頸に残して死んでしまう。死まで、この二人は一致し、結局一人の人間ではないかと推定される。しかし、いずれにしてもクスミンは種明しをしないまま、この小説は終っている。

もう一つ推察されるのは、次のような捉え方である。「邂逅」した男が実はマルヒユスで、さり気なく書かれているが、フロルスと「体格や身丈」が同じであるという事実である。現場の「港の関門」で、フロルスは「小刀」を盗んだ疑で捕まっているということは、フロルスは小刀を手に持っていたわけである。そして、人を刺殺した。たまたまそこにいたマルヒユスが、「体格や身の丈」が同じであったために冤罪となった。それを知っていたのは、かつて「邂逅」したマルヒユスだけであったということである。フロルスは「小刀」を盗んだ「疑」だけで、なぜ「久しい間」方々を迷い、山や牧場に牛の乳まで盗んで潜伏しなければならなかったのか、それは、やはり「殺人」という重罪を犯したという実感があったからである。フロルスは医者に「わたしの写象には、此病の起る前に見た夢が影響してゐるかも知れません」と言っている。夢は夢ではなく、事実であったのである。ただフロルスの不審な死は、冤罪で捕まったマルヒユスが、今晩あたり絞首刑になるということを人づてに聞き、その晩一睡も出来ず、ついに己で首を絞め自殺したのではないかと推定される。
それにしても、この作品は手のこんだ小篇である。

18『センツアマニ』マクシム・ゴルキイ

十二月に入ると、カプリ島の島々は静かだ。その波打際に老若の二人の男が坐っている。若い方は溜まる塩を盗りにくる者を監視している兵士で、老人は漁師だ。老人は、百年前のセンツアマニ一族の恋の話をし始めた。センツアマニは物持のカリアリス家からその名が始った。息子が三人いて、真ん中のカルロネは大男だった。鍛冶屋のユリアに惚れていたが、色々邪魔が入り、結婚できなかった。クレシア人のアリスチドもユリアに惚れていて、ある日、葡萄畠で働いているユリアに近付き、娘の足元に倒れ、気を失った真似をした。ユリアの膝を枕にしたので、ユリアは大声で人を集めた。ユリアはアリスチドの嘘に気付き、非難した。カルロネが飛んできて、娘の頰を打ち、アリスチドの吭を摑んだ。さてクリスマスの前日、ユリアの家に品物が一つ届いた。開けてみると、ユリアを打ったカルロネの左手であった。ユリアは驚き、カルロネを訪ねた。私はしなくてはならないことをしたまでだ、そしてアリスチドを殺したと告げた。カルロネは二年懲役にゆき、出獄後、二人は結婚し今でもセンツアマニの一族は栄えていると老人は話をした。青年は、カルロネは野蛮で馬鹿だといった。

老人は、百年経ったらお前らのすることも馬鹿にみえるだろうと返した。

『センツアマニ』は、一九一二年（大1）十二月二十五日のロシアの一新聞に新作として掲載され、その僅か二十日足らずの後、一九一三年一月十三日の『ベルリン日報』に独訳が出た。その期間の短さのため、「独訳」に誤りが多かったことが指摘されている。

鷗外は、この小篇の末尾に次の文を付記している。

これは作者が故郷を離れて、カプリの島にさすらつてから、始めて書いた短篇である。題号はイタリア語で無手の義、即ち手ん坊である。漁師の物語の後半には誤脱があるらしいが、善本を得ないので、その儘訳して置いた。

作者ゴルキイは、カプリ島で生活していたときの見聞をもとにしてこの小篇を書いたようである。老人の語るセンツアマニのカルロネの粗暴性は、いかにもラテン系らしさの血を感じる。若い兵士に「野蛮だ」と言わせているのも、スラブ人ゴルキイの見方であろう。鷗外には、『マクシイム・ゴルキイ』（明36・4「萬年艸」巻第五）というエッセイがある。これをみると、ゴルキイは、一八六三年三月に生まれている。祖父は士官であったが性酷薄で、ゴルキイの父は五回も出奔したらしい。ゴルキイは早くから家で働いた。「此人怜悧にして善良なりき、又気質爽快なりき。既に材幹あり」と書いている。しかし、人生的には辛酸をなめ、やっと順境に向ったのは三十代になってから。ゴルキイに文壇への登場を授けたのはコロレンコであると、本人の言を鷗外は紹介している。

19 『刺絡』カール・ハンス・シュトロオブル

四人の男たちが、深夜、墓地に侵入した。一人は博学篤行の医学士の先生だった。新しい土饅頭の処に来たとき、得体の知れぬ一人の男が、これがエロニカ・フウベルという、堅気な娘の墓だと言った。先生は、「寛い上衣の男」に、エロニカの体を学問のために譲り受けると言った。先生は解剖学者らしい。柩がみえたとき、二人の男は叫び声をあげて逃げて行った。先生は、墓地に残った男に報酬を聞くと、遺体を先生の書斎に運んでからと言う。帰ってみると、書斎に遺体がすでにあった。先生は男に報酬を聞いた。すると明日、先生が尼達の不浄な血を採るための「刺絡」に行かれるが、私が代りに行きたいと言う。先生は驚いたが、結局交替することになった。尼寺では、先生を待っていた。やっと偽の先生が来た。食堂で刺絡の準備がなされていた。首座の尼が偽先生の顔をみてアッと声をあげた。尖鋭な歯が二列、眼球は暗黒の恐しい顔、尼たちは瞠目した。食堂の中に変な影が動き始め装飾品が尼たちの処へ降りてきて囲んだ。まるで恐怖の牢獄となった。偽先生は、首座の尼の頸筋に鉄の爪を立て噉《くら》ひ付いた。尼寺の前は沢山の人盛り。どうすることも出来ない、そのとき真の先生が来たが入れない。しばらくして門が開き、寝巻を着た髑髏で磨き上げた鋸のような歯の間から二条の血をたらした男が出て来た。群衆は一斉に食堂に闖入。尼たちの肉体は萎びて脱殻になっていた。一点の血も滴らせずに、刺絡は行われていた。

現実と非現実の世界を渡り歩く吸血鬼の物語。文章全体が陰惨と怪奇に充ちた優れた文章で訳されている。この「偽先生」は、墓地から抜け出した吸血鬼で騎士サン・シモンの死霊であり、白昼尼寺に乗り込み、尼達の血を吸い尽すという異様な物語である。しかも、尼寺の中では、食堂の壁画から描かれた怪異な人物たちが抜け出て、尼達を恐怖に堕し入れる。ところが、塀一つ隔てた外では、現実の民衆たちが、尼寺の騒ぎを手も出せず凝視めているという設定は、尋常ではない。この作品で鷗外が訳に使った「黒洞々たる夜」という言辞を、芥川龍之介が「羅生門」の最後に、下人が夜の闇に消えていく描写に「外には唯、黒洞々たる夜があるばかりである」と影響を受けて使ったことは、知られたことである。

ちなみに「刺絡」とは、『大辞典』（昭11・11　平凡社）に次のようにある。「治療の目的をもつて血行系中より一定量の血液を去る小手術。往古は盛んに用ひられたが、現今は自家中毒症、静脈内鬱血等の場合に稀に行ふ」と。最近の『日本語大辞典』（平7・7　講談社）では、「漢法で、静脈を刺して悪血を流し出すこと」とある。

20 『パアテル・セルギウス』レフ・ニコラエヴィッチ・トルストイ

千八百四十年代の話である。侯爵ステパン・カッサツキイは、美男で皇帝護衛大隊長で、将来、有力な侍従武官候補であった。ステパンは、伯爵令嬢と結婚することになっていた。式の二週間前に、この令嬢から、一度だけ帝に身を許したと告白され、ステパンは驚駭し、婚約を破棄、ペエテルブルクを去り、僧院に入った。それからは煩悶との戦いであった。七年経ち、院僧となりセルギウスという法号をもらい、都会に近い僧院に栄転した。この僧院の長老は好かぬ男だった。しかも、此処には女色の誘惑があり、元の僧院に戻りたいと要請。長老はセルギウスを「驕慢」で「超脱」していないと批判、イルラリオンという偉い僧が十八年も住んだ「草庵」に行くように指示された。六年目、都会人の男女たちが近くまできたときであった。そのメンバーの中に離婚を経験した女がいた。その女が美男僧のことを聞き、他の男たちと賭をして一人で草庵にやってきた。セルギウスは女の誘惑に必死に抵抗しながら遂に人指ゆびを斧で斬り落した。己の煩悩を断ち切るためであった。女は驚いて去った。このことが近隣に伝わり、多くの信者が奇蹟を願って集まった。ある日商人が娘の病気を治してほしいといってやってきた。娘は二十二歳。娘が独りで部屋に入ってきたとき、セルギウスは己の「情欲」を抑える力はなく、二人は抱き合った。翌日、セルギウスは自責し、百姓の姿となり、頭髪を切り草庵を出て河岸を進んで行った。自殺をしようと思ったが、ふと故郷を想い、パシエンカという馬鹿な女のいることを想い出した。天使が夢に現れ、お前の罪と救いをパシエンカに問へと言った。パシエンカは、皺くちゃの婆さんになっていた。今音楽を教えながら二人の孫を育てていると言った。セルギウスは自分のことは他言しないようにと釘をさし家を出た。パシエンカは、人間のために生活する積りで実は神のために生活しているんだと思った。

己も、これから新しい神を尋ねなければと考え、山から村へ、村から村へと歩いた。ある日、紳士らが橇に乗ってやってきた。セルギウスらを巡礼と見てとまった。なぜ巡礼するのかと紳士が聞いた。セルギウスは、「神の奴僕です」と答えた。この出会いは嬉しかった。セルギウスは、人の思わくを顧みぬようになれば、神の存在を感じることが出来ると思った。九カ月目に、セルギウスは、旅行券がない無籍者とのことで、シベリアに送られた。シベリアでは富裕な百姓の地所に住み、主人の菜園を作り、子供たちに読書を教え、病人の介抱で暮した。自分の納得した生活を手に入れたのである。

8 『馬丁』のアレクセイ・トルストイと、この作品のレフ・トルストイは、混同されることがあるが、むろん別人である。前者は、一八八三年生まれで、代表作に『カーリン技師の双曲線』がある。本作品のレフ・トルストイこそ、あの『戦争と平和』を書いた世界的文豪である。余談だが、ロシアにはもう一人トルストイという文人がいた。この人は、アレクセイ・コンスタンチノビッチ・トルストイという名前で、一八一七年生まれで詩人であるが『白銀公爵』という小説もある。

さて作品だが、当初、セルギウスの僧院入りは、復讐であり、逃避であった。そして僧院に入ってからも、己との闘いは、あくまでも「偉い人」という前提の中で、さらに今度は僧院の中で「偉い人」をめざすものであった。元の僧院の長老がセルギウスを「驕慢」と言ったと文中にあるが、この言は、そのことを如実に顕わしている。草庵に入り、一度は女色を斥けたが、遂に負けてしまった。やはり、「驕慢」から脱すること が出来得なかったということであろう。幼いとき、馬鹿扱いをされたパシエンカを訪ねたのは、その、モノに拘わらぬ自然なる姿勢にあった。いくら己と闘っていても、その基底に「俗念」が巣喰っていれば、真に解放され得ない。要するに、他者が己に何かをしたとき、それに「構はずにゐる事が出来るか」ということである。セルギウスは最後に、シベリアで、あの馬鹿女と言われたパシエンカと同じレベルの生活に入って、始めて幸せになったに違いない。『パアテル・セルギウス』は、トルストイの理想とする田園生活への回帰が描かれていて興味深い作品である。

21　『橋の下』フレデリック・ブチエ

一本腕の男は、橋の下に来て、雪を降り落し、ぼろぼろの上着のボタンを脱し、もう一本の腕を出した。目的を遂げるときだけ、男は一本腕になる。パン一切、腸詰一塊、ブドー酒を出して晩食をした。地べたから痩せた爺さんが身を起したが、何もやらない。一本腕の男が言った。俺は、いろいろなことをやってきた。盲、職人、癲癇病み、みな真似したが駄目だった。金持はひどい奴らだ。爺さんが、「なぜ盗人をしない」と聞いた。修行しなくちゃ駄目だと言った。爺さんは、己は、何百万というしろものを盗んだ。宝物をみせてやるといって青金剛石をみせた。手に小刀を持っている。男は飛びつけない。爺さんは無言で立ち去った。一本腕は、あの馬鹿爺め、四文もしないガラス玉だ。「馬鹿」と言って穴にもぐり込んだ。爺さんは鼠色の影のように去って行った。外では雪が降っていた。

一言で言えば、今でいう、いわゆるホームレスの人間模様を描いたものである。内容は別に特異なものではなく、伝統的な手法が、きちんと守られた小篇とも言えよう。

小堀桂一郎氏は、「芥川は『橋の下』の作法・様式を深く読みぬき、十分に理解し会得した上で『羅生門』の制作に応用したに違ひないのだ」（前掲書）と述べている。『橋の下』が発表されて丁度二年後（大4・9）に「羅生門」は発表されており、その可能性は十分ある。世間から捨てられた人間の心理、挙動に確かに共通性はある。「一本腕」「橋の下」そして「雪」に対し、「羅生門」は「雨」であり「下人」「羅生門の下」、そしてともに「夕方」であるということ。そして「荒廃」の概念、芥川龍之介は『刺絡』とともに、『橋の下』も参考にしているとみてよかろう。しかし、あくまでもこれは推定であり、従来から芥川の失恋事件とのかかわりで考えられたり、それを考慮に入れないでも可能とする反論もあったりして、芥川の「羅生門」成立に関してはなお複雑であることを関口安義氏は述べている。（『芥川龍之介とその時代』平11　筑摩書房）

22　『ノラ』ヘンリック・イプセン

㈠質素な居室。爐に火が燃えている。ノラが入ってくる。夫へルメルが銀行の頭取になったことを幸せに思っている。昔なじみの友人リンデ未亡人が来訪。ノラの夫に仕事を与えて欲しいと願う。夫ヘルメルは承諾する。弁護士で銀行員のグログスタットが来る。夫の親友、学士のランクも来る。ランクは、グログスタットは心が腐敗していると批判。リンデは喜び下宿探しに出る。ヘルメルも外出。残ったグログスタットは、銀行をやめさせないよう夫に頼んでくれという。ノラは拒否。グログスタットは、夫がイタリアに転地したとき金を貸した。このときの証書に虚偽がある。これを法廷に出せば罪になると責める。夫は何も知らない。ノラ苦悩する。

㈡同じ居間。リンデ来る。ノラ帰ってきた夫に、グログスタットをやめさせないでくれと頼むが、夫は奴は、文書偽造したので駄目だという。その上、人の前で、平気で「君」とよぶ、許せないという。グログスタット来る。「偽証」を世に出さないから銀行におられることを夫に言ってくれと言う。ノラ再び拒否。男は、すべてを書いた手紙をポストに入れて帰る。ノラ、気が気ではない。あの手紙を撤回させなければと苦悩する。そこにリンデ来る。ノラの話を聞き、グログスタットを説得すると言って出掛ける。舞踏会が終るまであの手紙を開封しないという約束を夫からノラは得た。

㈢同じ居室。舞踏会の夜、リンデとグログスタットがやってくる。実は二人はかつて夫婦であった。一人でいるよりも二人がよいとリンデが誘い、結局二人は再婚することになる。ノラ、夫ヘルメルにグログスタットの手紙を読めという。ヘルメル一読した後、一驚し、ノラを罵倒、偽善者、詐偽者、犯罪者と罵しる。そこに一通の手紙が届く。リンデとグログスタットが幸せになり、あの証書を戻してきたのである。ヘルメルは大喜び、一転してノラの愛情の深さを褒めたたえる。しかし、ノラは訣別を告げる。父上も、夫も私を人形として扱ってきた。大罪だ。これから独りで生きます。大切なのは自己に対する義務だ、私は何よりも人間です。ノラは強く言い、もう愛せないと言いすべてを拒否して去って行った。

大正二年(一九一三)十月十六日、近代劇協会の委嘱により訳出された。この日の日記に「(略)「人形の家」を訳し畢りて、上山草人にわたす。五日に起稿してより第十二日なり。」とある。この戯曲は、大正二年十一月、近代劇協会によって大阪近松座で上演された。また翌三年四月十五日には、同協会により東京、有楽座で上演された。ノラは衣川孔雀が演じている。

原題は「人形の家」として知られているが、一八七九年、英国や独逸で翻訳発表されたとき、「ノラ」の題名であった。鷗外も、その影響で「ノラ」にしたものとみられる。主題は、やはりノラの自立宣言にあるだろう。幼少から長じて、ノラは、父や夫に「人形」のように可愛がられたが、同時に、「人形」のように扱われ、ある種の抑圧の中に生きざるを得なかった。そこに、ノラに覚醒の転機がやってきた。「私は何より先に人間である」、あるいは「夫に対する義務、子に対する義務」より大切なのは「自己に対する義務」というノラの自覚と意識は、まさにノラに自立と解放をうながすものであった。この

「人形の家」が日本で最初に訳されたのは、高安月郊の英訳で、明治二十六年（一八九三）であった。これは明治三十四年（一九〇一）に単行本となっている。高安は、明治二年（一八六九）生まれの詩人、劇作家で評論も書いた。二十六年三月『同志社文学』に、イプセンの「社会の敵」（一部訳）を発表したが、これはイプセンの紹介としては最初のものであった。四十三年（一九一〇）一月には島村抱月の翻訳が『早稲田文学』に発表されている。四十四年九月二十二日には、坪内逍遥の指導で、後期文芸協会のもと、帝劇で上演、ノラには松井須磨子が扮し、好評を博している。

明治三十九年（一九〇六）に、イプセンの死が報じられたことで、文学界及び演劇界では一挙にイプセン熱が高潮したと思われる。

松井須磨子のノラで沸いた同年九月に、『青鞜』が創刊され、「新しい女」たちに大きな刺激と影響を与えることになる。当時、「ノライズム」と言う語まで流行した。イプセンの多くの作品の中でも特に「人形の家」は、日本では多く訳され、大正末年までに、七、八種の訳本が刊行されている。鷗外の『ノラ』もその一つであった。

鷗外の『ノラ』の訳について批判した評文に対し、鷗外が反論した小文が二つある。一は『翻訳について』（活字化されたのは大正三年十二月、東京萬巻堂発行の『現代二十名家文章作法講話』である。）、二は『亡くなつた原稿』（大3・12『歌舞伎』第一七四号）である。前者は簡潔に書いたものであるが、後者文は稍々長文で本格的な反論となっている。

前者、後者ともに取りあげた語は、『ノラ』で鷗外が使った「前房」と「伝便」である。批判した人を前者では「近頃予のノラの訳文に就いて云々した人がある」と書いているが、後者では、鷗外が『新日本』に出た「訳文Noraの評を読んで」「咄嗟の間」に「書こうと決心した」と書いている。『新日本』の評者は、ドイツ語から訳した鷗外訳と英文から訳した島村抱月の訳文とを比して「二つの訳の当否を裁判」しているとも書く。「詰まりすばらしく高い処に地歩を占めて、私と島村君とを脚下に見て、えらい事を言ふ」と書いている。後者文の鷗外は、いささか感情的である。

鷗外の『ノラ』の第一幕の前文たる状景説明の中に、「前房に伝便（辻に立ちて人に雇はるゝ男）の樅の木と籠とを持てるが見ゆ」とある。この「前房」に対して、特に後者文でみてみると、評者が「なんの事だかわからない」と書いた。鷗外は憤慨、「実に人を馬鹿にした評」とし、「入口と室内との間にある廊下のやうな処」で、西洋建築にはみなあること、評者の言う「玄関」とは、入口のことで、前房は「玄関より内である」と反論している。次に「伝便」については前者の反論を紹介しよう。鷗外は次のように書く。

ノラがクリスマスの木を持たせて帰る男を、予は「伝便」と書いた。それは誤で、昔「小走」と云つたもの、今の西洋の messenger boy の事だと、心得顔に教へて貰つた。所が messenger boy を我国で早く有してゐた都会は九州の小倉で、そこに始て伝便の新語が生じたのである。一体小倉は妙な所で、西洋で Litfass の柱と云ふ広告柱なんぞも、日本では小倉に一番早く出来た。小走とは何か、予は知らない。江戸には昔使屋と云ふものがあつたが、それは伝便とは違ふ。

後者をも参照しながらみると、「木を持たせて帰る男」は、「messenger boy」のことで、日本にはまだない、まして「伝便」なんてものは解らぬと批判した。それに対する鷗外の反論は、「日本にも疾うからある」(後者文)、その実例として己が在勤した小倉の例を挙げている。

そう言えば、小倉での生活を描いた『独身』(明43・1『昴』に「外はいつか雪になる。をりをり足を刻んで駈けて通る伝便の鈴の音がする」と書いている。

鷗外は小倉で体験しているだけに胸を張っている。特に評者が、「便屋」の類と述べていることに対し、「便屋」は江戸時代のもので、家にいて商売した。そこが「伝便」と決定的に違うと反論している。

23 『聖ニコラウスの夜』 アントワーヌ・ルイ・カミーユ・ルモレモニエ

エスコオ河に繋いである一番大きい船を一家四人が借りて住んでいる。穀物や材木を運ぶ船であった。爺、婆あさん、それに息子ドルフと妻リイケだ。二人は愛し合っている。貧乏だが幸せだ。リイケは妊娠している。ドルフの子ではない、それでもドルフは可愛がるという。聖ニコラウスの夜に産気がきた。ドルフは、プッセル婆あさんを呼びに夜の町に走り出た。向こうの方で松明が飛びかっている。近づくと老人が、男が河に落ちた、助けてやってくれという。ドルフは妻のお産のことを言って、ことわる。それでもお前がお産をするわけではない、と言われ、仕方なく飛び込んだ。その代りに助産婦のところに誰かが走った。溺死しかかっている男をみたとき、妻リイケを辱しめたジャックだとドルフには解った。葛藤してドルフは迷った。船の家では子どもが生まれた。やっとドルフは暁方に帰ってきた。そして赤子に二、三度接吻し、二人はほほえんだ。二、三日して、町でジャックの葬式があった。ドルフは寺に入り「主よ、私は、あの男を復讐のため、水中で撞き放しました、どうかお許し下さい。罰なら、どうか私一人に」と祈った。しかし、これで、己の赤子をドルフの実子かと疑う者は一人もないと思った。仲間たちはドルフの勇気を讃えた。ドルフは、赤子の健康を祝してみんなで一杯やろうと笑った。

鷗外はこの作品の最後に付記している。この中で、まず作者カミーユ・ルモレモニエの小説を訳したのは、これが始めではないか、と書き、ベルジュック文壇においてルモレモニエに比し「マテルリンクだけが喧伝せられているのは遺憾である」と述べている。ルモレモニエは、ベルギー文壇の耆宿であったが、一九一三年に七十二歳で亡くなっている。またこの作品の訳については、十行、あるいは二三十行ずつ、二三箇所削っていることを付記している。そして「訳者は却ってこれがために、物語の効果が高まつたやうに感じて居るが、原文を知つてゐる他人がそれに同意するか否かは疑問である」とも書いている。ルモンレモニエの描写は確かに精細で多彩である。船内に置かれているモノに対する描写も実に細かいものがあり、鷗外が、文章をいくつか削ったことは理解出来る。

　主題は、貧しく、つつましく暮らす者たちの中にある、暖かさと純真さにあるのではなかろうか。ドルフは、暴力で性を奪われ、そのために妊娠した娘を、むしろ妻にして大きく包んでいくという人間愛、そして両親がそれを暖かくみつめ協力していくという、すがすがしさである。妻リイケを犯したジャックを助けなかったことで自責するドルフは、どこまでも純粋なのである。鷗外の晩年の精神志向にそった作品の一つであったと思われる。

24　**『防火栓』**　ゲオルク・ヒルシュフエルド

　毎年、市民は曲馬団を待っている。今年は天幕でなく、定興行となった。一月元旦に二興行、午後三時と七時である。大入満員で始まった。ところが、この会場には入口が一つしかなかった。入る者と出る者とが興行が終ると大混乱を呈することになった。警部が大声で整理するが、何の効果もない。道化師のトロッテルが、親方、防火栓を抜かせなさい、と叫んだ。親方は早速、防火栓を抜いた。水が迸り出た。大成功だった。お客たちは命に別条なく逃げていった。

　親方は喜び道化師の給料を増すことを約した。しかし、市民たちが起こす損害賠償まで気がつかなかった。判決は、入口が一つだけ、ここに原因があると出た。親方は、これからも大入りだと解っているから、いやな顔をせず償金を払った。

作者のヒルシュフエルドは二十三歳のとき「母親」という戯曲を発表、文壇に認められた。鷗外は、この作家の戯曲を八篇持っていたが、『防火栓』だけを翻訳したのである。

　この小説は、何か、ちぐはぐなものを感じる。作者は何を書こうとしたのか。それが明確にみえてこない。二十世紀初めの、ヨーロッパの地方の町、そこでの庶民生活の一端を書こうとしたのか、その点からみれば、曲馬芸という娯楽に熱中する素朴な庶民たちの喜びは伝わってくる。また、唯一の入口に、出る者、入る者がそこに殺倒し、パニックになる、警部の奮闘にもかかわらず大混乱になる、これは行政の怠慢でもある。しかし、この小篇で、目立つと言えば道化師の提案である消火栓を抜いて、混乱の民衆に放水すること、それを受け入れた親方への批判にもみえる。裁判所が、会場に入口が一つしかなかったことが原因と下した裁決に、親方がいやな顔をせず償金を払ったという商業行為に批判があるのか、何か一本強い線が現われてこないのが欠点であろう。

25 『稲妻』アウグスト・ストリンドベルヒ

　三階になった現代建築には地下もあり菓子屋も入っている。この三階の家は建増しをして十軒位の家になっている。家主の同胞（兄弟）も入っていて菓子屋と話をしている。同胞は菓子屋に、今度、お前の上に誰かが引越してきたぞという。家主はもう年寄で独り暮しを楽しんでいて、他に関心がない、若い女中のルイイゼがいて満足している。家主は、かつて結婚していたが妻は名誉を傷けて五年前に出て行った。女の子が一人いたが、消息も解らない。家主と同胞は実に仲がよい。菓子屋もルイイゼも上に入った家族が全然姿を現さないので不思議がっている。そのとき稲妻が走る。ブドー酒をもって上の家に上って行った男がいた。そして日が経ち、上の家の住人が家主の同朋とばったり顔を合わせ驚く。家主の元の妻ゲルダであった。ゲルダ、幸せを装う。家主は、ゲルダの裏切りを非難する。お前には来て欲しくないと言う。今の夫は、菓子屋の娘と私の娘を連れて逃げたと訴えるゲルダに家主は知らぬ顔。嘘だと知っているからだ。同胞は駅に行きゲルダと男と娘をみた。男は娘に三等の切符を渡すと、娘は、いきなり切符を男の顔に投げつけ駆け出した。ゲルダも追った。

　家主は、同胞にお前はゲルダに迷っていたから、不正な方に味方してきたのだと非難する。同胞、もう解ったと反省する。家主に電話があり、女中ルイイゼが出た。ゲルダからだった。娘を連れて田舎の母と一緒に住むために出発するとのこと、男は独りで南に行ったと告げた。家主は、ほっとして、「あゝ片がついた」「あゝ。老の静けさだ。秋になったら己もこの陰気な家を明けるとしよう。」とつぶやいた。

　ストックホルムの街の一角、重層的な建築物の一室に、老いを迎えようとする「主人」が住んでいる。この男はまことに孤独である。入口を同じくする菓子屋の主人と双児のようにみえる兄弟としか交き合わない。「そろそろ旅行の準備」にかかっている男である。「旅行」とはむろん「死」である。もはや何事に対しても、ことさらなる関心は持たない。そんな処に、元離婚した妻が、一人娘とともに柄の悪い夫と、この建物の二階に入ってくる。五年振りの妻。夫は暴力男。しかし、「主人」は恬淡として、ヨリを戻す気配はない。女中のルイイゼに、嫉妬する元の妻をみて、復讐は成したと思うぐらいで、後は成りゆきをみている。結局、元妻と娘は男から逃げ、元妻の親のもとで暮すことになったことを知り「主人」はほっとする。ストリンドベルヒは、終末に「秋らしい気持がある。これが我々老人の季節だ」「あゝ。老の静けさだ」と書く。

　長島要一氏は、この男の勝利を「独立独歩の諦念」（『森鷗外の翻訳文学』）と書いている。闘う姿勢を捨て、「老の静けさ」に生きようとするぐらい、強いものはあるまい。長島氏は、『予が立場』でレグジネグネーション（諦念）を語る前に、鷗外は、この『雷雨』（ストリンドベルヒの原題）を読んでいたのではと推察している。さらにこのことが、ストリンドベルヒの室内劇五篇中『雷雨』を選んで「稲妻」として訳したのではないかとも述べている。これは単なる諦めではない。この『稲妻』を訳了した十数日前（大4・9・16）の日記に「婦女通信予が引退の報を伝ふ」とある。そして十月五日には、僧俊虓が亡くなっている。己が引退話、それに心友俊虓の死と続いて鷗外の心を襲っていた世間的な悲哀感は、『稲妻』の老家主が遂に到達する「静けさ」を希求するものであったのではないか。この『稲妻』は典型的な「室内劇」である。

さて、小堀桂一郎氏は、この『稲妻』に対し「激しい女性呪詛の情念が煌めいては見えるものの、そこには老年の心境が欲する和解と安息への深い願望が美しく造型されてゐる」（『森鷗外—文業解題〈翻訳篇〉』）と述べる。老いた「主人」は、ある意味では憎むべき元妻が現われたとき、もはや闘わないで「和解と安息」に身をまかせた。これを長島氏の言う『予が立場』の「諦念」ととるか、どうかにはいささか議論が残るところであろう。このとき、ストリンドベルヒは五十八歳であった。

26　『尼』グスターフ・ヰイド

午食をして、己は牧師の兄と帰るところであった。兄は自分が就職したい地が決まり上機嫌であった。兄は私に、ラゴプス鳥を食べようといった。そのとき、尼二人が向こうからやってきた。一人は年増、一人は若かった。若い尼さんは、白色で背が高く天使のようだった。己は、あ、いつかの二人だと、兄の臂を摑んだ。兄は誰だった、と聞く。己は話を始めた。あの淋しい鍛冶町に行くようになった。あの町には、尼さんが沢山通る、しかし、誰も二人連れ、誘惑を警戒している。己はある日、街の角あたりで坐っていた。そのとき、先程の尼さん二人が通ったのだ。若い方は鳥が歌うような声だった。わたしの目の前にその女の唇がちらついた。その尼さん二人が引き返してくるとき、若い方が、わたしをちらりとみた。私は歓喜した。その口唇は、「野茨《ばら》の実」だった。真赤で、ふっくらと熟し、わたしは夢中で、キスを考え、いつか絶対にキスをしなければと思った。兄は克己しなければ、と言ったが、出来なかった。ある日、わたしは待った。やがて二人はやってきた。だんだん近づいてくる。わたしは、ゆっくり立ち上り、年上の尼の前を通り過ぎ、若い尼さんの頭を両手に挟みキスをした。気が狂ったようにキスをした。いつまでも。とうとう尼さんの方からわたしにキスをした。尼さんの熱い薔薇の唇がわたしを捜す。あんなキスは始めてだった。気が付いたとき、年上の尼さんが傘を振り上げていた。妙なことに、キスの後みた若い尼さんは前程美しくはなかった。わたしは逃げた。兄は夢みるような目付で「本当に向こうからキスをしたのかい」と問うた。そして二人はラゴプス鳥を食べに行った。

「わたし」が尼にしたことは、性犯罪であり異常でもある。現在では、セクハラで重い犯罪として刑事事件になるだろう。一世紀前のヨーロッパでは、そう問題視されることでもなかったのであろうか。若く美しく、純朴な尼さんに、キスをしたいという欲求をもつこと自体は、若い男性ならば、生理現象としてはあり得ることだろう。犯罪性は別にしても、そういう若い男性の欲求をヰイドは、まず書こうとしているが、結局、笑えるのは、牧師という聖職にある兄が、時折、発する言葉であり、最後に「本当に向こうからキスをしたのかい」と問う、間の抜けた言葉である。牧師として体面を装ってはいるが、やはり、仮面をぬぐと、普通の生理をもった「男」であるという「笑い」である。大正九年三月十一日付で、芥川龍之介は、南部修太郎に手紙を送っている。

　この手紙は、自作の「葱」を批判した南部修太郎に反論をしている内容であるが、この中に「ウイドのルスティッヒエストリエン中「葱」の如くなるもの幾何あるか」と書いている。これで芥川がウイド（ヰイド）を読んでいたことが解るが、「ルスティッヒエストリエン」については、小堀桂一郎氏が「「滑稽小説」を意味する普通名詞のはず」（前掲文）だが、「「尼」を収めた短篇集 Lustige Geschichten といふ書名の記憶違ひかとも解される」とも述べている。確証はない。当時としては、ウイドの原本を芥川が読むことは不可能であり、鷗外の翻訳を読んでいたと推定される。芥川は自作「葱」のような作品が、ウイドの『短篇集』にいかに多いか、君は知らないのかと、南部に問いかけているように思える。十五、六歳のカフェの女給お君さんの店に行かない日の生活は、文学芸術を好む純な娘である。ある夕べ、多才だが無名な青年とデート、その濃密な恋の時間であるはずのところ、商店街を歩いていてふと店頭にある廉価な葱をみつける。とたんにお君さんは現実生活に引き戻され、その葱を買う。ウイドの『尼』にも、若い尼の突然の変異が起きる。このロマンと現実の転換に芥川は関心を強くもったのであろうか。

27　『舞踏』アナトール・フランス

今日、己は、一級の文化人や政治家の集まる会に出て午餐をした。食卓の右隣にいたのはアントン・フュウルスと言う此連中の最年長者で、東洋語学者であった。フュウルスは、まず行儀の好い紳士らしさをみせるには、習俗に同化するに在ると言った。また、フュウルスは、己に次のような面白い話をした。三十年前、パリに在ったとき、ヂエベル・ベン・ハムサというアラビア人が訪ねてきて、西洋の風俗を研究したい、手始めにフランスから、極上流の交際を実験したいと言った。わたしは、一番立派な舞踏会にヂエベルを案内した。以後六週間ばかり、あらゆる「公会」を経験してパリを去った。五、六年経ってヂエベルから手紙がきた。それにはパリの舞踏会のことが書いてあった。妻や娘が着飾り、肌を露出させ、云々の、舞踏会の状況が綴られ、最後に、男たちは女を選んで乱行する、あまりに「背理的」と書いてあった。そこで、わたしは、学士院仲間の一人の美人細君に、舞踏会で、あなたも、肩を剝き出し香水をつけ、金銀宝石を身に付けるでしょう。「あれはなんのためですか」と聞くと、物分りの悪い人だと言うように己をみて「だってわたしの所にも片付けなくてはならない娘が二人あるのですもの」と答えた。自然は人を送り出したが、「人も亦新たに自然を造り出す」ということ。つまり、老いたる母には、細工が必要ということである。

この小篇には題目がなくて、「手帳」という題で『ベルリン日報』の付録に掲載されたその一篇である。それを選んだ鷗外が翻訳し、『舞踏』と名付けたものである。この内容は、明らかに、アラビア人にはパリの文化は理解不能という問題意識を提示していると思ってよい。実際、アナトールは、文中で「ヨオロッパの思想」をアラビア人には理解出来ないと書いている。その一例として、フランス文化の一つの大きな表徴である「舞踏会」への感想をアラビア人に書かせている。

西洋文化の一つの典型として形成されている舞踏会は、アラビア人からみると、肌を露わに、宝石で飾ったきらびやかな西洋女性の言動は、閉鎖的で陰蔽するアラビア女性と比較して、余りにも違う風習文化として感じられるのは当然のことであろう。西洋には、美の強調という文化がある。「行儀の好い紳士たるには「習俗に同化するに在る」と西洋人の学者の言う認識は、アラビア人には理解出来ないことであろう。異文化というものへのアナトール・フランスの考えが如実にあらわされている。

また、人は自然を造り出す、つまり「細工」をして、自己に有利なように自然を変えるという論理にも注目したい。

28　〖謎〗フーゴー・フォン・ホフマンスタール

㈠オイヂプスは、フオキスの三叉路に来たとき、三人の家臣に、コリントスで育ててくれた父王と母の許に再び帰らぬ、それを報告するために、己の指環をはめた童をコリントスへ送ったと告げた。お前たちは己の道を進めとさらに言った。長老は反対したがオイヂプスはきかぬ。オイヂプスは次のようにも語った。己はデルフオイに詣でて、人を殺したとき、覆面の女が現われ、神の言葉を告げた。神は殺戮の快さを父で果たし、回復の快さを母で果すと、是の如く爾は行はんと。女は闇に消えた。さあお前たちはコリントスへ帰れ、両親によろしく言ってくれ。オイヂプスは、ライオス王の先触を殺し、ライオス王も殺した。このライオス王が父であるのか、とつぶやき、オイヂプスは去っていった。

㈡宮殿の柱廊にクレオンが立っている。クレオンはオイヂプスの母ヨカステの弟。密かにライオス王の座を狙っている。クレオンは言う。姉がライオス王と結婚するとき、童だった己を魔術師は王の許にやり、口上を伝えさせた。それは、もし二人が結婚し、ヨカステ后の腹に男児が生まれたら、王はその子に殺されると。今ライオスは死んだ。己は王にならなければ、とクレオンは語る。街中はクレオンが王になることを歓迎して喜んでいる。そこに、ライオス王の母アンチオペ登場。王の死はヨカステ后の陰謀と思っている。ヨカステは、私も男児を生みましたが、王は、他に預け、その男児をお殺しになりましたと。ライオスの母アンチオベは驚き、その児は生きてはいまいな、と不安がる。ヨカステは生きてはいまいと断言する。アンチオベは、今やってくる人に、まぐあいの神を迎えよと言う。人民は城の前で、クレオン様を王に、と叫ぶ。そこに行者登場。人民たちは、救済を訴え、その若者が現われたと叫ぶ。オイヂプスである。荒廃した国を救う人が来た。人民たちの熱狂。クレオンは民衆から拒否された。オイヂプス、ヨカステ后をみて、あの女は誰か、ときく。民衆は、スインクスという「物の怪」にお勝ちになると、あなたを夫になさいますと言う。

㈢険悪なる谷間。クレオンとオイヂプスが登ってくる。「物の怪」と闘うためだ。クレオンは、これから先はお主独りで登れと言う。真暗な世界。このとき「物の怪」の叫び、しばらくしてオイヂプス、よろめきながら下りて来る。お主の勝だとクレオン。山麓から鼓の音。六頭の馬車の中にヨカステの姿。后ヨカステ、車を降り、一人で登ってくる。民衆も続く。オイヂプスは、御身のために故里の処女らを斥けてきた。いまこそ御身を愛してやらねばと言う。二人は寄添い降りてくる。人民たちの祝福の声。オイヂプスと人民たち。クレオンは外套を脱ぎ二人の前に展げた。

　このホフマンスタールの長篇劇詩は、一九〇四年「オイディプスとスフィンクス」なる題名で、発表されたものである。作者三十歳の時であった。かの有名なギリシヤ神話が原典であることは言うまでもない。テーベ王ライオスとヨカステの子が、神託通りに、父を殺し母と交わったために両目をえぐりとられ、国外にさまよい出るという話である。この神話にみる、肉親の悲劇から男児が母親に愛着し、父親を競争相手とみなして憎む心をフロイトは、学術的に証明し、エディプス・コンプレックスと名づけた。

　この詩劇では、オイヂプスは、山路で、互いに父子とも知らず、父を杖で打ち殺すという設定になっており、母と交わるといっても、第三幕で、二人は母子関係であることも知らないまま、王と、その后になることを前提として寄り添い山から降りてくるところで終幕を迎えることになる。また神話での罪を犯したオイヂプスが、目を抉り取られるという酷い設定は改変されている。これをみると鷗外の『山椒大夫』が想起される。民話では捕えられた山椒大夫は、ノコギリで首を斬られることになっているのを鷗外は改変し、罪を許している。この相似性は、偶然かも知れぬ。しかし、この『謎』の訳は鷗外の日記をみると、大正三年二月十六日から「訳しはじ」め、四月四日に「訳し畢」っている。『山椒大夫』は、大正三年十二月二日に「草し畢」っている。時間的には『謎』の影響をみても不思議ではない。ホフマンスタールが意識的に残酷さを削ったことを鷗外も察知して、共感を持ったとも考えられる。鷗外は、作品の最後に次のように付記している。「訳者曰。オイヂプスの伝説は希臘の悲壮劇によつて変形したるを、作者は其変形の儘に使用したり」、と。ともあれ、ホフマンスタールは、際どい設定を避けながら、人間の持つというか、神が与えるというか、酷い運命を生きなければならない、人間の必然性を描いているといえよう。

そして悲劇でなく、人民の期待を受け、人民を救済するという希望を残して幕となる。鷗外の翻訳作品の中でも格調の高いものとして評価できよう。

29　『毫光』メニュヘールト・レンジェル

イスパハンで駱駝を索く少年は朝から晩まで、ある娘のことばかり想っている。娘はフイルツアアという名で可愛らしく無邪気である。二人はプラトニックのまま結婚の時期を待っていた。そこにイスパハンの金持で、年老いていたが賢い回教信者が現れ、娘を見染め結婚を申し込んだ。娘の両親は喜び娘に無断で結婚を約束した。娘は両親を愛していたので仕方なくこの結婚を承知する。

少年は絶望し婚礼の夜、首をくくるという、娘は婚礼の夜だけ少年に逢いにくることを誓う。それを実行しようとした当日、途中で盗賊に出会う。娘は、いきさつを全部話す。盗賊は感動し一指も加えず少年の所へ送っていく。少年にも、いきさつを全部話す。少年も「夫と盗賊との寛大に服し」「自分も夫と盗賊とに負けたくないと決心」し、すぐに娘の手を取り、老いた夫の家に連れていったのである。

『安井夫人』の校了から三日後に、このハンガリー人・レンジェルの『毫光』を尾竹一枝に送っている。『安井夫人』を書いた精神と、この『毫光』を選ばせた精神は何か通じているように思えてならない。

「神の恵を受けた癡《おろか》な子」「娘は正直なばかりではない。同時に癡である」「娘の従順」「女は正直で、そして癡である」「女は無邪気である。そして癡である」

これらの「癡」は「痴」の意味ではない。あれこれと画策せず、思案をめぐらさず、「従順」「正直」「無邪気」に生きることを意味している。鷗外は、この価値に注目している。まさに自己主張を前面に押し出す、当時の「新しい女」たちから、はるかに逆行した対極の価値である。

鷗外は次の文を付記している。

　此女を救つたのは、広大無辺な「癡さ」で、それが闇夜の道を辿る此女の小さい頭の周囲に、毫光の如くに赫いてゐたのである。女はどうかすると癡であるが、決して側からそれを気の毒がるには及ばない。

鷗外は、「此女を救つたのは、広大無辺な「癡」」であると訳す。これは誰をも傷つけたくない、そして相手が盗人でも信ずるという神にも近い無償で純白の精神なのである。この行為によって、すべての人間を善人に変えてしまうのである。この「広大無辺な「癡さ」」は『安井夫人』の末尾の〝謎〟に通じているのではあるまいか。お佐代の「遠い、遠い所に注」がれている「尋常でない望」、人智を越えた、計量できない精神性なのか。爛熟した資本主義、疲弊した物欲主義の対極にある精神。この精神が生動するのは現実の中ではもはや不可能であろう。鷗外は、それを熟知しているが故に、この精神の価値に注目せざるを得なかった。

『伊沢蘭軒』の自立したたかや『渋江抽斎』の五百などの「新しき女」たちのよしとする精神をも越えて、遥か「遠い、遠い所に注がれ」るお佐代の眼を支えている精神と、『毫光』の娘のそれとは、どこかで融合しているに違いない。

30 『忘れて来たシルクハット』ロード・ダンセエニ

ロンドンの住宅街。訪問した家から無帽の紳士が出てくる。思い詰めた表情だ。そこに職工がやってくる。紳士は、この家から私の帽子をとってきて呉れと頼む。水道を見にきたと言えばよいと言う。職工は行ってしまう。次に青年がくる。紳士、同じことを頼み柱時計を巻きにきたと言えばよいと言う。なぜ自分で行かないかと青年。紳士は足を挫いたという。青年は去る。次に詩人がくる。同じ事を頼み、ピアノの調教に来たと言えばよい、と言う。詩人はピアノが嫌いだという。紳士は、この家の娘と喧嘩して、志願兵となってアフリカへ行き死ぬと云って出てきたという。詩人は、死、失恋なら詩になるが、帽子では詩にならんという。紳士はそれなら私がとりに行くという。詩人は激しく止める。入って仲直りしたら平凡な家庭を作るだけ、ロマンが死ぬ。アフリカに行き、君の骨を砂にさらしなさいという。帽子をとりに行くと、詩にならない、私は君の詩を作りたい。どうかベルを押さないでという。

しかし、紳士はベルを押してしまった。詩人は蔑視し、世間の平凡な人間になるだけだと嘆く。紳士は戸口を入って行った。巡査がどんな事件ですかと聞く。職工が連れてきたのだ。詩人は、いまロマンチックが殺されるところですという。ピアノを二人で弾いているのが聞える。巡査は、この人（詩人）はどうかしているという。職工は、この人より、今一人の男（紳士）をお巡りさんにみせてやりたかったという。

ちょっとしたセンスを光らした寸劇である。作者ダンセエニはアイルランド人。『ベルリン日報』の日曜文芸付録に載った簡単な戯曲をみつけた鷗外が、これも『毫光』と同じように尾竹一枝に応じたものである。

二十世紀初期の頃、ロンドンでは、シルクハットを被らずに街が歩けなかったという風習があった。この面倒な風習への批判が作者にあったのかも知れないが、それは明確ではない。容易に考えられることは、職業、立場の違いで、思考が随分異ってくるということをダンセエニは言おうとしているようにも思える。しかし、この小篇で、作者が一番意をこめようとしたのは、詩人のとてつもない想像力ではないか。恋人と仲を戻したら俗物で終る、失恋してアフリカへ志願兵として出たとき、さまざまな想像力が、うごめき詩ができる、ここに創作家の本領がある。紳士が家に入ると、ロマンチックが殺されるという発想にそれがよくあらわされている。

31　『蛙』フレデリック・ミストラル

指物師のピニヨレエは、六月、四年振りに故里に帰ってきた。フランス全国を遍歴し、いろいろなものをみたという自負がある。両親は大喜び、近所の人々、友達たちも歓迎した。父と息子は祝の酒を飲んだ。父はどこで、どんな物を見たかと聞いた。息子は具体的に名物や、細工物などを語った。父は、サン・ポオル寺の洗礼盤の細工モノの蛙を見たかと聞いた。息子は首を振った。父は腹を立て翌朝発って蛙を見てこいと命じた。息子は再びサン・ポオルの寺に行き蛙をみた。緑色に光っていた。巧みな作品だと思った。金色の眼がギョロギョロしている。若者は次第に紅潮し笈から鉄鎚を出し力いっぱい蛙を打った。伝説ではこのとき水盤は鮮血で赤く染ったということである。

この小篇は、プロヴァンス語で書かれたものである。作者のミストラルは、プロヴァンス文学の再興者でもある。

職人というものは一徹である。これは世界共通であろう。特に老練者になると、その自負心には手が付けられない。その典型が、この父親である。若い職人であるピニヨレエは、街道を七日もかけて歩いてきてみたこの蛙をたたきつぶしてしまった。なぜか。父と子の価値観の違いか。父は名作といっても、息子からみれば、そうではなかったようだ。特に、西欧でも、プロヴァンス地方は職人のプライドは高い。そういう地域を背負った作品でもある。この小篇は名品との声が高い。

32　『父の讎』アーゲ・マアデルング

男は北欧急行列車に乗って、自動車雑誌をみている。この旅人は、ある家柄の老幼を畏怖させる名前をもち、殺人犯として世界にこの男を追う人が派遣されていた。巨額の懸賞金もかけられていた。旅人は食堂車に入った。一つの卓に、子供二人が坐っている。旅人は、その卓の空いている席に座った。十三歳の童と十一歳の少女だった。汽車はライン河に沿って走っている。しばらくして、私たちが夫婦とは誰も知らないね、というフランス語が聞えてきた。二人は、ポーランド語、ロシア語で同じことを言った。背後に母親らしき人がいる。旅人は「塩入れを取って下さい」とポーランド語で言った。少女は、同郷人に出会えたのは嬉しいと言い、童は、ラトシキウ侯爵ですと自己紹介した後、少女をモングシュコ侯爵夫人で、私の妻ですと紹介した。旅人は「二、三年前、ロシア帝に仕へ市長をしておられたモングシュコ侯爵があつたようですが」と語りかけると、二人の子供は真蒼になり、少女は「私は娘です。父を殺した人は多分子供があるとは思わなかつたでせう」と述べ、その犯人の写真は私達、母も見て知っています。娘と旅人は、みつめ合っていた。旅人は蒼白だった。少女は泣き出した。旅人は食堂車を出た。大きな停車場に着いた。旅人は下車した。改札口で二人の紳士が一人々々顔をのぞき込んでいた。旅人は冷然たる態度で、その前を通った。

何か、背筋の寒くなるような怖い作品である。作者マアデルングは女流作家である。一九一三年には、ユダヤ人大量虐殺を書いた小説を刊行している。さて、文中に、子供のようなラトシキウ侯爵が自分の幼な妻を「モングシュコ侯爵夫人」と呼んで紹介するところがある。これはむろん間違っている。「幼な妻」が、二人の侯爵の夫人であるはずがない。これについて、小堀桂一郎氏は、「ドイツ語では「侯爵の夫人」と「侯爵の娘」が同じ語形であるから、そこでついうつかりしたのであらう」と、鷗外の間違いを指摘している。

この作品は一種のサスペンス小説である。少女たる侯爵夫人は、この旅人が、父殺しの犯人であると気付き、〝父の讎〟をはらさなければならない相手であると気付いていたはずなのに、なぜ無言を通したのであろうか、また刑事らしき二人の紳士も、なぜこの犯人に気付かなかったのか、謎の多い作品である。列車の食堂で少女の顔色が変り泣き出したとき、読者は、思わず緊張するわけだが、結局何事も起らない。何らのトリックもない。ただ、この犯人が捕まらなかった唯一の理由は、この男の「冷然たる態度」以外にない。対する人間たちは、そうだと思っても、相手の態度で迷いを生じ、確信が持てなくなる、そういう一種の心理を応用したものとみえる。

33 【鑑定人】ポール・ブルヂエ

クウリオオル教授は、精神病学者としてフランスでは著名であった。数年前、グルノオブルで時計職人が殺された。リビエエという男が犯人として捕った。この男は、己の発狂中に起った殺人で、自分は無罪だと訴えた。そこで、この教授が鑑定することになった。教授は、今迄の男の関係書類をみて、この男の言う通りだと思った。そこで教授独自の実験をしてみた。「語尾の特徴」をみること、つまり同じ語尾を韻脚のようにくり返せば、「過感症」で犯行時、発狂していたということになり、この男は無罪になるということである。学生のクルウルボアにも診断させた。この学生は、ある悪いたちの女をひどく愛していた。学生は姿を教授の前にみせず、精神異常ありと診断書を提出した。教授は、その結果、「語尾の徴候」を確認した。しかし、教授は、学生を呼び、君は好きな女から金を要求され、リビエエから金をとり、「過敏性の徴候」を教えたのだね。なぜ解ったかと言えば、わたしは、「手蹟」で精神状態の解る研究をしているので、君の報告書の字が、ひどく震えていて興奮がよみとれたからだ、と述べた。学生は、「女に迷つて良心を失いました」と泣いた。教授はそれにしても犯人は、なぜ「躁狂の真似」をするほどの精神病学の知識を得たのかと尋ねた。学生は、犯人が、かつて入っていた監獄に猥褻罪で入っていた医者から精神病学の知識を得たと言っていたことを伝えた。

作者ポール・ブルヂエは、本来、心理小説作家として著名であった。ブルヂエが扱っている素材は、精神医学である。この作品の冒頭に出てくるドイツの精神病学の権威クレエペリン教授は、当時実在の人であり、医学界にいる鷗外としては興味をもって翻訳出来たはずである。この殺人犯の男が、なんとか罪を逃れようとして、精神病を完璧に演じたとき、それを見破ったのは、クレエペリン教授に匹敵するフランスのクウリオオル教授であった。それも教授が発見した「語尾の徴候」を、女に溺れた学生が、先取りし、金欲しさに、その犯人に、しゃべり方を教えてしまう。何回診ても、犯人の言う通りと診断していた教授が、弟子の報告書の乱れから贋と見破るところなど、明らかに、日本風に言えば推理小説である。ただ筆蹟だけでは弱いのであるが、発想としては、面白いと感じられる。この小篇が鷗外の「小説」翻訳の最後の作品となった。

34　『白衣の夫人―海辺に於ける一場』ライナー・マリア・リルケ

貴族の海辺の別荘。海の方を向いて白衣の貴婦人が坐っている。番人アマデオがやってきて、殿様がお出掛けになったと告げる。結婚以来十一年、夫が留守になるのは初めて。今日は全員外出させ別荘を空にして、とアマデオに言う。妹のモンナ・ララ登場。夫人とララは実に仲がよい。夢のこと、死のこと、いろいろ話し合う仲である。夫人は、一人の男のことを想っている。年が経つにつれ、その人が、だんだんはっきりしてきたの、とララに言う。使者、夫人に手紙を持ってくる。妹に読ませる。あの人が今から舟で来るとの知らせ。使者もララも、領主の妻たる夫人に領内の民衆の苦しい生活を訴える。夫人は出来るだけのことはすると述べる。夫は、外の女を夢みていた。夫人は、あの人つまり侯爵のために、夫との関係を持たない努力をしていたことをララに告げる。その人が今日来るのよ、と夫人。夫人は石段に上り海を臨む。別荘は次第に赫く染まる、夕映の反射である。そのとき、水際に二人の黒い覆面が現われる。カトリックの僧である。夫人、恐怖に身体が硬直する。鱅の音が近づいてくる。夫人はハンカチで招かんとするが、二人の僧が並木の入口に立ち、夫人は身動き出来ない。別荘の明りは薄らぎ鱅の音は遠くになってゆく。そのとき、別荘の円天井が破られて明色の衣を着たしなやかな人、小児のごとき姿が現われ、海の方をさし招く。しばらくして、手をとめ、ゆるやかに招く、それは人の別れに招くがごとくになった。

この戯曲は、リルケが一八九八年に、イタリアはヴィアレッヂオの海辺で、筆を起こし、その翌年に完結したと言われている。一九〇四年頃に大幅に改稿されたと考えられている。鷗外は、その完成本とされた『初期詩集』に載った作品を底本として訳出した。親交のあったホフマンスタールの象徴主義の傾向があることは否定出来ないが、マーテルリンクやダヌンチオの影響も無視できない。

白衣の夫人と妹ララ、手紙の使者らとの間で交わされる問答は、死、愛、人生等々についてテーマとしているが、極めて理屈ぽく、それにセリフも長い。戯曲としては、適切なのか疑問は残る。ともあれ、この哲学的、ときには現世的でもある、この長大な問答を取り除いてみると、骨格として残るのは、白衣の夫人の「その人」に対する一途なる愛である。夫がありながら、一途に「その人」を想い、待ち続け、遂に今日やってくる、その日、一日が、この作品の舞台である。舞台は海から別荘を臨む。その別荘の石段に立つ夫人の悄然とした姿は印象的である。最後になって舞台は全く無言、静寂になる。海から「その人」が来る、艫の音が聞こえたようであるが、一転、二人の覆面の僧が現われたことにより、舞台は幻想的世界に変り、夫人の夢は破れたのである。最終場面、円天井から現われた「明るき衣」を着た「殆ど小児の如き姿」は誰のことなのか。二人の僧の動きに連動していることを考えると、夫人の不倫を抑止した神の使いなのか、この劇は謎の余韻を残したまま終っている。

35　**オペラ『オルフェウス』**クリストフ・W・フォン・グリック

鷗外には唯一西洋オペラの翻訳がある。このことはほとんど知られていない。その翻訳オペラはドイツ十八世紀の作曲家グルックの「オルフェウス」(全三幕)である。鷗外は、ライプチヒに留学中、このグルックの「オルフェオとエウリディーチェ」の上演をライプチヒ市立劇場で観て感動し、その台本を当地で買い求め、日本に持ち帰っていた。明治十八年(一八八五)六月二十一日のことである。その「台本」は、いま東大図書館に収められているが、筋書きや、感想などが精細に書き込まれていて極めて貴重である。

この鷗外のオペラは、ギリシヤ神話に題材をとったもので、内容は、早逝した恋妻を黄泉にまで求めて、さまよい、最後に神アキルにより、夫は妻とともに永遠なる喜びを与えられるという幻想的、神話的な物語であるが、劇の中には、酷い苦しみの場面も幾つもあり、地獄と極楽を描いた感動的オペラと言ってもよかろう。ライプチヒで観たとき二十三歳であった鷗外は、ひどく動かされたに違いない。しかし、帰国後、みずから、このオペラを訳すことはなかった。

ところが、鷗外が、このオペラを観て約三十年経った大正三年七月二日が、このグルックの生誕二百年にあたり、国民歌劇協会が、その記念に、このグルックの「オルフェウス」を上演することになり、その翻訳を鷗外に依嘱した。鷗外はいずれはと思っていたのか、快諾した。

しかし、第一稿(大3・3)を完成したが、この稿は、ライプチヒから持ち帰った「台本」を底本としたため、協会の楽譜に合わなかった。そこで、鷗外は協会の楽譜に合わせて第二稿(大3・9)を完成したが、残念ながら、グルックの誕生日は過ぎており、予定されていた記念公演は立ち消えとなってしまった。幻となった鷗外の名訳は、阿蘭陀書房から単行本として発行(大4・9　一九一五)された。第一稿は、『全集』第十九巻の「沙羅の木」の中に収められ、第二稿は、『全集』第三十八巻の「雑纂」に収載されている。この『オルフェウス』の一稿、二稿の「いきさつ」については大正三年の十月号の『歌舞伎』に載っている。さて今回、この『オルフェウス』の「楽譜」を土台とした形式をとり、それに鷗外訳を載せた大判の本が刊行（平16・11　紀伊國屋書店）された。その労をとられたのは、東京芸術大学演奏芸術センター助手の瀧井敬子氏である。

瀧井氏は、刊行されるにあたり、鷗外の流麗で古典的な文体を新字体、新かなづかいに直し、現代人に読み易くされた。

瀧井敬子氏は、「「うたひもの」の訳詩は、楽譜の中に歌詞として置かれてこそ、本来の姿である」と「解説」で述べている。鷗外の訳詩が、「本来の姿」となって見事に甦ったのである。

それだけではない。この鷗外訳オペラが、さらに甦ることになった。平成十七年（二〇〇五）九月十八日、十九日の二日間にわたって、東京芸術大学奏楽堂で上演されたのである。鷗外訳の幻のオペラ『オルフェウス』が、九十年を経て甦ったのである。鷗外にとって国民歌劇協会の期待に応えられなかったことは、まことに残念に思われたことと思うが、「楽譜」の中に己の訳詩が併記され、しかも、念願の「上演」がなされたことを、黄泉の国でさぞ喜んだと思いたい。

大正四年に次の作品集、二冊が刊行された。

・『諸国物語』（大4・1　国民文庫刊行会）

収録作品――『尼』『薔薇』『クサンチス』『橋の下』『田舎』『復讐』『不可説』『猿』『一匹の犬が二匹になる話』『聖ニコラウスの夜』『防火栓』『己の葬』『刺絡』『アンドレアス・タアマイエルが遺書』『正体』『祭日』『老人』『駆落』『破落戸の昇天』『辻馬車』『最終の午後』『襟』『パアテル・セルギウス』『樺太脱獄記』『鰐』『センツアマニ』『板ばさみ』『笑』『死』『フロルスと賊と』『馬丁』『うづしほ』『病院横町の殺人犯』『十三時』

・『稲妻』（大4・10――『稲妻』併収・〈千朶山房叢書第一篇〉通一舎）

14　母峰子の死

大正五年（一九一六）三月二十八日、午前零時四十五分、峰子は死亡した。享年七十一歳であった。鷗外は、この日の日記に「午前零時四十五分母絶息す。朝微行して佛英和学校に往き、次に陸軍省に往き、偶来れる渋江保と語り、午後家に帰る」と書いている。母が死亡したというのに、鷗外はなぜ外出したのか。「佛英和学校」とは、前年、茉莉が、この女学校に入学していたこと、陸軍省とともに、母の死亡を告げに訪れたものであろう。当時は、やはり電話ではなく、直接、告げることが礼儀であったと思われる。次女杏奴も、数日後、つまり、四月一日に佛英和の小学校に入学している。

峰子は、明治四十三年七月二日に、胃痙攣の症状を呈し、以後数回、同じ症状をみせたこともあるが、比較的安定を保っていた。しかし、大正四年に入った段階で、心身の衰えが目立ってきたために、主治医を橋本監次郎軍医監にお願いした。橋本は、肝硬変と診断。そこで、鷗外は、母の七十歳の祝いに、観潮楼の傍に四畳半の小室を建造中だった。まだ完成せず壁も荒壁のままであったが、母の病床を此処に移し、手厚く看護していた。

死の前日の鷗外の日記をみてみよう。

二十七日（日）。（略）夕より母発熱し、下肢痛を訴ふ。筋痛なるものゝ如し。既にして脈微弱百十至に至る。夜に入りて脈百二三十至に至る。強心方及鎮痛方を処す。於菟、小金井良精、其妻、其子三二、予等侍す。

鷗外は、すでに母の死を予感した。二十九日に、菩提寺弘福寺の奥田墨汁師を請じ、三十一日、午前中に葬儀、午後荼毗に付している。四月二日に初七日で、親族が集まっている。

四月六日（木）の日記に、鷗外は次のように書いている。

潤三郎夫妻京都に還る。母の遺灰をば捧げ持ちて京都に往き、かしこより更に土山に送りて葬りまつらむとす。

なぜ、潤三郎は、滋賀県の土山を過ぎて、わざわざ峰子の遺灰を京都の我家に持っていったのか、これは、東京から土山への便も悪かったようだが、もう一つ大きな理由は、峰子が病気が直ったら、京都の潤三郎の新宅を訪ねたい、と言っていたので、一応新居に持ち帰ったというのが真相である。それから、峰子の父白仙、母清子の墓の在る、臨済宗常明寺に遺灰は運ばれ、両親の傍に葬られた。現在は、鷗外一族は総べて、津和野の永明寺に集められている。

峰子の戒名は、〈硯山院峰雲谿水大姉〉と、鷗外が考えた。

この戒名について、鷗外は、渋江保に次のような書簡（大5・4・4）を送っている。

拝啓御葉書承知仕候東堂ハ丁度好キ所へ書入レ候ヿ出来候一戸ヘハ近日御往訪被下度候兎角大官ニ謁スルハ面倒ナルモノニ候母ノ戒名ハ抽斎先生ニ倣ヒテ撰ビ度候処好字面ヲ不得候硯山院峰雲谿水大姉ト致候硯字ニハ郷里石見ヲ隠シ候峰ハ妣ノ諱ニ候。四月四日

今日除服出仕ヲ命ゼラレ登省イタシ候又白

『渋江抽斎』連載中で、保から多くの資料を得ていることから「抽斎先生ニ倣ヒテ」という言句が出たのであろう。鷗外は、「硯」には「郷里石見ヲ隠シ候」と書いている。「石見」は、鷗外にとっても大事な郷里には違いないが、母峰子は、津和野で生を享けただけでなく、夫静男や林太郎が上京した翌年、明治六年（一八七三）六月に上京して以来、津和野に帰っていない。鷗外は、この郷里である石見をいつも懐しんでいた母を想い、「硯」を使ったのである。母を想う情は、実に細か

いことが解る。

母を絶対視

鷗外にとって母は絶対的な存在者であった。通常的に、母親たるものは、息子なるが故に愛し、将来を案じるものであるが、峰子が鷗外を想うことは、格別であった。そして鷗外も、それに負けないぐらいに母に熱いものを持っていた。『舞姫』における母の扱いは、実際の鷗外の情に近いものであったと本書にすでに書いている。幼少年期から上京、大学、陸軍入省、ドイツ留学と、峰子は常に力となり愛を注いだ。鷗外はそれを熟知し、峰子に篤い恩愛を感じていた。『舞姫』で最も強く感じるところは、母の死の報らせを受けとったときの豊太郎の挙措である。それまでどうもなかったのが、「悲痛感慨の刺激によりて常ならずなりたる脳髄」という症状を呈し、「恍惚」という己を喪失する状況に落ちてしまう。実母の死は誰しも大変な痛苦であるに違いない、それにしても、この豊太郎の喪失感は異常ではないか。しかし、鷗外は何の躊躇もなく、この物語の核の部分にこの異常な症状を使っている。実際に、鷗外が、ドイツにいて母の死の知らせを受けたとしたら、豊太郎のような状況に落ちても不思議ではない、そうした発想をもたなかったならこの場面が出来るわけはない。この豊太郎ほど、異常状態になるかどうかは別として、かような発想を許しうるということは、己にも、その可能性を感じとっていたということであろう。これは『舞姫』執筆時、二十七歳の鷗外の母への情であったと思われる。

その母への情は成長とともに、当然、現象的には変化していく。つまり幼児性的母への愛から、大人として冷静に母に寄せる情である。『半日』にみる鷗外の意識は、いささか、マザーコンプレックス的傾向がみえるとしても母に対するまさに「恩愛」の情とでも言えるものでもあった。その情は『即興詩人』の活字を大きくして、母が読み易くする情に繋っていく。

母は「師」であった

父静男に対しては明治二十年代にまだかなり残っていた、儒教的敬愛の念であったようにみえる。これは他の明治人と同じ通常的なものである。その点、母峰子とはかなり違う。母の方は、長男林太郎が藩校養老館で「英才」であることを知り、誇りと期待をもち、なんとか出世して欲しいという目的を、しかと定めていたとみてよい。林太郎に復習させるために、父から禁じられていたにもかかわらず、文字の勉強に努め、林太郎の家庭教師の役目も果している。また鷗外が成人してからも、観潮楼に来る文人たちの相手もし、鷗外の書く小説を読み、意見も述べるという、母であると同時に「師」の役割も果していた。鷗外の、母への感謝の念は絶大であったと考える。

こうした母への思いは、日記文をみれば解る。無作為にその例を抽出してみよう。

「母上腹痛にて臥させ給ふ」（明44・1・30）

ところが、明治帝のことを次のように書く。
「主上帝国大学に幸させ給ふ」(明44・7・11)
この「させ給ふ」は最上級の敬語で、天皇に対するのと同じように母にも使っている。ここに、鷗外の母への姿勢が明瞭にあらわれている。母峰子の死は、若い時のような大きな動揺はなかったと推定できるが、哀しさと寂しさは、しばらく鷗外を放さなかったと思える。

長男の於菟は、父鷗外とは別の意味、つまり最初の孫、それも母親のいない不幸な孫としても、祖母峰子から溺愛された。その於菟が、祖母の死について次のように書いている。

かねてからの遺言で遺骨はその父母の眠っている土山常明寺に送る事となったので、三月三十一日親戚、知人のみ家に集って告別式を行ったのであるが、聞き伝えてその日または前後に弔問するものに軍部、官界、医界、学者、文士、芸術家等各方面の名士多く、さらに父の名の故に宮中からの御見舞品さえ頂いた。中国山間の小都に医師の娘と生まれ、維新の風雲に際会して東京に出ても千住の宿場の医師の妻にすぎなかった祖母の光栄は生前思いも及ばなかったものであろう。また新聞、雑誌は軍医総監にして文豪たる鷗外を育てた賢母としてその事績を称えた。しかしこの概念的に賢婦人の模範として伝えられる祖母は、可愛がられ育てられた私から見て、たしかに賢婦ではあった、よのつねの人ではなかった、けれどもとかく女の欠点とせられる偏愛盲愛もあり、また家内の一部からは意地の強い人と思われる短所もあった。あまり進取的でない夫を励まし乏しい家政を切り盛りし、子女の育成に全精力を傾注した五十年余の生涯、そのすべての望みが満ち足りたはずの最後に至ってなお全き和らぎに身を浸すを得ず、居りもせぬ孫嫁の手をさえ求めた祖母の生涯は、結局はかなくもさびしい、そして平凡な女の一生ではなかったか。

峰子が死去したとき、於菟は二十六歳であったが、峰子の生涯は、この文につくされている。

しかし、於菟の言う「平凡な女の一生」という捉え方には肯えない。日本近代史の巨星として、世に多くの業績を遺した逸材の傍で「生」を共にしたこと自体、決して「平凡」とは言えまい。重要な時期に『日記』を残したことも峰子の思わぬ功績となった。鷗外は、大村西崖に委嘱して、峰子の四十九日の追善のため『阿密哩多軍茶利法』という経本を刊行している。

15　医務局長辞任に向かう中で

大正天皇即位式(京都)に出席

鷗外は、大正天皇の即位式に列席するため、大正四年十一月八日に、雨の中東京駅を発って京都に赴く。翌九日に京都に着、左京、出町橋の弟潤三郎の家に入っている。京都も雨であった。十日の即位式、十一日は春興殿前の儀式に列席するため御所に赴く。十二日は大森京都府知事、湯浅図書館長らの邸をそれぞれ訪ねる。十三日は、潤三郎とともに贈位された日乗上人の墓（知恩寺）に詣で、吉田山、真如堂を経て、黒谷に出て山崎闇斎の墓をようやく探し出している。十四日は大御《おお》祭《みまつり》に参列する日であるが、早朝、潤三郎とともに、電車で嵯峨に行き、清涼寺、小倉山に登る。午後五時半には、沐浴の後、丸太町の堺町門より御所に入る。以後、翌十五日の朝五時三十分まで御所にとどまる。十五日は、潤三郎の家で、午前十時過ぎまで眠る。それから京都駅から電車で伏見に至り、荷田在満の墓に参っている。その間、上田敏夫妻の訪問があったが、鷗外は会えず残念がる。

十六日は「大饗」の第一日とて、二条城に赴く。第二室、いわゆる槍の間が鷗外たちの控室であった。十七日は、朝、祇園の中村楼に病に伏す岡陸軍大臣を見舞い、御所に入る。午後、仙洞御所の正門より出て一たん帰宿。「大饗」の二日目に出席するため、午後七時に寓を出て、再び二条城に入っている。十一時に饗宴場に入った。鷗外らは長方形の卓の前に立つ。立食形式であった。帰宿したのは、翌十八日午前一時である。十八日は、朝、湯浅図書館長の来訪を受け、九時二十四分、京都を発ち、夕方に東京に着く。十九日は、終日家にいて『盛儀私記』を書き畢える。記憶の鮮かなとき一気に書いたようである。

貴族院議員候補―熱望

京都から帰京して四日目、十一月二十二日の日記に「次官大嶋健一に引退の事を言ふ」と書く。その翌二十三日に、賀古鶴所に「大嶋に辞意を告げしこと」を書簡で知らせている。退官を決め、次官や賀古に告げた後の不安な時間に例の貴族院議員の話が入ってくる。これについては、すでに『高瀬舟』『寒山拾得』のところで触れているが、この件について、しばらく触れておきたい。石黒忠悳が、鷗外に貴族院議員の話を持ち込んだとき、鷗外は「難有奉存候」と、とりようによると欣喜雀躍して返信を出している。しかし、当時の次の『時事新報』（大5・5・7）の記事を読むと、無理はないと思われる。

爾余七名の補欠に就ては夫々各方面より熱心なる運動あり特に前陸軍医務局長森林太郎氏に就ては陸軍省側よりの有力なる推挙あり又早稲田大学々長天野為之氏は同校関係者並に閣員中よりも熱心なる運動あり其他実業家側某々二氏の任命に就き夫々有力なる運動あるものゝ如きも（略）

この記事をみると、すでに五月の段階で、「貴族院勅選議員」の補欠七名が候補に上っていることが解る。その中で、前警視総監伊沢多喜男は「確定」していた模様。そして、未だ不確定の者のトップに森林太郎が書かれ、「陸軍省側よりの有力なる推挙あり」とも報じられている。この記事をみると、誰しも鷗外が選に入ることを信じて疑わないだろう。前警視総監と、前陸軍省医務局長と、どちらが功績があったのか、それは不明であるが、警察官僚と、陸軍官僚との闘いにもみえる。二つの大戦勝利で、陸軍は大きな発言力を持っていた。しかし、人事に敏感であった鷗外から不安を消し去ることは出来なかったと思われる。

漢詩「齠齔《ちょうしん》」(歯が抜け変る年ごろの子)を中島範造に送り「老来殊覚官情薄」と詠ったとき(大4・12・8)、「上院占席」の件も、石黒忠悳より、まだ受けてないし、その候補になった記事もまだ出ていないときであったが、この貴族院議員の噂は、この時期にはかなり出ていたと思われる。鷗外は「官情薄」と詠みながら「齠齔」、つまり、転機のときの自覚があったと思う。陸軍省医務局長引退の意識は、強く感じられるが、さらに「栄典」への意欲もあった微妙、複雑な時期でもあった。

退職の辞令を受く

大正五年四月十三日、この日、「更迭」につき補任課からの連絡を受けたのは、「偕行社」に居たときであった。ただちに陸軍省に赴き、大嶋健一陸相から退職の辞令を受けている。この日、最後に、石黒忠悳の邸に挨拶に赴く。陸軍に入省以来、何かと一番縁の濃い上司であり、先輩であった。まだ、貴族院議員の結論も出ていない、その点も、鷗外はかなり意識していたと思われる。それにしても医務局長に就任してから約八年間、陸軍省勤務年数は三十四年になる。鷗外は感無量であったであろう。母の死後十七日目のことであった。

この三十四年間、色々あった。ドイツ留学、エリーゼ問題、石黒、小池との確執、小倉転勤による苦悩、そして陸軍軍医総監昇任等々である。しかし、遂に終ったのだ。鷗外は退職後、日が経つに従ってひとまず陸軍省を忘れようとしたのではなかったか。しかし、貴族院議員の問題は依然として残っていた。

鷗外退職につき『時事新報』は「惜しまれて退く鷗外博士　理想的の円満辞職、稀に見る精勤家」の見出しをつけて次のように簡単に報じた。

猶ほ鷗外博士は局長の椅子に在ること実に八年、謹厳温厚な精勤家で必要の外は口も開かず笑ひもせず昼食と局課長会議の外は局長室を一歩も出たことがなかつた▼朝の出勤時間は規定の八時を一分も遅れず従つて午後四時の退省時間になると、省内に振鈴の響きが鳴り出すと同時に後をも見ずにサツ〳〵と帰つて行くと云ふ几帳面な遣り方、他の役人と全く一風異つて居た

右の記事は「謹厳温厚な精勤家」として、鷗外の陸軍省医務局長としての八年間を伝えている。しかし、かような捉え方が、鷗外の人間的な側面を削いだようにも思える。「精勤家」は間違いないが、「謹厳温厚」とは必ずしも言えない部分があったことも事実である。

「勅語」を執筆していた鷗外

さて、ここで、大正二年から十年ぐらいまでの間に鷗外が

医務行政以外に、ある特別な仕事に携っていたことを述べておきたい。それは、天皇の「勅語」や皇族にかかわる「令旨」などの、特殊な文章の起草、執筆に鷗外が携っていたことである。これは竹盛天雄氏の調査（「補論鷗外晩年の「官」と「野」についてのノート」、『鷗外自筆帝室博物館蔵書解題』平15・2 ゆまに書房）を参考にして記しておきたい。

例えば、大正四年、天皇は十月二十日から二十三日まで、東北大演習を統監している。終了後天皇は将兵一同に「勅語」を与えている。

朕親シク此ノ演習ヲ統監シテ汝等将卒ノ実施セシ処ヲ見ルニ其ノ成績概ネ佳シ方今世界ノ形勢ハ汝等ノ一日モ偸安スルコトヲ許サス汝等夫レ自ラ足レリトスルコトナク益々努力シテ以テ他日ノ大成ヲ期セヨ

鷗外は四年十月四日（火）の日記に「薄雲。大演習の勅語を艸す」と書いている。この鷗外の日記でいう「勅語」が、右の東北大演習の「勅語」であることは間違いあるまい。鷗外は大正二年二月五日に、臨時宮内省御用係を仰せつかっているが、その一日前、二月四日、帝国軍人後援会総裁伏見宮貞愛親王の「令旨」をすでに執筆している。これも、二年一月二十九日（水）の日記に「松原晙三郎来て軍人後援会のために伏見宮の令詞を草せんことを請ふ」、翌々日三十一日（金）の日記に「松原晙三郎がために後援会長の総裁の宮に答えまつる辞を閲す」で、伏見宮の「令旨」の代筆をしていたことが確認される。こうした特別な仕事に携ったのは、もちろん、二年二月に、臨時宮内省御用係になったという立場上、鷗外に、自然な形でできたと考えられる。宮内省御用係は、複数の人がいるにかかわらず、文学者鷗外にきたのも当然と言わねばなるまい。この仕事は、鷗外が、医務局長を退職してからも続くことになる。大正五年十一月十一日から十四日まで九州で行われた陸軍大演習の「勅語」も鷗外が書いている。鷗外は民間人になっても、「官」との関係は持続していたのである。

浪人生活―約一年八カ月

鷗外が医務局長を退職したとき、年齢は五十四歳である。まだ余力は十分残っていた。妻志げは三十六歳、子供たちは、茉莉が十三歳、杏奴は七歳、類は五歳であった。公的には、五月に、臨時脚気病調査会臨時委員、六月に保健衛生調査会委員、六年九月には、美術審査委員会委員を、それぞれ仰せつかっている。八月には旭日大綬章を授与された。

文学的な面では、『渋江抽斎』は、『東京日日新聞』での連載が五月二十日で終り、以後同紙に『寿阿弥の手紙』『伊沢蘭軒』と執筆に手を染め、翌大正六年に入ると、『都甲太兵衛』『鈴木藤吉郎』『細木香以』『小嶋宝素』『北条霞亭』と続いて作品を発表している。

鷗外は、医務局長を辞し、最後の公的な職となる、帝室博物館総長兼図書頭に就任するまで、約一年と八カ月の浪人生活があった。その間、すでに述べたように、社会的には、いくつかの委員に就き、文学的には史伝執筆に傾注していた。しかし、決して連日打ち込むというような緊張したものではなく、逆に毎日のように外に出ている。やはり解放感を娯しんでいるかのようにみえる。人を訪ねることも多かったようだが、日記には散策が目立つ。本郷、神田といった近くが多かったようだが、興味深いのは、退職以来、六月の初め頃までに、単身で銀座に七回も行っていることである。特別に目的があったようでもなく、今迄の緊張感や拘束感から開放されたく、華やかで自由な銀座の雰囲気を娯しむのが目的であったようである。

子供たちとの触れ合いも増えた。

末っ児の類が、三歳か四歳の頃であったと思えるが、その頃の鷗外の父親ぶりを類は書いている。

夜中に目をさまして、「パッパおしっこ。」そう言うと、隣の布団がむっくり持ちあがって、父が立ちあがって便所へ連れていってくれた。握られた父の手からは、無限のやさしさが伝わり、廊下は冷たかった。(略) 用をたすあいだ父は廊下に立っていた。父は細長く三つに折った懐紙を取り出して、一二滴の粗相のあとをていねいに拭ってくれた。

(『鷗外の子供たち』昭31、光文社)

あの美髭を蓄え、凛とした鷗外が、深夜、愛息の「一二滴の粗相」を拭く姿は簡単には想像できない。鷗外は二人の愛娘も可愛がったが、特に、志げとの間に出来た、たった一人の男児であった類には、ことのほか熱いものがあったようである。この頃、よく杏奴と類の二人を連れて、小石川植物園や上野動物園に赴いたことが日記に散見される。十二月十二日には、泥濘の中、夏目漱石の葬儀に青山斎場に赴いている。年は明けても未だ職はない。類は六歳になった。足もしっかりしてきたからか、毎日のように、類だけを連れて散歩に出ている。日暮里、根津、谷中、日比谷公園、神田明神と、多彩であるが、六年三月七日には「與類歩銀座」と日記に書く。初めて類を銀座に連れて行ったようである。興味深いのは、五月一日「率類並其級友至動物園」、五月三日「與類並其級友遊植物園」、と日記に書いている。これでみると、類の「級友」を率いて「動物園」と「植物園」に行っていることである。一年前には、厳《いか》めしい軍服を着た将官閣下が今は倅の「級友」たちを行楽に引率している。こんなところに、むしろ滅多にみせない鷗外に対する一つの発見があるといってよかろう。

ある日の父との散歩を類は次のように書いている。

日曜日の散歩は少し遠い。谷中の諏訪神社、小石川の植物園、上野の動物園なぞであつた。父と出掛けると必ず知つた人に遇ひ、其場での最大の歓迎を受けた。例へば動物園を歩いてゐると事務所へ案内され、園丁と餌を与へる所を見て廻る事になる。河馬の部屋で顔にさはらせて呉れたり、猛獣の部屋へ生肉を投げて、待ち構へた豹などが貪り喰ふ有様を見せて呉れたりした。さうした特別な扱ひは子供を有頂天にした。又父と池之端の人込みで出初式を見てゐると、宮様の一つ下の段へ案内され、あまりに好く見えるやうになつたので驚いた事がある。

（「父」昭32・2『昭和文学全集』月報）

父の社会的地位の偉《おおき》さで、息類が「特別扱ひ」をされ「有頂天」になっている。例えば出初式に父と行くと、「人込み」の中から「宮様の一つ下の段」に案内される。この類の文には、当時の鷗外の社会的存在感が如実に解る。

類は、この大正六年四月、誠之小学校に入学した。当時、西片町に住んでいないと、この小学校に入学出来なかった。そこで鷗外の手筈で、類は、佐々木信綱邸に寄留することになった。入学当時、誠之小学校は改築中で、類は父につき添われ、白山の上に在った駒本小学校の仮教室へ通った。

子供を小学校まで送って来る親は滅多になく、「同級の津谷君と僕だけ」と類は回想している。父鷗外は左手に白の皮手袋を持ち、右手に葉巻を持ってゆっくり歩いた。そして類のことを「ポンチコ」、杏奴のことを「アンヌコ」とよんだ。鷗外は退職し、予備役になっても軍服姿を当分通したようである。

この頃には、例の貴族院議員の結果も出ていて、その「栄典」に浴することが出来なかったわけであるが、鷗外は、それを曖気《おくび》にも出していない。このことだけでなく、鷗外は、この時期、耐えることが多くなっていた。それは特に類の学業不振であった。これは後で述べる。

16　帝室博物館総長兼図書頭に就任

鷗外は、大正六年十二月二十五日（火）の日記の冒頭に、簡単に次のように書いている。

「午前十時往宮内省。任帝室博物館総長兼図書頭（略）」鷗外は、新しい職への任官と同時に、臨時宮内省御用係を免じられている。この新しいポストは、宮内省の管轄のもので、鷗外が、臨時宮内省御用係を約五年やり、既述した「勅語」の執筆などにかかわったことが、大きな素になっていると考えられる。

しかし、鷗外としては、貴族院勅選議員をはずされた無念さがあったことは否定できまい。この前後の自他の記録の中に、帝国博物館長に就いたことで別に嬉しく思った風はない。誰も不思議に思わない順当な人事であった。鷗外は二代目の総長で、以前は「帝国博物館」という名称であったが、明治三十三年（一九〇〇）六月の官制改正で、改称されたものである。博物館総長は東京、京都、奈良の三つの国立博物館を統括し、正倉院もその管轄下にあった。そのため、年一回の正倉院の虫干し（秋）には、総長は必ず立合わねばならなかった。図書頭は、現在では、宮内庁書陵部にあたるものである。

原則として、鷗外は、上野の帝室博物館に月水金と三日間出勤し、図書寮には残りの火木土と参寮した。就任の辞令を受けるため、二十五日、宮内省に、陸軍軍医総監の正装で出頭したと新聞（『東京日日新聞』大6・12・26）は報じている。

当時のことを類は次のように書いている。

　或日父が「トシヨノカミ」になつたと聞き、成程随分偉くなつた、生きてゐる内に神になるとは、と感心した。ところが暫くして父の書斎に行くと、例によつて書ものをしてゐた父が、机の横から大きい紙袋を取り上げて、何か出してゐる。袋には墨で図書頭殿（ヅショアタマドノ）と書いてあつた。何の頭かと考へてゐる内、不図「トシヨノカミ」の正体を知り、何だ頭《あたま》だつたか、と思つた事がある。

（「不肖の子」昭25・9『心』）

面白い話である。鷗外は総長に就任以来、一年八カ月の在野時代を取り戻すかのごとく、積極的な活動を始めている。その一つは、須田喜代次氏も指摘しているように、「歳出」の問題である。（『森鷗外を学ぶ人のために』平6　世界思想社）就任翌年の大正七年度から、歳出は大幅に増え、就任四年目の大正十年（一九二一）の歳出は、就任直前の二倍以上になっているということである。このことは、まさに新総長の意欲をあらわしていることは間違いない。また、館内の構造物においては、「分類陳列」の方法を改め「時代別陳列」に代えていることも見逃せないことである。正倉院の開封に立ち合うのも総長の主要な任務である。大正七年（一九一八）十一月五日、鷗外は総長として初めて校倉の前に立った。その時、詠んだ歌がある。

　夢の国燃ゆべきものの燃えぬ国木の校倉のとはに立つ国

『正倉院よもやま話』（平1・6　学生社）で松嶋順正氏は、「千二百年の星霜に耐えて今に厳然と建つその雄大な姿」に鷗外の感慨がみられると述べている。

この正倉院を参観出来る人は、一定の有資格者が、宮内大臣に出願して許可を受けた者に限られていた。

当時の有資格者は次のようであった。

　一高等官及高等官待遇者。一有爵者。一貴族院議員。一衆議院議員。一功五級、従六位、勲六等以上ノ功位勲ヲ有スル者。一学位を有する者。一帝室技芸員、古社寺保存会委員、美術審査委員。一以上列記シタル者ノ配偶者。

鷗外は、学術振興のために、右の資格を有せない者でも、学術、技術の関係に参観を許可すべき、という主旨で宮内省にも働きかけ、大正九年から次の項目が付け加えられた。

　前項ニ掲クル者ヲ除クノ外宮内大臣ニ於テ学術技芸ニ関シ相当ノ経歴アリト認メタル者ニハ特ニ拝観ノ許可ヲ与フルコトアルヘシ

具体的な「資格」保有者では限定される。鷗外は「資格」者でなくとも「学術技芸ニ関シ相当ノ経歴アリト認メタル者」という、やや抽象的な資格者を設定し、これらにも「特ニ拝観ノ許可」を与えるように改正した。そのため鷗外と関係の深かった美術界（画家が多い）の人々や小説家の参観が九年から可能になった。以下、その人たちを日記に拾ってみよう。○大正九年十一月、団琢磨、橋本関雪、上村松園、武石弘三郎（鷗外像を作った彫刻家）、尾竹越堂（尾竹一枝の父・画家）○大正十年十一月、正宗敦夫（白鳥）、佐々木信綱、橋本進吉、柳宗悦夫妻、志賀直哉、上田万年、長原孝太郎（画家）

これら学術、技芸関係者が、多く正倉院を参観出来るようになったが、結局、総長にかかわる権限を拡大することにもなった。総長としては四年余の期間であったが、正倉院曝涼には七年から十年まで毎年十一月に四回と、十一年には、英国皇太子が参観するため、五月に奈良に出張、計五回西下している。鷗外は、この間、京都、奈良の社寺、仏閣を多く訪ね、特に京都では、彙文堂という古本屋の主人と親しくなり、再三立ち寄っていた。著作は『奈良五十首』や『寧都訪古録』などを遺している。

鷗外は、帝室博物館総長になった頃から、体力も減退し、特に三男類の学業不振に悩むことが多くなっていた。

先妻の子於莵は、一高、東大と進み、何の心配もなかった。類は志げとの間に出来た唯一の男の子であり、鷗外も志げも期待することが大であったが、その期待は裏切られることになる。類は二年生の頃から神田三崎町に在った仏英和の付属小学校ばかりを訪ね、自分の学校をお留守にしていた。仏英和に二歳上の杏奴がいたからである。幾ら注意しても、それをやめないので、四年生から杏奴を誠之小学校に転校させたほどである。この頃、鷗外の一番の悩みは、類の学業不振だと言っても過言ではあるまい。

公的にみても、別に博物館に問題はなかった。類が、三年生になったとき、類の学業は深刻になっていた。本来なら落第するところであったが、お情けで進級していた。志げは、絶えず担任の教師に呼び出され、対策を協議しなければならなかった。この頃のことを類は書いている。「学科ができなくなると「できない子」という感じが身についてくる。友だちも受持でない先生も、僕を特別な目で見るようになった。侮辱と憐憫をいっしょにして水で割ったような妙な視線である」（『鷗外の子供たち』）と。

生まれてから英才として、群を抜いてエリート街道を走ってきた鷗外自身、その自分の子が落第生とは、信じられないことであったのではないか。それだけに、苦悩は痛烈であったと思う。

家族への手紙

鷗外が総長に就任して、初めて正倉院曝涼で奈良に赴いたのは、大正七年十一月三日、東京を発って、その日に奈良の官舎に着いている。それから二日後、つまり五日に、茉莉、杏奴、類あてに手紙を出している。

　パパは正倉院と言ふ天子様のお倉の虫干しに奈良へ来たのです。今日天子様のお書き判のある紙で錠前が巻いてあるのを解いてみると中から守宮が一匹飛び出しました。毎年一匹入つてゐるのだと役人が言ひました。お倉の中に色々なものがあるがその中に蘭奢待と言ふ香の大木があります。ポンコ位の大きさです。足利義政や織田信長や豊臣秀吉が少しづつ切つて取つたことがあります。切つた跡にそれ〴〵切つた人の名が書いて張付けてあります。明治天皇様のお切りになつた跡もあります。お倉から帰りに奈良の大仏を見ました。首が落ちて毀れたので首だけ新しく拵へて付けてあります。十一月五日

　茉莉ちゃん　杏奴こ　ポンチに　（原文はカタカナ文）

　父が、まず奈良に来た目的を述べているが、この手紙は、父の愛情が感じられると同時に、教師的な語りになっていることに気付く。同年十一月十二日に志げに出した手紙の中に「類が奮発するやうだからほめてはげましてやるがよろしい」と、類の学業に関心を寄せているが、まだ楽観的である。大正八年、類が八歳頃になると、類が、ほとんど劣等生であることを鷗外は認識せざるを得なくなった。類は、当時の自分を振り返って次のように書いている。

　「頭に病気がある子が二人いますが、病気がない子では類《るい》さんが一番できません。」と、学校の先生が母に言った。父が偉いので、それが凄い勢でひろまる。母がひどく嘆いて、父頭に病気があったらどんなに肩身が広いだろう、病気がありますようにと念じながら医者に連れていった。二つの病院へ行ったが医者は病気がないと言ったので、母が極度の失望から、「死なないかなあ、苦しまずに死なないかなあ。」と言った。らくに死んでも死ぬことには変わりがないから、死んであげようという気にはならなかった。それでも男の子だから、不可能でないかぎり、中学校、高等学校へ進む道をいちおう考えなければならなかった。　（『鷗外の子供たち』）

　これは、すごい文である。

「父が偉い」のにその息子は勉強が「一番」できない。あの俊秀な夫の子にこんな子が生まれるはずがない。志げも、当初はかように思ったであろう。いや、優秀な夫であるだけに、秀才が生まれるかも知れない、あの於菟のように、一高、東大に入るかも知れない。こう期待するのが普通だろう。しかし、完全に裏切られた。志げは、「極度の失望」から「死なないかなあ、苦しまずに死なないかなあ」と、遂に、本人、類の前で言ってはならないことまで言ってしまっている。これは類の虚構ではない。当時の真実である。鷗外はまさか、類の死まで考えなかったにしても、類への失望感は並大抵ではなかったと察する。奈良から志げ宛に二つの手紙、大正十年十一月十一日の文の中に「ポンチニ勉強サセテモライタイ」とある。ここでは茉莉も杏奴も意識されていない。「ポンチ」（類）に、とにかく勉強させて欲しい、その一途だけである。大正十一年五月五日、

死の二カ月前の手紙の中で、「類の事もおれの考がおかあさんの腹に十分はいらないらしいから安心出来ない」と書かれている。これは恐らく、七年十一月十二日の手紙にあった「類が奮発するやうだからほめてはげましてやるがよろしい」という主旨と繋っていると思われる。鷗外は、叱るよりも讃めてやる気を起させることが大事と考えている。それに対し、志げは、どうしても感情的になり、叱責し、類が自信を喪うように持っていってしまう。その二人の齟齬に鷗外の苦悩があったようである。

杏奴宛「書簡」発見

平成十六年（二〇〇四）十一月五日（金）、『朝日新聞』朝刊の一面トップに、鷗外の書簡百余通が発見されたことが報じられた。小堀杏奴は、鷗外から次女の杏奴に送られたものである。書簡は、平成九年（一九九七）に死亡、夫の四郎も相次いで亡くなった。遺品としては、トラック一台分の古書もあったが、書簡類が、衣装入れのクリアケース数個に保存されていた。今回、長男の小堀鷗一郎氏によって、特に書簡や、鷗外の手造りの教科書などが公開された。

書簡は、奈良からのもので、本書で、すでに触れたものもあるが、未公開のものも多い。特に今回確認されたこととしては、ほとんど毎日、鷗外は、杏奴に手紙を出していることである。ということは、妻の志げ、類にも同様に、毎日出していたと推測される。鷗外の性格からして、特に、杏奴だけに毎日手紙を出す必然性はなく、杏奴に出す以上、他の二人に出していたと考えるのが自然だろう。これは、鷗外にとって負担の大きいこと。ハガキによれば、鷗外の名前だけのものもある。鷗外は、どうやら、奈良出張の際、家族に毎日手紙を出すことを自らに課していたようである。（長女茉莉は、大正八年、十六歳で結婚していた）杏奴は十歳前後であった。書簡の中には、志げへの手紙に同封されたものに「アンヌにとらせたい正倉院の中のゲンゲ（レンゲ）」と書き、鷗外みずから手折ったと思われるレンゲが押し花として貼りつけたのもある。多くの書簡は、すでに『全集』に収録されており、これら「百余通」の発見報道の大きさに批判的な見方もあったが、これら現物のもつ生々しさは、やはり圧倒的である。杏奴の描いた最晩年の鷗外の似顔絵もあった。これには、杏奴の次の唄が添えられていた。「はげ頭／つる〳〵〳〵／はげ頭／パパの頭ははげ頭／蠅よ〳〵／すべらない様に／用心しろ」、この唄は幼い杏奴の父への愛の歌である。杏奴の生来の才知が感じられる。手造りの教科書は、歴史と地理である。歴史は、帳簿用紙をとじた小冊子で、天照大神から、死の前年のワシントン軍縮会議までが解りやすく抜き書きがしてある。杏奴が、十二歳ぐらいのときのことを、『晩年の父』で触れているが、その「実物」が出てきたのである。地理は、原稿用紙をとじたもので、日本をはじめ、アジア、シベリア、ヨーロッパ各国の地勢や産業などの図も多く交えてまとめている。

鷗外の祖父白仙は、女に学問はいらぬ、と言って峰子に勉強をさせなかったが、さすが鷗外は、学問については、男女に差をつけず、熱心に奈良から子供たちの勉強になるものを送っている。体調不良の中で、毎日の手紙、そして、手造りの教科書と、その愛情の深さと、子供たちへの教育熱心、その熱意の伝わる克己的なエネルギーには感心せざるを得ない。杏奴よりも二歳下の類の学業不振は、すでに書いたように、鷗外夫婦にとって相当深刻であった。類にも何らかの方法で、杏奴に対したのと同じように、その教育に腐心したと思われる。しかし、今のところ、類家から、そうした書簡類は出てきていない。

17　鷗外と高村光太郎

大正六年(一九一七)十月八日付で、鷗外は、詩人の高村光太郎に書簡を送っている。この書簡をみると、『帝国文学』に載った鷗外に対する光太郎の「談話」を気にしているようで、「面談ナラバ小生ノ意中モ申上グル「出来可申カト存候」と書いている。どうやら高村光太郎が書いた鷗外に関することは、直接「面談」で明らかにしたいようで、一度会いたい、という鷗外の高村光太郎への一種ラブコールであるようだ。この時、鷗外は光太郎より二十一歳も年長であった。この時期の鷗外のいささか弱気になっていた挙措ともとれる。

この「帝国文学談話ノ貴君ノ言」とは、『観潮楼閑話』(『帝国文学』大6・10)をみると、およそ推察される。鷗外はこの「閑話」の中で、「今度「帝国文学」が所謂復活(大正六年三月～九月まで休刊)の運に向かつたとかで、原稿の徴求がわたくしにまで及んだ」と書き、次のように書いている。

高村光太郎君がいつか「誰にでも軍服を着せてサアベルを挿させて息張らせれば鷗外だ」と書いた事があるやうだ。簡単で明白で痛快を極めてゐる。それ程の事を論証する為めに、数十頁を費したのは、何人か知らぬが、実は笑止千万である。

鷗外は、「軍服」「サアベル」「息張らせれば鷗外だ」、というこれらの言辞に、ひどく傷付き、憤りを覚えたことが想像できる。特にこの時期、権威主義というものに神経質になっていたことが伺える。この光太郎の言を、噂ではなく『帝国文学』の「談話」として「イツドコデ見タカ知ラズ候へ共アマリ奇抜ニ面白ク覚エシユヱ記憶シ居リ」と鷗外は書く。「面白」いどころか、青年文人に、かように思われているのか、ということを考えたとき、鷗外は直接面談で、光太郎から真相を聞きたかったのであろう。

鷗外の光太郎に対する慫慂書簡で、それが実現したようである。同じ「閑話」の中で次のように書いている。

> 閑話は今一つ奇なる事件を生じた。それは高村光太郎さんが閑話中に引かれたことを人に聞いてわたくしに書を寄せた事である。閑話に引いた高村氏の語は自ら記したものではなく多分新聞記者の聞書などであつただらうと云ふことである。（略）わたくしは一夜高村氏を引見して語つた。高村氏は初対面の人ではない。只久しく打絶えてゐただけの事である。
>
> 高村氏はかう云ふ。自分は君を先輩として尊敬してゐる。唯君と自分とは芸術上行道《ゆきみち》を異にしてゐるだけだと云ふ。わたくしは答へた。果して芸術上行道を異にしてゐるなら、よしや先輩と云ふとも、それがよそ〳〵しい関係になるであらう。わたくしの思ふには、君とわたくしとは行道を異にしてはをらぬやうである。君の論評などを読むにわたくしの首肯し難い事は殆どない。（略）
>
> わたくしはかう云つて高村氏の近く公にした論評中より二三の実例を引いて彼此の立脚地の同一なることを証した。
>
> 高村氏はわたくしの言を聞いて別にこれに反対すべきものをも見出さなかつた。そして高村氏とわたくしとの間には、将来に於て接近し得べき端緒が開かれた。是は帝国文学が閑話を采録してくれた賜である。

この問題は、初め高村光太郎が、鷗外に書を送り、「閑話に引いた高村氏の言は」「多分新聞記者の聞書などであつただらう」と釈明していることが解る。鷗外の書簡の冒頭に、「御書状拝見仕候」で、それが確認される。一夜、やって来た光太郎の「自分は君を先輩として尊敬してゐる。唯君と自分とは芸術上行道を異にしてゐるだけだと云ふ」言を、鷗外は紹介している。鷗外には若い光太郎に、権威主義者の如く揶揄されたことを、一応「公」に名誉回復をしておきたかったとしても無理はない。もともと、傾向としては若いときから鷗外の属性としてあったことは否定出来ないが、特に、大正期に入り、己の人生の仕上げの時期に入ったとき、〝森鷗外〟の疵になること、名誉を削ぐようなことには敏感になっていたのである。いくら光太郎の言であるとしても、みずからのことを「先輩として尊敬してゐる」とまで書く必要があったであろうか。

もう一つ、この鷗外の文で大切なことは、すでに詩集『道程』（大3・10）を出し、彫刻ではロダンの影響を受け、そのロダンやヴェルハアランの詩などを訳し始めていた、光太郎の文学的な仕事に対し、鷗外が肯定的であったことが理解できる。それ故に、光太郎の言に対し、「君とわたくしとは行道を異にしてはをらぬ」と強調することになる。

鷗外は、二十一歳も若い光太郎と言えども、やはり無視出来なかったようである。しかし、いかんせん、実は光太郎は鷗外を明確にかつて批判していたのである。

> 日本の文壇には、多くのことを知つて居る人は沢山あるけれども、人其の物に教へられるやうな人物は無い。森鷗外氏

などはいろいろのことを教へてくれるが、しかしそんなことは自分等に取つて下らないことだ。鷗外氏に依つて教へられるのを俟たないでも、本を読めば分る。それでは権威がない。皮肉を言ふと、文壇の上でも軍隊趣味がある。（略）文壇では人格の背景のない形の号令は、何の権威もない。鷗外氏にはさう言ふところがある。形は連隊長でも人格の背景がない。

（『新潮』明45・7）

この言は随分辛辣だ。

「軍隊の上ではそれで権威あることかも知れぬが」とは、また鷗外が一番警戒し気になるような言を、光太郎は書いたものだ。「森鷗外氏などはいろいろのことを教へてくれるが、しかしそんなことは自分等に取つて下らないことだ」と切り捨ててもいる。鷗外は、この文を読んでいたと思われる。今回、光太郎に直接会ったのは、この『新潮』の言を鷗外は一番意識していたのかも知れぬ。「軍服」「サアベル」「軍隊」「権威」なる言辞は鷗外に対する印象として、みな光太郎の中では一体化していたであろう。「先輩として尊敬してゐる」と言われたぐらいで、鷗外は安心出来ることではなかった。光太郎に会っても、鷗外は決してすっきりはしなかったはずである。

この『新潮』の文から二十六年経った昭和十三年（一九三八）十月十八日、高村光太郎は、川路柳江と対談（『詩生活』昭14・1）している。この中で、川路が例の「サアベル」の件を出したとき、光太郎は「いやあれは僕がしやべつたのでも書いたのでもないんですよ」ときっぱり否定している。それに対し、川路は鷗外から直接聞いていたようで、「先生は「いや、わしは雑誌にかいてあるのをたしかに見た」とそれは大変な権幕でしたよ」と述べている。光太郎にとって、鷗外を一番不満に思ったのは、「手先の仕事ばかりに夢中になつて、体でぶつかつて行く事をなさらない」ことであったようだ。この光太郎の言は、やっぱりよく揶揄されたあの「あそび」に繋がってくるような捉え方ではなかったかと思う。しかし、「先生のお仕事や人格は絶対に尊敬してゐました」と光太郎は語っている。これはどうやら、本音であったようだ。この大家鷗外と若手光太郎の関係や、やりとりをみていると、明治末から大正期にかけての鷗外の一つの位相を象徴的にあらわしているように思える。

18　三つの随筆

『空車』

『空車』は、大正五年七月六日・七日付『東京朝日新聞』に掲載された。

簡単な小文である。鷗外は表題を「むなぐるま」とよむ、「からぐるま」とよむことは「意中の車と合致し難い」と書く。そして「むなぐるま」は古言であり、口語文に用いるのは「粗暴」だと認めながらも、自分はこれを「恬」として用いると開き直っている。しかし、鷗外は、この小文で、そんな字句の問題を述べようとしているのではない。まさに、この「空車」そのものについて述べているのである。「此車は馬が挽」いている。「わたくし」は、白山の通りで逢うことがある。けれども「洋紙を梱載」しているときは興味がない。「わたくし」が興味を惹かれるのは、「空車《むなぐるま》」のときである。小文では「此空車の行くに逢ふ毎に、目迎へてこれを送る」と書いている。変っていると言えば確かに変っている。しかし、この小文自体「寓話」であると思えば成程と納得出来る。要は、「むなぐるま」が、大道を悠々と行くというところに意味がある。そして、鷗外が一番意識しているのは、「むなぐるま」という語感ではなかろうか。「むな」は「虚しい」ともとれるが、鷗外は、そうした「負」の情感としては考えていない。「むな」は、「空《くう》」であり「虚」なのである。この「空車」が、白山通りを通っていく。馬車の馬の口をとっているのは「背の直い大男」。この男は「左顧右眄」しない、「旁若無人」である。つまり堂々としているということか。そして、この空車に逢うモノはすべてこの空車を「避ける」。「騎馬」「貴人」「富豪」「隊伍をなした士卒」「送葬の行列」、そして「電車」でさえ停まるのである。なぜか。それは読む者、オノオノが考えるしかない。これが寓話たる由縁である。要するに「空車」は強いのである。この書き振りからみれば、モノを沢山「梱載」した車では、モノたちは、恐らく避けなかったであろう。

鷗外が言いたいことは、やはり「空《むな》」ではないのか。「空」とは「無」であり「虚」である。「虚無」になってはいけない。「虚」「無」、この一字、一字が強いのである。何も無いからである。禅でいう、欲のない「無心」である。何も無いということは守る必要がない。「梱載」しておれば、それを守ることが、第一である。守るということは、どうしても迷いをともなう。この時期、鷗外がしきりに考えたのは、この「空」の精神であったのではないか。明治四十年代末から鷗外文学は惨々たる批判を浴びた。「翻訳家」とみて、作家と認めない人もいた。鷗外が死ぬ少し前、彼の現代小説に対し「生々しい痛苦の現実に即しない」(荒木青鳳編『傑作鈔—明治より大正へ』)という批判は、一部では依然と残っていた。鷗外は、自分の精神が「梱載」になることを忌避し、「空車《むなぐるま》」になることを求めていた。それが自己救済につながるのである。

鷗外は、中館長三郎が、毎月、参禅していることを聞き、自分もそれを経験してみたいと、中館に乞うている。中館は、自分が指導を受けている、飯田攖隠老居士を紹介する。その記録が次の日記文に残っている。

　大正五年十月二十六日(木)、陰。時々雨ふる。中館長三郎の家に往く。亡室の法要なり。初めて南天棒鄧州と語る。

南天棒鄧州とは、中館の師である飯田攖隠の師匠であった。中館は鷗外の求道的な意識に接し、「亡室の法要」にかこつけて、まず偉い禅僧を鷗外に会わせたのであろう。「語る」とあるから、この日、鷗外は、さまざまな人生苦、そしてそれからの解脱を聞いたとも考えられる。

二回目、鷗外が、中館邸を訪ねたことが日記（大6・1・24）で解る。

この日は、一回目に会った鄧州の嗣法の弟子である飯田㯶隠に教を受けたようである。このことにつき、山田弘倫は次のように述べている。

> 㯶隠老居士出京の折参問せらるゝこと前後唯二回なりしが、両回とも三四時間の長きに亘り徹底的に問取し、終に最早質問すべき何ものも残さず、故に再参せざるべしと満足して辞去せられたり。所謂一聞不再聞、一見不再見の究極に徹底せるものならん。

この山田の文は、二回とも「㯶隠」に「参問」したように書いてあるが、大正五年の日記には、鄧州のことしか書いてない。㯶隠がいたら必ず書いてあるはず、一回目のときは、㯶隠はいなかったと考えられる。しかし、いずれにしても、鷗外らしく、「三四時間の長きに亙り徹底的に問取し」云々、「満足」して帰ったと書いてある。これは事実であろう。

禅宗は、「不立文字」をいう。「問取」といっても、鷗外が日頃の疑問をいろいろ問うことに終始したものであろう。禅僧は恐らく、短句を返すにとどまったと推定される。禅は「自己究明」という言葉をよく使う。他をみず、他を責めず、自己の心を凝視めよ、という教えである。そして、禅の究極は、心の「空」にあるということである。ポカンとすることである。

鷗外が中館邸に、禅僧に会いに行った大正五年は、貴族院議員の問題、大正六年のときは在野にて浪人中、帝室博物館総長就任の噂はあっても、貴族院議員のケースのように、どうなるか解らない、家庭的にも、文芸的にも、さまざまな問題を心の中に「梱載」していた。少しでも楽になるには、「空車」になることである。まさに、禅の教える心に近づくことである。この『空車』あたりに、そうした、この時期の鷗外の心の調整をみることが出来るのではあるまいか。考えてみると、『予が立場』『余興』『高瀬舟』『寒山拾得』などと、決して切れず続いている問題なのである。（この「禅」と鷗外の問題は、大正九・十年の項でさらに詳しく触れたい。）

『なかじきり』

『なかじきり』は、大正六年九月、『斯論』に発表された。

当時の平均年齢は、およそ四十七八歳であったと思われる。この小文を書いたとき鷗外は五十五歳であった。この小文の冒頭にある、「老は漸く身に迫つて来る」には実感がある。この段階で「なかじきり」として過去を振り返っている。

「なかじきり」は「区切る」「しきる」という意である。明治二十二年を鷗外の文学活動の出発としたら、この大正六年（一九一七）は、二十八年目ということになる。鷗外が死亡したのは、大正十一年であるから、この小文を書いて五年目であり、この『なかじきり』は、実際は、著しく正確を欠いている。当時の平均年齢を識っていたであろう鷗外としても、これから自分がどのぐらい生きるかぐらいは承知していたと思う。文中に「中為切が或は即総勘定であるかも知れない」と書いているが、この「総勘定」なる捉え方こそ、この時期にふさわしかったであろう。鷗外は文中で、過去を振り返り、己の社会での業績を素直に決算している。それを、各ジャンルにわたり簡潔に述べている。

社会で認められたのは、「医」ではなく「文士としての生涯である」と。それから抒情詩においては「和歌」や「詩」が「国民文学として立つ所以にあらざるを謂つ」て、「款」（よしみか）を「新詩社とあららぎ派とに通じて国風新典を夢みた」と書く。これは貴重な仕事であったと思われるが。肝腎の小説については「短篇数十を作り試みたが長篇の山口にたどり付いて挫折した」と書く。確かに長篇は少なかった。現代小説で鷗外が、認め得るものは、『雁』一作だけであったかも知れぬ。短篇も、コクのある秀作がいくつかあるが、所詮、「遊び」とか、真剣さが足りないとか、高踏に過ぎるとか散々敲かれた。さらに、戯曲については「一幕物若干が成つたのみ」と、大方の評価も、この鷗外の評価とそう違わないとみてよい。次に哲学については、「ハルトマンの無意識哲学に仮の足場を求めた」と率直に述べ、「哲学者としての立言するに至らなかつた」と認めている。そして最後に、「歴史」について「経歴と遭遇とが人のために伝記を作らしむに至つた」と書く。この歴史、史伝各小説については、この小文を書いた段階では、すでに世に発表していた。当時、現在の評価と違って、史伝長篇に関しては、退屈だとか、身勝手過ぎるとか、随分批判もあったが、『阿部一族』以後の歴史小説に関しては、それまでにない、近代性をもった歴史モノとして評価も高かった。ここで鷗外は遠慮することはなかったはずである。しかし、この『なかじきり』では元気がない。おまけに、「約《つづめ》て言へばわたくしは終始ヂレッタンチスムを以て人に知られた。」と、弱気なことまで書いてしまっている。

さて、現在何をしているか。これに対しては「一閑人」として生存している。支那の古書を読んでいる。例の日露戦争の時、満洲で沢山手に入れた漢書が幸い手許にあったことが、自然こうさせたのであろうか。ただ鷗外は、この当時、西洋の書は得難い、と書いている。そして、最後に次のように書く。

近ごろわたくしを訪うて文学芸術の問題乃至社会問題に関する意見を徴し、又小説を求むるものが多い。わたくしは其の煩に堪へない。敢てあからさまに過去と現在とを告げて徴求の源を塞ぐ。

この小文は鷗外浪人中のことであり、いささか自信喪失の感はまぬがれない。この『なかじきり』の主旨をすべて真実と受けとめてはなるまい。

『礼儀小言』

『礼儀小言』は、大正七年一月一日〜十日、『東京日日新聞』および『大阪毎日新聞』に掲載された。

この小文の冒頭に鷗外は「歳旦は褻衣《せつい》を着て迎ふるべきものではない。」と書く。「褻衣」とは、普段着のこと。そのために「新聞」が、自分の「儒者の伝記」（史伝文学か）を「歳旦」に掲載しないのも無理はないと書く。妙な言い訳ではないか。「礼儀」なるものについて書く、という「咄嗟の間に新題目を捉」えようとしても「捉ふることを得ない」ので「頃日屢人に言つた」ことを「録」すと述べ、外人に比し「邦人」は「礼」がないと斬り捨てる。現今は「立礼」が基本であるが、本来「座礼」であった邦人は、「真の立礼」ではない、と己の『大発見』にも書いた、ドイツ留学体験をまじえて説明する。少時から立礼を学ぶことが大事。維新まで座礼であったものが、すぐ立礼で外人に対応できるものではない。訓練が必要と述べる。鷗外には、「礼」は、その国の文化性の一つの象徴であるという思いがあったのであろう。次に鷗外は、婚礼と葬礼について述べる。

まず婚礼については、宗教上の威力が失われ、種々の形が行われているとして「家庭」「会堂」「神社」「料理屋」などを紹介する。また旋毛曲がりの人は、「孔子、釈迦、基督三像の前で婚礼をする人、親鸞像の前、能舞台での芸術婚、などがある」と、例を挙げながら「今の我邦には婚姻の礼がない」と断じる。この語り口から言えば、鷗外は定った礼のない、いまの婚姻形式を歓迎しているかのようである。

この『礼儀小言』の主なる叙述は葬礼である。なぜ、正月に葬礼について書こうとしたのか。元旦早々に気のひけた鷗外は、「以後の紙上わたくしの署名する欄を避けて読まぬが好い」と強気に出ている。

さて、今の我邦の葬儀は、「神葬」「仏葬」「基督葬」が基本的にあるが、新奇の考案が相次いで出てくることを指摘する。ここで鷗外は、今の人類の官能は、「意義」と「形式」を別々に離して見ようとする。批評精神の醒覚は現代思潮を生む。その視覚で葬礼の「形式」に疵瑕をみたとき、「意義」を放擲したまま形を考えてしまう。真の危険は、この「意義」の破棄であるとする。「慎終追遠」が「意義」である。解り易く言えば、〈人生の終りを慎しむ悼む精神〉であろうか。鷗外は遺体を「燃料」、「皮袋」などにした残虐な西洋の例を挙げ「我邦は、「形式の疵瑕を摘発する傾を有する」も、猶未だ併せて意義を抛擲せむを欲するに至らざるは幸である」と、結論づけている。これでみるとナチの強制収容所で殺したユダヤ人の肌で電気スタンドの笠を作った写真をみたことがあるが、これら鷗外の文を読むと、「西洋」では遺体をかようにモノにすることは珍しくないことが解る。

そして、最近の新形式の葬礼の例として、加藤弘之の「儒葬」、平出修の宗教性をいっさい排し、知人たちの談と楽人の奏曲で別れを惜しむという形を紹介している。後は、江戸時代からの「儒葬」に関する知られざる書籍を出して説明する。このへんは、いささかペダンチックな印象はぬぐえまい。熊沢蕃山『葬祭弁論』（寛文七年丁未）をトップに、天野信景の『祭儀抄等』、九冊の、葬儀に関する古い特殊本を並べている。元旦早々から読者は、鷗外のこの『礼儀小言』は、縁起でもない、と敬遠したかったであろう。それは、鷗外自身「頗る学究めいて来た」とか「もうそろ〳〵乾燥無味な調子に厭いて来た」とか書いて、読者の気分を先取りしている感じで解る気がする。

結局、鷗外は次のようにしめくくる。

> わたくしは形式を格守するものの間に、却って意義を忘れ果てたるものがあつて生を偸《ぬす》むのを見逃すことは出来ない。畢竟此問題の解決は新なる形式を求め得て、意義の根本を確保するにある。

特に、葬礼に対し「意義」を強調している。すなわち〈人生の終りを慎しむ精神〉を重視する。これが鷗外の見解とみてよかろう。この小文は、帝室博物館総長に任命される直前のもので、年齢的に「葬儀」というものが、身近かになっていたことも、この小文の発想を促したものであろう。

19　史伝文学考

鷗外は大正六年十月から『帝国文学』に連載した『観潮楼閑話』の中で、「わたくしは目下何をも為してゐない。只新聞紙に人の伝記を書いてゐるだけである」と述べている。この段階では、すでに、『渋江抽斎』『寿阿美の手紙』『伊沢蘭軒』『都甲太兵衛』『鈴木藤吉郎』等を発表していたが、『観潮楼閑話』と、ほぼ同時期か、それ以後に書かれた作品としては、『細木香以』『小嶋宝素』『北条霞亭』などがある。これらの作品すべて、嘱託契約を結んでいた『東京日日新聞』及び『大阪毎日新聞』に発表している。

ただ『津下四郎左衛門』と『魚玄機』は、例外として『中央公論』に発表された。鷗外が、「新聞紙に人の伝記」を書いていると述べているのは、これらの作品を指しているわけである。いわゆるそれまでの歴史小説と違って、ほぼ単一の人間をとり上げ、その人間の生きざまや生涯を資料にそって忠実に書くということである。しかし、鷗外の言う「伝記」は、一般的に言われているものとは明らかに違う。単に特異な一人の人物の生きた軌跡を書くにとどまらず、鷗外の場合、優れた文章とともに、その資料の扱い方に独特な創意がある。後に言う「史伝」という概念でしか捉えようのないものである。

「史伝」という名称の由来について、山崎一穎氏は『晉書』の巻五十九列伝第二十九の鄭方伝にある「慷慨有志節博渉史伝」なる言句を挙げ、「史」は文であり「伝」は本紀と列伝から成る紀伝体の意であり、「史伝」は「歴史の謂である」と述べている。(『森鷗外・史伝小説研究』)しかし、これだけでは、「史伝」と「伝記」との違いが明確ではない。

「伝記」と「史伝」

「伝記」としては、過去に『ロベルト・コッホ伝』(明24・7)、『西周伝』(明31・11)、『能久親王事蹟』(明41・6)、『ギヨオテ伝』(大2・11)など、いくつかの先蹤作品はあるが、これらの対象は、まず著名人であり、また、外部から求められたもの、あるいは、その時の状況に応じて書かざるを得なかった作品とも言え、その点、大正期の、いわゆる「史伝」と区別するべきではないか。やはり、大正期の「史伝文学」は、クリエートしようとする意識に、衝き動かされて書いている。

例えば、『津下四郎左衛門』である。殺された横井小楠は著名な人物であったが、鷗外はむしろ、加害者で無名の津下四郎左衛門に注目した。かような選択は、作者の創意が克っている。これは『津下』だけでなく、『椙原品』『都甲太兵衛』などに共通している特質である。本来、「伝記」なるものは、偉人や歴史的な武将などを描くのが常識となっていた。鷗外の方法は違った。つまり、鷗外は、無名な市井人を捉え、これらの「生」を、極力蒐集した資料で、その人物の等身像を書いていく、そこに鷗外史伝文学の魅力と特異性があるわけである。

「史伝文学」の区分

本書においては、鷗外の「史伝文学」を、まず二つに区分した。それは発表年月によるのではなく、小、中篇の作品を「史伝文学」Iとし、三大長篇史伝を「史伝文学」IIとした。

もう一つ重要なことは、これら「史伝」を「小説」と称ぶことへの疑問である。出来るだけ「主観」を排するとは、別言すれば、「虚構」を排することであった。この方法は、鷗外の歴史小説と確実に一線を画することであった。そうした手法を、絶対基準として書かれた作品を、果して「小説」の概念で捉えることが出来るのであろうか。この疑問は遂に解決することが出来なかった。従って、一番適っているのは、「史伝作品」と称ぶことだろうと思うが、鷗外の「史伝」も、言葉による文章表現であるという前提に立つ限り、「文学」と称んでしかるべきだろうと考え、「史伝文学」とした。

20「史伝文学」I

『津下四郎左衛門』

『津下四郎左衛門』は、大正四年四月、『中央公論』に発表された。

この作品の構成は、次のように展開されている。

冒頭で、「津下四郎左衛門は私の父である」と「語り手」の身分を明らかにしている。そして、父は、「横井平四郎の首を取つた男である」と父の犯した行為が津下氏にとって「恥辱」「殃咎」であるとし、それを歎くと同時に「父の冤を雪ぎたい」と「私」の意志と見解を提示していく。「梗概」をまとめてみた。

○幕末の風潮として、尊王攘夷と佐幕開国が盛んに「唱道」されていた。歴史の大勢は、開国は避けられないにもかかわらず、衰運の幕府を倒す道具として攘夷が使われ、人々は、その「秘密」を知らなかった。

○横井平四郎は、最も早くそれを知っていた。横井四十五歳の時、ペリーが横浜に来た。横井は「開国の必要を感じ始め」、吉田松陰や勝義邦らと智者の交をしていた。

○開国の必要は群衆心理に滲徹しなかった。右の「秘密」がよく保たれていて、残念ながら私は「愚」であったことを承認せざるを得ない。父が横井を刺した時、横井は六十一歳、参与と言う枢要の地位にいた。父は二十二歳の浮浪青年であった。父は立場上、智者に親近することが出来なかった。

○「私」の出自について。備前国浮田村の里正だった。祖父は津下市郎左衛門と言い、そして、備前侯池田家の乳母（推定）をしていた祖母千代と結ばれ、「私」の父が嘉永二年に出生する。幼名は鹿太。黒船の噂の中で成長し、尊王攘夷が正義として育っていく。十五歳のとき元服、四郎左衛門正義となった。この頃より撃剣を学び、文久三年に「私」が生まれた。父は十六歳、母は十七歳であった。私の幼名も鹿太であった。

○慶応三年の冬。池田藩家老、伊木若狭が備中越前鎮撫総督に任じられ「勇戦隊」を編成したとき、四郎左衛門は直ちに応募、しかし身分が低いと斥けられたが、隊が出発した時、はるか前にあって軍装をした四郎左衛門は旺んな意欲を示したため、隊に入れられた。二十一歳のときである。

○この「勇戦隊」の中に上田立夫という参謀格の男がいて、四郎左衛門と意気投合した。二人の思想は一致し、君側の奸を発見し除くことを計画し、二人は上洛。調査の結果、「奸人の巨魁」と認識されたのは参与の横井平四郎（小楠）であった。横井は、越前藩主松平慶永に開国の策を献じてもいたが、世間は「洋夷と密約」したとか「基督教を公許」しようとしたとか、真実でないことをもって横井を誤解していた。

○横井は共和制の価値を認めていたが、それを日本で行なうという意ではなかった。欧米がキリスト教を、人心統一に巧く使って有効であったことを知り、日本では神儒仏三教が不振なことを歎いていた。政治的には尊王であるが、思想上では儒者であった。西洋の隷となることを断じて許さない、その点攘夷家と全く同じであった。横井は誤解されていたのである。

○四郎左衛門と上田立夫は、横井を斬るための計画に入った。津下は、粟田の三宅典膳の居宅に潜伏し、四人の同士を得て横井を狙っていた。

○来年早々という挙が決まったとき、四郎左衛門は郷里に帰った。この時期、仲間の中で、軍資金の不正入手を考える者が居り、これには大反対であった。大晦日雪の夜、「私」は、当時二十二歳の母に連れられて、父に会った。

○明治二年正月五日の午後、太政官を退出した横井が、寺町の御霊社の南にさしかかったとき、一発の銃声のもと、五、六人の犯徒が襲いかかった。横井には四人の供が着いていた。激闘の最中、横井は駕籠から出て短刀で防戦した。しかし、四郎左衛門に押し倒され、首を斬られた。犯徒たちは、三宅典膳、柳田徳蔵、鹿島復之丞、前岡力雄、中井刀禰雄、それに津下の六人、そのうち、横井の首を持って四郎左衛門は逃げ出した。供の上野が津下に追いつきそうになり、津下は横井の首を上野に投げつけ逃げ伸びた。現場には犯徒の柳田が一人深痍で倒れていて捕えられた。

○四郎左衛門は、市中を走り抜け、田圃道に出て、道を転じ嵯峨の三宅左近の家に入った。左近は典膳の家で知り合った剣客である。四郎左衛門は毎日、市中に出て動向をさぐった。柳田は一向に口を割らなかった。関連して尊王攘夷で知られた人々が多く捕った。

○市中の評判は、同志に同情し、殺された横井を非難する者が多く、辻々に文書などが貼り出された。その一例として四郎左衛門の剣術の師阿部守衛が公文書から写し取っておいたものが記述されている。

○横井を殺して九日目、正月十四日、四郎左衛門は知人宅を訪ねたとき、警吏に踏み込まれ、知人とともに捕えられた。柳田は創で死に、塩漬にされた。薫《におい》子と言う女が父を放免してもらおうとして周旋したという話を「私」は聞いた。

○父は、明治三年十月十日に斬られた。官に遠慮して墓は立てられなかった。祖父は力を落し、家も貧しくなり母と「私」とが無財産の寡婦孤児として残った。母は「私」を養育し、懸命に働き、東京大学に「私」は入るまでになったが、父の冤を雪ごうとする気持が学問することをそぎ、中途退学した。

○下級の官吏になり、「私」は父の冤を雪ぐことに全力を傾注しようとした。「私」は父の行状を精しく知ろうとした。休

暇の度に各地を旅行。父が亡くなって、五十年が経ってい
た。
○かようにして集めた片々たる事実を湊合してみると、父は「善人」であって勤王家、愛国者、理想家であることが解った。しかし、父が時勢を洞察することの出来ない昧者で愚かであったことも、認めざるを得なかった。
○「私」に父のことを語ってくれた人々に感謝する。未亡人海間刀自である。もう一人は、父を匿ってくれた三宅氏の後たる武彦君である。次に父を弁護してくれた二人を挙げる。それは丹羽寛夫君、鈴木無隠君である。二人とも、父は「昧者」ではなかったと言ってくれた。備前人は鎖国主義が多く、岡山人が世界の大勢に通じていなかったとして責めるのは無理と、丹羽君は強調した。
○「私」は、成長して、父を殺したのは法律だと知った。「私」は亡父を朝廷の恩典に浴させたいと願った。王政復古のとき、殺された者は、政争の犠牲者である。時が既に推移し、恩讎両つながら滅した今になって枯骨が朝恩に沾ったとして何の不可があろうか。「私」は訴えた。しかし刑死した者は、特赦にならなかった。このときの落胆はすぐ軽くなった。「私」はもうあきらめた。今では、此話を誰かに書いてもらって後世に残したいと思っている。以上が「聞書」である。
○以後、鷗外の手で公になった来歴を書いておく。弟篤次郎の大学時代の同級生に津下正高という人物がいた。君は寡言の人で、以後三十年間通信を怠らなかった。君は間もなく大学を去って所々に流寓した。大正二年十月十三日、津下君が、突然拙宅を訪ね、父四郎左衛門の事を話した。「聞書」は、殆ど其儘である。
○『中央公論』に載せた初稿以来、数多くの人から知らされ鷗外は改刪を加えた。上田立夫と四郎左衛門が上洛したとき、浪人を募集した。十津川の人が多かったが、そうした中に中瑞雲斎がいる。ここでこの中瑞雲斎の子孫について精しく述べられている。
○この事件当時、横井小楠の書いたと言われる『天道革命論』が、志士の間に伝えられた。鷗外はその一部をここで紹介し、この『天道革命論』は、横井の手になる文ではないと否定している。
○突然、この段階で、事件の現場、あるいは翌六日に出た「行政官布告」の文が紹介されている。文中、「深く宸怒被為在候」が印象的である。「宸怒」とは「天皇の怒り」のことである。
○四郎左衛門を匿った三宅典膳、三宅左近はともに皆、備中国連島の人である。ここで、二人の略歴の紹介。
○四郎左衛門を回護したという女子薫子は、伏見宮諸大夫若江修理大夫の女《むすめ》であった。この薫子が「尾州藩徴士荒川甚作に

与へた書」が、ここで長々と紹介されている。

薫子は、この書で、横井のことを「天主教を天下に蔓延せしめんとする奸謀」の者とし、この「横井奸謀之事は天下衆人皆存知候所」と、単なる噂に流された言を書き、この横井を「誅戮」した者は「実に報国赤心之者」であり「死一等を被減候様仕度」と訴えている。薫子が横井に対し、いかに偏見をもっていたかは、以上の言句で察知できる。

なぜ、「尾州藩徴士」に嘆願したのか解らぬ。この薫子の書が数人の人を経て鷗外に渡り、鷗外はこの書を津下正高に贈与したと書いている。

○薫子の容貌の醜かったこと、女丈夫であったこと、聖憲皇太后に経書を進講したこと、それに、大正四年六月明治記念博覧会に出品された薫子の詩幅が、ここで紹介されている。

○鷗外は其後本多辰次郎により、修理大夫量長《かずなが》が諸陵頭に就いたことは聞いたと書く。それで芝葛盛さんに乞うて此等の事情を書いてもらったとして、その文をここで紹介している。

いわゆる薫子の家系が書かれた文であるが、薫子の父は伏見宮家職の筆頭で、殿上人の家格にあった人であること、薫子は、女丈夫で学和漢に亘《わた》り、とりわけ漢学をよくしたこと、昭憲皇太后の御入内は、薫子の口入が与って力があったこと等々が書かれている。

○芝葛盛が十歳位の時、京都、出水辺にあった若江天神を訪ねたとき、量長の娘であるという二人の女子に出会った。公卿の娘らしい風をしていたが、姉の方は変った女で、色黒で化粧もせず、髪も無造作に一束につかねていた。男まさりで、頻りに父に向って論議を挑んでいた。これが薫子であったろうと伝えている。

この作品の依拠資料は次のようである。

(1)津下正高から受領した父四郎左衛門に関する「書類」。

(2)『津下文書』（鷗外が質問したことに対して津下正高などの返信書簡、及び雑誌の切り抜き等を集め一括した文書類）

(3)横井時雄編『小楠遺稿』（明治二十二年十一月二十五日　民友社）

(4)副次資料

Ⓐ村田氏寿、佐々木千寿編『続再夢紀事』

Ⓑ『肥後藩国事史料』（山崎一穎氏『森鷗外・史伝小説研究』）は、『改訂肥後藩国事史料』を参看し、その「緒言」から「此史料編纂」が「大正二年七月」に成っていることを確認し、Ⓑを鷗外が閲覧した可能性を示唆している。

各人物の形象または事柄については、津下四郎左衛門は(1)と(2)が参考文献として使用されていること、横井小楠については③の中にある「小楠先生小伝」、小楠の「漢詩文」は③の「小楠堂詩草」が参考にされていることは議論の余地はない。

尊皇大攘夷を藩是とする津和野藩で生育、その環境で育ち、以後、白人への警戒心を持ち続けた鷗外にとって、横井小楠の人物解釈は慎重であったと思われる。津下の勤王愛国者には共感が持てても、息正高の言う時勢を洞察出来なかった「昧者」であるとの判断は、鷗外も同じであったと考える。

しかし、小楠には、やや同情的である。一語で言えば、「誤解」で殺された人という認識である。「西洋の隷」になることを警戒した小楠には鷗外も文句なく共感したであろうが、「攘夷家と全く同じ」と言ってしまえば、小楠の思想はぼけてしまう。小楠は、やはり開国論者であったことを明確にしておくべきであった。津和野藩の大攘夷に近いとしても。

四郎左衛門の息子の「私」について少し述べておきたい。「父の冤を雪ぐことに全力を傾注しようとした」として、その父の行状を精しく知った結果、父は善人、勤王家、愛国者、理想家であることは解った。しかし、これで「雪冤」になるのか。「雪冤」とは、「身の潔白を明らかにすること」である。小楠を殺した津下四郎左衛門の「身の潔白」は、証明されたのか。「私」にさらに解ったことは、「父が時勢を洞察することの出来ない昧者で愚かであつた」ことである。この「私」の結論は、父の「潔白」を明らかにしたことにならない。小楠を殺したという事実は、どこまでいっても「潔白」を明らかにすることにはならない。従来から「私」が思った「雪冤」の意識を重視し、研究の場では、この作品を「雪冤の文学」と考えてきたふしがある。この捉え方は、適切ではなかったと言わねばならぬ。

また小楠で言えば、鷗外が福井藩との関係で松平慶永に一言触れるだけでは、これは明らかに欠落である。小楠は、安政五年（一八五八）以来、福井藩の招聘を受け、藩校明道館で講義し「富国・強兵・士道」の三事を大綱とする藩の基本方針を『国是三論』（一八六〇）にまとめている。

この中で明らかに「開国」を意識し、その際、欧米列強に対抗するため、海事、文武を強化し、藩主が一致して政治を行うことを強調している。この福井の松平慶永との交流が、後に大成する大きな因となっている点を鷗外は軽くみたようである。

いくら資料重視としても、津下四郎左衛門が、刑死してからの関係者、資料や津下の救済を企図した薫子の書簡などの付加は、やはり著しく文学性を削いでいる。しかし、この作品の形体が、以後の史伝文学のスタイルのパターンとなっていることは、すぐ解ることである。余談であるが、この『津下四郎左衛門』を書いてから大正七年十一月三日、つまり四年目、というより暗殺事件から四十九年経って鷗外は、博物館総長として奈良に赴いている。この時、総長になって初めての西下であっただけに奈良での仕事は山積していた。しかし、奈良での社寺参観をした後鷗外は京都に来ている。『寧都訪古録』をみると「二十八日。木曜日。晴。放衙。往京都。訪彙文堂。（略）」と書かれている。この彙文堂は、江戸時代からある古書店で、この店の主人のことは『奈良百首』の冒頭に出てくる。鷗外は、この『津下四郎左衛門』で凶行現場について「四郎左衛門等の横井を刺した地は丸太町と寺町との交叉点を南に下り、既に御霊社の前を過ぎて、未だ光堂の前に至らざる間であつたと云ふ」と書いている。実は鷗外が訪ねた彙文堂は、この寺町通の御霊社の前あたりにあって、凶行現場の、やや右寄りに位置し至近距離にある。この時、日記には何も記されていないが、鷗外が四年前執筆時には、「現場」として関心をもっていた場にいまきても、想い出さなかったのか、あるいは知っていても書かなかったのか、興味のあることである。現在でも、暗殺現場には、小さい石の標柱が建っている。

『魚玄機』

『魚玄機』は、大正四年七月、『中央公論』に発表された。

「魚玄機が人を殺して獄に下つた。」これが冒頭の文である。唐の時代、道教が盛んで、魚玄機は、その道士で咸宜観に入っていた。玄機は二十六歳で美人として知られ、詩人としても優れ、長安人士では、著名であった。生家は倡家であったが、両親は玄機を金になる木にしようと思っていた。魚家の妓数人がある旗亭に呼ばれた。客は公子二人ともう一人は温飛卿という鍾馗のような顔で、汚い服を着ていた。ところが、聞いたことがない美しい詞で、しかも声も美しい、たちまち妓女たちの人気を得た。玄機は、その温が、当今の詩人で右に出る者がないことを師匠の措大から聞き、関心をもち妓等に温のことを聞く、妓等はまた玄機のことを温に語った。温は玄機の処にやってきた。二人は互いを認め合い、玄機の詩に温は感心した。温の友人に李億という家持がいた。李は温を訪ねた時、玄機の詩をみつけ歎称し、別荘に側室として迎えた。玄機は十八歳であった。しかし、李が身をもって近づこうとすると、拒み、号泣した。李は精神が銷磨し、別れることに決し、玄機に金を渡し、知人の道士趙錬師に託した。玄機が咸宜観に入った由縁である。玄機の詩才は冴えた。

玄機は美しい女の形をしながら男子の心情を有していた。玄機の情には性欲がなかった。しかし、一年余経って突然悟入するところがあり、女の心になっていた。同じ修行女士に采蘋がいたが、これは旅の工人と出て行った。玄機の処には美と詩を求めて多くの人が出入りした。最初は拒んだが、だんだん出入を許すようになった。ある晩、玄機は、楽人、陳に寄せる詩を作った。十日余前公子数人と来た男であった。いつか玄機と陳は親密になり、二人は玄機の書斎に籠るようになった。この時玄機は二十六歳になっていた。あるとき、玄機は道士仲間の会に外出、帰ったとき、新しく雇った十八歳の緑翹が迎えた。この婢は醜い手足の粗大な少女であった。この婢は、陳は来たが帰ったと玄機に告げた。この二人に何かあったと思い、玄機は緑翹を詰問し、遂に殺してしまった。その遺体を堂の裏に埋めた。やがて初夏の頃、二、三の客があり、その一人が涼を求めて観の裏に廻わり、土に蝿がむらがっていることに懸念をもち、従者に告げた。従者は衙士の兄に告げ、結局、魚玄機は捕まり、詩人の温は遠くに居り助ける人もなく、立秋の頃、斬に処された。以下は、例のごとく、温の消息などが述べられている。

この作品の資料として使われたのは次の諸書である。

①『唐女郎魚玄機詩』（道光元年（一八二一）、土礼居蔵の宋本を覆刻）の付録『魚玄機事略』。

②『温飛卿詩集箋注』（宣統二年（一九一〇）五月、上海国学扶論社刊）

大正四年六月四日の日記に鷗外は「（略）文求堂に往きて温飛卿集を買ふ」と書いている。この『温飛卿集』とは右の②のことである。

魚玄機の人物形象や事象についてはは①、温飛卿については、②「巻頭」にある作者伝をほとんど参照したようである。

小堀桂一郎氏は、「一種凄惨な才女の物語」（『森鷗外―文業解題〈創作篇〉』）と述べ、須田喜代次氏は、魚玄機のことを「薄倖の女性詩人」（『鷗外歴史文学集』第三巻解説）と捉えている。表面的にみればその通りであろう。

しかし、角度を変えてみると、斎藤茂吉（「鷗外の歴史小説」昭11・6『文学』）の次のような捉え方もある。

丁度そのころ、平塚明子さんが、花のやうな処女時代を通過して、忽然として悟入した感覚のことを自分の文章で告白してゐた。性欲学に於て飽和するほどの知識のあつた鷗外が、直ちにその告白に飛びついたのは極めて自然なことである

平塚明子の「処女時代を通過して、忽然として悟入した感覚」という観点からすれば、この平塚の文章（「小倉清三郎氏に―『性的生活と婦人問題』を読んで」大4・2『青鞜』）に、時間的にも、内容的にも影響を受けたと思うことは決して無理ではない。

本稿では茂吉の言うような、「性欲学」というより、「生理」と捉えた方が妥当のように思える。つまり「生理に支配される人間の宿命」という視角が、この作品からみえてくるのである。魚玄機は、稀れにみる美人で詩の才に優れていた。そのことで多くの人に相遇する。温、李、陳、この三人の男性に出会ったのも、この二大特質の故であった。李は、十八歳の魚玄機が、性にめざめていないことを識りむしろ解放した。しかし、楽人、陳に出会ったときは二十六歳の成熟した女性になっていた。温は、この時期、玄機から詩を得て、「閨人の柔情」と道

家らしくない「俗情」を感じている。精神的愛と欲情的愛とが、すでにこのとき、魚玄機を十分支配していた。己が性欲を露ほども感じなかった十八歳のときと、殺された緑翹の齢は同じ十八歳であった。二十六歳の成熟した魚玄機は嫉妬に狂い、そのことを慮る余裕はなかった。鷗外は、「性欲」は、人間にとって必然であり健康な「生理」であるという認識を持っており、この処理の仕方を誤ってはならない、こうした考え方の持ち主であることは、すでに本書で再三にわたって述べてきたことである。

【椙原品】

『椙原品』は、大正五年一月一日～八日付『東京日日新聞』および『大阪毎日新聞』に発表された。

鷗外は、大礼のため京都に行く直前に、仙台に高尾（吉原の遊女）の後裔がいるという話の出ている雑誌を読み、興味を持つ。記事は『奥州話』という本に基いている。伊達綱宗は、新吉原の娼妓高尾を仙台に連れ帰ったということになっているが、これは誤りである。綱宗は、上京の折、吉原通いが幕府に知れ、逼塞を命じられ、品川の屋敷に蟄居、四十四歳で剃髪、七十二歳で亡くなっている。綱宗は二十歳のときから死ぬまで仙台に帰っていない。とすると『奥州話』にある仏眼寺の墓の主は誰か、それは綱宗の妾であった椙原品である。吉原、高尾にも全く関係はない。綱宗は叔父伊達兵部の陰謀で蟄居中に嫡子亀千代が家督した。亀千代は、陰謀から逃れ、十九歳で綱村となった。綱宗は幽閉中、書画や和歌など芸能に傾注した。品川の屋敷に、ガラス四百枚を使ったり、豪邁の気象が察せられる。

この綱宗に、かしずいている女は二人、三沢初子と品であった。綱宗と同年が初子、一つ上が品であった。初子の世系は立派である。六孫王経基の家系につながり、父氏家清長と朽木宣綱の娘との間に生まれ、父の妹紀伊に引きとられ、伊達家の奥に入った。綱宗の父忠宗が死ぬ前に、初子の美しさと賢さに目をつけ、綱宗の妾に、と紀伊に言ったが、紀伊は己の「家柄」を述べ辞退。そこで綱宗と初子は浜屋敷で婚礼をしている。

初子は能書であり、和歌も解し、心も優しかった。このように綱宗と初子が巧くいっているとき、品が妾として入ったことは、余程品に魅力があったのではないか。品は播磨の赤松家一族である。この系統を引く椙原守範が流浪中に出来た娘である。母は日蓮宗の僧の娘であった。品は、綱宗について品川に行くとき、一日閑を貰い、父や一族を集め、一切の係累を絶って、綱宗に一身を捧げることを誓い、訣別の挨拶をしたと言う。こんなところに品の気性がほのみえる。品が四十八歳の時、初子は没した。不遇に耐えて生きた綱宗を終始慰め支えた品は、気骨のある女丈夫であったと思われる。

綱宗が、品川の屋敷に遷ってから、いわゆる仙台騒動があった。綱宗は傍看する以外になかった。綱宗がその抑鬱の情を打ち明けたのは初子だけであったろうか。亀千代には二回の「置毒事件」があった。最初は浜屋敷、二回目は白金台で起った。このために、沢山の家臣、女中などが死罪になっている。

またこれと別に、仙台では二つの政治的事件があった。一つの事件は綱宗の叔父兵部少輔をめぐる件である。この「秕政」に二人の上級家臣が反揆した。「席次の争」と「地境の争」であったが、前者の伊東采女は幽閉で死亡するが、後者の伊達安芸は、「地境」のことで幕府に訴え、安芸は勝利した。いずれも、「秕政」に立ち向ったのである。（これら「置毒事件」とともに鷗外は詳述しているが省略した）

鷗外は、この作品の最後に次のように書いている。

> 私は此伊達騒動を傍看してゐる綱宗を書かうと思つた。外に向つて発動する力を全く絶たれて、純客観的に傍看しなくてはならなかつた綱宗の心理状態が、私の興味を誘つたのである。私は其周囲にみやびやかにおとなしい初子と、怜悧で気骨のあるらしい品とをあらせて、此三角関係の間に静中の動を成り立たせようと思つた。しかし私は創造力の不足と平生の歴史を尊重する習慣とに妨げられて、此企《くわだて》を抛棄してしまつた。

本作品の依拠資料は、大槻文彦『伊達騒動実録』乾・坤二冊（明42・11　吉川弘文館）である。鷗外が作品中、「奥州話」と書いているのは、この大槻の『実録』を指している。鷗外は、「伊達騒動」をはじめ「置毒事件」「仙台における政治事件」など、ほとんどこの大槻の『実録』を参照していることは間違いない。鷗外は、大正天皇即位式に列するため、十一月八日に東京を発ち、十八日に帰京、二十二日に次官大嶋健一に引退を告げ、二十九日に、『椙原品』を書き終っている。出京する直前に、この作品の骨格となる話に興味を持ち、約二十日間あたためて書き終っている。そうした慌ただしい中で書かれたためか、構成が不整序である。表題からみると〝椙原品〟が、中核として分量も多く書かれなければならないと思われるが、品に与えられた分量は、綱宗の正妻初子に与えられたものと余り変らない。むしろ初子の方が多い位。それに、品と関係がほとんどない「伊達騒動」をはじめ、政治的事件にふくらみ過ぎ、そのため、綱宗についても重複があり、全体的に統一性に欠けている。鷗外が、最後に「私は此伊達騒動を傍看している綱宗を書こうと思つた」と書いたのは、まことに正直な言だと思う。仙台の事件を傍看しなくてはならなかった「綱宗の心理」は、小説家としては、魅力のあるテーマである。鷗外の発想も、ここにあっただけに、初子も、品もどうしても付加的存在となってしまった。本人も「創造力の不足」と書いているが、この『椙原品』が、整序性を欠いた中途半端な作品になったことを、鷗外自身が一番解っていたと思われる。

『寿阿弥の手紙』

『寿阿弥の手紙』は、大正五年五月二十一日～六月二十四日付『東京日日新聞』および『大阪毎日新聞』に発表された。

鷗外は、この作品の冒頭に次のように書いている。

　わたくしは渋江抽斎の事蹟を書いた時、抽斎の父定所の友で、抽斎に劇神仙の号を譲つた寿阿弥陀仏の事に言い及んだ。そして寿阿弥が文章を善くした証拠として其手紙を引用した。

『渋江抽斎』の執筆過程の中から『寿阿弥の手紙』は生まれたことが解る。果して、「寿阿弥」とは、いかなる人物であるのか、『寿阿弥の手紙』なる史伝作品を考えるに、まずこのことを知っておく必要があろう。鷗外は『渋江抽斎』の「その二十一」「その二十二」「その二十三」で、「寿阿弥」のことを書いている。

抽斎と交った人の中に「寿阿弥」がいたということである。交友の中に「芸術家」として「挙くべきものは谷文晁一人に過ぎない」とし、「芸術批評家」としては、「真志屋五郎作と石塚重兵衛」の二人を挙げている。（「その二十一」）

「寿阿弥」とはいかなる人物であるのか。真志屋五郎作は神田の菓子商で水戸家の賄方を勤めた。巷説では、水戸侯と血縁があったとも言われた家柄。五郎作は好い男で、連歌師、好劇家としても知られたが、剃髪して「寿阿弥陀仏曇奝《どんちょう》」と称した。この「五郎作」が「寿阿弥」のことである。

さらに、五郎作こと寿阿弥の文章の「技倆」や「手紙」について、鷗外が書いていることをまとめると次のようになる。

寿阿弥の文章の「技倆」は「馬琴や京伝に譲らなかつた」と述べ、〝寿阿弥の手紙〟を入手したのは、桑原苾堂《ひつどう》宛のもので、大正四年の十二月、大晦日に弘文堂に買いに行った、「手紙は罫紙十二枚に細字で書いたもの」と述べている。この手紙が、売りに出たことを知らせたのは、渋江保であることが、大正五年五月十二日、保宛の鷗外の手紙で理解出来る。要するに、この史伝作品は、兼ねて、関心のあった〝寿阿弥の手紙〟を入手、手紙にあるさまざまな人物や事象を調査、追跡、それに注釈をつけたものであるといってよい。

その方法は作者自身、この『寿阿弥の手紙』の「二十六」で書いているように、「物語は物語を生んで断えんと欲しては又続き」と、寿阿弥と付いたり離れたりしながら、寿阿弥の周辺にいた関係ある人間たちが明らかにされていく。その展開は、またシリトリ方式といってもよかろう。その内容を、個条書き風に記しておこう。

○まずある手紙からはじまる。この手紙の宛先は桑原苾堂という人、その苾堂を調査する過程。二宮孤松、置塩棠園らから苾堂の事を詳しく教えられた。桑原氏は駿河国の素封家、苾堂の妻は、置塩棠園の兄妹である。苾堂は、詩、書、画をよくした人。現当主は、苾堂の玄孫喜代平である。棠園は通称藤四郎、伊勢神宮の神官をしていたこともある。鷗外は孤松、棠園の書で、誤を知り、正誤文を新聞に出したら市河三陽から手紙が来た。祖父米庵は苾堂と交っていたとのことである。米庵と抽斎は、安政五年、ともにコレラに侵されている。

○寿阿弥の苾堂宛の手紙は、鷗外は印刷に付する価値あると信じている。開明史、文芸史においても尊重すべき資料である。手紙には、最初二字程下げて、長文であることをことわっている。文政十一年（一八二八）、六十歳の寿阿弥が、四十五歳の苾堂に出した書簡である。

○まず書中にあるのは、不音の詫、時候の挨拶、また「勤行仕候」とある。剃髪後だからである。真志屋五郎作から寿阿弥になって日輪寺に住したのではないか。寿阿弥は、僧衣で托鉢にも出た。初めて出たとき、二代目烏亭焉馬の家の門に立ったそうである。このことを魯文も書いている。

○「大下の岳母様」が亡くなったこと。桑原家は駅の西端、置塩家は東方に在った。「大下」とは苾堂の岳父置塩蘆庵を指し、「岳母」とは、蘆庵の妻すなを指している。また苾堂の本家から出た清右衛門の就職の祝言を述べている。

○大窪天民と喜多可庵との直話。物価騰貴のため儒者、画家などの謝金に影響が出て、大阪へ「旅稼」に出た天民などの所得が少なかったこと。次に拙堂文集の「皆梅園記」の漢文体の長文を引用している。天民が加賀からの帰途、雲領氏に投宿、雲領とは石野氏のこと、「皆梅」と号した。「皆梅園記」は、石野氏のことを書いたもの。寿阿弥は、天民、可庵の話を書き、入門時の謝礼金が高くなっていることを伝えている。

○寿阿弥が怪我をしたこと。文政十年七月末、寿阿弥は姪の家の板の間から落ちて両腕を傷めた。この姪の名は解らぬが、茶技に余程精しかったとのこと。この『寿阿弥の手紙』の末の方で、「茶事」に関して川上宗寿、三島鯉昇のことが出てくる。ここで、宗寿についての説明がなされている。次に、怪我を診た名倉弥次兵衛のこと、高名な骨接医で、はやっていたと述べる。そして、名倉家で、寿阿弥が出遇った人々の名が挙げられる。

○寿阿弥は怪我の話をしながら、重ねて二つの詫言を述べる。それは家が丸焼のため、品物を贈ることが出来なかったことである。寿阿弥の家が丸焼になったことに対し、鷗外の推測がなされている。当時、真志屋は新石町に在り、寿阿弥はそこに住んでいた。火事で浅草、日輪寺其阿の所に移る。怪我は、その時のことである。

○次に、駿河の普門寺と一華堂（寺）に、苾堂の親族が行くので困らぬよう配慮した手紙。
○この手紙を書く十四日前に、神田多町で火事があったこと。火元は湯屋の二階。真志屋の在った新石町は類焼をまぬがれた。この多町での火事で起った一つの「奇聞」を寿阿弥は書いている。この町に、夫婦共貪欲で、人の恨を買っていた銅物屋がいた。火勢強く迫ってきたとき、「そりや釜の中よ」ということで、大釜に入って四人が焼死んだのである。父子と丁稚二人であった。大釜に入るときは鍔が足懸りとなったが、出るとき足がかりは何もない。四人は熱湯の中で死んだ。火事の後、見物人が夥しかったと書く。鷗外は、この釜の話は、此手紙の中で「最も欣賞すべき文章」と褒めている。「そりや釜の中よ」に「空想の発動を見る」と書き、寿阿弥を「能文の人」とも書いている。
○次に、笛吹き坂東彦三郎のこと、茶番流行の事などを寿阿弥は書いて、「まづ是にて擱筆」としながらも、次に苾堂の親戚などに、挨拶文を書き添えている。鷗外は、その範囲の広さに驚いている。
○寿阿弥の生涯は全ては解っていない。抽斎文庫の秀鶴冊子と劇神仙話のどれかに寿阿弥のことを書いているそうである。伊原青々園に言わせると、劇神仙話は安田横阿弥が持っているそうである。
○寿阿弥について「一人の活きた典拠」を知っている人がいた。それは伊沢蘭軒の嗣子榛軒の娘で、棠軒の妻であった曾能子刀自である。大正五年に、八十二歳の高齢であった。言舌猶さわやかで、寿阿弥の晩年のことを知っていた。刀自の生まれた年、寿阿弥は六十七歳である。刀自が十四歳のとき、寿阿弥は八十歳で没したが、此畸人の言行は少女の目に映じていた。「奇行」の一つは、寿阿弥は外出時一升徳利に水を入れて出た。道で小便をする度に、それで手を洗ったのである。少女の目には、寿阿弥は真面目な僧侶であった。毎月十七日には刀自の伊沢家に来て読経した。その後、饗饌のとき、蕃椒《とうがらし》を皿いっぱい食べた。寿阿弥は別の日、源氏物語の講釈に伊沢家に請ぜられている。寿阿弥は、源氏のような文章を書く女性がいたら結婚すると言っていたが、結局結婚しなかったと刀自は語った。
○寿阿弥は水戸家と関係があった。手紙をみると、寿阿弥が火事に遇ったとき、水戸家は十分の保護を加えたらしい。一用達に対するに、稍々厚きに過ぎるきらいがある。一つは用達以外に、寿阿弥は有力者の庇護を得ていたこと、連歌師の実績があり、曇奝と号したとき、立派に公儀を通っている。渋江保によると、社会で、寿阿弥は一種の尊敬を受けていたとのことである。
○寿阿弥には「公然の秘密」があった。刀自によると、一人の卑しい女に水戸侯の手が付き、出入りの西村氏に、その女は下げられた。それが縁で、真志屋という屋号をいただいたという。その女が、寿阿弥の母という確証はない。寿阿弥の祖先の母であったかも知れない。いずれにしても、落胤問題は、寿阿弥の祖先に帰着するようである。

○この寿阿弥に関する手紙について書くことを、まさに畢ろうとしたとき、何か心に慊ぬ節があった。鷗外は寿阿弥の墓に行くことにした。雨の日、伝通院の門外にある昌林院を訪ねた。柵があり錠があり、入るのは無理。中央に寿阿弥の墓がある。僧が言った。牛込の藁屋から寿阿弥の命日に参じる媼がいると。鷗外は藁屋に行き婆あさんに会った。名は石、大正五年に七十一歳であった。御家人師岡久次郎に嫁した。久次郎に二人の兄、山崎と鈴木がいる。久次郎は三男であった。寿阿弥が、この三人に御家人の株を買ってくれた、この三人は寿阿弥の妹の息子たちであったと媼が言った。そこで「落胤」のことを尋ねた。石は、それは寿阿弥ではなく、先祖の事と述べ、真志屋と付けたのも、「大名より増屋《ましや》」という意であった。水戸様の胤の人は若くして死んだ。しかし、血筋は寿阿弥まで続いていると述べた。他に柵の中に在る藤井紋太夫のことを聞くと、水戸様のお手討ちになったとき、引きとり手がなく、真志屋が受けたと語った。また八百屋お七は真志屋の祖先に嫁入りした島の家が河内屋という地主で、お七はそこに奉公していた。そこで島はお七にもらった袱帛を嫁入りのとき持ってきたという話。「力士谷の音」の墓が柵内に在るのはなぜか。真志屋が相撲好きで、その結果、持ち込まれたとのこと、最後に寿阿弥と連歌の話を聞き、高野石の家を辞した。この小問物屋の当主は浅井平八郎といった。

○後日、この平八郎が遺物を持って訪ねてきた。この文書を「真志屋文書」と名づける。この「文書」には初代から西村家の記録があり、側女中島を娶ったのは五代の廓清とある。島の実家河内家、八百屋お七、島と義公の関係、藤井紋太夫が楽屋で義公に手打ちになったこと、五郎作の称がこのときから始ったこと、西村六代目東清が「落胤」であった、そして、八代沖谷、九代一鉄、十代では二種の過去帳に浄本、了蓮と二つの名称があるが、寿阿弥は、了蓮を継いで十一代となる。十二代清常は、この寿阿弥の手紙を書いた二年後に死去している。

○清常の以後の真志屋は模糊としてくる。「真志屋文書」でも明確でない。ともかく、これ以後、真志屋は没落の途をたどる。原因は火災となっている。十三代真志屋は二本氏の族人を嗣ぎ、二本伝次の家に同居した。しかし、十三代目が病気のため伯父久右衛門が相続、十四代が定五郎となる。

○寿阿弥の墓を訪ねたとき、平八郎が意外な事を語った。それは寿阿弥の墓が不明になり、刀自の願いで、僧が私費で新たに再建したということである。真志屋の墓は光照院に集められた。江間氏、長島氏の血が交ったことで、真志屋の墓は光照院に集められた。それで光照院を訪ねた。墓石に十四人一列に戒名が並び追加三人あり、最も右に寿阿弥の名があった。

○菓子商真志屋が、文政末より衰運、二本伝次に寄り、転じて金沢丹後に行き着いた。この金沢家はどんな家か、新聞に書くと、金沢蒼夫から音信がきた。蒼夫は最後の金沢丹後で、祖父明了軒以来、西村氏を承け、真志屋五郎兵衛の名で水戸家に菓子を調達した。金沢は江戸城に対しては、金沢丹後、水戸家に対しては真志屋五郎兵衛、この二つの鑑札が許されていた。蒼夫のところの筐にこの鑑札はあるという。金沢氏は、大和郡山の城主増田長盛の支族という。増田の五代目適斎は最も学殖、文事の人であった。十一代三右衛門が、今の蒼夫で、大正五年で七十一歳である。

○駒込の願行寺の増田氏の墓を訪ねた。屋根型の墓石が二基。金沢屋とある。他に許多の戒名が列記されていた。住職の妻らしき女性と会うと、金沢丹後は、菓子屋番付で東の大関であり、風月堂は西の幕下の末だったと告げた。

○寿阿弥の伝にある西村、江間、長島の三家の関係を説くものがなかったが、「真志屋文書」が、それをやや明らかにした。

○金沢氏の遺物文書の中に、目にとまった「其二三を録存」したい。浅井文書に、寿阿弥の直筆は少ない。しかし、二句を書いたものがある。一つは歳暮の句、一つは元旦の句である。どちらも極めて平凡。連歌師としての寿阿弥に「無題号の写本」と「柳営之御会」の二冊、連歌の巻をみた。前者の余白に「先師次第」という略系と「玄川先祖より次第」とする略系が書き添えてあった。この二種の略系は、里村両家の系統次第を示したものであった。里村宗家は恐らく寿阿弥の師家だったのではないか。

○真志屋の扶持の変遷について。初め米百俵ずつ三季に渡され、次いで七人扶持、これは文書で十一代までしか記録にない。蒼夫の記録では、天保七年（一八三六）に一人扶持になっている。以後、明治元年まで水戸家から金沢家は受けていたそうである。

○西村廓清の妻島の里、河内屋半兵衛が、何商か不明であったが、金沢蒼夫より「粉商」と解った。島は粉屋の娘であった。

鷗外は最後に付記しておきたいのは、師岡未亡人石と東条琴台との関係であると書く。石の一人娘さくは琴台の子、信升に嫁し、娘を生み、それが残っているそうである。石は、東条琴台の文書を東条の親戚である下田歌子に交付したそうである。

琴台の事績を詳にすることはできない。伝聞としては、後に明治五年（一八七二）八月に神官となり七十八歳で失明して終ったとのことである。

『寿阿弥の手紙』は次の資料に依拠している。「寿阿弥の手柬」「真志屋文書」「山内香雪丙戌目録」（市川三陽編　大正六年　楽墨会刊）、山崎美成『好問堂海録』（大正四年刊　国書刊行会）、斉藤月岑『増訂武江年表』（喜多村筠庭補正、関根只誠書入　大正元年刊　国書刊行会）。鷗外が、これらの資料をどのように用いたかは、大体この作品中でおのずから述べているので、その点、およそ理解出来る。

寿阿弥に鷗外が大いなる関心を持ったことは、すでに『渋江抽斎』執筆段階から解る。「畸人」であることは間違いないが、それだけではなく、真志屋の血統を引く者として、水戸公の「御落胤」という背景がつきまとう。その上、剃髪、絵、書、連歌師、これらを含めて鷗外は「芸術批評家」と称んでいる。寿阿弥が、この「手紙」を書いたとき六十歳、嘉永四年（一八五一）には一月、ジョン万次郎が、アメリカ十年の生活を経て琉球に上陸、また四月には、江戸市中に盗賊が多く出没するため、幕府は斬り捨てを許す、という物騒な世の中でもあった。翌年九月には、豪商、銭屋五兵衛が逮捕されている。真志屋は同じ御用商人の末路をどうみたであろうか。

かような時代背景を、鷗外はほとんど省略しているが、明治元年を遡ること十七年、スケールの大きい一人の町人が、いかに生きたかを、精細な資料で裏付けながら浮き彫りにしていく。しかもこの一種シリトリ方式は、鷗外以外に、なされ得ないことだろう。「手紙」中、鷗外の最も印象に残ったのは、多町の火事、大釜に入って四人死んだ事件である。「そりゃ釜の中よ」と言ったのは恐らく、銅物屋の主人だろう。この悲惨な場面の中の、トボケタようなこのセリフ、鷗外は、ここに寿阿弥の「空想の発動」をみている。寿阿弥は現場にいなかったわけであるから。

ともあれ、これを史伝とみるか、この「文業」を一つのジャンルに嵌めるのは難しい。現実に送られた「手紙」、そこに登場する人物、事柄等々に次から次へと、ドミノのように手を付け、無名、不詳の人物を明るみに出していく。これは単なる寿阿弥の史伝だけではなく、維新十数年前に生きた江戸町人の知的群衆をとらえたものとみるのがよかろう。その核になったのが、水戸家御用達の真志屋の興亡の歴史ではなかったか。

『都甲太兵衛』

『都甲太兵衛』は、大正六年一月一日〜七日付『東京日日新聞』および『大阪毎日新聞』に発表された。

○都甲太兵衛は、細川忠利が、封を肥後に移されるとき供をして熊本に入り、忠利、光尚と二代に仕えた。丁度、あの〝阿部一族〟事件のときである。都甲は、島原の乱のとき手柄をたて、三百石を賜わり、鉄砲十挺を預けられ、光尚のとき鉄砲三十挺頭を辞退し、大組付となり、延宝二年（一六七四）二月隠居し、二代目が相続した。

○太兵衛の生涯に二三の面白い出来事がある。

まず、宮本武蔵が小倉の細川家に行ったときは、忠興の時代、ここに、剣客佐々木小次郎が抱えられており、技を比べようとして行った。厳流島の仕合である。武蔵が次の忠利に抱えられたのは寛永十七年（一六四〇）八月である。

○このとき、太兵衛は武蔵に見出されているが、この初の会見を、鷗外はここで見極めようとしている。島原の乱の関係でみると、二人の出会いは、元和七年（一六二一）から寛永九年（一六三二）までの十九年間に限られる。さらにみると、武蔵が寛永十一年、養子伊織とともに小倉の小笠原家に「客寓」したとき、熊本の忠利を訪ねた。原城陥落の十五年までの間は僅かに五年、武蔵は、この間に、忠利、太兵衛に会ったと思われる。

○忠利が武蔵を謁見したのは、花畑の御殿である。有名な武蔵をみるために多くの家臣が参集していたとみえる。この中に太兵衛もいた。忠利が、わが家臣で、目にとまったものありやと問うと、武蔵はあると答え、多くの中から太兵衛を選んで忠利の前に連れて来た。なぜ都甲太兵衛か、と忠利が尋ねると、「不断の覚悟」と答えた。武蔵は、都甲に「平生の心掛け」を尋ねた。太兵衛は「平気で討たれる心持」と答え、武蔵は忠利に、「あれが武道です」と言った。寛永十八年（一六四一）三月十七日、忠利は卒し、遅るること四年、正保二年（一六四五）五月十九日に武蔵は没した。

○太兵衛には「石盗人」の話がある。江戸城修復の時、諸大名は石を献ずることを命じられたが、細川藩だけが遅れていた。太兵衛は、石の調達を聞かれ、直に手に入れた。この年月を推定している。それは、太兵衛が軍功で三百石を賜った後、すなわち、原城の陥落した寛永十五年（一六三八）から後、江戸城に火事があり、さらに大修築の命が下った。そこで寛永十六年八月から翌十七年四月までの八カ月間で工事は完了したとみる。

○太兵衛は、他藩の石にある標を消し、細川藩の標を入れて切り抜けた。太兵衛は石盗人の疑がかかり獄に入り、拷問されたが、絶対に口を割らない。役人は「詭計」を考えた。白州に出た太兵衛に「石盗人」をつけて名を呼び立てたという。だが反応しない。次に「石盗人の御疑が霽れた、起て」と言ったら、ゆっくり立ったという。最後の手段が効を奏せぬとき、放免は決っていたのである。

○次に光尚が没し嫡子六丸の家督問題のとき、江戸に派遣された話、それともう一つの逸事は、太兵衛が浪人時代、街で相撲取りが殺人を犯し、空屋に閉じ籠り町人たちが騒いでいた。太兵衛は戸口ではなく壁を破り尻から入って、その男を捕えた。人々は感心したが、太兵衛は、相手を油断さすことが一番大事なことと述べたという話。
○最後は、太兵衛の子孫のこと。二世から十一世まで記してある。現今の当主が、その十一世で、都甲千秋という名前。先代の長男で、熊本にある八代製紙の職員になっている。この作品の末尾に、「都甲伝存疑」（芝氏記）なる文が付記されている。江戸城修築に際しての石材と太兵衛、あるいは細川藩の対応について簡単に追記されている。
この作品は、「都甲文書」（鷗外文庫蔵）及び宮本武蔵遺蹟顕彰会編纂『宮本武蔵』（金港堂　明治四十二年二月刊）を資料として書かれた。

都甲太兵衛なる人物は、歴史という舞台では決して主役ではない。むしろ端役としての存在である。つまり、戦国時代、大名でも武将でもなく、多くの中堅武士の一人に過ぎない。しかし、肩書、地位に関係なく、一種の「人生の達人」として戦国を生きたこの都甲太兵衛に、鷗外は注目したとみえる。例えば、藩の難事を、敏捷に処理する能力、また凶悪な相撲取りを簡単に退治する知恵などをみると、まんざら「人生の達人」という捉え方は間違ってはいないように思える。しかし、鷗外が都甲に関心をもったのは、都甲の言う「不断の覚悟」という精神の位相ではないか。つまり武士として、「平気で討たれる心持」をもつことである。武蔵はこれを「武道」だと忠利に告げている。何も死ぬことだけを問題にしているわけではない。角度を変えてみれば、どのような境遇が与えられようとも、平然と生きる、という腰の定まった精神のことではないか、鷗外をめぐるこの大正期の複雑な環境の中で、鷗外が毅然として生きる指針でもあったと思われる。既述の中で、都甲太兵衛のことを百パーセント「人生の達人」とすることに、慎重であったのは次のことによる。

山崎一穎氏は、太兵衛に対し、「〈待つ〉〈耐える〉」姿勢をみている。恐らくこれは「石盗人」として太兵衛が捕り幕府の役人に拷問を受けても、断じて口を割らなかったことを指していると思われる。しかし、「石盗人」は、言うまでもなく、犯罪者である。この事実が重要なのではないか。幕府からの厳命で、他藩が懸命に運んできた石の「標」を秘かに消し、自藩の「標」をつけ、幕府に渡そうとした。この行為は、武士としての大きな汚点である。都甲にとっては間違いなく負の価値であり、拷問に耐えたことは美談にもなるまい。山崎氏は、この都甲に、「理想的姿を見ている」と書いているが、これは大いなる疑問である。もし鷗外が、都甲太兵衛を傍役ながら、難事に対し処理能力のある優れた武士として捉えようとしていたとすれば、それは鷗外の勇み足ではなかったか。いくら藩を救うためと言えども、この「石盗人」の行為は立派な武士のすることではない。この「石盗人」の逸事を入れたことで、都甲なる人物の一貫性が崩れてしまっていることに鷗外は気がついていないのではないか。この『都甲太兵衛』なる伝記に「石盗人」の話を入れるべきではなかったのではないか。あるいは、これを入れるのであれば太兵衛の、倫理に拘らない、図太い、したたかな人間像をもっと強調すべきであったのではないか。そうすると、太兵衛の「不断の覚悟」「据物」意識に対し、武蔵が「武道」と言ったこととの関連において、鷗外は矛盾のない説明をすることができたはずである。

それにしても宮本武蔵と都甲太兵衛との出会いは、信憑性が薄い気がする。武蔵を謁したとき忠利は「当家の侍の中で御身の見聞に触れたものは無いか」と問うたことに対し、武蔵は「一人見受けました」と答え、館に詰めている者ではない、といって、控所にいた太兵衛を連れてきた。幾多の家臣の参集している場を通り忠利の前に出る間に、太兵衛の並でないのをみたことになる。武蔵ならではのことではあるが「神業」である。厳密な構想と資料検討を疎にしない鷗外であるが、何かこの作品は、執筆を急いだ感じがしてならないのである。

『鈴木藤吉郎』　『鈴木藤吉郎』は、大正六年九月六日〜十八日付『東京日日新聞』および『大阪毎日新聞』に発表された。

鈴木藤吉郎とはいかなる人か。世人が偶々知っているのは、松林伯円「講談安政三組盃」からであろう。しかし、この講談は真憑性に欠けるものである。

越川文夫という人が、鷗外を初めて訪ね、一巻の書を置いて去った。ついで越川の末子野沢嘉哉を知り、越川が、鈴木藤吉郎の冤を雪ぎたいという気持をもって一書を置いていったことを知った。書は『安政三組杯弁妄』という題名であった。鷗外は野沢に言った。君の厳父の書は伯円の妄を弁ずることを主としていて、鈴木藤吉郎が何人であるかを伝うるには物足りない。鈴木の冤を雪ぐためには、文献を渉歴し故老の話を採択して新たに鈴木の伝記を書くことが大切であると。

鷗外は、藤吉郎を実際に観ていた人、佐久間長敬在るを知った。鷗外に知らされた野沢はこれを訪ねた。また下総に桑田五右衛門という人が、藤吉郎が勢喜と結婚した頃を知っており、これも野沢が訪ね談話を記録した。

○私（鷗外）は鈴木藤吉郎を伝するに当り、考証の定型に堕ちようとしたが、五種の資料（『忌辰録』『側面観幕末史』『幕末百話』『弁妄』及び佐久間・桑田両氏の談話）中から事実の核心を捉えて努めて「言」の考証に渉るを避けて、以下に「約説」しようと思う。藤吉郎の生地はどこか、江戸から東北数十里以内で生まれたらしい。藤吉郎は三十四歳まで「全く暗黒の裏」にあった。藤吉郎が鈴木氏を冒したのは立身の本《もと》である。そのため、天保の中頃、鈴木氏の株を買ったとみえる。そのとき既に一橋家の臣籍との交際を得ており、次には幕府の直参を求めていた。藤吉郎は、阿部正弘、跡部良弼などに知られ、水戸斉昭を後楯としていたと越川は言う。弘化元年（一八四四）、四十四歳で、藤吉郎は幕府直参となったと思われる。

○藤吉郎迎妻のこと。下総の旗本中島三左衛門の知行地に農にして醬油を造る越川嘉左衛門がいた。弟嘉重郎は早く死んだが、娘に勢喜がいた。慧敏であったが伯父と折合悪く、小網町の醬油家の小間使に出された。天保八年、夕べ、嘉左衛門の前に鈴木藤吉郎が現われ、勢喜を嫁にと懇請した。本人同士はすでに通じていた。次年、嘉左衛門は江戸の新夫婦を訪ねた。その時、伯父は、鈴木に二分銀で四百両を直ちに両替してもらった。嘉左衛門は驚き喜んだ。以後十年後かに、藤吉郎は幕臣となり、江戸町奉行の与力上席となり、潤沢係（江戸町の物価の調整を考える役）に就いた。

その頃、藤吉郎は、米油取引所を創設せんとして果せなかった。安政五年（一八五八）六月、藤吉郎は、禁である三階建の家を造ったが、誰も名声を恐れて告発しなかった。天保十年（一八三九）、伯父嘉左衛門は没した。勢喜は、寺に幕の献納、門の建立をなした。伯父の長男が没したので、養子にしていた嘉左衛門の末子卯三郎を帰した。その時、藤吉郎は、卯三郎に関の孫六の短刀を贈ったという。勢喜は安政四年（一八五八）、四十二歳で没している。

○藤吉郎は在職中、いかなる事業を成したのか。
一、品川台場の工事に与った。　二、藍染川埋立。　三、今川橋川筋埋立。　四、柳原籾蔵火除地開拓。　五、筋違門火除地開拓。土木工事は五件あった。

○次に訴えを聴いた一例を挙げておく。

遊人三吉は賭博で捕り、白州に出た。その時の掛りの役人は藤吉郎であった。三吉は神妙に詫びた。「宜《よろ》しい」と藤吉郎は応じ、手錠を卸《おろ》され町内預とされた。同心に金をやれば手錠はゆるくしてくれる。いわゆる「袖の下」である。ある日火事があり三吉の家は全焼、手錠を置いて三吉は出ていたので手錠は灰となった。名主たちは周章した。閉町を恐れたのである。次の白州では、三吉は糊紙製の手錠で出たが、藤吉郎は手錠を変えさせるだけで済ませた。名主たちは藤吉郎を徳とした。

○藤吉郎の江戸市政に関するものは、さきの土木工事を入れて六件である。これ以外に、某藩の財政のために「釐革」（改革）したと言われている。しかし、リストラをして、小人たちに怨まれた。他に、岳父在世中、知り合いの千葉の醬油屋の力をかりたとのこと。また陸奥、鬼首の山林を開拓したとき、その進捗が遅れていた。そこで妻の郷里の農夫を一人従者にして、現場に行き、幹部を請待し、人夫に酒食を振舞たので、みんな態度を変え、にわかに工事が進んだという話もある。以上が鈴木藤吉郎が、与力上席として市政に携った事業の概ねである。鷗外は、藤吉郎を、よき「為政者」とみていると思って間違いあるまい。

○藤吉郎は、なぜ「衰替」したのか。

一つは、藤吉郎が米油取引所を設けようとして反対した与力を、長崎に転任させた責任を問われたこと。関根の記録によると、藤吉郎は安政五年（一八五八）六月に職務停止を命じられ、罷免されたという。そして、北町奉行所に召喚、揚屋入りとなる。同時に連累者四人が入牢。藤吉郎の罪は、商人たちと料理茶屋で会見、会食したことにあったらしい。当時、庇護者の阿部正弘は没し、老中は久世広周しか残っていなかった。藤吉郎は、安政六年五十九歳で牢死した。毒殺説もあったが、これは根拠がない。

○藤吉郎没後のこと二、三。

・妻勢喜が遺言した、日の曼荼羅の摹写《も》が成ったとき、政五郎（勢喜の弟）は、これを吉原の街頭に曝して賽銭をとり、人々に指弾された。

・関孫六の短刀を継いだ卯三郎は、兄直二郎の末子に与えて死んだ。末子は文之助といって『弁妄』の著者醒癡文夫のことである。明治元年五月、上野での戦争のとき、一時上野に参加した。その間、政府筋に家を捜索され短刀は没収されたという。

・藤吉郎の継嗣松之介は文久に入って京都で叙位された。其父政五郎は慶応元年に没している。松之介一家は、現在、安《いずこ》にいるか分らない。

・此伝記は脱漏が多いが、既刊の書とは方法は違う。完成したのは越川の功である。

・鈴木藤吉郎は、「零砕の事迹」から推測しても「有為の人材」である。「江戸市のために物価を調節する機関を設むと欲して成らず」、これで禍を得て、身を滅した。松林伯円は「三組杯」で藤吉郎を鞭った。越川は起ってその冤を、幾分か雪いだことは多としなければならぬ。「三組杯」で述べる「穢多の裔」も「酒色の奴」も、何の根拠もない虚構である。

鷗外は『鈴木藤吉郎』を書くにあたり、次の書を資料とした。『鈴木藤吉郎事蹟』『雑記二』、松林伯円『安政三組盃』、越川文夫『安政三組杯弁妄』、桜井章『側面観幕末史』、関根只誠『名人忌辰録』、篠田鉱造『幕末百話』以上七冊。

鷗外は『鈴木藤吉郎』執筆時及び完成後、得た新資料を紹介、またみずから書いたものを添えている。

①『鈴木藤吉郎の墓』（逸名氏寄）

②『鈴木伝考異』（秋荘子寄）
③『鈴木伝考異二』（佐久間長敬君記）
④『鈴木藤吉郎の産地』

①の「逸名氏」とは鈴木藤吉郎の孫鈴木九萬のこと。東京帝大法科を卒業、外交官となりオーストリア大使等歴任してい る。この①の文は九萬が大正六年（一九一七）九月二十八日に、鷗外に送った手紙の内容である。鷗外の大正六年の日記をみると、九月二十六日、「鈴木九萬始至。」とある。そのとき、鷗外も九萬に色々要望したと考えられる。②の「秋荘子」については、牛込在住という説もあるが、詳細は不明である。鷗外は、②の資料に対し、若干疑問を提示している。藤吉郎が一橋家書院番頭鈴木総右衛門の養子になったということ、品川台場の工事への参与、水戸藩蔵方となったこと、藤吉郎が関孫六の短刀を授かったこと、利根川改修事業に関わったこと、以上五つの件に対して「疑わしい」と述べ、さらに藤吉郎が召喚されたのは龍の口評定所であること、藤吉郎の罪名は収賄であったこと、この二点を訂正している。

鷗外は、②の「秋荘子」の文に対し、何ら論述していない。③佐久間長敬は、『鈴木藤吉郎』を発表した後、大正六年十二月十四日、鷗外を訪ね、『鈴木藤吉郎事蹟』一巻を置いて帰った。長敬は旧町奉行与力で、藤吉郎の現役時代を識っている人。藤吉郎の生地については「下野国（栃木県）深岩村百姓藤吉の倅」としている。藤吉郎は後に江戸奉行所に勤めた。罪案の眼目は「米の取引」にあったこと、やはり「潤沢の政」で、反対した同僚二人を排斥しようとしたこと、知人石井録郎をして生地を調べさせると、深岩では藤吉郎の出自は一流の資産家、血統正しく三代前に藤吉あり、「穢多」ではないことも分った。しかし、藤吉郎の父が、藤吉の子であることは不明だった。また藤吉郎の罪状を㈠から㈩まで挙げている。この長敬の資料③は、鷗外も、かなり参考になったようである。

㈠は「穢多」を隠していたこと、㈡は浪遊中、殺人罪を犯したこと、㈢㈣は米取引に関すること、㈤は市井人よりの収賄、㈦は身分不相応の奢侈をなすこと、㈩は、与力らを左遷したこと等々である。長敬は、「中には事実と認むべきものがすくなかつた」と述べている。

④は鷗外の文。この中で、「藤吉郎の罪案の眼目が米の取引にあつたことを知つた」と長敬の意見を受け入れている。鷗外は初出において、「藤吉郎は商人等と私を営んだと云ふ嫌疑」と書いたが、長敬の㈩までの罪業の中に、商人らとの交際に関するものはなかったが、鷗外は、あえて、初出の訂正をしなかった。

さて、越川文夫が、松林伯円の『講談安政組盃』が信憑性がないとしてその「妄」を弁じるために『安政三組杯弁妄』を書き、鷗外を訪ねたが不在であった。この物語は、ここから始まる。

鈴木藤吉郎のために「冤を雪がむ」と越川文夫は意気込んだが結果として「信憑すべき資料」に恵まれず「妄」を確実に正すことは出来なかった。③で佐久間長敬が⑫まで、罪案を提示しているのをみて、㊁の殺人は否定出来ても、米にかかわる㊂㊃の経済事件を正しいものだったとしてそれを実証するのは不可であろう。この「冤罪を雪ぐ」という目的をもった事件当事者の縁者が現われるという形式は、『津下四郎左衛門』とこの『鈴木藤吉郎』とは、共通性はあるが、事件の性格、それに津下と鈴木の「生」のあり方そのものが違っており、この両作品については「冤罪を雪ごう」とすること以外は、別に関係はない。

『細木香以』

『細木香以』は、大正六年九月十九日〜十月十三日付『東京日日新聞』および『大阪毎日新聞』に発表された。

「細木」は、どう読むのか。鷗外は「さいき」と考えていたところ、香以の墓の在る願行寺に行ったとき、そこで樒を売っている媼が、「ほそき」と呼んだ。鷗外は、さてと、困惑する。しかし、香以と親しかった竺仙が「さいき」と書き、縁者でもあった芥川龍之介が「さいき」と称することを鷗外に伝えたこともあり、鷗外は、結局「さいき」と読むことに自信を持った。

この作品は、「十五」の章立てになっている。しかし「十二」で香以の死を書いた後も、墓参りや、例の友人たち、家族の消息、また芥川龍之介とのこと等に筆がのびている。

細木香以は津藤と言った。「わたくし」(鷗外)は、春水の人情本の中にその津藤という名前にしばしば出会ったことで、この人物に関心をもっていた。『梅暦』では「千藤」になったりしているが。

「わたくし」は、この津藤(千藤)が、摂津国藤次郎という実在の人物であることを知る。実は、この人物こそ、香以の父であった。この父は「書」を書くとき、龍池と署した。姓は細木であった。龍池は大酒店の主人であったが、そのうち店を鎖じ、「二、三の諸侯の用達を専業」として栄えた。

この龍池は、狂歌、俳諧をよくし、劇場や妓楼にもしばしば顔を出す「通人」であった。多くの取巻は、深川の遊民であった。龍池は、為永春水とも親しく、そのため、人情本にも書かれたりもした。香以は、この龍池の子として文政五年(一八二二)に生まれた。津藤の二代目である。

香以の名前を知ったのは、「わたくし」が今住んでいる団子坂の家に入ったときからであった。父が見付け、この地の眺望のよさも大いに気に入り購入、千住から移ってきた。そのとき、此処に、小家があって、円頂の媼がいた。これが、香以の縁故の人であった。この小家の襖の反古張に、香以の半身像の絵があった。このときから「わたくし」は、香以の名を記憶することになる。父、龍池は、市井の富裕家で、遊興人であると同時に、文化人でもあったが、香以が三十五歳のとき死んだ。

跡を継いだ細木香以は、父以上の「大通」になった。狂歌、俳諧に遊び、遊里に頻繁に通い、幇間も多く持った。取り巻きも、文芸の士、狂歌師、狂言作者、書家、彫工、画工、落語家、講談師、医者たち、まさに、市井の文化を担う人々が、香以の許に多くやってきた。香以も惜しげもなく金を使った。安政五年（一八五八）には、江の島等に四、五人で豪勢な旅もした。しかし、文久年間に入ると、さしもの香以も、経済的に行き詰り、没落した。香以は、浅草のある寺の草庵に移り、「俳諧の判」をした。つまり「判定者」である。しかし、さらに、文久三年（一八六三）には、下総、寒川に退隠をよぎなくされた。だが、四年後、香以は山城河岸に帰ることが出来た。仲間たちが宴会をして迎えた。明治元年、山城河岸の店も閉鎖、明治三年（一八七〇）九月に、香以は病に伏し、十日に瞑目。四十九歳であった。

鷗外は、かねて名を知っていた細木香以に関心をもち、この「大通」の生涯を書いた。この作品は現代ではまずいない、この龍池、香以のような市井の遊興人にして文化人たる特殊な人間を、隅なく捉えている。『寿阿弥の手紙』もそうであるが、こうした人物を書くことにより、江戸末期の庶民の生活文化を幅広く捉えている。常に資料重視の方法をとりながら、「小説」に負けない面白さと、龍池や香以なる人物に「味」が出せるのは、まず鷗外以外にはあるまい。

芥川龍之介との関係

この作品の末尾で、鷗外が述べているごとく、芥川龍之介は、二十五歳のとき「鼻」を発表した年にこの縁のある細木香以を「材」にして「孤独地獄」（大5・4『新思潮』）なる作品を書いている。

そこで、芥川の「孤独地獄」をまずみてみよう。

芥川龍之介は香以のことを「大叔父」と書き、その経歴、人柄の叙述は鷗外とほとんど変らない。違うところは、香以の「生」に対し客観的な筆に終始する鷗外に比し、龍之介の筆は香以の精神苦に向けられ人間の業を抉ろうとしている。つまり、香以が遊里で禅超という坊主に出会ったが、その僧が堕ちている孤独地獄の苦艱をみて、己の孤独地獄を痛感するという話で、大通たる「大叔父」を通して龍之介自身の苦しみを披歴した作品になっている。

両者の作品に優劣をつける気持はない。いかにも両者の文学的性格の違いを現している作品といえる。それにしても、「孤独地獄」は、『細木香以』より約一年五カ月前に発表されている。鷗外は龍之介と香以の関係を百も承知しながら、なぜ同じ人物を、しかも龍之介の後で書き、発表したのであろうか。この両者の間に強い因縁を感じるのである。

なお鷗外は『細木香以』の連載が終って十数日経って次の手紙（大6・10・27付）を龍之介に送っている。

拝啓御書状難有奉存候十一月五日若シ御出向出来候ハヾ御待申上候香以辞芭蕉ノ句ヨリハ梅ガ香ノ句ノ方好キカト奉存候（略）。

香以の辞世の句は「梅が香やちよと出直す垣隣」であった。「十一月五日」、確かに鷗外日記に「芥川龍之介来話」とある。鷗外日記に龍之介の名が初めて刻された日である。

ここで触れておきたいことは、後年になって、龍之介の鷗外評価が、厳しいものに転じたということである。昭和二年、後三カ月足らずで自裁し果てるとき、龍之介は『文芸的な、余りに文芸的な』（昭2・4〜7『改造』）を発表。その「十三森先生」で、「先生の短歌や俳句は如何に贔屓眼に見るとしても、畢に作家の域にはひつてゐない」と述べていることは知られている。しかし、龍之介は鷗外の芸術としての技術性は認めている。例えば、同文中で、『生田川』を指し、「如何に先生が日本語の響を知つてゐたかは窺はれる」と述べ、また「先生の短歌や俳句」は「体裁を成し」「整然と出来上つてゐる」「人工を盡したと言つても善い」と、その作品の持つ「姿」や技術性は評価している。なのに「畢に作家の域にはひつてゐない」と批評する。これは極めて厳しい評価である。龍之介は、鷗外作品に対し、言葉を換えて、「何か一つ微妙なものを失つてゐる」とも言う。「微妙なもの」とは何か。これには多くの言説があるが、私は、『細木香以』と「孤独地獄」の比較に、その解答があるように思える。鷗外の史伝は、一人間の「生」の軌跡を資料をもとにいかに精緻に書くかにあり、「孤独地獄」は、人間の精神苦を抉るところにある。そこには創作に向かう作者の基本姿勢の相違がある。龍之介は、鷗外作品に受容者の魂を摑む熱情の喪失を言っているように思えてならない。「微妙なもの」とは言葉では尽せない感性の問題である。龍之介は渡辺庫輔に送った書簡（大11・1・13付）の中で「明星に観潮楼主人の奈良五十首が出てゐるのを読みましたが五十首とも大抵まづいです ね」と書いているが、この見解もさきの「微妙なもの」喪失論と何ら変らないものである。

明治四十四年一月の『文章世界』に例の「ＡＢＣ」氏が「現文壇の平面図」で、鷗外について「彼の芸術も、彼にとつては一箇の遊びに過ぎない」と述べ「強烈な酒を盛つた杯を手にした瞬間でも、彼は酔覚めの後の苦痛を忘れる訳には行かなかつた」と書いている。この考えは、基本的には龍之介の対鷗外観とほぼ同じではないかと思う。同時代者の文人たちが、すべて鷗外文芸をかように捉えていたわけではない。斎藤茂吉は鷗外と親しかったということはあるが、次のように述べている。「明星に載つた歌を見るに、ひどく空想的、浪漫的、象徴的である。しかしそうであつてなお先生独自の深さと力とを感ずるものが多い」（「鷗外先生と和歌」、河村敬吉編『森鷗外の研究』昭44・3　清水弘文堂書店）と。鷗外的精緻さ、冷徹さを好む文人もまた多々いたのである。

しかし、昭和二年、「微妙なもの」の喪失論を吐いた龍之介は、既に死と対峙していた。身体の衰弱、それに精神苦、睡眠薬の助けを藉りなかったら寝られない、ある意味では地獄の中にいた龍之介からみれば、「ＡＢＣ」氏のように、鷗外の文業を「遊び」とは言わないまでも、随分余裕のある距離で、創作に真向っている、いってみれば、「生」や「死」と切り結ばないところで鷗外は「文学」をしているという思いはあったに違いない。二十二歳の帝大生の頃と死を目前にした三十六歳の龍之介の精神構造に変化があったとしても不思議ではない。鷗外の評価に対する変化は人間鷗外に対する嫌悪感や反撥心ではない。龍之介の苦渋な精神苦から生じた自然なる変化であったのではあるまいか。

大正八年（一九一九）一月二十九日、鷗外は龍之介に次の書簡を送っている。（この書簡が研究俎上に載せられたのは本書が初めてではあるまいか。）

拝啓文思如涌之御近況羨望之外無之候先頃アヅケ置被成候津藤紀行頃日博物館員一見シ館へ御寄贈又ハ御売ワタシ被下候ﾄハ出来ズヤト申候鑑査会議ニ付スルト云フ関門有之候而必ズ受理セラルトハ難申候へ共八分通リハ通過スベキ見込有之候急グﾄニハ無之候へ共御思召御回報被下度奉願候　二十九日
森林太郎　芥川雅契侍史

このとき、鷗外は、帝室博物館総長兼図書頭の任に就いていた。龍之介は前年「奉教人の死」「枯野抄」などを発表、十月末には「邪宗門」の五回分を脱稿している。勤めていた海軍機関学校では生徒の増員が計画され、龍之介の持時間が増えることは必至の状況にあり、転職を考え始めていた。実際、右の書簡の後、「大阪毎日新聞」の嘱託社員になっている（三月）。その条件は、他紙に執筆しないというものであった。右の鷗外の書簡を瞥見すると、龍之介が『津藤紀行』なるものを博物館の鷗外の許に持ち込み、その価値を鑑査してもらいたいと送り寄こしたことに対する鷗外の返信であることが解る。「アヅケ」られたこの「紀行」を館員が「一見シ館へ御寄贈又ハ御売ワタシ」云々とある。この文面は、龍之介にとって厳しい内容になっている。「寄付」か「売る」かの選択は龍之介にとっては辛いことである。文化財への認識を突きつけられたことにもなり、龍之介はこの書簡に稍々不快に思ったのではないか。私見ではあるが、この時期の芥川の生活を考えたとき、この細木香以の父龍池の直筆である『津藤紀行』を帝室博物館に買って欲しかったのではないかと思う。芥川には、鷗外ならばという気持で持ちかけたのに、鷗外に軽く扱われた感じで、これもまた、心を重くしたのではなかったか。

余談であるが、龍之介が鷗外邸を初めて訪ねたのは、帝大文科の学生の時で、大正三年の夏と推定されている。漱石を初めて訪ねる前年であった。大正二年には広瀬雄への手紙（8・19付）の末尾に、鷗外作の『百物語』や『阿部一族』等七作品を挙げ、「面白く」「何度もよみかへし候」と褒めている。若い時期は鷗外を高く評価していたことが解る。

さて、話をさきの鷗外書簡に戻さなければならない。この書簡にある『津藤紀行』とは何なのか。初め『津藤紀行』だけではピンとこなかった。この代物が鷗外作品と密接な関係にあることをトンと忘れていたのである。しかし記憶を甦らせるのに時間は掛らなかった。私は一瞬、『細木香以』を想起した。早速紐解いてみると冒頭に「細木香以は津藤である」とあった。私の記憶に間違いはなかった。

細木香以の家は、山城河岸の酒屋で代々富裕な商家であった。香以は三十五歳で本家を嗣いだが父に劣らずの大通で、文人、芸人たちに金を惜しまない殆ど幇間であったことは、すでに書いた。鷗外はこの香以の「生」に注目し、その軌跡を追ったのである。この作品中、鷗外は、香以が湘南方面に旅をし、「此遊を叙した」と書いている。これが『津藤紀行』であることは言うまでもない。鷗外は終末に、「文士芥川龍之介さんは香以の親戚ださうである。若し芥川氏の手に藉つて此稿の謬を匡すことを得ば幸であらう」とも書いている。龍之介は、早速鷗外の「謬」を匡したらしく、『細木香以』の最終末に、『津藤紀行』は父龍池のものであったと訂正している。

『細木香以』執筆に、どのような資料を用いたのか。

作品中「十二」で、鷗外は「香以の履歴は主に資料を仮名垣魯文の「再来紀文廓花街」に仰いだ」とある。また他に挙げているのは「根本吐芳さんの「大通人香以」の如きもの」、また「竺仙事橋本素行の刊本「恩」はわたくしのために有益であった。」と述べている。

以上、三冊の外に、人情本の為永春水『春色梅児誉美』、『春色辰己園』の二著の外に、皎々舎梅崕編『くまなき影』を挙げている。

【小嶋宝素】

『小嶋宝素』は、大正六年十月十四日〜二十八日付『東京日日新聞』および『大阪毎日新聞』に発表された。

鷗外は、次のように書いている。

○考証家、小嶋宝素を知る人は『経籍訪古誌』からであろう。渋江抽斎ら数人、この右の書の「自序」で、蔵儲家、校讐家としての宝素に触れている。宝素の人物について、またその親族についても余り知られていない。私は二年前から宝素の事蹟を探し、今日、ほぼ書けるところまできた。初め、宝素の家系を詳叙して現存の裔孫まで書こうとしたが、読者の「倦憊の情」を察して、それをやめることにした。それ故に簡潔に努めたら索然無味になるだろう。しかし、あえて簡潔に書くことにした。

○小嶋宝素の家系は、清和源氏から出ている。六孫王経基の子将軍満政、満政六世の孫、河辺重直、重直の五子重平が初めて小嶋氏を称した。重平子重通、重通数世の後に、「円斎」というものがあって京都に住し医を業とした。円斎は小児の病を専らとして世に知られた。円斎は後に徳川頼宣に仕へ、引退して紀伊に住んだ。一子祐昌が寛永三年（一六二六）に生まれている。たまたま小浜城主、酒井忠勝の幼児の病に円斎が江戸へよばれ、これを救った。聞いた将軍家光が召見、円斎に奥医師を命じた。慶安の頃らしい。円斎は明暦三年（一六五七）に没した。宝素十七世の祖である。次の年、祐昌が家督相続。二世円斎である。祐昌、四十三歳で子春庵が生まれた。五十五歳で祐昌は奥医師。すぐ法眼となり、徳松付となるが、徳松早世のため、若年寄支配寄合に移された。五十八歳。六十歳で表番医師、六十二歳でまた奥医師になり元禄四年（一六九一）六十六歳で没した。その子春庵が家督相続、三世円斎である。すぐ奥医師、宝永六年（一七〇九）一月、綱吉が薨じ、春庵は二月若年寄支配寄合を命じられた。春庵、四十九歳で三子春章が生まれた。享保八年（一七二三）二月嫡子豊克、将軍吉宗に謁見、二十一歳のとき。元文三年（一七三八）正月、春庵が没した。七十一歳。初代円斎より三世まで墓は貞林寺にある。春庵、円斎三世は宝素の五世の祖である。

○小嶋氏は江戸のどこに住していたか。武鑑にはじめて出たのは、元禄二年（一六八九）、しかし住所は不記載。九年に「するがだい」と出た。三世円斎のとき。同年の別の武鑑には「蠣殼町」とある。宝永二年（一七〇五）に「浜町」とあり、以後十五年まで同町。

○延享四年（一七四七）、奥医師村田長庵昌和の三男、常次郎が生まれた。これが春章の養子となった春庵根一で、宝素の実父である。宝暦七年（一七五七）七月、豊克が没。円斎の称を継がなかった。宝素の高祖父になる。一子国親が家督相続、十九歳であった。四世円斎だったが、二年後に没した。宝素の曾祖父である。国親の養子春章が家督相続。三十九歳だった。将軍は家斉となり、春章は献茶登城を許された。安永二年、春章が没した。五十二歳。宝素の祖父にあたる。武鑑は初代春庵を載せたが、以後安永まで、宝素の一家を載せていない。宝素の父、根一が番医師を拝してから武鑑にわずかに載った。三世春庵、名は根一は、寛政九年（一七九七）

三男喜之助を挙げた。これが小嶋宝素である。母は前野良沢の娘である。故に宝素は、蘭化先生の外孫にあたることになる。生地は、下谷和泉橋通である。根一は、享和三年（一八〇三）、五十七歳で没した。貞林寺に葬られた。豊克から根一に至る三世の墓は貞林寺の門を入り左に散在している。根一後、宝素が家督相続、春庵四世である。

○ここまでに、宝素の事蹟は一つも伝えていない。宝素は十五歳で献茶登城、十七歳で医学館薬調合役を命じられる。文政二年（一八一九）六月、宝素の妻山本氏が没した。後、宝素は一色氏を娶った。松平内匠守組一色仁左衛門昭墨の娘である。宝素は父を亡くし、十六年後に母を亡している。後、番医師となる。武鑑には、始めて小嶋喜庵という名で載り、住所は「神田幸下」とある。文政二年九月三子籠三郎を挙げた。後に春沂と称した。この頃宝素は本所に住した。

○文政十年（一八二七）十一月、宝素は「仲間取締手伝」となっている。天保三年（一八三二）八月宝素は、日光准后宮に陪して日光山に登っている。四年五月に「手伝」がとれ、「仲間取締」となった。この年、下谷に住していた。六年七月永姫付、家斉の二十六女で十七歳であった。奥詰を拝し、毎月一次将軍家斉を診ることとなる。十年、宝素は四子籠四郎を挙げた。名は瞻記、後春澳と号した。十二年「右大将様奥医師」となり西丸に遷った。「右大将」は後の将軍家定である。十三年六月、宝素は日光准后宮に陪して京都に往っている。弘化三年（一八四六）四月、「病気」の理由で、宝素は奥詰に貶せられた。十二月七日、宝素は没した。五十二歳、貞林寺に葬られた。宝素は幼時、「痩小軽捷」のため「猿坊」とよばれた。長ずるに及び「肥胖」してきた。宝素の初妻の子は二子三女だったが、皆早世した。後妻一色氏は抱沖以下二子三女であった。また別に養女二人。一人は関本長良の娘、二はとりである。七月八日、春沂抱沖が跡を継ぎ、普請組津田鉄太郎支配にされた。以後、宝素の初期の身分を踏襲している。安政二年（一八五五）九月、後妻一色氏が没した。貞林寺に葬むられた。安政二年二月、抱沖の姉が没し、抱沖家は塙氏に寄寓した。その二年後抱沖も没した。二十九歳、病気は肺労だった。十一月弟春奥が養子となる。貞林寺の墓は門を入って左に行くと、豊克から根一まで四代の墓、左に行くと、宝素、抱沖、抱中室の三基、これらは大きく、文字が妍巧である。安政五年（一八五八）三月、瞻淇は抱沖の跡を継いだ。身分は「小普請組阿部兵庫支配」である。以後、宝素らの少壮時と同じような経歴を歩んだが、二十八歳のとき「海軍奉行支配」に属せられ、明治十三年（一八八〇）十二月没している。四十二歳であった。瞻淇だけは麻布の重秀寺に葬られている。

小嶋氏（鷗外は後半部においては、多く「小島」とも書いている）の諸墓は有馬氏によって保護されているのに、其他の墓は瞻淇の嗣子杲一が久しく遠遊しているため、抱沖夫妻の二墓は荒草に埋もれている。瞻淇は達筆であった。鷗外は『日新録』と『親類書』を見てこれを知った。瞻淇は塙忠宝の四女定を娶っている。抱沖は猶、瞻淇は定を娶っている。定は明治三十三年に五十八歳で亡くなっている。

小嶋氏の祖先、末裔について、鷗外の知り得た所はここに尽きた。小嶋杲一、塙忠雄、その父忠韶に質して、この「世伝」を補綴することが出来た。前野良沢（蘭化）、塙忠宝は世に知られているが、小嶋父子を知る人は少ない。前野、塙らが、世を裨益したことは大であるが、宝素とその二子との古書を挍讎（書籍を比較対照して正しい本文を定める仕事）した功もまた決して忘れられてはなるまい。

『小嶋宝素』は、次の資料に拠って書かれた。

『小嶋文書』（「先祖書」「親類書」遠類書）、『塙系譜』『武鑑』『校勘家事蹟一・二』、小嶋瞻淇『日新録』、高島祐啓・岡田昌春撰『躋寿館医籍備考』（明治十年刊）

鷗外は、小嶋宝素が優れた考証学者であることは、早くから認識していた。鷗外は最後に書いている。「訪古詩」とは、言うまでもなく『小嶋宝素』冒頭に出てくる「経籍訪古志」であり、この「自序」で渋江抽斎が、宝素のことを説明していることを挙げている。右の文で鷗外が説明しているように、我国の「考証学」の系統を吉田篁墩を主唱者とし、続いて狩谷棭斎、その傍系に伊沢蘭軒、小嶋宝素を挙げる。「考証学」者としての宝素は、重要な人物として、鷗外が注目していたことがよく解る。『観潮楼閑話』（『帝国文学』大6・10、大7・1の二号に亘る）でも、宝素について次のように述べている。

小嶋宝素の如きは、わたくしは既に其事蹟を窮めらるる限窮めてゐる。此人の事は全く世に知られてゐぬと云つても好い。それゆゑわたくしは既に知り得たところを棄て去るに忍びない。早晩書いて見ようと思ふ。只余り人に迷惑がられぬやうに短く書くにはどうしたら好からうかと工夫してゐる。

この文でみると、小嶋宝素について「早晩書いて見やうと思ふ」心、しきりであったことが解る。しかし、なかなか執筆に踏み出せなかった。

小嶋宝素について、『渋江抽斎』の中で、鷗外は次のように書いている。「陸實が新聞日本に抽斎の略伝を載せた時、誤つて宝素を小嶋成斎とし、抱沖を成斎の子としたが、今に迨るまで誰もこれを匡さずにゐる」と。このことについては、鷗外はすでに、大正五年三月九日に渋江保に出した手紙で「此文（陸實ノ書ケル抽斎写シ）ニヨレハ成斎一ノ字ヲ宝素ト云ヒ其子カ抱沖ナル由ニ付此事不審ナルニ伺洩シ居候」と書いていた。

この大正五年三月と言えば、『渋江抽斎』の連載が始まって間もなくであったが、この頃、すでに宝素に目をつけていたことが解る。

『小嶋宝素』を書くにあたって、「事蹟」を書くと、「読者の倦憊の情」を誘うと、相当鷗外は気を使い、簡潔に書くことにしたようである。

読んでみると、江戸時代に生きた考証学者であり、医師であった縁者を中心とした一群の生活記録が骨子である。しかし、鷗外史伝中、最も挿話のない「簡潔」なんら面白味のない生活記録になっていると言ってよい。このことは鷗外が一番よく自覚している。作品「その一」で「学者の伝記は王侯将相の直に国の興亡に繋るものとは別である。又奇傑の士、游侠の徒の事跡が心を驚し魄を動かすとは別である。学者の物たる、縦ひ其生涯に得喪窮達の小波瀾があつても、細に日常生活を叙するにあらざるよりは、索然無味ならしむるであらう。」と書いている。この優れた考証学者、医師の一群の「日常生活」の積み重ねの中に、実は、名もなき実力者たちの生活が我々に本当に歴史の真実を伝えるのだという自負もあったと思われる。しかも鷗外は「人に嚼蠟《しゃくろう》(無味乾燥)の文を笑はれても好い」とひらき直ってでも、「宝素」は書いておきたかったようである。

鷗外は、己の書くものが、新聞の読者の「倦憊の情」をいかに受けているかを熟知している。『渋江抽斎』、特に『伊沢蘭軒』のときはひどかった。しかし、それでも書く、この覚悟が明白である。ただ、それでも「簡潔」は貫ぬかざるを得なかった。挿話がほとんどないのは、一つは、連載中、関係者からの情報提供が余りなかったことにもよるだろう。ともあれ、小嶋宝素が前野良沢や塙忠宝の縁戚であったことの驚き、そこから逆に、この二人が世に知られ、小嶋宝素が無名であることの理不尽さへの、いささかな抵抗感が、『小嶋宝素』を書かせた理由の一つであったとも考える。

21 「史伝文学」II

『渋江抽斎』

『渋江抽斎』は、大正五年一月十三日~五月十三日付『東京日日新聞』および『大阪毎日新聞』に発表された。

渋江抽斎は、文化二年(一八〇五)十一月八日に生まれ、安政五年(一八五八)八月二十九日に亡くなっている。五十四歳であった。本職は、弘前藩主津軽順承、定府の医官であり、躋寿館(近代の制度でいえば、帝大医科大学)の講師も勤めた。また『経籍訪古志』の著者の一人であり、特に考証学に優れ、医学はむろん、歴史、哲学、芸術(詩文集)に関する許多の著述がある。また多くの古武鑑、古江戸図、浮世絵などの蒐集をなし、好劇家でもあった。酒、煙草は好まず、家には常に食客があり、その精神状態を考えるに「志は未だ伸びないでもそこに安楽を得てゐた」（「その一」）と言う心境を持する人物であった。この作品の「劈頭」のとき（「その一」）、抽斎は三十七歳、妻五百は三十二歳、長男恒善《つねよし》（先妻徳の子）は十六歳、長女純《いと》は十一歳、次男優善《やすよし》は七歳、この五人暮しであった。邸は神田弁慶橋、知行三百石、これ以外に収入はほとんどなかったが、「一粒金丹」という薬を製して売ることは許されていた。

右の経歴をみると解るが、鷗外は抽斎のことを「其迹が頗るわたくしと相似てゐる」「抽斎はわたくしのためには畏敬すべき人である」と書いている。この鷗外の感慨が、『渋江抽斎』なる史伝を書かせたことは言を俟たない。

本書の限られた紙数の中で、この大著の梗概を纏めることには難がある。このことは『伊沢蘭軒』『北条霞亭』にも言えることである。従って簡略化し、次のように紹介することにした。この方法は、他の二著とも踏襲したい。

『渋江抽斎』は、「その一」から「その百十九」の章立てで構成されている。この作品は、大きく分けると「抽斎生前」と「抽斎没後」となる。「抽斎の死」を書いた「その五十三」及び「その五十四」から「その六十四」までは、抽斎の著作、抽斎の思想、精神、それに抽斎の嗜好等が書かれている。「その六十五」から明確に「抽斎没後」になる。つまり、「その六十七」が「没後二年」になり、以後「その百十一」までが、「抽斎没後」五十六年となっている。時間的に言えば、抽斎の高祖父輔之の死が元文五年（一七四〇）であり、最終稿の杵屋勝久の「現在」が、大正五年（一九一六）であるから、この作品の「時間」は、一七六年の軌跡が書かれていることになる。もう少し絞って抽斎が生まれた文化二年（一八〇五）を起点としても、一一二年という長い歳月になる。鷗外は、息の長い一人の人間の歴史を凝視したことになる。

「抽斎生前」においては、武鑑蒐集、抽斎探索、池田京水、森枳園《きえん》、妻五百、抽斎の出自、その師、また友人たち、さらに、伊沢蘭軒、将軍家慶への謁見、医心方、多くの子供たち、そして、人生に処する抽斎の心境が綴られている。

抽斎が亡くなった後、「その六十五」で鷗外は次のように書いている。

　大抵伝記は其人の死を以て終るを例とする。しかし古人を景仰するものは、其苗裔がどうなつたかと云ふことを問はずにはゐられない。そこでわたくしは既に抽斎の生涯を記し畢つたが、猶筆を投ずるに忍びない。わたくしは抽斎の子孫、親戚、師友等のなりゆきを、これより下に書き付けて置かうと思ふ。

右の文で言う「猶筆を投ずるに忍びない」というのは、単に抽斎に対する愛着ではない。これは『伊沢蘭軒』や『北条霞亭』でも同じことである。いかにも感性の問題のように書いているが、これが鷗外の「史伝」執筆の方法なのである。誰もやらない、一見無意味にみえる、近親者の追跡にこそ、歴史のその後をみる、ここに歴史記述の本質をみているのではないか。

従って、「抽斎没後」は単なる成り行きではなく、鷗外にとっては極めて重要な「創意」であった。「その百十九」まで、章立ては五十四章に及んでいるから、「抽斎没後」の記述は、全体からみて、半分に近い紙数を占めていることが解る。この「没後」の記述は『興津弥五右衛門の遺書』の改訂版に、その先蹤をみるが、『渋江抽斎』で本格化したことになる。その「抽斎没後」を書いたことが果して、作品の完成度の上で、成功をしたと言えるのであろうか。ここには疑問が残る。抽斎や五百の挿話を書いたあたりは、作品にふくらみがあるが、「その九十四」〝五百上京の章〟あたりから内容が薄くなっていく。「その七十八」、保のことが中心になってくると、その感じは一層つのる。最も内容が衰弱していくのは、「その百十」(没後三十一年以後)あたりからである。「没後何年」も数年が束になり、保や脩の子供たちの出生と、夭逝が目立ってくる。恐らく資料不足と、「主役」が退場したための、挿話不足が、その原因ではあるまいか。「その百十二」から渋江陸(杵屋勝久)の、長唄での活躍が、華かさを添えるとともに、抽斎の才を得た娘が、細川、前田、伊達、津軽など有力な旧大名家に招請される成功を収めた話は、それなりに興味ある内容になっているが、いわゆる史伝としての『渋江抽斎』の終結にふさわしい内容であるかというと議論のあるところであろう。

石川淳の言い古された言葉であるが、石川は、『渋江抽斎』と『北条霞亭』二作品を挙げ、「この二篇を措いて鷗外にはもっと傑作があると思っているようなひとびとを、わたしは信用しない」(「鷗外覚書」)と述べ、「『雁』などは児戯に類する」とも述べている。私は石川淳のこれらの言葉を信用しない。石川淳は余りにも鷗外を知らないのではないか。「抽斎没後」だけをみると、鷗外の意気込みにもかかわらずいささか残念な気もしないではない。

『渋江抽斎』には、作品論検討以外に、〝番外篇〟とも言うべき〝抽斎探索〟という、極めてドラマチックな「過程」がある。この「探索過程」を鷗外は作品の中に、ありのまま使っている。これは大胆な手法である。しかも、この「過程」は後半の「没後」と、程よい均衡を保ち、『渋江抽斎』という史伝作品に他の追随を許さない、ドキュメンタリー的な独特な世界を形成することに役立っている。

この「過程」を追ってみたい。

鷗外は「その三」で「わたくしの抽斎を知つたのは奇縁である」と述べる。鷗外は、過去に題材を求める必要性から、『武鑑』蒐集に熱心になっていく。『武鑑』とは、「江戸時代、大名や旗本の氏名、系譜、官位、知行高、邸宅、家紋、臣下の氏名などを記したもの。江戸時代前期から幕末に至るまで逐次、改訂出版された」（『漢語林』大修館書店）ものである。歴史小説執筆を、いずれは、と念頭に置いていた鷗外は、『武鑑』は、その最も優れた資料であると考えていた。その『武鑑』蒐集過程で、鷗外は上野の図書館にある『江戸鑑図目録』なる写本を知った。この書は、古い武鑑類と江戸図との「目録」である。鷗外は、この著者は、自分と同じ方向で『武鑑』を蒐集している、いわゆる同好の士だと思った。ところが「目録」には、著者の名前がない。ただ文中に数箇所、考証を書くにあたって「抽斎云々」と名前が出ている。それに、これ迄しばしば見たことのある「弘前医官渋江氏蔵書記の朱印」が押してある。このところが、『渋江抽斎』執筆の最初の源流ではないかと思われる。鷗外は、ふと「渋江氏と抽斎とが同人ではないかと思つた」と書く。この推理は鷗外を強くゆすぶった。この推理、この疑念が「抽斎探索」の初のエネルギーとなったのである。抽斎は、さきの「朱印」で「弘前藩の医官」であることが解っている。鷗外は探索の一歩として、先ず東北、弘前に目を向けることになる。

鷗外の大正四年（一九一五）八月十四日の日記をみると、次のように書いている。

「中村範（弘前）幣原坦（広島）柏村保（弘前）に書を遣る」と。中村範は、弘前毎日新聞主筆、幣原坦は広島高等師範学校長、柏村保は、弘前衛戍病院長である。

鷗外の意識が東北「弘前」に向っているとき、なぜ、広島の幣原坦が交っているのか、そして、弘前の抽斎と広島が、どういう関係にあるのかが解決されなければなるまい。広島高師校長の幣原坦とは、やはり、渋江保の問題で繋るのである。つまり、鷗外が広島高師に関心を持つためには、渋江保を知るという前提が必要である。保という存在を知って始めて、鷗外は広島高師の幣原坦と関係が出来たわけである。鷗外は「抽斎探索」の当初は、勿論、渋江保の存在は全く知らなかった。だから鷗外が、「広島」にたどり着くまでには、いくつかの過程があった。つまり、右の八月十四日、三人に出された手紙の前に、鷗外は日記に一切書いていないが、「弘前」との書簡往復が、一定期間あったとみなければなるまい。

とすれば、渋江保を知る源流はどこにあったのか、ということである。鷗外は、長井金風から「弘前の渋江」が『経籍訪古志』を書いた人物であることを教えられたが、それが「抽斎」であることをまだ知らなかった。作品中に「そのうち弘前に勤めてゐる同僚の書状が数通届いた」（「その四」）とある。「同僚」とは、弘前衛戍病院長の柏村保以外にない。そして、この柏村の「書状」は、当然「八月十四日」以前に、鷗外の許に届いたものである。柏村は貴重な情報をもたらした。抽斎が在世中、江戸で交際があった人物を二名、知らせてきたのである。一人は飯田巽、もう一人は外崎覚である。二人とも現存しているとのこと。鷗外は、元宮内省職員だった飯田巽の自宅を訪ね、渋江道純なる人物と、その娘で、長唄の師匠をしている杵屋勝久の現存を知る。道純なる名は『経籍訪古志』の序に署してあるが、この道純と抽斎が同一人物かは、この段階では鷗外はまだ解らなかった。後から飯田から連絡があり、勝久に終吉という甥がいることも解った。鷗外は、同じ宮内省職員の外崎覚をその役所に訪ね、道純と抽斎が同一人物であること、抽斎の嗣子渋江保が現存していることを知らされる。鷗外は喜んだに違いない。それから外崎覚は、保についての二報をもたらした。一は、現在所。二は、保は広島高師の教員になっているということである。「八月十四日」、日記に、広島の幣原坦が登場するまで、如上のことがあったのである。結局、幣原の返事は、保は広島高師に関係ないことを告げた。しかし、弘前の柏村病院長の情報は確かで、外崎覚から渋江保へと繋ることになった。保はこの時、五十八歳であった。

そこで、この前後の鷗外の日記をみてみよう。

この大正四年の七月十八日に漢詩「齠齓」の中で、「老来殊覚官情薄」と詠んでいる。陸軍省医務局長辞職は目の前に来ていた。「官情」すなわち、官庁勤めの意欲の減退を詠ったものである。八月一日に日記に「軽き胸痛あり」と書き、十四日に、前述の三人に手紙を出している。

さて、日記を検すると、実際に、鷗外が飯田巽を訪ねたのは、八月三十一日である。作品中では、この後すぐ外崎覚を訪ねているように感じたが、現実では、十月十三日である。「諸陵寮に往き外崎覚に面す」とある。十九日の日記に「渋江保の書を得て復す。再び外崎覚に書を遣る」とある。

この「復」した「書」は、渋江保に鷗外が出した手紙の中で残っているものとしては最初の手紙である。「種々御示之件」という語をみると、保が、父抽斎に関し、確かで、豊富な情報を送っていたことが解る。この保が、今後、鷗外に対し抽斎に関する、確かで、豊富な情報を提供し得る人物であることを、鷗外は察知したはずである。「小生ガ何故ニ道純翁ノ事ヲシラブルカト云フ⌐大概御承知有之候」と書いている。この言も、「伝抽斎」を書くにあたって、保が信頼出来る人物と認識したからであろう。いち早く己が目的を保に訴えたのも、その結果である。

十月二十五日の保宛の鷗外の手紙は次の如くである。

御細書昨日到来拝誦仕候御蔭ニテ抽斎先生ノ面目髣髴トシテ心頭ニ現シ来リ歓喜ニ不堪候小生ガ先生アル⌐ヲ知ルニ至リシ道筋ハ実ニ不可思議ニ付イツレ面晤之時可申上候小児モハ

ヤ危険ノ境ヲ脱シ候一寸御礼マテ　頓首　二十五日

保から、抽斎に関し「御細書」を得た鷗外は、「抽斎先生ノ面目髣髴」と書き「歓喜」している。保が、『渋江抽斎』執筆のよきパートナーであると認識した鷗外の「歓喜」でもあった。作品の「その九」で、初対面の保に「父の事に関する記憶を箇条書にして貰ふことを頼んだ。保さんは快諾して、同時に、これまで独立評論に追憶談を載せてゐるから、それを見せようと約した」と書いている。「箇条書」どころか、渋江保は、相当の文筆家であったが、初めは鷗外はまだ気付かなかった。保が鷗外と初めて会ったのは、日記によると、大正四年十一月二日である。「渋江保始て至る」とある。しかし、観潮楼でなく、陸軍省であった。鷗外も保の家を訪ねているが、それは十二月一日である。保との初対面から丁度一カ月後であった。その四日後に『高瀬舟』を書いている。大正五年に入ると、保との書簡往復は頻繁となる。連載は一月十三日に始まっていたが。三月二十八日、母峰子が死亡し、鷗外は午前中、陸軍省に報知と挨拶を兼ね赴いているが、この日、保は陸軍省を訪ね、鷗外と会っている。

三月三十日の日記に「渋江保に金を餽《おく》る」とある。「餽る」とは、「金を贈る」ことである。連載が終ってから五月二十八日の日記に「渋江の家に金を持たせて遣る」とある。大正五年一月二十七日の保宛、鷗外の手紙に「社より謝金参ルヘク参次第御分配仕度待居候」とある。また同年二月十日の保宛の手紙に「今月も新聞社謝金御分配出来候心組ニ有之候」とある。

以上の記録をみると、「謝金」が新聞社から鷗外に送られ、それから保に「分配」されていたこと、もう一つ大事なことは、二月十日の「今月も」という言葉である。これらによると、保は、毎月（連載中か）鷗外から「謝金」が「分配」されていたことが解る。従って、鷗外からの「私」のものではなく、新聞社から払われていたということである。当然、鷗外がそのように申し出たものであろう。ただし鷗外は、慎重である。決して「稿料」とか「原稿料」という言句を使わず、あくまで「謝礼金」か「謝礼」を使っている。勿論、『渋江抽斎』は、鷗外単独の執筆であり、保の役割は資料提供者である。鷗外は、このケジメの大切さを認識していたと思われる。

ただ小堀桂一郎氏の次の文は、微妙な問題をはらんでいるとも思われる。保の提供した資料について「その筆録は文章も甚だ整つたもので、ほとんどそのままで使ひ物になる様なものも多く、事実鷗外は自分の文体の気息に合はせるためにわづかに筆を加えたといふ程度の補丁を施して本文中に保の手記を採り入れてゐる例が多い」（『森鷗外―文業解題〈創作篇〉』）と述べている。

この小堀氏の言は事実とみてよい。保の優れた文章は、多少の「補丁」で、鷗外が使った部分があっても不思議ではない。

それだけに、「謝礼金」に意味があるのである。

鷗外はすでに書いたように、渋江保の書いたものを中心に、多くの資料を入手し、それを資料として書いた。

その主要資料を紹介しておきたい。(順不同)。
・『抽斎親戚並門人』(渋江保)・『抽斎没後』(渋江保)・『抽斎年譜』(渋江保)・『抽斎唫(吟)稿/衜語』(渋江保)・『渋江脩略伝・付句鈔』(渋江終吉)・『森枳園伝』(渋江保)・『多紀事蹟』(渋江保他)・『寿阿弥の手柬』(真志屋五郎作の桑原苾堂宛書簡)・『池田氏事蹟』(渋江保)・『直舎伝記抄』(津軽藩医の宿直日誌)

『渋江抽斎』は、高い倫理性、精神性を意識した作品である。むろんモチーフは、鷗外の抽斎への親近感にあったことは間違いないが、調べているうちに抽斎の、自己にない心の偉《おお》きさをみたと思ってよかろう。従来の研究では、このことは余り言及されていない。

「その二」の冒頭に「三十七年如一瞬。学医伝業薄才伸。栄枯窮達任天命。安楽換銭不患貧。」という抽斎の「述志の詩」を提示して、この長大な史伝は開かれていく。この詩に対し、鷗外は感想を、「抽斎は貧に安んじて、自家の材能を父祖伝来の医業の上に施してゐ」ると述べている。この鷗外の感想からすれば、二句の「薄才伸」は、自然のように思われるが、鷗外は、これを「反語」と断じて、「老驥櫪に伏すれども」、すなわち、年老いた駿馬が、「かいば桶」に頭を垂れていても、「志千里に在りと云ふ意が此中に蔵せられてゐる」と解釈している。鷗外のこの解釈には疑問がある。鷗外は四句を「志は未だ伸びないでもそこに安楽を得てゐた」とも書いている。もし抽斎に「志千里」在りとするならば、「志」が伸びないとき「安楽」を得ることが出来るのか、という卒直な疑問である。これだけでなく、鷗外は三句も二句と同じようにみている。「意を栄達に絶つて」いないと解釈する。とすると「安楽」との間に矛盾が生じはしないか。「薄才伸」を「反語」と解釈するのは無理ではないか。『渋江抽斎』全体を読んでみると、「志千里」とか「栄達」とかの、上昇意識は、抽斎には極めて薄いように感ぜざるを得ない。だからこそ、鷗外は、抽斎に好感を持ったのではなかったか。「その五十九」で、鷗外は、「抽斎の生涯を回顧」して「内に徳義を蓄へ、外誘惑を卻け、恒に己の地位に安んじて、時の到るを待つてゐた」と書いている。そして躋寿館の講師となったとき、「抽斎の将に再び徴されて辞せむとするを見た」と、むしろ上昇意識を否定している。そして、最も鷗外みずからその心境を欲したのは、次の抽斎の身の処し方ではなかったか。「進むべくして進み、辞すべくして辞する、その事に処するに綽々として余裕があつた」と。これこそ、抽斎の本領であった。そして、こうした水の流れのような精神こそ、当時の鷗外にとって最も望ましいものではなかったか。『渋江抽斎』の執筆を開始し、この「その五十九」にさしかかる頃、鷗外の進退は微妙なところにあった。医務局長退任を直前にして、鷗外の心境は極めて複雑であった。石黒忠悳から貴族院議員の話が持ち込まれ、鷗外は快諾と感謝の意を伝えていた。鷗外こそ、天命に任せながらも「意を栄達に絶」つことが出来なかったのである。抽斎の素直な心境を「反語」ととったのも、鷗外自身が己の心境をそこにみたからではなかったか。しかし、鷗外は、抽斎の「述志の詩」の主旨を栄達志向に置いてはいない。あくまでも、抽斎にある「安楽」の精神であったはずである。そして「進むべくして進み、辞すべくして辞する」、この「余裕」の精神であった。鷗外は座右の言葉とするべくこの抽斎の「述志の詩」を友人の中村不折に頼んで書いてもらい居間に懸けたと「その二」で書いている。鷗外にとって、この大正四年から七年ぐらいにかけては精神的動揺の多い時期であった。

いやでも鷗外は世俗の利害的意識にひき込まれるときであった。『渋江抽斎』の直前に書いた『高瀬舟』の主題は「知足の精神」、すなわち「足ることを知る精神」であった。これは〝与えられるままを得る〟という無欲とやすらぎの精神である。

考えてみると、「その五十九」の抽斎の「進むべくして進み、辞すべくして辞する、その事に処するに綽々として余裕があった」という平常心とぴったり一致するものであったと言ってよい。ここに、当時の鷗外が置かれた立場、つまり利害と無欲(平安)との葛藤を垣間みる。そうした利害を克服しようとして生きた人間として、抽斎の妻五百が形象されている。五百は十一、二歳で本丸に奉公したと言われる。幼くても膽力や武芸に勝れていたとも言われていた。何よりも心が寛く、太腹であった。五百が四十歳のとき、父忠兵衛の「妾」であった牧が抽斎夫婦の許に同居した。この父は、五百の母くみが十八歳のとき結婚、牧は齢上の二十歳であった。くみは四人の子供を生んだ後、「重聴」になり、そのうち亡くなった。ところが牧が母くみのことを度々「聾者」と呼んだことを、六、七歳になったとき五百は長兄から聞いてひどく憤った。以後、牧のことを「敵《かたき》」とも思い続けてきた。しかし、この牧が寄辺を失い五百の前に首《こうべ》を屈したとき、牧の世話を諾したのである。鷗外は「五百は怨に報ゆるに恩を以てして、牧の老を養ふことを許した」と書いている。「敵」と思ってきた女を終生世話をするという、この五百の豊かさ、寛かな精神を、鷗外は意図的に強調している。しかし、この五百が寛大さを発揮出来たのも、実は背後に恬淡としたより偉《おお》きい抽斎の精神があったからである。鷗外は、むろんそれを意識していたはずである。

新聞に『渋江抽斎』の連載が始まると、諸方から新資料の提供、誤りの指摘等があり、鷗外はこれを補訂するために、四角い特製のスクラップ帖に「その一」から最終回までの新聞を切り取り、初出文に手を入れた。時には紙を張り、文を追加したり、削除したり、朱と墨の流麗な筆で補訂がなされた。大正十二年四月刊行の『鷗外全集』第七巻（鷗外全集刊行会）に収載された『渋江抽斎』は、この補訂版による定本である。この「補訂版」を森潤三郎は「新聞切抜帖」と称んだ。ところが、昭和四十八年二月刊『鷗外全集』第十六巻所収『渋江抽斎』〈後記〉に、森潤三郎の「鷗外自身の加筆訂正が施された「新聞切抜帖」は今その所在が知れない」という言を掲載している。しかし、昭和五十七年三月、この「新聞切抜帖」が、反町弘文荘を経て、天理図書館に収蔵された。この時、同手法でなされた『伊沢蘭軒』『小嶋宝素』の「新聞切抜帖」も同じ「帙」に収められていた。この「切抜帖」の正式な名称は、次のごとくである。（『弘文荘敬愛書図録II』（昭57・3刊））

『渋江抽斎　森鷗外自筆増訂稿本　一帖
　鷗外全集原本
伊沢蘭軒　同　三帖
　付小島宝素』

私はかつて天理図書館報『ビブリア』の編集部から依頼を受け、新聞に発表した初出文と「切抜帖」との増訂状況を検索したことがある。（「渋江抽斎」『ビブリア』82号、昭59・5。「伊沢蘭軒」『ビブリア』98号、平4・5）『渋江抽斎』の増訂稿で特に注目した二つの例を挙げておきたい。

＊〔〈 〉初出にあったのが削除された部分。〔 〕貼紙・補筆
増訂された部分。行数。〕

「その十四」
蘭軒は蹇であつたので〈駕籠に乗つて館に出ることを許されてゐた。さて駕籠から降りて、蹣跚として廊下を行くと、〉〔館内で輦に乗ることを許されてゐた。さて輦から降りて、匍匐して君側に進むと、〕阿部家の奥女中が目を見合せて笑つた。

ここでは、鷗外の文章表現に対する鋭さが明確に把握出来る。伊沢蘭軒の風姿と当時置かれていた位相などへの細かい表現への配慮がみえる。初出では「蹇」であった蘭軒が、「駕籠」から降りて「蹣跚として」行くことになっている。それを鷗外は改訂で「駕籠」を「輦」とした。これで阿部家の蘭軒に対する待遇が初出より明確になると同時に、一種華やかで芝居じみたものになっている。しかも注目すべきは、「蹣跚」を「匍匐して」と改めたことである。ここで蘭軒の位相が全然違ったものとなっている。「匍匐」で悲惨さと同時に、人間的な凄味が出てくる。身体的欠缺の中で懸命に生きる蘭軒。「蹣跚」では出なかった蘭軒の勁さ。そして文章に生々しい緊張感が漂出する。あとに続く「奥女中が目を見合せて笑つた」が、この「匍匐」で確かな真実感をもつことになる。鷗外の文に対する鋭敏な感受性をみる思いがする。

右の、初出文削除、そして補筆は成功した例であるが、次の削除、補筆は失敗した例とみる。

「その八十三」

〈富田村は市街を離れた畑中で、そこに前後二列の長屋が建てられた。所謂前町後町である。渋江氏は後町に住むことになつた。矢川文一郎がためにも同じ列の家が一軒割り渡された。此等の家は決して来り住むものゝ意に適する居所ではなかつた。礼法を重んずる民も、戦乱の日に当つては、或はこれを忽にすることを免れない。況むや土地の人には、好奇心を抑へるヂスクレシヨンなどがあらう筈も無い。垣を踰えて入り、窓を破つて窺ふものは、日に幾人あるか知れない。甚だしきに至つては、酒を被つて室内に闖入するものさへある。しかもそれが皆親まなくてはならぬ同藩の士である。渋江氏では矢嶋優善が勤の場所に出て行つた跡で、かう云ふ速かざる客を見る毎に、五百は自ら制して強ひて笑ひつつも、已に名を東京と更めた故郷を、恋ひ慕はずにはゐられなかつた。〉

以上が初出文で全文削除された部分である。次の文が、この削除文に代り補筆された部分である。

〔富田新町、新寺町新割町、上白銀町、下白銀町、塩分町、茶畑町の六箇所に分れ住んだ。富田新町には江戸子町、新寺町新割町には大矢場、上白銀町には新屋敷の異名がある。富田新町には渋江氏の外、矢川文一郎、浅川玄隆が居り、新寺町新割町には比良野貞固、中村勇左衛門等が居り、下白銀町には矢川文内等が居り、塩分町には平井東堂等が居つた。〕

これは驚くべき悪改訂例である。

ここでは、大幅な削除があった。渋江氏が、江戸を引き揚げ、弘前に移り住んで来たときの状況について記述した箇所。初出文で削除されたところでは、「定府」の引き揚げ者たちは、「三箇所」に置かれたとあるに対し、「自訂稿」では「六箇所」に改められた。そして、誰が、どの住所に居住したという住所名の羅列に大幅に修正されたということである。初出では、「定府」の引き揚げ者たちの悲惨な生活の実態が生々しく描かれていた。これが全面削除されたのである。例えば、引き揚げ者たちの住んだ家は、「決して来り住むものゝ意に適する居所ではなかつた」と、弘前藩の「定府」者たちに対する一種の差別、虐待を書いている。また弘前藩士たちの「垣を踰えて入り、窓を破つて窺ふ」また「酒を被つて室内に闖入」するという常規を逸した粗暴な行為が描かれていた。恐らくこれが事実であったろう。また五百の哀しい心情も描いた。「五百は自ら制して強ひて笑ひつつも、已に名を東京と更めた故郷を、恋ひ慕はずにはゐられなかつた」と。ここには、生々しい時代の激動と、覆うことの出来ない人間の原姿が描出されていた。そして、「定府」者たちの弘前藩における位相の中に、歴史の真実と、渋江家の人たちの哀切な歴史も浮き彫りにされていた。これを支えていたのが、五百の苦渋に充ちた望郷の念であった。これを鷗外は一切消除してしまった。そして改訂文は、味気ない住所の羅列へと変じてしまったのである。なぜなのか。鷗外は、津軽人に配慮するところがあったのであろうか。

『渋江抽斎』については多くの文学者たちの讃辞がある。永井荷風は、「文芸の傑作」たる主要な因として文体の素晴らしさを次のように挙げている。「言文一致の体裁を採りて能く漢文古典の品致と余韻とを具備せしめ、又同時に西洋近代の詩文に窺ふべき鋭敏なる威光と生彩とに富ましめたり」（『麻布襍記』大13　春陽堂）。「品致と余韻」、そして「鋭敏」と「威光」と、『渋江抽斎』の文体を絶讃している。ついでに付加すれば、荷風が自宅の四畳間で亡くなったとき（昭34・4・30）駆けつけた杏奴の夫、小堀四郎は、その生々しい状況をスケッチした。そのとき、荷風の枕頭に『鷗外全集』の『渋江抽斎』の一頁が開かれていた。小堀の画は、それを捉えている。（『鷗外の遺産』3　平18・6　幻戯書房）石川淳も「古今一流の大文章」（「森鷗外」昭43『石川淳全集』筑摩書房）と手放しである。確かに総体的には賛成せざるを得ない。そうした讃辞を得るには、発表後、みずから新聞から切りとり、再度、削除、補筆、増訂の作業を行っていたことを知らなければならない。しかし、その中でも荷風も石川淳も知るよしもなかった、例に示したような、失敗とみてもいいような改訂もあったことを提示しておきたい。

ここでもう一言、柴口順一氏（「『伊沢蘭軒』と『北条霞亭』」）は『渋江抽斎』が『伊沢蘭軒』と決定的に違う点として「明らかに物語的表現としか捉えられない記述が、この作品には大量に存在していた点」を挙げている。「大量」と言えるかどうか、もう少し慎重を要すると思うが、『伊沢蘭軒』との比較で言えば確かに「物語性」は多いと認めざるを得ない。しかし、柴口氏は、「歴史小説から『渋江抽斎』までを見てきたような連続として捉えるならば」云々（「鷗外の作品」『講座森鷗外』2　平9）と述べていることである。『伊沢蘭軒』より「物語性」が多いと言っても『渋江抽斎』を、他の歴史小説と同じ「連続」として捉えるのはどうかと思う。『渋江抽斎』は決して挿話が中心ではない。「その一」から「その百十九」までに記述されているものは、圧倒的に、資料重視の、事実そのままの記録である。いわゆる歴史小説とはその点、明らかに違うということは明白である。

事実の資料を巧みに積み上げることにより、江戸末期に生きた、無名で、しかも優れた医者にして考証学者たる人物と、その周辺に生きた庶民の世界を再構築したと言ってよい。『伊沢蘭軒』の「その二十」に「わたくしが渋江抽斎のために長文を書いたのを見て、無用の人を伝したと云ひ、これを老人が骨董を掘り出すに比した学者」がいると称ばれたことを書いているが、恐らくこの「学者」は、抽斎の豊潤な世界を「骨董」としかみることが出来ない稚拙な鑑識眼しかもち合わせていなかった人であったのであろう。

『伊沢蘭軒』

『伊沢蘭軒』は、大正五年六月二十五日〜同六年九月五日付『東京日日新聞』および『大阪毎日新聞』に発表された。

伊沢蘭軒は言うまでもなく、渋江抽斎が十歳（文化十一年）のとき入門した医学の師であった。そのとき蘭軒は三十七歳の働き盛りである。蘭軒の系譜については後で述べるが、蘭軒は福山藩の江戸在勤の医者であった。むろん、それだけでなく、儒学、本草学のそれぞれの師であり、、他に校讎家、医書の蒐集家、そして文献学者でもあった。文芸においては、漢詩人としても多くの漢詩を詠じている。福山藩の阿部氏には父の信階から仕え、以後蘭軒の嗣子榛軒、三男柏軒、榛軒の嗣子棠軒まで続いた。蘭軒に特筆すべきは、生涯「足疾」で苦しんだことである。十七歳頃からその徴候が出て、三十七歳で、足がまったく不自由となり、以後十六年間、死ぬまでその不自由な状況のまま生きた。福山藩では、享和三年（一八〇三）正倫が没して正精が後を継いだ。正精は、早くから蘭軒を友人の如く遇し、父信階と同じように藩の奥医師に任じた。しかし、後に、体の不調を訴える蘭軒の願を入れ、表医師に遷ることを許している。これは形の上では左遷であるが、正精の蘭軒に対する思い遣りでもあった。

蘭軒は安永六年（一七七七）十一月に生まれ、文政十二年（一八二九）三月に没している。幼年期には、泉豊洲の門に入り早くから学問を学んだ。同窓には、後に縁戚となる狩谷棭斎がいた。蘭軒の医学の師は、目黒道琢、武田叔父であり、本草学は太田太洲である。正精は文政二年（一八一九）に蘭軒を「儒官」に任じた。そこで「儒官にして医官」という栄誉ある地位に就いた。蘭軒は文化三年（一八〇六）五月、「足疾」が比較的軽微なとき、片道四十六日を費やし、「長崎旅行」を実施している。蘭軒、三十歳のときである。この経験は、『長崎紀行』として記録されている。蘭軒は蹇になってからでも、江戸の文化人たちとの交流は繁く、よく隅田川での舟遊びにも興じた。花卉を愛玩し、特に猫を可愛がった。つまり、身体の障害を苦にせず明るく生きることに努めた。蘭軒には子供が八人いた。嗣子榛軒、二男常三郎、三男柏軒、長女天津《てつ》、二女知貌童女、三女長、四女順、五女萬知である。これらのうち、榛軒、柏軒、順の三人以外は、夭逝している。蘭軒の妻益は、同じ文政十二年二月、夫に先立つこと四十二日、四十七歳で没した。蘭軒は五十三歳で没している。

系譜的には、伊沢家には四家がある。一は「旗本伊沢」、これを「総宗家」と称ぶ。二は、「総宗家」四世の正久の庶子で蘭軒の高祖父たる有信の立てた家。これが「宗家」である。現存（大正五年）当主は信平である。三は、「宗家」の四世信階が、いったん「宗家」を継いだ後に分立したものである。これがいわゆる「分家」である。この信階の嗣子が蘭軒であり、現存の当主は徳《めぐむ》である。四は、蘭軒の子柏軒が分立した家で、これを「又分家」と称ぶ。現存の当主は信治である。「総宗家」の系図をみると、新羅三郎義光から出て十八代目の信虎を経て晴信に至る。春信（機山信玄）から、さらに六代を経て正重に至る。この正重をもって「旗本伊沢」の初代となる。この吉兵衛正重は天文十年（一五四一）三河国で生まれ慶長十二年（一六〇七）二月、六十七歳で没している。「旗本伊沢」の初代正重の生年と、蘭軒の生年を計算すると、二三六年となる。随分古い家柄ということである。「旗本伊沢」は「正保」中（一六四四〜一六四七）は鷹匠町、「延宝」中（一六七三〜一六八〇）以後は、鼠穴に住み、千五百五十三石から三千八百石に至ったという。

蘭軒の高祖有信は「旗本伊沢」の妾腹の子として生まれ、麻生の長谷寺に預けられた。成人して「貨殖」を志し、実業に携り、盛況となったが、「甥」が遊惰により科を犯し、有信が賠償したため産を傾けた。失意のうち、享保十八年（一七三三）有信は五十三歳で没し、二代信政が二十一歳で跡を継いだ。この信政は賢実な人間で学問をして町医者となった。伊沢氏が医家であり、学者であり、蒐書家となったのは、この信政から始まったのである。信政の嗣子は信栄であったが、短命、そこで、祖父たる信政は、信栄の妹會能に婿をとった。それが蘭軒の父信階である。以上、伊沢氏の「家譜」を識るために、鷗外は、伊沢徳の『蘭軒略伝乃至歴世略伝』を参考にしたことを明らかにしている。

鷗外は、『伊沢蘭軒』の内容を端的に次のように述べている。

「わたくしは伊沢蘭軒の事蹟を叙して其子孫に及び、最後に今茲丁巳に現存せる後裔を数へた」（「その三百六十九」）と。

鷗外は、この作品で、蘭軒の「現存せる後裔」まで追跡した点では『渋江抽斎』も同じであるが、「旗本伊沢」初代正重の生年、天文十年から、「現存せる後裔」（大正五年現在）徳まで、その長さを計算してみると、「三七五年」もあるということである。しかし、蘭軒の生年から大正五年までを計算すると、「一三九年」である。これだけでも、一族の壮大で貴重な記録と言わねばなるまい。

この作品は、「その一」から「その百九十三」までを「蘭軒生前」とし、「その百九十四」から「その三百七十一」までを「蘭軒没後」と大きく二つに分けている。その点も『渋江抽斎』と同じである。仮りに前者を(I)とし、後者を(II)としたい。

(I)は、基本的には、蘭軒と、菅茶山、頼山陽との交流を主軸にして、蘭軒の生活、その他が書かれている。蘭軒の家譜、長崎旅行、足疾から蹇へ、藩主阿部家、池田京水、北条霞亭、子供達の成長、蘭軒の死等。

(II)は基本的には「没後何年」という形を踏襲しているが、『渋江抽斎』ほど厳密ではない。〈蘭軒没後〉であるから、当然、嗣子榛軒、三男柏軒、それに榛軒の嗣子棠軒の活動や生活が記されている。この三人が軸である。(II)は、文化十三年（一八一五）「没後一年」から書かれ、その間、榛軒、柏軒の死、老中阿部正弘、ペリー黒船来航、蘭医か漢医か、棠軒と、長洲征伐、戊辰戦争、棠軒の死、本作品への執筆態度、方法等。

鷗外は、この作品を書くに、『渋江抽斎』のときよりも難であることを告白している。なぜなら、『渋江抽斎』のときは、実子渋江保の書いた資料を鷗外が使うことが出来たが、『伊沢蘭軒』の場合、「分家」の徳、「宗家」の信平から出された蘭軒の資料は和田萬吉『集書家伊沢蘭軒翁略伝』ですでに使用されている。このことを言うに、これを鷗外は「主なる材料は、和田さんが既に用ゐ尽している」（「その二」）と悲痛にも聞こえる声を発している。従って伊沢蘭軒についての「求め得べき材料」は「選屑に過ぎない」と書き、そのため八十二歳で現存する蘭軒の孫、おそのの「談片」は「金粉玉屑」であるとも述べている。それに従来、伊沢氏について書かれた書は、すべて編年体をとってないということ。これも鷗外に難を与えた。この資料不足が、『伊沢蘭軒』全体の緊張感を削ぐことにもなっている。鷗外は「わたくしの稿本は空白の多きに堪へぬであらう」（「その二」）と書いたが、どうやらそれは当ったようである。本作品を書くに、鷗外の筆は、処々で息切れをしていることは否めない。そして蘭軒や棠軒などの旅行記をそのまま引用しているが、特に最後尾の戊辰戦争に参じた『棠軒従軍日記』などは、内容に乏しく、この大冊の終末の記述としては据りが悪いことも事実である。鷗外は、資料に、より忠実たろうとして、しかも、その資料の乏しさに苦渋したことが『伊沢蘭軒』には歴然としてあらわれていることを認めねばなるまい。

伊沢蘭軒という人間を考えるとき、重要なことは、若くして「足疾」となり、三十七歳にして遂に「蹇」となったという悲惨な身体状況のことである。鷗外は、『伊沢蘭軒』では、それをことさら強調してはいないが、晩年までの行動、生活の中で、蘭軒にとって常に「足疾」がつきまとっていたことを自然な形で書いている。なぜ「足疾」になったのか、その原因は書いていない。進行性の病気であったことは「蹇」になることで解る。比較的「足疾」が軽微なとき、長崎に行き、十五カ月以上、江戸を離れていた。長崎から帰って一年余経ち、足痛を訴えるようになる。湯島の湯治にも行った。最も親交の深かった茶山の文化七年八月二十八日の蘭軒に与えた手紙に「御病気いかが。死なぬ病と承候故、念慮にも不掛と申程に御座候ひき

（略）」とある。「足疾」は確かに「死なぬ病」ではある。暢気な書き振りからみると、糖尿病の合併症ではなかったようである。文化十三年（一八一六）五月、蘭軒は遂に「蹇」となり阿部家に対し「轎」に乗る許可を願い出て許されている。

文政九年八月、阿部正寧が後を継いでから、蘭軒は、足掛四年間阿部家の館に出入りした。このときの「蹇」の状況については、すでに、『渋江抽斎』の項で触れているが、『伊沢蘭軒』では、さらに詳しく、次のように書いている。

初め蘭軒は病後に館に上つた時、玄関から匍匐《ほふく》して進んだ。既にして輦《てぐるま》に乗ることを許された。後には蘭軒の轎《かご》が玄関に到ると、侍数人が轎の前に集り、円い座布団の上に胡坐《ござ》してゐる蘭軒を、布団籠《ふとんごめ》に手舁《てがき》にして君前に進み、そこに安置した。此の如くにして蘭軒は或は侯の病を診し、或は侯のために書を講じた。蘭軒は平生より褌《こん》を著《つ》くることを嫌つた。そして久しく侯の前にあつて、時に衣の鬆開《そうかい》したのを暁《さと》らずにゐた。（「その七十七」）

『渋江抽斎』で「駕」を「輦」に、「蹣跚」を「匍匐」に改訂したのをそのまま踏襲しているが、ただし「駕」を「轎」に直している。「蹇」の蘭軒が藩主の前にどうして伺候するのか、『渋江抽斎』では不詳であったが、『伊沢蘭軒』では、「侍数人」が、「轎」の中の座布団に「胡座」している蘭軒を、そのまま「布団籠」にして、「君前」に「安置」したとある。蘭軒に対しては、特別の配慮があったようである。『渋江抽斎』で「匍匐」して「君側」に進む蘭軒をみて「阿部家の奥女中が目を見合せて笑つた」と書いた鷗外は、『伊沢蘭軒』ではこの奥女中達の非常識な挙措を完全に削除している。これによって、蘭軒の悲惨さが、かなり軽減されたように思える。鷗外は、この「蹇」という障害を全体でみるとことさら強調はしていない。しかし、読む者は、結果的に、蘭軒の挙措が発する哀しさと、そして、それを超えて明るく生きようとする蘭軒の勁さを感じてしまう。これは『渋江抽斎』にない感銘である。

鷗外は「その三百六十九」で、次のような重要な事を述べている。

わたくしは古今幾多の伝記を読んで慊《あきた》らざるものがあつた故に、窃《ひそか》に発起する所があつて、自ら揣《はか》らずしてこれに着手した。是はわたくしの試験である。

わたくしは此試験を行ふに当つて、前に渋江抽斎より始め、今又次ぐに伊沢蘭軒を以てした。抽斎はわたくしの偶《たまたま》邂逅した人物である。此人物は学界の等閑視する所でありながら、わたくしに感動を与ふることが頗《すこぶる》大であつた。蘭軒は抽斎の師である。抽斎よりして蘭軒に及んだのは、流に遡つて源を討ねたのである。わたくしは学界の等閑視する所の人物を以て、幾多価値の判断に侵蝕せられざる好き対象となした。わたくしは自家の感動を受くること大なる人物を以て、著作上の耐忍を培ふに宜しき好き資料となした。

以上はわたくしが此の如き著作を敢てした理由の一面であ

る。

右で述べていることは、「古今幾多の伝記を読んで慊ら」なかった、だから自ら今迄にない伝記を書くということであろう。これは冒険であるが、鷗外は、この挑戦を「試験」とよんでいる。その「試験」の対象として渋江抽斎と伊沢蘭軒が選択されたことになる。抽斎は「等閑視」されながら、私に「感動」を与えた人物、蘭軒は、その抽斎の師である。従って「流に溯つて源を討ね」ることに意義を感じている。そしてもう一つ大事なことは、学界で「等閑視」された故に、「幾多価値の判断に侵蝕」されてない、まさに新鮮な対象ということである。

二人の隠れた人材が、初めて鷗外によって拓かれ、世に出される、ここに執筆者としての意義を感じたようである。

具体的に『伊沢蘭軒』執筆への動きを書簡でみてみよう。『渋江抽斎』連載中に、以下、すべて渋江保に送ったものである。

○大正五年四月二十七日、「暫時無音仕候抽斎伝ハ百十位ニテ完結イタシ候サテ蘭軒ニ入ルマヘノツナギニハ「寿阿弥」ヲ少シ書キ候」。

「抽斎伝ハ百十位」と書いているが、「その百十九」まで延びている。「寿阿弥」は「抽斎伝」を書く前の「ツナギ」だと述べているが、さきの『伊沢蘭軒』の「その三百六十九」で、「此試験を行ふに当つて、前に渋江抽斎より始め（略）伊沢蘭軒を以てした」とあるように、『伊沢蘭軒』は『渋江抽斎』執筆中に企図されたと言うより「試験」に挑戦するべく、すでに『渋江抽斎』執筆準備の段階で、蘭軒の資料も蒐め、十分執筆に足る対象と理解していたようである。

○大正五年（一九一六）四月二十九日。「乙女様筆蘭軒像難有頂戴仕候（略）」。

「乙女」とは、保の三女で、鏑木清方に絵を学んでいる。乙女が蘭軒の肖像画を描いた。それを保が鷗外に贈ったことが解る。

○大正五年五月六日。「蘭軒一家ノ〓切角筋立工夫中ニ候ドウモ年月日ノシカトシタル事件少キユエ抽斎伝トハ書キ方ヲ別ニスル必要有之カト存候○乙女様筆蘭軒像表装ニ遣候」。

やはり、蘭軒の場合、資料不足であったことは処々で述べているが、この書簡にもそれがみえる。鷗外の一種の焦りでもある。当然、「抽斎トハ書キ方ヲ別ニスル必要有」、と『伊沢蘭軒』連載開始約五十日前に書いている。もう一つ、乙女の描いた蘭軒像を表装に出したという文言も見落せまい。

○大正五年五月二十日。「拝啓抽斎先生伝ヤウ〳〵完結イタシ候次ハ寿阿弥ニ付思付ノ〓アラバ従前通リ御申越被下度候○蘭軒ハ極力研究イタシ居又文書ハ写シ取居候」。

この手紙は、『渋江抽斎』完結後一週間経ってのものである。『寿阿弥』についても保に資料を頼み、『伊沢蘭軒』は「極力研究イタシ」と、気合の感じられる内容である。

次は、既に『伊沢蘭軒』の連載に入り五十日位経っての手紙である。

○大正五年八月十日。「マダ蘭軒時代ガナカ〳〵ツヾキ候ヘバ特ニ御急キニハ及不申候大ブワカラヌ人名有之候ニ付モシヤ御聞及ハナキカト書抜サシ上御心当リナクハワザ〳〵御返事ニハ及不申候」。

『伊沢蘭軒』執筆中「大ブワカラヌ人名有之候」と保に「心当り」を聞いている。『渋江抽斎』のときと違って、資料不足に困苦し、やはり、保に頼っていることが解る。それだけ『渋江抽斎』の場合は、資料がしっかりしていたということでもあろう。

江戸後期に生きた医者にして学者たる伊沢蘭軒という一知識人の追尋、それに主人公の周辺にいた優れた知識人や庶民の日常生活の記録。これらをみると、それ自体「江戸史」の別巻たる役割を任っていることが理解される。さらに言えば、これらの人物たちが、すなわち、山陽、茶山、蘭軒らの漢詩、書簡の注釈や解釈の中に、江戸時代後期の〝真実〟を垣間みることも少なくない。正直なところ、より客観的に書かれようとするが故に、鷗外の言う「文の長きに倦」む（「その三百七十」）ときもある。しかし、そうした中で、時折、興味、関心をそそられる「話題」がある。実は、これこそ大事な「蘭軒の世界」なのである。紙数の関係で、若干を左に紹介、検討してみたい。

蘭軒没後六年目、天保六年（一八三五）柏軒は、狩谷棭斎の二女俊を娶った。すでに春を「妾」としていた。俊はまた、たかとも称ばれていた。このたかは、国文や中国の典籍にも通じ、「假名の散らし書」は、蘭軒の姉正宗院や渋江抽斎の妻五百と並んで、その美しさは歎賞すべきものがあった。たかは早くから「今小納言」と称せられ、五百は「新小納言」と称ばれていたという。たかは、五百より七歳年長であった。鷗外が、特に力を入れて述べていることは、たかが、自ら薦めて柏軒に嫁したことである。渋江保の、『抽斎日乗』の中に、柏軒たかの華燭を賀した詩歌もあったが、「文字の稍褻《せつ》に亘つたもの」もあった。つまり、「女のしかけた恋」というような意の俗謡をみたことを語っている。鷗外は「その二百十七」で「たかの性行中」に「所謂新しき女の面影を認」めると書き、五百とともに、「自ら夫を択んだ女」と規定し、「新しき女は明治大正」になって初めて出たものではなく、昔からあったと書いているとは、すでに『安井夫人』の項でも引用して述べたことである。

頼山陽の死のこと。『渋江抽斎』『伊沢蘭軒』等には、数多くの人間の死が記述されている。それぞれ死の状況は、その人間の運命を自然にあらわしている。本作品でも、主要人物六人の死がある。その順番は、茶山（文政七年　一八二四）、蘭軒（文政十二年　一八二九）、山陽（天保三年　一八三二）、榛軒（嘉永五年　一八五二）、柏軒（文久三年　一八六三）、棠軒（明治八年　一八七五）となる。紙数の関係で、茶山、蘭軒、それに山陽の死をとりあげておきたい。

菅茶山は、文政七年（一八二四）十二月、読書中に死亡している。死因は「嗝噎」と鷗外は「行状」によって知っている。しかし、当時病床に侍した人の記録はなく確定は出来ないとしながらも、「食道癌若くは胃癌」で没したと推定している。蘭軒は翌年八月、茶山の死に撞著した。茶山集の最尾に「臨終訣妹姪《まいてつ》」とあることに注目、鷗外も、この詩を読んで「瞿然」としたと書いている。そして鷗外は、「妹姪は未だその誰々たるかを知らない」と書き、茶山の孤独感を強調しているかにみえる。茶山、蘭軒、頼春水（山陽の父）の三人は極めて親密であった。また茶山は山陽の師でもあった。茶山の重篤を知った山陽は、京都より江戸に参じたが、葬儀にも間に合わなかった。蘭軒は、「蹇」ながら文政十一年（一八二八）に小旅行をしている。翌十二年、凶が続く。二月に次男常三郎が夭逝。その三日後に蘭軒の妻益が没した。そして三月に蘭軒は没している。十七年の辛い蹇の生活であった。死は急激であったそうで、「熱病」と鷗外は推定している。

頼山陽の死の状況は極めてミステリアスである。

その臨終の状を、江木鰐水は、詳しく記述し、その中で「不脱眼而瞑」と書いている。また「然猶著眼鏡。手政記」なる語もある。江木は、山陽が死に際し、「政記」を手に持ち、眼鏡をかけていたと書いたのである。この江木の書いた「不脱眼而瞑」は、従来、絶対的な定説になっていた。これに鷗外は反論した。江木に情報を与えた森田節斎も江木も現場にいなかったという事実を重視。その代り臨終の場にいた山陽の妻里恵の書牘のみに真実をみようとした。鷗外は、その里恵の書牘を、「その二百六」に引用、説明している。里恵の書牘によると、臨終の場には、関五郎（関藤藤陰）という『日本政記』の校訂者と里恵だけがいた。関五郎は十日前位から山陽に命じられて『日本政記』の整理に着手し、二十三日に「詩文題跋」が完成、病床の山陽に示した。その間、里恵は、山陽の「むねをさすり居候」と書く。山陽の最後の言葉は、「うしろにゐるのは五郎か」という言葉であったことも里恵の書牘で明らかになった。これで真相は解明された。山陽は決して読書する状況になく、病床で死を待つだけの重篤なものであったことである。鷗外は、これから「山陽の死」を叙する者は「鰐水を捨てて里恵を取らなくてはならない」と書いている。ここにも「史伝」を書く鷗外の厳正な基本姿勢をみることが出来よう。

阿部正弘のこと。蘭軒没後二十四年目。伊沢家では棠軒（二十歳）が家督相続をし、五月、阿部正弘の表医師となった。正弘は、老中に任じられ、すでに十一年目、幕府の財政の責任者から、今や海岸防禦事務取扱（海防係）として外交の衝に当っていた。三十五歳であった。棠軒が侍医を拝命したのは、ペリー艦隊が浦賀に入る前月である。此月、五月十四日、棠軒は、妻柏《かえ》、柏軒の妻俊、狩谷懐之らと向嶋に遊楽に出掛けていた。正弘が幕府の第一線で、黒船と対峙しているとき、その侍医の棠軒一族は向嶋に遊ぶという奇妙な現象の起きる時代を、このエピソードは伝えている。

さて、国家の危急に辛苦していた老中首席の阿部伊勢守正弘は、安政四年（一八五七）六月、この世を去った。三十九歳の若さである。正弘の病気は、柏軒にとっては藩主でもあるので、終始、治療に任じた。正弘も柏軒を信頼していた。正弘が重篤にあるとき、福井藩主松平慶永は、蘭医方を用いようとした。鷗外は、この正弘の病中に強く注目している。この時期、政治においては「鎖国開国の岐《ちまた》に臨んでゐた」。これと同じように、国の「医方」も「漢方洋方の岐に臨んでゐた」のである。しかし、正弘は、「医方」においては「漢法」を重視していた。この安政四年という年は、日本にとって重要な岐路にあり、開国か鎖国かという政治論を、医学分野に移すと、まさに蘭医学か、漢医学かと言うことになる。正弘は基本的には保守主義で、「古きを棄てて新しきに就かなかつた」のである。しかし、幕府事務方のトップにしてこうであったから、蘭学を許容するということは、並大抵のことではなかった。だが、ここで特筆すべきは、鷗外をはぐくんだ津和野藩である。嘉永元年（一八四八）に、藩校「養老館」のカリキュラムの中にすでに蘭医科と国学を取り入れていることはすでに触れた。正弘の病気治療に対し、蘭医か漢医かと議論しているときからすでに、十年前に津和野藩は、正式に蘭医学を藩の子弟に学ばせていたという事実を確認しておかなければならない。

この「話題」は、日本近代医学が生成されていく過程を示すものであり、それが壌夷（鎖国）と開国という政治的闘争と結びついていたことを明らかにする重要な証言でもある。そして、この中に、津和野藩の蘭医学への先進的意識を入れてみることにより、いかに津和野藩が進んでいたかも証明出来ることである。

棠軒は、慶応二年（一八六六）蘭軒没後三十七年、福山藩阿部正方の軍に従って、第二次長州征伐に出陣した。福山軍は、六月十三日、石見の粕淵まで進んだが、鷗外は、その後を「正方は此より軍を旋《めぐら》し、七月二十三日に福山に還った」と書く。理由は「正方は軍中に病んだ」とある。以後、長州征伐のことは一言も出て来ない。この鷗外の書き方では福山藩は正方とともに、石見から一切撤退したかのように受けとめられる。しかし、矢富熊一郎『四境戦争　石州口乃戦』(昭52・7　柏村印刷発行)をみると、福山藩主阿部主計頭正方は、八百人の兵を率い、備後の三次に出陣、六月初旬、粕淵村へ出張、本陣を林章九郎の邸に構え、「阿部主計頭出陣地」なる高札を三カ所にかかげ、その威儀は地民に向って畏服させるものがあった、と書いている。正方が病気になったのは事実であるが、矢富氏の本では、「軍を施し(略)福山に還った」と書いた鷗外文と違い、「余儀なく、家老内藤覚右衛門を統帥として、手兵をゆだねた。」と書き、福山軍は以後、浜田藩領の益田に出て、浜田藩兵とともに長州軍と戦い、悲惨にも敗走したことを詳しく書いている。鷗外の書き方では、正方とともに福山軍は長州征伐から手を引いたようにみうけられる。これも資料不足の結果か。

それから、明治元年の一月九日に、「長州藩の兵が福山城を襲ひ棠軒は入城した」と鷗外は書き、さらに『公私略』の文を引いている。部分をみてみよう。「長藩兵勤王。以阿部氏為徳川氏旧属。路次卒福山城」とある。勤王軍の長州藩兵が、徳川氏に属する阿部氏の居城を囲んだということか。そして「入敵軍。往復弁論。遂明名義。確立誓約。」とある。この後の文は話題が変り、右の漢文の説明は一切なしで、しばらくして、棠軒ら福山藩は津軽藩応援のため、奥羽に向かうことになる。なぜ福山藩は奥羽に転戦するのか。まだ幕軍側なのか、それとも官軍側になったのか、この記述がなく余程注意力のある人しか解らないのではないか。長州征伐で石見に出撃したとき、福山藩は明らかに幕府側であった。しかし、福山城を長州軍に囲まれたとき、福山藩は幕府を捨て、勤王軍、すなわち官軍に帰順したのである。それを示すのは、右の『公私略』の末尾にある「遂明名義。確立誓約。」という言句なのである。しかし、鷗外はこの言句の引用だけに終り、この福山藩が勤王を誓い、官軍に帰順したことを一切説明していない。この重大な福山藩の態度変質は、鷗外の文で明確にしておかなければならないことではなかったか。資料に語らせるのはいいが、こんなところに落し穴があると言ってよかろう。この戊辰戦争のため、東北に転戦した棠軒は、『棠軒従軍日記』なるものを残している。

鷗外は、一戸隆次郎『榎本武揚子』(文淵堂所蔵)とともに、この二つの「手記」をほとんどそのまま引用し、戊辰戦争時の東北、函館戦争を兵の側からみた貴重な記録として提示している。鷗外は、陸軍省に入った翌年、明治十五年(一八八二)十月二日の『後北游日乗』に箱館に行き、「五稜郭を観たり」と書いている。この『棠軒日記』をみたとき、この若き日に観た「五稜郭」を想い出したであろうか。

棠軒は戊辰の年、阿部正方の死の後を継いだ正桓《まさたけ》に従って、十月二日、備後の鞆《とも》を発ち、日本海を北に向かい、二十日に箱館に着いている。この棠軒の記をみると、既に十一月六日に福山兵は函館から青森、油川村に退き、ここに百日余も滞在し、戦闘らしい動きは一つもなく、ただ「罪人解体」が青森大病院であったことを記しているのが興味をひくぐらいである。三月十日出発、十四日に弘前城下に着し、その翌日、渋江抽斎未亡人を訪ね、饗を受けている。

鷗外と土方歳三

鷗外が引用している『一戸隆次郎の記』の中に、新選組の土方歳三に関する次のような記述がある。明治元年十月二十三日、「土方歳三は一軍に将として、星恂太郎、春日左衛門等と（略）川吸峠を踰えて函館に入り、大野に陣取りける時、彰義隊の残党等も来つて土方が隊に合し、七重村の官兵を襲」う。また「土方等直ちに七重村を占領しぬ、清水谷府知事は官軍の利あらざるを見て、五稜郭を逃れ出で、函館に赴き、普魯西の蒸気船に乗つて津軽に赴」く。

明治二年四月九日の、中野香亭の記では、「（略）土方歳三拒二股。大鳥圭介拒木古内。戦尤烈」とある。また『一戸隆次郎の記』では、四月十四日「是日名古屋、津軽、松前の諸藩兵が土方歳三、古屋作左衛門等の兵と戦った」とあり、さらに五月六日には「木子内及二股之賊敗走」とある。福山藩兵ら政府軍は「二股口」を進行ルートとして進撃、「木古内口」も加えて三方から函館を目指した。土方歳三らは「二股口」に出陣、至近距離で銃撃戦を展開したが、五月一日、土方は、弁天台場に撤退した。政府軍は勢いにのり、五月十一日、総攻撃を敢行、この日、乗馬していた土方歳三は銃弾を受け落命した。『一戸日記』には、この日、土方の記述はない。これらの「手記」は新選組の土方歳三の、青森、函館戦争での戦闘状況を記した隠れた貴重な資料であろう。これらの記事に、もはや「新選組」副長という肩書ではなく、この時期には、土方は一部隊の指揮官として名を馳せていた。新選組が、一般的に名を知られるようになったのは、昭和三年、最初の「維新ブーム」のとき、子母沢寛『新選組始末記』が七月に刊行されたことによる、と綱淵謙錠（司馬遼太郎『新選組血風録』、「解説」昭50　中央公論社）は述べている。この『伊沢蘭軒』にある、余りにも違う世界に生きた鷗外と土方歳三の組み合わせは、驚き以外にない。鷗外はそもそも「新選組」なるものを知っていたのであろうか。まして『伊沢蘭軒』の資料に登場し、鷗外みずから書き写している土方歳三なる人物が、幕末、京都で勤王の志士たちを暗殺することを仕事にしていた集団の幹部であったことを知るよしもなかったであろう。

棠軒らは明治二年五月二十五日、函館を出航、六月九日に鞆津に着している。この棠軒の「従軍記」を最終部にもってきたことは、記録的には貴重なものを含むとしても、一つの作品としてみた場合、資料そのものに活気がないために、据りとして軽い感じは否めないのではないか。

「その二」で鷗外は、前述したように「主なる材料は、和田さんが既に用ゐ尽してゐる」と述べ、「その三」で、蘭軒に関する資料は、他者にほとんど使われている、故に使った人と「同じ源を酌まなくてはならない」とも述べていることは触れた。つまり資料はどうしても、今迄と同じ資料を参照しなければならない、それで鷗外は固有の方法を考えた。それは、資料の「扱方」である。この「扱方」を鷗外は「無態度の態度」と称した。

さて、ここで再度確認しておきたいのは、「その三百六十九」で、鷗外は、「伊沢蘭軒」または「渋江抽斎」を執筆対象として選んだのは、「幾多価値の判断に侵蝕」されていないことを挙げている。このことと、資料を「用ゐ尽」されていることとは別のことであることを認識していることである。鷗外は、「その三百六十九」で、「古今幾多の伝記を読んで慊らざるものがあつた」と述べ、同じ資料を使っても鷗外が納得出来得る「伝記」は従来からないということを強調している。ここに鷗外流の資料の「扱方」が意義を持つことになる。

ここに鷗外史伝の真髄がある。同じ資料を使っても「主観」に堕ちた造られた「伝記」は認め難い。だから「無態度の態度」というのは、鷗外が史伝を書く独特の方法であり「主観」を極力排し、資料に語らしめるということ、これが鷗外の言う「扱方」なのである。例えば、「その八十八」で、「京水の実父玄俊とは何人ぞ」と問い掛け、過去帳に一抹の疑問を持つ。しかし、鷗外はこれ以上動かない。「わたくしは此より進んで議論することを欲せない。言ふところの臆測に堕ちむことを恐るゝからである」と述べる。「臆測」を進めると「主観」に堕ちてしまう。もう一例、「その九十三」で、極めて親密であった菅茶山の古稀に、他の多くと違い、蘭軒は珍らしく「寿詞」を贈らなかった。しかし、鷗外は「臆測」を排したのである。「物語性」のややみえる『渋江抽斎』とはここが違う。あの渋江保に送った書簡の中で、「抽斎伝ト ハ書キ方ヲ別ニスル」（大5・5・6）という言句を想い出す。ともあれ、「無態度の態度」を通したことが、プラスとマイナスをもたらしたことは否定できまい。しかし、この『伊沢蘭軒』の価値は、書かれた世界にもある。『渋江抽斎』では、江戸と津軽という範囲に限定されたものであるが、『伊沢蘭軒』は、その範囲が巨きい。人間関係も蘭軒から孫の棠軒までを中心に実に多彩。その上、江戸末期、開国を迫まるペリーと対峙して苦吟した老中阿部正弘の藩に生きた蘭軒一族の活躍や生活には、歴史的価値もある。

小堀桂一郎氏は、『伊沢蘭軒』を他の『渋江抽斎』『北条霞亭』より第一位に置いていることはともかく、「幕末期の日本社会の精神史と呼ぶにふさわしい高い次元のもの」(『森鷗外―文業解題〈創作篇〉』)と賞しているが、この意見に反対する理由はない。

『北条霞亭』

『北条霞亭』は、大正六年十月三十日〜十二月二十六日付『東京日日新聞』および『大阪毎日新聞』に発表され、一時中断の後、大正七年二月〜九月まで『帝国文学』に掲載されたが、雑誌廃刊のため、再び中断された。

本稿は、北条霞亭の生涯を編年体式で纏めたものである。『北条霞亭』は、そのベースは編年体方式で書かれているが、紀伝体方式も複合され、読む者にとって、その世界が直ちに理解されるとは限らない。その上、「材」が霞亭の「書牘」(書簡)であり、それの注解、解読、説明という体裁をとっているので、「年月」と「事象」との関係が、不明確になったり、錯綜したりする場面も多々ある。そこで、霞亭の生涯を本文から簡潔に整理してみた。従って、必ずしも、本稿は、この作品そのものの流れを意味していない。

北条霞亭は、学問の府たる京都や江戸で生を享けた人ではない。その点、渋江抽斎の生地が津軽という地方出身者である点は似ているが、霞亭は、伊勢志摩の漁村で生を享け、別に父は藩に属さない民間の医者であったという点では、霞亭の方がより地方人という感は強い。志摩半島は、本来ならば鳥羽藩であるが、父適斎は全くこの藩と関係をもったことはない。適斎は、志摩・的矢なる漁村で医業を行う儒者でもあった。適斎は早くから長男の霞亭の才能を知り、わざと廃嫡とし、この子息が天下にはばたくことを願っていた。

霞亭は、安永九年(一七八〇)九月に生を享け、恐らく幼少年期、父適斎より、相当学問の手ほどきを受けたものと推察される。寛政九年(一七九七)、十八歳で霞亭は京都に出る。初め臨済宗の僧侶、梅荘顕常(後に相国寺派の管長)に教を請ったが、後に、皆川淇園に「経」を、「医」を広岡文台に学んでいる。京都では終生の友となる山口凹巷、鈴木小蓮と識り合った。霞亭は京に在ること四年足らずで江戸に出ている。享和二年(一八〇二)には確実に江戸にいたと言われている。凹巷が一緒であった。江戸では亀田鵬斎の塾に入った。しかし、師弟関係ではなく、鵬斎は霞亭を敬愛した。また江戸では松崎慊堂という優れた友人も得ている。享和三年一月、霞亭が江戸から母に寄せた書に「学問等に精力いだし候へども、これは元来このみ候事故、苦労とはぞんじ不申、かゑつてたのしみ候事に候」と書いている。ここに霞亭の尚学の精神が明らかであろう。この時期、霞亭には「避聘北遊」と称ばれる出来事がある。

陸奥国、岩城平の城主安藤信成が、霞亭を聘せんとした。しかし霞亭は、学問は十分成したが、仕官はまだ早いと判断したか、この信成の聘を避けて凹巷とともに東北の旅に出た。これもまた見聞を広めたであろう。江戸に帰ったのは享和二年（一八〇二）十月であった。以後、霞亭は数年小旅行をしたが、文化五年（一八〇八）伊勢の林崎に招ばれ、林崎書院の教授を三年して、文化七年、京都の嵯峨に遷る。いわゆる嵯峨時代である。しかし、一年余で再び小旅行に出た。霞亭は、文化癸酉（一八一三）三月、菅茶山に初めて会うため備前に茶山を訪ねている。茶山への接近は時期到来を感じたのであろう。このとき二十四歳。霞亭は京を去り、故里的矢に帰ったが、伊勢の夕霏亭に居を換えた。茶山は、凹巷に書を遣り、霞亭を茶山主宰の廉塾に聘せんことを訴えた。熟慮の結果、霞亭は文化十年（一八一三）八月下旬、廉塾講師を受け入れ、神辺の茶山の許に赴く。これが霞亭の世に出る端緒となる。文政二年（一八一九）十月には、福山藩校「弘道館」の講師として仕官した。ここで霞亭は、初の藩の公人となる。福山に来て六年目であった。四十歳。弘道館では隔日に、「詩経朱伝」や「荘子」などを講義している。七月には華岡青洲の子が、この廉塾に入っている。

文政四年（一八二一）、霞亭は、福山藩主阿部正精から江戸に召される。六月十三日、大目付格儒官兼奥詰、御前講釈、三十人扶持を命じられる。妻子を江戸によぶことを命じられ、一度備前に帰り、十一月十三日に江戸藩邸に帰着している。この一カ月近い旅は、霞亭の体調を崩したようで、以後、死まで不調が続く。

文政五年（一八二二）一月から、『小学纂註』に着手、同時に駒籠の阿部邸の中に新居の普請にかかり、妻敬と虎をつれて六月の末に転居。しかし、霞亭はすでに重い萎縮腎、脚気に罹っており、文政六年（一八二三）八月十七日、死去した。四十四歳であった。墓は、巣鴨の真性寺にあるが、後に古里、志摩的矢の禅法寺にも分骨されている。

霞亭の著作としては『霞亭省筆』『嵯峨樵歌』『薇山三観』（後に「帰省詩嚢」を含む）、『歳寒堂遺稿』三巻などがある。

鷗外は『北条霞亭』（その四）で、山陽が、霞亭の祖先を「其先出於早雲氏。後仕内藤侯」と書いているのを採り、「霞亭の遠祖は北条早雲である」と書いた。しかし、鷗外は、大正六年九月二十九日、浜野知三郎宛の書簡の中で、「早雲ノ話ハ「収攬英雄之心」云々ニテ初稿大間違ニ有之候記憶劣極ト奉存候」と書いている。初版に書いた霞亭の「遠祖は北条早雲である」は「大間違」で、さすがの鷗外も、痛み入ったことだろう。

さて、霞亭の「家祖」は、志摩鳥羽の城主内藤忠重に仕えていたが、其子道益の時、藩主内藤忠重が、かねて怨を持っていた宮津藩主永井尚長を、延宝八年（一六八〇）、四代将軍家綱死去の大法会が、江戸芝増上寺で開かれたとき、袈裟斬りにしたため、内藤家は、改易断絶した。内藤氏の後、四人の藩主が入ったが、享保十年（一七二五）下野烏山から稲垣照賢が三万石で入府、維新時まで稲垣氏が在封した。

藩主内藤忠勝が切腹し、御家断絶のため、霞亭の曾祖道益は次に入った藩主土井利益には仕えず浪人となり、志摩の的矢に隠栖し、医を業とした。「家祖」とは、霞亭の「高祖」である。道益には「同胞」（兄弟）が二人いた。僧真英、侍市之丞である。『渉筆』によると、真英は弟になり、市之丞の名前がない。鷗外は、道益を長男とし、二人を弟とみている。道益は享保十一年（一七二六）十月に没、真英は寛保三年（一七四三）に没している。道益を継いで、的矢で医業を続けたのは道可で、これが霞亭の祖父にあたる。道可は安永五年（一七七六）十一月に没している。

私は、平成十六年（二〇〇四）の七月、霞亭の古里、太平洋の見える志摩半島の的矢を訪ね、霞亭一族の墓所に赴いたとき、禅法寺の和尚、水野一雄師に、この「道可」の墓に案内された。小さい墓石に「喜多道可之墓」とある。なぜ「北条」ではなく「喜多」なのか。私の疑問に対し、水野師は、「喜多」は「北条」の「北」で、断絶した内藤氏の家臣を隠すためであったと説明された。このことを鷗外は知っていたのか。『北条霞亭』を検索したところ、「その四」に「霞亭書牘」の中に、「首尾」の失われた一書がありとし、その中に「曾祖以医隠於志州的屋村。其節北条為北。或称喜多。（略）」と確かに「喜多」と書いている。しかし、「道可」が、名を隠して的矢に栖むほど深刻な問題であったという認識はなかったようである。

道益の後は道有が継いだ。これが霞亭の父適斎である。巣鴨真性寺の墓表では、この適斎について「気宇爽朗」「或読古人書伝」と書き「姦佞」に「切歯」したという文言をみると、潔癖な人であったようである。酒は大勢と飲み老いても衰えなかったと言う。

鷗外は、この適斎のことを「庸人」（凡人）ではなかったらしいと書く。里中の弟子は、七十人ばかりいたようである。霞亭の同胞は六男四女であった。

『北条霞亭』は、「書牘」（書簡）を「材料」とした作品である。大体、内容的に考えてみると、次のように四つに区分が可能ではないか。

(1)　「その一」～「その四十一」

(2)　「その四十二」～「その六十三」

(3)　「その六十四」～「その百三十九」

(4)「その百四十」～「その百六十四」

その内容を区分に従って端的に記述しておきたい。

(1)家系。著作。交友関係。

「避聘北遊」。『鉄函心史』。林崎時代。

(2)木曾路の旅。京都・嵯峨時代。（①薮の内、②任有亭、③梅陽軒）

京都木屋町。参議日野資愛。

菅茶山に初めて会う。伊勢、夕霏亭。

(3)茶山、廉塾招聘の書。廉塾の講師となる。

福山藩、藩校「弘道館」講師となる。

(4)福山藩主、阿部正精、霞亭を江戸に召す。霞亭、大目付格儒官兼奥詰。御前講釈を仰せつかる。

江戸在住。『小学纂註』を完成。霞亭、駒籠の新邸に遷る。

霞亭、体調を崩す。最後は、大沼竹渓の死、で終る。

大別すれば、関西の生活（志摩的矢、伊勢、京都、福山）が三分の二を占め、江戸の生活が三分の一という位の分量かと思われる。『北条霞亭』では『渋江抽斎』や『伊沢蘭軒』と違って、主人公の「死」まで届かず「没後」という形体がない。次の『霞亭生涯の末一年』は「没後」ではなく、あくまでも「死ぬ一年前」からということであり、本作品に入れられなかった部分ということになろう。従って、この作品の終末部も据りが悪く、ほとんど関係のない「大沼竹渓の死」で終っている。しかしこれには後で述べるが、理由があった。

鷗外は、『渋江抽斎』の執筆を始めた段階で、『伊沢蘭軒』を書くことをすでに考えていたということは、本論でも触れてきた。しかし、『北条霞亭』は、その点違うのではないかと考える。もし『伊沢蘭軒』を書くとき独立した『北条霞亭』を執筆する予定があったならば、『伊沢蘭軒』の中に、これほど膨大に北条霞亭について書く必要はなかったはずである。

まず『伊沢蘭軒』の中で、北条霞亭について書いた「章」を書き出してみよう。

「その百十八」「その百十九」「その百二十」「その百二十一」「その百二十二」「その百二十三」。「その百三十六」「その百三十七」「その百三十八」「その百三十九」「その百四十」「その百四十一」「その百四十二」「その百四十三」「その百四十四」「その百四十五」「その百四十六」「その百四十七」「その百四十八」「その百四十九」「その百五十」。以上二十一章にわたっている。

この『伊沢蘭軒』に書かれた北条霞亭は、ほとんど生涯にわたって詳しく執拗なまでに録されている。茶山、山陽、福山藩との関係、嵯峨生活は特に詳しく、勿論「家祖」から、江戸での病、死まで実に詳しい。それも作品『北条霞亭』と違い、年月、人物関係、その他の事象は錯綜していて、その全体像を把握するには、相当手間がいる。ともあれ、酷を言えば、『北条霞亭』が、「書牘」版でなかったら、二度手間と言われても仕方があるまい。

なぜ、『伊沢蘭軒』で、かほどまで拘って北条霞亭を書いたのか。それは、当初、独立した『北条霞亭』を書くつもりがなかったからと推定せざるを得ない。

鷗外は、霞亭の「書牘」数百通を手にしたとき、再び『寿阿弥の手紙』の形式で書きたくなったのである。

鷗外は『伊沢蘭軒』の「その百四十八」で「又仄に聞けば、霞亭の書牘数百通も某処に現存してゐるさうである。（略）これを検することを得る時も、他日或は到るかも知れない」と書いている。鷗外は霞亭の「書牘数百通」を手にすることを密かに期待していたことは、この一文に明白である。また『伊沢蘭軒』執筆中、「その百四十八」の段階で、この霞亭の「書牘数百通」を手に入れていなかったこともまた明白である。ところが、鷗外が、この霞亭の「書牘」を遂に手にする日がやってきた。

この「霞亭書状」を蔵していたのは、霞亭の子孫である北条新助であった。その新助と浜野との仲介をしたのは島田賢平である。大正五年（一九一六）十一月二十日付、浜野知三郎宛の手紙に次のようにある。

「霞亭書状大箱ニ一ツ到着イタシ殆材料ノ多キニ不堪候イカニ取扱フベキカ工夫中ニ候」。霞亭の書簡の詰った「大箱」を手にして鷗外は「イカニ取扱フベキカ」と悩んだ。そして、この「大箱」をこのままにしておくのは余りにも勿体ない、これは創造者の通常の欲である。鷗外は『北条霞亭』の「その三」で「就中わたくしを促して此稿を起さしめたのは、的矢北条氏所蔵の霞亭書一篋である」と書く。その一つの構想が、大正五年十一月二十八日、島田青峰宛の手紙にある。

さきの浜野知三郎に出した手紙から八日後である。「霞亭書状」を八日間暖めて「思案」の結果、「北条霞亭の手紙」「ト題シテ筆ヲ起ス方可ナラント奉存候」と書いている。この文面で考えるなら鷗外が「北条霞亭の手紙」という題名で書こうと真剣に考えていたことが解る。内容は、まさに「霞亭書状」を「材料」として霞亭の生涯を綴るとなれば『寿阿弥の手紙』と同じ書名にするのが一番適切、と考えたことも解ること。

この「霞亭書状」を鷗外は、「二百余通」と書いているが、『鷗外歴史文学集』第十巻の「注」では「今日確認できる書簡の数は百九十二通」（尾形仂「史料目録」）と注している。

ともあれ、鷗外は「北条霞亭の手紙」という表題をとらなかった。やはり表題としては軽いとみたか。寿阿弥のときのように、単一な「書牘」ではない。少なくとも「二百余通」もある

「書牘」である。大作になることは必然とみた。とすると、鷗外の文業で最後となるかも知れぬ作品と考えたとき、史伝作品として『渋江抽斎』『伊沢蘭軒』『北条霞亭』と三大作が並ぶことを考えたのかも知れぬ。

作品の中で、鷗外は霞亭のことを次のように書いている。

石川淳の評価

鷗外は作品の中で霞亭を「大志ある人物」とみながら「避聘北遊」や「嵯峨幽棲」を「些のポオズに似たる処があつたとしても、固よりこれが累となすには足らない」と書いている。こうした鷗外の言を知らない人に石川淳がいる。（本書の「史伝」において、石川淳の説をなぜ多く出すのか。それは「鷗外史」の中で、石川説はある一定の評価を得て重視されてきたからである。それ以外、他意はない。）石川淳は次のように述べる。

霞亭という人間は俗情満満たる小人物である。学殖に支持され、恣態に扮飾されて、一見脱俗清高の人物かと誤認されるだけに、その俗物ぶりは陰にこもって悪質のものに属する。嵯峨幽棲がすでにその卑屈な俗情から発明された片輪の生活図形であった。（略）山陽が飛び去った後の廉塾の講壇に坐り、ついで福山藩の文学の地位に納まって、迷惑そうにもじもじしながら、じつは得意の様子が見える。（略）

（『森鷗外』）

石川淳の生前、その専従の係として就いた宮田毬栄氏という編集者が、荷風の死に際し、その「苛烈な口ぶりでのぞむ石川淳という作家の精神の剛直にひとは竦む」（『追憶の作家たち』平16・文春新書）と書いている。その姿勢も石川淳の一つの真実であろう。しかし、この右の霞亭という人物に投げつけられた石川淳の言句は、余りにも乱暴な言ではあるまいか。「霞亭という人間は俗情満満たる小人物」「一見脱俗清高の人物かと誤認される」「その俗物ぶりは陰にこもって悪質のもの」「嵯峨幽棲」は、「卑屈な俗情から発明された片輪の生活図形」。この罵倒の根拠はなになのか。石川淳の霞亭批判のキーワードは「俗情」にある。果して霞亭が何をなしたのか。

霞亭の父適斎は、我息霞亭を「驥足」（俊秀な才能の持主）とみていた。このことは霞亭が売り込んだものではない。父は、この「驥足」を認めていたために、わざわざ廃嫡をして霞亭を外に出した。石川淳への反論に、多くを費すつもりはないが、例えば、霞亭の一つの精神を知るに一例がある。享和三年一月十六日、江戸から母に送った手紙がある。鷗外は、この手紙を「霞亭の志を知らむがために極めて重要」（その八）として紹介している。

私などは世上の事も左のみ何ともぞんじ申さず候。万事気づよく心をもち候やふにいたし候。そのわけは左様に無之候ては、江戸おもてなどには住ひ不被申候。と申て人と争ふと申様なる事はすこしもいたし不申候。学問等に精力いだし候へども、これは元来このみ候事故、苦労とはぞんじ不申、かゑつてたのしみ候事に候。たゞ〳〵運をひらき候て、少々の禄をもらひ候は〆父母様兄弟一所にくらし候はんと、それのみたのしみ申候。

この青年霞亭の手紙を読むと、謙虚に学問に精勤して、その努力の結果として「運をひらき」「少々の禄」をもらうようになったら「父母兄弟一所」に暮したいと訴えている。石川淳の「俗情満満」とは何をさすのか。

石川淳はさらに、「山陽が飛び去った後の廉塾の講壇に坐り（略）じつは得意の様子が見える」と痛撃する。

この石川淳の見方は事実に反する。霞亭は、茶山の廉塾に自ら強引に職を得ようとしたのではない。菅茶山自身が、山口凹巷を通して、廉塾の講師に是非、霞亭を聘したいと言ってきたのである。茶山のような重厚な才人が、霞亭の儒者としての力と人格を間違うはずはない。霞亭は、文化癸酉（一八一三）五月二十一日に、茶山に書を送っている。

このとき、霞亭は、伊勢の夕霏亭で、伊勢人に請われて書を講じており、すぐ動ける体ではなかった。霞亭は謝礼を述べた後で「とかくいづれとも決断いたし兼候」と書き、「何分御両親（適斎夫妻）の意にまかせ候より外は無之候間、足下より得と御雙親様へ御相談可被下候」と、霞亭は、廉塾講師に対して極めて慎重、両親の意を第一にしていることも注目すべきことである。

鷗外は、この件につき、次のように書く。「的矢に於ける適斎夫婦と碧山（後を継いだ弟）との議は、遂に霞亭をして神辺（茶山住所）の聘に応ぜしむることに決し」と。「避聘北遊」「嵯峨幽棲」が、なぜポーズなのか。二十四歳の霞亭が、縁もゆかりもない、岩城平の城主安藤信成に仕える気持が起らなかったとしても不思議ではない。嵯峨生活にしても、霞亭は嵯峨が好きであったようで、晩年、京都に寄ると嵯峨に行っている。仮りにポーズであったとしても破廉恥な行為でない限り、人生に処する個人の方法ではないのか。鷗外が書くように「後に大に顕れむと欲するが故」に、己の行為を考えるのは当然であろう。鷗外も「累をなすには足らない」と明確に書いている。

宮田毬栄氏は、石川淳の荷風追悼に「精神の剛直」をみたが、石川淳の〝暴走〟は困りものである。テクストを精細に読んでいない誤りと言わざるを得ない。

『渋江抽斎』では、少し物語った部分はあった。そのため、読者の「倦嫌」は、余りなかったようだ。しかし、『伊沢蘭軒』になると、「無態度の態度」で、資料主義に徹しようとしたためか、「倦厭」の声が、新聞社に押し寄せた。それでも鷗外は妥協しなかった。むしろ読者の声を抑えて連載を続けたが、『北条霞亭』はそうはいかず、遂に紙上から撤退せざるを得なかった。読者にとっては無理もない。漢文、漢詩、書牘の重畳が延々と続く、非難が出ても不思議ではない。しかし、長い中断の後『帝国文学』に「その五十八」から掲載を再開し、鷗外は、新しき文学を創るという信念を変えず、後世に、この巨篇を残したのである。各作品に欠点がないわけではない。しかし、それを考慮しても、これら「史伝文学」に彫琢された「言葉の世界」は、誰も成し得ないことであった。

『霞亭生涯の末一年』

〔霞亭生涯の末一年〕は、大正九年十月〜大正十年十一月まで、『アララギ』に発表された。

この作品は『北条霞亭』の「補遺」ではない。本来『北條霞亭』の続きとして本篇の中に入れられるべきものであるが、掲載紙（誌）の関係で別に発表されたものである。内容は、文字通り〈霞亭生涯末の一年〉が、これもむろん霞亭らの「書牘」に基づいて書かれたものである。構成は「その一」から「その十七」まで、比較的短い。岡本花亭、古賀穀堂、狩谷棭斎、山口凹巷らの「書牘」も多い。霞亭の人に好かれる人柄を徴しているとみてよい。霞亭が校刻した『小学纂註』のことが冒頭に出てくるが、やはり、病気に関する書が多い。死の前年、文政五年（一八二二）十月、花亭が霞亭に送った書の中に、「御痰喘のよし」と初めて病気のことが出てくる。これは気管支炎のことで、喉に痰がからんで苦しい病のことである。霞亭は、これがなかなか治らず困苦した。鷗外は、「痰喘」が久しく痊えないのは、「萎縮腎」ではないかと疑ったりしている。「脚腫」が霞亭に出てきたため、これは「萎縮腎」による「水腫」ではないかと推定する。霞亭の真面目さ、誠実さを示すものは病苦の中で季弟惟寧に対する「訓誨」の書である。読書せよ、しかし、実行しなければ駄目だと訓している。伊沢蘭軒のことは興味深い。霞亭と蘭軒は同世代、蘭軒が二歳上である。しかも同じ福山藩で、どちらも江戸藩邸にいた。念のために述べると、渋江抽斎は、蘭軒より二十八歳も若く、親子の世代であった。霞亭と抽斎は二十六歳違い、藩も違い恐らく交遊はなかったであろう。さて、この蘭軒であるが、福山藩医であったため、江戸藩邸の中に家を持つ霞亭の主治医でもあった。文政六年（一八二三）五月、凹巷に霞亭が書を送った中で、「当屋敷、伊沢辞安（自注、格別懇意なる人也）これへかかり候へども効見之不申」と書いている。辞安は蘭軒のこと。自ら「格別懇意」と書きながらも蘭軒に対しては、どうもその医術は信頼していなかったようである。霞亭は、しばしば医者を換え、一番信用していたのは、安芸の人恵美三白であった。この恵美三白だけが霞亭の病気を「脚気」と確言した。それが霞亭は気に入ったようである。この頃、霞亭は一つの詩を詠んでいる。（その一部）

「一病渉春夏。医薬無寸効。微命不足惜。先親実不幸。」

（一たび病みてより春夏に渉り、医薬寸効無し。微命惜しむに足らざるも、親に先んずるは実に不幸なり。）

ここには、最早や、死を意識した霞亭がいる。親に先立つことの不幸は、霞亭にとって悲痛なことであったと思われる。

文政六年（一八二三）八月十七日に霞亭は亡くなる。その前、六月に霞亭は、妻敬と虎を連れて、西片町の新居に遷ってい た。全く急な死であったらしい。鷗外は、死因をやはり「萎縮腎」による「溺毒」（尿毒）ではないかと推定している。最後の「その十七」では、まさに「没後」のことが録されている。

的矢の北条家を継いだ悔堂に、九年二月に笠峰が生まれた。悔堂は、安政二年（一八五五）二月、江戸在勤を命じられ笠峰とともに赴く。福山藩阿部家では正教が卒して正方が嗣いだ。慶応元年（一八六五）、儒者の悔堂が没した。その嫡男笠峰は、儒者心得になっていたが、慶応元年、第一次長州征伐に藩主正方に従征した。二十九歳であった。第二次長州征伐にも続いて従征したが、すでに述べたように、福山藩は長州軍に包囲され、官軍に帰着した。正方が没し、正桓が福山藩兵を率い、箱館に転戦。実はこの福山軍の中に蘭軒の孫棠軒が居たことは『伊沢蘭軒』で述べたが、霞亭の孫笠峰もいたのである。

やがて停戦、笠峰は一時福山に帰ったが、改めて東京在勤となり、東京の丸山、阿部屋敷に入った。笠峰はここで大失敗をする。根津の娼妓と失踪し、家族を解体、九月八日、福山の北条氏は、「籍没」となった。笠峰の嫡男徳太郎は菅氏に寄寓、この執筆段階で（大正七年）は滋賀県にいた。笠峰の「籍没」で的矢の北条家は、碧山（霞亭の弟）の子孫、北条新助が継ぐことになった。

この笠峰の行為に、折角辺鄙な一漁村から出て福山藩大目付格儒者、奥詰まで昇った北条霞亭は、墓所の下で切歯扼腕したであろう。

『渋江抽斎』も『伊沢蘭軒』も雄渾な大作でありながら、作品の末尾を、すべて明治、大正にまで引っ張っている点に構成上疑問がある。『北条霞亭』の末尾も、無名の人間の死で終り、何か物足りなさを感じるところがある。この『霞亭生涯の末一年』は、別冊にせず、『北条霞亭』の終末にとり込まれるべきものであった。特に霞亭の死に向かう生活や感慨が『北条霞亭』の終末に録されたならば、作品に深い余韻を残すことになったのではないか。

しかし、それは残念ながら出来なかった。『北条霞亭』の連載が、新聞紙上で中断されたのである。大正六年十二月二十六日、「その五十七」で止ってしまった。長い中断の後、「その五十八」から『帝国文学』（大7・2〜9）に掲載されることになる。そのとき鷗外は序文を書いているが、その中で「予故ありて著す所の文を新聞紙に載することを欲せず」と書いている。「倦厭」した読者は、新聞社につぶてを投げたに違いない。鷗外は新聞社から『北条霞亭』の掲載を拒否されたとみてよい。しかし『帝国文学』もまた廃刊になった。終末が尻切れトンボになったのは、かかる事情にも起因している。結局、『北条霞亭』の続篇たる『霞亭生涯の末一年』は、大正九年十月『アララギ』に掲載、翌年十年十一月まで、十四回掲載された。従って『北条霞亭』は、『霞亭生涯の末一年』を入れると、完成に満四年を費したことになる。

22　三大「史伝文学」考

鷗外は、博大で長大な己の「文業」を終結すべき最終段階の創造活動として、他者の真似の出来得ない、鷗外であるが故に出来た前人未踏とも言える、巨篇を文学世界に創出した。

いわゆる「史伝文学」である。「資料」以外を信じない、幾ら読者から、「倦厭」の非難を浴びても、決して読者に妥協せず、徹底的に抑制された主観、その客観主義に、厳しく己を縛りつけて淡々と、江戸末期に生きた特異な知識人の生涯を発掘、彫琢した。そして、その周辺に生きた多彩な江戸人たちの生活を、虚構を忌避した方法で甦らせた。言ってみれば、江戸時代は、漢文、漢詩の世界であった。これら儒教を中心とした異文化とでも言える江戸社会を、歴史学からみても見事に再現したと言えよう。この三大史伝を書くという偉業は、鷗外の最後を飾るにふさわしい偉きな文業になった。

この三大史伝は、徹底した資料主義、客観主義の手法で執筆を成したという点では一致している。しかし、一つ一つの特性は違う。

『渋江抽斎』は、極めて親近した情感で接近し、学者としての敬だけでなく、人間として、寛く悠々たる精神に生きた、その抽斎の人間像に鷗外は執筆しながら教えられている。この作品には、鷗外が陸軍を去る感慨が深く繋っていると言ってよかろう。『伊沢蘭軒』には、そうした精神主義はほとんどない。ある意味では、鷗外の執筆姿勢は無機的である。蘭軒が「蹇」という障害を持ちながら、明るく、そして仕事には真摯にたち向かう、学問にも精進する、そうした蘭軒の痛々しくもある生涯を資料主義で淡々と書いている。もう一つ『伊沢蘭軒』で注目すべきは、幕末、福山藩の藩主が、日本の危機に対処するという、そうした歴史的背景を描いており、それに伊沢家も無縁でなかったということである。この特質を添えられた『伊沢蘭軒』は、まことにスケールの大きい世界が捉えられたと言えよう。

『北条霞亭』は、以上の二作品に比すれば性格がかなり異なる。表現の方法は、霞亭の「書牘」を「材料」としている点である。そして霞亭自身が、最初は純粋な民間人で無力な庶民の出であるということである。かような不利な境涯から、辛苦して上昇していくところに鷗外は共感を持った。すでに書いたことであるが、鷗外は、大正期に入り、己の志を遂げるべく精進、努力する不遇な青年たちを描いた。それは『天寵』の「M君」であり、『羽鳥千尋』であった。また社会の下層に在る立場の弱い善良な庶民が、真摯に生きる姿を暖かい眼で描いた。その代表的なのは、『最後の一句』のいち一家であり、『高瀬舟』の喜助兄弟であった。表相的には異なるこれらの作品の基底を流れているものは、不遇なもの、弱い立場のもの、しかし、その中から努力して這い上ろうとする者への共感と暖かいまなざしであった。

『北条霞亭』は、必ずしも不遇な青年とは言えまい。また喜助や、いちのような「権力」の前に立ち竦む弱い存在者ではない。しかし、よく考えてみると、東海地区の端にある志摩半島の的矢という、当時は、打ち捨てられたような漁村に出生した霞亭、有力な藩の藩士でもない、霞亭には、的矢に隠栖した医者たる無力な父親の背景しかない。封建時代で考えると、要するに力になるものは何もないところから、霞亭は一歩を踏み出している。父親に「驥足」と認められたことにより、父適斎は霞亭を廃嫡にして外の世界に送り出した。霞亭の尚学への精神は、そこからはばたく。十八歳で田舎を脱し、京に出る。以後幾多の辛酸があったろう。遂に霞亭は三十四歳で菅茶山に見出され、それが上昇への契機となる。この霞亭の生きざまに、鷗外は共感を持ったに違いない。しかし、有力な背景のない霞亭の出世は遅かった。藩主に江戸に召されたときすでに四十歳。しかも病気の徴候の中、必死で勤めた。遠く志摩に生きる老いた両親はむろん喜んだ。霞亭は霞亭なりに応えたが、不幸にして、四十四歳の若さで寿命は尽きてしまった。鷗外は、そこに何をみたのであろうか。

鷗外は霞亭のことを『霞亭生涯の末一年』(その1)で「儒林に入るとしても、文苑に入るとしても、あまり高い位置をば占め得ぬ人であらう」と書いている。この鷗外の言葉を逆手にとって、石川淳のように霞亭を小者扱いをする人もあるが、父適斎が思ったほど霞亭が優秀でないのに、懸命に上昇意識をもって、それも何が何でもではなくて淡々と励む、その姿に鷗外は注目したのではないか。

23　最後の翻訳作品

『ペリカン』アウグスト・ストリンドベルヒ（大9・1『白樺』）

三 ㈠居間の椅子にエリイゼ夫人（母）が喪服で靠れている。ショパンの曲が流れ、部屋には亡くなった夫の柩が安置されている。夫人はお手伝いのグレエテと問答をしている。夫人は、子供二人のこと、グレエテは使用人にひどかった夫人を批判、私は今日でやめるという。グレエテと入れ代って息子フリイドリヒ登場。財産のこと、借金のこと等を話をして出ていく。そこに婿アクセルが帰ってくる。もと陸軍将校だったが、今は、店員をしている。母と婿、話がはずむ。そのうち二人は遺書探し。婿が書類をみつけて母に渡す。アクセルの妻ゲルダ（娘）が帰ってくる。（部屋が一時無人になる）そこに母と婿が登場。母が息子にあてた夫の遺書を読む。夫人（母）が夫を殺したように書いてある。夫人は死因は脳溢血だったと強調。婿は娘ゲルダに遺産が書いてないことに不満、わたしは瞞されたと怒る。母と婿の喧嘩となる。夫（父）の立腹が頂点に達するほどの激情を煽ったのはアクセルではないか。そのために夫は死んだと夫人は叫ぶ。結局、母と婿の二人で殺したことになる。婿と妻ゲルダは母と三人で暮すことになったが、主導権は婿に握られてしまった。

㈡同じ居間。息子（兄）と妹ゲルダが語っている。亡父はゲルダを愛していたと兄。ゲルダの夫は相談会と言って外出したが、料理店に行ったのだと兄。ゲルダ悔しがる。父が婿のアクセルを憎んだのは、妻と娘を奪ったからだ。母はアクセルの情婦だった、息子は、父の手紙をみつけ、身の気がよだつことを告げる。母は、夫や子供に与えるべき食物を削り、金を貯めた。そのため兄妹は未発達の体になってしまった。兄は怒りで語る。アクセルはお前を愛していない、兄は、父の冤を雪ぐために復讐を考えていると言う。母が登場。いつも父が座っていた椅子が動いていると気にしている。

㈢同じ居間。母とゲルダ登場。婿は母をお手伝い扱いしている。夫殺しの共犯と愛を奪われている母は従う以外にない。婿は、あんたが、子供に飲ませてきたいつも犬にやるオオトミルを食べよと、けしかけて出ていく。兄は、母に父の手紙を読んだと告げる。母とぼける。母に言う。あんたは嘘の塊だ、あらゆる義務を放棄してきた、あんたは、胸の血で我子を育てるペリカンではない。僕と妹の体をみなさい、父を絶望に追い込んで殺したのはあんただ、そして、あの悪党アクセルも、あんたの犠牲者だと責める。母よ、家から出て行ってくれと兄は退場。ゲルダ登場。夫をとり上げることは私を殺すこと、と言って母に迫まる。そのとき台所から火があがる。兄がつけたのだ。母は、焼け死ぬより、と言って窓から飛び降りる。兄は悪い、汚いものを焼き尽そうと言って妹を抱きしめる。妹、煙で息が苦しいと言う。兄、もう少しの辛抱だと言う。

兄は錯乱して叫ぶ。ああ夏だ。白い船が、波止場で待っている。父は、体の羽を抜いて子を暖めるペリカンだ。父は、子供には華族の子のような服をきせて下すった。ゲルダ早く乗ろう。かあさんはもうキャビンにかけている。背景の戸が開き、兄妹は相擁してばったりと倒れる。

この母（未亡人）には、夫、子供たちに対する愛情はなかったのか。否、愛情は人並のものはあったのかも知れぬ、しかし、それを越える異常性格をみる。亡父の倅にあてた手紙によると、自分は妻に殺されたと書く。夫は、家庭における主座を巧妙に、だんだん薄くされ、特に、家族は食事の操作により肉体的劣化に堕ちていった。母は生活費をとことん削り、金を自己のものにしていく。要するに、妻であり、母である女の、家族への犯罪が暴かれていく。

父は、二重の操作で死に至っている。一つは「家主」としての自信喪失、その結果の絶望死、それに計画的な食事操作による肉体の衰弱、劣化、子供には乳児のときから、この母は実行していた。そして、この母は娘を裏切り婿との愛人関係にあった。母の役割、義務の完全放棄、むしろその立場を利用しての悪事。この冷酷な母は、〝胸の血で子供を育てる〟ペリカンだとうそぶいた。結論として、兄妹は、この母を拒否せざるを得ない。あの悪辣な婿まで、母の犠牲者だという。そして〝体の羽を抜いて子供を暖めてくれた父〟こそ、ペリカンだと信じ、兄妹たちは、炎の中に抱き合って死を求めていく。

鷗外はリルケの『白衣の夫人—海辺に於ける一場』から翻訳を四年振りに再開し、文字通り最後の作品としてストリンドベルヒの『ペリカン』を翻訳、発表した。むろん、『白樺』からの原稿依頼も、この作品を選ぶ一つの基準にはなったであろうが、それだけではあるまい。このストリンドベルヒの『ペリカン』は、万国共通の「母の愛」という聖域に大胆な発想で斬り込んだものとして、当時でも珍らしいものであったに違いない。そして、鷗外にとって、この『ペリカン』の母は、母峰子の対極にある悪女だと痛感したであろう。長島要一氏は、「鷗外の母堂の存命中に『ペリカン』を翻訳発表することは、作品がいかに実生活とは無関係とは言え、誤解を招かれる恐れが皆無だったとは言い切れない。」(『森鷗外の翻訳文学』)と書いているが、この見解には肯えない。『ペリカン』の猟奇的犯罪者たる「母」と、強い愛情をそそぎ続けたあの鷗外の母とをならべて「誤解」を招く「恐れ」があるとする見解は、余りにも的はずれではないか。この時期に、この『ペリカン』に関心を寄せた理由に、もう一つ、己の家族にかかわるもの、あるいは己の父性観にかかわるものと言った方がよいのかも知れぬ、こうした問題が、この時期、鷗外を深く捉えていたのではないか。

『ペリカン』の最終末に、付記の形で小文がある。その末尾に「大正八年十一月　奈良客舎に於て　森林太郎」とある。この年、鷗外は、博物館総長の任で、十月三十一日に東京を発ち、例年の正倉院曝涼に参加している。十一月二十一日に東京に帰っているから、奈良での滞在は二十日余ということになる。鷗外は東京に帰って五日後、つまり二十七日、愛娘茉莉と山田珠樹との結婚式に、日比谷大神宮に参列している。鷗外は、ここで「花嫁の父」を初めて演じたのである。最も愛した茉莉を他家にやる、体の衰弱の始まっていた鷗外は複雑であったと思う。もともと、子供三人に対しては、普通の父親よりも暖かく、やさしく、そして理解をもって接してきた。一入の感慨が鷗外の胸を詰らせたであろう。『ペリカン』の訳了が茉莉の結婚式の約一カ月前であったという事実を考えたとき、鷗外は、新婚のまま、何らの幸せも得ず悲惨な死を遂げるゲルダのことをどのように考えたであろうか。一時は、母の策略にのせられ、父の悲劇に手を藉したゲルダであるが、死を前にして父の、娘に寄せられていた熱い愛情を兄から知らされ、深い悔恨に落ち入る。ここで鷗外は、「父の愛」なるものを考えたであろう。「母の愛」とまた違う「父の愛」なるもの、鷗外は『ペリカン』にある生前、娘に理解されなかった「父の愛」を、ある哀しみを持って受けとめたのではないか。死の前に「体の羽を抜いて子供を暖」めた「父の愛」、それを痛切に実感する兄妹、鷗外は己が生涯で最後となるこの翻訳戯曲『ペリカン』を訳しながら、そしてもっとも今の自分の立場を考えさせてくれるこの『ペリカン』の世界に複雑な思いで真向っていたのではあるまいか。

24　最晩年を生きる

文壇の先覚者

話はまた少し遡る。大正五年三月、母峰子の死と、老境に向かう己に、寂しさが時折やってくる。しかし、この年まだ制作意欲は旺盛で、『渋江抽斎』『伊沢蘭軒』『北条霞亭』その他の執筆に力を注いでいた。五月十日には、正三位に叙せられ、七月二十二日に旭日大綬賞を授けられている。後述する「遺言」のことを考えると、この時期は、まだ「官憲（権）威力」と言えども、という反撥の意識はなかったようである。特にこの「旭日大綬章」を受けたことは、後で考える「遺言」との関係で、重大な意味を持つものである。

大正六年（一九一七）三月二十五日刊で、山川均は『内外文豪美辞名句叢書』の第六集に『森鷗外美辞名句集』を編纂し、その「はしがき」に次のように書いている。

森鷗外博士は文壇の先覚者である。二十余年前、当時の文壇の先覚者であつた博士が、今日に於ても依然として新思想に接触し、新人の生活に対する深い理解を示してゐられる事は驚くべき事実である。

博士の著は既に等身に及ぶ。いづれも文壇の新機運に貢献するところが多かつたものであるが、今にしてこれを読めば、益々博士の大を感ぜざる得ない。「月くさ」の古きより、最近の歴史小説に至る迄渉猟すれば、今更のやうに博士の学殖と見識、並びに人生に対する鋭利な観察と一種の達観とに驚かされぬものはあるまい。惜しい哉、世上未だ博士の真面目を解するもの尠し。余深くこれを遺憾とし、こゝにその奇警の言、卓抜の説を集め来つてこの一巻を編した。尚編中小説戯曲中の人物の言を直に取つて以て博士自身の意見となすの早計なることをあらかじめこゝに付記しておく必要があらう。

編　者

大正六年というと、鷗外の文業はほぼ終っていたと言える。その決算として山川均の書く「文壇の先覚者」という言は当時は自然に受けとめられたであろう。ただ「先覚者」を「文壇」だけに限定されることには抵抗がある。それは「序」で述べた通りである。

ともあれ、山川はまた「文壇の新機運に貢献」、そして「博士の学殖と見識、並びに人生に対する鋭利な観察と一種の達観とに驚かされぬものはあるまい」と断じる。この山川均の鷗外観も、当時平均的にあった鷗外観であると言ってよかろう。しかし、「惜しい哉、世上未だ博士の真面目を解するもの尠し。余深くこれを遺憾」とするという言を添えている。この山川均の認識も、決して大袈裟ではない。鷗外の明治四十年代から史伝文学に至る大正六、七年ぐらいまでの「文業」に対し、山川均の言うように、大きな讃辞を呈する文人や知識人も多くいた。しかし、鷗外の「文業」を認めようとしない人たちも、またかなりいたということである。否とする多くは、大抵、「あそび」の文学、真剣に創作に打ち込んでいない、漱石に比し、面白くない、史伝文学に対しては、新聞に連載されたため、その格調のある文体と、広い知識に裏付けられた深い内容が、逆に一般人に受け入れられず、「倦厭」されたことはすでに触れた。また多くの翻訳小説も同業者から批判もされた。山川均は、そのことをよく知っていたと思われる。あれだけの「大業」を成した「先覚者」を理解しない人がいるということを、山川は残念がっている。永井荷風も、木下杢太郎も、斎藤茂吉も、みな山川均と同じ考えであった。だが受け入れられない面があったことも事実である。それを一番強く自覚していたのは鷗外自身であった。その鷗外の自覚が、あの飯田良平に与えた「中夜兀然坐／無言空涕洟」にもあらわれていたと思う。文人としても、文化人としても、知識人としても、断然、他を圧倒していてもその実感がない、これが、晩年の鷗外に精神の安定を与えなかった。その結果が、逆に精神性を求める、その志向が、『安井夫人』『山椒大夫』『ぢいさんばあさん』『最後の一句』『高瀬舟』『寒山拾得』等の暖かい人間性に支えられた作品を書き、それがまた鷗外自身の精神安定剤にもなった。『高瀬舟』の「足ることを知る精神」を自覚、感動する喜助は、鷗外そのものであったと思って間違いあるまい。

博物館・図書寮の勤務生活

大正六年十二月三十日付で賀古鶴所に送った手紙の中に次の短歌がある。

老ぬれと馬に鞭うち千里をも走らむとおもふ年立ちにけり

鷗外は「老」と、いささかの批判を自覚しながら、それでも「千里をも走らむ」の気概を失っていなかった。

大正七年（一九一八）九月三日付で、鷗外は浜野知三郎に手紙を出している。

拝啓御葉書到着イタシ候只今文政辛巳三月之処下筆中ニ有之候材料切ニ一見仕度奉存候

月 } 博物館
水 } 前八時ヨリ
金 } 後四時マデ
火 } 図書寮
木 } 前八時ヨリ
土 } 後一時マデ

右之外大抵在宅候へ共休日朝ハ近頃他へ訪問ニ出カケ候事多ク候博物館へ御立寄被下候ガ尤御便利カト奉存候　九月三日

森林太郎　浜野学兄侍史

この浜野への返信をみると、博物館と図書寮での勤務情況がよく解る。「休日朝ハ近頃他へ訪問ニ出カケ候事多ク候」にある「朝」は、恐らく、杏奴や類たちとの散歩を指しているのだろう。この二人との場合は大体、本郷が多く、時折、不忍池に足を延ばす程度であったようだ。この年、ヨーロッパでは第一次世界大戦が終結し、ドイツ政府は連合国との休戦条約に調印した。その前、十一月三日には、ドイツ、キール軍港の水兵たちが反乱を起こし、九日には、ベルリンの労働者が呼応し、武装蜂起となった。首相マクス公が皇帝の退位を宣言し、政権は社会民主党のエーベルトに移譲された。日本では、九月に原敬内閣が成立していた。

ヨーロッパの新聞をとっていた鷗外は、特に、ドイツの政情に強い関心を寄せ、七年十一月十三日、まさに第一次大戦が終結して二日後に賀古鶴所に次の書簡を送っている。鷗外は奈良の正倉院曝涼の立会に来ていた。

拝啓奈良ニ来テヨリ久〻御無音仕候一昨十一日正倉院ヨリ退出シ少シ市中ヲ歩キシガ其時ハ休戦訂約ノ時ニテ帰寓晩餐ノ時ガ砲声絶タル時ナリシコト後ニ至リテ相判リ候独帝亡命モ事実ナルベク候日本トシテハ独帝ノ不可復起ニ至リシハ幸ニテ加藤氏ノ「責任解除演説」アル所以ト奉存候ソレハソレトシテ今ヤ帝王ノ存立セルハ日本ト英吉利トノミト相成候（略）只今ヨリノ政治上ノ局面ハ下ス所ノ石ノ一ツ〳〵ガ帝室ノ運命問題ニ関スルヲ覚ェ候小生輩ハ金馬門ノ隠居所東方朔ヨリ政治家諸君ノ御手腕ヲ拝見可仕ト存居候来二十五日正倉院御閉扉ソレヨリ京都博物館ヲ視察シ二十八九日頃ニハ帰京可仕候余ハ面上可申上候匆〻不宣　戊午十一月十三日朝於正倉院

森林太郎　賀古鶴所様

鷗外は、体の不調の中、博物館総長の職務を誠実にこなし、なおかつ欧州の政変、その及ぼす我国のことなどを案じてもいる。「正倉院ヨリ退出シ少シ市中ヲ歩キシガ其時ハ休戦訂約ノ時ニテ帰寓晩餐ノ時ガ砲声絶タル時ナリシコト後ニ至リテ相判リ候」と、実に細かい。欧州大戦を我事のように実感している。「欧州大戦」など恐らく賀古の関心外だっただろう。独帝退位で「帝王」が「存立」しているのは、今や「日本と英吉利」とも書く。また、引用文では削除したが、この書簡の中で鷗外が珍らしく「民政主義 Demokratie」（民主主義）に触れ、米大統領の戦勝の勢を借りて、「世界に弘通」することを歓迎していることを伝えている。当時の日本人としては飛び抜けて早い認識をもっていたといってよかろう。これも削除したが、「老公」の「御心痛」云々とある。この「老公」とは山県有朋のことか。いわゆる「ドイツ革命」のことへの心痛を鷗外は察しているようである。日本でも天皇否定の社会主義が、すでに芽を出していた。只今の「政治上ノ局面」は「一ツ〳〵が帝室ノ運命問題ニ関スルヲ覚エ候」と、皇室への配慮も忘れていない。これも体質に深く浸み込んだ津和野藩学のせいであろうか。賀古鶴所には、鷗外に比し、ほとんどそうした危機感はなかったであろう。

十一月七日の潤三郎宛の葉書に、鷗外は「奈良ニ宿シテ始テ鹿鳴ヲ聞キ候只今モ盛ニ鳴キ居リ候　戊午十一月七日夜」と書いている。これに対し、潤三郎は「鹿の声は津和野を出てから始めてであらう」（前掲書）と書いている。鹿の鳴声は淋しい風がある。鷗外も津和野を想い出していたのであろうか。

『委蛇録』と『寧都訪古録』

大正七年一月一日から「日記」は『委蛇録』となり、漢文体となった。内容も実に簡単なもの、つまり実務的な意味で、人名、場所、時間が主体となった。これも人に言われぬ、鷗外の体の不調が原因ではなかったか。「十一月三日」から『寧都訪古録』の題がつく。その冒頭には、「戊午十一月三日。朝発東京。女杏奴、児類、神谷初之助等送至駅站。（略）」とある。この日記は、題のごとく、七年の末、奈良での生活、仕事、実に多くの寺廻り等を記している。十一月十一日には「是日欧州大戦結熄」と書いている。ちなみに、訪ねた寺、神社その他を拾ってみると、以下の通りである。法隆寺、新薬師寺、西大寺、法華寺、十輪院、若艸山、喜光寺、垂仁天皇菅原伏見東陵、唐招提寺、薬師寺、発志禅院、飛鳥京、香具山、有橘寺、神武天皇陵、東大寺、白毫寺、一心院等である。必ずしも有名寺院ではない。しかし発志禅院では北条霞亭の文学の師だった皆川淇園の墓参りをしている。淇園の墓のある寺などよく調べたものである。

この『寧都訪古録』は、十一月三十日「土曜日。暁霜満地。朝入東京。参省見波多野宮相。午後還家。」で終った。

二つ目の「遺言」

大正七年三月十三日付で、鷗外は、左の二回目の「遺言」を書いている。

遺言

予ハ明治三十七年従軍セシ時遺言ヲ作リシニ其後家族ニ生歿アリテ事情一変セリ故ニ更ニ遺言スルコト下ノ如シ

一、有価証券並預金現金ハ小金井喜美、森（分家）潤三郎ニ与フル各千円計二千円ヲ控除シ残余ヲ二分シ半ハ於菟ニ与ヘ半ハ更ニ三分シテ茉莉、杏奴、類ニ平等ニ与フ

二、本郷ノ地所家屋ハ東半部強ヲ於菟ニ西半部弱（賀古鶴所ヨリ買取リシ地所並之ニ属スル家屋）ヲ類ニ与フ

三、日在ノ夷隅川岸ノ地所家屋ハ志げニ与フ
四、日在ノ御門停車場脇ノ地所ハ於菟ニ与フ
五、家財（伝家ノ物品、恩賜ノ物品及一切ノ書籍ヲ除ク）ハ荒木博臣遺物並新年賀式用器具一揃ヲ志げニ与ヘ残余中ヨリ於菟ヲシテ志げ、喜美、潤三郎ト協議シ親戚故旧ニ贈ルベキ遺物ヲ選定セシメ其残余ハ於菟、類ヲシテ適宜ニ之ヲ分タシム
六、遺著ヨリ生ズル収入ハ於菟、茉莉、杏奴、類ニ平等ニ分チ与フ於菟ハ志げ、喜美ト協議シ其取扱方法ヲ定ムベシ
七、系譜記録類、伝家ノ物品、恩賜ノ物品及一切ノ書籍ノ事ハ別ニ之ヲ定ム
八、遺言ノ執行ニハ賀古鶴所ノ立会ヲ求ム
大正七年三月十三日　　　　　　　森　林太郎

この「遺言」は、一回目（日露戦争出征時）の「遺言」を書き換える主旨になっている。つまり、一回目のときより「家族ニ生没アリテ事情一変セリ」が理由である。森家での日露戦争後の生没者は五人だが、不律を徐外すると、四人、没者は、篤次郎と峰子、生者は、志げ、茉莉、杏奴、類である。この二回目の「遺言」には志げへの非難は一切ない。純粋に財産の継承問題に終始している。

それにしても、旧民法とは言え、妻志げへの配慮がほとんどないことに驚く。結局、妹弟、子供など血の繋っている者が最優先されている。有価証券、現金など一切、妻は贈与されず、志げが得たものは、千葉、大原日在の「地所家屋」と父荒木の「遺物並新年賀式用器具一揃」だけであった。この「遺言」は、鷗外死後、着実に実行された。志げは類とともに、本郷の「西半部弱」の家屋に住み、「日在」は、結局、類が継承している。この「遺言」を鷗外が書く気になったのは、やはり体力の衰えを感じ始めたからであろう。

茉莉の結婚

十二月十五日の日記をみると、「山田珠樹始来見。共午餐。（略）」とある。愛娘茉莉の婿になる珠樹が鷗外を初めて訪ねてきた。山田珠樹は、東京帝大の仏文科出身の研究者で、後に帝大教授になっている。

珠樹はこのとき、近衛の特務曹長の軍服を着ていた。珠樹は容姿端麗であったらしい。元陸軍軍医総監、帝室博物館総長、それに文豪の呼び声の高い森鷗外、その長女の相手に不足はない。珠樹の父親は裕福な実業家で山田暘朔と言った。話はすぐに纏った。

結婚式は明けて八年十一月に挙行された。

十一月十一日、鷗外は奈良から、まだ招待者の人選について志げに手紙を送っている。

宮内官と軍人とを案内するには人選に困り且多人数になりては費用も多くなり可申とひかへ置日常親しくする人として（略）。

どうやら「日常親しくする人」を基準にしたようである。その候補者を手紙に書いている。当時の鷗外の人間関係を知るに

好都合である。

・宮内省―五味均平、本多辰次郎、芝葛盛、浅見倫太郎。
・図書寮高等官―神谷初之助、三宅米吉、溝口禎二郎、野村重治、高橋健自。
・陸軍省―鶴田禎次郎、中名生文治、中村緑野、飯島茂。

右の人名について、鷗外は、「是等の人々は珠樹君夫婦の将来往来する人と申にもあらずいかゞとひかへ候へ共招きてもよろしく候（略）」「珠樹君」云々と言っているが、結局、初めは鷗外に必要な人を招待したかったようである。以下、鷗外が書いている招待者の肩書は次のようである。

「大臣、次官、総務課長、調査課長、内蔵頭、主殿頭、調度頭、主馬頭、諸陵頭」、それに「陸軍省局長以上」、「参謀本部部長以上」と挙げ、鷗外は「案内してもよろしく候是とても珠樹君夫婦が将来交際する場合は少かるべしと存じ候へども相識になるが全く無駄にも有之まじく候乍然一転して思へば是等より却而」と書き、話を一転して、「東京文学博士、東京美術院会員」を出して次のように書き添えている。

右の方よろしくはなきかいづれも友人と申候て可なる人のみなれば案内せば参可申候但美術院の方は矢張部下の形に相成居候以上いづれになりても小生は別にさし支は無之候何分一応考候上人選に困りて廃案とせし物故再び書きならべて見ても困ることは前に異ならず候珠樹君になりとも御相談御取極被下候事よろしく候　十一月十一日　林太郎　しげ子様

結局、「いづれも友人と申候て可なる人」に絞ろうとする方向に傾いていった。「美術院の方は矢張部下の形に相成居候」とあるのは、鷗外はこの年九月に帝国美術院の初代院長になっており、その心遣いがみてとれる。「人選」に相当困苦したさまが、この書簡にありありとしている。

志げの返信で、さらに絞られたようである。十一月十三日付で奈良から志げに手紙がいっている。

その手紙を読むと、「茉莉のしらぬ人」ということで、陸軍省の偉い人は省かれた。「旧藩人」の偉い人、それに文部省、東大関係を選んだようである。「福羽子爵、佐々布充重、松本愛重文学博士、小藤文次郎理学博士、亀井伯爵」以上は旧藩関係の人たち。

次に「文相。次官、専門学務局長、宗教局長柴田、東京大学総長山川、古社寺保存会長九鬼、東京文科学長、東京医科学長佐藤、股野琢」と名前を挙げ、鷗外は「此宴会となれば、茉莉の知人等は別にするがよろしからむかと存候此頃宴会を二組にも三組にも分くる例有之候」と追記している。二十一世紀の今日、総じて結婚式は簡素化しているが、二、三回グループ違いでやる披露宴もまた増えている。鷗外は「茉莉の知人等」と偉い人を分けて、二、三組も考えたようである。いずれにしても、大臣、次官は削れないという鷗外の意思は明白である。最後の「遺言」でみせた権力拒否の意識は、この時期鷗外にはまだほとんどなかったとみてよかろう。

珠樹と茉莉の結婚式の最終メンバーはどうなったのか、その詳細は解らないが、当時の鷗外の立場からすれば、大臣の一人や二人が来ても決して不思議ではなかった。そのことも忘れてはなるまい。

茉莉らの結婚の披露宴に招待する人名を鷗外、志げは色々と苦心をして決めたが、精養軒で無事終ったようであるが、この珠樹と茉莉は鷗外死後、離婚している。

帝国美術院初代院長

この年九月八日、鷗外は帝国美術院初代院長に就任。文学関係では、翻訳集『蛙』を五月、玄文社から刊行。菊判、箱入、藤島武二の装幀である。収録作品は、『蛙』『舞姫』『鑑定人』『父の讎』『毫光』『女の決闘』、戯曲『街の子』『白衣の夫人』『忘れて来たシルクハット』『手袋』、他に抒情詩六篇を収めている。

鷗外は『蛙』の「はしがき」で二点のことを書いている。一つは「わたくしは老いた」という言葉である。実感があり痛々しい。「翻訳文芸」は「此書を以て終とする」と述べているが、翌年一月『ペリカン』を『白樺』に発表しているのは予定外のことであったのか。もう一つは、「両棲生活」つまり「官僚」と「文学」の「継続」が「長きに過ぎた。帰りなむいざ、帰りなむいざ」という言句。この時期に至っての鷗外の実感であろう。


十二月には、史伝の比較的短いものを集め『山房札記』(春陽堂)として刊行している。四六版、箱入。収録作品は、『栗山大膳』『椙原品』『都甲太兵衛』『寿阿弥の手紙』『鈴木藤吉郎』『細木香以』『津下四郎左衛門』の七篇である。

体調が崩れ始める―大正九年

大正九年が明けた。

鷗外は一月四日に博物館に、六日に図書寮に初出勤している。しかし、一月二十二日から体調を崩し、日記に「病在家」の日が続く。二十六日から出勤を再開するが、二月に入ると三日から再び「病在家」が続き、十一日の紀元節の宮中参内も欠席。十六日から、やっと出勤を始めている。この一月、二月通算すると、十四日間「病在家」ということになる。公式には腎臓病ということになっているが、肺結核の悪化が原因と思われる。極度に肺結核を隠してきた鷗外なので、その病気の真相は家族にも解らなかったと思う。このときの徴候は、結局、死に至る最初のものであったと、この日記をみると思われる。しかし、肺結核は強度の衰弱がない場合、また必ず小康状態がくる。以後、やや健康状態は回復して、出勤出来る状態になる。

「労働問題」への関心

話は少し戻るが、九年が明けた一月二日、鷗外は賀古鶴所に『太陽』の新年号に出た与謝野晶子の「社会策」を批判して手紙を出している。一月二十日過ぎに体調を崩すわけであるが、元旦は元気であったようだ。それにしても正月二日に、労働問題で、賀古に手紙を出すとは、いささか、晶子の発言が気になったようである。晶子が十数年前にフランスに渡るときは旅費を工面したりして、鷗外は晶子の才能を応援していたわけであるが、この晶子の「資本家無用論」には我慢出来ないとみえる。資本家がいなくなったとき、「労働者ニ自治ノ能力ガナイニハ気ガ付カナイト見エル」と書いている。発想は、「法学博士」も「大政治家」も言わない「文句」だが、それは、国家としての秩序が崩れることだから言わなかったのだとでも、鷗外は言いたげである。一木喜徳郎や井上哲次郎の言っていることは同じことで、道徳的、精神的な政治家を議会や内閣に入れよ、確かにそうだが、その方法手段がない。鷗外に言わせれば、晶子も、一木も、井上も、みな非現実的な理想論ということになる。特に晶子に対しては「女ダケニ労働者ノ自治ナドト出来ヌヿヲ言フ」と、少し腹立ち気味でもある。晶子への評価も変ったものだ。この年、鷗外は特に〝労働問題〟に関心を示している。だが、新聞や雑誌には書かない。この問題は、当時の我国での扱いは難しい。下手をすると進歩派からやられるのは解っている。従って憤懣をぶっつけるのは賀古鶴所への手紙の中だけである。

この晶子批判から八日後、つまり一月十日、賀古への手紙の中で、「世界中デ労働者ヲ持テアマシテ居ルガ、日本ダケデ労働問題ノ解決ヲツケタイモノダ」と書いている。体調不良の中で、鷗外は真剣に国家のことを考えていたのである。

二月十三日、賀古への手紙で「もうすつかり健康だと自信してゐる。久しぶりに大ぶ書物がよめる。君も大学や中庸をよむさうだが僕は左伝と史記とを皆読んだ」と書いている。延べ約半月も休み、再出勤する三日前の手紙で、まず健康の回復を伝え、病中、読書が出来たことも述べている。またこの手紙の中で「漢武帝の社会政策はまだ誰も研究して発表したことがないやうである」とやはり、「社会政策」に関心を示している。また「普通選挙法案は議会には出ずにしまふのだらうか」と、「普通選挙法案」を気にしている。実は、この二日前（二月十一日）に、普通選挙の実施と治安警察法の廃止を求めて「普選期成・治警法撤廃関東労働連盟」が、芝公園で演説会を開き、その後、二重橋までデモ行進を行っている。参加者は女性労働者も含め、三万人に達していた。また日比谷公園、上野公園なども別の団体による抗議集会が開かれ、関西では大阪でも反対運動が拡っていた。

鷗外は世情に、じっと目を据えていたようだ。鷗外は、この「選挙法」に関しては、この手紙の末尾に「階級の代表者を出す（Stände）のは古い説で、それを復活することが出来るかどうか不審だ。道理から云へば矢張国民全体の代表とする方が合理的でどうしても強い。兎に角皆小細工だ。」と書いている。

資本家から三分の一、労働者から三分の一、知識階級から三分の一というような階層別に考える案が出ていたようで、鷗外は、やはり大衆と同じように「国民全体の代表」が「合理的」だと考える。これはやはりデモクラテックと考えていいだろう。「兎に角皆小細工だ」と、今の政治家のやることを斬り捨てている。

昭憲皇太后の「謚《おくりな》」の問題

この年、鷗外は、まだ体力が残っていた証拠を示す材料にもなるが、「昭憲皇太后」の「謚《おくりな》」の問題にも力を入れている。これも公にではなく、賀古鶴所への手紙で意見を開陳している。九年六月八日（推定・封筒欠）のものと推察される。（手紙は長文なので省略する。）

この手紙は、明治神宮が完成したとき明治天皇とともにまつられる予定の昭憲皇太后（皇后）の「謚」に対し、鷗外が自分の考えを述べたものである。鷗外は大正二年二月に臨時宮内省御用係を仰せつけられたが、六年十二月、帝室博物館総長となったとき、御用係を免じられていた。しかし、大正十年（一九二一）三月に、『帝謚考』を上梓しているのをみても解るように、皇室の「謚」は言うまでもなく、「典故」に関しても一家言をもっていた。それを賀古鶴所に披瀝したわけである。

この手紙の問題点は、端的に言えば二つある。

㈠は、昭憲皇太后の「謚」の問題。

㈡は、宮内省全体に「典故」に関する機関がなく、また専門家もいないという指摘。

㈠であるが、まず「昭憲」は「支那風の謚」であること、これを「軽率」と非難。そして、昭憲に「皇太后」とつけるのは我国の「故実」にはないということ。「喪ガ畢ツテ廟ニ祭」ると、「必ズ皇后と称ス」と主張。従って、明治「神宮ノ祭神ヲ皇太后ト云フニ至テハ不体裁此上モナキ𛀁」と強く非難している。

㈡は、制度の不備を批判している。宮内省に「諮詢機関」はあっても、「典故」に通じる専門家が不在ということ、そのための弊害が沢山あるとする。その例一に、天皇崩御の場合、天皇だけを「大行天皇」と言い、皇后の場合、襲用しないのはおかしい、不審であると言う。例二は、大喪に「牛車」を用いるのは間違いと指摘している。要するに「宮内省ニモ政府ニモ故実家ノ後継者ヲ作ルト云フ考ハ少シモナキヤウ也」と、宮内省の固い頭を非難している。かつては、臨時御用係として宮内省に関係していたが故に、優柔のきかない官僚体質に憤りをもったものと思われる。手紙の末尾に「極秘」と書いているが、この時期鬱積しながらも公的に言えない問題は、ほとんど賀古鶴所にぶちまけることで、ストレスを少しでも発散していたようである。

大正四年（一九一五）、政府は明治神宮造営に着手し、大正九年（一九二〇）十月の段階では、ほぼ完成した。明治神宮は、その社殿、神域の整備のため来たる十一月一日には御鎮座祭が行われることにもなっていた。しかるに、この年、昭憲皇太后の「謚」をめぐって問題が起きていた。つまり「皇太后」という「謚」は不適切で「皇后」が適切であるという反論が出てきたのである。すでに造営着手の段階で、明治神宮の御祭神は、明治天皇と「昭憲皇太后」であると決まり、内務省から発表されていたので、ことは簡単ではなかった。

鷗外は、「喪ガ畢ツテ廟ニ祭」るとき「皇太后」とつけたことは、我国の「故実」にない、と資料的、歴史的に述べているのに対し、『東京日日新聞』（大9・10・16）では、「御母君の如き意を後世の国民に貽さずや」と感覚的問題として書いている。とにかく当時この「謚」の問題は大変な論議になっており、「政界の暗雲」とまで書いている。

また十月二十七日付『東京朝日新聞』では、およそ次のようなことを報じている。

来月一日明治天皇と御同座にて明治神宮に鎮座申上ぐる昭憲皇太后の御称号に就ては、予て篤学なる某高官が歴史的研究を基礎として「昭憲皇后と称し奉る方が正しい」という議を宮内大臣の手許に提出したのが発端となって当局間の問題となり御神鏡に彼称号を刻すべき関係もあって、本月中旬に執行されるはずであった新殿祭も廿八日に延期された、と伝えている。

この新聞では、「篤学なる某高官」が登場、「歴史的研究を基礎」に、「昭憲皇后」の議を宮内大臣に提出したとある。鷗外のいかにも学究的意見と似ているところが気になるが、「某高官」が鷗外でないことは解るが、鷗外の影響を受けた人である可能性はある。大正九年六月七日の『委蛇録』に次のように記している。

晴。参館。石原次官咨可允称昭憲皇后否。予告以可允。

宮内省の石原次官が「昭憲皇后」の称を「允《ゆる》す可きや否や」と聞いたので、鷗外は「允す可き」と答えている。鷗外は完全な「昭憲皇后」論者であった。この鷗外の説は、山県有朋に当然影響を与えたものとみえる。山県は強硬に「皇太后」説に反対したが、コトはすでに「皇太后」に始まり、「皇太后」で進んでいるだけに、その勢いを山県といえども止めることはできなかった。

原首相は、山県を訪ね、御称号を「皇太后」から「皇后」に改めることはできないが、妥協案として一般においては「昭憲皇后」と称しても違例としないという考えを公布することを伝え山県の了承を得たのである。

また十月三十一日、東京を発って奈良に出張、正倉院曝涼に立会している。東京に帰ったのは十一月二十二日であった。その足ですぐ榊産院を訪ね、茉莉の子、裔に初めて会っている。

鷗外は、奈良にいる間、十一月九日、京都・大徳寺塔頭大仙院を訪ねている。奈良に行く前の六日間の全生庵通いといい、今度の大仙院行きといい、この時期、鷗外が、宗教的、精神的なものを求めていたことは否定できまい。俗塵を離れ、俗事を忘れて、「無」の世界に坐す、という志向を強く持っていたように思える。玉水俊虠は曹洞宗の禅僧であったが、今回は、全生庵にしても、大仙院にしても、臨済宗の禅である。臨済禅は、〝考えず無になれ〟の精神を大事にした。まさに「不立文字」である。鷗外は、医学人としてだんだんと、己の身体状況が解ってくる。不安、動揺もある、そして石黒忠悳あたりからの栄典の囁きもある、凡人たる鷗外は揺れる。この時期、生涯の中で一番「俗なるもの」と「聖なるもの」との往還に苦渋したのではあるまいか。

この時期、鷗外の身体にどのような症状があったのか。十一月十二日付で奈良から志げにあてた手紙がある。

その手紙をみると、腎臓炎で腰の痛みが長く続いていたようである。一応治ったが、「ソレデモマダマルデツネノトホリデモナイヤウニモオモフ」と伝えている。この時期、体の調子は「ツネノトホリデモナイ」ということである。鷗外が、これだけでも言うということは、相当不調と考えてよい。

「全生庵」（禅寺）―宗般老師

大正九年（十月）及び大正十年（四月）の『委蛇録』（日記）に次の記録がある。

◎［大正九年十月］

十一日。月。晴。参館。莅鑑画場。紫野大徳寺見性宗般師提唱川老金剛経于全生庵。是日往聴。

十二日。火。晴。参寮。再往全生庵。上真行始来見。

十三日。水。雨。参館。三往全生庵。

十四日。木。晴。参寮。四往全生庵。

十五日。金。晴。参館。佐佐木信綱至。五往全生庵。

十六日。土。晴。参寮。兼田嘉蔵従大阪至。六往全生庵。講筵終于此。

◎［大正十年四月］

四日。月。晴。参館。松浦鎮四《（次）》郎至。言遣人巴里事。往全生菴。

五日。火。晴。参寮。二往全生菴。呼上真行属艸音律論。

六日。水。晴。参館。展覧信実三十六歌仙図。久保猪之吉夫妻、丸山環、山田暘朔来観。妻亦来。三往全生菴。赴奨学会于亀井伯邸。

七日。木。晴。参寮。四往全生菴。

九日。土。晴。参寮。五往全生菴。見性宗般説金剛経。至無為福勝分。

両年で十一回も通った「全生庵」とは、いかなる寺であるか、また提唱を受けた見性宗般師とは、どんな僧であったのか。鷗外はこの全生庵通いの最後の日（大10・4・9）に宗般師の説く「金剛経」を聞いて「至無為福勝分」と書いている。心に快気を得たようである。

全生庵は、現在東京台東区谷中五丁目（明治四十年頃は下谷区谷中初音町と称していた）に在る臨済宗国泰寺派の名刹である。山岡鉄舟が、この寺を創建したと言われている。場所は団子坂を下り、不忍通りを横断し、谷中霊園の方向に行く、その途中左側に在る。全生庵は、号を普門山と称する。寺には、山岡鉄舟及び三遊亭円朝の墓がある。鷗外の『委蛇録』をみると、全生庵に赴き、京都紫野大徳寺の見性宗般師の提唱を聴いている。後述するが、翌十年にも五日間通っている。私は全生庵は、てっきり大徳寺派の寺と思っていたが、全生庵の平井正修師（平成十七年現在）にお聞きすると、国泰寺派だと言われる。同じ臨済宗ではあるが、明らかに本山が違う。なのに、なぜ大徳寺の宗般老師（臨済宗は管長クラスでは「老師」と敬称するので、以後、これに従う。）が全生庵に赴かれたのか、少し疑問をもった。しかし、平井正修師の話では、臨済宗では「派」の違いを余り気にしない、むしろ、「法」統が大事であることを教えられた。当時、全生庵の住職山本玄実師が、三島の龍沢寺住職山本玄峰老師の弟子であったこと、見性宗般老師と三島の山本玄峰老師が親しかったことなどを平井正修師から教えられ、納得が出来た。

従来から、この日記にある「全生庵」及び「見性宗般師」と鷗外について、鷗外研究の場にとり上げられたことを寡聞にして知らない。どうやら本書が初めてらしい。今まで、『鷗外日記』は、読み尽くしていたと思っていたが、それは誤りであり、この件を全く意識せず再三通過していたのである。今回、これもまた一種の発見ではないか。全生庵の在る「谷中初音町」は、『青年』の純一が住んでいた処であることを私は想起し、『青年』を瞥見すると、やはり次の文があった。「大村と一しよに、純一は初音町の下宿を出て、団子坂の通へ曲つた。（略）二人はたわいもない事を言つて、山岡鉄舟の建てた全生庵の鐘楼の前を下りて行く」。全生庵での提唱は、『青年』が『昴』に発表されてから、約十年後である。『青年』執筆時、鷗外にとって全生庵は、一つの風景、または建物に過ぎなかったと言えよう。この辺は、博物館に通う道筋であった。

さて、肝腎の見性宗般老師とはどんな僧であったのであろうか。宗般老師は、明治四十一年（一九〇八）、第五代（明治に入ってから）大徳寺派の管長に就き、爾来、大正十一年（一九二二）まで管長職にあった高僧である。鷗外が、大正九年（一九二〇）に初めて宗般老師の提唱を聴きに行ったとき、大徳寺派の管長であり、七十三歳であった。鷗外が五十八歳、十五歳の開きがある。宗般老師は、「今一休」「乞食宗般」とも言われ、実に豪放で、威儀を構わぬ人であったという。生まれは、石川県小松の寒村。十二歳で金沢、高巌寺の天恭和尚の元で得度、それから後、京都の臨済宗円福寺僧堂で修行した。対象者に絶対に差をつけない、そして衆に接し、衆とともに楽しむといった坊さんだったらしい。だからどこへでも出掛けた。それに、好学の人で詩文や和歌に通じた教養もあった。

エピソードとしては、大正天皇の即位式が京都御所で行われたとき、大徳寺派の管長として招待を受けた。そのとき、普通の衣を着て御所の門を入ろうとしたため、警官にとめられ、一時拘禁された。署長の調べで、大徳寺派の管長と解り、関係者がみな驚いた。この騒動のとき、一切あわてず無言であったという。鴎外も、その即位式には出ているが、勿論知らなかった話である。大徳寺の史録にある話だが、少なくとも、物に拘らない飄飄とした人物であったことは間違いなさそうである。有栖川親王が、この宗般老師に帰依し、熱心に進講を受けたと言われている。鴎外は、この見性宗般大徳寺派管長が、観潮楼から歩いて約十分の全生庵で提唱があるということを誰に聞いたのか、恐らく、鴎外は身分を明かさなかったと思う。ただこの風のような、そして細事に拘わらぬ宗般老師に接して、何か精神的なやすらぎを得ようとしたことは間違いない。疑問として残るのは、この両人は、互に認知していたのかということである。以後の日記、書簡集をみても、接触した徴はない。鴎外は黙してふらりと家を出たのではないか。鴎外は当然宗般老師を認識していたが、宗般老師は解らなかったと思われる。

奇しくも、この宗般老師は、鴎外の亡くなった大正十一年十二月二十三日に遷化している。鴎外が全生庵を訪ねて二年余で二人は亡くなったということである。宗般老師は七十五歳であった。この宗般老師についてご教示をいただいたのは大徳寺塔頭興臨院住職福代洋道師である。

鴎外のこの求道行為は、漱石が、やはり臨済禅の鎌倉円覚寺塔頭帰源院に釈宗演老師を求めた行為に通じるものがあり、鴎外の「精神史」の中で今後重視されてしかるべきではないかと考える。

鴎外と禅については、『空車』のところや京都・大仙院行きのところなどで、いささか触れているが、鴎外が、なぜこの時期、両年にわたり五、六日間ずつ全生庵・宗般老師の臨済禅の提唱に通ったのか、このことを考えることは、極めて重要なことである。臨済禅は、「無心」（心が空っぽになること）を強調する。つまり、デカルト的な「自己」と対極にあるのが禅の精神であるとみてよい。鴎外は、すでに書いたように『高瀬舟』『寒山拾得』執筆当時から求道的になっていた。しかし、そう簡単に「俗」の心を放擲することは出来ない。特に鴎外にとって「上院占席」への期待が大きかっただけに、なれなかったことは無念であったと思われる。鷗外は、そうした「俗念」の中に竦むことが多々あった。むろん、これだけではない。だんだん老いに向かう中、己の生き方への模索も、鷗外を真剣にさせたに違いない。なんとか、この己のエゴを断ち切りたい、臨済禅がめざす「澄んだ鏡面のような心」に達したい。そうした思いが、恐らく全生庵の前を通ったとき掲示されていた宗般老師の提唱の報らせをみて、この山門をくぐらせたのではないか。そして、提唱の最後の日、大正十年四月九日の日記に「至無為福勝分」と書くにいたる。少なくともこの日、鷗外は「福勝」の気分を得たことが解る。

従来から、鷗外の「精神史」を考えるに、この全生庵での宗般老師提唱の件が、全く欠落していたことは、なぜなのか。不思議に思われて仕方がない。今後、鷗外の「精神史」を考えるに極めて重要な問題が加えられたことを重ねて訴えておきたい。

衰弱の中で

大正十年に入った。

元旦の日記をみると、「晴空悪路」とある。鷗外前日来、雨が降り、ぬかるみの路であったようである。鷗外は、例のように、東宮、閑院宮、陸相田中義一、宮相中村雄次郎、文相中橋徳五郎、山県有朋、石黒忠悳、亀井茲常（旧藩主）らを挨拶に廻っている。この頃はかなり衰弱していたようで、「悪路」の挨拶廻りは、随分辛くなっていたと推察される。しかし、この年は、極度に悪化ということはなく、小康状態が続いていたようである。ただ、時々症状はあった。三月三日は、東宮が西洋に発たれる日であったが、「予有微恙。不送行」と書いている。あの律気な鷗外が、東宮洋行の見送りを欠くというのは、本人は「微恙」（ちょっとした病気）と書いているが、余程、この日は体調が不調であったようだ。

四月一日、鷗外は、ヨーロッパに留学する茉莉の夫、山田珠樹を東京駅に送っている。

『帝諡考』と『元号考』その他

五月三日の日記に、「令浄書帝諡攷。」とある。実はすでに三月に、宮内省図書寮から『帝諡考』が、各冊番号入りで刊行されていた。限定百部であった。美濃判で和紙和装で二三四頁。鷗外が図書頭に就任したとき、図書寮では、『帝諡考』を編纂するかどうかと、意見が闘わされていた。鷗外は就任すると、すかさず編纂することを決めた。この内容は、歴代天皇諡号の出典を考察したもので、鷗外は一年半で完成した。大正八年十月十五日の賀古鶴所への書簡に、「帝諡考百五十枚バカリトウ〳〵脱稿シ次官マデ差出居候セメテ少部数ノ印刷ニ付シモラヒ度者候」と書いた。己の体の不調をみながら急いでいたのであろうか。

次いで鷗外は『元号考』に着手した。大化以来、明治までの二百四十有余の「年号」の出典を考証したものであり、鷗外は死の数日前まで執筆していたが、結局中断することになった。しかし、鷗外の遺志により、図書寮編修官の吉田増蔵が、未成の三分を補修している。

『元号考』に関して旧版の『全集』で、編者の一人である与謝野寛が解説を書いている。

これによると『元号考』は、鷗外と「図書寮」の吉田増蔵との「共撰」と述べている。

六月には深尾贇之丞著『天の鍵』の序文を書き、七月五日には、善文社から『脚本名著選集』の第一編として翻訳戯曲『ペリカン』が出版されている。十月には、『森林太郎訳文集』巻一として『独逸新劇篇』が春陽堂から刊行。作品として選ばれたのは、『寂しき人々』『僧房夢』『花束』『出発前半時間』『ヂオゲネスの誘惑』『街の子』『我君』『負けたる人』『夜の二場』『飛行機』の十作品である。

十一月には、与謝野寛らによって『明星』が再刊され、鷗外は一号から、『古い手帳から』を連載したが、翌十一年、鷗外死去のため、八月号で終っている。『古い手帳から』には、西洋の哲学者、プラトン、アリストテレス、ストア派、エピキュロスなどをとり上げ、その思想や精神がかなり直截に書かれている。中でも「基督」をとり上げ、「基督は資産家の身方ではなかつたか」「基督は富の厭離すべきを言つた。しかし富の廃滅すべきを言はなかつた」と述べている。富の廃絶を言わなかったなら「資産家」を認めるという論理か。

またプラトンとアリストテレスを比較して、次のように述べる。

Platon は人生の幸福を、絶て自己の利害を顧みずに国家のために尽瘁する中に求めた。これに反して Aristoteles の政論は人生の幸福を、我が有となすものがあつて始て成立すべきものとなした。彼は純利他である。此は自利があつた上の利他である。ここに Platon の国家集産主義に対する Aristoteles の個人主義がある。

アリストテレスの「自利があつた上の利他」が鷗外には納得出来たのではないか。このアリストテレスの「個人主義」こそ、この時期の鷗外には、自然に感じられたと思われる。

最後の千葉「日在」行き

八月十日、「苦熱」、十一日には「苦熱如昨」と日記にある。肺結核特有の微熱が続いていたようである。しかし、鷗外は克己的に無言で通常生活をしていた。八月十四日から、志げ、杏奴、類とともに、千葉県大原日在の別荘に行く。二十七日の夜、東京に還っているから、日在に十四日間滞在したことになる。『妄想』の冒頭に「目前には広々と海が横はつてゐる」と書いた風景が、鷗外の心を慰めたであろうか。太平洋の海は豪快である。

東京、谷中の全生庵で宗般老師に精神的慰藉を求め、日在では、無限に拡がる太平洋の空間に世間や己を忘れさせる、ある種の爽快さを味っていたのかも知れぬ。少なくとも東京にない自然の荒々しさと自由が、鷗外には救いであったように思える。

　鷗外が最後に日在に行ったのは、死の前年の夏であった。大正十年八月十四日の日記に「晴。出京。入上総鷗荘。与妻杏奴類同宿。」とある。

　類は、「父がいるかぎり、傍にいれば楽しかったが、年二度の大きい楽しみがあった。夏は千葉県日在村の別荘へ行くことと、冬のクリスマスであった」と書いている。(『鷗外の子供たち』)鷗外は、子供には実にやさしかった。この鷗外、最後の日在行きとなった日のことを類は書いている。

　当時、房総半島に行くには、両国駅から汽車に乗った。両国は当日、大変な人であったようだ。体の弱っている鷗外が、群衆に押され「改札の柵に下腹をあて、ステッキを高くかかげて、苦痛に曲った顔」をしていたと書く。苦しかったであろう。しかし無言で耐えている。

　痛々しいではないか。やっと二等車に乗って落ち着き、類がふと父をみると、「白麻の背広」で足を組み「洋書」を読んでいる。これもまたいかにも鷗外である。当時まだ男でも和服の多かったとき、鷗外のダンディさは目立ったであろう。だが、好いイメージは残念ながら浮かばない。痩せて、蒼白く、折角の白の麻服が、ぶかぶかしていたのではなかったか。鷗外は「洋書」を読んでいたと言うが、体調の不良で、集中出来なかったのではないかと思ってしまう。

鷗外の唯一の「動画」発見される

―大正十年三月・新橋駅

　九月に入っても暑い日が続いていた。

　この九月三日の日記に、「土。晴。迎儲君子横浜。謁見于艦室。午後再謁見于儲宮。(略)」とある。これは皇太子、外遊からの帰国を横浜に迎えた記録である。皇太子は、この十年三月三日に西洋に出発している。しかし、鷗外は日記に「予有微恙。不送行」と書いたことはすでに触れた。約半年にわたる外遊であった。出発のときは「微恙」で送れなかったので、出迎には、不調に鞭打って横浜に出掛けたようだ。ところが、平成十六年三月十二日(金)の『読売新聞』朝刊に、「鷗外の動画見つかる」と大きな活字と写真入りで報道され、驚いた。「皇太子の外遊出発から帰国までを記録した約二時間半」のフィルムの中に、出迎の鷗外が三秒ほど登場するのである。鷗外最晩年のまことに貴重な映像である。日記によると、「艦室」に赴いているようだが、この動画はその後か前か解らない。正装した軍人たちにまじり、フロックコートを着、左手にシルクハットを持ち、やや前かがみ、丸坊主頭で、頸の細さが目立つ。いかにも足取りは重い。衰弱は歴然である。死ぬ約十カ月前の姿であった。

　従来、著名作家の動画で、一番古いのは、昭和二年(一九二七）の芥川龍之介であったが、今回発見された鷗外の動画は、最も古いものであることが確認された。

この年の暑さは格別だったようだ。

九月二十日「（略）炎熱再来。参寮」、二十一日「（略）熱如昨。参館」と日記にある。酷い暑さの中、「参寮」と「参館」と、耐えながら休まず勤めていたことが解る。十月五日には、横浜港に、旧藩の亀井茲常伯爵の洋行帰りを迎えに行っている。

柳宗悦と志賀直哉

十月三十一日、正倉院曝涼立会のため東京を出京。

翌十一月一日午後、奈良の官舎に到着。二日から、正倉院の開扉を始めている。十三日の日記をみると、この日、『白樺』の柳宗悦、志賀直哉が正倉院参観に訪れている。『白樺』創刊以来、志賀直哉は、「范の犯罪」（大2・10）、「和解」（大6・10）、「小僧の神様」（大9・1）などこれまで多くの作品を発表し、この大正十年には一月から八月まで「暗夜行路」前篇を『改造』に一月から八月まで連載している。

参観者の資格を鷗外が「学術、技芸関係者」まで広げた結果として、この若い二人の芸術家が参観できたのである。

柳宗悦は、志賀より六歳若かったが、東京帝大で哲学を専攻し、『白樺』創刊時から、宗教、芸術に関する研究、評論を発表し活躍していた。柳の父親は、海軍少将で、海軍省初代水路部長などをやっている。ジャーナリズムに敏感な鷗外のこと、この二人の活躍は、十分知っていたと思われる。また翻訳をやめると宣言して四年目に翻訳した文字通り最後となった『ペリカン』は、『白樺』の要請で、それに応じたことはすでに書いた。

『白樺』は漱石に近く、鷗外は遠いと思われていたふしもあるが、そうでもないことを、この件は示している。この当時、志賀も柳も、千葉県我孫子に住んでおり、この日、わざわざ我孫子から正倉院開倉参観に来たものとみえる。このとき志賀直哉は三十九歳、柳宗悦は三十二歳であった。

衰えゆく鷗外は、この若い二人と、どんな話をしたのであろうか。

十八日には、雨の中、京都博物館に赴いているが、その日に奈良に帰り、二十一日、奈良を発ち、二十二日の朝、東京に帰着。この年は、十二月二十八日まで、参寮、参館がくり返され、一日も休んでいない。鷗外の体調不良と精神力の強さは、背中合わせになって存在していたようである。

第七部　鷗外、終焉に向かう——大正十一年

1　逝くまで七カ月

大正十一年の元旦は雪であった。鷗外は例のように参内、摂政宮に拝謁、牧野宮相、山県有朋、閑院宮、石黒忠悳らに挨拶廻りをしているが、例年より少ないのは、体調不良で当然のような気がする。

しかし、一月六日から、参館、参寮が何の変りもなくまた始まっている。

『奈良五十首』　この一月、『明星』第一巻第三号に、鷗外の『奈良五十首』が掲載された。これらの歌は、大正七年から十年まで、正倉院曝涼立会に四年、ほぼ一カ月の奈良滞在中に詠われた短歌を集めたものである。『我百首』以来の短歌集である。この『奈良五十首』については、平山城児氏の適切な注解の書（「鷗外『奈良五十首』の意味」（昭和50・10　笠間書院）がある。

芥川龍之介は、大正六年三月九日付で江口渙に出した手紙の中で、「山椒大夫をよんでしみじみ鷗外先生の大手腕に敬服しました僕は二度よんで始めてうまさに徹する事が出来たのです（略）」と、『山椒大夫』を褒めた芥川が、五年後この『奈良五十首』に対し、渡辺庫輔への手紙（大11・1・13付）の中で、「明星に観潮楼主人の奈良五十首が出てゐるのを読みましたが五十首とも大抵まづいですね」と批判しているのが気になる。すでに本書で触れているが、もともと芥川は鷗外を尊敬しながらも、その韻文については点が辛かったことは定評がある。

ただ、斎藤茂吉になると、抽象的ではあるが、芥川と違ってくる。

それから、間もなく、大正十一年一月の「明星」復活の第三号に、『奈良五十首』というのが載った。

森鷗外先生の業績はまことに宏大複雑深遠であり、あらゆる方面に先覚者としての風貌を現出せられたのであるから、歌の如きはほんの余業、手すさびに過ぎぬと思われたのであっただろう。それにもかかわらず、現在の本邦歌壇を理会《ママ》するうえには、先生の存在を否定するわけにはまいらぬのである。

（「鷗外先生と和歌」『森鷗外研究』昭22　長谷川書店）

確かに茂吉が述べるように、鷗外の韻文作品に対する評には少なからず誤解があると思える。鷗外の「全業」の中で考えても、決して、「ほんの余業、手すさび」で、韻文を詠んでいない。『うた日記』にしても、いかに毀誉褒貶があったとしても、鷗外は日露戦争という国にとっての大事件を文章ではなく短歌や詩、俳句で真剣に表現し、伝えようとしている。その点芥川龍之介にも、いささかの誤解があるようだ。確かに、生硬で、形式的で、享ける者の心を摑まない短歌や詩も多々あることは否定しないが、胸に響くものもまたあるのである。あの日露の苛烈な南山戦を舞台とした、『扣鈕《ぼたん》』の「こがね髪／ゆらぎし少女《おとめ》／はや老いにけん／死にもやしけん」云々なる詩も、その一つであろう。

『奈良五十首』で、私の心に残る歌を左に挙げておこう。

①京はわが先づ車よりおり立ちて古本あさり日をくらす街
②識れりける文屋のあるじ気狂ひて電車のみ見てあれば甲斐なし
③木津過ぎて網棚の物おろしつつ窓より覗く奈良のともし火
④梵唄《ぼんばい》は絶間絶間に谺響してともし火暗き堂の寒さよ
⑤殊勝なり喇叭の音に寝起する新薬師寺の古き仏等
⑥日毫の寺かがやかし癡人《しれびと》の買ひていにける塔の礎
⑦現実の車たちまち我を率て夢の都をはためき出でぬ

右の①②の「古本あさり」「文屋のあるじ」というのは、鷗外が昵懇であった京都三条寺町の古書店「彙文堂」の主人のことである。

大正十年十一月一日付で、奈良から志げに出した葉書の中に次の言葉がある。「京都ノ本屋ハ赤ン坊ノヤウニナツテワカリマセン」と。

彙文堂は漢籍を主として扱う古本屋で、主人は大島友直である。東京で初めは居住し書物を扱っていたが、京都に来て河原町荒神口に小さい店を出した。しかし、後に寺町に移ったのである。この彙文堂は、京都大学の狩野直喜や、内藤虎次郎各教授なども出入りし、鷗外も奈良への出張には、必ず京都で乗り換えるとき、この彙文堂に寄って、この主人と話をしたり、本を探したりするのを楽しみとしていた。日記をみると、大正九年十一月一日に「訪彙文堂」とあるが、翌十年から立ち寄らなくなった。

鷗外は、寂しさを押え切れなかったと推察される。七日の手紙では「赤ン坊ト同ジニナツテ居タ只電車バカリナガメテ居テ油断ヲスルトソレニ乗ツテ行方不明ニナル」と書く鷗外の心持は複雑であったろう。

彙文堂の主人が「話相手」にならないとしたら、もう京都に降りる気がしない。彙文堂には何回も来ており泊まるのも老舗俵屋と決めていた。言うまでもなく、①で言う「古本あさり」が好きであった。この①でそれを強調しておいて②で「文屋のあるじ」の発狂に落胆を惜しまない。何か人間の悲運を直視しながらも耐え難い哀しみが漂っている。③の歌は好きである。極めて庶民的で実感が出ている。木津を過ぎると、もう奈良である。やっと着いたという思いと、奈良の「火」は庶民生活の「灯」であり、郷愁を誘っている。④は、宗教的壮厳、神秘と芸術性が交錯している。⑤「喇叭の音」とは鹿を呼ぶラッパだろう。「古き仏」たちのユーモラスな顔が浮かんでくる。⑥白毫寺には、大正七年十一月二十日に訪ねている。小さい寺なのに連作が多い。この歌には、残っている塔の「礎」への感慨と、その塔を金の力で持っていった「癡人」への憤りがみえる。

この「癡人の買ひていにける塔」であるが、十一月二十日の子供たちに出した鷗外の手紙の中に次の文がある。「ムカシハナダカイテラデアリマシタガイマハヤネニアナガアイテヰマス。チカゴロマデ五ヂウノタフガアツタノヲ大サカノフヂタトイフカネモチニウツテシマヒマシタ」と。平山城児氏は、「現在その塔は、宝塚市切畑長尾山にある井植山荘内に安置されている。」（『鷗外「奈良五十首」の意味』）と述べている。平成十九年（二〇〇七）から遡ると、丁度三十二年前になる。今でも井植山荘に在るのだろうか。私は、昭和四十年代に白毫寺を訪ねているが、石段から山門までは草ぼうぼうで、寺自体も、老朽化が激しかったように思えた。鷗外の言う「癡人」は、平山氏も言うように、「人を罵倒するときの馬鹿者という程度の言い方」になろうか。つまり「フヂタトイフカネモチ」の事である。藤田平太郎が正式の名前であり、男爵で貴族院議員であった。当時鷗外は、「古社寺保存会史蹟名勝天然記念物保存協会」の指導的立場にあった。従って、「癡人」とは、むろん、単なる「馬鹿者」だけでなく歴史的文化財に理解を持ち得ぬ成金趣味の人間を指す言葉であったと思われる。その歴史的造形物が、「在るべき所に在る」、そのことが、鷗外にとって大切なことであり、金や地位の力によって、おのが庭園に移築するとは、断じて許されることではなかった。この白毫寺の「癡人」を考えたとき、『我をして九州の富人たらしめば』のエッセイを想起する。明治三十二年（一八九九）九月、小倉に赴任した時の文章である。鷗外が、白毫寺を訪ねたとき、あれから十九年が経っていた。すでに本書で述べたことであるが、鷗外はこの『我をして』の冒頭で、「九州の富人多く」「その境に入りその俗を察するに、事として物として聞く所の我を欺かざるを証ぜざるはなし」と、当時北九州に勢力を誇っていた炭鉱成金たちの意識、行動に慨嘆している。さらに、「九州に来るもの〻富の抑圧を覚ゆる」とも書いている。成金たちは、その莫大な金の使い方を知らない、自分が、もし「富人」ならば、「芸術と学問」にその財を使うと、鷗外は断じている。もっともらしくて一向に面白くないが、この白毫寺で甦ったのは、九州の「成金」たちのことではなかったか。⑦は、この『奈良五十首』の最後の作品。奈良にいるときはむしろ現実を忘れがち、「現実の車」とは人力車か、それとも汽車か。恐らく汽車だろう。これに乗ると「夢の都」が遠のき、現実が待っている。鷗外の溜息が聞こえるようだ。

鷗外の韻文は、総体に巧いとは言えまい。生硬的で説明的であったりして受け手の心をわし摑みにするような作品には余りお目にかかれないが、しかし、その中でも、〝成程〟という作品があることも否定できない。やはり印象に残る作品もあるのだ。芥川のような全面否定が果して妥当かと言えば疑問である。本書ですでに述べているが、日露戦争の講和成り、いよいよ明けて正月に満州を去る、この喜びを想定して明治三十八年十二月二十五日付の志げへの手紙の中に俳句二句を添えている。「凱旋や元日に出る上り汽車」「ぼつくりの地鞴《たら》や門の羽子の友」。前句は実に明るく華やかで素直である。「上り汽車」がよい。後句は、祖国にいる三歳の茉莉への想い、これも華麗に詠っているところがよい。鷗外の韻文の多くは、決して否定されるようなものばかりではない。

於菟・茉莉と駅頭での別れ

三月十四日、鷗外は『委蛇録』に、「於菟茉莉発東京駅」と記している。この簡単な漢字の裏に、鷗外の複雑な哀しみが隠されていることを察知する。鷗外と赤松登志子との間に出来た於菟が留学する。その機会を捉え、夫珠樹の待つ西洋に向かう茉莉。この腹違いの兄妹は仲は悪くない。鷗外にとっては、二人とも心から愛する息子と娘、衰弱した体で、東京駅のプラットホームに立つ鷗外。その心情は察して余りある。

於菟は、このときのことを次のように書いている。

> 父は大正十年「帝諡考」を成し「元号考」に進んだが健康ようやく衰え、以前には年よりも若く見えたのが急に老人になって腰は曲り老眼鏡を用うるようになった。大正十一年四月私が留学を命ぜられ山田珠樹の妻であった妹茉莉と同船で欧州に向う時、父は笑って私に「お前はおれとちがってじじいになって行くから面白い事もあるまい。」と云った。老人の頭に若い昔の影——エポレットを輝かして若い独逸士官とビールの杯をあげた——がさしたと見える。

於菟は、「四月」と書いているが、「三月」の間違いである。衰弱で急に「老人」になった鷗外は、それでも胸の苦しさを冗談でごまかしている。これが最後の別れになる、鷗外には百も承知のことであった。神は人間に容赦なく「老い」を与え、その上、病気の衰弱まで与え、そして一番過酷な永遠の「別れ」まで与えてしまった。

鷗外は、三月の冷たいプラットホームで耐える以外になかった。ゆっくりと動き始めた車中の茉莉に向って、鷗外は無言のまま微笑んだという。それより先、汽車に乗る前に、「もう一度、欧羅巴へ行きたい」と茉莉に何度も言った。自分の体の中の病根は、もうすぐ自分の肉体を蚕蝕するであろう。医学を学んだ鷗外には察知できること。砂を噛むような喪失感のなかで、しかも愛してやまない茉莉を外国に放してしまう。この弱小感の中に、「もう一度、欧羅巴へ行きたい」というこの言葉は、余りにも空しいではないか。

三男の類も見送りに来ていた。十一歳の類は、このとき、鷗外を次のように見ていた。

東京駅での父は、灰色の外套を着て見送っていた。軽くて暖かいその外套が重そうに見えたのは、それだけ父の体が弱っていたのであろう。(『鷗外の子供たち』)

十一歳の少年には、鷗外の哀しみの深いところまでは解らなかったはず。ただその寂しそうな孤影は、重たそうな外套姿にみえたことであろう。

山県有朋の死

この於菟らを西洋に送り出す前、一月に大隈重信が、二月二日に山県有朋が亡くなっている。鷗外の後半の人生に多大な影響を与え続けた、この国家の重臣が死去した。鷗外は小雨の中を山県邸に赴き、弔問している。九日に葬儀は、日比谷公園で催され、鷗外も出席。これで明治帝も崩御、乃木希典、山県有朋と多くの重臣たち、また鷗外に関係深ったこれら先達の死を前にして、衰弱した己の命運も考えたであろうが、一つ想像出来るのは、大正の世に居ながら〝明治も終ったなァ〟という感慨を持ったのではあるまいか。山県は八十四歳であった。

四月十二日に、イギリスの皇太子が来日、鷗外は赤坂離宮に赴き拝謁している。皇太子の宿舎は帝国ホテルであったが、十六日にこのホテルが全焼するという事件も起きている。この年、三月にはアメリカの産児制限運動家で当時有名であったサンガー夫人が来日。当時、日本政府は「生めよ殖せよ」と、人口増加を望んでおり、サンガー夫人の来日には難色を示していたが、結局、産児制限の公開講演はしないということで、上陸を許可している。「序」ですでに書いたが、十一月には、ドイツのアインシュタイン博士が神戸港に上陸、この時ノーベル賞委員会は、博士に物理学賞を与えることを発表しており、日本で大歓迎を受けた。

衰弱の中、「正倉院」に赴く

鷗外は、来日中の英皇太子に正倉院を開扉せよの命を受け、四月三十日夜東京を発ち、翌日午前十時に奈良官舎に着。五月五日の日記に「過午英皇儲来倉」と書いている。仕事が終ると、七日には奈良を発ち、八日、東京に還っている。奈良にいたのは、今回七日間だけであった。例年ならば、約一カ月滞在していたが、余程体調が悪化していたことが解る。

相当の衰弱状態にあったわけで、本来欠席してしかるべきことであるのに、やはり職責を放棄することに耐えられなかったようだ。己の「生」の近くに、「職責」の固りのような乃木希典などをみてきた鷗外には、別に具体的に乃木を意識しなくても、体に滲み込んでいたことであったろう。ここに明治の日本を創ってきた、その一人の気慨を明確にみるのである。

医・薬を拒否する鷗外

東京に帰ってからも鷗外は、参館と参寮を毎日続けている。衰弱も進み、妻志げの心配も並大抵ではない。賀古に休勤を勧めてくれと頼むが、鷗外は耳を藉さない。この強い克己心には感心せざるを得ない。

　この状態を見た賀古鶴所は、医者にかかることを真剣に勧めたが、鷗外は、大正十一年五月二十六日付で、次の手紙を賀古に送っている。

昔支那ニ神トガアツタ人ヲ見テ其人ガ何年何月何日ニ何事デ死ヌルト云ヿガワカツタ若シ人ガソレヲ聞クトソレガ心ノ全幅ヲ占領シテソレヨリ外ノ事ハ考ヘラレナイ医者ノ診察モ之ニ似テヰル例之ハ胃（ママ）嵒トキマルイカナル聖賢デモ其時カラ胃嵒ト云ヿヲ念頭ヨリ遠ザケルヿハ出来マイシカシ胃嵒ナドハカマハズニオカウトシテモアバレ出スカラ自然ニワカル必ズシモ医者ヲマタナイ千万人ノ老若男女ガ皆平気デ其日々々ヲクラシテヰルノハ自己ノ内部ト未来トヲ知ラヌカラデアルトコロガ内部ニ何物カガ生ジテアバレ出スノンキナ凡夫モ平気デハヰラレナクナルソコデ人ニ話ス医者ニカカル真ノ pathologischer Prozess ヨリ心持ガ大挫折ヲ蒙ルコヽニ病人ノ極印ガ打タレルシカシ医者ニ其 Prozess ガワカルヿモアルワカラヌヿモアル名医デ掌ニ指スゴトクニワカツタトスル前途ノ経過モワカツタトスルサウスルト上ノ神トニ見テモラツタト同一ノ場合ガ生ズルコレガ人生ノ望マシイ事デアラウカ（略）仮ニ医者ハエライトスル間違ハナイトスルソコデ僕ノ精神状態ガヨクナルカワルクナルカ僕ハ無修養デハナイ生死ノ問題モ多少考ヘテヰル又全然無経験デモナイ死ヲ決シタヿモアルシカシ内部ノキタナラシイモノト其作用ノススム速度トヲ知ツタラ之ヲ知ラヌト同ジヤウニ平気デハヰラレマイ即チ精神状態ノワルクナルヿハ明デアルソンナラ之ヲ知ツテ用心スル廉〻デモアルカ女、酒、烟草、宴会皆絶対ニヤメテヰル此上ハ役ヲ退クヿヨリ外ナイシカシコレハ僕ノ目下ヤツテヰル最大著述（中外元号考）ニ連繋シテヰルコレヲヤメテ一年長ク呼吸シテヰルトヤメズニ一年早ク此世ヲオイトマ申ストドツチガイイカ考物デアル又僕ノ命ガ著述気分ヲステテ延ビルカドウカ疑問デアルココニドンナ名医ニモ見テモラハナイト云結論ガ生ズル　大正十一年五月二十六日　森林太郎　賀古鶴所様

　この手紙は、鷗外が死ぬ約四十日前の手紙である。

　この手紙の主旨は、賀古が切に勧める医薬への拒否である。内容は至って簡単なことである。いま、医者にかかれば「病人ノ極印ガ打タレ」、それによって「精神状態ノワルクナルヿハ明デアル」と述べる。人間が「死」を「前知」したとき「半出来ノ著述ヲドウシヨウトカ」その他のことを余計案じなければならない。要するに知らないでいた方がいいということである。つまり「其作用ノススム速度トヲ知ツタラ之ヲ知ラヌト同ジヤウニ平気デハヰラレマイ」ということになる。その結果の結論は「僕ノ命ガ著述気分ヲステテ延ビルカドウカ疑問デアル」ということである。この手紙を整理すると、次の点に集約されよう。

　①自分の病気は、いかなる治療ももはや効かない。

　②どうせ近日中に死ぬのなら、何にも知らない方がよい。

　鷗外は医者を信頼していなかったわけではない。「医者ニ其 Prozess ガワカルヿモアル　ワカラヌヿモアル　名医デ掌ニ指

スゴトクニワカツタトスル　前途ノ経過モワカツタトスル」を読むと、医者の役割はちゃんと理解していたし「名医」の存在も信じていたとみてよかろう。ただ自分の病状について解り過ぎることの影響を考えたのである。どうせ死ぬのであれば余り詳しく知らぬのがよい、その方が精神の平穏にとってよい。気にせず「最大著述（中外元号考）」も執筆できるという考えである。

この鷗外の考え方は、現代の医療についても言えることであろう。手紙の中でさらに次のように書いている。

「胃嵒トキマル　イカナル聖賢デモ其時カラ胃嵒ト云ヿヲ念頭ヨリ遠ザケルヿハ出来マイ　シカシ胃嵒ナドハカマハズニオカウトシテモアバレ出スカラ自然ニワカル」。この鷗外の言は「胃嵒」は別、告知されるべき、と言っているようにもみえるが、「病人ノ極印ガ打タレル」と「精神状態ノワルクナルヿハ明デアル」という基本的な考え方でいくと「胃嵒」でも、いたずらに告知すべきではないということになろう。ただ医者は当然放置してはならない癌の場合「カマハズニオカウトシテモアバレ出スカラ」手は打たなくてはならない。しかし基本的には「告知」はマイナスであるという立場であったとみてよいだろう。

この鷗外の手紙は、鷗外の死後、八月号の『明星』に「医薬ヲ斥クル書」として掲載された。しかし、鷗外の死の三日前、つまり、七月六日に賀古鶴所は次の手紙を、四国松山市長であった加藤拓川に送っている。

拝啓森病重け／れとも断然医／薬を避く親／戚之人々其故を／解せす頻ニ小生を／責む就而は森が／医薬を避くる／書状御手元に／あらハ一寸と御送／り下され度候内々／人に示し責を／免れ度と存候／彼れ衰へたれども／未た危険の境にハ／入らす精神ハ／如常ニ候粥ハ二／碗つゝ朝より食ひ／牛乳は三、四合を飲／み夜も安眠候由／ニ候彼日加藤君ハ／酒をのむ故衰／へないのだ、かまはない／からシガーを吹し／たまへなどいふ、元気／に候但し訪問客を／嫌ひ誰にも逢／はぬ趣に候、（略）

七月六日　　　　鶴所

拓川翁

梧下

この手紙を読むと、この段階でも、鷗外は「断然医薬」を避けていたことが解る。そこで「親戚之人々其故を解せす頻ニ小生を責む」らしい。何故に、賀古を責めるのか、親友であるから、あるいは賀古が少し大袈裟に書いているのか、もし真ならば、「親戚」の動顚の結果であろう。手紙で、その次に書いてあることに注目したい。「書状御手元にあらハ一寸と御送り下され度候」とある。この文言での「書状」とは、右の鷗外の「医薬ヲ斥クル書」のことで、加藤拓川にすでに送っているということを示している。なぜ送ったか。

加藤拓川は松山藩に生まれ、青年期にはフランスに留学している。後に衆議院議員、勅撰貴族院議員などを歴任している。賀古の遠い親戚にあたるらしいが、鷗外とどのような関係にあったかは詳しくは解らない。賀古は志げらの賀古への懇願を、鷗外自身の信念たる「医薬ヲ斥クル書」をみせて納得させようとしたらしい。それにしても、拓川に送る前に志げらに見せておけば問題はなかったのに、なぜ拓川を優先したのか、これも解らぬことである。賀古が、この書の返送を求めたのに対し、拓川の動きは鈍かったようで、七月八日、つまり、鷗外、死の前日に、また賀古は拓川に手紙を出している。その中で「森之病況一進一退ニ候へとも漸々危篤の境ニ入らんといたしあり」と書き「実ハ死後之後をも当人より託セラレタル件あり旁彼之医薬を避くる書状御手元ニ有之候ハヾ此際御送付下され度重ねて申請ひ候種々と彼が親類間ニ小うるさき事相生じ此ヲ解決するニ最必要を感し候」と書いている。もはや「危篤の境ニ入」らんとしている鷗外の病態に対し、「医薬ヲ斥クル書」は、親戚説得に必要はあるまい。鷗外死後、この書が『明星』に発表されたことが何よりの証であるが、この手紙は、さきの手紙の旨と違ってきている。つまり後の手紙には、鷗外死後「医薬ヲ斥クル書」が貴重な資料となるとの認識が、賀古にあったことが推察される。しかし、拓川が、すぐに対応出来なかったのは無理もない。このとき拓川は、食道癌に罹っていて、翌十二年の三月に死亡しているのである。

（賀古鶴所の加藤拓川への手紙については、森鷗外記念館が、平成十四年七月に発行した『鷗外その終焉―津和野への回帰』を参照させていただいた。）

鷗外、遂に起たず

さて、話は元に戻るが、鷗外は、賀古、志げらの切なる願いである医薬を受けることを拒否して、まさに克己心だけで、参館、参寮を続けていたが、どうにも身体が動かなくなってくる。

遂に六月十五日に「始不登衙」と『委蛇録』に書かざるを得なかった。この日から鷗外は遂に起たなかった。この頃のことを類は書いている。（『鷗外の子供たち』）

類が「生きている父」を見た最後の表情は、「何を考えるでもなく、ぼんやりしていた」であり、「父は笑わず、何か言いたげにじっと見たばかり」であった。余程、鷗外は苦しかったのであろう。あれ程可愛がった類や杏奴に対し、何も言えない、ただ凝視《みつめ》るだけの状態になっていた。ぎりぎりまで勤め、遂に倒れたときは、もはや子供に対応するエネルギーすら残っていなかったのである。

この頃、鷗外に浮腫の症状が出てきた。腎臓の悪化を心配した志げは、医師に診てもらうことを泣いて、泣いて、眼がつぶれる程泣き続けて訴えたため、鷗外も、やっと承知した。

このとき、鷗外の「尿」に付けられて賀古に送られた短文の冒頭には、次のように書いてあった。十一年六月十九日のことである。

六月十八日午後十時（服薬時）ヨリ十九日午前五時マデノ尿差出候僕ノ尿即妻ノ涙ニ候笑フ可キヿニ候始テ体液ヲ人ニミセ候定テ悪物多ク含ミアルベシト存候

この手紙は、郵送ではなく「使い」が持参したものである。この生涯の親友賀古への最後のメッセージとなったこの手紙の圧巻は、「僕ノ尿即妻ノ涙ニ候」という言である。見事なフレーズである。死を身近に控えて、これ程の至言が浮かぶということは、さすが鷗外である。「始テ体液ヲ人ニミセ候　定テ悪物多ク含ミアルベシ」とある。あの「医薬ヲ斥クル書」で一番忌避したことを、今やろうとしている。検査しても「悪物」がみつけ出されるだけである。鷗外には結果は解っている。「体液ヲ人ニミセ」るという初めて厭なことをあえてしたのは、一途に志げへの愛情であろう。明治の男は、死ぬまで、こういう形でしか愛情を示し得なかったのであろうか。

六月二十日には、図書寮の部下である吉田増蔵に、『元号考』の中断後のことを託している。

於菟（在ベルリン）に代筆の手紙

二十六日には、ベルリンにいる於菟に、最後の手紙を送っている。これは、志げの代筆であった。

パパノ口上

己ハ少シカラダヲ悪クシタノデヤスンデヰル

父ノ病気（萎縮腎ガ）アルコトヲ発見シタ

腹ガツカヘルト気分ガ悪クナルソコデ「フランツヨゼフ」ノ水ヲ買ツテ呑ムト便通ガアツテ気持ガヨイシカシ始終クダルノデダイブヨワツタ

己ノ方カラハドコヘモ発表ラシイコトハシナイ

原素行君ガ自分デ溺《いばり》ノ試験ガシタイ「ケツアツ」ガ見タイトイフガイロ〱ノ人ニ見セルノハイヤダカラコトワツタ（略）

母ヨリ

人々ノ親切ヲムダニシテモパパノ気ノスムヤウニ養生シテヰマスアナタハ落付イテ勉強シテ下サイ　六月二十六日　於菟様

鷗外が、自分の病気のことを「萎縮腎」としているのには、肺結核が隠されている。この年、五月二日、奈良にいるとき、黒い痰の固まりが出たことを志げへの手紙に書いている。このとき、「気管支」がよくない、と志げを心配させないように書いているが、「黒い痰」というのは、明らかに肺から出た血の痰で、少し時間が経つと血液は黒くなる。肺結核と萎縮腎とが同時に進行していたことが察せられる。「フランツヨゼフ」とは、ドイツからきた鉱泉のこと。ついでながら、少し遡るがこの五月二日に、奈良からベルリンの於菟に鷗外は直筆最後の次の手紙を出している。

途中から度〻葉書をありがたう長尾恒吉が巴里へ立つので四月二十九日の晩に臺町の山田で馳走になつてゐると「茉莉無

事着」といふ電報が来たそれでお前も無事で着いた事と察した富貴子真章富ハ無事に秋田へ往つた杏奴ハ高等女学校入学試験の競争がはげしいので心配したが仏英和にはいつた類は少し勉強し出したが一年後に中学の競争試験を受けることが出来るや否問題である

先夜お前の住んだ家に子供と寝たところが臭くて困つたマクスやトムの小便が畳にしみ込んでゐるのかとおもふ悪口や小言ではないが健康のためにも好くない帰つてからの注意のためである英国皇太子に正倉院を見せるといふので戸をあけに来た今日少しひまなので此手紙を書く

五月二日　於奈良　森林太郎　森於菟様

最後まで案じた類の学業

右の手紙で気になる点が二つある。一は類のこと。「類は少し勉強し出したが一年後に中学の競争試験を受けることが出来るや否問題である」と。於菟の「葉書」への返信のようだが、この類の学力のことが、鷗外には最後まで心配であったようだ。十年十一月十一日の志げへの手紙の中に「ポンチ（注、類）ニ勉強サセテモライタイ」とあるし、遡って、七年十一月十二日の志げへの手紙は「子供の学科の事をよろしくたのむ。類が奮発するやうだからほめてはげましてやるがよろしい。」と書いている。鷗外の最晩年の心配の一つは、志げとの間に出来た唯一の男子である類の学業成績であった。上の二人の娘は普通以上の成績であったが、類の小学校の成績はかなり悪かった。それに対し、鷗外と志げの類への対応の仕方が違っていた。これはすでに書いたが、志げは、類の成績不振にかなり神経質になって叱っていた。鷗外は逆で、志げの北風式に対して、太陽式であったようだ。やさしく励まし褒めてやることが、やる気を起させることだと信じていた。この意見の違いが、東京を離れると、心配になったようである。西洋にいる於菟にまで、類の中学入試を心配して手紙に書いている。結果は、やはり鷗外の死後ではあるが、類は中学入試に失敗し、私立の中学に入る以外になかった。鷗外は敏感に類の学力をみて心配から逃れられなかったとみられる。

この手紙で、もう一つ感じるのは後半の文である。「お前の住んだ家」の畳に「小便」がしみ込んでいるので健康のためによくない、「帰つてからの注意のため」とは、いかにも鷗外らしい気もするが、ベルリンの息子に、重病にある鷗外が言うべきことではないようにも思う。このときの何か不思議な鷗外の心境を感じてならない。

「パッパ死んじゃあいや」

さて、病状は日に日に悪化し、六月二十九日に、初めて額田晋の診察を受けている。額田晋は、於菟とは独協中学以来の同窓生である。三十日には、日記も書けなくなり、吉田増蔵が代筆するようになった。

七月に入ると、鷗外は、完全に病床に伏す状況となる。六日に、賀古鶴所が呼ばれ、例の遺言の代筆をした。この日、夜半から容体が悪化し、七日に入ると、小金井良精があわてて駆けつけ、賀古と二人が、鷗外の床側に張りついていた。七日の夕刻から昏睡状態に落ち入る。

この昏睡状態に入ったときの志げの態度について、於菟は次のように書いている。

尿毒症を起して昏睡する父に母が「パッパ死んじゃあいや」と叫んでとりつくのを、枕頭に座していた賀古さんがたまりかねて「見苦しい。だまれ」とどなりつけたという。瀕死の父の身辺は時にはその病床にふさわしからぬあるまじいまでに騒がしく、とりまく人々の心の中はかえってはなはだ淋しかったらしい。こんな状態はひとり老いたおえいさんの繰りごとばかりでなく当時を知るものの、一応分別ある人々の一致した話で、思えば父も母も気の毒な人であった。

(『父親としての森鷗外』)

最愛の夫を喪おうとしているとき、どんなことを叫ぼうが、別に非難されるべきものではないと思うが、右の於菟の文は、いささか非難じみている。「その病状にふさわしからぬあるまじいまでに騒がしく、とりまく人々の心の中はかえってはなはだ淋しかったらしい」と書いているが、当事者は、成人した息子でも親友賀古でも、まして義弟の小金井良精ではない。当事者は、愛し合った鷗外の妻志げ以外にない。独り残される志げの慟哭に、他の者は「はなはだ淋し」からずに席を立つべきではなかったか。

このことについて、於菟の異母弟類は次のように書いている。

父が昏睡に落ちいる死のまぎわに、「パッパ、死んでは、いやです。死んでは、いやです。」と、母がなげき悲しんでいると、横から賀古さんが「お黙りなさい。」と大喝したという。あまりの豹変ぶりに返す言葉もなく、腰がぬけたようになったという母の話を、杏奴から聞いた。

それが三十五年後の今日、義姉の口から出たことがある。大事な夫の死ぬまぎわには、だれしも静かに死なせてあげようと思うのがあたりまえで、「死んじゃ、いやです。」と声を立てて取りみだすのは見ぐるしいというのである。

僕は黙っていた。黙っていて、何か恐ろしいような気がしてきた。何が恐ろしいかというと、近ごろのように兄夫婦といちおう円満に往来していて角の取れた話もしているのに、死んだ母のこととなると、たちまち考えに根本的な相違がでて対立するからである。僕としては、その場にいなかったので、母がどの程度取りみだしたか分からないというのが精いっぱいである。しかし、死にかかっている人間の胸ぐらを取って「死んじゃ、いやです。」と言いながら振りまわしたのなら、大喝一声阻止しないと死んでしまう恐れがあるが、僕はそう解釈していない。ふつうの細君が夫に死別するばあいと、僕の母が夫に死別するばあいとは、まったく状況がちがっていると思うのである。

夫の死後、未亡人として一族のものから慰められるのとちがって、この世に取りのこされて、死ぬまで孤独で暮らさなければならなくなる母にしてみれば、生きていてちょうだ

　い、生きていてちょうだいと、すがるように言ったのであろう。哀れに見えこそすれ、見ぐるしくは見えないはずである。夫の最期を静かに見送ることもできない女と解釈することは、僕にはどうしてもできないのである。（『鷗外の子供たち』）

どっちが正しいといった問題ではない。一人の母の挙措をめぐって異母兄弟の意見が違って当然であろう。姑の峰子と合わなかった志げが、夫を喪った後、どうなるか、志げにはよくよく解っていた。森家の中で味方は茉莉、杏奴、類という非力な子供たちだけである。類の言うように「死ぬまで孤独」で生きなければならない恐さが、志げにしみついていたことは、十分理解できる。鷗外死後、予想通り志げと三人の子供たちは、まことに淋しく、辛い生活になっていく。このことが、夫鷗外の臨終の場で、自分を喪うほどの挙動に走らせた原因を如実に説明していよう。

2　鷗外逝く

大正十一年七月九日午前七時、鷗外は静かに息をひきとった。

病名は萎縮腎と発表されたが、後に肺結核も加えられた。ヨーロッパにいる於菟、茉莉には、小金井良精がローマ字で「rintaro jinzobyo yasurakanishisu kaeruna」と電報を打った。

七月十日の『東京朝日新聞』は次のように報じた。

　鷗外、森林太郎博士は八日午後の注射以来少しく容体を持直し午後十時頃には何事か看護の人に言はうと試みて居たが聞きとれなかったそれから不安の裡に夜が明けて九日午前四時頃俄に容体が変ったので直に額田博士の来診を求めると共に各方面に危篤の電話をかけ、数回の注射も行はれたが、意識は全く回復せず、夫人並に令息を初め小金井博士夫妻、与謝野寛氏等枕頭に付添ひ同七時五分何等の苦痛もなく終に逝去した享年六十三博士は余程前から死を予期して居たと見え、六月四日親友の賀古博士を招いて細々と遺言した

「享年六十三」は誤り、六十歳であった。

混雑する観潮楼

　類と杏奴は他家に預けられていたが、すぐ家に帰ってきた。杏奴は十三歳、類は十一歳であった。

子供の中で唯一、臨終の場に居た杏奴は、別の角度から次のように書いている。

（「父の死とその前後」平18・6『鷗外の遺産』第三巻　幻戯書房）

　その時母は既に意識を失つてゐる父の傍に唯一人坐つて泣きながら、思はず声に出して、「パッパあなたに今死なれたら、小さい子供を抱へて、私はとても生きてはゐられません」と云つてかきくどいた。さうしたら思ひがけなく父が、かすかな声で、きれぎれに、

「おう……いき……なほる」と呟くやうに言つたのである。

母はあまりの思ひがけなさにはつと息をつめたが、それがたしかに、

「もう直きなほる」と云ふ言葉である事を知ると、もう夢中で別室にゐた父の親友K〔賀古鶴所〕氏の許に駆けつけ、

「Kさん喜んで下さい。パッパが今物を云ひました。もう直きなほると云つてゐます」と叫ぶやうに云つた。するとK氏は、

「何を馬鹿なツ」と大声で一喝し、

「病人はね、耳が一番最後迄残るものなんですよ。そんなくだらない事をして、よけいな神経を使はせるなんて」

となほも物凄い権まくで母を罵られた。この時を境ひにしたやうに、母に対するK氏の態度は一変し、母の言ふ事などはてんで取上げず、何事にも、「まづ小金井夫人に御相談して」と云ふやうになつた。


この杏奴の記述は、鷗外最期の言葉を挙げており貴重である。どこまで真実かは解らない。ただ鷗外の親友賀古が、夫の死を前にして己を喪っている志げを「大声で一喝し」、「物凄い権まくで母を罵」ったことは間違いないようだ。そしてこのときから、志げは「鷗外夫人」の立場を無視され、義妹の「小金井夫人」に「何事」も「相談」がいくようになったこと。賀古の「一変」は、このときの志げの位相を明白に物語っている。

類は、そのときの様子を次のように書いている。


田中先生の家に五日ぐらいいたろうか。俥屋《くるまや》が迎えにきた。新聞で「今暁が危機か。」という見出しを杏奴が読んで、危機が去ったから迎えが来たと解釈した。

「きっとパッパの病気の一番わるいところが過ぎたのよ。」

と言ったが、家へ帰るまでは心配であった。家の中の様子は、いつもと変わっていなかったが、大人のてはずはきまっていたらしく、だれかが僕を洋室へ連れていった。


そこには、意外なものが横たわっていた。白一色の父は北枕に寝かされ、顔に白布をかけていた。白布は母が取った。瞼と頬のくぼんだ父は、白い布で顎をつって、うっすら口をあけて死んでいた。父の死を知らなかった僕は、死のおどろきと悲しみが同時に胸にこみあげて、「ウオー。」と声をあげて泣いた。母は僕の背中を押して、「もういい、もういい。」と言って部屋の外へ連れだした。大正十一年七月九日である。

観潮楼とその離れとは、たちまち弔問客で混雑した。於菟と山田の義兄夫婦が洋行中であったから、弔問客の応接その他いっさいは身内では小金井の叔父と叔母、他人では賀古さんが主体となって取りしきったはずである。「於菟さんがお帰りになってから相談のうえで。」という声がしばしばしていた。父の死の直前までその存在も明きらかでなかった兄が、いないうちから登場して、母はただの未亡人になったのである。香典は直接奥さんに渡して悔みが述べたいと言って受付を通ったのは中村不折さんだという話であった。

天皇、皇后両陛下から大小の蘭の鉢と葡萄酒が下賜された。勅使が来る、各宮家のお使い、陸軍大臣、文部大臣のお使いが来るというようなことで、葬式のしめやかさというよりは、上を下への混乱であった。上野精養軒から、たくさんのアイスクリームがとどく、菓子は豊富にあるし、一種の興奮から十一の僕は、たちまち悲しみを忘れることができた。

遺骸は離れの八畳に移され、棺の上に大礼服が飾られた。
（『鷗外の子供たち』）

右の類の文は、鷗外の死直後の森邸の状況を具体的によく伝えていて臨場感に充ちている。長男の於菟は滞欧中だし、混雑するぐらいの弔問客への対応や、その他については、さきの杏奴の記述にあったように、小金井良精、喜美子夫婦、それに賀古鶴所らが中心になってやったようだ。印象的なのは、「母はただの未亡人になった」という言葉である。これを志げは恐れていたのである。鷗外という「神」を喪った志げの存在は、極めて薄い存在となってゆく。それを知っていた一人が、鷗外が生前信頼し、観潮楼から別荘の表札まで、それに鷗外の墓石の名前も書いた、中村不折であった。すでに志げへの無視が始まり、於菟さんが帰るまではと、脱されていた志げの元に直接来たのは中村不折だったと類は書く。多少の誇張はあろうが、以後の志げの孤独な生涯をみると、満更嘘でもないことが理解出来る。午後になってデスマスクは、新海竹太郎によって作成された。

主治医・額田晋の文

鷗外の主治医として最期を診とった額田晋は、「鷗外博士の臨終」という次の文を、鷗外の死の翌月、つまり八月の『三田文学』に発表している。

私が診察に上ると、先生は何時でも、ニコ〳〵しながら、「どうも暑いので御苦労でした」とか「どうも色々ありがたう」とか「何あに、別段病気は悪くはないが、宅の者が騒ぐから仕方がない」とかいはれてゐた。

その御病勢は日一日と険悪に向ふばかりであつた。その時先生は私に向つて「そろ〳〵険悪になつて来たね」といはれたことがある。（略）

臨終の前夜、即ち七月八日に診察した時は、容体刻々険悪で流動物の摂取も困難となり、意識は明瞭であるが脈搏が時々結滞するなど、愈々明朝は絶望であらうと思つて帰つた。九日は早朝、電話がかゝつて来たので、急遽駈け付けた時には、危篤に陥り脈搏呼吸も刻々静止して、最早や施すべき術もない有様であつたが、最後の注射を試みたが、それも今は何の効もなく、畢に午前七時、溘焉として逝かれたのであつた。洵に御臨終は静かなもので、少しのお苦しみもなく、眠るが如く瞑目せられたのである。誰かが「衰へたる哲人の像を見るやうだ」といつたが、実この位適切な形容はなからうと思ふ。（略）

この額田晋という人物は誠実な人柄であった。志げも賀古も、この額田ならと、信頼したようである。右の文も、鷗外の死に至る状況として信用出来るものと思われる。

十二日に谷中斎場で、形式的には三男類が喪主となって仏式で葬儀が行われ、日暮里の火葬場で荼毘に付され、十三日、遺骨は、向島弘福寺に埋葬された。現在は、三鷹の禅林寺と、津和野の永明寺に分骨されている。法名は、最初、弘福寺の住職日向義角師により「文林院殿鷗外仁賢大居士」とつけられたが、「仁賢」は、帝諡にあるということで避けられ、遺族が、桂湖村に相談した。湖村は、次の三つを提示した。「貞献院殿文穆思斎大居士」「温克院殿毅文恒達大居士」「麗正院殿健順観頤大居士」。結局この中で、最初の法名が選ばれた。

3 「遺言」は「憤書」である

「遺言」の真意

七月六日、森鷗外は賀古鶴所に次の「遺言」を筆記させた。意識不明に落ち入る前の残された、しかも限られた時間帯であったが、鷗外の脳は意外なほど明晰であった。

余ハ少年ノ時ヨリ老死ニ至ルマデ一切秘密無ク交際シタル友ハ賀古鶴所君ナリコヽニ死ニ臨ンテ賀古君ノ一筆ヲ煩ハス死ハ一切ヲ打チ切ル重大事件ナリ奈何ナル官権《憲》威力ト雖此ニ反抗スル事ヲ得スト信ス余ハ石見人森林太郎トシテ死セント欲ス宮内省陸軍皆縁故アレトモ生死ノ別ルヽ瞬間アラユル外形的取扱ヒヲ辞ス森林太郎トシテ死セントス墓ハ森林太郎墓ノ外一字モホル可ラス書ハ中村不折ニ依託シ宮内省陸軍ノ栄典ハ絶対ニ取リヤメヲ請フ手続ハソレゾレアルベシコレ唯一ノ友人ニ云ヒ残スモノニシテ何人ノ容喙ヲモ許サス

大正十一年七月六日

森　林太郎言（拇印）

賀古鶴所書

（「遺言」中、「官権《憲》」とあるのは、賀古鶴所の書き取った真筆の「権」の左に「権」を削除せず、「憲」を平行して追加していることを示す。）

この「遺言」は、鷗外の生涯の総決算である。しかも死に臨んで何の乱れもない。むしろ冷静に「生」の終結に判断された鷗外の心境である。この「遺言」を侮ってはならない。

ここで、この「遺言」を詳しくみてみよう。

この二百三十余字の「遺言」には、句読点が一切ない。当方で、内容にそって適当に区切ってみると、およそ十二のセンテンスに分けることができるのではないか。これを次に記号をつけて列記してみる。

①余ハ少年ノ時ヨリ老死ニ至ルマデ一切秘密無ク交際シタル友ハ賀古鶴所君ナリ。
②コヽニ死ニ臨ンテ賀古君ノ一筆ヲ煩ハス。
③死ハ一切ヲ打チ切ル重大事件ナリ。
④奈何ナル官権（憲）威力ト雖此ニ反抗スル事ヲ得スト信ス。
⑤余ハ石見人森林太郎トシテ死セント欲ス。
⑥宮内省陸軍皆縁故アレトモ生死ノ別ルヽ瞬間アラユル外形的取扱ヒヲ辞ス。
⑦森林太郎トシテ死セントス。
⑧墓ハ森林太郎墓ノ外一字モホル可ラス。
⑨書ハ中村不折ニ依託シ。
⑩宮内省陸軍ノ栄典ハ絶対ニ取リヤメヲ請フ。

⑪手続ハソレゾレアルベシ。

⑫コレ唯一ノ友人ニ云ヒ残スモノニシテ何人ノ容喙ヲモ許サス

③④、また⑧⑨⑩は文脈的には続いているともみられるが、鷗外の意識では、別のものとして考えられていたとみてよいのではないか。特に、⑨は挿入句的性格のものである。①②は序論的なもの。⑨⑪⑫は①と同じ、手続きの性格が強い。これらを省いてみると、この「遺言」の核心部はおのずからみえてくる。それは、④⑤⑥⑦⑩の五つのセンテンスに集約されている言句である。この五つの言句に、重ねて強調されている二つの対峙するものは、誰しも解ること。それは、言うまでもなく、「官権（憲）威力・宮内省陸軍」なる「権力」に対峙する「石見人森林太郎」である。

さて、この「遺言」は、一口で言うと「憤書」である。「憤りの書」である。

鷗外は、なぜ、かほどまで「官権（憲）威力・宮内省陸軍」の死後の「外形的取扱ヒ」及び「栄典」を拒否しているのか。しかも、ここで謎なのは、⑥と⑩で「宮内省」と述べながら、なぜ「陸軍省」とせず、「省」を除き「陸軍」なのか。これは、賀古の筆記ミスというような単純なことではない。この二百三十余字の短文の中で、二回も「陸軍」と述べている。なぜ「陸軍」なのか。ここで、どうしても繫がっていて無視できないのは、例の「上院占席の事」（本書第六部六五三ページ）である。鷗外は後述するように、この「上院」（貴族院議員）の「占席」にどれだけ期待していたか、これは、我々の想像をはるかに越えるぐらい大きいものであったと思う。察してみると、なぜ「宮内省陸軍」に拘るかと言えば、勅選貴族院議員は、古巣の「陸軍省」が推薦し、「宮内省」が決定するのである。しかし、現役の陸軍大臣などは、すでに鷗外の後輩たちであり、こうした「栄典」などに関しては、ほとんど実権はなかった。実質的に決める者は、現役の「陸軍省」ではなく、「陸軍省」にすでに居ない「陸軍」OBの実力者、すなわち山県有朋、それに石黒忠悳らであるということである。鷗外は、充分にそのことを熟知していて「陸軍省」と言わず「陸軍」と記録させたものと思われる。この件も、全生庵・宗般老師の件と同じく、今まで誰も指摘することがなかった。鷗外は、宮内省御用掛もやっており、これら自分の古巣の扱いに心底から憤激したのである。死にゆく鷗外の心底に澱のように消えず執拗に遺り続けていたのが、この「官権（憲）威力・宮内省陸軍」の、心のない不誠実さへの「憤り」であった。死を前にしても、鷗外の頭脳は実に冴えていた。

あれだけ昵懇にした山県有朋。あのとき、山県の一言で貴族院議員は決まることであった。石黒忠悳にしても、形をとりつくろっただけではないか。鷗外は、胴上げされ、その上げた連中は、さっと手を引き、地上にたたきつけられたような気分であったのではないか。

中野重治は、このことに関して次のように述べている。

死ぬ時になつてじたばたしても駄目である。鷗外は死にのぞんで、何を怖れて「栄典」を受けまいとして力んだのか。何を怖れて「奈何ナル官権威力ト雖此〔死〕ニ反抗スル事ヲ得ズト信ス」などいう癡愚を力んで主張したのか。文学と文学史とは、こういう鷗外に冷静に復讐したとわたしは思う。鷗外は甘んじて受けねばならなかつた。「遺言」はそのことの記録である。そのためにそれは悲劇である。（『鷗外の側面』）

この中野の読解能力は、驚く程貧弱である。中野は「何を怖れて「栄典」を受けまいとして力んだのか」ととっている。鷗外は何も怖れてはいまい。そして「長閥に対する恨み、あるいは厭味にちがいない」ととったのは江藤淳（『崩壊からの創造』）であるが、ことは、そんな一「長閥」にかかわる問題ではあるまい。

この「遺言」は、鷗外自身が、具体的に、「宮内省、陸軍」の「栄典」を拒否すると述べているのであるから、この鷗外の言句を検討する者は、この「遺言」を具体的に考察しなければなるまい。鷗外は、漱石が文学博士を辞退したように、一つの信念をもって「官権」からの「栄典」を峻拒するということではない。これは大事なことである。鷗外は、すでに、大正四年四月に「勲一等」に叙せられ「瑞宝章」を授けられている。また大正五年七月には「旭日大綬章」も授けられている。このときは、二つの価値の高い勲章（栄典）を何の抵抗もなく受けている。鷗外は「栄誉」を昔から拒否したことは一度もない。しかし、これをもって、鷗外を責める人はいないだろう。地方出身者が上昇志向を持って都に出て栄誉を得たいと思う。これは当然である。まして弱肉強食という明治の時代である。また周囲からも「天才」「秀才」と囃されたら、その気になるのも当然なこと。鷗外が、北条霞亭に共感を持ったのも、僻村から出て努力して上昇していく姿をみたからではなかったか。

諄いようだが、大正四年十二月六日に石黒忠悳に送ったあの書簡をもう一度考えて欲しい。

御懇書只今拝読仕候小生身上御知悉ノ上ニテ御心ニ懸ケサセラレ上院占席ノヿ向〻へ御内話被下候趣難有奉存候縦令成就候トモ邦家ノ為メ何ノ御用ニモ相立マシク慚入候ヘドモ御下命ノ上ハ直ニ御受可申上ハ勿論一層言行ヲ慎ミ御推薦ノ厚宜ニ負候事無之ヤウ可仕候又成就セストモ御盛宜永ク記念可仕候敬具　十二月六日　森林太郎　石黒男爵閣下

「上院占席」に対する石黒への鷗外の緊張した返信である。「御下命ノ上ハ直ニ御受可申上ハ勿論」、ここには「栄典」に対する青年のような心の耀きがあるではないか。髯をたくわえた貫録十分の鷗外と、どうみてもイメージが違うではないか。

貴族院議員は、本書「第六部」で述べたように、「華族」でも全員なれるわけではない。「華族」では、公爵、侯爵全員と、伯、子、男の中から互選により選出されるということになっている。これは、旧時代では相当の地位であり、男爵でもなれない人があるわけであるから、鷗外としては、己の生涯を飾るにふさわしい地位と考えても決しておかしくないし、常識上考えても、有力候補に上り、石黒忠悳男爵の後押し、さらには山県有朋の威光あればと、期待するのは当然であろう。

だから、この大正四、五年段階では、鷗外は宮内省から勲章も受けたし、「官権（憲）威力」に対し、何ら反撥はしていない。

貴族院議員になぜなれなかったのか

鷗外が、選からもれたのは何時のことか定かではない。しかし、大正五年から六年までの間に決ったものと考えられる。だが、鷗外はめげず、屈辱を圧えながら帝室博物館総長に就任し、政府の各種委員も受け、国家のために懸命に努力している。

ここで鷗外は、われわれの見えないところで、自己の内にふつふつとしてある不満、憤怒と闘っていたと思われる。この貴族院議員に漏れた丁度その頃書いていたのが、『渋江抽斎』である。

抽斎の「生」への姿勢について書いた中で特に注目するのは、「抽斎は内徳義を畜へ、外誘惑を卻け、恒に己の地位に安んじて、時の到るを待つてゐた。」であり、「進むべくして進み、辞すべくして辞する、その事に処するに、綽々として余裕があつた」と。これは、抽斎の現実に処する姿勢であるが、この時期まさに、精神を安定させて生きるための、鷗外自身に与えられた言句であった。「己の地位に安んじ」ること、「事に処するに、綽々として余裕」を持つこと、これが鷗外が生きぬくための人生訓であったとみてよい。あの石黒忠悳の貴族院議員への囁きに、恐懼して返信した、その前日と後の日に、鷗外は『高瀬舟』と『寒山拾得』を書いたことも、すでに触れた。これも書いたことだが、選に漏れたときの、己の弱い精神で、どう耐えていくかが、この両作品にはかかっているとみても、おかしくはない。『高瀬舟』の「足ることを知る精神」は、『渋江抽斎』の「己の地位に安んじ」て生きることと全く同じことである。

鷗外にとって、大正期は「栄典」の季節に入ることであり、それもまたこの際、鷗外を精神的なものへと向わせる一因となったと思っている。そうした結果は、歴史小説と史伝文学の中に、一つの暖かい人間性として示されていく。そして日常的にも、大正九、十年と、谷中の全生庵に通い、臨済禅の見性宗般老師の提唱を黙って受け、己の精神の調整に励んでいる。そして衰弱した体で博物館と図書寮の仕事を続け、死に近づいて行ったのである。

「為政者」への憤怒

貴族院議員については、あの石黒への返信をみても、かなりの可能性を告げられていたと思える。あの「遺言」にみる「官権（憲）」への憤りは、鷗外個人の私事だけのことではなく、「権力」、すなわち「為政者」への憤りでもあるとみる。昔、養老館時代に大きな心的影響を受けたと思われる大国隆正の『本学挙要』の中に、「政事にあづかる人は、よくよく思慮をめぐらして、下にたつものゝこゝろになり、守らるべきほどをはかりて、国法・家法は定むべきものなり」「上の勝手よく、下の勝手あしき法は、いたすべからず。」と書いている。この大事な文を想い出す。養老館生徒の必読の書であったこの『本学挙要』に示された上に立つ者の姿勢を、鷗外は、特に大正期の歴史小説で考えてきた。このとき、大国隆正が、とは言わない、津和野藩のキリシタン迫害の件もあり、為政者と民衆のテーマは、すでに鷗外の内部に体質化していたとみてよい。

貴族院議員の件は、石黒とほぼ約束に近いほどの言辞が鷗外に与えられていたのではないか。それに対し、鷗外は少年のようになって、直ちにお受けすると書いた。しかし、裏切られた。山県有朋や石黒忠悳だけではない。相手は、「官権（憲）威力」すなわち「宮内省」であり「陸軍」であった。そのときの鷗外からみれば、「為政者」たちなのである。「帝国学士院」からも選ばれるとしたら、この分野だけでも鷗外には十分資格がある。まして、陸軍軍医総監を九年も勤め、日清、日露にも軍医部長として出征している。そして宮内省御用掛として「勅語」まで書いている。帝室博物館長は、「宮内省」「文部省」の管轄である。「宮内省」の連中に何が解るか、この怒りがあって当然ではないか。「宮内省」の〝机上族〟への憤りは特に強かったと思われる。いくら大徳寺派官長見性宗般老師の提唱を聴きに通って精神の平安を得ようとしても、彼らに対する憤りはなかなか消えるものではない。自分が、かつて籍を置いた「宮内省、陸軍」の上の連中が、鷗外の業績を知らぬはずがない。大国隆正の「政事にあづかる人」は「下にたつものゝこゝろ」にならなければならない。今さら大国隆正の言葉を鷗外が想い出したとは言わないが、「選ばれる側」に立つ鷗外は、今は「下」なのである。『最後の一句』で、少女いちに「お上の事には間違はございますまいから」と言わせているが、鷗外の「遺言」には、この「上」、すなわち「宮内省、陸軍」の「間違」に対する具体的な憤りであることを見逃してはならぬ。

加賀乙彦氏が、この「遺言」に対し、「積年の鬱憤がほとばしるような、杢太郎のいう〝憤怒の文学〟の総決算のようなこの遺言にぼくは、鷗外の生涯をつらぬいた苦しみをみ、胸を打たれます」（『鷗外と茂吉』平9・7　潮出版社）と書いているが、

「積年の鬱憤」では、当っていない。〝憤怒〟は、その通りであるが、やはり具体的に検証しなければ真実はみえてこないであろう。

「石見人」の意味

中野重治は、「石見人とは藩閥に縁なき、すなわち長州人にも薩州人にもあらざる、という意味を含んでいはしないか」(『鷗外の側面』)と書いているが、この意見も、しらじらしい。今更、藩閥など鷗外にとって何の関係もない。

この「遺言」で重要な言句は、「余ハ石見人森林太郎トシテ死セント欲ス」「墓ハ森林太郎墓ノ外一字モホル可ラス」、つまり「石見人森林太郎」という意識である。

ただ、鷗外が「宮内省、陸軍」の「栄典」を峻拒したのは、貴族院議員の問題と同時に、「権謀術数」の世界との切断にあった。鷗外は己もまたその世界の一人であり、ときには加害者にもなったという判断は、早くからあったと思われる。陸軍省を辞したとき、幾らかこの「権謀術数」の世界から解放されたが、以後臨時宮内省御用係、博物館総長、図書頭と、役人生活からなかなか足が洗えなかった。

「死ハ一切ヲ打チ切ル重大事件ナリ」。己は今、死によって一切から解放される。権威や名誉の獲得に奔走しなければならない溝のような世界から解放される、解放されて何処へ行くのか。そのとき鷗外の脳裏に浮かんだのが「石見」であった。明治五年出郷以来、一度も帰らなかった故里。鷗外は十歳まで、あの山陰の山間部の城下町しか知らなかった。鯉の泳ぐ津和野川、その長い土堤を歩いて養老館に通う、眼の前には、いつも温容な青野山がある、「権謀術数」など夢にも知らない、純を生きていた、あの十歳までの少年時代、あの時代に戻って死にたい、拒否するだけでは、自分は宙に浮く、鷗外は死ぬ時、自分の立つ地点を明示して死のうとした。かつて「栄典」にあくせくした己が、遠くへ遠くへ、小さくなっていくのがみえたのではなかったか。

さらに言えば、鷗外は「私的」な悔しさ、憤りだけを強調しようとしたとは思わない。それらがエネルギーとしてあったとしても、やはり、最期に至って、鷗外の観念に持続されていた例の思想、つまり、権謀術数に生きる「官権(憲)威力」側ではなく、「石見人」(民衆)として「生」を全うしたいという思いもあったのではないかと考える。

そういう意味では、この「遺言」の精神は、鷗外の歴史小説初期にみられる、あの「権力(為政者)」と「民衆」なるテーマと、通底していることを重ねて述べておきたい。

一つ問題が残るのは、なぜ鷗外は津和野人と言わず石見人としたのであろうか。鷗外の日記を参照してみると、例えば「午後津和野人新年宴会に富士見楼に赴く」（明42・1・6）、「津和野人には黒谷の斉藤季雄あり」（明42・11・30）など、大抵「津和野人」を使っている。実際「石見人」と言った場合、江戸期、隣藩であった浜田藩の人も入る。長州征伐のとき、浜田藩は、長州藩の敵にまわり壊滅したことはすでに書いた。従来、「津和野人」と使うことの多かった鷗外がなぜ「石見人」を使い、「津和野人」を避けたのか。真相を知ることは難しいが、一つ考えられることは、「津和野藩のキリシタン迫害」が、やはり鷗外を緊縛したのかも知れぬ。十歳まで津和野に鷗外はいたが、そのとき、キリシタンは、なお津和野藩に拘束されていた。三十二名も殉教したことを恐らく鷗外は知っていたと思われる。生涯黙して語らなかった自藩のこの迫害事件は、鷗外の深いところでトラウマになっていたことは十分推察出来る。「石見人」が使われたのは、その故だろうか。

しかし、忘れられない非道な事件であったとしても、死に際し、己の故里の行為まで意識するだろうか、という疑問もある。案外、単純なことかも知れぬ。江戸時代「石見国」という呼称はあっても「津和野国」はなかった。その知名度を考えたのかも知れない。

いずれにしても、この問題は、そう簡単には解けそうもないようだ。

4　森鷗外の成したこと

森鷗外の、日本近代文学及び日本文化に対する貢献は、極めて大きいことはすでに「序」でも、そして本書の各部で、必要に応じて述べてきた。本書の終末にあたり、医学、衛生学、その他広範な領域での業績は省き、特に「文学」に絞り、やや具体的に、その代表的な業績を七つの項目に整理してみた。

㈠　明治二十年代当初、『於母影』など、日本で初めて西洋詩のもつ特性を、柔軟な創意にもとづく文体で翻訳し、それまでの江戸期の形式をひきずったような漢文体的詩の様式に大きな変化を与えることに成功した。

㈡　西洋帰りの新知識をもって、西洋の「美学」（哲学）を紹介、坪内逍遥らと論争を進めながら、小説、戯曲、美学、美術、倫理、その他、思想的、理論的面での日本の原野を拓く働きをなした。

㈢　なんとしても膨大なエネルギーをもって取り組んだ西洋文学の翻訳である。明治二十年代から始め、特に四十年代から大正期にかけ、西欧大陸全域にわたる地域の代表的文人の小説、戯曲を大量に翻訳し、同時代的に各雑誌に発表した。特に、当時唯一の先進圏であった西洋白人の思想、心理、生活様式等を翻訳によって紹介した。文体は、他の作家の真似の出来ない、流麗で、しかも柔軟な口語体で表現した。石川淳が、この鷗外の翻訳作品について「明治大正の交に当る十五年間、日本文学を刺激しつづけたこの翻訳の影響」（『森鷗外』）と書いているが、後続作家で影響を受けないものはなかったと言われている。

(四)　明治四十年の再活動期は、漱石とともに文学界をリードした。短篇小説が多かったが、そこには、それまでの日本文学にない題材が選ばれ、思想的、倫理的なものが多かった。
　この時期、鷗外の短篇に対し批判もあったが、時代の流れに敏感で、「新しい女」の問題、言論、思想の自由の重要性を訴え、日本が近代国家へと成長していく基盤を作り、漱石とともに日本近代文学の精度を上げ、西洋的レベルに近づけることに力を成した。

(五)　新しい「歴史小説」の様式を創った。
　それまでの「時代小説」という概念にない、近代的意識にもとづいた新しい歴史小説の源流を創った。

　「材」は過去を場とし、登場人物の心理は近代人の複雑で微妙な動きを描いた。武士の矜持、意地、または殉死などを扱い、為政者のありかたに厳しい目をそそいだ。これら一連の歴史小説は、後の芥川龍之介などに多大な影響を与えたことは一つの例に過ぎない。

(六)　「史伝文学」の創造を成した。
　徹底的に「歴史離れ」を目指し、周到な資料収集のもとに、一人の人物に絞り、その人物の生涯の史実、またその死後の子孫の経緯等を、余計な主観を排除して書いた。読者への迎合を全く考えない、新聞連載に、当然「倦厭」を訴える読者も続出したが、また知的興奮を与え、文業で成し得るスケールの大きさで、多くの読者を啓蒙したことも事実である。この鷗外史伝のような様式をもった「文業」は、古今東西、全く例のないものであった。

(七)　韻文作品についての鷗外の評価は高くない。しかし、その評判に流されている面もあることは否定出来ない。『うた日記』で、日露戦争の実態を詠い、後世に遺したこと、また常磐会、観潮楼歌会等を開くことで、短歌の発展に寄与したこと、また『明星』では、鉄幹、晶子などを強力に支援、『昴』創刊にもかかわり、甘美でロマン豊かな抒情を育てた功績は認められるべきであろう。

以上をもって、鷗外の主要な業績をすべて挙げたとは思わない。まだ、多くの価値ある文学的営為が残されていることを述べておきたい。

5 「鷗外の生涯」を顧みる

人の生涯は誰しも平坦ではない。

しかし、それぞれ程度の差というものはある。鷗外の場合は、残念ながら、決して平坦とは言えまい。幼少年期からドイツ留学までは順風であった鷗外も、留学生活最後の一年（推定）で、エリーゼと邂逅した。この出遇いは、鷗外に大きな悲劇をもたらした。エリーゼの鷗外を追いかけての来日、それによる周囲の過敏な反応、二人の愛はひき裂かれた。この辛い運命が、鷗外に文学創造の意思やエネルギーを与えたことも事実ではある。エリーゼへの罪の意識で鷗外は衰弱する。そこで運命は余計なことをするものである。母峰子や西周らが動き、愛のない赤松登志子との結婚が強いられた。

この頃の鷗外は、臆病で優柔不断であったと思う。鷗外は己の弱さ故に、離婚の挙に出て登志子を悲劇に堕す。こうした恋愛、結婚、離婚と、大きなつまずきを繰り返し、森家は勿論、関係する周囲との間に、鷗外固有の個性は、絶えず摩擦を起した。二十代、三十代は、人間的未成熟の中でやや神経症的症状をともない心身ともに辛苦する。日清、日露の戦争に参加した鷗外は、人間的にも成長があった。

明治四十年代に入ると、念願の陸軍軍医総監、陸軍省医務局長の地位に就いたが、頂上に登ってみても、別に鷗外は安穏ではなかった。弟篤次郎、二男不律の死が、急激に相次いでやってきた。鷗外は母峰子とともに哀しい日々を過ごすことになる。また、この時期、母と妻志げが凄絶な嫁姑戦争を繰り広げる。鷗外は帰国以来、他説にあるような「家長」ではなかった。母を擁護するだけで、妻を一方的に非難、森家での調整能力はなく、強い「家長」はあくまでも母峰子であった。そのへんの誤解は明確にしておかなければならない。この苦渋に満ちた内面は、すでに発現しようとしていた文学への再活動へのエネルギーとなった。短篇の多作に意欲を燃やすが、鷗外に満足すべき達成感は生じなかった。大正期に入り、歴史小説、史伝文学に多大なエネルギーを費やし始め、鷗外は自信の回復をみる。仕事自体は誰も真似の出来ない大きな文業であった。

しかし、この大正期は、鷗外が五十代に入ったところである。官僚社会に在る鷗外にとっては、また「栄典の季節」であった。もはや具体的には書かない。大正八年の茉莉の結婚の頃までは、「宮内省、陸軍省」の「栄典」を決して拒否していない。しかし、官僚社会という「権謀術数」の社会での苦悩は、鷗外を決して放さない。鷗外は精神界に、強さを求め葛藤することになる。禅寺に行き、高僧の提唱を聴き、『古き手帳から』では、西洋の哲学者の思想を考えてもみた。また己の書く作中人物に、モノに動じない人、足ることを知る人、己の処遇を焦らず、淡々と待ち、水のように生きる人を書いた。これらはみな晩年の鷗外がめざす理想の姿であった。

「大業」を成した人は、高い評価を受けるが、それに比例するぐらい故なく指弾されたり、嫉妬も受ける。そのため十全なる達成感が得られない。鷗外と随分違う人だが、ノーベル賞に輝いた川端康成が、なぜ自殺したのか、ふと考えてみる。

尋常な者、平凡な者であれば、それに見合ったものを得ることで満足もし、平安にもなれる。しかし、その生涯で、自他ともに認められる「大業」を成したとき、その量に応じた評価、あるいは満足を得ようとしても、どうしても得ることが出来ない。大成者は、そこに迷妄を生じることになる。余程の精神力を保持していないと、少しの批判でも許せなく傷つくことになる。鷗外のような賢明な人物は、そのことをよく知っていたと思う。このまま続けていれば自滅しかない。鷗外が晩年、精神的向上を求め、自己流の〝宗教〟を持とうとしたのは、そのためではなかったか。

（完）

あとがき

石見益田で生まれた私は、隣接する津和野、その城下町で生育した森鷗外のことは、自然に受け入れていたようである。しかし、いつ頃か、という問題になると特定することは出来ない。いま益田から自動車で行けば、約四十分ぐらいで津和野に着く。しかし、昭和十年代では、同じ石見でも、益田と津和野の距離は、もっと遠く、特に子供には、津和野のことは、微かにしか入ってこなかった。当時から益田には、雪舟の庭園や柿本人麿の神社があった。しかし、これらは少年にとって大昔の話であり、別にこれと言って文化的に誇り得るものはなく、その点、津和野は、近傍の人々から歴史のある文化的な城下町とみられていた。石見国は、維新時まで津和野藩と浜田藩の二藩に分かれていた。益田は、浜田藩領で、西の「国境」として津和野藩領と接していた。明治、大正期頃まで、津和野から先進的文化人が多く出て中央で活躍していたことは、益田の人たちには余り知られておらず、昭和期に入って、大人たちはそのことを知り始めたのではないかと思う。

長州と接する石見の西端、この津和野に対し、私の両親たち明治生まれの大人たちは、「津和野の人」とよび、何か、高尚な人たちの話をしているように思えた。しかし、私達子供らは具体的には何も知らなかった。

現在、「石見」の中で文化的優劣はつけ難い。津和野、益田、浜田、それぞれの自治体は、独自の文化的施策をもち、その成果として、近代的な図書館や美術館も出来、地域の文化的レベルの発展に努めていることを、最近訪ねて実感したのである。

一枚の写真が残っている。

私は高校の制服を着て、上品な老夫人と民家の縁側に座して、カメラを凝視めている。場所は、鷗外が生育した津和野の旧居、老夫人は、鷗外の弟潤三郎の夫人、思都子さんである。このとき、この老夫人が、鷗外のことを「オーガイサン」と、よんでおられたのが忘れられない。思都子さんは、鷗外が幼少年期に習った儒学者米原綱善の長女であった。これらのことはすべて後で知ったことで、私自身、鷗外に対する知識は、ほとんど持ち合わせていず、今思えば、残念な出会いであったと思わざるを得ない。このとき、兄と津和野を訪ねたのであるが、訪ねるぐらいであるから、鷗外に対する知識よりも、関心の方が先行していたように思える。大学に入っても、強いて鷗外に力を入れて勉強してはいなかったが、四年になり、卒業論文の題目を提出するとき、迷いなく鷗外を選んでいる。このとき、同じ石見人であるが故に、この文豪に対する義務感のような気持で選んだと思う。このテーマを決めてから少々鷗外の作品を読み始めたが、余りにも作品が膨大なため、初期三部作に絞って、卒論を書いたことを憶い出す。鷗外との出会はこんな程度のものであった。

さて、本書について少し述べておきたい。

本年（平成十九年）は、鷗外没後八十五年になる。この節目の年に、ほぼ六年にわたる書き下ろしの評伝が刊行出来たことを多大な喜びとするとともに、先学者の方たち、また、私を助け、応援して下さった多くの方たちに感謝を申し上げたい。

本書は、鷗外の全作品を対象化したので、その作業は実に難業であった。当初、執筆にあたり不遜ながら開拓者の意識をもたなければ、とても踏み出せるものではないことを痛感した。

そんな中で、こだわりの一例を挙げるならば、作品に「梗概」をつけることであった。

鷗外は、『鷸翮搔《しぎのはねかき》』の「くさぐ〱（二）」で次のように述べている。

「小説戯曲等の批評にその筋を略叙するは、其書を読むに先だちて、其評を読まん人に対する必要なる注意なり。

（略）この頃批評中に原作の筋を叙する法漸く行はるゝ傾あるは、喜ぶべき事なり」と。鷗外は、作品の「筋」を「略叙」しない批評文に「注意」という言葉を使い、警告を発している。この言はまことに正鵠を射た見解である。私も、かねてからかように思ってきただけに、わが意を得たりの思いであった。この鷗外の言は、私にさらなる意欲を与えてくれた。

特に、「筋」の「略叙」で苦労したのは翻訳作品であった。

鷗外の翻訳作品は、中篇、長篇が多い。戯曲もかなりある。大作『ファウスト』などは、ほとんど会話文で、しかも詩の形体をとっている。その「梗概」を纏めることは至難の業で、しばしば竦んだ。しかし、ほとんど世に知られていない鷗外の翻訳作品の「筋」を紹介することの意義を切に感じていたことが、大きなエネルギーとなった。やっと「筋」の「略叙」を了えたとき、十全ではなくとも、いささかの達成感を得て、ほっとしたことを述べておきたい。

今回、自己の非力を感じながら、卒論執筆のとき、巨大な山岳にみえた、あの山に向って、一歩一歩、喘ぎながら山顚をめざしたが、途中放棄がなかったのは幸運としか言いようがない。

本書の執筆にあたり、大修館書店前編集第一部課長細川研一氏、及び池澤正晃氏には最初から刊行まで、大冊のため大変なご苦労をお掛けした。心から感謝し、御礼を申し上げて擱筆としたい。

平成十九年六月二十日

山﨑國紀

年譜

文久二年（一八六二）　当歳

森家の第十二世、八代白仙は、津和野藩（四万三千石）の典医として仕えていた。白仙の妻、清子は、長州の大庄屋木嶋又右衛門正信の娘で、弘化三年（一八四六）、この夫婦の間に峰子が生誕。峰子は十五歳のとき、十一歳上で白仙の弟子、防府出身の吉次泰造（のちに静泰）を婿養子に迎え、泰造は森家第九代を継いだ。

文久二年（一八六二）一月十九日（陽暦二月十七日）、峰子は、男子を出生、林太郎（鷗外）と命名された。当時の住居は、石見国津和野藩町田村横堀（現島根県鹿足郡津和野町大字町田イ二三一）に在った。白仙は、その前年の文久元年（一八六一）十一月十七日、江戸からの帰途、近江の土山宿で死去した。

慶応二年（一八六六）　四歳

第二次長州征伐に際し、幕府は、津和野藩に六月七日から隣接する長州と戦うことを再三に亘って命じたが、津和野藩は秘かに長州藩と連絡をとり合い、動かなかった。長州軍は、津和野城下を避け、山中を通って浜田藩領益田に進撃した。

慶応三年（一八六七）　五歳

十一月、養老館教授村田美実宅に通い「論語」の素読を習う。九月九日、弟篤次郎（のちの三木竹二）誕生。

慶応四年　明治元年（一八六八）　六歳

三月、米原綱善に師事、「孟学」を学ぶ。四月十七日、長崎浦上キリシタン第一次移送者二十八名が津和野城下に入り、乙女山に収容される。

明治二年（一八六九）　七歳

藩校養老館に入学、毎月二、七の日に四書復読を習う。山口鼓溪、渡辺積、堀松陰等から指導を受ける。この年、成績優秀のため「四書正文」が与えられた。

明治三年（一八七〇）　八歳

養老館に、五経の復読に通う。父についてオランダ語を学ぶ。十一月二十九日、妹、きみ（喜美子）生誕。この年も成績優秀で、「四書集註」を受けている。

一月、浦上キリシタン第二次移送者百二十五名（ほとんどが、一次移送者の家族）が津和野城下に到着。ただし、この年十二月、英国代理公使アダムスから、新政府に改善の申し入れがあった。

明治四年（一八七一）　九歳

この年、廃藩置県（七月）にともない、養老館は廃校となる。

五月、新政府によるキリシタン取締の大改革の指示により、津和野藩においては、キリシタン拘束に終止符がうたれた。六月、津和野藩は、全藩に魁けて廃藩し、隣の浜田県に併合される。八月十七日、大国隆正死去（八十歳）。

明治五年（一八七二）　十歳

六月二十六日、父とともに津和野を出て、途中、長州、木嶋家（祖母清子の実家）に寄り、さらに、父の古里、三田尻を経て、船にて大阪に出る。ここから陸路で、八月、東京向島小梅村の亀井家下邸に到着、ここにしばらく住み、同所曳舟通に移る。十月、本郷壱岐殿坂の進文学社に入り、神田小川町の西周邸に寓してドイツ語を学ぶ。

明治六年（一八七三）　十一歳

六月、祖母清子、母峰子、弟篤次郎、妹喜美子ら家族が上京して来る。

明治七年（一八七四）　十二歳

一月、下谷和泉橋の第一大学区医学校（五月より東京医学校と改称）予科に入学。このとき、規定の年齢に足りないため、願書に万延元年（一八六〇）生まれとして提出、以後、公にはこれを用いた。

明治八年（一八七五）　十三歳

四月、森家は小梅村二丁目二十七番地の家を購入、転居した。

明治九年（一八七六）　十四歳

十二月、東京医学校が、本郷元富士町に校舎を新築、その寄宿舎に入り、官費生となる。この頃から依田学海について漢文の添削を受ける。

明治十年（一八七七）　十五歳

四月、東京医学校と東京開成学校が合併、東京大学医学部となり、その本科生となる。同期生に、賀古鶴所、小池正直、谷口謙、菊池常三郎、中浜東一郎らがいた。

明治十二年（一八七九）　十七歳

四月十五日、弟潤三郎生誕。

六月、父、南足立郡郡医となり、千住（千住北組十四番地）に橘井堂医院を開く。

明治十三年（一八八〇）　十八歳

大学寄宿舎を出て、本郷竜岡町の下宿上条に転居する。同郷の国学者福羽美静、加部巌夫に和歌を学ぶ。

明治十四年（一八八一）　十九歳

三月、下宿屋上条が火事に遭い、ノート類を焼失する。この頃、肋膜炎を病む。七月四日、東京大学医学部卒業。大学に研究者として残りたい希望をもっていたが実現せず、陸軍省に入るまでの約五カ月、父の医院で医療を手伝う。

九月十七日『読売新聞』に『河津金線君に質す』を寄稿。十二月十六日、陸軍軍医副（のち陸軍二等軍医）に任ぜられ、東京陸軍病院課僚に任じられる。この年、ハウフの童話を漢詩体に意訳（のち『盗侠行』として明治十八年一月『東洋学芸雑誌』に発表、明治二十五年七月『美奈和集』の付録『於母影』に収録）。この年、十月から翌十五年二月にかけて鷗外が、「千住無丁老農」や「千住無丁」などの筆名で、十篇の小文を『読売新聞』に投稿したと推定されている。

明治十五年（一八八二）　二十歳

二月七日、第一軍管区徴兵医官となり、栃木、群馬、長野、新潟を巡回し、三月三十日に東京に帰る。二月、従七位に叙せられる。五月、陸軍軍医本部課僚に任じられる。十二日に、庶務課に転じ、主としてプロシア陸軍衛生制度取調に従事する。七月二十六日、東部検閲監軍部長属員に任じられ、九月二十七日に東京を出て、横浜から航路函館に至り、青森、岩手、新潟等を巡閲する。この年、私立東亜医学校で生理学を講じている。関東から東北地方等を巡回した記録『北游日乗』（二月～三月、『後北游日乗』九月～十六年二月）を残している。

明治十六年（一八八三）　二十一歳

三月、プラアゲルの陸軍衛生制度書をもとに編述した『医政全書稿本』十二巻を官に納める。五月四日、軍医の名称が改まり陸軍二等軍医となる。この頃、救生学舎出身軍医および内務省開業免許を有する看護長に Roth und Lex の Militärhygiene を講じる。また、千住に赴き、そこに住む佐藤元萇（応渠）に漢詩文を学ぶ。

明治十七年（一八八四）　二十二歳

一月、「独逸建築条例」「病院条例」から「病室著色の事」を抄して上司に提出する。六月七日、ドイツ留学を命じられ、十日、本職を免じられる。八月二十三日、東京を出発、二十四日、横浜を出航する。十月七日、フランス、マルセーユに着す。八日マルセーユを発し、パリを経て十一日にドイツ、ベルリンに到着する。西洋に向かう船の生活を記録した『航西日記』（八月〜十月）がある。十二日、軍医監橋本綱常に会い、留学目的は「衛生学を修むること」だけと告げられる。十三日、大山陸軍卿、青木公使に挨拶。二十二日、ライプチヒに行き、ホフマン師に師事する。二十四日から大学衛生部の日課に就く。

明治十八年（一八八五）　二十三歳

一月七日、日本茶の分析に着手。二月以降、「日本兵食論」「日本家屋論」の著述を進める。七月一日、橋本綱常が軍医総監に任じられたことを「家書」で知る。十五日、一等軍医の辞令を受ける。八月二十七日から（九月十二日まで）ドイツ軍第十二軍団の秋季演習に参加する。十月十日、『日本兵食論大意』を作成、石黒軍医監に送る。十月十一日、ドレスデンに移り、ロオト軍医監に師事する。十三日から翌年二月二十七日まで、軍陣衛生学の講習会に出席する。十一月二十四日よりスペイン語を学ぶ。十二月、井上哲次郎と会い、ゲーテの『ファウスト』を翻訳することを語り合う。

明治十九年（一八八六）　二十四歳

正月、ドレスデン王宮の賀に出席。十三日夜、王宮の舞踏会に出席（以後数回赴く）。二十九日、地学協会で「日本家屋論」を講演。三月六日、地学協会で、エドムント・ナウマンの「日本」なる講演を聴き憤慨する。三月八日、ミュンヘンに移り、ペッテンコオフェルを師として十一日から大学衛生部に入る。二十五日、画学生、原田直次郎を知る。六月十三日、バイエルン国王ルートヴィッヒ二世が侍医グッデンとともにウルム湖で溺死、衝撃を受ける。二十六日、ミュンヘンの有力紙『アルゲマイネ・ツアイトウング』に、ナウマンが「日本列島の地と民」と題し、日本論を発表。この翌二十七日、友人らとウルム湖に行き国王らを弔する。九月十四日、ナウマンへの反論の稿を起こす。十一月二十九日、鷗外の「麦酒の利尿作用」に関する研究結果をレエマンが代って生理学会で発表する。

十二月二十九日、『日本の実情』と題し、ナウマンへの反論を『アルゲマイネ・ツアイトウング』紙に発表、論争の火蓋を切る。

明治二十年（一八八七）　二十五歳

四月十五日、ミュンヘンを発し、十六日、ベルリンに到着。翌十七日、谷口謙を訪う。十八日、乃木希典、川上操六両少将に挨拶。二十日、北里柴三郎と共にコッホを訪ね、従学の約を結び、五月二日、コッホの衛生試験所に入る。十二日、石黒忠悳来独の密報に接す。三十一日、コッホから実験のテーマを与えられる。六月一日、下宿を衛生部に近い僧房街に移す。ミュンヘンから石黒忠悳がベルリンに向かって出発した旨の電報を受け、七月十七日、谷口謙とともに迎えに行く。九月十六日、国際赤十字会議日本代表の石黒忠悳に通訳官として谷口とともに随行、ベルリンを出発。途中、ウュルツブルクに二泊し、十八日、カルルスルーエに到着。二十二日、赤十字各社委員会に出席。二十七日国際会議最終日、石黒の許可を得て演説し喝采を博す。二十八日、ウイーンに石黒らと赴き十一日間滞在、十月九日、ベルリンに帰着する。二十八日、ベルリン東洋語学校教官の井上巽軒（哲次郎）に会う。十一月二十六日、大和会で講演。十二月十日、新公使西園寺公望に挨拶に赴く。

明治二十一年（一八八八）　二十六歳

一月二日、大和会の新年会でドイツ語の講演をする。公使西園寺公望に、ドイツ語に堪能なるを激賞される。十八日から早川怡与造大尉の求めに応じ、クラウゼヴィッツの「戦論」を講じる。二月十五日、「雞林医事」の訳稿を完成する。三月十日、『隊務日記』の稿を起こす。プロシア近衛歩兵第二連隊の医務に服することを命じられる。三月二十三日付で帰国を命じられる。四月一日、ハアケ市場近く、大首座街の三階建の下宿に移る。この頃までに、ドイツ女性、エリーゼ・ヴァイゲルトと知り合い、交際が始まっていたと推定される。五月十四日、『日本家屋論』（独文）をイルヒョオに閲を願う。七月二日、隊務を終了。五日、石黒軍医監とともに、ベルリンを発ち、帰国の途に就く。八日、ロンドン、十九日パリ、二十八日マルセイユに着き、翌二十九日、マルセイユを出港、九月八日、横浜に入港、同日、東京に帰る。四日遅れの十二日、エリーゼ・ヴァイゲルトが横浜港に到着し、東京築地精養軒に宿泊。鷗外はもとより、その関係者ら難渋をする。鷗外は、帰国と同時に陸軍軍医学舎教官に任じられる。十月十七日、エリーゼ・ヴァイゲルト帰国の途に就く（三十五日間滞在）。十一月二十二日、陸軍大学校教官に兼補される。二十四日、大日本私立衛生会で『非日本食論は将に其根拠を失はんとす』を講演。十二月二十八日、陸軍軍医学舎の名称改り新しく軍医学校教官兼陸軍大学校教官、陸軍衛生会議事務官に任じられる。

明治二十二年（一八八九）　二十七歳

一月、下谷根岸金杉百二十二番地に移る。一月三日、『読売新聞』に『小説論』（『医学の説より出でたる小説論』）を発表、文学活動を開始する。五日から二月十四日まで、カルデロン『音調高洋箏一曲』を三木竹二と共訳し『読売新聞』に訳載する。この月、『東京医事新誌』編集主任となる。二月二十四日、『読売新聞』にドオデエ『緑葉歎』を訳載。三月五日から七月二十一日までホフマン『玉を懐いて罪あり』の訳を断続的に『読売新聞』に連載。この三月『東漸雑誌』（第一巻第三号）に、独文『日本文学の新趨勢』（長く不明だったが、平成七年九月発見される）を発表。三月九日、海軍中将男爵赤松則良の長女登志子と結婚する。この月、『衛生新誌』を創刊する。十八日、ドオデエ『戦僧』を『少年園』に訳載する。四月から十二月まで断続して『航西日記』を『衛生新誌』に連載。五月下谷上野花園町の赤松家持家に移り住む。五月三日から八月まで、断続的に七回にわたってアヴィング『新世界の浦島』（『新浦島』）を『少年園』に訳載する。七月五日、兵食試験委員に任じられ、二十四日、東京美術学校専修科美術解剖学講師となる。八月、新声社訳『於母影』を『国民之友』に発表。二十六日、日本演芸協会文芸委員となる。十月五日、本職及び兼職を免じられ軍医学校陸軍二等軍医正教官心得を命じられる。二十五日『柵草紙』を創刊。創刊号に『しがらみ草紙の本領を論ず』を発表。また創刊号から二十五年六月までレッシング『折薔薇』を八回、断続的に訳載。同じく同じ号に、ハート『洪水』を訳載する。十一月九日から二十九日まで二十二回、トルストイ『瑞西館に歌を聞く』（のち『瑞西館』）の訳を『読売新聞』に連載。十一月二十五日から十二月三日まで、キヨネル『伝奇トーニー』を断続五回『読売新聞』に訳載する。十一月に『東京医事新誌』の編集主任を追われ、十二月十三日『医事新論』創刊。創刊号に『敢て天下の医士に告く』を発表する。

明治二十三年（一八九〇）　二十八歳

一月、『国民之友』に『舞姫』を発表。一月十八日『読売新聞』に『「舞姫」の評について』を発表する。一日から二月二十六日まで断続的に二十一回、ハックレンデル『ふた夜』を『読売新聞』に訳載する。一月、『日本之文華』にツルゲエネフ『馬鹿な男』を訳載。三月十七日から二十六日まで、十回『国民新聞』にクライスト『地震』を訳載する。三月から二十五年四月まで、断続的に十回『柵草紙』にシュビン『埋木』を訳載する。四月二十三日から七月二十三日まで、断続的に九回『国民之友』に、クライスト『悪因縁』を訳載する。四月、『柵草紙』

に、『気取半之丞に与ふる書』を掲載。四月二十八日から五月六日まで断続的に六回、『国民新聞』に『再び気取半之丞に与ふる書』等を連載する。五月『柵草紙』に『外山正一氏の画論を駁す』を発表。五月、六月『衛生新誌』に『還東日乗』を連載。六月一日、『東京中新聞』にツルゲェネフ『羅馬』の訳を発表。(二十四年四月『文則』第七号に『該撒』と改題して再録された)。六月六日陸軍二等軍医正に任じられ、軍医学校教官に補せられる。三十日、陸軍衛生会議員に兼補される。七月、日本公衆医事会を設立。八月、『柵草紙』に『うたかたの記』を発表。八月から十一月まで断続的に六回『国民之友』にステル『うきよの波』を訳載する。九月、『衛生新誌』と『医事新論』が合併、『衛生療病誌』と題する。九月十三日、長男於菟出生。この月、登志子と離婚。十月、下谷の家を出て、本郷駒込千駄木町五十七番地(千朶木山房)に移る。のちに夏目漱石もこの家に住んだ。十一月、『柵草紙』に『答忍月論幽玄書』を発表。十二月にかけ、石橋忍月、外山正一と論争する。

明治二十四年(一八九一)　二十九歳

一月、『新著百種』に『文づかひ』を発表。二月十四日、東京美術学校解剖授業を嘱託される。二月十六日、『文使に就きて忍月居士に与ふる書』を『国民新聞』に発表。以降「四たび」(二月二十三日)、「文使」について石橋忍月に反論文を掲載。三月八日から十四日まで六回『東京日日新聞』にハックレンゼル『黄綬章』を訳載する。三月八日から十一日まで『国民新聞』に『読醜論』を発表。三月十八日から五月一日まで断続的に十七回、『立憲自由新聞』にルソー『懺悔記』を訳載する。六月、『柵草紙』にドオデエ『みくづ』を訳載する。八月二十四日、医学博士の学位を受ける。九月、『柵草紙』第二十四号以降、第三十三号まで『山房論文』の表題で十三篇の論文が掲載された。「其七」で、坪内逍遥に向ってなされた『早稲田文学の没理想』(十二月)は、いわゆる「没理想論争」として翌年六月まで断続的に続けられた。十二月二十八日、従六位に叙せられる。

明治二十五年(一八九二)　三十歳

一月三十一日、本郷駒込千駄木町二十一番地に移り、父母、祖母も同居、家は同じく千朶山房と号する。五月三日、陸軍病院建築案審査を委嘱される。七月、『美奈和集』(『水沫集』春陽堂)を刊行。八月、住居に書斎を増築、観潮楼と名づける。八月から十月にかけて『観潮楼日記』を書く。八月『柵草紙』第三十五号に『観潮楼偶記』を掲載する。八月、『国民之友』にフレンツェ『女丈夫』を訳載。九月、慶応義塾大学審美学講師を委嘱される。九月十日、アンゼルセン『即興詩人』の訳を始める(脱稿は明治三十四年一月)。この月、『柵草紙』にレッシング『俘』を訳載、以降七月まで三回掲載した。十月、『柵草紙』にハルトマン『審美論』を訳載、翌二十六年六月(第四十五号)まで断続的に掲載したが、以降未完のまま中絶した。十月、『学習院輔仁会雑誌』にレルモントフ『ぬけうり』を訳載する。十一月、『柵草紙』にアンゼルセン『即興詩人』の訳載を開始する。

明治二十六年(一八九三)　三十一歳

五月、『城南評論』を『柵草紙』に合併、発行所を柵社とする。この月、『衛生療病志』に「傍観機関」と称する欄を設け、『医海時報』を相手に論争を展開、明治二十七年八月に至る。七月七日、本職を免じられ軍医学校長心得に任じられる。十一月十四日、陸軍一等軍医正に昇任、軍医学校長兼衛生会議議員に補せられる。十二月十六日正六位に叙せられ、二十六日、中央衛生会委員を命じられる。

明治二十七年(一八九四)　三十二歳

一月から六月まで『日本英学新誌』に、イーストレーキ訳、英文『舞姫』が連載される(四十年二月、彩雲閣から刊行)。五月二十四日、内閣恩給局顧問医を委嘱される。八月一日、清国に対し宣戦の詔勅が下る。この月、八日『柵草紙』を五十九号で廃刊。二十四日、中路兵站軍医部長に任じられ、朝鮮釜山に赴く。十月一日、第二軍兵站軍医部長に任じられて帰国、六日から広島砲兵第五連隊兵営内で執務することになる。この月、『衛生療病志』を五十七号で廃刊する。十六日、宇品から出征。十一月十三日、大連に至り、旅順口、柳樹屯に移動。二十四日、勲六等に叙せられ瑞宝章を受ける。『徂征日記』を八月二十八日から記述し、翌二十八年十月十四日まで記述する。

明治二十八年（一八九五）　三十三歳

柳樹屯で新年を迎え、大連威海衛、竜鬚島などを経て、三月十七日、金州へ移動。四月二十一日、陸軍軍医監に任じられる。五月一日、中央衛生会委員を命じられる。五月八日媾和となる。十八日大連を発し、二十二日宇品に凱旋。二十四日は宇品を発し、二十九日、台湾三貂角に上陸、六月十一日、台北に至る。十五日、台湾総督府衛生委員を命じられる。七月二日、同衛生事務総長心得を命じられる。八月八日、第二軍兵站軍医部長を免じられ、台湾総督府陸軍局軍医部長に任命される。八月、『歌舞伎新報』に『旅順口の芝居』を寄稿。九月二日、陸軍局軍医部長を免じられ、軍医学校長事務取扱を命じられる。二十二日、台北を発し、十月四日東京に凱旋する。二十日、功四級に叙せられ金鵄勲章及び単光旭日章を授けられる。十月三十一日、軍医学校長に任じられる。十一月十五日、従五位に叙せられる。十一月、『日本』に『我国洋画の流派に就きて』を寄稿する。

明治二十九年（一八九六）　三十四歳

一月二十二日、陸軍大学校教官に兼補される。この月、『めさまし草』(目不酔草)創刊。一月から六月まで、『めさまし草』に『鸛翩掻』を連載する。三月『太陽』に『青年小説評判』を発表する。三月から七月まで、『めさまし草』に『三人冗語』を連載する。四月四日、父静男死去(六十歳)。四月十三日、陸軍衛生会議員に兼職される。九月二十五日、偕行社編集部幹事となる。九月から三十一年九月まで、『めさまし草』に『雲中語』を、三年間、十九回、断続的に連載する。十月から翌三十年一月まで『めさまし草』に『觚牘』を連載。十一月二十五日、勲五等に叙せられ瑞宝章を授けられる。十二月十五日戦時衛生事蹟編纂委員を命じられる。十二月、『衛生新篇』第一冊（小池正直との共著、蒼虬堂、第一版の分冊文）を刊行。この月、『都幾久斜』（『月草』）を春陽堂から刊行。

明治三十年（一八九七）　三十五歳

一月、『新小説』にコーピッシュ『はげあたま』を訳載。この月『公衆医事』を創刊。一月三十一日、西周没。三月二十四日、陸軍武官等表改正により新たに陸軍一等軍医正となる。五月『かげ草』（小金井喜美子と共著）を春陽堂から刊行。五月から三十一年四月まで、六回『めさまし草』に『標新領異録』を断続的に連載する。六月『衛生新篇』第二冊（第一版の分冊本、蒼虬堂）を刊行。七月十二日、医務局第一課長小池正直がオーストリアに出張のため、課長事務取扱を命じられる。八月、『新小説』に『そめちがへ』を発表。十月十一日、中央衛生会温泉及び海水浴取調法委員を命じられる。

明治三十一年（一八九八）　三十六歳

二月十二日、医務局第一課長事務取扱を免じられる。二月から三十二年九月まで『めさまし草』に、フォルケット『審美新説』を十回訳載する。八月九日から十月五日まで『時事新報』に『智恵袋』を四十一回断続的に連載する。十月一日、本職を免じられ、近衛師団軍医部長兼軍医学校長に任じられる。四日、偕行社編集部幹事を委嘱される。十一月『西周伝』（西家蔵版）を執筆、非売品として配布された。十二月四日、

K. Raupp『洋画手引草』を大村西涯と編訳で、画報社から刊行する。

この年、『明治三十一年日記』を記録、遺す。

明治三十二年（一八九九）　三十七歳

一月と四月の二回、『めさまし草』に『雲中独語』を掲載。四月三十日、中央衛生会委員満期となり、五月三日、再任される。六月、『審美綱領』上・下（大村西涯共編）を春陽堂から刊行。六月八日、陸軍軍医監に任じられ、第十二師団軍医部長に補せられ、同日、戦時衛生事蹟編纂委員を免じられる。慶応義塾、東京美術学校の講義を辞し、六月十六日、東京を発つ。十九日、小倉に着任。二十四日から鍛冶町八十七番地に住む。二十八日、日本赤十字社福岡支部副長を委嘱される。七月十日、正五位に叙せられる。七月二十八日、ベルツを停車場で迎え、三十一日に厳島に送る。八月四日『審美新説』を脱稿。九月二十六日、『福岡日日新聞』に『我をして九州の富人たらしめば』を発表。十月十二日、福間博、初の来訪。十二月六日、宣教師ベルトランにフランス語を習い始める。十二日、クラウゼヴィッツの「戦論」を、師団長以下将校団に講ず。二十六日、原田直次郎死去。六月六日から三十五年三月八日まで『小倉日記』を記述す。

明治三十三年（一九〇〇）　三十八歳

一月一日、『福岡日日新聞』に『鷗外漁史とは誰ぞ』を発表する。この月、弟篤次郎が『歌舞伎』を創刊した。二十八日、赤松登志子が死去。二月一日から翌三十四年二月一八日まで『二六新報』に八十七回断続的に『心頭語』を連載。二月、フォルケット『審美新説』を春陽堂から刊行。三月一日、小倉を発し上京。途次、近江土山の祖父の墓に参る。二十七日、小倉に帰る。五月六日、皇太子御成婚式拝賀のため、小倉を発し上京、十五日に帰る。三十一日勲四等に叙せられ瑞宝章を授けられる。七月十三日、福岡県企救郡教育会支部で、『普通教育の軍人精神に及ぼす影響』を講じる。二十九日、福岡県教育会で『フリイドリヒ・パウルゼン氏倫理説梗概』を講じる。九月二十日、博渉会例会で『戦時糧餉談』を講じる。十月十三日、行橋の行事高等小学校で『倫理学説の岐路』を講じる。十一月二十三日、小倉安国寺の玉水俊虠を識る。四日より俊虠から唯識論を聴き、彼に哲学入門を話す。二十四日、京町五丁目百五十四番地の家に移転する。

明治三十四年（一九〇一）　三十九歳

一月十五日、アンゼルセン『即興詩人』を訳了。二月から十月まで『めさまし草』に、リープマン『審美極致論』を断続的に六回、「美学」部分を抄出、連載した。三月十二日、小倉を発ち上京。陸軍省医務部長会議に列席。二十八日、宮中から御陪食を命じられる。四月八日、小倉に帰る。八月、『公衆医事』に『脚気減少は果して麦を以て米に代へたるに因する乎』を発表。八月二十二日から十二月十二日まで、『二六新報』に『続心頭語』を断続的に掲載する。九月十九日、博渉会で『水の説』を講じる。十一月三日、天長節、朝、観兵式に参列する。十二月及び三十五年二月と二回、『めさまし草』に、グロース『審美仮象論』を訳載、『めさまし草』廃刊のため、三十五年六月『芸文』創刊号に『審美仮象』と題名を代え訳載されたが未完に終る。十二月二十三日、小倉偕行社で『北清事変一面の観察』を講じる。二十九日、小倉を発し、三十一日、着京、午前十時に帰宅。午後、岡田和一郎、荒木博臣の両家に挨拶に行く。

明治三十五年（一九〇二）　四十歳

一月四日、判事荒木博臣の長女志げと観潮楼で結婚式を挙げる。五日、志げとともに、東京、新橋を発ち、六日、京都、俵屋に一泊する。八日、小倉に戻る。二月、リープマン『審美極致論』を春陽堂から刊行。同月『めさまし草』巻之五十六で廃刊。三月十四日、本職を免じられ、第一師団軍医部長に補せられる。同月二十四日、小倉偕行社で『洋学の盛衰を論ず』を講じる。二十六日、小倉を発ち、二十八日、東京、観潮楼に戻る。四月三日、竹柏会大会で『マアテルリンクの脚本』を講じる。六月、『めさまし草』と『芸苑』（上田敏主宰）を合併して『芸文』を創刊する。六月から八月までヒッペル『山彦』を『芸文』に訳載、「続」を十月、十一月と『万年艸』に訳載した。八月、『芸文』第二巻を発行後、出版社と意見合わず廃刊となる。九月アンゼルセン『即興詩人』を春陽堂から刊行。十月、『万年艸』を創刊。十二月『玉篋両浦嶼』を歌舞伎発行所から刊行。

明治三十六年（一九〇三）　四十一歳

一月七日、長女茉莉出生。一月二日から『玉篋両浦嶼』が、伊井蓉峰一座で、市村座において上演される。二月『芸用解剖学（骨之部）』（久米桂一郎と共著）を画報社から刊行。三月から三十七年二月まで『新小説』に『慧語』を連載。六月、東京高等師範学校国語漢文学会で『人種哲学梗槩』を講じる。六月と九月、『万年艸』にイプセン『牧師』を訳載する。ただし未完となる。九月、『長宗我部信親』を国光社から刊行。十月、ゴビノオ『人種哲学梗槩』を春陽堂から刊行。七月、『東洋画報』に『春朝秋夕』を発表。（続いて十月から翌三十七年三月まで『万年艸』に連載。『万年艸』廃刊のため、四十年二月『心の花』に発表、以上いずれも『妄語』と題した。続いて四十二年十月、『心の花』に『読みながら思つた事』を発表、この一文を加え、大正四年二月、至誠堂から『妄人妄語』と改題され刊行された。）十月三十一日、軍医学会で『千八百十二年拿破崙第一世露国侵入時の軍隊病類』を講じる。十一月二十八日、早稲田大学で『黄禍論梗概』を講じる。

明治三十七年（一九〇四）　四十二歳

二月十一日、ロシアに対し宣戦布告の詔勅が下る。三月十五日、第二軍（軍司令官奥保鞏）の編成なり、軍医部長に任じられる。二十一日、第二軍司令部、広島に移動する。この月、『万年艸』廃刊。また『歌舞伎』に『日蓮聖人辻説法』が載る。二十七日、広島で『第二軍』なる詩を作り、『うた日記』の記述が始まる。四月十七日から、母峰子が、息子の出征にともない『日記』をつけ始める。（『森鷗外・母の日記』として刊行されている）四月二十一日、第二軍司令部は、第一八幡丸で宇品を発ち、中国大陸に向かう。五月三日、ヒンメルスティェルナの原本の要約『黄禍論梗概』が春陽堂から刊行。鷗外ら第二軍の進軍経路は以下のごとくである。五月八日、塩大澳湾猴児石（台山）に上陸、董家屯に至る。五月、楊家屯、劉家屯、南山、劉家屯、鍾家屯、六月、帳家屯、愈家屯、尖山子、北大崗、七月、正白旗、前安平、蓋平、古家子、橋台舗、大石橋、八月、関屯、張家元子、甘泉舗、鞍山、沙河、九月、首山、孤家子、遼陽、十月、大紙房、大荒地、紅宝山等を経て、十七日、十里河に在って越年する。九月十三日、従四位に叙せられる。十一月二十九日、勲三等に叙せられ瑞宝章を授けられる。

明治三十八年（一九〇五）　四十三歳

元旦を十里河で迎える。二月、大東山堡、三月、溝子沿に移り、奉天に向かう。ここで、ロシア赤十字社員の残留者たちの送還に尽力する。五月、劉王屯、慶雲保、六月、古城堡に移動、十二月末まで滞在。十一月、『公衆医事』廃刊。十二月、『陸軍軍医会雑誌』に『冬季医療勤務綱要併冬季立哨ニ関スル衛生意見』を発表する。十一月三十日旅順に赴き、沈んだ閉塞船や激戦地二〇三高地などを視察する。十二月二十九日、古城堡を発ち鉄嶺に向かう。

明治三十九年（一九〇六）　四十四歳

一月一日、鉄嶺を発し、四日、大連港から丹後丸に乗船、七日、広島に上陸、十二日、東京、新橋に凱旋した。四月一日、功三級に叙せられ、金鵄勲章を授けられる。さらに、勲二等に叙せられ旭日重光章を授けられる。四月八日、竹柏会大会で「ゲルハルト・ハウプトマン」の十七篇の脚本について講演する。（五月『心の花』に掲載）五月『水沫集』改訂版を春陽堂から刊行。六月十日、歌会常磐会を起し、賀古鶴所とともに幹事となる。七月十二日、祖母清子死去（八十八歳）、八月十日、第一師団軍医部長に復し、軍医学校長事務取扱兼勤を命じられる。十一月、『心の花』に『朝寝』を発表。この月、春陽堂から『ゲルハルト・ハウプトマン』を刊行した。

明治四十年（一九〇七）　四十五歳

一月、『心の花』に『有楽門』を発表。二月『明星』にレルモントフ『宿命論者』を訳載。二月から七月まで『歌舞伎』に『脚本シラノ・ド・ベルジュラックの粗筋』を連載。三月、与謝野寛、伊藤左千夫、佐々木信綱らと観潮楼歌会を興す。六月四日、次男、不律出生。六月十八日、西園寺公望邸の「雨声会」に出席する。七月、博文館から『衛生学大意』を刊行する。七月、千葉県夷隅郡東海村字日在に別荘を建て、「鷗荘」と名付ける。九月十三日、美術審査委員に任じられる。この月、春陽堂から『うた日記』を刊行。十月、『歌舞伎』にショルツ『我君』を訳載。十一月十三日、陸軍軍医総監に任じられ、陸軍省医務局長に補せられる。二十二日、明治三十七、八年戦後衛生史編集委員長となる。十一月、十二月『歌舞伎』にシュニッツレル『短剣を持ちたる女』を訳載。十二月二十九日、軍隊衛生視察のため東京を発し、名古屋に到着する。

明治四十一年（一九〇八）　四十六歳

一月元旦を石川県山代で迎える。その後、金沢、善通寺、大阪を経て十日、帰途に就く。この日、弟篤次郎が急死（四十二歳）。十一日、東京に帰る。一月、『明星』にシュニッツレル『アンドレアス・タァアマイエルが遺言』を訳載。一月、五月、六月と三回、『歌舞伎』に、ヴェデキント『出発前半時間』を訳載する。一月、『心の花』にフリョオゲル『ソクラテスの死』を訳載。二月五日、次男不律死去。二月、『明星』にシュエフェル『父』を訳載。四月、『明星』にクロワッサン『いつの日か君帰ります』を訳載。五月と六月『明星』に、ワッセルマン『黄金杯』を訳載する。五月二十五日臨時仮名遣調査会委員に任じられ、六月二十六日の第四回会合で『仮名遣意見』（「臨時仮名遣調査委員会議事記録」明42・1収録）を演説、新かなづかいに反対する。五月三十日、臨時脚気病調査会官制公布され、会長に任じられる。六月、『能久親王事蹟』を春陽堂から刊行。この月、コッホ博士来日。七月、八月『歌舞伎』にバアル『奥底』を訳載。八月二十五日、靖国神社遊就館整理委員を命じられる。九月二十六日、教科用図書調査委員会委員に任じられる。二十八日、同第一部主査委員を命じられる。（以後没年に至る）。九月と十月、『歌舞伎』にズウデルマン『花束』を訳載。十月、『心の花』にラアエルシュフ『牧師』を訳載。十一月『小説家に対する政府の処置』を文部次官に提出、芸術院もしくは文芸院の設立を建議する。十一月、『歌舞伎』に、シュニッツレル『猛者』を訳載。同月、『明星』（百号、終刊号）に、ホルツ・シュラア合作『わかれ』を訳載。同月二十二日に、創作戯曲『プルムウラ』（発表は42・1）を完成。十二日、『歌舞伎』にホフマンスタール『痴人と死と』を訳載。同月二十八日、日本薬局方調査委員会委員に任じられる。

明治四十二年（一九〇九）　四十七歳

一月、『昴』の創刊。一月九日、斉藤茂吉、初めて来訪。この月、『昴』の創刊号に戯曲『プルムウラ』を発表する。一月、『心の花』に、デーメル『顔』を訳載。同月、『新天地』にシュニッツレル『耶蘇降誕祭の買入』を訳載。同月、『歌舞伎』に、ハウプトマン『僧房夢』を訳載。二月二日、赤坂、八百勘で陸軍省新聞記者会（北斗会）あり、この席で、朝日新聞記者と口論、暴行を受ける。三月、『昴』に『半日』を発表。三月から大正二年十二月まで『昴』に『椋鳥通信』を連載する。四月、『昴』に『仮面』を発表。同月、ヰイド『ねんねえ旅籠』を『心の花』に訳載。同月、『常磐会詠草、初編』（鷗外作二百五十七首所収）を歌学書院から刊行。四月と五月の『歌舞伎』に、マアテルリンク『奇蹟』を訳載。五月、『美術之日本』に『懇親会』、同月、『東亜之光』に『追儺』、同月、『昴』に『我百首』を発表。五月二十七日、次女、杏奴出生。六月、『昴』に『魔睡』、同月、『心の花』に『大発見』を発表。同月、『一幕物』を易風社から刊行。六月、七月、八月の『歌舞伎』に、ストリンドベルグ『債鬼』を訳載する。七月、『東亜之光』に『当流比較言語学』を発表。七月六日から九月七日まで『国民新聞』に五十五回断続的にイプセン『ジョン・ガブリエル・ボルクマン』を訳載する。七月、『昴』に『ヰタ・セクスアリス』を発表、同月末、発売禁止処分を受ける。八月六日、石本新六次官から戒飭を受ける。七月二十四日、文学博士の学位を受ける。八月、『昴』に『鶏』を発表。同月、『東京方眼図』を春陽堂から刊行。九月、十月と『歌舞伎』に、ワイルド『サロメ』を訳載。九月、『昴』に『金貨』を発表。十月、『太陽』にリルケ『家常茶飯』を訳載。十月二十日、正四位に叙される。同月、『昴』に『金毘羅』を、十一月、『昴』に『静』を発表。この月、『ジョン・ガブリエル・ボルクマン』を画報社から刊行する。二十七、八日の両日、有楽座で上演された。十一月、十二月と『歌舞伎』にダヌンチオ『秋夕夢』を訳載。十二月、『新潮』に『予が立場』、『昴』に『影と形』を発表する。十二月二十七日、陸軍衛生事情視察のため、新橋を発ち、二十八日、京都俵屋に入り、三十一日まで滞在、以後、大阪、中国、九州と巡廻する。

明治四十三年（一九一〇）　四十八歳

元旦を車中で迎える。同日、厳島で一泊、『里芋の芽と不動の目』を書く。熊本など九州から広島、姫路を経て、十六日、東京に帰着する。この一月、『中央公論』に『杯』、『昴』に『独身』、『心の花』に『牛鍋』、『東亜之光』に『電車の窓』、十六日と十七日『東京朝日新聞』に『木精』をそれぞれ発表する。またこの一月、『新小説』にショルツ『負けたる人』、『太陽』にヰイド『午後十一時』、『趣味』にリルケ『白』、『女子文壇』にアンテンベルヒ『釣』を訳載、アンドレイエフ『犬』が、この月、訳され、『黄金杯』に収められた。また、『歌舞伎』にアンドレイエフ『人の一生』（五回）を、それぞれ訳載する。この月、『続一幕物』を易風社から、『黄金杯』を春陽堂から刊行する。二月十六日、慶応義塾大学文学科顧問となる。二月『昴』に『里芋の芽と不動の目』を発表。三月五日、観潮楼歌会を閉じる。三月、『帝国文学』に、シュミットボン『鴉』、『趣味』にアンドレイエフ『歯痛』を訳載する。三月から四十四年八月まで『昴』に『青年』を十八回連載する。四月『中央公論』に『生田川』を発表。五月三日、『三田文学』を創刊、『桟橋』を発表。『東亜之光』にアルチバーシェフ『罪人』、五月から七月まで『太陽』にフロオベル『聖ジュリアン』を訳載する。六月、『三田文学』に『普請中』を発表。六月から九月まで『歌舞伎』に五回、スッツケン『飛行機』を訳載する。七月、『三田文学』に『花子』を掲載。七月二十八日、美術審査委員会委員に任じられる。八月、『文芸倶楽部』にポオ『うづしほ』を訳載。『三田文学』に『あそび』を、九月『三田文学』に、『フアスチエス』を発表。九月八日、イタリア万国博覧会美術品鑑査委員となる。この月、補充条例改正案に反対する。九月以降、軍医の人事権をめぐる問題で、石本新六次官らと対立し、翌年十月に及ぶ。九月、『学生文芸』にアルチバーシェフ『死』、『東亜之光』にアルチバーシェフ『笑』を訳載する。十月、『現代小品』を大倉書店から、『涓滴』を新潮社からそれぞれ刊行する。十月から十二月まで『歌舞伎』に、ショウ『馬盗坊』を訳載。十一月、『三田文学』に『沈黙の塔』、『新潮』に『身上話』、十二月、『三田文学』に『食堂』を、それぞれ発表する。この年五月、大逆事件がおこる。

明治四十四年（一九一一）　四十九歳

一月、『中央公論』に『蛇』、『新小説』に『首陥羅』を発表。一月、『人の一生・飛行機』を春陽堂から刊行。一月、『女子文壇』に、ストリンドベルヒ『一人舞台』、『新小説』にストリンドベルヒ『パリアス』、一月から五月まで、『歌舞伎』にビョルンソン『人力以上』、『東亜之光』にミヨリスヒヨッフェル『二髑髏』、『三田文学』にデモフ『襟』、『心の花』にベルジェエ『一匹の犬が二匹になる話』を、それぞれ訳載する。二月十一日、三男類出生。二月、『三田文学』に『カズイスチカ』を発表。『烟塵』を春陽堂から刊行。二月十六日から四月二十五日まで、ハウプトマン『寂しき人々』を『読売新聞』に六十五回訳載する。三月、『三越』に『さへづり』、三月、四月、『三田文学』に『妄想』を発表。五月十七日、文芸委員会委員に任じられる。五月、六月、『三田文学』に『藤鞆絵』を発表。五月から十月まで『歌舞伎』にボン『街の子』を六回訳載する。六月、『東亜之光』にオイレンベルヒ『塔の上の鶏』、『帝国文学』にダキット『世界漫遊』を訳載する。七月三日、文芸委員会から『ファウスト』翻訳を委嘱される。七月、『新小説』にサメン『クサンチ』、『女子文壇』にキイド『薔薇』、『三田文学』にチリコフ『板ばさみ』を、それぞれ訳載する。七月、『三越』に『流行』、八月、『中央公論』に『心中』、八月、九月『三田文学』に『なのりそ』を発表。八月十七日、美術審査委員会委員に任じられる。二十二日、済生会評議員を委嘱される。九月から大正二年五月まで『昴』に『雁』が、断続的に連載される。（大正四年五月、単行本『雁』で完結）。九月『かげ草』改訂版が、春陽堂から刊行。十月、『中央公論』に『百物語』を発表。十月から、大正元年十二月まで『三田文学』に『灰燼』を連載（未完）。十月、清国に辛亥革命が起こり出兵のための衛生部編成をなす。十一月から四十五年三月まで、五回『歌舞伎』にビョルソン『手袋』を訳載する。十二月、イプセン『幽霊』を金葉堂から刊行する。この年、三越の「流行会」への出席多し。また補充条例改正中の条項に関して自説を主張し、二月二十四日、十月二十一日、石本陸軍次官に辞意を告げる。

明治四十五年　大正元年（一九一二）　五十歳

一月五日、『ファウスト』を訳し終る。十三日、文芸委員会で、『門』『家』『隅田川』『刺青』を推す。三月二十一日、与謝野晶子を、渡欧費用のことで三越の日比翁助に紹介する。一月、『中央公論』に『かのやうに』、『文章世界』に『不思議な鏡』を発表する。一月一日から三月十日まで『東京日日新聞』にシュニッツレル『みれん』を断続的に五十五回訳載する。『文芸倶楽部』にコロレンコ『樺太脱獄記』を訳載。オインベルク『女の決闘』は、初出不明であるが、鷗外の明治四十四年の日記に「鈴木本次郎に女の決闘を渡す」とある。時間的に推定すると、この一月に入れることが至当であろう。（この作品は、大正八年五月刊『蛙』（玄文社）に収められている）。一月、『昴』にエヱルス『己の葬』、『帝国文学』にランド『冬の王』、『東亜之光』にリリエンクロオン『老曹長』、一月から九月まで『歌舞伎』に十回訳載される。『三田文学』にキイゼル『汽車火事』、『心の花』にマリア『祭日』、『女子文壇』にマリア『駆落』を、それぞれ訳載する。二月、『「新訳源氏物語」序』（与謝野晶子『新訳源氏物語』上巻、金尾文淵堂）。三月、弟潤三郎が、米原思都子（米原綱善の長女）と結婚する。四月、『中央公論』に『鼠坂』

を発表。『女子文壇』にシェエフェル『父と妹』、『演芸倶楽部』に、シユミットボン『ヂオデネスの誘惑』を訳載。四月から九月まで『歌舞伎』に、シュニッツレル『恋愛三昧』を訳載する。五月、『中央公論』に『吃逆』を発表。『昴』にレニエエ『不可説』、五月、六月『新日本』に『鰐』を訳載。六月八日、文芸委員会に、上田万年とともに、万葉集定本を作ることを提議して可決される。二十一日、第六回美術展覧会開設につき美術審査委員に任じられる。六月から八月まで『三田文学』に、フォルミョルレル『正体』を訳載する。六月、『太陽』に『藤棚』を発表。七月一日、進級令問題に関して、岡陸軍次官に辞職を請う。二十日、明治帝の御不予を知る。三十日、天皇崩御さる。九月十三日、明治帝大葬の日、乃木希典夫妻殉死のことを知る。十八日、乃木の葬に出席（青山斎場）。この日『興津弥五右衛門の遺書』を「中央公論」に渡す。八月、『中央公論』に『羽鳥千尋』を発表。『昴』にモレナル『破落戸の昇天』を訳載。『我一幕物』を籾山書店から刊行。九月、『三越』に『田楽豆腐』、十月『中央公論』に『興津弥五右衛門の遺書』を発表。十月、『趣味』にポオ『十三時』、十月から十二月まで『昴』にプレヲオ『田舎』を訳載する。十二月、『常磐会詠草、第三編』を聚積堂から刊行。十二月十九日、増師意見書を草す。二十八日、日本薬局方調査委員に任じられる。この月、日本美術家会定款案を起草する。

大正二年（一九一三）　五十一歳

一月、『中央公論』に『阿部一族』、『太陽』に『ながし』を発表。一月十五日、『ファウスト』第一部、冨山房から刊行。一月、『帝国文学』にリルケ『老人』、『大正演芸』に、ステェンホオフ『夜の二場』、『心の花』にエヌルス『請願』、『東亜之光』にシュニッツレル『一人者の死』、一月から七月まで『昴』にトルストイ『馬丁』、一月から四月まで、『三田文学』にレニエエ『復讐』を、それぞれ訳載する。二月、『青年』を籾山書店から刊行。二月五日、臨時宮内省御用掛を命じられる。二十日、『ギヨオテ伝』を書き終る。これで『ファウスト』『ファウスト考』『ファウスト作者伝』の三書を完結した。三月、『新日本』に、クラルテ『猿』を訳載。三日、国民美術協会理事となる。この月、二十七日から五日間、近代劇協会が『ファウスト』を帝国劇場で上演する。三月二十二日『ファウスト』第二部を冨山房から刊行。四月、『中央公論』に『佐橋甚五郎』を発表。五月、『三田文学』に、フエレンツ『最終の午後』を訳載。『心の花』に『訳本ファウストに就いて』を発表。シュエンヘル『労働』（初出不明）を『十人十話』（実業之日本社刊）に訳載。六月、『意地』（改訂『興津弥五右衛門の遺書』を収める）を刊行。六月十三日、文芸委員会が廃会となる。十九日、帝国軍人後援会顧問を委嘱される。六月、『新小説』にポオ『病院横丁の殺人犯』、『三田文学』にモルナル『辻馬車』を訳載。七月、『中央公論』に『鎚一下』を発表。『走馬灯』『分身』（二冊で一函）を籾山書店から刊行。七月二十三日、シェイクスピア『マクベス』を警醒社から刊行。『三田文学』にクスミン『フロルスと賊と』を訳載。八月十一日、第七回美術展覧会開設につき美術審査委員に任じられる。八月、『三田文学』に、ゴルキイ『センツアマニ』、八月から十月まで『昴』にシュトロオプル『刺絡』を、それぞれ訳載する。九月、『文芸倶楽部』に、トルストイ『パアテル・セルギウス』、十月、『三田文学』にプテェ『橋の下』、十月から三年三月まで十八回『歌舞伎』に『戯曲ギヨッツ』として訳載される。十月、『三越』に『女がた』、『ホトトギス』に『護持院原の敵討』を発表。十一月十三日、イプセン『ノラ』が警醒社から刊行。十一月、十二月『三田文学』にルモレモニエ『聖ニコラウスの夜』を訳載。十一月十九日から痢を病み、九日にわたって在家した。十二月、『昴』にヒルシュフェル『防火栓』を訳載。『近代』に『秋夕夢に就いて』を発表。

大正三年（一九一四）　五十二歳

一月、『中央公論』に『大塩平八郎』、『三田文学』に『大塩平八郎』（評論）を発表。一月、『我等』にキイド『尼』、一月から五月まで『歌舞伎』にストリンドベルヒ『稲妻』を訳載。二月、『新小説』に『堺事件』、二月から八月まで『三田文学』に『ギヨッツ考』を発表。三月、『新小説』に『曾我兄弟』、『番紅花』に『サフラン』を発表。『我等』に『未定訳稿オルフェウス』（第一稿）、『新思潮』にフランス『舞踏』を訳載。四月十七日、岳父荒木博臣死去。『太陽』に『安井夫人』を発表。『かのやうに』を籾山書店から刊行。『番紅花』に、レンジェル『毫光』を訳載。五月四日から十九日まで陸軍衛生視察のため東京を発し、東北、北海道方面を経て帰る。五月、『天保物語』を鳳鳴社から刊行。ホフマンスタール『謎』を現代社から刊行。七月、『我等』にミストラル『蛙』、八月『我等』にマアテルリンク『父の讎』を訳載する。八月、九月、『心の花』に『北遊記』を掲載。八月十一日、美術審査委員会委員に任じられる。九月、『太陽』に『栗山太膳』、『我等』にオペラ『オルフェウス』（第二稿）を訳載。九月二十二日、臨時博覧会鑑査官を命じられる。十月、『堺事件』を東京堂から刊行。三日、武石弘三郎作の石像を庭に安置する。十一月、『歌舞伎』に『旧劇を奈何すべきか』を掲載。十一月十日、従三位に叙せられる。十二月、『歌舞伎』に『亡くなつた原稿』を掲載。十月頃から年末にかけて、伝染病研究所移管問題に関し、心痛、力を尽くす。

大正四年（一九一五）　五十三歳

一月、『中央公論』に『山椒大夫』、『心の花』に『歴史其儘と歴史離れ』を発表。『新小説』に、ブウジェ『鑑定人』を訳載。『諸国物語』（国民文庫第八冊）を国民文庫刊行会から刊行。二月、『妄人妄語』（大正名著文庫第十四篇）を至誠堂書店から刊行。四月、『アルス』に『天寵』を発表。二十四日、勲一等に叙せられ瑞宝章を授けられる。『中央公論』に『津下四郎左衛門』を発表。五月『雁』を籾山書店から刊行する。六月、『アルス』に『二人の友』、七月『中央公論』に『魚玄機』、八月、『アルス』に『余興』を、それぞれ発表。八月、『本家分家』を脱稿（昭和十二年八月発表）。八月十三日、美術審査委員会委員に任じられる。九月『新小説』に『ぢいさんばあさん』を発表。『沙羅の木』を阿蘭陀書房から刊行。十月、『中央公論』に『最後の一句』を発表。『稲妻』（『僧院』併収、千朶山房叢書第一篇）を通一舎から刊行。十月六日、大正三年戦没功績審査委員に任じられる。この頃から『武鑑』の収集に熱心に携る。また、渋江抽斎の子孫との文通が始まる。十一月八日、天皇即位の大礼参列のため京都に向かう。十八日、東京に帰る。二十二日、大嶋陸軍次官に辞意を伝える。十二日から二十二日まで『東京日日新聞』及び『大阪毎日新聞』に『盛儀私記』を連載する。十二月、『塵泥』を千章館から刊行。十二月五日、石黒忠悳に「上院占席」（貴族院議員）に推薦されたことに対し「御下命ノ上ハ直ニ御受申上」と書簡を送るものの、実現しなかった。

大正五年（一九一六）　五十四歳

一月、『中央公論』に『高瀬舟』、『新小説』に『寒山拾得』を発表する。『新小説』にリルケ『白衣の夫人―海辺に於ける一場』を訳載。一月一日から八日まで『東京日日新聞』及び『大阪毎日新聞』に『椙原品』を六回連載する。『心の花』に『高瀬舟と寒山拾得』を発表。一月十三日から五月十三日まで『東京日日新聞』及び『大阪毎日新聞』に『渋江抽斎』を百十九回、断続的に連載する。三月二十八日、母峰子死去（七十一歳）。四月十三日依頼予備役となり、陸軍省医務局長を辞任する。十八日、雨声会に出席。五月、『ギヨッツ』を三田文学会から刊行、三日、臨時脚気病調査会臨時委員に任じられる（以後没年に至る）。

十日正三位に叙せられる。五月二十一日から六月二十四日まで『東京日日新聞』及び『大阪毎日新聞』に『寿阿弥の手紙』を三十二回連載する。二十八日、保健衛生調査会委員に任じられる。六月二十五日から翌六年九月五日まで『東京日日新聞』及び『大阪毎日新聞』に『伊沢蘭軒』を三百七十回連載する。七月九日、上田敏死去。葬儀、遺稿出版の事を周旋する。七月二十二日、旭日大綬章を授けられる。七月六日、七日『東京日日新聞』及び『大阪毎日新聞』に『空車』を発表。八月四日、依願美術審査委員を免ぜられ、同日、改めて右委員に任じられる。

大正六年（一九一七）　五十五歳

一月一日から七日まで『東京日日新聞』及び『大阪毎日新聞』に『都甲太兵衛』を連載する。二十四日、中館長三郎の家に飯田欓隠師の心経提唱を聴きに行く。四月、三男類、小学校に入学する。八月、『還魂録』（『涓滴』改題）を春陽堂から刊行。九月六日、美術審査委員会委員に任じられ、第二部主任を命じられる。『斯論』に『なかじきり』を掲載。九月六日から十八日まで（十一日休載）『東京日日新聞』及び『大阪毎日新聞』に『鈴木藤吉郎』を十二回、連載する。九月十九日から十月十三日まで『東京日日新聞』及び『大阪毎日新聞』に『細木香以』を十五回断続的に連載する。十月十四日から二十八日まで『東京日日新聞』及び『大阪毎日新聞』に、十月十六日から二十八日まで『大阪毎日新聞』に十三回にわたって『小嶋宝素』を連載する。十月二十日から十二月二十六日まで『東京日日新聞』及び『大阪毎日新聞』に『北条霞亭』を五十七回連載、一時中断して七年二月から九月まで、『帝国文学』に八回連載して完結する。十月から七年一月まで『帝国文学』に『観潮楼閑話』を連載。十二月二十五日、臨時宮内省御用掛を免じられ、帝室博物館総長兼図書頭に任じられる。

大正七年（一九一八）　五十六歳

一月一日から十日まで『東京日日新聞』及び『大阪毎日新聞』に『礼儀小言』を十回連載する。一月一日から十一年七月五日まで『委蛇録』（十一月二日から二十九日まで「寧都訪古録」）を書く。一月十五日、帝室制度審議会御用掛に任じられる（没年に至る）。二月、『高瀬舟』を春陽堂から刊行。二月から九年一月まで『帝国文学』に『北条霞亭』続稿を連載する。二月二十日、史蹟名勝天然記念物保存協会評議員となる。二十七日、正宗白鳥来訪。三月十日、日本美術協会評議員となる。八月一日、古社寺保存会委員に任じられる（没年に至る）。十一月三日、正倉院曝涼のため、東京を発し奈良に向かう。三十日、東京に帰る。この年から、正倉院拝観の特例が始まる。この年、杏奴、類との散歩が増える。十二月四日から病に伏し、十五日間静養する。

大正八年（一九一九）　五十七歳

一月二十七日、六国史校訂準備委員長に任じられる。五月『蛙』を玄文社から刊行。九月八日、帝国美術院の初代院長となる。十月三十一日、夕方、東京を発し、十一月一日、京都下車、彙文堂を訪ね、午後奈良に着す。十一月十二日、京都博物館に赴く。二十二日に東京に帰る。十一月二十七日、長女茉莉が山田珠樹と結婚した。十二月、『山房礼記』を春陽堂から刊行する。

大正九年（一九二〇）　五十八歳

一月十八日頃から二十四日頃まで「病在家」（『委蛇録』）の文字多し。一月、『白樺』に、ストリンドベルヒ『ペリカン』を訳載する。三月六日、警察官のために社会問題を講演する。八月八日から十九日まで、志げとともに大原日在に赴く。十月十一日から十六日まで紫野大徳寺見性宗般老師の金剛経提唱を、全生庵に通い聴く。十月から十年十一月まで『アララギ』に『霞亭生涯の末一年』（『北条霞亭』の続々稿）を連載、完結する。十月三十一日、東京を発ち、十一月一日京都着。下車し彙文堂に寄り、夕方奈良に着く。二十二日に東京に帰着する。

大正十年（一九二一）　五十九歳

三月、『帝謚考』（宮内省図書寮）刊行。四月一日、長女茉莉の夫山田珠樹がヨーロッパに赴くのを東京駅で送る。四月四日から九日まで、全生庵に赴き、見性宗般老師の提唱を聴く。この月、『元号考』の稿を起こす。死の真際まで加筆をしていたが未完に終った。六月二十九日、茉莉、杏奴、類を連れて銀座に赴く。七月、『ペリカン』を善文社から刊行。八月十一日の『委蛇録』に、「苦熱如昨。参寮」とある。八月十四日から二十七日まで、志げ、杏奴、類らと大原日在に行く。このときが最後の日在となる。十月、『独逸新劇篇』を春陽堂から刊行。十月十六日、賀古邸での常磐会に出席。十月三十一日、東京を発し、十一月一日京都に下車。主人発狂のため彙文堂に寄らず。十三日、志賀直哉、柳宗悦夫妻ら、鷗外の配慮で正倉院に入る。十八日、京都博物館に赴く。二十二日に帰京する。十一月から十一年七月まで『明星』に『古い手帳から』を連載、中絶となる。この年、体力の衰えをみる。

大正十一年（一九二二）　六十歳

一月、『明星』に『奈良五十首』が載る。三月十四日、ヨーロッパに赴く長男於菟と長女茉莉を東京駅に送る。衰弱が目立つ。四月一日、『委蛇録』に「桜花盛開。参寮」と書く。十二日、赤坂離宮で来日した英国皇太子に拝謁する。三十日、夜東京を発ち、英皇太子、正倉院拝観のため奈良に向かう。五月一日、奈良の官舎に入る。五日、午後、英皇太子「来倉」。八日に東京に着し、宮内省に往き挨拶する。二十三日、宮中での「陪食」を拝したが、「不予」のため辞退する。二十六日、「医薬を斥くる書」を賀古鶴所に送る。六月十五日から「不登衙」（欠勤）となる。この頃、下肢などに浮腫があらわれる。十九日、固辞していた検尿を、志げの必死の願いで賀古に届ける。二十日、吉田増蔵に『元号考』のことを託す。二十六日、ベルリンに在留中の於菟に最後の書簡（志げ代筆）を送る。二十九日、額田晋博士に初めて診察を受ける。六月三十日、この日から吉田増蔵が日記を代筆する。七月六日、賀古鶴所が呼ばれ「遺言」を口述筆記する。七日、夕刻、昏睡状態に入る。天皇皇后両陛下から葡萄酒が下賜される。八日、摂政宮（のちの昭和天皇）から御見舞品が下賜され、従二位に叙される。九日、午前七時に死去。病名は萎縮腎と発表（肺結核は家族のために公表されなかった）。法号は、「貞献院殿文穆思斎大居士」とされた。於菟、茉莉へは電報が打たれ、デスマスクは、新海竹太郎が作成。午後八時に納棺された。十日から二日間、通夜、十一日、午後二時、勅使来訪、閑院宮殿下及び各宮家から代弔があった。夜には、木下杢太郎、永井荷風、与謝野寛ら多くの文士が来訪した。十二日、葬儀は谷中斎場で行われ、参列者は約千三百人余であった。十三日、遺骨は、向島、弘福寺に埋葬される。墓表は、鷗外の遺志により「森林太郎墓」とのみ、中村不折の書で記される。大正十二年九月、関東大震災によって弘福寺は全焼する。昭和二年十月、三鷹の禅林寺に改葬される。昭和二十八年七月九日、津和野町永明寺に分骨される。

参考文献 Ⅰ （主に、各部で引用した著書および論文）

第一部

森　潤三郎『鷗外森林太郎』（昭9　丸井書店）
小金井喜美子『森鷗外の系族』（昭18　大岡山書店）
岡田　實『大國隆正』（昭19　地人書館）
沖本常吉『津和野藩』（昭43　津和野歴史シリーズ刊行会）
岩谷建三『津和野の誇る人びと』（昭44　津和野歴史シリーズ刊行会）
沖本常吉『乙女峠とキリシタン』（昭46　津和野歴史シリーズ刊行会）
佐野正己『国学と蘭学』（昭48　雄山閣）
矢冨熊一郎『四境戦争石州口乃戦』（昭52　柏村印刷出版部）
浜田市誌編纂委員会編『浜田市誌』（昭48　浜田市）
加部厳夫編『於杼呂我中・亀井茲監伝』（昭57　マツノ書店〈復刻版〉）
阪本是丸『明治維新と國学者』（平5　大明堂）
津和野教育委員会編『鷗外　津和野への回想』（平5　津和野教育委員会）
坂本多加雄『明治国家の建設』（『日本の近代　2』平10　中央公論社）
松浦光修『大国隆正の研究』（平13　大明堂）

第二部

宇野俊一他『日本全史』（平3　講談社、各部で参照）
日本病理学会編『三浦守治論文全集』（大7　日本病理学会）
山崎正和『鷗外　闘う家長』（昭47　河出書房新社）
陸軍軍医団編『男爵小池正直伝』（昭15　陸軍軍医団）
小金井喜美子『森鷗外の系族』（昭18　大岡山書店）
宗像和重『投書家時代の森鷗外』（平16　岩波書店）
森　潤三郎『鷗外森林太郎』（昭9　丸井書店）
富士川英郎『鷗外雑志』（昭58　小沢書店）
山田弘倫『軍医　森鷗外』（昭18　文松堂書店）
中井義幸『鷗外留学始末』（平11　岩波書店）
小堀桂一郎『若き日の森鷗外』（昭44　東京大学出版会）
松原久子『驕れる白人と闘うための日本近代史』（平17　文藝春秋）
奥野信太郎「鷗外先生と祖父」（昭28『鷗外全集』月報26　岩波書店）
日本風俗史学会編『日本風俗史辞典』（昭54　弘文堂）

第三部

小堀桂一郎『若き日の森鷗外』（昭44　東京大学出版会）
山口虎太郎「舞姫細評」（明23・1『柵草紙』）
謫天情仙「舞姫を読みて」（明23・1『柵草紙』）
福沢諭吉『文明論之概略』（『日本現代文学全集2』昭44　講談社）
小堀桂一郎『森鷗外—文業解題〈創作篇〉』（昭57　岩波書店）
小堀桂一郎『森鷗外—文業解題〈翻訳篇〉』（昭57　岩波書店）
森　於菟『父親としての森鷗外』（昭44　筑摩書房）
佐藤春夫『近代日本文学の展望』（昭25　講談社）
浅井卓夫『軍医鷗外森林太郎の生涯』（昭61　教育出版センター）
小島憲之『ことばの重み—鷗外　謎を解く漢語』（昭59　新潮社）
中井義幸『鷗外留学始末』（平11　岩波書店）
星　新一『祖父小金井良精の記』（昭49　河出書房新社）
唐木順三『森鷗外』（昭24　世界評論社）
磯貝英夫『森鷗外—明治二十年代を中心に』（昭54　明治書院）
田中　実「『文づかひ』の決着—テクストと作者の通路」（昭60・4『文

学』)
伊達一男『医師としての森鷗外』(昭56 績文堂出版)
谷沢永一「文芸時評について」(平17・11・17『読売新聞』)
吉田香雨『当世作者評判記』(明24 大華堂)
小沢勝次郎編『明治紳士譚』第一巻(明25 東京堂書房)
宮岡謙二『異国遍路旅芸人始末書』(昭53 中公文庫)
坂内 正『鷗外最大の悲劇』(平13 新潮社)
佐渡谷重信『鷗外と西欧芸術』(昭59 美術公論社)
臼井吉見『近代文学論争』上巻(昭31 筑摩書房)
小堀桂一郎『森鷗外―批評と研究』(平10 岩波書店)
島田謹二『日本における外国文学―比較文学研究』(昭50 朝日新聞社)
長島要一『森鷗外の翻訳文学』(平5 至文堂)
森 まゆみ『即興詩人のイタリア』(平15 講談社)
御厨 貴「明治国家の完成」(『日本の近代 3』平13 中央公論新社)
和田芳恵『一葉日記』(昭58 福武書店)
陸奥宗光『蹇蹇録』(昭58 岩波文庫)
山﨑國紀「鷗外の恋人は賤女だった」(平17・6『文藝春秋』)
亀井茲明『日清戦争従軍写真帖』(『伯爵 亀井茲明の日記』平4 柏書房)
成瀬正勝「舞姫論異説―鷗外は実在のエリスとの結婚を希望してゐたといふ推理を含む」(昭47・4『国語と国文学』)
竹盛天雄「石黒忠悳日記抄」(『鷗外全集』月報 昭50・1〜6 岩波書店)

第四部

浅井卓夫『軍医鷗外森林太郎の生涯』(昭61 教育出版センター)
森 類『鷗外の子供たち』(昭31 光文社)
長山靖生『日露戦争』(平16 新潮新書)
田山花袋『日露戦史』第三巻(昭39 博文館)
坪内善四郎『日露戦史』第七巻(明39 博文館)
岩崎勝三郎『博士奇行談』(明35 大学館)
杉田英明「日本人の中東発見」(平16・8・28『読売新聞』)
金 文学『反日に狂う中国』(平16 祥伝社)
石光真清『望郷の歌』(昭33 龍星閣)
田山花袋『第二軍従征日記』(明39 博文館)
松井利彦『軍医森鷗外―統帥権と文学』(平1 桜楓社)
森 まゆみ『鷗外の坂』(平9 新潮社)
小堀桂一郎『森鷗外―批評と研究』(平10 岩波書店)
山川芳則『美文評釈』(明34 新声社)
古川清彦「森鷗外と常磐会」(『日本文学研究資料叢書 森鷗外Ⅰ』昭45 有精堂)
斎藤茂吉「鷗外先生と和歌」(『森鷗外研究』昭22 長谷川書店)
小堀桂一郎『森鷗外―文業解題〈翻訳篇〉』(昭57 岩波書店)
山田弘倫『軍医 森鷗外』(昭18 文松堂書店)
森 潤三郎『鷗外森林太郎』(昭9 丸井書店)
山﨑國紀編『森鷗外・母の日記』(昭60 三一書房)
平岡敏夫「日露戦後文学としての『うた日記』」(平16・9『森鷗外研究 10』)
森 於菟『父親としての森鷗外』(昭44 筑摩書房)
吉野俊彦「読書好日」(昭63・5・9『東京新聞』)
稲垣達郎「はじめての全貌の公開」(昭61・3・17『週刊読書人』)
「現代に生きる日露戦争」(平16・9・24『読売新聞』)
クラウゼヴィッツ・篠田英雄訳『戦争論』上・中・下(昭43 岩波文庫)

第五部

有馬　学「国際化の中の帝国日本」（『日本の近代　4』平11　中央公論新社）
小宮豊隆『漱石全集　第三巻』解説（昭41　岩波書店）
野田宇太郎他編『森鷗外』〈近代作家研究アルバム〉（昭39　筑摩書房）
斎藤茂吉「鷗外先生と和歌」（『森鷗外研究』昭44　光明社）
豊田　穣『最後の元老　西園寺公望　上』（昭57　新潮社）
小堀桂一郎『森鷗外―文業解題〈創作篇〉』（昭57　岩波書店）
小堀桂一郎『森鷗外―文業解題〈翻訳篇〉』（昭57　岩波書店）
高橋　正『西園寺公望と明治の文人たち』（平14　不二出版）
佐藤春夫『陣中の竪琴』（昭9　昭和書房）
須田喜代次『鷗外の文学世界』（平2　新典社）
田村俊次『男爵小池正直伝』（昭15　陸軍軍医団）
山田弘倫『軍医　森鷗外』（昭18　文松堂書店）
関川夏央『二葉亭四迷の明治四十一年』（平8　文藝春秋）
谷沢永一「軍人森林太郎」（平14・9『森鷗外研究　9』）
竹盛天雄「本の謎―鷗外のしたたかさ」（平14・9『森鷗外研究　9』）
和田利夫『明治文芸院始末記』（平1　筑摩書房）
木下杢太郎「森鷗外」〈岩波講座『日本文学』〉（昭7　岩波書店）
山崎一穎『二生を行く　森鷗外』（平5　新典社）
吉野俊彦『豊熟の時代―森鷗外』（昭56　ＰＨＰ研究所）
長島要一『森鷗外の翻訳文学』（平5　至文堂）
三島由紀夫「森鷗外　2」（『日本の文学』昭41　中央公論社）
茅野蕭々「鷗外博士の翻訳と独逸文学」（『近代作家追悼文集』7「森鷗外」昭62　ゆまに書房）
河上　肇『祖国を顧みて』（平14　岩波文庫）
小田切秀雄『文学史』（昭36　東洋経済新報社）
吉野俊彦『続森鷗外私論』（昭49　毎日新聞社）
岸田美子『森鷗外小論』（昭22　至文堂）
竹盛天雄『鷗外　その紋様』（昭59　小沢書店）
松原純一「鷗外現代小説の一側面」（昭32・7『明治大正文学研究』第22号）
長谷川泉『鷗外の「ヰタ・セクスアリス」考』（昭43　明治書院）
大屋幸世「『魔睡』に関する一資料―三浦謹之助の侍医就任をめぐって」（平2・1『鷗外』46）
戸川秋骨「森先生」（明42・9『中央公論』）
小島政二郎「スバル・三田文学時代」（大11・7『新小説』臨時増刊「文豪鷗外森林太郎」）
大町桂月「鷗外の性欲小説」（明治42・8『趣味』）
長田幹彦『文豪の素顔』（昭28　要書房）
鈴木三重吉「森先生の追憶」（大11・9『明星』）
須田喜代次『鷗外の文学世界』（平2　新典社）
生方敏郎「木精ごつこ」（明43・1・23『読売新聞』日曜付録）
瀧本和成『森鷗外―現代小説の世界』（平7　和泉書院）
福島泰樹「祖国よ！」（平18・4『正論』）
三好行雄「牛鍋」（昭48・8『国文学』）
石川　淳『森鷗外』（昭53　岩波文庫）
高橋義孝『森鷗外』（昭29　新潮社）
唐木順三『鷗外の精神』（昭18　筑摩書房）
中野重治『鷗外　その側面』（昭27　筑摩書房）
日夏耿之助『鷗外文学』（昭19　実業之日本社）
星　新一『祖父小金井良精の記』（昭49　河出書房新社）
長谷川泉『森鷗外論考』（昭37　明治書院）

蓮田善明『鷗外の方法』（昭14 子文書房）
酒井　敏「森鷗外『青年』論—失敗した教養小説の内実」（昭62・3『文芸と批評』）
野村幸一郎『森鷗外の日本近代』（平7 白地社）
田山花袋『東京の三十年』（昭56 岩波文庫）
志賀直哉「新作短篇小説批判」（明43・8『白樺』）
平出　修「平出修と鷗外」（昭59・1『森鷗外断層撮影像』）
森山重雄『大逆事件—文学作家論』（昭55 三一書房）
吉野俊彦『鷗外・啄木・荷風—隠された闘い』（平6 ネスコ）
秋田雨雀「青年環境からみた森鷗外」（昭22『森鷗外研究』長谷川書店）
ローズマリー・ジャクソン「幻想文学と決定不可能性」（昭56・8『国文学』）
生方敏郎『明治大正見聞記』（昭53 中公文庫）
小堀桂一郎『西学東漸の門—森鷗外研究』（昭51 朝日出版社）
森潤三郎「校正余滴」（昭12・12『鷗外研究』）
小山内薫「鷗外先生とその戯曲」（大11・8『新小説』）
佐々木隆「明治人の力量」（『日本の歴史 21』（平11 中央公論新社）
中野正剛「対岸の火事」（明44・12・22『東京朝日新聞』）
中村光夫「鷗外と漱石」（昭44・3『森鷗外研究』）
池内健次『森鷗外と近代日本』（平13 ミネルヴァ書房）
三島由紀夫「森鷗外」（昭51・12『文芸読本 森鷗外』）
笠原英彦『明治天皇—苦悩する「理想的君主」』（平18 中公新書）

第六部

松下芳男『乃木希典』（昭35 吉川弘文館）
平岡敏夫『森鷗外—不遇への共感』（平12 おうふう）
木下杢太郎「森鷗外の文学」（昭22・9『森鷗外研究』）
尾形　仂『森鷗外の歴史小説—史料と方法』（昭54 筑摩書房）
菊地昌典『歴史小説とは何か』（昭54 筑摩書房）
尾崎秀樹『歴史文学論』（昭51 勁草書房）
小堀桂一郎『森鷗外—文業解題〈翻訳篇〉』（昭57 岩波書店）
山本博文『殉死の構造』（平6 弘文堂）
山崎一穎『森鷗外・歴史文学研究』（平14 おうふう）
島田虔次『朱子学と陽明学』（昭42 岩波新書）
大岡昇平『文学における虚と実』（昭51 講談社）
小島烏水「森鷗外と大下藤次郎三十三回忌の年に当りて」（昭18・2『書物展望』）
土居次義『水彩画家大下藤次郎』（昭56 美術出版社）
ルカーチ『歴史文学論』（昭13 三笠書房）
小林　勇「人はさびしき」（昭48『文藝春秋』）
山田弘倫『軍医 森鷗外』（昭18 文松堂書店）
森　於菟『父親としての森鷗外』（昭44 筑摩書房）
藤川正敏『森鷗外と漢詩』（平3 有精堂出版）
生松敬三『森鷗外』（昭33 東京大学出版会）
稲垣達郎『森鷗外の歴史小説』（平1 岩波書店）
小泉浩一郎『森鷗外論—実証と批評』（昭56 明治書院）
平塚らいてう「鷗外先生と青鞜」（昭37・8『文芸』）
久米正雄「三月の劇壇」（大3・4『帝国文学』）
下田歌子「日本の女性・結婚」（大2『日本の女性』実業之日本社）
小倉清三郎「「性的生活と婦人問題」を読んで」（大4・2『青鞜』）
新渡戸稲造『武士道』（明33 文士堂）
柳田国男「山椒大夫考」（『柳田国男全集 9』平成10 筑摩書房）

石川　淳『森鷗外』（昭53　岩波文庫）
林屋辰三郎『古代国家の解体』（昭30　東京大学出版会）
入矢義高『中国の禅と詩』（昭46　筑摩書房）
小堀桂一郎『西学東漸の門―森鷗外研究』（昭51　朝日出版社）
星野慎一『ゲーテと鷗外』（昭50　潮出版社）
江村　洋「鷗外訳『マクベス』の周辺」（『東洋の詩西洋の詩』昭44　朝日出版社）
関口安義『芥川龍之介とその時代』（平11　筑摩書房）
瀧井敬子『オルフェウス』（平16　紀伊国屋書店）
竹盛天雄「補論　鷗外晩年の「臣」と「野」についてのノート」（平15・2『鷗外自筆　帝国博物館蔵書解題』ゆまに書房）
森　類『森家の人びと』（平10　三一書房）
須田喜代次「鷗外と帝国博物館・図書寮」（平6　『森鷗外を学ぶ人のために』世界思想社）
松嶋順正『正倉院よもやま話』（平1　学生社）
高村光太郎・川路柳江〈対談〉（昭14・1『詩生活』）
永井荷風『麻布襍記』（大13　春陽堂）
小堀鷗一郎等編『鷗外の遺産　3』（平18　幻戯書房）
山崎一穎『森鷗外・史伝小説研究』（昭57　桜楓社）
小堀桂一郎『森鷗外―文業解題〈創作篇〉』（昭57　岩波書店）
須田喜代次『鷗外歴史文学　第三巻』解説（平11　岩波書店）
斎藤茂吉「鷗外の歴史小説」（昭11・6『文学』）
柴口順一「『伊沢蘭軒』と『北条霞亭』」（平9『講座　森鷗外　2』〈鷗外の作品〉新曜社）
矢冨熊一郎『四境戦争石州口乃戦』（昭52　柏村印刷出版部）
宮田毬栄『追憶の作家たち』（平16　文春新書）
青木青鳳編『傑作抄―明治より大正へ』（大11　明治図書）
内外文豪美辞名句叢書『森鷗外　美辞名句集』（大6　京橋堂）

第七部

平山城児『鷗外「奈良五十首」の意味』（昭50　笠間書院）
芥川龍之介「文芸的な余りに文芸的な」（昭2・4『改造』）
斎藤茂吉「鷗外先生と和歌」（『森鷗外研究』昭22　長谷川書店）
森　於菟『父親としての森鷗外』（昭44　筑摩書房）
森　類『鷗外の子供たち』（昭31　光文社）
小堀杏奴「父の死とその前後」『鷗外の遺産　3』（平18　幻戯書房）
額田　晋「鷗外博士の臨終」（大11・8『三田文学』）
加賀乙彦『鷗外と茂吉』（平9　潮出版社）
中野重治『鷗外の側面』（昭27　筑摩書房）

参考文献　II（I以外に、鷗外観を深めるためのもの）

佐藤春夫『陣中の竪琴』（昭9　昭和書房）
伊藤至郎『鷗外論考』（昭16　光書房）
伊藤佐喜雄『森鷗外』（昭19　講談社）
小堀杏奴『晩年の父』（昭11　岩波書店）
岡崎義恵『鷗外と諦念』上・下（昭24、25　岩波書店）
澤柳大五郎『鷗外箚記』（昭24　十字屋書店）
佐藤春夫『観潮楼付近』（昭32　三笠書房）
河村敬吾『若き鷗外の悩み』（昭32　現代社）
森　茉莉『父の帽子』（昭32　筑摩書房）
山室　静『評伝森鷗外』（昭35　実業之日本社）

渋川　驍『森鷗外―作家と作品』（昭39　筑摩書房）
向坂逸郎「森鷗外と社会主義」（昭45『日本文学研究叢書　森鷗外Ⅰ』有精堂）
小堀桂一郎『森鷗外の世界』（昭46　講談社）
蒲生芳郎『森鷗外―その冒険と挫折』（昭49　春秋社）
池田　潔他『津和野・山陰の小京都の史跡』（昭49　津和野歴史シリーズ刊行会）
浜崎美景『森鷗外周辺』（昭51　文泉堂書店）
橋川文三『黄禍物語』（昭51　筑摩書房）
宮本　忍『森鷗外の医学思想』（昭54　勁草書房）
板垣公一『森鷗外の史伝―「澀江抽斎」論』（昭56　中部日本教育文化会）
吉野俊彦『双頭の獅子・森鷗外』（昭57　ＰＨＰ研究所）
篠原義彦『森鷗外の世界』（昭58　桜楓社）
大谷晃一『鷗外、屈辱に死す』（昭58　人文書院）
石黒忠悳『懐旧九十年』（昭58　岩波文庫）
丸山　博『森鷗外と衛生学』（昭59　勁草書房）
大屋幸世『鷗外への視角』（昭59　有精堂）
平岡敏夫『「舞姫」への遠い旅』（平2　大修館書店）
清田文武『鷗外文芸の研究・青年期篇』（平3　有精堂）
清田文武『鷗外文芸の研究・中年期篇』（平3　有精堂）
明石利代『鷗外、初期小説と土地意識』（平3　近代文芸社）
金子幸代『鷗外と〈女性〉―森鷗外論究』（平4　大東出版社）
池澤夏樹他『群像日本の作家2　森鷗外』（平4　小学館）
植田敏郎『森鷗外の「独逸日記」―〈鷗外文学〉の淵』（平5　大日本図書）
松本清張『両像・森鷗外』（平6　文藝春秋）
矢部　彰『森鷗外―明治四十年代の文学』（平7　近代文芸社）
渡辺澄子『女々しい漱石・雄々しい鷗外』（平8　世界思想社）
平岡敏夫他編『講座　森鷗外』第一巻～第三巻（平9　新曜社）
千葉俊二『エリスのえくぼ』（平9　小沢書店）
大屋幸世『森鷗外―研究と資料』（平11　翰林書房）
石田頼房『森鷗外の都市論とその時代』（平11　日本経済評論社）
大塚美保『鷗外を読み拓く』（平14　潮文社）
大橋健二『反近代の精神　熊沢蕃山』（平14　勉誠出版）
浅野三平『八雲と鷗外』（平14　翰林書房）

山崎 國紀（やまさき くにのり）
1933年、島根県益田市に生まれる。
1965年、立命館大学大学院修士課程修了。
現在、花園大学名誉教授。文学博士。

主要著書・編著
『森鷗外―〈恨〉に生きる』（昭51、講談社）、『横光利一　飢餓者の文学』（昭53、北洋社）、『森鷗外・母の日記』（編著、昭54、三一書房）、『自殺者の文学』（編著、昭61、世界思想社）、『磯部浅一と二・二六事件』（昭61、河出書房新社）、『森鷗外―基層的論究』（平1、八木書店）、『森鷗外を学ぶ人のために』（編著、平2、世界思想社）、『鷗外森林太郎』（平4、人文書院）、『二十世紀の日本文学』（編著、平7、白地社）、『鷗外―成熟の時代』（平9、和泉書院）、『鷗外の三男坊』（平9、三一書房）、『森鷗外の手紙』（平11、大修館書店）、『森家の人びと―鷗外の末子の眼から』（森類）（編著、平10、三一書房）他。

評《ひょう》伝《でん》　森鷗外《もりおうがい》
© YAMASAKI Kuninori 2007　NDC914／xii, 849, 17p／23cm

初版第一刷発行――――2007年7月20日

著者――――山﨑國紀《やまさきくにのり》
発行者――――鈴木一行
発行所――――株式会社大修館書店
〒101-8466 東京都千代田区神田錦町3-24
電話03-3295-6231（販売部）03-3294-2354（編集部）
振替 00190-7-40504
［出版情報］http://www.taishukan.co.jp

装丁者――――山﨑　登
印刷所――――壮光舎印刷
製本所――――牧製本

ISBN978-4-469-22189-3　Printed in Japan

索　引

（一）この索引は、「事項索引」「人名索引」「鷗外作品索引」の三部からなる。いずれも本文の該当ページ数を示す。
（二）各索引は「あ行」「か行」…の順に、その中は、平仮名・片仮名・漢字で表記されるものの順に、語頭の読みの五十音に配列した。但し、「ヰ」で表記されるものについては、「わ行」に置いた。
（三）事項索引のうち、単行本名・作品名については、適宜、その作者名を記した。
（四）難読と思われるものについては、適宜（　）内にその読みを記した。

事 項 索 引

【あ行】

【か行】

【さ行】

【た行】

【な行】

【は行】

【ま行】

人 名 索 引

【か行】

【さ行】

【た行】

【な行】

【は行】

【ま行】

【や行】

【ら行】

【わ行】

鷗 外 作 品 索 引

【あ行】

【か行】

【さ行】

【た行】

【な行】

【は行】

【ま行】

【や行】

【ら行】

【わ行】